Scarborough
York
Nordsee
Lincoln
Norwich
Ely
Bury
St. Edmunds
NGLAND
Cambridge
Luton
Oxford
Abingdon
Wallingford
London
Themse
Canterbury
Dover
Winchester
Ärmelkanal

Rebecca Gablé
Hiobs Brüder

Mit Illustrationen
von Jürgen Speh

Weitere Titel der Autorin:

Das Lächeln der Fortuna
Das zweite Königreich
Der König der purpurnen Stadt
Die Siedler von Catan
Die Hüter der Rose
Das Spiel der Könige

Von Ratlosen und Löwenherzen

Rebecca Gablé

Hiobs Brüder

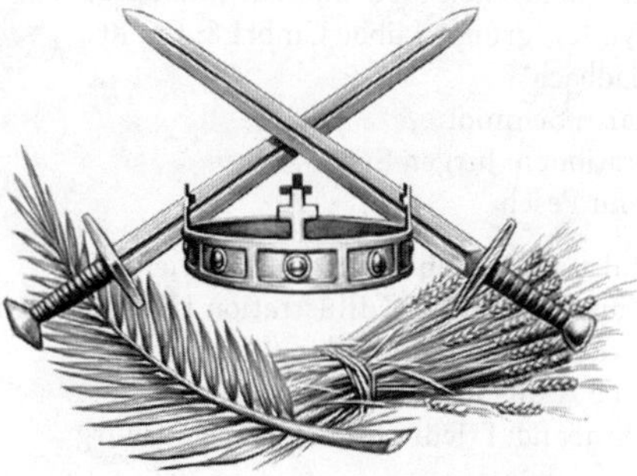

Historischer Roman

Ehrenwirth

Dieses Buch
erscheint auch als Lübbe Audio.

Ehrenwirth Verlag
in der Verlagsgruppe Lübbe

Originalausgabe

Lektorat: Karin Schmidt
Innenillustrationen: Jürgen Speh
Karte: Helmut Pesch

Umschlaggestaltung: HildenDesign, München
Einband-/Umschlagmotiv: © Illustration HildenDesign, München
Satz: Kremerdruck GmbH, Lindlar
Gesetzt aus de Aldus Roman von Linotype
Druck und Einband: Friedrich Pustet, Regensburg

Printed in Germany
ISBN 978-3-431-03791-3

5 4 3 2 1

Sie finden uns im Internet unter:
www.luebbe.de

Bitte beachten Sie auch:
www.lesejury.de

Für Ines,
die leider schon gehen musste

Zur Aussprache der Namen

Kürzlich las ich einen amerikanischen Roman, dessen Hauptfigur einen sehr ausgefallenen Namen hatte. Vielleicht war er sogar hübsch, aber da ich nicht wusste, wie man ihn ausspricht, bin ich mit der Figur nie warm geworden.

Das soll Ihnen hier nicht passieren.

Angelsächsische Namen spricht man (von wenigen Ausnahmen abgesehen) so aus, als wären es deutsche, »Losian« also etwa so wie »Florian«. Der Buchstabe »Æ« bzw. »æ« ist identisch mit unserem »Ä«. Nur das »th« – das im Angelsächsischen noch mit einer Rune dargestellt wurde – lispelt man auf englische Art.

Die Namen Haimon und Eustache spricht man französisch aus, also etwa »Ämon(g)« und »Östasch«.

Sie wurden eidbrüchig und versäumten ihre Vasallenpflichten, weil die mächtigen Männer sich Burgen bauten und sie gegen den König hielten. Und dann unterdrückten sie das leidgeprüfte Volk dieses Landes. Ich kann nicht beschreiben, welche Gräuel sie an den armen Menschen begingen, und auch die Kirchen verschonten sie nicht. Wo ein Mann sein Feld bestellte, brachte die Erde kein Korn hervor, denn das Land war durch all diese Schandtaten zugrunde gerichtet. Und die Menschen sagten, dass Christus und seine Heiligen schliefen.

Angelsachsenchronik

Dramatis Personae

Wegen der Überschaubarkeit der Personenzahl gibt es dieses Mal nur ein Verzeichnis der *historischen* Persönlichkeiten, damit Sie nachvollziehen können, wer im Roman erfunden ist und wen es wirklich gegeben hat.

Kaiserin Maud, die eigentlich Königin von England sein sollte
Henry Plantagenet, ihr ältester Sohn
Stephen, König von England
Eustache de Boulogne, sein ältester Sohn
Geoffrey de Mandeville, Earl of Essex und Ungeheuer, der zu Beginn der Handlung schon tot ist, aber immer noch Wirkung zeigt
Robert de Beaumont, Earl of Leicester
Richard de Clare, Earl of Pembroke
Robert, Earl of Gloucester, der uneheliche Halbbruder der Kaiserin
William, sein ältester Sohn
Roger, sein frömmster Sohn
Thomas Becket, ein junger Diplomat am Beginn einer glänzenden kirchlichen Laufbahn
John de Chesney, Sheriff von Norfolk
Aliénor von Aquitanien, Königin von Frankreich, Kreuzfahrerin, Königin von England und vieles mehr
Henry de Blois, Bischof von Winchester, König Stephens Bruder
William Turba, Bischof von Norwich

ERSTER TEIL
LOSIAN

Isle of Whitholm, Februar 1147

»Sieh dich um, du Ausgeburt der Hölle«, knurrte der Mönch. »Wirf einen letzten Blick auf die Welt.«

Unwillkürlich folgte Simon der Aufforderung, obwohl er sich so fest vorgenommen hatte, genau das nicht zu tun. Er blieb stehen, wandte sich um und blickte zurück über die rastlose, aufgewühlte See. Der Wind fuhr ihm ruppig durch die Haare und wehte ihm eine Strähne ins Auge, aber der Junge konnte nichts tun, um sie zurückzustreichen, denn die Brüder hatten ihm die Hände auf dem Rücken gefesselt. Anscheinend fürchteten sie, der fünfzehnjährige, schilfdünne Knabe sei in der Lage, es mit vier gestandenen Benediktinern gleichzeitig aufzunehmen.

Ein Sonnenstrahl brach durch die bleifarbene Wolkendecke und tauchte das Meer und die flache Küste des Festlandes drüben in ein gleißendes, geradezu unirdisches Licht. Simon sah das Heidekraut aufleuchten, und der Turm der Klosterkirche, der eigentlich gedrungen und hässlich war, wirkte mit einem Mal filigran und schimmerte wie Elfenbein. Eine kleine Schafherde graste dicht zusammengedrängt unweit der klösterlichen Obstwiesen. Wie gelbe Wollflocken wirkten die Tiere aus der Ferne. Dann schob sich eine der schweren Wolken vor die Sonne, und das einsam gelegene St.-Pancras-Kloster versank wieder im Zwielicht.

Nicht gerade überwältigend, hätte Simon gern gesagt, um der Welt, die ihn ausstieß, zu bekunden, dass er gut auf sie verzichten könne. Doch nicht einmal zu dieser trotzigen Lüge bekam er Gelegenheit, denn die Brüder hatten ihn geknebelt, damit er sie nicht verfluchen konnte.

Der alte Mönch mit dem Glatzkopf und den weißen Haarbüscheln in den Nasenlöchern, der sich während des Exorzismus so in Rage gebetet hatte, dass er irgendwann ohnmächtig zusammengebrochen war, stieß den Jungen mit seinem knorrigen Gehstock zwischen die Schulterblätter. »Vorwärts !«

Simon kehrte der Welt den Rücken.

Das kleine, aber stabile Ruderboot, mit welchem die Brüder ihn hergebracht hatten, schaukelte auf den kurzen Wellen. Mit zwei dicken Leinen war es am Anlegesteg vertäut. Vermutlich graute den wackeren Brüdern davor, ihr Bötchen könne abtreiben und sie hier stranden, nahm Simon an.

Keine dreißig Schritte vom Bootssteg entfernt erhob sich ein Palisadenzaun mit einem mächtigen hölzernen Torhaus.

»Der Schlüssel, Bruder Martin«, drängte der mit den Nasenhaaren. Es klang ungeduldig und ein bisschen nervös.

Sie hatten wirklich Angst vor ihm, wusste Simon. Jetzt ganz besonders. Sie fürchteten, im letzten Augenblick könne noch irgendetwas schiefgehen, könne er sich mithilfe der finsteren Mächte, die ihm innewohnten, befreien und sie alle niederstrecken oder in Regenwürmer verwandeln. Bruder Nasenhaar hielt seinen Eschenstock einsatzbereit hoch, und die hellen Augen strahlten unnatürlich. »Nun mach endlich«, drängte er seinen Mitbruder.

Der nahm den größten Schlüssel, den Simon je im Leben gesehen hatte, vom Gürtel und steckte ihn in ein ebenfalls riesiges, schwarzes Vorhängeschloss. Erst als dessen Bolzen aus einer rostigen Öse gezogen war, konnten die beiden anderen Brüder den mächtigen Eisenriegel hochstemmen, der das Tor versperrte. Solche Schließkonstruktionen gehörten natürlich eigentlich auf die Innenseite eines Burgtors.

Aber hier war eben alles anders.

Die beiden jungen Mönche mussten ihre gesamte Kraft aufbieten, um einen der schweren Torflügel weit genug zu öffnen. Als der Spalt so breit wie ein Mann war, traf Simon ein tückischer Stoß mit dem Stockende in den Nacken, er torkelte über die Schwelle und fiel auf die harte Erde. Da er seinen

Sturz nicht mit den Händen abfangen konnte, landete er auf der Brust, und für einen Moment konnte er sich nicht rühren. Als er Bruder Nasenhaar brummen hörte: »Gott sei dir gnädig, Söhnchen«, fuhr sein Kopf herum, aber schon schlug das Tor hallend zu.

Simon wälzte sich auf die Seite, spürte eiskalten Schlamm unter der Wange und weinte.

Er weinte lange und bitterlich. Er war zutiefst entsetzt über das, was ihm geschehen war. Er war einsam, und er hatte Angst. Vor der ewigen Verdammnis, die der ehrwürdige Abt ihm prophezeit hatte, aber noch ein bisschen mehr vor dem, was ihn hier erwarten mochte. Vor dem Rest seines Lebens.

Er schluchzte, und als die Tränen ihm die Nase verstopften, bekam er mit einem Mal keine Luft mehr, denn der Knebel machte es ihm fast unmöglich, durch den Mund einzuatmen. Simon fing an zu keuchen, krümmte sich und versuchte erfolglos, sich auf die Knie aufzurichten. Gerade als die Panik sich seiner bemächtigen wollte, spürte er eine Hand auf dem Arm.

»Schsch. Nur die Ruhe, mein Sohn«, hörte er eine Stimme murmeln. Kräftige Arme umschlangen ihn von hinten, eine Hand strich ihm über die Stirn.

Simon erstarrte vor Schreck und versuchte, über die Schulter zu erkennen, was für eine Kreatur es war, die ihn gepackt hielt, aber er konnte den Kopf nicht weit genug drehen, und außerdem war es fast dunkel im Torhaus.

»Schsch. Atme. Gleich wird es besser, du wirst sehen.«

Es war eine gütige Stimme. Simon entspannte sich ein wenig, ließ sich in die Umarmung zurücksinken und betete, dass er nicht ausgerechnet jetzt einen Anfall bekommen möge.

Allmählich wurde es besser. Die Erstickungsangst verging, und er atmete wieder ruhiger. Schließlich packten die Hände ihn unter den Achseln und hievten ihn auf die Füße. Im nächsten Moment wurde der Knoten des widerwärtigen Lumpens gelöst, mit dem sie ihn geknebelt hatten.

Simon spuckte aus, rieb sich den Mund an der Schulter und drehte sich um. »Danke.«

Er fand sich Auge in Auge mit einem hageren Angelsachsen in einem zerschlissenen Mönchsgewand. Der Mann war jünger, als das graue Haar und der weiße Zottelbart auf den ersten Blick schließen ließen, vierzig vielleicht, und die blauen Augen funkelten wie vor jugendlichem Übermut. Seine Haltung war ein wenig gekrümmt, so als habe er zu viel Zeit über fromme Bücher gebeugt verbracht.

»Alle fangen hier so an wie du, weißt du«, sagte er. »Alle liegen am Tor und heulen. Aber so schlimm ist es gar nicht, glaub mir. Man gewöhnt sich daran. Wie ist dein Name, mein Sohn?«

»Simon de Clare.«

»Ah! Von edelstem normannischem Geblüt. Eine Ehre für uns, eine Ehre. Willkommen auf der Insel der Seligen, Simon de Clare.«

»Ich dachte, sie heißt die Insel der Verdammten«, entgegnete Simon.

Aber der Angelsachse schüttelte den Kopf. »So nennen sie sie dort draußen«, antwortete er und ruckte abschätzig das Kinn zum Burgtor hinüber. »Wir hier drinnen wissen es besser.«

Simon nickte, aber er war keineswegs überzeugt. »Und wie ist dein Name?«, fragte er.

»Ich bin der heilige Edmund«, stellte der Angelsachse sich vor. »Aber du kannst mich King Edmund nennen, das tun hier alle. Wir legen keinen großen Wert auf Förmlichkeiten.«

Simon spürte, wie das vorsichtige Lächeln auf seinem Gesicht gefror. Irre. Dieser Kerl war vollkommen irre. Wie alle hier. Was für ein Narr er doch war, dass er auch nur für einen Augenblick Hoffnung geschöpft hatte. Er räusperte sich mühsam. »Und wirst du mir die Fesseln abnehmen, King Edmund?«

Der zeigte ein spitzbübisches Lächeln. »Sobald ich weiß, wie gefährlich du bist.«

»Oh, keine Bange«, gab der Junge bitter zurück. »Ich bin völlig harmlos.«

»Wenn du das glaubst, kennst du dich selbst schlecht, Simon de Clare. Kein Mann ist harmlos. Weswegen bist du hier?«

Simon wandte das Gesicht ab. Die Schande brannte wie Galle in seinem Innern, an der vertrauten Stelle gleich hinter dem Brustbein. »Darüber möchte ich lieber nicht sprechen«, brachte er gepresst hervor.

»Das kannst du halten, wie du willst«, gab King Edmund gleichmütig zurück. »Aber es besteht kein Grund, dich zu schämen. Jeder von uns hier hat einen Makel. Genau wie die da draußen, nur ist er bei uns vielleicht ein bisschen augenfälliger. Doch wenn du hier eines lernen kannst, dann, dich dessen, was du bist, nicht zu schämen.«

Simon schnaubte, um nur ja nicht wieder anzufangen zu heulen. »Ich glaube, das wird mir verdammt schwerfallen, King Edmund.«

Der zwinkerte ihm zu. »Das macht nichts. Du hast ja den Rest deines Lebens Zeit. Und wenn ich dich noch einmal fluchen höre, mein Sohn, dann wirst du's bereuen, du hast mein Wort.«

Der leutselige Ton hatte sich ebenso wenig geändert wie das verschmitzte Lächeln, aber plötzlich spürte Simon einen Schauer seinen Rücken hinabrieseln. Hatte er einen Widerschein des Wahnsinns in den blauen Augen des Angelsachsen aufleuchten sehen? Oder hatte er es sich nur eingebildet, weil es eben das war, was man hier zu sehen erwartete? Simon, der mehr als sein halbes Leben unter den vorgefassten Meinungen anderer Menschen zu leiden gehabt hatte, misstraute seinem eigenen Urteil.

»Ich bitte um Entschuldigung, heiliger King Edmund.« Sorgsam hielt er jeden Anflug von Hohn aus seiner Stimme, nickte dem Mann in der Mönchskutte höflich zu, der sich für den wohl am glühendsten verehrten angelsächsischen Märtyrer hielt, ließ ihn stehen und trat aus dem Torhaus in den Innenhof der alten Inselfestung.

Er ging mit langsamen Schritten, die Hände unverändert auf dem Rücken zusammengebunden, und schaute sich um. Er war erschüttert, aber nicht überrascht von dem Anblick, der sich ihm bot: eine Burganlage typischer normannischer Bauart, schnell zusammengezimmert, aber solide. Vermutlich hatte der Eroberer irgendeinen Unglücksraben unter seinen Getreuen mit diesem kargen Eiland im Meer beglückt und ihm befohlen, hier eine Festung zu errichten und nach dänischen Invasionsflotten Ausschau zu halten. Aber die Dänen kamen schon lange nicht mehr. Vor mehr als dreißig Jahren war die Burg aufgegeben worden, und man konnte unschwer erkennen, dass niemand in all der Zeit auch nur irgendwo einen neuen Nagel eingeschlagen hatte. Dennoch standen die Palisaden in Reih und Glied und so unverrückbar wie am ersten Tag, und der hölzerne Burgturm oben auf der Motte schien sogar noch ein Dach zu haben.

King Edmund folgte Simon aus dem Torhaus, gesellte sich zu ihm und schickte sich an, ihn herumzuführen, so wie ein stolzer Burgherr es mit einem Besucher getan hätte. Er zeigte auf eine halb vermoderte Holzhütte auf der rechten Seite. »Wir glauben, dass dies hier einmal das Backhaus war. Jedenfalls gibt es eine Feuerstelle, und wir kochen hier unser Essen.«

»Was esst ihr denn?«, fragte Simon. »Woher … ich meine, hier wächst doch nichts, und ich rieche kein Vieh.«

»Nein, nein«, gab King Edmund glucksend zurück. »Wir müssen nicht im Schweiße unseres Angesichts unser Brot verdienen. Das ist einer der Vorzüge, wenn man in den Augen der ahnungslosen, umnachteten Welt nicht mehr zu den Kindern Gottes zählt. Die Mönche kommen etwa einmal im Monat mit dem Boot herüber und bringen uns, was sie entbehren können. Mehl. Hafer. Fisch und Zwiebeln. Brennholz, aber immer zu wenig. Im Sommer manchmal ein bisschen Obst. Im Herbst nach dem Schlachten Fleisch und Wurst, wenn wir Glück haben … Du kannst nicht zufällig kochen?«

Der Junge schüttelte den Kopf.

»Schade. Bist du sicher?«, hakte King Edmund nach.

»Seh ich aus wie ein verdammter Küchenjunge?«, brauste der junge Normanne auf, und King Edmund stürzte sich mit einem schrillen, wahrhaft markerschütternden Schrei auf ihn.

»Ich hab dir gesagt, du sollst nicht fluchen! Ich hab es dir gesagt, du kleiner Drecksack! Du kannst nicht behaupten, ich hätte dich nicht gewarnt! Man flucht nicht in Gegenwart der Heiligen!«

Er riss ihn zu Boden, warf sich auf ihn und trommelte mit den Fäusten auf Brust und Kopf ein. Simon lag auf seinen gefesselten Händen und konnte nicht einmal sein Gesicht schützen. Eher zufällig streifte die Faust seine Nase, die augenblicklich zu sprudeln begann, aber bevor es richtig schlimm wurde, packte jemand den rasenden King Edmund und riss ihn zurück.

»Ich schätze, das ist genug.« Es war eine angenehme Stimme, in der eine eigentümliche Mischung aus Respekt und Autorität schwang. »Ich bin überzeugt, er hat es nicht böse gemeint.«

Mit schreckgeweiteten Augen sah Simon zu seinem Retter und King Edmund empor, der noch ein paar Augenblicke weiterschrie und sich dann ebenso plötzlich beruhigte, wie er zu toben begonnen hatte.

»Es wäre gut, wenn du dich entschuldigst«, riet der Neuankömmling dem Jungen ohne besonderen Nachdruck. Sein Haar und Bart waren ebenso lang und zottelig wie die des selbsternannten Heiligen, aber weizenblond. Er mochte Mitte zwanzig sein, und Simon konnte nicht entscheiden, ob die Augen blau oder grün waren. Kräftige Hände legten sich um seine Oberarme und halfen ihm auf die Füße. Dann stellte der Mann mit den seltsamen Augen sich hinter ihn und begann geduldig, den Knoten seiner Handfesseln zu lösen.

Simon warf King Edmund einen argwöhnischen Blick zu. »Tut mir leid«, knurrte er.

»Das hast du eben auch gesagt«, gab der heilige Märtyrerkönig zurück und stapfte beleidigt davon.

»Großartig«, murmelte Simon vor sich hin. »Ich hab wirklich nicht lange gebraucht, mir den ersten Irren zum Feind zu machen.«

»Sei unbesorgt. Er ist nicht nachtragend. Heute Abend hat

er dir verziehen. King Edmund ist einer der Harmloseren unter uns. Und erstaunlich gebildet. Er kann sogar lesen.«

»Er sieht aus wie ein Mönch«, bemerkte Simon über die Schulter.

»Ich glaube eher, dass er Priester war. Er kennt sich aus in der Welt und mit den Menschen. Ich schätze, er war ein guter Hirte, bevor er …« Er ließ den Satz unvollendet.

Simon spürte, wie der Strick endlich von seinen Handgelenken verschwand. Erleichtert ließ er die gefühllosen, eiskalten Hände sinken, rieb sie kurz und fuhr sich mit der Linken über die blutende Nase. Dann wandte er sich um und verneigte sich leicht. Er wusste nicht so recht, warum er das tat, aber es erschien ihm richtig. Trotz der albtraumhaften Umgebung und seiner abenteuerlichen Erscheinung strahlte dieser Mann eine natürliche und darum unaufdringliche Vornehmheit aus. »Seid Ihr Normanne, Monseigneur?«, fragte Simon ebenso hoffnungsvoll wie ungläubig.

Der Blick der eigentümlichen Augen richtete sich in die Ferne. »Ja.«

Simon hatte das Gefühl, als habe er etwas Falsches gesagt. »Ich meinte nur …«, fügte er hastig hinzu. »Weil Ihr so fließend Angelsächsisch sprecht.« Er wies vage in die Richtung, wo King Edmund verschwunden war.

»Was heißt das heutzutage schon? Du sprichst es auch.«

Simon nickte. Es war nicht die Sprache, in der er dachte und träumte, aber er war in diesem Land zur Welt gekommen, genau wie sein Vater, und seine Amme und alle Dienstboten im Haus waren Angelsachsen gewesen. Viele Normannen sprachen Angelsächsisch. Aber nur wenige so wie dieser Mann mit den seltsamen Augen, so mühelos und ohne Akzent.

Simon kaute nervös auf seiner Unterlippe. »Mein Name ist Simon de Clare.«

Die Eröffnung entlockte seinem Retter keine so ehrfurchtsvolle Reaktion wie King Edmund. Er nickte lediglich, ohne sich vorzustellen. »Und was verschlägt dich an diesen im wahrsten Sinne des Wortes gottverlassenen Ort, Simon de Clare?«

Der Junge schob sich die dunklen Fransen aus der Stirn und schlang den guten Mantel fester um sich. »Die Fallsucht«, antwortete er knapp. Es war plötzlich eigentümlich leicht, es auszusprechen, obwohl das Wort die quälende Scham mit sich brachte wie eh und je.

»Sie haben gesagt, du seiest besessen?«

Simon senkte den Blick und schluckte. »Ja.« Dann sah er auf. »Und Ihr?«, fragte er. Es klang fast ein bisschen herausfordernd. »Ihr macht nicht den Eindruck, als gehörtet Ihr hierher, Monseigneur.«

»Das ist ausgesprochen schmeichelhaft, aber du irrst dich.«

»Und habt Ihr einen Namen?«

»Ich nehme es an. Aber ich weiß ihn nicht mehr.« Simon schaute ihm verständnislos ins Gesicht und sah in den grünblauen Augen eine solche Verstörtheit, dass ihm ganz elend davon wurde. »Ich habe keine Ahnung, wer ich bin, Simon de Clare. Mein Leben, wie ich es kenne, beginnt an einem Tag vor ungefähr zweieinhalb Jahren, als ich in dem Kloster dort drüben am Festland aus einem Fieber erwachte. Offenbar war ich kurz zuvor aus dem Heiligen Land zurückgekehrt, denn ich trug einen Kreuzfahrermantel. Aber was immer ich dort getan haben mag, wer immer ich war, weiß ich nicht mehr. Darum nennen sie mich Losian.«

Simon wusste, das bedeutete: verloren sein. Verwundert stellte er fest, dass er tatsächlich noch in der Lage war, für eine andere menschliche Kreatur Mitgefühl zu empfinden. Gott und die Welt hatten ihm übel, wirklich übel mitgespielt, aber wenigstens hatte er sich nicht verloren. Ihm ging auf, dass es noch etwas gab, wofür er dankbar sein sollte.

Losian hatte schon beim Aufwachen gewusst, dass heute ein schlechter Tag war. Er hatte in den Knochen gespürt, dass eine Veränderung bevorstand, und Veränderungen waren nicht gut. Sein höchstes – sein einziges – Gut war der Anschein von Gleichgewicht, den er seiner sinnlosen Existenz übergestülpt hatte und der zu nicht geringem Maß aus Resignation bestand.

Doch da dieses Gleichgewicht in keiner Wirklichkeit verankert war, geriet es leicht ins Wanken. Darum war jede Veränderung eine Bedrohung, und nun stand sie hier vor ihm in Gestalt dieses Knaben: fünf Fuß groß und so dürr, dass er fast kränklich wirkte. Entweder war er zu schnell gewachsen, oder die frommen Brüder dort drüben hatten ihn hungern lassen, um ihm seinen Dämon auszutreiben. Ein ebenmäßiges, hellhäutiges Gesicht umrahmt von glatten, dunklen Haaren. Meergraue Augen, die ihn anflehten.

Losian wandte den Blick ab. Er hatte diesem Jungen keine Hilfe anzubieten. »In drei Stunden wird es dunkel. Besser, du suchst dir zeitig einen Schlafplatz, sonst bist du morgen früh erfroren.«

Er ließ ihn stehen und überquerte den schlammigen Burghof. An der Westseite standen im Windschatten der Palisaden ein paar Holzhütten, die vermutlich einmal die Gesindequartiere der Burg gewesen waren. Die ganz linke lag ein wenig abseits von den anderen, und sie diente Losian als Wohnstatt. Sie hatte sogar eine Tür. Es gab nicht viel auf dieser Burg, um ihren Bewohnern menschenwürdige Unterkünfte, geschweige denn Komfort zu bieten, aber zweieinhalb Jahre waren eine lange Zeit, wenn man nichts anderes zu tun hatte, als zu improvisieren und ums Überleben zu kämpfen. Wände und Dach der einräumigen Hütte bestanden aus dicken Holzbrettern, die hier und da mit Stroh und Lehm abgedichtet waren. Es gab kein Fenster, denn auf dieser ewig windgeplagten Insel war Schutz vor dem Wetter wichtiger als Tageslicht. Trotz der bitteren Winterkälte war die Hütte unbeheizt. Ein Strohlager mit einer abgeschabten Felldecke, ein Holzschemel und eine Kiste waren das einzige Mobiliar. Losian klappte die kleine Truhe auf und legte den Strick hinein, mit dem der Junge gefesselt gewesen war.

»Es ist so … sauber«, sagte Simon von der Tür.

Losian wandte sich um. »Ich kann mich nicht erinnern, dich hereingebeten zu haben.«

Erschrocken machte Simon einen Schritt rückwärts, sodass

er vor der Türschwelle stand. »Ich bitte um Vergebung. Es ist nur … ich weiß nicht, wo ich hinsoll.«

»Platz ist das Einzige, was wir hier im Überfluss haben. Du kannst dir eine eigene Hütte suchen, aber dann wirst du nachts frieren. Die meisten wohnen aus dem Grund zu mehreren zusammen.« Er selbst war die Ausnahme, denn er brauchte einen Rückzugsort, der ihm allein gehörte. Außerdem plagten ihn gelegentlich Albträume, manchmal so schlimm, dass sein eigenes jammervolles Stöhnen ihn weckte. Und daraus machte er lieber ein Geheimnis. »Ich bin sicher, du kannst bei King Edmund oder bei den Zwillingen unterkommen, da wärst du gut aufgehoben. Nur eins solltest du auf keinen Fall tun: Geh nicht zum Burgturm hinauf.«

»Warum nicht?«

Losian schüttelte den Kopf. Es gab Dinge, die man hier besser nicht gleich am ersten Tag erfuhr. »Hör einfach auf mich.«

»Kann ich nicht bei dir wohnen?«, brach es aus dem Jungen hervor, doch noch ehe Losian ablehnen konnte, fügte er hastig hinzu: »Nein. Vergiss, dass ich das gesagt habe.« Dann straffte er die Schultern, als wolle er sich selbst zur Ordnung rufen. »Gott, ich führ mich auf wie ein Bengel. Nur gut, dass mein Vater das nicht gehört hat.«

Losian bewunderte ihn für seine Beherrschung. Und er war erleichtert, dass Simon sich offenbar nicht wie ein Ertrinkender an ihn klammern würde. Er zögerte noch einen Augenblick, dann winkte er ihn herein. »Ist dein Vater ein mächtiger Lord? Ich habe gehört, dass du deinen Namen mit Stolz aussprichst, und du trägst feine Kleider.«

Simon nickte und betrat die Hütte wieder. Er wirkte schüchtern und warf Losian einen prüfenden Blick zu, als wolle er feststellen, ob er ihm auch wirklich nicht zur Last fiel. »Die de Clares sind eine große Familie mit viel Land in England, Wales und der Normandie. Der Mächtigste ist mein Onkel, der Earl of Pembroke. Mein Vater besaß nur ein Landgut, aber wenigstens ein ansehnliches. Er war königlicher Forstaufseher in Lincolnshire. Letzten Herbst ist er gefallen.« Simon brach ab.

Gefallen. Losian sann über das Wort nach. Er wusste, dass ein Krieg im Land tobte. King Edmund hatte ihm das erzählt, und wenn der es sagte, stimmte es vermutlich. Aber hierher kam kein Krieg. Die Belange der Welt konnten den Bewohnern dieser Insel völlig gleich sein. Und manchmal beschlich ihn der grässliche Verdacht, dass ihm das ganz lieb war.

Erst mit einiger Verspätung stellte er fest, dass Simon wieder sprach: »... immer so geplant, dass ich zur Ausbildung in den Haushalt meines Onkels gehen sollte. Mein Onkel wusste auch von der Fallsucht. Das sei schon in Ordnung, hatte er Vater geschrieben, er habe einmal einen Hauskaplan gehabt, der ebenfalls damit geschlagen war, und darum wisse er, dass es schlimmer aussieht, als es ist. Nach Vaters Beerdigung ritt ich also zu ihm nach Shropshire, wo er seine Lieblingsburg hat.«

»Weiter Weg von Lincolnshire«, bemerkte Losian und fragte sich: Woher weiß ich das?

»In Kriegszeiten erst recht«, stimmte Simon zu. »Aber ich bin gut durchgekommen. Mein Onkel nahm mich mit großer Freundlichkeit auf. Es ging zwei Monate lang gut. Dann bekam ich den ersten Anfall.«

»Und da war es vorbei mit der Freundlichkeit?«

Simon nickte. Losian sah, wie er die Zähne zusammenbiss. »Ich weiß, dass er sich geschämt hat, mich zu verstoßen«, fuhr der Junge schließlich fort. »Aber noch mehr schämte er sich vor seinen Freunden und seiner Ritterschaft, so etwas wie mich im Haus zu haben. Vielleicht ist es bei mir schlimmer als bei seinem Kaplan – keine Ahnung. Er schickte mich jedenfalls nach York zum Prior des Klosters, der ein großer Heiler ist. Aber natürlich konnte der auch nichts machen. Er hat sich Mühe gegeben, mir schonend beizubringen, dass ich nicht krank, sondern besessen bin.«

Losian nickte. Den Rest konnte er sich mühelos denken. »Das war der Moment, da du dich hättest davonmachen sollen.«

»Ja, das wollte ich auch. Ich wollte zurück nach Hause. Das Gut gehört ja jetzt mir. Aber die Mönche ließen mich nicht wieder fort. Sie ... Sie haben mich eingesperrt und schließlich hierhergebracht.« Er wies vage auf die Bretterwand in die Richtung, wo das Festland und das Kloster lagen.

Losian setzte sich Simon gegenüber auf seine Bettstatt und lehnte sich an die Wand. »Zu den Meistern der Teufelsaustreibung.«

Simon sah ihm forschend ins Gesicht, fragte aber nicht.

Losian sagte es ihm trotzdem. »Es gibt einen Dämon namens Dantalion, der die Erinnerung befällt und auffrisst. Sie haben festgestellt, dass er von mir Besitz ergriffen hat, und nichts unversucht gelassen, ihn mir auszutreiben.« Er sagte es spöttisch. Das schien der sicherste Weg, um zu vermeiden, dass man bei der Erinnerung anfing zu schreien.

»Immerhin hast du's überlebt«, bemerkte der Junge beklommen.

»So wie du«, gab Losian zurück.

Simon nickte und schaute sich rastlos um, als suche er die rohen Holzwände nach einem unverfänglichen Thema ab. »Wie viele Menschen leben hier?«, fragte er schließlich.

»Siebzehn, dich mit eingerechnet.«

»Nur Männer?«

»Männer und Knaben, ja.«

»Haben sie für die verrückten Frauen eine eigene Insel?«, fragte Simon bitter. »Damit die Verwahrung der Narren und Missgeburten mit Anstand und Sitte vonstattengeht und sie sich bloß nicht vermehren?«

Losian schüttelte den Kopf. Ein halbes Jahr nach ihm hatten die Brüder einmal eine Frau hergebracht; ein gänzlich verwirrtes, verstörtes Geschöpf, das seine Umwelt überhaupt nicht wahrzunehmen schien. Sie hatten ihren Namen nie erfahren. Niemand hier hatte ihr etwas getan, und King Edmund hatte sie wie eine Königin behandelt. Aber in der fünften Nacht hatte sie sich von den Palisaden gestürzt. »Ich glaube, es liegt daran, dass es sich bei Frauen leichter geheim halten lässt«, sagte er. »Ihre Familien schützen sie besser, verstecken sie im Haus oder in einem abgelegenen Kloster. Es ist … einfach etwas anderes. Eine zurückgebliebene Tochter ist ein Schicksalsschlag, aber mit ein bisschen Glück und wenn es nicht gar zu schlimm ist, kann man sie immer noch verheiraten, nicht wahr. Ein zurückgebliebener Sohn hingegen ist eine Schande.«

»Und … und sind sie alle verrückt hier? So wie King Edmund?«

»Nein, nein. Nur drei sind wirklich verrückt. Vier, wenn du mich dazurechnen möchtest, wofür allerhand spricht. Fünf sind einfach nur schwachsinnig. Der Rest sind Krüppel.«

»*Krüppel?*«, wiederholte Simon ungläubig. »Aber warum in aller Welt sperren sie die hier ein?«

»Weil der ehrwürdige Abt von St. Pancras dort drüben glaubt, dass sie nicht nach Gottes Ebenbild erschaffen sind. Deswegen sei es anderen Menschen nicht zuzumuten, sie in ihrer Mitte dulden zu müssen.«

»Genau wie uns, die besessen sind«, fügte der Junge hinzu.

»Oder die Schwachsinnigen, von denen er sagt, sie hätten keine Seele.«

»Und … was glaubst du?«, fragte Simon.

Losian hatte in den vergangenen zweieinhalb Jahren kaum über ein anderes Rätsel mehr nachgegrübelt. Aber er war immer noch zu keinem befriedigenden Ergebnis gekommen. Es gab Tage und Nächte, da er sich in seinem eigenen Körper so fremd und deplatziert fühlte, dass er sicher war, ihn mit einer unbekannten Präsenz zu teilen. Vielleicht war es ein Dämon, wie die Brüder sagten. An anderen Tagen erschien ihm die Behauptung vollkommen absurd. »Frag King Edmund«, schlug er vor. »*Er* ist der Gelehrte.«

Simon schnaubte. »Das wären sicher hochinteressante Ausführungen …«

»Das sind sie in der Tat. Abgesehen von der Kleinigkeit, dass er sich für einen toten Märtyrerkönig hält, scheint sein Verstand vollkommen in Ordnung. Er spricht die Messe aus dem Gedächtnis und kann die Bibel praktisch auswendig.«

»Er hält euch die *Messe*?«

Losian nickte. King Edmund, so absonderlich er auch sein mochte, war kein schlechter Seelsorger. Aber das würde der

Junge schon noch selbst herausfinden. Wie so vieles andere auch. »Komm. Die anderen brennen sicher schon darauf, dich in Augenschein zu nehmen.«

»Das fehlt mir noch«, brummte Simon unwillig.

Losian stand auf und sah auf ihn hinab. »Das Leben hier ist eintönig. Ein neues Gesicht ist eine große Attraktion. Ich glaube, heute sind die Zwillinge an der Reihe, das Essen zu kochen. Das heißt, heute ist ein guter Tag. Lass uns gehen, Simon de Clare, sonst ist nichts mehr übrig.« Er warf sich einen schäbigen, vielfach ausgebesserten Mantel über die Schultern, der ihm nachts als zusätzliche Decke diente, und trat in den dämmrigen Winternachmittag hinaus. Simon folgte ihm zögernd. Während sie den Burghof durchquerten, begann es zu nieseln.

Beim Anblick der Zwillinge fuhr Simon der Schreck in die Glieder: Sie waren an der Hüfte zusammengewachsen. Zwei flachsblonde Angelsachsen, die sich wahrhaftig glichen wie ein Ei dem anderen. Sie waren vielleicht drei Jahre älter als er selbst, und sie bewegten sich zusammen mit einer Geschmeidigkeit und Mühelosigkeit, als sei es nur ein Wille, der ihre Glieder lenkte.

»Godric und Wulfric«, stellte Losian vor. »Und dies ist Simon de Clare.«

»Da hol mich doch der …« Godric sah über die Schulter, um festzustellen, ob King Edmund in der Nähe war, ehe er fortfuhr: »Teufel. Ein echter normannischer Edelmann.« Jeder der Zwillinge drosch Simon auf eine Schulter, sodass er fast in die Knie ging, und sie sagten wie aus einem Munde: »Willkommen, Simon.«

»Danke.« Er erwiderte ihr breites Grinsen, auch wenn es sich seltsam anfühlte an diesem Ort des Schreckens.

»Es gibt Hafergrütze«, verkündete Wulfric.

»Ich hoffe, das ist nach deinem Geschmack, denn hier gibt es praktisch immer Hafergrütze«, fügte Godric hinzu.

»Ich bin ganz versessen darauf«, log Simon mit Inbrunst.

Sie lachten. Aus dem Augenwinkel sah Simon Losian neben

der Tür an der Wand lehnen. Er hatte die Arme verschränkt und beobachtete sie mit undurchschaubarer Miene.

Das ehemalige Backhaus verfügte neben dem verfallenen Ofen über einen kleinen Herd. Ein Kessel hing über dem Feuer. Simon wärmte sich dankbar die Hände und warf einen Blick auf die blubbernde, gräuliche Grütze. In einem unordentlichen Kreis standen Schemel und umgedrehte Holzkisten um den Herd. Simon zählte verstohlen: sechzehn. »Ich sollte mir einen Stuhl besorgen«, murmelte er und sah sich ratlos um, als hoffe er, ein Schemel werde vom Himmel fallen.

»Nein, nein, wir haben schon einen für dich geholt, als King Edmund uns vorhin erzählte, dass du angekommen bist.«

»Aber ich dachte, wir sind siebzehn«, wandte Simon mit einer Geste auf die zusammengewürfelten Sitzmöbel ein.

Die Zwillinge nickten. »Mit Regy. Der isst allein«, erklärte Godric, seine Miene plötzlich grimmig.

»Warum?«, fragte Simon.

Wulfric sah vorwurfsvoll zu Losian hinüber. »Du hast ihm nichts von Regy erzählt, was?«

»Ich fand, es musste nicht gleich heute sein«, gab Losian achselzuckend zurück.

»Na ja, das ist wahr«, räumte Godric ein. Während er sich über den Topf beugte und rührte, bückte sein Bruder sich noch ein bisschen tiefer und hob einen Stapel Holzschalen vom Boden auf. Gleichzeitig richteten sie sich wieder auf. Simon beobachtete sie fasziniert.

Das entging den Zwillingen nicht. »Es kommt mit der lebenslangen Übung«, erklärte Wulfric. »Das Einzige, worüber ich mir früher oft Sorgen gemacht hab, war, wie es gehen sollte, wenn einer von uns mal heiraten will. Du weißt schon, was ich meine. Es gibt Dinge, bei denen man seinen Bruder einfach nicht gebrauchen kann. Aber das hat sich ja nun erledigt«, schloss er. »So sorgt der Herr für uns, Simon de Clare. Ah, und da kommen die anderen.«

Ein Dutzend Männer und Knaben betraten allein oder zu zweit das kleine Küchenhaus. Der Erste war ein rotwangiger alter Bauer namens Luke, der Simon mit großer Herzlichkeit begrüßte und ihm anvertraute, dass eine Schlange in seinem Bauch wohne. An guten Tagen rolle sie sich zusammen und schlafe, an schlechten Tagen drohe sie, ihn von innen zu zerfleischen, wenn er sich auch nur einen Zoll rühre. Dann müsse er mucksmäuschenstill sitzen.

Aha, machte Simon.

Ein rothaariger Junge, dessen Gesicht und Arme von Sommersprossen übersät waren, kam als Nächster. Den hatten sie Jeremy genannt, erklärte Godric, aber sie wüssten nicht, wie er hieße, denn er sei taubstumm. Dann kam ein dicklicher junger Mann mit einem kugelrunden, zu großen Kopf und schräg stehenden Augen, der Simon keines Blickes würdigte, sondern auf ungelenken Beinen zu Losian hastete und ihn innig umarmte.

Losian drehte den Kopf zur Seite und presste ungeduldig die Lippen zusammen, ließ den stürmischen Liebesbeweis aber ein paar Herzschläge lang über sich ergehen, ehe er sich sanft befreite. »Schon gut, Oswald. Immer mit der Ruhe.«

»Ich hab was für dich«, sagte Oswald strahlend und streckte ihm die rundliche, eigentümlich kleine Hand entgegen. Er sprach seltsam, fand Simon. Nuschelnd und ein bisschen undeutlich.

Losian nahm den Gegenstand, den der junge Mann ihm hinhielt, und betrachtete ihn eingehend. Es war ein Penny, schlammverschmiert und angelaufen, aber hier und da funkelte Silber. »Wo hast du ihn her?«, fragte Losian verblüfft.

»Wehrgang«, erklärte Oswald stolz. »Eingeklemmt zwischen zwei Hölzern.«

Holzbohlen, nahm Simon an.

Losian betrachtete den Fund mit einem verwunderten Kopfschütteln und hielt ihn Oswald dann wieder hin. »Behalte ihn. Du kannst mir nicht immer alles schenken, was du findest. Wenn du ihn polierst, wird er ganz blank.«

Aber Oswald schüttelte entschieden den Kopf. »Für dich«, beharrte er. »Für meinen allerallerbesten Freund.«

»Na schön.« Losian steckte die Münze in den abgewetzten Lederbeutel, den er am Gürtel trug. »Ich heb ihn für dich auf.«

»Du kannst ihm ja ein Bier ausgeben, wenn wir das nächste Mal ins Wirtshaus kommen«, schlug einer der Zwillinge vor. Godric, rief Simon sich in Erinnerung. Der Linke der beiden war Godric.

»Diese Leprakranken müssen reiche Leute gewesen sein, wenn sie ihr Geld auf dem Wehrgang verstreut haben«, meinte Wulfric und begann, Grütze in die Schalen zu löffeln.

»Leprakranke?«, fragte Simon.

Die Zwillinge nickten. »Die waren vor uns hier. Aber dann haben die Brüder von St. Pancras drüben auf dem Festland für die Leprakranken ein Hospital gebaut. St. Giles heißt es. Sehr hübsch, hab ich gehört.« Er sagte es ohne erkennbare Bitterkeit.

Doch Simon hatte noch nicht gelernt, sich mit seinem Schicksal abzufinden. »Und stattdessen sperren sie uns nun in diese trostlose Ruine? Sind wir noch weniger wert als Aussätzige?«

»Nein. Aber die heiligen Brüder von St. Pancras betrachten uns mit anderen Augen«, erklärte King Edmund, der gerade eingetreten war und Simons Frage gehört hatte. »Danke, mein Sohn«, sagte er zu Wulfric, als dieser ihm eine dampfende Schale reichte, dann wandte King Edmund sich wieder an den Neuzugang. Er lächelte milde – seinen Groll hatte er offenbar vergessen, wie Losian vorhergesagt hatte. »Gott schlägt die Menschen mit Aussatz, um sie für ihre Sünden zu strafen. Aber jeder Mensch ist sündig, das wissen sogar die Brüder von St. Pancras. Es kann also jeden von uns treffen, und darum sind wir gehalten, den Aussätzigen zu helfen und ihnen Almosen zu geben. Damit helfen wir uns sozusagen selbst, verstehst du? Es ist ein Dienst an der eigenen Seele. Wir hier hingegen«, und er vollführte eine Geste, die das ganze Küchenhaus umschloss, »wir sind die hoffnungslosen Fälle. Sie glauben, dass Gott uns nicht bestraft, sondern verstoßen hat. Und so erscheint es ihnen nur vernünftig, seinem Beispiel zu folgen.«

Simon starrte ihn an. War dieser gebildete Gottesmann

wirklich derselbe, der ihn vorhin wie eine Furie angefallen hatte?

»Griff kommt nicht«, berichtete Wulfstan, ein buckliger, zwergwüchsiger Mann, der Simon bestenfalls bis an die Hüfte reichte. »Er kann nicht aufstehen. Ich hab gesagt, ich bring ihm was und füttere ihn, aber er will nichts mehr.«

»Ich werde nach dem Essen nach ihm sehen«, versprach King Edmund.

»Griff hat die Schwindsucht«, erklärte Godric Simon. »Ich denke, er hat's bald überstanden.«

»Kann ich seine Schuhe haben, wenn er stirbt?«, fragte Luke. »Und seine Decke?«

»Der Erste, der eine Decke braucht, ist Simon«, entgegnete Losian.

»Aber der hat diesen feinen, dicken Mantel«, protestierte Luke. »Ich brauch die Decke viel dringender.« Sein fröhliches, runzeliges Bauerngesicht verzerrte sich und nahm eine bedenkliche purpurne Tönung an. Mit einem Mal sah er aus wie ein trotziges Kind, das jeden Moment in lautes Geheul auszubrechen droht. »Ich will auch endlich mal was bekommen! Du sagst immer, jemand anders ist vor mir dran und …«

Losian legte ihm die Hand auf den Arm. »Du bekommst die Schuhe. Aber nicht die Decke. Es tut mir leid. Im Übrigen ist Griff noch nicht tot, und wir sollten wenigstens warten, bis wir ihn der See übergeben haben, bevor wir seine Habseligkeiten verteilen.«

»Amen«, sagte King Edmund mit Nachdruck. »Und nun lasset uns beten.«

Alle stellten ihre Schalen auf den Boden, bekreuzigten sich und senkten die Köpfe, während King Edmund ein Tischgebet sprach.

Wieso beten wir, wenn Gott uns verstoßen hat?, fuhr es Simon durch den Kopf, aber er war zu hungrig, um sich jetzt mit dieser Frage zu befassen. Sobald das Gebet beendet war, ergriff er seine Schale und wollte mit den Fingern Grütze herausschöpfen.

»Nein, nein, das ist nicht nötig«, sagte Godric und verteilte hölzerne Löffel. »Früher haben wir mit den Fingern gegessen. Früher haben wir hier überhaupt gelebt wie die Tiere. Bis er kam.« Er zeigte mit seiner Schale auf Losian, der auf einer Holzkiste saß, die Beine übereinandergeschlagen. »Er hat uns dran erinnert, dass wir menschliche Wesen sind, und sorgt dafür, dass wir uns meistens auch so benehmen.«

»Warum steckst du nicht einen Löffel Grütze in deinen viel zu großen Mund, Godric«, grollte Losian.

»Er mag es nicht sonderlich, wenn man das sagt«, vertraute Wulfric Simon im Verschwörerton an. »Wahrscheinlich fürchtet er, dass er eines Morgens aufwacht und sich dran erinnert, dass er ein Rattenfänger oder Schweinehirt war und seine ganze Vornehmheit nur Getue ist.«

Zielsicher und blitzschnell warf Losian seinen Löffel nach ihm, aber die Zwillinge bogen lachend die Köpfe weg – beide im selben Moment.

Simon hätte geglaubt, dass der Anblick von so viel Gebrechen und menschlichem Elend ihn in tiefe Düsternis gestürzt, ihm zumindest nachhaltig den Appetit verschlagen hätte, aber das war nicht der Fall. Vor allem Godric und Wulfric hatte er zu verdanken, dass sein neues Leben ihm nicht ganz und gar unerträglich erschien. Sie hatten ihn eingeladen, zu ihnen in die alte Schmiede zu ziehen, und Simon hatte mit großer Erleichterung angenommen. Sie hatten ihm den Brunnen und die Abtrittbude hinter dem einstigen Viehstall gezeigt und ihm die tägliche Routine dieser sonderbaren Bruderschaft erklärt. Und als es Nacht wurde, legten sie sich auf ihrem Strohlager auf den Rücken und schliefen selig, ohne sich je auf die Seite drehen zu können, während Simon sich rastlos und von schweren Träumen geplagt hin und her wälzte.

Der unerschütterliche Frohsinn, mit dem Wulfric und Godric ihrem Schicksal begegneten, richtete ihn auf, und obwohl sie nur ungehobelte angelsächsische Bauern waren, nahm er sie sich zum Vorbild. Ihnen war es ganz ähnlich ergangen wie ihm, und Simon sollte im Laufe der nächsten Tage lernen, dass die Geschichten all derer, die es hierher verschlagen hatte, sich glichen. Wulfrics und Godrics Vater war ein angesehener Schafzüchter in einem Dorf unweit von Scarborough. Ihre Mutter war bei der Geburt der Zwillinge verblutet, doch weder das noch ihre Anomalie hatte der Vater ihnen je übel genommen. Es war ja nicht so, als hätte die Welt nie zuvor von zusammengewachsenen Zwillingen gehört. Bei Welpen und Kälbern geschah das ja gelegentlich auch. Im Grunde waren sie völlig normal aufgewachsen, und die Leute im Dorf glaubten, dass die Zwillinge mit dem sonnigen Gemüt ihnen Glück brächten, denn seit ihrer Geburt hatte es keine einzige Missernte mehr gegeben. Dann war der Krieg gekommen, und schottische Truppen hatten den ganzen Norden Englands besetzt. Sie taten den Leuten kein Leid, aber sie fraßen ihnen die Haare vom Kopf, und die Dorfältesten hatten entschieden, den Abt von St. Pancras um Vermittlung und Fürsprache zu bitten, denn er war mächtig und bei den Schotten hoch geachtet. Vermutlich war es eine Dummheit gewesen, ausgerechnet die Zwillinge zu schicken, denn wer den Anblick nicht gewöhnt war, erschrak leicht. Trotzdem hatten die Ältesten es beschlossen, weil Wulfric und Godric ihnen eben immer Glück gebracht hatten. Voller Neugier und Abenteuerlust hatten die beiden damals vierzehnjährigen Jungen sich auf den Weg gemacht, und der Abt von St. Pancras hatte sie nie wieder nach Hause gelassen. Aber das Einzige, was ihnen an der ganzen Sache wirklich zu schaffen machte, war der Kummer ihres Vaters.

»Wir wissen nicht, ob er sich je auf den Weg nach St. Pancras gemacht hat, um nachzuforschen, was aus uns geworden ist. Und falls ja, was sie ihm erzählt haben«, sagte Wulfric, als sie am nächsten Morgen mit Simon zusammen die morsche Treppe zum Wehrgang hinaufstiegen. »So oder so: Er muss denken, wir sind tot oder wir fristen hier ein jämmerliches Dasein. Hart für einen Vater, verstehst du.«

Simon nickte beklommen.

»Pass auf, die dritte Stufe von oben macht's nicht mehr

lange«, warnte Godric. »Wir müssen zusehen, wo wir ein bisschen Holz finden, um sie auszubessern.«

»Haben wir Werkzeug?«, fragte Simon.

»Ah!«, rief Wulfric.

»Was?«, fragte Simon verständnislos.

»Du hast ›wir‹ gesagt«, erklärte Godric. »Gestern war es noch ›ihr‹.«

»Oh. Tut mir leid«, murmelte der normannische Knabe verlegen.

»Ist schon in Ordnung«, versicherte Godric. »Man braucht ein Weilchen, ehe man glauben kann, dass man wirklich hier gelandet ist. Denn verdient hat das keiner, weißt du.«

Simon blickte über die Brustwehr, die den gesamten Palisadenzaun umlief. Sie waren auf der Ostseite der Burg hinaufgestiegen, und Simon stellte fest, dass die Insel größer war, als er angenommen hatte. Etwa eine Meile erstreckte sich das flache, bewaldete Land. Dahinter lag die See. Von Horizont zu Horizont. Heute war sie stahlblau, denn das Wetter hatte sich gebessert. Der Himmel war klar und leuchtete in einem verwaschenen Blau. Doch der unablässige Wind war so kalt, dass Simon nach kurzer Zeit glaubte, seine Nase werde abfrieren.

Er wandte den Blick vom Meer ab, denn das Glitzern der Sonne auf dem Wasser war gefährlich für ihn. »Im Wald da unten muss es nur so vor Wild wimmeln«, bemerkte er.

Wulfric seufzte tief. »Ja, aber all die Rehe und Wildschweine könnten genauso gut in Irland sein, soweit es uns betrifft. Aus dieser Burg gibt es kein Entkommen, glaub mir. Losian hat alles versucht. Aber – und das beantwortet auch deine Frage – wir haben keine Schaufeln, um die Palisaden zu untertunneln, keine Äxte, um sie zu fällen. Wir haben ja nicht mal ein Messer, womit ein Mann sich mal den Bart stutzen könnte.«

Simon war bereits aufgefallen, dass alle Haar und Bart lang trugen. Jetzt verstand er auch, warum. »Die Brüder müssen ja große Angst vor uns haben«, knurrte er.

»Vielleicht«, stimmte Godric zu. »Vielleicht wollen sie auch, dass wir wie Tiere leben, um dann sagen zu können: ›Da, schaut sie euch an, sie sind wirklich kein Umgang für anständige Christenmenschen‹. Ich hab keine Ahnung.«

Sie setzten ihren langsamen Rundgang fort. Auf der Westseite beugte Simon sich über die gefährlichen Spitzen der Holzpfähle und schaute nach unten zur Anlegestelle. »Was ist mit Abseilen?«, fragte er.

»Dafür braucht man ein Seil, wie an dem Wort unschwer zu erkennen ist«, erklärte Godric.

»Ihr wollt mir im Ernst erzählen, auf dieser ganzen Burg gibt es kein Seil?«

»Du kannst dir nicht vorstellen, wie nackt und leer die Aussätzigen diese Anlage hinterlassen haben. Das sind genauso arme Schweine wie wir, die nichts haben und darum alles gebrauchen können.«

»Trotzdem stimmt es nicht, dass wir gar kein Seil hätten«, schränkte sein Bruder ein. »Losian sammelt jeden Fetzen, den er finden kann, um irgendwann ein neues, starkes Seil daraus zu drehen. Aber bisher hat er nicht mal genug, um einen Kerl damit aufzuknüpfen.«

»Vielleicht besser so«, warf Godric ein.

»Wieso?«, fragte Simon verständnislos.

»Tja, weißt du, manchmal kommt die Schwermut über Losian. Dann lassen wir ihn nicht hier rauf. Vielleicht ist das ja schrecklich selbstsüchtig von uns, denn wenigstens der eine Ausweg sollte jedem offenstehen. Aber wir wüssten einfach nicht, was wir ohne ihn anfangen sollten.«

Losian ließ eine ganze Woche verstreichen, ehe er den Jungen mit auf den Burghügel hinaufnahm. Er hätte es lieber noch ein bisschen länger hinausgezögert, aber er wusste, das war zu gefährlich. Simon befinde sich in bedenklicher Gemütsverfassung, hatte King Edmund ihm erklärt. Tun wir das nicht alle?, hatte Losian entgegnet, aber natürlich wusste er genau, was Edmund meinte: Der junge Normanne war jetzt lange genug hier, um allmählich zu begreifen, wie hoffnungslos und trist und entbehrungsreich der Rest seines Lebens tatsächlich sein würde, aber noch nicht lange genug, um sich an dieses eigentlich unerträgliche Dasein zu gewöhnen. Darum balancierte er wie ein Gaukler mit ausgestreckten Armen an der ungesicherten Kante der Brustwehr entlang, lief mit bloßem Oberkörper draußen in der Kälte herum und fluchte in Edmunds Hörweite. Vielleicht war dem Jungen gar nicht bewusst, was er tat, aber er forderte Gott auf, ihn zu erlösen, weil er sich außerstande sah, es selbst zu tun. Er taumelte zwischen dem natürlichen Lebenshunger eines Knaben und der Todessehnsucht eines Verzweifelten. Und je schlimmer es um ihn stand, desto größer wurde seine Ungeduld, endlich den Burgturm betreten zu dürfen.

»Alle meiden ihn wie ein Spukhaus«, spottete er, als sie die Zugbrücke überquerten, die keine mehr war, weil die Ketten zerbrochen im Graben lagen. »Warum?«

»Weil er genau das ist«, erwiderte Losian grimmig.

King Edmund und Oswald hatten wieder einmal versucht, Brot zu backen, und heute war es ausnahmsweise fast gelungen. Die Fladen, die sie zustande gebracht hatten, waren stellenweise ein bisschen verkohlt, aber essbar. Simon trug einen davon in der Hand, Losian einen Krug Wasser. Heute war er an der Reihe, Regy das Essen zu bringen. Es gab Tage, da wünschte er, er hätte hier nicht für alle Aufgaben eine strikte Reihenfolge eingeführt und es sei so wie früher das Los der Schwächsten, die unangenehmsten Pflichten zu erfüllen.

Seite an Seite stiegen sie die steile Motte und die Treppe zur Halle hinauf. Als sie die Eingangstür des Turms erreichten, wollte Simon den linken Flügel öffnen, aber Losian streckte die freie Hand aus und legte sie an den Torpfosten, sodass sein Arm eine Barriere vor der Brust des Jungen bildete. »Jetzt hör mir genau zu, Simon. Dieser Mann dort drin ist gefährlich. Möglicherweise wird er versuchen, dein Mitgefühl zu erregen, aber lass dich nicht blenden. Er hat Menschen gequält und getötet. Nur zum Spaß. Er ist angekettet, aber du darfst ihm niemals den Rücken zukehren. Du darfst nicht für einen Lidschlag unachtsam sein. Denn er brennt darauf, auch dich und mich zu töten. Hast du verstanden?«

Simon starrte ihn mit großen Augen an und nickte.

Losian verharrte einen Moment vor der Tür und sammelte sich. Dann zog er den schweren Torflügel auf und trat ins dämmrige Innere.

Von der prächtigen Halle, die gewiss einmal der Stolz des Burgherrn gewesen war, konnte man nicht mehr viel erkennen. Der Dachstuhl war kaum mehr als ein nacktes Gerippe, nur auf der Ostseite befanden sich noch ein paar Schindeln. Der Rest der Halle war seit Jahren den Elementen ausgeliefert. Die Holzdielen waren vermoost und morsch, fehlten teilweise ganz, sodass man in die dunklen, leeren Vorratsräume unter der Halle blicken konnte. Das hatte den Vorzug, dass es hier immer reichlich frische Luft gab, denn es stank wie in einem Raubtierkäfig.

Simon wich instinktiv zurück, als der Geruch ihm in die Nase stieg, schaute sich dann aber neugierig um. Losian richtete den Blick auf die Schatten an der Ostseite. Erst als er die zusammengesunkene Gestalt entdeckte, die dort reglos an einen der massiven Stützbalken gelehnt auf dem nackten Boden hockte, betrat er die Halle.

»Regy. Ich bringe dir Brot.«

»Und ein ausnehmend hübsches Stück Arsch, wie ich sehe«, antwortete eine Stimme auf Normannisch. Sie klang aufgeräumt, beinah übermütig, aber ein leichtes Näseln verlieh ihr einen herablassenden Unterton.

Losian warf Simon einen kurzen Blick zu und sah die Scham auf seinen Wangen brennen. »Das ist Simon de Clare«, erklärte er und achtete darauf, dass sein Tonfall nichts preisgab, woraus Regy Kapital hätte schlagen können.

Langsam trat er näher, und Simon wich nicht von seiner Seite.

»Es ist mir eine Ehre, de Clare«, versicherte die Gestalt. »Reginald de Warenne.«

Simon sah aus, als habe er herzhaft in einen faulen Apfel gebissen. Losian schloss, dass Regys Name ebenso berühmt war wie Simons.

Aber so leicht wollte der Junge sich offenbar nicht einschüchtern lassen. Er trat einen Schritt vor und verneigte sich mit der Hand auf der Brust. »Die Ehre ist die meine, Monseigneur.«

Regy lachte. Er hatte sein Gesicht immer noch nicht gezeigt, sondern hielt den Kopf zwischen den Knien, sodass nur ein wildes Gestrüpp aus Haaren und Bart zu sehen war. Arme und Beine waren nackt, aber Regy, wusste Losian, fror niemals. Was immer es war, das ihn trieb, loderte so heiß in seinem Innern, dass es ihn warm hielt.

»Mir will scheinen, ich habe dich länger nicht gesehen, Losian«, bemerkte Regy im Plauderton. »Und wie geht es unserem verlorenen Sohn heute, hm?«

»Danke.«

»Das heißt: Danke, mir geht es prächtig, Regy? Oder danke, dass du dich nach meinem Befinden erkundigst, aber je weniger darüber gesagt wird, desto besser?«

»Ich schätze, irgendwo dazwischen.«

»Du solltest tun, wozu ich dir geraten habe: Verschwinde von diesem trostlosen Eiland und geh zu dem Apotheker in York, von dem ich sprach. Er versetzt dich in einen Zauberschlaf und führt dich zurück nach *Outremer* in deine Vergangenheit. Und wenn du aufwachst, weißt du wieder, wer du bist.«

Losian verzog den Mund zu einem, wie er hoffte, verächtlichen Lächeln. »Noch bin ich nicht so verzweifelt, dass mir einfallen könnte, mich mit deinen Satanistenfreunden einzulassen.«

Regy seufzte. »Oh doch. Das bist du. Ich glaube wahrhaftig, du bist der verzweifeltste Mann, dem ich je begegnet bin. Soll ich dir sagen, was ich denke, Losian?«

»Nein. Aber ich bin sicher, du wirst es trotzdem tun.«

»Ich denke, du fürchtest dich davor, zu erfahren, wer du bist. Du hast irgendetwas Furchtbares getan dort drüben im Heiligen Land. Etwas, das alles in den Schatten stellt, was ich mir je erlaubt habe. Du hast niedliche kleine Heidenkinder ins Feuer geworfen oder den König von Jerusalem ermordet. Irgendetwas dieser Art. Und dein Geist hat beschlossen, es zusammen mit deiner übrigen Vergangenheit zu vergessen, weil du die Erinnerung an deine Schande nicht ertragen konntest.«

»Das ist eine hochinteressante Theorie«, lobte Losian und bemühte sich nach Kräften, Regy nicht merken zu lassen, dass der den Nagel auf den Kopf getroffen und Losians schlimmste Befürchtung zielsicher erraten hatte. »Ich werde sie King Edmund unterbreiten. Mal sehen, was unser Gelehrter dazu sagt.«

Regy lachte wieder, und als er sich rührte, klirrte das Halseisen leise. »Ich habe recht, nicht wahr? Deine Kiefermuskeln verraten dich. Sie sind immer wie versteinert, wenn du etwas hörst, das dir zu schaffen macht. Anders als unser Freund Simon de Clare hier. Er bekommt eine feuchte Oberlippe. Wie hinreißend diese winzigen Tropfen in dem hauchfeinen Flaum aussehen! Komm einen Schritt näher, mein Junge.«

Simon machte einen wagemutigen Schritt weiter nach vorn. Losian sah kurz zu Boden. Eine schneckenförmige Laufspur führte um den Pfeiler herum, wo Regy auf seinen endlosen Wanderungen die Dielen abgenutzt hatte, obwohl sie aus hartem Eichenholz waren. Der äußere Kreis entsprach der Reichweite seiner Kette, die sich bei seinen Runden um den Pfeiler wickelte, sodass diese immer kleiner wurden. Solange man den äußeren Kreis nicht überschritt, war man in Sicherheit vor Regys Händen und seinen ungeheuren Kräften. Nicht indessen vor seinen Worten.

»Ist dein Vater der Earl of Pembroke?«, fragte er Simon.

»Mein Onkel. Mein Vater war Ralph de Clare of Woodknoll.«

»Oh, ich erinnere mich. Ein höchst ehrenwerter Mann. Ist er tot?«

»Gefallen«, antwortete Simon knapp.

»Für Stephen, diese traurige Gestalt, oder unsere kriegerische Kaiserin Maud?«

»Für König Stephen.«

Regy hob endlich den Kopf und richtete sich auf. Sein Leib war hager und sehnig, seine Augen nur ein Funkeln im Halbdunkel. »Demnach ist deine Mutter die liebreizende Katherine Montgomery?«, fragte er und streckte die Beine vor sich aus.

Simons Augen verengten sich. Regy hatte es heute vorgezogen, sein einziges Kleidungsstück, das man mit viel gutem Willen einen Lendenschurz nennen konnte, abzulegen. So als hätte er geahnt, dass er einen Besucher bekommen würde, den er mit dergleichen noch schockieren konnte.

»Ihr seid bemerkenswert gut informiert, Monseigneur«, antwortete der Junge steif und sah unverwandt in die unheimlichen Augen, vermutlich um seinen Blick daran zu hindern, zu Regys Schoß hinabzugleiten.

»Ich vergesse niemals eine schöne Frau. Ich hoffe, deine Mutter ist wohlauf?«

»Das hoffe ich auch. Sie starb vor sieben Jahren bei der Geburt meiner Schwester.«

»Hm. Die mit ihr starb, nehme ich an. Du bist ein tapferes Bürschchen, Simon de Clare. Du bist sehr darum bemüht, mir den harten Brocken vorzuspielen, dabei graut dir in Wahrheit davor, dass du ganz allein auf der Welt bist. Dass zum Beispiel niemand mehr da war, um zu verhindern, dass du hier landest. Was mag es sein, das dich herführt?«

»Ich glaube, ich habe genug Eurer Fragen beantwortet, um den Geboten der Höflichkeit zu genügen«, entgegnete der Junge frostig, unverkennbar wütend.

Losian machte eine kleine, beschwichtigende Geste. »Lass dich nicht provozieren, Simon. Du würdest ihm einen so großen Gefallen damit tun, und ich schätze, das ist das Letzte, was du willst.«

Regy lachte wieder in sich hinein, aber es klang nicht mehr ganz so vergnügt. »Oh, Losian, Losian. Auf welch hohes Ross du dich schwingst.« Und an Simon gewandt fügte er hinzu: »Du musst wissen, Losian hat sich zu meinem Richter und Wärter erhoben. Er hat befunden, dass ich selbst unter den Verstoßenen noch verstoßen werden muss. Weil ich verrückt sei. Sagt der Mann, der nicht einmal seinen eigenen Namen weiß.«

Losian stellte den Wasserkrug einen Fuß außerhalb des Kreises ab. »Simon, ich würde gern gehen.«

Simon nickte, warf ihm einen nervösen Blick zu und trat noch einen kleinen Schritt weiter vor, um den Brotfladen abzulegen. Aber Losian riss ihn am Ärmel zurück und nahm ihm das Brot aus der Hand. Erst als Simon sich außerhalb der Gefahrenzone befand, legte er den Brotfladen auf den Wasserkrug, um ihn vor dem Dreck am Boden zu schützen.

Regy beobachtete ihn, richtete den Blick dann auf Simon und machte: »Buh!«

Kopfschüttelnd wandte der Junge sich zur Tür. Losian folgte ihm. »Gesegnete Mahlzeit, Regy.«

»Ich werde dich töten, Losian«, teilte Regy ihm leutselig mit. »Meine Stunde wird kommen, eines Tages. Wir haben ja Zeit, du und ich, nicht wahr? Ich habe mir schon allerhand für dich einfallen lassen. Wir werden es ganz gemächlich angehen. Es wird einen ganzen Tag und eine ganze Nacht dauern. Du wirst mein Meisterstück.«

»Ich fühle mich geehrt«, gab Losian gelangweilt zurück, aber er unterdrückte nur mit Mühe ein Schaudern. Ohne Regy aus den Augen zu lassen wartete er, bis Simon hinausgetreten war. Dann folgte er ihm und schloss die Tür. Er tat es ohne Schwung, aber das Poltern von Holz auf Holz war dennoch befriedigend.

Schweigend gingen sie die Motte hinab. Erst als sie wieder im unteren Burghof standen, fragte Simon: »Was hat er getan?«

»Das willst du nicht wissen«, antwortete Losian kurz angebunden.

»Aber … wenn er Menschen getötet hat, warum ist er dann hier und nicht aufgehängt worden?«

»Weil er ist, wer er ist. Seine Opfer waren Bauern. Er hat nie vor einem Richter gestanden.«

»Wieso bist du so zugeknöpft?«, gab der Junge hitzig zurück, viel verwegener als noch vor einer Woche. »Ich bräuchte nur Wulfric und Godric zu fragen, die erzählen es mir sicher.«

Dann frag sie, lag Losian auf der Zunge. Er sprach nicht

gern über Regy, und er dachte auch nicht gern an ihn. Doch er befürchtete, die Zwillinge würden maßlos übertreiben und die Wahrheit, die weiß Gott schauderhaft genug war, grundlos aufbauschen und verzerren, denn manchmal überkam sie die Lust am Fabulieren, vor allem Godric. Das war eben ihre Art, sich die quälende Langeweile zu vertreiben. Aber Losian wollte nicht, dass sie Simon irgendwelche verrückten Schauergeschichten auftischten.

»Er war ein einflussreicher Mann mit beträchtlichen Ländereien unweit von York«, berichtete er, während sie zum Brunnen hinüberschlenderten. »Sie lagen weit verstreut, und er hielt sich auch häufig in der Stadt auf, denn der Kastellan der Burg ist sein Cousin. So konnte er lange geheim halten, was er trieb. Er ging zu den Bauern in seinen Dörfern oder zu armen Leuten in der Stadt und verlangte einen Sohn oder eine Tochter als Stallknecht, Küchenmagd, was weiß ich. Weil er gutes Geld bot, willigten die meisten dankbar ein. Es waren immer Knaben oder Mädchen in deinem Alter, die er sich holte. Und sie alle verschwanden spurlos.«

»Er hat …« Simon schluckte, versuchte es aber tapfer noch einmal: »Er hat sich an ihnen vergangen und sie dann getötet?«

»Ja.«

»Wie viele?«

»Ein Dutzend, sagt er. Vielleicht hat er ein wenig übertrieben, um aufzuschneiden. Ich weiß es nicht. Aber wenn je ein Mann von bösen Mächten besessen war, dann ist es Regy, Simon. Ein verzweifelter Vater wandte sich schließlich an den Dorfpfarrer, und weil der die Geschichte schon zum zweiten Mal hörte, wandte der Pfarrer sich an den Archidiakon des Erzbischofs von York. Der tat das Ganze natürlich als abergläubisches Geschwätz dummer Bauern ab und weigerte sich, einen so angesehenen Edelmann wie Reginald de Warenne mit diesen haltlosen Vorwürfen zu behelligen. Doch aus irgendeinem Grunde zog er offenbar ein paar diskrete Erkundigungen ein.« Losian schöpfte einen Eimer Wasser und füllte den Inhalt in einen Holzbottich um, der neben dem Brunnen stand. Den Bottich hob er auf und trug ihn zu seiner Hütte hinüber.

»Und die Verdächtigungen bestätigten sich?«, fragte Simon, der neben ihm herlief.

Losian nickte. »Halt mir die Tür auf, sei so gut.«

»Was hast du vor?«

»Ich wasche meine Kleider«, erklärte Losian. »Heute ist der wärmste Tag seit Wochen, eine gute Gelegenheit.« Er stellte den Bottich auf den Deckel seiner Kiste und ließ die Tür offen, damit er Licht hatte. Der Wind kam hereingeweht, aber heute war er nur kalt, nicht eisig. »Der Archidiakon erfuhr, dass Regy in gewissen übel beleumundeten Kreisen in der Stadt kein Unbekannter war. Und obwohl er nicht wollte, musste er feststellen, dass die Verdächtigungen glaubwürdig waren. Der ehrwürdige Erzbischof bestellte Regy daraufhin zu einer diskreten Unterredung. Der Kastellan der Burg war auch zugegen. Das Ergebnis war, dass Regy weder vor ein weltliches noch ein kirchliches Gericht gestellt, sondern nach St. Pancras geschickt wurde. Und die Brüder legten ihm das Halseisen um, brachten ihn her und rieten uns, achtsam zu sein.« Er legte den Gürtel ab und zog sich den knielangen Kittel über den Kopf. Ein Hemd besaß er schon lange nicht mehr, und auf seinem Oberkörper bildete sich eine Gänsehaut.

Fasziniert betrachtete Simon die beachtliche sichelförmige Narbe auf der rechten Brust. Dann fiel sein Blick auf den Schlüssel, den Losian an einer Lederschnur um den Hals trug. »Aber ihr wart nicht achtsam genug?«

Losian hockte sich vor die Kiste, stopfte das Kleidungsstück in den viel zu kleinen Bottich und fing an zu rubbeln. »Wir dachten, er sei so wie der Rest von uns. Er hat uns den verstörten Schwachkopf vorgegaukelt. Er ist wahrhaftig ein großer Blender. King Edmund hat sogar versucht, ihm das Eisen abzunehmen. Zum Glück erfolglos. Die Mönche hatten ausnahmsweise einmal erkannt, womit sie es zu tun hatten, und einen Schmied geholt, der sein Handwerk verstand. In der dritten Nacht, nachdem sie Regy hergebracht hatten, ist es passiert.«

»Er hat einen von euch getötet?«

Losian starrte auf seine Wäsche hinab, konzentrierte den Blick auf den groben Stoff, damit er nur ja nicht wieder vor seinem geistigen Auge sehen musste, was er an jenem Morgen in Regys Hütte vorgefunden hatte. »Einen normannischen Jungen aus Durham. Robert.« Zuerst hatte er überhaupt nicht begriffen, was er sah. Regy war so blutüberströmt gewesen, dass Losian geglaubt hatte, der Neue habe sich mit einem scharfkantigen Stein die Kehle durchgeschnitten. Erst als sein Blick auf das gefallen war, was von Robert übrig war, hatte er seinen Irrtum erkannt. Mit verklärtem, eigentümlich glasigem Blick hatte Regy am Boden gehockt und vorgegeben, nicht ansprechbar zu sein. Doch als Losian ihm den Rücken kehrte, hatte Regy sich auf ihn gestürzt und ihm die Kehle zugedrückt. Wären die Zwillinge nicht zufällig hinzugekommen, hätte es sehr finster ausgesehen. »Und da haben wir beschlossen, ihn oben im Turm einzusperren.«

»Warum habt ihr ihn nicht getötet?«

»Weil die Möglichkeit bestand, dass er genau das wollte.«

Simon nickte. »Verstehe. Aber wenn ihr alle zusammen es beschlossen habt, wieso hasst er dann ausgerechnet dich so?«

»Weil ich das Schloss gefunden habe, mit dem wir die Kette am Balken gesichert haben.«

»Wo?«, fragte der Junge erstaunt.

»Im Keller des Turms.« Er hatte ein brennendes Holzscheit vom Küchenfeuer als notdürftige Fackel mitgenommen, aber selbst mit einem Licht war es nicht gerade anheimelnd dort unten. Die Ratten waren zahlreich und dreist und verteidigten ihr dunkles Reich eifersüchtig. Niemand ging ohne Not dorthin, darum lagen im Keller die letzten Schätze dieser Burg. Mit einer Mischung aus Scham und Stolz erinnerte Losian sich an dieses kleine Abenteuer. Es hatte ihn Überwindung gekostet. Er fürchtete weder die Ratten noch die Dunkelheit, aber das lähmende Entsetzen, das in der Dunkelheit stets auf ihn lauerte und ihm die Luft abschnürte, bis ihm schwindelig wurde und er sich klein und feige und verabscheuungswürdig fühlte. Er hatte gewusst, dass es ihn da unten überkommen würde, und er hatte sich nicht getäuscht. Aber er war trotzdem hinabgestiegen. Um seinem Entsetzen die Stirn zu bieten. Um sich zu beweisen, dass er das fertigbrachte …

»Und ich nehme an, was du da um den Hals trägst, ist der Schlüssel?«

»So ist es.« Losian zog sein Obergewand aus dem Wasser, wrang es aus, hielt es an den Schultern hoch und betrachtete es prüfend. Dieses Frühjahr würde es noch halten, schätzte er. Über den Sommer, wenn er Glück hatte. Was ihn danach wärmen und kleiden sollte, wusste er nicht.

»Warum bist du so?«, fragte der Junge nach einem kurzen Schweigen. »Wie kommt es, dass du dich für die Menschen hier verantwortlich fühlst?«

»Wer behauptet das?«, gab Losian zurück. Abweisend, wie er hoffte.

»Ich habe Augen und Ohren.«

»Dann sei dankbar, denn die hat nicht jeder.«

»Du sorgst hier für Ordnung. Du hast für jeden ein offenes Ohr. Eine Engelsgeduld mit den Schwachsinnigen. Und du hast dafür gesorgt, dass Regy …«

»Was immer ich hier tue, tu ich für mich«, fiel Losian ihm schneidend ins Wort. »Und wenn du nun so gut sein willst: Ich würde meine Wäsche gern fortsetzen, und wenn ich die Hosen ausziehe, bin ich lieber allein.«

»Ich wette, du warst ein guter Soldat dort drüben in *Outremer.* Und ein guter Anführer.«

Ich wünschte, ich könnte das glauben, dachte Losian, beschränkte sich aber darauf, den Jungen abwartend anzuschauen.

Simon wandte sich ohne Eile zur Tür.

»Sag King Edmund, dass ich nicht zum Essen komme. Es dauert mindestens bis morgen, eh meine Sachen trocken sind.«

»Soll ich dir etwas bringen?«

»Du sollst mich zufriedenlassen, Bengel«, knurrte Losian.

Simon nickte. »Wie Ihr wünscht, Mylord.«

Losian hatte bereits den Fuß auf die Holzkiste gestellt und die Hände gehoben, um die gekreuzten Bänder zu lösen, die seine Wade bis zum Knie umwickelten. Doch nun ließ er sie sinken, als habe er vergessen, was er hatte tun wollen, und starrte dem Jungen mit verengten Augen nach.

Der bedauernswerte Griff starb an einem kühlen, nebligen Morgen, der den ersten Hauch von Frühling mit sich brachte. King Edmund behauptete, es sei der erste März. Simon war keineswegs sicher, ob das stimmte, aber er widersprach nicht. Ihm war nicht entgangen, dass King Edmund keine großen Sympathien für ihn hegte. Vielleicht nahm er übel, dass Simon seinen geistlichen Beistand ablehnte. Genau wie alle anderen hörte er täglich in der Ruine der Burgkapelle die Messe, aber er brachte es nicht fertig, Rat oder Absolution von einem Narren zu erbitten, der sich für einen toten Märtyrerkönig hielt.

»Also dann, lasst uns gehen«, sagte Godric bedrückt. »Wir wollen den armen Griff nicht warten lassen.«

»Und deine Decke holen, bevor Luke sie sich unter den Nagel reißt«, fügte Wulfric an Simon gewandt hinzu.

Simon ertappte sich dabei, dass die Aussicht auf diese Decke, die vermutlich von Ungeziefer wimmelte und vor Dreck stand, ihn mit freudiger Erregung erfüllte. Mochten die anderen auch behaupten, das Schlimmste sei für diesen Winter überstanden, hatte er doch jede Nacht erbärmlich gefroren, ganz gleich, wie fest er sich in seinen feinen Mantel wickelte. Er hatte sich indessen nicht beklagt. Er hatte sich wieder und wieder eingeschärft, hart gegen sich selbst zu sein, damit er hier überleben konnte. Es war das erste Mal, dass Simon de Clare Bekanntschaft mit bitterer Armut machte, und an manchen Tagen erfüllte es ihn mit einem hilflosen Zorn, dass die heiligen Brüder von St. Pancras ihnen nie genug zu essen brachten und kaum ausreichendes Brennholz zugestanden, um wenigsten den Herd im Küchenhaus für ein paar Stunden am Tag zu heizen. Aber Simon wollte seinem Vater keine Schande machen, indem er zuließ, dass seine Gefährten ihn für schwach und weichlich hielten. Darum ließ er sich seinen Zorn niemals anmerken und gestattete sich stattdessen, dankbar für die Decke zu sein – falls er sie denn wirklich bekam.

Sie verließen die Schmiede, überquerten den Hof Richtung Kapelle und machten einen Abstecher an Griffs und Wulfstans Hütte vorbei. Simon hatte Glück. Luke war zwar tatsächlich schon vor ihnen hergekommen, aber er hockte in der Ecke neben der Tür am Boden, in einer Hand Griffs Schuhe, die andere mit gespreizten Fingern vor seinen Bauch gepresst. Mit schreckensstarren Augen schaute er zu den Zwillingen auf. »Sie ist aufgewacht. O Jesus, hilf mir, sie ist aufgewacht …« Tränen rannen über seine apfelroten Wangen.

»Wir sind ganz leise«, versprach Godric flüsternd.

Luke wandte den Kopf ab und unterdrückte ein Schluchzen. Es war unübersehbar, dass er Todesängste ausstand.

Auf Zehenspitzen schlichen die Zwillinge zu dem verwaisten Strohlager, Godric hob die löchrige Decke auf, faltete sie zusammen und überreichte sie Simon.

Luke schien es nicht einmal zu bemerken. Er hatte die Augen zugekniffen und betete tonlos.

Simon hängte sich die Decke über den Arm und folgte seinen Freunden zurück ins Freie. »Kann man denn gar nichts für ihn tun?«, fragte er.

Godric schüttelte den Kopf. »Wenn du versuchst, ihn zum Aufstehen zu bewegen, gerät er völlig außer Rand und Band. Er … na ja, er glaubt so fest an diese Schlange in seinem Bauch, dass er wirklich *spürt*, wie sie in seinem Innern umherkriecht, verstehst du.«

»Ehrlich gesagt, nein«, gab Simon verdrossen zurück.

An die körperlichen Gebrechen seiner Gefährten hatte er sich rasch gewöhnt. Kriegsversehrte und andere Krüppel sah man schließlich alle Tage. Wenn der Abt von St. Pancras versuchen wollte, sie alle einzusperren, hätte er vermutlich festgestellt, dass es nicht genug Inseln vor der englischen Küste gab, um sie aufzunehmen. Aber mit Wahn oder Schwachsinn konfrontiert zu werden, empfand der junge Normanne nach wie vor als beleidigend. Luke mit seiner Schlange im Bauch war ihm unheimlich, und Oswald mit dem komischen Gang und dem ewig offenen Mund, Harold mit dem leeren Blick und all die anderen machten ihn wütend. Er war Simon de *Clare*, verflucht noch mal! Wie war es nur möglich, dass ihm zugemutet wurde, unter solchen Kreaturen zu leben?

»Ihr kommt zu spät, ihr jungen Taugenichtse«, grollte King Edmund, als Simon und die Zwillinge die verfallene Kapelle erreichten.

Godric und Wulfric senkten zerknirscht die Köpfe. »Tut mir leid«, murmelten sie im Chor.

Simon sagte nichts, sondern betrachtete den Trauerzug, der mit Abstand der erbärmlichste war, den er je gesehen hatte. King Edmund führte ihn an, ein Holzkreuz in der Rechten, dem man ansehen konnte, dass es aus einem Tischbein und einer Dachlatte zusammengezimmert war. Dem vorgeblichen Geistlichen folgten Oswald, Harold, der taubstumme Jeremy und Losian, die den Toten auf den Schultern trugen. Es gab weder Sarg noch Leichentuch.

Als Nächster kam der zwergwüchsige Wulfstan, dem unablässig Tränen übers Gesicht liefen, dann der Rest des traurigen Häufleins. Wulfric und Godric schlossen sich an, und Simon folgte ihnen, obwohl er nicht wollte.

Es war gar nicht so einfach, den Toten in Würde auf die Brustwehr zu befördern, denn die Stiege war eigentlich zu schmal für zwei Männer nebeneinander, und die Stufen waren schlüpfrig. Doch die vier Träger gingen langsam und mit Bedacht, und es kam zu keinen makabren Treppenstürzen.

»Und was nun?«, raunte Simon den Zwillingen zu, als sie alle oben angelangt waren. »Ab über die Brustwehr mit Griff und runter auf den Strand, auf dass die Möwen ein Fest feiern?«

»Hier stehen die Palisaden direkt am Ufer«, wisperte Godric. »Wir übergeben unsere Toten der See.« Er hob kurz die Hände. »Das Beste, was wir zu bieten haben.«

King Edmund betete lange auf Lateinisch, und Simon verstand die Worte »resurrectio« und »vita eterna« – Auferstehung und ewiges Leben. Aber sie spendeten ihm keinen Trost. Eines Tages werde ich es sein, den sie von hier oben ins Meer werfen, ging ihm auf. Wenn er Glück hatte, ließen sie ihm vielleicht ein Hemd oder ein paar Beinlinge wie in Griffs Fall. Wenn er kein Glück hatte, würden sie für jeden Fetzen, den er am Leibe trug, Verwendung finden. Die Vorstellung bereitete ihm Übelkeit. Und zum ersten Mal gestattete er sich, Bitterkeit, beinah so etwas wie Hass auf seinen Onkel zu empfinden, der ihn auf die Reise an diesen Ort geschickt hatte.

»So lasset uns denn beten, wie der Herr uns zu beten gelehrt hat«, forderte King Edmund seine kleine Gemeinde auf Englisch auf, und Simon betete das *Paternoster* wie alle anderen, murmelte die Worte vor sich hin und wusste doch, dass er Gott fern war.

Schließlich nickte Edmund den Trägern zu. »Übergebt diese sterbliche Hülle der See und seid frohen Mutes. Denn am Jüngsten Tag wird unser Gefährte Griff mit uns zusammen auferstehen, und das Meer wird nicht mehr sein.«

Auf Losians Nicken traten die vier Männer näher an die Palisaden, hoben den Leichnam hoch über deren Spitzen und ließen ihn dann geschickt abwärtsgleiten.

So viel also zu Griff, dachte Simon.

Wulfstan schniefte.

Oswald legte ihm einen Arm um die Schultern und wischte ihm mit der Linken ungeschickt die Tränen vom Gesicht.

Die Zwillinge sahen unverwandt auf die ruhige See hinab.

»Es gibt einen Sturm«, sagte Wulfric.

»Was?«, fragte Simon verblüfft. »Und ich dachte, es wird Frühling, habt ihr vorhin noch behauptet.«

»Er hat trotzdem recht«, versicherte Godric. »Wir sind in Sichtweite der See aufgewachsen, da kennt man die Zeichen. Es ist zu warm und zu still da draußen, und das Licht gefällt mir auch nicht. Es gibt Sturm, verlass dich drauf.«

»Wann?«, fragte Losian.

»Heute Abend«, schätzte Wulfric.

»Und er wird's in sich haben«, fügte sein Bruder hinzu. Es klang unbehaglich.

Er ritt allein durch die Wüste. Die Sonne brannte mörderisch von einem Himmel herab, dessen Farbe den Betrachter vielleicht an Veilchen erinnert hätte, wäre man in diesem Glutofen zu solch einer Erinnerung imstande gewesen. Gleißend warf der felsige Boden das Licht zurück, und in der Ferne flimmerten die gewaltigen Mauern von Akkon.

Er musste die Stadt um jeden Preis vor Einbruch der Dunkelheit erreichen. Doch er wusste, es war aussichtslos. Der Gaul war nur noch Haut und Knochen und nickte bei jedem Schritt müde mit dem Kopf. Kein Schweiß glänzte mehr auf dem beinah schwarzen Fell; das bedauernswerte Tier war zu ausgetrocknet für Schweiß.

Ihm selbst erging es nicht viel besser, doch wenigstens wusste er, dass sein Ziel in Sichtweite lag. Auch wenn es niemals näher zu kommen schien. Er steckte das Tuch fester, das seinen Kopf vor der Sonne und Mund und Nase vor dem Staub schützte. Durch den festen Stoff war es noch schwerer, die breiige Luft zu atmen, aber alles war besser als der allgegenwärtige Staub.

Akkon. Dort erhob es sich mit seinen scheinbar unüberwindlichen Mauern, und doch würde es fallen, wenn die Nachricht nicht rechtzeitig ankam.

Als das Pferd stürzte, befreite er sich aus den Steigbügeln, zog das Schwert aus der Halterung unter dem Sattelblatt und legte es mit ungeschickten Fingern um. Dann zog er die Klinge und kniete sich hinter das entkräftete Tier, das hörbar keuchte. Mit einem raschen Streich schnitt er ihm die Kehle durch. Um es von seinen Qualen zu erlösen, vor allem jedoch, um sein Blut zu trinken. Er hielt die Hände unter den hellroten, sprudelnden Strahl, hob sie an die Lippen und trank gierig.

»Wenn du das je wieder tust, wirst du aus meinen Diensten scheiden müssen«, sagte eine Stimme zu seiner Linken. Sie klang tief und bedächtig, aber unverkennbar zornig.

Er ließ die blutbesudelten Hände sinken und wandte sich um. Auf einer kleinen Anhöhe stand ein Mann mit einer Krone auf dem Haupt und einer goldenen Maske vor dem Gesicht.

»Ich habe es für Euch getan«, wandte er ein, gekränkt über den ungerechten Tadel. »Damit die Nachricht nach Akkon kommt.«

»Du hast es für dich getan«, widersprach der König von Jerusalem verächtlich. »Weil du eitel und ruhmsüchtig bist.«

»Vergebt mir.«

»Vielleicht. Darüber werde ich entscheiden, wenn du Akkon erreichst, ohne Pferdeblut zu saufen wie ein heidnischer Barbar.«

»Aber wie soll ich hinkommen, wenn ich meinen Namen nicht weiß?«

»Das ist deine Prüfung.«

»Sagt ihn mir! Ich weiß, dass Ihr ihn kennt, also sagt ihn mir …«

Die königliche, maskierte Erscheinung verlor an Substanz, verblasste und begann in der Hitze zu flimmern. »In Akkon vielleicht …«

»Nein, geht nicht fort!«

Aber seine Verzweiflung berührte den König nicht. Der wandte sich angewidert ab, wurde immer durchsichtiger und verschwand schließlich im Staub, den der heiße Wüstenwind aufwirbelte. Dichte Wolken – weiß wie Knochenmehl – umhüllten den Träumer, wurden zu einem heißen Nebel, und als der sich endlich lichtete, fand er sich an Deck eines Schiffes.

Keine Spur von Verblüffung, lediglich Erleichterung durchzuckte ihn, als er erkannte, dass es der Hafen von Akkon war, den sie anliefen. Er würde seine Nachricht doch noch rechtzeitig überbringen können. Und zur Belohnung seinen Namen erfahren. Er umklammerte die Reling mit der Linken, beschattete die Augen mit der Rechten und spähte zu den turmbewehrten Kaianlagen hinüber. Das Menschengewimmel am Hafen sah aus wie ein Ameisenhaufen. Pfeilschnell, so schien es, glitt der kleine Segler durch die tiefblaue See. Aus den Ameisen wurden Männer in farbenfrohen Kleidern: Kaufleute, Straßenhändler, Wasserträger und Hafengesindel. Er sah eine Frau, die würdevoll einherschritt und den verschleierten Kopf stolz erhoben hielt, drei weiße Lämmer und einen schwarzen Ziegenbock zum Kai führen, und das war der Moment, da der Sturm losbrach. Von einem Lidschlag zum nächsten verdüsterte sich der Himmel, und das Meer wurde ein schwarzes, schäumendes Ungeheuer. Einen Augenblick sah er die Frau noch am Ufer stehen, dann wurde das Schiff herumgeschleudert und auf ein Riff geworfen. Holz splitterte, Männer schrien, rannten kopflos von backbord nach steuerbord, und sie begannen zu sinken. Ungläubig blickte er nach unten, sah Wasser durch die geborstenen Planken dringen, und als er das eisige Nass an den Füßen spürte, fuhr er mit einem Stöhnen aus dem Schlaf.

Blinzelnd starrte Losian in die Finsternis, lauschte dem Toben des Sturms und fragte sich, wie in aller Welt er bei diesem Getöse hatte einschlafen können. Er tastete mit der Hand sein Strohlager ab. Ungläubig stellte er fest, dass das Fußende völlig durchnässt war.

Er sprang auf, machte einen Schritt Richtung Tür und trat in eine Pfütze. Reglos verharrte er und rang gegen die Panik. Es war der Traum, dieser verfluchte Traum, der ihn nicht aus seinen Klauen ließ und mit hilflosem Schrecken erfüllte, und Losian betete sich vor, dass kein Nachtgespinst einem Mann gefährlich werden konnte, wohl aber der Sturm, der hier in der wirklichen Welt tobte und ihnen offenbar eine Flut bescherte.

Ohne jeden bewussten Entschluss hatte seine Hand sich um den Mantel gekrallt, als er aufgesprungen war. Er warf ihn sich über die Schultern, ehe er zur Tür seiner Hütte trat.

Kaum hatte er sie einen Spalt geöffnet, riss der Wind sie ihm aus der Hand, und sie schlug polternd gegen die Bretterwand. Das Krachen war jedoch nichts gegen das Getöse des Sturms. Es war so finster, dass er buchstäblich nicht die Hand vor Augen sehen konnte. Regen prasselte mit solcher Gewalt auf ihn nieder, dass die Tropfen sich wie kleine Kiesel anfühlten, und sie trafen ihn waagerecht ins Gesicht.

Er schloss die Augen, gegen die peitschenden Tropfen ebenso wie gegen die Dunkelheit, stemmte sich in den Wind und kämpfte sich zur übernächsten Hütte vor. Der Boden unter seinen nackten Füßen war nass, aber noch musste er nicht waten.

Schon wieder wurde ihm die Tür aus der Hand gerissen. »King Edmund?«, brüllte Losian.

»Ich komme«, sagte die vertraute Stimme aus der Finsternis – seelenruhig. Im nächsten Moment spürte Losian die Präsenz genau vor sich, aber erkennen konnte er ihn nicht. »Das ist entweder der Beginn des Jüngsten Tages oder der fürchterlichste Sturm, den ich je erlebt habe, mein Junge.«

»In meiner Hütte steht schon das Wasser. Wir müssen alle auf die Motte hinaufbringen. Und zwar schleunigst«, drängte Losian.

»Ich geh ins Küchenhaus und schür das Feuer auf, um uns ein paar Fackeln zu machen«, erbot sich King Edmund.

Losian traute seinen Ohren nicht. »Das kannst du dir sparen bei dem Wetter. Aber geh nur, schür das Feuer auf und lass die Tür offen stehen. Dann haben wir wenigstens ein Licht zur Orientierung.«

»Aber …«

»Tu, was ich sage, Edmund, um der Liebe Christi willen!«

»Na schön.« Edmund schob sich an ihm vorbei und war augenblicklich wie vom Erdboden verschluckt. Losian konnte ihn weder hören noch sehen. Aber King Edmund war länger hier als irgendjemand anderes – wenn irgendwer das Küchenhaus in dieser Schwärze finden konnte, dann er.

Losian tastete sich weiter zur nächsten Hütte. »Luke, Wulfstan, raus hier.«

Ein Brecher donnerte gegen die Palisaden, und Losian fragte sich, was von der Anlegestelle wohl noch übrig war und wie in aller Welt die Mönche sie versorgen sollten, wenn sie hier nicht mehr festmachen konnten. Vielleicht hat King Edmund recht, fuhr es ihm durch den Sinn. Es klingt wie der Anfang vom Ende der Welt.

»Wieso sollen wir raus in so ein Sauwetter?«, nörgelte die brüchige Stimme des alten Wulfstan aus der Hütte.

»Weil das Wasser steigt. Komm schon. Was macht die Schlange, Luke?«

»Sie schläft.«

»Dann geht den Burghügel hinauf. King Edmund macht Licht in der Küche. Na los, trödelt nicht.«

Er wartete keine Antwort ab, sondern ging weiter, und nach fünf Schritten kollidierte er mit einer unsichtbaren Gestalt. »Gott verflucht …«

Losian hielt mit Mühe das Gleichgewicht. »Simon?«

»Ja.« Fahrig tastend strich die Hand des Jungen über seinen Arm und krallte sich fest. »Der Sturm wird immer schlimmer, da haben wir uns gedacht …«

»Wo sind die Zwillinge?«, unterbrach Losian und riss sich los.

»Hier«, kam es zweistimmig aus der Finsternis.

Er hieß sie ebenfalls, auf die Motte zu steigen, und wandte sich ab, um zu der Hütte zu gehen, die Oswald und Jeremy teilten, als der nächste Brecher gegen die Palisaden donnerte. Holz knirschte und splitterte wie in Losians Traum, und dann hörten sie, wie das Wasser sich schäumend in den Burghof ergoss.

»Rennt!«, brüllte einer der Zwillinge. »Simon, beweg dich!«

Losian hatte Oswalds und Jeremys Hütte fast erreicht, als die Flutwelle ihn überholte. Es fühlte sich an, als habe ihn ein Rammbock in den Rücken getroffen. Seine Füße verloren den Boden, und im nächsten Moment landete er hart auf der Erde. Er rollte ein Stück, ehe er gegen die gemauerte Brunneneinfassung prallte, und sprang wieder auf die Füße. »Oswald!«, brüllte er. »Komm raus, Junge! Bring Jeremy mit!«

Er hatte die Orientierung verloren, taumelte in die Richtung, wo er die Wohnhütten vermutete, und rieb sich wütend die Augen, als könne er die Finsternis so besser durchdringen.

Tatsächlich entdeckte er einen flackernden Lichtschein: das Küchenhaus. Er wandte ihm den Rücken zu, um sich auf Kurs zu bringen, und rannte förmlich in die nächste Welle. Wieder hörte er Holz bersten: Die Bresche im Palisadenzaun verbreiterte sich. Dieses Mal erfasste ihn der Sog des zurückweichenden Wassers und riss ihn mit. Losian schluckte eisiges, salziges Wasser, verspürte Todesangst und ein eigentümlich resigniertes Staunen über die ungeheure Kraft der See, als vier Hände ihn packten und aus der Welle rissen.

»Komm jetzt«, keuchte Godric. »Das ist die letzte Chance.«

Hustend befreite Losian sich und wollte sich abwenden, um die Übrigen zu warnen, doch die vier Hände bemächtigten sich seiner wieder und zerrten ihn auf den Lichtpunkt zu.

»Du kannst nichts mehr tun«, erklärte Wulfric entschieden.

»Oswald …«, brachte Losian keuchend hervor.

»Ich glaub, er ist draußen«, kam Simons Stimme von links. Dünn und angstvoll. »Ich bin sicher, ich hab ihn gehört.«

»Du lügst«, entgegnete Losian wütend. »Dir ist doch völlig gleich, wenn er ersäuft …«

Den Rest verschluckte das Brüllen von Sturm und See. Dieses Mal klang es, als kreischten die Palisaden. Ohne ein weiteres Wort drehten die Zwillinge Losian um, sodass er mit dem Rücken zu ihnen stand, packten ihn jeder an einem Arm, und einer stieß ihm die Faust zwischen die Schultern. »Lauf endlich, du sturer Hurensohn!«

Sie rannten um ihr Leben. Blindlings, ohne zu ahnen, ob sie nicht geradewegs in die nächste Flutwelle liefen, hasteten sie Richtung Motte. Losian hatte das Gefühl, dass das schäumende Wasser ihn verfolgte, schon an seinen Fersen leckte, nur so lange wartete, bis er fast in Sicherheit war, ehe es ihn endgültig holte. Seine Nackenhaare sträubten sich, und er riss sich von den Zwillingen los, weil die Hände ihm unerträglich waren. Dann prallte er vor die Palisaden. Es fühlte sich an, als habe er sich die Nase gebrochen, aber das war jetzt völlig belanglos. »Nach rechts!«, brüllte er über die Schulter, ließ im Laufen eine Hand über die dicken Holzstämme gleiten und gelangte endlich zu der Lücke, wo die Zugbrücke lag. »Gebt acht«, warnte Losian, ließ die Zwillinge und Simon vorbei und bildete selbst die Nachhut.

Sie rannten über die Brücke. Das eindringende Wasser hatte den flachen Graben gefüllt, fauchte zu ihren Füßen in seinem viel zu engen Bett, aber er schenkte ihm keine Beachtung.

Dann hatten sie die Brücke überwunden, und endlich, endlich stieg der Boden unter ihren Füßen an.

Völlig ausgepumpt kamen sie schließlich vor der Ruine des Burgturms an, blieben stehen, stützten die Hände auf die Oberschenkel und rangen um Atem.

»Los, weiter«, drängte Wulfric. »Lasst uns nicht in dieser Sintflut rumtrödeln. Ich hoffe nur, wir sind nicht die Einzigen, die's geschafft haben.«

Losian stieg die Treppe hinauf, tastete nach der Tür und fand einen Flügel offen. »Und ich hoffe, wer immer vor uns angekommen ist, hat Regy nicht vergessen«, sagte er.

Sie traten nacheinander durch den Eingang. Drinnen regnete es genauso schlimm wie draußen, aber es war eine Wohltat, sich nicht mehr gegen den Sturm stemmen zu müssen.

Losian lehnte sich einen Moment mit geschlossenen Augen an die Wand, atmete in langen, gierigen Zügen und befühlte schließlich vorsichtig seine Nase. Sie blutete, aber sie war nicht gebrochen.

»Wer ist hier?«, rief er. »Sagt eure Namen.«

Einen Moment war nichts zu hören außer dem Tosen der Elemente, und Losian wartete mit geschlossenen Augen.

Dann hörte er: »Kuckuck! Wer mag ich wohl sein?«

Gänzlich gegen seinen Willen verzogen Losians Mundwinkel sich nach oben. »Halt die Klappe, Regy.«

»Dass ich hier bin, interessiert dich im Moment nicht so besonders, nein?« Es klang gekränkt.

»Zumindest überrascht es mich nicht besonders.«

»Ich bin hier, Losian, King Edmund.« Es kam von weiter rechts.

»Großartig. Wer noch?«

»Wulfric und Godric«, riefen seine Begleiter, um mit gutem Beispiel voranzugehen.

»Simon.«

»Luke«, kam es zögernd von links.

»Oswald.« Er schluchzte. »Oswald. Oswald.«

Losian kniff erleichtert die Augen zusammen. Danke, Jesus. »Wo bist du, mein Junge? Sag noch was, damit ich dich finden kann.«

»Oswald, Oswald«, quäkte Regy, halb belustigt, halb weinerlich. Es klang schauderhaft.

»Halt's Maul!«, knurrten zwei oder drei Stimmen.

Regy verstummte verdattert.

Losian lächelte in die Dunkelheit.

»Hier«, sagte Oswald. »Losian. Hier.«

Es kam von der Südwand der Halle. Losian bewegte sich langsam auf die Stimme zu. »Bleib, wo du bist, ich komme zu dir.« Er sagte es ohne Nachdruck, aber ihm graute davor, dass der Junge Regy zu nahe kommen könnte, der wahrscheinlich trotz der Tintenschwärze sehen und trotz des Tosens der Elemente perfekt hören konnte, argwöhnte er.

Es war nicht weiter schwierig, Oswald zu finden, denn der heulte jetzt ohne Unterlass. Als Losian ihn erreichte, ließ er sich an der Wand entlang zu Boden gleiten, tastete einen Moment vergeblich und fand dann eine rundliche, eiskalte Hand.

Oswald klammerte sich an seinen Unterarm, ließ sich zur Seite fallen und legte den Kopf in Losians Schoß.

Losian erstarrte für einen Augenblick, denn es war ihm immer peinlich, wenn Oswald seine Nähe suchte. Aber niemand sieht es, dachte er dann und legte ihm nach einem winzigen Zögern die Hand auf den Schopf.

»Jeremy«, jammerte der Junge. »Jeremy. Wasser. So so viel Wasser.« In seiner Verstörtheit war Oswald wieder dazu übergegangen, sich in einzelnen Wörtern statt in Sätzen auszudrücken, so wie damals, als er kurz nach Losian auf diese Insel gekommen war. Aber mehr war ja gar nicht nötig. Sie verstanden ihn auch so.

»Schlimme Sache«, sagte Godric ernst. »Tut mir leid, Oswald.«

»Und ich fürchte, Jeremy ist nicht der Einzige«, kam Simons geisterhafte Stimme von links.

Losian sagte nichts, aber er wusste, der Junge hatte zweifellos recht. Niemand hatte sich nach Oswald mehr gemeldet. Und niemand hatte nach ihm selbst mehr diesen Turm betreten. Er hatte wenig Hoffnung für die acht, die noch fehlten.

»Ein Jammer.« Regy seufzte tief. »All die liebenswerten Krüppel und Schwachköpfe hat das böse große Meer hinweggespült …«

Jemand stand auf. »Wenn du jetzt nicht endlich …«

»Bleibt, wo ihr seid«, befahl Losian den Zwillingen scharf. »Das ist es doch, was er will: euch zu sich locken.«

»Wir sind aber zu zweit«, grollte Godric.

»Ich würde mich an eurer Stelle nicht darauf verlassen, dass euch das viel nützt. Haltet euch von ihm fern, solange es dunkel ist. Aber ich werde mir merken, was du redest, Regy. Und wenn es mir nicht gefällt, werde ich dich morgen früh knebeln. Ist das klar?«

Regy sagte kein Wort mehr, aber für den Rest dieser langen, langen Sturmnacht hatte Losian das Gefühl, dass der Blick der gruselig funkelnden Augen sich in seinen Nacken bohrte.

Selbst Wulfric und Godric, die ihr ganzes Leben nahe der See verbracht hatten, sagten, dass sie nie zuvor so einen Sturm erlebt hatten. Furchtsam und bis auf die Haut durchnässt kauerte die kleine Gemeinschaft zusammen am Boden und lauschte dem Tosen und dem Ächzen der Holzbalken. Nicht nur Simon wusste, dass ein Haus ohne Dach leicht einstürzen konnte, und er fragte sich, ob Gott ihn vor der Flut gerettet hatte, damit er hier unter einstürzenden Trümmern begraben wurde.

Doch als der Tag anbrach, ließen der Sturm und auch der Regen allmählich nach, und der alte Burgturm stand immer noch. Die Überreste seines Dachs, die Regy notdürftigen Schutz geboten hatten, waren allerdings verschwunden.

Im ersten grauen Tageslicht sahen sie einander in die verfrorenen, erschöpften und zum Teil von Angst gezeichneten Gesichter: sieben Männer und Jungen, die zumindest in diesem Augenblick ein Gefühl von Gemeinschaft und Sympathie verband, weil sie zusammen die Katastrophe überlebt hatten. Und außerhalb des Kreises und der Bruderschaft, die sie bildeten, Regy.

»Hunger«, klagte Oswald und brach damit den seltsamen Bann.

»Ja, ich auch«, pflichtete King Edmund ihm bei. »Aber ich fürchte, all unsere Vorräte sind vom Meerwasser durchweicht. Auf Frühstück sollten wir lieber nicht hoffen.« Er stand auf, und es knackte vernehmlich in seinen Knien. »Ich werde nachschauen, wie es um uns bestellt ist.«

Losian erhob sich ebenfalls, kam, obwohl doch auch seine Glieder kalt und steif sein mussten, in einer fließenden Bewegung auf die Beine, ohne sich mit den Händen aufzustützen. Simon erkannte in der Bewegung die Grazie und Kraft eines lebenslangen Schwertkämpfers und unterdrückte ein neiderfülltes Seufzen.

»Lasst uns alle hinuntergehen«, schlug Losian vor. »Es gibt sicher jede Menge zu tun.«

»Ihr wollt mich schon verlassen?«, fragte Regy betrübt. Es war das erste Mal seit Losians Drohung, dass er den Mund aufgemacht hatte. »Es war mir eine wahre Freude, euch in meiner Halle beherbergen zu dürfen, teure Freunde, wenn schon nicht unter meinem Dach, denn ich hab ja keines mehr.«

Losian bedachte ihn mit einer spöttischen kleinen Verbeugung. »Hab Dank für deine Gastfreundschaft.«

»Es regnet mir äußerst unangenehm auf den Kopf, möchte ich anmerken. Gedenkst du, mich auch weiterhin hier zu lassen?«

»Wir werden sehen«, gab Losian zurück und wandte ihm den Rücken zu. »Du bist im Moment die kleinste meiner Sorgen«, eröffnete er Regy rüde und ging hinaus.

»Das werden wir ja sehen …«, raunte Regy ihm nach.

Simon betrachtete ihn noch einen Augenblick mit einer Mischung aus Abscheu und Neugier. Regy schürzte die Lippen und hauchte ihm einen Kuss zu. Schaudernd wandte Simon sich ab und folgte den anderen.

Fast prallte er gegen Oswalds Rücken, denn sie alle waren auf dem breiten Treppenabsatz vor der Tür der Halle stehen geblieben und starrten in den unteren Burghof hinab. Als Simon sich auf die Zehenspitzen stellte, um ebenfalls einen Blick zu erhaschen, entfuhr ihm ein Schreckenslaut. »Mein Gott … entschuldige, King Edmund«, fügte er hastig hinzu, denn wenn es etwas gab, das King Edmund wütender machen konnte als Flüche, dann war es, den Namen des Herrn eitel zu führen.

Es war ein Beweis für das Ausmaß von Edmunds eigener Verstörtheit, dass er abwesend murmelte: »Schon gut, Jungchen.«

Der untere Burghof bot einen Anblick vollkommener Zerstörung, und ihre Befürchtung der vergangenen Nacht wurde Gewissheit: Niemand von denen, die es nicht auf die Motte hinauf geschafft hatten, konnte dort unten überlebt haben. Keine einzige der Holzhütten stand mehr, nur noch hier und da ein paar Gerippe. Die Erde war eine Schlammwüste, auf der zersplitterte Bretter, Balken und sonstige Trümmer verstreut lagen. Überall standen große Pfützen, in denen sich der graue Himmel spiegelte, und so etwas wie ein Flussbett hatte sich gebildet, das ungefähr von der Mitte des Hofs zu der breiten Schneise in den äußeren Palisaden führte.

»Als hätte eine Armee von Riesen diese Burg geschleift«, sagte Godric schließlich fassungslos.

»Häuser weg«, murmelte Oswald bestürzt. Blinzelnd schaute er sich um, unfähig zu begreifen, wieso die Welt, die er kannte, mit einem Mal in Trümmern lag, und anscheinend ohne es zu merken, ging er wieder auf Tuchfühlung mit Losian und ergriff verstohlen dessen Hand.

Losian befreite sich, nicht mit einem schroffen Ruck, aber entschieden. »Es sieht schlimmer aus, als es ist, Oswald«, sagte er.

»Blödsinn«, widersprach Wulfric. »Es ist mindestens so schlimm, wie es aussieht: Wir haben nichts mehr zu essen, kein trinkbares Wasser und können alle dauerhaft zu Regy ziehen, wenn wir so was Ähnliches wie ein Haus um uns herum wollen.«

»Und wir haben einen Weg in die Freiheit«, fügte Simon hinzu, als sei es eine Nebensächlichkeit. Er wies mit ausgestrecktem Arm auf die Bresche in der Einfriedung.

Losian wandte den Kopf und sah ihn an; der Blick der grünblauen Augen wie so oft schwer zu deuten. Euphorie konnte Simon jedenfalls nicht darin entdecken. »Was ist?«, fragte er verständnislos. »Ich hätte gedacht, dass gerade du in Jubel ausbrechen würdest.«

»Ah ja?«, bekam er verdrossen zur Antwort. »Vielleicht nachdem du mir erklärt hast, wie du übers Meer zu kommen gedenkst.« Simon wollte einen Einwand vorbringen, aber Losian schnitt ihm mit einer knappen Geste das Wort ab. »Ich schlage vor, wir kümmern uns erst einmal um das Nächstliegende: Nahrung und Wasser.«

Er machte sich an den Abstieg, und die Übrigen folgten ihm.

»Und? Wo sollen Nahrung und Wasser herkommen?«, fragte Godric.

»Ich schätze, wir könnten dafür beten«, schlug sein Bruder vor. »Vielleicht lässt Gott es vom Himmel fallen.«

»Gib acht, Söhnchen«, brummte King Edmund, der gleich hinter ihnen ging.

»Ich mein das ganz ernst«, beteuerte Wulfric. »Und ich wüsste wirklich nicht, was wir sonst tun könnten.«

»Womit du wieder einmal beweist, dass du nicht nur ein Großmaul, sondern obendrein auch noch ein Schwachkopf bist«, bemerkte Losian trocken, wurde aber gleich wieder ernst. »Noch regnet es, und es wird mehr oder weniger den ganzen Tag weiterregnen, glaubst du nicht?«

»Doch«, räumte Wulfric ein.

»Macht euch auf die Suche nach irgendetwas, womit wir den

Regen auffangen können, denn der Brunnen ist todsicher versalzen, da habt ihr schon ganz recht.«

»Das ist eine großartige Idee«, fand Luke und rieb sich voller Tatendurst die Hände.

Doch ehe sie sich an die Arbeit machten, überquerten sie den verwüsteten Burghof und traten an die Lücke, die die Sturmflut in die Palisaden gerissen hatte und die an die dreißig Fuß breit war. Sie begann gleich neben dem Torhaus, das ebenfalls Schaden genommen hatte, aber da es stabiler war als ein bloßer Zaun, hatte es den mächtigen Wellen getrotzt.

Nebeneinander standen die sieben Überlebenden an der Bresche und starrten auf die See hinaus, während ihre Füße langsam in den eisigen, graubraunen Schlamm sanken. Das Meer war nach wie vor aufgewühlt, und die Wellen, die dort gegen das sandige Ufer schlugen, wo einmal die Anlegestelle gewesen war, wirkten immer noch wütend. So als hätten sie sich noch nicht endgültig entschieden, ob sie wirklich abklingen und zur Ruhe kommen oder nicht vielleicht doch noch einmal anschwellen und die letzten sieben auch noch verschlingen sollten.

Als eine besonders heftige Woge auf das Ufer traf und sich schäumend auf sie zu wälzte, machten Simon und Oswald im selben Moment einen Schritt rückwärts, sahen sich an und tauschten ein unsicheres kleines Lächeln.

»Wer von euch kann fischen?«, fragte Losian plötzlich.

»Wir«, antworteten die Zwillinge. »Aber nicht ohne Leine und Rute«, schränkte Godric ein. »Oder ein Boot und ein Netz.«

»Lasst euch irgendetwas einfallen. Benutzt eure Kleider als Netz. Ihr könnt auch versuchen, eine Möwe damit zu fangen. Aber wir müssen irgendetwas zu essen beschaffen.«

Die Zwillinge nickten. Einen Moment zögerten sie noch, und das war kein Wunder, fand Simon. Vier Jahre lang war das Innere dieser Burg ihre ganze Welt gewesen. Es musste sich höchst eigenartig anfühlen, die Grenze zu überschreiten, die bis gestern unüberwindlich gewesen war, und diese Welt zu verlassen.

»King Edmund«, sagte Losian gedämpft. »Würdest du mit

Luke und Oswald alles zusammentragen, was wir noch gebrauchen können?«

»Gewiss, mein Sohn.«

»Und wenn ihr irgendwelche Gefäße findet, stellt sie auf, um Wasser aufzufangen.«

Edmund nickte.

»Ich wäre dir dankbar, wenn du Oswald die Trümmer nicht allein durchsuchen ließest. Gib ihm irgendeine andere Aufgabe. Es wäre möglich …«

»… dass wir einen unserer toten Brüder finden, ich weiß«, beendete King Edmund den Satz für ihn, als Losian zögerte.

Der nickte und stieß hörbar die Luft aus. »Vielleicht auch nur ein Stück von einem unserer toten Brüder«, sagte er leise. In dieser totalen Zerstörung schien jede Schreckensvision möglich.

King Edmund bekreuzigte sich, aber er empfand anscheinend keine Furcht vor seiner Aufgabe. »Und was hast du für Pläne?«

Losian wies auf Simon. »Wir beide gehen auf die Jagd.«

»Mit bloßen Händen?«, fragte Simon zweifelnd. »Ich sag's ja immer, du musst ein *gewaltiger* Krieger gewesen sein …«

»Davon weiß ich nichts«, gab Losian kühl zurück. »Aber offenbar kein verzagter Feigling wie du, der schon aufgibt, ehe er sein Glück versucht hat. Und nun komm.«

Seite an Seite wateten sie durch den Schlamm, verließen den Burghof durch die breite Lücke in den Palisaden und wandten sich nach links. Losian kannte das Umland der Burg bis in jede Einzelheit, denn er hatte in den vergangenen zweieinhalb Jahren endlose Stunden auf der Brustwehr verbracht, um es zu betrachten. Hätte er mit einem Stöckchen einen Lageplan in den Schlamm ritzen sollen, hätte er wohl keinen Baum und keinen Strauch vergessen, nahm er an.

Aber viele der Bäume und Sträucher, die sich so unauslöschlich in sein ansonsten gähnend leeres Gedächtnis eingebrannt hatten, waren nicht mehr da, denn auch außerhalb der Burgmauern hatte die Sturmflut gewütet und das Land mit einem Leichentuch aus grauem Schlamm bedeckt.

Südlich der Burg war das Gelände flach und nur mit Gesträuch und jungen Bäumen bewachsen. Losian nahm an, dass dieses Land einmal kultiviert gewesen war, als die Burg noch bewohnt wurde. Das Feld war schwerlich groß genug gewesen, um alle Bewohner zu ernähren, aber gewiss waren sie dankbar für jedes Korn gewesen, das sie nicht vom Festland herschaffen mussten. Er hatte oft versucht, sich vorzustellen, wie es hier zugegangen war, als die Burg noch einen Herrn hatte, der hier mit seiner Familie, seiner Ritterschaft und seinem Gesinde gelebt hatte. Besonders fröhlich und unbeschwert war es an diesem Hof wahrscheinlich nicht zugegangen, dafür war diese Insel zu rau und das furchteinflößende Meer zu nah. Aber die Menschen hatten wohl das Beste aus ihrem Leben gemacht, hatten ein bisschen Gerste oder Roggen angebaut, ein paar Ziegen und Schweine gehalten, waren im Wald auf der Ostseite zur Jagd geritten und anschließend zu einem prasselnden Feuer und Bier und gutem Essen in die Halle zurückgekehrt, wo die Frauen saßen und spannen und webten.

Ein hartes, aber ein gutes Leben. Genug, um einen Mann zufriedenzustellen, wenn er wusste, wohin er gehörte und wer er war …

Simons Stimme riss ihn aus seinen Gedanken: »Wir könnten schwimmen.« Es klang verdrossen.

»Was?«, fragte Losian verwirrt.

»Du hast verlangt, ich soll dir sagen, wie wir übers Meer kommen. Wir könnten schwimmen. Es kann nicht viel mehr als eine Meile sein. Eine Strecke, die ein guter Schwimmer schaffen sollte.«

»Wenn die Strömung nicht wäre.«

»Ach, aber *du* nennst *mich* einen Feigling, ja?«

Losian hob reumütig die Linke. »Das hätte ich nicht sagen sollen. Du bist kein Feigling.«

Simon blieb stehen. »Wieso kannst du mich nicht ausstehen, Losian?«

Der hielt ebenfalls an und wandte sich zu ihm um. »Wie in aller Welt kommst du darauf?«

Der Junge schnaubte. Es sollte verächtlich klingen, aber sein Blick verriet, wie gekränkt er war. »Es ist kaum zu übersehen. Du bemängelst alles, was ich sage und tue, und letzte Nacht hast du mich einen Lügner geschimpft.«

Losian deutete eine Verbeugung an. »Dafür entschuldige ich mich. Ich war ein wenig … erregt letzte Nacht. Wenn du's genau wissen willst, ich war sicher, wir würden alle draufgehen. Da sagt man unbedachte Dinge.«

»Und trotzdem ist es so«, beharrte Simon. »Nicht, dass es mir etwas ausmacht«, fügte er brüsk hinzu. »Ich wüsste nur gern den Grund.«

Ich kann dir den Grund nicht nennen, denn ich weiß ihn selbst nicht, dachte Losian. Es stimmte nicht, dass er den Jungen nicht mochte, im Gegenteil. Aber Simon brachte ihn in Rage. Für einen normannischen Edelmann von fünfzehn Jahren war er viel zu verzagt und zu empfindsam. Ein Dutzend Mal am Tag fand Losian sich versucht, ihm zu befehlen, sich zusammenzureißen, mehr Verantwortung für die Bewältigung ihres täglichen Lebens zu übernehmen, ihm endlich einen Teil dieser Bürde abzunehmen. Er wusste, dass der Junge ein furchtbares Schicksal erlitten hatte, von seiner eigenen Familie verstoßen und verraten worden und mutterseelenallein auf der Welt war. Doch aus irgendeinem Grund konnte Losian ihm all das nicht zugutehalten.

»Das bildest du dir ein, Simon. Ich …« Er brach ab. *Ich selbst bin derjenige, den ich nicht ausstehen kann,* dachte er und spürte, wie dieses Nichts, diese grauenvolle Leere in seinem Innern sich auftat. *Diese erbärmliche Kreatur ohne Namen und Vergangenheit.* Er ging weiter Richtung Wald. »Ich bin überzeugt, du wärest mutig und kräftig genug, eine Meile weit zu schwimmen, aber die Strömung *ist* ein Problem. Hast du nicht gesehen, welche Mühe die Brüder bei der Überfahrt hatten, ihr Boot auf Kurs zu halten?«

»Doch«, musste Simon einräumen, der mit gesenktem Kopf

neben ihm durch den Schlamm stapfte. »Aber müssen wir es nicht trotzdem wenigstens versuchen?«

»Wozu, wenn doch feststünde, dass wir ertrinken?«

»Wir könnten ein Floß bauen! Aus den Stämmen der Palisaden und …«

»Wenn wir genügend Seil hätten, um die Stämme aneinanderzubinden, vielleicht.«

»Verflucht noch mal, Mann, wir müssen doch von hier weg, eh die Mönche kommen und uns wieder einsperren!«, ereiferte Simon sich, und Losian hörte die nackte Angst in seiner Stimme.

»Nicht bevor wir einen Weg gefunden haben, der nicht für alle ins sichere Verderben führt«, entgegnete er entschieden.

Simon stieß die Luft aus. »Du willst überhaupt nicht von hier weg! Ist es nicht so? Du fürchtest dich vor der Welt da draußen, weil du nicht weißt, wo dort dein Platz ist. Und *du* nennst mich einen Feigling …«

Losian fuhr zu ihm herum und ohrfeigte ihn. Es war ein ungehemmter Schlag; hart genug, dass der Junge in den Schlamm geschleudert wurde. Sofort stützte er sich auf die Hände und stemmte sich in eine sitzende Position, stand aber nicht auf und hielt den Kopf gesenkt.

»Verschwinde«, sagte Losian leise, und seine eigene Stimme erschien ihm fremd. »Geh zurück und hilf den anderen, oder meinethalben versuch dein Glück auf dem Meer.«

Und damit wandte er sich ab und ging mit eiligen Schritten auf den Saum des Waldes zu. Erst als er ihn erreicht hatte und sich zwischen den nackten Stämmen der ersten Bäume befand, wandte er sich um. Simon saß immer noch im Morast, hatte die Ellbogen auf die Knie und die Stirn in die Hände gestützt, und seine Schultern bebten.

Losian blickte auf die Hand hinab, die er gegen den Jungen erhoben hatte. Sie war schwielig und groß, mit breiten, starken Fingern. Grotesk. Wie eine Schaufel. Er ballte sie zur Faust und spürte zum ersten Mal bewusst, wie viel Kraft in dieser Hand steckte. Es erschütterte ihn, wie hemmungslos er zugeschlagen hatte. Dieser Vorfall war das erste Mal in seiner Erinnerung, dass er so etwas getan hatte, und er hatte nicht einmal für die Dauer eines Lidschlags gezögert. Ohne jeden bewussten Entschluss hatte er es getan, schnell und unbarmherzig, und nicht nur mit der Hand, sondern mit der Kraft seines ganzen Körpers. Er konnte sich jetzt nicht mehr genau an die Bewegung erinnern, aber ihm schien, als habe er die rechte Schulter und sogar die Hüfte dabei bewegt. Nun, er war Soldat gewesen, es sollte ihn also nicht gar zu sehr verwundern, dass er gelernt hatte, wie man einen wirksamen Schlag führte. Aber trotzdem fühlte er sich grässlich. Es erzählte ihm etwas über den Mann, der er einmal gewesen war, was er nicht wissen wollte. Und als er das erkannte, wurde ihm auch klar, dass er den Jungen geschlagen hatte, weil der die Wahrheit gesagt hatte: Losian fürchtete sich vor der Bresche im Palisadenzaun. Er fürchtete sich bis ins Mark.

Er ging weiter, drängte all diese beunruhigenden Gedanken beiseite und konzentrierte sich auf seine Aufgabe. Auch die Jagd gehörte offenbar zu den Dingen, die er einmal gelernt hatte. Er wusste, man brauchte ein Pferd und Hunde dafür. Oder einen Falken. Pfeil und Bogen, einen Speer oder eine Schleuder. Er hatte nichts von alldem. Trotzdem ging er tiefer in den Wald, und ohne es zu merken, achtete er darauf, dass er den Wind im Gesicht hatte.

Es war ein nasser, stiller, melancholischer Wald, und obwohl der Schnee geschmolzen war, war die Stimmung noch winterlich. Nur dann und wann hörte Losian den Ruf eines Vogels, und das durchweichte Laub unter seinen nackten Füßen strahlte eisige Kälte aus. Dennoch hob sich seine Stimmung. Am Stamm einer alten Buche blieb er stehen, warf einen kurzen Blick über die Schulter, um sich zu vergewissern, dass niemand ihn sehen konnte, und dann schlang er die Arme um den Stamm und presste die Wange an die Rinde, die sich gar nicht so glatt anfühlte, wie sie aussah. Auch der Baum war nass, aber Losian bildete sich ein, der Stamm spende ihm Wärme, und eine geraume Zeit verharrte er reglos, sog den herben Duft von

Holz, feuchter Erde und verrottendem Laub in tiefen Zügen ein und ergötzte sich an diesem kleinen Stück Freiheit. Für einige wenige, selige Augenblicke dachte er an gar nichts, existierte einfach nur im Einklang mit dem Baum, dem Regen und dem grauen Himmel. Dann kam ein Eichhörnchen herbeigehuscht, das ihn anscheinend für ein Stück Baumstamm hielt. Es kletterte an seinem Bein hoch, erklomm seinen Rücken und sprang von seiner Schulter an den Baumstamm, um den es dann pfeilschnell und in engen Runden nach oben lief, als führe eine unsichtbare Wendeltreppe hinauf. Losian legte den Kopf in den Nacken, um ihm nachzuschauen, und der Regen fiel ihm in die Augen.

Ohne Hast ging er in südöstlicher Richtung weiter. Das Frühjahr war die ungünstigste Zeit, um im Wald irgendetwas Essbares zu finden. Eicheln, Nüsse und Bucheckern waren längst vom Wild aufgefressen, für Pilze war es zu spät und für das erste Grün noch zu früh. Seine einzige Hoffnung war, dass auch die Tiere am Ende des Winters nicht mehr viel Nahrung fanden und deshalb geschwächt waren. Er hatte einen faustgroßen Stein aufgehoben, hielt ihn in der Hand und schaute sich wachsam um. Er wusste, seine Chancen standen schlecht, aber wie er zu Simon gesagt hatte: Es war jämmerlich, zu verzagen, ehe man sein Glück nicht wenigstens versucht hatte.

Und tatsächlich wurden seine Mühen belohnt. Der Sturm hatte Äste abgerissen und sogar einige Bäume entwurzelt. Einer hatte im Sturz eine junge Ricke erwischt, die mit zerschmetterten Hinterläufen und rettungslos im Geflecht der Krone verfangen auf der Erde lag. Mit starren Augen blickte sie zu Losian auf, als er sich vor sie hockte, und er sah, wie ihr Brustkorb sich in Panik hob und senkte. Er wusste, dass die Hand und die Stimme eines Menschen ein Reh nicht beruhigen konnten, also verschwendete er keine Zeit. Er hob die Faust mit dem Stein, ließ sie niederfahren und beobachtete mit distanziertem Interesse, dass er den Schlag genau wie den vorhin führte, mit einer Bewegung, die in der Hüfte begann und den Schwung seiner ganzen Körperkraft in seine Hand fließen ließ.

Der Hieb zertrümmerte die Schädeldecke, und die Ricke war auf der Stelle tot.

Die anderen waren fleißig gewesen, stellte Simon fest, als er zur Burg zurückkam. Sie hatten die umgestürzten Palisaden, die das Meer nicht mitgenommen hatte, aus der Bresche geräumt und auf der Innenseite der Einfriedung aufgestapelt. Nun musste man nicht mehr über zersplitterte Pfähle und sonstige Trümmer klettern, um die Burg zu betreten oder zu verlassen. Oswald las im Hof kleinere Holzstücke auf und warf sie auf einen Haufen, der vermutlich als Brennholz dienen sollte, falls er dazu je wieder trocken genug würde. Luke und King Edmund legten letzte Hand an eine eigentümliche, aber geniale Konstruktion: Sie hatten die beiden größten Bretter, die sie finden konnten, zu einer Art Dach zusammengefügt, das nun verkehrt herum, mit der Öffnung nach oben und in Schräglage am Palisadenzaun lehnte. Unter das tiefere Ende hatten sie den schweren gusseisernen Kessel gestellt, in dem sie die Grütze kochten. So kam es, dass der Regen, der auf die Flächen der Bretter fiel, zur Mitte und schließlich in den Kessel rann.

»Verdursten werden wir also nicht«, hörte Simon Godric hinter seiner rechten Schulter sagen.

Er wandte den Kopf. »Jedenfalls nicht heute. Und? Habt ihr schon was gefangen?«

Die Zwillinge schüttelten niedergeschlagen die Köpfe. Wulfric wies auf die Palisade. »Da draußen haben wir ein Dickicht aus jungen Weiden gefunden. Wir haben Zweige abgerissen und ein kleines Netz daraus geflochten. Damit haben wir im Flachwasser unser Glück versucht, aber bislang ohne Erfolg.«

Simon horchte auf. »Weiden? Wie viele?«

Godric hob die Schultern. »Ein Dutzend vielleicht. Wieso?«

»Wir müssen ein Floß bauen. Und vielleicht können wir die Stämme mit Weidenzweigen zusammenbinden«, erklärte Simon eifrig.

Die Zwillinge tauschten einen Blick und antworteten nicht

sofort. Schließlich sagte Godric: »Wenn du auf halber Strecke feststellst, dass es nicht hält, sitzt du mächtig in der Scheiße.«

»Ja, und wenn wir hier herumlungern und die Hände in den Schoß legen, bis die heiligen Brüder mit einer bewaffneten Eskorte und einem Bautrupp kommen, um den Zaun zu reparieren, dann sitzen wir erst recht in der Scheiße!«, gab Simon wütend zurück. »Was ist nur los mit euch allen? Wie könnt ihr nur zögern, wo der Weg in die Freiheit doch praktisch zu euren Füßen liegt?« Er breitete verständnislos die Arme aus. »Habt ihr euch alle so an euren Käfig gewöhnt, dass ihr gar nicht mehr hinauswollt?«

»Immer mit der Ruhe, Simon.« Wulfric hob beschwichtigend die Hände. »Natürlich wollen wir von hier weg. Aber du darfst die See nicht unterschätzen. Letzte Nacht hat sie uns doch gezeigt, wie hungrig sie ist. Und wie stark.«

»Lasst uns erst mal hören, was Losian dazu sagt«, schlug sein Bruder vor.

»Oh, natürlich. Der weise Losian«, höhnte Simon. »Das könnt ihr euch sparen. Er sagt das Gleiche wie ihr. Vögel mit gestutzten Flügeln seid ihr, allesamt! Ich kann euch einfach nicht verstehen.«

»Nein?«, fragte Godric ernst. »Vielleicht liegt es daran, dass dein Gebrechen nicht so augenfällig ist und du außerdem der Sohn eines normannischen Lords bist. Ich schätze, du bist nicht so besonders oft angeglotzt und mit Steinen beworfen oder eine Missgeburt genannt worden.«

»Angeglotzt und eine Missgeburt genannt worden, doch, gelegentlich. Wenn der richtige Moment kam«, entgegnete Simon scheinbar leichthin. Er machte einen halben Schritt auf die Zwillinge zu. »Ich wälze mich am Boden wie ein Besessener, wenn es passiert, Godric, und meistens bepinkel ich mich dabei. Wenn ich Pech habe, kommt es noch schlimmer. Verstehst du? Es ist vollkommen … entwürdigend, und es kann in jedem Moment meines Lebens geschehen. Auf der Straße, mitten in der Schlacht, in dem Augenblick, da ich um die Hand einer Frau anhalte. Falls irgendein Vater mich je nähme. Oh doch, mein Gebrechen *ist* augenfällig, glaub mir. Und ich habe gespürt, welch eine Erlösung es ist, hier zu sein und zu wissen, dass niemand mich auslachen wird, wenn es passiert, mich beschimpft oder mit Tritten davonjagt. Aber deswegen können wir uns doch nicht hier verkriechen, obwohl Gott uns eine Tür geöffnet hat! Wie sollten wir uns denn noch selbst ertragen, wenn wir das täten?«

Die Zwillinge hatten ihm schweigend gelauscht, ihre Mienen bekümmert und unsicher. Auch als er verstummte, fanden sie zur Abwechslung einmal nichts zu sagen.

Simon fuhr leicht zusammen, als sich von hinten eine Hand auf seine Schulter legte. »Du hast recht, mein Sohn«, sagte King Edmund begütigend. »Eine Tür hat sich uns geöffnet. Aber ob es Gott oder Satan war, der sie uns aufgetan hat, müssen wir noch herausfinden. Wir müssen beten und uns Gottes Wort öffnen, dann werden wir die Wahrheit erkennen, glaub mir.«

Simon spürte seinen Zorn wie einen heißen Knoten im Bauch, aber er senkte scheinbar demütig den Kopf und nickte. Ein Disput mit King Edmund über Gott und Satan war das Letzte, was er jetzt gebrauchen konnte.

»Einstweilen lasst uns etwas Nützliches tun. Godric, Wulfric, ihr solltet weiter euer Glück mit dem Netz versuchen. Ich verspreche euch, ich bringe ein Feuer in Gang, um euren Fang zu braten, denn ich habe in den Trümmern des Küchenhauses Flint und Stahl gefunden, gelobt sei Jesus Christus. Aber wir brauchen ein Messer, um die Fische auszunehmen. Hier, Simon.« Er drückte ihm einen Felsbrocken in die Hand, der eine scharfe, abgesplitterte Kante hatte. »Sieh zu, ob du eine brauchbare Klinge daraus machen kannst.«

»Ich soll einen *Stein* schärfen?«, fragte Simon ungläubig. »Aber das würde Wochen dauern.« Dieser Kerl ist eben doch völlig irre, dachte er.

King Edmund nickte ungerührt. »Ein Grund mehr, auf der Stelle damit zu beginnen, denkst du nicht?«

Als Losian bei Einbruch der frühen Dämmerung mit der Ricke auf den Schultern zurückkam, hasteten Oswald und die Zwillinge ihm entgegen, um ihm seine Last abzunehmen.

Dagegen hatte er nichts. Eine Ricke wog nicht mehr als ein Kind, aber er war weit gewandert, erschöpft nach einer schlaflosen Nacht voller Schrecken, und er war ausgehungert.

Oswald kniete sich in den Schlamm, zog die Ricke halb auf seinen Schoß, strich ihr über den blutbesudelten, eingedellten Kopf und weinte.

Jesus, lehr mich Geduld, dachte Losian seufzend, packte den Jungen am Arm und zog ihn auf die Füße. »Geh und hilf King Edmund, Feuer zu machen.«

Oswald nickte, rührte sich jedoch nicht vom Fleck. »Armes Reh …«, murmelte er betrübt. »Armes, armes Reh.«

Losian atmete tief durch. »Du hast recht. Und jetzt verschwinde.«

Oswald trollte sich mit hängendem Kopf. Sobald er außer Hörweite war, fragte Wulfric: »Wie wollen wir sie ausnehmen? Simon versucht, einen Stein zu schärfen, aber ich weiß nicht, ob …«

»Hier«, unterbrach Losian, und er konnte sich ein zufriedenes Lächeln nicht verbeißen. »Schaut euch das an.« Er schob den Mantel über die Schulter zurück und enthüllte eine lederne Scheide mit einem Jagdmesser darin, die an seinem Gürtel hing.

Die Zwillinge starrten sprachlos darauf hinab, und ihre Verblüffung hatte beinah etwas Komisches. »Woher in aller Welt hast du das?«, fragte Godric schließlich.

Losian wies nach Osten. »Im Wald steht eine kleine, verfallene Jagdhütte. Das Messer hing an einem Haken an der Wand. Ansonsten gibt es dort nichts Brauchbares, fürchte ich, bis auf einen Tisch und zwei Schemel.«

»Aber das Messer ist ein Segen«, befand Wulfric strahlend. »Ist es scharf?«

Losian nickte. »Jetzt wieder.«

»Großartig. Es löst gleich einen ganzen Haufen Probleme.«

»Und schafft einen ganzen Haufen neuer, verlass dich drauf«, gab Losian trocken zurück. Darum hatte er beschlossen, es als sein Eigentum zu beanspruchen und niemals aus der Hand zu geben. Denn sollte es durch irgendeine Unachtsamkeit Oswald oder Luke oder – Gott bewahre – Regy in die Finger geraten, dann konnte es eine Katastrophe geben. Aber darüber zu streiten war später noch Zeit genug. Jetzt galt es erst einmal, dafür zu sorgen, dass alle etwas zu essen bekamen.

In Ermangelung des sonst üblichen, aufrechten Holzgestells hielten die Zwillinge das junge Reh an den Vorderläufen hoch, während Losian es ausnahm und häutete. Er hatte es ausgeblutet, sobald er das Messer gefunden hatte. Die nicht verwertbaren Eingeweide legte er in Wulfrics und Godrics Weidenfangkorb, denn sie wollten am folgenden Tag probieren, sie als Köder zu benutzen. Dann machte Losian sich daran, das erlegte Tier systematisch zu zerlegen.

»Du weißt, was du da tust«, bemerkte Godric irgendwann.

Losian nickte. »Ja. Anscheinend mache ich das heute nicht zum ersten Mal. Wo ist Edmund mit seinem Feuer?«

Godric ruckte das Kinn zur Motte hinauf. »Da oben.«

Losian sah in die Richtung und sagte nichts.

»Es geht nicht anders, das musst du doch einsehen«, sagte Wulfric, und es klang ein wenig nervös, so als fürchte er, Losian werde widersprechen. »Der Turm ist eine Ruine, na schön, aber er ist besser als alles, was wir hier unten haben, nämlich gar nichts. Und er hat einen Kamin.«

»Was du nicht sagst«, murmelte Losian verdrossen.

»Wir brauchen Schutz vor dem Wetter«, fuhr der junge Mann fort. »Verdammt, ich habe auch kein Bedürfnis, mit Regy unter einem Dach … oder genauer gesagt, unter keinem Dach zusammenzuleben, aber im Moment ist der Turm alles, was wir haben.«

»Streckt die Hände aus«, bekam er zur Antwort.

»Was?«, fragte Wulfric verdattert.

Losian vollführte eine ungeduldige, auffordernde Geste, und als die Zwillinge ihm daraufhin die Arme entgegenstreckten, stapelte er rohe Fleischbatzen auf ihre Hände. »Schafft es nach oben und fangt an zu braten. Wenn ihr mir ein Stück bringt, das nicht verkohlt ist, könnte ich mich eventuell entschließen, euch Haar und Bärte zu stutzen.«

Grinsend zogen die Zwillinge mit der Beute hügelauf.

Losian ging gemächlich zur Einfriedung, durch die Bresche und zum Ufer hinab, wo bis gestern noch der kleine Kai gelegen hatte. Er kniete sich in den körnigen Sand und wusch sich die Hände in der Brandung. Dicke, bleigraue Wolken türmten sich am Himmel und versprachen neuen Regen für die Nacht, aber die See war ruhig. Losian blickte zum Festland hinüber, das in der Dämmerung gerade noch auszumachen war. Geisterhaft leuchtete die Kirche von St. Pancras im Zwielicht, aber sie war nur ein heller Fleck, einzelne Konturen oder der stämmige Kirchturm waren nicht auszumachen.

Wie es den Brüdern dort drüben wohl ergangen war in der Sturmnacht? Gewiss waren sie ungeschoren davongekommen, denn zumindest ihre Kirche war solide genug gebaut, um Schutz vor jedem Wetter zu bieten. Hatten sie sich gefürchtet? Hatten sie sich so wie er gefragt, ob Gott die Flut geschickt hatte, um sie vom Angesicht der Erde zu tilgen, weil er ihrer überdrüssig war? Er stellte sie sich vor, schlotternd vor Angst und Kälte zusammengedrängt in ihrem düsteren Gotteshaus. Der kühle, berechnende Abt mit dem roten Haarkranz rund um die Tonsur. Der alte, fanatische Beter mit den Haarbüscheln in der Nase. Und der kräftige junge Bruder mit den grausamen Augen, dessen Namen er nie erfahren hatte und dessen Spezialität es war, den Besessenen die Dämonen mit Rutenschlägen auszutreiben.

Mit einem Mal verspürte Losian ein unbezähmbares Bedürfnis, diese drei Männer wiederzusehen, und er merkte gar nicht, dass seine Rechte sich bei dem Gedanken um den abgegriffenen Messerschaft an seiner Hüfte schloss.

»Angenommen, wir täten es«, sagte King Edmund. »Nur mal angenommen. Wo sollen wir hingehen? Wovon sollen wir leben?«

»Das fragst ausgerechnet du?«, gab Simon spöttisch zurück. »Mit einem Heiligen in unserer Mitte können wir uns doch wohl darauf verlassen, dass Gott für uns sorgen wird, oder?«

»Na ja, auch wieder wahr«, räumte King Edmund ein.

Losian legte hastig die Hand vor den Mund und strich sich mit den Fingern über die Wange, als gälte es, dort eine Mücke zu vertreiben, und Godric verschluckte sich.

»Es sind nur zwei Tage von hier nach Gilham, wo wir zu Hause sind«, sagte sein Bruder. »Dort könnten wir erst einmal hin. Falls unser Vater noch lebt, wird er dafür sorgen, dass ihr euch nicht ohne Schuhe und Proviant auf den Heimweg machen müsst.«

Simon war der Einzige, der seine Stiefel noch besaß, weil er sich angewöhnt hatte, darin zu schlafen. Alle anderen mussten Nässe und Kälte barfuß trotzen, und Oswald hatte sich einen dicken Splitter in die linke Fußsohle getreten.

»Wohl dem, der noch ein Heim hat«, bemerkte Luke bitter. Er war ein unfreier Pächter der Brüder von St. Pancras gewesen, ehe die Schlange sich in seinem Bauch eingenistet hatte, und konnte darum nicht hoffen, auf seine Scholle zurückzukehren.

»Und wohl dem, der noch weiß, wo sein Heim ist«, warf Regy ein und schenkte Losian ein boshaftes Lächeln.

Eine Woche war seit der Sturmflut vergangen, und seither lebten die acht Überlebenden auf der Isle of Whitholm zusammen in der Ruine des Burgturms. Die meiste Zeit hatte Regy sich in bemerkenswerter Zurückhaltung geübt, aber seine ständige Gegenwart war eine Bürde für die anderen.

»Wohl dem, der hier nicht angekettet zurückbleiben muss«, entgegnete Simon wütend.

»Die Frage, was geschieht, wenn wir gehen, scheint mir weniger drängend als die, was geschieht, wenn wir bleiben«, sagte Losian versonnen. »In einem Punkt hat Simon völlig recht: Mit jedem Tag, der verstreicht, steigt die Gefahr, dass die Mönche herüberkommen und uns wieder einpferchen.«

»Dann bekämen wir wenigstens wieder etwas zu essen«, warf Luke ein.

»Richtig. Vielleicht wüssten sie sogar Rat, wie man den Brunnen entsalzen kann. Aber mit den Jagdausflügen und Streifzügen in den Wald wäre es vorbei, und wir würden wieder das erbärmliche Dasein fristen, das wir zur Genüge kennen. Und wenn die Brüder nicht kommen, werden wir verdursten. Es hat seit zwei Tagen nicht geregnet, und morgen ist unser magerer Wasservorrat verbraucht. Bis auf den ekligen stehenden Tümpel haben wir im Wald kein Wasser gefunden, und wir hätten nicht einmal Gefäße, um es hierherzubringen. Wir haben keine Schuhe und kaum noch Decken.« Er breitete kurz die Hände aus. »Unsere Chancen stehen nicht gut.«

»Aber du hast selbst gesagt, dass es Selbstmord wäre, zu versuchen, zum Festland zu kommen«, wandte Luke ein. Er wollte nicht von hier fort, wusste Simon. Genau wie Oswald. Sie alle fürchteten sich vor dem Meer und der Ungewissheit am anderen Ufer, aber Luke und Oswald erfüllte die Vorstellung mit etwas, das Ähnlichkeit mit Entsetzen hatte. Oswald schien keine Erinnerung an die Welt außerhalb dieser Insel zu haben, und weil er nichts vermisste, war er glücklich hier, solange er nicht gar zu bitterlich fror oder hungerte. Luke hingegen wusste noch genau, wie es dort drüben auf dem Festland zuging, und darum wusste er auch, dass er dort keinen Platz finden würde, der so sicher war wie dieser.

»Wulfric, Godric und ich haben begonnen, ein Floß zu bauen«, erklärte Simon. »Die Palisaden eignen sich hervorragend dafür, und wir haben sie mit Weidenzweigen und geflochtenen Schilfseilen zusammengebunden. Gestern haben die Zwillinge die beiden Schemel aus der Hütte im Wald geholt, und aus den Sitzflächen und zwei Ästen haben sie Paddel gebaut.«

»Werden sie halten?«, fragte Losian.

»Ich schätze schon«, antwortete Wulfric mit unverhohlenem Stolz. »Wir haben die Astenden gesplissen, die Schemelbretter dazwischengesteckt und mit Harz verleimt. Das hält, ich bin sicher. Aber wir werden sie ausprobieren, ehe wir auf große Fahrt gehen.«

Losian nickte. Er schien zufrieden. »Wir müssen es bei Flut

versuchen, damit die Strömung uns nicht auf die offene See hinauszieht. Wann wird das Floß fertig?«

Er schaute die Zwillinge an, aber es war Simon, der antwortete: »Morgen.«

Losian betrachtete ihn. »Und was hast du für Pläne, falls wir es schaffen?«

Ich gehe nach Hause, was sonst, dachte Simon, doch er sagte: »Ich stehle oder erbettele mir ein Stück Brot und esse es in aller Seelenruhe. Mit geschlossenen Augen. Nichts soll mich von dem Geschmack ablenken.«

»Das ist ein hervorragender Plan«, räumte Losian ein. »Ich glaube, ich schließe mich an. Ich bin nicht sicher, ob ich wirklich noch weiß, wie richtiges Brot schmeckt.«

Simon war erleichtert, dass Losian nicht darauf bestand, ihm seine Absichten zu entlocken. Hier auf dieser unwirtlichen Insel und unter all diesen seltsamen Vögeln hatte er sich Losians Herrschaft zähneknirschend unterworfen, weil er weiterleben wollte. Aber er war Simon de Clare. Sobald dieser Albtraum vorüber und er in die wirkliche Welt zurückgekehrt war, würde er sein Leben selbst in die Hand nehmen.

»Was wirst du tun, Losian?«, fragte King Edmund ernst.

»Arbeiten, wenn ich kann, wildern, wenn ich muss«, bekam er zur Antwort. »Und mich von Klöstern fernhalten.«

»Arbeiten?«, wiederholte Regy amüsiert. »Das möcht' ich sehen. Ich wette, du hast in deinem Leben noch keinen Schlag ehrlicher Arbeit getan. Dafür bist du viel zu fein.«

»Ganz im Gegensatz zu dir, hm?«, konterte Losian, eher amüsiert als ärgerlich.

Regy hob in einer affektierten Geste beide Hände. »Touché, mein Bester. Ich würde dir trotzdem raten, es mit Wilderei zu versuchen, denn die Jagd, schätze ich, wird dir mehr liegen.«

»Du willst vermutlich nur erleben, wie sie mir die Hand abhacken.«

Regy lächelte wie ein ertappter Honigdieb. Dann erkundigte er sich: »Daraus darf ich schließen, dass du nicht die Absicht hast, mich hier zurückzulassen?«

Losian ließ ihn nicht aus den Augen. »So ist es.«

Die anderen schwiegen betroffen.

Schließlich sagte Godric: »Ähm … nimm's mir nicht übel, Losian, aber bist du sicher, dass du noch ganz bei Trost bist?«

»Du weißt genau, dass ich mir dessen nicht sicher sein kann«, gab Losian kurz angebunden zurück.

»Was ich meinte, war, wie willst du da draußen mit einem halbnackten Teufel an einer Kette überleben?«

»Das weiß ich noch nicht.«

»Aber er ist ein Ungeheuer!«, warf Wulfric ein. »Wenn irgendwer hierher gehört, dann er!«

»Wenn er allein hierbleibt, wird er sterben. Selbst wenn wir ihn losketten.«

»Das bricht mir das Herz«, höhnte Wulfric. »Was fällt dir eigentlich ein, diese Entscheidung allein zu treffen?« Plötzlich war der junge Mann wirklich wütend. »Denkst du nicht, wir alle sollten ein Wort mitzureden haben? Oder meinst du vielleicht, weil du ein vornehmes Herrensöhnchen bist und wir nur dumme Bauern, stünde dir die Entscheidung alleine zu?«

Regy streckte die Beine vor sich aus, kreuzte die Knöchel und sah belustigt von einem zum anderen. »Jetzt pass gut auf, was du sagst, Losian. In dem Punkt ist er richtig dünnhäutig, scheint mir.« Er sprach Normannisch, aber Wulfric merkte natürlich trotzdem, dass er verspottet wurde, und warf Regy einen hasserfüllten Blick zu.

»Es hat nichts damit zu tun, wer du bist und wer ich möglicherweise bin, aber ich werde nicht weiter mit dir darüber debattieren«, antwortete Losian. »Er ist ein menschliches Wesen, und wir werden ihn nicht allein hier zurücklassen.«

»Ein *menschliches* Wesen?«, wiederholte Godric ungläubig, jetzt ebenso wütend wie sein Bruder. »Hast du vergessen, dass er Robert die Kehle *durchgebissen* hat?«

»Schwerlich. Aber das ändert nichts an der Lage der Dinge oder an meiner Entscheidung.«

Seine Überheblichkeit machte die Zwillinge für einen Moment sprachlos. Regy nutzte das kurze Schweigen, um ihnen zu erklären: »Ihr könnt das nicht verstehen. Er kann mich nicht hierlassen. Ich bin verrückt, und er ist es auch. Er glaubt, dass er es nur der Gnade Gottes verdankt, nicht genauso geworden zu sein wie ich. Ich bin sein *Alter Ego*. Ach herrje, das versteht ihr sicher nicht. Sagen wir, ich bin sein dunkles Spiegelbild. Er glaubt, wenn er mich hier zum Sterben zurücklässt, ist er verdammt. Doch indem er mich mitnimmt, schließt er einen Pakt mit Gott.«

Trotz der gehässigen Spitze hatten Wulfric und Godric ihm aufmerksam zugehört, und seine Erklärung war so einleuchtend, dass ihnen auf die Schnelle kein Gegenargument einfiel.

»Und wenn er es wieder tut?«, fragte Simon leise. »Du kannst ihn nicht Tag und Nacht bewachen, Losian. Was wird aus deinem Pakt mit Gott, wenn Regy wieder jemanden tötet, weil du ihm die Gelegenheit gegeben hast?«

»Dann werde ich für meinen Fehler büßen müssen, schätze ich.«

»Aber umstimmen lässt du dich nicht.« Es war keine Frage, sondern eine Feststellung. Simon fühlte sich ernüchtert.

»Nein.«

»Und wieso glaubst du, dass wir deine Entscheidung einfach so hinnehmen werden?«, fragte Godric herausfordernd.

Losian lächelte müde. »Wer weiß. Ich kann nur hoffen, es hat nichts mit der Tatsache zu tun, dass ich ein Messer habe und ihr nicht.«

Das einzig Vertrauenerweckende an dem Floß war seine Größe. Der Palisadenzaun, der die alte Burganlage umgab, war zwölf Fuß hoch, aber noch einmal ein Drittel dieser Länge steckte in der Erde. Wulfric, Godric und Simon hatten die Stämme an den Strand getragen und dort zusammengefügt: drei Lagen übereinander, die mittlere quer zur oberen und unteren.

»Es sieht nicht gerade dicht aus«, bemerkte King Edmund kritisch und wies auf die klaffenden Abstände zwischen den einzelnen Stämmen.

»Es muss nicht dicht sein, weil all seine Bestandteile schwimmen können«, erklärte Wulfric geduldig. »Es ist ein Floß, kein Boot. Selbst wenn wir unterwegs ein paar Stämme verlieren, werden wir immer noch Auftrieb haben, verstehst du?«

»Nein.«

Wulfric ignorierte ihn. »Macht euch bereit. Die Flut wird nicht auf uns warten.«

»Losian … Ich kann nicht …« Luke saß auf einem grauen Findling ein Stück oberhalb der Wasserlinie, hatte die Linke auf den Bauch gepresst, wiegte sich sacht und wimmerte. »Sie ist wach … Sie ist aufgewacht …«

Losian tauschte einen Blick mit King Edmund. Dann wandte er sich an die Zwillinge. »Hier.« Er drückte Godric das Ende der Kette in die Hände. »Seid wachsam. Und Regy: Eine falsche Bewegung, und ich werde dir die Hände fesseln, klar?«

Regy nickte zerstreut. Er sah Losian nicht an und schien ihm kaum zuzuhören.

»Geht an Bord«, sagte Wulfric. »Nur Mut!« Mit einer Geste, als wolle er eine Schar Gänse zusammentreiben, ermunterte er Simon, King Edmund und Oswald, das Floß zu betreten. Simon ging erwartungsgemäß als Erster. Mit erstaunlicher Zuversicht sprang er auf die quadratische Fläche aus verschnürten Holzstämmen, die sich unter seinem Gewicht langsam nach links neigte und untertauchte, sich dann aber mit der gleichen Gemächlichkeit wieder aufrichtete.

Losian trat zu Luke und hockte sich vor ihn. »Du musst dich zusammennehmen, Luke. Komm schon. Wir können nicht länger warten. Das Wetter ist ruhig, wir haben den Wind im Rücken. Heute ist der Tag.«

»Du verstehst das nicht«, jammerte Luke. »Ich *kann* nicht. Sie ist wach. Und sie ist wütend. Sie will nicht, dass ich weggehe. Sie schlängelt und schlängelt sich. Immer im Kreis, immer im Kreis. Sie wird mich töten.«

»Das wird sie nicht«, entgegnete Losian. Er hatte eine Eingebung, aber er wusste nicht, ob es funktionieren würde.

Luke hob langsam den Kopf. »Woher willst du das wissen?«, fragte er quengelig.

»Sie hat es mir gesagt.«

Luke riss die Augen auf. »Du hast mit ihr gesprochen?«

»Letzte Nacht, als du geschlafen hast.«

»Was hat sie gesagt?«

»Dass sie dieses Eiland genauso satt hat wie wir alle. Sie fürchtet sich ein wenig vor der Überfahrt. Darum ist sie rastlos und schlängelt sich. Aber sie wird dir nichts tun.«

Luke sah ihn unverwandt an, sein Blick voller Furcht und Zweifel. »Bist du sicher?«, flüsterte er.

»Ich schwör's dir.« Er streckte die Hand aus. »Komm. Lass es uns versuchen. Steh auf. Ganz langsam, damit sie keinen Schreck bekommt.«

Luke ergriff die ausgestreckte Linke mit seiner Rechten. Quälend langsam richtete er sich auf und kam auf die Füße. An Losians Hand machte er zwei kleine, zögernde Schritte zum Ufer, und dann erstrahlte sein runzliges Gesicht in einem Lächeln purer Erleichterung. »Ich glaube, du hast recht«, flüsterte er. »Gelobt sei Jesus Christus!«

Amen, dachte Losian, lächelte Luke anerkennend zu und führte ihn weiter, Schritt um Schritt, bis sie die Wasserlinie erreichten.

Alle anderen waren inzwischen an Bord und hockten in der Mitte zusammengedrängt auf den Stämmen.

»Lehnt euch nach hinten«, befahl Godric ihnen, als Luke auf das Floß zu klettern begann. »Dann neigt es sich weniger.«

Er hatte recht, stellte Losian fest. Selbst als Lukes ganzes Gewicht auf der Kante lastete, tauchte sie nicht gänzlich unter. Er fasste ein wenig mehr Zutrauen zu dem Gefährt und seinen Erbauern. Kaum hatte Luke sich ächzend an Bord gehievt und war zu den anderen gekrochen, sprang Losian mit der gleichen Mühelosigkeit wie Simon herüber.

Die Zwillinge knieten sich an der Steuerbordseite auf den Rand, Simon backbord, sie griffen nach den Paddeln und legten ab.

»Hoffentlich habe ich keine meiner Reisetruhen vergessen«, murmelte Simon vor sich hin, und alle lachten. Niemand hatte

Gepäck. Was sie besaßen, waren die Lumpen, die sie am Leibe trugen.

Regy befingerte die seinen missmutig. Zwischen Schlamm und Trümmern hatte King Edmund seine zweite Kutte wiedergefunden, und sie hatten sie gewaschen, getrocknet und Regy gegeben. Untypisch folgsam hatte er sie angezogen – verrückt, wie er war, wusste er vermutlich dennoch, dass er nicht in einem unzureichenden Lendenschurz in die Zivilisation zurückkehren konnte –, aber der raue Wollstoff verursachte ihm sichtliches Unbehagen.

Das Floß schaukelte über die tückischen kurzen Wellen, doch es machte Fahrt in die gewünschte Richtung und keinerlei Anstalten, unterzugehen. Oswald hatte die Augen zugekniffen und klammerte sich an King Edmunds Arm fest.

Losian sah zurück.

Vielleicht hundert Yards hatten sie sich vom Ufer der Isle of Whitholm entfernt. Er betrachtete das trutzige Torhaus, den akkuraten Palisadenzaun, das verwilderte Feld rechts davon, und dann schaute er durch die Bresche ins Innere ihres Gefängnisses. Zum letzten Mal, wie er inständig hoffte.

Der Ausschnitt des Hofs, den er sehen konnte, war unverändert eine Wüste aus grauem Schlamm. Aber schon vor dem Sturm war dies ein trister Ort gewesen, dessen vorherrschende Farbe Grau und dessen vorherrschende Atmosphäre Trostlosigkeit war.

Es beschämte ihn, dass er auch nur für die Dauer eines Herzschlages gezögert hatte, ihm den Rücken zu kehren. Auch wenn er die größten Bedenken hatte, wie die Welt dort drüben ihn und seine Gefährten aufnehmen würde, schienen die Ungewissheit, der Hunger und die Abscheulichkeiten, die sie erwarten mochten, das weitaus geringere Übel zu sein. Selbst die Aussicht auf ein feuchtes Grab war das geringere Übel, ging ihm auf. Er atmete tief durch, verschloss die Augen vor dem Anblick der alten Burgruine und spürte den salzigen Wind auf dem Gesicht.

»Oswald, reiß dich zusammen«, sagte Simon.

»Mir ist schlecht«, bekam er zur Antwort.

»Großartig«, knurrte Simon. »Genau das, was uns gefehlt hat …«

»Mach die Augen auf und schau zum Land hinüber, Oswald, dann wird es besser«, riet Godric.

Der Junge folgte dem Rat, freilich ohne seinen Klammergriff um Edmunds Arm zu lösen, und allmählich verschwand der gequälte Ausdruck von seinem Gesicht. Mit einem staunenden Lächeln sah er die unbekannte Welt näher kommen.

Als sie etwa die Hälfte ihrer Fahrt bewältigt hatten, lösten sich zwei Stämme aus der mittleren Lage und trieben nach Norden ab.

»Simon, lass uns tauschen«, sagte Wulfric ruhig. »Wir werden zu schwer für die Steuerbordseite.«

Die Zwillinge rutschten auf den Knien nach innen, umrundeten die fünf Passagiere in der Floßmitte und glitten weiter nach links. Simon folgte ihrem Beispiel in entgegengesetzter Richtung. Ein weiterer Stamm löste sich, und als Simon seinen Posten erreichte, tauchte die Seite des Floßes ins Wasser.

»Verhaltet euch so ruhig wie möglich«, wies Godric sie an. Er klang vollkommen gelassen und nahm seinem Bruder ohne Hast das Paddel aus den Händen. »Es ist nicht mehr weit.«

Losian blickte zur Festlandküste hinüber. Auf jeden Fall zu weit für diejenigen, die nicht schwimmen können, fuhr es ihm durch den Kopf, aber jetzt war vielleicht nicht der beste Moment, zu fragen, auf wen das zutraf. Er beobachtete die Ruderer abwechselnd, und als er merkte, dass Simon ermüdete, löste er ihn ab.

Simon protestierte nicht. Er war außer Atem, nickte Losian dankbar zu und machte ihm Platz. Losian merkte sehr bald, welch harte Arbeit es war, ein Floß in Schräglage vorwärtszubewegen.

Als sich der nächste Stamm löste, bekam das Floß deutlich Schlagseite, und Losian wäre um ein Haar ins Wasser gepurzelt.

»Noch eine Viertelmeile«, murmelte Simon.

Gott, gib uns eine Chance, betete Losian, und auch King Edmund begann zu beten. Er faltete die Hände und senkte den Kopf darüber. Oswald und Luke folgten seinem Beispiel und lauschten andächtig seinem lateinischen Gemurmel.

Losian ruderte, versuchte, jede ruckartige Bewegung zu vermeiden, die das Floß veranlassen könnte, sich weiter aufzulösen, und sah unverwandt zum Ufer hinüber, das jetzt zum Greifen nah schien. »St. Pancras hat keinen Kirchturm mehr«, bemerkte er, und mit erschütternder Plötzlichkeit löste das Floß sich in seine Bestandteile auf.

Losian sah noch vier weitere Stämme davonschwimmen, und als ihm klar wurde, dass sie die ganze mittlere Lage verloren, fiel er schon ins Wasser. Die eisige Kälte verschlug ihm für einen Moment den Atem. Dann zerriss er die Kordel seines Mantels, der ihn in die Tiefe ziehen wollte, und begann zu schwimmen.

Die untere und obere Lage des Floßes waren ein Stück auseinandergetrieben, aber noch intakt. Losian klammerte die Rechte um eines der Holzteile, mit der Linken bekam er Oswald gerade noch zu fassen, der in Panik um sich schlug und unterzugehen drohte.

»Hier!«, brüllte Losian ihm ins Ohr und schob das Floßteil näher auf Oswald zu. »Halt dich fest und verhalte dich ruhig.«

Oswald schien ihn nicht zu hören. Er warf den Kopf zurück und schrie, bis eine Welle über ihn hinwegrollte und seinen weit geöffneten Mund mit kaltem Salzwasser füllte. Ohne das Floß loszulassen, umschlang Losian den schweren, kompakten Körper des jungen Mannes. »Halt still, Oswald, oder wir werden beide ertrinken!«

Ob es Einsicht oder schwindende Sinne waren, war nicht auszumachen, jedenfalls erschlaffte Oswald mit einem Mal.

Losian blickte sich kurz um.

King Edmund, Regy und Luke hatten sich des anderen Floßteils bemächtigt. Fassungslos beobachtete Losian, wie Regy das Kommando übernahm, seine beiden Gefährten anwies, halb hinaufzuklettern, sodass ihre Oberkörper aus dem Wasser waren, und mit den Beinen Schwimmbewegungen zu vollführen. Es schien zu funktionieren. Wulfric und Godric schwammen ohne Hilfsmittel Richtung Ufer – pfeilschnell und mühelos wie Robben. Simon tauchte plötzlich neben Losian auf, nickte ihm zu, um zu bekunden, dass er unversehrt war, und half ihm dann, Oswald auf die Überreste des Floßes zu hieven.

»Fehlt jemand?«, fragte der Junge keuchend.

Losian schüttelte den Kopf.

»Schade. Ich hatte gehofft, das Halseisen und die Kette würden Regy erledigen.«

Losian grinste flüchtig. »Regy ist unverwüstlich. Was man von eurem Floß nicht gerade behaupten kann.«

»Nein«, räumte Simon ein, packte die Kante mit beiden Händen und begann zu schieben. »Aber Gott hat es so lange zusammengehalten, wie es nötig war. Es stimmt nicht, was die Brüder sagen, schätze ich. Er hat uns nicht verstoßen.«

Nass und verfroren, aber unverletzt erreichten sie den Strand unterhalb des Klosters. Oswald und Luke schlotterten und blickten sich verstört um. Die übrigen waren euphorischer Stimmung, klopften sich gegenseitig auf die Schultern, um sich zu ihrer geglückten Überfahrt zu gratulieren, und Simon und die Zwillinge ernteten überschwängliches Lob für ihre Floßbaukünste.

»Und was nun?«, fragte King Edmund schließlich.

Losian hatte sich ein Stück vom Ufer entfernt, war an den Rand der klösterlichen Obstwiese getreten und schaute sich aufmerksam um. Die anderen schlossen sich ihm nach und nach an. Zwei der knorrigen Apfelbäume lagen entwurzelt im verschlammten Gras, ein paar weitere fehlten ganz. Die gedrungene Klosterkirche war zur Hälfte eingestürzt. Kapitelsaal, Dormitorium und Wirtschaftsgebäude waren verschwunden. Allein das Küchenhaus – das einzige Steingebäude außer der Kirche – schien noch intakt. Und weit und breit kein Anzeichen von Leben.

»Ich würde sagen, gegen die Sturmflut, die sie hier hatten,

war unsere nur ein kleines Fußbad«, stellte Wulfric nüchtern fest.

Die anderen nickten. Keiner von ihnen empfand Mitgefühl für die Mönche, ganz gleich, welches Schicksal sie ereilt haben mochte. Aber der Anblick dieser völligen Zerstörung erschütterte sie dennoch.

»Lasst uns gehen«, sagte Simon schließlich. »Falls noch jemand übrig ist, haben sie bestimmt ganz andere Sorgen als uns.«

Losian gab ihm recht, warnte aber dennoch: »Haltet die Augen offen.«

Sie überquerten die kleine Obstwiese. Zwischen dem Küchenhaus und den Überresten des Refektoriums fanden sie den aufgedunsenen Kadaver eines Schafs.

»Essen«, schlug Oswald mit matter Stimme vor und zeigte darauf.

»Ich glaube, lieber nicht, Kumpel«, widersprach Godric seufzend und legte ihm die Hand auf die Schulter. »Aber ich könnte mir vorstellen, dass wir hier noch den einen oder anderen Leckerbissen finden. Soweit ich mich entsinne, lebten die Brüder von St. Pancras nicht gerade bescheiden.«

Sie teilten sich in zwei Gruppen auf und erkundeten die Klosterruine. In den Trümmern der Kirche fanden sie die Leichen dreier ertrunkener Mönche. Einer war Bruder Nasenhaar, erkannte Simon beklommen, und seine Rachgier verursachte ihm plötzlich Gewissensbisse. Sonst war niemand mehr da. Entweder hatte die See die übrigen Brüder fortgespült, oder sie waren geflohen.

Im Küchenhaus trafen sie schließlich wieder zusammen. King Edmund hatte hinter dem großen Herd in der Mitte des Raums eine Falltür entdeckt. Die Zwillinge machten Feuer, das fürchterlich qualmte, weil das Holz nass war, doch schließlich brannte einer der Scheite gut genug, um ihn als Fackel zu verwenden. Simon erbot sich, in den Keller hinabzusteigen.

Eine Treppe mit kleinen, ausgetretenen Stufen führte hinab. Unten angekommen drehte der Junge sich langsam um die eigene Achse und betrachtete im flackernden Licht seiner notdürftigen Fackel die Schätze, die er gefunden hatte. »Der Boden ist nass, aber viel Wasser ist hier nicht eingedrungen!«, rief er nach oben.

»Kein Wunder, so fest, wie diese Falltür saß«, hörte er King Edmund sagen. »Was gibt es dort?«

»Kisten mit Äpfeln. Mehlsäcke, aber die sind nass. Und großer Gott … entschuldige, King Edmund. Aber hier ist ein Schinken! Und der sieht völlig in Ordnung aus!«

»Was ist mit Fässern?«, fragte Regy.

»Jede Menge«, berichtete Simon. »Eins ist angestochen.« Er öffnete den Hahn, beugte sich herab und trank gierig. Als er sich wieder aufrichtete, war ein seliges Lächeln auf seinen Lippen. »Roter Wein aus Lothringen, Monseigneurs!«

Mit dem Schinken in der einen, der Fackel in der anderen Hand kam er wieder zum Vorschein.

»Oh, der Herr sei gepriesen!«, rief King Edmund entzückt aus. »Hab ich euch nicht gesagt, dass er für uns sorgen wird?«

»Nein«, erwiderte Wulfric. »Simon hat es gesagt. Jedenfalls werden wir ein Fest feiern.« Im perfekten Einklang mit seinem Bruder wandte er sich ab, und sie machten sich auf die Suche nach Krügen, Bechern und Tellern.

»Halt!« King Edmund schlug sich mit der Hand vor die Stirn. »Es ist Fastenzeit. Ich fürchte, der Schinken und der Wein …«

Ein vielstimmiges Stöhnen unterbrach ihn. »Hab ein Herz«, bettelte Godric. »Wir haben *jahrelang* gefastet.«

Edmund wiegte den graubezottelten Kopf hin und her. Dann gab er unerwartet nach. »Ihr habt recht. Ich bin zuversichtlich, dass Gott uns vergibt. Her mit dem Wein, Simon.«

»Oh, wunderbar, ein Besäufnis«, Regy zwinkerte Losian zu. »Wir lassen uns volllaufen, und dann gehen wir auf den Friedhof und pissen auf die Gräber der Mönche, was hältst du davon?«

Losian wandte kopfschüttelnd den Blick ab. »Warum bist du nicht ertrunken, Regy?«, fragte er unwirsch, aber in seinen blaugrünen Augen funkelte Übermut.

Losian erwachte mit einem Brummschädel, und das erste Wort, das ihm in den Sinn kam, war *Bristol*. Obwohl sein rechter Arm völlig gefühllos war, blieb er reglos liegen, um das Wort und den Gedanken nicht zu verscheuchen. *Bristol*. Es beschwor eine höchst eigentümliche Mischung aus freudiger Erregung und Hoffnungslosigkeit herauf, aber ehe er das, was er für eine Erinnerung hielt, erhaschen konnte, entzog es sich ihm wie eine Rauchfahne, die der Wind davontreibt.

Er setzte sich auf, rieb sich den Arm, der unangenehm zu kribbeln begann, und schaute sich um. Luke und Oswald lagen nah am Herd zusammengerollt auf dem feuchten Bodenstroh und schliefen. King Edmund, Simon und die Zwillinge waren verschwunden. Und Regy saß mit dem Rücken an den Stützbalken gelehnt, an welchen sie ihn gekettet hatten, und betrachtete Losian mit konzentrierter Miene, den Kopf leicht zur Seite geneigt. Losian fragte sich, ob Regy überhaupt jemals schlief.

»Was ist Bristol?«

»Was bekomme ich dafür, wenn ich es dir verrate?«, entgegnete Regy.

»Frühstück.«

»Ein Hafenstädtchen im Süden. Es liegt an der Mündung eines großen Flusses. Schiffe bringen Blei und Silber aus Wales und Wolle und Leder aus England von dort auf den Kontinent.«

»Warst du mal dort?«

Regy schüttelte den Kopf. »Ich fand Reisen immer beschwerlich und eintönig und war nie weiter südlich als Suffolk. In York und auf meinen Ländereien hatte ich ja alles, was ich zum Glücklichsein brauchte«, fügte er lächelnd hinzu.

Losian ging nicht darauf ein. Er fand es unbeschreiblich widerwärtig, wenn Regy mit seinen Schandtaten kokettierte, doch er hatte gelernt, es zu ignorieren. »Und weißt du, ob es irgendetwas … Besonderes mit Bristol auf sich hat?«

»Wenn dir Schiffe und Seeleute aus der ganzen Welt nicht besonders genug sind, nein. Das heißt, Bristol hat eine Burg, hörte ich einmal, die als uneinnehmbar gilt. Eine der stärksten Festen in England und Hauptquartier ebenso wie Fluchtburg des berühmten Earl Robert of Gloucester.«

Losian nickte, obwohl dieser Name ihm nichts sagte. Er war bitter enttäuscht.

»Wie kommst du auf Bristol?«, fragte Regy neugierig.

»Keine Ahnung«, erwiderte Losian knapp und stand auf, um dem Thema ein Ende zu bereiten. Während er an den Tisch des Küchenhauses trat, um festzustellen, welche Vorräte sie noch besaßen, fragte er sich, ob er sich in dieser Hafenstadt im Süden einmal einen Rausch angetrunken und am nächsten Morgen mit ebensolch einem Brummschädel wach geworden war. Wie konnte es nur sein, dass der Duft und Geschmack des Weines, den sie am Vorabend in unbescheidenen Mengen getrunken hatten, ihm vollkommen vertraut gewesen waren, er aber unfähig war, auch nur eine einzige konkrete Erinnerung damit zu verbinden?

Er wusste, wie sinnlos und gefährlich solche Fragen waren, weil sie bestenfalls zu hilflosem Zorn führten. Also lenkte er sich mit praktischen Dingen ab.

Auf dem Tisch stand eine Kiste mit runzeligen Äpfeln, ein zweiter Schinken, kaum angeschnitten, lag daneben sowie ein paar Zwiebeln. Das war alles, was sie im Vorratsraum unter der Küche an brauchbaren Lebensmitteln gefunden hatten. Nicht viel für acht Männer. Wenn sie es eisern rationierten, würde es vielleicht für drei Tage reichen. Mehr nicht.

Wulfric, Godric und Simon kamen zurück ins Küchenhaus.

»Herrlicher Tag da draußen«, verkündete Godric. »Wir sollten etwas essen und uns dann auf den Weg machen. Wenn wir uns sputen, sind wir morgen Abend bei uns zu Hause.«

»Großartig«, bemerkte Regy trocken. »Und was genau mag es sein, euer Zuhause? Eine Hütte aus Zweiggeflecht, Lehm und Kuhscheiße?«

»Zerbrich dir nicht den Kopf«, knurrte Wulfric. »Dich laden wir sowieso nicht ein.«

»Das erleichtert mich.«

»Wir haben noch ein Vorratshaus gefunden, das teilweise stehen geblieben ist«, berichtete Simon. »Ein paar Fässer Bier, Sauerkohl und Pökelfleisch.«

»Großartig.« Losian nickte zufrieden. »Füllt einen Kessel mit Kohl und Fleisch und bringt ihn her, seid so gut. Ich schüre das Feuer auf. Während unser Frühstück warm wird, können wir die Messe hören. Einverstanden?«

Alle außer Regy bekundeten ihre Zustimmung. Die jungen Männer nahmen einen mittelgroßen Kessel von der Bank neben dem Herd, und während sie unterwegs waren, erwachten auch Oswald und Luke. Als Letzterer von dem Bierfund hörte, leuchteten seine Augen. »Ich hol uns welches«, erbot er sich. »Die Brüder von St. Pancras waren erbärmliche Christenmenschen, das steht mal fest, aber sie verstanden sich aufs Bierbrauen.«

Wie Losian vermutet hatte, wartete King Edmund schon in der halb eingestürzten Kirche auf sie. Er hatte ein paar Kerzen und ein goldenes Reliquiar gefunden, die er auf den Altar gestellt, und einen silbernen Pokal, den er großzügig mit Wein gefüllt hatte. Mit leuchtenden Augen hielt er ihnen die feierlichste Messe, die ein jeder von ihnen seit seiner Ankunft auf der Insel erlebt hatte, und sie alle verspürten einen Hauch von Euphorie, als sie Gott für die glückliche Überquerung des Meeres und ihre wiedergewonnene Freiheit dankten.

Beim anschließenden Frühstück im Küchenhaus schwelgten sie in ungewohntem Überfluss, aßen mit schamloser Gier den Kohl und das schöne, fette Pökelfleisch, und Luke hatte nicht übertrieben, was die Braukünste der Mönche anging.

Als der Kessel ausgekratzt und der letzte Krug geleert war, wurde es still am Tisch. Auf zwei Bänken saßen die Flüchtlinge sich gegenüber und tauschten ratlose Blicke.

»Tja«, machte Simon schließlich und breitete kurz die Hände aus. »Was nun?«

Niemand antwortete sofort. Bis zu diesem Augenblick hatten sie eine Gemeinschaft gebildet. Erst unfreiwillig, zusammengepfercht in der alten Burg auf der Insel, dann als Gefährten bei der gefahrvollen Flucht von dort. Aber nun hatte diese Gemeinschaft ihren Zweck erfüllt und würde zerfallen, das ahnten sie alle.

»Ich nehme an, du willst auf dem schnellsten Weg nach Hause?«, fragte Wulfric den jungen Normannen.

Simon nickte und hob gleichzeitig die Schultern. »Natürlich. Aber es sind fünfzig Meilen von hier nach York, hundert Meilen von York nach Lincolnshire. Und im ganzen Land herrscht Anarchie. Ich brauche ein Pferd, Waffen und ein bisschen Geld, sonst komm ich nie an.«

Die anderen nickten nachdenklich.

»Vielleicht wäre es das Klügste, wenn wir vorerst zusammen reisen«, schlug Wulfric vor. »Im Moment haben wir sowieso alle den gleichen Weg, schätze ich. Oder will irgendwer nicht nach Süden?«

Losian wandte sich an Luke. »Was ist mit dir? Du bist hier in der Nähe zu Hause, nicht wahr?«

Der alte Mann nickte, aber in seinen Augen stand Furcht. »Ich kann nicht zurück, Losian. Als die Schlange in meinen Bauch gekommen ist, hat mein eigener Sohn es den Mönchen verraten. Vielleicht weil er Angst vor ihr hatte, kann schon sein. Aber vor allem, weil er nicht länger auf das Land warten wollte. Ich kann nicht mehr zurück. Und ich kann auch keine Felder mehr bestellen.« Er schüttelte entschieden den Kopf. »Nicht mit einer Schlange im Bauch, verstehst du? Du bist der Einzige, der sie bändigen kann.«

Großartig, fuhr es Losian durch den Kopf. Das bedeutet, dass ich dich fortan am Hals habe. Genau wie Oswald und – Gott helfe mir – Regy. »Und du?«, fragte er King Edmund. »Woher stammst du?«

Der kleine Angelsachse sah ihn an, als hätte Losian ihn gefragt, ob am nächsten Morgen die Sonne wieder aufgehen werde. Spöttisch zog er die Brauen in die Höhe und antwortete: »Aus East Anglia, mein Sohn.«

»Oh. Natürlich.« Jedes Kind in England wusste, dass der

berühmte Märtyrer König von East Anglia gewesen war. »Entschuldige, wie dumm von mir. Und willst du dorthin zurück?«

»Ich schätze, es wäre ein guter Ort, um herauszufinden, welche Pläne Gott als Nächstes mit mir hat.«

Losian drehte den leeren Becher zwischen den Händen und sah nachdenklich hinein. »Dann sollten wir es so machen, wie Wulfric vorgeschlagen hat. Wir brechen gemeinsam nach Süden auf. Ihr wisst den Weg zu eurem Dorf noch?«, fragte er die Zwillinge.

»Früher führte ein Pfad durch den Wald«, antwortete Godric. »Keine Ahnung, ob's den noch gibt. Aber es ist nicht schwierig. Wir müssen einfach immer nur der Nase nach, dann kommen wir irgendwann an die Straße, die York und Scarborough verbindet, und von dort ist es nicht mehr weit nach Gilham.«

»Gebe Gott, dass die Flut euer Dorf nicht vernichtet hat«, sagte King Edmund.

»Ich glaube nicht. Es liegt über eine halbe Meile von der Küste entfernt«, entgegnete Wulfric zuversichtlich.

»Dann gebe Gott, dass wir unversehrt hinkommen«, hielt King Edmund dagegen. »Ich hätte es vorgezogen, an der Küste entlangzuwandern und den Wald zu meiden. Dort lauern gefährliche Gelichter. Wegelagerer und Gesetzlose, heißt es.«

»Ich kann mir schwerlich irgendwen vorstellen, der gefährlicher wäre als wir«, warf Losian ein.

Die Zwillinge lachten. »Sei unbesorgt, King Edmund«, sagte Godric. »In der Gegend hier gibt es so wenige Menschen, dass du tagelang durch den Wald laufen kannst, ohne einer Seele zu begegnen. Der Eroberer hat gründliche Arbeit geleistet, als er sich in den Kopf gesetzt hat, den Norden Englands zu entvölkern, weißt du.«

Er sagte es ohne Bitterkeit, denn es war schrecklich lange her. Heute lebte gewiss niemand mehr, der sich an die entsetzliche Hungersnot erinnern konnte, die der erste normannische König über seine störrischen Untertanen im Norden Englands gebracht hatte, als er seine Reiterscharen ausgeschickt hatte, die Scheunen im ganzen Norden niederzubrennen, auf dass die eingefallenen Dänen keinen Proviant fanden. Trotzdem war es ein Thema, das die normannischen Engländer nicht gern erwähnten, denn diese unrühmliche Tat ihres großen Eroberers beschämte sie. Simon und Losian tauschten einen unbehaglichen Blick. Dann bemerkte der Junge kopfschüttelnd: »Du weißt, was hier vor achtzig Jahren passiert ist, aber du weißt nicht, wo du zu Hause bist.«

»Tja. Wenn du das absurd findest, bist du nicht der Einzige.« Losian stand auf. »Lasst uns den Morgen nicht unnütz vertrödeln.«

Jetzt, da sie ein Ziel hatten, waren alle erpicht darauf aufzubrechen. Sogar Oswald, den die fremde Umgebung und das von der Flut zerstörte Kloster ängstlich und missmutig gestimmt hatten, konnte plötzlich wieder lachen und klatschte ausgelassen in die Hände, als King Edmund ihm eine feuchte, aber ansonsten tadellose Decke reichte und ihm zeigte, wie er ein Bündel daraus knoten sollte.

Ganz anders als auf der alten Inselfestung hatten sie hier in den Trümmern jede Menge Schätze gefunden, die die Flut zurückgelassen hatte. Doch sie waren übereingekommen, nur das Nötigste mitzunehmen: eine Decke für jeden, Mönchssandalen für die Barfüßigen, die Äpfel, den Schinken und so viel von dem Pökelfleisch, wie sie tragen konnten. Die goldenen und silbernen Kirchenschätze ließen sie genauso zurück wie die drei Beutel voller Pennys, die King Edmund unter einer Falltür in der Sakristei gefunden hatte, denn sie gehörten Gott.

»Glaubst du nicht, dass wir ein oder zwei Schilling als Notreserve mitnehmen dürfen?«, hatte Simon King Edmund gefragt.

Doch der hatte kategorisch den Kopf geschüttelt. »Die Brüder von St. Pancras mögen ihrem Orden wenig Ehre gemacht haben, Simon de Clare, aber das gibt uns kein Recht zu stehlen, was sie zur Ehre des Herrn zusammengetragen haben. Wir lassen alles dort zurück, wo wir es gefunden haben, und wenn Gott gnädig ist, wird er unsere Reise segnen.«

Simon seufzte. »Amen.«

King Edmunds Strategie, Gottes Segen für ihre Wanderschaft mit Rechtschaffenheit erkaufen zu wollen, fand Losian höchst fragwürdig. Doch sie schien zu funktionieren. Bei strahlendem Sonnenschein brachen sie auf, kamen zügig und ohne Missgeschicke voran, und die Stimmung war nahezu ausgelassen. Keine halbe Stunde vom Kloster entfernt begann der Wald, und es dauerte nicht lange, bis sie einen schmalen Pfad fanden, der in ihre Richtung führte.

»Wer macht in dieser menschenleeren Gegend einen Weg?«, verwunderte sich King Edmund.

»Das Wild«, antworteten Losian und Regy wie aus einem Munde, und Ersterer fügte hinzu: »Es ist ein Wechsel. Siehst du die Hufspuren? Hirsche und Rehe halten diesen Pfad offen. Vermutlich führt er zu einer Quelle.«

Die Bäume waren noch kahl, und der unablässige kalte Wind des Nordens strich durch die nackten Zweige und das struppige, dunkle Gras vom letzten Jahr. Doch die Sonne schien, lockte Vögel in Scharen aus dem Dickicht und verlieh dem Wald einen Hauch von Frühling. Die Luft war erfüllt von einem wunderbar herben Duft nach Rinde, Walderde und vermoderndem Laub. Oswald brach allenthalben in Jubel aus, reckte die Hände über den Kopf und rannte ein Stück voraus. Dann kam er zu den anderen zurück und wiegte bei jedem Schritt den Kopf hin und her – ein sicheres Zeichen seines Wohlbefindens. Wulfric, Godric und Simon lachten über seine Kapriolen, nicht weil Oswalds Watschelgang so unfreiwillig komisch war, sondern weil sie das gleiche Hochgefühl verspürten wie er.

Am späten Vormittag erreichten sie einen der klaren, eiligen Bäche, mit denen diese Gegend so reich gesegnet war, und wie Losian vorhergesagt hatte, schien das Flüsschen das Ziel des Wildwechsels zu sein. Am anderen Ufer mussten sie sich eine Weile durch ein Gestrüpp aus Brombeer- und Haselsträuchern kämpfen, doch ehe es ihnen ernstlich die Laune verderben konnte, blieb es zurück, und kurz darauf fanden sie wieder einen Pfad, der nach Süden führte.

Als die Sonne leuchtend wie ein frischer Eidotter im Westen stand, hielten sie an, aßen Pökelfleisch und Äpfel und tranken das herrlich reine, aber eiskalte Wasser einer nahen Quelle. Regy merkte säuerlich an, dass er bereitwillig einen Weinschlauch getragen hätte, wenn sie ihn nur gelassen hätten, aber in Wahrheit war er genauso zufrieden mit dem Nachtmahl wie alle anderen. So großzügige Rationen hatten sie auf der Insel nicht gekannt. Satt und schläfrig rollten sie sich schließlich in ihre guten Decken. Losian verspürte eine gute, ehrlich verdiente Müdigkeit in allen Gliedern und war zuversichtlich, dass er ausnahmsweise einmal tief und traumlos schlafen würde.

Der Himmel hatte sich zugezogen, als sie am nächsten Tag bei Dämmerung nach Gilham kamen. Es war ein hübsches Dorf, das nicht weit vom Waldrand entfernt in einer geschützten Senke zwischen drei Hügeln lag. Vielleicht zwei Dutzend Häuser schmiegten sich um eine bescheidene Holzkirche. Über die Hügel erstreckten sich die großen, in Streifen unterteilten Felder der Bauern, die hier Hafer und Roggen anbauten, doch der größere Teil der Nutzflächen schien Weideland zu sein, und die hügeligen Wiesen waren mit Schafen betupft. Winzige Lämmer waren darunter, staksten noch ungeschickt umher, reckten die kleinen Köpfe nach den Zitzen ihrer Mütter und entlockten Oswald leise, gurrende Laute des Entzückens. Auf den Feldern hatte das Pflügen und Eggen begonnen, aber für heute schienen die Bauern Feierabend gemacht zu haben. Es war weit und breit niemand zu entdecken.

Wulfric zeigte mit dem Finger auf das Kirchlein, welches an der Westseite eines grasbedeckten Platzes mit einem kleinen Teich in der Mitte stand. »St. Erkenwold.« Seine Stimme bebte ein wenig. Losian konnte sich vorstellen, wie erschütternd es für die beiden jungen Männer sein musste, ihr Dorf wiederzusehen.

Godric biss sich auf die Unterlippe, starrte mit verengten Augen auf die Häuschen hinab und sagte nichts.

»Vielleicht ist es besser, wenn wir nicht alle hinuntergehen«, schlug Simon unsicher vor. »Eure Leute würden einen Mordsschreck bekommen, wenn sie einen verlotterten Kerl an einer Kette sehen.«

»Oh, heißen Dank, Bübchen«, gab Regy verdrossen zurück. »Ich würde sagen, die Leute, die Wulfric und Godric kennen, sind nicht so leicht zu erschüttern.«

»Simon hat trotzdem recht«, befand King Edmund. »Vielleicht solltet ihr erst einmal alleine …«

»Kommt nicht infrage«, widersprach Godric. »Jetzt sind wir so weit zusammen gewandert, da könnt ihr die letzte Viertelmeile auch noch mitkommen.«

Er fürchtet sich vor den Menschen aus der Vergangenheit, erkannte Losian. Er tauschte einen Blick mit Simon, der ratlos die Schultern hob, und dann setzten sie sich langsam wieder in Bewegung.

Als sie die ersten Häuser des Dorfes passierten, sah Losian, dass Regy gar nicht so falsch gelegen hatte: Es waren bescheidene, vermutlich einräumige Hütten aus Zweiggeflecht und Lehm, die Dächer mit Stroh gedeckt. Aber jedes der Häuschen hatte eine kleine Hecke, die einen bescheidenen Garten umfriedete, und zwei der Bauern – vermutlich die wohlhabenderen – nannten gar eine Scheune ihr Eigen.

Godric und Wulfric sahen sich neugierig um, tauschten ein nervöses Grinsen und hielten vor der Hecke eines Hauses, das gleich gegenüber der Kirche an dem kleinen Dorfplatz lag.

Godric räusperte sich und rief gedämpft: »Vater?« Er wartete einen Moment, und weil sich nichts rührte, fügte er hinzu: »Wir sind's. Wir sind wieder da.«

Die Tür der Hütte flog auf, und eine junge Frau trat heraus.

Ihr Anblick verursachte Losian einen eigentümlichen Schock. Er spürte Hitze auf der Haut, und alle Härchen richteten sich auf. Die Frau hatte ein unverkennbar bäurisches Gesicht, aber herrlich rote Lippen und hohe, pralle Brüste unter dem schlichten Kleid. Er hatte keine bewusste Erinnerung daran, je zuvor eine Frau gesehen zu haben, aber sein Körper wusste anscheinend Dinge, die sich seinem Geist entzogen, denn er spürte eine unmissverständliche Regung in den Lenden.

Dann riss dieses hinreißende Wesen die Arme in die Höhe und tat einen markerschütternden Schrei.

Losian sah Simon neben sich zusammenzucken, und die Zwillinge traten einen Schritt zurück.

»Gunda …«, sagte Godric mit einem etwas atemlosen Lachen, schaute hilfesuchend zu seinem Bruder, und der fragte die Frau: »Wo ist unser Vater?«

Statt zu antworten, reckte sie den Hals und schrie über ihre Köpfe hinweg: »Thurgar! Robert! Kommt schnell! O heilige Jungfrau, beschütze mich vor den Visionen der Hölle …« Sie schlug die Hände vors Gesicht und wandte den Kopf ab.

»Gunda, was soll das?«, fragte Godric. »Wir sind deine Vettern, keine Visionen der Hölle. Und jetzt sag mir, wo unser Vater ist.«

Sie schüttelte den Kopf, fing an zu weinen und floh zurück in ihr Häuschen.

Ehe Godric und Wulfric ihr nachrufen konnten, kamen aus der Nachbarhütte zwei kräftige junge Kerle, von denen einer eine Axt in Händen hielt. »Was geht hier … O Jesus, Maria und Joseph.« Der mit der Axt war wie angenagelt stehen geblieben.

Der andere hielt verdutzt inne und trat dann mit ausgebreiteten Armen und einem warmen Lächeln auf die Ankömmlinge zu. »Godric! Wulfric! Ihr … ihr seid Männer geworden.«

»Thurgar«, grüßte Godric verlegen.

Der wollte ihn in die Arme schließen, aber sein Gefährte hielt ihn mit einer Bewegung seiner Axt davon ab. »Vorsicht. Du weißt, was sie gesagt haben.« Er pfiff zur Kirche hinüber. »Vater Edgar? Kannst du mal herkommen?«

»Robert!«, protestierte Wulfric. »Wärst du vielleicht so gut, uns zu sagen, wo unser Vater …«

»Er ist tot«, antwortete Robert.

Die Zwillinge sahen sich an und senkten dann die Köpfe. Sie waren traurig, aber nicht überrascht. Losian wusste, sie hatten damit gerechnet, denn sie waren vernünftige Männer, und vier Jahre waren eine lange Zeit.

»So tot wie ihr«, fügte der junge Bursche grimmig hinzu.

Losian legte jedem der Zwillinge kurz eine Hand auf die Schulter, dann stellte er sich vor sie und wandte sich an den Mann, der seine Axt so einsatzbereit in beiden Händen hielt. »Dein Name ist Robert, Freund?«

»Ganz recht, aber dein Freund bin ich nicht.« Sein Blick, der halb herausfordernd und halb furchtsam war, glitt von Losian zu den Zwillingen und wieder zurück.

»Schön, wie du willst, Robert of Gilham. Aber diese Männer sind nicht tot. Es ist keine Vision, die du siehst.«

»Oh doch, das sind sie«, sagte eine feste Stimme, in der eine unverkennbare Autorität schwang. »Die heiligen Brüder haben es ihrem Vater gesagt.«

Losian wandte den Kopf und fand sich Auge in Auge mit dem Dorfpfarrer: ein grobschlächtiger Mann in den gräulich braunen, ungewalkten Gewändern, wie alle Bauern sie trugen. »Die heiligen Brüder haben gelogen« schien keine sehr vielversprechende Antwort zu sein. »Es war ein Irrtum, Vater«, sagte Losian stattdessen.

Das Weib des Pfarrers kam mit einem halben Dutzend Kindern aus der Kate neben dem Kirchlein gelaufen, schrie genauso schrill wie zuvor Gunda, zögerte aber keinen Augenblick, mitsamt ihrer Brut näher zu kommen.

Wulfric fuhr sich mit dem Ärmel über die Augen. »Robert, schau uns doch an. Wir sind älter geworden. Genau wie du. Wir sind echt, ganz gleich, was sie euch erzählt haben.« Er streckte dem Pfarrer die Hand entgegen. »Hier, fass mich an, Vater Edgar, dann merkst du, dass ich aus Fleisch und Blut bin.«

Der Geistliche trat kopfschüttelnd einen Schritt zurück. »Das könnte dir so passen.«

Aus allen Häusern kamen nun Menschen auf den grasbewachsenen Dorfplatz geströmt und umringten die bizarre Schar. Sie tuschelten nervös. Man konnte hören, dass sie sich fürchteten. Losian blickte sich um. Es waren über dreißig. Und sie waren gefährlich.

»Wenn ich Euch beweise, dass diese beiden Männer aus Fleisch und Blut sind, was sagt Ihr dann, Vater?«, fragte er.

»Deine feinen Reden kannst du dir sparen«, bekam er zur Antwort. »Wie willst du mir das beweisen?«

»Indem ich dir zeige, dass sie bluten können. Weder Geister noch Dämonen können bluten, richtig?«

Vater Edgar stemmte die Hände in die Seiten und sah ihn mit verengten Augen an. »Aber ich habe von finsteren Mächten gehört, die sich der Leiber der Toten bedienen und sie auf Erden wandeln lassen, um ihre bösen Werke zu tun. Können diese Leiber bluten, frage ich mich?«

»Wie du sicher weißt, Bruder, ist eine solche Inbesitznahme der Toten nur unter Wasser möglich«, warf King Edmund ein. »Allein die Leiber ertrunkener Seeleute und Fischer sind davon betroffen, und wir sind uns doch wohl einig, dass diese beiden hier nicht wie Ertrunkene aussehen, oder?«

Der Geistliche sah ihn an. »Und du bist …?«

»Er ist der Hirte unserer Gemeinschaft«, erklärte Simon hastig, der offenbar dachte, jetzt sei nicht der beste Moment, um diesen Bauern zu offenbaren, dass einer von ihnen sich für einen toten Märtyrer hielt.

»Nun, frommer Hirte«, spottete der Dorfpfarrer. »Wie dem auch sein mag. Die heiligen Brüder von St. Pancras haben uns wissen lassen, dass diese beiden hier tot sind. Wieso sollte ich dir mehr Glauben schenken als ihnen? Waren diese Zwillinge nicht seit jeher eine *Beleidigung* des göttlichen Plans? Eine abscheuliche Ausgeburt, wie nur die Hölle sie hervorbringen kann?«

»Ach ja?«, fragte Thurgar. »Aber warst du nicht derjenige, der immer gesagt hat, sie bringen uns Glück? War es nicht dein Vorschlag, sie nach St. Pancras zu schicken? Und haben die Schotten sich nicht zwei Wochen später nach Norden zurückgezogen?«

»Es war das Glück des Teufels, sag ich dir«, knurrte der Pfarrer. »Sieh dir an, in welcher Gesellschaft sie hier auftauchen nach all den Jahren: ein Schwachsinniger, ein Irrer an einer Kette, zwei verlotterte normannische Halsabschneider und …« Er brach ab, offenbar unsicher, wie er Luke und King Edmund titulieren sollte. »Ich sage, wir jagen sie davon. Sicher ist sicher.«

»Und ich sage, Schande über dich, Vater Edgar«, entgegnete Thurgar wütend. »Ich sehe hier zwei lebendige Männer, die meine Vettern sind. Und sie sind für das Wohl dieses Dorfes ins Ungewisse gezogen. Was ist das für ein Willkommen, das wir ihnen bereiten?«

»Weg mit ihnen!«, schrie Vater Edgars Frau. »Sie werden noch Missernten und Hagelschlag über uns bringen, wenn wir sie hier dulden! Mein Vater hat immer gesagt, mit denen stimmt etwas nicht, und er hatte recht!« Sie riss plötzlich den Arm zurück und ließ einen Gegenstand hervorschnellen, den sie anscheinend schon länger in der Hand hielt. Es war ein faustgroßer Stein, und er traf Wulfric an der Schläfe.

Der taumelte zur Seite, weil er den Angriff nicht hatte kommen sehen, und zerrte seinen Bruder mit. Aber sie fielen nicht. Wulfric hob die Hand an den Kopf, fuhr mit zwei Fingern über das kleine blutige Rinnsal und hielt sie Vater Edgar zur Begutachtung hin – anscheinend die Ruhe selbst. »Da, Blut. Siehst du?«

Der Pfarrer brummte und schaute gar nicht hin.

Ein zweiter Stein flog.

Losian konnte nicht ausmachen, wer ihn geworfen hatte. Er schob Simon und Oswald hinter sich, aber da sie von den Dörflern umringt waren, konnte er sie nicht schützen.

Ein Sonnenstrahl brach hervor, tauchte Kirche und Dorfplatz in helles Frühlingslicht, aber er besänftigte die Gemüter nicht.

»Packt euch«, knurrte Robert, hob die Axt und trat einen Schritt näher auf die Ankömmlinge zu. »Solange ihr noch könnt.«

»Robert, nimm doch Vernunft an …«, beschwor Thurgar ihn und wollte ihm die Hand auf den Arm legen, aber Robert schüttelte ihn ab.

Ein Holzscheit kam von links herangesaust und prallte

von Regys Arm ab. Der Getroffene fluchte leise, kehrte seinen Gefährten den Rücken, um die Dörfler im Auge zu behalten, und raunte Losian auf Normannisch zu: »Einer spannt seinen Bogen. Links von dir. Wir sitzen ganz schön in der Klemme, Schlaukopf.«

»Losian …«, sagte Simon plötzlich, und Entsetzen schwang in seiner Stimme.

Er fuhr zu ihm herum. Der Junge war kreidebleich geworden, starrte ihn an und versuchte etwas zu sagen, aber er brachte keinen Ton mehr heraus. Er schien leicht zu schwanken. Seine Lider flackerten, dann verdrehten die Augen sich nach oben, der Körper krümmte sich, und Simon fiel zu Boden.

Hier und da waren Schreie und Schreckenslaute zu hören, und die Menge wich zurück. Auch Simons Gefährten stoben erschrocken auseinander und blickten auf ihn hinab. Der junge Normanne wand und krümmte sich im Gras. Das gut aussehende Gesicht war beinah zur Unkenntlichkeit verzerrt, und Schaum stand vor dem Mund.

Losian dachte flüchtig, man müsse den Brüdern von St. Pancras beinah verzeihen, dass sie Simon für besessen gehalten hatten, denn es sah verdammt danach aus. Obwohl er doch vorgewarnt gewesen war, flößte der Anblick ihm Entsetzen ein, und er konnte sich nicht rühren.

So schien es allen zu ergehen. Außer King Edmund. Er stieß Luke und Regy beiseite, die ihm den Weg versperrten, kniete sich neben Simon ins Gras, betete leise und legte ihm die Hand auf die Stirn.

Augenblicklich wurde der Junge ruhig. Das Zucken ließ nicht nach, es hörte einfach auf. Die widersinnig gekrümmten Glieder entspannten und streckten sich, bis Simon still auf dem Rücken lag, so als halte er ein Nickerchen. Dann schlug er langsam die Lider auf.

Die Menschen von Gilham raunten aufgeregt und kamen zögernd wieder näher heran.

»Es tut mir leid«, sagte der Junge zu King Edmund. Er klang zutiefst erschöpft. »Es … tut mir leid.«

»Schsch«, machte King Edmund, lächelte auf ihn hinab und strich ihm die feuchten Haare aus der Stirn. »Es ist alles gut, mein Sohn. Es ist vorbei.«

Vater Edgar bekreuzigte sich, ohne seinen seltsamen Amtsbruder aus den Augen zu lassen. »Bei St. Erkenwolds Zähnen … Das … das sah aus wie ein Wunder.«

King Edmund senkte bescheiden den Blick und hob die Schultern, als wolle er sagen: nicht der Rede wert.

Die Dörfler raunten immer noch. Robert hatte die Axt sinken lassen, sah fasziniert auf Simon und Edmund hinab – die Zwillinge vergessen.

Losian blickte sich argwöhnisch um. Das pure Erstaunen mochte die Menschen fürs Erste besänftigt haben, aber das würde nicht andauern. Er beugte sich über Simon und streckte ihm die Hand entgegen. »Steh auf. Komm schon.«

Der Junge sah blinzelnd zu ihm hoch. »Ja. Du hast recht.« Er hob die Linke, um Losians Hand zu ergreifen, aber sie fiel zurück ins Gras. Simon war anscheinend vollkommen kraftlos.

»Bruder, wärst du so barmherzig, mir einen Becher Wasser für diesen kranken jungen Mann zu bringen?«, bat King Edmund den Dorfpfarrer.

»Was ist mit diesem Knaben?«, fragte der. »Ist er besessen?«

Na bitte, dachte Losian. Das musste ja kommen …

»Nein, nein«, versicherte Edmund mit seinem mildesten Hirtenlächeln. »Und was immer ihn gepeinigt hat, ist nun vergangen, nicht wahr?«

Vater Edgar betrachtete ihn noch einen Moment versonnen. »Hol Wasser, Weib«, schnauzte er dann über die Schulter. »Beeil dich.«

Seine Frau dachte nicht daran, auch nur einen Augenblick dieses Spektakels zu verpassen, und schickte ihren Ältesten zur Hütte hinüber.

Hurtig kam der Junge mit einem Holzbecher zurück, den er King Edmund am lang ausgestreckten Arm reichte. »Hier, heiliger Mann«, murmelte er ehrfürchtig.

»Danke, mein Sohn.« Edmund schob Simon einen Arm unter den Nacken, hob seinen Kopf an und gab ihm zu trinken.

Auf der Dorfwiese war es so still geworden, dass man die Brise im Gras rascheln hörte.

»Wer … wer bist du, Bruder?«, fragte Vater Edgar.

Losian stieß hörbar die Luft durch die Nase aus und tauschte einen Blick mit Regy. Der schien kaum in der Lage, seine Heiterkeit im Zaum zu halten, und zwinkerte ihm übermütig zu.

»Ich bin der heilige Edmund, mein Sohn«, sagte der Angelsachse, wie Losian befürchtet hatte. »Habt keine Angst. Weder ich noch meine Gefährten sind gekommen, euch heimzusuchen, denn ich weiß, dass ihr gute Christenmenschen voller Barmherzigkeit seid.«

Vater Edgar packte seinen Sohn an der Schulter und riss ihn zurück. Mit leicht geöffnetem Mund starrte er auf den vorgeblichen Heiligen hinab, der ihm so milde zulächelte. Dann sank der Dorfpfarrer von Gilham auf die Knie, faltete die Hände und reckte sie zum Himmel empor.

Simon hatte ein paar Stunden geschlafen – wie immer nach einem Anfall zutiefst erschöpft. Als er aufwachte, fand er sich in eine raue Decke gehüllt auf einem Bett aus frischem, weichem Stroh, und Losian wachte an seiner Seite.

»Was ist passiert?«, fragte der Junge schlaftrunken.

»Du hattest einen Anfall.«

»Ach ja.« Er schloss die Augen wieder. »Das Sonnenlicht auf dem Tümpel auf der Dorfwiese …«

»Was?«

»Ein Sonnenstrahl kam hervor und hat auf der Wasseroberfläche gefunkelt. So was hat mir früher schon Anfälle beschert.« Und er hatte nicht rechtzeitig weggeschaut, weil ein Bauer, der direkt an dem Tümpel stand, plötzlich einen Bogen gespannt hatte … Er fuhr erschrocken auf. »Die Zwillinge … der Kerl mit der Axt … Was ist passiert?«

Losian legte ihm die Hände auf die Schultern und schob ihn wieder auf das herrlich weiche Strohbett hinab. »Es ist alles in

Ordnung. Dein Anfall hat uns gerettet, wenn du so willst. Er war in dem Moment vorbei, als King Edmund dir die Hand aufgelegt hat. Und jetzt glauben sie, ein Wunder sei geschehen und ein echter Heiliger in Gilham zu Besuch.«

Simon schnaubte belustigt. »Ich hätte nicht gedacht, dass die Fallsucht sich mal als so nützlich erweisen würde.«

»So sind die Wege des Herrn, würde King Edmund jetzt wohl sagen. Denkst du, du kannst aufstehen? Sie haben beschlossen, uns zu bewirten, statt uns zu steinigen. Alle warten auf dich.«

»Sicher kann ich aufstehen. Nur hab ich nichts an. Ich nehme an, ich hab mir wieder mal die Hosen vollgemacht.« Er drehte den Kopf weg. Diese Begleiterscheinung der Fallsucht war es, die er am meisten fürchtete und hasste.

»Du hast keinen Grund, beschämt zu sein, Simon.«

»Oh, natürlich nicht. Du hast gut reden, Mann«, presste der Junge wütend hervor. »Wenn man seine Würde verliert, verliert man seine Ehre. Ganz gleich, was du alles vergessen haben magst, ich schätze, du weißt noch, was das bedeutet.«

»Sei versichert. Wer sich selbst verloren hat, weiß alles, was es über den Verlust von Würde und Ehre zu wissen gibt. Mir scheint, es gibt nur ein Mittel dagegen.«

Simon sah ihn wieder an. »Jetzt bin ich aber *wirklich* neugierig.«

»Du darfst deine Ehre nicht von dem abhängig machen, was andere in dir sehen oder zu sehen glauben. Sie ist eine Sache allein zwischen dir und Gott.«

»Pah«, machte Simon. »Was habe ich von meiner Ehre, wenn sie ein Geheimnis zwischen mir und Gott ist?«

»Seelenfrieden, nehme ich an. Aber so genau kann ich dir das nicht sagen, weil ich die nötige Weisheit für diese Art von Ehrgefühl selbst nicht besitze.« Er lächelte auf ihn hinab, und weil es so selten geschah, hörte es nie auf, Simon zu verblüffen, wie grundlegend ein Lächeln dieses Gesicht veränderte. »Im Übrigen, was deine Kleider angeht: Der wackere Robert mit der Axt ist fast über die eigenen Füße gestolpert in seinem Eifer, dir saubere Hosen und seinen besten Kittel zu borgen. Sie liegen da vorn auf dem Schemel. Ich bin überzeugt, du warst immer schon versessen darauf, mal ein Paar dieser kleidsamen angelsächsischen Beinlinge zu tragen.«

Simons Mundwinkel verzogen sich nach oben, und er kicherte, obwohl ihm eigentlich gar nicht danach zumute war. »Großartig. Verschwinde schon, Losian. Ich brauche keine Amme, die mir beim Anziehen hilft.«

»Komm in die Kirche, wenn du bereit bist.«

Simon wartete, bis er allein war, dann setzte er sich auf und machte eine Bestandsaufnahme. Er hatte sich die Zunge blutig gebissen, aber nicht so schlimm wie bei früheren Gelegenheiten. Arme, Schultern und Beine schmerzten, als hätte er den ganzen Tag auf dem Feld geschuftet, und er wusste, morgen würde er einen mörderischen Muskelkater haben. So war es immer. Doch er fühlte sich ausgeruht und kräftig genug, um aufzustehen.

Er befand sich in einer der einräumigen Hütten, die die Bauern von Gilham bewohnten, stellte er fest. In ihrer Mitte brannte ein Feuer in einem kleinen Herd, und auf dem Tisch daneben stand ein Eimer Wasser. Simon wusch sich, zog mit einigem Widerwillen die fadenscheinigen, aber immerhin sauberen Beinkleider an und wartete, dass die Wärme der Flammen seine Haut trocknete. Hinter dem Feuer hatte jemand eine Leine gespannt, auf der seine anscheinend frisch gewaschenen Kleider hingen: ein langärmeliges Unterhemd und Beinlinge aus Leinen, seine oberschenkellangen Strümpfe aus dunkelgrüner Wolle und der einstmals so feine, aber inzwischen etwas schäbige Bliaut gleicher Farbe. Der Anblick brachte ihm unweigerlich seinen Onkel in Erinnerung, denn der hatte ihm das Gewand geschenkt, ehe er Simon nach York geschickt hatte. *Hier, mein Junge. Damit die verrückte Welt dort draußen sieht, dass sie es mit einem Edelmann zu tun hat. Reite mit Gott, und kehr gesund zu uns zurück.* Damals hatten die Worte Simon gerührt, und der edle, wadenlange Bliaut mit dem goldbestickten Halsausschnitt hatte ihn mit Stolz und Selbstbewusstsein erfüllt, denn er sah weiß Gott wie ein de Clare darin aus. Heute verstand Simon den Sinn, der sich in den scheinbar frommen Wünschen des Onkels verborgen hatte: Kehr gesund zurück oder gar nicht.

Er stand von dem Schemel auf, rieb sich fröstelnd über die Arme und zog entschlossen Roberts Bauernkittel über. Der Verrat seines Onkels kränkte ihn immer noch, aber heute verspürte Simon eher Zorn als Kummer. Losian hatte ja so recht: Wer man war, hing nicht zuletzt davon ab, wie man sich selbst sah. Seit Simon mit sieben Jahren die Fallsucht bekommen hatte, hatte die Welt ihn wie ein zartes Pflänzchen behandelt, allen voran sein Vater. Doch das vergangene Vierteljahr hatte Simon gelehrt, dass er zäher war, als er sich je hätte träumen lassen. Er hatte den Exorzismus überlebt, die Insel, die Sturmflut und die Flucht übers Meer. Er würde auf seine Güter zurückkehren, und wenn der richtige Zeitpunkt gekommen war, würde er sich Genugtuung verschaffen. Er war frei, und es erfüllte ihn mit Befriedigung, dass er wieder Pläne machen konnte.

Es war dunkel geworden, und der typische kalte Wind dieser Gegend fegte über die Dorfwiese, als er zur Kirche hinüberging.

Drinnen hingegen war es anheimelnd warm. In einem Steinring hatten die Dörfler auf dem festgestampften Lehmboden ein Feuer entzündet, über welchem die Frau des Pfarrers einen Spieß mit Fischen drehte. Um das Feuer herum saßen die Bauern auf ihren dünnen Mänteln auf der Erde, Becher in Händen, und lauschten King Edmund, der mit dem Rücken zu den Flammen stand und eine Geschichte erzählte. Sie schienen so gebannt, dass niemand Simons Ankunft bemerkte bis auf seine Reisegefährten, die zusammen ein wenig abseits saßen. Auch die Zwillinge, stellte Simon beklommen fest. Welch eine missglückte Heimkehr: der Vater tot, die Nachbarn und Verwandten feindselig. Wie niederschmetternd das sein musste.

Doch als sie ihn zaudernd an der Tür stehen sahen, winkte Wulfric ihn herüber, und sein Grinsen schien so unbekümmert wie eh und je.

Simon schloss sich ihnen an, setzte sich neben Luke auf die Erde, quittierte den Becher Bier, den Wulfric ihm reichte, mit einem dankbaren Nicken, und hörte zu.

»… der Herr Jesus Christus vom Tag meiner Krönung an mein ständiger Begleiter und Beschützer war, und weil ich wusste, dass ich nicht lange zu leben hatte, verbrachte ich das zweite Jahr meiner Herrschaft in meiner königlichen Festung in Hunstanton, die ich – kaum sechzehn Jahre alt – ein Jahr und einen Tag lang nicht verließ. Dort studierte ich das Wort des Herrn, um Trost und Wahrheit zu finden, sodass ich schließlich kein Buch mehr brauchte, sondern die Heilige Schrift in meinem Herzen trug.«

Die Bauern seufzten ergriffen.

King Edmund senkte einen Moment den Kopf, als sei er gänzlich in seinen Erinnerungen versunken. Dann fuhr er kopfschüttelnd fort: »Doch ich wusste, es waren kriegerische Zeiten, und Alfred von Wessex konnte die Dänen nicht allein besiegen. Zwei grausame dänische Fürsten kamen mit ihren Horden nach East Anglia, ihre Namen waren Hinguar und Hubba.«

»Das sind selbst für Dänen merkwürdige Namen«, murmelte Simon skeptisch vor sich hin.

»Schsch«, zischte Godric. »Hör zu. Gleich wirst du staunen, verlass dich drauf.«

Simon warf ihm einen spöttischen Blick zu, schwieg aber und lauschte.

»Es waren der Dänen zu viele, meine armen Truppen konnten nicht standhalten«, fuhr King Edmund betrübt fort. »Um zu verhindern, dass sie alle abgeschlachtet wurden, schickte ich sie fort, zurück auf ihre Felder zu ihren Frauen und Kindern. Allein begab ich mich in die Hände meiner Feinde. Doch ich war nicht allein, denn Gott war mit mir.«

Das Weib des Pfarrers schluchzte und rieb sich mit der Linken über die Augen, während sie mit der Rechten ihren Spieß drehte.

»Sie legten mich in Ketten und brachten mich zu Hinguar, dem schrecklicheren der dänischen Barbaren. ›Gib mir deine

Krone, Edmund von East Anglia, und schwöre deinem christlichen Glauben ab. Huldige meinen Göttern Thor und Odin, dann sollst du dein Leben behalten und mir Tribut zahlen.‹

›Nimm meine Krone, sie ist irdischer Tand und bedeutet mir nichts‹, erwiderte ich darauf. ›Aber niemals werde ich deinen heidnischen Götzen huldigen.‹

Da befahl der Wüterich Hinguar, mich an einen Baum zu binden und mit Peitschenhieben zu peinigen, bis ich mich von unserem Herrn Jesus Christus lossagte.«

Ein entsetztes Keuchen hallte durch das Kirchlein, obwohl Simon sicher war, all diese Menschen hier waren mit dem Martyrium des heiligen Königs hinreichend vertraut.

Edmund ließ den Blick durch den Raum schweifen, und das Leuchten eines wahren Auserwählten war in seinen Augen. Dann kehrte er ihnen mit einem Mal den Rücken, öffnete die Kordel am Halsausschnitt seiner Kutte und schlüpfte aus den Ärmeln, sodass das Gewand bis auf die Hüften herabfiel, wo der Gürtel es hielt.

Simon stockte der Atem. »Jesus, erbarme dich …«, entfuhr es ihm. Er hatte noch niemals solche Narben gesehen. Irgendwer musste diesen bedauernswerten Irren einmal geprügelt haben, bis das Fleisch in Fetzen hing.

»Seht nur, meine Freunde, wie sie diesen armen Leib geschunden haben!«, rief Edmund und hob die Hände beschwörend gen Himmel. »Aber das war noch nicht alles.« Er wandte sich um. »Kommt und seht. Kommt nur näher, habt keine Furcht.«

Nicht nur die Frauen von Gilham weinten, als sie Edmunds Oberkörper von vorn sahen. Ein paar standen auf und traten zögernd näher. Aber Simon hatte scharfe Augen und sah es auch so.

»Als ich mich immer noch weigerte, den Herrn zu verleugnen, befahl Hinguar seinen Kriegern, mich anders herum an den Baum zu binden. Meine Beine wollten mich nicht mehr tragen, doch sie fesselten mich an den Stamm, sodass die Stricke mich aufrecht hielten. Und da nahm Hinguar seinen Bogen, und all seine Mannen ergriffen ihre Bögen, und sie schossen mit ihren Pfeilen auf diese fleischliche Hülle, bis sie gespickt wie ein Igel war.«

Fassungslos starrte Simon auf Brust, Bauch und Arme, die mit vernarbten Dellen von der Größe eines Pennys überzogen waren. Er beugte sich zu Losian herüber und flüsterte: »Was zum Henker sind das für Male?«

Losian, der wie so oft die Arme auf den angewinkelten Knien verschränkt hatte und King Edmunds Geschichte völlig reglos gelauscht hatte, deutete ein Schulterzucken an. »Sieht aus wie Pfeilwunden, oder?«, antwortete er ebenso leise.

»Aber … Losian, das kann nicht sein.«

»Nein, ich weiß.«

»Zwei sind direkt über dem Herzen.«

»Hm.«

»Er wäre mausetot!«

»Schsch. Du hast ja recht.«

Robert – der noch vor ein paar Stunden mit der Axt auf sie losgegangen war – kniete vor Edmund nieder und hob langsam die Linke. »Darf ich …?«

»Gewiss«, sagte King Edmund. »Du darfst meine Wunden berühren, mein Sohn. Aber es besteht kein Grund, vor mir auf die Knie zu fallen. Steh auf, Robert of Gilham. Wir knien allein vor Gott.«

Robert stand wieder auf, rang einen Moment sichtlich um Mut und legte dann sachte zwei Finger auf eine der Narben auf Edmunds Brust. Mit geschlossenen Augen strich er über die runzlige, rosa schimmernde Haut, und hinter ihm bildete sich eine Schlange. Alle wollten das Wunder mit ihren eigenen Händen erfahren, so schien es.

Und während einer nach dem anderen vortrat, die Hand auf die Wundmale des Märtyrerkönigs legte und seinen Segen empfing, beendete der seinen schaurigen Bericht: »Immer noch war Leben in meinem Körper, denn Gott hatte mich auserwählt, um den Heiden zu beweisen, dass seine Macht größer war als die all ihrer Götzen. Als Hinguar schließlich keine Pfeile mehr hatte, wurde er noch zorniger auf mich und meinen Gott und befahl, mir das Haupt abzuschlagen. Da endlich durfte ich heimgehen zu meinem Schöpfer. Vorübergehend.«

Kopfschüttelnd ließ Simon sich auf die Ellbogen zurücksinken. »Was immer ihm geschehen sein mag, es ist kein Wunder, dass er den Verstand verloren hat«, murmelte er.

»Falls er nicht doch einfach die Wahrheit sagt«, warf Godric ein.

»Glaubst du das?«, fragte Simon neugierig.

Godric hob kurz die Schultern. »Nein. Aber ich kann so wenig erklären wie du, wie er überleben konnte, was immer mit ihm passiert sein mag.«

»Wie kommt es, dass ihr alle das wusstet, ich aber nicht?«, fragte Simon weiter. Es klang fast entrüstet, und er stellte fest, dass er sich ausgeschlossen fühlte. Das befremdete ihn nicht wenig.

»Jedes Jahr am 20. November oder dem Tag, den er dafür hielt, hat King Edmund uns diese Geschichte erzählt«, erklärte Losian. »Das ist das Namensfest des heiligen Edmund.«

»Ja, vielen Dank, das weiß ich selbst«, gab Simon unwirsch zurück. »Ich bin in England geboren, und in meiner Familie achtet man die Namensfeste der englischen Heiligen.«

»Entschuldige.« Losians Blick wanderte zum Altar hinüber. Während die Frauen die Fische vom Spieß nahmen, zerlegten und auf Holzteller verteilten, umringten die Männer von Gilham King Edmund und bestaunten ihn. Und als sie feststellten, dass er ein umgänglicher Heiliger war, verloren sie ihre Scheu nach und nach und stellten ihm Fragen.

»Das heißt … das heißt, du bist wiederauferstanden?«, fragte Vater Edgar.

King Edmund hob einen mahnenden Zeigefinger. »Ich wurde zurückgeschickt. Für eine kleine Weile, um dem englischen Volk während der schweren Prüfung dieses gottlosen Krieges beizustehen.«

»Und wie war's im Paradies?«, fragte ein schlaksiges junges Mädchen mit blonden Zöpfen atemlos.

»Das weiß ich leider nicht mehr, mein Kind«, gab King Edmund lächelnd zurück. »Diese Erinnerung wurde mir weggenommen, damit ich hier unten nichts ausplaudere, schätze ich.«

Es gab verhaltenes, ehrfürchtiges Gelächter.

»Ich bin nicht sicher, ob mir das gefällt«, raunte Losian. »Hoffentlich stellen sie ihm keine Fragen, auf die er keine Antwort weiß oder die ihn wütend machen.«

»Ach, was regst du dich auf«, gab Wulfric zurück. »Er hat uns vorhin wirklich aus der Klemme geholfen, und die Frage, auf die unser King Edmund keine Antwort weiß, muss noch erfunden werden.«

Das schien in der Tat der Fall zu sein. Die Bauern von Gilham stellten Fragen über East Anglia und die Kriege gegen die Dänen. Edmund antwortete geduldig und schilderte die Taten des Märtyrerkönigs so lebhaft, als habe er sie wirklich alle selbst vollbracht. Und in seiner Vorstellung hat er das natürlich, ging Simon auf. Ungezählte Male.

»Der heilige Edmund war erst dreißig, als er starb«, sagte er halblaut vor sich hin. »Ich hoffe, keiner fragt ihn, wieso er heute älter ist.«

»Ich hab ihn einmal gefragt«, antwortete Losian. »Er sagt, er sei als dreißigjähriger Mann in die Welt zurückgekehrt, und seither altere er.«

Simon nickte versonnen. »Wir haben seit acht Jahren Krieg. Könnte hinkommen, oder?«

Losian zog amüsiert die Brauen in die Höhe. »Simon, liegt es im Bereich des Möglichen, dass du anfängst, seinen Unsinn zu glauben?«

»Was?« Mit einem Mal war Simon hoffnungslos verwirrt, und er spürte, wie seine Wangen heiß wurden. »Nein. Natürlich nicht.«

Gunda, die junge Frau, die jetzt in Wulfrics und Godrics Haus lebte und der Losians Blicke auf Schritt und Tritt folgten, brachte King Edmund einen gut gefüllten Teller mit Fisch und Brot. »Hier, King Edmund, iss und stärke dich.«

»Hab Dank, Tochter.«

»Und wenn du aufgegessen hast, würdest du …« Sie geriet ins Stocken und senkte den Blick, aber dann nahm sie sich zusammen und fuhr fort: »Würdest du meinem Leofgar die Hand auflegen? Er ist schon drei und kann immer noch nicht laufen.«

»Da haben wir's«, knurrte Losian. »Jetzt wollen sie ein Wunder, und wenn keins geschieht, werden sie wieder nach Blut schreien.«

»Natürlich werde ich deinem Sohn meinen Segen spenden, aber du darfst nicht zu viel erhoffen«, warnte Edmund. »Schau dir meine armen Gefährten an. Bislang konnte ich für keinen von ihnen etwas tun.«

»Aber du hast dem jungen normannischen Lord seinen Dämon ausgetrieben«, widersprach Gunda.

King Edmund hob einen mahnenden Zeigefinger. »Nicht ich habe die Macht zu heilen, sondern Gott allein. Es ist sein Wille, der geschieht, und nicht der meine.«

Gunda war sichtlich enttäuscht, aber sie nickte. Die Erklärung leuchtete ihr offenbar ein.

Sie aßen in gelöster, beinah fröhlicher Atmosphäre, und die Dörfler hingen an Edmunds Lippen, wann immer der eine überlieferte oder erfundene Episode aus dem Leben des Märtyrerkönigs erzählte. Das Essen war nur ein schlichtes Fastenmahl aus Brot und Fisch, doch für die Wanderer war es ein Fest, und Simon tat, was er gesagt hatte: Er verspeiste sein Brot mit geschlossenen Augen und absoluter Konzentration, ein so seliges Lächeln auf den Lippen, dass die anderen amüsierte Blicke tauschten.

Doch als alles verzehrt war, stand Robert schließlich auf und ergriff das Wort. »Es wird Zeit, dass wir beraten, was aus Wulfric und Godric werden soll.« Fast ein wenig scheu sah er zu den Zwillingen hinüber. »Es tut mir leid, dass wir euch kein herzlicheres Willkommen bereitet haben. Ich schätze, inzwischen haben wir alle eingesehen, dass wir uns geirrt haben und ihr keine Erscheinung seid. Aber wir waren überzeugt, ihr seid tot, denn das hat der ehrwürdige Abt von St. Pancras eurem Vater versichert. Als der dann starb, haben Gunda und ihr

Mann Wilfred daher sein Land und seine Herden übernommen, denn Gunda war, so glaubten wir, seine nächste lebende Verwandte.«

»Tja, wie du schon sagtest, Robert: Ihr habt euch geirrt«, erwiderte Godric eine Spur zu kühl. »Und Irrtümer kann man richtigstellen. Das Land und die Herden stehen uns zu.«

Robert schüttelte bekümmert den Kopf. »Ganz so einfach ist es nicht.«

»Wieso nicht?«, fragte Wulfric herausfordernd.

»Weil ihr …«

»Wem gehört dieses Dorf?«, unterbrach Regy barsch.

Die Leute von Gilham sahen ihn an, schauten hastig wieder weg, tauschten beredte Blicke und antworteten nicht. Der Normanne an der Kette war ihnen der Unheimlichste dieser eigentümlichen Schar. Er sprach wie ein Lord und sah aus wie ein verrückter Eremit.

»Wird's bald?«, hakte er nach.

Losian ruckte unauffällig an der Kette. »Sachte«, mahnte er leise.

»Baudouin FitzRichard ist Lord über Gilham«, antwortete Vater Edgar. Er klang unwillig, als sei es ihm zuwider, Regys Fragen zu beantworten. »Aber er kämpft aufseiten der Kaiserin Maud irgendwo in den walisischen Grenzmarken oder wo auch immer. Hier hat ihn jedenfalls seit fünf Jahren kein Mensch gesehen. Sein Steward kommt einmal im Jahr kurz nach Michaelis, kassiert die Pacht und verschwindet wieder. Alles andere überlässt er Robert, denn der ist der Reeve.«

»*Du?*«, fragte Wulfric Robert ungläubig. »Aber du bist viel zu jung!«

Robert hob mit einem kleinen, äußerst selbstzufriedenen Lächeln die Schultern und sagte nichts.

Simon betrachtete seine beiden Freunde, und ihm schwante ganz und gar nichts Gutes für sie. Der Reeve war ein leibeigener Bauer, der die tägliche Routine der Gutsverwaltung für den Grundherrn versah und die Einhaltung des Frondienstes überwachte, wusste Simon. Die Pflichten und Machtbefugnisse waren von Ort zu Ort unterschiedlich, aber immer dort am größten, wo der Grundherr oder sein Steward sich am wenigsten um die Besitzungen kümmerten. Robert, argwöhnte Simon, gehörte zu der Sorte Reeve, die sich von den Bauern schmieren ließen und ihre Stellung missbrauchten.

»Ich habe im guten Glauben gehandelt, als ich Gunda das Land zugesprochen habe«, erklärte der Reeve. »Darum werde ich meine Entscheidung auch nicht rückgängig machen.«

Godric wandte sich an seine Base. »Und was sagst du zu alldem, Gunda?«, wollte er wissen.

In die kurze Stille hinein antwortete Thurgar: »Ich schätze, Gunda hält lieber den Mund. Ihr Wilfred ist nämlich letzten Herbst ertrunken, als sein Boot sank, und nun heiratet sie Robert, und die beiden werden mehr Land haben als sonst irgendwer in Gilham. Deswegen wär's ihnen auch viel lieber, ihr wärt als Gespenster oder am besten überhaupt nicht nach Hause gekommen.«

Gunda warf ihm einen bitterbösen Blick zu. »Und wenn es so wäre?«, gab sie zurück. »Was musstet ihr auch so lange fortbleiben?«, fuhr sie an die Zwillinge gewandt fort. »Ihr seid nur selbst schuld, dass hier kein Land mehr für euch ist, wenn ihr euch vier Jahre lang rumtreibt.«

Die Zwillinge sprangen auf die Füße. »Jetzt hör mal zu, du …«, begann Godric wütend, aber Robert fiel ihm schneidend ins Wort.

»Überleg dir lieber gut, wie du mit meiner Verlobten redest, Wulfric …«

»Ich bin Godric, du Sausack!«

»Auch gut. Sperrt die Ohren auf, alle beide: Ich lasse mich vielleicht überreden, euch zu erlauben, ein Stück Wald zu roden und das Land zu bestellen, damit ihr hierbleiben könnt und nicht als Knechte für mich arbeiten müsst. Aber das tue ich nicht, wenn ihr mir und meiner Braut nicht den gebotenen Respekt erweist. Klar?«

»Respekt? Dir?« Godric war außer sich vor Wut. Und Wulfric nicht minder. Simon beobachtete sie mit einiger Faszination.

Er hatte bislang nicht gewusst, dass auch diese beiden das leicht entflammbare Temperament hatten, für das die Menschen von Yorkshire berühmt, wenn nicht gar berüchtigt waren.

»Ich soll dir *Respekt* dafür erweisen, dass du mir erlaubst, neues Land zu roden, nachdem du mir meins gestohlen hast?«, fragte Godric. »Komm nur her, Robert, dann siehst du, was ich dir für deine Großmut erweise. Eine blutige Nase ist noch das Beste, worauf du hoffen kannst …«

»Sei doch vernünftig, Junge«, unterbrach Vater Edgar. »Ich verstehe ja, dass es bitter für euch ist, aber habt ihr überhaupt eine andere Wahl? Es ist ein faires Angebot.«

Godric schnaubte. »Es ist so himmelschreiend unfair, dass ich eurem famosen Reeve am liebsten jeden Knochen brechen würde, aber mein vernünftiger Bruder rührt sich nicht von der Stelle, darum müsste Robert sich schon herbemühen, wenn er nicht zu feige ist, sich mit mir zu schlagen.«

Der Reeve verschränkte die Arme und hob das Kinn. Die Geste sollte offenbar Überlegenheit ausdrücken, wirkte aber lächerlich, wie eine Parodie. Und Simon kam die Frage in den Sinn, ob Robert sich so hochnäsig aufführte, weil ihm zu Kopf gestiegen war, dass seine Eltern ihm einen normannischen Namen gegeben hatten, wie die englischen Bauern es jetzt immer häufiger taten.

Vater Edgar hatte es noch nicht aufgegeben zu vermitteln. »Aber was soll denn sonst aus euch werden? Wovon wollt ihr leben? Ihr braucht Land, aber hier ist keines mehr, also müsst ihr euch neues schaffen. So einfach ist das doch im Grunde.«

Die Zwillinge antworteten nicht sofort. Vater Edgar hatte natürlich recht, wusste Simon. Stolz machte keinen Mann satt. Wulfric und Godric brauchten eine Scholle, die sie ernährte.

Die Brüder kamen anscheinend zum gleichen Schluss. Nachdem sie sich wortlos verständigt hatten, wandten sie sich an den Dorfpfarrer, und Wulfric nickte.

»Nein, tut's nicht«, hörte Simon sich sagen.

Sie wandten ihm die Gesichter zu, und erst jetzt sah er, dass Zornestränen über Godrics Wangen liefen.

Simon stand auf – scheinbar mühelos und ohne sich auf die Hände zu stützen, wie er es bei Losian abgeschaut hatte – und stellte sich vor sie. »Diese Menschen hier wollen euch nicht«, erklärte er, und er sorgte dafür, dass jeder in der Kirche ihn hören konnte. »Sie haben euch schon begraben. Erniedrigt euch nicht vor ihnen. Kehrt ihnen den Rücken, so wie sie euch den Rücken gekehrt haben, und kommt mit mir nach Hause.«

Vater Edgar und King Edmund hatten eine Schlägerei verhindert, doch der Abend war in Hader und Zorn zu Ende gegangen. Robert der Reeve, Gunda und ihre Anhängerschaft hatten das kleine Gotteshaus bald verlassen, aber Thurgar und einige weitere Männer und Frauen aus Gilham waren geblieben und hatten die Zwillinge bedrängt, nicht in die Fremde zu gehen. Auch Vater Edgar hatte dagegen gesprochen. Es sei wider die Natur, die Gemeinschaft zu verlassen, in die man hineingeboren werde, hatte er sie ermahnt.

Es sei auch wider die Natur, einem Mann sein Erbe vorzuenthalten, hatte Wulfric dagegengehalten. Und ihr Entschluss stand fest: Sie wollten mit Simon gehen und auf dessen Ländereien versuchen, sich ein neues Leben aufzubauen.

Nun lagen sie am ersterbenden Feuer und schliefen, genau wie Oswald, Simon, King Edmund und Luke, dessen Schnarchen die Kirche erzittern ließ, sodass Losian sich wenig Hoffnung auf Schlaf machte. Regy hatten sie draußen an den Dorfbrunnen gekettet, nachdem er ins Taufbecken gepinkelt und Gott auf schauderhafte Weise gelästert hatte. Da waren zum Glück schon alle Dörfler fort gewesen. Losian nahm an, Regy hatte seine Gefährten provoziert, ihn hinauszuwerfen, weil er die Nacht nicht in einem Gotteshaus verbringen wollte. Regys Seele war unwiederbringlich verloren.

Und was ist mit der meinen?, fragte Losian sich und sah blinzelnd ins strohgedeckte Dach hinauf. Seit er in die wirkliche Welt zurückgekehrt war, wurde ihm der Fremde, dessen Körper er bewohnte, von Tag zu Tag unheimlicher. Ihn gelüstete nach Gunda. Das war wohl kaum verwunderlich, wenn man zweieinhalb Jahre lang wie ein Mönch gelebt und nur die eigene emsige Hand zur Gesellschaft gehabt hatte. Aber er hörte eine Stimme in seinem Innern, die ihn drängte, zu Gunda zu gehen und sich zu nehmen, was er haben wollte. Ihm war nicht entgangen, dass sie allein mit ihrem kleinen Sohn in der Hütte lebte, die eigentlich Wulfric und Godric hätte gehören sollen. Er wusste es deshalb, weil er ihr nachspioniert hatte. Wieso hatte er das getan? Scheinbar zufällig an der Kirchentür gestanden und gesehen, wie sie mit dem Kind auf dem Arm ihre Hütte betrat, ihr Verlobter aber eine Tür weiterging? Weil er plante, es zu tun?

Und was machst du, wenn sie schreit?

Ich halte ihr den Mund zu.

Und wenn Robert es trotzdem hört und ihr zu Hilfe eilt?

Dann werde ich ihn wohl töten müssen. Das dürfte mir nicht schwerfallen, denn ich habe ein hervorragendes Messer. Außerdem ist er nur ein Bauer, und ich bin ein …

Was? Ein hartgesottener Krieger? Ein Kreuzfahrer, der auszog, zur Ehre Gottes zu kämpfen, die heiligsten Stätten der Christenheit gegen die Ungläubigen zu verteidigen und dadurch vielleicht, *vielleicht* Gnade zu finden, stattdessen jedoch die Frauen und Töchter der Heiden geschändet hat, so lange, bis es eine liebe Gewohnheit war, eine Selbstverständlichkeit? Weil es egal war, schließlich waren es nur Heiden? Oder weil alle es taten? Sollte es möglich sein, dass die Vorstellung ihm Übelkeit bereitete, er aber trotzdem so ein Mann war?

Er stöhnte, warf sich auf die Seite und zog sich die Decke über den Kopf. Womöglich wäre es besser, Luke die Kehle durchzuschneiden statt Robert, dann könnte er vielleicht Schlaf finden und so der Versuchung widerstehen, Gunda einen nächtlichen Besuch abzustatten.

Er hatte noch mehr Dinge an sich beobachtet, die ihn bestürzten. Wann immer sie auf ihrer Wanderung durch den Wald ein Geräusch gehört hatten, das Luke und King Edmund zusammenschrecken ließ, weil sie Angst vor Gesetzlosen hatten, war Losians Hand mit einer Schnelligkeit an das Heft seines Dolches gefahren, die er selbst kaum fassen konnte. Die Klinge in der Faust, hatte er sich umgeschaut, und er hörte das Blut in seinen Adern singen, sein Blick schien ihm eigentümlich geschärft. Es war immer nur falscher Alarm gewesen, und jedes Mal war er enttäuscht. Als sei er um etwas betrogen worden, auf das er ein Anrecht hatte. Gewiss, er war der einzige Bewaffnete ihrer kleinen Gemeinschaft und der Einzige mit Kampferfahrung, also war es seine Pflicht, auf der Hut zu sein und die anderen zu beschützen. Aber er wusste ganz genau, dass das nicht alles war.

Er setzte sich auf, vergrub einen Moment den Kopf in den Händen, dann stand er auf und trat Luke unsanft in die Seite.

Der alte Mann protestierte mit einem Grunzen, verstummte einen Moment und schnarchte dann unverdrossen weiter.

Losian hob die Hände gen Himmel, wandte sich ab und verließ die Kirche. Der Brunnen – und damit Regy – befand sich auf der Ostseite, er brauchte also nicht zu befürchten, gesehen oder gehört zu werden. Trotzdem schloss er die Tür so geräuschlos wie möglich, verharrte einen Moment und schaute sich um. Der Himmel war klar, und es war Vollmond – noch über ein Monat bis Ostern also. Hier draußen war es heller als in der Kirche. Er setzte sich wieder in Bewegung. Das Gras unter seinen Füßen war feucht und kalt, aber nicht unangenehm. Losian schlenderte über den Dorfplatz, betrachtete den kleinen Tümpel, der am Nachmittag Simons Anfall ausgelöst hatte und jetzt still und silbrig im Mondlicht lag, und erkannte, dass es zum ersten Mal seit ihrer Flucht von der Insel vollkommen windstill war. Die Ruhe verzauberte die Nacht. Er legte den Kopf in den Nacken und blickte zum prallen, gelben Mond empor, der noch im Osten stand, als er mit einem Mal ein Schnaufen vernahm.

Er sah sich um. Vor Gundas Hütte stand ein vierbeiniger, zotteliger Schatten, der reglos zu ihm herüberzustarren schien. Furcht durchzuckte Losian. Verrückte Dinge schossen ihm durch den Kopf: War es die Vision eines Höllenhundes, die ihn vor der Freveltat warnte, mit der er liebäugelte? Oder ein Werwolf? Immerhin war Vollmond …

Doch als der starre Schatten sich in Bewegung setzte, verwarf er diese Gedanken mit einem zittrigen, verschämten kleinen Lachen. Es war nur ein gewöhnlicher Hütehund, der zögernd auf ihn zukam. Noch fünf Schritte entfernt, blieb er stehen und nahm Witterung auf.

Losian streckte ihm die Hand entgegen. »Komm her, mein Junge. Hab keine Angst. Leiste mir Gesellschaft und rette meine Seele …«

Doch der Hund hatte anderes im Sinn. Er hob den Kopf, bellte zweimal kurz und preschte an Losian vorbei zur Kirche. An der Tür sprang er hoch, kratzte und bellte und machte ein solches Getöse, dass Losian ihm nachlief. »Bist du wohl still, du wirst das ganze Dorf aufwecken«, schalt er leise, schob das große Tier mit einiger Mühe beiseite und zog die Tür auf.

Da war kein Halten mehr. Mit einem neuerlichen Bellen erstürmte der Hund die Kirche, rannte schwanzwedelnd auf die Schläfer am Feuer zu und stürzte sich auf Wulfric und Godric.

Die Zwillinge fuhren mit einem Schreckenslaut auf, der sogleich in Jubel umschwang. »Grendel? Das kann doch wohl nicht wahr sein! Grendel!«, rief Wulfric und schloss das zottelige Ungetüm in die Arme, das vor Freude völlig außer Rand und Band war und versuchte, beiden Brüdern gleichzeitig das Gesicht abzuschlecken.

Inzwischen waren alle aufgewacht, aber niemand beschwerte sich. Diese Wiedersehensfreude war ein viel zu schöner Anblick.

»Grendel?«, fragte Simon und rieb sich verschlafen die Augen. »Ihr habt euren Hund nach einem *Seeungeheuer* benannt?«

Godric schnalzte unwillig mit der Zunge. »Er war doch kein Seeungeheuer. Also wirklich, es ist ungeheuerlich, wie ihr Normannen unsere Geschichten verdreht. Wenn es irgendwann mal wieder einen König in England gibt, der etwas zu sagen hat, dann sollte er ein Gesetz dagegen erlassen … Genug jetzt, Grendel. Du meine Güte, ich habe erst vor ein paar Tagen im Meer gebadet …« Lachend versuchte er, sich vor der nassen Zunge in Sicherheit zu bringen – ohne erkennbaren Erfolg.

»Grendel war ein Ungeheuer, das aus einem See im Moor kam, um König Hrothgars Männer zu verschlingen«, erklärte sein Bruder. Dann wies er auf den Hund. »Als er ein Welpe war, fiel er in ein Sumpfloch. Wir hatten unsere liebe Müh, ihn wieder herauszuholen. Als wir ihn heimbrachten, sagte Vater: ›Was habt ihr denn da? Einen kleinen Grendel?‹« Er hielt einen Moment inne und zupfte seinen vierbeinigen Freund am Ohr. »Er war ziemlich bewandert in den alten Geschichten, unser Vater. Na ja. So kam der Hund jedenfalls zu seinem Namen. Und manchmal bist du auch ein richtiges Ungeheuer, stimmt's nicht?«

Grendel sah ihn verliebt an, wedelte mit seiner beachtlichen Rute und sprang Wulfric dann an, um ihn aufs Neue abzuschlecken.

Die anderen lachten.

Losian lehnte mit verschränkten Armen neben der Tür an der Wand und erfreute sich genau wie seine Gefährten an diesem frohen Wiedersehen. Aber gleichzeitig sann er darüber nach, was er wohl getan hätte, wenn der Hund nicht aufgekreuzt wäre. Vielleicht hatte dieses tapsige, pelzige Ungetüm ja wirklich seine Seele gerettet. Auf jeden Fall hatte es dafür gesorgt, dass Losians Gelegenheit, ein paar Wahrheiten über sich zu erfahren, ungenutzt verstrich.

Woodknoll, März 1147

Grendel hatte sich als großer Gewinn für ihre Gemeinschaft erwiesen, denn seine Anhänglichkeit und Lebensfreude waren Balsam für die auf so unterschiedliche Weise gepeinigten Seelen. Und allein Grendel war es zu verdanken, dass Godrics und Wulfrics Abschied von Gilham ohne große Verbitterung verlaufen war. So selig waren sie, ihren Freund aus vergangenen Tagen wiedergefunden zu haben, dass es sie beinah mit dem Diebstahl ihres Erbes versöhnte. Es sei ja nicht so, als wären ein paar Acre Land und ein paar Schafe in Gilham das Ziel seiner Träume gewesen, bekundete Godric. Wenn man ein wenig von der Welt gesehen habe so wie sie, käme Gilham einem doch ein klein wenig hinterwäldlerisch vor, fügte sein Bruder hinzu.

So machten sie sich also wieder auf die Reise, und je weiter nach Süden sie kamen, desto frühlingshafter wurde der Wald. Die Nächte waren noch kalt, aber frostfrei, und abgesehen von ein paar heftigen Schauern, die äußerst lebhafte Böen mit sich brachten, blieb das Wetter trocken. Es hätte schlimmer kommen können, betonte King Edmund in regelmäßigen Abständen, und die anderen gaben ihm recht.

Sie brauchten zwei Wochen bis nach Lincolnshire. Ein ausdauernder Wanderer hätte die Strecke auf einer guten Straße auch in der Hälfte der Zeit bewältigt, aber Oswald klagte meist schon am frühen Nachmittag über Schmerzen in Beinen und Füßen, und wenn Losian ihn ignorierte und seine Gefährten weitertrieb, fing Oswald früher oder später an zu weinen und wurde unleidlich. Also lernten sie, sich nach ihm zu richten. Auch die Beschaffenheit ihres Weges hielt sie auf, denn sie mieden die Straße, die York und Lincoln verband. Losian, Simon und King Edmund waren übereingekommen, Begegnungen mit anderen Reisenden zu vermeiden, solange es möglich war.

Thurgar hatte den Zwillingen zum Abschied eine Schleuder geschenkt, die den Gefährten hervorragende Dienste leistete. Sie lebten von dem Kleinwild, das Godric und Wulfric erlegten, von den ersten essbaren Pflanzen, die King Edmund im Wald entdeckte, und von dem herrlich reinen, wenn auch eisigen Wasser der Quellen, die die Wälder durchzogen.

Nach wenigen Tagen hatten sie zu einer neuen Routine gefunden: Sie brachen auf, sobald es hell genug war. Die Zwillinge, die einen unfehlbaren Orientierungssinn besaßen, gingen mit Grendel und Simon vorneweg. Dann folgten Oswald, Luke und King Edmund, die die Augen nach allem offenhielten, was essbar war. Losian bildete mit Regy die Nachhut. Er schlang sich das Ende der langen Kette um die Hüften, ehe sie aufbrachen, und sicherte sie mit dem Vorhängeschloss. Die Aufgabe, Regy zu hüten, war ihm zugefallen, ohne dass ein Wort darüber verloren worden war. *Er* hatte darauf bestanden, ihn mit in die Freiheit zu nehmen, also musste er auch die Folgen tragen, war die unausgesprochene Meinung der anderen. Er ließ Regy vorausgehen, behielt ihn immer im Blick – die Hände vor allem – und lauschte auf Anzeichen möglicher Gefahren: Wegelagerer und marodierende Soldaten machten die Wälder ebenso unsicher wie Keiler, Wildkatzen und Wölfe.

Wenn Oswald nicht mehr weiterkonnte, suchten sie sich einen Lagerplatz, meist an einem Bach. Losian kettete Regy an einen Baum, Luke und King Edmund suchten Feuerholz, die Zwillinge gingen auf die Jagd, Oswald setzte sich müde ins Gras und streichelte Grendel. Dann saßen sie ums Feuer – immer ein gutes Stück abseits von Regy –, knabberten an den mageren Hasenkeulen und tranken von der Suppe, die King Edmund aus Löwenzahn, Sauerampfer und den Tierknochen gekocht hatte. Sie schmeckte grässlich, aber sie machte satt, und regelmäßig lobten die Gefährten ihren Heiligen für seine Weitsicht, die ihn bewogen hatte, die Mönche von St. Pancras um einen kleinen Kochtopf zu erleichtern.

Sobald ihre Mägen nicht mehr knurrten, rollten sie sich in ihre Decken und schliefen.

»Da«, sagte Simon, hob den linken Arm und wies mit dem Finger nach Osten. »Das ist es.«

Wulfric beschirmte die Augen mit der Hand und sah in die gewiesene Richtung. Dann atmete er tief durch. »Euer Lincolnshire ist wahrhaftig ein Garten Eden.«

»Na ja. Ich würde sagen, das ist ein bisschen übertrieben«, schränkte Simon mit einem kleinen Lächeln ein. Doch insgeheim gab er seinem Freund recht. Lincolnshire war ein weites Land, dessen seichte Hügel wie Wellen an einem ruhigen Tag auf dem Meer aussahen. Es war nicht so wild und rau wie

Yorkshire mit seinen Hochmooren und endlosen alten Wäldern, und Lincolnshire war dichter besiedelt, sodass den Forsten hier größere Flächen für Felder und Wiesen abgerungen worden waren.

Eilige weiße Wolken segelten über den Himmel, und die Sonne beschien die frisch gepflügten Äcker. Es war Vormittag, und überall sah man emsige Bauern eggen und säen. Woodknoll schmiegte sich in die Kehre eines breiten, flachen Baches, und am diesseitigen Ufer stand im Schutz einer Eibenhecke die bescheidene Halle des Gutsherrn, in der Simon zur Welt gekommen war.

Die Wanderer standen auf der Kuppe des baumbestandenen Hügels, der dem Dorf seinen Namen gegeben hatte, und blickten hinab.

»Wollen wir?«, fragte Losian.

Simon nickte und schluckte trocken. Er war nervös. Die Halle dort unten, das hübsche Dorf und das umliegende Land waren sein rechtmäßiges Eigentum, aber es war eine seltsame Heimkehr. »Was sie wohl sagen, wenn ich so plötzlich wieder auftauche?«, murmelte er.

»Es gibt nur einen Weg, das herauszufinden«, erwiderte Losian und vergewisserte sich noch einmal, dass Regys Kette ordentlich am Stamm einer Tanne gesichert war. Denn erst einmal wollten nur er und Simon hinuntergehen und feststellen, wie die Dinge standen. Die anderen sollten hier im Schutz der Bäume warten. Sie hatten dazugelernt und wollten ein Willkommen wie in Gilham nicht noch einmal riskieren.

»Bringt uns ein Stück Brot mit«, rief Godric ihnen gedämpft nach, als sie sich in Bewegung setzten.

»Verlass dich lieber nicht darauf, dass sie zurückkommen«, knurrte Regy.

Simon wollte empört herumfahren, aber Losian murmelte: »Hör nicht hin.«

»Er könnte dir ein bisschen dankbarer sein«, entgegnete der Junge verdrossen.

»Ich glaube nicht, dass er das könnte, selbst wenn er wollte.

Das steckt einfach nicht in ihm. Und nun vergiss Regy und halt die Augen offen. Wenn du irgendetwas siehst, das dir nicht gefällt, lass es mich sofort wissen.«

Simon warf ihm einen raschen Seitenblick zu. Losian war also ebenso nervös wie er selbst, stellte er fest, und das trug nicht gerade dazu bei, seine Beklommenheit zu lindern.

Sie gingen quer über eine Wiese hügelab, kamen auf einen Pfad, der von knorrigen Weiden flankiert war und geradewegs auf die Halle zuführte.

Ein hölzernes Tor in der Hecke schützte die Bewohner der Halle vor unwillkommenen nächtlichen Besuchern, doch jetzt, am helllichten Tag stand es einladend offen und war unbewacht. Simon verharrte einen Moment und schaute sich im Innenhof um. Losian blieb ebenfalls stehen und folgte seinem Blick. »Es sieht großartig aus«, sagte er. »Ein guter Platz zum Leben.«

Simon lächelte ein wenig verlegen. »Na ja. Es ist … nichts Besonderes. Aber ein Zuhause eben.«

»Du bist zu beneiden.« Es klang nüchtern, aber Simon glaubte, einen sehnsüchtigen Unterton zu hören.

Er stieß sich vom Torpfosten ab. »Lass uns gehen.«

Einen Schritt vor Losian durchquerte er den Hof. Zur Linken erhob sich ein lang gezogenes Stallgebäude, aus dem man das Stampfen von Kühen auf Stroh hörte, und ein durchdringender Mistgeruch kam zu ihnen herübergeweht. Ein Eimer schepperte, aber Simon hielt nicht inne, um festzustellen, wer im Stall bei der Arbeit war, sondern ging geradewegs auf die strohgedeckte Halle aus verbrettertem Fachwerk zu.

Er stieg die zwei Stufen hinauf, öffnete die Tür und rief auf Englisch: »Edivia? Wilbert? Ich bin wieder da!«

Ein Jubelschrei kam aus dem dämmrigen Innern. »Lord Simon!« Ehe seine Augen sich ganz auf das schwache Licht eingestellt hatten, umschlangen zwei muskulöse Frauenarme seinen Hals. »Du bist wieder daheim! Oh, Gott sei gepriesen, du bist wieder daheim.«

Simon befreite sich mit einem Lachen. »Edivia. Es … es tut so unendlich gut, dich zu sehen.«

»Wo warst du nur so lange?«, fragte sie, legte ihm für einen Moment beide Hände auf die Wangen, und ihr Gesicht strahlte. »Wieso hast du nicht …« Sie unterbrach sich, als ihr Blick auf Losian fiel, und sie wich einen kleinen Schritt zurück. »Wer ist dein Freund?« Sie lächelte immer noch, aber plötzlich hatte ihre Stirn sich gefurcht.

»Oh, er ist nicht so gefährlich, wie er aussieht«, entgegnete Simon. Jedenfalls hoffe ich das, dachte er flüchtig. »Sein Name ist Reginald de Warenne.« Es war das Erste, was ihm in den Sinn gekommen war, und er wusste, es war keine glückliche Wahl. Aber wenn er ihn als »Losian« vorgestellt hätte, hätte er den Namen erklären müssen, und er fand, Losians Gedächtnisverlust war eine zu persönliche Angelegenheit. Hastig fuhr er fort: »Reginald, dies ist Edivia, die gute Seele dieser Halle.«

Losian zeigte ein kleines Lächeln und neigte fast unmerklich den Kopf.

Edivia ignorierte den hochmütigen Normannen und nahm Simon wieder bei der Hand. »Kommt. Ihr müsst hungrig und durstig sein. Eure Kleider verraten mir, dass ihr allerhand erlebt habt.« Sie zog Simon zu einer Bank an einem langen Tisch. »Setz dich, Simon. Und Ihr auch, Lord. Ich hole euch etwas Gutes, und dann reden wir.«

Sie fuhr Simon noch einmal flüchtig über den dunklen Schopf, als müsse sie sich mit ihren Händen vergewissern, dass er wirklich wieder da war, und wandte sich dann ab.

»Wo sind alle?«, rief Simon ihr nach.

»Auf den Feldern«, antwortete sie über die Schulter. »Der Boden war so lange gefroren, weißt du, und als endlich Tauwetter kam, musste alles gleichzeitig gepflügt werden. Ach, du weißt ja, wie es ist, Junge … Ich bin gleich zurück.«

Sie verließ die Halle durch eine Seitentür, die zum Vorratshaus führte. Simon stand auf, holte Becher von einem Bord neben dem Herd und füllte einen Krug mit der Kelle, die am Bierfass hing. Es war ein glückseliger Moment. Die Kelle war schlecht gearbeitet, und immer wenn man sie benutzte, verschüttete man ein wenig Bier. Früher hatte er sich endlos darüber aufregen können. Jetzt war ihm danach, die Kelle zu küssen, weil sie so vertraut war, ein Stück Geborgenheit. Er war zu Hause. Er begriff erst in diesem Augenblick, was das wirklich bedeutete. Ein Bleigewicht schien von seinen Schultern zu gleiten, und er verharrte einen Moment am Herd, um sich zusammenzunehmen, ehe er Krug und Becher zum Tisch zurücktrug.

Mit einem dankbaren Nicken ergriff Losian einen gut gefüllten Becher und trank durstig. »Deine Amme?«, tippte er.

Simon trank ebenfalls. Ihm kam in den Sinn, was King Edmund wohl sagen würde, wenn er sähe, dass sie in der Fastenzeit unverdünntes Bier tranken, aber er scheuchte den Gedanken gleich wieder fort. Er war ausgehungert, und Bier machte satt. King Edmunds Nörgeleien waren Teil der Vergangenheit. Hier war *er* der Herr der Halle, und er konnte sich entschließen, Bier in der Fastenzeit zu trinken und die Buße dafür anzunehmen, die er bei der Beichte auferlegt bekam. Es war allein seine Sache. Er war ein freier Mann.

»Ja, sie war meine Amme«, antwortete er. »Und doch viel mehr als das. Nach Mutters Tod hat sie die Dinge hier in die Hand genommen. Auch meinen Vater«, fügte er grinsend hinzu. »Ich weiß nicht, was wir ohne Edivia getan hätten. Sie ist die Tochter eines Hufschmieds, aber sie gehört mehr zu meiner Familie als zu ihrer eigenen.«

»Und du liebst sie sehr?«, fragte Losian über den Rand des Bechers hinweg, ehe er den Kopf zurücklehnte und das Bier bis auf den letzten Tropfen leerte.

»Und wenn es so wäre?«, entgegnete Simon angriffslustig. »Ist das ein Grund, mich zu verspotten? Musst du immer alles in den Schmutz treten, was nicht hart und kriegerisch ist?«

Losian schien einen Moment über die Frage nachzusinnen. Dann schüttelte er den Kopf. »Ich glaube nicht. Dir könnte es allerdings nicht schaden, ein bisschen härter und kriegerischer zu werden.«

»Ah ja? Und wieso?«

»Weil du die Enttäuschung, die dir bevorsteht, dann besser verkraften würdest.«

»Was soll das?«, fragte Simon wütend. »Wovon redest du?«

»Davon, dass deine Edivia dir nicht in die Augen sehen konnte.«

Er stand auf, wandte sich zur Seitentür und zog das Messer aus der Scheide, und im selben Moment hörte Simon eilige Schritte näher kommen. Schwere Schritte und viele. Er sprang ebenfalls von der Bank auf und warf Losian einen entsetzten Blick. »Was hat das …«

Er brach ab, als acht fremde Männer mit blanken Schwertern hereinstürmten. Zwei weitere kamen durch die große Eingangstür in der Stirnwand. Mit grimmigen Gesichtern gingen sie auf die Ankömmlinge zu, vereinten sich zu einer geschlossenen Linie und stellten sich im Halbkreis vor sie. Simon und Losian hatten den Tisch und die Bänke im Rücken. Sie saßen in der Falle.

»Was hat das zu bedeuten?«, fragte Simon, und er hörte selbst, wie fassungslos er klang. Das war kein Wunder. Er *war* fassungslos. Das hier war völlig falsch. Die Halle von Woodknoll war sein Heim und sein Eigentum, und fremde bewaffnete Raufbolde hatten hier nichts verloren. Was bildeten sie sich nur ein? Und wer hatte sie hereingelassen?

Losian stand einen Moment reglos an seiner Seite, dann ließ er die Hand mit dem Messer sinken. Sogar er schien einzusehen, dass zehn Schwerter gegen ein Messer zu viele waren.

Der vordere der Bewaffneten, der ein Kettenhemd aus schwarzen, stumpfen Ringen trug, hob die Linke und nickte Losian zu. »Her damit. Na los.«

Mit einer Bewegung, die ganz beiläufig wirkte, ließ Losian das Messer aus der Hand schnellen. Zitternd blieb es im festgestampften Lehmboden der Halle stecken, so nahe vor den Füßen des Anführers, dass der einen Schritt zurückspringen musste. Das gefiel dem Mann im Kettenhemd nicht. Mit verengten Augen knurrte er: »Packt sie euch.«

Vier stürzten sich auf Losian, zerrten ihm die Arme auf den

Rücken und fesselten ihm die Hände mit einer stabilen Lederschnur. Zwei weitere taten das Gleiche mit Simon. Er wehrte sich überhaupt nicht. Er war zu sehr damit beschäftigt, auch nur zu begreifen, was hier geschah. »Was fällt euch ein?«, fragte er den Anführer. »Wer seid ihr? Ich bin Simon de Clare, dies ist mein Haus, und ihr habt kein Recht …«

»Mir ist egal, wie du heißt, Milchbart«, unterbrach das Raubein im Kettenhemd. »Diese Halle gehört Guy und Rollo de Laigle.«

»Behauptet wer?«, fragte Losian. Es klang geradezu höflich.

»Ich und mein Schwert«, bekam er zur Antwort.

»Und wer hat sie ihnen gegeben?«, verlangte Simon wütend zu wissen. »Der Earl of Pembroke?« Er biss die Zähne zusammen. Er wusste nicht, wie er diesem neuerlichen Verrat seines Onkels ins Auge blicken sollte.

Doch wenigstens das blieb ihm erspart. Raubein lachte brummig. »Wer soll das sein? Nein, nein, Milchbart. Keiner hat sie ihnen gegeben. Sie war unbewacht, als wir vorbeikamen, da haben sie sie sich genommen, verstehst du?«

Nein, dachte Simon verwirrt, aber das sagte er nicht. »Wo … wo ist Wilbert? Wo ist mein Steward?«, fragte er stattdessen.

Die Männer, die ihm grobschlächtig und dumm wie Trolle vorkamen, tauschten hämische Blicke. Dann tätschelte der im Kettenhemd Simon roh die Wange. »Wir bringen dich zu ihm. Ich schätze, ihr habt euch viel zu erzählen, he? Schafft sie weg«, befahl er seinen Kumpanen, und je zwei eskortierten Simon und Losian zur Tür.

Sie brachten sie quer über den stillen Hof zu einem kleinen, aber stabilen Nebengebäude. Die Tür hatte ein Schloss, weil hier früher Weinfässer, Wachskerzen und andere wertvolle Vorräte aufbewahrt worden waren, nahm Losian an. Jetzt war der Lagerraum indes zweckentfremdet.

»Schließ die Augen, Simon«, riet Losian über die Schulter, als er vor dem Jungen über die Schwelle ins Innere gestoßen wurde.

Simon befolgte den Rat. Er landete hart auf den Knien, die Lider fest zugekniffen, senkte den Kopf und atmete stoßweise.

»Dein Steward ist tot«, berichtete Losian, nachdem die Tür sich geschlossen hatte. »Vielleicht seit zwei Tagen.« Er betrachtete den nackten, grausam entstellten Leichnam am Boden und war befremdet über seine eigene Gelassenheit. Wilbert war ein stattlicher Angelsachse von vielleicht vierzig Jahren gewesen. Aber sein Holzfällerkreuz und seine keulengleichen Arme hatten ihm nichts genützt. Sein Leib, vor allem seine Füße wiesen furchtbare Brandwunden auf, und er war qualvoll gestorben.

»Was haben sie mit ihm getan?«, fragte Simon erstickt, der sich immer noch nicht gerührt hatte.

»Sie haben ihn gefragt, wo er dein Geld versteckt hat, schätze ich, und als er es ihnen schließlich gesagt hat, haben sie ihm eine Schlinge um den Hals gelegt und den Strick straff gespannt an seine Füße gebunden. So hat er sich langsam selbst erdrosselt. Er sieht … ziemlich schlimm aus. Wenn du hinschaust, denk daran, dass er jetzt nichts mehr fühlt, in Ordnung?«

Der Junge nickte, öffnete zögernd die Augen und wandte den Kopf. Stumm betrachtete er den Toten. Er rührte sich nicht und verzog keine Miene, aber Tränen rannen über sein Gesicht. Losian schalt ihn nicht. Das war wahrhaftig eine bittere Heimkehr. Was konnte ein argloser Junge wie Simon de Clare verbrochen haben, um zu verdienen, was das Schicksal ihm angetan hatte? Was dachte Gott sich nur dabei, das geschehen zu lassen? War es eine Prüfung? Hatte Gott sich bei Simons Erschaffung überlegt: Ich schlage dich mit einem Gebrechen, das dich zum Außenseiter macht, und dann schaue ich tatenlos zu, wie die Menschen Schindluder mit dir treiben, um zu sehen, wie fest dein Glaube ist? Waren sie alle, die von der Insel der Seligen entkommen waren, Hiobs Brüder?

»Es tut mir leid, Simon.«

Der Junge räusperte sich. »Ich wünschte, wir könnten irgendetwas für ihn tun. Es ist so schrecklich, wie er da liegt.«

Losian nickte. Seit die Tür sich geschlossen hatte und sie allein waren, drehte er unablässig die Handgelenke gegeneinander. Die Lederschnur schnitt ihm ins Fleisch, aber er hatte das Gefühl, sie habe sich schon ein wenig gelockert. »Es ist nur seine Hülle, würde King Edmund sagen«, erinnerte er Simon. »Und ich finde, du hast ihn jetzt lange genug angesehen. Dreh dich um.«

»Nein.« Es klang trotzig. »Es ist das Einzige, was ich noch für ihn tun kann. Es anschauen. Und niemals vergessen. Damit ich es eines Tages rächen kann.«

Ich bewundere deinen Optimismus, was unsere Lebensspanne angeht, fuhr es Losian durch den Kopf. »Wem immer du Rache schwörst, geh nicht zu hart mit deiner Amme ins Gericht.«

Nun wandte Simon sich doch zu ihm um. »Und wieso nicht? Sie hat uns verraten. Statt uns zu warnen und uns fortzuschicken, hat sie diese … Trolle geholt!«

»Und was, glaubst du, haben sie ihr angedroht für den Fall, dass sie sie hintergeht? Wenn ich mir deinen Steward so anschaue, kann ich mich des Eindrucks kaum erwehren, dass Guy und Rollo de Laigle nicht gerade zu den Sanftmütigsten unter Gottes Kindern zählen. Sie … sie hat sich wirklich gefreut, dich zu sehen, Simon. Aber ihre Furcht war zu groß. Ist das so unverzeihlich?«

Simon schnaubte. »Und ich dachte, gerade du verabscheust nichts so sehr wie Feigheit.«

Ja, das dachte ich eigentlich auch, ging Losian auf. »Nun, wie es scheint, haben wir uns beide geirrt. Einer wehrlosen Frau mit einem Rudel Trolle zu drohen ist vielleicht noch eine Spur abscheulicher.«

Simon biss die Zähne zusammen, streifte den toten Steward mit einem Blick und schien nicht zu wissen, was er denken sollte. Müde setzte er sich auf die kalte Erde. »Wie kann so etwas nur passieren, Losian? Wie ist es möglich, dass vorbeiziehendes Gesindel sich einfach so ungestraft mein Gut aneignen und meine Leute abschlachten kann?«

»Ich habe keine Ahnung«, bekannte Losian. »Ich weiß nicht viel über diese Welt hier draußen.«

»Wahrscheinlich ist es das, was die Leute meinen, wenn sie sagen, der Krieg habe das Land in Anarchie gestürzt«, murmelte der Junge nachdenklich. »Niemand kümmert sich mehr um Recht und Unrecht.«

»Ich schätze, die Menschen kümmern sich nur so lange um Recht und Unrecht, wie jemand da ist, der darüber wacht.«

»Ja. Aber die Lords und die Sheriffs und die Ritterschaft sind seit acht Jahren so damit beschäftigt, sich gegenseitig abzuschlachten, dass sie keine Zeit mehr finden, Recht und Ordnung aufrechtzuerhalten.«

Was ist das für ein verdammter Krieg?, wollte Losian wissen, aber er fragte nicht. Er spürte, dass die Antwort auf diese Frage gefährlich für ihn war. Er konnte sich nicht vorstellen, warum, war er doch Kreuzfahrer und mit einem edleren und gottgefälligeren Krieg als diesem befasst gewesen. Dieser Krieg hier ging ihn gar nichts an. Und doch erfüllte er ihn mit Schrecken.

Es vergingen vielleicht zwei Stunden, bis sie draußen Hufschlag und viele Schritte hörten. Mindestens drei Pferde waren in den Hof eingeritten, schätzte Losian.

»Bei Gott, was für eine Jagd!«, rief eine tiefe Stimme auf Normannisch. Sie klang aufgeräumt, geradezu euphorisch. »Hier, sieh dir diesen Keiler an, Pierre, ist er nicht ein Prachtbursche?«

Eine grummelnde Stimme antwortete. Losian verstand keine Worte, aber er erkannte die Stimme des Trolls im Kettenhemd. Er sah zu Simon, der nicht aufgehorcht hatte.

»Steh auf, Simon. Komm her, stell dich an meine Seite.«

Der Junge kam auf die Füße, fragte aber: »Wozu?«

»Wir bekommen gleich Besuch. Wenn du gerne noch ein bisschen weiterleben willst, dann tu, was ich sage.«

»Aber wie willst du …«

»Komm endlich«, herrschte Losian ihn an, und erschrocken glitt Simon neben ihn, mit dem Rücken zur Wand, das Gesicht zur Tür.

Tatsächlich dauerte es nur wenige Augenblicke, bis der

Schlüssel rasselte und die Tür aufschwang. Der Troll, der offenbar Pierre hieß, und ein weiterer Mann traten ein, ein Normanne in mittleren Jahren von Losians Statur und Größe mit schulterlangem, dunkelblondem Haar, einem kantigen, glatt rasierten Kinn und einer beachtlichen Narbe auf der rechten Wange.

Mit konzentrierter Miene blieb er vor ihnen stehen, betrachtete erst Simon, dann Losian. »Du bist nicht Reginald de Warenne«, sagte er anklagend.

»Nein«, räumte Losian ein.

»Ich kenne ihn«, beharrte der Mann mit der Narbe, als hätte Losian ihm widersprochen.

»Das wundert mich nicht«, entgegnete er und gab sich keine Mühe, seinen Abscheu zu verbergen. Immer noch drehte er die Handgelenke gegeneinander, die zu bluten begonnen hatten. Er hatte es fast geschafft. Aber er wusste, er musste sich beeilen.

»Wie heißt du?«

»Fragt wer?«

»Guy de Laigle.«

»Ich sehe keine Veranlassung, mich dem Dieb vorzustellen, der diesem Jungen hier sein Hab und Gut gestohlen hat.«

De Laigle trat einen halben Schritt auf ihn zu. »Ich wäre an deiner Stelle ein bisschen vorsichtiger«, riet er und rammte ihm die Faust mit ungehemmter Kraft in die Magengrube.

Losian kam es vor, als sei die Zeit seltsam verlangsamt. Er sah den Schlag genau kommen, und etwas Merkwürdiges passierte mit seinem Bauch. Muskeln, von deren Existenz er nichts geahnt hatte, spannten sich an, und es war, als treffe der Hieb eine Mauer. Losian spürte Schmerz, aber es war nicht besonders schlimm. Ihm blieb auch nicht die Luft weg, wie er erwartet hatte, und weder krümmte er sich, noch fiel er hin. Das Gesicht seines Gegenübers zeigte beinah komische Überraschung, doch das war nichts im Vergleich zu Losians eigener Verblüffung.

»Wer bist du?«, fragte de Laigle noch einmal.

Losian wies mit dem Kinn in Simons Richtung. »Er ist der

Mann, mit dem du reden solltest. Erklär ihm, wieso du ihn bestohlen und seinen Steward ermordet hast.«

De Laigle hob die Brauen und wandte sich mit einem Schmunzeln an Simon. »Er war sehr loyal, dein tapferer angelsächsischer Steward. Doch, das muss man ihm wirklich lassen. Aber am Ende hat er gequiekt wie ein Ferkelchen.«

Simon drehte gequält den Kopf weg, dann riss er sich zusammen, sah de Laigle wieder an und spuckte ihm ins Gesicht.

Der so rüde Beleidigte stieß ein wütendes Zischen aus, packte Simon bei den Haaren, ohrfeigte ihn links und rechts und krallte die Hand dann um seine Kehle. »Na warte, Söhnchen …«

Es war der Moment, auf den Losian gewartet hatte. Und er hatte genau gewusst, dass er kommen würde. Mit einem winzigen Ruck befreite er sich endgültig von seinen Handfesseln, zog die Rechte hinter dem Rücken hervor und winkte Pierre damit zu. Der machte erwartungsgemäß große Augen, wollte sich dann hastig auf ihn stürzen, und Losian ließ ihn auf sein Knie auflaufen. Während der stämmige Soldat jaulend zu Boden fiel, stahl Losian ihm das Schwert aus der Rechten und stieß es ihm in die Kehle. Dann rempelte er Simon mit der Schulter aus dem Weg und stellte sich de Laigle, der ebenfalls seine Waffe gezogen hatte. Losian ließ das erbeutete Schwert einmal kreisen, um seine Balance zu prüfen, und erkannte, dass es minderwertig war, aber das machte ihm keine Sorgen. Ohne de Laigle aus den Augen zu lassen, trat er zwei Schritte zurück, verschaffte sich Platz, und dann griff er an.

Genau wie eben übernahm sein Körper das Ruder, und Losian war nur ein unbeteiligter Zuschauer seiner eigenen Taten. Er versuchte, nicht zu denken, sich vollkommen seinen Instinkten zu überlassen und seinen verschütteten Erinnerungen, denn er wusste, sein Leben hing davon ab.

Das kleine Vorratshaus war eigentlich zu eng für einen Schwertkampf. De Laigle glitt einen Schritt nach hinten und stolperte über die Leiche des bedauernswerten Wilbert. Doch der normannische Raubritter führte sein Schwert auch nicht zum ersten Mal und hielt das Gleichgewicht mit einem mühelosen Schritt zur Seite. Gleichzeitig hoben sie die Waffen, den linken Arm leicht angewinkelt, obwohl sie keine Schilde trugen, und die Klingen kreuzten sich mit solcher Wucht, dass sie Funken schlugen.

»Simon, die Tür«, sagte Losian.

Der Junge verstand, wich vor den wieder ausholenden Schwertern rückwärts zur Tür, kehrte ihr den Rücken und zog sie ungeschickt zu, damit niemand, der draußen vorbeikam, sie entdeckte und de Laigle zu Hilfe kommen konnte.

Der war ein hervorragender Fechter, aber er hatte keine Chance. Losian sah jede Finte kommen, und er verfügte über die größere Kraft. Nach einem Dutzend Streichen hatte er seinen Gegner mit dem Rücken an die Wand gedrängt, vollführte eine elegante Vierteldrehung, trat ihm das Schwert aus der Hand und rammte ihm den Ellbogen vor den Kehlkopf.

De Laigle stieß ein ersticktes Keuchen aus und sackte zu Boden. Er tat noch ein paar röchelnde Atemzüge, dann wurde er still.

»Oh, Losian«, jubelte Simon gedämpft und kam näher. »Das war unglaublich. Los, mach ihn fertig. Schneid ihm die Kehle durch!«

Losian schüttelte den Kopf. »Ich glaube, er ist tot.« Er drehte de Laigle mit der Fußspitze auf die Seite und wies auf den sichtlich eingedrückten Kehlkopf. Dann stellte er sich hinter Simon und durchschnitt dessen Fesseln.

»Tu's trotzdem«, drängte der Junge heiser. »Sicher ist sicher.«

»Nein. Ich will seine Kleider, und blutgetränkt nützen sie mir nichts.« Losian legte de Laigle die Hand auf die Brust, um sich zu vergewissern. »Nichts.«

»Großartig. Und was jetzt?«

»Nimm den Dolch und das Schwert des Trolls und leg sie an. Du kannst deinem Steward den Strick abschneiden, wenn du willst.«

Simon nickte, legte Pierres Waffen an und beugte sich über

Wilbert, während Losian begann, Guy de Laigle auszuziehen. Es war nicht ganz einfach, denn der große Leib war schwer, und die Zeit saß ihnen im Nacken, aber schließlich lag de Laigle ebenso nackt und schutzlos zu ihren Füßen wie Wilbert. Losian riss sich die Lumpen vom Leib und schlüpfte in die erbeuteten Kleider – Leinenhemd, Beinkleider und Bliaut aus guter Wolle, deren Sauberkeit zu wünschen übrig ließ, die aber hervorragend passten. Das galt sogar für die wadenhohen Stiefel.

»Warum tust du das?«, fragte Simon, glitt zur Tür und spähte durch einen Spalt in den Hof hinaus.

»Warum?«, wiederholte Losian ungläubig. »Weil ich nicht länger wie ein Bettler aussehen will, deswegen.« Er nahm de Laigles Schwert und holte sich sein Messer zurück, das in Pierres Gürtel steckte.

»Oh.« Simon klang eine Spur enttäuscht. »Ich dachte, du hättest irgendeinen schlauen Plan.«

Losian nickte. »Er sieht vor, uns beide lebend hier herauszubringen. Ich fürchte, auf mehr dürfen wir nicht hoffen. Du und ich können es nicht allein mit den Trollen aufnehmen. Und wenn Rollo de Laigle – Guys Bruder, schätze ich – herkommt und sieht, was wir getan haben, wird er hinter uns her sein. Wir müssen auf der Stelle aus Woodknoll verschwinden. Es tut mir leid.«

»Aber …«

Losian schob ihn weg von der Tür und spähte selbst hinaus. »Zwei Pferde stehen noch am Tor. Sie sind müde und verschwitzt, aber vermutlich schneller als unsere Füße. Komm. Und zieh dein Schwert, verdammt noch mal, wo hast du deinen Kopf, Bengel?«

Simon folgte ihm in rebellischem Schweigen. Losian nahm an, der Junge war bitter enttäuscht, dass er nicht im Handstreich sein Gut zurückholen wollte, aber er wusste, das war ausgeschlossen. Vermutlich war einer der Gründe, warum er noch am Leben war, dass er seine eigenen Grenzen kannte.

Es waren nur zehn Schritte vom Vorratshaus zu den Pferden. Losian winkte Simon, ihm zu folgen, und nah an die

Hecke gedrängt huschten sie zum Tor hinüber. Als Losian aufsaß, kam einer der Trolle aus dem Pferdestall. Losian erwischte ihn mit der Stiefelspitze am Kinn, und der Mann segelte in den Schlamm. Mit einem raschen Blick über die Schulter vergewisserte sich Losian, dass Simon im Sattel saß, dann galoppierte er aus dem Stand an und preschte durchs Tor, Simon gleich hinter ihm.

Sie ritten den Pfad zurück, den sie gekommen waren, dann hügelan über die Wiese. Allenthalben sahen sie sich um, aber noch waren keine Verfolger zu entdecken.

»Sie werden nicht lange auf sich warten lassen«, rief Simon Losian zu, und seine Furcht war kaum zu überhören.

»Wo können wir hin?«, fragte Losian.

Sie hatten den Rand des Wäldchens erreicht und saßen ab.

»Keine Ahnung …«

»Losian? Was ist passiert?« Das war King Edmund. Er zwängte sich zwischen zwei Holunderbüschen hindurch, die den ersten grünen Schimmer zeigten.

»Es gibt Ärger«, antwortete Losian grimmig, saß ab und ließ ihn stehen. Während er sich durch den Holunder zu den anderen kämpfte, setzte Simon King Edmund mit wenigen Worten ins Bild.

»Wulfric, Godric, kettet Regy los. Wir müssen verschwinden, schnell.«

»Aber was …«, begann Godric verständnislos.

»Nicht jetzt. Oswald, Luke, kommt auf die Füße. Beeilt euch.« Er nahm Oswalds Hand und zog ihn hoch.

Alle folgten seinen Anweisungen. Nach wenigen Augenblicken waren sie wieder unterwegs, drangen tiefer in den Wald, der sich über den Hügel und ein gutes Stück ins Tal hinab zog, aber zu klein war, um ihnen Schutz zu bieten.

»Zwei normannische Halunken haben sich Simons Gut unter den Nagel gerissen und seinen Steward ermordet«, erklärte Losian. »Ich habe einen von ihnen und einen seiner Raufbolde getötet, darum werden sie hinter uns her sein.«

»Oh, gratuliere, Losian«, spöttelte Regy. »Das hast du großartig gemacht.«

Losian knuffte ihn zwischen die Schultern. »Beweg dich schneller. Er kannte dich übrigens.«

»Ah ja? Wie war sein Name?«

»Guy de Laigle. Ein Freund von dir?«

»Schwerlich«, gab Regy zurück. Es klang eingeschnappt, als hätte Losian ihn beleidigt. »Ein ungehobelter, ehrloser Schurke. Abschaum, verstehst du.«

»Allerdings«, pflichtete Losian ihm bei und fragte sich gleichzeitig: Und was genau bist du, Regy? Aber für dergleichen hatten sie jetzt keine Zeit. »Simon, sag endlich, wo wir uns verstecken können. Du musst einen Ort hier in der Nähe kennen, du bist doch hier aufgewachsen.«

»Ja. Ich weiß einen Ort, wo uns so schnell keiner findet.« Er schien erleichtert, dass es ihm wieder eingefallen war.

»Ist es weit?«

»Zwei Meilen etwa.«

Losian vergeudete ein wenig ihrer kostbaren Zeit, um Oswald zu überreden, auf eines der Pferde zu steigen. Als das endlich bewerkstelligt war, ergriff er den Zügel und folgte Simon mit langen, eiligen Schritten.

Der Junge führte sie auf der dem Dorf abgewandten Seite den Hügel hinunter. Nach etwa einer Meile stießen sie schon wieder auf ein Flüsschen, dessen Verlauf nach Osten sie folgten.

»Was ist dieses Versteck, Simon?«, fragte Losian.

»Eine Höhle.«

»Können die Gäule mit hinein?«

Simon schüttelte den Kopf.

»Aber der Hund, will ich hoffen?«, fragte Godric nervös.

»Sicher.«

Losian dachte einen Moment nach, dann befahl er: »Steigt ab.«

Simon folgte sofort, aber Oswald protestierte. »Nein. Weiterreiten.«

Losian war versucht, ihn anzufahren. Er wusste genau,

dass jeder Augenblick kostbar war. Ein Kribbeln zwischen den Schulterblättern gaukelte ihm vor, die Verfolger würden jeden Moment zwischen den Bäumen zum Vorschein kommen. Aber er nahm sich zusammen. Er trat zu Oswald und versetzte ihm einen freundschaftlichen Klaps auf den Oberschenkel. »Es muss sein. Komm schon, tu's für mich.«

Oswalds Enttäuschung war herzerweichend, aber er folgte.

Losian führte die Pferde auf die andere Seite des Baches und scheuchte sie zwischen die Bäume, um eine falsche Spur zu legen. Dann watete er in die Mitte des flachen Wasserlaufs und winkte den anderen, es ihm nachzutun. »Das macht es schwieriger, uns zu folgen«, erklärte er.

Doch ebenso erschwerte es ihr Fortkommen. Oswald fing an zu heulen, weil ihm im eiskalten Wasser die Füße so weh taten, und Luke wimmerte, weil er meinte, die Schlange habe sich gerührt.

Jesus, was kommt als Nächstes?, dachte Losian, aber er biss die Zähne zusammen und sagte nichts. Er ließ die anderen vorausgehen, blieb allenthalben stehen und lauschte. Aber immer noch hörte er keine Verfolger.

Das Bachbett wurde steiniger, als sie die letzten Bäume hinter sich ließen und das Land in hügelige Heide überging. Das gefiel Losian ganz und gar nicht, denn hier waren sie so auffällig wie ein Rabe auf einem verschneiten Scheunendach.

Doch es war nicht mehr weit. Der Bach ergoss sich in einem Wasserfall über einen unvermuteten Steilhang, vielleicht zwölf Fuß tief, und hinter dem Vorhang aus herabstürzendem Wasser und dem feinen Nebel, den es aufwirbelte, lag eine Höhle.

»Hier ist es«, sagte Simon über die Schulter.

Losian schloss zu ihm auf, begutachtete ihr Versteck und nickte zufrieden. »Gute Wahl. Rein mit euch. Wir müssen uns verbergen. Ich schlage vor, bis Mitternacht.«

»Losian«, jammerte Luke. »Sie sagt, wenn sie nicht bald etwas zu fressen bekommt, hält sie sich an meinen Innereien schadlos …« Sein Gesicht verzerrte sich zu der so eigentümlich kindlichen Maske der Furcht.

»Ich weiß. Wir haben alle Hunger, Luke.« Er nahm die Schnur ab, an der er Regys Schlüssel um den Hals trug, und gab sie Wulfric. »Hier. Ihr müsst ihn noch ein Weilchen länger hüten. Ich sehe mich ein bisschen um und versuche, etwas zu essen zu finden.«

»Aber …«, begann Godric.

Losian schnitt ihm mit einer Geste das Wort ab. »Sie werden mich nicht erwischen, sei unbesorgt. Verhaltet euch so ruhig wie möglich. Das gilt auch für Grendel.«

Ohne weitere Einwände abzuwarten, durchmaß er mit einem Sprung den nassen Vorhang, der wie aufgeschnürte Perlen funkelte, und watete ans Ufer.

Er hatte nicht wirklich vor, die Umgebung zu erkunden oder Proviant zu beschaffen, und er wusste, es war unklug, das Versteck zu verlassen, ehe es dunkel wurde. Aber er *musste* allein sein. Seit er und Simon wieder zu ihren Gefährten gestoßen waren, spürte er es kommen, dieses unerklärliche lähmende Entsetzen, das ständig auf ihn lauerte. Er hatte es mit größter Mühe auf eine Armeslänge Abstand gehalten, bis sie in Sicherheit waren, aber er wusste, dass er seinen Widerstand nicht viel länger würde aufrechterhalten können. Und ihm graute vor der Enge in der Höhle hinter dem Wasserfall.

Seine Hände waren feucht, und er verspürte eine fahle Übelkeit. Obwohl es kalt war, begann er zu schwitzen. Sein Herz raste und stolperte. Schwindel rollte über ihn hinweg. Er tastete blind nach einem Baumstamm, um Halt zu finden, doch vergebens. Seine Knie knickten ein, er fiel auf die kalte, feuchte Erde und fing an zu würgen. Nichts kam hoch, denn er hatte zuletzt vor zwei Tagen etwas gegessen, aber die Übelkeit blieb. Und die Angst, die ihn in Finsternis stürzen wollte, in den Schlund eines Ungeheuers. Etwas wie ein schwarzer Schleier trübte seine Sicht, doch die Bilder vor seinem geistigen Auge waren umso deutlicher: der Troll, dem er mit dem Schwert fast den Kopf vom Rumpf getrennt hatte. De Laigle, der an seinem eigenen Kehlkopf erstickte. Er hatte zwei Menschen getötet, und er konnte nicht fassen, mit welcher Leichtigkeit er das getan hatte. Es hatte ihn nicht mehr Überwindung gekostet, als einen Apfel vom Baum zu pflücken. Und er hörte Schreie in seinem Kopf, nicht de Laigle, nicht den Troll, sondern die Schreie eines Kindes, und er wusste, obwohl er nicht denken konnte, dass dies eine Erinnerung war. Seine einzige echte Erinnerung war die an den qualvollen Tod eines Kindes, und er rollte sich mit dem Gesicht ins feuchte Laub und presste die Unterarme auf die Ohren, aber die Geisterstimme ließ sich nicht aussperren.

Es ging vorbei, so wie es immer irgendwann vorbeiging, auch wenn er jedes verdammte Mal wieder Zweifel hatte. Der schwarze Schleier vor seinen Augen lichtete sich, das Zittern seiner Glieder ließ nach, sein Herzschlag beruhigte sich allmählich – das Grauen ließ von ihm ab und verzog sich in die Schattenwelt, aus der es gekommen war. Fürs Erste.

Losian setzte sich auf und sah sich verwirrt um, weil er sich für einen Augenblick nicht sicher war, wo er sich befand. Schließlich stand er auf und ging zurück zum Bachufer. Dort kniete er sich ins Gras, wusch sich Gesicht und Hände und trank ein paar Schlucke. Das Wasser erfrischte ihn. Er war zumindest in der Lage, in Erwägung zu ziehen, zu den anderen zurückzukehren und seine Bürde wieder zu schultern.

Doch er trieb sich bis zum Einbruch der Dämmerung im Wald herum. Einmal hörte er zwei Reiter in der Nähe. Für ihn allein war es indessen nicht schwierig, sich rechtzeitig im Unterholz zu verbergen, zumal sie sich nicht einmal Mühe gaben, leise zu sein. Keine zehn Schritte entfernt sah er sie vorbeireiten, hörte sie beratschlagen, ob sie lieber in östlicher oder nördlicher Richtung weitersuchen sollten, dann waren sie verschwunden, und Losian hatte den Wald wieder für sich.

Die Stille tat ihm wohl. Auf einer Lichtung zog er Guy de Laigles Schwert, das eine Klasse besser war als das des Trolls. Er schloss die Finger um das Heft, einen nach dem anderen, und erkundete mit geschlossenen Augen, was sie ertasteten. Seine Finger sagten ihm, sie seien nach Hause gekommen. Der kalte Stahl fühlte sich vertraut und richtig an. Mit einem kleinen

Lächeln zog Losian die Klinge aus der Scheide und ergötzte sich an dem metallischen Flüstern, das sie erzeugte. Dann hob er die Waffe, sah an der Klinge entlang, um Beschaffenheit und Schliff zu prüfen, und schließlich machte er ein paar Standardübungen. Die Schritte und Abläufe kamen wie von selbst, und er fand Gefallen an der Präzision seiner Bewegungen. Die Konzentration verlieh ihm eine innere Ruhe, die er nicht kannte, beinah eine Art Ausgeglichenheit. Womöglich lag es nur daran, dass er abgelenkt und dem ewigen Teufelskreis seiner Gedanken für den Moment entronnen war. Jedenfalls hob sich seine Stimmung, und die Schrecken der Ereignisse des Vormittags verblassten. Doch mit einem Mal genierte er sich für die alberne Schattenfechterei, und noch während er sich fragte, wieso, wurde ihm klar, dass er beobachtet wurde.

Er schärfte sich ein, sich nicht zu verkrampfen, weiterzumachen, sich nichts anmerken zu lassen. Er vollführte eine langsame halbe Drehung mit dem Gewicht auf dem linken Fuß, hob die Klinge am langen Arm wieder auf Kinnhöhe und spähte aus dem Augenwinkel zu beiden Seiten. Dann machte er einen langen Ausfallschritt, als wolle er einen Stoß über einen verschränkten Schild hinweg üben, sprang aber unvermittelt nach rechts, zerrte seinen Zuschauer mit der Linken hinter dem dicken Baumstamm hervor und setzte ihm die Klinge an die Kehle. »Irgendwie habe ich geahnt, dass wir uns wiedersehen, Edivia.«

Sie stieß ein Keuchen aus, aber sie schrie nicht.

»Und? Wie viele deiner neuen Freunde hast du mitgebracht?«, fragte Losian.

»Sie sind nicht meine Freunde«, gab Edivia zurück. »Und ich bin allein.«

Losian war zuversichtlich, dass das die Wahrheit war. Edivia trug einen abgedeckten Korb in der Hand. Vermutlich ahnte sie, wo Simon Zuflucht gesucht hatte, und hatte sich davongeschlichen, um ihm etwas zu essen zu bringen.

Er ließ sie los. »Dann lass uns hoffen, dass dir niemand gefolgt ist.«

»Bestimmt nicht. Sie sind alle ausgeschwärmt, um euch zu suchen. Darum ist es auch nicht besonders klug, dass Ihr Euch hier herumtreibt, Mylord.«

»Ich bin niemandes Lord«, stellte Losian klar. »Und im Übrigen ist mein Name auch nicht Reginald de Warenne. Was hast du da?« Er zeigte auf den Korb.

»Nur Brot. Ich dachte, damit ist euch am besten gedient.«

»Gib mir ein Stück.«

Sie hob das Tuch an, und Losian stieg der verführerische Duft von frischem Roggenbrot in die Nase. Er konnte sich nur mit Mühe davon abhalten, ihr einen Laib zu entreißen und mitsamt seiner Beute Reißaus zu nehmen. So viel Speichel sammelte sich plötzlich in seinem Mund, dass er immerzu schlucken musste.

Edivia brach ein großzügiges Stück ab und reichte es ihm wortlos. Losian drehte ihr den Rücken zu und verschlang es mit wenigen großen Bissen. Erst als das bohrende Hungergefühl sich legte, gestand er sich ein, wie sehr es ihm zu schaffen gemacht hatte. Er schloss die Augen und versuchte, den wunderbaren Geschmack auf der Zunge festzuhalten.

Dann schaute er Edivia wieder an. »Hast du genug, um acht Männer einmal richtig satt zu machen?«

»Wieso acht?«, fragte sie verwundert.

»Simon und ich sind nicht allein unterwegs.«

»Was ist ihm passiert? Wie geht es ihm?« Ihre Stimme war voll echter, mütterlicher Sorge. »Wenn du ihm wohlgesinnt bist, dann lass mich zu ihm.«

Losian hob warnend die Linke. »Wenn du dir selbst wohlgesinnt bist, gib mir den Korb und verschwinde. Simon ist nicht besonders gut auf dich zu sprechen.«

»Nein, das will ich glauben«, sagte sie. »Aber ich konnte nichts anderes tun.« Er sah, dass sie unglücklich war, aber in ihrer Stimme lag kein Flehen. Sie bettelte nicht um seine Absolution, sondern sie stellte eine Tatsache fest. Losian fand sie anziehend, und er konnte sich schon vorstellen, warum Simons Vater sich ihr zugewandt hatte, statt wieder zu heiraten, wie es sich eigentlich gehört hätte. Edivia war um die dreißig, schätzte er, hatte ein paar graue Strähnen im dunklen Haar, das sie im Nacken zu einem losen Zopf gebunden trug, aber er erahnte einen straffen, muskulösen Leib unter dem schlichten Kleid. Ihre blauen Augen hatten etwas Herausforderndes und ebenso Unerschütterliches, als hätten sie schon allerhand gesehen, und ihr breiter Mund brachte ihn aus der Fassung.

Ohne verräterische Hast wandte er den Blick ab. »Ich weiß«, antwortete er. »Aber er ist zu jung, um das zu verstehen. Und er … hat eine schlimme Zeit hinter sich. Der Gedanke, wieder nach Hause zu kommen, hat ihm Mut gegeben. Jetzt weiß er nicht, wie er weitermachen soll. Gib mir noch ein Stück Brot, sei so gut.«

Sie folgte der Bitte. »Du kennst ihn gut«, bemerkte sie, als sie es ihm reichte.

Losian zuckte die Achseln. Jedenfalls besser als mich, das steht fest, dachte er.

»Und wenn ihr zu acht seid, könnt ihr nicht versuchen, de Laigle und seine Schurken aus Woodknoll zu verjagen?«, fragte sie, mit einem Mal hoffnungsvoll. »Sie sind nur noch zu zehnt, und wenn ihr sie überrascht …«

Losian lachte leise. »Das gäbe eine denkwürdige Schlacht.« Dann wurde er wieder ernst und schüttelte den Kopf. »Es geht nicht, Edivia, glaub mir. Wir können niemanden besiegen und niemanden retten. Wir haben alle Hände voll damit zu tun zu überleben.«

»Wie kann das sein?«

Er erklärte es ihr. In knappen Worten beschrieb er ihr seine Gefährten und ihre sonderbaren Gebrechen – das seine ebenfalls, weil alles andere sich ungerecht und verlogen angefühlt hätte –, und er berichtete, was sie zusammengeführt hatte.

Edivia war erwartungsgemäß erschüttert. »Sie haben ihn *eingesperrt*? Auf einer Insel voller Narren?«

Losian verzog ironisch den Mund, nickte jedoch. »So kann man sagen.«

»Oh, das ist furchtbar …« Dann wurde ihr anscheinend klar,

wie taktlos war, was sie gesagt hatte, und sie schlug die Hand vor den Mund. »Entschuldige.«

Kein »Mylord« mehr, fiel ihm auf. Er winkte ab. »Ich sollte gehen. Es wird dunkel, und sie haben wirklich Hunger.«

»Ich komme mit dir«, verkündete sie. »Ich *muss* ihn sprechen.«

»Warum? Um seine Kränkung zu lindern? Das wird dir kaum gelingen. Oder um dein Gewissen zu erleichtern? Dann geh zur Beichte. Tu's nicht auf seine Kosten. Lass ihn zufrieden, er hat genug, womit er fertig werden muss. Und sein Vater und du, ihr habt es versäumt, ihm beizubringen, wie man das macht.«

»Du hast kein Recht, über seinen Vater zu urteilen. Oder über mich. Du weißt nicht, wie es ist, wenn man ein Kind liebt, das die Fallsucht hat und von der Welt immer als Sonderling oder Missgeburt oder als verdächtig angesehen werden wird. Du hast ja keine Ahnung, wie sich das anfühlt.«

»Nein, vermutlich nicht.« Er streckte die Hand aus. »Gib mir das Brot.«

Sie reichte ihm den Korb. Er war schwer. Viel Brot, erkannte Losian erleichtert.

»Ich habe noch nie Augen wie deine gesehen«, sagte Edivia.

»Wieso?«, fragte er. »Was ist damit?«

»Einen Moment meint man, sie sind blau, im nächsten Moment sind sie grün.«

»Wirklich?« Es war heraus, ehe er sich hindern konnte. Er hatte keine Erinnerung an sein Gesicht. Er kannte es schemenhaft von dem Spiegelbild, das er gelegentlich auf einer stillen Wasseroberfläche erhascht hatte, aber die Farbe seiner Augen hatte er nie gesehen.

Edivia blickte ihn wortlos an, und Losian stieß wütend die Luft aus. »Erspar mir dein Mitleid.«

Ohne jede Vorwarnung legte sie die Hand auf seine Wange. »Entschuldige.«

Er schreckte zurück und schlug die Hand weg. Dann drehte er ihr den Rücken zu, ging aber nicht.

»Wovor fürchtest du dich nur so?«, fragte sie.

»Vor mir. Und das solltest du auch tun.«

»Aber du machst mir keine Angst«, gab sie zurück, eine Spur von sanftmütigem Spott in ihrer Stimme. Sie umrundete ihn und stellte sich vor ihn. »Du wirst mich nicht zu ihm lassen, oder?«

Losian schüttelte den Kopf.

»Ist er ... wie ein jüngerer Bruder für dich? Liebst du ihn?«

»Ich glaube nicht, dass ich so schöner Gefühle fähig bin. Ich passe auf ihn auf, weil er selbst es nicht kann. Das ist alles.«

»Schwöre mir, dass du dich um ihn kümmerst und ihn niemals im Stich lässt.«

Er sah ihr in die Augen, aber er war nicht sicher, ob er richtig verstand, was er dort zu lesen glaubte. Auch an seine Erfahrungen mit Frauen hatte er keine greifbare Erinnerung, und das machte ihn unsicher. Darum fragte er: »Und wenn ich es schwöre, legst du dich mit mir ins Gras?«

Sie nahm seine Linke und zog ihn mit sich zu Boden.

»Du meinst also, meine Loyalität sei käuflich?« Seine Stimme klang ein wenig atemlos.

Edivia lachte. Es war ein schönes Lachen, fand er, und er spürte etwas, das er vollkommen vergessen hatte: ein wohliges Schaudern. »So, wie es um dich bestellt ist«, antwortete sie, »würde ich sagen, ja.«

»Verdammt, du hast recht«, musste er einräumen.

Edivia ließ sich zurücksinken, raffte den Rock und öffnete einladend die Schenkel. Sie war eine großzügige und erfahrene Geliebte. Kaum war er eingedrungen, entlud er sich schon, und sie hielt ihn und küsste die zugekniffenen Lider. Dann wartete sie eine Weile, fütterte ihn mit Brotstückchen und brachte ihn zum Lachen, und als er wieder so weit war, kletterte sie auf ihn und ließ es geruhsam angehen, rollte mit ihm durchs Gras, ließ sich auf den wundervollen Mund küssen und umspielte seine Zunge mit der ihren, und dieses Mal kam sie mit ihm zusammen.

Schließlich lag er erschöpft auf dem Rücken, die Arme ausgebreitet, und er spürte Kälte und Feuchtigkeit aufsteigen, doch das war gleich. Ihm war selten wärmer gewesen. »Ich muss dir ein Geständnis machen«, murmelte er.

»Ah ja?« Edivia kniete neben ihm, strich sich das Haar glatt und band ihren Zopf neu. »Und zwar?«

»Du hattest bereits, was du kaufen wolltest. Ich könnte ihn ebenso wenig im Stich lassen wie die anderen.«

»Weil sie alles sind, was du hast«, mutmaßte sie.

Auf den Gedanken war er noch nie gekommen. »Vielleicht.«

Edivia hob gelassen die Schultern. »Nun, da der Preis kein Opfer war, macht es nichts. Außerdem kann es nicht schaden, wenn du dich gelegentlich an unseren Pakt erinnerst. Simon kann einen manchmal zur Weißglut bringen.«

»Oh ja.«

»Umso besser, wenn dein Gewissen sich dann regt und dich hindert, ihn am Wegesrand an einen Baum zu binden und zurückzulassen.«

Sie lachten, und Losian setzte sich auf und küsste sie noch einmal. Er zog es in die Länge, weil er wusste, dass es das letzte Mal war.

Als ihre Lippen sich voneinander lösten, legte Edivia ihm die Hand auf die Wange. »Fürchte dich nicht vor der Wahrheit. Dazu besteht kein Grund.«

»Wie willst du das wissen?«

»Weil …«

»Nein«, unterbrach er entschieden und nahm ihre Hände in seine. »Du hast mir genug geschenkt. Ich will keine schönen Lügen.«

Sie schüttelte den Kopf. »Es war keine Lüge.« Sie küsste ihm die Stirn und stand auf. »Aber wahrscheinlich musst du das selber erfahren, damit du es glauben kannst. Es ist schade, dass du fortmusst, weißt du. Ich könnte mich an dich gewöhnen.«

»Ja, ich auch. Ich könnte mich an *dich* gewöhnen, meine ich natürlich, nicht an mich. Soll heißen … ach!« Er machte eine ungeduldige, wegwerfende Bewegung, kam ebenfalls auf die Füße und half ihr, Laub von ihrem Rock zu lesen. »Sei's drum.

Werden sie dir keine Schwierigkeiten machen? Rollo de Laigle und seine Trolle?«

Sie hob kurz die Schultern. »Wir werden sehen, wie lange ihr Wohlwollen reicht, das ich mir heute Morgen erworben habe. Leb wohl, mein namenloser normannischer Freund. Danke, dass du mir nicht die Kehle durchgeschnitten hast. Ich hätte das verstanden, weißt du.«

Losian lachte in sich hinein. »*Weise der Mann, der innehält, eh er im Zorn sein Urteil fällt,* heißt es. *Ich* würde sagen, er ist ein Glückspilz. Leb wohl, Edivia.«

Er sah ihr nach, bis sie im Zwielicht zwischen den Bäumen verschwunden war. Dann nahm er den schweren Brotkorb auf und schlenderte zurück Richtung Bach. Er hatte nicht vergessen, dass sie immer noch verfolgt und gesucht wurden, und er blieb allenthalben stehen, sah zurück und lauschte konzentriert. Doch er konnte sich an keine Gelegenheit erinnern, da ihm so leicht ums Herz gewesen war.

Seine Unbeschwertheit währte genau so lange, wie er brauchte, um in Hörweite der Höhle zu kommen. Das Plätschern des Wasserfalls übertönte die erhobenen Stimmen, die herausdrangen, nur unzureichend.

»Sie ist aufgewacht und jetzt schlängelt und schlängelt sie sich …«

»Nun, es ist jetzt seit einer Stunde dunkel, Bübchen, und ganz gleich, was du sagst: Er kommt nicht zurück …«

»Halt dein *verdammtes* Schandmaul, Regy …«

»Wenn du noch einmal fluchst, Bengel …«

»Losian. Ich will Losian …«

Der trat eilig durch den Wasservorhang. »Seid ihr noch bei Trost? Wisst ihr eigentlich, dass man euch auf zwanzig Schritte Entfernung hört? Wollt ihr, dass sie kommen und euch abschlachten?«

Alle waren verstummt und starrten ihn im Licht eines kleinen Feuers an. Regy saß mit ausgestreckten Beinen und lässig verschränkten Armen an die ungleichmäßige Höhlenwand gelehnt und sah mit einem herablassenden Lächeln zu Simon hoch, der mit geballten Fäusten vor ihm stand, King Edmund mit sturmumwölkter Miene gleich an seiner Seite. Die Zwillinge hatten sich die Kette um die Hüften geschlungen, und Wulfric hielt sie zusätzlich in beiden Händen, als mache er sich bereit, Regy zurückzureißen, sobald es zu Handgreiflichkeiten kam. Luke saß zusammengekauert am Feuer und krallte die Hände in den Bauch, Oswald lag auf der kalten, harten Erde und weinte leise.

Großartig, dachte Losian angewidert. Was für eine Gesellschaft …

Simon rührte sich als Erster. »Wo zum *Henker* bist du gewesen? Wir sind außer uns vor Sorge!«

Bitterer Zorn überkam Losian – plötzlich, als habe er in einem Hinterhalt gelauert. »Ich kann kommen und gehen, wie es mir gefällt, und schulde dir keine Rechenschaft, Simon de Clare, hast du verstanden? Ich brauchte einfach …« *… eine Pause von dieser Ansammlung von Jahrmarktsmonstrositäten,* hatte ihm auf der Zunge gelegen, aber er nahm sich gerade noch rechtzeitig zusammen. Er wollte so etwas nicht sagen, denn das waren sie nicht. Es war erbärmlich und gemein, sie zu beleidigen, weil Gott sie anders erschaffen hatte als den Rest der Menschheit. Keiner dieser Männer – abgesehen von ihm selbst und Regy – trug die Schuld für das, was er war. In diesem Punkt hatte der ehrwürdige Abt von St. Pancras sich getäuscht, dessen war Losian sicher. Sie waren gutartiger und harmloser als der Durchschnitt, auch davon war er überzeugt, und es war nicht recht, sie zu beschimpfen, nur weil er ratlos und wütend war und ein schlechtes Gewissen hatte.

Er sah in die Gesichter, die ihm zugewandt waren – teils furchtsam, teils fragend –, und fing noch einmal von vorn an. »Es hat ein Weilchen gedauert, aber ich habe uns Brot beschafft. Hier.« Er streckte King Edmund den Korb entgegen.

Der Angelsachse griff danach und schlug das Tuch zurück. »Oh, der Herr Jesus Christus sei gepriesen! Und du auch, Losian.«

Der nahm einen der Laibe heraus, brach ihn in zwei Hälften und hockte sich vor Luke. »Hier. Du musst sie füttern, dann schläft sie wieder ein.«

Luke wimmerte mit geschlossenen Augen und schien ihn gar nicht zu hören, aber er nickte, und als Losian ihm den halben Laib in die Hand drückte, fing er gierig an zu essen.

Losian ging weiter zu Oswald. »Komm, mein Junge. Setz dich auf. Du musst etwas essen.« Er streckte ihm die Linke entgegen, und nach einem kleinen Zögern griff Oswald danach und zog sich in eine sitzende Position.

»Ich dachte, du kommst nicht wieder«, murmelte er, und immer noch liefen Tränen über sein Gesicht.

Losian sah kopfschüttelnd auf ihn hinab. »Wie kommst du nur auf so eine Idee? Wo sollte ich denn hin ohne euch?«

Oswald griff nach dem Brot und biss hinein. Dann pflückte er mit Daumen und Zeigefinger ein wenig des weichen Inneren heraus, knetete es zu einem Kügelchen und streckte es Losian entgegen. »Für dich.«

Das Brotkügelchen hatte eine bedenklich schwärzliche Farbe, denn Oswalds Hände waren nicht sauber. Losian nahm es trotzdem und aß es. »Hm! Wunderbar.«

Oswald legte den Kopf in den Nacken, um zu ihm hochschauen zu können, und ein kleines verschmitztes Lächeln erhellte sein rundes Gesicht. »Noch eins?«

Losian klopfte ihm auf die Schulter. »Nein, danke. Iss dein Brot nur selbst. Wir haben genug davon. Zumindest für heute.«

Eine Weile waren nur die Essgeräusche unterschiedlicher Lautstärke zu hören, mit denen die acht Wanderer das bitter nötige Brot verschlangen. Ein jeder hielt den Kopf über seinen halben Laib gebeugt und aß, ohne zu reden, denn im Augenblick gab es nichts Wichtigeres, als ihren Hunger zu stillen.

»Kann ich noch mehr?«, fragte Oswald schließlich.

King Edmund warf einen Blick auf den Korb. »Drei Brote haben wir noch. Also für jeden morgen früh noch ein ordentliches Stück. Ich bin dafür, es bis dahin aufzuheben.«

Losian nickte. »King Edmund hat recht, Oswald. Wir müssen heute Nacht noch ein paar Meilen wandern, und dann werden wir froh sein, wenn wir morgen früh etwas anderes zu essen haben als Löwenzahnsuppe und einen Bissen zähes Hasenfleisch.«

»Ich will aber nicht mehr laufen«, quengelte Oswald. »Ich bin müde.«

»Ich weiß. Aber es muss sein.«

»Und wohin?«, fragte Wulfric.

Eine Zeit lang antwortete niemand. Simon saß so weit wie möglich von den anderen entfernt auf seinem Mantel, hatte die Ellbogen auf die Knie und die Stirn auf die Fäuste gestützt. Er zeigte sein Gesicht nicht und hatte kein Wort mehr gesprochen, seit Losian ihn angefahren hatte. Aber jetzt hob er den Kopf und sagte zu den Zwillingen: »Es tut mir leid. Ehrlich. Ich habe euch mit meinen großartigen Versprechungen hierher gelockt, und jetzt bin ich genauso land- und mittellos wie ihr und kann sie nicht halten.«

»Das konnte nun wirklich kein Mensch ahnen«, protestierte Godric. »Und was haben wir schon verloren, indem wir mitgekommen sind? Wie gesagt, Gilham hatte keinen besonderen Reiz mehr ohne unser Land.«

Ganz so einfach war es natürlich nicht, wusste Losian. Die Bauern von Gilham mochten ihren Heimkehrern einen bizarren und äußerst kühlen Empfang bereitet haben, aber letztlich wäre ihnen gar nichts anderes übrig geblieben, als die Zwillinge wieder aufzunehmen und irgendwie zu versorgen – sei es mit neuem Land, als Tagelöhner oder notfalls mit Almosen. Und das nicht nur, weil viele von ihnen mit Wulfric und Godric verwandt waren, sondern weil Dorfgemeinschaften eben so funktionierten. Dieser Zusammenhalt ging gar so weit, dass das Gesetz nach angelsächsischem Brauch die Bauern eines Dorfes verpflichtete, sich in Gruppen von zehn oder zwölf zu einem *Tithing* zusammenzuschließen, in welchem die Mitglieder für das Wohlverhalten der anderen verantwortlich waren, sich füreinander vor Gericht verbürgten, der eine dem anderen zum Pflügen seine Ochsen lieh. Wer zu einem *Tithing* gehörte, war niemals allein. Wer außerhalb dieser Ordnung stand, war den Wechselfällen des Lebens schutzlos ausgeliefert. Die Zwillinge hatten viel aufgegeben, um Simon nach Woodknoll zu folgen, und es war kein Wunder, dass der Junge ein schlechtes Gewissen hatte.

Nach einer Weile stellte Losian fest, dass alle ihn anschauten. Doch er hob abwehrend die Hände. »Im Augenblick bin ich so ratlos wie ihr. Bisher sind wir immer nur davongelaufen. Erst von der Insel, dann aus dem zerstörten Kloster, aus Gilham, jetzt aus Woodknoll. Es wird Zeit, dass wir einmal irgendwo*hin* gehen, aber ich weiß nicht, wo dieser Ort sein soll.«

»Nun, wenn keinem von euch etwas Besseres einfällt, dann lasst uns nach East Anglia ziehen«, schlug King Edmund vor. »Ich bin gewiss, dass das mein Weg ist. Und wer weiß, vielleicht hat der Herr uns zusammengeführt, weil es auch euer Weg ist.«

»Oh, natürlich«, höhnte Regy. »Gott hat dich ausersehen, das Übel des Krieges zu beenden oder etwas in der Richtung, war's nicht so? Nun, es würde ihm ähnlich sehen, ausgerechnet einen Haufen wie diesen mit dieser ehrenvollen Aufgabe zu betrauen, hatte er doch immer schon eine Schwäche für Wirrköpfe …«

»Nimm dich in Acht, du Teufel«, drohte King Edmund leise.

Doch Regy ließ sich nicht unterbrechen. »Aber ausgerechnet in *East Anglia*? Dort gibt es nichts außer Sümpfen und Mönchen. Ich habe Zweifel, dass der Krieg sich die Mühe gemacht hat, dort auch nur vorbeizuschauen.«

»Und dennoch werden wir hingehen«, entschied Losian.

»Ich werde nicht gefragt, nehme ich an?«, tippte Regy verdrossen.

»So ist es. Alle außer dir sind natürlich frei, zu gehen, wohin sie wollen, aber ich denke, King Edmunds Ziel ist besser als gar keines.« Er nickte dem Angelsachsen zu. »Lass uns herausfinden, welche Pläne Gott mit uns hat.«

Sie brachen um Mitternacht auf. Es war Neumond, aber wolkenlos, und die Sterne spendeten genug Licht, sodass die Wanderer sich einen Weg durch den Wald bahnen konnten.

Losian ermahnte sie, sich möglichst still zu verhalten, und allenthalben blieb er stehen, sah zurück und lauschte. Aber es hatte den Anschein, als hätten de Laigles Männer die Suche für heute aufgegeben.

Simon trottete hinter den Zwillingen her und schaute sich so wenig wie möglich um. Er war früher in diesem Wald mit seinem Vater zur Jagd geritten, und er kannte hier jeden Halm und Stein, doch es war zu schmerzlich, sie anzuschauen. Edivias Verrat, Wilberts Ermordung und der Verlust von Woodknoll brachten den Schmerz über den Tod seines Vaters zurück, so frisch, als sei die Nachricht erst gestern gekommen. Der Kummer lähmte ihn in solchem Maß, dass er es kaum fertigbrachte, angemessenen Zorn über den Diebstahl seines Gutes zu empfinden. Simon fühlte sich wie betäubt, und er fand es mühsam, einen Fuß vor den anderen zu setzen. Er wollte sich auf die kalte Erde legen, nichts mehr hören und nichts mehr sehen.

Wulfric und Godric gingen vor ihm, fanden wie üblich den Weg, der in die gewünschte Richtung – nach Südosten – führte, und sagten nichts. Hin und wieder sah einer von beiden über die Schulter und lächelte Simon aufmunternd zu. Godric zwinkerte auch hin und wieder oder schnitt eine Grimasse, die so viel sagte wie: Die Welt ist eine Jauchegrube, Mann, mach dir nichts draus.

Simon war ihnen so dankbar, dass er nie die passenden Worte dafür hätte finden können. Aber er wusste, das machte nichts. Sie wollten gar nichts hören.

Als der Morgen graute, zog der Himmel sich zu, und ein leiser Regen begann zu fallen. Die Gefährten wickelten sich in ihre Mäntel, rasteten im Schutz einer ausladenden Tanne, und um die gedrückte Stimmung zu heben, holte King Edmund in seinem Kessel Wasser, bat Losian respektvoll um seinen mörderisch scharfen Dolch und bot an, jeden, der es wünschte, zu rasieren. Nur er selbst – der Mann der Kirche – und die drei Normannen wollten ein glatt rasiertes Gesicht, und die anderen stellten sich im Kreis um sie auf, schauten zu und machten sich darüber lustig. Aber sie alle baten King Edmund, ihnen die Bärte in Form zu bringen, und so war es eine sehr viel zivilisiertere Reisegesellschaft, die sich im sachten Nieselregen wieder auf den Weg machte.

Am zweiten Tag wagten sie sich auf die Straße, die von Lincoln nach Norwich führte, und hier kamen sie wesentlich schneller voran. Hin und wieder begegneten sie Kaufleuten mit schwer beladenen Karren oder Bauern mit Ochsengespannen, und sie ernteten neugierige, oft auch feindselige Blicke, doch niemand behelligte sie. Losian ging jetzt an der Spitze, und das mächtige Schwert an seiner Seite flößte den Reisenden ebensolche Angst ein wie der wilde Geselle an der Kette, den er mit sich führte. Regy ließ es sich nicht nehmen, sie mit Fratzen und obszönen Gesten noch weiter zu erschrecken.

»Wer hätte das gedacht, Regy«, bemerkte Losian irgendwann. »Du machst dich nützlich.«

Fortan strafte Regy die Fremden auf der Straße mit Verachtung, aber seine Erscheinung war völlig ausreichend, um sie auf Distanz zu halten.

Für ihre Ernährung waren sie nun wieder auf das Jagdgeschick der Zwillinge und King Edmunds Pflanzenkunde angewiesen, und beide brachten selten genug zustande, um alle acht satt zu machen. Obendrein war der Wald, den sie jetzt durchwanderten, ein königliches Jagdrevier, wusste Simon, und wer sich hier dabei erwischen ließ, dass er einen Hasen oder eine Taube fing, dem drohte der Verlust einer Hand oder des Augenlichts und eine Haftstrafe von unbestimmter Dauer. »Nicht, dass der König derzeit viel Muße zur Jagd hätte«, fügte Simon verdrossen hinzu, »aber wir sollten lieber nicht hoffen, dass seine Förster deswegen nachsichtig sind.«

Also ließen sie Vorsicht walten, was nicht selten bedeutete, dass sie überhaupt nichts zu essen bekamen. Vor allem Oswald schien unter der mangelnden Ernährung zu leiden, und die langen Wanderungen wurden zunehmend zur Strapaze für ihn. Er wurde hohlwangig, und manchmal schien es Simon, als nehme Oswalds Gesicht eine bläuliche Tönung an.

»Losian, wir müssen rasten«, sagte Simon beschwörend, der nach vorn aufgeschlossen hatte.

»Wieso? Es kann kaum später als Mittag sein.«

Simon wies unauffällig über die Schulter. »Er kann nicht mehr weiter.«

Losian blieb stehen und wandte sich um. Oswald klammerte sich an King Edmunds Hand, hielt den Kopf gesenkt und keuchte.

»Du hast recht«, befand Losian. Es klang verdrossen.

»Es ist nicht so, als hätten wir es eilig, oder?«, gab Simon zurück.

»Das ist wahr. Aber ich hätte lieber an einem geschützteren Platz gerastet.«

Seit dem vorherigen Nachmittag führte die Straße durch die Fens, jenes scheinbar endlose, von Seen und tückischen Sümpfen durchzogene Marschland, das weite Teile von Lincolnshire und East Anglia bedeckte, und außer Schilf und einem gelegentlichen Gebüsch gab es hier nichts, das Deckung bot.

»Du glaubst nicht im Ernst, dass de Laigle immer noch hinter uns her ist, oder?«, fragte Simon leise.

Losian hob die Schultern. »Ich habe keine Ahnung.« Dann überlegte er kurz. »Nein, wahrscheinlich nicht. Sonst hätte er uns längst geschnappt.«

King Edmund, der zugehört hatte, wies nach Norden, wo sich gar nicht weit entfernt eine hölzerne Kirche erhob. »Da. Sieht aus wie ein Kloster. Klöster haben Gästehäuser und geben armen Wanderern zu essen.«

»Auf keinen Fall«, sagten Simon und Losian wie aus einem Munde, sahen sich verblüfft an und tauschten ein kleines Lächeln.

»Ihr könnt nicht für alle Zeit einen Bogen um jedes Gotteshaus machen, nur weil die Brüder von St. Pancras von Gottes rechtem Weg abgekommen waren«, wandte King Edmund ärgerlich ein. »Sie sind die Ausnahme, wisst ihr.«

»Wir gehen in kein Kloster«, erklärte Losian, und man konnte hören, dass es sein letztes Wort war.

Simon gab ihm recht. Selbst wenn nicht alle Äbte dazu neigten, Narren und Krüppel wegzusperren, war es gewiss unklug, in Begleitung eines Mannes an ihre Pforten zu klopfen, der sich für den Heiligen Edmund hielt.

Wulfric wies mit dem ausgestreckten Arm auf eine Ansammlung von Häusern, die ein Stück weiter südlich lag. »Da. Ein Dorf.«

»Sagen wir, ein Weiler«, brummte Regy.

»Ich schätze, das sind die Hörigen des Klosters«, fuhr Wulfric fort. »Was sie hier wohl machen? Ich sehe keine Felder.«

»Oh, es gibt Felder in den Fens«, gab King Edmund zurück. »Sehr fruchtbare, fette schwarze Erde haben wir hier. Und es gibt auch wundervolle Wälder.« Besitzerstolz schwang in seiner Stimme. »Aber nicht hier, wo es so sumpfig ist. Die Menschen stechen Torf und halten ein paar Ziegen und Schafe.«

»Man fragt sich, wer eine Straße durch dieses Sumpfland gebaut hat«, bemerkte Simon. »Wieso versinkt sie nicht einfach?«

»Es heißt, die Römer hätten sie angelegt. Auf einem Wall«, erklärte Edmund. »Die wussten anscheinend, was sie taten.«

»Hast du den Penny noch, Losian?«, fragte Godric plötzlich.

»Penny?«, wiederholte Losian verständnislos.

Die Zwillinge nickten. »Oswald hat ihn auf dem Wehrgang gefunden«, erinnerte Godric ihn. »Am Tag, als Simon kam«, fügte Wulfric hinzu.

Losian öffnete den Beutel an seinem Gürtel und schüttete den mageren Inhalt in seine Hand: ein paar Leinenstreifen, die er aus seinem alten Obergewand gerissen hatten, falls sie einmal Verbandszeug brauchen sollten. Ein kleines Stück Seil. Und der Penny. Er hielt ihn hoch.

»Großartig.« Wulfric strahlte. »Dafür bekommen wir von den Leuten in dem Dorf bestimmt Grütze für acht.«

»Hast du gehört, Oswald?«, Simon knuffte dem erschöpften jungen Mann aufmunternd die Schulter. »Wir kaufen von deinem Penny etwas zu essen. Es ist nicht weit, siehst du, da hinten sind die Häuser.«

Oswald nickte.

Doch Entfernungen trogen in den Fens. Der Weiler lag weiter von der Straße, als sie gedacht hatten. Sie brauchten fast eine halbe Stunde, und als vielleicht noch zweihundert Yards sie von den ersten Hütten trennten, blieben die Wanderer stehen.

»Ich kann mir nicht helfen, aber ich sehe schwarz für unsere Grütze«, bemerkte Regy.

Vielleicht ein Dutzend reetgedeckter Hütten hatte diese kleine, entlegene Siedlung einmal ausgemacht, aber sie waren nur noch verkohlte Gerippe. Kein Anzeichen von Leben war zu entdecken und nichts zu hören bis auf den unmelodischen Ruf einer Krähe.

Grendel winselte kurz, dann lief er ein Stück weiter. Mit einem leisen Pfiff befahl Godric ihn zurück an seine Seite, strich ihm über den grauen Kopf und murmelte: »Lass uns lieber vorsichtig sein, Kumpel.«

Simons Herz sank. »Kehren wir um«, riet er. »Außer ein paar Toten werden wir dort nichts finden.«

»Nun sind wir so weit gekommen, jetzt können wir die letzten Schritte auch noch gehen«, widersprach Losian. »Vielleicht lebt eins der Schafe noch.«

Alle stimmten beklommen zu. Losian ging mit Regy voraus, und die anderen folgten.

Was sie fanden, war ein Ort der Verwüstung: Die bescheidenen Hütten hatten, umgeben von kleinen Gärten, in einem unordentlichen Halbkreis gestanden. Es waren mehr, als sie aus der Ferne geschätzt hatten, aber die meisten waren zu ein paar geschwärzten Pfählen verbrannt. In den Gärten und auf der Dorfwiese lag zertrampeltes Federvieh. Viele beschlagene Hufe hatten Abdrücke im Schlamm hinterlassen.

Losian kettete Regy an den Stamm einer einzelnen Weide, die am Rand des Dorfplatzes stand, dann teilten sie sich auf und durchsuchten die niedergebrannten Hütten. Anscheinend hatten die meisten Dorfbewohner fliehen können, denn viele Leichen fanden die Wanderer nicht. Aber die wenigen waren grauenhaft zugerichtet. Hinter dem zweiten Häuschen, zu dem Simon und Losian kamen, lag eine tote Frau, deren Bauernkittel aus ungefärbter Wolle in Fetzen um ihre Körpermitte hing, und ihre Augen starrten in den grauen Himmel hinauf. Ihre linke Gesichtshälfte war blutüberströmt und ihre entblößte Brust ebenso.

»Geh ins Haus und sieh, ob du irgendetwas Essbares findest«, sagte Losian. Seine Stimm klang eigentümlich matt.

Simon gehorchte, und er hatte sogar Glück. Er entdeckte ein kleines Fass mit Sauerkohl, das angesengt, aber nicht verbrannt war. Als er mit dem Fässchen unter dem Arm zurück ins Freie kam, hatte Losian das zerrissene Kleid der Toten zurechtgezupft, sodass es ihre Blöße bedeckte, und die Augen geschlossen.

»Was mag hier passiert sein?«, fragte er kopfschüttelnd.

Simon hob die Schultern, wandte sich von der Toten ab, und sie machten sich auf den Rückweg. »König Stephens Truppen kontrollieren Ostengland. Wenn ›kontrollieren‹ denn der richtige Ausdruck ist. Sagen wir, sie sind hier zahlreicher als Mauds Männer, denn deren Rückhalt beschränkt sich inzwischen nur noch auf den Südwesten. Aber es gibt auch hier Leute, die mit ihr sympathisieren. Vielleicht haben diese Bauern einen ihrer Ritter versteckt, der vor Stephens Häschern auf der Flucht war. So sieht es jedenfalls aus. Und dann hat der Earl of Norfolk oder weiß der Henker wer einen Trupp Männer hergeschickt, um sicherzugehen, dass die Bauern es nicht wieder tun.«

»Und das Blöde ist, dass sich das Blatt nächste Woche wenden kann, und dann ist alles andersrum«, sagte Godric, als die Zwillinge und Grendel auf dem Dorfplatz zu ihnen traten. »Der Earl of Norfolk wechselt die Seiten oder wird von Mauds Truppen vertrieben, und dann schlachten sie die Bauern ab, die die Fliehenden aus Stephens Reihen verstecken. Ich sag dir, das geht so schnell, da kann sich kein Mensch mehr auskennen. Und dann gibt es natürlich noch die Lords, die weder Maud noch Stephen dienen, sondern nur ihren eigenen Absichten. Wie de Laigle, zum Beispiel.«

»Was ist das für ein verdammter Krieg, wo Earls die Seiten wechseln und ihre Truppen Bauern abschlachten, statt sich zur Schlacht zu treffen?«, fragte Losian ungehalten.

»Mein Sohn …«, schalt King Edmund mit einem Seufzer überstrapazierter Duldsamkeit.

»Entschuldige«, knurrte der Getadelte abwesend. »Also?«

»Na ja«, antwortete Wulfric. »Ein Bürgerkrieg eben. Einer von der Sorte, wo es keine richtige, sondern nur falsche Seiten gibt. Ich möchte nicht mit den Lords tauschen, ehrlich.«

»Erzählt mir mehr darüber«, verlangte Losian. »Ich habe immer gesagt, dieser Krieg gehe mich nichts an und ich wolle nichts davon hören, aber ich habe das Gefühl, er kommt uns näher.« Er wies auf die verkohlte Bretterwand, in deren Windschatten sie sich nahe der Weide auf die Erde gehockt hatten und ihre Ausbeute betrachteten: das Kohlfass, ein halbes Fass Bier, ein paar durchweichte, angeschimmelte Stücke Brot.

Regy ruckte das Kinn in Simons Richtung. »Erzähl du's ihm, mein Augenstern. Du kannst das sicher viel bewegender als ich. Aber untersteh dich, deinen angebeteten König Stephen besser zu machen, als er ist, sonst muss ich einschreiten.«

Simon beachtete ihn nicht. Er sah Losian an und hob hilflos die Schultern. »Es ist alles passiert, weil es keinen Thronfolger gab, als der alte König vor zwölf Jahren starb. Nur seine Tochter. Kaiserin Maud.«

»Wieso Kaiserin?«, unterbrach Losian stirnrunzelnd.

»Sie war mit dem deutschen Kaiser Heinrich verheiratet«, antwortete Simon. »Und obwohl der schon vor Ewigkeiten gestorben und jetzt der Graf von Anjou ihr Gemahl ist, nennt sie sich immer noch ›Kaiserin Maud‹. Was dir einen Eindruck davon vermitteln sollte, welch ein arrogantes Miststück sie ist.«

»Das ist sie ohne Zweifel«, räumte Regy ein. »Doch ist es

ihr gutes Recht, den Titel zu führen, denn der Papst hat sie zur Kaiserin gekrönt.«

Losian hob die Hand. »Egal. Erzähl weiter, Simon.«

»Der alte König ließ die englischen und normannischen Lords schwören, dass sie Maud zur Königin wählen, wenn er stirbt. Und ihr Cousin, Stephen de Blois, war einer der Ersten, der den Eid leistete. Genau wie ihr Bruder, Robert of Gloucester.«

»Augenblick. Sagtest du nicht, sie hatte keine Brüder?«

»Gloucester ist ein Bastard«, erklärte Simon. »Der alte Henry hatte zwei Dutzend Bastarde, behauptete mein Vater immer, und er hat sie zu Earls of Gloucester und Cornwall und was weiß ich wo gemacht. Jedenfalls, als er starb, brachen die Lords ihren Eid und setzten ihren Cousin Stephen auf den Thron.«

»Der *ihr* Treue geschworen hatte«, warf King Edmund entrüstet ein. »Es ist eine verkehrte Welt ...«

»Mag sein, aber der Eroberer war Stephens Großvater ebenso wie Mauds, und die Lords wollten Stephen nun einmal lieber auf dem Thron als sie«, entgegnete Simon hitzig. »Weil sie ihn kannten – im Gegensatz zu ihr – und vor allem, weil sie nicht wollten, dass Mauds Gemahl, Geoffrey von Anjou, die Macht über England gewinnt. Und recht hatten sie. Er ist ein machtgieriger Blutsauger. Und Stephen ist ein guter König. Ein Ehrenmann. Es ist nicht seine Schuld, dass dieser Krieg mit solcher Erbitterung und Grausamkeit geführt wird.«

Regy schnaubte. »Es ist sehr wohl seine Schuld, denn er ist ein Waschweib und kann sich nie dazu durchringen, seine Feinde mit der nötigen Härte niederzuringen. Darum nimmt dieser blöde Krieg kein Ende. Und Tatsache bleibt: Dieser Ehrenmann und die übrigen Lords brachen ihren Eid und verstießen gegen den letzten Willen des Königs. Als Kaiserin Maud nach England kam, um ihr Recht zu fordern, bekamen manche von ihnen kalte Füße und schlossen sich ihrer Sache an.«

Simon nickte unwillig. »Vor allem ihr Halbbruder, der Earl of Gloucester, der ein hervorragender Soldat ist. Und so brach der Krieg aus. König David von Schottland – Kaiserin Mauds

Onkel – überschritt die Grenze und sicherte den Norden für sie. Ihr Bruder Gloucester den Südwesten. König Stephen kontrolliert den Südosten. Um den Rest führen sie Krieg. Und das seit über acht Jahren.«

Losian war aufgestanden und hatte brauchbares Holz zusammengesucht, dabei aber aufmerksam gelauscht. »Wie kann es sein, dass der alte König eine Tochter und zwei Dutzend Bastarde hatte, aber keinen legitimen Sohn? Was für eine Ironie des Schicksals«, bemerkte er.

»Nun ja, es gab einen Thronfolger, Prinz William Ætheling«, antwortete Simon. »Aber der ist schon lange tot. Ertrunken auf dem Rückweg von der Normandie nach England. Viele gute Männer sind damals ertrunken, als das *White Ship* unterging und … Losian?«

»Was ist mit ihm?«, fragte King Edmund erschrocken.

Losian war mit dem Rücken zu ihnen stehen geblieben, wie erstarrt, und dann ohne jede Vorwarnung zusammengebrochen.

Die Zwillinge tauschten einen verwunderten Blick und beugten sich dann über ihn. »Bewusstlos«, berichtete Wulfric über die Schulter. »Völlig weggetreten«, fügte sein Bruder hinzu.

»Tja, es war ein bisschen einschläfernd, wie du die Geschichte erzählt hast, Simon«, befand Regy. »Aber *so* schlimm war sie nun auch wieder nicht.«

Losian erwachte aus einem ungewöhnlich lebhaften, wunderschönen Traum, den er aber auf der Stelle vergessen hatte, und setzte sich auf. »Was …« Er sah in die Gesichter, die ihn umringten, manche besorgt, manche verdutzt, und winkte verlegen ab. »Kein Grund zur Beunruhigung. Es ist … Das muss der Hunger sein. Nun stiert mich nicht an, als wär mir ein zweiter Kopf gewachsen.«

Er wusste noch genau, wovon sie gesprochen hatten. Und er spürte kein Unbehagen oder gar die lauernde Angst. Nur einen leichten Schwindel, der nicht einmal unangenehm war.

Simon betrachtete ihn kritisch. »Du warst … ziemlich tief abgetaucht. Man konnte dich nicht atmen sehen.«

Losian verdrehte ungeduldig die Augen. »Und wenn schon. Wie du siehst, weile ich noch unter den Lebenden. Erzähl weiter.«

Er nahm seinen hölzernen Löffel vom Gürtel, tauchte ihn in das Kohlfass und gab vor, die Blicke nicht zu bemerken, die die anderen tauschten. Schließlich folgten sie seinem Beispiel und begannen zu essen. Wie immer teilten die Zwillinge ihre Ration mit ihrem Hund, der ebenso hungerte wie die Menschen und sich darum dankbar auf den Sauerkohl stürzte.

»Es gibt nicht viel mehr zu erzählen«, sagte Simon. »Vor sechs Jahren gab es in Lincoln eine große Schlacht. König Stephen verlor und geriet in Gefangenschaft. Aber wenig später geriet Gloucester ebenfalls in Gefangenschaft, und sie wurden gegeneinander ausgetauscht. Alles ging wieder von vorn los. Bei ihrer Flucht aus Oxford vor ein paar Jahren wäre auch die Kaiserin beinah ihren Feinden in die Hände gefallen, und seither verschanzt sie sich in Devizes Castle und rührt sich nicht mehr.«

»Der Krieg schleppt sich lustlos dahin, und die Lords machen, was sie wollen«, fasste Regy zusammen. »Ich schätze, viele haben begriffen, dass sie ganz gut ohne einen König zurechtkommen – ohne eine Königin allemal –, und sonnen sich viel lieber in ihrer uneingeschränkten Macht, als einen der Kontrahenten zu unterstützen, dem sie sich dann irgendwann wieder unterwerfen müssten, wenn der Krieg aus wäre.«

»Aber wenn es keinen König gibt, wer soll dann das Recht verkörpern?«, wandte Simon ungeduldig ein.

Regy zwinkerte ihm zu. »Niemand. Das ist ja das Großartige.«

Simon machte eine ausholende Geste, die das ganze niedergebrannte Dorf umschloss. »Ich weiß wirklich nicht, was du so erheiternd daran findest, dass so etwas hier geschehen kann. Ungestraft und ungesühnt.«

»Wirklich nicht?«, fragte King Edmund. Er betrachtete

Regy mit unverhohlenem Abscheu, was ihm nicht ähnlich sah. »Dann erkläre ich es dir, Simon de Clare: Dies ist die Anarchie. Die Rechtlosigkeit und das Chaos, auf denen der Satan sein Reich zu errichten gedenkt. Und das ist es, was Regy herbeisehnt.«

Die anderen bekreuzigten sich, und Regy lächelte verträumt vor sich hin.

Norwich, April 1147

»Schert euch weg«, befahl der Torwächter. »Bettler, Krüppel und hungrige Köter haben wir weiß Gott genug in der Stadt.«

King Edmund baute sich vor ihm auf. Seine Statur war nicht sonderlich beeindruckend, seine Missbilligung hingegen schon. »Du solltest dich besinnen, mein Sohn«, riet er streng. »Ich komme aus dem Kloster St. Pancras, das weit fort von hier in Northumbria liegt. Der ehrwürdige Abt schickt mich mit diesen bedauernswerten Kranken zum ehrwürdigen Prior des hiesigen Klosters, der ein berühmter Heiler sein soll, um seinen Rat einzuholen, was wir für sie tun können.«

Der Torwächter, ein alter Haudegen mit gefurchter Stirn und einer roten Knollennase, ließ den Blick abschätzig über das abgerissene Häuflein schweifen. »Wie wär's mit Notschlachten?«, schlug er dann vor.

Sein Kamerad, ein junger Kerl in einem viel zu weiten Kettenhemd, prustete los, schlug sich aber schuldbewusst die Hand vor den Mund, als Edmunds Blick auf ihn fiel.

Losian trat einen Schritt vor. Er nahm die Kette kurz, sodass Regy neben ihm einherstolperte. Der stieß einen zischenden Fluch aus und bedachte Losian mit einem Blick blanker Mordgier.

»Ich bin zufällig mit dem guten Bruder zusammen gereist«, erklärte Losian dem alten Wachmann. »Mein Auftrag ist es, diesen Mann hier dem Sheriff zu übergeben, denn er ist ein Mörder und sehr gefährlich.«

Die Verächtlichkeit des Wächters wich einer beinah unterwürfigen Verbindlichkeit, die, so wusste Losian, allein seinen feinen Kleidern und Waffen geschuldet war.

»Ihr könnt selbstverständlich passieren, Mylord«, versicherte der Torhüter.

Losian schüttelte knapp de Kopf. »Wir werden alle passieren, Freundchen, oder ich bringe dieses Ungeheuer in Menschengestalt in eure Stadt und lass es dort los. Dann sind eure Straßen morgen früh ein See aus Blut, ich schwör's bei Gott.«

Die Wächter tauschten einen Blick. Verstohlen begutachteten sie Regy aus dem Augenwinkel, der sich einen Spaß daraus machte, die Zähne zu fletschen und zu knurren wie ein Wolf. Es war eine alberne Posse, aber es reichte, um die Torwachen zu überzeugen.

»Also schön«, brummte der Alte und winkte sie angewidert durch. »Aber macht hier ja keinen Ärger.«

Erleichtert durchschritten die Wanderer das mächtige hölzerne Stadttor und schauten sich mit großen Augen um.

Losian hatte keinerlei Erinnerung daran, je in Norwich oder einer anderen Stadt gewesen zu sein, aber das musste er wohl, denn er empfand weder den Schrecken, der sich beinah komisch auf den Gesichtern der Zwillinge abzeichnete, noch die moralische Entrüstung, die King Edmunds Miene ausdrückte.

Dicht an dicht standen hölzerne Wohnhäuser und Kirchen entlang der schlammigen Straße, die vom Stadttor zum Fluss führte. Wohin man blickte, sah man Menschen, und alle schienen eilig und geschäftig. Die Laufburschen der vielen Tuchmacher lieferten mit Handkarren ihre Waren aus. Zwei prachtvoll gekleidete Bürger kamen hoch zu Ross daher, die elegant behüteten Köpfe zusammengesteckt und offenbar in ein wichtiges Gespräch vertieft. Eine ärmliche Schar betrat eine ebenso ärmliche kleine Kirche zur Vesper.

Es war nicht einmal der Gestank von so vielen Menschen und ihrem Vieh, den Losian überwältigend fand, sondern vielmehr der Lärm, den sie verursachten. Rumpelnde Karrenräder, das Läuten einer Glocke, das gewiss von der Klosterkirche kam, Hufschlag, Quieken von Schweinen, Meckern von Ziegen und Gackern von Hühnern und lauter als alles andere das Gewirr menschlicher Stimmen, das von den Straßen selbst aufzusteigen und aus jedem Haus zu kommen schien. Hin und wieder hob sich ein Laut über die anderen hinweg, wie das schrille Lachen eines Kindes oder ein Ausruf des Zorns, doch meist vermischte sich alles zu einem undefinierbaren Getöse.

King Edmund bekreuzigte sich langsam. »Gott und der Herr Jesus Christus mögen uns beistehen.«

»Oh, nun komm schon«, schalt Simon und sah sich mit erwartungsvoll leuchtenden Augen um. »So schlimm ist es auch wieder nicht.«

»Und wohin jetzt?«, fragte Wulfric. Er tätschelte Grendel beruhigend den Zottelkopf, denn der große Hund drängte sich mit eingeklemmtem Schwanz an seine Herrn. Er schien die Stadt noch weniger zu mögen als King Edmund.

»Ins Kloster«, antwortete dieser und zeigte in die Richtung, aus welcher der Glockenklang kam.

»Du weißt, wie ich darüber denke«, entgegnete Losian. »Aber wenigstens zur Klosterkirche sollten wir gehen, denn dort können wir betteln.«

»Einen schönen Bettler gibst du ab in de Laigles feinem Bliaut«, spottete Regy.

Losian wusste selbst, dass er Argwohn erregen würde. Und er war auch keineswegs sicher, dass er in der Lage war, sich vor einer Kirche in den Staub zu hocken und den Betern, die aus dem Gotteshaus kamen, flehend die Hand entgegenzustrecken. Aber es war drei Tage her, dass sie in dem niedergebrannten Dorf kampiert hatten, und seither hatte keiner von ihnen etwas gegessen. Der Hunger, nahm er an, würde ihn schon demütig genug machen, um zu betteln.

»Los, bewegt euch, wir erregen Aufsehen«, murmelte Simon.

»Aber wieso nur?«, fragte Regy und sah sich herausfordernd

um. »Was glotzt du denn so, du hässliche Vettel?«, schnauzte er eine Frau in ärmlichen Kleidern an, die stehen geblieben war, um sie zu begaffen.

Losian ruckte an der Kette. »Vergebt ihm, Mistress, er kann einfach nicht anders.« Hastig zerrte er Regy die Straße entlang, und die anderen folgten.

Sie kamen an eine Straßenkreuzung. Rechts führte ein Weg zu der großen steinernen Festung, die Losian für sein Leben gern sehen wollte. Geradeaus ging es weiter zum Fluss und dem Zentrum der großen Stadt, wo das Kloster mit der neuen Kirche lag. Sie sei noch nicht ganz fertig, hatte Simon erzählt, aber bereits geweiht und weit über die Stadtgrenzen hinaus für ihre Pracht und Schönheit berühmt. Der wundervolle weiße Kalkstein, aus dem sowohl die Kathedrale wie auch die Burg gebaut waren, sei eigens aus Caen in der Normandie hergeschafft worden. Losian hatte die vage Hoffnung, dass er selbst, der Junge und vielleicht sogar die Zwillinge auf der Baustelle Arbeit finden würden.

»Losian«, rief Wulfric hinter ihm; es klang erschrocken.

Losian wandte sich um. Die Zwillinge waren stehen geblieben und beugten sich über Oswald, der zusammengekrümmt im Straßenstaub lag.

»Was denn, die nächste Ohnmacht?«, fragte Regy ungläubig. »Ihr seid schlimmer als eine Schar Novizinnen …«

Losian zerrte ihn mit sich zurück, warf Wulfric die Kette zu und kniete sich hin. »King Edmund, schnell.«

Oswald hatte die Augen zugekniffen und die linke Hand auf die Brust gepresst. Schweiß stand auf seiner Oberlippe, und er stöhnte.

Edmund hockte sich neben Losian. »Was ist mit ihm?«

»Ich weiß es nicht«, murmelte Losian gedämpft. »Es sieht beinah aus wie bei Simon.«

»Nein«, widersprach dieser. »Er krampft nicht. Er krümmt sich, weil er Schmerzen hat.«

Losian legte Oswald die Hand auf die Schulter. »Was hast du, mein Junge?«

Oswald schlug die Augen auf und sah ihn an. Er konnte nicht sprechen, aber in seinem Blick lag ein Flehen, das Losian die Kehle zuschnürte.

»Lasst ihn uns zum Kloster tragen«, schlug King Edmund vor, scheinbar die Ruhe selbst. »Wenn irgendwer ihm helfen kann, dann die Brüder dort.«

Losian zögerte. Er wusste, sie hatten jetzt keine Zeit, das ewig gleiche Streitgespräch über Klöster zu führen, aber an seinen Bedenken hatte sich nichts geändert.

»Kann ich Euch vielleicht behilflich sein?«, fragte eine fremde Stimme auf Normannisch.

Losian fuhr herum und blinzelte verwundert. Vor ihm stand eine höchst seltsame Erscheinung: ein Mann in einem langen, dunklen Gewand mit einem bärtigen Gesicht, langen Haarsträhnen vor den Ohren und einem eigentümlich spitzen Hut. Die dunklen Augen verharrten nur einen Moment auf Losian, ehe der Blick sich auf Oswald richtete.

»Wir könnten weiß Gott Hilfe gebrauchen«, antwortete Losian. »Dieser Junge hier ist völlig entkräftet und hat …«

Der Mann mit dem eigentümlichen Hut hob eine Hand, um ihn zum Schweigen zu bringen, kniete sich neben Oswald auf die Erde und drückte sein Ohr auf dessen Brust. Das wird immer sonderbarer, dachte Losian und versuchte das Gefühl von Unwirklichkeit abzuwehren, das ihn beschleichen wollte.

Der Fremde hob den Kopf. »Es ist sein Herz«, erklärte er knapp. »Schnell. Hebt ihn auf und folgt mir.«

Losian schob einen Arm unter Oswalds Knie, einen unter seine Schultern und hob ihn hoch. Es ging besser als erwartet. Sie alle waren mager geworden, aber Oswald, so kam es ihm mit einem Mal vor, war ausgemergelter als alle anderen. Er schien kaum mehr als ein Kind zu wiegen. »Na los, kommt schon«, raunte er den anderen zu. »Pass ja auf die Kette auf, Wulfric.«

Dann folgte er dem seltsamen Mann, der die Straße Richtung Burg eingeschlagen hatte.

»Losian, weißt du, was für ein Kerl das ist?«, protestierte King Edmund gedämpft, der neben ihm herlief.

»Was meinst du?«

»Er meint, dass Oswalds Wohltäter ein Jude ist«, mischte Regy sich ein. »Und die Angelsachsen halten keine großen Stücke auf die Juden, weil sie glauben, das Blut Jesu Christi klebe an ihnen.« Er hatte Normannisch gesprochen und sich keinerlei Mühe gegeben, die Stimme zu senken.

Doch der jüdische Mann, der mit eiligen Schritten vor ihnen einherging, gab durch nichts zu erkennen, ob er ihn verstanden hatte. Er führte sie ein Stück Richtung Burg, bog dann nach rechts in eine Gasse und hielt vor einem großzügigen, solide gebauten Haus. Im Türpfosten war eine kleine, viereckige Öffnung, die er mit den Fingern der Rechten berührte, die er dann mit ein paar fremdländischen gemurmelten Worten kurz an die Lippe führte. Erst als er den Riegel zurückzog und die Tür öffnete, sagte er zu Regy: »Es gibt auch genügend Normannen, die das glauben.« Seine Stimme war vollkommen ausdruckslos, genau wie seine Miene.

Regy schenkte ihm ein schauriges Lächeln. »Nun, falls es so ist, nehme ich Euch nichts übel.«

»Halt endlich die Klappe«, knurrte Losian. Ein wenig linkisch wegen der Last in seinen Armen verneigte er sich vor ihrem Gastgeber. »Ich bitte um Vergebung.«

»Legt den Jungen da vorn auf das Lager«, bekam er zur Antwort.

Losian sah in die gewiesene Richtung und entdeckte in einem Alkoven neben einem kleinen Herd ein Bett mit einer wollenen Decke darauf. Er legte Oswald darauf nieder und trat zurück, um dem Mann Platz zu machen. Dann fiel ihm etwas ein, das er offenbar irgendwann einmal über Juden gehört hatte – vermutlich im Heiligen Land. »Seid Ihr ein …« Wie hieß doch das Wort gleich wieder? »Arzt?«

»So ist es. Josua ben Isaac.«

Losian rätselte über diese letzten Worte und erkannte mit einiger Verspätung, dass der Mann sich ihm vorgestellt hatte.

Er wusste überhaupt nicht, wie er diese seltsame Situation handhaben sollte, wie diesem unheimlichen Fremden begegnen, aber er erwies ihm zumindest die gleiche Höflichkeit. »Man nennt mich Losian.«

Josua ben Isaac ignorierte ihn vollkommen. Er hatte das Ohr wieder an Oswalds Brust gepresst und lauschte. »Das ist nicht gut«, murmelte er vor sich hin. Er beugte sich über Oswalds Gesicht und fächelte mit der Hand, als wolle er den Atem des Kranken schnuppern, horchte seinem rasselnden, mühsamen Keuchen, fühlte seine Hände und die Stirn. Ohne Oswalds Hand loszulassen, sagte er zu Losian: »Sein Herz ist schwach. Viele Menschen, die mit seinem Gebrechen geboren werden, haben ein schwaches Herz. Ich weiß nicht, wieso. Hat er vielleicht eine große Anstrengung vollbracht? Oder hatte er ein zehrendes Fieber?«

»Wir sind seit Wochen auf Wanderschaft«, erklärte Losian. »Ihn hat es mehr angestrengt als die anderen.«

Josua nickte knapp. »Natürlich. Weil sein Herz viel schneller schlagen muss als Eures. Er braucht Ruhe, Schonung und Nahrung. Ich kann ihm ein Stärkungsmittel geben, aber es ist gut möglich, dass er trotzdem stirbt.«

Losian verließ sich auf seine Intuition, so wie er es beim Schwertkampf mit de Laigle getan hatte. »Tut, was Ihr für richtig haltet, Josua ben Isaac. Aber ich kann Euch Euer Stärkungsmittel nicht bezahlen.«

Ein humorloses Lächeln huschte über das zerfurchte Gesicht. »Fürs Erste will ich nur Euer Wort, dass Ihr nicht Euer Schwert gegen mich zieht, falls der Junge stirbt.«

»Ihr habt mein Wort.«

»Dann gesellt Euch zu Euren interessanten Freunden und lasst mich meine Arbeit machen.«

Losian trat beiseite, um ihn nicht zu stören, und weil ihm ein bisschen vor den Zaubersprüchen gruselte, die der Arzt gewiss vor sich hinmurmeln würde. Doch Josua ben Isaac tat nichts dergleichen. Genau wie die Zwillinge, Simon, King Edmund, Regy und Luke sah Losian fasziniert zu, während der jüdische

Arzt Oswald behutsam die Brust massierte. Der Kranke schien ein wenig ruhiger zu atmen, und die beängstigende Blautönung seiner Haut ging zurück.

Josua ben Isaac wandte sich ab und füllte einen Zinnbecher zur Hälfte mit rotem Wein aus einem Krug auf dem Tisch neben der Tür. Dann holte er einen kleinen irdenen Topf von einem Wandbord, wo mindestens zwei Dutzend weiterer Gefäße ordentlich aufgereiht standen. Der Topf war mit einem Stück Leder verschlossen, das fest gespannt und mit Schnur umwickelt war, sodass es dicht saß. Der Jude öffnete den Verschluss, entnahm dem Topf eine winzige Prise eines gräulichen Pulvers und streute es in den Wein.

»Losian, ich weiß nicht …«, zischte King Edmund skeptisch.

Oswald teilte seine Meinung offenbar, denn als Josua seinen Kopf anhob und ihm den Wein einflößen wollte, fing er leise an zu jammern und drehte den Kopf weg. Der Arzt sprach beruhigend auf Normannisch zu ihm, aber Oswald konnte ihn nicht verstehen und wurde immer ängstlicher.

Losian trat hinzu. »Vielleicht wäre es besser, Ihr ließet mich das machen«, schlug er vor.

Josua nickte und drückte ihm den Becher in die Hand.

Losian hockte sich neben dem Lager auf den sauber gefegten Dielenboden und legte die Linke auf Oswalds Hand. »Es ist ein Trank, von dem dir besser wird«, erklärte er leise.

»Der Mann sieht gruselig aus«, murmelte Oswald.

»Aber er will dir helfen«, versicherte Losian. »Hier, schau her.« Er führte den Becher an die Lippen und nahm einen winzigen Schluck. Guter Wein, bemerkte er flüchtig, wenn auch mit einem bitteren Beigeschmack. »Siehst du? Du kannst es trinken, Oswald, du hast mein Wort.« Er stützte den Kopf des Kranken und setzte den Becher an. Dieses Mal öffnete Oswald die Lippen, und Losian kippte ein wenig schneller, als vernünftig war, damit der Trank herunter war, ehe der Junge die Bitterkeit bemerkte.

Oswald verzog das Gesicht, protestierte aber nicht. Seine Augen fielen schon wieder zu. Er war am Ende seiner Kräfte.

Losian drückte ihm kurz die Hand. »Davon wird dir besser, du wirst sehen. Du kommst im Handumdrehen wieder auf die Beine.«

Er stand auf und gab Josua ben Isaac den Becher zurück. »Habt Dank.«

Der Arzt winkte ab. »Morgen früh werden wir wissen, ob es geholfen hat. Ist es noch weit bis ans Ziel Eurer Reise?«

»Unsere Reise hat kein Ziel«, gestand Losian untypisch freimütig. Es war gerade die Fremdartigkeit dieses Mannes, die es ihm leicht machte, ihm zu trauen.

Josua zog die buschigen Brauen in die Höhe. »Das heißt, Eure Reise ist eine Flucht?«

Losian sah ihm in die Augen. »Ja. Aber es ist nicht das Gesetz, vor dem wir fliehen.«

Der jüdische Arzt ließ den Blick über die seltsamen Wanderer schweifen und schien ein paar Schlüsse zu ziehen. »Ich verstehe.«

»Seid so gut und sagt mir, was ich tun kann, um mich für Eure Hilfe erkenntlich zu zeigen, Josua ben Isaac, und wenn es getan ist, werden wir weiterziehen und Euch nicht länger behelligen.«

Josua lächelte, und um seine Augen bildeten sich Kränze tiefer Falten, die ihm etwas unerwartet Verschmitztes verliehen. »Was Ihr für mich tun könnt, ist, genau das nicht zu tun. Seid ein paar Tage meine Gäste. In diesem Haus ist reichlich Platz, denn mein Bruder, mit dem ich es teile, ist mit meinem Sohn auf Reisen. Ruht Euch ein wenig aus und sammelt neue Kräfte.«

»Wozu?«, fragte Regy argwöhnisch und reckte angriffslustig das Kinn vor. »Was wollt Ihr mit einem Haufen Krüppel und Narren in Eurem Haus?«

Losian ruckte an der Kette. »Ich hab dir gesagt, du sollst die Klappe halten.«

Regy fuhr wütend zu ihm herum. »Aber ich lass mir von dir nicht den Mund verbieten, und ich lasse mich auch nicht herumzerren wie ein verfluchter Kettenhund, du erbärmlicher Schwachkopf!«

Josua zeigte sich von dem rüden Austausch gänzlich unbeeindruckt. »Euer Freund hat recht«, eröffnete er Losian.

»Er ist alles andere als mein Freund, glaubt mir«, stieß der hervor.

»Nun, wie dem auch sei. Meine Einladung ist mit einer Bedingung verknüpft.«

»Und zwar?«

»Ich möchte Euch und jeden Eurer Gefährten untersuchen.«

Losian schwieg, unsicher, was »untersuchen« zu bedeuten hatte.

Der Arzt schien seine Gedanken zu erraten. »Ihr habt mein Wort, es ist harmlos und geht ohne Blutvergießen vonstatten«, versicherte er mit einem Hauch von Spott.

Losian lächelte beschämt. »Gestattet mir, das mit meinen Gefährten in ihrer Sprache zu erörtern.«

»Gewiss.«

Simon, Godric und Wulfric waren dafür. Luke war skeptisch, folgte aber wie üblich Losian, der sich ebenfalls dafür aussprach, die seltsame Einladung anzunehmen. »Wenn irgendetwas passiert, was uns nicht geheuer ist, können wir jederzeit verschwinden«, hielt er den Zweiflern entgegen. »Was riskieren wir schon?«

King Edmund war erwartungsgemäß strikt dagegen. »Unser Leben und unser Seelenheil«, antwortete er gedämpft und warf Josua so misstrauische Blicke zu, dass der mit Sicherheit ahnte, was der hagere Angelsachse sagte, selbst wenn er die Worte nicht verstand. »Diese Menschen sind unrein und sündig. Es ist eine Falle, glaub mir. Sie führen grauenhafte Riten durch, bei denen sie Christenblut trinken.«

Losian wurde ein wenig unbehaglich. »Woher weißt du das?«

Die Frage schien King Edmund aus dem Konzept zu bringen. Er überlegte einen Moment, dann winkte er ärgerlich ab. »Das weiß doch jeder«, behauptete er.

Losian betrachtete ihn kopfschüttelnd. »Dummes Gerede, nichts weiter«, gab er abschätzig zurück.

»Das ist es nicht!«

»Wir bleiben«, beschied Losian mit mehr Überzeugung, als er tatsächlich empfand. »Wenn wir jetzt weiterziehen, ist Oswald morgen früh tot. Er braucht Ruhe, und wir alle brauchen etwas zu essen.«

»Da hat er recht, Edmund«, meldete Luke sich angstvoll zu Wort. »Sonst wacht sie auf. Ich will nicht, dass sie aufwacht.«

Regy, dem es vollkommen gleichgültig zu sein schien, ob sie blieben oder weitergingen, verschränkte die Arme und bedachte Edmund mit einem herablassenden Lächeln. »Jetzt stehst du allein da, Heiligkeit.«

King Edmund war zu beunruhigt, um sich gebührend zu entrüsten. Denn es stimmte: Er war der Einzige, der nicht in diesem Haus bleiben wollte, und vermutlich wusste er, dass er seine Gefährten nicht überzeugen würde. »Wir werden das bereuen«, prophezeite er grantig.

»Wie wär's, wenn du allein weiterziehst?«, schlug Regy liebenswürdig vor. »Ich könnte so richtig gut auf dein frömmelndes Getue verzichten.«

»Ja«, gab Edmund zurück. »Und du würdest mir auch nicht fehlen, glaub mir. Aber es wäre gegen Gottes Plan, wenn ich euch verließe.«

»Tja. Da kann man nichts machen«, erwiderte Regy seufzend.

Edmund wandte sich an Losian. »Du wirst noch einsehen, dass ich recht hatte.«

Losian nickte knapp. »Ich bin überzeugt, wenn es dazu kommt, wirst du über die Maßen zufrieden sein.«

»Ja, wenn wir nicht alle tot sind«, knurrte King Edmund.

Es dämmerte, als Losian auf die Gasse hinaustrat. Der Apriltag war sonnig und windig gewesen, aber mit dem Abend zogen Wolken auf, und die Böen wurden ungemütlich.

Er hatte eine Zeit lang bei Oswald gewacht, bis Simon gekommen war, um ihn abzulösen und zu berichten, dass Regy in einem leeren Tuchlager mit einer äußerst stabilen Tür eingesperrt sei – allein, so wie er selbst und vor allem seine Gefährten es vorzogen. Die anderen hockten in der Kammer im Obergeschoss des Hauses, zu der Josua sie geführt hatte, und stritten. Der Raum war licht und sauber, aber nicht groß. Losian verspürte nicht die geringste Neigung, sich seinen Gefährten schon wieder anzuschließen, also hatte er beschlossen, sich im Judenviertel ein wenig die Beine zu vertreten und vielleicht doch noch einen Blick auf die nahe gelegene Burg zu erhaschen.

In den Gassen war es still, denn der Tag ging zu Ende, und vermutlich setzten auch Juden sich um diese Zeit zum Nachtmahl. Jedenfalls stiegen ihm an beinah jedem Haus verführerische und fremdländische Düfte in die Nase, und sein leerer Magen, der es seit gestern aufgegeben hatte, Krach zu schlagen, meldete sich vernehmlich zurück. Ein paar Schritte vor Losian rannten zwei kleine Jungen um die Wette zur Tür eines Hauses. Als sie gleichzeitig ans Ziel gelangten, lachten sie – übermütig und außer Atem –, bis die Tür sich öffnete und eine Frauenstimme sie in einer fremden Sprache ausschimpfte. Die gescholtenen Knirpse huschten mit gesenkten Köpfen über die Schwelle, aber Losian sah sie ein Grinsen tauschen, ehe die Tür sich schloss.

Er ertappte sich bei einem wehmütigen Lächeln. Ihm war nicht bewusst, dass es Normalität und Geborgenheit waren, von denen diese Szene sprach, denn er hatte beide vergessen. Aber er spürte, dass es irgendetwas Gutes sein musste, und mit einem Mal erschien ihm sein Entschluss, in Josua ben Isaacs Haus zu bleiben, nicht mehr wie eine leichtsinnige Verzweiflungstat.

Er bog nach links in eine breitere Straße, kam an einen Platz mit einem großen Bauwerk, das wie eine Kirche aussah und doch wieder nicht, als aus der Gasse am anderen Ende des Platzes ein junges Mädchen und ein Knabe gelaufen kamen, die sich an den Händen hielten. Dicht auf den Fersen folgte ihnen ein halbes Dutzend halbwüchsiger Rabauken, die das Paar mit Steinen und Dreck bewarfen und johlten, wenn sie ein Ziel trafen.

Vor dem Brunnen auf der Platzmitte hielten die Verfolgten an, und der Junge stellte sich vor das Mädchen und breitete die Arme aus. »Lasst sie zufrieden!«, rief er auf normannisch, und man konnte hören, dass Zorn und Furcht um die Oberhand rangen. »Macht das mit mir aus, ihr Feiglinge!«

Die Rabauken waren Angelsachsen, aber sie hatten ihn offenbar sehr gut verstanden. Sie hatten angehalten, und der Anführer schlenderte noch zwei Schritte näher. »Wen nennst du hier Feigling, Judenbalg, he?« Er warf ihm einen Pferdeapfel mitten ins Gesicht.

Der Junge schreckte zurück und prallte hart gegen das ältere Mädchen in seinem Rücken. Der Anführer wollte sich auf ihn stürzen, als eine Hand sich wie eine Eisenschelle um seinen Arm legte und ihn zurückriss.

»Dich«, sagte Losian. »Und allem Anschein nach hat er recht. Oder wie würdest du einen Kerl nennen, der fünf Kumpane braucht, um ein Mädchen und ein Knäblein zu drangsalieren, das nicht älter als acht sein kann, hm?«

Der Bengel war ein hartgesottener Gassenjunge und nicht so leicht einzuschüchtern. »Älter war der kleine William auch nicht, als die Juden ihn sich geholt und abgeschlachtet und sein Blut gesoffen haben«, gab er zurück. Mit einem Ruck versuchte er, seinen Arm zu befreien, aber vergeblich.

Losian unterdrückte ein Schaudern. Das hatte gefährliche Ähnlichkeit mit den Anschuldigungen, die King Edmund erhoben hatte. Er stieß den Jungen unsanft von sich. »Pack dich. Und wenn du weißt, was gut für dich ist, lässt du dich hier nicht noch einmal blicken.«

Die kleine Rotte verdrückte sich, nicht ohne Losian über die Schulter finstere und herausfordernde Blicke zuzuwerfen.

Der tapfere kleine Beschützer hatte inzwischen zu heulen begonnen, fuhr sich heftig mit beiden Händen übers Gesicht, um den Pferdemist abzuwischen, und erreichte nur, dass alles noch ein wenig besser verteilt wurde.

Das Mädchen hatte die Hand auf seine Schulter gelegt und sprach beruhigend auf ihn ein. Sie stand kerzengerade, und

Losian war beeindruckt von der Würde, die sie ausstrahlte. Er verstand sie so wenig wie die besorgte Mutter, die er eben gehört hatte, aber er fand die Worte klangvoll und die Stimme melodisch.

Dann sah sie ihn an, und ein kleines Lächeln lauerte in ihren Mundwinkeln, obwohl der Blick der dunklen Augen ernst war, beinah kummervoll. »Habt Dank, Monseigneur.«

Losian kannte das Wort »atemberaubend«. Aber bis zu diesem Tag war ihm seine Bedeutung nie klar gewesen. Jetzt machte sein Herz einen merkwürdigen kleinen Satz, und für einen furchtbaren Moment war es, als könne er keine Luft mehr holen. Dieses plötzliche Stocken verging so schnell, wie es gekommen war, sodass er hoffte, sie habe es nicht bemerkt. Es war nicht einmal ihre Schönheit, die ihm den Atem verschlug, obwohl sie in der Tat ein sehr schönes Mädchen war. Sie trug ein eigenartiges, weit fallendes Kleid aus dunkelblauem Tuch mit weiten Ärmeln, und ein weißes, langes Tuch bedeckte Kopf und Schultern und wallte über ihren Rücken hinab, sodass nur ein Ansatz dunkler Haare in der Stirn zu sehen war. Trotz der schmucklosen Schlichtheit der Gewänder erschien sie ihm wie eine Königin mit ihrem hoch erhobenen Haupt und ihrer Ruhe, die ihm unerschütterlich vorkam. Aber vor allem war es der Ausdruck in ihren dunklen Augen. Er konnte nicht beschreiben, was er dort gesehen hatte, aber was immer es war, es brachte etwas in seinem tiefsten Innern zum Klingen. Seine Seele vielleicht.

Und mit einem Mal überkam ihn der grausige Verdacht, dass genau diese Seele in all ihrer Hässlichkeit vor diesen Augen bloßlag. Zu hastig senkte er den Kopf, räusperte sich, suchte beinah panisch nach irgendetwas, das er sagen oder tun konnte, und trat schließlich an den Brunnen. Unendlich dankbar für die sinnvolle Beschäftigung zog er einen Eimer Wasser herauf und hielt ihn dem Jungen hin.

Doch der Kleine schüttelte den Kopf und heulte noch ein wenig lauter.

»Mein Bruder ist Euch dankbar für Eure Hilfe, aber wir

dürfen den Brunneneimer nur zum Schöpfen verwenden, weil sonst Gefahr besteht, das Wasser zu verschmutzen«, erklärte sie.

»Verstehe«, antwortete Losian. Er wagte nicht, sie richtig anzuschauen, sah nur kurz in ihre Richtung. »Wie heißt Euer Bruder, Madame?«

»Moses.«

»Mach eine Schale aus deinen Händen, Moses. Ich schütte Wasser hinein, und du wäschst dir das Gesicht. Das machen wir so lange, bis du sauber genug bist, um deiner Mutter unter die Augen zu treten.«

»Meine Mutter ist tot«, murmelte Moses, der so wenig wagte, ihn anzuschauen, wie Losian die große Schwester.

»Das tut mir leid«, sagte dieser nüchtern, »aber mein Angebot steht trotzdem.«

Unsicher schaute der Junge zu seiner Schwester. Das brachte er fertig, ohne den Kopf zu heben. Erst auf ihr Nicken streckte er die zusammengelegten Hände aus, und Losian hob den Eimer.

Es dauerte nicht lange, bis der kleine Moses präsentabel war. Auf Geheiß seiner Schwester wusch er sich schließlich gründlich die Hände, und als er Losian anschaute, waren seine Wangen vom heftigen Rubbeln apfelrot. Er schenkte seinem Retter ein erleichtertes Grinsen mit einer charmanten Zahnlücke. »Danke. Wie heißt du denn eigentlich?«

»Losian.«

»Das ist aber ein komischer Name.«

»Moses …«, mahnte die Schwester.

Doch Losian winkte ab. »Er hat recht. Würdet Ihr mir gestatten, Euch und Euren Bruder nach Hause zu begleiten, Madame? Es ist fast dunkel.«

»Das ist nicht nötig«, wehrte sie ab. »Es ist nicht weit, und wir haben Eure Hilfe schon über Gebühr beansprucht.«

»Keineswegs. Mir wäre wohler.«

Sie lächelte, und Losian nahm ungläubig zur Kenntnis, dass ihm von diesem Lächeln ein klein wenig schwindelig wurde.

Sie hatte einen wundervollen Mund, und die Farbe der Lippen brachte ihm den Geschmack reifer Kirschen in Erinnerung, den er vollkommen vergessen hatte, wie so vieles. Sie wies in die Richtung, aus der er gekommen war. »Also schön. Dort entlang geht es zum Haus von Josua ben Isaac. Er ist unser Vater.«

»Dann haben wir denselben Weg, Madame«, brachte er mühsam hervor und war wenigstens für diesen einen Moment von der Güte Gottes überzeugt.

Sie betraten das Haus nicht durch die Tür, die Losian schon kannte, sondern gelangten durch ein Tor in einen Innenhof, von welchem eine Pforte direkt in eine große Küche führte.

Dort trafen sie auf den Herrn des Hauses, und seine Miene war sturmumwölkt. »Miriam! Wo bist du nur gewesen? Ich habe das Haus voller Gäste und finde den Herd kalt und meine Tochter verschwunden. Wie kannst du …«

»Ich habe Moses von der Schule abgeholt, Vater«, antwortete sie, und sie sagte es mit solcher Ruhe, dass er die Unterbrechung gar nicht zu bemerken schien.

Josua legte die Rechte vor den Mund, sah mit großen Augen von seiner Tochter zu seinem Söhnchen und murmelte zerknirscht: »Es tut mir leid, Moses.«

»Du hast es vergessen«, erkannte der Junge mit einem Seufzer, der eher duldsam als enttäuscht klang.

Josua raufte sich das üppige graue Haar. »Es war ein Notfall.« Er nickte zu Losian, der gleich an der Tür stand und das Gefühl hatte, dass er bei dieser Familienangelegenheit nichts verloren hatte. Und doch ahnte er, dass die Juden nur aus Höflichkeit ihm gegenüber Normannisch sprachen. »Einer seiner Reisegefährten brach auf der Straße zusammen, und ich kam zufällig vorbei.«

Miriam griff zu einem Schürhaken und wandte sich zum Herd. »Man könnte meinen, er durchstreift die Straßen in der Hoffnung, über einen Kranken zu stolpern«, raunte sie der Glut zu.

»Es waren Menschen in Not, Miriam«, erklärte ihr Vater empört.

Sie nickte und drehte sich ohne Eile wieder zu ihm um. »Daran zweifle ich nicht.« Einen Moment sah es so aus, als wolle sie noch mehr sagen, aber sie überlegte es sich anders.

Losian hörte ungläubig, wie er es für sie tat. »Das waren Euer Sohn und Eure Tochter auch. Ein paar junge Burschen auf der Straße wollten ihnen Ärger machen. Gesindel.«

Betroffen sah Josua zu seiner Tochter, dann weiter zu Moses.

Der nickte grimmig. »Es waren die verfluchten *Gojim* von letzter Woche.«

Der Vater atmete hörbar tief durch und strich seinem Sohn über den Kopf. »Das ist schlimm, Moses. Und ich verstehe, dass du zornig bist, aber wir werden niemanden verfluchen, nur weil er nicht jüdisch ist, hast du verstanden?«

»Schon, *Aba*, aber …«

»Nein, es gibt kein Aber, mein Sohn«, unterbrach Josua bestimmt. »Wer hat dir aus der Klemme geholfen, hm?«

Moses ruckte das Kinn in Losians Richtung. »Er.«

»Und was ist er?«

»Ein *Goj*.«

»Da hast du's.«

»Habe ich Anlass, mich beleidigt zu fühlen?«, erkundigte sich Losian, um seine Verlegenheit zu überspielen.

»Nein«, versicherte Josua. »Das Wort bezeichnet lediglich jemanden, der kein Jude ist. Schlimm genug, natürlich, aber wir sehen ein, dass Ihr nichts dafür könnt.«

Alle lachten, aber in Wahrheit war Losian ebenso verwirrt wie befremdet. Sogar er wusste, dass die meisten Christen keine großen Stücke auf Juden hielten und sie bestenfalls mit Herablassung betrachteten. Er wäre in seinen wildesten Träumen nicht auf die Idee gekommen, dass es umgekehrt genauso sein könnte.

»Wenn Ihr erlaubt, werde ich sehen, wie es mit meinen Gefährten steht«, entschuldigte er sich.

Josua nickte. »Schickt den jungen Simon in einer Stunde hierher, um Euer Essen zu holen.«

»Gott segne Euch, Josua ben Isaac.« Losian wandte sich ab. Und du wirst sie nicht anschauen, schärfte er sich ein. Du wirst dich nicht wie der letzte Trottel benehmen. Doch als er über die Schwelle getreten war und die Tür zuzog, wurde er im letzten Moment schwach und sah verstohlen über die Schulter zum Herd.

Ihre Blicke trafen sich.

»Sei doch nicht närrisch, King Edmund, du *musst* essen«, drängte Wulfric und hielt ihm einen halben Brotfladen hin. »Es schmeckt großartig, wirklich.«

Edmund presste für einen Augenblick die Lippen zusammen wie ein trotziges Kind, das seinen Brei nicht will, ehe er erwiderte: »Ich werde kein Brot aus unreiner Hand anrühren.«

»Dann wirst du verhungern«, warnte Godric.

»Ich glaube nicht, dass das Gottes Wille ist. Aber falls doch, so soll er geschehen.« Es waren die Worte des unbeugsamen Märtyrers, aber niemandem entging das Beben in Edmunds Stimme. Er war so ausgehungert wie jeder von ihnen. Und auch sein Fleisch ist schwach, nahm Simon an.

Auf Losians Geheiß hatte er das Essen aus der Küche geholt. Er war unwillig gegangen, denn er hasste es, wie ein Knappe von Losian herumkommandiert zu werden, doch inzwischen war er froh, dass er gehorcht hatte. In der Küche hatte er den Sohn des jüdischen Arztes kennengelernt, einen drolligen kleinen Kerl, der hervorragend normannisch sprach. Und eine Tochter, die ungefähr in Simons Alter war, gab es auch. Zusammen mit einer Magd, einem jüdischen Mädchen aus der Nachbarschaft, hatte sie das Essen bereitet, während Josua und sein Sohn am Tisch saßen und über die Gefangenschaft des Volkes Israel in Ägypten sprachen. Der *Rabbi* in der Schule habe heute davon erzählt, klärte der kleine Moses den Fremden in der Küche auf. Zehn Plagen habe Gott den Ägyptern und ihrem König geschickt, damit sie Gottes auserwähltes Volk ziehen ließen. Die letzte machte Moses anscheinend besonders zu schaffen: Gott hatte jeden erstgeborenen Sohn der Ägypter sterben lassen.

Simon erinnerte sich, dass ihm das auch Angst gemacht hatte, als er ein Knirps gewesen war und die Geschichte zum ersten Mal hörte.

Trotz ihrer eigentümlichen Erscheinung waren die Juden ihm mit einem Mal gar nicht mehr so fremdartig erschienen. Das vertraute Beisammensein der Familie am Ende des Tages, die tüchtige Tochter am Herd, Vater und Sohn am Tisch bei einem frommen Gespräch – all das erschien Simon völlig normal.

Die Tochter hatte ihm schließlich ein schweres Tablett mit einem Eintopf aus Hering und Zwiebeln, Brot und einem Krug Wein überreicht. Es war einfache, aber schmackhafte Kost und vor allem reichlich.

»Wie kommst du auf die Idee, das Essen könnte unrein sein?«, fragte Simon King Edmund. »Diese Menschen sind geradezu lächerlich reinlich. Und sie haben Speisegesetze, die viel strenger sind als unsere Fastenregeln.«

»Woher weißt du das?«, fragte Wulfric verblüfft.

»Mein Vater hat's mir erzählt«, antwortete Simon. »Er hatte häufiger mit den Juden in Lincoln zu tun. Hat für den König Geld bei ihnen geborgt, glaube ich. Jedenfalls sagte er, sie dürften so gut wie gar nichts essen: kein Schweinefleisch, keine Schalentiere und niemals Fleisch und Milch zur gleichen Zeit. Und die Tiere, die sie essen, müssen auch noch auf irgendeine besondere Weise geschlachtet werden …«

»Ihr Essen ist unrein, weil das Blut Jesu Christi an ihren Händen klebt«, unterbrach King Edmund barsch. »Und ihr alle solltet euch schämen, so leicht schwach zu werden und ihre Gaben anzunehmen. Ich kann nur beten, dass sie eurem Leib und eurer Seele keinen allzu großen Schaden zufügen.«

»Das ist genug«, bekundete Losian, und Simon sah in seinen Augen, dass er wütend war. »Josua ben Isaac hat uns große Freundlichkeit und Gastfreundschaft erwiesen. Wenn du sein

Essen nicht willst, bitte. Aber wenn du nicht anders als hasserfüllt und missgünstig über diesen Mann reden kannst, dann schlage ich vor, du hältst den Mund.«

King Edmund war erwartungsgemäß entrüstet. »Sag mal, wie redest du eigentlich mit mir? Ich bin Gottes Auserwählter! Und ich werde wohl noch meiner Pflicht nachkommen und euch vor der Gefährlichkeit dieser Leute warnen dürfen!«

Losian stieß verächtlich die Luft aus, füllte zwei Schalen mit Eintopf, griff nach zwei sauberen Löffeln und stand auf.

»Wo willst du denn hin?«, fragte Simon.

»Regy füttern«, bekam er zur Antwort. »Und Oswald. Er ist schon viel zu lange allein. Wenn er aufwacht und niemand ist bei ihm …«

Er hat recht, musste Simon einräumen. Unter Gewissensbissen gestand er sich ein, dass er den armen Oswald vor lauter Glückseligkeit über das Essen und das ungewohnte Dach über dem Kopf vorübergehend vergessen hatte. Er stand auf und streckte die Hand aus. »Ich übernehme Oswald.«

Losian hob die Brauen und gab ihm eine der Schalen mitsamt Löffel. »Auf einmal so hilfsbereit?«

»Immer dann, wenn du mich nicht scheuchst«, brummte der Junge.

Losian verzog einen Mundwinkel zu einem müden Lächeln, sagte aber nichts. Zusammen verließen sie die Kammer im Obergeschoss und gingen die Treppe hinab.

Oswald lag immer noch auf der Bettstatt neben dem kleinen Herd und schlief. Ein Talglicht brannte auf einem nahen Tisch, und in seinem Schein kam es Simon so vor, als habe Oswalds Gesichtsfarbe die kränkliche Blässe verloren.

Er bewegte sich so geräuschlos wie möglich, doch es dauerte nicht lange, bis seine Anwesenheit den Schläfer weckte.

»Losian?«, fragte Oswald blinzelnd.

Simon legte ihm behutsam die Hand auf die Schulter. »Er ist hier, in diesem Haus. Wie alle anderen. Wie fühlst du dich?«

Oswald setzte sich auf und rieb sich die Augen. Die Frage schien ihn zu überfordern, denn er antwortete nicht. »Ich hab Hunger«, sagte er stattdessen.

»Hier.« Simon streckte ihm die Schale entgegen. »Es schmeckt großartig.«

Oswald war nicht wählerisch. Simon war erleichtert zu sehen, wie emsig der kranke junge Mann zu löffeln begann. »Wie es aussieht, kriegen wir dich noch mal durch, was?«

Oswald schenkte ihm zwischen zwei Löffeln sein strahlendes Lächeln. »Lecker«, befand er.

Simon nickte und fragte sich, wann genau es eigentlich geschehen war, dass er Oswald ins Herz geschlossen hatte. Er erinnerte sich, in den ersten Wochen auf der Insel hatte er sich von dem merkwürdigen Pfannkuchengesicht und der schleppenden Sprechweise abgestoßen gefühlt. Oswalds schiere Existenz hatte ihn mit Verachtung und Wut erfüllt. Jetzt konnte er sich überhaupt nicht mehr vorstellen, warum das wohl der Fall gewesen war.

»Du hast uns einen ganz schönen Schreck eingejagt heute Nachmittag«, bemerkte er.

Oswald hielt mit dem Löffel auf halbem Weg zum Mund inne und sah ihn mit großen Augen an. »Was hab ich gemacht?«, fragte er schuldbewusst.

»Du bist umgekippt. Es ging dir ganz schön dreckig.«

Oswald grübelte einen Moment und nickte dann. »Ich weiß wieder. Losian hat mich getragen. Und ein schwarzer Mann hat mir was zu trinken gegeben.«

»So war's. Wir sind immer noch in seinem Haus. Er nimmt uns für ein paar Tage hier auf, stell dir das vor. Und das, obwohl …« Simon brach ab und hob den Kopf. »Hast du was gehört?«

Oswald schüttelte den Kopf. Aber Simon war früher schon aufgefallen, dass Oswald ziemlich schlecht hörte. Da war es wieder. Ein dumpfes Poltern.

Simon wusste plötzlich genau, woher es rührte, und der Schreck fuhr ihm in die Glieder. Wie gestochen sprang er von der Bettkante auf. »Rühr dich nicht vom Fleck, Oswald. Bin gleich zurück.«

Ehe Oswald protestieren konnte, war Simon hinausgestürzt, den Flur entlanggerannt und kam vor der Tür des Tuchlagers an. Er riss sie auf und verharrte einen Moment, als hätte Gott ihn in eine Salzsäule verwandelt.

Losian und Regy rollten in enger Umklammerung über den Boden, beide keuchten. Verschütteter Eintopf und Blut besudelten die so penibel gefegten Holzdielen. Simon konnte nicht ausmachen, wessen Blut es war, aber er brauchte nicht lange zu rätseln.

»Was glaubst du, wie lange es dauert, Losian?«, fragte Regy, und das diebische Vergnügen in seiner Stimme war unüberhörbar. »Du blutest aus. Ziemlich schnell.«

»Aber noch ist es nicht so weit«, erwiderte Losian grimmig, bäumte sich plötzlich auf und schleuderte Regy herum, sodass er oben zu liegen kam. Er versuchte, sich aufzurichten und Regys Oberarme unter seinen Knien einzuzwängen, aber sein Gegner befreite seinen rechten Arm mit einem Ruck, schmetterte Losian die Faust erst ins Gesicht und dann in den oberen Bauch, die Stelle, von der all das Blut zu kommen schien. Losian bleckte die Zähne – ein grausiger Anblick in dem blutüberströmten Gesicht –, aber Simon konnte sehen, dass seine Kräfte schwanden. Dieses Mal war Regy derjenige, der sich herumschleuderte und auf seinem Gegner zu liegen kam, und dann senkte er den Kopf.

Im ersten Moment begriff Simon nicht, was er vorhatte. Als die Erkenntnis ihn durchzuckte, war das Entsetzen so groß, dass seine Starre sich endlich löste. All seine Instinkte wollten ihn verleiten, sich abzuwenden und zu fliehen. Stattdessen schlich er auf die Kämpfenden zu. Das Blut rauschte ihm in den Ohren, und bei dem Gedanken, was ihm blühte, wenn Regy ihn zu früh bemerkte, verkrampften sich seine Eingeweide. Aber er zögerte nicht. Behutsam, ganz behutsam hob er das lose Ende der schweren Kette auf, nahm seinen ganzen Mut zusammen und zog Regy eins über den Schädel.

Für einen Moment erschlaffte der eben noch so angespannte Körper, und Simon nutzte diesen Augenblick der Benommenheit, um Regy die Kette um den Hals zu schlingen, ihm einen Stiefel ins Kreuz zu drücken und zuzuziehen.

Regy wurde nach hinten gerissen, stieß ein ganz und gar unmenschliches Heulen aus und fing an, sich zu wehren.

Simon wusste, er hatte keine Chance gegen ihn. Nicht nur King Edmund glaubte, dass Regys Bärenkräfte unnatürlich seien und ihm von seinem dunklen Meister verliehen worden waren. Doch ehe Simon in Nöte geriet, kam Losian auf die Füße – nicht so schnell und mühelos wie sonst – und eilte ihm zu Hilfe. Sie zogen die Kette so fest, dass Regy keine Luft mehr für sein Wutgeheul bekam und zu röcheln begann.

»Los, geben wir ihm den Rest«, stieß Simon hervor, packte fester zu und zog mit Macht.

Losian schüttelte wortlos den Kopf, legte ihm die Hand auf den Arm, um ihm zu bedeuten, seinen Zug zu lockern, nahm dann das lose Ende der Kette auf und befestigte es mit dem Schloss an dem Balken, der die Decke des Tuchlagers trug.

»Verflucht noch mal, Losian, er wollte dir die Kehle durchbeißen!«, protestierte Simon. Er war vollkommen außer sich. »Er ist eine Bestie. Kein Umgang für anständige Menschen, genau wie King Edmund immer gesagt hat.«

Losian nahm seinen Arm und zog ihn bis zur Tür, wo sie außerhalb der Reichweite der Kette waren. Regy, der reglos am Boden gelegen hatte, seit das Schloss eingerastet war, und vermutlich den Anschein erwecken wollte, er sei bewusstlos, rührte sich mit einem Mal. Langsam stemmte er sich in die Höhe, hustete, wickelte die Kette von seinem Hals und fuhr sich mit der Linken über die Stelle oberhalb des Halseisens, wo die Glieder sich tief ins Fleisch gedrückt hatten. »Du bist schon richtig kräftig für einen Milchbart deiner Sorte, Simon de Clare«, lobte er aufgeräumt.

Aber Simon kannte Regy inzwischen. Er las die Mordgier im Glimmen seiner Augen. »Warum musstest du das tun, du wertloses Stück Dreck!«, fauchte er. »Er hat dir das Leben gerettet. Er ist immer anständig zu dir.«

»Ich musste es tun, weil ihr mir die Gelegenheit gegeben habt, Bübchen«, klärte Regy ihn auf. »Deine unzertrennlichen Freunde sind schuld, die mich so nachlässig angekettet haben.«

Losian lehnte am Türpfosten. »Ich glaube nicht, dass ich heute noch Neigung verspüre, dir neues Essen zu holen, Reginald. Du wirst bis morgen weiter fasten müssen.«

»Das macht nichts, Herzblatt«, versicherte Regy und schenkte ihm ein honigsüßes Lächeln. »Es hat mir solchen Spaß gemacht, dich aufzuschlitzen, dass ich den Preis gern zahle.«

Losian wandte sich ab. »Simon, sei so gut, heb meinen Dolch auf und bring ihn mit. Und verriegele die Tür.«

Das blutverschmierte Messer lag keinen Schritt von Simons linkem Fuß entfernt. Der Junge folgte der Bitte und hastete dann neben Losian her. »Wie ist das passiert?«

»Wie er sagte. Er war nicht angekettet und wartete hinter der Tür, als ich eintrat. Es war stockdunkel. Er hat mir den Dolch gestohlen und den Bauch aufgeschlitzt, ehe ich auch nur begriffen hatte, was geschah. Er ist ja so sagenhaft schnell, Simon.«

Fassungslos hörte Simon einen Hauch von Bewunderung in Losians Stimme. »Er ist schnell, weil er im Gegensatz zu normalen Menschen nicht die geringsten Hemmungen überwinden muss, um das Blut eines anderen zu vergießen«, sagte der Junge angewidert.

»Gut möglich, dass du recht hast.«

»Und was nun?«, erkundigte Simon sich verdrossen. »Es stimmt, was er sagte. Es sieht aus, als würdest du ausbluten. Außerdem tropfst du den Fußboden voll.«

»Ich weiß.« Sie hielten vor der Tür zu der Kammer, wo Oswald vermutlich immer noch geduldig wartete. Losian wischte sich mit dem Ärmel das Blut vom Gesicht. »Sei so gut und hol Josua ben Isaac. Da Gott es so gefügt hat, dass wir uns im Haus eines Arztes befinden, ist es vielleicht nicht mein Schicksal, heute zu verbluten.«

Oswald war wieder eingeschlummert, und Losian ließ sich möglichst lautlos auf einen Schemel am Tisch sinken, damit der Junge nicht aufwachte. Er wusste, Oswald würde in heillose Panik geraten, wenn er ihn so sah, und das wollte er ihnen beiden ersparen.

Missmutig blickte er auf seinen erbeuteten feinen Bliaut hinab, der sich mit seinem Blut vollgesogen hatte. Er konnte wohl getrost damit rechnen, dass das Gewand gänzlich verdorben war und er wieder in Lumpen gehen musste. Vorausgesetzt, dass er überhaupt je wieder irgendwohin gehen würde. Er konnte nicht feststellen, dass der Blutstrom nachließ, und der verblüffend leuchtend rote Fleck auf dem grünen Tuch breitete sich weiter aus.

Josua ben Isaac trat über die Schwelle, Simon dicht auf den Fersen. Der Arzt erfasste die Lage auf einen Blick, schüttelte den Kopf und bemerkte: »Es scheint kein geringes Wunder, dass Eure Gemeinschaft ohne ärztlichen Beistand bis nach Norwich gelangt ist. Vermutlich sollte ich all meine regulären Patienten bis auf Weiteres zu meinen Konkurrenten schicken, damit ich Euch meine ungeteilte Aufmerksamkeit schenken kann.«

Losian spürte seine Wangen heiß werden. Und fragte sich, wann ihm das wohl zum letzten Mal passiert war. »Ihr seht mich tief beschämt, Josua ben Isaac«, sagte er. Es war nicht einmal eine Lüge. »Simon, weck Oswald und bring ihn nach oben. Nein. Warte.« Er fuhr sich mit der Hand über die Stirn. Beide waren mit einem Mal klamm. »Lass es mich noch einmal versuchen: Simon, wärst du so gut, Oswald nach oben zu bringen?«

Simon grinste. »Gewiss, Losian.« Er rüttelte Oswald sacht. »Komm, Kumpel, wach auf.« Und als Oswald sich aufsetzte, nahm er seinen Arm und zog ihn auf die Füße. »Losian hat etwas mit unserem Gastgeber zu besprechen. Komm, wir warten oben auf ihn.« Und er brachte es fertig, Oswald hinauszuführen, ehe der den eigentlich unübersehbaren Blutfleck auf Losians Gewand entdeckt hatte.

»Guter Junge«, murmelte Losian.

Josua schnürte ihm das Gewand auf – mit erfahrenen Händen, aber nicht zimperlich –, zog es ihm über den Kopf und schob das blutdurchtränkte Hemd hoch, um den Schaden zu begutachten.

»Es ist nicht tief«, teilte Losian ihm mit.

»Das wisst Ihr, ja? Wer ist hier der Arzt, Ihr oder ich?«

Losian schwieg demütig. Aber er wusste, dass er recht hatte. Es war wieder so etwas Merkwürdiges geschehen, als Regy ihn in der Dunkelheit anfiel. Losian war vollkommen überrumpelt gewesen, und lange bevor er begriffen hatte, was passierte, hatte Regy ihn schon angegriffen. Aber Losians Körper war wieder einmal schneller gewesen als sein Verstand. Genau in dem Augenblick, als die Klinge in sein Fleisch drang, hatte er sein Gewicht nach hinten verlagert, den Bauch eingezogen – irgendetwas. Er wusste nicht mehr genau, was. Jedenfalls war der Stoß nicht tödlich gewesen, wie Regy zweifellos beabsichtigt hatte, sondern abgerutscht, und daher eher breit als tief.

Josua zog ihm auch das Hemd aus und warf es achtlos zu dem Bliaut auf den Boden. »Stützt die Ellbogen hinter Euch auf den Tisch und lehnt Euch zurück, damit ich mir die Sache anschauen kann.« Aus einer nahen Truhe holte er reines Leinen und tupfte das Blut ab. »Hm«, brummte er schließlich. »Nicht tief, Ihr habt recht. Aber ziemlich hässlich. Ich muss es nähen, wenn Ihr nicht verbluten wollt. Wie ich an zweien Eurer Narben sehe, kennt Ihr das bereits.«

»Da wisst Ihr mehr als ich«, murmelte Losian. Es klang eigenartig, fand er. So als wäre er betrunken.

»Wie bitte?«, fragte der Arzt stirnrunzelnd.

»Morgen werden wir Euer Haus verlassen, Josua. Es ist viel zu gefährlich, eine Kreatur wie ihn unter einem Dach mit Eurer Tochter und Eurem Sohn … Ich dachte, ich könnte ihn handhaben, aber …«

»Ich glaube, Ihr geht so bald nirgendwohin, mein normannischer Freund«, unterbrach Josua.

»Das werden wir ja sehen«, gab Losian rebellisch zurück, ehe um ihn herum Schwärze aufstieg und er ihr dankbar entgegensank.

Er träumte wieder von seinem Ritt durch die Wüste. Die flimmernde Hitze, der Staub, der Durst, alles war wie immer. Doch in diesem Traum trank er nicht das Blut seines sterbenden Pferdes, sondern sein eigenes. Er zückte seinen Dolch, schlitzte sich den Bauch gleich unterhalb der Rippen auf, hielt einen leeren Lederschlauch unter die Wunde und fing sein Blut auf, um den Schlauch schließlich an die Lippen zu setzen. Und wie bei jedem Mal zuvor erschien ihm der König von Jerusalem in seiner goldenen Maske: *»Wenn du das je wieder tust, wirst du aus meinen Diensten scheiden müssen.«*

»Ich habe es für Euch getan. Damit die Nachricht nach Akkon kommt.«

»Du hast es für dich getan. Weil du eitel und ruhmsüchtig bist.«

»Vergebt mir.«

»Vielleicht. Darüber werde ich entscheiden, wenn du Akkon erreichst, ohne dein Blut zu saufen wie ein heidnischer Barbar.«

»Aber wie soll ich hinkommen, wenn ich meinen Namen nicht weiß?«

»Das ist deine Prüfung.«

»Sagt ihn mir! Ich weiß, dass Ihr ihn kennt, also sagt ihn mir …«

»Schsch. Ich kenne Euren Namen nicht, sonst würde ich ihn Euch sagen, Ihr habt mein Wort.« Die Stimme hatte sich verändert. Sie klang immer noch rau, aber nicht mehr verächtlich, sondern tröstend.

»Mein König …«

»Das bin ich nicht. Ich bin Arzt. Mein Name ist Josua ben Isaac, und Ihr seid in meinem Haus. Hört Ihr mich?«

»Josua.«

»Oh, gepriesen seiest du, Herr. Er hört mich endlich«, murmelte die Stimme. »Ganz recht. Ihr seid in Norwich im Haus des Juden Josua ben Isaac. Erinnert Ihr Euch?«

»Nein.« Er konnte die Augen nicht aufschlagen. Die Lider wollten sich einfach nicht öffnen. Er sah nur Schwärze.

»Ihr seid verwundet und habt Fieber. Das Fieber hält Euch in dem ewig gleichen Traum gefangen, der Euch quält, und darum müsst Ihr Euch davon befreien. Hört Ihr mich, Losian?«

»Das ist nicht mein Name.« Die Schwärze lichtete sich, verwandelte sich in das sachte Perlgrau der Morgendämmerung.

»Doch, denn er ist besser als gar keiner. Ihr führt eine Gemeinschaft an, deren Mitglieder Euch Losian nennen. Erinnert Ihr Euch an Eure Freunde, Losian?«

»Das ist nicht mein Name …« Die Wüste kehrte zurück.

»Wie lautet er dann?«

Er öffnete den Mund, um seinen Namen auszusprechen, aber der Wind fegte ihm heißen Staub auf die Zunge, und seine Stimme versagte. Er schluckte den Staub hinunter, mühte sich ab, um genug Speichel zum Sprechen zu sammeln, doch als das endlich geglückt war, war ihm der Name wieder entglitten. Er wollte heulen vor Wut über diese verpasste Gelegenheit, aber er war zu ausgetrocknet für Tränen. Fast war er der Wüste dankbar. Denn er ahnte, wenn er einmal anfing zu heulen, würde es verdammt lange dauern, eh er wieder aufhören konnte.

Viel besser, er machte sich auf den Weg nach Akkon. Denn dort wartete sein Name, er war sicher …

Als er das erste Mal wieder richtig zu sich kam, kniff er die Augen gleich wieder zu, denn der Schmerz war mörderisch. Er wusste, Regy hatte ihn mit seinem eigenen Dolch verletzt. Aber es fühlte sich an, als habe jemand die Wunde mit glühenden Holzkohlestückchen gefüllt. Er zwang die Lider wieder auf und hob den Kopf, um den Schaden in Augenschein zu nehmen, und stellte bei der Gelegenheit fest, dass Josua ben Isaac auf einem Schemel neben seiner Bettstatt saß, in einer Hand ein Tuch, in der anderen einen Becher.

»Hier. Trinkt das«, befahl der Arzt und setzte ihm das Gefäß an die Lippen.

Der Geruch warnte Losian, und er drehte den Kopf weg. »Das habt Ihr mir schon mal eingeflößt. Und ich hatte grässliche

Träume davon. Ich … kenne dieses Zeug.« Er spürte Schweiß auf Brust und Gesicht.

»Wie alle guten Dinge kommt es aus dem Osten«, belehrte Josua ihn. »Dort nennt man es *haschīsch*.«

»Die Heiden benutzen es vor der Schlacht, um sich furchtlos und schmerzunempfindlich zu machen.« Losian hörte selbst, dass er keuchte. Gegen Schmerzunempfindlichkeit hätte er gerade auch nichts einzuwenden gehabt, musste er zugeben.

»Das halte ich für höchst unwahrscheinlich, denn es macht träge. Aber es ist ein hervorragendes Schmerzmittel, und darum müsst Ihr jetzt trinken. Sonst raubt der Schmerz Euch alle Kraft, die Ihr zur Genesung bräuchtet.«

»Besser das, als dass die Träume mir das letzte bisschen Verstand rauben, das mir … geblieben ist.« Losian kniff die Augen zu und biss die Zähne zusammen. Jesus, was hat dieser verdammte jüdische Metzger mit mir angestellt? Ich hätte besser auf King Edmund gehört … »Geht, Josua. Lasst mich allein, ich bitte Euch.«

»Ich kann auch warten, bis Ihr wieder bewusstlos werdet«, bekam er zur Antwort. »Dann schluckt Ihr nämlich alles, was ich Euch an die Lippen setze. So als ginget Ihr vor Durst. Selbst seit das Fieber gefallen ist.« Die Stimme klang ungehalten. Offenbar schätzte Josua ben Isaac keine bockigen Patienten.

»Die Wüste …«

»Oh, ich weiß, ich weiß. Ich denke, ich kenne Euren Traum inzwischen in jeder Variation. Ich verstehe, dass Ihr ihm entfliehen wollt, aber Ihr müsst trotzdem trinken. Eure Wunde war brandig. Ich musste schneiden. Und Ihr wart vorher schon geschwächt. Es war sehr knapp, und Ihr seid noch nicht außer Gefahr.«

Losian wandte ihm den Kopf wieder zu. »*Brandig*? Wieso … bin ich dann nicht tot?«

Josua lächelte mit unverhohlenem Stolz und sagte nichts.

Losian brummte missfällig. Dann trank er das süßliche Gebräu bis zur Neige.

Anders als erwartet schlief er nicht wieder ein. Er wartete

eine Weile, verspürte aber weder Müdigkeit noch Linderung, und da Josua keine Anstalten machte, endlich zu verschwinden, fragte er ihn: »Wie viel Zeit ist vergangen?«

»Eine Woche.«

»Allmächtiger … Ihr müsst inzwischen wünschen, Ihr hättet an jenem Tag einen anderen Weg nach Hause gewählt.«

»Im Gegenteil. Und Ihr solltet nicht reden.«

»Irgendwer … hat mir beigebracht, das Einzige, was man gegen Schmerz tun könne, sei, nicht an ihn zu denken. Also, wenn Eure Zeit es erlaubt, bringt mich auf andere Gedanken. Was macht Oswald?«

»Er liegt Euch in besonderem Maße am Herzen, nicht wahr? Das haben die anderen mir erzählt. Es geht ihm gut, seid beruhigt. Sein Herz ist schwach und wird es immer bleiben. Er wird nicht alt werden, das ist wohl gewiss. Aber fürs Erste hat er sich erholt.«

»Gott segne Euch. Eurer oder meiner, das ist egal.«

»Es ist derselbe, Ihr ungebildeter normannischer Holzkopf.«

»Lasst das nicht King Edmund hören.«

»Hm! Ein wirklich interessanter Fall. Vielleicht der faszinierendste von Euch allen.«

»*Faszinierend* findet Ihr uns, ja?«

»Vergebt mir. Es ist nicht so herzlos gemeint, wie es klingt. Es ist nur, ich schreibe seit Jahren an einem Buch über die Krankheiten des Geistes und der Seele. Darum seid Ihr ein Gottesgeschenk für mich.«

»Ein Buch …« wiederholte Losian ungläubig.

»Ganz recht. Und Euer Gefährte, der sich für den englischen Märtyrerkönig hält, ist ein großartiges Studienobjekt. Vor allem, seit er seine Meinung über Juden im Allgemeinen und über mich im Besonderen geändert hat.«

»Wie habt Ihr das bewerkstelligt?«

»Wir haben einen höchst gelehrten Disput über Gott geführt. Am Ende musste er sich geschlagen geben.«

»Einen Disput? In welcher Sprache?«

»Auf Lateinisch, natürlich.«

»Natürlich … Nun, wenn er sich Euch geschlagen geben musste, dann seid Ihr in der Tat ein gelehrter Mann. Ich hätte gedacht, dass niemand so viel über Gott und sein Wort weiß wie King Edmund … Euer verdammtes heidnisches Zeug wirkt nicht.«

»Oh, es wirkt. Das beweist allein die Tatsache, dass Ihr flucht. Ich hörte, das komme höchst selten vor.«

»Weil King Edmund über jeden herfällt, der es tut …«

»Nein, sondern weil Ihr zu beherrscht und vornehm dafür seid. Aber mein ›verdammtes heidnisches Zeug‹ enthemmt. Auch deswegen habe ich es Euch gegeben.«

»Dann fahrt zur Hölle.«

Josua tupfte ihm den Schweiß von der Stirn. »Das fürchtet Ihr am meisten, nicht wahr? Die Kontrolle zu verlieren. Darum müsst Ihr alles und jeden in Eurer Umgebung kontrollieren. Ein Glück für Eure Gefährten, will mir scheinen. Ihr habt ihr Leben sehr viel besser gemacht auf der kargen, trostlosen Insel, wo man Euch gefangen hielt. Und ohne Euch wären vermutlich alle ertrunken.«

»Das Unglück mit meinen Gefährten ist, dass sie alle zu viel schwafeln. Und sie …«

»Schsch. Ihr dürft Euch nicht erregen, dafür seid Ihr zu geschwächt.«

Losian wusste, dass das stimmte. Er schloss die Augen. »Was ist mit Simon? Könnt Ihr ihn heilen?«

»Nein«, antwortete Josua bedauernd. »Ich fürchte, ich kann nichts für ihn tun. Aber die Fallsucht ist keine so schreckliche Krankheit. Sie wird mit den Jahren nicht schlimmer – bei manchen sogar besser –, und niemand stirbt daran. Es hat ihn getröstet, das zu erfahren. Ich denke, er wird lernen, damit zu leben.«

Das Zeug wirkte doch, stellte Losian fest. Der Schmerz verging nicht, aber er schien betäubt. Erst als seine Glieder sich entspannten, merkte Losian, wie verkrampft er gewesen war. »Und Regy?«

»Ich schlage vor, über ihn reden wir morgen. Seid unbesorgt. Er wird sicher verwahrt. Die wackeren Zwillinge können sich nicht verzeihen, dass sie es an Sorgfalt haben mangeln lassen, und nun betrachten sie es als ihre Pflicht, dafür zu sorgen, dass es nicht wieder passiert.«

»Es *wird* wieder passieren. Früher oder später. Eine solche Kreatur kann man auf Dauer nicht bändigen. Wulfric hatte recht. Ich hätte ihn auf der Insel lassen sollen.«

Eine Hand legte sich sacht auf seine Schulter. »Er hatte nicht recht. Ihr habt das Richtige getan. Und nun schlaft.«

Losians Lider waren bleischwer. Er versuchte erst gar nicht, sie noch einmal zu öffnen. »Wenn nur der verdammte Traum nicht wäre.«

»Dann jagt ihn fort.«

»Ich kann nicht. Er ist die einzige Erinnerung, die ich habe.«

»Das bezweifle ich. Es gibt andere, wir müssen sie nur suchen. Und Euer Traum ist ein Irrbild, keine Erinnerung.«

»Woher wollt Ihr das wissen?«, fragte Losian schläfrig.

»Weil Akkon nicht in der Wüste liegt.«

Josua ben Isaac und sein Bruder Ruben waren vor zwölf Jahren mit einer ganzen Schar weiterer Juden aus Winchester nach Norwich gekommen und hatten sich in dem Stadtviertel, welches der Sheriff ihnen im Auftrag des Königs gleich am Fuße der Burg zugewiesen hatte, ein Haus nach den Gepflogenheiten ihres Volkes gebaut. Es war groß genug, um die Familie, Rubens Tuch- und Gewürzlager und Josuas Vorrats- und Behandlungsräume zu beherbergen, und es war in einem Karree gebaut, das einen Garten umschloss.

Losian blieb an der Tür ins Freie stehen und schaute sich staunend um. So etwas wie diesen Garten hatte er noch nie gesehen – jedenfalls glaubte er das. Eine Rasenfläche in der Mitte, mit Narzissen und Hyazinthen betupft, war von Beeten gesäumt, wo alle möglichen Pflanzen – vermutlich Heil- und Küchenkräuter – in ordentlichen Reihen oder als niedrige

Büsche wuchsen. Die Aprilsonne war zum Vorschein gekommen, und der Garten war windgeschützt. Ein herrlicher Duft nach Gras und Frühlingssäften erfüllte die Luft.

Losian hatte die Hand um den Türpfosten gelegt, denn ihm war schwindelig. Er war nur bis hierher gelangt, indem er sich wie ein Trunkenbold an der Wand entlanggetastet hatte. Doch das Sonnenlicht und die Düfte zogen ihn unwiderstehlich an. Vielleicht zwanzig Schritte entfernt stand am Rand eines Beets mit sorgsam beschnittenen Beerensträuchern eine Holzbank. Zwanzig Schritte, überlegte er. Das sollte zu schaffen sein.

Zögernd ließ er den Türpfosten los und machte sich mit kleinen, nicht ganz sicheren Schritten auf den Weg. Er hatte sein Ziel beinah erreicht, als Miriams Stimme hinter seiner linken Schulter sagte: »Ich glaube nicht, dass das eine sehr kluge Idee ist.«

Losian fuhr erschrocken herum, geriet ins Wanken, torkelte zwei Schritte rückwärts und landete unsanfter als beabsichtigt auf der Bank. Großartig, beglückwünschte er sich. Du bietest gewiss einen erheiternden Anblick. Und seine kaum verheilte Wunde meldete deutliche Proteste gegen all diese raschen und ruckartigen Bewegungen an …

Miriam kniete am Beetrand im Gras und machte sich mit einer kleinen Harke an den zarten Pflänzchen zu schaffen, die gerade erst aus der Erde lugten. Ihre Hände waren voller Erde, aber nicht eine Krume hatte ihr schlichtes blaues Kleid verunziert, und das weiße Tuch, das sie um Kopf und Schultern trug, war ebenso makellos.

»Vielleicht habt Ihr recht«, räumte er ein. »Ich schätze, Euer Vater wird mir den Kopf abreißen, wenn er mich hier draußen erwischt.« Erst recht, wenn er mich allein mit dir hier draußen erwischt, fügte er in Gedanken hinzu. Er hatte so eine Ahnung, dass sich das bei Juden ebenso wenig gehörte wie bei anständigen Christenmenschen. »Ich hoffe darauf, dass er noch ein Weilchen bei seinen Kunden festgehalten wird.«

»Patienten«, verbesserte sie unwillkürlich, sah ihn unverwandt an, die Hände jetzt untätig im Gras, und auf einmal lächelte sie. »Ich hoffe das auch, um Euch die Wahrheit zu sagen. Denn er schätzt es nicht sonderlich, wenn ich im Garten arbeite.«

»Warum nicht, in aller Welt? Ich dachte, alle Väter wären erleichtert, wenn ihre Töchter fleißig sind, statt die Tage vor dem Spiegel zu verbringen und bunte Bänder in ihr Haar zu flechten.«

Sie betrachtete ihn mit leicht zur Seite geneigtem Kopf. Er fand es unmöglich, zu ergründen, was sie dachte. Vielleicht war die Vorstellung von Bändern im Haar ihr fremd und suspekt. Vielleicht fand sie ihn unverschämt. Er wusste es nicht, und mit einem Mal war er verlegen.

»Er bezahlt einen Nachbarssohn, um den Garten in Ordnung zu halten«, erklärte Miriam ernst. »Er denkt, es gehört sich nicht für eine Frau aus guter Familie. Er ist wie alle Väter. Ein wenig rückständig.« Der liebevolle Ton stand in seltsamem Widerspruch zu den unverblümten Worten. »Aber der Nachbarssohn weiß Storchschnabel nicht von Schellkraut zu unterscheiden und richtet hier mehr Unheil als Ordnung an, wisst Ihr.«

»Sehen sie sich denn ähnlich? Storchschnabel und Schellkraut?«, fragte Losian.

Sie stand aus dem Gras auf, trat ein paar Schritte nach links, beugte sich herab und rupfte ein Blatt von einer kleinen Pflanze. Dann suchte sie die braune Erde einen Moment mit den Augen ab, entdeckte, was sie wollte, und erntete noch ein wenig junges Grün. Sie trat zu der Bank und streckte Losian die Hände entgegen, in jeder ein Blättchen.

Er betrachtete sie eingehend, wobei er Mühe hatte, den Blick auf das Grünzeug zu konzentrieren, nicht auf ihre schmalen Handflächen, deren rosige Haut durch die dünne Schicht aus Gartenerde schimmerte. »Ja. Ich sehe, es *ist* schwierig, sie zu unterscheiden.«

»Nur für das ungeschulte Auge«, gab sie zurück. »Und wenn man im Zweifel ist, kann man immer noch seiner Nase folgen.

Storchschnabel hat einen unverwechselbaren Duft. Seht ihr?« Sie rieb mit dem Daumen der Linken über das Blatt in ihrem Handteller und hielt es ihm dann hin.

Losian schnupperte und hob mit einem überraschten Lächeln den Kopf. Es war ein starker, würziger Duft, der beinah in der Nase prickelte, aber sehr wohlriechend. »Und welches von beiden ist nun das unerwünschte Unkraut?«, wollte er wissen.

»Das hängt davon ab, wen ihr fragt. Das Schellkraut, würden gelehrte Leute wie mein Vater antworten, aber die englischen Kräuterweiber schwören, es lindert Gallenbeschwerden.«

»Und was kann … wie heißt es? Storchschnabel?«

»Blutungen stillen, Hautkrankheiten heilen, das Blut reinigen und ein paar andere Dinge, über die man nicht spricht.«

Losian nickte, gebührend beeindruckt. »Woher wisst Ihr diese Dinge, wenn man nicht darüber spricht?«, fragte er neugierig.

»Mein Vater gerät gelegentlich ins Schwärmen, wenn er über die noble Kunst der Medizin referiert, und vergisst, wer ihm zuhört.«

Das Wort »referiert« war Losian fremd. Er ahnte, was sie meinte, aber es beschämte ihn, dass dieses Mädchen seine Sprache besser konnte als er selbst. Und ein wenig ärgerte es ihn auch. Er wusste nichts zu sagen.

Miriam setzte sich zu ihm – leider an das andere Ende der Bank – und betrachtete ihn einen Moment eingehend. »Ihr seht elend aus, Monseigneur. Seid Ihr sicher, dass Ihr nicht lieber noch das Bett hüten solltet?«

Er wandte den Blick ab. Der ihre war ihm zu besorgt. Es war nicht Besorgnis, die er in diesen Augen sehen wollte. »Ich bin mir nur sicher, dass ich genug davon hatte, die Decke anzustarren«, bekannte er. »Wobei es eine sehr großzügige, behagliche Kammer ist, in die Euer Vater mich hat bringen lassen. Ihr sollt nicht denken, ich sei undankbar.«

»Es ist das Gemach meines Bruder«, klärte sie ihn auf. »Meines älteren Bruders David, meine ich. Er ist mit meinem Onkel in London.«

»Euer Bruder ist Kaufmann wie Euer Onkel, nicht Arzt?«, fragte er.

Miriam rollte die zarten Blätter in ihren Händen zu kleinen Röhrchen zusammen, schaute darauf hinab und schüttelte den Kopf. »David wird einmal Arzt werden wie Vater. Aber das wird noch dauern – er ist erst siebzehn. Er und mein Onkel sind nicht geschäftlich in London, sondern zu einer Beerdigung. Ein Goldschmied aus Lincoln, der unser Cousin war. Wir haben viele Cousins.«

»Er lebte in Lincoln und wird in London begraben?«, wunderte sich Losian.

»In London ist der einzige jüdische Friedhof in ganz England.«

Losian schwieg schockiert. Was für eine Mühe, für jeden Toten solch eine beschwerliche Reise antreten zu müssen. Ob die Bischöfe nicht erlaubten, dass Juden auf christlichen Friedhöfen beigesetzt wurden? Oder waren es die Juden, die das nicht wollten? Er hätte es gern gewusst, aber er wagte nicht, sie zu fragen. Sie sollte ihn weder für dumm noch für taktlos halten.

»Ich denke, sie kommen nächste Woche zurück. Zum *pessach*-Fest«, fuhr Miriam fort. »Und danach wird mein Bruder heiraten.«

»Mit siebzehn?«

»Wir heiraten jung«, erklärte sie mit einem Achselzucken. »So schreibt das Gesetz es vor, denn es ist Gottes Wille.«

Er spürte, dass die Aussicht auf die Heirat ihres Bruders sie nicht glücklich machte. »Und er wird mit seiner Braut in dieses Haus ziehen?«, tippte er.

Miriam nickte und erhob sich ohne Eile. »Ihr müsst mich nun entschuldigen, Monseigneur.«

Er hatte den Verdacht, dass er sie mit seinen Fragen vertrieben hatte. »Aber was wird aus Storchkraut und Schellschnabel, wenn Ihr jetzt schon das Feld räumt?«

Sie lachte. Es war nur ein stilles kleines Lachen, aber ihr ganzes Gesicht erstrahlte, und für einen Moment funkelte

Übermut in den großen, fast schwarzen Augen. »Storchkraut und Schellschnabel sorgen für sich selbst.« Damit wandte sie sich ab, las ihre Harke aus dem Gras auf und ging zur Küchentür hinüber, hinter der sie verschwand.

Keinen Herzschlag zu früh. Losian hatte gerade erst damit angefangen, sie zurückzusehnen und wie ein verliebter Narr auf die Tür zu starren, durch welche sie das Haus betreten hatte, als Miriams Vater aus der gegenüberliegenden Pforte in den Garten kam – zusammen mit den Zwillingen und Grendel.

»Ah«, machte Godric. »Hier steckst du. Wir fingen schon an zu glauben, diesmal hätte Regy dich aufgefressen.«

Ehe Losian antworten konnte, fuhr Josua ihn barsch an: »Ich kann mich nicht entsinnen, Euch erlaubt zu haben, das Bett zu verlassen.«

»Und ich kann mich nicht entsinnen, dass ich Eurer Erlaubnis bedürfte, Josua ben Isaac. Im Übrigen besteht kein Grund, mich so grimmig anzuschauen. Ich wollte ein wenig Frühlingsluft und Sonne. Aber ich merke, dass ich nun bald lange genug auf war, und werde mich in Kürze folgsam wieder hinlegen. Zufrieden?«

Die gefurchte Stirn glättete sich. »Einigermaßen.«

Die Zwillinge ließen sich an seiner Seite nieder, wie üblich in einer perfekt abgestimmten, geradezu graziösen Bewegung. Grendel setzte sich vor Losian, bettete den Kopf auf sein Knie und klopfte mit der buschigen Rute auf den Rasen.

»Ich muss gestehen, ich bin erleichtert, dich in einem Stück zu sehen, Mann«, bekundete Godric. »Das beruhigt mein Gewissen.«

Losian kraulte Grendel hinter den Ohren. »Wir haben alle gewusst, dass so etwas früher oder später passieren würde. Man könnte auch sagen: Ich kannte mein Risiko.«

»Es macht dir gar nichts aus, he? Dass er dich um ein Haar umgebracht hätte?«, fragte Wulfric. »Ehrlich, das kann ich nicht verstehen.«

Losian dachte einen Moment darüber nach. Es stimmte: Es war eigenartig, dass er so wenig Groll auf Regy verspürte. Vielleicht hatte der ja recht gehabt, als er behauptet hatte, er sei Losians dunkles Spiegelbild. Es war ein abscheulicher Gedanke. Losian wechselte lieber das Thema. »Wie ist es euch ergangen?«

»Was glaubst du wohl?«, entgegnete Godric mit einem breiten Grinsen. »Wir schlafen warm und trocken und werden regelmäßig gefüttert. Schön, wir sind wieder eingesperrt so wie früher, aber es ist doch sehr viel erträglicher.«

»Eingesperrt?«, wiederholte Losian argwöhnisch. »Was heißt das?«

»Ich habe Eure Freunde gebeten, das Haus nicht zu verlassen«, erklärte Josua, der offenbar mehr Englisch verstand, als er sprach. »Es ging nicht anders.«

Losian schaute zu ihm hoch. »Was hat das zu bedeuten?«

Die Zwillinge standen auf. »Wir wollen ein bisschen Holz hacken, Losian. Bis später«, sagte Wulfric. »Komm mit, Grendel.«

Den Hund im Schlepptau schlenderten sie gemächlich davon, blieben in einem Klecks Sonnenlicht stehen, steckten die Köpfe zusammen, redeten und lachten, ehe sie durch einen kleinen Torbogen in der Gartenmauer in den vorderen Hof verschwanden.

Josua nahm ihren Platz auf der Bank ein. »Sie sind zu beneiden. Ich kenne kaum einen Menschen, der so ausgeglichen und zufrieden ist wie diese beiden. Dabei haben sie alles verloren, wie Simon mir erzählte. Und sind niemals auch nur für einen winzigen Moment allein. Wie machen sie das nur?« Es klang beinah fassungslos.

»Ich weiß es nicht«, gestand Losian. »Ich kenne sie jetzt seit beinah drei Jahren, aber ich habe ihr Geheimnis noch nicht ergründet. Die Quelle ihrer Ausgeglichenheit ist ihre Anspruchslosigkeit. Ihre Gabe, alles im Leben so anzunehmen, wie es kommt. Aber wieso sie diese Weisheit besitzen oder wie man sie erlernt, habe ich noch nicht herausfinden können.«

Josua betrachtete ihn einen Moment, legte dann den Kopf zurück und blinzelte in die Frühlingssonne. »Ich könnte sie operieren, wisst Ihr. Sie trennen, meine ich. Dergleichen ist schon gelungen, ich habe davon gehört und darüber gelesen. Ich habe sie mir angesehen; sie waren sehr geduldig. Es ist keine große Fläche, an der sie zusammengewachsen sind.«

»Wie stünden die Chancen?«, fragte Losian.

»Schwer zu sagen. Einer könnte sterben. Natürlich könnten auch beide sterben. Bei einer Operation gibt es keine Gewissheiten, niemals. Aber sie könnten auch beide überleben. Was denkt Ihr? Soll ich es ihnen vorschlagen?«

Losian musste nicht lange überlegen. »Auf jeden Fall. Das können nur Godric und Wulfric entscheiden.«

Josua nickte versonnen. »Und wie steht es mit Euch? Ist der Traum wiedergekommen?«

»Seit Ihr Euer Teufelszeug nicht mehr in mich hineinschüttet, nicht.«

»Hm. Ihr erholt Euch gut. Ihr seid dürr und geschwächt, aber Ihr verkraftet die Verwundung und den Blutverlust besser, als ich es je erlebt habe.«

»Das muss an der guten Pflege liegen.«

»Nein. Es liegt daran, dass Euer Körper daran gewöhnt ist. Er erinnert sich an Dinge, die Ihr vergessen habt. Ihr wart Soldat. Und oft verwundet, das kann ich sehen. Der menschliche Körper ist ein ewiges Geheimnis. Voller Überraschungen. Enorm anpassungsfähig, zum Beispiel. Der Eure ist daran gewöhnt, Verwundungen zu verkraften.«

Losian sann darüber nach. Womöglich war es so, erkannte er. Der Schmerz, die Schwäche, das Fieber – sie hatten ihm zu schaffen gemacht, aber ihm ging auf, dass sie alle keine Fremden waren. Er konnte sie erdulden wie unliebsamen, aber vertrauten Besuch. Mit Ergebenheit und einem gewissen Maß an Routine.

»Warum untersagt Ihr meinen Freunden, das Haus zu verlassen?«, fragte er. Es war etwas, das ihn beunruhigte.

»Ich würde keinem Gast in meinem Haus etwas untersagen, Losian. Das verstößt gegen unsere Auffassung von Gastfreundschaft. Ich habe sie lediglich darum gebeten, zumindest bei Tageslicht das Haus nicht zu verlassen. Es ist eine traurige Notwendigkeit. Zwischen den Juden und Christen von Norwich steht es nicht zum Besten. Sowohl Euer Bischof als auch unser Rabbiner verbieten, dass sie mehr als den notwendigen Kontakt pflegen, und wir dürfen eigentlich keine Christen bei uns beherbergen.«

»Warum nicht?«

Josua erhob sich. »Das ist eine lange Geschichte. Ich erzähle sie Euch unter der Bedingung, dass Ihr sie im Liegen hört. Kommt. Ich will mir die Wunde ansehen.«

Losian stand auf, und als Josua seinen Arm nahm, war sein erster Impuls, sich loszureißen. Aber er beherrschte sich. Weil er nicht unhöflich sein wollte, vor allem aber, weil er merkte, dass er ohne Hilfe nicht bis zu seinem Bett gelangen würde. Sie legten den kurzen Weg schweigend zurück, und als sie ankamen, war Losian schweißgebadet. Erleichtert ließ er sich in das himmlisch weiche Kissen sinken und schloss die Augen, bis das Rauschen in seinen Ohren abebbte.

»Schmerzen?«, fragte Josua sparsam.

»Kaum noch«, erwiderte Losian. »Ihr versteht Euch wahrlich auf Eure Kunst, Josua.«

Der nickte, als sei dieses Kompliment nur angemessen, schob das seltsame, jüdische Gewand hoch, in welchem Losian erwacht war und das vermutlich ebenso Josuas Ältestem gehörte wie diese Kammer, und nahm den Verband ab, der Losian geradezu lächerlich dick erschien.

»Hm.« Der Arzt brummte zufrieden. »Gutes Heilfleisch. Ich werde die Fäden jetzt entfernen, denke ich. Wenn sie zu lange im Fleisch bleiben, schaden sie mehr, als sie nützen, weil sie Entzündungen verursachen können.«

Losian hob den Kopf an, um selbst einen Blick auf das Malheur zu werfen. Als er sah, wie groß die Wunde gewesen war, nachdem Josua den Wundbrand herausgeschnitten hatte, wurde ihm flau, und er ließ den Kopf rasch wieder zurücksinken. »Ihr wolltet mir erklären, warum es Schwierigkeiten zwischen Juden und Christen in Norwich gibt.«

Josua zog sich einen Schemel heran, setzte sich und zückte ein sehr kleines Messer, mit dem er sich an die Arbeit machte. »Der erste König William hat die Juden aus der Normandie vor über siebzig Jahren eingeladen, sich in England niederzulassen, und seither stehen wir in diesem Land unter dem Schutz der Krone. Nicht weil die Könige uns so innig ins Herz geschlossen haben, sondern weil sie und ihre Lords sich gern Geld bei uns leihen.«

»Juden sind so reich, dass sie Geld verleihen können?«

»Manche schon. Und unsere Religion verbietet es nicht, Geld gegen Zins zu verleihen, anders als Eure.«

»Oh. Wucher.« Losian versuchte, jede Missbilligung aus seiner Stimme herauszuhalten, aber es gelang ihm nicht ganz.

»Sagt mir, mein junger Freund, wenn Ihr Wollhändler wäret, und Ihr würdet einen Sack Wolle für ein Pfund von einem Schafzüchter kaufen und für eineinhalb auf dem Wollmarkt von Norwich verkaufen, wäre das anstößig?«

»Natürlich nicht. Wäre ich Wollhändler, müsste ich mit diesem halben Pfund Differenz schließlich meinen Lebensunterhalt bestreiten ... Was genau tut Ihr da eigentlich?« Es brannte und fühlte sich an wie Dutzende kleiner Nadelstiche.

»Ich verwende Seidenfäden zum Nähen von Wunden. Sie sind schön dünn. Aber nicht ganz glatt, darum verhaken sie sich gelegentlich, wenn man sie wieder herauszieht.«

»Gelegentlich«, murmelte Losian bissig. »Ihr wollt also sagen, Geldverleihen gegen Zins sei nicht anstößiger, als einen Sack Wolle mit Gewinn zu verkaufen?«

»Richtig. Und es wird ja auch niemand gezwungen, unser Geld zu leihen. Aber die Normannen und inzwischen auch viele angelsächsische Kaufleute machen gern davon Gebrauch. Die Bischöfe runzeln jedoch die Stirn darüber, und wenn die Schuldner merken, dass die Zinsen drücken, entwickeln manche plötzlich moralische Bedenken gegen das Geschäft des Geldverleihens und gegen Juden.«

Losian musste grinsen. »Das kann ich mir vorstellen.«

»Auch das ist ein Grund dafür, warum der König uns

schützt und uns hier in Norwich und in anderen Städten Land in unmittelbarer Nähe der Burg gegeben hat. Und das ist ein Segen.« Er arbeitete einen Moment schweigend und mit konzentriert gerunzelter Stirn, ehe er fortfuhr: »Vor drei Jahren geschah ein Unglück. Ein junger Gerberlehrling wurde tot im Wald von Mousehold Heath aufgefunden, vor den Toren der Stadt. Sein Name war William.«

»Die Raufbolde, die Moses neulich abends auf der Straße aufgelauert haben, erwähnten einen William, den die Juden angeblich umgebracht hätten«, fiel Losian ein, und er zuckte leicht zusammen, als Josua einen besonders widerspenstigen Faden aus seinem Fleisch zog.

»Vergebt mir«, murmelte der Arzt zerstreut. »Ja, es war dieser Lehrjunge, den sie meinten. Er war ein netter Bursche. Kam häufig ins Judenviertel, um für seinen Meister Ware auszuliefern, manchmal auch zu uns. Dann, wie gesagt, starb er plötzlich. Ich habe seinen Leichnam gesehen, und ich wäre bereit zu beschwören, dass es eine Pilzvergiftung war, die ihn umgebracht hat. Aber … Nun ja. In der Stadt kam ein Gerücht auf, wir Juden hätten ihn entführt und irgendeinem grauenvollen Ritual unterzogen, sein Blut getrunken oder was weiß ich, und ihn schließlich getötet. Niemand weiß so recht, wo es herkam, dieses Gerücht. Aber es verbreitete sich wie ein Feuer im Schilf. Einige Männer rotteten sich zusammen, und ein Priester führte sie ins Judenviertel, um Rache zu nehmen. Wenn der Sheriff nicht eingeschritten wäre, hätte es ein Blutbad gegeben.« Er brach ab, entfernte den letzten Faden mit einem kleinen Ruck und stand auf, um einen irdenen Topf mit Salbe vom nahen Tisch zu holen. »Seither sind die Dinge schwierig«, fuhr er fort, als er sich wieder setzte. »Der neue Bischof von Norwich berichtet beinah täglich von Wundern, die an Williams Grab geschehen sein sollen. Pilger kommen in die Stadt, um das Grab zu besuchen. Inzwischen aus ganz East Anglia, hört man. Sie bringen viel Geld, das der Bischof gut gebrauchen kann, denn der Bau seiner riesigen neuen Kirche hat Unsummen verschlungen. Er hat den Papst aufgefordert, den Jungen heiligzusprechen. Als Märtyrer, versteht Ihr.«

Losian richtete sich auf und schob Josuas Hand weg, die Salbe auf die beinah verheilte Wunde streichen wollte. »Augenblick. Ihr bezichtigt einen Bischof der Heiligen Kirche, aus Habgier Lügen über euch zu verbreiten und die Menschen gegen euch aufzubringen? Ist es das, was Ihr mir zu erklären versucht?«

Josua sah ihm in die Augen. »Ich bezichtige Euren Bischof nicht. Ich schildere lediglich, was sich zugetragen hat. Womöglich glaubt Turba – das ist der Bischof von Norwich – wirklich, dass der junge William ein Märtyrer ist und wir Juden ihn getötet haben. Aber es ist nun einmal nicht wahr. Wahr hingegen ist, dass er nur dann einen Märtyrer und Heiligen aus William machen kann, wenn er die Menschen von Norwich und die Pilger, die herkommen, und den Papst in Rom glauben macht, dass wir den Jungen getötet haben. Ich behaupte nicht, dass er uns böswillig verleumdet. Aber es dient seinen Interessen, die Schuld bei uns zu suchen, und er wäre nicht der erste Mann, dessen Überzeugung von seinen Interessen geleitet wird. Das ist nur menschlich, mein normannischer Freund.«

Losian wandte den Kopf ab und dachte eine Weile nach. Er war verwirrt und unsicher, was er glauben sollte. Josua ben Isaac hatte ihm und seinen Gefährten eine Freundlichkeit und Großzügigkeit entgegengebracht, die ihresgleichen suchte. Bis vor einer Viertelstunde hätte Losian ihn einen ehrbaren und grundanständigen Mann genannt. Aber eine Stimme in seinem Innern warnte ihn, dass kein ehrbarer und anständiger Mann jemals solche Dinge über einen Bischof sagen würde.

»Haltet Ihr mich für einen Lügner, Losian?«

Losian blickte ihn wieder an. »Nein.«

»Für einen Mörder?«

»Natürlich nicht.«

»Aber Ihr denkt, dass ich ein Ungläubiger bin, also in irgendeiner Weise unrecht haben muss, sozusagen von Geburt an, Euer Bischof aber recht, weil er die Kirche des einzig wahren Gottes vertritt? Das müsst Ihr glauben, nicht wahr, weil der

Krieg, in den Ihr für diesen Glauben gezogen seid, andernfalls unsinnig wäre.«

Losian wurde ganz heiß von diesen ketzerischen Worten. Er stützte einen Moment die Stirn in die Hand und schüttelte dann den Kopf. »Ihr habt recht. Und wie könnte ich aufhören, diese Dinge zu glauben, sind sie doch das Einzige, was von mir übrig ist? Von dem Mann, der ich einmal war.«

»Das solltet Ihr Euch nicht einreden. Es ist weit mehr übrig als das. Ihr seid immer noch derselbe Mann, der Ihr immer wart, auch wenn Ihr seinen Namen und seine Geschichte vergessen habt.«

»Weil ich besessen bin«, sagte Losian tonlos. »Und wenn das stimmt, wie kann ich dann wissen, wer mein Tun bestimmt? Der Mann, der ich einmal war, oder der Dämon, der die Erinnerungen dieses Mannes auffrisst?«

»Ihr seid nicht besessen, Losian.«

»Woher wollt Ihr das wissen?«

»Weil die Symptome nicht dafür sprechen.«

»Und doch haben die Mönche es gesagt. Sie waren grausam und ohne Mitgefühl, wie King Edmund immer betont, aber das ändert nichts daran, dass ihr Abt ein gerühmter Heiler ist. Wieso sollte ich Euch mehr Glauben schenken als ihm? Wieso soll ich nicht annehmen, dass Ihr sein Urteil in Zweifel ziehen wollt, um gleichzeitig auch das des Bischofs von Norwich fragwürdig erscheinen zu lassen?«

»Du meine Güte. Auf welch verschlungenen Pfaden Ihr denkt«, verwunderte sich Josua. »Dann sagt mir dies: Der Abt hat auch behauptet, Simon sei besessen. Glaubt Ihr das?«

»Nein«, musste Losian einräumen. »Er hat die Fallsucht, das ist alles.«

»So ist es. Sie ist ein unheilbares Gebrechen wie Blindheit oder ein Buckel, nur dass sie sich nicht permanent bemerkbar macht. Es hat nichts mit Dämonen zu tun, so wenig wie Euer Gedächtnisverlust. Ich bin seit zwanzig Jahren Arzt und habe Menschen gesehen und behandelt, die besessen waren. Die Dämonen manifestieren sich auf höchst unterschiedliche

Weise, aber zwei Symptome sind immer erkennbar: Die Besessenen sprechen in Sprachen, die sie gar nicht beherrschen. Und wenn der Dämon sie verlässt oder ausgetrieben wird, was nach einigen Stunden, aber ebenso erst nach Jahren sein kann, dann haben sie keinerlei Erinnerung an den Zeitraum ihrer Besessenheit. Habt Ihr je das Gefühl, dass Euch einzelne Stunden oder Tage fehlen?«

»Nein, aber …«

»Haben Eure Gefährten je berichtet, dass Ihr plötzlich in einer fremden Sprache geredet habt?«

»Nein, aber …«

»Dann seid Ihr auch nicht besessen. Glaubt einem alten Mann, der weiß, wovon er spricht, weil es keine Krankheit, keine Verwundung und kein Gebrechen gibt, die er nicht gesehen hat.«

Schweigend sah Losian zu, während Josua einen dünnen Film Salbe auf die Wunde strich und einen neuen Verband anlegte. Seine schmalen Hände waren geschickt und absolut sicher. Es konnte keinen Zweifel geben, Josua ben Isaac *war* ein guter Arzt. Allein die Tatsache, dass Losian noch lebte, bewies das. Aber war er auch vertrauenswürdig?

Josua legte ihm die Hand auf die Schulter und drückte ihn behutsam zurück in die Kissen. »Schlaft. Morgen könnt Ihr für ein, zwei Stunden aufstehen, denke ich. Und dann reden wir weiter.«

In den ersten Tagen nachdem er Losian angegriffen hatte, war Regy teilnahmslos und kaum ansprechbar gewesen. Er saß reglos an den Pfeiler im leeren Tuchlager gelehnt und rührte die Speisen nicht an, die sie ihm brachten. Trotzdem gingen die Zwillinge und Simon jetzt immer zu dritt zu ihm, und während Godric und Wulfric das verschmähte Essen, den Wasserkrug und zähneknirschend auch den Eimer austauschten, den sie später zum Abort trugen, hielt Simon Regy die Spitze seines erbeuteten Schwerts an die Kehle und ließ seine Hände niemals auch nur für einen Lidschlag aus den Augen.

Über zehn Tage lang hatte Regy keinen von ihnen eines Blickes, geschweige denn eines Wortes gewürdigt, doch als sie an diesem Morgen ins Tuchlager kamen, war der Teller geleert, und als Simon seine Waffe zückte, bemerkte Regy: »Weißt du, ich könnte dir verzeihen, wenn du mir die Kehle durchschneidest, aber ich würde dir nie vergeben, wenn du es mit so einer miserablen Klinge tätest. Es hat mehr Ähnlichkeit mit einem Fleischermesser als mit einem Schwert, oder?«

»Also genau angemessen für dich, oder?«, konterte Simon.

Regy gluckste. »Touché, mein Augenstern. Ist Losian verblutet?«

»Nein.« Simon bemühte sich um eine verschlossene Miene. Regy sollte auf gar keinen Fall sehen, wie krank Losian gewesen war und wie sie um ihn gebangt hatten.

Abwechselnd hatten sie an seinem Lager gewacht, Tag und Nacht zuerst, als es so schlimm gewesen war. Auch Oswald und Luke hatten darauf bestanden, sich zu beteiligen, doch konnte man ihnen die Sorge um den Kranken nicht allein anvertrauen, was für Simon, King Edmund und die Zwillinge manche Doppelschicht bedeutet hatte. So hatte Simon also viele Stunden Gelegenheit gehabt, zuzuschauen, wie Verwundung und Fieber an Losian zehrten, und sich furchtsam zu fragen, was in aller Welt aus ihm und den anderen werden sollte, wenn sie ihn verlören.

»Und was mag dieses knappe, kühle Nein zu bedeuten haben?«, fragte Regy. »Ist er auf dem Wege der Besserung? Oder röchelt er nur noch ein bisschen zum Abschied?«

»Und warum sollte ich das ausgerechnet dir erzählen?«, stieß Simon wütend hervor.

Regy hob gelassen die Schultern. »Nun, früher oder später finde ich es ohnehin heraus.«

Die Zwillinge stellten Becher und Krug vor ihm ab.

»Danke«, sagte Regy artig, neigte den Kopf zur Seite, sah von einem zum anderen und fragte: »So untypisch niedergeschlagen? Was mag es sein, das euch bedrückt?«

»Ist dir nicht gut, Mann?«, fragte Godric verdrossen. »Fehlt dir irgendwas? Ein Tritt in die Weichteile vielleicht?«

Sein Bruder zog ihn unauffällig zurück. »Lasst uns gehen«, murmelte er, und schweigend verließen die drei jungen Männer das Tuchlager. Simon vergewisserte sich zweimal, dass der Riegel der stabilen Tür bis zum Anschlag vorgeschoben und das Vorhängeschloss eingerastet war.

Sie gingen in den Garten hinaus. Der Vormittag war verhangen und kühl, aber trocken, und auf dem Rasen warfen Oswald und Moses sich einen Ball zu. Jedes Mal, wenn Oswald ein Fang glückte, jauchzte er. Das wiederum amüsierte seinen Spielgefährten. Obwohl sie kaum ein Wort miteinander reden konnten, waren Moses und Oswald recht gute Freunde geworden.

Losian saß auf der Bank und schaute ihnen zu. Simon und die Zwillinge traten zu ihm.

»Wie fühlst du dich?«, fragte Wulfric.

»Lebendig«, antwortete Losian mit einem kleinen Lächeln und rückte zur Seite, um ihnen Platz zu machen. »Ich sehe, ihr habt euch entschieden.«

Die Zwillinge setzten sich neben ihn und nickten. »Wir tun's nicht«, erklärte Godric.

Simon ließ sich auf dem letzten freien Stück Bank nieder. »Es wäre besser gewesen, Josua hätte euch nicht gefragt. Es ist eine teuflische Wahl, vor die er euch stellt.«

»Das ist meine Schuld«, bekannte Losian. »Er hat mich um Rat gebeten, ob er euch diese … wie heißt das? Operation?« Und als die Zwillinge wiederum stumm nickten, fuhr er fort: »… diese Operation vorschlagen soll. Ich habe geantwortet, dass ihr das nur selbst entscheiden könnt.«

Wulfric seufzte. »Du hast natürlich recht. Aber übermäßig dankbar bin ich dir nicht.«

»Ich werde vermutlich auch das überleben …«

»Ja, spotte nur, Losian. Wahrscheinlich hältst du uns für Feiglinge. Aber du kannst das nicht verstehen. Niemand kann das verstehen. Gott hat uns so in die Welt geschickt. Wir fürchten uns davor, dass er uns anders nicht will. Dass er einen von uns draufgehen lässt, wenn wir's versuchen. Dass wir …«

Er brach ab, aber Simon konnte sich vorstellen, was Wulfric meinte: Die Zwillinge hatten sich ihr Leben lang in vieler Hinsicht als nur ein Wesen betrachtet. Gewiss, sie hatten zwei Körper, vier Arme und Beine, zwei Herzen und zwei Köpfe. Aber sie hatten vom ersten Atemzug an alles gemeinsam getan. Jede Kinderkrankheit, jeden Freudentag, jeden Kummer, jeden Triumph und jede Niederlage geteilt. Die Vorstellung, diese Einheit zu verlieren, erschreckte sie. Und die Möglichkeit, die andere Hälfte vielleicht ganz zu verlieren, erst recht.

»Ich halte euch nicht für Feiglinge«, widersprach Losian. »Mir scheint eher, ihr selbst tut das, und das ist albern.«

»Er hat recht«, stimmte King Edmund zu, der unbemerkt zu ihnen getreten war und nun hinter den Zwillingen stehen blieb, um jedem eine Hand auf die Schulter zu legen. »Ihr selbst kennt die Gründe für eure Entscheidung am besten und solltet sie nicht in Zweifel ziehen. Und das Argument, dass Gott euch so und nicht anders auf die Welt geschickt hat, ist nicht von der Hand zu weisen.«

»Ja, schon, King Edmund«, sagte Wulfric unsicher. »Aber was ist, wenn Gott uns auch Josua ben Isaac geschickt hat, um uns von unserem Schicksal zu erlösen?«

»Wenn Gott meint, achtzehn Jahre war lange genug?«, warf Godric ein.

»Wenn er zum Beispiel will, dass einer von uns oder wir beide heiraten und Familien gründen?«, fuhr sein Bruder fort.

»Oder er beschlossen hat, dass ich nächstes Jahr irgendwann in einen rostigen Nagel trete und Fieber kriege, mein Bruder aber wegen meiner Unachtsamkeit nicht mit mir krepieren soll?«, schloss Godric.

King Edmund hob die Linke, als wolle er ihre Einwände fortschieben. »Ganz gleich, was ihr tut, ihr seid in seiner Hand. Das sind wir alle. Ihr habt Für und Wider abgewogen und eure Entscheidung getroffen, und nun solltet ihr aufhören, euch damit zu quälen. Denn es ist immer sein Wille, der geschieht, vergesst das nicht.«

»Ich weiß nicht«, murmelte Simon zweifelnd. »Du meinst, Gott hat Godric und Wulfric in dieses Haus geführt und vor diese Wahl gestellt, um dann doch zu bestimmen, dass sie so bleiben sollen, wie sie sind? Ist das nicht …« Er biss sich auf die Lippen. »Fall nicht über mich her, King Edmund, aber ist das nicht grausam von Gott?«

King Edmund lächelte milde. »Manchmal kommt er uns so vor, weil wir seinen Plan nicht durchschauen können. Dafür sind wir zu gering, zu klein, und sein Plan ist zu groß.«

Der Ball kam mit einigem Schwung herübergeflogen. Godric und Wulfric duckten sich, Losian hob instinktiv die Hände und fing ihn auf. Moses und Oswald kamen angelaufen, beide außer Atem.

Oswald streckte die Arme aus. »Gib ihn mir!« Seine Augen leuchteten.

Losian warf ihm den Ball zu. »Aber nur noch ein kleines Weilchen«, mahnte er. »Vergiss nicht, was Josua ben Isaac gesagt hat: Du darfst nicht rennen und dich anstrengen.«

Oswald nickte – gefügig wie immer –, sah erwartungsvoll zu seinem kleinen Freund und lachte selig, als Moses zu seiner Spielposition zurückrannte.

»Oswald hat sich gut erholt«, bemerkte King Edmund gedämpft. »Und du ebenfalls, Losian. Wann brechen wir auf?«

Simons Herz wurde schwer. Natürlich wusste er, dass sie nicht ewig in diesem Haus bleiben konnten, aber die Vorstellung, ihre ziellose Wanderschaft wieder aufzunehmen, zu hungern, zu frieren und nass zu regnen, war niederschmetternd. Er beobachtete Losian, der sich mit seiner Antwort Zeit ließ und seltsamerweise zur Küchentür hinüberschaute, während er nachdachte. »Josua hat den Wunsch geäußert, jeden von uns zu untersuchen und zu befragen. Wir sollten ihm zumindest die Gelegenheit einräumen, das zu seiner Zufriedenheit zu tun.«

»Oh, ich schätze, das hat er«, entgegnete King Edmund. »Eben ist er zu Regy gegangen, und anschließend wollte er zu Luke. Du und ich wissen, dass niemand Luke helfen kann oder Regy je ändern wird. Josua ben Isaac ist ein hervorragender Arzt, versteh mich nicht falsch, er hat Oswald das Leben gerettet und dir ebenfalls. Aber mehr kann er nicht für uns tun. Und ich spüre, dass wir bald gehen müssen. Gott will es so.«

Losian schnaubte höhnisch. »Ich glaube, das habe ich schon mal irgendwo gehört …« *Deus le vult* – Gott will es so – war der Schlachtruf aller Kreuzfahrer.

»Dort draußen wartet eine Aufgabe auf uns«, beharrte King Edmund. »Und sie rückt näher.«

Simon betrachtete ihn voller Skepsis. »Wie kannst du dir dessen so sicher sein?«

»Wieso bist du dir sicher, dass heute Abend die Sonne untergeht?«, konterte King Edmund. »Ich *weiß* es einfach. Ich schätze, es gehört zu den Dingen, die mir mit auf den Weg gegeben wurden, als ich zurückgeschickt wurde.«

Simon musste feststellen, dass er diese Behauptung nicht mehr mit der gleichen Verächtlichkeit aufnahm, wie er sie vor zwei Monaten noch empfunden hätte. Seit der Nacht in der Kirche von Gilham war er nicht mehr ganz sicher, was er glauben sollte.

Losian stand auf. »Ich zweifle nicht an deinem Wort, King Edmund. Im Übrigen bin ich auch nicht geneigt, Josua ben Isaacs Gastfreundschaft über das gebührliche Maß in Anspruch zu nehmen. Mir graut bei der Vorstellung, was geschehen könnte, wenn Regy Moses oder das Mädchen in die Finger bekäme.«

»Also? Wann gehen wir?«, fragte Edmund noch einmal. An Hartnäckigkeit war er kaum zu übertreffen.

»Wie du schon sagtest: Gottes Wille ist es, der geschieht. Er wird dafür sorgen, dass wir aufbrechen, wenn der richtige Zeitpunkt gekommen ist. Und jetzt entschuldigt mich.«

Die anderen blickten ihm nach, als er davonging – langsamer als üblich.

»Er ist noch nicht wieder so weit, King Edmund«, sagte Wulfric leise. »Er würde das ja nie zugeben, aber gönn ihm noch ein paar Tage Ruhe.«

»Ja«, stimmte Simon zu. »Wenn er uns auf der Straße umfällt und stirbt, sind wir endgültig erledigt.«

King Edmund nickte versonnen, den Blick in die Ferne

gerichtet. »Ich fürchte nur, es sind nicht Genesung und Erholung, die er in diesem Haus sucht«, sagte er. »Und darum glaube ich, je eher wir aufbrechen, desto besser.«

Simon und die Zwillinge wechselten verwirrte Blicke, aber ihr Heiliger ließ sich keine näheren Erklärungen entlocken.

Losian hörte es schon, als er die Treppe hinaufkam: Dieses angstvolle Weinen, das umso herzerweichender war, weil es so verzweifelt unterdrückt wurde. Kein Zweifel, die Schlange war erwacht.

Josua ben Isaac hockte vor Luke auf dessen Strohlager und hielt seine runzlige Hand lose in der Rechten, hatte die Linke auf Lukes Stirn gelegt und redete beruhigend auf ihn ein, aber leider auf Normannisch.

Als er Losian an der Tür entdeckte, bemerkte er gedämpft: »Ich beherrsche seine Sprache nicht gut genug. Ich weiß nicht, was passiert ist. Vor vielleicht einer Viertelstunde hat es angefangen.« Er war ratlos, aber vollkommen ruhig, bemerkte Losian flüchtig. War es das, was ein guter Arzt sein musste?

»Er glaubt, in seinem Bauch haust eine Schlange«, erklärte Losian, während er hinter Luke glitt und sich hinkniete.

Josua nickte. Das hatte er offenbar bereits gehört, und er schien weder belustigt noch befremdet.

»Manchmal wacht sie auf, sagt er«, fuhr Losian fort. »Wenn ihm etwas zu schaffen macht oder einfach ohne Grund. Lasst ihn los. Ich mach das schon.«

Josua folgte seiner Bitte und sah interessiert zu, während Losian dem alten Angelsachsen vorsichtig einen Arm um die Brust legte. »Was ist passiert?«, fragte er flüsternd auf Englisch und legte die andere Hand noch behutsamer auf Lukes Bauch.

»Der komische Mann … er kam und hat Fragen nach ihr gestellt. Wie lange sie schon in meinem Bauch ist, wie sie hineingelangt ist. All das. Dinge, die ihn nichts angehen. Ihre Geheimnisse. Davon … wacht sie immer auf.« Luke war fast unfähig zu sprechen, weil die Furcht ihm die Luft abschnürte.

»Nur die Ruhe, Luke. Lass mich mit ihr reden.«

Natürlich wusste Losian ganz genau, dass es keine Schlange gab. Aber er hatte festgestellt, dass er schneller zum Erfolg kam, wenn er die Augen schloss und sich darauf konzentrierte, sie sich vorzustellen. Vor allem durfte er sich nicht dafür genieren, hinter einem weinenden, verrückten, greisen Angelsachsen zu knien, ihn zu wiegen und der eingebildeten Bestie in seinem Leib gut zuzureden und sie zu füttern, indem er Luke Brotstückchen in den Mund schob. Es war ein lächerliches, groteskes Ritual, aber sobald Losian sich das bewusst machte und sich schämte, verloren seine Worte jede Überzeugungskraft für Luke und dessen Schlange.

Inzwischen hatte er eine gewisse Finesse in dieser skurrilen Kunst entwickelt. Trotzdem dauerte es heute lange.

Schließlich entspannten sich Lukes Schultern jedoch, und er ließ den Kopf erschöpft gegen Losians Brust sinken. »Danke, Losian. Gott segne dich …« Er war bleich und wirkte zutiefst erschöpft.

Losian vermied jede rasche Bewegung, als er Luke auf sein Lager hinabdrückte und aufstand. »Ruh dich ein bisschen aus. Und dann geh hinunter in den Garten zu den Gefährten. Sie bringen dich auf andere Gedanken.«

Luke nickte wortlos, während seine Lider sich langsam schlossen. »Gott segne dich …«, wiederholte er.

Losian bedeutete dem jüdischen Arzt mit einer Geste, ihn hinauszubegleiten, und sie gingen die Treppe hinunter in den Behandlungsraum, der jetzt um die Mittagsstunde lichtdurchflutet war.

Josua schenkte Wein aus einem Krug in zwei irdene Becher und stellte einen davon vor Losian auf den Tisch. »Hier. Trinkt das. Ärztliche Anordnung.« Er setzte sich ihm gegenüber.

Losian hob den Becher mit einem kleinen Lächeln und trank. »Hm. Hervorragend.«

»Aus Aragon.« Josua trank ebenfalls, und man konnte sein Wohlbehagen sehen, als der tiefrote Tropfen seine Kehle hinabrann.

»Wo mag das sein?«, fragte Losian.

»Hm? Aragon? Weit, weit im Süden, wo es fast immer warm ist. Nichts gegen englische Weine, besonders der aus Ely ist gar nicht so übel, aber eine wirklich edle Rebe braucht viel Sonne und heiße Erde, damit der Wein seine heilende Kraft entfalten kann.«

»Wart Ihr einmal dort?«, fragte Losian neugierig weiter. »In Aragon?«

»Allerdings. In Kastilien – das ist das Nachbarland – habe ich mein Gewerbe erlernt.«

»Ihr seid ein weit gereister Mann.«

»Viele Juden sind das. Denn im Grunde sind wir heimatlos, versteht ihr. Das Land, das Ihr heilig nennt und auf das Ihr Anspruch erhebt, war einmal unser Heiliges Land. Ich schätze, das wisst Ihr aus dem, was Ihr von Eurer Bibel kennt.«

Losian nickte argwöhnisch.

Josua betrachtete ihn und lächelte dann flüchtig. »Ihr fürchtet, ich wolle den christlichen Streitern das Recht auf ihr mit so viel Blut erworbenes Königreich im Osten absprechen? Ihr habt recht. Das Land sollte *uns* gehören. Aber wir haben es verloren – so wie im Übrigen auch ihr es wieder verlieren werdet –, und das jüdische Volk hat sich in alle Winde zerstreut. Aber unser Gott, unsere Sprache und unsere Traditionen sorgen dafür, dass wir einander verbunden bleiben, und ganz gleich, in welchen Winkel der Welt ein Jude kommt, er wird immer einen anderen Juden finden, der ihn willkommen heißt. Viele von uns sind Kaufleute oder reisen, um berühmte Schulen und Lehrer aufzusuchen, denn wir sind ein gelehrtes Volk. Das brachte mich nach Kastilien. Oh, da fällt mir ein …« Er stand auf, ging an eine verschlossene Truhe neben der Tür, öffnete sie umständlich mit einem angerosteten Schlüssel und holte einen schweren, rechteckigen Gegenstand heraus, der in ein weiches Tuch geschlagen war. »Es ist ein Buch«, erklärte er, während er es auf dem Tisch ablegte und auswickelte. »Ein altes Buch mit Gedichten und Geschichten über die Kriege der Angelsachsen gegen die Dänen und so weiter. Eine normannische Dame gab es mir einmal als Honorar. Ich habe King Edmund versprochen, dass er einen Blick hineinwerfen darf.«

Zögernd strich Losian mit den Fingern der Linken über den rissigen Ledereinband, schob das Buch dann behutsam beiseite und verschränkte die Finger auf der gescheuerten Tischplatte. »Meine Freunde und ich sind der Ansicht, dass wir Euch bald verlassen sollten, Josua. Ich nehme an, Eure Untersuchungen sind abgeschlossen?«

Der Jude deutete ein Schulterzucken an. »Ich könnte Euch und Eure Freunde ein Jahr lang studieren, ohne dass meine Wissbegierde auch nur annähernd gestillt wäre. Aber meine strenge Tochter hat mich ermahnt, nicht zu vergessen, dass Ihr menschliche Wesen seid, keine Studienobjekte, die Gott zu meiner Erbauung hergeführt hat.«

Losian musste lächeln, als er sich die Szene vorstellte. »Eine kluge junge Frau, Eure Tochter.«

»Das ist sie.« Josua trank einen Schluck. »Es wird höchste Zeit, dass ich einen Mann für sie finde – meine Nachbarinnen liegen mir allenthalben damit in den Ohren. Eigentlich sollte Miriam längst verheiratet sein, aber ihr Verlobter starb. Zwei Monate später starb ihre Mutter. Seither hat sie mein Haus geführt, aber in wenigen Tagen wird ihre Schwägerin hier einziehen und ihr diese Rolle abnehmen, und ich weiß nicht …« Er unterbrach sich und seufzte verstohlen. »Warum erzähle ich Euch das eigentlich? Ihr habt genug eigene Sorgen. Vergebt mir, mein Freund. Ich bin ein redseliger Mann, fürchte ich, ganz im Gegensatz zu Euch.«

Losian hob kurz die Schultern. »Da ich beinah alles vergessen habe, was ich je wusste, habe ich nicht viel zu sagen.«

Josua lehnte sich auf seinem Stuhl zurück, eine Hand lose um den Becher gelegt, und betrachtete ihn eingehend. »Ich hingegen denke, dass mehr von Eurer Erinnerung da ist, als Ihr glaubt. Sie ist nur verschüttet.«

»Selbst wenn es so wäre, wie soll ich sie … ausgraben?«

»Öffnet das Buch.«

»Was?«

Josua machte eine ungeduldige, auffordernde Geste. »Na los, öffnet es. Ich möchte nur etwas versuchen.«

Zögernd zog Losian den schweren Band heran, betrachtete ihn einen Moment voller Skepsis, beinah mit Widerwillen, und schlug ihn dann irgendwo in der Mitte auf. Bräunliche Tinte auf gelben Pergamentseiten, zwei Spalten auf jeder Seite. Er ließ den Blick zur oberen linken Ecke gleiten, und mit einem Mal entwirrte sich die braune Masse der Buchstaben zu einzelnen Wörtern, und Losian murmelte: *»Hörest du, Wanderer der See, was dieses Volk sagt? Speere werden sie dir als Tribut geben …«* Er blickte erschrocken auf. »Jesus … Ich kann lesen.«

Josua grinste, als sei ihm ein besonders vertracktes Gauklerkunststück gelungen. »Ihr könnt lesen«, bestätigte er, und eine Art diebisches Vergnügen lag in seiner Stimme.

»Woher wusstet Ihr das?«

»Ich wusste es natürlich nicht. Aber etwas an der Art, wie Ihr redet, vor allem denkt, ließ mich ahnen, dass Euch das geschriebene Wort nicht fremd ist. Nun schaut mich nicht so argwöhnisch an. Es ist ja nicht so, als wäre das unter Männern Eurer Klasse so ungewöhnlich.«

Losian war schockiert. »Aber wieso … Wie ist es möglich, dass ich lesen kann, obwohl ich nicht weiß, dass ich lesen kann? Das ist … vollkommen widersinnig.«

Der Arzt schüttelte den Kopf. »Keineswegs. Ihr habt es bislang nur nicht entdeckt, weil Euch nirgendwo ein geschriebenes Wort begegnet ist. Aber dass Ihr die Fertigkeit des Lesens nicht vergessen habt, beweist meine Theorie.« Er hob plötzlich die Hand und legte sie auf Losians Stirn. »Es ist alles dort drin. Wir müssen nur danach graben. Es kann lange dauern, bis wir die richtige Stelle finden, wo wir graben müssen. Aber seid versichert, es gibt sie. Darum wünschte ich, Ihr bliebet noch. Für Eure Gefährten kann ich nichts tun. Doch es mangelt ihnen an nichts in meinem Haus, oder? Warum sollen sie sich nicht um Euretwillen noch ein wenig in Geduld fassen? Ihr habt wahrhaftig genug für sie getan. Jetzt können sie etwas für Euch tun.«

Losians Hände waren feucht, und sein Herz raste. Aber er zwang seine Erregung zurück, kämpfte darum, sie nicht zu zeigen, und entgegnete: »Was wird Euer Bruder sagen, wenn er heimkommt und eine Bestie in seinem Tuchlager vorfindet?«

»Ach!« Josua winkte ab. »Das lasst nur meine Sorge sein.«

»Aber Regy ist gefährlich, Josua. Für Euch, vor allem für Eure Kinder.« Losian sprach mit aller Eindringlichkeit, die er aufbringen konnte. »Er ist listig und verfügt über enorme Kräfte. Irgendwann wird es ihm wieder gelingen, jemanden zu verletzen. Er richtet all sein Streben darauf, die ganze, nicht unbeträchtliche Kraft seines Willens.«

»Ich weiß.« Josua schüttelte den Kopf. »Er ist jenseits aller Heilkunst, fürchte ich. Ich habe noch nie einen Menschen getroffen, der so entzückt von seiner eigenen Bosheit ist.«

»Ja. Es ist ein Jammer, dass er nicht dem Sheriff von York übergeben und hingerichtet wurde, als man ihn überführt hatte, denn die Welt wäre ein glücklicherer Ort ohne ihn. Aber das ist nun einmal nicht geschehen, und nun trage ich die Verantwortung für ihn. Und ich will nicht …«

»Ihr solltet Euch überlegen, ob Ihr nicht vielleicht mehr als das gebührliche Maß an Verantwortung schultert«, fiel Josua ihm ins Wort. »Wenn Reginald de Warennes Anwesenheit in diesem Haus Euch so beunruhigt, kann ich den Sergeanten des Sheriffs bitten, ihn oben auf der Burg zu verwahren. Wäre Euch dann wohler bei dem Gedanken, noch ein Weilchen unter meinem Dach zu bleiben?«

Losian antwortete nicht gleich. Abwesend schaute er auf die eng beschriebenen Seiten des Buches hinab, und schließlich sagte er: »Ich muss darüber nachdenken.«

Josua stand auf und legte ihm für einen winzigen Moment die Hand auf die Schulter. Losian schätzte das für gewöhnlich nicht, aber bei Josua machte es ihm eigentümlicherweise nichts aus. »Tut das«, riet der Arzt. »Für mich wird es Zeit, ich muss baden.«

»Baden?«

Der Arzt nickte. »Heute bei Sonnenuntergang beginnt der Sabbat, und vor dem Sabbat gehen anständige Juden ins Badehaus. Bleibt nur hier und lest ein wenig. Ich denke, es wird Euch Freude machen und Eure Gedanken anregen, was keinesfalls schaden kann. Wir sprechen uns später.« Er wandte sich zur Tür, die auf die Straße hinausführte.

»Danke, Josua. Danke für alles, was Ihr für mich und meine Freunde getan habt. Was immer die Leute von Norwich über Juden sagen, ich glaube nicht, dass es viele Christen gibt, die solcher Großzügigkeit fähig wären.«

Josua hob im Hinausgehen eine Hand, um seinen Dank für Losians Worte zu bekunden. Ohne sich umzuwenden, bemerkte er: »Ihr solltet meine Selbstlosigkeit nicht überschätzen, mein junger Freund.«

Losian las weiter in dem langen Gedicht über die Schlacht von Maldon, die die Angelsachsen unter ihrem Anführer Byrhtnoth gegen die heidnischen Dänen geschlagen und verloren hatten, und je länger er las, umso größer wurde seine Erregung. Er spürte, dass ihm dieses Gedicht vertraut war. Die Namen Byrhtnoth und Maldon waren ihm nicht fremd. So wenig wie der trotzige, stolze Ton der Worte und die Form der Verse. Er *kannte* dieses Gedicht.

Als er das Ende der erschütternden Geschichte von Ruhmestaten und Feigheit, Heldenmut und Tod erreicht hatte, klappte er das Buch beinah hastig zu und schob es weg, als fürchte er, es könne ihn beißen. Diese Sache war ihm unheimlich. Wie war es möglich, dass ein Lied über eine längst vergessene englische Schlacht einen normannischen Kreuzfahrer berührte wie die Liebkosung einer vertrauten Hand? Und wieso zum Henker konnte er eigentlich lesen? Kein anständiger Mann von Stand konnte lesen, oder? Nur Mönche und Priester. War er etwa Priester? Nein. Natürlich nicht. Wäre er Priester, müsste er die lateinischen Worte verstehen, die King Edmund bei der Messe sprach. Er war Soldat. Das war wohl das Einzige, was er mit Gewissheit sagen konnte. Jede Erfahrung, die er seit ihrem Aufbruch von der Insel gemacht hatte, bestärkte ihn in dieser Überzeugung. Er war Soldat, so wie Byrhtnoth und Offa und Godric und all die anderen Männer in dem Gedicht. War das der Grund? Kamen sie ihm deswegen vertraut wie Brüder vor?

Er vergrub einen Moment den Kopf in den Händen, weil das ewige sinnlose Kreisen seiner Gedanken – das Josua ben Isaac mit seinem verfluchten Buch nur verschlimmert hatte – ihn in die Düsternis zu stürzen drohte.

Ehe sie ihn lähmen konnte, stand er lieber auf und ging hinauf zu der Kammer, die er immer noch bewohnte. Es war das erste Mal seit ihrer Flucht von der Insel, dass er einen Rückzugsort hatte, wo er allein sein konnte. Wahrhaftig der einzige Luxus, den die Insel geboten hatte, und er hatte ihn schmerzlich vermisst.

Als er nun zu seinem Refugium kam, musste er indessen feststellen, dass sich bereits jemand dort aufhielt: Miriam stand mit dem Rücken zur Tür, legte etwas auf der Truhe ihres Bruders ab und wandte sich um. Sie schien fast unmerklich zusammenzuzucken, als sie Losian auf der Schwelle sah.

»Verzeiht, wenn ich Euch erschreckt habe«, bat er.

Sie ging nicht darauf ein, sondern zeigte mit einem langen, schmalen Zeigefinger zur Truhe hinüber. »Euer Gewand, Monseigneur. Sauber und ausgebessert.«

»Das war sehr gütig von Euch.« Er hatte das unbestimmte Gefühl, dass sie ihm zürnte, und konnte sich nicht vorstellen, warum. »Ihr habt gewiss genug zu tun, ohne Euch um die Garderobe der eigenartigen Gäste Eures Vaters kümmern zu müssen.«

»Oh, das macht mir nichts aus«, gab sie zurück. Ihre Stirn war leicht gerunzelt, und davon kräuselte sich ihre schmale Nase. Es sah hinreißend aus und milderte ihre Erhabenheit, die ihn gleichzeitig erschreckte und magisch anzog. »Wie Ihr ja bereits festgestellt habt, gehöre ich nicht zu den Frauen, die ihre Tage vor dem Spiegel verbringen und sich bunte Bänder ins Haar flechten, sondern ziehe es vor zu arbeiten.«

Er machte einen Schritt auf sie zu. »Womit habe ich Euch gekränkt, Miriam? Sagt es mir. Ich fürchte, dass ich neben vielen anderen Dingen auch die Regeln guten Benehmens vergessen habe.«

Miriam schüttelte langsam den Kopf. Dabei hielt sie die Lider halb gesenkt, und Losian ergötzte sich am Anblick der langen, schwarzen Wimpern. »Ihr habt mich nicht gekränkt, Losian.« Es war das erste Mal, dass sie den Namen aussprach, der nicht der seine und ihm doch so vertraut wie der Anblick seiner Hand geworden war, und es berauschte ihn, sie dieses Wort sagen zu hören, so als mache es sie zu Verschwörern, zu Hütern eines Geheimnisses, von dem niemand sonst etwas ahnte.

»Euer Freund Oswald hat Moses erzählt, dass Ihr nicht wisst, wer Ihr seid«, sagte sie.

Er nickte und wunderte sich, dass er nicht beschämt die Augen niederschlug. Aber er schämte sich nicht. Und er konnte auch den Blick nicht von ihr abwenden. »Es ist wahr.«

»Und dass Ihr verzweifelt darüber seid«, fügte sie hinzu.

»Ich kann mir nicht vorstellen, dass Oswalds Vokabular über dieses Wort verfügt.«

»Vielleicht nicht. Aber er versteht es dennoch, sich verständlich zu machen.«

Er nickte wieder.

»Ich habe darüber nachgedacht«, bekannte sie zögernd. »Und bin zu dem Schluss gekommen, dass ich Euch beneide.«

»Wirklich? Ich finde nichts, nicht das Geringste an mir, wofür man einen Mann beneiden könnte.«

»Ist Euch noch nie in den Sinn gekommen, dass Gott Euch vielleicht ein großes Geschenk gemacht hat? Welch eine Chance Ihr bekommt, weil Ihr wählen könnt, wer Ihr sein wollt? Keine Vergangenheit, kein Name, keine familiären Verpflichtungen binden Euch. Ihr könnt … Euch selbst erfinden. Und der sein, der Ihr sein wollt. Ihr seid … frei.«

Und wurzellos und namenlos, dachte er. Ein Niemand. Und

doch faszinierte ihn, was sie gesagt hatte. Dieser Blickwinkel war ihm vollkommen neu. Und er war nicht ohne Reiz, stellte er fest. Doch was er sagte, war: »Ich kann nicht glauben, dass Ihr den Wunsch verspürt, Euch selbst neu zu erfinden. Wer Euch anschaut, sieht eine Frau, die in sich selbst ruht.«

»Wer mich anschaut, sieht eine Frau, die gelernt hat, sich zu beherrschen«, widersprach sie scharf, und dann fügte sie mit einem bitteren kleinen Lächeln hinzu: »Jedenfalls meistens.«

»Tja.« Losian lehnte sich mit der Schulter unauffällig an den Türpfosten, denn er litt gelegentlich immer noch unter Schwindel. Ob das an den Folgen des hohen Blutverlusts lag oder an dieser unerwarteten Begegnung, vermochte er nicht zu entscheiden. »Mir will scheinen, dass einem meist nichts anderes übrig bleibt.« Er hob die Hand zu einer vagen Geste. »Euer Vater erwähnte den Tod Eurer Mutter und Eures Verlobten. Es tut mir leid.«

Sie sah ihm unverwandt in die Augen. »Aber ich nehme an, in seiner Güte hat er vergessen zu erwähnen, dass ich meinen Verlobten auf dem Gewissen habe.«

Losian löste sich vom Türrahmen und trat zwei Schritte auf sie zu. »Wieso glaubt Ihr das?«

»Weil es die Wahrheit ist.« Miriam wandte sich ab und nickte zur Truhe hinüber. »Es war nicht ganz einfach, das viele Blut herauszubekommen. Ich hoffe, das Tuch hat nicht gar zu sehr gelitten.«

Der abrupte Themenwechsel irritierte ihn, doch er erwiderte: »Ohne Blut ist das Gewand allemal besser als mit, so viel ist sicher.«

Ein Lächeln huschte über ihr Gesicht. »Ich muss gehen«, sagte sie. Hörte er leises Bedauern in ihrer Stimme, oder bildete er sich das ein, weil er es hören wollte? »In einer halben Stunde beginnt der Sabbat, und ich habe noch einiges vorzubereiten. Ich hätte Euch gerne eingeladen, unser Sabbatmahl zu teilen. Eure Freunde und Euch. Aber mein Vater war dagegen.«

Losian war nicht überrascht. »Nicht all meine Gefährten

sind der geeignete Umgang für eine junge Dame und ihren noch jüngeren Bruder. Das gilt vermutlich auch für mich.«

»Das war nicht der Grund«, entgegnete sie, rückte den eigenartigen siebenarmigen Kerzenleuchter auf dem schmalen Tisch ein Stück nach links und wieder zurück. Es war eine nervöse Geste. »Er sagt, unser Rabbiner billige es nicht, wenn wir Ungl… Menschen anderen Glaubens zu unseren Festen laden. Er sagt, ich dürfe nicht vergessen, dass uns eine Kluft von Euch trennt.«

»Er hat sicher recht«, stimmte Losian heiser zu, nahm ihren Arm, zog sie an sich und küsste sie. Miriam sträubte sich nicht. Einen Moment sahen ihre großen, ernsten Augen noch in seine, dann schloss sie die Lider und ließ zu, dass Losian sie fester an sich zog. Sie duftete nach irgendwelchen Kräutern oder Essenzen, deren Namen er vermutlich nie gehört hatte – fremd, betörend und schwer, und ein Hauch von Süßholz lag auf ihren Lippen.

Hör sofort auf damit, warnte die leise Stimme der Vernunft in seinem Kopf. *Was denkst du dir eigentlich?* Er wusste genau, dass er auf diese Stimme hören musste, dass er auf sie hören *würde,* aber noch nicht jetzt gleich. Er wollte Miriam nur noch einen Augenblick länger halten, ihre Zunge schmecken, das feine Leinentuch ihres Kleides spüren und die Wärme ihrer Haut darunter. Nur noch einen Augenblick …

Und dann fiel eine Hand auf seine Schulter, schleuderte ihn herum, und er fand sich Auge in Auge mit Josua ben Isaac. Die Szene im Raum war einen Moment wie erstarrt, fast als sei alle Luft aus der Kammer entwichen, sodass niemand mehr atmen konnte.

Schließlich wandte der jüdische Arzt den Kopf und tauschte einen Blick mit seiner Tochter. Miriam hielt ihm länger stand, als Losian für möglich gehalten hätte, aber dann schlug sie die Augen nieder, wandte sich langsam zur Tür und ging hinaus. Ohne Losian noch einmal anzuschauen.

Der biss die Zähne zusammen und wartete auf den Ausbruch väterlicher Entrüstung.

Doch Josua ben Isaac rührte keinen Finger. Er betrachtete seinen Gast eingehend und schüttelte dann bedauernd den Kopf. »Das habt Ihr klug eingefädelt.«

Losian räusperte sich nervös. »Ich verstehe nicht …«

»Ihr versteht mich sehr gut. Ihr habt den einzigen Weg gefunden, mich zu zwingen, Euch vor die Tür zu setzen. Ich habe Euch gezeigt, dass es vielleicht möglich wäre, Euch auf die Suche nach Eurer Vergangenheit zu machen, aber Ihr fürchtet Euch so *erbärmlich* davor, dass Ihr lieber davonlauft.«

Losian wusste, dass er scharfe Worte verdient hatte. Dennoch entgegnete er: »Ich mag viele abscheuliche Dinge sein, Josua ben Isaac, aber ich glaube, ein Feigling bin ich nicht.«

Einen Moment funkelte der Zorn in den dunklen Augen, aber dann nahm Josua sich zusammen. »Ihr seid ein kranker Mann. Darum verzichte ich darauf, Euch alles zu sagen, was ich auf dem Herzen habe, so schwer es mir auch fällt.«

»Eure Fäuste wären mir sehr viel lieber als Euer Mitleid.«

»Ihr werdet Euch damit begnügen müssen. Was sonst soll ich einem Mann entgegenbringen, der die Gefühle eines unglücklichen Mädchens missbraucht, um ein paar unbequemen Wahrheiten zu entrinnen?«

Losian wurde heiß und kalt von der Verachtung, die aus diesen Worten sprach. Er schüttelte langsam den Kopf. »Ich schwöre Euch, so war es nicht«, beteuerte er hilflos.

»Sondern wie?«

Er rang mit sich. Was konnte er sagen? Dass er sich in Josuas Tochter verliebt hatte? Das war zweifellos die Wahrheit. Aber ebenso wahr war, dass er sich zu jeder Frau hingezogen gefühlt hatte, der er begegnet war, seit sie auf Wanderschaft waren. Und selbst wenn es ihm dieses Mal ganz anders vorkam, was änderte das? Er atmete tief durch, um sich Mut zu machen, und sagte: »Lägen die Dinge anders … wäre ich ein anderer Mann, dann würde ich Euch vermutlich um die Hand Eurer Tochter bitten, Josua.«

Dieses Eingeständnis machte den Arzt für einen Moment untypisch sprachlos. Doch es war offenbar nicht Losians Aufrichtigkeit, die ihn verblüfft hatte, sondern seine Unverfrorenheit und Dummheit. Denn Josua erwiderte kopfschüttelnd: »Solltet Ihr eines Morgens aufwachen und Euch erinnern, dass Ihr der König von England seid, braucht Ihr Euch dennoch keine Hoffnungen auf meine Tochter zu machen, Monseigneur, denn Ihr seid kein Jude.« Er wandte sich ab. »Wenn ich morgen früh das Haus verlasse, um in die Synagoge zu gehen, würde ich es begrüßen, Euch bei meiner Rückkehr nicht mehr anzutreffen.« Grußlos verließ er die Kammer.

Losian wartete, bis die Tür sich geschlossen hatte, dann ließ er sich auf das komfortable Bett sinken, zog sich die Decke über den Kopf und verfluchte sich.

East Anglia, April 1147

»Wieso war es warm, solange wir ein Dach über den Köpfen hatten, und wird kalt, sobald wir wieder obdachlos sind?«, nörgelte Godric. »Du solltest mal ein ernstes Wort mit Gott reden, King Edmund.«

»Halt dein Schandmaul, du Flegel«, bekam er zur Antwort. King Edmund, der doch unbedingt hatte aufbrechen wollen, war *sehr* schlechter Laune, seit Losian ihnen bei Morgengrauen eröffnet hatte, er habe sich mit Josua ben Isaac überworfen, der sie daraufhin vor die Tür gesetzt habe. Was genau sich zugetragen hatte, hatte er ihnen vorenthalten, und Simon rätselte.

Sie gingen eine Weile schweigend, Oswalds leises Weinen der einzige Laut. Kein Dach und kein Essen mehr, das hätte er vermutlich klaglos hingenommen. Aber kein Moses und kein Ball? Das war zu viel. Oswald war untröstlich, und sein Jammer legte sich wie ein Schatten auf die Gemüter seiner Gefährten.

Nicht einmal Regy blieb davon unberührt. »Herrgott, nimm dich endlich zusammen, Schwachkopf«, knurrte er.

Oswald warf ihm einen vorwurfsvollen Blick zu und ging

ein wenig schneller, um mehr Abstand zwischen sich und Regy zu bringen.

»Lass ihn zufrieden«, schnauzte Wulfric. Er und sein Bruder trugen Regys Kette. Es war nicht darüber gesprochen worden, aber allen war klar, dass Losian noch nicht wieder hinreichend bei Kräften war, um es mit Regy aufzunehmen. Und seit dem Zwischenfall mit dem Dolch plagte die Zwillinge ihr Gewissen, sodass sie Regy heute klagloser hüteten als früher.

Sie gingen in südlicher Richtung. Keiner wusste, wieso oder zu welchem Zweck. »Da entlang«, hatte King Edmund gesagt, als sie aus dem Stadttor getreten waren, und niemand hatte Einwände vorgebracht. Weil sie alle ratlos waren, wie es weitergehen sollte, waren sie gewillt, sich Edmunds Führung anzuvertrauen. Sie folgten einem schmalen Pfad, der erst zwischen ordentlich bestellten Feldern einherführte, dann durch struppiges, teilweise sumpfiges Heideland.

»Ja, lass deine Laune nur an mir aus«, knurrte Regy über die Schulter in Wulfrics Richtung. »Aber nicht *ich* bin derjenige, der uns das eingebrockt hat.«

»Nein«, stimmte Simon verdrossen zu. »Du bist ein Muster an Anstand und Rücksicht. Der perfekte Gast.«

Regy ging nicht darauf ein. »Verrat es uns, Losian«, verlangte er stattdessen. »Was ist passiert, hm? Wieso war Josua ben Isaac plötzlich so erpicht darauf, uns loszuwerden? Wo er doch gestern noch so voller Neugierde gelauscht hat, als ich ihm von meinen kleinen Abenteuern erzählte. Ehrlich, er konnte gar nicht genug davon bekommen.«

»Vielleicht hat ihm so sehr vor dir gegraut, dass er uns nicht länger unter seinem Dach ertragen wollte«, mutmaßte King Edmund. »Er mag nur ein Jude sein, aber er ist ein anständiger, gottesfürchtiger Mann, das habe ich festgestellt. Und kein anständiger, gottesfürchtiger Mann duldet so etwas wie dich in seiner Nähe, wenn er die Wahl hat, Regy.«

»Ja, schiebt nur wieder alles auf Regy. Der ist es ja gewöhnt …« Es hörte nie auf, Simon zu verblüffen, wie überzeugend Regy die verleumdete Unschuld mimen konnte. Weil niemand Lust verspürte, darauf einzugehen, fuhr Regy fort. »Ich hingegen glaube eher, dass der untadelige Losian sich an die schöne Tochter unseres jüdischen Wohltäters herangemacht hat.«

Zum ersten Mal seit ihrem Aufbruch brach Losian sein Schweigen. »Wie kommst du darauf?« Es klang eher interessiert als wütend.

»Ich hörte, sie sei ein hübsches Kind. Und ich habe in Gilham beobachtet, dass du gegen den Anblick einer schönen Frau völlig machtlos bist. Nein, das nehme ich zurück. Die Bauernschlampe in Gilham war allenfalls Durchschnitt. Du überlässt das Denken deinem Schwanz, sobald *irgendeine* Frau in der Nähe ist. Das ist erbärmlich mit anzusehen, wenn ich dir die Wahrheit sagen soll.«

Losian gab keine Antwort, sondern ging mit gesenktem Kopf weiter.

»Also?«, beharrte Regy. »Was war nun mit dir und der holden jüdischen Jungfrau? Hast du ihr etwa die Unschuld geraubt?«

»Nein.« Es klang grimmig und eine Spur gefährlich.

»Aber das hättest du gern, nicht wahr?«

Losian warf ihm einen finsteren Blick zu, schlang Guy de Laigles Mantel fester um sich und schritt schneller aus.

»Das ist wohl Antwort genug«, murmelte Regy amüsiert.

Da hat er verdammt recht, dachte Simon, und er verspürte den Drang, mit den Fäusten auf Losian loszugehen. Dessen Lüsternheit verdankten sie also, dass Hunger und Not sie wieder bedrohten und sie wie Gesetzlose durch die Wildnis streiften. Aber Simon beherrschte sich und schluckte seinen Zorn hinunter. Losian hätte ja doch nur Kapital daraus geschlagen, ihm womöglich gar unterstellt, ein verwöhntes Herrensöhnchen und ein Feigling zu sein, der sich lieber im Haus eines Juden verkroch, als der Welt die Stirn zu bieten.

Dabei war es in Wahrheit nicht die Furcht vor ihrer ungewissen und wenig rosigen Zukunft, die Simon so wütend machte, sondern die Tatsache, dass schon wieder andere über sein Schicksal bestimmten. Er war Simon de Clare, hätte von Rechts wegen Eigentümer eines stattlichen Gutes sein müssen und war darüber hinaus alt genug, um für König Stephen in den Krieg zu ziehen. Stattdessen war er hier, mit diesen traurigen Gestalten. Hätte er sich in Norwich von seinen Gefährten lossagen und sein Glück fortan lieber allein versuchen sollen? Er war schließlich schon einmal ohne Schutz und Begleitung durch halb England geritten. Warum hatte er gezögert? Der König hatte Weihnachten in Lincoln verbracht, wusste Simon, und auch wenn Stephen gewiss nicht mehr dort war, hätte Simon in Lincoln wahrscheinlich in Erfahrung bringen können, wo er sich befand. Es beunruhigte ihn, dass er es vorgezogen hatte, mit diesem jämmerlichen Häuflein menschlichen Treibguts durch Norfolk zu irren. Er wusste, hätte er seine Gedanken King Edmund anvertraut, hätte der ihm versichert, dass Gott seine Schritte lenke und mit allem eine Absicht verfolge. Aber King Edmund war verrückt. Man neigte dazu, das zu vergessen, doch die Tatsache blieb. Und Simon hegte die Befürchtung, dass es nicht Gottvertrauen war, das ihn hierher in diese trostlose Wildnis geführt hatte, sondern der befremdliche Umstand, dass er sich seinen sonderbaren Gefährten näher fühlte als König Stephen und seinem gerechten Krieg.

»Wir bekommen Regen«, sagte Luke und brach damit eine lange Stille.

Simon schaute auf. Der angelsächsische Bauer hatte zweifellos recht, musste er feststellen. Der Himmel, der den ganzen Vormittag schon grau gewesen war, hatte sich bedrohlich verfinstert, und der kalte Wind war merklich schneidender geworden.

»Wir sollten einen Schritt zulegen«, riet King Edmund. »Hinter dieser Hügelkette dort drüben liegt ein Wald. Unter den Bäumen können wir Schutz suchen.«

»Woher weißt du, dass dort ein Wald liegt?«, fragte Simon.

»Weil dies hier meine Heimat war, mein Sohn. Wir haben die Sümpfe vorerst hinter uns gelassen, und diese Straße führt zu einer Furt durch den Yare.«

»Straße?«, murmelte Simon skeptisch vor sich hin, aber er

verkniff sich eine bissige Bemerkung, denn King Edmund war immer noch grantig.

»Wir werden nicht schneller gehen, und wenn die Sintflut kommt«, beschied Losian. »Vergesst nicht, was Josua ben Isaac gesagt hat: Oswald darf sich nicht anstrengen.«

Niemand widersprach. Sie behielten ihr gemächliches Tempo also bei, und als sie die Kuppe der sachten Hügelkette erklommen hatten, öffnete der Himmel seine Schleusen. In Windeseile verwandelte die »Straße« sich in zähen Morast, und die Wanderer kamen noch langsamer vorwärts, doch gegen Mittag erreichten sie den Rand des Waldes.

»Du hast ein gutes Gedächtnis, King Edmund«, befand Simon.

Doch ihr Heiliger ließ sich mit Schmeicheleien nicht besänftigen. »Was für ein König wäre der, der sein Land nicht kennt?«, entgegnete er streng.

Simon nickte und tauschte einen Blick mit Losian. Es geschah versehentlich, aber ehe einer von beiden es verhindern konnte, hatten sie ein verstohlenes Grinsen getauscht.

Die Bäume des Waldes zeigten den ersten zartgrünen Schleier, doch das Laub war noch zu spärlich, um sie vor dem Regen zu schützen. Sie waren alle bis auf die Haut durchnässt. Es tröpfelte aus Haaren und Mänteln, und Luke und Oswald klagten über die bittere Kälte.

An einem Dickicht aus Haselsträuchern hielt Losian schließlich. »Wir schneiden Zweige und flechten ein Dach. Wer weiß, wie man das macht?«

»Ich«, sagten die Zwillinge und Luke.

»In Ordnung. Godric, Wulfric, kettet Regy an die Ulme da vorn. Die wird er bis morgen früh vermutlich nicht ausreißen. Und sagt uns, was wir tun müssen.«

»Ah. Ich darf also nicht mit unters Dach, nein?«, erkundigte sich Regy beleidigt.

»Damit du uns alle im Schlaf abschlachten kannst?«, gab Simon zurück. »Schwerlich.«

Sie machten sich an die Arbeit. Dank Losians scharfem

Dolch und der Geschicklichkeit der drei Angelsachsen ging es schneller als erwartet, und das Ergebnis war verblüffend. Sie flochten eine annähernd viereckige Zweigmatte von vielleicht drei mal drei Schritten Größe, legten ein Ende auf der dem Wind abgewandten Seite des Dickichts auf die Haselsträucher, das andere auf den waagerechten Ast einer nahen Buche und hatten so tatsächlich ein Dach über den Köpfen.

»Können wir Feuer machen?«, fragte Luke hoffnungsvoll.

Losian dachte einen Moment nach, dann nickte er. »Ich glaube kaum, dass der königliche Forstaufseher bei diesem Wetter unterwegs ist, um sicherzugehen, dass Gesindel wie wir hier kein Holz sammelt.«

Simon und die Zwillinge zogen aus, um genau das zu tun. Der junge Normanne wandte sich nach Osten, suchte den Waldboden mit den Augen nach brauchbaren Ästen ab und hegte insgeheim Zweifel, dass irgendeiner von ihnen in der Lage war, auf schlammigem Grund und mit tropfnassem Holz ein Feuer in Gang zu bringen. Aber man konnte nie wissen. King Edmund hatte ein Talent für diese schwierige und langwierige Kunst. Eine schon beinah unheimliche Gabe, wenn man so darüber nachdachte. Und das brachte Simon zu der Frage, ob …

Die Frage wurde aus seinen Gedanken gescheucht, als sein nach unten gerichteter Blick auf ein junges Wildschwein fiel. Es lag auf der Seite und rührte sich nicht mehr. Das Blut, das in Strömen aus der Pfeilwunde am Hals geflossen war, ehe das Tier starb, hatte eine kleine, dampfende Pfütze gebildet. Kein Zweifel, die junge Sau war gerade erst geschossen worden, und der Jäger, der zweifellos ein Wilderer war, musste noch ganz in der Nähe sein.

Simons Füße bewegten sich bereits, und seine Muskeln hatten sich angespannt, um kehrtzumachen und zu rennen, aber es war zu spät. Eine Hand packte ihn von hinten am Schopf, und im nächsten Moment spürte er eine eiskalte Stahlklinge an der Kehle.

Das Holz fiel Simon aus den Armen. »Von mir hast du nichts zu befürchten, Freund«, sagte er auf Englisch. Er war zufrieden mit sich: Seine Stimme klang beschwichtigend. Die Todesangst, die ihm das Blut in den Adern gefrieren ließ, war ihm nicht anzuhören.

»Sprecht Ihr auch eine Sprache, die ein zivilisierter Christenmensch verstehen könnte?«, bekam er auf Französisch zur Antwort. Eine junge Stimme, und sie klang barsch.

Ja, lautete die Antwort natürlich, aber für einen Herzschlag war Simon sprachlos. Nicht genug, dass dieser Wilderer kein Angelsachse war – gehörte doch zu den Vorurteilen, die die Normannen immer noch über ihre englischen Nachbarn hegten, auch jenes, dass sie im Grunde *alle* Wilderer seien –, sondern er war Franzose. Kein Normanne. Franzose. »Das tue ich in der Tat«, erwiderte Simon so herablassend, wie er konnte. »Die Frage ist indes, wieso ich dem Mann, der mich feige von hinten niedermachen will, diese Höflichkeit erweisen sollte.«

Die Klinge verschwand, und Simon bekam einen unsanften Stoß zwischen die Schultern. Doch er fiel nicht. Hastig fuhr er herum, die Rechte am Heft, und fand sich Auge in Auge mit einem jungen Edelmann in feinen, aber schmutzigen Gewändern, die hier und da ein paar Risse aufwiesen, wie man sie sich im Wald zuzog, wenn man mit der Kleidung an Zweigen hängen blieb. Der Fremde hielt ein Schwert in der Hand, und seine Haltung verriet, dass er verstand, es zu führen. So wie seine breiten Schultern verrieten, dass er sich gern und oft in dieser Kunst übte. Sein dichter, zerzauster Schopf war blond oder möglicherweise auch rot, wenn er nicht gerade tropfnass war, und seine Augen waren so blau wie der Himmel an einem klaren Tag im Mai an der See.

»Es war keineswegs meine Absicht, Euch niederzumachen«, erklärte er nachdrücklich. »Aber in der Fremde kann man nicht vorsichtig genug sein. Ich hörte, in diesem Land verfahre man erbarmungslos mit Wilderern, und für einen Wilderer hättet Ihr mich halten können, Monseigneur.« Er schien einen Augenblick mit sich zu ringen, dann verbeugte er sich knapp. »Ich bitte um Vergebung, sollte ich Euch erschreckt haben.«

Es kommt nicht oft vor, dass er jemanden um Vergebung

bittet, fuhr es Simon durch den Kopf. Er ließ die Hand vom Schwert gleiten und erwiderte die Verbeugung. »So leicht nicht«, versicherte er lächelnd. »Simon de Clare, Monseigneur. Wo sind Euer Pferd und Eure Begleiter? Hattet Ihr einen Unfall? Braucht Ihr vielleicht Hilfe?« Dann bist du bei mir genau richtig, fügte er in Gedanken höhnisch hinzu. Ich kann mir nicht einmal selber helfen ...

»Ich glaube, man kann sagen, ich stecke ein wenig in der Klemme«, gestand der Fremde mit einem entwaffnenden Lächeln. »Meine Börse ist leer, meine *Entourage* mitsamt Gaul habe ich vor zwei Tagen im Wald verloren und kann sie nicht wiederfinden, und verlaufen habe ich mich obendrein auch noch. Außerdem ist es mir nie zuvor im Leben passiert, dass ich zwei Tage nichts zu essen hatte, und kalt ist mir auch.«

Simon konnte nicht anders, als das Lächeln zu erwidern. Er fand Gefallen an diesem Franzosen, der vermutlich kaum älter war als er selbst, aber seinen Missgeschicken mit so etwas wie Verwegenheit begegnete. »Und habt Ihr einen Namen, Monseigneur?«

Seltsamerweise schien der Franzose einen Lidschlag lang zu zögern, ehe er mit einer neuerlichen kleinen Verbeugung antwortete: »Henry Plantagenet.«

Nie gehört, dachte Simon. »Woher kommt Ihr?«

Das koboldhafte Lächeln zeigte sich wieder. »Aus Anjou, Simon de Clare. Und ich nehme an, damit hat sich die Hilfe, die Ihr mir anbieten wolltet, erledigt.«

Die Grafschaft Anjou im Süden der Normandie war in der Tat nicht der Lieblingsnachbar der Normannen, denn der Graf war machtgierig und streitsüchtig. Schamlos hatte er König Stephens missliche Lage ausgenutzt: Der König von England war eigentlich auch Herzog der Normandie, hatte sich um Letztere aber nicht kümmern können, seit er in England um seine Krone streiten musste. Der Graf von Anjou – der obendrein mit König Stephens Rivalin, der »Kaiserin« Maud, verheiratet war – war wieder und wieder in der vernachlässigten Normandie eingefallen, hatte sie Stadt um Stadt und Burg um Burg erobert, bis ihm vor drei Jahren schließlich auch noch Rouen in die Hände gefallen war und der normannische Adel ihn als neuen Herzog anerkannt hatte. Mit anderen Worten: Der Graf von Anjou hatte dem König von England die Normandie gestohlen.

All das war Simon bewusst, doch er antwortete: »Keineswegs. Was wäre das für eine Welt, in der ein Wanderer in der Wildnis dem anderen seine Hilfe verweigerte? Es ist nur …«

Ehe er weitersprechen konnte, kamen Wulfric und Godric zwischen den Bäumen zum Vorschein. »Oh, eine Wildsau! Du bist großartig, Simon …«, frohlockte Godric, ehe sein Bruder ihn warnend am Arm packte, weil er den Fremden entdeckt hatte.

Simon nickte in ihre Richtung und sagte zu Henry: »Das sind zwei meiner Gefährten, Godric und Wulfric.«

Die Augen des jungen Franzosen weiteten sich einen Moment. Es war schwer zu sagen, ob vor Verblüffung oder Abscheu. Aber was es auch war, er hatte sich sofort wieder unter Kontrolle und nickte den beiden Angelsachsen zu.

»Godric, Wulfric, dies ist Henry. Er hat seine Begleiter verloren und sich verirrt.«

»Ist das seine Sau?«, fragte Godric.

»Streng genommen gehört die Sau König Stephen«, stellte Simon klar – ganz der Sohn des königlichen Forstaufsehers. »Aber dieser Mann hier hat sie geschossen, ja.«

»Dann sag ihm, wenn er uns einen Batzen abgibt, kann er mit unter unser Dach kriechen, und King Edmund wird ihn auf den richtigen Weg bringen, ganz gleich, wohin er will.«

Losian war eingeschlafen, kaum dass er sich auf die kalte, nasse Erde gesetzt und die Schultern gegen den Stamm der Buche gelehnt hatte. Ihre Wanderung hatte ihn völlig erschöpft, denn es war erst zwei Wochen her, dass er um ein Haar verblutet wäre.

Er träumte ausnahmsweise einmal nicht von seinem Ritt nach Akkon, sondern von Miriam. In seinem Traum saß sie neben ihm auf der Bank im Garten, hatte sich ihm halb zugewandt und zeigte ihm ein Blatt. »*Es ist das Kraut des Vergessens*«, *sagte sie.* »*Nimm es, und du wirst wählen können, wer du sein willst. Keine Vergangenheit, kein Name werden dich binden. Du kannst dich selbst erfinden. Und der sein, der du sein willst.*«

»*Aber ich will der sein, der ich bin*«, *protestierte er.*

Sie schüttelte den Kopf und betrachtete ihn bekümmert. »*Dann wirst du mich nie haben können …*«

Mit einem kleinen Ruck schreckte er auf und hörte eine fremde Stimme: »Wo gehen wir hin, de Clare?«

»Wir sind da«, antwortete Simon, und im nächsten Moment führte er einen fremden jungen Mann unter ihr provisorisches Dach, der eine ausgeblutete Wildsau auf der Schulter trug, als sei sie leicht wie ein Büschel Heu.

»Das ist Henry«, sagte Simon auf Englisch zu seinen Gefährten. »Ein französischer Edelmann, der seine Begleiter verloren und sich im Wald verlaufen hat.« Er warf sein Holz auf den Boden, und Godric und Wulfric, die ihm gefolgt waren, taten das Gleiche. »Viel Glück, King Edmund«, wünschte Godric und rieb sich die nassen Hände an der nassen Hose ab. »Wir haben ihm einen Platz unter unserem Dach für ein Stück von seiner Sau angeboten, und Simon sagt, er ist einverstanden.«

Luke, Oswald und King Edmund starrten den Fremden mit unverhohlener Neugier an. Grendel kam schwanzwedelnd näher und beschnupperte ihn höflich.

Losian stand auf, trat einen Schritt auf den Neuankömmling zu und verneigte sich höflich. »Seid uns willkommen, Monseigneur.«

Der junge Mann sah ihn unverwandt an, den Kopf leicht zur Seite geneigt. Das Blau seiner Augen war so strahlend, dass es schwierig war, den Blick davon zu wenden. »Habt Dank.« Er ließ die Sau geschickt von der Schulter gleiten und legte sie ins Gras. »Euch und Euren Freunden scheint das Glück auch nicht gerade hold zu sein, wie?« Er lächelte, und es war das unbekümmerte, vorbehaltlose Lächeln eines Schelms.

Losian verspürte beinah so etwas wie Befremden, als er sich

dabei ertappte, dass er es erwiderte. »So könnte man sagen. Man nennt mich Losian. Simon de Clare habt Ihr schon kennengelernt, die Zwillinge ebenfalls. Dies sind King Edmund, Oswald und Luke.«

»He!«, kam es entrüstet von der Ulme herüber. »Und was ist mit mir?«

Losian ruckte das Kinn in die Richtung. »Reginald de Warenne. Aber nehmt Euch in Acht. Er trägt das Eisen aus gutem Grund.«

Der junge Mann wandte sich neugierig um und trat auf Regy mit dem gleichen Mangel an Furcht zu wie auf alle anderen. »Eine eigentümliche Gemeinschaft«, befand er.

»›Eigentümlich‹ ist ein gar zu harmloses Wort«, entgegnete Regy mit einem verschwörerischen Zwinkern. »Eine Schar Schwachköpfe und Krüppel, und den einzig Normalen haben sie an die Kette gelegt.«

»Tatsächlich? Und warum mögen sie das getan haben?«

»Weil sie verrückt sind, warum sonst? Engländer, versteht Ihr? Was soll man erwarten.« Er klang nachsichtig und hatte seinen gesamten, nicht unbeträchtlichen Charme in seine Stimme gelegt.

Losian beobachtete fasziniert, wie der junge Henry Regy in die Augen sah, ihn durchschaute und als das erkannte, was er war. Das war keine geringe Leistung, denn seit King Edmund ihm Haar und Bart gestutzt hatte, sah Regy aus wie ein vornehmer normannischer Edelmann, den ein böses Schicksal dazu verdammt hatte, eine Mönchskutte und ein Halseisen zu tragen. Man konnte ihm stundenlang in die dunklen Augen schauen, ohne dort je das geringste Anzeichen auf die Abgründe seiner Seele zu entdecken, wenn Regy nicht wollte, dass man sie sah.

»Ich hingegen glaube, Eure Gefährten haben gut daran getan, sich vor Euch zu schützen, Monseigneur.«

»So, glaubt Ihr das?«, entgegnete Regy säuerlich. »Und habt Ihr auch einen Namen, mein junger Freund?«

»Henry Plantagenet.«

Regy wurde für einen Atemzug seltsam starr. »Henry Plantagenet?«, wiederholte er dann. »Wollt Ihr … wollt Ihr mir weismachen, Ihr wäret der Sohn von …«

»Welche Schlüsse Ihr aus meinem Namen zieht, bleibt allein Euch überlassen«, fiel Henry ihm schneidend ins Wort. »Ich mache Euch nichts weis.«

Regy sah kopfschüttelnd zu ihm auf und fing an zu glucksen. »Werft euch in den Staub«, rief er den anderen zu. »Oder in den Schlamm, besser gesagt. Dieser Grünschnabel hier behauptet, er sei Henry Plantagenet. Der Sohn der streitbaren Kaiserin Maud und ihres ungeliebten Grafen, Geoffrey von Anjou. Na los, worauf wartet ihr, ihr ungehobelten englischen Ochsen?« Er fing an zu lachen. »Dieser Milchbart möchte der nächste König von England werden …«

Er konnte nicht weitersprechen. Sein Gelächter wurde schallend. Er hielt sich die Seiten, rang keuchend um Atem und lachte.

Henrys Miene hatte sich verfinstert. Er betrachtete Regys unkontrollierte Heiterkeit mit verschränkten Armen, dann stieß er die Luft aus und machte einen Schritt auf ihn zu.

Aber Losian war zur Stelle und riss ihn zurück, ehe der wütende junge Franzose in Regys Reichweite kam. »Das ist genau das, was er will«, warnte er.

Henry befreite seinen Arm mit einem wütenden Ruck. »Ich habe keine Angst vor diesem Teufel!«

»Das sehe ich. Aber Ihr wollt nicht ernsthaft einen Mann erschlagen, der an einen Baum gefesselt ist, oder?«

Der Zorn legte sich so schnell, wie er entflammt war. »Nein«, bekannte Henry nach einem kurzen Zögern. »Natürlich nicht.«

»Dann kommt. Seht Ihr, meine Freunde haben ein Feuer in Gang gebracht. Also lasst uns König Stephens Wildsau braten, was meint Ihr?«

Henry ging mit ihm zu den anderen zurück, warf ihm unterwegs aber einen argwöhnischen Seitenblick zu. »Macht Ihr Euch über mich lustig? Ich kann nichts dafür, dass ich bin, wer ich bin.«

Losian nickte.

»Ihr glaubt mir nicht, richtig?« Henry seufzte ungeduldig und blieb stehen. »Ich kann Euch kaum einen Vorwurf machen. Zerlumpt und allein und ohne Pferd, wie ich hier durch die Gegend irre.«

Der junge Mann hatte recht; Losian glaubte ihm kein Wort. Es war einfach zu fantastisch, dass ausgerechnet er und seine Gefährten im Wald von East Anglia auf den verirrten Sohn der Frau gestoßen sein sollten, die Anspruch auf Englands Thron erhob. Aber was spielte das für eine Rolle? Seit beinah drei Jahren lebte Losian in der Gesellschaft eines Mannes, der sich für einen toten Märtyrerkönig hielt, aber dennoch ein guter Mensch war. Er selbst hielt sich weder für heilig noch für den Sohn einer Kaiserin, weil seine Identität ihm schlichtweg entfallen war, und trotzdem funktionierten sein Verstand, sein Gewissen und all diese Dinge, die man Verrückten und Besessenen für gewöhnlich absprach. »Mir ist völlig gleich, wer Ihr seid, Henry«, stellte er klar.

»Das glaub ich aufs Wort. Ich sehe, dass Ihr genug eigene Sorgen habt. Wohin zieht Ihr?«

»Ich habe keine Ahnung.« Diskret wies er auf King Edmund, der dabei war, einen Ast anzuspitzen, auf den er die Sau spießen wollte. »Er führt uns. Aber ich bin nicht sicher, ob er weiß, wohin.«

Sie gingen weiter, und als sie zu ihrer unzureichenden Behausung zurückkehrten, fragte Luke: »Was ist in Regy gefahren? So hab ich ihn noch nie lachen hören.«

»Er wollte nicht glauben, dass unser Freund hier der Mann ist, für den er sich ausgibt«, erklärte Losian und legte mit Hand an, um das Gestell zu bauen, auf dem sie den Spieß drehen wollten.

»Wieso?«, fragte King Edmund. »Wer behauptet er denn zu sein?«

»Der Sohn der Kaiserin Maud. Gib mir meinen Dolch zurück, Luke. Das ist kein Beil, verstehst du, du machst ihn ganz stumpf.«

Luke reagierte nicht. Losian sah irritiert auf und stellte fest, dass alle Henry Plantagenet anstierten.

Schließlich räusperte sich King Edmund, schenkte dem Gast ein nervöses kleines Lächeln und sagte auf Englisch: »Nun, wer immer du sein magst, mein Sohn, du passt auf jeden Fall hervorragend in diese Gemeinschaft.«

In der Nacht wurde es bitterkalt, und die zahllosen Pfützen auf dem Waldboden überzogen sich mit einer dünnen Eisschicht. Losian, der schlaflos am Feuer gesessen hatte, weckte seine Gefährten vor Tagesanbruch, denn er fürchtete, sie könnten im Schlaf erfrieren. Der Wind wurde immer schneidender, und noch ehe sie ihr freudloses Frühstück aus nass geregnetem Wildschweinfleisch vertilgt hatten, wurde ihr Dach davongeweht.

»Wir sollten aufbrechen«, riet King Edmund mit klappernden Zähnen. »Im Gehen wird uns wärmer.«

Losian nickte, obwohl er insgeheim dachte, dass sie sich alle den Tod holen würden, wenn sie den ganzen Tag in nassen Kleidern durch diese Kälte liefen.

Als es hell wurde, erreichten sie das Ufer des Yare. Wie King Edmund versprochen hatte, führte der Pfad zu einer Furt, doch der Regen hatte den Fluss anschwellen lassen, sodass die Wanderer bis zur Hüfte durchs eisige Wasser waten mussten. Als Oswald sah, wie tief die Zwillinge und Regy in den Fluten versanken, wich er furchtsam zurück, verschränkte die Arme und schüttelte untypisch störrisch Kopf. »Da geh ich nicht durch.«

»Oh doch. Das wirst du«, entgegnete Losian grimmig. »Denn das ist unser Weg.«

»Aber ich kann nicht.«

»Das habe ich schon so oft von dir gehört, Oswald. Du kannst mehr, als du dir zutraust, glaub mir.«

Oswalds Augen waren groß und voller Furcht. »Jeremy …«, flüsterte er und starrte auf den tosenden Fluss. »Jeremy …«

Losian brauchte einen Moment, ehe er begriff, was der Junge meinte und was ihn mit solchem Entsetzen erfüllte: Das gurgelnde, kalte Wasser erinnerte Oswald an die Nacht der Sturmflut auf der Insel. Die Nacht, da Jeremy und die anderen ertrunken waren. Losian nahm Oswalds Hand. »Komm schon. Hab keine Furcht. Es ist nur kalt und nass, weiter nichts.«

Oswald riss sich los. »Nein!«

Losian rang um Geduld. »Hör zu, mein Junge …«

»Ich geh da nicht rein, ich geh da nicht rein, ich geh da nicht rein.«

Also schön, dachte Losian, dann werde ich dich tragen müssen. Er war nicht sicher, ob er das konnte. Die durchwachte Nacht und der Marsch durch das schauderhafte Wetter hatten ihm viel abverlangt, und er fühlte sich jetzt schon erschöpft. Dabei hatte der Tag kaum begonnen. Aber es half alles nichts …

»Kann ich mich vielleicht irgendwie nützlich machen?«, erkundigte sich der junge Henry, der unbemerkt hinzugetreten war.

»Er fürchtet sich vor der Furt«, antwortete Losian.

Henry nahm den Bogen von der Schulter und streckte ihn ihm entgegen. »Da, halte ihn mal. Sag dem kleinen Angsthasen, er kann auf meinem Rücken reiten. Aber tu mir den Gefallen und lass den Bogen nicht in den Fluss fallen. Er ist ein Geschenk meines Vaters. Nicht dass ich meinen Vater besonders gern hätte. Aber es ist ein hervorragender Bogen.«

Losian nickte knapp und bemühte sich, seine Erleichterung zu verbergen. Seine Schwäche beschämte ihn. »Henry trägt dich über den Fluss, Oswald. Was sagst du dazu?«

Oswalds Furcht verflog von einem Moment zum nächsten, wie es so oft der Fall war. »Ich darf huckepack reiten?«, fragte er mit leuchtenden Augen.

Losian lächelte. »Genau.«

Henry wandte Oswald den Rücken zu. »Dann mal los, Bübchen.« Er hatte französisch gesprochen, aber Oswald verstand ihn mühelos und sprang mit mehr Schwung, als nötig gewesen wäre, auf Henrys breiten Rücken. Henry taumelte einen Moment, lachte dann, umklammerte Oswalds Beine und schnaubte wie ein Schlachtross.

Oswald jauchzte, und als der junge Franzose ihn in den Fluss trug, würdigte er das schäumende Wasser keines Blickes.

Losian blickte ihnen einen Moment nach, schlang sich den Bogen über die Schulter und folgte.

Alle kamen unbeschadet ans andere Ufer – nasser und kälter denn je.

»Und was nun?«, fragte Regy, hauchte seine Hände an und steckte sie unter die Achseln.

»Nun gehen wir weiter«, antwortete Losian, gab Henry seinen Bogen zurück und schritt unbeirrter gen Süden, als ihm zumute war.

»Du verdammter Narr, wir werden alle draufgehen«, grollte Regy ihm nach.

Henry ging an ihm vorbei und murmelte: »In manchen Fällen kein großer Verlust, scheint mir.«

Es wurde der schlimmste Tag ihrer Wanderschaft. Selbst King Edmund musste einräumen, dass East Anglia sich nicht gerade von seiner bestechendsten Seite zeigte. Bis zum Mittag steigerte der Wind sich zu einem regelrechten Frühjahrssturm, vor dem die Bäume des Waldes keinen Schutz boten. Im Gegenteil, sie drohten zur tödlichen Gefahr zu werden, denn allenthalben riss der Sturm ganze Äste ab und schien die schutzlosen Wanderer damit zu bewerfen. Obendrein wurde der Untergrund wieder sumpfig, und sie konnten sich nur vorsichtig vorwärtstasten. Selbst Grendel hatte das Wetter die Laune verdorben. Mit eingeklemmtem Schwanz schlich er neben den Zwillingen einher und drängte sich so dicht wie möglich an Godrics Seite. Oswald wurde unleidlich, weil er erschöpft war und die Füße ihn schmerzten. King Edmund und Luke beteten. Die anderen stemmten sich in grimmigem Schweigen gegen den Wind. Allein Henry Plantagenet schien das Toben der Elemente nichts anhaben zu können. Er betrachtete es mit leuchtenden Augen, beinah so, wie ein siegesgewisser Mann seinen Herausforderer anschaut, und als der Sturm ihm einen abgebrochenen Ast direkt vor die Füße schleuderte, blieb er stehen, breitete die Arme aus und brüllte: »Was ist los mit dir, Gott? Meinst du, ich hätte noch nicht begriffen, dass du mich hier in diesem merkwürdigen Land nicht haben willst? Aber mir ist egal, ob es dir gefällt oder nicht, hörst du? So leicht kriegst du mich nicht klein!«

Was für ein Glück, dass King Edmund das nicht verstanden hat, dachte Losian und fragte Henry: »Glaubst du wirklich, es ist klug, Gott ausgerechnet hier und jetzt herauszufordern?«

Henry ließ die Arme sinken. Sein Grinsen hatte etwas Schuldbewusstes, aber nicht, so schien es, wegen der lästerlichen Worte, sondern wegen ihrer Großspurigkeit. »Du willst wissen, was ich glaube? Ich glaube, es ist immer und überall gleich unklug, Gott herauszufordern.«

»Da hast du recht«, musste Losian einräumen. »Also, warum tust du's?«

Der junge Mann hob unbekümmert die Schultern. »Ich kann nicht anders. Es liegt in der Familie. Wir haben ein Tröpfchen Dämonenblut in den Adern.«

Losian war befremdet – und auf eigentümliche Weise fasziniert –, weil der Junge das so leichthin sagte. »Dämonenblut?«, wiederholte er neugierig.

Henry nickte. »Mein Ururururgroßvater heiratete eine Unbekannte, allein wegen ihrer Schönheit.« Er musste brüllen, um sich verständlich zu machen, aber das hielt ihn nicht davon ab, seine Geschichte zu erzählen, während er sich an Losians Seite gegen den Sturm stemmte. »Es heißt, er war völlig besessen von seiner Begierde. Übrigens auch ein Familienübel.« Er lächelte flüchtig. »Jedenfalls, die geheimnisvolle, schöne junge Gräfin ging nicht gern in die Messe. Wenn sie dort war, betete sie nie, und sie ging immer vor der Wandlung. Eines Tages befahl der Graf vieren seiner Männer, sie festzuhalten, wenn sie die Kirche verlassen wollte. So geschah es auch. Beim nächsten Gottesdienst stand sie wieder auf, um hinauszugehen, und da packten die Männer sie beim Mantel und wollten sie hindern.«

»Und was dann?«, fragte Losian gespannt.

Henry sah ihm in die Augen. »Sie streifte den Mantel ab, flog aus dem Fenster und ward nie wieder gesehen.«

»Sie … flog aus dem Fenster?«

»Hm.« Der junge Franzose nickte. »So war's. Seither haben die Plantagenets einen etwas eigenartigen Ruf. Aber die geheimnisvolle fliegende Gräfin war gar nichts im Vergleich zu ihrem Sohn, den sie Fulk den Schwarzen nannten. Dieser Fulk hat nämlich …« Er brach abrupt ab, weil sich vor ihnen ein unheilvolles Krachen und Bersten erhob, das tatsächlich lauter war als der Sturm.

»Edmund, gib Acht!«, rief Losian, machte einen Satz, riss King Edmund zu Boden und rollte mit ihm durch den Schlamm. Der Baum fiel mit einem gewaltigen Getöse, und die Erde erzitterte, als er genau dort aufschlug, wo Edmund einen Herzschlag zuvor noch gestanden hatte.

Der setzte sich auf und bekreuzigte sich.

»Junge, Junge, das war verdammt knapp.« Erschrocken war Simon herbeigeeilt, dicht gefolgt von Luke.

King Edmund ließ sich von Simon aufhelfen und zischte ihm drohend ins Ohr: »Denk nicht, ich hätte das nicht gehört!«

Simon ging nicht darauf ein. Genau wie seine Gefährten sah er auf die Fichte hinab, die entwurzelt zu ihren Füßen lag und ihnen obendrein auch noch den Weg versperrte. Der Wind heulte auf, eine plötzliche Sturmbö beförderte Luke von den Füßen, der sich im letzten Moment an Wulfrics Arm festhielt. Und es begann wieder zu schütten.

»Ich wiederhole mich ungern, aber wenn wir nicht bald einen Unterschlupf finden, sind wir morgen früh alle tot«, rief Regy zu Losian hinüber.

»Er hat recht«, räumte King Edmund unwillig ein. »Wir müssen Schutz suchen. Es wird Abend, und der Sturm wird schlimmer.«

Simon sah sich ohne viel Hoffnung im Wald um, wandte den Kopf nach links, dann nach rechts, dann so ruckartig wieder nach links, dass Regentropfen aus seinem Schopf flogen.

Godric blickte in die gleiche Richtung. »Was ist da?«, fragte er.

»Ich weiß nicht«, antwortete Simon unsicher. »Mir war, als hätte ich aus dem Augenwinkel ein Licht gesehen.«

Alle wandten sich nach Südwesten und schauten beinah andächtig in die Richtung, in die er gezeigt hatte. Als das Licht das nächste Mal durch die Dämmerung blinzelte, sahen sie es alle.

Ohne dass eine Absprache nötig gewesen wäre, machten sie sich auf den Weg. »Lasst uns hoffen, dass es kein Kloster ist«, brummte Regy. »Sonst will Losian wieder vorbeiziehen.«

»Heute bin ich nicht wählerisch«, versicherte dieser.

»Das ist kein Kloster«, erklärte King Edmund.

»Sondern was?«, fragte Wulfric.

Ihr Heiliger antwortete nicht, ging stattdessen mit entschlossenen Schritten voraus und bahnte sich einen Weg, als wisse er plötzlich genau, wohin er wollte, obwohl es keinen erkennbaren Pfad gab, dem er folgte, und das Licht nur hin und wieder aufschimmerte, um ihnen die Richtung zu weisen.

Ihr Fortkommen war langsam und mühevoll, wurde durch Regy und seine Kette erschwert, der allenthalben links um einen Baum herumging, während seine beiden Wärter den Stamm rechts passierten, bis die Kette spannte und die Zwillinge kehrtmachen mussten. Doch schließlich gelangten sie an den Saum des Waldes und erkannten in der zunehmenden Dämmerung, woher der gelegentliche Schimmer gekommen war: Es war ein Licht in einem schmalen Fenster einer trutzigen, steinernen Burg.

»Oh, großartig«, murmelte Henry. »Jetzt hat Gott Gelegenheit, mich zurechtzustutzen.« Es klang tatsächlich eine Spur kleinlaut. »Wenn der Burgherr auf König Stephens Seite steht, ist meine Reise hier zu Ende.«

Losian sah ihn an. »Wir haben keine Wahl, Henry. Wenn wir dort nicht um Obdach bitten, ist die Reise für uns alle zu Ende.«

Das hölzerne Torhaus war unbemannt, die Zugbrücke über den bewässerten Graben heruntergelassen. Leichtsinnig in solch kriegerischen Zeiten, hatte Henry bemerkt.

Losian war indessen dankbar, dass sie keine Torwachen antrafen, an deren Mildtätigkeit er hätte appellieren müssen. Er führte die Gemeinschaft über die Brücke in einen menschenleeren Innenhof. Eines der ersten der hölzernen Gebäude, die sie passierten, war ein Pferdestall.

»Geht hinein und wartet«, beschied Losian. »Du kommst mit mir, Simon. Wenn du so gut sein willst«, fügte er hastig hinzu.

»Gewiss, Losian.« Der junge Normanne sah sich neugierig um. »Das ist eine hervorragende Anlage«, raunte er.

King Edmund führte eine erleichterte Schar in die schwere Wärme des Pferdestalls. Nur Henry zögerte und sah Losian und Simon einen Moment nach, folgte dann aber den anderen.

»Wieso ist hier nirgendwo jemand?«, fragte Simon verwundert. »Wo mögen sie alle sein?«

»Keine Ahnung«, erwiderte Losian grimmig. Ihm schwante nichts Gutes. Vermutlich waren Kaiserin Mauds Truppen hier eingefallen und hatten die ganze Stephen-treue Besatzung der Burg niedergemetzelt. Oder umgekehrt.

»Jesus, Maria und Joseph, sieh dir diesen Turm an, Losian!« Simon war tief beeindruckt.

»Gehen wir hinauf.«

Am Westende der von einem Palisadenzaun umfriedeten Anlage erhob sich eine steile Motte, wie die meisten normannischen Burgen sie hatten. Aber auf der flachen Kuppe dieses aufgeschütteten Hügels stand kein hölzerner Burgturm, sondern eine steinerne Festung: ein Donjon modernster Bauart, den man aufgrund des hellen Sandsteins und der schlanken Ecktürme kaum anders als schön nennen konnte.

Ein von einem Holzdach beschirmter Aufgang führte hügelan zu einem zweiten Palisadenzaun, dessen Tor ebenfalls offen und unbewacht war, dann eine steinerne Treppe hinauf zum

Portal. Losian und Simon stiegen eilig die gleichmäßig gehauenen Stufen empor.

»Langsam krieg ich das Grausen, Losian«, murmelte Simon. »Ich wette, wir werden in der Halle einen Leichenberg finden.«

»Gut möglich.«

Aber kein Mensch war in der Halle – weder tot noch lebendig. Im Kamin an der Stirnseite brannte ein einladendes Feuer, die langen Tische und Bänke waren indes verwaist. Nur ein uralter Hund, dessen trübe Augen darauf hindeuteten, dass er blind war, erhob sich gemächlich von seinem Platz vor dem Feuer, machte zwei Schritte auf sie zu, wedelte mit dem Schwanz und gähnte herzhaft.

»Großartig«, bemerkte Simon nervös.

Auch Losian war die leere Halle unheimlich. Er legte den Kopf schräg, wrang die Haare aus und schaute sich dabei um. Auf der hohen Tafel vor dem Kamin standen ein Krug und ein paar Becher, ein abgenagter Apfel lag daneben. In der rechten Ecke der Kaminwand befand sich ein Türdurchbruch, der zweifellos zur Treppe ins Obergeschoss führte. Losian zeigte in die Richtung. »Da entlang. Lass uns nachsehen, ob vielleicht oben jemand ist.«

Ihre Schuhe raschelten im Bodenstroh, als sie die Halle durchquerten. Doch ehe sie die Tür erreichten, hörten sie leichte Schritte auf der Treppe, die ihnen entgegenkamen.

Losian und Simon tauschten einen Blick und blieben stehen.

Wer immer die Treppe herunterkam, er ging langsam. Es dauerte ein Weilchen, bis der Schein einer Fackel den schmalen Türdurchbruch erhellte, und kurz darauf erschien ein Rocksaum.

Losian packte Simon am Ärmel, zog ihn zwei Schritte weiter zurück und sagte: »Vergebt uns, Madame. Bitte erschreckt nicht. Wir sind ungebeten eingedrungen, aber wir wollen Euch kein Leid zufügen.«

»Das würde ich Euch auch nicht raten«, bekam er zur Antwort. Die Stimme gehörte unverkennbar einer alten Frau.

Diese trat im nächsten Moment in die Halle – vollkommen unerschrocken, so schien es. Losian war von ihrer Fackel geblendet und konnte sie nicht richtig erkennen, aber er gewann den Eindruck von Größe und kerzengerader Haltung.

»Was wünscht Ihr?«, fragte die alte Dame barsch. »Und wo ist meine Wache?«

»Niemand war am Tor, Madame«, erklärte Losian, verneigte sich artig und trat unsicher einen Schritt näher, sodass er an der Flamme vorbei in ihr Gesicht sehen konnte. »Meine Freunde und ich erbitten Obdach vor dem Sturm.«

Die alte Dame zog so scharf die Luft ein, dass es fast wie ein kleiner Schrei klang. Ihre Augen waren schreckensweit, und noch während Losian sich darüber wunderte, dass eine so alte Frau solch strahlend blaue Augen haben konnte, fiel ihr die Fackel aus der Rechten, und sie schlug beide Hände vor Mund und Nase. »O Gott … O gnädiger Herr Jesus Christus …«

Sie schien zu wanken. Losian streckte instinktiv einen Arm aus, um sie zu stützen, und im nächsten Moment hatte sie sich an ihn geklammert und presste das Gesicht an seine Brust. »Mein Junge … mein lieber Junge …« Sie schluchzte. Es klang eigentümlich trocken, wie eingerostet, so als habe sie wenig Übung darin. »Der Herr sei gepriesen. Du bist nach Hause gekommen.«

Losians erster Impuls war, sich loszureißen und zu fliehen. Über den gebeugten Kopf der alten, weinenden Frau hinweg tauschte er einen entsetzten Blick mit Simon – der geistesgegenwärtig die Fackel aufgefangen hatte –, dann befreite er sich aus ihrer Umklammerung, nicht roh, aber bestimmt.

»Ihr … Ihr verwechselt mich, Madame«, brachte er mühsam hervor. Panik schnürte ihm die Luft ab. Sein Sehfeld verkleinerte sich, und sein Herz begann zu rasen. Er wich zurück, bis er an eine Mauer stieß, und legte die Hände flach neben sich auf den kalten Stein. »Bitte … könnte ich den Kastellan oder den Herrn dieser Burg sprechen?«

Die alte Frau stand reglos und sah ihn unverwandt an. Tränen benetzten die faltigen Wangen, aber es kamen keine neuen. »Das bist du«, entgegnete sie.

Losian öffnete den Mund, schloss ihn wieder, sah flehentlich zu Simon.

Der verneigte sich nun seinerseits. »Er ... er hat sein Gedächtnis verloren, Madame. Er weiß nicht, wer er ist.«

Nur ein fast unmerkliches Blinzeln verriet ihren Schrecken ob dieser Eröffnung. Dann straffte sie die Schultern, trat auf Losian zu und nahm seine eiskalte Rechte in beide Hände. Sie war eine Ehrfurcht gebietende Erscheinung in ihrem edlen, blauen Surkot, den Kopf von einem feinen Tuch der gleichen Farbe bedeckt, dessen Enden unter dem Kinn gekreuzt und über die Schultern drapiert waren, sodass allein ihr Gesicht frei blieb. Es war ein stolzes Gesicht mit hohen Wangenknochen. Aber ihre Stimme klang mit einem Mal sanft. »Dein Name ist Alan de Lisieux.«

Er schüttelte stumm den Kopf. Es war der Name eines Fremden.

»Du bist hier geboren, auf dieser Burg«, fuhr sie fort.

»Wo sind wir hier?«, fragte er. Es klang matt, und das ärgerte ihn, aber seine Knie waren so butterweich, dass er Mühe hatte, nicht an der Wand entlang zu Boden zu rutschen. »Wie heißt dieser Ort?«

Ein kleines Lächeln stahl sich in die Mundwinkel der alten Dame, als sie antwortete: »Helmsby. Und so haben deine englischen Vasallen und Pächter dich immer genannt: Alan of Helmsby.«

Der Sturm hatte das Dach der Scheune im unteren Burghof abgedeckt. Das war der Grund, warum weit und breit kein Mensch zu entdecken gewesen war. Alle waren zur Scheune geeilt und hatten sich bemüht, das fehlende Stück Dach mit Tierhäuten notdürftig zu ersetzen – kein leichtes Unterfangen bei diesem anhaltenden Sturm –, um die Vorräte an Getreide und Heu vor dem Regen zu schützen.

Die alte Dame, die sie im Burgturm aufgelesen hatte und die unbeirrbar behauptete, Losians Großmutter zu sein, hatte Simon gebeten, seine Gefährten aus dem Pferdestall zu holen und in die Halle zu geleiten. »Gebeten« traf es nicht ganz, korrigierte der Junge sich. Es war eher ein in Höflichkeit gekleideter Befehl gewesen. In einem Tonfall, der verriet, dass sie Ungehorsam nicht gewohnt war. Wenn sie wirklich Losians Großmutter war, dann wusste Simon, wem sie diese spezielle Art, ihre Wünsche zu äußern, vererbt hatte …

»Ihr werdet einfach nicht glauben, was passiert ist«, sagte er zu den anderen, als er durch die Tür des Pferdestalls trat.

»Sie haben euch mit einem Tritt hinausbefördert«, tippte Wulfric.

»Sie liegen alle abgeschlachtet in der Halle«, mutmaßte sein Bruder.

»Alles falsch«, entgegnete Simon aufgeregt. »Er …«

»Jemand hat ihn erkannt«, sagte King Edmund leise.

Simon wandte den Kopf in seine Richtung – merkwürdig langsam, so schien es ihm – und starrte ihn an. »Also wirklich, King Edmund. Manchmal bist du richtig unheimlich.«

»Was denn, es ist *wahr?*«, fragte Regy fassungslos.

Simon nickte. »Wenn es stimmt, was die alte Dame da oben sagt, dann gehört ihm diese Burg und alles Land, was man sehen kann, wenn man auf einen der Ecktürme steigt und sich einmal im Kreis dreht. Und ein ordentlicher Brocken der Normandie obendrein. Sie behauptet, sein Name sei Alan de Lisieux.«

»Lisieux?«, wiederholte Regy noch eine Spur fassungsloser. »Der *Kreuzfahrer?*«

»Nun, wenn wir irgendetwas über Losian wussten, dann das«, gab King Edmund ungeduldig zurück.

»Aber der Kerl, den ich meine, wäre heute ein Tattergreis«, widersprach der Normanne.

»Dann ist Losian gewiss sein Sohn oder Enkel.« King Edmund klang in geradezu absurder Weise stolz.

Simon stemmte die Hände in die Seiten. »Raus damit. Woher wusstest du's? Und wenn du es wusstest, warum hast du ihm nie ein Sterbenswort gesagt? Du hättest ihn verdammt noch mal vorwarnen können!«

»Nimm dich in Acht, Simon«, knurrte King Edmund.

»Ich fluche so viel, wie's mir passt!«, brauste der Junge auf. »Es war ein furchtbarer Schock für ihn! Er ist … vollkommen außer sich. Nennst du *das* christliche Nächstenliebe, du …«

»Ich habe es natürlich *nicht* gewusst, mein Sohn«, fiel Edmund ihm beschwichtigend ins Wort. »Aber sobald er englisch spricht, hört man, dass er aus dieser Gegend stammt. Ich habe ihm das nie gesagt, weil ich keine falschen Hoffnungen in ihm wecken wollte. Ich hab mir nur überlegt, es könne nicht schaden, an jeder Burg und jedem normannischen Gut in East Anglia Halt zu machen, an denen wir vorbeikommen.«

»Also deswegen hast du uns hierhergeführt«, schloss Wulfric.

Edmund nickte mit einem milden Lächeln. »Auch«, räumte er ein.

Einen Moment schwiegen die Gefährten ratlos. Dann machte Simon eine auffordernde Geste. »Kommt. Sie hat uns in die Halle gebeten. Ich hab so ein Gefühl, dass Losian froh sein wird, wenn wir kommen. Das ist alles ein bisschen zu viel für ihn.«

Bereitwillig standen sie vom Boden auf, und Henry war der Erste, der ins Freie trat. »Nun, ihn mag sein Name erschrecken«, bemerkte er. »Mir gefällt er außerordentlich gut.«

»Treue Anhänger deiner angeblichen Mutter, die Lisieux', wie?«, fragte Simon trocken.

»Und ein bisschen mehr als das«, erwiderte Henry geheimnisvoll. »Wie steht es denn eigentlich mit dir, Simon de Clare? Mit wem hältst du es?«

Simon sah ihn von der Seite an und grinste. »König Stephen.«

Henry brummte. »Na ja. Kein Mensch ist vollkommen.«

Hastig überquerten sie den windgepeitschten Innenhof und stiegen hintereinander die Treppe zum Burgturm hinauf. Simon führte sie in die Halle, und die Wanderer sahen sich mit unterschiedlichen Abstufungen der Ehrfurcht und des Staunens um. Scheu blieben sie vor der hohen Tafel stehen. Allein Grendel erklomm bedenkenlos die flache Stufe zur Estrade, um seinen greisen Artgenossen am Kamin zu begrüßen, aber Wulfric befahl ihn mit einem gedämpften Pfiff zurück an seine Seite.

Die alte Burgherrin, die sich Matilda of Helmsby nannte, saß in einem reich geschnitzten Sessel an der hohen Tafel und blickte den Wanderern mit unbewegter Miene entgegen. Losian lehnte hinter ihr links vom Kamin an der Wand, hatte die Arme verschränkt und hielt den Kopf wie zum Angriff gesenkt.

»Hier sind unsere Gefährten, Madame«, sagte Simon zaghaft. Ihre ausdruckslose Miene bereitete ihm Unbehagen, aber er sprach tapfer weiter. »King Edmund, unser geistlicher Beistand. Luke, Wulfric und Godric, Oswald und Reginald de Warenne. Und erst vor zwei Tagen stieß dieser Mann zu unserer Gemeinschaft, der sagt, sein Name sei …«

»Henry Plantagenet«, fiel Matilda of Helmsby ihm ins Wort. Ihr Tonfall war unverändert ruhig, aber zutiefst erstaunt. »Die Wunder dieses Tages nehmen kein Ende.«

Henry trat entschlossen zu ihr und verneigte sich. Ohne alle Scheu. Weltmännisch, dachte Simon neiderfüllt. Und Henry wagte es gar, der strengen Burgherrin ein charmantes Draufgängergrinsen zu offerieren. »Woher kennt Ihr mich, Madame?«

»Ich kenne deine Mutter, und du bist ihr Ebenbild. Außerdem gibt es ein Gerücht, du seiest nach England gekommen.«

»Er ist es wirklich?«, fragte Losian, so verdutzt, dass er den Tumult in seinem Innern anscheinend für den Moment vergessen hatte. »Der Sohn dieser Kaiserin, die Königin von England werden will?«

Matilda of Helmsby warf ihm über die Schulter einen Blick zu. »Das ist er in der Tat.«

Alle Gefährten starrten Henry an, der ihnen verstohlen zuzwinkerte. »Ich vergebe euch eure Zweifel«, erklärte er großmütig. »Ich hätte mir vermutlich auch nicht geglaubt.«

Ein breitschultriger Mann mit langen blonden Haaren und Stirnglatze trat in die Halle. »Das Dach ist einigermaßen dicht, Lady Matilda, wir haben … Oh, bei St. Wulfstans Ohren! Mylord! Du bist wieder da!«

Er würdigte die Gefährten, die doch auf jedem Jahrmarkt für Aufsehen gesorgt hätten, nicht einmal eines Blickes, sondern hastete um die Tafel herum, ergriff Losian bei den Oberarmen und sah ihm strahlend ins Gesicht. »Wo bist du nur gewesen? Wir hatten kaum noch Hoffnung, dass du heimkehrst. Nur sie.« Er ruckte das Kinn diskret in Matildas Richtung. »Sie hat nie aufgehört, an deine Rückkehr zu glauben. Was für eine Freude! Ich kann's einfach nicht fassen! Wieso … Ich meine, was …«

Er schien ein redseliger Mann zu sein, doch Losians beharrliches Schweigen und seine finstere Miene brachten ihn ins Stocken.

»Er hat sein Gedächtnis verloren, Guillaume«, erklärte Matilda. Simon war nicht sicher, aber er argwöhnte, er höre einen Hauch von Ungeduld in ihrer Stimme. So als behindere Losians Gebrechen ihre Pläne. Als hätte der Schmied, der ihren Gaul beschlagen sollte, sich die Hand gebrochen. »Alan, dies ist Guillaume FitzNigel, dein Steward. Guillaume, dies sind Alans Reisegefährten. Nimm dich ihrer an, sei so gut. Sie brauchen etwas Heißes, und sicher sind sie hungrig.«

Der Steward streifte die Gemeinschaft mit einem Blick, der wenig Enthusiasmus verriet, nickte jedoch bereitwillig. »Natürlich.«

»Du kommst mit mir, Alan, und du ebenfalls, Henry«, beschied die alte Dame, stand auf und wandte sich zur Tür. Sie sah sich nicht einmal um, so sicher war sie, dass sie folgen würden.

Henry fügte sich anstandslos. Losian indessen liebäugelte offenbar damit, sich zu verweigern. Simon sah das genau. Er schüttelte den Kopf und drängte leise: »Geh lieber. Bevor hier dutzendweise Leute auftauchen, die mehr über dich wissen als du. Ich kümmere mich um alles, sei unbesorgt.«

Losians Blick glitt zur Tür. Er wirkte gehetzt. Mit einer

Geste in Regys Richtung antwortete er: »Frag, ob sie hier ein Verlies haben.«

»Oh, vielen Dank auch, alter Knabe«, knurrte Regy.

Simon nickte. »Wie gesagt. Ich kümmere mich um alles.«

Das Obergeschoss der Burg war durch einen zugigen Korridor in zwei Hälften zerschnitten. Fackeln flackerten und qualmten in eisernen Wandhaltern, und hier und da unterbrachen hölzerne Türen die dicken Mauern. Die Fackeln hatten fächerförmige Rußflecken auf die Steine gemalt, doch ansonsten wirkte alles sauber und frisch, die dunkel gebeizten Türen waren noch nicht ausgeblichen, und diejenigen, die abschließbar waren, hatten glänzende Riegel und Schlösser.

»Diese Burg ist noch neu«, bemerkte Henry, während sie Matilda ein Stück den Korridor entlang folgten. »Wer hat sie gebaut?«

Sie nickte zu ihrem Enkel hinüber. »Er.«

Losian zuckte zusammen und betrachtete die Wände mit einem Mal voller Argwohn, so als würden sie einstürzen und ihn begraben, wenn er sich nicht vorsah.

»Wir haben Richtfest gefeiert, drei Wochen bevor du verschwunden bist«, fügte seine Großmutter hinzu.

»Falls ich tatsächlich der bin, für den Ihr mich haltet, Madame.«

»Oh, mach dich nicht lächerlich!«, fuhr sie ihn an. »Deine kleinen Zehen sind verkümmert, genau wie meine. Das haben wir von meiner Mutter geerbt. Und auf der rechten Brust trägst du eine Narbe in Form einer Sichel. Überzeugt dich das?«

Er war stehen geblieben und starrte sie an. Es erschütterte ihn, dass diese Fremde solch intime Details seiner Physiognomie kannte. Es war ihm peinlich. Vor allem erschütterte ihn, dass ihm nun nichts anderes übrig blieb, als ihr zu glauben. Er hatte immer angenommen, er werde vor Seligkeit jubilieren, wenn ihn jemand erkannte und ihm verriet, wer er war. Aber das Gegenteil war der Fall. Er fühlte sich hundeelend, und er fürchtete sich vor dieser Frau, diesem Ort und seinen Menschen, die Gott weiß was über ihn wussten und von ihm erwarten mochten. Doch er verbarg seinen Schrecken und antwortete scheinbar gelassen: »Mir bleibt wohl nichts anderes übrig.«

»Hm.« Es war ein kurzer Laut der Befriedigung. »Die Narbe stammt von einer Wunde, die du bei der Schlacht von Lincoln davongetragen hast. Es war eine schlimme Verletzung. Gloucester schickte mir einen Boten, so ernst war es.«

»Wer?«

»Earl Robert of Gloucester«, antwortete Henry, und man konnte hören, dass der Name ihm Respekt einflößte. »Er ist unser …«

»Vergib mir, wenn ich dich unterbreche, Henry, aber ich glaube, diese Erklärungen sollten wir noch ein wenig aufschieben«, sagte sie.

»Aber Madame, denkt Ihr nicht, Losian hat ein Recht zu erfahren …«

»Sein Name ist Alan.« Ihre Stimme war scharf. »So und nicht anders wirst du ihn von nun an nennen. Das gilt auch für jeden eurer Gefährten.«

»Bei allem Respekt, Madame«, entgegnete ihr Enkel. »Ich glaube kaum, dass es Euch ansteht, Henry oder meinen übrigen Gefährten Vorschriften zu machen.«

»Da hast du völlig recht, mein Junge. Aber das ist nun einmal dein Name, also solltest du ihn auch führen. Ich merke, dass all das dir viel zu schnell geht und der Name dich mit Unbehagen erfüllt, doch das ändert nichts an den Tatsachen. Und sei beruhigt. Bevor du ihn vergessen hast, hast du diesen Namen mit Stolz getragen.«

»Das beruhigt mich nicht die Spur«, eröffnete er ihr verdrossen. »Denn ich habe den Verdacht, der Mann, der ich einmal war, und der, der ich heute bin, wären niemals stolz auf dieselben Dinge.«

»Du magst ihn nicht sonderlich, diesen Alan of Helmsby, nein?«, erkundigte sie sich.

Er schüttelte den Kopf. »Ich kenne ihn kaum. Aber wenn ich gelegentlich einen Blick auf ihn erhasche, widert er mich an.«

»Das hat er nicht verdient. Der Mann, der du einmal warst, war vielleicht manchmal ein bisschen *zu* stolz, mag sein. Womöglich gar auf die falschen Dinge. Aber du hast keinen Grund, dich vor ihm zu fürchten.«

Das Gleiche hatte Edivia zu ihm gesagt, entsann er sich. Aber er konnte den Worten der alten Frau ebenso wenig trauen wie den ihren. Was wussten sie schon? Was wusste ein Mensch überhaupt je wirklich über einen anderen?

Matilda wies auf eine Tür zur Rechten. »Tritt ein, Henry. Es ist unsere vornehmste Kammer. Eigentlich Alans, aber da er sie vergessen hat, wird er sie nicht vermissen.«

»Madame …«, begann der junge Franzose, doch sie wischte seinen Einwand mit einem eleganten Wink fort. »Sie gebührt dir als unserem Ehrengast. So ist es Sitte, das weißt du so gut wie ich, also erspar uns das Getue. Du wirst alles zu deiner Bequemlichkeit finden. Guillaume wird dir trockene Kleider und ein anständiges Abendessen bringen lassen. Ich weiß, dass du vor Ungeduld brennst und Pläne machen musst. Doch ich hoffe, du gestehst mir zu, den Abend allein in der Gesellschaft meines Enkels zu verbringen. Es ist nur zu deinem Besten. Je eher er sich daran erinnert, wer er ist, desto größer sind deine Chancen, König von England zu werden.«

Besagter Enkel verspürte ein Durchsacken in der Magengegend, als hätte er eine Stufe übersehen. »Was zum Teufel hat das zu bedeuten?«, verlangte er zu wissen, zu verwirrt und erschrocken, um sich darum zu scheren, wie er in Gegenwart einer Dame redete.

Matilda, die selber fluchen konnte wie ein Fischweib, nahm seine Hand und führte ihn eine Tür weiter. »Eins nach dem anderen, mein Junge. Eins nach dem anderen.«

Nachdem er gegessen hatte, fühlte er sich besser. Eine Magd war gekommen, hatte ihm Bier und Eintopf und Brot gebracht und gesagt: »Willkommen daheim, Lord Alan. Wir sind ja alle so froh, dass Ihr endlich wieder da seid. Das ganze Gesinde, meine ich.« Sie sprach ohne Scheu.

»Danke, Emma«, hatte Matilda geistesgegenwärtig gesagt, sodass ihm die Blöße erspart blieb und er antworten konnte: »Gut von dir, Emma. Hab vielen Dank.«

Sie war verschwunden, und seine Großmutter hatte ihn zufriedengelassen, während er sein Mahl mit Heißhunger vertilgte und sich verstohlen umsah. Ein Bett mit Baldachin und Vorhängen aus schlichter, rotbraun gefärbter Wolle. Ein solider Holztisch mit zwei Schemeln. Große, gewebte Teppiche an den Wänden – nicht übermäßig hübsch, aber sie verströmten beinah so etwas wie Behaglichkeit. Ein Kruzifix an der Wand neben dem Fenster, welches mit einem Holzladen gegen Sturm und Regen verschlossen worden war, eine Kerze in einem einfachen Zinnleuchter auf dem Tisch. Seine Großmutter, schloss er, war keine Frau, die großen Wert auf Luxus und Zierrat legte.

Eine Kohlenpfanne stand neben seinem Schemel. Wohlige Wärme stieg davon auf, und ganz allmählich trocknete er. Das Zittern seiner Hände ließ nach, wenngleich es wenig mit der Kälte zu tun gehabt hatte.

Schließlich legte er den Löffel in die leere Schale und sagte: »Meine Heimkehr muss eine schwere Enttäuschung für dich sein, Großmutter. Es tut mir leid. Ich wünschte, die Dinge wären anders.«

Sie schüttelte den Kopf. »Deine Heimkehr ist eine Freude für mich, deren Ausmaß ein junger Mensch wie du sich vermutlich nicht vorstellen kann. Es ist wahr, was Guillaume sagte, ich habe nie daran geglaubt, dass du tot bist. Aber allmählich fing ich an zu zweifeln, ob ich dich je wiedersehen würde, denn ich bin sechsundsechzig Jahre alt.«

Er nickte, und sie sahen sich einen Moment an. Es war der erste Augenblick der Vertrautheit, den sie teilten.

»Also?«, fragte er schließlich und breitete mit einem verlegenen kleinen Lächeln die Arme aus. »Wer bin ich?«

Sie lachte leise. Es war ein warmes, aber fast ein wenig boshaftes Lachen. »Müssen wir gleich mit der schwierigsten Frage beginnen?«

»Na schön. Dann sag mir, wer bist du?«

»Die Tochter und das einzige noch lebende Kind von Cædmon of Helmsby und Aliesa de Ponthieu.« Sie wartete einen Moment und sah ihn prüfend an, um festzustellen, ob die Namen ihm irgendetwas sagten. Aber er schüttelte den Kopf. Sie fuhr fort: »Er war ein kleiner angelsächsischer Landedelmann, sie eine normannische Adlige. Ein seltsames und tragisches Schicksal hat sie zusammengeführt, aber das erzähle ich dir ein andermal. Mein Vater war ein berühmter Mann. Sie nannten ihn den Mund des Eroberers. Er war König Williams Übersetzer, und glaub mir, das war kein leichtes Amt.«

»Das kann ich mir vorstellen. William war ein Wüterich.«

Matilda zog die Brauen hoch. »Sieh an. Das weißt du?«

Er nickte und sah auf seine leere Eintopfschale hinab. »Ich scheine eine ganze Menge von den Dingen zu wissen, die früher waren. Nur über meine eigene Geschichte, meine Familie, alle persönlichen Dinge weiß ich nichts.«

»Hast du dafür irgendeine Erklärung?«

»Nein. Meine Erinnerung beginnt an einem Tag vor etwa drei Jahren, als ich in einem Kloster aus dem Fieber erwachte, und …«

»Wo warst du in all der Zeit?«, fiel sie ihm ins Wort. »Was hast du in diesen drei Jahren gemacht?«

Er sagte es ihr. In wenigen kurzen Sätzen und so schonend wie möglich berichtete er ihr von der Zeit auf der Insel. Matilda of Helmsby hatte offenbar keine Mühe, zu erraten, was er ihr verschwieg. Die blauen Augen schimmerten einen Moment verdächtig, dann schloss sie die Lider und schüttelte den Kopf.

»Ich trug einen Kreuzfahrermantel, als ich zu mir kam«, setzte er seinen Bericht fort. »Daher weiß ich, dass ich im Heiligen Krieg war. Ich träume auch davon. Von einem Ritt nach Akkon. Aber …«

Sie öffnete die Augen und unterbrach ihn schon wieder. »Das ist sehr merkwürdig, denn du bist niemals im Heiligen Land gewesen.«

»Was? Aber … ich muss dort gewesen sein. Der Mantel. Der Traum. Woher sollte ich wissen, wie der Weg nach Akkon aussieht …« Er brach ab, als er Josua ben Isaacs Stimme in seiner Erinnerung hörte: *Akkon liegt nicht in der Wüste.*

Matilda hob die Linke, zögerte einen Moment und ergriff dann seine rechte Hand. »Es waren die Erinnerungen deines Großvaters, meines Gemahls. *Er* hat die Nachricht nach Akkon gebracht und es vor dem Fall gerettet.«

»Und das Blut seines Pferdes getrunken, um hinzugelangen?«

»So heißt es. Wir haben es indes nie von ihm selbst gehört. Aber wie dem auch sei, es muss schrecklich gewesen sein, und er hätte es beinah nicht geschafft. Sein Ritt nach Akkon ist Teil unserer Familiengeschichte geworden, die abends am Feuer erzählt wird. Jeder, der sie erzählt, erfindet etwas hinzu. Du hast sie als Junge ungezählte Male gehört. Du warst ganz versessen auf all diese Geschichten aus dem Heiligen Land, wenn ich jetzt so darüber nachdenke.«

Er seufzte mutlos. »Also ist meine einzige Erinnerung ein Trugbild.«

»Ich fürchte.«

»Mein Großvater ist tot?«

»Schon lange. Er starb vor über dreißig Jahren in Jerusalem. An einem Fieber, haben seine Männer mir gesagt, aber ich glaube, das war gelogen. Vielleicht war es eine Keilerei unter betrunkenen Helden. Oder ein erzürnter Ehemann. Wer weiß.«

»Es scheint dich nicht sonderlich zu bekümmern«, stellte er ein wenig pikiert fest.

»Es ist lange her«, gab sie zurück. »Aber du hast schon ganz recht. Es hat mich nie sonderlich bekümmert. Dein Großvater war ein guter Mann, versteh mich nicht falsch. Nur habe ich nie mehr als pflichtschuldige Zuneigung für ihn aufbringen können, denn mein Herz gehörte König Henry. Ungefähr seit meinem fünften Lebensjahr, glaube ich«, fügte sie mit einem Lächeln hinzu.

»König Henry …«, wiederholte er und führte den Becher an die Lippen. »Ihm gehörten viele Frauenherzen, wenn ich mich nicht täusche.«

»Wohl wahr«, ihr Lächeln wurde nachsichtig. »Er war ein unwiderstehlicher Filou. Und ein gewissenloser Verführer. Mir war das gleich. Ich habe nicht erwartet, dass er mich heiratet. Ich wäre vollauf damit zufrieden gewesen, seine Mätresse zu werden.«

Er verschluckte sich an dem guten Bier. »Madame Großmutter!«, brachte er schockiert hervor, als er aufgehört hatte zu husten.

Sie deutete ein Achselzucken an. »Ich bin zu alt, um die Wahrheit noch zu beschönigen. Aber mein Vater dachte wie du. Er verheiratete mich mit de Lisieux, etwa ein Jahr bevor Henry König wurde. Vaters Verhältnis zu Henry hat sich für eine Weile merklich abgekühlt. Aber nicht lange.« Sie hielt inne und schien in ihre Erinnerungen versunken. »Nein, nicht lange. Mein Vater hat diesen König sehr geliebt, weißt du. Der erste normannische König, der in England zur Welt kam …«

»Und … bist du die Mutter meiner Mutter oder meines Vaters?«, fragte er weiter.

»Deiner Mutter. Ich hatte keine Söhne. Eine schwere Enttäuschung für de Lisieux. Zwei Töchter, das war alles. Na ja. Er war ja auch so gut wie nie daheim. Immer auf dem Kreuzzug. Immer in *Outremer.* Das war seine große Liebe, mein Junge, so wie König Henry die meine war.« Sie schwieg wieder einen Moment, dann legte sie die linke Hand in einer entschlossenen Geste über die Rechte und fuhr fort: »Deine Mutter war ein bezauberndes Mädchen. Ich hoffe, Gott vergibt mir, aber ich habe sie weitaus mehr geliebt als ihre Schwester. Ihr Name war Adelisa. Und sie hatte die gleichen Augen wie du, mal grün, mal blau. Man konnte es nie genau sagen, wie bei dir. Je nach Licht, je nach Stimmung schienen sie ihre Farbe zu wechseln.«

»Sie ist tot, nehme ich an.« Er stählte sich.

Matilda nickte, ihr Blick immer noch in die Ferne gerichtet. Dann schaute sie ihren Enkel wieder an. »Sie starb bei deiner

Geburt. Am 25. November werden es siebenundzwanzig Jahre sein. Es war die Nacht, als das *White Ship* sank.«

Er erinnerte sich an die Geschichte des Unglücksschiffes, die Simon ihnen in dem niedergebrannten Dorf in den Fens erzählt hatte: Das Schiff war auf dem Rückweg von der Normandie nach England gesunken. Der rechtmäßige Thronfolger war ertrunken, und nur seine Schwester war übrig, um die Krone zu erben. Doch die Lords wählten ihren Cousin Stephen zum König, und so hatte der Bürgerkrieg begonnen, dessen Spuren sie überall gesehen hatten, seit sie von der Insel geflohen waren. Wie eigenartig, dass sein eigenes Leben ausgerechnet in jener Nacht begonnen hatte. Und das seiner Mutter war verloschen. Er entsann sich, dass er bewusstlos zusammengebrochen war, als Simon den Namen des Unglücksschiffes erwähnte. Hatte der Name *White Ship* an eine Erinnerung gerührt? Und hatte sein Geist sich geweigert, sie zu erkennen, und sich deshalb verfinstert? *Eure Erinnerungen sind verschüttet,* hatte Josua ben Isaac gesagt. *Wir müssen nur danach graben. Es kann lange dauern, bis wir die richtige Stelle finden, wo wir graben müssen. Aber seid versichert, es gibt sie.*

Er fing an, ihm zu glauben. »Und … mein Vater?«, fragte er.

Lady Matilda schüttelte langsam den Kopf. Sie wirkte erschöpft und kummervoll, und zum ersten Mal konnte er sehen, dass sie in der Tat eine alte Frau war.

»Es muss schmerzlich für dich sein, an diese Nacht zu denken«, ging ihm auf. »Es tut mir leid.«

Sie hob abwehrend die Linke. »Ich habe seit meiner Kindheit von diesem Todesschiff geträumt. Und auch König Henry hat davon geträumt, als er noch ein kleiner Prinz war. Es war eine der geheimnisvollen Verbindungen zwischen uns. Ich weiß nicht, was sie zu bedeuten hatte, aber ich weiß dies: Der Untergang dieses Schiffes war vorherbestimmt. So wie alles, was sich in jener Nacht zugetragen hat. Aber es war … so eine furchtbare Katastrophe, Alan. Für so viele Menschen. Der Steuermann war betrunken – genau wie der Kapitän, die Matrosen und alle

Passagiere. Sie waren übermütig, denn der Krieg in der Normandie schien gewonnen, und der ganze Hof kehrte nach England zurück. Der Prinz gab Befehl, die Flotte zu überholen, um als Erster die englische Küste zu erreichen. Sie besetzten die Ruder. Aber es war Nacht, und das Wetter war schauderhaft. Noch in Sichtweite des Hafens lief das brandneue, stolze *White Ship* auf ein Riff auf und sank. Der Prinz entkam in einem kleinen Beiboot. Doch als er die Hilfeschreie hörte, kehrte er um. Die Ertrinkenden klammerten sich an sein Boot … brachten es zum Kentern und …« Sie brach ab und atmete tief durch. Dann fuhr sie fort: »Nur ein Metzger aus Rouen überlebte, schwamm zurück an Land und überbrachte die Schreckensbotschaft. Prinz William, zwei seiner unehelichen Geschwister, beinah sein gesamter Haushalt – alle tot. Mein Bruder Richard verlor beide Söhne. Sie waren Ritter im Haushalt des Prinzen, zählten zu seinen engsten Freunden. Zwanzig Jahre alt der eine, siebzehn der andere, genau wie der Prinz. Mein Bruder hat die Nachricht keine zwei Wochen überlebt. Und Henry … der König war ein maßvoller Mensch, aber die Trauer um seinen Sohn kannte keine Grenzen. Sie war schwer mit anzusehen. Ich musste dem König Trost spenden und gleichzeitig meine Tochter betrauern und entscheiden, was aus dir werden sollte, winziges Waisenknäblein, das du warst. Schlimme Tage und Nächte waren das. Schlimm genug, um mich heute noch zu erschüttern.« Sie sagte es nüchtern, mit trockenen Augen, aber er sah, dass sie dennoch aufgewühlt war.

Er nickte und hielt sich mit Mühe davon ab, sie zu fragen, wieso ausgerechnet sie dem König Trost gespendet habe.

Sie antwortete ihm dennoch. »Die Königin war zwei Jahre zuvor gestorben. Henry … war einsam nach ihrem Tod. Nie allein, aber einsam. Ich war es auch. Und so … fanden wir dann irgendwie doch noch zueinander. Nach all den Jahren.«

Er schlug die Beine übereinander und lehnte sich mit dem Rücken an die kalte Mauer. »Ich habe das Gefühl, du erzählst mir Dinge, die mich nichts angehen.«

Matilda schüttelte nachdrücklich den Kopf. »Sie gehen dich

etwas an, denn nur wenn du diese Dinge weißt, kannst du verstehen, welchen Weg deine Mutter eingeschlagen hat.«

»Das klingt nicht gut«, murmelte er und verschränkte die Arme.

Seine Großmutter lächelte. Eine Spur überheblich, argwöhnte er. »Ihr Vater verlobte sie mit Hamo de Clare …«

»*De Clare?*«, unterbrach er verblüfft.

»Hm. Hamo dürfte ein Cousin oder Onkel deines Freundes Simon gewesen sein. Die de Clare sind zahlreich, weiß Gott. Der junge Hamo war ebenso besessen vom Krieg gegen die Heiden wie mein Gemahl und ständig mit ihm in *Outremer.* Adelisa … Ich schickte deine Mutter an den Hof, wo sie sich die Wartezeit auf ihren ewig abgängigen Verlobten vertreiben und ihre Scheu vor der Welt verlieren sollte. Und dort begegnete sie Prinz William.«

Es war einen Moment still.

»Und sie teilte das Schicksal ihrer Mutter und verliebte sich in den Prinzen, den sie nicht haben konnte, richtig?«, spöttelte er.

»Sei so gut und schenk mir einen Becher Wein ein«, bekam er zur Antwort. »Nimm dir auch einen. Du wirst ihn brauchen.«

Er sah sich kurz um, entdeckte Krug und Becher auf einer Truhe jenseits des Bettes, stand auf und holte sie herüber. Es waren schlichte Zinngefäße. Er blieb stehen, während er einschenkte, reichte seiner Großmutter den Becher am ausgestreckten Arm und bemerkte: »Daraus darf ich schließen, dass ich ein Bastard von königlichem Geblüt bin?«

»Was immer dir in den letzten drei Jahren geschehen sein mag, wenigstens dein Verstand hat nicht gelitten.«

»Wenn wir von der Kleinigkeit absehen, dass ich vergessen habe, wer ich bin. William Ætheling, der edle Prinz, hat die unerfahrene, weltfremde Jungfrau vom Lande also in sein Bett gelockt, und du hast es zugelassen, damit deine Tochter nicht das gleiche Schicksal erleiden musste wie du?«

Matilda nickte ohne die geringsten Anzeichen von Scham,

und sie lächelte voller Nostalgie. »Du kannst dir nicht vorstellen, wie verliebt sie waren. Im Sommer zuvor hatte Henry seinen Sohn mit der Tochter des Grafen von Anjou verheiratet, aber der Prinz war viel in England, um es zu regieren, während der König Krieg in der Normandie führte. Prinz William hatte kein großes Interesse an seiner Gemahlin. Aber er war besessen von deiner Mutter.« Sie trank einen Schluck, stellte den Becher versonnen ab und beugte sich ein wenig vor, um ihrem Enkel in die Augen zu schauen. »Du kannst mit Fug und Recht behaupten, dass ich leichtfertig die Zukunft eines unerfahrenen jungen Mädchens aufs Spiel gesetzt habe, weil ich nicht eingeschritten bin. Aber wie sich herausstellen sollte, war ihr keine Zukunft bestimmt. Und ihm ebenso wenig. Darum bin ich froh über meine Entscheidung.«

»Ja. Das kann ich verstehen«, musste er einräumen.

Lady Matilda betrachtete ihn voller Neugier. »Du scheinst … wenig schockiert, mein Junge.«

Er schnaubte, trank einen Schluck und antwortete nicht. Wer erlebt hat, was ich erlebt habe, den schockiert gar nichts mehr, hätte er sagen können. Aber er wusste, dass das bedauerlicherweise nicht stimmte. »Das liegt vermutlich daran, dass ich immer noch das Gefühl habe, es sei die Lebensgeschichte eines Fremden, die ich hier höre.«

»Tja, wer weiß. Früher hast du jedenfalls damit gehadert, ein Bastard zu sein, so viel steht fest. Ich war oft froh, dass deine Mutter nicht mehr lebte und sich deine selbstgerechten Vorwürfe nicht anhören musste.«

»Bitte, da haben wir's. Du findest selbst, Alan of Helmsby war ein … nun, man könnte wohl sagen, ein selbstgerechter Bastard.«

Lady Matilda lachte in sich hinein. »Nur manchmal«, schränkte sie ein. »Und wie es scheint, hat er dazugelernt.«

»Sei lieber nicht so sicher«, entgegnete er. »Wenn ich mich erst daran gewöhnt habe, überhaupt wieder irgendwer zu sein, kommt meine Empörung vielleicht zurück. Im Augenblick bin ich wohl einfach erleichtert. Es gibt weiß Gott Schlimmeres, als der Sohn eines Mannes zu sein, der sein Leben riskiert und mit seinem Boot umkehrt, um seine Freunde aus den Fluten zu retten. Prinz oder kein Prinz.«

»Das ist wahr«, antwortete sie mit Nachdruck. »William Ætheling war überhaupt ein großartiger Junge. Als deine Mutter im Frühling merkte, dass sie schwanger war, habe ich sie nach Helmsby geholt, um das Malheur vor dem Hof geheim zu halten. Der Prinz kam ständig her, weil er ein schlechtes Gewissen hatte und sich um sie sorgte. Das war im Übrigen auch der Grund, warum er bei der Rückkehr aus Barfleur so in Eile war und den Befehl gab, die Flotte zu überholen. Er wusste, die Zeit der Niederkunft war nah. Er wollte so schnell wie möglich zu deiner Mutter zurückkehren.« Sie seufzte. »Aber es sollte nicht sein. Sie brachte dich zur Welt und verblutete wenig später. Es muss ungefähr die Stunde gewesen sein, da das *White Ship* auf Grund lief.«

Ein Schatten legte sich auf sein Herz. Zum ersten Mal hatte er das Gefühl, dass diese Geschichte ihn etwas anging, und ihn überkam bleierne Erschöpfung. Er stand unvermittelt auf und verneigte sich leicht. »Ich glaube, für heute habe ich genug gehört. Gute Nacht, Großmutter.«

Sie sagte irgendetwas, aber er verstand sie nicht, denn das Rauschen in seinen Ohren war gewaltig. Nur scheinbar gemessenen Schrittes erreichte er die Tür und floh aus ihrem Gemach. Beinah blind tastete er sich draußen an der Wand des Korridors entlang, bis seine kalten, klammen Hände einen Türriegel fanden. Ungeschickt nestelten seine Finger daran herum. Endlich gab die Tür nach, und er taumelte in die eisige Dunkelheit der Kammer dahinter. Dort fiel er auf die Knie, vergrub den Kopf in den Armen, damit er die Finsternis nicht sehen musste, die ihn verschlang, und war dazu verdammt, den Schreien eines sterbenden Kindes in seinem Kopf zu lauschen.

Helmsby, April 1147

»Also, ich muss schon sagen, unser Losian versteht sich darauf, eine Burg zu bauen«, befand Wulfric.

»Alan«, verbesserte King Edmund. »Je eher wir uns daran gewöhnen, desto besser für alle.«

»Du hörst dich an, als hättest du die Wiederentdeckung seines Namens höchstpersönlich bewerkstelligt«, spöttelte Godric.

»Das hab ich auch«, behauptete Edmund unbescheiden.

Da hat er nicht ganz unrecht, dachte Simon bei sich. Immerhin war es nur King Edmunds Hartnäckigkeit zu verdanken, dass sie von Lincolnshire aus überhaupt nach East Anglia gezogen waren, und inzwischen stand wohl fest, dass Edmunds Gründe bei Weitem nicht so verrückt gewesen waren wie der heilige Mann selbst.

Sie machten einen gemächlichen Rundgang durch den unteren Burghof, wo der Steward ihnen am Abend zuvor ein kleines Haus zugewiesen hatte. Es war nur eine einräumige Hütte, wie die Knechte und Mägde der Burg sie bewohnten, aber keiner der Gefährten hatte sich beklagt. Es war eine furchtbare Sturmnacht gewesen, die Burgbewohner obendrein in hellem Aufruhr wegen der abgedeckten Scheune – das erstbeste Dach hatte herhalten müssen. Und selbst diese bescheidene Behausung war allemal besser als ein Zweigdach im Wald.

Oswald schien der neue Wohnkomfort indessen überhaupt nicht zu beeindrucken. Furchtsam sah er sich in dem fremden Burghof um. »Wo ist Losian?«

»Er wird sich nie und nimmer an einen anderen Namen gewöhnen«, murmelte Godric den anderen zu. Dann legte er dem verängstigten jungen Mann die Hand auf den Arm und erklärte: »Das hier ist sein Zuhause, Oswald. Er wohnt dort oben in diesem großen Turm. Er war lange von hier fort, und jetzt muss er sich natürlich um schrecklich viele Dinge kümmern. Aber irgendwann wird er schon aufkreuzen und nach uns sehen, da bin ich sicher.«

»Wenn er nicht seinen Steward schickt, um uns davonzujagen«, grummelte Luke vor sich hin.

»Wie kannst du so etwas nur denken?«, protestierte King Edmund.

»Wer weiß? Jetzt, wo er herausgefunden hat, was für ein feiner normannischer Lord er ist, sind wir ihm wahrscheinlich peinlich«, beharrte Luke. »Sei doch mal ehrlich, King Edmund, würdest du dich mit solchen wie uns abgeben, wenn du nicht müsstest?«

Simon durchschaute die grimmige Miene und den abfälligen Tonfall. Er wusste, Luke hatte mindestens so große Angst wie Oswald. »Du solltest ihn besser kennen, Luke. Er würde uns niemals im Stich lassen.«

»Das werden wir ja sehen.«

Ja, das werden wir wohl, dachte Simon und sagte nichts mehr. Schweigend setzten sie ihren Rundgang fort. Die Sturmnacht war einem klaren, kühlen Morgen gewichen, und die Sonne beschien den Innenhof von Helmsby Castle. Er war weitläufig und dem Auge gefällig: Der Palisadenzaun aus altersgrauen Eichenstämmen verlief in geschwungenen Formen; kein perfekter Kreis, sondern eher wie etwas, das die Natur geschaffen hatte, ein See vielleicht. Der Hof war grasbewachsen, und säuberliche Wege führten vom hölzernen Torhaus zu den Katen und Wirtschaftsgebäuden, die in kleinen Gruppen beieinanderstanden. Gar nicht weit von der Motte entfernt war ein großzügiger Küchen- und Gemüsegarten angelegt worden. Vereinzelt wuchsen ein paar junge Bäume im Hof; nur die große Eiche, die den Brunnen überschattete, war alt und ehrwürdig. Simon konnte sich vorstellen, dass die Burgbewohner über diese Eiche oft fluchten, denn im Sommer spendete sie gewiss so viel Schatten, dass der Brunnen zu vermoosen drohte, und im Herbst mussten sie ihn abdecken, damit das Laub nicht hineinfiel und das Wasser bitter machte. Aber er verstand, dass sie es nicht übers Herz brachten, den Baum zu fällen.

»Nur die Kapelle fehlt«, stellte King Edmund kritisch fest.

»Alle Burgbewohner gehen zur Messe ins Dorf, Bruder«,

sagte plötzlich eine fremde Stimme hinter ihm. »Dort steht ein Gotteshaus, von dem euch die Augen übergehen werden.«

Die Gefährten blieben stehen und wandten sich um.

Guillaume FitzNigel, der Steward, war vom Burgturm heruntergekommen und zu ihnen getreten. »Der Urgroßvater von Lord Alan hat die Kirche gebaut«, fügte er hinzu. »Sie ist unser ganzer Stolz, und vor dem Krieg kamen Menschen aus ganz East Anglia hierher, um sie zu bestaunen. St. Wulfstan. In den guten Zeiten, bevor König Henry starb, hatten wir hier sogar einen bescheidenen Pilgerbetrieb, hat mein Vater erzählt.«

»Euer Vater war vor Euch Steward von Helmsby?«, fragte Simon neugierig.

Guillaume nickte. »Und sein Vater vor ihm. Ich glaube, das Amt ist schon länger in unserer Familie, als die Kirche von Helmsby steht. Ich nehme an, ihr seid hungrig? Dann kommt mit in die Halle. Dort gibt es für alle, die auf der Burg leben und arbeiten, zwei anständige Mahlzeiten am Tag. Also bis auf Weiteres auch für euch.«

Simon warf Luke einen vielsagenden Blick zu: Siehst du? keine Rede davon, uns davonzujagen. »Wo ist Lo… ich meine natürlich, wo ist Alan?«

»Ich habe ihn heute noch nicht gesehen«, antwortete der Steward. Es war unmöglich zu sagen, was er von dieser ganzen Sache hielt. Von dem Burgherrn, der jahrelang verschollen gewesen und nun ohne Gedächtnis wieder aufgetaucht war.

Er mag aussehen wie ein waschechter Angelsachse, dachte Simon, aber der Name ist nicht das einzig Normannische an ihm. Der Steward gefiel ihm. »Was habt Ihr mit Reginald de Warenne gemacht?«, fragte er, während er Seite an Seite mit Guillaume zur Motte ging. Aus dem Augenwinkel sah er, dass seine Gefährten zögernd folgten.

»Genau das, was Ihr vorgeschlagen habt«, antwortete der vierschrötige Mann mit der Stirnglatze. »Ich hab ihn ins Verlies gesteckt. Und die Kette des Halseisens an einen Wandring geschlossen. Lang genug, dass er sich noch ein bisschen bewegen kann, aber auch kurz genug, dass er den Wachen nichts anhaben kann. Ich habe drei meiner Männer gebraucht, um ihn zu bändigen. Der Kerl ist wirklich völlig …« Er geriet ins Stocken und warf einen verstohlenen Blick über die Schulter auf die übrigen Gefährten.

»Wahnsinnig«, bestätigte Wulfric, und sein Bruder fügte hinzu: »Es war sehr klug von Euch, die Kette zu kürzen. Darauf wär ich nie gekommen.«

»Das war Lord Henrys Idee«, räumte Guillaume ein. »Der Kerl sei ein Mörder, hat er gesagt. Ist das wahr?«

»Und Schlimmeres«, erwiderte Simon grimmig. »Es ist erst drei Wochen her, da hätte er Alan um ein Haar umgebracht. Den Mann, der ihm das Leben gerettet hatte. Er ist ein Scheusal. Ein Monstrum, wenn Ihr die Wahrheit wissen wollt. Vielleicht gelingt es Euch ja, Alan zu überreden, ihn dem Sheriff zu übergeben.«

Guillaume sah ihn ungläubig an und schnaubte. Es war eher ein grimmiger als ein belustigter Laut. »Hier gibt es schon lange keinen Sheriff mehr. In ganz East Anglia herrscht seit Jahren Rechtlosigkeit.«

»Das sieht man Helmsby nicht an«, bemerkte Godric.

Er hatte leise gesprochen, aber Guillaume hatte ihn dennoch gehört und erwiderte: »Helmsby ist eine Insel in einem sehr stürmischen Meer. Die Insel der Seligen, wenn ihr so wollt.«

Es war eine wirklich schlimme Nacht gewesen. Die Kammer, in die er sich geflüchtet hatte, war unbewohnt und unmöbliert. Also hatte er in der völligen Dunkelheit auf den eiskalten Steinfliesen gelegen, zitternd, blind und in geradezu widerwärtiger Weise wehrlos. Er hatte nichts, aber auch gar nichts gefunden, was er dem Schwindel, dem Grauen und der Ödnis seiner Seele entgegensetzen konnte. Kurz vor Tagesanbruch, als der Sturm sich legte, hatte seine Erschöpfung sich schließlich zu ihrem Recht verholfen, und er war endlich eingeschlafen.

Er hatte wieder von Miriam geträumt, und genau wie in seinem letzten Traum hatten sie zusammen auf der Bank im Garten gesessen. Er wusste nicht, worüber sie geredet hatten, aber sie waren vertraut miteinander gewesen. Ganz nah hatten sie beieinandergesessen, sodass ihre Knie und ihre Schultern sich beinah berührten. Er erinnerte sich, dass die Sonne ihm den Rücken gewärmt hatte. Und Miriam hatte ein Blatt in der Hand gehalten und ihm gezeigt. Sie hatten die Köpfe zusammengesteckt und gelacht, er war mit den Lippen über die zarte Haut ihrer Wange gestrichen, und alles war leicht und unbeschwert gewesen.

Mit diesem Gefühl war er erwacht. Er versuchte, noch einen Moment daran festzuhalten, doch als es sich verflüchtigte, kämpfte er nicht, sondern ließ es los. Er wusste, es konnte nicht bleiben. Denn er hatte nichts von dem vergessen, was sich am Abend zuvor ereignet hatte.

Er setzte sich auf und unterdrückte ein Stöhnen. Seine Glieder waren steif und kalt; er fühlte sich, als sei er hundert Jahre alt. Dabei war er doch noch nicht einmal siebenundzwanzig, wie er seit gestern wusste.

Alan de Lisieux.

Alan of Helmsby.

Er ließ sich die Namen durch den Kopf gehen, murmelte sie vor sich hin und lauschte dem Klang. Sie waren bedeutungslos. Und je öfter er sie aussprach oder sie auch nur dachte, umso sinnloser kamen sie ihm vor. Leer und unnütz wie eine Hülse ohne Frucht.

Alan of Helmsby. Erbauer von Helmsby Castle, wie es schien. Kein berühmter Kreuzfahrer, der Akkon vor dem Fall bewahrt hatte, aber immerhin der Enkel eines solchen Mannes. Und was weiter?

Langsam kam er auf die Füße. Es war nicht allein die Steifheit seiner Glieder, die seine Bewegungen so untypisch schleppend machte, sondern vor allem der Unwille, eine Antwort auf seine Frage zu finden. Er ließ Kopf und Schultern kreisen, um ein wenig Beweglichkeit zurückzuerlangen, und ging zur Tür in der Absicht, sich auf die Suche nach einem Abort zu machen. Dann wollte er seine Gefährten und ein Frühstück finden – in dieser Reihenfolge –, und danach, so hoffte er, war er vielleicht hinreichend gestärkt, um dem Unbekannten ins Auge zu sehen, der er war. Diesem selbstgerechten Bastard, Alan of Helmsby.

Doch er hatte die Tür kaum geöffnet, da wurde sein Plan schon vereitelt, denn er fand sich Auge in Auge mit Henry Plantagenet, der mindestens so strahlte wie die Frühlingssonne draußen und ihn mit den Worten begrüßte: »Guten Morgen, Cousin!«

Die Anrede fuhr Alan durch Mark und Knochen. »Jesus … Das sind wir tatsächlich.«

»Sag nicht, darauf bist du noch nicht gekommen.«

Alan schüttelte den Kopf. »Aber du musst mich nicht so nennen, wenn ich dir peinlich bin.«

Henrys breites Grinsen verschwand, und mit einem Mal war seine Miene sturmumwölkt. Alan war bereits aufgefallen, wie rasch die Stimmung des jungen Mannes umschlagen konnte. »*Peinlich?* Bei den Augen Gottes, mir schlottern fast die Knie vor Ehrfurcht, Mann. Du bist Alan of Helmsby! Ich kann's einfach nicht fassen.«

Alan drängte sich an ihm vorbei und ging den Korridor entlang. »Und was bedeutet dieser Name für dich?« Er stellte die Frage zögernd, denn er war jeder Antwort, ganz gleich wie sie lauten mochte, ausgeliefert. Er konnte sie weder bestätigen noch widerlegen oder ihren Wahrheitsgehalt in irgendeiner Weise messen.

»Na ja«, begann Henry und ging mit langen Schritten neben ihm einher. »Ich hab mir sagen lassen, du bist der unerschütterlichste Streiter für die Sache meiner Mutter in ganz England. Außer unserem Onkel Gloucester vielleicht, in dessen Dienst du übrigens stehst.«

»Gloucester. Wer war das gleich wieder?«

»Der Bruder meiner Mutter. Und deines Vaters.« Henry warf Alan einen Seitenblick zu und erkannte offenbar dessen Verwirrung. »Also: Dein Vater, der ertrunken ist, und meine Mutter, die leider nicht ertrunken ist, waren König Henrys eheliche Kinder. Der König hatte aber außerdem auch noch eine muntere Schar Bastarde. Der älteste davon ist Gloucester.«

Alan schwieg.

»Wieso hab ich das Gefühl, dass du mir gar nicht richtig zuhörst?«, verlangte Henry zu wissen.

»Entschuldige. Ich ringe gerade mit der Erkenntnis, dass König William, dieses Monstrum, das sie den Eroberer nennen, mein Urgroßvater war.«

»Auch was das angeht, sitzen du und ich im selben Boot.«

»Augenblick. Hast du gerade gesagt, deine Mutter sei *leider* nicht ertrunken?«

Henry seufzte leise. »Ich sag dir was, Alan. Geh pinkeln.« Er wies diskret auf eine Tür an der Stirnseite des Ganges. »Dann rasier dich, zieh dich um, beglück eine deiner bildschönen englischen Mägde – ganz egal. Tu irgendwas, wovon dir besser wird. Und wenn du damit fertig bist, kommst du in meine Kammer, die ja eigentlich deine ist, ich lasse uns etwas Gutes zum Frühstück kommen, und dann erzähl ich dir all unsere dunklen Familiengeheimnisse.«

Alan fand, das klinge wie ein guter Plan, doch er wandte ein: »Ich glaube, zuerst sollte ich nach den anderen sehen.«

»Oh, das hab ich schon. Es geht ihnen prächtig. Bei der Gelegenheit habe ich mir erlaubt, mir deine Burg anzuschauen. Sie ist fantastisch.« Seine blauen Augen leuchteten vor jugendlichem Enthusiasmus.

»Du warst schon unten im Hof und hast mit den anderen gesprochen?«, fragte Alan erstaunt.

Henry zuckte kurz die Achseln. »Ich war früh wach. Und Stillsitzen ist die schlimmste Strafe für mich. Mein Vater behauptet, das liege an dem Dämonenblut. In Angers – dort wohnen wir, jedenfalls in den seltenen Fällen, wenn wir nicht gerade im Krieg sind –, also in Angers sagen die Leute, ich hätte die Gabe, an zwei Orten gleichzeitig zu sein. Das stimmt leider nicht, aber ich habe nichts dagegen, wenn sie es glauben. Um ehrlich zu sein, bediene ich mich manchmal meines Bruders Geoffrey, um diesen Eindruck zu verstärken. Er sieht so aus wie ich, wenn man nicht zu genau hinschaut.«

Alan musste lächeln. Die ungeheure Lebendigkeit dieses

jungen Mannes faszinierte ihn. Er hatte sie schon gespürt, als sie sich in der unwirtlichen Wildnis begegnet waren, aber hier – an einem Ort, der eher Henrys gewohnter Umgebung entsprach – trat sie noch viel deutlicher zutage. »Also dann. Ich komme, so schnell ich kann. Ich brenne auf die dunklen Familiengeheimnisse …«

Aber es dauerte ein Weilchen, ehe er die Gelegenheit bekommen sollte, sie zu hören. Er hielt an seinem Plan fest, bei seinen Gefährten vorbeizuschauen, denn auch wenn Henry behauptet hatte, es ginge ihnen »prächtig«, traf das auf Oswald und Luke sicherlich nicht zu. Henry kannte sie nicht so gut wie Alan und verstand obendrein ihre Sprache nicht.

Doch der Weg in den Burghof führte durch die Halle, und als Alan diese betrat, fand er sie im Vergleich zum Vorabend sehr verändert: An die dreißig Menschen saßen an den hufeisenförmig aufgestellten Tischen und frühstückten. Runde Brotlaibe, Bierkrüge und Schalen mit Hafergrütze wurden herumgereicht, eine Schar Kinder tollten mit Grendel und zwei weiteren Hunden in den Binsen am Boden umher. Die Menschen unterhielten sich lautstark und ungezwungen. Nur an der hohen Tafel, die die Stirnseite des Hufeisens bildete, ging es ruhiger zu. Dort saßen Matilda of Helmsby, der Steward Guillaume mit einer rundlichen, blutjungen Frau, die zweifellos seine Gemahlin war, und drei Mönche, und sie vertilgten ihr Frühstück schweigend.

Als die Menschen Alan an der Tür zum Treppenaufgang entdeckten, verstummten sie nach und nach. Hier und da knuffte jemand seinen Nachbarn in die Rippen und nickte verstohlen zu ihm hinüber. In Windeseile kehrte Stille ein, und alle Augen waren erwartungsvoll auf ihn gerichtet.

Alan spürte, wie seine Nackenhaare sich aufrichteten. Die Blicke dieser fremden Menschen, die Gott weiß was von ihm wissen und erwarten mochten, brandeten ihm entgegen wie eine Flutwelle, sodass er einen schrecklichen Moment lang fürchtete, er werde in die Knie gehen oder – schlimmer noch – kehrtmachen und fliehen. Aber sein Schrecken war seiner Miene nicht anzusehen, als er mit scheinbar festem Schritt zur hohen Tafel ging, seiner Großmutter höflich einen guten Morgen wünschte und die Hände auf die reich geschnitzte Rückenlehne des freien Stuhls an ihrer Seite legte.

Ehe ihm auch nur ein Wort eingefallen war, das er hätte sagen können, begannen die Menschen in der Halle zu jubeln. Sie klatschten und lachten, erst vereinzelt stand hier und dort einer von seinem Platz auf, dann immer mehr, bis sie schließlich alle auf den Beinen waren, sich ihm zuwandten, johlten und seinen Namen riefen. Mägde, Knechte, eine Handvoll Männer, die wie Soldaten aussahen und vermutlich die Burgwache bildeten. »Lord Alan, Lord Alan!« hörte er und »Willkommen daheim!« und »Der heilige Wulfstan sei gepriesen!«.

Alan wartete reglos, bis sie sich beruhigt hatten. Er hatte einen mächtigen Kloß in der Kehle, der weniger mit Rührung als mit Furcht zu tun hatte. Dann zwang er ein Lächeln auf seine Lippen und staunte, wie wenig Mühe es ihn kostete. »Habt Dank für diesen stürmischen Empfang. Ich bin keineswegs sicher, ob ich das verdient habe.« Hier und da gab es leises Gelächter. »Ich war lange fort, und sicher gibt es vieles zu regeln und zu erörtern. Wer von euch ein Anliegen hat, trägt es dem Steward vor, und ich werde mich darum kümmern, sobald ich kann.« Er borgte sich den Becher seiner Großmutter und hob ihn den Leuten in der Halle entgegen. »Gott schütze euch alle.«

Ein wenig zögerlich hoben sie ihrerseits die Becher und erwiderten seine Segenswünsche, ehe sie sich nach und nach wieder dem Frühstück und den Gesprächen mit ihren Tischnachbarn widmeten, freilich nicht ohne immer wieder verstohlene Blicke in seine Richtung zu werfen.

»Habe ich etwas Falsches gesagt?«, fragte er seine Großmutter mit gesenkter Stimme.

»Im Gegenteil«, gab sie ebenso leise zurück. »Ich staune darüber, welche Selbstsicherheit du ausstrahlst. Dabei muss es dir doch vorkommen, als liefest du über einen zugefrorenen See, ohne zu wissen, wie dick das Eis ist und ob es dich trägt.«

»Du magst über meine scheinbare Selbstsicherheit staunen«, gab er zurück. »Ich staune über dein Einfühlungsvermögen.«

Sie lächelte kurz auf ihre Grütze hinab. »Sie sind wirklich froh, dass du wieder da bist, weißt du.«

»Ja. Das merkt man.« Und es erleichterte ihn nicht wenig.

»Nur brennen sie natürlich alle darauf, zu erfahren, wo du gesteckt hast. Außerdem sind sie es nicht gewöhnt, dass du dich freiwillig ihrer Anliegen annimmst. Das sieht dir nicht ähnlich. Der Alan von einst hatte immer Wichtigeres zu tun.«

»Ah. Dann sollten sie die Gunst des Augenblicks nutzen, ehe mir all meine wichtigen Pflichten und Pläne wieder einfallen. Wer sind die drei Mönche?«

»Bruder Cyneheard, Bruder John und Bruder Elias. Drei Überlebende aus Ely, denen du hier damals Obdach gewährt hast.«

Alan ging zu den drei Brüdern und begrüßte sie höflich. Auch sie versicherten ihm, wie glücklich sie über seine Heimkehr seien. Dann trat er zu seinem Steward. »Guten Morgen, Guillaume.«

»Mylord.« Er zeigte zwei Reihen schiefer, aber gesunder Zähne, als er lächelte. »Dies ist Aldgyth, meine Frau. Wir haben vorletzten Sommer geheiratet.«

Alan war ihm dankbar für den kleinen Hinweis, der ihm verriet, dass er nicht vorgeben musste, sich an Aldgyth zu erinnern. »Eine Ehre, Lady Aldgyth«, sagte er höflich, und sie errötete und senkte den Kopf. »Willkommen daheim, Mylord«, hauchte sie.

»Wir haben viel zu besprechen«, bekundete der Steward.

Alan nickte unverbindlich. »Ich komme zu dir, sobald ich kann.« Er erkannte an Guillaumes Stirnrunzeln, dass das offenbar nicht die erhoffte Antwort gewesen war. Gott steh mir bei, dachte er. Was wollen sie nur alle von mir? Er hatte den Menschen in Helmsby nichts zu geben. Was immer sie erwarten mochten, er wusste, er würde sie enttäuschen. Denn er war nicht mehr der, für den sie ihn hielten.

Mutlos kehrte er zu seiner Großmutter zurück, setzte sich

neben sie und begann, die Grütze zu verschlingen, die eine Magd vor ihn stellte. »Was heißt ›Überlebende aus Ely‹?«, erkundigte er sich zwischen zwei Löffeln.

Sie schnalzte leise. »Natürlich. Ich vergesse ständig, dass du alles vergessen hast. Regt sich vielleicht ein Funke der Erinnerung bei dem Namen Geoffrey de Mandeville?«

Alan hörte auf zu essen und horchte aufmerksam in sich hinein. Nichts. Aber er beobachtete mit Interesse, dass sich auf seinen Unterarmen eine Gänsehaut gebildet hatte. »Ein Schurke?«, tippte er.

»Die schlimmste Geißel, die je über East Anglia gekommen ist. Stephen, dieser erbärmliche Tropf, der sich König von England nennt, hatte ihn zum Earl of Essex ernannt. Aber Mandeville wechselte ständig die Seiten und versuchte, Stephen und Kaiserin Maud gegeneinander auszuspielen, um seine eigene Macht zu steigern. Das ist inzwischen ein beliebter Zeitvertreib beim englischen Adel geworden. Als Stephen seinen Irrtum endlich erkannte und ihn des Verrats anklagte, floh Mandeville in die Fens, brach wie eine Seuche über East Anglia herein und errichtete seine Schreckensherrschaft. Unter anderem plünderte er das Kloster in Ely und ermordete oder verjagte die Mönche. Cyneheard, John und Elias flohen hierher. Mandeville hatte immer einen Bogen um Helmsby und deine übrigen Besitzungen gemacht, denn er wollte sich nicht mit dir anlegen. Aber als du nach Hause kamst und von Ely hörtest, bist du ausgezogen, um ihn aus East Anglia zu jagen. Und kamst nie zurück. Weil er ein paar Monate später selber fiel, haben wir nie erfahren, was aus dir geworden war. Die meisten hier haben natürlich geglaubt, Mandeville habe dich erwischt und bei lebendigem Leib auf glühenden Holzkohlen geröstet oder was immer er sonst mit denen tat, die sein Missfallen erregt hatten. Umso glücklicher sind die Leute, dass du wieder hier bist.«

Er lehnte sich in seinem Sessel zurück und betrachtete sie nachdenklich. »Aber der eine oder andere ist ein bisschen enttäuscht, dass ich nicht für die noble Sache gefallen bin, sondern mich stattdessen jahrelang herumgetrieben habe?«, fragte er langsam. »Der Steward, zum Beispiel?«

Matilda hob fast unmerklich die Augenbrauen. »Möglich«, murmelte sie. »Die Menschen haben es nun einmal nicht gern, wenn sie feststellen müssen, dass auch ihre Helden nur aus Staub gemacht sind. Aber sei unbesorgt wegen Guillaume. Er ist dir sehr ergeben. Nur …«

Sie wurde unterbrochen, weil Oswald mit einem Mal wie aus dem Nichts an der hohen Tafel erschien, sich breitbeinig vor Alan stellte und dessen Hand mit seinen beiden ergriff. »Ich hab dich gesucht, Losian. So gesucht!«

Simon kam herbeigeeilt und legte ihm eine Hand auf den Arm. »Tut mir leid«, raunte er Alan zu. »Er ist mir entwischt. Schnell wie ein Aal. Vergebt ihm, Madame«, bat er Matilda.

Sie nickte ein wenig ungnädig. »Wenn du ihn jetzt wieder mitnehmen würdest, Simon de Clare; mein Enkel und ich …«

Alan stand auf. »Entschuldige mich einen Moment, Großmutter.«

»Wo willst du denn hin?«, fragte sie verwirrt.

Er antwortete nicht, sondern stieg die kleine Stufe von der Estrade herab und trat zu Simon und Oswald. »Kommt.«

»Alan.« Die Stimme der alten Dame klang schneidend. »Wärst du so gut, mich nicht mitten in unserer Unterhaltung einfach hier sitzen zu lassen?«

»Ich bitte um Nachsicht, Madame«, gab er kaum weniger scharf zurück. »Henry wartet auf mich. Wir werden unsere Unterhaltung später fortsetzen müssen.«

»Aber ich habe ein paar Dinge mit dir zu erörtern, die wirklich keinen Aufschub dulden«, wandte sie ungeduldig ein. Alan argwöhnte gar, er höre einen Anflug von Angst in ihrer Stimme.

Ich werde Henrys Kunst erlernen müssen, an zwei Orten gleichzeitig zu sein, fuhr es ihm durch den Kopf. »Ich komme zu dir, so schnell ich kann«, sagte er, wohl wissend, dass er das auch Guillaume schon versprochen und den Steward ebenso verstimmt hatte wie seine Großmutter.

Aber daran konnte er im Augenblick nichts ändern. All diese Menschen und ihre erwartungsvollen Blicke schnürten ihm die Kehle zu. Einen verrückten Moment lang verspürte er den Wunsch, seine Gefährten um sich zu sammeln und heimlich mit ihnen aus Helmsby zu fliehen.

Stattdessen führte er Oswald und Simon zu ihren Plätzen am unteren Ende der rechten Tafel zurück und setzte sich zu ihnen auf die Bank. Oswalds Augen waren zu rastlos, seine Atmung zu flach, seine Lippen zu blau. Der Junge war außer sich vor Furcht, und wenn sein schwaches Herz ihn jetzt im Stich ließe, wäre kein Josua ben Isaac zur Hand, um ihn zu retten.

»Was ist denn, Oswald?«, fragte Alan leise, wandte sich ihm zu und kehrte den neugierigen Blicken gleichzeitig den Rücken.

Oswald schüttelte den Kopf, senkte ihn dann und fragte: »Das hier ist dein Zuhause?«

»Das wird mir allenthalben versichert.«

»Was?«

»Entschuldige. Ja. Dieser Ort hier ist mein Zuhause.«

»Und … und du bleibst jetzt hier?«

Gute Frage. »Ich schätze schon. Fürs Erste. Wo sollten wir auch sonst hin?«

Plötzlich umklammerte Oswalds kleine Hand die seine. »Und jagst du uns davon?«

Alan sah seine Gefährten der Reihe nach an, und sein Blick verharrte bei Luke, der beschämt die Augen niederschlug. Ärgerlich schüttelte Alan den Kopf, dann schaute er Oswald in die Augen. »Natürlich nicht. Wie kannst du so etwas nur denken? Bin ich etwa nicht mehr dein Freund?«

»Mein allerallerbester.«

»Da siehst du's. Was sollte ich denn hier anfangen ohne euch?«

»Ja«, murmelte Luke in seinen Bart. »Wer wollte auf einen Haufen wie uns schon verzichten?«

»Denkst du nicht, dass du mich für einen Tag genug beleidigt hast, Luke? Willst du jetzt auch noch an meinem Wort zweifeln?« Er wartete keine Antwort ab, sondern wandte sich an Simon. »Wo hat man euch untergebracht?«

Der junge Normanne hob ein wenig verlegen die Schultern. »In einer Kate im Hof. Es ist in Ordnung.«

Alan befreite sich von Oswalds Hand und stand auf. »Und wo ist Regy?«

»Im Verlies, wie du es wolltest.«

Alan nickte. »Würdest du mich begleiten, Simon?« Das war eine spontane Eingebung, aber er hatte das Gefühl, das Richtige zu tun. »Henry erwartet mich. Ich habe die Befürchtung, er will mir vom gerechten Krieg seiner Mutter erzählen und von der Rolle, die ich einmal darin gespielt habe. Und weil ich natürlich nicht weiß, was ich von der ganzen Sache halten soll, hätte ich dich gerne dabei, sozusagen als Vertreter der Gegenseite, damit er die Dinge nicht gar zu einseitig darstellt. Ich habe den Verdacht, unser Henry ist schamlos in dieser Hinsicht.«

Simon schien ebenso erfreut wie erstaunt. »Du willst *mich* dabeihaben?«

»Warum nicht. Immerhin wären wir beinahe so etwas wie Cousins geworden.«

»Was redest du da?«

Alan nahm Simon am Arm und zog ihn mit sich zum Ausgang. Auf der Treppe erzählte er ihm, wer er war.

Er fand seine Großmutter bei Henry. Sie saßen sich an einem Tisch unter dem Fenster gegenüber; der junge Franzose vertilgte mit großem Appetit ein beachtliches Frühstück, während die alte Dame eine Laute auf dem Schoß hielt und ohne großen Erfolg an den Saiten herumzupfte. Als sie ihren Enkel eintreten sah, lächelte sie. »Ich bin leider hoffnungslos untalentiert«, gestand sie. »Ganz im Gegensatz zu dir.« Sie streckte ihm das Instrument entgegen.

Alan nahm die Laute ohne das geringste Zögern beim Hals. Das glatte, gerundete Holz war seiner Hand vertraut, das wusste er sofort. Er stellte den rechten Fuß auf einen freien Schemel, stützte den Korpus auf den Oberschenkel und begann zu spielen. Seine Finger waren ungelenk, wie eingerostet. Und dennoch flogen sie über die Saiten, schienen ganz von selbst zu wissen, was sie zu tun hatten, und der Wohlklang, den sie der Laute entlockten, erfüllte ihn für einen kurzen Moment mit Seligkeit. Zum ersten Mal bedeutete das Wort »heimgekehrt« mehr als allein die Tatsache, dass ein seltsames Schicksal ihn zurück an den Ort seiner Geburt geführt hatte. Diese Laute war Teil seiner Vergangenheit. Genau wie die Melodie, die er spielte.

»Der Wolf und die Taube«, murmelte Simon.

»Meine Amme hat immer Rotz und Wasser geheult, wenn sie uns die Geschichte erzählt hat«, erinnerte sich Henry.

»Mein Vater hat behauptet, er habe mit dieser Ballade das Herz meiner Mutter erobert«, bemerkte Lady Matilda.

»Aber bestimmt nicht mit einer so verstimmte Laute«, spöttelte Alan, denn er wollte um keinen Preis, dass irgendwer bemerkte, wie tief diese Wiederentdeckung eines Teils seiner selbst ihn berührt hatte.

Entschlossen, aber behutsam lehnte er das Instrument an die Wand, setzte sich auf den Schemel und sagte: »Nimm Platz, Simon. Ich könnte mir vorstellen, wir werden ein Weilchen hier sein.«

Simon nickte ein wenig matt, sah sich erfolglos nach einem weiteren Schemel um und setzte sich notgedrungen auf die Kante des breiten Bettes mit den Vorhängen aus dunkler, fester Wolle. Alan schenkte Wein in einen Becher und reichte ihn dem Jungen. An Henry und seine Großmutter gewandt, bemerkte er: »Ich glaube, Simon ist noch ein wenig schockierter über die pikanten Details meiner Herkunft als ich.«

Simon blinzelte, als sei er gerade aus einem Traum erwacht. »Ich bin *überhaupt* nicht schockiert«, protestierte er.

»Nichts für ungut, de Clare, aber was ich meinem Cousin zu sagen habe, ist nicht für deine Ohren bestimmt«, sagte Henry. Es klang nicht schroff, aber bestimmt. »Also sei so gut und …«

»Das allein beweist, dass es klug war, ihn mitzubringen«, unterbrach Alan. »Er bleibt.«

»Du traust mir nicht?«, fragte Henry verwundert.

Alan zögerte. »Doch«, erwiderte er langsam. »Seltsamerweise tue ich das. Aber wenn ich den Verdacht äußerte, dass du bereit wärest, meine völlige Ahnungslosigkeit in politischen Dingen für deine Zwecke auszunutzen, und zwar skrupellos, täte ich dir unrecht?«

Henry lachte. Ein unwiderstehliches, fröhliches Jungenlachen, wie eine sprudelnde Quelle. »Nein«, gestand er kopfschüttelnd. »Es wäre vermutlich die Wahrheit.« Er wurde wieder ernst und wandte sich an Matilda. »Madame?«

»Meinetwegen. Aber er muss schwören, dass er für sich behält, was er hier hört, Alan.«

Simon dachte einen Moment nach, vermutlich um abzuwägen, in welch eine grauenhafte Zwickmühle ein solcher Schwur ihn bringen konnte. Immerhin waren er und sein Haus Anhänger von König Stephen, und dieser junge Franzose, der da am Fenster saß und kaltes Huhn in sich hineinstopfte, wollte diesen König stürzen. Doch schließlich hob Simon die Rechte und sagte: »Ich schwöre bei der Seele meines Vaters.«

»Gut«, befand Henry, offenbar ungeduldig, endlich zur Sache zu kommen. Er legte den Hühnchenschenkel aus der Hand, trank einen Schluck Wein und richtete sich dann auf. »Also, machen wir Pläne.«

»Augenblick.« Alan hob abwehrend die Linke. »Erst erklär mir, was genau du hier treibst. Du bist mit einer Handvoll Begleiter – die du unachtsamerweise verloren hast – aus Anjou herübergekommen, um was genau zu tun? England im Handstreich zu erobern?«

Henry schnaubte in seinen Becher. »Blödsinn. Ich bin vor allem deswegen gekommen, um König Stephen und die Engländer daran zu erinnern, dass es mich gibt. Dass die Kaiserin Maud, die die rechtmäßige Königin dieses Landes ist, einen Sohn hat – oder genauer gesagt drei, die einen Anspruch auf die Thronfolge erheben können.«

»Ich fürchte nur, dein Umherirren in den Wäldern und Sümpfen von East Anglia ist König Stephen und den meisten Engländern verborgen geblieben«, gab Alan zurück. »Vielleicht besser so.«

Die Wangen des jungen Henry röteten sich vor Zorn. »Ja, verspotte mich nur ob meines Missgeschicks! Ich hatte mir das auch alles ein wenig anders vorgestellt, sei versichert. Ich gebe zu, mein Unterfangen war schlecht vorbereitet. Ich bin … überstürzt aufgebrochen.«

»Warum?«, fragte Matilda.

Er warf ihr einen unbehaglichen Blick zu. »Um es meinem Vater zu zeigen, wenn Ihr die Wahrheit wissen wollt. Mutter schickte ihm wieder einmal einen Boten mit der dringenden Bitte um Hilfe. Sie hat ihn … na ja … angefleht, man kann es nicht anders nennen. Vater hat den Boten mit einem Tritt aus der Halle gejagt. Na schön, hab ich gesagt, dann geh ich eben. Er hat es verboten. Wir haben gestritten, bis die Fetzen flogen und er auch mich mit einem Tritt aus der Halle befördert hat.« Er hob ratlos die Schultern. »Ich bin mit fünfzig Mann und ohne Geld hergekommen. Von der Küste aus habe ich mich nach Cricklade durchgefragt, um Gloucesters Sohn, meinen grässlichen Vetter Philip, der uns verraten hat, von dort zu verjagen. Aber Philip war überhaupt nicht mehr in Cricklade, und einnehmen konnten wir es auch nicht. Ich musste unverrichteter Dinge abziehen, und all meine Gefährten verdrückten sich bis auf meine zehn Ritter, die ich vor fünf Tagen im Wald dann auch noch verloren habe.« Er grinste beschämt. »Ein richtiges Heldenstück, he?«

Ja, dachte Alan verwundert, das ist es tatsächlich: nicht übermäßig klug, aber verdammt tollkühn. »Sag, Henry, wie alt bist du eigentlich?«

»Sechzehn.«

»Du bist am fünften März vierzehn Jahre alt geworden, mein Junge«, widersprach Matilda mit einer Mischung aus Strenge und Belustigung. »Wenn du schon lügen musst, dann lass dir lieber etwas einfallen, was nicht so leicht zu widerlegen ist.«

Henry stieß hörbar die Luft durch die Nase aus und sagte nichts. Es war eine Kapitulation, wenn auch gewiss nur eine unter Vorbehalt.

»Vierzehn?«, wiederholte Alan fassungslos und sah unwillkürlich zu Simon, der ein Jahr älter, aber fast noch ein Knabe war. Henry Plantagenet hingegen war ein Mann. Der rotblonde Bartwuchs, der sich im Verlauf der letzten Tage auf Kinn und Wangen gezeigt hatte, mochte noch spärlich sein, aber Henry war so groß wie Alan, breit in den Schultern, er klang wie ein Mann, und vor allem dachte er wie ein Mann.

»Wieso bist du so verwundert?«, fragte seine Großmutter. »In dem Alter warst du selbst schon Soldat und hast mit deinem Onkel Gloucester gegen aufständische Waliser gekämpft. Daran ist nun wirklich nichts Ungewöhnliches.«

»Wenn du es sagst …«, gab Alan ein wenig matt zurück. »Also, weiter, Henry. Erzähl mir von deiner Mutter, der Kaiserin. Wo ist sie eigentlich?«

»In Devizes Castle«, antworteten Henry, Matilda und Simon im Chor. »Da verbarrikadiert sie sich seit fünf Jahren«, fuhr der Sohn der Kaiserin fort. »Es ist schändlich.«

»Nach der Andeutung, die du vorhin gemacht hast, hatte ich nicht den Eindruck, dass du sie besonders schmerzlich vermisst«, wandte Alan ein. »Und trotzdem wolltest du ihr zu Hilfe kommen?«

Henry schüttelte den Kopf. »Meine Mutter mag ein scharfzüngiges Miststück sein, aber deswegen steht ihr die Krone trotzdem zu.«

»Das tut sie nicht«, meldete Simon sich entrüstet zu Wort, und gleichzeitig protestierte Matilda: »Wage es nicht, deine Mutter unter meinem Dach ein Miststück zu nennen, du Flegel!«

»Aber Madame, Ihr werdet doch wohl zugeben müssen …«

»Sie hat schon deswegen keinen Anspruch auf die Krone, weil der Papst König Stephen anerkannt hat und …« Simon konnte den Satz nicht beenden.

»Du plapperst nur nach, was dein Vater von ihr sagt, Henry, der sie nie zu schätzen wusste …«

»Wärt ihr vielleicht so gut …«, begann Alan stirnrunzelnd, und weil das nicht den geringsten Erfolg hatte, erhob er die Stimme: »Seid still, allesamt!«

Auf einen Schlag trat Ruhe ein, und die drei Streithähne sahen ihn an, abwartend und höflich.

Alan ergriff Simons Weinbecher und trank einen Schluck. Ich habe einen ordentlichen Keller, dachte er flüchtig. Dann sagte er: »Ich will diese Geschichte überhaupt nicht hören. Sie interessiert mich nicht. Aber ihr bedrängt mich und behauptet, ich müsse all diese Dinge unbedingt wissen, weil sie Teil meiner eigenen Geschichte seien. Oder weil ihr erwartet, dass ich irgendeine Rolle darin spiele. Also schön. Aber dann der Reihe nach. Und möglichst so, dass ich hier nicht die ganze Zeit sitze und mich schäme und mir dumm vorkomme, weil ihr alle so vieles wisst, was ich vergessen habe. In Ordnung?«

Sie nickten feierlich, verständigten sich mit verstohlenen, beinah schuldbewussten Blicken, und Lady Matilda ergriff das Wort. »Nachdem Prinz William Ætheling – dein Vater – ertrunken war, holte König Henry sein einzig verbliebenes eheliches Kind zurück an den Hof: Maud. Sie hatte seit ihrem achten Lebensjahr erst in der Obhut und dann an der Seite ihres Gemahls Kaiser Heinrich gelebt. Nach seinem Tod und ihrer Trauerzeit hätte sie gern einen der deutschen Fürsten geheiratet, denn sie war glücklich in dem Land, das ihre Heimat geworden war. Aber ihr Vater tat, was alle Väter mit den Ehewünschen ihrer Töchter tun: Er nahm keinerlei Notiz davon, sondern holte Maud erst in die Normandie und dann nach England zurück – in ein Land, das ihr völlig fremd geworden war, wo sie aber dennoch Königin werden sollte. Der König ließ die englischen Lords einen Eid schwören, Maud nach seinem Tod zur Königin zu wählen. Und sie schworen, allesamt. Auch ihr Cousin Stephen«, fügte sie mit einem missfälligen Blick in Simons Richtung hinzu, unter dem der Junge in sich zusammenschrumpfte wie eine welkende Blume. »Stimmt«, murmelte er kleinlaut.

»Kurz darauf verheiratete König Henry seine Tochter mit

dem Grafen von Anjou.« Unfein wies Matilda mit dem Finger auf Henry. »Dein Vater war damals so alt wie du heute, mein Junge. Deine Mutter doppelt so alt. Und das war nicht die einzige Kluft zwischen ihnen. Diese Ehe war von Anfang an eine Katastrophe.«

»Das drückt es gelinde aus«, bemerkte Henry unbekümmert. »Ich habe mich oft gefragt, wie meine Brüder und ich zustande gekommen sind, aber ich glaube, ich will es lieber gar nicht so genau wissen.«

Matilda brummte grantig. »Ich habe König Henry wieder und wieder vor diesem Schritt gewarnt, aber er hat nicht auf mich gehört. Auf niemanden. Er wollte diese Verbindung um jeden Preis, damit Anjou endlich aufhörte, die Normandie zu bedrohen.« Sie schüttelte den Kopf. »Und was hat es genützt? Nichts. Dein Vater hat zugelassen, dass England in Anarchie versank, und sich die Normandie einverleibt.«

»Richtig«, bestätigte Henry mit Inbrunst. »Er wäre ein Narr gewesen, solch eine Chance ungenutzt verstreichen zu lassen.«

Matilda wandte sich wieder ihrem Enkel zu. »Sieben Jahre nach der freudlosen Hochzeit starb König Henry auf einem Feldzug in der Normandie.«

»Ist er gefallen?«, fragte Alan.

Sie schüttelte den Kopf. »Er starb an einer Fischvergiftung. Ich habe ihm immer gesagt, seine unanständige Gier nach Lampreten werde ihn eines Tages umbringen.« Sie lächelte traurig. »Auch in dem Punkt hat er nicht auf mich gehört. Der Hof kehrte nach England zurück, um den König zu begraben. Wir haben Maud beschworen, mitzukommen. Aber dein Vater, Henry, erlaubte es nicht. Er behielt sie in Anjou, denn er wollte sie als Pfand für seine Machtansprüche in der Normandie, und er traute ihr nicht genug, um sie nach England reisen zu lassen. Das war ein Fehler. Hätte er sie gehen lassen, wäre er heute König und du bräuchtest nicht durch die Wälder von East Anglia zu irren auf der Suche nach deiner Zukunft.«

»Ja, nachher ist man immer klüger«, entgegnete Henry. »Aber er hatte recht, ihr zu misstrauen. Sie hat keine Gelegenheit ausgelassen, ihn zu demütigen und seine Pläne zu durchkreuzen.«

»Genau wie umgekehrt«, konterte Matilda. »Mit nach England zurück kam indessen Mauds Cousin, Stephen de Blois. Ein Enkel des großen Eroberers, genau wie Maud und dein Vater, Alan. Darüber hinaus war Stephen König Henrys Lieblingsneffe gewesen. Ein Mann, der in England bekannt und beliebt war, und eben vor allem ein Mann. Ich bin sicher, den Rest kannst du dir denken. Die Lords vergaßen ihren Eid und setzten Stephen auf den Thron. Die Tatsache, dass sein Bruder der mächtige Bischof von Winchester ist und auch damals, vor zwölf Jahren, schon war, hat ihm nicht geschadet.«

»Und die Tatsache, dass niemand in England Henrys Vater, den machtgierigen Geoffrey d'Anjou, auf dem Thron wollte, ebenso wenig«, warf Simon rebellisch ein.

Keiner widersprach ihm. Es war einen Moment still. »Und was war mit … wie war der Name? Robert of Gloucester?«, fragte Alan. »Er war ein Sohn des toten Königs. Wenn die Thronfolge strittig war, warum hat er sich die Krone nicht genommen? Als der lachende Dritte?«

»Er war ein Bastard«, antwortete Henry achselzuckend.

So wie ich, dachte Alan und biss einen Moment die Zähne zusammen, ehe er den offensichtlichen Einwand vorbrachte: »Das war der Eroberer auch.«

»Die Zeiten haben sich eben geändert.«

Aber Matilda war anderer Ansicht. »Ich denke, Robert of Gloucester weiß selber nicht genau, warum er es nicht wenigstens versucht hat. Wenn du ihn dreimal nach dem Grund fragst, bekommst du drei verschiedene Antworten. Tatsache ist: Er ließ Stephen gewähren, als sei er unschlüssig, wie er sich verhalten sollte. Doch als Kaiserin Maud ihren Protesten drei Jahre später Nachdruck verleihen wollte und nach England kam, um sich ihre Krone zu erkämpfen, war ihr Bruder Gloucester vom ersten Tag an auf ihrer Seite. Sehr viel verlässlicher und standhafter als ihr Gemahl.« Wieder traktierte sie Henry mit einem strafenden Blick.

»Der Krieg währt jetzt schon fast neun Jahre, und du hast selbst gesehen, was er aus diesem Land gemacht hat«, nahm Henry den Faden wieder auf. »Gloucester ist ein besserer Soldat als Stephen, das steht wohl fest, aber Stephen hat viel Rückhalt im Land.«

»Weil er ein gerechter König ist«, fügte Simon hinzu. »Sogar milde, wenn die Umstände es erlauben. Die Engländer lieben König Stephen.«

Henry nickte. »Und hassen meine Mutter. Weil sie niemals irgendeinen Versuch unternommen hat, die Menschen hier für sich zu gewinnen. Im Gegenteil: Wenn sie sich überhaupt je blicken lässt, wie damals in London, ist sie herrisch und schroff und bringt es fertig, jeden vor den Kopf zu stoßen.«

Matilda zuckte unbeeindruckt die Schultern. »Sie verhält sich, wie ein Mann sich verhalten würde, und weil sie eine Frau ist, stößt es die Leute eben vor den Kopf. Das ist alles.«

Henry verdrehte die Augen, ging aber nicht weiter darauf ein, sondern setzte seinen Bericht fort: »Vor fünf Jahren hätte Stephen meine Mutter in Oxford beinah erwischt, aber sie floh nach Devizes, wo sie sich, wie gesagt, seither verkrochen hat. Gloucester hält die Macht im Südwesten, aber man munkelt, er sei krank.«

»Es stimmt«, bestätigte Matilda.

»König Stephen zieht mit seinem milden Lächeln durchs Land und bringt nichts zustande. Er kontrolliert den Südosten, doch die Midlands und der Norden sind ihm entglitten und in Anarchie versunken, weil er zu schwach und unentschlossen war, es zu verhindern. Schau mich nicht so an, Simon de Clare, du weißt genau, dass es so ist. Und seine Söhne sind ebensolche Trottel wie er.«

»Das würde ich an deiner Stelle auch behaupten«, bemerkte Alan trocken und sah Henry in die Augen. »Du willst diese Krone wirklich, nicht wahr?«

»Darauf kannst du deinen … Weinkeller verwetten. Und ich werde sie auch kriegen. Und du wirst mir dabei helfen.«

»Ah ja? Warum?«, erkundigte sich Alan.

Henry musste nicht lange überlegen. »Weil du mein Cousin bist.«

»Wenn ich euch recht verstanden habe, bin ich ebenso König Stephens Cousin …«

»Nur zweiten Grades«, warf Matilda ein.

»… der der gesalbte, gekrönte, vom Papst legitimierte König ist. Ein guter, milder König obendrein, wie es scheint, denn ihr habt Simon nicht widersprochen.«

Henry starrte ihn an, als hätte Alan ihm aus heiterem Himmel ein unsittliches Angebot gemacht. »Aber … niemand hat mit solcher Entschlossenheit für das Recht meiner Mutter gekämpft wie *du*. ›Mauds schärfstes Schwert‹ nennen sie dich. Gott verflucht, Mann, du bist eine *Legende*!«

Alan ließ sein Schweigen so lang werden, dass das Wort wirkungslos zu verhallen schien. Dann entgegnete er: »Ich bin ein Mann ohne Gedächtnis, Henry. Niemandes Schwert. Die Legende ist tot. Nur die Hülle wandelt noch, aber sie ist leer. Also, was immer du von mir erwartest, schlag es dir aus dem Kopf.«

»Das werde ich todsicher nicht tun«, konterte Henry. Es klang hitzig. Beinah wütend. »Es war kein Zufall, dass ich mich von Cricklade quer durch Feindesland ausgerechnet nach East Anglia durchgeschlagen habe, weißt du. Ich war auf der Suche nach Helmsby. Nach *dir*. Ich brauche deine Hilfe, Cousin!«

Rastlos stand Alan von seinem Schemel auf, trat für ein paar Atemzüge ans Fenster und schaute hinab in den Burghof. Dann setzte er sich neben Simon auf die Bettkante, um ein bisschen räumlichen Abstand zu seiner Großmutter und seinem Cousin zu gewinnen. Simon hielt ihm einladend den Becher hin. Alan nahm ihn dankbar und trank einen Schluck. Er fühlte sich besser, hier an der Seite seines Gefährten. Sicherer. Wie seltsam. Wenn es stimmte, was Henry gesagt hatte, dann war Simon sein Feind. Die beiden Menschen am Tisch hingegen waren seine Familie. Doch es fühlte sich genau umgekehrt an.

Er rieb sich die brennenden Augen, und obwohl eine Stimme in seinem Innern ihn warnte, dass er einen schrecklichen

Fehler beging, dass er den Fuß in einen Sumpf steckte, fragte er: »Wo ist Robert of Gloucester jetzt?«

»In Bristol«, antwortete Matilda.

Alan nickte. Er erinnerte sich, dass er am Morgen nach ihrer Flucht von der Insel in St. Pancras mit einem Brummschädel erwacht und das Wort »Bristol« ihm durch den Kopf gespukt war. Er hatte Regy danach gefragt. »Dort hat er sein Hauptquartier?«

»Wenn du so willst. Es ist seine stärkste Festung. Vielleicht auch der Ort, den er sein Heim nennen würde.«

»Und wie krank ist er?«

Sie schüttelte den Kopf. »Das weiß ich nicht.«

Alan sah zu Henry. »Wäre es nicht das Beste, du gingest zu ihm? Wenn ich euch recht verstanden habe, ist er unter den Männern in England, die für die Sache deiner Mutter kämpfen, der mächtigste. Er ist derjenige, mit dem du Pläne schmieden solltest.«

»Nur würde ich niemals hinkommen«, entgegnete Henry. »Von hier nach Bristol gibt es keinen Weg, der nicht durch irgendeine Gegend führt, die fest in Stephens Hand ist. Richtig?«, vergewisserte er sich mit einem Blick auf Simon.

Der nickte.

»Wenn ich einem seiner treuen Lords in die Hände fiele, dann hätte ich der Sache meiner Mutter einen ziemlichen Bärendienst erwiesen. Dann wäre ihr Krieg vorbei.«

»Vielleicht ist es das, wofür Gott dich nach England geführt hat«, mutmaßte Alan.

»Als Stephens Pfand?«, entrüstete sich Henry. »Eins sag ich dir, Alan: Wenn das wahr ist, dann bin ich *fertig* mit Gott!«

»Aber, aber.« Matilda tätschelte ihm nachsichtig den Arm, nicht im Geringsten schockiert von seinen lästerlichen Worten, wie Alan mit Interesse beobachtete. »Nein, ich denke auch nicht, dass es eine gute Idee wäre, wenn du versuchst, nach Bristol zu gelangen. Du hast völlig recht: Du kämest niemals ungeschoren durch die Stephen-treuen Grafschaften. Vermutlich würde einer seiner Lords dir den Kopf abschlagen und ihn mit den besten Empfehlungen zu seiner Mutter nach Devizes schicken, denn die Verbitterung auf beiden Seiten ist so groß, dass Ehre und Anstand bei den Lords keine große Rolle mehr spielen. Der gute Stephen hingegen hält immer noch große Stücke auf Ehre und Anstand. Darum wirst du ihn um Hilfe bitten, nicht Gloucester.«

Die drei Männer starrten sie an. »Ähm … Madame«, stammelte Henry. »Ihr schlagt vor, ich soll den Todfeind meiner Mutter um *Hilfe* bitten? Warum genau, wenn ich fragen darf?«

»Er ist nicht ihr Todfeind«, widersprach sie. »Er ist ihr Cousin und war immer unglücklich über diesen Krieg.« Sie dachte einen Moment nach, und ein mutwilliges Funkeln trat in ihre blauen Augen, das sie um Jahre verjüngte und von dem einem ganz mulmig werden konnte. »Wir müssen ihn nur an der richtigen Stelle zu fassen bekommen. Jeder Mensch hat einen wunden Punkt. Wenn man ihn berührt, können die erstaunlichsten Dinge geschehen. Stephens Schwachstelle ist sein Familiensinn. Wir schicken ihm einen Boten, der ihm von deiner misslichen Lage berichtet. Damit erreichen wir zwei Dinge: Erstens erfährt Stephen, dass der Sohn seiner Rivalin sich mit Alan of Helmsby verbündet hat, und das dürfte ihm solche Angst machen, dass er fortan keine Nacht mehr ruhig schlafen wird. Zweitens wird der Bote an seine Familienloyalität appellieren und ihn somit zwingen, dir zu helfen und sicheres Geleit für die Rückkehr in die Normandie zu gewähren.«

»Das kann niemals funktionieren«, entgegnete Henry kopfschüttelnd. »So dämlich kann nicht einmal Stephen sein.«

»Doch, es würde funktionieren«, widersprach Simon. Er klang unwillig. Vermutlich war ihm nicht wohl dabei, wie die Gutmütigkeit seines Königs ausgenutzt werden sollte, aber er fühlte sich verpflichtet, die Wahrheit zu sagen, mutmaßte Alan. Die Zwickmühle hatte nicht lange auf sich warten lassen. »Es wird funktionieren«, wiederholte Simon mit mehr Nachdruck. »Nicht etwa, weil der König ›dämlich‹ ist, wie du es zu nennen beliebst, sondern weil Lady Matilda recht hat: Die Familie geht ihm über alles. Mein Vater hat mit eigenen Augen gesehen, wie König Stephen einen Überläufer begnadigte, als er erfuhr, dass der Kerl ein Bastard seines Cousins war. Er hat getobt und geflucht, dass er ihn nicht aufknüpfen konnte, aber er sah sich außerstande.« Er hob kurz die Hände. »So ist er eben.«

Die anderen schwiegen einen Moment versonnen. Schließlich fragte Henry: »Und wer soll unser Bote sein? Wen gibt es, dem wir so weit vertrauen könnten, und der gleichzeitig Stephens Gehör findet?«

»Das liegt auf der Hand, oder?«, gab Matilda ungeduldig zurück. »Gott hat uns den Boten gnädigerweise gleich mit deiner Zwangslage beschert.« Sie wies auf Simon. »Er ist ein de Clare, denen Stephen vertraut. Aber er wird uns nicht verraten, weil er meinem Enkel gegenüber loyal ist. Er wird es tun.«

Alan stand von der Bettkante auf. »Nein.«

»Warum nicht?«, fragte Matilda.

»Weil er ein Mensch ist und kein Werkzeug. Wenn du dich in Stephen täuschst, wenn auch nur irgendetwas schiefläuft, dann werden sie Simon töten. Und vorher werden sie aus ihm herausholen, wo Henry zu finden ist. Kommt nicht infrage.«

»Aber mein lieber Junge …«, begann seine Großmutter.

»Ich bin nicht dein lieber Junge«, knurrte er. An Henry gewandt fügte er hinzu: »*Du* hast dir diese Suppe eingebrockt. Also löffle du sie auch aus. Ich bin gewillt, dir zu helfen, aber nicht um diesen Preis.«

»Kann ich vielleicht auch etwas dazu sagen?«, fragte Simon ungehalten.

»Nein«, gab Alan kurz angebunden zurück. »Denn ich weiß, was du sagen willst.«

»Aber es *ist* ein guter Plan«, beharrte Simon. »Lass es mich versuchen. Ich weiß, ich kann es schaffen.« *Trotz der Fallsucht,* fügte er nicht hinzu, aber Alan hörte es dennoch.

»Natürlich würdest du es schaffen«, entgegnete er. »Aber darum geht es nicht. Es ist zu gefährlich. Und selbst wenn es dich nicht das Leben kostet; dein König würde dir niemals vergeben. Er würde dir nie wieder trauen. Und wenn er diesen Krieg gewinnt? Was soll dann aus dir werden? Denkst du, er würde auch nur einen Finger rühren, damit du Woodknoll zurückbekommst? Meiner Großmutter und Henry ist das vielleicht gleichgültig, weil sie sich einbilden, ein höheres Ziel zu verfolgen, aber du solltest dich nicht so schamlos ausnutzen lassen.«

»Bist du jetzt fertig?«, fragte Lady Matilda. Ihre Stimme klang wie eine Stahlklinge auf Eis.

»Allerdings«, antwortete er und ging zur Tür. Mit der Hand auf dem Riegel wandte er sich noch einmal kurz um. »Simon? Kommst du?«

Der Junge zögerte. Dann schüttelte er den Kopf.

»Überleg dir gut, was du tust. Und *warum* du es tust.« Er ging hinaus. Ihm war danach, die Tür zuzuschlagen, aber den Triumph wollte er seiner Großmutter nicht gönnen. Also schloss er sie nahezu lautlos.

Auf dem zugigen, dämmrigen Korridor begegnete er der Magd, die ihm am Abend zuvor den Eintopf gebracht hatte. Er musste einen Moment überlegen, dann fiel ihm der Name wieder ein. Er nickte. »Emma.«

»Guten Morgen, Mylord.« Sie hatte ein reizloses Gesicht, aber ein hübsches Lächeln. »Ich hab Euch frische Kleider zurechtgelegt. In der Gästekammer.« Sie wies auf eine Tür zur Linken. »Vermutlich sind sie ein bisschen zu weit. Ihr seid dürr geworden.«

»Tatsächlich?«

Sie nickte. »Braucht Ihr jemanden, der Euch rasiert?«

Er fuhr sich mit der Hand über das stopplige Kinn. »Ich hab's nötig, was?«

Ihr Lächeln wurde eine Spur breiter.

»Ich kümmere mich später darum«, versprach er. »Vor dem Essen, du hast mein Wort. Kannst du mir zufällig sagen, wo meine Gefährten sind?«

»Sie sind ins Dorf gegangen. Sie wollten die Kirche anschauen, hat der heilige Mann gesagt.«

»Danke.« Er wollte sich abwenden, als er merkte, dass sie zögerte. »Gibt es sonst noch etwas?«

»Der junge Mann … Oswald.«

»Ja? Was ist mit ihm? Hat er etwas angestellt? Das würde mich wundern. Er tut eigentlich immer das, was man ihm sagt.«

Sie schüttelte den Kopf. »Es ist nur … Er erinnert mich so sehr an meinen Bruder Gorm. Entsinnt Ihr Euch an Gorm?«

»Ich fürchte, nein.«

»Er war der Jüngste von uns. Und … er sah genauso aus wie Euer Oswald. Das Gesicht, die Augen, die Statur. Die kleinen Hände. Er war … so ein guter Junge. Ihr könnt Euch das gar nicht vorstellen. Zurückgeblieben, aber was menschliche Güte anging, konnte jeder etwas von ihm lernen.«

Alan lauschte ihr fasziniert. Genau das Gleiche hatte er schon manches Mal von Oswald gedacht. »Ist er gestorben?«

»Ja. Mit fünfzehn.«

»War's das Herz?«

Sie machte große Augen. »Das hat Eure Großmutter gesagt. Er lief blau an und hatte Schmerzen in der Brust, und dann war's aus mit ihm.«

Alan nickte. »Es ist das gleiche Gebrechen, keine Frage.«

»Denkt Ihr, ich könnte Oswald einmal mit ins Dorf zu meiner Mutter nehmen? Sie vermisst unseren Gorm so furchtbar. Es wäre so eine große Freude für sie.«

»Ich habe nichts dagegen. Er ist noch scheu hier und fürchtet sich leicht. Aber frag ihn, ob er will. Wenn dein Bruder genauso war, brauche ich dir ja sicher nicht zu erklären, wie man mit ihm umgehen muss. Nimm ihn nur mit, wenn er sich überreden lässt. Je schneller er hier Freunde findet, desto glücklicher wird er sein.« Und ich um eine Sorge erleichtert, fügte er in Gedanken hinzu.

Emma strahlte. »Danke, Mylord.«

Er nickte, und im letzten Moment hielt er sich davon ab, sie nach dem Weg zum Verlies zu fragen. Stattdessen nahm er eine Fackel aus einem der Wandhalter und bemühte das wenige an gesundem Menschenverstand, das er noch besaß. Er ging die Treppe hinab und stellte ohne Überraschung fest, das sie vom

Hauptgeschoss aus weiter abwärts zur Küche und den Vorratsräumen führte. Und dann schraubte sie sich noch einmal weiter hinab ins Dunkle.

Ein mächtiger, gut geölter Eisenriegel versperrte die einzelne Kerkertür. Alan zog ihn zurück, öffnete die Tür langsam, blieb auf der Schwelle stehen und hob seine Fackel – den Dolch in der Rechten.

Betroffen betrachtete er das Bild, das sich ihm bot: Regy hatte sich seiner Mönchskutte entledigt und lag splitternackt im Stroh. Das war nichts Ungewöhnliches. Ungewöhnlich war hingegen, dass er sich zu einem Ball zusammengerollt hatte und seine Haut im flackernden Fackelschein schweißnass glänzte. Er blutete an beiden Unterarmen, und sein Atem ging stoßweise.

»Regy?«

Die erbarmungswürdige Gestalt am Boden zuckte zusammen, und das Keuchen verstummte. »Losian?«

»Lass das nicht meine Großmutter hören. Was in aller Welt ist los mit dir?«

Regy richtete sich langsam auf, blieb einen Moment mit gesenktem Kopf im Stroh sitzen und drehte sich dann zu ihm um. Die Augen waren blutunterlaufen, die Lippen zerbissen. Als er lächelte, musste Alan ein Schaudern unterdrücken. Es war die schmerzverzerrte Fratze einer gepeinigten Kreatur, die geradewegs aus der Hölle zu kommen schien. Aber Regys Stimme und sein hochmütiger näselnder Tonfall waren ganz die alten. »Alan de Lisieux, sieh an. Wie nett, dass du vorbeischaust.«

»Ich ziehe Alan of Helmsby vor.«

»Wieso? Der eine ist ebenso ein Fremder für dich wie der andere.«

»Das stimmt. Steh auf, zeig mir, wie lang deine Kette ist.«

Regy gehorchte anstandslos und führte ihm vor, dass die Kette sich nach drei Schritten spannte.

Alan trat über die Schwelle, entdeckte nach kurzem Suchen eine Eisenhalterung, steckte die Fackel hinein und ließ sich nahe der Mauer im Stroh nieder. Es war frisch, sauber und dick aufgeschüttet. »Zieh dich an, ja? Tu mir den Gefallen.«

Regy stieg in die verdreckte Kutte – verdächtig zahm. Seine Bewegungen waren schleppend. Dann setzte er sich Alan gegenüber an die Wand mit dem Eisenring, an dem seine Kette befestigt war, und zog die Knie an. »War der berühmte Kreuzfahrer dein Vater?«

»Mein Großvater. Regy, würdest du mir verraten, warum du dir die Arme und die Lippen blutig gebissen hast? Ich weiß natürlich, dass du gerne Gebrauch von deinen Zähnen machst, aber gegen dich selbst?«

»Bist du ins Heilige Land gereist, um in seine Fußstapfen zu treten? Verzeih meine Offenheit, aber hast du nicht befürchtet, sie könnten ein bisschen zu groß für dich sein?«

»Regy …«

»Beantworte meine Frage, dann beantworte ich deine.«

Alan ließ sich nicht gern auf solche Machtspielchen ein, denn Regy war ein Meister darin – man konnte nur verlieren. Aber heute machte er eine Ausnahme. »Wie es aussieht, bin ich überhaupt nicht im Heiligen Land gewesen. Woher der Kreuzfahrermantel und der seltsame Traum kamen, weiß ich nicht. Mein Name ist das Einzige, was ich erfahren habe, aber er hat mir keine Offenbarung beschert.«

»Ich habe mir in die Arme gebissen, um nicht zu schreien. Wenn ich allein in dunklen, engen Löchern eingesperrt bin, muss ich schreien, weil ich weiß, dass sie kommen und es wieder tun werden. Mein ruhmreicher Onkel Geoff und …«

»Ich will das nicht hören«, unterbrach Alan schneidend. Mit einem Mal spürte er Schweiß auf Brust und Rücken. Er hatte irgendwie immer gewusst, dass es solch eine Geschichte gab, aber es war sein Ernst: Er wollte sie nicht hören.

Regy saugte einen Moment an seiner blutigen Unterlippe. »Wenn ich schreie, kommen sie schneller wieder, als wenn ich es nicht tue. Also darf ich es auf keinen Fall, verstehst du? Aber es ist unmöglich, allein im Dunkeln zu liegen und *darauf* zu warten und nicht zu schreien, also …«

»Hör auf damit!« Verstohlen ballte Alan die Fäuste, um sich unter Kontrolle zu halten. »Du hast zweimal versucht, mich umzubringen. Du hast Robert die Kehle durchgebissen. Du bist ein Kinderschänder und Kindermörder. Und du erwartest, dass ich dich bedaure? Du musst verrückter sein, als ich dachte.«

»Ich scheiß auf dein Mitgefühl.«

»Das klingt schon viel besser.«

»Aber ich appelliere an deinen Anstand.«

»Ich glaub, mir wird übel.«

Regy richtete den Oberkörper auf und beugte sich ein wenig vor. Der Fackelschein glitzerte in seinen geröteten Augen mit den schwarzen Iris, und er sah wahrhaftig aus wie ein Dämon. »Töte mich oder lass mich hier raus.« Es war ein Befehlston, streng und fordernd. »Eins von beiden, mir ist egal, was. Aber lass mich nicht hier unten.«

Alan strich sich nachdenklich mit dem Daumennagel übers Kinn und ließ ihn nicht aus den Augen. »Und wenn ich nun erwiderte, dass Freilassen nicht infrage kommt und du einen schnellen Tod nicht verdient hast? Sondern genau die Hölle, die du hier offenbar gefunden hast? Was antwortest du dann?«

»Dass du lügst, weil es nicht wirklich das ist, was du denkst. Du bist zu …« Er brach ab und richtete den Blick ins Leere, während er nach dem Wort suchte. »Barmherzig. Ich glaube, das ist es, was ich meine.«

Alan gab einen Laut des Unwillens von sich. »Jetzt bist du ziemlich durchschaubar, Reginald.«

Der schnaubte. »Du denkst, ich wollte dir schmeicheln? Du irrst dich. Ich halte Barmherzigkeit für keine Tugend. Im Gegenteil. *Ich* könnte es tun. Das weißt du, oder? Wenn unsere Rollen vertauscht wären, könnte ich dich hier liegen lassen, auf dass du Stück um Stück an deinem Entsetzen verreckst. Und weil ich das könnte, bin ich stark. Viel stärker als du. Stärke ist die einzige Tugend, die wirklich von Wert ist. Die, welche die blöden Pfaffen uns schmackhaft machen wollen, sind in Wahrheit bloß Schwächen. Stärke ist alles. Und ich bin stark.«

»Du bist nur böse«, hielt Alan dagegen.

Regy lächelte wieder. »Das ist wahr. Es ist das Böse, das mir meine Stärke verleiht. Die du nicht besitzt, weil du eben nicht böse bist.«

»Tja. Das frage ich mich.«

»Ich weiß. Darum kommst du wieder und wieder zu mir. Um dich selbst zu erkennen.« Er faltete die Hände auf der Brust – eine lästerliche Parodie eines gütigen Beichtvaters. »Und was genau kann ich heute für dich tun, mein Sohn?«

Alan unterdrückte mit Mühe ein Grinsen. »Ich sage dir, wer ich bin und was hier vorgeht. Du sagst mir, was du denkst.«

»Du willst meinen *Rat*?«

Alan hob langsam die Schultern. »Ich muss ihn ja nicht annehmen. Aber du bist der einzige Mensch, den ich kenne – den *Losian* kennt, meine ich –, der in der Welt Bescheid weiß, um die es hier geht. Wenn du mich belügst, weiß ich das.« Er ruckte den Daumen zur Decke. »Wenn sie mich belügen, lauf ich ins offene Messer, ohne es auch nur zu merken.«

Regy dachte darüber nach. »Na schön«, sagte er schließlich. »Öffne mir dein Herz, mein Bester. Aber vorher reden wir über deine Gegenleistung.«

Alan seufzte. »Sei doch vernünftig, Regy.«

»Das kann ich nicht.«

»Nein. Aber du weißt trotzdem ganz genau, dass ich dich nicht laufen lassen kann. Ich habe dich mit von der Insel genommen, also obliegt es mir, dafür zu sorgen, dass du keinen Schaden mehr anrichtest. Und das würdest du doch.«

Regy nickte. »Ich rede ja auch nicht von Laufenlassen. Aber sperr mich irgendwo ein, wo Licht ist. Hol mich aus diesem Kellerloch. Und zwar noch heute.«

Ich darf gar nicht daran denken, was King Edmund und die Zwillinge dazu sagen werden, dachte Alan unbehaglich, aber er antwortete. »Einverstanden.«

Regy schloss einen Moment die Augen und ließ langsam

den Atem entweichen. Seine Erleichterung ließ Alan das Ausmaß seines Schreckens ahnen. Dann öffnete Regy die Augen wieder, und der Dämon war zurück. »Also? Ich höre.«

Und Alan erzählte.

Er fand den Steward unten im Burghof in der Scheune. Guillaume hatte eine Schar Hilfskräfte organisiert – dem Aussehen nach Bauern. Die Frauen hockten auf dem festgestampften Fußboden im Kreis, banden mit geschickten Fingern Strohhalme zu Schindeln und plauderten angeregt, während die Männer auf Leitern standen und das Dach ausbesserten. Guillaume hatte sich unter den kahlen Balken und Sparren postiert, die Hände in die Hüften gestemmt, den Kopf in den Nacken gelegt und erteilte Anweisungen und Ratschläge. Von oben kamen Proteste und fachkundige Einwände. Es gab ein lebhaftes Hin und Her und viel Gelächter. Doch als Alan in die Scheune kam, wurde es beinah schlagartig still.

Er verbarg sein Unbehagen hinter einem sparsamen Lächeln, nickte den Frauen zu und trat zu Guillaume. »Da bin ich. Wie versprochen.«

Der Steward nickte. »Gut.« Und dann, nach oben gewandt: »Edwy, ich sehe den blauen Himmel durch deine Schindeln! Leg sie enger!«

»Wird gemacht, Lord Guillaume, wird gemacht«, antwortete Edwy, ein drahtiger kleiner Mann mit einem gewaltigen blonden Schnurrbart. »Es ist ja nicht so, als hätt ich am Sonntag was Besseres zu tun, als Eure Scheune neu zu decken …«

Guillaume hob die Hand zu einer Geste der Kapitulation. »Denk nicht, ich wüsste eure Hilfsbereitschaft nicht zu schätzen.«

»Heute ist Sonntag?«, fragte Alan ungläubig.

Guillaume sah ihn an und nickte.

»Herrje. Ich war nicht in der Kirche.«

»Wenn du willst, reiten wir hin. Die Messe ist natürlich vorbei, aber du könntest ein bisschen beten, wenn du möchtest. Und unterwegs kann ich dir berichten, wie es um uns steht.«

»Das klingt nach einem vernünftigen Plan«, stimmte Alan zu. Was sonst hätte er sagen können? Er verspürte kein Interesse für diesen Ort, seine Menschen und seine Belange. Aber da es nun einmal so war, dass sie ihm gehörten, blieb ihm wohl nichts anderes übrig, als dieses Interesse wenigstens zu heucheln.

Guillaume gab ein paar letzte Anweisungen an die Dachdecker, führte Alan dann zum Pferdestall, hieß einen jungen Burschen, der im Gras davor in der Sonne döste, ihnen Conan und Clito zu satteln, und wenig später ritten sie durchs Tor.

»Seltsame Namen für Pferde«, befand Alan.

Guillaume warf ihm von der Seite einen undurchschaubaren Blick zu. »Du hast sie ausgesucht.«

»Wirklich?« Alan seufzte.

»Hm. Es sind die Namen von Fürsten aus fernen Ländern und Zeiten. Das hat Tradition in Helmsby.«

Conan, den der Stallbursche Alan ehrfürchtig überreicht hatte, war ein kostbares Pferd, ein Brauner mit einer ebenmäßigen Flocke, die man kaum anders als vornehm nennen konnte. Conan hatte sich sichtlich gefreut, seinen Herrn wiederzusehen, der natürlich nicht die leiseste Erinnerung an seinen treuen Reisegefährten hatte.

»Er kam ohne dich nach Hause«, berichtete Guillaume. »Nächsten Monat werden es drei Jahre. Das war ein schwarzer Tag in Helmsby. Vor allem für deine Großmutter.«

»Ja. Das will ich glauben.«

Sie ritten nebeneinander an frisch bestellten Feldern vorbei, bis der Weg in ein kleines Waldstück eintauchte.

»Es ist nur eine halbe Meile bis ins Dorf«, erklärte Guillaume. »Wir hätten natürlich auch laufen können. Aber ich dachte, wir reiten vielleicht ein Stück übers Land. Wenn du willst, meine ich natürlich nur.«

Alan nickte. Er schätzte, die Fackel, die er Regy dagelassen hatte, würde noch etwa zwei Stunden brennen. Er hatte versprochen, zurückzukommen, bevor sie verlosch. Aber in zwei Stunden konnte man weit reiten.

Am Rand des Wäldchens, in Sichtweite des Dorfs, kamen ihnen King Edmund, die Zwillinge, Luke und Oswald entgegen.

»Oh, Losian, ich meine natürlich Alan, was für eine *wundervolle* Kirche«, schwärmte King Edmund. »Dein Vorfahr, der sie erbaut hat, muss ein wirklich frommer Mann gewesen sein, der Gott über alle Maßen preisen wollte.«

»Oder ein großer Sünder, der bei Gott viel gutzumachen hatte.« Alan zügelte Conan und hielt an. »Ich bin gerade auf dem Weg, sie mir anzuschauen. Alles in Ordnung mit dir, Oswald?«

Der Junge hob den Kopf, lächelte ihn an und nickte. »Ich hab Sauerampfer gefunden. Jede Menge.«

»Großartig. Wir sagen der Köchin, wo er steht, und sie kann uns eine schöne Suppe davon kochen.« Er sagte ihm nicht, dass sie bis auf Weiteres eigentlich keinen Sauerampfer mehr essen mussten. Oswald legte größten Wert darauf, seinen Beitrag zum Überleben ihrer Gemeinschaft zu leisten. Er wusste ganz genau, dass alle anderen in dieser Disziplin besser waren als er – abgesehen von Regy vielleicht –, und darum war er bei dem Thema empfindlich.

»Wo ist Simon?«, fragte Wulfric.

»Er schmiedet Ränke mit Henry und meiner Großmutter. Ich fürchte, sie werden ihn überreden, sich für ihre Zwecke einspannen zu lassen. Vielleicht könnt ihr versuchen, ihn zur Vernunft zu bringen.«

»Was für Ränke?«, wollte King Edmund wissen.

»Das kann er euch selbst erklären. Und wenn ihr schon zum Burgturm hinaufgeht, tut mir einen Gefallen: Sucht eine neue Unterkunft für Regy. Er kann da unten nicht bleiben.«

Die anderen wechselten beredte Blicke. Dann räusperte Godric sich. »Bitte sag, dass ich mich verhört hab.«

Alan schüttelte den Kopf. »Ich fürchte, nein.«

»Warum? Bist du von Sinnen? Willst du das Schicksal herausfordern? Früher oder später gibt es ein Unglück, das weißt du ganz genau, und dann wirst *du* die Verantwortung tragen!«

»Ich bitte euch dennoch. Aber wenn ihr euch weigert, ist es auch nicht weiter schlimm. Dann tu ich es eben selbst, sobald ich zurück bin. Ich hab ihm mein Wort gegeben, Godric.«

»Das bricht mir das Herz. Vergiss es, Mann. Ohne mich!«

Alan ritt wieder an. Über die Schulter sagte er: »Na schön. Aber du wirst mich nicht hindern. Denn ob du's glaubst oder nicht, Godric: Hier passiert das, was *ich* will.«

Er war vielleicht zehn Längen weit geritten, als Godric ihm nachbrüllte: »Es passiert doch immer und überall das, was *du* willst, du normannischer Hurensohn!«

»Umso besser«, murmelte Alan vor sich hin.

»Und das lässt du dir bieten?«, fragte Guillaume verwundert.

»Oh, er meint es nicht böse. Außerdem muss ich zugeben, ich habe verdient, dass er mich beschimpft. Er hat ein Anrecht auf seinen Zorn. Und in ein, zwei Stunden wird er sich beruhigen und tun, worum ich ihn gebeten habe.«

»So warst du früher nicht«, bekundete Guillaume. Es war unmöglich zu sagen, was er von der Erkenntnis hielt.

Alan sah ihn an. »Enttäuscht?«

Sein Steward schüttelte den Kopf. »Verwirrt. Ziemlich verwirrt, wenn du die Wahrheit wissen willst, Vetter.«

Aber todsicher nicht halb so verwirrt wie ich, dachte Alan. Er lächelte. »Erzähl mir von Helmsby, Guillaume. Sag mir, wie es um uns steht.«

Schlecht, lautete die kurze Antwort. Aber jetzt, da Guillaume einmal Alans Aufmerksamkeit hatte, begnügte er sich nicht mit einer so knappen Einschätzung, sondern setzte ihn ausführlich ins Bild: Helmsby hatte eine Missernte und einen schlimmen Winter hinter sich. Wie so oft, wenn die Menschen hungerten, war ein Fieber ausgebrochen, und von den rund dreihundert Einwohnern des Dorfes war beinah jeder Zehnte gestorben.

»In den anderen Dörfern sieht es nicht besser aus. In Metcombe …«

»Wie viel Land gehört mir?«, unterbrach Alan.

»Vier Hundertschaften hier in Norfolk, zwei in Suffolk und ein paar Güter in der Normandie, aber von da ist jahrelang kein Geld gekommen.«

Nein, weil Henrys verfluchter Vater die Normandie überrannt hat und an seine Vasallen verteilt, dachte Alan grimmig. Und zum Dank soll ich seinem Söhnchen hier in England aus der Klemme helfen? »Wie viel Pacht im Jahr? In einem guten oder durchschnittlichen Jahr, meine ich.«

»Etwa … zweihundert Pfund.«

»Allmächtiger. Warum sind wir dann nicht reich?«

»Der neue Burgturm hat natürlich Unsummen verschlungen«, erklärte Guillaume. »Aber das war nicht das eigentliche Problem.« Er brach unsicher ab.

»Lass mich raten. Ich habe meine Güter geschröpft und mein ganzes Geld in Kaiserin Mauds Krieg gesteckt?«

Der Steward wiegte den Kopf hin und her. »Nicht in unverantwortlicher Weise. Du hast die Leute nicht ausgepresst oder dergleichen. Und niemanden gezwungen, mit dir zu gehen, wenn du wieder einmal eine Truppe aufgestellt hast, so wie … gewisse andere Leute es taten oder noch tun.«

»Und dennoch fürchten die Bauern sich vor mir. Das war nicht zu übersehen, vorhin in der Scheune.«

»Nein, es ist nicht Furcht, sondern Ehrfurcht. Du … na ja.« Guillaume hob grinsend die Schultern. »Du bist eine Legende.«

»Ich glaube, der Nächste, der das zu mir sagt, riskiert eine blutige Nase«, grollte Alan.

Guillaume lachte in sich hinein. Es war ein tiefes, biergeöltes Lachen mit einem gutmütigen Klang. Alan stellte mit einiger Erleichterung fest, dass der Steward ein Mann nach seinem Geschmack war.

»Ist aber so«, beharrte dieser. »Und es stimmt schon: Du hast jeden Penny, der nur irgendwie flüssig zu machen war, in Mauds Krieg gesteckt. Darum hatten wir nie Reserven für Notfälle.«

»Doch in den letzten drei Jahren hattest du endlich Gelegenheit, solche Reserven anzulegen, oder? Weil ich ja glücklicherweise auf einem öden Felsen im Meer eingesperrt war. Darum …«

»Du warst *was*? Bei St. Wulfstans Ohren … Hatten Stephens Leute dich erwischt?«

»Keine Ahnung.« Alan hob mutlos die Schultern. »Vielleicht ist genau das passiert. Ich weiß es nicht.«

Guillaume schüttelte den Kopf. »Das muss grauenhaft sein«, ging ihm auf.

Alan schenkte ihm ein bitteres kleines Lächeln. »Also? Was ist in diesen drei Jahren mit meinem Geld passiert?«

»Lady Matilda hat darauf bestanden, dass wir deinem Onkel Gloucester alles schicken, denn das sei in deinem Sinne, sagte sie. Aber …« Er geriet ins Stocken und kratzte sich die Stirnglatze.

»Ja?«, hakte Alan nach.

»Ich habe jedes Jahr etwas abgezweigt und beiseitegelegt. Ich weiß, dazu hatte ich kein Recht. Aber wir hatten so viele gute Jahre hintereinander, ich hab einfach gewusst, dass eine Missernte fällig war. Ich bin hier seit zehn Jahren Steward, Alan, und bin als Sohn des Stewards aufgewachsen. Es gibt Sachen, die spürt man in den Knochen, wenn man so viel Erfahrung hat und …«

Alan hob eine Hand, um ihn zum Schweigen zu bringen. »Wo ist dieses Geld jetzt?«

»Das meiste ist für Saatgut draufgegangen. In ihrer Verzweiflung haben die Bauern ihr Saatgut gegessen, wie sie es so oft machen in einem Hungerwinter. Ich habe schon letzten Herbst neues gekauft und es verteilt, seit wir mit dem Pflügen angefangen haben. Als Darlehen. Wir kriegen es zurück, nach und nach. So wie die Bauern es eben schaffen. Aber wenn ich es nicht getan hätte …«

Sie waren vor der St.-Wulfstan-Kirche angelangt. Die wundervolle Westfassade mit ihrem gewaltigen, von filigranen Steinmetzarbeiten verzierten Rundbogenportal verschlug Alan fast den Atem, aber er ließ den Steward nicht aus den Augen.

»Gut gemacht, Guillaume. Ich kann mich nicht erinnern, ob ich je mehr über Landwirtschaft gewusst habe als heute – nämlich gar nichts –, aber was du getan hast, klingt weitsichtig und klug.«

»Danke. Und du hast nichts über Landwirtschaft vergessen. Du hast noch nie was davon verstanden«, eröffnete der Steward ihm mit einem unfreiwilligen Grinsen.

»Und trotzdem hast du damit gerechnet, dass ich dir Vorwürfe mache.«

»Das hättest du früher auch getan.«

Alan nickte wortlos. Angenehmer Zeitgenosse, dieser Alan of Helmsby. Wirklich ein netter Kerl …

»Nicht aus Geiz«, versuchte Guillaume zu erklären. »Aber es gab nichts außer dem Krieg für dich. Du wolltest nichts anderes sehen. Du warst besessen davon.«

»Tja. Von irgendetwas bin ich wohl immer besessen.«

»Was?«

»Gar nichts.« Er winkte ab. Dann wandte er den Blick auf seine Kirche. »Sie ist wahrhaftig eine Pracht.«

»Ja«, stimmte Guillaume zufrieden zu. »Unser ganzer Stolz.«

Alan saß ab und band die Zügel an eine hölzerne Reling, die für genau diesen Zweck vor der Kirche errichtet war. Es sah aus, als bekomme St. Wulfstan häufiger Besuch von außerhalb.

»Du erwähntest etwas von Pilgern?«

Der Steward nickte. »Vor dem Krieg. Als man noch durch East Anglia reiten konnte, ohne von Geoffrey de Mandeville und seinesgleichen abgeschlachtet zu werden. Bevor dieses Land zum Teufel ging.«

Seite an Seite betraten sie das stille Gotteshaus. Ihre Schritte hallten auf den Steinfliesen. Langsam ging Alan zum Altar, bekreuzigte sich, dann legte er den Kopf in den Nacken und sah zu dem hohen Tonnengewölbe empor. Schließlich schaute er am Hauptschiff entlang nach Westen. Vier perfekt gearbeitete Säulenpaare trennten es von den Seitenschiffen, wo das Licht des Frühlingstages durch die Rundbogenfenster hereinströmte.

Es war eine Kirche von anrührender Schönheit. Ein Ort, wo man Vertrauen in die Gnade Gottes fassen konnte.

»Sie … hätte Glasfenster verdient«, murmelte Alan.

»Davon träumt jeder Lord of Helmsby, seit diese Kirche steht. Aber keiner konnte es sich je leisten.«

Vielleicht schaffen wir es eines Tages, fuhr es Alan durch den Kopf. Wenn der Krieg aus ist und Henry die Krone auf seinem Sturkopf trägt und die Pilger zurück nach Helmsby kommen.

»Stephens Truppen sind nie hier eingefallen, während ich fort war?«, fragte er. »Man sieht hier nichts vom Krieg. Wir sind durch völlig verwüstete Gegenden gekommen, wo Dörfer und Felder verbrannt waren. Nur wenige Tagesmärsche von hier.«

Guillaume nickte. »Das haben nicht die königlichen Truppen angerichtet, sondern gesetzloses Raubritterpack. Aber die Menschen von Helmsby sind wehrhaft. Das waren sie immer schon. Früher vor allem, weil die Dänen ständig unsere Flüsse heraufkamen, und sie sind es heute noch, weil du dafür gesorgt hast.«

»Aber ich habe in der Halle keine Ritter gesehen. Wer verteidigt Helmsby?«

»Wir haben eine hervorragende Burgwache. Und auch viele der Bauern wissen, wie man mit Streitaxt und Bogen umgeht. Manche waren eine Weile mit dir im Krieg.«

»Gott. Und ich kenne nicht einmal ihre Namen.« Er lehnte sich mit dem Rücken an eine der dicken Säulen und fuhr mit den Händen über den kühlen Stein, auf welchem er das gleichmäßig eingemeißelte Zahnmuster ertasten konnte. »Was soll ich nur tun, Guillaume? Wie kann ich vor diese Menschen treten und ihnen erklären, dass ich zwar vielleicht noch so aussehe wie der Alan of Helmsby von einst, aber ein vollkommen anderer geworden bin? Dass sie Fremde für mich sind. Dass ich selbst ein Fremder für mich bin.«

»Darüber würde ich mir an deiner Stelle keine Gedanken machen. Sie haben schon Verrückteres erlebt. Sie werden sich ein wenig wundern, und dann werden sie sich daran gewöhnen. Genau wie du.«

Alan hob den Kopf und sah ihn an. »Ich werde mich *niemals* daran gewöhnen. Und ich weiß nicht, wie ich an ein Leben anknüpfen soll, das nicht mehr das meine ist.«

Guillaume nickte. Sein Blick war voller Mitgefühl, aber es lag keine Herablassung darin, darum war er einigermaßen zu ertragen. »Du willst diesen Teufel mit dem Halseisen aus dem Verlies holen?«, fragte er schließlich.

»Wir müssen entweder das tun oder ihn töten. Aber dort lassen können wir ihn nicht.«

»Wie gefährlich ist er?«

»Gefährlicher als alles, was du dir vorstellen kannst. Es gibt Momente, da er mehr mit einem wilden Tier gemein hat als mit einer menschlichen Kreatur.«

»Und ich nehme an, er schuldet sein Leben?«

»Viele Male.«

»Und doch zögerst du, ihn zu töten. Warum?«

»Weil er sich mir anvertraut hat, genau wie die anderen.« In dem Moment, als er es aussprach, erkannte Alan, dass das tatsächlich der einzig wahre Grund war. Er glaubte nicht, dass es für Regy eine Rettung geben könne. Er glaubte auch nicht, dass irgendeine geheimnisvolle Verbindung zwischen ihnen bestand. Aber Regy war mit auf das Floß gestiegen, statt sich von den Palisaden zu stürzen, weil er beschlossen hatte, sich in Alans Obhut zu begeben. Dieses bedingungslose Vertrauen seiner Gefährten und die Tatsache, dass er sie bis hierher gebracht hatte, ohne einen zu verlieren, war das Einzige, was Alan vorzuweisen hatte. Helmsby, der Krieg zwischen Kaiserin Maud und König Stephen – all das zählte nicht, denn es waren die Taten eines anderen. Wirklich waren nur die Zeit auf der Insel und die Wanderschaft seit der Flucht von dort.

»Sie sind … ein ziemlich komischer Haufen«, bemerkte Guillaume behutsam. »Auf der Burg wird gerätselt, wie du an solche Gefährten kommst. Krüppel und Schwachsinnige. Früher hättest du ihnen ein paar Pennys hingeworfen und dich schaudernd abgewandt. Heute sind sie deine Freunde.«

»Sie sind besser, als man auf den ersten Blick meint«, antwortete Alan. »Wir haben zusammen überlebt. Unter … widrigen Umständen. Vielleicht so ähnlich wie Männer, die gemeinsam im Krieg waren. Das verbindet. Und die Leute auf der Burg sollten sich lieber an ihren Anblick gewöhnen. Denn wenn ich in Helmsby bleibe, bleiben auch meine Gefährten. So sie denn wollen.« Er wandte sich ab und ging ohne Eile zum Portal.

Guillaume schritt neben ihm einher. »Ich wollte dich nicht kränken. Aber ich dachte, du willst vielleicht wissen, was die Menschen denken.«

»Du hast recht. Ich will es wissen, und ich bin auch nicht gekränkt. Es ist im Übrigen keine große Überraschung, dass meine Gefährten hier unwillkommen sind. Das sind sie nämlich überall. Fast, jedenfalls«, schränkte er ein, weil ihm Josua ben Isaac in den Sinn kam. Er löste Conans Zügel von dem Holzbalken und streifte ihn dem Pferd über den Kopf. »Komm, lass uns ein Stück reiten, Cousin, wie du gesagt hast. Ich habe keine Erinnerung an dieses Land, also muss ich es neu kennenlernen.«

Simon fand Alan in der Halle. Es war früher Nachmittag, und nur wenige Menschen hielten sich in dem großen Saal auf; die meisten fanden an einem Frühlingssonntag Besseres zu tun. Mägde, Knechte und dienstfreie Wachen waren bei ihren Familien im Dorf oder im Burghof, wo die jungen Burschen auf der Wiese ein Turnier im Ringkampf austrugen.

Nur zwei alte Weiber saßen am unteren Ende der Tafel und tauschten Dorfklatsch aus. Oder vermutlich zerreißen sie sich eher die Mäuler über uns, ging Simon auf, denn die Gevatterinnen wurden verdächtig still, als sie ihn eintreten sahen.

Alan hatte sich rasiert und saubere Kleider angezogen: einen äußerst vornehmen Bliaut aus dunkelblauem Tuch mit langen Ärmeln, deren Enden mit Ranken aus matt schimmerndem Goldfaden bestickt waren. Der Schlitz am Halsausschnitt war mit einer schlichten, goldenen Fibel verschlossen. Unter dem ebenfalls bestickten Saum des wadenlangen Obergewandes schaute die etwas längere, sattgrüne Kotte hervor, die bis auf die knöchelhohen Schuhe reichte.

Alan saß mit einem Becher Wein an der hohen Tafel. Er hatte den Sessel ein Stück herumgedreht, sodass er ins Feuer schauen konnte. Allein Grendel leistete ihm Gesellschaft. Er saß neben ihm im Stroh, hatte den Kopf auf Alans Bein gelegt und ließ sich hinter den Ohren kraulen – die Augen vor Wonne zugekniffen.

Simon trat zu ihnen. »Sehr elegant«, bemerkte er.

»Danke. Ich habe ein *Bad* genommen, ob du's glaubst oder nicht. Und nun komme ich mir vor wie verkleidet.«

Simon schüttelte den Kopf. »Du machst dich gut in der Rolle als Herr der Halle. Sie steht dir.«

Alan nickte versonnen. »Vielleicht gewöhne ich mich noch daran.« Er wies mit dem Weinbecher auf den freien Platz an seiner Seite, und Simon zog sich den Sessel ebenfalls herum, sodass sie einander gegenübersaßen.

»Du hast Regy umquartiert, habe ich gehört?«, fragte er.

»In die Dachkammer des Südturms. Guillaume hat es vorgeschlagen. Sie hat eine abschließbare Tür und einen dicken tragenden Pfeiler. Stabil genug für die Kette. Und zwei Fenster, die Regy Licht spenden, aber zu klein zum Herausklettern sind. Abgesehen davon, dass sie vierzig Fuß über dem Boden sind.«

»Das klingt nach einer guten Lösung. Ich bin froh, dass du ihn da rausgeholt hast. Der Henker mag wissen, warum eigentlich, denn er hat die Hölle auf Erden verdient. Aber es ist eine Sache, das zu glauben, eine andere, zu sehen, wie sie sich für ihn anfühlt.«

»Du warst bei ihm?«, fragte Alan erstaunt.

»Heute früh. Ich dachte, irgendwer muss ihm doch was zu essen bringen. Er lag am Boden und winselte. Ich hab ihn angesprochen, aber er hat mich nicht gehört. Oder zumindest so getan. Es ging ihm dreckig.«

»Ja.«

Sie sahen sich einen Moment schweigend an. Dann sagte

Simon ein wenig verlegen: »Es ist seltsam. Seit wir hier sind, fühle ich mich … verantwortlicher für die anderen als vorher.«

»Es ist keineswegs seltsam. Das hier ist eine Welt, die du verstehst, sie nicht. Darum willst du auf sie achtgeben.«

»Aber das hast du immer gemacht.«

Alan nickte stumm. Er sagte nicht: Das kann ich jetzt nicht mehr, denn seit wir hier sind, fühle ich mich hilfloser als je zuvor in meiner Erinnerung. Aber selbst wenn Simon es nicht so recht verstehen konnte, hatte er so eine Ahnung, dass Alan genau das empfand.

Grendel öffnete die Augen, stand auf, reckte sich und gähnte herzhaft. Dann drehte er sich einmal um die eigene Achse, schien einen Moment zu überlegen und wählte schließlich Simons Oberschenkel als neues Kissen.

»Ich bin geehrt«, murmelte der junge Mann und zupfte ihn behutsam am Ohr. An Alan gewandt fuhr er fort: »Ich bin eigentlich gekommen, um dir zu sagen, dass ich morgen früh aufbreche. Ich weiß, dass dir das nicht gefällt. Aber deine Großmutter hat recht: Es gibt weit und breit niemanden außer mir, der diese Botschaft überbringen kann.«

»Doch es ist gegen deine Überzeugung. Du stehst auf König Stephens Seite. Warum solltest du seinem Rivalen aus der Klemme helfen?«

»Ich tu's für Henry. Er ist ein guter Mann und war uns ein guter Gefährte. Und ich tu's für dich. Denn auch wenn du es vergessen hast, kämpfst du für die Sache seiner Mutter und willst gewiss nicht, dass Henry König Stephen in die Hände fällt. Und ich tu's für mich, wie du sehr gut weißt.«

»Ungefähr das Gleiche hat Regy auch gesagt«, berichtete Alan. »Und er ist der Meinung, dein Risiko sei akzeptabel. Ich habe nach wie vor kein gutes Gefühl bei dieser Sache, aber ich kann dich nicht hindern. Du bist ein freier Mann. Nur werde ich auf keinen Fall zulassen, dass du allein gehst. Helmsby hat eine hervorragende Burgwache, wurde mir versichert. Ich bin zuversichtlich, dass es ein Weilchen auf zwei oder vier seiner Wachen verzichten kann.«

»Und was genau sollen sie tun? Mir die Hand halten, wenn ich einen Anfall bekomme?«

»Sie sollen dich schützen. Dass du einmal allein und unbehelligt durch umkämpfte Gebiete gekommen bist, ist ein Wunder. Aber du solltest das Schicksal nicht herausfordern.«

»Vier Bauern in Kettenhemden gegen eine Armee von Stephens Haudegen? Oder Mauds?« Simon schüttelte den Kopf. »Ich habe eine andere Idee. Du müsstest mir allerdings den Karren und das brave Kaltblut in deinem Stall dafür borgen.«

Alan fand es immer noch höchst sonderbar, dass ihm überhaupt etwas gehörte, und da sein Besitz ihm gleichgültig war, fiel es ihm leicht, großzügig damit zu sein. »Du bekommst alles, was du brauchst. Sag mir, was du vorhast.«

»Ich werde Godric und Wulfric mitnehmen. Sie sind Feuer und Flamme. Wir werden uns als fahrendes Gauklervolk ausgeben. Sie sind schließlich ein Anblick, der jedem Jahrmarkt zur Zierde gereichen würde, nicht wahr? Obendrein können sie sogar auf den Händen laufen, wusstest du das?«

Alan nickte, und ein Lächeln huschte über sein Gesicht. »Das haben sie sich vorletzten Sommer beigebracht, als Jeremy kam. Er konnte es, und die Zwillinge …« Er hielt inne. »Da. Ich fange an, die Erinnerung an die Insel zu verklären, Simon. Das ist wirklich grotesk.« Ehe Simon etwas erwidern konnte, kam Alan auf ihr ursprüngliches Thema zurück. »Erklär mir, warum du sie mitnehmen willst.«

»Nun ja, es hat zwei Vorteile, denke ich: Niemand wird uns überfallen und ausrauben, ganz gleich, welch gesetzlosem Gesindel wir unterwegs begegnen, denn wir werden harmlos und arm aussehen. Und man wird uns in die Burg lassen, wo immer der König gerade sein mag, denn Gaukler sind in jeder Halle willkommen. Wenn wir den König gefunden haben, ziehe ich mich um, aus dem bettelarmen Gaukler wird Simon de Clare, und ich überbringe ihm die Botschaft.«

»Für die er dich nicht lieben wird«, betonte Alan noch einmal.

Simon schüttelte langsam den Kopf. »Ich glaube nicht,

dass er mir die Sache verübeln wird. Aber falls ich mich irre, Alan …«

»Ja?«

»Solltest du Henry an einem sicheren Ort außerhalb von Helmsby verstecken. Für den Fall, dass das passiert, was du gesagt hast. Sie aus mir herausholen, wo er steckt, meine ich. Und deine Burg sollte verteidigungsbereit sein. Möglicherweise bringt das, was ich tue, den Krieg nach Helmsby.«

Alan drehte den Becher zwischen den Händen und starrte hinein. »Ich denke, ich sollte dich begleiten.«

»Das solltest du auf gar keinen Fall tun«, widersprach Simon, der genau gewusst hatte, dass sie an diesen Punkt kommen würden. »Was würde dann aus Oswald und den anderen? Außerdem ist die Gefahr viel zu groß, dass einer von Stephens Lords oder Rittern dich erkennt. Ich habe mich ein bisschen umgehört. Du bist ein ziemlich berühmter Mann. Oder berüchtigt, würde man in Stephens Lager wohl sagen. Der König hat eine lange Rechnung mit dir offen. Du kannst nicht einfach zu ihm gehen wie das Lamm zur Schlachtbank.«

»Nein. Du hast recht. Das wäre wahrscheinlich keine sehr kluge Idee.« Er seufzte leise. »Trotzdem. Die ganze Sache gefällt mir nicht, Simon. Warum konnte dieser verdammte Henry Plantagenet nicht in Anjou bleiben, wo er hingehört? Ich hoffe, wir werden nicht alle noch bitter bereuen, dass er sich in den Kopf gesetzt hat, König von England zu werden.«

Ein leiser Regen fiel und tauchte die Welt in graue Melancholie, als Simon und die Zwillinge sich am nächsten Vormittag auf den Weg machten.

»Was für wundervolles Reisewetter«, bemerkte Godric, und sein Bruder schnaubte belustigt. Sie hatten es sich mit Grendel auf der Ladefläche des altersschwachen wackligen Karrens bequem gemacht, wo unter ein paar löchrigen Decken und abgeschabten Fellen ihr Proviant, ein paar gute Waffen und ein kleiner Beutel mit Münzen versteckt lagen. Genau wie die feinen Kleider, mit denen Alan Simon ausgestattet hatte, damit der sich nicht schämen musste, wenn er vor seinen König trat.

Oswald hatte die Hände um die Seitenwand des Karrens gelegt und schaute blinzelnd zu den Zwillingen hoch. »Wo fahrt ihr denn hin?«, fragte er nicht zum ersten Mal.

»Zum König, stell dir das vor, Kumpel«, antwortete Godric mit einem breiten Grinsen. Eine Himmelsrichtung nannte er lieber nicht. Sie hatten nur eine vage Vorstellung, wo König Stephen derzeit zu finden war.

»Und wir … dürfen nicht mitkommen?«, wollte Oswald wissen.

Alan legte ihm kurz die Hand auf den Arm. »Nur Simon und die Zwillinge gehen. Wir anderen bleiben hier, lassen uns ordentlich füttern und sitzen am warmen Feuer. Das ist kein so schweres Los, oder?«

Oswald sah ihn an und schüttelte stumm den Kopf. Er bemühte sich, diesen Abschied so gelassen hinzunehmen wie alle anderen Gefährten, aber er war verwirrt. Alan wusste, der Zerfall der Gemeinschaft erfüllte Oswald mit Schrecken. Weil er nicht begreifen konnte, was vorging, argwöhnte er, dass auch alle anderen ihn bald verlassen würden und er allein zurückbliebe. Darum fügte Alan hinzu: »Simon, Godric und Wulfric haben eine Aufgabe zu erfüllen, die sie eine Weile von hier fortführt.«

»Aber sie kommen zurück?«, vergewisserte sich Oswald.

»Ja. Sie kommen zurück.« Gott, mach keinen Lügner aus mir und bring sie uns wieder, betete er. »Unsere Aufgabe ist hier. Wir müssen die alte Lady und Henry und alle anderen hier beschützen, verstehst du.«

Henry Plantagenet gab einen gedämpften Protestlaut von sich, sagte aber nichts. Er hielt den sanftmütigen Klepper, der vor den Karren gespannt war, und strich ihm ein wenig ruppig über die Stirnlocke. Sein Blick war auf Simon gerichtet, der auf dem Bock saß und den zu dünnen Mantel fester um sich zog. »Ich werde nie vergessen, was du für mich tust, de Clare.«

»Das will ich hoffen«, entgegnete Simon.

»Kehr ja heil zurück, hörst du. Ich würd mir nie verzeihen, wenn du uns abhanden kämest.«

»Wir passen schon auf uns auf.« Simon nahm die Zügel auf, um höflich anzudeuten, dass er diesem Abschied ein Ende machen und aufbrechen wollte. Über die Schulter fragte er: »Fertig?«

Die Zwillinge nickten. »Seit Ewigkeiten«, bekundete Godric.

Henry ließ das Pferd los, trat zurück und hob die Hand zum Gruß. »Geht mit Gott.«

Auch die anderen traten einen Schritt vom Wagen zurück. »Möget ihr auf eurem Weg Freunde finden, die Führung der Engel und das Geleit der Heiligen«, sagte Alan.

Die Zwillinge tauschten ein Grinsen. »Das hat Vater uns auch gesagt, als wir damals nach St. Pancras aufbrachen«, bemerkte Wulfric trocken.

Simon bedachte sie mit einem vorwurfsvollen Blick und nickte Alan zu. »Hab Dank für den Segen. Lebt wohl.« Er schnalzte dem Pferd zu, das sich gemächlich in Bewegung setzte und den alten Karren Richtung Torhaus zog.

Als er verschwunden war, fröstelte Alan plötzlich in der kalten Morgenluft. »Kommt«, sagte er und wandte sich entschlossen ab. »Sehen wir zu, dass wir ins Trockene kommen.«

»Wenn du erlaubst, gehe ich in deine Kirche und bete für die glückliche Rückkehr unserer Freunde«, sagte King Edmund.

»Nimm Oswald mit«, bat Alan. Er wusste nicht so recht, womit ein Gutsherr seine Tage füllte, aber ein Gefühl sagte ihm, dass der Steward schon wieder irgendwo auf ihn lauerte, um ihn mit seinen Aufgaben vertraut zu machen oder Entscheidungen von ihm zu verlangen, die Alan gar nicht überblicken konnte.

»Gewiss«, stimmte King Edmund zu. »Komm, Oswald. Wir gehen ein wenig beten, und auf dem Rückweg zeig ich dir eine Weide voller Lämmer, was sagst du dazu?«

Oswald strahlte. »Ich bin dabei.«

Auch Luke schloss sich ihnen an. Alan hatte schon bemerkt,

dass der alte angelsächsische Bauer sich in der Halle der Burg unwohl fühlte und jede Gelegenheit nutzte, ihr zu entfliehen. Irgendwann würden sie überlegen müssen, was aus den Mitgliedern der Gemeinschaft werden sollte, wusste er. Auf ihrem Ritt durch Helmsby und die nähere Umgebung am Vortag hatte Guillaume ihm berichtet, dass das Fieber des vergangenen Winters eine alteingesessene Pächterfamilie vollständig ausgelöscht hatte, deren Land nun unbestellt lag und deren Haus im Dorf leer stand. Irgendein Nachbar habe Interesse bekundet, die Scholle zu übernehmen. Aber Alan hatte augenblicklich an die Zwillinge gedacht. Sie brauchten ein Stück Land, um sich eine neue Existenz aufzubauen, und ihm gefiel der Gedanke, dass er es ihnen geben konnte. Blieben noch Luke, Oswald und King Edmund, für die er eine Lösung finden musste. Von Regy ganz zu schweigen …

»… darum schätze ich, dass wir sie so ungefähr in zwei Wochen zurückerwarten können, oder was meinst du?«, drang Henrys Stimme in seine Gedanken.

Alan sah ihn spöttisch an. »Sie sind kaum zum Tor hinaus, und schon plagt dich dein Gewissen und du wünschst, sie wären zurück? Ich glaube, wenn du König werden willst, brauchst du ein dickeres Fell.«

»Entscheidend ist, dass ich in der Lage bin, zu tun, was getan werden muss, oder?«, konterte Henry angriffslustig. »Und wie ich mich dabei fühle, ist ganz allein meine Angelegenheit, Monseigneur.«

»Das ist wahr«, räumte Alan ein.

Das Frühstück in der Halle war längst vorbei, und nur ein paar dienstfreie Wachen und Tagediebe hielten sich dort auf. Alan hörte, dass sie sich über einen fahrenden Spielmann unterhielten, der am Sonnabend ins Dorf gekommen war und Spottlieder auf Stephen und Maud gesungen hatte. Äußerst treffende Spottlieder, so schien es, denn die Wachen lachten bei der Erinnerung immer noch in ihr Ale.

»Und was machen wir nun?«, fragte Henry und schüttelte sich wie ein Hund, sodass kleine Wassertropfen aus seinem

Rotschopf geschleudert wurden. »Ich hatte gehofft, du und ich könnten ein Stündchen trainieren. Ich bin schon ganz saft- und kraftlos vom seligen Nichtstun. Aber bei dem Wetter werden ja die Schwerter rostig.«

»Gegen ein bisschen Bewegung hätte ich auch nichts«, bekannte Alan. »Ich denke, dass es noch aufklart. Lass uns bis heute Nachmittag warten.«

»Abgemacht. Kann ich mir eins von deinen Pferden ausborgen? Ich will ein Stück reiten.«

»Nimm Conan. Er hat ein genauso leicht entflammbares Temperament wie du – ich bin sicher, ihr werdet euch prächtig verstehen. Aber verirr dich nicht wieder.«

»Erlaube mal …« Kopfschüttelnd machte Henry kehrt, und Alan stieg die Treppe hinauf, um sich in seiner Kammer zu verkriechen und ein bisschen auf der Laute zu spielen.

Aber daraus wurde nichts. Seine Großmutter öffnete die Tür zu ihrem Gemach, als er vorbeikam – ganz gewiss kein Zufall –, und hielt sie ihm einladend auf.

Er betrachtete sie einen Moment. Das weiße *Couvre-chef* wurde heute von einem goldenen Stirnreif gehalten, und die alte Dame wirkte erhabener denn je. Das macht sie absichtlich, schloss er, während er wortlos über die Schwelle trat.

»Bist du mir noch gram?«, fragte sie ohne Vorrede.

»Und wenn es so wäre?«, entgegnete er und setzte sich ungebeten auf den gleichen Schemel wie zuvor. »Du hast bekommen, was du wolltest. Das ist es, was zählt, oder?«

Sie schwieg einen Moment. Schließlich antwortete sie zögernd: »Weißt du, ich habe hier drei Jahre lang die Entscheidungen getroffen, von denen ich glaubte, sie seien in deinem Sinne. Nichts anderes habe ich gestern getan. Aber wahrscheinlich war es nicht recht von mir zu denken: Der *alte* Alan würde dieses Vorgehen billigen, also muss ich den heimgekehrten, veränderten Alan vor ein *Fait accompli* stellen. Ungeduld war immer meine größte Schwäche. Alle Fehler, die ich in meinem Leben gemacht habe – und das waren viele, mein Junge, glaub mir –, habe ich begangen, weil ich nicht warten konnte. Aber ich bin nicht das gefühllose, herrschsüchtige Ungeheuer, für das du mich wahrscheinlich hältst.«

Er sah verblüfft auf und war erstaunt, ein schmerzliches Lächeln auf ihrem Gesicht zu finden. Er ließ sich indessen nicht davon besänftigen. »Ich weiß nicht, wer oder was du bist, und ich maße mir kein Urteil an«, gab er kühl zurück. »Aber wenn Simon de Clare nicht zurückkommt, werde ich dir das niemals verzeihen.«

Ihre Augen verengten sich ein wenig, als habe ein unerwarteter Schmerz sie durchzuckt. »So teuer ist er dir?«, fragte sie.

Er nickte. »Ich erwarte nicht, dass du das verstehst. Aber diese Menschen, die mit mir hergekommen sind, sind alles, was zwischen mir und dem Abgrund steht. Ich kann es mir nicht leisten, verschwenderisch mit ihnen umzugehen.«

»Eigenartig. Früher hast du niemanden gebraucht. Du warst der einzige wirklich unabhängige Mensch, den ich je kannte. Ich habe immer geglaubt, es liege daran, dass du ein so einsames Kind warst. Denn das warst du. Ich habe getan, was ich konnte, um dir Vater und Mutter und Geschwister zu ersetzen, aber natürlich konnte ich das nur bis zu einer gewissen Grenze. Du hast auch nie zugelassen, dass jemand diese Grenze überschritt.«

Ich glaube, daran hat sich wenig geändert, fuhr es Alan durch den Kopf. Doch was er sagte, war: »Ich bin hier aufgewachsen? In Helmsby?«

Sie nickte. »Wo sonst? Es war und ist dein Zuhause. Dein Eigentum.«

»Aber wie ist das möglich?«, fragte er. »Wie kann ich Helmsby geerbt haben, wenn ich William Æthelings Bastard bin? Gab es keinen legitimen Erben?«

»Mein Bruder Richard und seine beiden Söhne waren gestorben, wie ich schon sagte«, antwortete sie. »Und König Henry wusste, dass du sein Enkel warst. Er hat dich ebenso großzügig versorgt wie seine eigenen Bastarde und dir Helmsby als königliches Lehen gegeben. Du bist ein Kronvasall, Alan.« Sie sagte es mit unüberhörbarem Stolz.

Er nickte wortlos, und sein Blick fiel auf den Stickrahmen, der neben dem Tisch stand und an dem Matilda offenbar gearbeitet hatte, ehe er gekommen war. Ein helles Leinentuch war eingespannt, die Stickerei darauf gerade erst begonnen. Eine Kohlezeichnung verriet, was das Bild einmal darstellen sollte. Alan unterdrückte mit Mühe ein Schaudern: Es war das Martyrium des heiligen Edmund.

»Es ist für die Kirche in Bury, wo er begraben liegt", erklärte Matilda, die seinem Blick gefolgt war.

»Es wird großartig«, befand Alan.

»Das will ich hoffen. Der Abt hat es bereits bezahlt. Wie ich höre, ist einer unter deinen Gefährten, der mir bezüglich meiner bildlichen Darstellung mit unvergleichlichem Detailwissen zur Seite stehen könnte?«

Alan lächelte wider Willen. »Ich schwöre dir, wenn du ihn seine Geschichte erzählen lässt, kommst du ins Grübeln, Großmutter. Er ist ungeheuer überzeugend.«

»Auf jeden Fall glauben die Bauern ihm. Er hat gestern Abend ein ziemliches Spektakel im Dorf veranstaltet, berichtete man mir.«

»Und wenn schon.«

»So etwas sorgt für Unruhe unter den Menschen. Du solltest das unterbinden.«

Er hob gleichgültig die Schultern. »Ich bin in keinerlei Position, ihm Vorschriften zu machen, und ich sehe auch keine Veranlassung dazu. Er ist harmlos.«

Sie stieß hörbar die Luft aus. »Die drei Brüder aus Ely sind besorgt deswegen.«

»Den drei Brüdern aus Ely steht es frei, nach Hause zu gehen, wenn ihnen hier irgendetwas nicht passt«, beschied er. »Da Geoffrey de Mandeville tot ist, besteht eigentlich kein Anlass, dass wir sie weiterhin hier durchfüttern, oder?«

Sie überlegte einen Augenblick. »Nein«, räumte sie dann ein und überraschte ihn mit einem verschwörerischen Lächeln. »Eigentlich nicht. Sie zieren deine Kirche und helfen Guillaume mit den Pachtverzeichnissen, aber sie sind alles andere als unentbehrlich.« Dann beugte sie den Kopf über ihre Arbeit, fädelte einen blauen Faden in die Nadel und begab sich daran, das Gewand des armen Märtyrerkönigs zu sticken.

»Sie haben ihm die Kleider weggenommen, sagt King Edmund«, bemerkte Alan.

»Um ihrem Opfer die Würde zu stehlen und es dadurch zu demoralisieren?«, fragte sie, ohne aufzuschauen.

»Ich nehme es an.«

»Hm. Aber ich habe Zweifel, dass der Abt einen nackten Märtyrer auf seinem Wandteppich haben möchte.«

Alan biss sich auf die Unterlippe. »Mir scheint, du bist überaus respektlos, Großmutter.«

»Das ist der einzige Luxus, den das Alter zu bieten hat: Ich kann es mir leisten, respektlos zu sein. Niemand würde es je wagen, mich zurechtzuweisen. Was macht Henry?«

»Er ist ausgeritten.«

Sie sah über den Rand des Stickrahmens. »Allein? Dieser dumme Junge stellt Gott wahrhaftig auf eine Geduldsprobe.«

»Ja, das scheint ihm großes Vergnügen zu bereiten.«

»Ich hoffe nur, er nimmt nicht die Straße nach Maldon, denn sie führt an Ashby vorbei, und das gehört einem von Stephens treuesten Rittern.«

»Maldon …«, wiederholte Alan versonnen.

»Was ist damit?«

»Ich … habe vor einigen Tagen einen Bericht über eine uralte Schlacht bei Maldon gelesen.«

»Ah. Die Fertigkeit des Lesens hast du also nicht vergessen.«

»Nein.«

»So wenig wie das Lautenspiel. Das ist gut.«

»Es waren … kraftvolle Worte. Sehr eindringlich. Und sie kamen mir seltsam vertraut vor. Der Mann, in dessen Haus ich das las, war ein gelehrter Jude. Und er hat gesagt, ich müsse nach meinen Erinnerungen graben. Ich frage mich, ob Maldon der richtige Ort wäre, um damit anzufangen.«

Matilda ließ die Hände sinken und schenkte ihm ihre volle

Aufmerksamkeit. »Ich denke, es ist eher das Gedicht als der Ort, der an deine Erinnerung gerührt hat. Wir haben hier eine Abschrift davon.«

»Wirklich? Kann ich sie sehen?«

Seine Großmutter stand auf, ging zu der Truhe, die halb hinter dem Bett verborgen stand, öffnete scheinbar mühelos den schweren Deckel und kehrte kurz darauf mit einem dicken Buch zurück. »Nimm es nur an dich. Ich hatte ohnehin vor, es dir zu geben. Vieles, was du wissen willst, steht darin.«

Er nahm es ihr aus den Händen, legte es auf den Tisch und schlug die erste Seite auf. *»Die Geschichte der Normannen, Engländer und Dänen vor und nach der Eroberung. Von Leif Guthrumson«*, las er murmelnd.

Matilda nickte. »Meine Tante Hyld war mit einem dänischen Seefahrer verheiratet. Dieser Leif war sein Bruder, und er war Ritter bei Hofe. Er hat alles aufgeschrieben. Auch alles, was in Helmsby geschah. Lies es, Alan. Lies es, und du wirst verstehen, wer du bist, selbst wenn du dich vielleicht noch nicht jetzt gleich erinnerst.«

Alan klappte das Buch zu und strich nachdenklich über den gepflegten Ledereinband, während seine Großmutter zur Truhe zurückging, um den Deckel zu schließen und – wie er interessiert beobachtete – mit einem Schloss zu sichern.

Als Matilda sich aufrichtete, fiel ihr Blick aus dem Fenster, und sie zischte: »Gott verflucht. Wie hat er nur so schnell davon erfahren?«

Alan sah auf. »Unliebsamer Besuch?«

Sie gab einen Laut des Unwillens von sich. »Dieser verdammte Spielmann muss weiter nach Fenwick gezogen sein …«

Alan kam die Frage in den Sinn, ob sie absichtlich seine Neugier weckte und ihn ans Fenster locken wollte. Falls ja, musste er ihr diesen kleinen Sieg gönnen, denn er *war* neugierig. Er erhob sich und trat zu ihr.

Ein sehr fein gekleideter Mann etwa in seinem Alter war in die Burg eingeritten, und aus allen Richtungen eilten Wachen und Knechte herbei, um ihn zu begrüßen und seinen Steigbügel zu halten. An seiner Seite ritt eine junge Dame in einem feinen, lindgrünen Umhang. Als sie die Kapuze zurückschlug, enthüllte sie unter einem hauchzarten Schleier eine Haarpracht von einem so ungewöhnlichen Weißblond, dass es den Betrachter selbst unter dem grauen Himmel zu blenden schien.

»Wer ist das?«, fragte Alan interessiert.

»Haimon de Ponthieu. Er ist mein Enkel so wie du. Dein Cousin und nächster Nachbar.« Es war unüberhörbar, dass sie keine große Zuneigung für Haimon hegte.

»Mit seiner Gemahlin?«, fragte Alan weiter.

Matilda wandte den Kopf und sah ihn an. »Nein. Mit deiner.«

ZWEITER TEIL
ALAN

Luton, April 1147

Den König aufzusuchen war leichter gesagt als getan, denn niemand schien zu wissen, wo er steckte. »In Coventry«, behaupteten die Mönche in Ely, wo Simon und die Zwillinge am ersten Abend haltgemacht hatten, aber das fand Simon höchst unwahrscheinlich: Der Earl of Chester kontrollierte die Midlands und somit auch Coventry, und der Earl of Chester hielt es mit der Kaiserin Maud, mit deren Nichte er obendrein verheiratet war.

»In Westminster«, hatten die Leute in Cambridge gehört. Dort gedenke König Stephen nämlich zu Ostern Hof zu halten. Das konnte Simon schon eher glauben. Westminster war die einzige der drei traditionellen königlichen Residenzen, wo Stephen sich derzeit sicher fühlen konnte. Und die Leute in Cambridge waren immer gut informiert, wusste Simon, denn der betriebsame Flusshafen, der dem Städtchen einen bescheidenen Wohlstand bescherte, war nicht nur ein Umschlagplatz für allerlei Waren, sondern vor allem für Neuigkeiten.

Also wendeten die Gefährten den Karren nach Süden.

Simons Plan schien aufzugehen. Wohin sie auch kamen, ernteten sie neugierige Blicke, manchmal auch Argwohn, aber niemand behelligte sie. Meist waren die Menschen einfach nur erleichtert, wenn sie feststellten, dass die seltsamen Reisenden sie weder anbetteln noch bestehlen oder umbringen wollten, und ließen sie zufrieden. Sie hatten genug eigene Sorgen nach dem schweren Hungerwinter und den langen Kriegsjahren.

Umso erstaunter waren die drei Gefährten, als sie nach Luton kamen und dort auf einen lebhaften Wochenmarkt stießen, wo die Bauern des kleinen Städtchens und der umliegenden Dörfer lebende Hühner und Gänse ebenso feilboten wie Mehl, Erbsen, Korn und Bier. Die Stimmung war unbeschwert, nahezu ausgelassen. Das erlebte man heutzutage selten in England.

»Seht mal.« Godric wies mit dem Finger auf das Zentrum des Marktgewimmels. Ein Gaukler war mit einem bunt bemalten Karren nach Luton gekommen und offenbar die Attraktion des Tages. Ein Ring von Zuschauern hatte sich um ihn gebildet, während er mit vier Äpfeln jonglierte, und die Leute lachten und klatschten, als er einen davon mit den Zähnen auffing. »Sollen wir ihn fragen, ob wir uns zusammentun wollen?«, scherzte Godric.

»Lasst uns lieber verschwinden, ehe er uns entdeckt und wegjagen will«, entgegnete Simon. »Wir wollen kein Aufsehen.«

Godric seufzte. »Du hast recht.«

Simon schnalzte dem alten Klepper aufmunternd zu, der sich folgsam wieder in Bewegung setzte, und die Zwillinge schauten wehmütig zurück auf den Markt, wo der Gaukler inzwischen begonnen hatte, kleine Tonkrüge zu verkaufen. Was immer sie enthielten – Heilwasser aus einer Feenquelle, ein Wundermittel gegen Zahnweh oder Milch der Heiligen Jungfrau –, sie fanden reißenden Absatz.

»Sollten wir der Bäckerin da vorn nicht wenigstens einen Laib Brot abkaufen?«, fragte Wulfric. »Viel Proviant haben wir nicht mehr.«

Simon schüttelte den Kopf. »Am Südrand der Stadt liegt eine Weggabelung, wo die Straße nach Oxford abzweigt. Dort ist ein Wirtshaus.«

»Wir kehren ein?«, fragte Godric, und seine Augen leuchteten.

»Das sollten wir«, gab Simon zurück. »In Wirtshäusern hört man Nachrichten. Ich will herausfinden, was uns auf dem Weg nach Westminster erwartet.«

»Woher weißt du all diese Dinge über Straßenkreuzungen und Wirtshäuser?«, wollte Wulfric wissen.

»Mein Vater war ständig für König Stephen unterwegs, oft als Bote. Und wenn er heimkam, hat er davon erzählt.«

Simons Erinnerung hatte ihn nicht getrogen. Sie verließen den Marktplatz mit seiner hübschen Holzkirche, fuhren eine Gasse mit bescheidenen Häuschen entlang, und schon hatten sie Luton wieder verlassen. Keinen Steinwurf von den letzten Häusern entfernt gabelte sich die Straße: Die linke führte weiter nach Süden, die rechte nach Westen. Und in der Gabelung stand ein strohgedecktes Haus, langgezogen, aber gedrungen, dessen Hof und Stallgebäude von einem windschiefen Zaun umfriedet waren.

Simon lenkte den Karren in den Hof und kletterte vom Bock. »Lasst uns erst sehen, ob sie Platz für uns haben, ehe wir den Gaul ausspannen. Grendel, du bewachst unsere Habseligkeiten.«

Grendel legte sich in den Schatten, den der Wagen warf. Der Nachmittag war erstaunlich warm für April, der Himmel so blau und die Luft so mild wie im Mai. Vermutlich war das der Grund für die vielen fröhlichen Gesichter auf dem Markt, dachte Simon. Die Menschen sind ausgelassen, wenn sie merken, dass auch der bitterste Winter einmal ein Ende nimmt. Ihm selbst erging es kaum anders. Der letzte war wahrhaftig der bitterste Winter seines Lebens gewesen.

Der große Schankraum des Wirtshauses war so dämmrig, dass man zuerst kaum etwas sah, wenn man aus dem hellen Sonnenlicht eintrat. Sobald die Augen sich auf das Halbdunkel eingestellt hatten, erkannten die Gefährten einen niedrigen Raum mit rußgeschwärzten Stütz- und Deckenbalken, langen Tischen und Bänken entlang lehmverputzter Wände und verdrecktem Stroh auf dem Boden.

Wegen des Markttages war das Wirtshaus gut besucht. Bauern, die ein paar gute Geschäfte gemacht hatten, waren eingekehrt, um die wenigen Pennys gleich wieder zu verjubeln. Eine Schar Mönche, die vermutlich unterwegs von einem Kloster zum nächsten waren, saßen um einen Tisch herum und betrachteten stumm das lärmende Geschehen im Schankraum – manche ängstlich, manche missbilligend, ein jüngerer Bruder mit unverhohlenem Lebenshunger.

An einem Tisch in der Ecke saß ein fein gekleideter Edelmann allein. Er hatte dem Treiben den Rücken gekehrt und starrte offenbar in seinen Becher.

Simon nickte in seine Richtung. »Kommt«, sagte er zu den Zwillingen.

Godric hielt ihn am Ärmel zurück. »Lieber nicht. Ich wette, es hat einen guten Grund, dass er den Tisch ganz für sich hat.«

Simon ließ sich nicht beirren. »Es sind die einzigen freien Plätze. Jetzt kommt schon, seid keine solchen Hasenfüße.«

Niemand hätte ahnen können, dass er selbst seinen Mut zusammennehmen musste, um auf den einsamen Trinker zuzutreten. »Vergebt mir, Monseigneur …«

Der Mann wandte den edel behüteten Kopf. »Was?«, fragte er unwirsch. Er war um die vierzig – ein typisch normannisches Aristokratengesicht mit kantigen Zügen, einer Habichtnase und dunklen Augen voller Hochmut.

»Mein Name ist Simon de Clare. Dürften meine Freunde und ich uns zu Euch setzen? Es ist kein anderen Platz mehr …«

»Jesus …«, entfuhr es dem Normannen, und seine Augen wurden riesig. Simon musste sich nicht umwenden, um zu wissen, dass es Godric und Wulfric waren, die er entdeckt hatte.

Der Mann blickte wieder zu Simon, schien einen Moment zu zögern und hob dann beide Hände, um mit einer einladenden Geste auf die freie Bank ihm gegenüber zu deuten. »Bitte.«

Doch ehe Simon und die Zwillinge Platz nehmen konnten, erschienen zwei Finstermänner in Kettenhemden wie aus dem Nichts und packten Simon bei den Armen. »Was fällt dir ein, du unverschämter …«, grollte der eine.

»Nein, schon gut, Paul«, unterbrach der Edelmann. »Lasst ihn los. Geht nach draußen und vergewissert euch, dass die Gäule versorgt sind.«

Die beiden Ritter verneigten sich schweigend und gingen

zur Tür, wobei sie jeden ungeduldig aus dem Weg fegten, der nicht schnell genug beiseitesprang.

Der Normanne wiederholte die einladende Geste. »Vergebt meinen Männern, Simon de Clare. Aber Ihr reist in seltsamen Gewändern.«

»Aus gutem Grund«, gab Simon zurück, rutschte ihm gegenüber auf die Bank, und auf sein Nicken folgten Godric und Wulfric seinem Beispiel – weitaus zögerlicher als er.

Der Normanne sah sie wieder an, schüttelte verwundert den Kopf, hob die Linke und schnipste mit den Fingern. Beinah schneller, als das Auge zu folgen vermochte, eilte der fette Wirt herbei, brachte drei weitere Becher und einen vollen Krug, ehe er unter vielen Verbeugungen wieder entschwand.

»Ich habe auch einen Zwillingsbruder«, eröffnete ihr Gastgeber ihnen – erstaunlicherweise auf Englisch. »Aber wenn er und ich zusammengewachsen wären, hätten wir uns vermutlich gegenseitig erwürgt, ehe wir das Laufen lernten.«

»Denkt nicht, wir hätten noch nie damit geliebäugelt«, murmelte Godric. Er sah scheu auf seine Hände hinab, während er sprach.

Der Normanne lachte in sich hinein. »Robert de Beaumont«, stellte er sich vor. Er sagte es zu Simon, weil er vermutete, dass nur der den Namen einzuordnen wusste.

Er täuschte sich nicht. »Der Earl of Leicester?«, fragte der Junge ungläubig.

Der Mann nickte mit einer Grimasse, die verriet, dass er wenig Freude an seinem Titel hatte. »Schenkt ein, de Clare, wenn Ihr so gut sein wollt. Ist der Earl of Pembroke Euer Vater?«

Simon reichte Leicester den ersten vollen Becher. »Mein Onkel.«

»Und Ihr könnt ihn nicht ausstehen, merke ich. Das spricht für Euch. Seid Ihr auf der Flucht vor ihm und deswegen verkleidet?«

Simon schüttelte den Kopf und führte seinen Becher an die Lippen, um nicht antworten zu müssen. Es war Cider, stellte er fest. Süffig und süß und stark. »Daraus, dass Ihr auf meinen

Onkel schlecht zu sprechen seid, darf ich schließen, dass Ihr es mit der Kaiserin haltet, Monseigneur?«

Leicester brummte angewidert und winkte ab. »Ich glaube, so langsam halte ich es mit niemandem mehr, mein Junge. Weder Stephen noch Maud haben die Treue eines aufrechten Mannes verdient. Ich habe diesen Krieg *satt*, das kann ich Euch sagen.«

»Ist das der Grund, warum Ihr Euch mitten in der Fastenzeit am helllichten Tage betrinkt?«, erkundigte Simon sich mit kühler Höflichkeit.

Godric und Wulfric, die ebenfalls die Becher gehoben hatten, setzten erschrocken ab und starrten ihn an.

Doch der Earl of Leicester stürzte sich nicht mit einem Wutschrei auf Simon, wie sie vermutlich befürchtet hatten. Stattdessen betrachtete er den mageren jungen Normannen mit hochgezogenen Brauen und einer seltsamen Mischung aus Belustigung und Hochachtung. »Ein loses Mundwerk ist ein gefährliches Laster in diesen Zeiten, de Clare«, bemerkte er liebenswürdig.

»Nicht ich war indessen derjenige, der den König und die Kaiserin beleidigt hat, Mylord.«

»Tja.« Leicester legte beide Hände um den Becher. »Da habt Ihr recht. Und um Eure Frage zu beantworten: Ich betrinke mich, weil der Bischof von Winchester mir meine Jagdhunde gestohlen hat und es nichts, absolut *nichts* gibt, was ich dagegen tun kann.«

Simon und die Zwillinge wechselten verwunderte Blicke.

»Vor zwei Tagen ritt ich in meinen Wäldern hier in der Nähe zur Jagd«, berichtete Leicester. »Der Bischof kam mit großem Gefolge aus York zurück. Wir trafen uns auf der Straße. Und plötzlich verlangt dieser verfluchte Pfaffe von mir, ich soll ihm meine Jagdhunde schenken. Könnt Ihr Euch das vorstellen? Ich war geneigt, meinen Ohren zu misstrauen, aber meine Hunde hatten es ihm angetan. Er wollte sie haben. Ich habe durchblicken lassen, dass er sich seine Wünsche sonst wohin stecken soll. Da sagt dieser Kerl, er werde mich exkommunizieren, wenn ich ihm die Hunde nicht gebe.« Er hob beide Hände zu einer Geste der Hilflosigkeit und legte sie dann auf die Tischplatte. »Was konnte ich tun?«

Er sprach mit einem gewissen Maß an Resignation, aber es war unschwer zu erkennen, dass er über diesen Akt kirchlicher Willkür wirklich erschüttert war. Und das ließ ihn so menschlich erscheinen, dass Wulfric zu fragen wagte: »Aber könnt Ihr Euch nicht beschweren, Mylord? Den Bischof beim König anzeigen?«

Leicester lachte kopfschüttelnd vor sich hin.

»Muss ein Bischof dem König nicht gehorchen?«, fragte Godric Simon unsicher.

»Der Bischof von Winchester ist König Stephens Bruder«, erklärte dieser. »*Er* hat Stephen auf den Thron gesetzt. Und folglich lässt er sich vom König keine Vorschriften machen.«

»So ist es«, bestätigte Leicester bitter. »Also hat er meine Hunde bekommen. Und weil es ihm solche Wonne bereitet hat, mich zu …« Im letzten Moment brach er ab, anscheinend erschrocken darüber, wie sehr der Cider seine Zunge schon gelöst hatte. »Er hat mir erklärt, er werde den Vorfall großmütig vergessen, wenn ich in Luton ein Hospital für bedürftige Wanderer stifte. Wir waren in der Nähe, wie gesagt, es war das Erste, was ihm einfiel.« Er trank einen Schluck, dann sah er Simon wieder an. »Ich habe nichts dagegen, hier ein Hospital zu stiften. Es ist sogar eine gute Idee. Aber ich ersticke fast an meinem Zorn, de Clare.«

Simon sprach aus, was die Zwillinge nur dachten: »Dann wisst Ihr jetzt, wie die Engländer sich fühlen, seit dieser Krieg ausgebrochen und Anarchie über das Land gekommen ist, Mylord of Leicester. Seit Jahren leiden sie unter der Willkür von Männern wie Geoffrey de Mandeville oder Ranulf of Chester oder …«

»Robert of Leicester?«, warf ihr Gastgeber ein.

Doch Simon schüttelte den Kopf. »Nicht, dass ich wüsste. Aber es gibt kein Recht mehr im Land. Weil der König nicht die Macht hat, es zu wahren. Und die Kaiserin auch nicht.«

»Nein. Und sie machen mich krank, alle beide. Sie zerren um die Macht wie Köter um einen Knochen, und ihnen ist es völlig gleich, dass das Land dabei zugrunde geht.«

»König Stephen ist es nicht gleich«, widersprach Simon hitzig.

Leicester sah ihn an, und sympathische Krähenfüße zeigten sich um seine Augen, als er lächelte. »Das hat er Euch gesagt, ja? Seltsam. Mir noch nie.«

Die Dämmerung war hereingebrochen, und das Wirtshaus leerte sich allmählich. Der fette Wirt, der völlig kopflos über den hohen Besuch in seinem Haus war, übertrug seine unterwürfige Gastfreundlichkeit auf Simon und seine Freunde und hatte ihnen ein Bett für die Nacht in Aussicht gestellt. Garantiert ohne Wanzen und nur für sie drei allein, wie er nicht ohne Stolz betonte.

Godric und Wulfric waren hinausgegangen, um den armen Klepper auszuspannen und Grendel zu füttern.

Leicester, der seit ihrer Ankunft drei Becher geleert hatte, aber nicht betrunkener zu werden schien, schaute ihnen kopfschüttelnd nach. »Welch ein Fluch.«

Simon hob kurz die Schultern. »Sie tragen es mit viel Humor.«

»Dann sind sie weiser als ich. Ich habe es immer gehasst, ein Zwilling zu sein. Mein Bruder Waleran ist vor mir zur Welt gekommen, und darum hatte er bei allen Dingen das Vorrecht. Ich war immer nur sein Schatten. Aber weil er mein Zwilling war, konnte ich mich nie aus seinem Schatten lösen. Na ja.« Er grinste eine Spur boshaft. »Zu seinem Erstgeburtsrecht gehörte der Anspruch auf unseren Grafentitel in der Normandie. Die hat sich indessen Geoffrey Plantagenet einverleibt, dieser Teufel. Er hat den armen Waleran davongejagt, der seit fünf Jahren unermüdlich um seine normannischen Besitzungen kämpft und mich hier in England mit seiner Anwesenheit verschont.«

Geoffrey Plantagenet – Henrys Vater – war das allerletzte Thema, das Simon mit diesem Mann erörtern wollte. »Vielleicht ist es für Godric und Wulfric leichter, weil sie nichts besitzen, worum sie streiten oder einander beneiden können.«

»Wer weiß.« Leicester nahm einen ordentlichen Zug. »Womöglich ist es so. Ihr umgebt Euch mit eigenartigen Freunden, de Clare. Nicht sehr standesgemäß.«

»Es war ein eigenartiges Schicksal, das uns zusammengeführt hat«, erwiderte Simon. »Aber ich bin froh, dass ich ihnen begegnet bin. Es sind großartige Männer. Sie haben ihr Heim und ihr Land verloren, genau wie ich, und sie haben mich gelehrt, das mit Fassung zu tragen. Ich bin nicht sicher, dass mir das ohne ihr Beispiel gelungen wäre.«

Leicester nickte. »Wieso habt Ihr Euer Land verloren?«

»Weil zwei Halunken namens de Laigle es sich einfach genommen haben, während ich fort war.«

Leicester seufzte. »Ich fürchte, in dem Fall kann ich Euch nicht helfen. Die de Laigles stehen im Dienst des Earl of Chester.«

Simon schnaubte angewidert. »Dann wundert mich gar nichts mehr ...«

Leicester fuhr mit dem Zeigefinger über den Rand seines Bechers. »Ihr mögt Ranulf of Chester einen Schurken nennen. Aber er tut nur, was er tun muss, um sein Land und seine Macht in diesem verworrenen Krieg zu verteidigen. Ich tue das Gleiche. Er ist mein Nachbar. Wir haben viele gemeinsame Interessen, auch wenn er es bislang mit Kaiserin Maud hielt und ich mit Stephen. Aber er hat den Glauben an diesen Krieg genauso verloren wie ich; wir haben beide mehr Männer und Geld verschwendet, als wir verkraften können. Darum haben wir in aller Stille begonnen, über ein Friedensabkommen zu verhandeln, und das will ich nicht aufs Spiel setzen.«

»Wenn Ihr einen geheimen Kuhhandel mit dem Earl of Chester eingehen wollt, solltet Ihr mir nicht davon erzählen, Mylord«, gab Simon frostig zurück. »Denn ich glaube noch an die Sache meines Königs und die Rechtmäßigkeit seines Thronanspruchs.«

»Das ist Euch unbenommen. Vielleicht wird es Zeit, dass

junge Männer wie Ihr seinen Krieg weiterführen, nicht alte Knochen wie ich, die keine Illusionen mehr haben. Ihr seid auf dem Weg zu ihm?«

Simon nickte.

»Um ihn um Hilfe zu bitten, Euer Land zurückzubekommen?« Es war nicht zu überhören, dass die Vorstellung Leicester amüsierte.

Der Vorwand war so gut wie jeder andere, entschied Simon. »Und wieso nicht?«, konterte er angriffslustig. »Er ist der König. Er sollte zumindest *wissen*, was in seinem Reich vor sich geht.«

»Oh, er weiß es.« Leicester leerte seinen Becher. »Seid versichert, de Clare, er weiß das genau. Und es gab einmal eine Zeit, da hat es ihm den Schlaf geraubt. Aber jetzt nicht mehr.«

»Behauptet *Ihr*.«

Der Earl nickte. »Geht nach Westminster, mein Junge, und seht selbst.«

Helmsby, April 1147

»Cousin!« Haimons Pranke drosch auf Alans Schulter ein wie ein Knüppel. »Willkommen zu Hause! Was für eine Überraschung.« Sein Lächeln zeigte zu viele Zähne, und seine Augen waren kalt. Alan war auf einen Schlag klar, dass die Wiedersehensfreude seines Vetters sich in Grenzen hielt.

Er wandte sich an die Frau, die seltsamerweise einen Schritt hinter Haimon zurückgeblieben war und die Estrade nicht betreten hatte. Er neigte höflich den Kopf. »Madame.«

»Oh, Alan.« Es klang tonlos. »Es ist also wirklich wahr. Du lebst.« Zwei Tränen rannen über ihre Wangen, und ein mattes Lächeln bebte in ihren Mundwinkeln. Ihre Augen waren groß und hellblau, die Nase zierlich, der Mund üppig, die Haut milchweiß … man konnte weiche Knie bekommen von solcher Vollkommenheit.

Alan rang seine Verlegenheit nieder, ging die flache Stufe hinab auf sie zu und nahm ihre Hände. »Ich lebe. Aber ich bin als Fremder heimgekehrt. Für mich ist es, als sähe ich Euch heute zum ersten Mal, und ich weiß Euren Namen nicht.«

Sie zog erschrocken die Luft ein und wich unwillkürlich einen Schritt zurück. Ihre zierlichen Hände entglitten den seinen.

»Du hast dein Gedächtnis verloren?«, fragte Haimon fassungslos.

Alan sah ihn an. »So ist es.«

»Komplett?«, bohrte sein Cousin weiter. »Kannst du dich an überhaupt nichts erinnern? Nicht an unsere Kindheit in Helmsby?«

»Nur an die vergangenen drei Jahre.«

»Gott, ist das wahr? Nicht an Robert of Gloucester und die Schlacht von Lincoln? Ich meine … wie kann man *so* etwas vergessen?«

Alan antwortete nicht. Er betrachtete seinen Cousin: ein Mann von kompakter, kräftiger Statur, der seine feinen Kleider mit scheinbar verächtlicher Nachlässigkeit trug. Das gewellte dunkle Haar fiel auf breite Schultern, und in den nahezu schwarzen Augen stand ein solches Frohlocken, dass Alan den Wunsch verspürte, die Faust zu ballen und in dieses Gesicht zu schmettern, auf dass der Ausdruck unverhohlener Schadenfreude weggewischt würde. Stattdessen antwortete er: »Ich habe alles vergessen, Cousin. Auch dich und den Grund für deinen Hass auf mich. Wir könnten also ganz neu anfangen, du und ich. Überleg es dir.« Mir ist es gleich, hätte er noch hinzufügen können, denn es war die Wahrheit. Aber der Umgang mit den überaus komplizierten Menschen, mit denen er die letzten Jahre verbracht und für die er in gewisser Weise gesorgt hatte, hatte ihn zumindest eines gelehrt: Wer sein Ziel erreichen wollte, musste Brücken bauen, statt sie niederzubrennen.

Seine Offenheit hatte Haimon für einen Moment sprachlos gemacht.

Lady Matilda wies mit einer einladenden Geste auf die Tafel.

»Kommt. Ihr müsst durstig sein nach einem halben Tag im Sattel. Nimm Platz, Susanna. Alan, Haimon, kommt schon.«

Susanna. Was für ein schöner Name, dachte Alan. Verstohlen beobachtete er seine Gemahlin, die seine Großmutter an die hohe Tafel begleitete. Susanna bewegte sich mit der mühelosen Grazie einer wahren Dame, und wenn er die Art, wie sie beim Erklimmen der Stufe den Rocksaum anhob, ein wenig affektiert fand, lag es gewiss nur daran, dass er so lange keine echte Dame mehr gesehen hatte.

Er setzte sich zwischen seine Großmutter und seine Frau, Haimon nahm an Susannas linker Seite Platz. Offenbar hatte die Ankunft der Gäste sich schon bis in die Küche herumgesprochen, denn Emma erschien in Begleitung einer jüngeren Magd, und sie trugen wässrigen Wein und Brot auf. Nichts sonst.

Seufzend griff Haimon nach seinem Becher, nahm einen tiefen Zug und raunte Emma zu: »Dieses Jahr kommt die Fastenzeit mir endlos vor.«

Sie nickte. »Aber es sind nur noch ein paar Tage, Mylord.« Sie sprach ohne Scheu, legte jedoch eine Art höflicher Distanz an den Tag, die Alan noch nicht an ihr kannte. Das junge Mädchen, das die Becher getragen hatte, stand mit gesenktem Kopf einen Schritt hinter Emma und wünschte sich offenbar meilenweit fort.

»Lass die Köchin wissen, dass wir gekommen sind«, trug Susanna Emma auf. »Sag ihr, ihre Aalpastete hätte mir ganz besonders gefehlt«, fügte sie vielsagend hinzu.

Emma lächelte pflichtschuldig. »Gewiss, Mylady.«

Susanna wartete, bis die Mägde die Halle verlassen hatten. Dann fragte sie Alan: »Wo bist du gewesen?«

»Eingesperrt. In einer Inselfestung. Die Mönche, bei denen ich irgendwie gestrandet war, sagten, ich sei besessen – was übrigens nicht stimmt, wie ich inzwischen gelernt habe –, und sie brachten mich dorthin. Vor gut einem Monat gelang einigen Gefährten und mir die Flucht, und wir sind herumgeirrt, ehe wir hier schließlich zufällig Zuflucht vor einem Sturm gesucht haben.« Und um jede Bekundung von Schrecken oder Mitgefühl zu unterbinden, fuhr er fort: »Was ist mit dir? Wo warst du in all der Zeit?«

»In Paris.« Sie lächelte eine Spur wehmütig, ehe sie den Blick senkte und auf ihre Knie zu starren schien.

»Paris«, wiederholte er erstaunt.

»Dort wohnt der König von Frankreich«, klärte Haimon ihn hilfsbereit auf.

»Was du nicht sagst«, gab Alan unwirsch zurück.

Haimon hob die Hände. »Entschuldige. Ich dachte, du hättest alles vergessen …«

Alan verspürte wenig Neigung, seinem Cousin zu offenbaren, dass er »nur« seine persönliche Geschichte vergessen hatte, über die Welt im Allgemeinen aber die eigentümlichsten Dinge zu wissen schien. »Du warst am französischen Hof?«, fragte er stattdessen seine Frau.

Susanna nickte. »Ich war … verzweifelt, als du verschwunden warst, und es war der Vorschlag deiner Großmutter, dass ich für eine Weile fortging, um auf andere Gedanken zu kommen. Es war eine segensreiche Idee.« Mit einer flatternden Geste wies sie auf Haimon. »Unsere Urgroßmutter war eine Baynard, darum sind wir entfernt mit dem französischen Königshaus verwandt. Und ich hatte immer davon geträumt, einmal nach Paris zu kommen.«

Alan sah von ihr zu Haimon und fragte sich, ob sie Geschwister waren. Aber das war unmöglich, erkannte er, denn dann wäre er selbst Susannas Cousin und hätte sie niemals heiraten dürfen. Auf jeden Fall waren seine Gemahlin und Haimon vertraut miteinander, das merkte man, und hatten zumindest eine gemeinsame Urgroßmutter.

»Haimons und Susannas Väter waren Brüder«, erklärte Lady Matilda, die ein gespenstisches Talent entwickelt hatte, Alans Gedanken zu erraten. »Haimons Mutter und die deine waren Schwestern. Darum ist Haimon dein Cousin ersten Grades ebenso wie Susannas, während du und Susanna nicht verwandt seid. Oder kaum. Dritten Grades, glaube ich. Deine Urgroßmutter und ihr Urgroßvater waren Geschwister. Zwillinge übrigens. Meine Eloise brauchte jedenfalls eine Dispens, um Haimons Vater heiraten zu dürfen. Ihr hättet streng genommen auch eine gebraucht, Susanna und du, aber auf die warten wir heute noch.«

Alan hob abwehrend die Linke. »Ich glaube, das solltest du mir lieber aufschreiben, Großmutter. Ich komme nicht mehr ganz mit …« Er nahm sich ein Stück Brot vom Teller, um seine Finger davon abzuhalten, sich nervös zu verknoten, schob den Teller dann Susanna zu und fragte: »Du warst also eine der Damen der französischen Königin?«

»In gewisser Weise. Es ist ein großer Hof, verstehst du. Ich habe die Königin nicht oft gesehen, sondern war eine der Ammen der kleinen Prinzessin Marie. Sie kam kurz nach meiner Ankunft dort zur Welt, und da hat es sich irgendwie ergeben. Nun, mir war es recht. Aliénor von Aquitanien ist eine unmögliche Frau, Königin oder nicht. Na ja, was will man erwarten? Die Aquitanier sind ja alle ein wenig wunderlich. Sie umgibt sich mit Dichtern und Musikern und allem möglichen seltsamem Gelichter, und jeden Abend in der Halle muss man sich stundenlang ihre blöden Verse anhören. Sie tanzt dem armen Louis auf der Nase herum, sie brüskiert seine kirchlichen Ratgeber, und erst kurz vor meiner Abreise hörte ich ein Gerücht …«

Ihr Geplauder verschwamm zu einem sachten Plätschern; Alan hörte nicht mehr richtig zu. Er hatte den Ellbogen auf die Tischplatte und das Kinn auf die Faust gestützt, knabberte dann und wann an seinem Brot und betrachtete diese Fremde, mit der er verheiratet war. Ihre Augen leuchteten, während sie von Paris und der unmöglichen französischen Königin erzählte, doch sie hielt den Blick meist gesenkt. Alan stellte fest, dass er dem Eindruck sittsamer Bescheidenheit misstraute, den das erwecken sollte. Das verhaltene kleine Lächeln auf ihren Lippen verriet, dass sie stolz darauf war, die große weite Welt gesehen und in königlichen Kreisen verkehrt zu haben. Und warum auch nicht, fand er. Wieso gab sie vor, über all das die Nase zu rümpfen?

»... auf einen Kreuzzug zu gehen, und da wusste ich, es war an der Zeit für mich, nach Hause zu kommen«, hörte er sie sagen. »Ich meine, kannst du dir etwas Skandalöseres als eine *Königin* auf dem Kreuzzug vorstellen? Aber sie lässt sich durch nichts davon abbringen, und Louis kann sie nicht kontrollieren, der Ärmste.«

»Wann wollen sie aufbrechen?«, fragte Lady Matilda.

»Im Juni, hört man.«

Matilda schnaubte. »Auf dem Landweg nach Konstantinopel? Im *Sommer*? Ich fürchte, die königlichen Kreuzfahrer werden in ihren Rüstungen gesotten. Aber wie dem auch sei. Es war eine glückliche Fügung, dass du nach Hause gekommen bist. Alans ... Malheur macht diese Heimkehr schwierig für ihn, obendrein hat er höchst brisanten Besuch mitgebracht, und er braucht dich jetzt an seiner Seite.«

Susanna hob das Kinn. »Es war nicht nötig, mich daran zu erinnern, Madame.«

Matilda zog die Brauen hoch und lächelte kühl. »Vergib mir, mein Kind.«

»Was für brisanten Besuch?«, fragte Haimon neugierig.

Ehe er eine Antwort bekam, betrat Guillaume, der Steward, die Halle. »Entschuldige, Alan, aber du hast versprochen ...« Er blieb wie angewurzelt stehen, als er die Ankömmlinge entdeckte. Dann stemmte er die Hände in die Seiten, und die Zornesröte stieg ihm bis in die Stirnglatze. »Ich kann nicht fassen, dass du dich herwagst, Haimon de Ponthieu«, stieß er hervor. »Sitzt an seiner Tafel und isst sein Brot, als wär nichts. Wie tief willst du noch sinken?«

Haimon hob ihm seinen Becher entgegen. »Sei gegrüßt, Guillaume FitzNigel. Du hast mir auch gefehlt.«

Guillaume wies einen anklagenden Zeigefinger auf Haimon und wandte sich an Alan. »Er hat dein Land gestohlen! An dem Tag, als dein Gaul allein nach Hause kam, hat er seinen Steward mit einem Dutzend seiner Finstermänner nach Blackmore geschickt und es beschlagnahmt.«

»Es gehört mir«, teilte Haimon ihm liebenswürdig mit. »Es

hat immer zu unseren Ländereien gehört, auch wenn das in Helmsby nie jemand wahrhaben wollte.«

»Das ist eine Lüge«, grollte Guillaume.

Alan erhob sich unvermittelt. »Entschuldigt mich …«

»Aber … du kannst jetzt nicht weglaufen, Alan«, protestierte der Steward. »Es ist *dein* verdammtes Land.«

Alan schüttelte wortlos den Kopf, ging mit langen Schritten zur Tür und lief die Treppe hinab.

»Es ist ein bisschen viel, was derzeit auf ihn einstürzt«, hörte er seine Großmutter sagen. Sie entschuldigte ihn, wusste er, und das machte ihn wütend.

»Was für ein seltsames Benehmen«, verwunderte sich Susanna.

»Sag ehrlich, Großmutter, kann es sein, dass er nicht ganz bei Verstand ist?«, fragte Haimon belustigt.

»Sein Verstand ist völlig in Ordnung«, grollte Guillaume. »Bei deinem bin ich mir dessen allerdings nicht so sicher …«

Alan lief schneller.

»Gedenkst du, hier die ganze Nacht zu verbringen, mein Sohn?«, fragte King Edmund.

Alan wandte sich nicht um. »Warum nicht?«

Er saß in seiner Kirche auf dem kalten Steinfußboden, den Rücken an die vordere rechte Säule gelehnt, die Füße auf der schmucklosen Grabplatte, in welche nur ein Wort gemeißelt war: *Aliesa*. Es war das Grab seines Urgroßvaters, wusste er. Dessen Name, *Cædmon*, zierte die zweite Platte gleich daneben, unter welcher seine normannische Gemahlin ruhte. Im Sommer vor dem Untergang des *White Ship* waren sie gestorben, hatte Lady Matilda Alan erzählt, beide hochbetagt und im Abstand von nur drei Monaten. Ohne einander hatten sie nicht sein wollen, dieses seltsame Liebespaar, das zum Symbol der Idee geworden war, dass eine Verständigung zwischen Normannen und Angelsachsen möglich sei. Niemand außer diesen beiden lag hier begraben; nur der Erbauer der Kirche und seine Dame – für welche er dieses wundervolle Gotteshaus angeblich errichtet hatte. Und jeder ruhte unter dem Namen des anderen. Alan hatte nichts dagegen, bei ihnen zu sitzen, im Gegenteil. Ihre Gesellschaft war ihm angenehm. Sie und ihre Geschichte waren fern und unwirklich. Zum Grab seiner Mutter hingegen hatte er sich noch nicht gewagt …

Er starrte auf das ewige Licht. »Ich hoffe, sie haben dich nicht geschickt, um mich zurückzuholen? Wie ein verirrtes Schaf?«

»Oh ja, das bist du«, erwiderte King Edmund. »Aber niemand hat mich geschickt. Außer Gott, meine ich.«

Alan nickte. »Gut.«

Er war von seiner Burg geschlichen, und im Schutz des Waldes war er gerannt, bis das Dorf in Sicht kam. Er wusste, das Gefühl, um sein Leben zu laufen, war lächerlich. Und dennoch war es ihm in der Halle mit einem Mal so vorgekommen, als drücke ein monströses Gewicht auf seine Brust, sodass er nicht mehr atmen konnte. So als sei er lebendig begraben.

Also war er geflohen. Wieder einmal. Er hatte sich in der wundervollen stillen Kirche verkrochen und gebetet. Wenngleich er nicht wusste, worum er Gott bitten sollte. »Schick mich zurück auf die Insel«, schien ihm ein törichter, obendrein gefährlicher Wunsch. Dort hatte er ebenso wenig gewusst, wer er war, wie hier. Nur die Rolle, die ihm dort zugefallen war, hatte er auszufüllen vermocht. Hier nicht. Er konnte nicht Lord Helmsby sein, nicht Matildas Enkel, ganz gewiss nicht Susannas Gemahl. Also hatte er gebetet und Gott schließlich angefleht, ihn von diesem Elend zu erlösen. Egal wie, Herr. Schick einen Blitz, der mich erschlägt. Lass auch den Rest von mir dem Vergessen anheimfallen. Alles ist mir recht. Nur lass das hier vorübergehen …

Darüber war es dunkel geworden. Er hörte das Rascheln von rauem Stoff. Füße in geflickten Sandalen erschienen am Rand seines Blickfeldes. Dann ließ King Edmund sich an der gegenüberliegenden Säule nieder, kreuzte die Sandalen auf *Cædmon* und schaute genau wie Alan auf das Licht am Altar.

»Ich kann das nicht, Edmund. Ich bin nicht mehr der, für den sie mich halten.«

»Vermutlich doch. Du hast es nur vergessen.«

Aber Alan schüttelte den Kopf. »Glaubst du nicht, dass die Jahre auf der Insel jeden von uns verändert haben?«

»Ganz gewiss haben sie das. Es war eine Zeit der Prüfung und der Läuterung, die keinen von uns unberührt gelassen hat. Keinen außer Regy. Aber das bedeutet nicht, dass du ein geringerer Mann bist als der, der irgendwann von hier aufgebrochen ist. Im Gegenteil. Gott hat dich auf die Insel geschickt, um dich stärker zu machen. Vielleicht auch, um dich zu ändern, das mag sehr wohl sein. Hab ein wenig mehr Geduld mit dir. Selbst wenn du dich nicht erinnerst, wirst du dich an diese Menschen hier gewöhnen. Und an die Erwartungen, die sie an dich stellen.«

»Es fühlt sich nicht so an«, bekannte Alan.

»Wir sind erst seit drei Tagen hier.«

»Und mit jeder Stunde, die vergeht, fühle ich mich hilfloser und verlorener.«

»Dann bist du hier genau richtig.« Edmund wies auf den Altar, der fast völlig im Dunkeln lag. »Ich habe auch gedacht, ich könnte nicht tun, was Gott von mir verlangte. Mich meinen Feinden ausliefern und mich von ihnen geißeln und abschlachten lassen. Aber es ging. Weil Gott mir die Kraft gegeben hat, die nötig war. Du musst dich ihm anvertrauen, Lo… Alan, dich ganz und gar in seine Hände begeben. Dann bist du gut aufgehoben und wirst dich niemals verloren fühlen.«

Ich bin kein Auserwählter, wollte Alan entgegnen. Kein Heiliger wie du oder der, für den du dich hältst. Aber er sagte es nicht, denn King Edmund hatte ja recht: Er *war* hergekommen, um Gott zu bitten, ihm irgendeinen Weg zu zeigen, den er gehen konnte.

»Henry ist zurückgekehrt«, berichtete King Edmund schließlich und beendete damit ein langes Schweigen. »Und denk nur, er hat seine zehn Ritter wiedergefunden, die er im Wald verloren hatte. Er hat sie mitgebracht.«

»Dann wird es eng auf meiner Burg. Ich schätze, es wäre zu viel zu hoffen, dass Haimon sich schon wieder verabschiedet hat?«

»Nein, er ist noch hier. Und er ist hingerissen von Henry. Sie haben sich zusammen im Schwertkampf geübt, gemeinsam gegessen, und jetzt sitzen sie in deiner Halle und würfeln.«

Alan verspürte einen Stich der Eifersucht, der ihn vollkommen überraschend traf. *Er* hatte Henry im Wald aufgelesen. *Er* hatte ihn nach Helmsby gebracht. Sein grässlicher Cousin hatte kein Anrecht auf Henrys Freundschaft. Mit einiger Verblüffung erkannte Alan, dass ihm nicht alle Dinge gleichgültig waren, die in Helmsby geschahen. Doch er antwortete mit größter Gelassenheit: »Also wird es niemandem weiter auffallen, wenn ich die Nacht hier verbringe.«

»Ich könnte mir vorstellen, dass es deiner Frau auffällt«, gab Edmund trocken zurück.

Bei dem Gedanken, dass Susanna auf ihn wartete, womöglich in seinem Bett, schnürte sich seine Kehle zu, und sein Puls begann wieder zu rasen. Er wusste, wenn er zu ihr ging und mit ihr schlief – vorausgesetzt, dass er überhaupt konnte, was ihm im Moment äußerst zweifelhaft schien –, dann tat er damit einen Schritt, der sich nicht rückgängig machen ließe. Es würde bedeuten, dass er einen Pakt mit ihr schloss, mit Helmsby, mit seiner Großmutter und Guillaume, in gewisser Weise sogar mit Henry und dessen Mutter, Kaiserin Maud. Denn es hieße, dass er sich bereit erklärte, Alan of Helmsby zu sein. Mit allem, wofür dieser Name stand. Und er wusste weder, ob er das konnte, noch, ob er es wollte. Susanna war der Honig, der ihm die bittere Medizin versüßen sollte. Sie kam ihm vor wie eine tückische Spinne, die in ihrem Netz auf ihn lauerte, obwohl sie vermutlich gar nichts dafürkonnte.

»Sie hat so lange auf mich gewartet, da wird es auf eine Nacht mehr oder weniger kaum ankommen«, sagte er.

»Erwarte nicht, dass ich das verstehe.«

»Und ich dachte, du bist ein heiliger Mann, King Edmund.«

»Auch Heilige haben Augen.«

»Und sündige Gedanken, wie es scheint.«

»Du bist derjenige, der sündige Gedanken hat«, entgegnete King Edmund, mit einem Mal sehr streng. »Glaub ja nicht, ich wüsste nicht, warum du deine Gemahlin meidest. Aber du musst dir dieses jüdische Mädchen aus dem Kopf schlagen. Das gilt jetzt mehr denn je, da du herausgefunden hast, dass du ein verheirateter Mann bist. Das weißt du doch, nicht wahr?«

Alan regte sich rastlos. »Nimm's mir nicht übel, King Edmund, aber ich war hergekommen, um ein bisschen Frieden zu finden. Nicht um Ermahnungen zu lauschen. Darum fürchte ich, einer von uns beiden muss jetzt gehen.«

»Dann lass dich nicht aufhalten«, erwiderte der Heilige verschnupft. »*Ich* bleibe.«

»Großartig«, grollte Alan und stand auf. »Und so finde ich mich auch noch von meiner letzten Zufluchtsstätte vertrieben …«

»Schräg gegenüber der Kirche steht ein Haus mit einem blühenden Apfelbaum vor der Tür. Dort wohnt Emmas Mutter. Oswald ist bei ihr. Vielleicht versuchst du's da mal.«

Alan tat, womit King Edmund vermutlich nie gerechnet hätte: Er befolgte den Rat. Weil er einfach nicht wusste, wohin er sonst gehen sollte. Außer vielleicht in den Pferdestall der Burg, um sich heimlich einen Gaul zu satteln und aus Helmsby zu verschwinden …

Er klopfte an die Tür des Hauses mit dem Apfelbaum, und eine energische Stimme rief: »Was sind das für seltsame Sitten? Komm rein, wenn du nicht der Wilde Hirte bist.«

Alan zog die Tür auf und trat mit einem Lächeln über die Schwelle.

»Oh, tut mir leid, Mylord«, entschuldigte sich Emmas Mutter, aber sie war nicht erschrocken. Und auch nicht überrascht, stellte er fest.

Oswald wandte den Kopf. »Losian! Komm her und schau. Ich hab schon zweimal gewonnen!« Seine Augen leuchteten.

Alan trat näher und warf einen Blick über Oswalds Schulter. Es war ein Brettspiel, das wie eine vereinfachte Form von Mühle aussah.

»Das hat unser Gorm auch immer so gern gespielt«, bemerkte ihre Gastgeberin. »Und er war genauso gerissen beim Spiel wie Euer Oswald hier.«

Alan fuhr Oswald über den Schopf. »Gerissen, he? Ich hab's ja immer gewusst, dass du es faustdick hinter den Ohren hast …«

Oswald lachte, und Alan ging auf, dass er ihn seit Wochen nicht so unbeschwert gesehen hatte. Das hatte ihm gefehlt, stellte er fest. Wenn Oswald glücklich war, dann hatte das eine solche Strahlkraft, dass es jeden wärmte und tröstete, der es sah.

»Wollt Ihr Euch setzen, Mylord? Kann ich Euch einen Schluck Bier anbieten? Einen Bissen Brot vielleicht?« Sie musste beinah so alt wie seine Großmutter sein, schätzte er. Das Gesicht war runzelig wie ein Winterapfel, das Haar unter dem wollenen Tuch eisgrau, die Hände gekrümmt. Ein einziger Schneidezahn war alles, was ihr geblieben war, und er machte ihr Lächeln ebenso liebenswert wie schelmisch.

»Gern«, antwortete er. »Ich fürchte, ich habe deinen Namen vergessen.«

Sie nickte. »So wie den Euren, nicht wahr?« Sie zeigte auf Oswald. »Ich habe ihn gefragt, warum er Euch Losian nennt, und er hat es mir erklärt.«

»Tja.« Alan nahm es gelassen. »Ich hatte nie große Hoffnungen, dass es sich lange geheim halten lässt.«

»Mein Name ist Gunnild.« Sie erhob sich von der Bank am Feuer, holte Brot aus einem irdenen Topf und goss Bier in einen Holzbecher. Die Gaben brachte sie zum Tisch und nickte Alan zu. »Setzt Euch.«

Er rutschte neben ihr auf die Bank. »Hab Dank, Gunnild.« Er trank einen kleinen Schluck und wies mit der freien Hand auf das grob gezimmerte Spielbrett. »Erklär mir die Regeln.«

»Wie Mühle, aber man darf keine Zwickmühlen bauen.«

»Spielst du mal mit mir, Losian?«

»Wenn es Gunnild nicht stört.«

Sie lächelte. »Im Gegenteil. Holt mir meinen Rocken, seid so gut. Dann kann ich spinnen und dabei zuschauen, wie Ihr untergeht.«

Er entdeckte das Spinnzeug in einem flachen Korb auf dem festgestampften Lehmboden, stand auf und holte ihn herbei, während Oswald das Brett in die Tischmitte rückte und die Spielsteine sortierte.

»Es ist besser, die Menschen hier wissen Bescheid über Euch, als wenn sie glauben, Ihr seiet so hochnäsig geworden, dass Ihr niemanden mehr mit Namen kennen wollt«, bemerkte Gunnild.

»Das hat der Steward auch gesagt.«

»Hört auf ihn«, riet sie. »Guillaume ist ein guter Mann und war Euch immer ein treuer Freund, auch wenn Ihr viel gestritten habt. Er weiß, wie es in den Herzen der Menschen hier aussieht. Sie sind so froh, dass sie Euch zurückhaben, dass sie Euch so nehmen werden, wie Ihr seid.«

Alan betrachtete das Spielbrett und setzte einen Stein. »Ich bin nicht sicher, dass sie mich zurückhaben. Ich weiß nicht, ob ich hierbleiben kann.«

Oswald setzte seinerseits einen Stein und sah Alan erwartungsvoll an. »Na los. Mach schon.«

Alan legte versonnen den nächsten Stein aufs Brett.

»Doch, das müsst Ihr«, erwiderte Gunnild mit Nachdruck. »Sonst fällt Helmsby Haimon in die Hände. Er hat immer danach getrachtet.«

»Warum?«, fragte Alan neugierig. »Sind seine eigenen Ländereien so bescheiden?«

»Ich glaube nicht. Aber was er immer wollte, war eine Burg.«

»Ich dachte, heutzutage baut sich jeder seine Burgen nach Belieben, ohne den König um Erlaubnis zu fragen.«

»Davon verstehe ich nichts«, räumte sie achselzuckend ein. »Jedenfalls hat er keine, und das hat ihn immer geärgert. Er will

Helmsby. Wollte es seit jeher. Er glaubt, es sei sein Geburtsrecht. Seine Mutter war die ältere Schwester Eurer Mutter. Darum hätte er es erben sollen, meint er.«

»Und er hat recht.« Alan legte einen Stein ab. »Meine Mutter ging eine lasterhafte Liaison ein, und zur Belohnung bekam ihr Bastard ein Lehen der Krone, das eigentlich Haimon zugestanden hätte. Kein Wunder, dass er mich verabscheut.«

»Das war ein unkluger Zug«, warf Gunnild ein.

Oswald schloss seine erste Mühle und kassierte mit einem triumphalen Lachen Alans Spielstein.

»Na warte, Bübchen«, knurrte Alan, aber Oswalds Euphorie ließ sich nicht dämpfen.

»Den Menschen hier ist es gleich, ob es gerecht war oder nicht«, bekundete Gunnild. »Hauptsache, Haimon bleibt ihnen erspart. Blackmore hat er sich schon ergaunert, und nun leben die Leute von Blackmore in einem Jammertal. Ihr dürft sie nicht ihrem Schicksal überlassen. Und Ihr dürft vor allem Helmsby nicht im Stich lassen. *Wir* haben Euch Eure neue, feine Burg gebaut. Wir haben Euch sogar unsere Söhne gegeben – mein Osfrith war einer davon, er fiel bei Lincoln.«

»Losian, du bist dran ...«

Alan hörte nicht hin. »Es tut mir leid«, antwortete er Gunnild. Er sah ihr in die Augen. »Und ich meine, was ich sage: Es tut mir leid, dass ich deinen Sohn in die Schlacht geführt habe und er sein Leben verloren hat. Ich wünschte, ich hätte es nicht getan. Aber was ich von euch gefordert habe, war nur, was ihr mir schuldig seid: Frondienst und Gefolgschaft.«

»Und genauso fordern wir von Euch nur das, was Ihr uns schuldig seid, Mylord: Eure Fürsorge und Euren Schutz.«

Alan richtete den Blick auf das Spielfeld und erwiderte nichts. Er sah, dass er entweder eine eigene Mühle schließen oder auf diesen Vorteil verzichten konnte, um Oswalds zweite zu verhindern. Eine Wahl zwischen zwei Übeln. Wie passend. Seufzend machte er seinen Zug. »Ich fürchte, ich werde kläglich untergehen, Oswald.«

Der Junge zögerte, den Spielstein in der ausgestreckten Hand.

»Soll ich keine Mühle machen? Bist du traurig, wenn du verlierst?«

Alan lachte leise. »Nein, nein. Nur zu, mach mich fertig. Lass dich von meinem Gejammer nicht erweichen, das ist nur ein Trick …«

Beruhigt machte Oswald sich daran, Alans Niederlage zu besiegeln.

Sie debattierten darüber, ob sie eine zweite Partie spielen sollten oder es nicht längst Zeit zum Schlafengehen war, als die Tür zur Hütte sich öffnete und zwei Männer eintraten. Der eine war der Steward. Der andere war ein hagerer junger Kerl mit einem riesigen Adamsapfel und einem feuerroten Schopf. Sie unterhielten sich angeregt, aber als sie Alan am Tisch entdeckten, verstummten sie.

Alan verschränkte die Arme und sah zur niedrigen Decke auf. »Über wen mögen sie wohl geredet haben …«

»Was in aller Welt tust du hier, Vetter?«, brummelte Guillaume.

»Ich trinke ein Bier und verliere im Mühlespiel.«

»Deine Großmutter spuckt beinah Feuer vor Zorn, dieser junge Henry und Haimon und Henrys Ritter saufen deinen Keller leer, deine Gemahlin heult sich die Augen aus, und du sitzt hier und *trinkst ein Bier*?«

»Wie du siehst.«

»Aber du …«

»Setz dich, Guillaume«, lud Gunnild ihn mit Nachdruck ein. »Und du auch, Egbert. Das ist Egbert der Müller, Mylord.«

Alan nickte ihm zu. »Egbert.«

»Mylord. Willkommen zu Haus.«

»Danke.«

Es wurde eng am Tisch, als die beiden Besucher Platz nahmen. Gunnild wollte aufstehen und Bier holen, aber Alan hielt sie mit einer Geste zurück und tat es selbst. Ihm war nicht entgangen, dass das Gehen ihr schwerfiel.

Guillaume und der Müller tauschten einen fassungslosen Blick. Alan schloss, dass es früher nicht zu seinen Gewohnheiten gehört hatte, seine Hörigen zu bedienen. Aber das war ihm gleich. Je eher ihnen klar wurde, dass er nicht mehr derselbe war, desto besser für sie alle.

»Egbert braucht dringend Hilfe in der Mühle, Mylord«, eröffnete Gunnild ihm. »Ich dachte, das wäre vielleicht das Richtige für Oswald. Egbert ist mit unserem Gorm zusammen aufgewachsen, und darum versteht er …« Sie ließ den Satz unvollendet. »Oswald braucht eine Arbeit, Egbert einen Gehilfen. Es wäre gut für beide Seiten.«

Alan sah von Oswald zum Müller und wieder zurück. Gunnild hatte recht, erkannte er. Je geregelter Oswalds Tagesablauf war, desto glücklicher war der Junge, und es quälte ihn, wenn man ihm nichts zu tun gab. Er konnte keine schwere Arbeit verrichten, aber er war willig und zuverlässig, solange man ihn nicht überforderte. Nur war Alan nicht sicher, ob ein Feuerkopf wie Egbert die nötige Geduld hatte. Und ebenso wenig war er sicher, ob es ihm gefiel, dass Gunnild diesen Plan über seinen Kopf hinweg gefasst hatte und Oswald hier einen Platz bekam, der dem Jungen das Gefühl vermittelte, sie seien am Ziel ihrer Wanderung. Es wäre nur eine weitere Fessel, die Alan an Helmsby band.

»Ich werde darüber nachdenken«, stellte er in Aussicht.

»Und darf ich hoffen, dass du jetzt mit mir zurück auf deine Burg kommst?«, fragte der Steward im Tonfall überstrapazierter Geduld.

Alan lächelte ihn an und schüttelte den Kopf. »Oswald und ich bleiben hier, wenn Gunnild uns duldet. Ich komme morgen früh auf die Burg, wenn die Gemüter sich beruhigt haben.«

»Eine Decke und ein Platz vor dem Herd ist alles, was ich zu bieten habe«, warnte die alte Frau.

Alan nickte ungerührt. »Wir haben schon schlechter gelegen, glaub mir.«

Die Halle war das Herzstück von Helmsby Castle, wo sich das Leben seiner Bewohner und des Gesindes abspielte und alle Mahlzeiten eingenommen wurden. Nur musste sich in Helmsby für gewöhnlich niemand abends ins Stroh entlang der Hallenwände betten, weil es eine moderne Anlage war und Alan bei ihrer Erbauung neue Ideen umgesetzt hatte, auch wenn er sich nicht daran erinnerte: Die Herrschaft und hohe Gäste hatten Schlafkammern im Geschoss über der Halle, Wachen und Mägde und Knechte bewohnten die kleinen Gesindehütten im Hof.

Doch jetzt war es so voll auf Alans Burg geworden, dass er bei seiner Heimkehr am nächsten Morgen elf Schläfer in der Halle vorfand. Oder zehn, genauer gesagt, denn einer war schon erwacht, saß an der hohen Tafel und fuhr mit einem Wetzstein über die Klinge seines Schwertes.

»Henry.« Alan trat zu ihm. »Was tust du hier unten?«

Der junge Edelmann sah auf. Rotblonde Bartstoppeln schimmerten auf seinen Wangen, unter den Augen lagen verräterische Schatten, aber sein Lächeln war so strahlend wie immer. »Alan! Du siehst selber so aus, als hättest du auf der Erde geschlafen.«

»Schon möglich.«

»Ich hab mein Bett großmütig deiner Gemahlin überlassen. Sie war ein bisschen geknickt über dein Verschwinden, und ich dachte, das tröstet sie vielleicht. Außerdem war ich nicht sicher, ob ich es noch die Treppe hinaufgeschafft hätte. Dein Burgunder hat es in sich.«

»So, so. Ein Besäufnis zwei Tage vor Gründonnerstag, und obendrein auf meine Kosten.« Alan setzte sich zu ihm. »Und du zahlst nicht einmal mit einem dicken Kopf dafür.«

»Nein, nie«, gab Henry zurück. »Ich kann saufen wie ein Loch und merke nichts davon. Das liegt vermutlich am …«

»Dämonenblut, ich weiß.«

Sie lachten. Dann wies Alan auf die reglosen Gestalten am Boden. »Ich bin froh, dass du deine Freunde wiedergefunden hast.«

Henry folgte seinem Blick und hob versonnen die Schultern. »Sie sind meine Ritter. Ihre Freundschaft gehört meinem Vater.«

»Verstehe.«

»Sie hätten sich ohne mich nie heimwagen können, darum haben sie so hartnäckig nach mir gesucht. Nicht, weil ihnen persönlich an mir liegt. Ich meine, sie sind schon in Ordnung. Großartige Männer, wenn du's genau wissen willst. Aber wenn ich Stephens Hintern vom Thron befördern will, brauche ich eigene Freunde. Vor allem in England.«

Alan nickte. »Und hast gestern schon wieder einen gefunden, wie ich hörte.«

»Haimon?« Henry nahm den Wetzstein wieder auf und setzte seine Arbeit bedächtig fort. »Er ist ein sehr gefährlicher Mann, glaube ich. Aber auch gefährliche Freunde können nützlich sein.«

»Ah. Du bewertest Freunde also nach ihrem Nutzwert.«

Henry grinste auf sein Schwert hinab. »Nur die gefährlichen … Meine Ritter bestehen übrigens darauf, dass wir uns sofort auf den Heimweg machen. Wir haben fürchterlich gestritten deswegen. Ich habe ihnen klipp und klar gesagt, dass ich auf Simon warten werde. Aber wenn ich eines Morgens spurlos verschwunden sein sollte, wundere dich nicht. Dann haben sie mich verschleppt, um ihren Kopf durchzusetzen.«

»Vielleicht wäre es das Beste, du wartest an einem Ort, den weder deine Ritter noch Simon kennen.«

»Das meinte Haimon auch. Er hat mich eingeladen, ihn nach Fenwick zu begleiten. Da steht seine Halle.«

Die Vorstellung gefiel Alan nicht, aber er musste einräumen, dass es eine gute Lösung wäre. Es hätte auf jeden Fall den Vorzug, dass Haimon aus Helmsby verschwände, und wenn Alan ganz großes Glück hatte, nahm er Susanna vielleicht wieder mit …

»Wir werden sehen«, unterbrach Henry seine boshaften Gedanken. »Ostern würde ich gern hier verbringen, wenn du mich so lange erträgst. Zu Ostern und zu Weihnachten werde ich immer ein bisschen rührselig, und darum würde ich die Feiertage lieber mit dir und den Gefährten begehen.«

»Ich bin geehrt.« Es war nur beinah ein Scherz.

Henry nickte, als finde er das völlig angemessen.

Es dauerte nicht lange, bis die Halle sich zu füllen begann. Die Ritter erwachten, schälten sich stöhnend aus ihren Decken und hielten sich die Köpfe. Sie begrüßten Alan einsilbig, fast rüde, nachdem Henry sie miteinander bekannt gemacht hatte, und der junge Franzose herrschte sie an, sich gefälligst zusammenzureißen oder ihre Katerlaune an die frische Luft zu tragen.

Sie entschuldigten sich. Alan beobachtete mit Interesse, wie diese zehn gestandenen Männer, von denen keiner jünger als dreißig war, vor dem Sprössling ihres Grafen kuschten. In keinem der Augenpaare entdeckte er auch nur ein rebellisches Funkeln. Nein, schloss Alan, Henry hatte von seinen Rittern nichts zu befürchten. Der Junge wusste es vielleicht nicht, aber diese Männer vergötterten ihn.

Die Bewohner der Burg versammelten sich zum Frühstück, auch Lady Matilda, Susanna und Haimon.

»Ah. Nicht über alle Berge, wie Großmutter befürchtet hat«, grüßte Haimon augenzwinkernd.

Das hättest du wohl gern, fuhr es Alan durch den Kopf. »Fürs Erste nicht«, erwiderte er, aber ohne Haimons aufgesetzte Fröhlichkeit.

»Wo in aller Welt warst du?«, fragte Lady Matilda und reichte ihm eine Schale mit Hafergrütze.

»Im Dorf. Danke.« Er fing an zu löffeln. »Bei Gunnild, um genau zu sein.«

Lady Matilda nickte. Die Antwort schien sie zufriedenzustellen.

Susanna hingegen fragte: »Was um Himmels willen hattest du bei dieser alten Hexe zu suchen?«

»Ist sie das?«, entgegnete er interessiert.

»Blödsinn«, brummte Matilda in ihr Porridge. »Sie ist die älteste Frau im Dorf, und die Leute kommen zu ihr, wenn sie einen Rat brauchen, das ist alles.«

»Es war Oswald, den ich bei ihr gesucht habe«, klärte Alan seine Gemahlin höflich auf.

»Einer von Alans Schützlingen«, fügte Matilda hinzu und

wies diskret mit dem Löffel auf den Jungen, der zwischen King Edmund und Luke saß und ihnen mit leuchtenden Augen etwas erzählte – zweifellos von seinem Triumph beim Mühlespiel.

Susanna verzog angewidert den Mund. »Was für ein idiotisches Pfannkuchengesicht.«

»Nicht alle Menschen können so schön sein wie du, Susanna«, bemerkte Alan und aß seelenruhig weiter. Es war weiß Gott nicht die erste abfällige Bemerkung, die er über Oswald hörte – dergleichen erschütterte ihn nicht. »Seine Erscheinung spricht vielleicht nicht für ihn, aber er hat ein Herz aus Gold.«

»Das rührt mich zu Tränen«, entfuhr es ihr.

Alan legte den Löffel in die leere Schale. Ihm war bereits aufgefallen, dass er an der hohen Tafel immer als Erster aufgegessen hatte. Was wohl daran lag, dass keiner seiner Tischgenossen je solchen Hunger gelitten hatte wie er und seine Mitgefangenen auf der Isle of Whitholm. Vielleicht würde er wieder lernen, wie ein Edelmann zu essen – langsam, genüsslich und in der Gewissheit, dass es auch morgen wieder etwas gab. Falls er sich denn entschloss, das Leben eines Edelmannes zu führen. Falls er dazu in der Lage war …

Er betrachtete seine Frau und versuchte, sich in sie hineinzuversetzen. Aber er kam nicht weit. Sie wirkte gekränkt. Das konnte er verstehen: Er hatte sie nach drei Jahren der Trennung und der Ungewissheit gestern einfach stehen lassen und war davongelaufen. Der kurze Blick, mit dem sie ihn eben gestreift hatte – bislang der einzige –, hatte ihm gezeigt, wie wütend sie war. Aber er hatte noch etwas anderes darin gelesen, das er nicht zu deuten vermochte.

Er wartete geduldig, bis die Mahlzeit vorüber war und Bruder Elias – oder möglicherweise war's Bruder John – das Dankgebet gesprochen hatte. Dann stand Alan auf und nahm Susanna behutsam beim Arm. »Komm. Ich denke, es wird Zeit, dass wir reden.«

Sie erhob sich willig, ohne das geringste Zögern, aber der anzügliche Blick, den Henry und Haimon tauschten, entging ihr so wenig wie Alan, und ihre zarten Wangen röteten sich.

Er ließ sie auf der Treppe vorausgehen, und sie öffnete die Tür zu der Kammer, die sie vermutlich als Eheleute geteilt hatten. Die erlesenen blauen Bettvorhänge waren zurückgeschoben. Der Fensterladen war weit geöffnet, sodass man den Aprilregen draußen leise rauschen hörte und die feuchte Brise hereinkam. Auf der Truhe neben der Tür entdeckte Alan das Buch, welches seine Großmutter ihm gegeben hatte.

Susanna setzte sich auf die Bettkante, ließ den Kopf hängen, und Alan sah dann und wann eine Träne in den Schoß ihres wundervollen grünen Kleides tropfen. Sein Herz sank. Er hatte jede Finesse im Umgang mit Frauen verlernt, aber er wusste eins: Tränen waren kein sehr vielversprechender Anfang. Er setzte sich ihr gegenüber auf einen der Schemel. »Was genau ist es, das dich bekümmert?«, erkundigte er sich.

Ihr Kopf fuhr hoch, und sie presste die Hand vor den Mund, um ein Schluchzen zu unterdrücken. »Das fragst du? Du kommst nach drei Jahren zurück, erkennst mich nicht und verschwindest einfach! Und das auch noch so, dass jeder es sieht! Wie steh ich denn da?«

»Also du fühlst dich bloßgestellt.«

»Wie sonst soll ich mich fühlen?«, gab sie zurück, heftig, aber wenigstens keifte sie nicht. »Und zurückgewiesen. Das hab ich nicht verdient!«

»Nein, dessen bin ich sicher. Aber du bist eine Fremde für mich, Susanna. Ich bedaure, dass das so ist, aber es gibt nichts, was ich dagegen tun könnte. Außer dich von Neuem kennenzulernen. Aber ich schätze, das wird ein bisschen Zeit erfordern.«

»Das hätte dich nicht hindern müssen, mir ein Mindestmaß an Höflichkeit zu erweisen und an meiner Seite zu bleiben.«

»Aber das ist nun einmal geschehen, und ich habe mich entschuldigt. Denkst du, du könntest aufhören, wie ein Kind über verschüttete Milch zu heulen, und mir stattdessen sagen, was ich tun soll?«

»Der Alan von früher hätte gewusst, was er tun soll!«, konterte sie wütend.

»Verstehe.« Er zögerte. Dann stellte er die Frage, auf die er unbedingt eine Antwort haben musste, auch wenn ihm ein wenig davor graute. »Hast du ihn geliebt, diesen Alan von früher? Und hat er dich geliebt?«

»Natürlich.«

»Natürlich? Wieso ist es so selbstverständlich? Waren es nicht mein Vormund und dein Vater, die unsere Heirat ausgehandelt haben?«

»Doch, sicher.«

»Und wie lange waren wir verheiratet, bevor ich verschwunden bin?«

»Ein gutes Jahr.«

Ein schrecklicher Gedanke kam ihm: »Haben wir ein Kind?«

Sie schüttelte den Kopf und kniff für einen Moment die Augen zu. »Auf Anhieb hat es nicht geklappt. Und du warst so viel weg.«

Plötzlich bedauerte er sie: eine enttäuschte, allein gelassene junge Braut. Und er hatte ein schlechtes Gewissen. »Dennoch hatten wir eine gute Ehe, würdest du sagen? Wir können uns nicht sehr gut gekannt haben, wenn wir nur ein Jahr hatten und ich oft fort war.«

»Was ist so schwierig an einer guten Ehe, wenn die Parteien zusammenpassen und sich ein bisschen Mühe geben? Du warst der höchst gerühmte Ritter der Kaiserin. Und ich hatte alles, was die Gemahlin eines solchen Mannes mitbringen sollte.«

Er nickte. Schönheit, Eleganz, perfekte Manieren und, wie ihm allmählich klar wurde, ein Spatzenhirn. Wirklich die ideale Gefährtin für den eitlen, geistlosen Heißsporn, der er offenbar gewesen war.

»Warst du glücklich?«, fragte er.

Sie nickte. »Jede Frau in England hat mich beneidet. Und jeder Mann in England hat dich beneidet.«

»Das ist keine Antwort. Warst du glücklich?«

Sie schien irritiert, als wisse sie nicht so recht, was er meinte. Aber schließlich antwortete sie: »Ja. Ich war glücklich. Und du warst es auch.« Sie lachte plötzlich. »Du meine Güte, du hast dir kaum Zeit gelassen, die Rüstung abzulegen, wenn du heimkamst. So eilig hattest du es, mich …« Sie brach ab und schaute auf das Bett hinab, auf dessen Kante sie hockte.

Alan nickte wortlos. Er konnte sich lebhaft vorstellen, was sie hier getrieben hatten. Hatte er sich wenigstens das Blut der ungezählten erschlagenen Feinde seiner Kaiserin von den Händen gewaschen, ehe er seine bildschöne, willige Frau besprang? Oder war es ihr lieber gewesen, wenn er die Beweise seiner Ruhmestaten mit ins Bett brachte? Denn es war ja nicht er gewesen, den sie geliebt hatte. Nicht Alan of Helmsby. Sondern ›Mauds schärfstes Schwert‹.

»Ich will diesen Alan zurück«, brach es aus ihr hervor. »Du siehst aus wie er, aber du bist nicht er. Ich *versteh* das einfach nicht. Wie kannst du so … verändert sein?«

Sie verstand es wirklich nicht, ging ihm auf. Sie begriff nicht, dass er sich unbeabsichtigt in einen anderen verwandelt hatte. Und noch etwas wurde ihm in diesem Moment klar: »Du schämst dich, mit mir verheiratet zu sein, nicht wahr? Ich … bin dir peinlich.«

Sie sah ihn an. »Natürlich schäme ich mich! Was sonst könnte ich tun? Du stehst vor mir und sagst, ich sei eine Fremde für dich. Du schaust mich an, als sähest du mich zum ersten Mal. Du … du bist eine Monstrosität, wie die Missgeburten, mit denen du dich neuerdings umgibst! Und du merkst es nicht einmal.«

Er war zusammengezuckt, aber er verspürte keinen Zorn, eher eine Art dumpfe Resignation. »Ich denke, es steht nicht ganz so schlimm um mich, wie du glaubst, aber in gewisser Weise hast du recht. Nur komme ich mehr und mehr zu der Erkenntnis, die Monstrosität war der, der ich einmal war. Und du hast es noch nicht einmal gemerkt, Susanna.«

Sie wandte den Kopf ab und schluchzte schon wieder. Dann sprang sie auf die Füße und lief hinaus.

Alan war erleichtert. Endlich war einmal nicht er derjenige, der die Flucht ergriffen hatte.

Westminster, April 1147

»Mein Name ist Simon de Clare, und ich bringe eine Nachricht für den König.« Er achtete darauf, mit fester Stimme zu sprechen. Und er war dankbar, dass er Alans Rat befolgt und die feinen Kleider angelegt hatte, ehe sie ankamen. Mehr noch als die Waffen gaben sie ihm Selbstvertrauen.

Die vier Soldaten am hölzernen Torhaus der königlichen Halle zu Westminster stierten die Zwillinge einen Moment mit der so typischen Mischung aus Faszination und Abscheu an, dann richteten sie die Blicke wieder auf Simon, und der Längste von ihnen, ein angelsächsischer Blondschopf, näselte höflich: »Ich muss Euch bitten, uns das Siegel zu zeigen, Simon de Clare.« Der Ärmste hatte eine schlimme Erkältung. Unter dem Nasenschutz seines matten Helms lugte ein beachtlicher geröteter Zinken hervor, von dem es tröpfelte.

Simon schüttelte den Kopf. »Es ist eine mündliche Botschaft, und ich bin nicht befugt zu sagen, von wem. Vermutlich ist es das Beste, ich spreche mit dem Offizier der Wache.«

Die Männer verständigten sich mit Blicken, dann nickte der Blondschopf. »Folgt mir. Aber die Missgeburten bleiben draußen. Das ist kein Anblick für die Königin und die edlen Damen.«

Er machte kehrt, aber Simon rührte sich nicht. »Ich gehe keinen Schritt ohne sie«, erwiderte er entschieden. »Hat nicht die Königin bei der Schlacht von London die Truppen geführt? Ich hätte nicht gedacht, dass sie so zimperlich ist.«

Der Wachsoldat war stehen geblieben und erklärte kopfschüttelnd: »Ist sie nicht.« Er zog emsig die Nase hoch und spuckte aus, aber immerhin wandte er sich vorher höflich ab. »Es ist eine Frage des Anstands«, führte er dann aus. »Morgen ist Ostern, und der König und die Königin halten hier Hof. Was glaubt Ihr eigentlich, wo Ihr hier seid?«

Beiläufig warf Simon seinen Mantel zurück über die Schulter, sodass das Heft seines Schwerts freilag. »Und was glaubst du eigentlich, wen du vor dir hast? Wenn du uns nicht einlassen willst, schlage ich vor, du holst den Offizier der Wache hierher. Wenn du nicht willst, dass wir vor deinem Tor kampieren.« Er verschränkte demonstrativ die Arme.

Dem Soldaten lag unverkennbar auf der Zunge, dass es durchaus im Rahmen seiner Befugnisse lag, Vagabunden vom Tor verjagen zu lassen, aber er nahm sich zusammen. Der Name de Clare hatte Gewicht an diesem Hof. Schniefend wandte er sich ab und verschwand im Torhaus.

»Wir können auch hier draußen warten, Simon«, murmelte Godric gedämpft.

»Ja«, stimmte sein Bruder zu. »Wir sind schließlich mitgekommen, um dir zu helfen, nicht damit man dir unseretwegen Steine in den Weg legt.«

»Kommt nicht infrage«, antwortete Simon und zeigte verstohlen mit dem Finger aufs Torhaus. »Was dahinter liegt, ist ein Wespennest. Um heil wieder herauszukommen, brauche ich Glück. Mit anderen Worten: euch.«

Wie er beabsichtigt hatte, hellten die Mienen seiner Freunde sich auf, aber die Zwillinge blieben angespannt und nervös. Ihre Augen waren rastlos und voller Argwohn. Sie hatten sich heute früh in dem Londoner Wirtshaus, wo sie über Nacht geblieben waren, sorgfältig die Bärte gestutzt, die Haare gekämmt und die nagelneuen Kittel angezogen, die Alan ihnen hatte einpacken lassen. Äußerlich wirkten sie respektabel, geradezu zivilisiert. Aber ihre Nervosität verlieh ihnen etwas unterschwellig Gefährliches, und zwei *zusammengewachsene* gefährliche Männer, stellte Simon verblüfft fest, strahlten eine tödliche Bedrohung aus. König Stephens Torwachen waren erfahrene Soldaten und hatten das sofort gespürt.

Es war ein nasskalter, ungemütlicher Vormittag. Die königliche Straße von London nach Westminster hatte mehr Ähnlichkeit mit einer Schlammsuhle als einem befahrbaren Weg gehabt, und sie hatten ihr treues Pferd bedauert, das sie tapfer, aber unverkennbar mühsam über den morastigen Untergrund gezogen hatte. Doch die drei Boten hatten nicht gewagt, vom Wagen zu steigen, weil sie fürchteten, mit den sorgsam gebürsteten Stiefeln bis zu den Knöcheln einzusinken. Der Wind fegte ungemütlich vom Fluss herüber, und so waren sie dankbar, als die Wache in Begleitung eines Normannen in einem blanken Kettenhemd zurückkam.

»Simon!«, rief der Offizier der Wache aus, als er durchs Tor trat. Lächelnd streckte er die Arme aus. »Ist das zu fassen? Was verschlägt dich hierher?«

Simon konnte sein Glück kaum fassen. »Richard!« Es war der älteste Sohn seines Onkels und zukünftige Earl of Pembroke, der sich, ganz im Gegensatz zu seinem Vater, nicht befremdet von ihm distanziert hatte, als er von Simons Fallsucht erfuhr. Sie umarmten sich, brüsk, aber herzlich.

Richard de Clare legte ihm die Hand auf die Schulter und sah ihn kopfschüttelnd an. »Wo in aller Welt hast du nur gesteckt?«

»Oh, das ist eine … lange Geschichte. Ich hatte ein paar Schwierigkeiten bei mir zu Hause. Aber das ist nicht der Grund, warum ich hergekommen bin. Hier, das sind meine englischen Gefährten, Godric und Wulfric.«

Richard zog verwundert die Brauen in die Höhe, lächelte aber und nickte den Zwillingen zu. »Kommt erst einmal raus aus diesem Sauwetter«, schlug er vor und führte sie zum Torhaus.

»Mylord, denkt Ihr wirklich, dass diese beiden Gesellen …«, begann der Blondschopf und zeigte mit dem Finger auf Wulfric und Godric.

»Oh, wen sollen sie denn stören?«, unterbrach Richard de Clare ungeduldig. »Das geht schon in Ordnung.«

»Ich meine nur, weil Ihr gesagt habt …«

»Ich weiß. Ihr habt richtig gehandelt und eure Aufgabe erfüllt, jetzt lasst mich die meine erfüllen.«

Die Wachen machten ihnen höflich Platz, offensichtlich beruhigt. Es war nicht das erste Mal, dass Simon beobachtete, welch glückliche Hand sein Vetter im Umgang mit Untergebenen hatte. Richard war nur zwei Jahre älter als Simon, doch es war kein Wunder, dass er hier schon der Offizier der Wache war.

Er führte sie in den Innenhof der großen, von Palisaden geschützten Anlage und pfiff einen Stallburschen herbei, dem er Pferd und Wagen anvertraute. Gleich gegenüber dem Torhaus lag das Hauptgebäude, die große königliche Halle, und links dahinter ragte die gewaltige steinerne Klosterkirche auf, die der heilige König Edward vor rund hundert Jahren hatte bauen lassen. Simon stockte der Atem, als er sie sah.

»Jesus«, murmelte Godric und bekreuzigte sich, genau wie sein Bruder. »Ich wusste nicht, dass es so große Kirchen gibt.«

Richard de Clare folgte ihrem Blick und nickte. »Der beste Ort, um Ostern zu begehen. Aber seid ihr nicht durch London gekommen? Habt Ihr St. Paul nicht gesehen? Sie ist größer. Höher zumindest.«

Simon schüttelte den Kopf. »Wir sind der Thames Street gefolgt. Ich habe nicht gewagt, mich vom Ufer zu entfernen, weil wir uns dann todsicher verirrt hätten. Vielleicht finden wir auf dem Rückweg ja Zeit, ein wenig mehr von der Stadt zu sehen.«

Sein Cousin führte sie nicht zur Halle, sondern in eines der zahllosen Nebengebäude. Sein Quartier?, fuhr es Simon durch den Kopf. Strohlager waren entlang der beiden Wände aufgereiht, die Wolldecken darauf ordentlich gefaltet. Ein Raum, der außer trockenen Schlafplätzen keinerlei Bequemlichkeit bot – soldatisch nüchtern. Er passte zu Richard, fand Simon.

»Also?«, fragte der ältere Cousin neugierig, nachdem er die Tür geschlossen hatte. »Was bringt dich her? Oder euch, um genauer zu sein.«

»Ich habe eine Botschaft für den König. Vom Sohn der Kaiserin.« Sie waren allein, und draußen im Hof hatte er niemanden in der Nähe des Gebäudes gesehen, trotzdem hatte er die Stimme gesenkt.

Richards hingegen klang laut und verwundert. »Henry Plantagenet?«

Simon tauschte einen verstohlenen Blick mit den Zwillingen, dann nickte er.

»Sag nicht, du weißt, wo der Bengel steckt.«

Simon hatte seinen Cousin immer gemocht, aber er kannte ihn kaum. Er wusste nicht, wie weit er ihm wirklich trauen konnte, und ging lieber kein Risiko ein. »Ich weiß, wo er war. Aber wir sind gleichzeitig von dem Ort aufgebrochen«, log er, »damit ich nichts auszuplaudern habe, verstehst du.«

Richard nickte. »Und wie bist ausgerechnet du an den Sohn der verfluchten Kaiserin geraten?«

»Durch einen Zufall.« Simon wies zu den Zwillingen hinüber. »Wir irrten mit einigen weiteren Gefährten durch die Midlands …« Er merkte kaum, dass er schon wieder gelogen hatte. Doch bis auf die Ortsangabe ihres Zusammentreffens blieb er im Großen und Ganzen bei der Wahrheit, beschränkte sich aber auf das Nötigste. »Und er hat mich gebeten, dem König eine Nachricht zu überbringen.«

»Was für eine Nachricht?«, fragte Richard. Die Geschichte schien ihn zu faszinieren.

Simon hob unbehaglich die Schultern. »Tut mir leid, Cousin. Aber ich habe geschworen, sie nur dem König selbst mitzuteilen.«

Richard grinste breit und legte ihm freundschaftlich die Hand auf die Schulter. »Das überrascht mich nicht. Also schön. Dann wollen wir mal sehen, wie zäh dieses englische Ochsengespann ist, mit dem du hergereist bist, und was es so aushält, bevor du anfängst zu reden.«

Ehe Simon noch ganz begriffen hatte, was sein Vetter sagte, hatte der einen durchdringenden Pfiff ausgestoßen. Krachend flog die Tür auf, und ein halbes Dutzend Wachsoldaten stürmte mit gezückten Waffen herein.

Simon sprang einen Schritt zurück und brachte sein Schwert noch aus der Scheide, aber irgendwer packte seinen linken Arm und drehte ihn so grausam auf den Rücken, dass Simon die Waffe aus der Rechten fiel und er die Zähne zusammenbeißen musste, um still zu bleiben. Das wäre Henry niemals passiert, dachte er wütend, und dann fragte er sich: Mit welchem geheimen Zeichen mag er die Torwache veranlasst haben, ihre Kameraden herzuschicken? Nicht dass es irgendeine Rolle spielte. Trotzdem rätselte er darüber nach.

Die Wachen hatten es schwer mit Wulfric und Godric. Keiner der wackeren Soldaten hatte Erfahrung im Kampf mit einem Gegner mit vier Armen und Beinen. Die vier Hände hielten vier Messer. Blut floss, ehe es zweien der Wachen gelang, die Zwillinge zu umrunden, sie gleichzeitig von hinten zu packen und ihnen je eine Klinge an die Kehle zu setzen.

Godric und Wulfric tauschten einen Blick. Die vier Messer fielen in exakt demselben Moment zu Boden. Nicht einmal jetzt hörte diese perfekte Koordination auf, Simon zu faszinieren.

»Na bitte«, sagte Richard de Clare zufrieden. »Das hätten wir.«

Simon wandte den Kopf. Als er seinem Cousin ins Gesicht sah, überwog sein Zorn mit einem Mal seine Furcht. Er spuckte auf den Boden zu Richards Füßen. »Du bist ein niederträchtiger Bastard wie der Hurensohn, der dich gezeugt hat.«

Richard hörte erwartungsgemäß auf zu lächeln, kam einen Schritt näher und schlug ihm die Faust in den Magen. Als Simon keuchend und mit zugekniffenen Augen am Boden lag, trat Richard noch einmal nach. Er traf genau dieselbe Stelle. »Sonst noch was?«, erkundigte er sich.

Simon hörte ihn kaum. Tränen waren ihm in die Augen geschossen, die er um keinen Preis vergießen durfte, und ihm war so übel, dass er nicht wusste, wie er verhindern sollte, dass er sich übergab und den letzten Rest seiner Würde verlor. Er entsann sich genau, wie Guy de Laigle Alan die Faust in den Magen gerammt hatte, und Alan hatte nicht einmal schwer geatmet. Wie war das möglich?, fragte sich Simon. Wie hat er das nur gemacht? Er selbst hatte das Gefühl zu ersticken. Aber seltsamerweise half ihm die Erinnerung, seine Panik niederzuringen, und siehe da, mit der kopflosen Furcht verebbte auch die Übelkeit allmählich. Er blieb noch ein paar Augenblicke lang reglos liegen, bis zumindest ein wenig Luft in seine Lungen zurückkehrte. Dann kam er auf die Füße. Nicht ganz mühelos, aber immerhin.

»Na los, worauf wartet ihr, fesselt sie«, befahl Richard den Wachen.

Zwei der Soldaten traten auf die Zwillinge zu. »Hände auf den Rücken«, schnauzte der eine.

Godric und Wulfric sahen ihn ungläubig an. »Wie stellst du dir das vor?«, erkundigte Godric sich höflich. »So etwa?«

Wieder hoben sie die Arme in exakt demselben Moment. Godric führte den linken über die rechte Schulter, Wulfric den rechten über die linke, und die Arme an der freien Seite führten sie auf den Rücken. Die Männer, die sie mit der Waffe an der Kehle bedrohten, mussten unweigerlich einen Schritt zurücktreten.

»Tut mir leid«, ächzte Wulfric. »Die Hände gehen so einfach nicht zusammen.« Sie drehten sich halb um, um Richard de Clare das Problem zu veranschaulichen. »Seht Ihr?«

Einer der Wachsoldaten biss sich auf die Lippen und wandte hastig den Kopf ab, damit der Offizier sein Grinsen nicht sah. Simon warf ihm einen argwöhnischen Blick zu. Angelsachse, vermutete er, ein paar Jahre älter als der Rest. Der Mann stand näher an der Tür als die übrigen. Als spüre er Simons Blick, sah er kurz in dessen Richtung. Es war nur ein Moment, aber Simon entdeckte Schalk in den Augen, keine Häme.

»Schluss mit dem Unsinn«, knurrte Richard de Clare. »Dann legt die Hände eben vorne zusammen! Und zwar ein bisschen plötzlich.«

Die Zwillinge führten die Hände vor den Bauch und kreuzten die Arme auf der zusammengewachsenen Seite, sodass mit einem Mal vor dem einen Schritt zwei linke Hände lagen, vor dem anderen zwei rechte.

Die Wachen mit den Stricken traten wieder näher, stutzten dann aber und verharrten unsicher. »Was zum Henker …«, murmelte der eine.

»Ist es möglich, dass ich hier alles selber machen muss?«, fragte Richard schneidend, wollte einen entschlossenen Schritt auf sie zu machen, stolperte über das Bein, das Simon ihm stellte, und schlug der Länge nach hin. Simon hörte das Klirren, mit dem die Zähne seines Cousins zusammenschlugen, bückte sich blitzschnell nach seinem Schwert und hob es auf. Er stellte Richard einen Fuß auf den Rücken und setzte die Klinge seitlich an seinen Hals. »Besser, du rührst dich nicht, Cousin.«

Richard de Clare schlug den Rat in den Wind, hob den Kopf, spuckte Blut ins Bodenstroh und sah stirnrunzelnd zu ihm hoch. »Willst du mich beleidigen und im Ernst behaupten, ich hätte Grund, mich vor dir zu fürchten? Vor *dir*? Vergiss nicht, dass ich dich gesehen habe, wie du dich mit vollen Hosen am Boden windest …«

Alle schauten wie gebannt auf ihn hinab, und die Zwillinge nutzten die Gunst des Augenblicks und packten die beiden Wachen, die sie hatten fesseln wollen. Godric streckte einen der Männer mit einem beachtlichen Fausthieb zu Boden, Wulfric trat dem anderen die Füße weg und riss ihm die Waffe aus der Hand, während er fiel. Dann machten sie einen Satz nach vorn, ehe die zwei, die hinter ihnen gestanden hatten, ihrer wieder habhaft werden konnten, schlugen einen perfekt synchronen Purzelbaum, kamen vor Richard de Clare auf den Knien aus, und Godric sagte lächelnd: »Wir werden ja sehen, wer sich hier heute die Hosen vollmacht, du Sausack.«

Während Wulfric Richard mit der erbeuteten Klinge in Schach hielt, sprang Simon auf die Füße, hob die Waffe und sah die vier Männer, die noch standen, herausfordernd an. »Liegt euch an ihm? Dann schlage ich vor, ihr tut genau, was ich sage.«

Wobei er in Wahrheit keine Ahnung hatte, was er ihnen befehlen sollte. »Bringt uns auf der Stelle zu König Stephen« schien wenig ratsam: Ein zusammengewachsenes, angelsächsisches Zwillingspaar, das gerade ein wenig zerzaust und obendrein gefährlich aussah und den Offizier der Wache mit einem gestohlenen Schwert bedrohte, und er selbst mit gezückter Klinge und grimmiger Miene? Simon hatte wenig Hoffnung, dass der König ihn unter solchen Umständen besonders wohlwollend anhören würde. Immerhin waren sie hergekommen, um ihn in Henrys Namen um eine Gunst zu bitten, die nicht wenig königliche Großmut erforderte. Und Bittstellern stand es nicht an, in bedrohlicher Pose aufzutreten. Zumal es Hochverrat war, des Königs Frieden zu brechen und mit bloßer Klinge seine Halle zu betreten.

»Also?«, höhnte sein Cousin. »Wir harren, Simon.«

Simon dachte nach. Schnell und konzentriert. Dann hieß er die Zwillinge: »Bringt ihn auf die Beine.« Und zu seinem Cousin: »Ich werde dir die Hände fesseln, Richard. Besser, du versuchst nicht, dich loszureißen oder sonst irgendetwas zu tun, um meine Pläne zu durchkreuzen, denn meine Freunde würden nicht zögern, dir die Kehle durchzuschneiden.«

»Im Gegenteil«, brummte Godric. »Es wär uns ein Vergnügen.« Vier Arme zogen Richard unsanft auf die Füße, dann fesselte ihn eins der Händepaare mit dem Strick, den Simon der Wache entrissen und einem der Zwillinge gereicht hatte, während das andere ihn weiterhin am Schopf gepackt hielt und die scharfe Klinge unter seinem Kinn angesetzt hatte. Richard blinzelte verwirrt und schluckte sichtlich. Man konnte sehen, dass ihm das einfach zu viele Hände waren, die mit solch unheimlicher Schnelligkeit und Koordination an ihm herumfuhrwerkten.

Als Godric und Wulfric mit ihrer verschnürten und zumindest momentan zahmen Geisel sicher vor der rückwärtigen Wand standen, wandte Simon sich an die Übrigen. »Setzt euch im Kreis auf den Boden, Gesichter nach außen. Nur du nicht«, wies er den an, den die Kapriolen der Zwillinge so erheitert hatten.

Die übrigen fünf setzten grimmige Mienen auf, gehorchten aber anstandslos.

»Nehmt die Gürtel ab und gebt sie mir.«

Sie wussten, was er vorhatte, fluchten vor sich hin, folgten aber wiederum und nestelten unter den Kettenhemden herum.

Simon fesselte ihnen nacheinander mit den Stoffgürteln die Hände auf dem Rücken und verknotete die losen Enden miteinander. Es würde ein Weilchen dauern, bis sie sich befreien konnten.

Als das Werk zu seiner Zufriedenheit abgeschlossen war, trat er aus ihrer Mitte, hob sein Schwert wieder aus dem Stroh auf und steckte es ein. »Kein Laut«, befahl er. »Wenn auch nur einer von euch um Hilfe ruft, werden meine Freunde de Clare die Eier abschneiden und den Schreihals damit knebeln. Glaubt mir lieber. Sie sind *wirklich* gefährlich.«

Godric und Wulfric zeigten ein so boshaftes Lächeln, dass es Simon an Regy erinnerte. Die Wachen glaubten ihm mühelos.

Richard de Clare war sehr bleich geworden. Er schloss die Augen, und seine Lippen bewegten sich im Gebet.

Simon gönnte sich einen Moment, um den Anblick seines Cousins zu genießen, dann nickte er dem letzten, nicht gefesselten Soldaten zu. »So. Und du bringst mich jetzt zu König Stephen.«

»In Ordnung«, antwortete der Angelsachse, anscheinend völlig unbeeindruckt von den Ereignissen. Er hielt Simon die Tür auf und ließ ihm höflich den Vortritt. Als sie Seite an Seite durch den Regen gingen, fragte er: »Warum ich, Mylord?«

»Weil du meine Freunde ohne Abscheu und Niedertracht angeschaut hast.«

Ein Lächeln huschte über das bärtige, nicht alte und nicht junge Gesicht. »Meine Schwestern waren genauso.«

Simon war erstaunt. »Ist das wahr? Und sind sie gestorben oder hat man sie getrennt?«

»Gestorben. Vor dreizehn Jahren. Mary starb als Erste. Da holten die Leute aus Biddenden – da leben wir, wisst Ihr –, sie holten einen gelehrten Doktor aus Canterbury, der sagte, er könne sie trennen und Eliza retten. Aber Eliza hat gesagt: ›Zusammen sind wir gekommen, und zusammen gehen wir auch wieder.‹ Eine Stunde später war sie tot.«

»Das tut mir leid«, sagte Simon.

Der Soldat nickte bedächtig. »Sie waren außergewöhnliche Menschen«, erklärte er. »Gütig. Niemals unzufrieden mit ihrem Los, man soll's nicht für möglich halten. Und mildtätig. Noch heute verteilt man in Biddenden zu Ostern jedes Jahr Brot an die Armen in ihrem Andenken.«

»Sie müssen dir fehlen.«

»Das tun sie. Und hier sind wir, Mylord.«

Sie kamen an das zweiflügelige Tor der großen Halle. Die Wachen dort ließen sie anstandslos passieren, als sie den fremden jungen Edelmann in Begleitung ihres Kameraden sahen.

In einem menschenleeren Vorraum hielten sie an.

»Ist es wirklich nur eine Botschaft, die Ihr dem König überbringen wollt?«, fragte der Wachsoldat.

Simon nickte. »Wie ist dein Name?«

»Oswin.«

»Du hast mein Wort, Oswin, sei unbesorgt.« Simon nahm Schwert und Dolch ab und reichte sie ihm – weil es sich gehörte ebenso wie um Oswin zu beruhigen. »Ich stehe treu zu König Stephen.«

Oswin stellte die Waffen in eine dafür vorgesehene Nische neben der Tür zur Haupthalle. »Dann dürften Ihr und ich hier so ungefähr die Einzigen sein, die das tun, Simon de Clare. Wartet hier.«

Helmsby, Mai 1147

Henry fintierte einen Hieb von oben und führte den Stoß dann auf Alans Arm. Sein Gegner entging ihm mühelos mit einer Vierteldrehung, aber der Junge war schnell. Die französischen Ritter applaudierten und johlten.

Die Fechtenden hatten sich in einen stillen Winkel des Burghofes zurückgezogen, denn Alan wollte kein Spektakel geben. Aber die Zuschauer hatten sich dennoch nach und nach eingefunden, erst einzeln und zu zweit, dann scharenweise. Sie bildeten einen weiträumigen Ring um die Kontrahenten, ließen ihnen reichlich Platz und kommentierten jeden Schlagabtausch mit Beifall, Buhrufen oder Ratschlägen.

»Es wird Zeit, dass du den Bengel zurechtstutzt, Alan!«, brüllte der Steward.

Alan gab ihm recht. Aber es war leichter gesagt als getan. Henry war so schnell wie ein Falke und schlüpfrig wie ein Aal. Er griff wieder an. Alan parierte den Hieb und lenkte ihn schleifend nach unten ab, ehe er selbst seine Waffe hob, die linke hinter die rechte Hand ans Heft legte und einen verschränkten Stoß führte. Bei jedem Schritt schlugen ihm die zertrümmerten Überreste seines Schilds in den Rücken, denn genau wie Henry hatte er ihn sich über die Schulter geworfen, nachdem der Schild nichts mehr taugte, um ungehindert kämpfen zu können. Aber der Gurt hielt noch, und allmählich wurde Alan kreuzlahm. Zeit, zum Ende zu kommen, befand er.

Henrys nächsten Angriff parierte er nicht mit dem Schwert, sondern riss die eigene Klinge zur Seite und packte Henrys mit der behandschuhten Linken. Damit hatte der jüngere Kämpfer nicht gerechnet, und viel mehr als ein plötzlicher Ruck war nicht nötig, um ihn ins Stolpern zu bringen. Alan ließ Henrys Schwert los, glitt seitlich um ihn herum und trat ihn in die Nieren. Henry stieß einen unartikulierten Wutschrei aus und taumelte nach vorn, schlug aber nicht hin. Verdammt, was ist mit dir, Bengel, dachte Alan ungläubig, haben deine Füße Wurzeln im Boden geschlagen? Er nutzte Henrys momentanes Ringen um Gleichgewicht. Es gab ihm alle Zeit der Welt. Dieses Mal packte er sein eigenes Schwert an der Klinge, nahe der Spitze, ließ das Heft in einem eleganten Bogen abwärtsschwingen, und es erwischte den taumelnden Gegner von hinten zwischen den Beinen.

Im letzten Moment schwächte Alan den Schlag ab, aber Henry schrie auf, während er in die Knie brach und das Schwert ihm aus den Fingern glitt. Augenblicklich nahm er sich zusammen, und der schmerzvolle Laut endete wie abgeschnitten. Dann verharrte der Besiegte reglos, stützte die Hände auf die Oberschenkel und keuchte stoßweise.

Alan, der selber ziemlich außer Atem war, trat zu ihm und klopfte ihm auf die Schulter. »Das war gut.«

Henrys Antwort war ein Fauchen. Alan hatte noch nie

gehört, wie es klang, wenn ein wütender Löwe fauchte, aber er nahm an, es war so ähnlich.

Er ließ dem Jungen Zeit, Niederlage und Schmerz zu überwinden, steckte sein Schwert in die Scheide und wandte sich an die Zuschauer. Mit einem kleinen Lächeln sagte er: »Das war's. Kein Grund, hier länger eure Zeit zu verschwenden.«

Guillaume warf ihm ein ausgefranstes, nicht sonderlich sauberes Handtuch zu.

Alan wischte sich den Schweiß vom Gesicht und tupfte das Blut von einer kleinen, oberflächlichen Wunde am Unterarm. »Danke.«

»Du warst … unglaublich, Vetter«, bekundete der Steward mit stolzgeschwellter Brust.

Ich glaube, ich war schon besser, dachte Alan kritisch. Ich bin aus der Übung. Aber er nickte Guillaume zu und war dankbar zu sehen, dass Henrys Ritter den Anfang machten, den anderen mit gutem Beispiel vorangingen und sich verdrückten. Die übrigen Zuschauer folgten ihnen nach und nach.

Haimon war der Letzte, der ging.

Als sie endlich allein waren, trat Alan wieder zu Henry, der sich immer noch nicht erkennbar gerührt hatte, und hielt ihm das Handtuch hin.

Nach einem Moment nahm sein junger Gast es mit der Linken, ohne zu ihm aufzuschauen, fuhr sich ebenfalls übers Gesicht und seine Blessuren und hing sich das Tuch dann achtlos um den Hals.

»Was hab ich falsch gemacht?«, fragte er. Es klang erschüttert.

»Ich rede mit dir, wenn du aufstehst«, gab Alan schroff zurück. »Vorher nicht.«

Henry kam ein wenig schwankend auf die Füße und fuhr zu ihm herum. »Also?« Er biss immer noch die Zähne zusammen, und er war bleich. Zorn, Erschöpfung und Schmerz rangen in seinem Gesicht um die Oberhand, und Alan war nicht überrascht, als der Zorn siegte. »Dein letzter Streich war *feige*!«

Alan schüttelte langsam den Kopf. »Du hast zugelassen, dass

ich hinter dich kam, und warst für diesen Angriff offen. Es war nicht feige, sondern folgerichtig, ihn zu führen. Du hast nichts falsch gemacht, Henry. Du hast einfach weniger Erfahrung als ich. Du denkst an dein Schwert lediglich als Klinge, als Hieb- und Stichwaffe. Aber damit beschränkst du deine Möglichkeiten, denn das *ganze* Schwert ist deine Waffe, auch das Heft. Das Geheimnis zu überleben besteht darin, niemals, *niemals* eine Chance ungenutzt zu lassen, die sich dir bietet.« Er verstummte abrupt. Der letzte Satz stammte nicht von ihm, ahnte er. Irgendwer hatte ihm das irgendwann eingeschärft. In einem anderen Leben, so kam es ihm vor …

»Wieso hast du dich so lange davor gedrückt, gegen mich anzutreten?«, verlangte Henry zu wissen. »Wenn du doch wusstest, dass ich dich nicht schlagen kann?«

»Ich wusste nichts dergleichen. Du bist ein sehr gefährlicher Gegner. Ich würde dir nur höchst ungern auf einem Schlachtfeld gegenüberstehen. Aber du bist noch jung. Deine Kräfte sind noch nicht voll entwickelt. Gegen Ende wurdest du müde und darum unachtsam. Es mangelt dir an Ausdauer.«

Henry kämpfte sich aus dem Haltegurt seines Schilds und warf die zersplitterten Überreste wütend ins Gras. »Du hast meine Frage nicht beantwortet. Warum hast du gezögert?«

Alan wischte versonnen mit der Linken über die Wunde, die immer noch blutete. Weil es ihn erschütterte, sich in eine perfekte Kriegsmaschine zu verwandeln? Nein, erkannte er, das war es nicht. »Ich glaube, ich bin einfach kein Freund von Übungskämpfen«, antwortete er schließlich. »Natürlich sind sie notwendig, damit man geschmeidig bleibt und die Fertigkeiten und Handgriffe vervollkommnet, aber irgendwie sind sie auch unnütz. Geradezu lächerlich. Wenn man ein Schwert in die Hand nimmt, dann, um seinen Gegner zu töten, Henry. Nimmt man es in der Absicht in die Hand, ihn nur ja nicht ernstlich zu verletzen, wird der Kampf zur Farce. Das war im Übrigen der zweite Grund, warum du unterlegen bist: Deine Sorge, mich am Kopf zu treffen, war so groß, dass du fast nur auf meine untere Blöße gegangen bist.«

»Und damit Chancen ungenutzt gelassen habe, die sich mir boten?« Wenigstens der Schatten des unbekümmerten Lächelns stellte sich ein.

Alan nickte. »Wäre der Kampf ernst gewesen und ich dein Feind, hättest du mich vielleicht getötet. Das werden wir nie wissen. Darum sage ich, Übungskämpfe sind unnütz. Man kennt sich selbst und seine Fähigkeiten nachher nie wirklich besser als vorher.«

Henry bückte sich nach seinem Schwert und steckte es ein. »Das nächste Mal setzen wir Helme auf«, verkündete er.

»Es wird kein nächstes Mal geben«, entgegnete Alan, während sie Seite an Seite Richtung Zugbrücke zurückschlenderten.

»Oh, komm schon, warum denn nicht?«

»Ich dachte, das hätte ich dir eben dargelegt.«

»Das war ein Haufen Kuhscheiße, Cousin.«

»Nun, wie dem auch sei. Ich stehe leider nicht mehr zu deiner Verfügung. Du hasst es, zu verlieren, und falls du wider alle Wahrscheinlichkeit König von England werden solltest, wäre es sicher unklug, wenn ich mir dein Missfallen zuzöge.«

Henry schnaubte belustigt. »Es stimmt. Bei den Augen Gottes, ich hasse es, zu verlieren. Aber wenn ich König von England werde, kann ich dir befehlen, gegen mich anzutreten, und du wirst es tun oder ins Exil gehen müssen.«

»Ich habe noch Ländereien in Lisieux …«

»Mein Vater hat die Normandie erobert, Alan«, rief Henry ihm in Erinnerung. »Sie wird mir also auch gehören. Das *ganze* anglo-normannische Reich, das unser fürchterlicher Urgroßvater errichtet hat, wird mir gehören. Du wirst also weit fliehen müssen, um meinem Zorn zu entrinnen.«

»Wenn mir gar nichts anderes übrig bleibt, kann ich immer noch in die Fußstapfen meines Großvaters treten und in den Heiligen Krieg ziehen.«

Henry lachte in sich hinein. »Dann geh doch mit König Louis, diesem hoffnungslosen Trottel, und seiner verruchten Gemahlin Aliénor. Ich schätze, wenn sie mit dir fertig wäre, kämst du bedingungslos nach England zurückgekrochen.«

Alan stellte zufrieden fest, dass der junge Mann seinen Groll über die öffentliche Niederlage rasch überwunden hatte. »Danke«, erwiderte er trocken. »Aber meine Gemahlin reicht mir.«

Es war ein herrlicher Frühsommertag, und ein tiefblauer Himmel wölbte sich über dem weiten Flachland von East Anglia. Alan war unbehelligt in seine Kammer zurückgelangt, stand am offenen Fenster und schaute auf die bestellten Felder und die blühenden Wiesen hinab, die seine Burg und das Dorf umgaben. Es war ein schönes, fruchtbares Land. Es hätte ihm leichterfallen sollen, es zu lieben, aber in dieser Hinsicht hatte er noch keinerlei Fortschritte gemacht.

Seit gut zwei Wochen waren er und seine Gefährten jetzt in Helmsby, und er hatte sich daran gewöhnt, die feinen Kleider zu tragen, gut zu essen und in einem himmlisch weichen Bett mit Federkissen zu schlafen. Und er hatte die Machtposition, in welcher er sich hier so unverhofft gefunden hatte, genutzt, um zwei Dinge zu tun: Er hatte Gunnild im Dorf eine neue, größere Kate bauen lassen, wo sie nun mit Oswald wohnte. Der Junge ging zur Arbeit in die Mühle, und die Mehrzahl der Menschen von Helmsby nahm seine Anwesenheit in ihrer Mitte bereitwillig hin, denn sie hatten Gorm gekannt und störten sich nicht an Oswalds Eigenarten. Oswald hatte Alan vor einigen Tagen gefragt, ob Helmsby das Paradies sei, und wenn ja, warum Gott und Jesus Christus dann nicht oben in der Burg wohnten. Zufrieden hatte Alan geschlossen, dass er das Richtige für den Jungen getan hatte. Aber Gunnild war alt und würde nicht ewig leben. Und nicht alle Dorfbewohner waren Oswald freundlich gesinnt. Alan nahm an, sie duldeten den Jungen zähneknirschend, weil sie sich vor seinem – Alans – Zorn fürchteten.

Seine zweite Entscheidung, die weitaus umstrittener war, hatte darin bestanden, King Edmund das Haus und in gewisser Weise auch das Amt des Dorfpfarrers zu übertragen. Vater Edwin, der langjährige Hirte von Helmsby, war im vergangenen Jahr gestorben. Bruder Elias, einer der drei Mönche aus Ely, war Priester und hatte das Amt darum versehen können. Doch Bruder Elias war ein normannischer Edelmann; er hatte weit mehr für Alans Tafel und Weinkeller übrig als für die Bauern von Helmsby, und er besaß auch nicht ihr Vertrauen. Ganz anders als King Edmund, den die Bauern zutiefst verehrten. Sie füllten die wundervolle Kirche, wenn er die Messe hielt, und glänzten durch Abwesenheit, wenn Bruder Elias es tat. So führten die beiden Gottesmänner einen stillen Stellungskrieg, der die Bauern und Alan amüsierte und alle anderen Burgbewohner erzürnte. Nicht nur Haimon hatte offen an Alans Verstand gezweifelt. Aber Alans höflichen Ratschlag, er könne ja nach Hause reiten, wenn ihm hier irgendetwas nicht gefalle, hatte Haimon leider nicht befolgt …

Luke wohnte mit King Edmund zusammen im Dorf. Er hatte begonnen, Bier nach dem Rezept der Mönche von St. Pancras zu brauen, und ganz Helmsby wartete voller Spannung auf die Reife der ersten Fässer. Hin und wieder half er auf den Feldern seines Nachbarn aus, der ein Neffe oder Enkel oder Ähnliches von Gunnild war und dessen Tochter den beiden Gefährten fürsorglich das Haus führte. Für den Moment schien das Arrangement praktikabel. Aber was passieren würde, wenn King Edmund zum ersten Mal über einen armen Sünder herfiel, der in seiner Hörweite fluchte, oder wenn die Dörfler erlebten, dass Luke wimmernd und heulend in einer Ecke hockte und von einer Schlange in seinem Bauch faselte, das wusste Alan beim besten Willen nicht.

Noch ratloser machte ihn die heikle Frage, was aus Regy werden sollte. Alan war nicht mehr bei ihm gewesen, seit er ihn am Tag vor Simons, Godrics und Wulfrics Aufbruch um Rat gebeten hatte. Und er war alles andere als überrascht, als Guillaume zu ihm gekommen war und gesagt hatte, dass die Wachen anfingen, sich über Regy zu beklagen, und murrten, wenn sie ihm das Essen bringen sollten. Dann zahl ihnen mehr Sold oder sag ihnen, sie sollen ihm die Kehle durchschneiden – mir ist es gleich, hatte Alan erwidert. Guillaume hatte Ersteres gewählt, aber höchst unwillig, und es hatte sie einer Lösung des Problems keinen Schritt näher gebracht.

Dennoch konnte man wohl sagen, Oswald, King Edmund, Luke und in gewisser Weise sogar Regy kamen in Helmsby zurecht.

Alan selbst tat sich schwerer. Er war rastlos. Seine Schlaflosigkeit hatte sich verschlimmert, und er fühlte sich auf seiner Burg eingesperrt. Unter den einfachen Menschen im Dorf kam er sich freier und weniger argwöhnisch beäugt vor, darum floh er immer häufiger dorthin. Das schmeichelte den Bauern, die sich hinter seinem Rücken – aber nicht ohne sein Wissen – zuraunten, der neue Alan sei zwar ein bisschen sonderbar, aber besser als der alte. Und es entzückte den Steward, der Alans häufige Ausflüge ins Dorf nutzte, um sich ihm ungebeten anzuschließen und ihn mit den Gegebenheiten der Pachtverhältnisse und den vielfältigen Problemen des Gutsbetriebs vertraut zu machen. Alan ließ Guillaume gewähren, denn ihm war alles recht, was ihn davor bewahrte, sich mit sich selbst, seiner verlorenen Vergangenheit, seiner Großmutter oder – schlimmster aller Schrecken – seiner Frau befassen zu müssen.

Abends trank er mit Henry und dessen Rittern. Er fand nach wie vor großen Gefallen an seinem jungen Cousin und genoss dessen anspruchslose Gesellschaft, aber er tat es vor allem, um eine Entschuldigung zu haben, in der Halle zu bleiben, statt Susanna in ihrer Schlafkammer zu besuchen. Die Scham darüber versuchte er Abend für Abend im Wein zu ertränken, was er jeden Morgen bitter bereute. Er stand immer später auf, um das Frühstück zu versäumen und seinen Kater zu pflegen. Er ging nicht mehr zur Beichte und nur unregelmäßig zur Messe. Er wusste, so konnte es nicht weitergehen. Er war auf dem besten Wege zu verlottern. Ein Trunkenbold zu werden. Doch was er nicht wusste, war, was er stattdessen tun sollte.

Er kehrte dem Fenster den Rücken. Sein Arm blutete hartnäckig weiter. Alan ließ den hochklassigen Kampf mit einem Lächeln Revue passieren, schenkte Wasser aus einer bereitstehenden Kanne auf der Truhe in die Waschschüssel und wusch das Blut ab. Dann verband er die Wunde mit dem feuchten Tuch, damit er seinen feinen Bliaut nicht vollblutete und sich Emmas Zorn zuzog.

Sein Blick fiel auf die Laute. Er hatte sie seit mindestens einer Woche nicht zur Hand genommen, dabei hatte es ihm anfangs solche Freude bereitet, darauf zu spielen. Unschlüssig betrachtete er das Instrument. Als er es ergriff, tat er es vor allem, um sich zu beweisen, dass er es wagte.

Er setzte sich auf den Schemel am Fenster, beugte den Kopf über den Korpus und stimmte die Saiten. Dann begann er zu spielen, ohne sich Zeit zum Nachdenken zu lassen, überließ die Entscheidung seinen Fingern. Eine Ballade über einen Kreuzfahrer und seinen Schmerz über die Trennung von seiner Liebsten kam dabei heraus. Alan spielte mit konzentrierter Miene und summte die Melodie selbstvergessen mit. Es waren komplizierte Griffe und Läufe, und seine Finger hatten die nötige Geschmeidigkeit noch nicht wieder erlernt. Aber er war zufrieden. Als Nächstes wagte er etwas Schwierigeres, ein ziemlich burleskes Lied über einen alten Edelmann mit einer blutjungen Braut und einem lüsternen Knecht. Die beschwingte Melodie erforderte größere Schnelligkeit, und nach acht oder neun Takten erlitt er Schiffbruch. Seine Finger stockten, und er wusste nicht weiter. Kopfschüttelnd begann er noch einmal von vorn, doch er strauchelte an der gleichen Stelle. Alan schnalzte ungeduldig, begann erneut. Er spielte schneller in der unsinnigen Hoffnung, seine Finger würden einfach über die Gefahrenstelle hinwegfliegen, aber es nützte nichts. Die ersten neun Takte spielte er mit traumwandlerischer Sicherheit, und danach war Schluss, der weitere Verlauf des Liedes war wie aus seinem Gedächtnis getilgt. Alan fluchte. Als er zum vierten Mal ansetzte, wusste er schon, dass er scheitern würde. Und genau so kam es auch.

Er stand auf und ließ das Instrument sinken. Einen Moment stand er reglos neben dem Tisch, die Finger der Rechten locker um den Hals der Laute geschlossen. Dann schwang er das Instrument in einem weiten, beinah gemächlichen Bogen und zertrümmerte die Laute auf der Tischkante.

Die Saiten gaben wie zum Protest einen lauten Missklang von sich, und das Splittern von Holz war ein satter Laut der Zerstörung, der ihm für einen Moment Erleichterung verschaffte.

Vergleichsweise gedämpft klang der Schrei von der Tür.

Alan wandte ohne Eile den Kopf.

Seine Großmutter hatte die Hände vor Mund und Nase gelegt. Ihre Augen waren weit aufgerissen. Sie sah genauso aus wie in dem Moment, als er heimgekommen war und sie ihn erkannt hatte. »Diese Laute hat meinem Vater gehört«, hörte er sie sagen, die Stimme von ihren Händen gedämpft. »Wulfnoth Godwinson hatte sie ihm geschenkt.«

Alan sah nicht hinab, doch spürte er das zerbrochene Instrument in seiner Rechten, fühlte den Korpus an den Saiten pendeln, die jetzt das Einzige waren, was Schallkörper und Hals verband. »Vielleicht war es unklug, mir etwas anzuvertrauen, dessen Wert in seiner Geschichte liegt«, sagte er leise. »Denn ich fürchte, ich beginne alle Dinge und alle Menschen zu hassen, die eine besitzen.«

Lady Matilda ließ die Hände sinken, trat ein und schloss die Tür. Er wusste, sie war erschüttert über den Verlust der Laute, aber wie immer beherrschte sie sich meisterlich. »Ich denke, es wird Zeit, dass wir uns auf die Suche nach der deinen machen, mein Junge.«

»Das ist zwecklos. Mir zu sagen, wer ich bin, wer meine Ahnen sind und was ihre Taten waren, bringt mir mein Selbst nicht zurück.«

»Du hast es noch gar nicht wirklich versucht, scheint mir, und ich habe nichts unternommen, um dir zu helfen. Ich dachte, wenn du deine gewohnte Umgebung und vertraute Menschen um dich hast, kommt irgendwann alles von allein zurück. Darum habe ich zugelassen, dass Guillaume dir ständig nachstellt. Dass Haimon hierbleibt. Und Susanna, natürlich. Sie schien mit die Wichtigste zu sein.«

»Obwohl du sie so leidenschaftlich verabscheust?«

»Sagt wer?«, fragte Matilda entrüstet.

»Dein Gesicht, wenn du sie anschaust.«

»Wenn es so ist, dann bin ich im Unrecht. Sie ist – auf ihre Weise – eine gute Frau. Und du warst geradezu besessen von ihr.«

Er presste die Lippen zusammen. Dann atmete er tief durch und legte die Laute behutsam auf dem Tisch ab. »Bei allem Respekt, Großmutter, aber ich bin es satt, mir anzuhören, wie ich früher war. Ihr alle tut so, als sei der Mann, der ich heute bin, eine Art Irrtum. Ein *peinlicher* Irrtum, würden Haimon und Susanna vermutlich sagen. Und als müsse ich mir nur mehr Mühe geben, um den Irrtum zu korrigieren. Aber es nützt nichts. Verstehst du? Ich gebe mir Mühe. Ich tue nichts anderes, als zu versuchen, mich zu erinnern, Tag und Nacht. Vor allem nachts. *Aber es nützt nichts!*«

Er wandte ihr den Rücken zu, stierte aus dem Fenster, rang um Fassung und wartete darauf, sie sagen zu hören, dass er vielleicht mehr Erfolg mit seinen nächtlichen Bemühungen hätte, wenn er sich nicht jeden Abend vollaufen ließe.

Was sie stattdessen sagte, traf ihn unvorbereitet: »Du warst noch nicht am Grab deiner Mutter.«

»Woher weißt du das?«

Sie kam näher und setzte sich auf einen der Schemel. »Dein King Edmund hat es mir erzählt. Er wohnt ja mehr oder minder in der Kirche, und ihm entgeht nichts, was dort oder auf dem Friedhof vor sich geht.«

»Er ist nicht *mein* King Edmund.« Und ich werde ihm die Zähne einschlagen, dachte er wütend. Was fällt ihm ein, hinter meinem Rücken mit ihr zu reden?

»Aber es stimmt?«

»Ja.« Alan wandte sich vom Fenster ab, lehnte sich an die Wand daneben und verschränkte die Arme vor der Brust. »Es stimmt.«

»Warum nicht?«

Er antwortete nicht sofort. Stattdessen studierte er seine Großmutter und versuchte, den Ausdruck der strahlend blauen Augen in diesem alten Gesicht zu deuten. Das war nicht einfach.

Matilda achtete immer sorgsam darauf, eine gewisse Distanz zu ihm zu wahren. Zu diesem Fremden, der er geworden war. Darum war ihr Blick nie unmaskiert. Aber er zweifelte nicht an ihrem Wohlwollen. Dies war immerhin die Frau, die Mutterstelle an ihm vertreten hatte. Dass er es nicht mehr wusste, machte es nicht weniger wahr. Das Mindeste, was sie verdient hatte, war Aufrichtigkeit. »Weil ich mich vor ihr schäme«, antwortete er. Es kostete ihn Mühe, das einzugestehen. »So wie vor dir, nur noch schlimmer. Meine Mutter ist gestorben, um mir das Leben zu schenken, und ich war so unachtsam, den entscheidenden Teil dieses Lebens zu verlieren. Darum wage ich mich nicht hin.«

Matilda schüttelte mit einem kleinen Lächeln den Kopf. »Vielleicht wirkt sie ein Wunder, wenn du hingehst, und gibt dir dein Gedächtnis zurück. Das sähe ihr ähnlich.«

Der Frau, die seine Mutter in seiner Vorstellung war, sah es nicht ähnlich. Wenn er an sie dachte, sah er ein blutjunges Mädchen, allein, verängstigt und hochschwanger an einem einsamen, dunklen Ort. Eine Gestrauchelte, die einen hohen Preis für ihre Sünden zahlen musste. Ein Blatt im Wind. Keine machtvolle überirdische Instanz. »Ich fürchte, ich kann an ein solches Wunder nicht glauben, Großmutter.«

»Eigenartig. Wie würdest du das nennen, was dich auf deiner Irrfahrt durch dieses weite Land ausgerechnet nach Helmsby geführt hat?«

Er war nicht sicher. Aber er hielt es zumindest nicht für völlig ausgeschlossen, dass King Edmund und die göttliche Führung, die er für sich in Anspruch nahm, etwas damit zu tun hatten. »Was immer es war, derzeit bin ich mir keineswegs sicher, ob es so ein großer Glückfall war. Weder für Helmsby noch für mich.«

»Nein, ich weiß«, gab sie zurück. »Aber es ist, wie es ist. Und es wird Zeit, dass du damit aufhörst, dich zu bemitleiden, und dein Leben endlich in die Hand nimmst. Es gibt wichtige Dinge zu tun.«

»Tu du sie«, entgegnete er kühl. »Helmsby hat drei Jahre gut auf mich verzichten können, es wird wohl noch ein Weilchen länger gehen.«

»Es hat *nicht* gut auf dich verzichten können«, widersprach sie ärgerlich. »Und wenn du dir die Mühe machen würdest, einmal genau hinzuschauen, würdest du das sehen. Du machst den Bauern weis, du seiest ihr Freund und zögest ihre Gesellschaft vor, aber du bist noch keinmal nach Metcombe geritten. Dort leben fast doppelt so viele Menschen wie in Helmsby. Sie alle sind deine Pächter und Hörigen, und sie hatten einen furchtbaren Winter. Sie brauchen deine Hilfe. Noch schlimmer steht es in Blackmore. Seit jeher war es der Zankapfel zwischen Helmsby und Fenwick. Haimon hat deine Abwesenheit ausgenutzt, um es sich unter den Nagel zu reißen. Er drangsaliert die Bauern dort, weil sie dir gegenüber loyal sind und ihm nur unwillig Pacht zahlen. Du musst ihm Einhalt gebieten, Alan! Wenn du ihn in Blackmore gewähren lässt, wird er die Hand nach Helmsby ausstrecken, denn das ist es, was er eigentlich will.«

Er hob abwehrend die Hände. »Ja, ich weiß. Das Problem ist nur dies, Großmutter: Seine Mutter war die ältere Schwester meiner Mutter. Er ist ein ehelicher Sohn, ich bin ein Bastard. Haimon mag kein besonders netter Kerl sein, aber er hat nun einmal recht. Helmsby *sollte* ihm gehören, nicht mir. Doch du hast deinen König umgarnt und dafür gesorgt, dass ich es bekam, weil du meine Mutter mehr geliebt hast als Haimons Mutter. Völlig willkürlich. Und das war unrecht.«

Matilda erhob sich ohne Hast. »Ich denke, für heute habe ich genug gehört.« Da war es wieder: Stahl auf Eis. Alan ahnte, dass sie noch nicht fertig war, und wappnete sich. »Ich bin keine geduldige Frau, Alan, aber ich hatte Geduld mit dir. Ich könnte dir den Hals umdrehen wegen der Laute meines Vaters, aber ich habe es hingenommen. Ich habe dir Zeit gelassen, dich einzugewöhnen, Helmsby neu kennenzulernen und wieder in deine Aufgaben hineinzuwachsen. Aber du tust *nichts*, um es auch nur zu versuchen. Selbst das habe ich hingenommen. Doch die Überheblichkeit, mit der du mir unterstellst, ein Unrecht begangen zu haben, wo du in Wirklichkeit nur zu bequem und zu *feige* bist, dich Haimon, deiner Vergangenheit und deiner Verantwortung zu stellen, bin ich nicht bereit hinzunehmen.«

Alan spürte sein Gesicht kalt werden vor Zorn, aber er gestattete sich nicht, ihren Köder zu schlucken. Er wusste, sie hatte ihn aus Berechnung einen Feigling genannt. Ein Wort wie ein Nadelstich. Damit er aufschreckte und irgendetwas tat, um ihr das Gegenteil zu beweisen. Und zwar das tat, was sie wollte …

»Und das bedeutet?«, erkundigte er sich mit eisiger Höflichkeit.

Vorsichtig, geradezu liebevoll hob sie die Bruchstücke der Laute auf und trug sie hinaus, ohne ihren Enkel auch nur noch eines Blickes zu würdigen.

»Verstehe«, sagte Alan zu der geschlossenen Tür. Dann wandte er den Kopf und sah wieder aus dem Fenster. »Verdammt, Simon de Clare. Wo bleibst du nur?«

In der Nacht schlug das Wetter um, und zwei Tage lang regnete es ohne Unterlass. Ein nasskalter Wind fegte über die Fens und die Wälder von East Anglia; es donnerte, hagelte und schneite sogar, sodass die Menschen sich in den Häusern verkrochen und der sonnige Frühsommer, den sie genossen hatten, zu einer unwirklichen Erinnerung verblasste. Die Bauern sorgten sich um die Saat auf den Feldern. Haimon, Susanna, Henry und seine Ritter waren enttäuscht, weil sie ihre geplante Falkenjagd hatten absagen müssen.

Alan war es recht. Er hatte seine Falknerei besucht und festgestellt, dass er zwei hervorragende Beizvögel besaß, aber der Gedanke an die Jagd hatte ihn beunruhigt. Er wusste nicht, wieso. Er nahm an, früher hatte er keine Gelegenheit zu jagen ausgelassen, denn es war nun einmal der liebste Zeitvertreib aller Edelleute – Bereicherung ihrer Tafel ebenso wie Ausdruck ihrer privilegierten Stellung –, aber der Gedanke an das rituelle Blutvergießen hatte ihn abgestoßen.

Er nutzte das scheußliche Wetter, um sich endlich dem Buch zu widmen, das seine Großmutter ihm am Tag nach seiner Ankunft hier gegeben hatte. *Lies es, und du wirst verstehen, wer du bist …*

Also hatte er beschlossen, es zu versuchen. Er wusste, es würde keine Erleuchtung auslösen, aber er war dankbar für alles, was ihn von seinen endlos kreisenden Gedanken ablenkte. Er schlug es willkürlich auf und las: … *sich mit dem Papst geeinigt hatte, kehrte König Henry im Sommer 1106 in die Normandie zurück. Er belagerte die Burg von Tinchebray, und als sein Bruder, Herzog Robert von der Normandie, mit seiner Armee dorthin kam, um die Belagerung aufzuheben, kam es zur Schlacht. Dort fiel Ælfric of Helmsby im Kampf für seinen König, als Herzog Robert bereits gefangen und die Schlacht fast vorüber war. So ging der Letzte der großen angelsächsischen Krieger dahin. Sein Bruder Wulfnoth brachte den Sarg heim, ritt weiter nach Ely und wurde Mönch, wie er es schon viel früher hätte tun sollen, denn das war seine Bestimmung …*

Es war ein seltsames Buch, stellte Alan fest. Eine Geschichte der Ereignisse in England vor und nach der Eroberung, wie der Titel versprach, aber manchmal auch eine Geschichte derer von Helmsby, und der Verfasser hatte mit seiner persönlichen Meinung nicht gegeizt. So war beispielsweise zu erfahren, dass er einen gewissen einarmigen Lucien de Ponthieu nicht sonderlich gemocht hatte, doch an der Stelle, wo er begann, die Missetaten dieses Lucien aufzuzählen, hatte jemand die Tinte abgeschmirgelt, wahrscheinlich mit einem Bimsstein. Haimon, vermutete Alan, denn dieser einarmige Lucien musste dessen Urgroßvater oder so etwas Ähnliches gewesen sein. Alan fuhr mit dem Finger über das Pergament und spürte, wie aufgeraut es war.

Nun, ihm war es gleich; all diese Gestalten aus der Vergangenheit interessierten ihn nicht besonders, selbst wenn sie seine Ahnen sein mochten.

Er blätterte weiter, bis er zum Jahr seiner Geburt kam. Die Handschrift hatte sich geändert. Einige Seiten zurück fand er den Eintrag, dass der Chronist, Leif Guthrumson, gestorben sei und sein Sohn Agmund die Geschichte nun fortführen wolle.

Und mit dem Untergang kam großes Leid über den König und das ganze Land, denn nicht nur sein Erbe und sein Bastard Richard und seine Tochter ertranken, sondern auch die ganzen Würdenträger des prinzlichen Haushalts und seine Ritter, sodass es keine edle Familie im Lande gab, die keinen Verlust zu beklagen hatte. Und das Meer gab seine Toten nicht preis. Keiner der Verlorenen konnte beerdigt werden.

In derselben Nacht gebar Adelisa of Helmsby einen Bastard und starb. Ihre Schwester Eloise, deren Gemahl mit dem White Ship *untergegangen war, kam mit ihrem Sohn Haimon nach Helmsby, da dieser nun der Erbe war, und brachte den Bastard heimlich zu armen Torfstechern in den Fens. Doch da kam der König im Zorn über sie, denn das Waisenknäblein war sein Enkel, und er ließ sie in eine seiner Festungen sperren, bis sie das Versteck des Bastards preisgäbe. Drei Monate hielt sie aus, denn sie war ein halsstarriges Weib, und sie hoffte, der Bastard werde sterben. Doch Gott strafte sie für ihre Auflehnung gegen den König und holte zwei ihrer Kinder zu sich, während sie in Festungshaft war. Da zerbrach ihr Widerstand. Der König gab Helmsby seinem kleinen Bastardenkel zu Lehen und verheiratete Eloise mit einem Bretonen, den nicht einmal sie verdient hatte …*

»Jesus«, stieß Alan angewidert hervor. »Die pikanten Details hast du mir verschwiegen, Großmutter.«

Vielleicht lag es daran, dass Alan of Helmsby ein Fremder für ihn war, jedenfalls bedauerte er seine unglückliche Tante. Langsam bekam er eine Ahnung davon, welches Ausmaß diese Schiffskatastrophe für die Betroffenen gehabt haben musste. Sowohl für seine Großmutter als auch für den König und diese Eloise war in jener Nacht die ganze Welt zerbrochen. Söhne, Töchter, Ehemänner, Geschwister – tot, einfach so, verschlungen von der See. Wo doch gerade der Krieg vorüber war und alle Pläne für eine bessere Zukunft schmiedeten. Und wie unbarmherzig diese Menschen einander für ihren Schmerz hatten büßen lassen. Es war wohl kein Wunder, dass sie gnadenlos gewesen waren. Gewiss, es war nicht besonders nett von seiner Tante gewesen, ihn ausgerechnet zu armen Torfstechern zu bringen, wo seine Überlebenschancen gering gewesen waren. Aber sie hatte teuer bezahlt. Zwei Kinder verloren und Helmsby obendrein und einen Wüterich zum Gemahl bekommen. Und seine Großmutter – ihre *Mutter,* Herrgott noch mal – hatte offenbar keinen Finger gerührt, um ihr zu helfen.

Und Haimon? Alan wusste, sein Cousin war keine zwei Jahre älter als er. Noch nicht aus den Windeln, hatte Haimon schon für die Sünden seiner Mutter büßen müssen, seine Geschwister und die Gunst des Königs verloren und einen vermutlich fürchterlichen Stiefvater bekommen.

Obwohl das Bild, welches allmählich entstand, immer noch große weiße Flecken aufwies, spürte Alan doch, dass diese längst vergangenen Ereignisse ihn und alle anderen genau hierhin geführt hatten, wo sie heute standen. Es war, als sinke das *White Ship* immer noch.

Langsam klappte er das schwere Buch zu. Er fühlte sich bedrückt und gleichzeitig seltsam matt. So viel Elend. So viel Schmerz. Und er war unfähig, die Wunden zu heilen, die immer noch klafften, weil er sich nicht erinnern konnte. Er wusste nicht einmal, ob Haimons Mutter, die unglückliche Eloise, noch lebte.

In der vagen Absicht, seinen Cousin ausfindig zu machen und ihn zu fragen, stand er auf und verließ sein Gemach. Auf dem Flur zog es fürchterlich; die Fackeln fauchten und rußten, und sein Schatten an der Wand war mal der eines Gnoms, dann der eines buckligen Riesen. Alan stieg die Treppe hinab und schaute sich in der Halle um. Die Frauen saßen beieinander, putzten Gemüse oder spannen, ein paar dienstfreie Wachen hockten über einem späten Frühstück aus Brot, Räucherhering und Bier, und zwei von Henrys Rittern maßen sich im Armdrücken.

Alan hielt bei ihnen an. »Wisst ihr zufällig, wo Haimon steckt?«

»Er begleitet Eure Großmutter in die Kirche, Monseigneur«, antwortete einer höflich. Sie waren immer ausnehmend höflich zu Alan, was ihn argwöhnen ließ, dass sie ihn in Wahrheit belächelten.

»Danke.«

Er verließ die Halle, obwohl er nicht die Absicht hatte, Haimon und Lady Matilda zu folgen. Es hatte unbestreitbar seine Vorzüge, dass seine Großmutter derzeit kein Wort mit ihm sprach, aber das machte es ziemlich unsinnig, ihre Gesellschaft zu suchen. Unschlüssig verließ er das Gebäude und stieg die steinerne Treppe hinab. Der Regen hatte ein wenig nachgelassen. Ein ungemütlicher Wind fegte jedoch immer noch über den Burghof, und es war viel zu kalt für Mai. Alan fand die frische Luft indes wohltuend. Er nickte der Torwache zu, schlenderte den überdachten Gang zum Burghof hinab und weiter Richtung Pferdestall. Er hatte keine Ahnung, warum er nach rechts abbog und die Scheune betrat. Er hatte dort nichts verloren, kein Interesse daran, zu überprüfen, ob das frisch gedeckte Dach dicht oder genug Platz fürs neue Heu geschaffen worden war. Es war eben einfach die Scheune, zu der seine Füße ihn trugen. Doch als er eintrat, bereute er bitter, dass er nicht vorbeigegangen war.

Seine Frau lag im Heu wie die fleischgewordene lasterhafte Schäferstochter, von der so viele Lieder schwärmten: die wundervolle weißblonde Haarpracht aufgelöst, das Kleid aufgeschnürt, die Brüste entblößt, die Röcke gerafft. Und zwischen ihren angewinkelten Knien lag Henry Plantagenet und … rammelte.

Sie hatten es nicht sehr weit ins Innere der Scheune geschafft. Vermutlich war die Leiter zum Heuboden ihr Ziel gewesen, aber ihre Lust hatte sie übermannt, ehe sie sie erreichten. Was soll's, hatte der unbekümmerte Henry sich vermutlich gedacht. Bei diesem Sauwetter läuft kein Mensch im Hof herum.

Aber er hatte sich getäuscht. Alan trat durchs Tor, lehnte sich an die Bretterwand und schaute ihnen zu. Susanna und Henry waren zu sehr miteinander beschäftigt, um ihn zu bemerken.

Seine bildschöne Frau hatte die Augen geschlossen, den Kopf zurückgeworfen und wölbte sich ihrem emsigen jugendlichen Liebhaber entgegen. Henry stieß einen kehligen Laut der Zufriedenheit aus. Seine Hände verschwanden in ihren Röcken, vielleicht um ihr vermutlich ebenfalls hinreißendes Gesäß zu umklammern, und er wurde schneller. Susanna schlang die Arme um seinen Hals, öffnete die Lider, sah ihrem Gemahl direkt in die Augen und schrie entsetzt auf.

Henry begriff nicht sogleich, dass es ein Problem gab. Gewiss hielt er ihren markerschütternden Schrei für einen Ausdruck ihrer Lust – genug Mühe gab er sich jedenfalls. Als Susanna sich versteifte und die Handballen gegen seine Schultern stemmte, um ihn zum Einhalten zu bewegen, keuchte er: »Moment noch, Herzchen …«

In ihrer Verzweiflung packte Susanna ihn beim Schopf und drehte seinen Kopf zum Tor.

Auch Henrys Augen weiteten sich voller Schrecken, aber gleichzeitig zuckte sein Mund. Es gelang ihm nicht ganz, den Laut der Wonne zu unterdrücken, und er kniff einen Moment die Lider zu.

Alan lächelte ihn an. »Mission erfüllt?«

Die beiden Ertappten richteten sich auf, wandten ihm den Rücken zu und brachten ihre Kleider in Ordnung. Seite an Seite knieten sie da im Heu, die Köpfe gesenkt, und von hinten sahen sie aus wie Büßer in der Kirche.

Dann stand Henry auf, wandte sich um und machte einen Schritt auf ihn zu. »Alan … Es tut mir leid.«

Und das ist die reine Wahrheit, erkannte Alan. Henrys Augen waren so weit aufgerissen, dass rund um die Iris das Weiße sichtbar war, aber es war mehr Kummer als Schrecken, der darin zu lesen stand. Plötzlich konnte man sehen, dass der Junge erst vierzehn Jahre alt war.

»Was genau?«, erkundigte sich Alan und dachte: Ich könnte dich töten. Du bist der außergewöhnlichste Mensch, den ich kenne, du bist mein Cousin, und du bist mir teuer, aber ich könnte dich töten. Weil du dir genommen hast, was mir gehört.

Ich lege zwar keinen großen Wert darauf, aber trotzdem würde ich dich gern töten. Er schauderte bei der Erkenntnis, wie niedrig seine Hemmschwelle war. »Was genau, Henry? Dass du's getan hast? Oder dass ich euch erwischt habe?«

Henry schüttelte den Kopf und wagte sich noch zwei Schritte näher. »Dass es passiert ist.«

»Nun, ich nehme an, du wolltest dich vergewissern, dass dein bestes Stück noch tauglich ist nach dem Hieb in die Glocken. Du hattest recht. Du *bist* ein schlechter Verlierer, weiß Gott.«

Der Junge hob flehentlich die Hände. »Alan, du musst mir glauben …«

»Nein«, unterbrach Alan und schüttelte langsam den Kopf. »Ich kann mir nicht vorstellen, dass ich dir je wieder etwas glauben werde. Und jetzt sei so gut und verschwinde.«

Henry ließ den Kopf hängen, nickte unglücklich und ging hinaus. Ohne Susanna auch nur noch eines Blickes zu würdigen, bemerkte Alan.

Sie hatte unterdessen die Hände vors Gesicht geschlagen, und ihre Schultern zuckten.

»Tränen, Teuerste?« Alan ging auf sie zu, langsam, weil ihm davor graute, ihr ins Gesicht zu sehen. Er stellte sich vor sie und schaute auf sie hinab. »Das kannst du dir wirklich sparen.«

Sie fuhr sich mit dem Ärmel über die Augen und erhob sich. Das machte sie sehr graziös, den Kopf leicht zur Seite geneigt, den Rock mit einer Hand zusammengerafft. Als sie ihn ansah, hatte sie die Fassung wiedergefunden. Ihr Blick war voller Trotz. »Du bist nicht unschuldig, Alan.«

»Wirklich nicht? Weil ich deinem Bett zwei Wochen lang ferngeblieben bin, musstest du es mit dem erstbesten Kerl treiben, der sich fand? Falls er denn der einzige war.«

Sie fuhr zusammen, und einen Moment lang glaubte er, sie werde ihn ohrfeigen. Aber dann kam sie offenbar zu dem Schluss, dass sie sich diese Art von Entrüstung im Augenblick schwerlich leisten konnte. »Er *war* der Einzige. Und dies das einzige Mal«, stellte sie eisig klar.

»Und nun soll ich erleichtert sein? War zwei Wochen wirklich alles an Wartezeit, was du für mich aufbringen konntest?«

»Ich habe drei Jahre auf dich gewartet. Und da du bei der Wiedererlangung deines Gedächtnisses ja keine Fortschritte machst, will ich dir gern auf die Sprünge helfen: Wir hatten uns nicht gerade im Frieden getrennt, denn am Abend vor deinem Aufbruch habe ich dich mit der Schwester des Reeve im Pferdestall erwischt. Es war genau wie eben.« Sie wies auf den zerwühlten Heuhaufen. »Nur umgekehrt.«

Alan biss die Zähne zusammen. Er fürchtete, dass sie die Wahrheit sagte, denn es passte so hervorragend zu dem Bild, das er sich von Alan of Helmsby gemacht hatte. Doch er gedachte nicht, sich in die Defensive drängen zu lassen. »Seltsam. Hast du mir nicht neulich erzählt, wie glücklich wir miteinander waren?«

Sie schnaubte. »Welchen Mann hätte das je gehindert?«

»Gerade wurde bewiesen, dass Männer kein Monopol auf Untreue haben.«

»Ja, ich war dir untreu. Und es ist schändlich und ehrlos. Aber du bist nicht nur meinem Bett ferngeblieben. Du hast nicht einmal mit mir geredet! Du hast mich wie Luft behandelt. Ich war so verzweifelt. Und Henry hat …«

»Ich glaube nicht, dass ich das hören möchte. Es stimmt, ich habe dich gemieden. Womöglich lag es daran, dass du mich eine Monstrosität genannt hast, das wollen wir doch nicht vergessen, nicht wahr? Es hat mir … nicht gerade Mut gemacht.«

Sie betrachtete ihn und schüttelte mit einem mitleidigen Lächeln den Kopf. »Hör dich doch nur an. Aus Alan of Helmsby ist eine Maus geworden.«

Bleierne Resignation überkam ihn. Es war, als sprächen sie verschiedene Sprachen. Ohne ein weiteres Wort wandte er sich ab und ging zum Tor.

»Sie hat übrigens einen Bastard von dir, die Schwester des Reeve. Haimon hat dem Schmied von Metcombe Geld bezahlt, damit der sie heiratet, aber reite nur hin und schau dir dein Töchterchen an. Es wird dir gefallen, es ist genauso schwachsinnig wie deine Freunde.«

Die Neuigkeiten erschütterten ihn, aber mehr noch ihre Niedertracht und die Erkenntnis, was genau es war, das Susanna hier beabsichtigte. Sie wollte ihn provozieren. Damit er über sie herfiel, sein Besitzrecht einforderte, irgendetwas in der Art. Damit er sich so verhielt, wie ein betrogener Ehemann sich ihrer Vorstellung nach verhalten sollte, auf dass er endlich wieder der Alan of Helmsby wurde, den sie wollte, den sie kannte, den sie begreifen konnte.

Am Tor blieb er noch einmal stehen, aber er wandte sich nicht um. »Solltest du einen Bastard von Henry Plantagenet bekommen, richte Haimon aus, er möge sich auf die Suche nach einem geeigneten Schmied für dich machen. Leb wohl, Susanna.«

Er ging zum Pferdestall, sattelte Conan und verschwand aus Helmsby, ohne auch nur einen Blick zurückzuwerfen.

Norwich, Mai 1147

»Nun, mein nass geregneter junger Freund, was kann ich für Euch tun?«

»Mein Name ist Alan of Helmsby, und ich bin auf der Suche nach Josua ben Isaac.« Er rang sich ein Lächeln ab. »Ihr müsst Ruben sein.«

Der wohlgenährte Kaufmann nickte und betrachtete ihn mit unverhohlener Neugier. »*Der* Alan of Helmsby?«

»Ich wüsste von keinem zweiten«, antwortete er und schlug verlegen die Augen nieder. Er konnte sich unschwer vorstellen, welch einen Anblick er bot. Ohne Hut und Mantel war er aus Helmsby geflohen, mit genau sieben Pennys in seinem Beutel. Seine Kleider und seine Waffen machten glaubhaft, dass er der war, für den er sich ausgab, aber er war durch fürchterliches Wetter geritten, war schlammbespritzt und unrasiert.

»Hm«, machte Ruben ben Isaac und stemmte die Hände in die üppig gepolsterten Hüften. »Ich wusste gar nicht, dass mein

Bruder so berühmte Leute kennt. Er ist nicht hier, Mylord. Er macht Hausbesuche. Diese ganze Stadt scheint mit dem Fieber darniederzuliegen, darum hat er alle Hände voll zu tun, während ich auf all meinem Seidenbrokat und den edlen Gewürzen sitzen bleibe.« Mit einem spitzbübischen Lächeln hob er die Schultern. »Nun ja. Insofern ergänzen wir uns hervorragend. Einer von uns ist immer einträglich beschäftigt.«

Alan ertappte sich dabei, dass er das Lächeln erwiderte. Ruben ben Isaac sah seinem Bruder ähnlich, doch er schien die gutmütigere, gemütliche Variante zu sein. »Habt Dank. Ich warte draußen auf ihn.«

»In *dem* Wetter? Kommt nicht infrage! Ich bringe Euch in seine Behandlungsräume, und dort könnt ihr bei einem Becher Wein auf ihn warten.« Er vollführte eine einladende Geste. »*Schalom*, Alan of Helmsby. Seid willkommen in unserem Haus.«

Alan schüttelte den Kopf und unterdrückte ein Seufzen. »Das ist sehr großzügig von Euch, aber lieber nicht. Bei unserer letzten Begegnung war Euer Bruder sehr zornig auf mich. Zu Recht, fürchte ich. Es ist gewiss besser, ich warte draußen auf ihn.«

Eine Tür, die ins Innere des Hauses führte und die Alan in dem Durcheinander des Kontors gar nicht bemerkt hatte, öffnete sich, und ein kleiner Kerl mit Schläfenlocken kam herein. Er sagte etwas in ihrer Sprache, dann fiel sein Blick auf den Besucher, und er rief: »Losian!«

Es war verräterisch tröstlich, diesen Namen zu hören. »Moses.«

»Hast du Oswald mitgebracht?«

»Nein, es ging leider nicht.«

Ruben ben Isaac legte seinem Neffen eine warnende Hand auf die Schulter und betrachtete den Besucher mit einer Mischung aus Neugier, Skepsis und – so eigentümlich es auch schien – Schalk. Kein Zweifel, er hatte von »Losian« und seinen Gefährten gehört. Zu seinem Neffen sagte er auf Normannisch: »Moses, führe unseren Gast in den Behandlungsraum deines Vaters, bring ihm Brot und einen Becher von unserem Besten, und dann schließ ihn dort ein.«

»Ihr müsst *wirklich* verzweifelt sein.«

Alan schreckte hoch. Er war mit dem Kopf auf den verschränkten Armen am Tisch eingeschlafen. Hastig kam er auf die Füße und wandte sich zur Tür um.

Josua ben Isaac stand da mit der feingliedrigen Hand am Riegel, als sei er unschlüssig, ob er nicht einfach wieder verschwinden und warten solle, bis der unliebsame Besucher die Hoffnung aufgab und ging. Sie sahen sich einen Moment in die Augen, und der jüdische Arzt traf seine Entscheidung. Er trat über die Schwelle und schloss die Tür. »Ihr wisst also, wer Ihr seid.«

Alan schüttelte den Kopf. »Ich kenne meinen Namen. Ich habe den Ort gefunden, wo ich geboren wurde und zu Hause bin. Aber ich habe mich nicht erinnert.«

Josua nickte versonnen. »Bitter.«

»Höre ich einen Hauch von Schadenfreude?«

Ein spöttisches kleines Lächeln huschte über das bärtige Gesicht, dann schüttelte Josua den Kopf. »Das wäre eines Arztes unwürdig.«

Eines besorgten Vaters hingegen nicht, dachte Alan, aber er rührte lieber nicht an dieses heikle Thema. Es fühlte sich eigenartig an, wieder in diesem Haus zu sein. Die Tage in Norwich erschienen ihm unendlich weit fort. Unwirklich und flüchtig wie ein Traum. Doch obwohl er hier – in genau diesem Raum – um ein Haar verblutet wäre, war es ein schöner Traum. *Ihretwegen.* Alan bildete sich ein, Miriams Gegenwart in diesem Haus zu spüren. Vielleicht war sie nur auf der anderen Seite der Bretterwand. Er wusste, er würde sie nicht sehen und nicht mit ihr reden, und das machte ihre Nähe qualvoll. Dennoch berauschte ihn diese Nähe.

Er räusperte sich. »Josua …« Schon nach diesem einen Wort geriet er ins Stocken. Er fühlte sich erbärmlich in der Rolle des demütigen Bittstellers, und ihm war bewusst, dass er sich wahrscheinlich umsonst erniedrigte, dass Josua ihn anhören und dann aus dem Haus jagen würde. Aber ihm blieb nichts anderes übrig.

Während der letzten Nacht hatte er ein oder zwei Stunden lang im eisigen Dauerregen auf einer durchnässten Satteldecke gesessen, hatte seinen Dolch in beiden Händen gehalten und sich die Frage gestellt, ob die ewige Verdammnis wirklich schlimmer sein konnte als diese sinnlose leere Existenz. Ja, lautete das Ergebnis, zu dem er gekommen war. King Edmund hatte ihnen ausführlich von der Hölle erzählt, als sie noch auf der Insel gewesen waren, um ihnen zu veranschaulichen, dass diese irdische Qual eines Tages vorübergehen würde, die Martern der ewigen Verdammnis aber eben genau das waren: ewig. Also hatte Alan den Dolch wieder weggesteckt. Das änderte indessen nichts daran, dass er so nicht weiterleben konnte.

Er rief sich ins Gedächtnis, wie viel Güte Josua ben Isaac Oswald und ihnen allen erwiesen hatte, um sich Mut zu machen, und dann zwang er sich zu sprechen. »Ihr habt recht. Ich *bin* verzweifelt. Ich habe einen Namen gefunden, ein Zuhause, eine Familie, sogar eine Gemahlin. Aber sie gehören nicht mir. Sie gehören Alan of Helmsby. Und wer immer das sein mag – ich bin es nicht. Aber alle verlangen von mir, dass ich er sein soll. Und irgendwer *muss* ich ja auch sein. Aber …« Er verstummte.

Josua schaute ihn unverwandt an, sein Blick unmöglich zu deuten. Er sagte immer noch nichts.

Alan fuhr sich nervös mit der Zunge über die Lippen. »Ich weiß, dass ich Eure Hilfe nicht verdient habe. Dennoch … bitte ich Euch darum.« Seine Stimme drohte zu brechen, und er verstummte abrupt und biss die Zähne zusammen. Dann stand er reglos mit herabbaumelnden Armen da und kam sich vor wie der Ochse, der auf die Keule wartet.

»Ich bin keineswegs sicher, dass ich Euch helfen könnte«, sagte Josua schließlich, kam weiter in den Raum hinein und setzte sich auf die Kante der Behandlungsliege.

»Ihr habt gesagt, meine Erinnerung sei verschüttet und man müsse die richtige Stelle suchen, um danach zu graben.« Du hast mich sogar aufgefordert, deswegen in deinem Haus zu bleiben, fügte er in Gedanken hinzu, aber er sprach es lieber nicht aus.

Der Arzt nickte ernst. »Ich weiß, was ich gesagt habe. Und ich muss gestehen, ich würde es gerne versuchen.«

Alan hielt den Atem an. Er hatte darauf spekuliert, dass Josuas Neugier, vielleicht sogar die Eitelkeit, die gewiss jedem Heiler innewohnen musste, ihn verführen würden, es zu tun. Alan hatte nämlich nicht vergessen, dass Josua ihn und seine Gefährten als *faszinierende Fälle* bezeichnet hatte. Aber wer würde obsiegen? Der Arzt oder der Vater?

Scheinbar unvermittelt wechselte Josua das Thema. »Wie geht es Oswald? Haben die Herzbeschwerden sich wieder gezeigt?«

»Seit wir in Helmsby sind, nicht. Ich denke, es geht ihm gut. Er hat Freunde im Dorf gefunden. Aber ich bin verschwunden, ohne mich von ihm oder sonst irgendwem zu verabschieden.« Er hob die Hände zu einer Geste der Ratlosigkeit. »Ich bin geflohen, wenn Ihr's genau wissen wollt. Und jetzt plagt mich mein Gewissen. Gerade wegen Oswald.«

»Ihr scheint zu den unglücklichen Menschen zu zählen, die zwar ein Gewissen haben, sich davon aber nicht abhalten lassen, Missetaten zu begehen, die sie dann bitter bereuen müssen.« Es klang kühl.

Alan dachte an Henry. Vielleicht liegt das ja in der Familie … Er betrachtete den jüdischen Arzt einen Moment. Dann nickte er. »Na schön. Ihr versagt mir Eure Hilfe, weil Ihr immer noch zornig auf mich seid. Das ist Euer gutes Recht. Also werde ich gehen und Euch nicht mehr behelligen. Sagt mir nur, wie es ihr geht.«

Ein gefährliches Funkeln trat in die dunklen Augen, und Josua presste einen Augenblick die Lippen zusammen. »Ihr geht nirgendwohin«, knurrte er. »Ich werde versuchen, Euch zu helfen. Aber ich habe eine Reihe von Bedingungen. Keine davon wird Euch gefallen. Die erste lautet: Wir reden nicht über meine Tochter, und Ihr werdet sie nicht zu Gesicht bekommen.«

Erleichterung und bittere Enttäuschung rangen in Alan um die Oberhand, aber er zögerte nicht. »Einverstanden.«

Josua lächelte humorlos. »Euer Einverständnis ist nicht erforderlich. Ich gedenke nämlich nicht, mich auf Euer Ehrenwort zu verlassen. Und bevor wir über meine weiteren Bedingungen sprechen, möchte ich, dass Ihr die Waffen ablegt.«

Alan löste seinen Schwertgürtel, zog den Dolch, legte beide vor Josua auf die Holzdielen und trat ein paar Schritte zurück. »So schrecklich sind Eure Bedingungen? Sollte ich mich fürchten?«, fragte er mit einem unfreiwilligen Grinsen.

»Oh, das werdet Ihr«, versicherte Josua ben Isaac ihm, und er machte aus seiner Befriedigung keinen Hehl.

Helmsby, Mai 1147

Trotz des abscheulichen Wetters kamen Simon und die Zwillinge euphorischer Stimmung zurück nach Helmsby. Sie ließen den Wagen und den Klepper – die beide noch ein bisschen mitgenommener aussahen als bei ihrem Aufbruch – in der Obhut der Stallknechte zurück und durchquerten eilig den Burghof. Ihre Schuhe verursachten schmatzende Geräusche, denn der grasbewachsene Innenhof schien im Begriff, sich in einen Sumpf zu verwandeln. Es tropfte von den Strohdächern der Wirtschaftsgebäude, und bis auf ein paar Hühner, die lustlos im Schlamm pickten, lag der Burghof wie ausgestorben. Grendel wollte hinüberlaufen, um sie aufzuscheuchen und für ein bisschen Stimmung zu sorgen, aber Wulfric pfiff ihn zurück, und der große Hund trottete folgsam neben ihnen einher, allerdings nicht ohne Wulfric mit einem gekränkten Blick zu traktieren.

Die Gefährten senkten die Köpfe gegen Regen und Wind und waren dankbar, als sie den überdachten Aufgang erreichten. Die Wachen am oberen Tor erwiderten ihren Gruß einsilbig.

»Was ist hier los?«, fragte Simon die beiden Männer argwöhnisch.

Der Linke schüttelte düster den Kopf. »Das wüssten wir auch gern. Geht lieber rein, Mylord.«

Simon tauschte einen Blick mit Godric und Wulfric, bedrängte die Wache aber nicht weiter. Sie liefen die Treppe hinauf, betraten den Donjon und begaben sich in die Halle.

Die alte Lady saß mit Henry, einer schönen jungen Frau und einem Edelmann, die Simon nicht kannte, an der hohen Tafel beim Nachtmahl, und Simon spürte sofort, wie niedergedrückt und angespannt die Stimmung war. Selbst das Gesinde auf den Bänken war verdächtig still.

Sie traten vor die Estrade und verneigten sich vor Lady Matilda.

Diese rang sich ein kleines Lächeln ab und nickte ihnen zu.

Simon zog einen gefalteten und versiegelten Pergamentbogen hervor, den er unter dem Bliaut getragen hatte, damit die kostbaren Worte nicht zerlaufen konnten, und überreichte ihn Henry mit einem triumphalen Lächeln. »Freies und sicheres Geleit bis an die Grenzen der Normandie für dich und jeden, der dir angehört. Und das hier.« Er förderte mit der Linken einen verheißungsvoll klimpernden Beutel zutage.

Henry stand auf und nahm die guten Gaben in Empfang. »Sei gepriesen, Simon de Clare. Wie in aller Welt hast du das fertiggebracht?« Er hatte einen Bluterguss am linken Jochbein, der im schwachen Licht schwärzlich wirkte.

»Ich glaube, es ist besser, das erzähle ich dir später«, erwiderte Simon und nickte fast unmerklich auf die Unbekannten am Tisch zu.

»Vergebt mir, de Clare«, sagte Lady Matilda. »Mein Enkel Haimon de Ponthieu und seine Cousine Susanna, Alans Gemahlin. Haimon, Susanna, dies sind Alans Freunde Wulfric und Godric und Simon de Clare, die Henry und uns allen einen unschätzbaren Dienst erwiesen haben.« Ihre Stimme klang seltsam matt, die Worte gestelzt, als habe sie sie auswendig gelernt, ohne ihren Sinn zu verstehen.

Während Simon, Haimon und Susanna ein paar höfliche Floskeln tauschten, fuhr sie fort: »Emma, bring unseren Gästen

Wasser und Handtuch und dann trag ihnen auf. Nehmt Platz«, lud sie die Ankömmlinge ein.

»Was, hier?«, fragte Godric entgeistert.

»Wenn ihr uns die Ehre erweisen wollt«, beharrte sie, als sei es üblich, angelsächsische Krüppel bäuerlicher Herkunft an einer hohen Tafel willkommen zu heißen.

»Herrje, muss das sein?«, murmelte Susanna vor sich hin.

Sie hatte französisch und sehr leise gesprochen, aber die Zwillinge verstanden sie mühelos. »Habt Dank, Lady«, antwortete Wulfric Matilda. »Aber lieber nicht. Wir machen uns auf die Suche nach unseren Freunden.«

»Sie sind im Dorf«, erwiderte die alte Dame. »Kehrt nicht gleich in dieses Wetter zurück, ohne euch aufzuwärmen und zu stärken. Und lasst euch von Susannas Gehässigkeit nicht kränken. Wenn es noch Ehre und Anstand auf der Welt gäbe, müsste sie mit den Hunden vom Boden essen … Du bleibst sitzen, Susanna.« Sie sah die junge Frau nicht an, aber ihr Ton war mit einem Mal so scharf geworden, dass Simon um ein Haar zusammengezuckt wäre.

Die junge Frau sank zurück in ihren Sessel und starrte geradeaus. Sie riss die Augen weit auf, um zu verhindern, dass die Tränen zu laufen begannen, aber vergeblich.

Jesus, was ist hier passiert?, rätselte Simon, nahm Wulfric beim Arm, damit die Zwillinge nicht ausbüxen und die alte Lady beleidigen konnten, und führte sie entschlossen an die hohe Tafel.

Er ließ sich in den Sessel neben Henry sinken. Die Zwillinge blieben verlegen stehen, bis zwei Knechte eine kleine Bank für sie herbeischafften.

»Wo ist er?«, raunte Simon Henry zu.

Der neigte sich leicht zu ihm herüber und antwortete ebenso gedämpft: »Abgehauen. Vor zwei Tagen.«

»Warum?«

Henry seufzte so tief, dass es komisch gewirkt hätte, wäre er nicht so unverkennbar unglücklich gewesen. »Auch darüber sollten wir lieber später reden.« Er stand auf, trat zu den Zwillingen und schüttelte ihnen die Hand. »Ich danke euch. Es war riskant, und ihr schuldetet mir nichts. Ich werde euch das nie vergessen, und sobald ich kann, mach ich es gut.«

Über die Schulter übersetzte Simon seinen Freunden die schönen Worte.

Noch ein bisschen verlegener wehrten die Zwillinge ab.

Emma erlöste sie, als sie mit einer Schale Wasser hinzutrat. Die Ankömmlinge wuschen sich die Hände und benutzten das Handtuch, um sich auch die Gesichter und die triefenden Haare abzutupfen. Simon hätte allerhand darum gegeben, sich umziehen zu können, aber das Kaminfeuer in seinem Rücken war herrlich warm, und früher oder später würde er schon trocknen. Emma brachte ihnen Wein, Brot und einen Eintopf mit Bohnen und einer ordentlichen Portion Hammelfleisch. Wulfric und Godric fielen mit Hingabe darüber her.

Auch Simon war hungrig, aber die Neuigkeiten über Alans Verschwinden und die Stimmung am Tisch schnürten ihm die Kehle zu. Er nahm einen unbescheidenen Zug aus seinem Becher, begann dann langsam zu essen und wartete, dass irgendwer das bleierne Schweigen brach.

Erwartungsgemäß war es Henry, der das schließlich tat. »Meine Ritter haben hergefunden.« Er wies auf die zehn Männer an der oberen linken Tafel.

»Das ist großartig. Wann willst du aufbrechen?«

»Vorgestern«, entfuhr es Henry. Mit einem kläglichen Lächeln fuhr er fort: »Morgen früh, schätze ich. Ich habe sehnsüchtig auf dich gewartet, Simon, das kannst du mir glauben. Ich fürchte, ich habe die Gastfreundlichkeit hier ein wenig überstrapaziert.«

Simon runzelte verwundert die Stirn, dann kam ihm ein fürchterlicher Verdacht. Verstohlen sah er zu Alans bildschöner Frau hinüber, die immer noch starr an ihrem Platz saß wie eine Strohpuppe, dann zurück zu Henry, und er zischte wütend: »Was hast du angestellt, Henry Plantagenet?«

Der senkte zerknirscht den Blick und hob die breiten Soldatenschultern. »Ich glaube, die Frauen werden einmal mein Untergang sein«, bekannte er leise.

Wenn es das bedeutet, was ich fürchte, hast du nichts Besseres verdient, dachte Simon beklommen.

In eisigem Schweigen brachten sie das Essen hinter sich, und dann führte Henry Simon in seine Kammer hinauf. Die Zwillinge wollte er ebenfalls mitnehmen, aber sie entschuldigten sich und machten sich auf den Weg ins Dorf, um, wie Godric Simon erklärte, ihre Freunde aufzusuchen und die schlechten Neuigkeiten dort von Menschen in Erfahrung zu bringen, die das Kind beim Namen nannten und den heißen Brei nicht so lange mit Andeutungen umschlichen, bis man kein Wort mehr verstand, wie die feinen Leute es gern taten.

Vorausschauend hatte Henry einen vollen Krug und zwei Becher mitgenommen, und kaum hatte die Tür seines Gemachs sich geschlossen und die Begräbnisstimmung unten in der Halle ausgesperrt, fiel alle Trübsal von ihm ab. »Und?« fragte er gespannt, während er einschenkte. »Erzähl! Wie war Stephen?«

Betrunken und ausgebrannt, hätte die ehrliche Antwort gelautet, aber das sagte Simon nicht. Von allen Enttäuschungen, mit denen das Leben ihn im Lauf des letzten Jahres so reichlich bedacht hatte, war seine Begegnung mit König Stephen vielleicht die bitterste gewesen.

Simon hatte ihn mutterseelenallein in einer kleinen, dämmrigen Halle im Ostflügel des Palastes angetroffen, wo der König mit einem Becher Wein und seiner Krone am Tisch gesessen hatte. Die Krone lag auf der Seite, und Stephen stieß sie mit der Hand an, sodass sie ein Stück rollte. Wegen ihrer Form rollte sie in einem Halbkreis auf die Tischkante zu. Als sie abstürzte, fing er sie auf, legte sie wieder hin und begann von vorn.

»De Clare?«, fragte er, nachdem die Wache verschwunden war, und schaute auf. Sein Kopf bewegte sich merkwürdig langsam, und die Augen, die Simon missmutig anblickten, waren blutunterlaufen und trüb. »Welcher?«

Simon trat ungebeten näher und sank auf ein Knie nieder. »Simon de Clare of Woodknoll, Sire.«

Ein mattes Lächeln huschte über Stephens Gesicht. »Ralphs Sohn?«

»So ist es.«

»Ihr seid der mit der Fallsucht.«

»Ja, Sire.«

Der König ließ sich in seinen Sessel zurücksinken, die ausgestreckte Rechte immer noch an der Krone. »Tut mir leid, die Sache mit Eurem Vater.« Er rülpste leise. »Er war einer meiner Besten.«

Simon bedankte sich artig und senkte den Blick. Die Diskrepanz zwischen dem Bild, das er sich von diesem König gemacht hatte, und der Wirklichkeit erschütterte ihn.

Als spüre der König seine Enttäuschung, bemerkte er: »Ihr trefft mich nicht gerade in Höchstform an, mein junger Freund. Ihr müsst mir vergeben. Gestern erhielt ich die Nachricht, dass Ranulf of Chester sich unserer Sache angeschlossen hat.«

Simon machte große Augen. »Aber das ist wunderbar! Der Earl of Chester ist der mächtigste Mann in den Midlands.« Wenn es allerdings stimmte, was der Earl of Leicester ihm erzählt hatte, dass der nämlich ein Stillhalteabkommen mit Ranulf of Chester verhandelte, dann war dessen Unterstützung für König Stephen vermutlich ein wertloses Lippenbekenntnis …

»Ja. Es ist großartig. Aber er ist Gloucesters Schwiegersohn. Ein angeheirateter Neffe der Kaiserin mithin. Und nun fällt er ihr in den Rücken. Wie … furchtbar das für sie sein muss. Und für Gloucester ebenso.«

Simon fiel ein, was die Männer in der Halle seines Vaters hinter vorgehaltener Hand gesagt hatten: König Stephen sei zu nachsichtig mit seinen Feinden, um sie je schlagen zu können. Der junge de Clare begann zu fürchten, dass sie recht gehabt hatten. »Wo wir gerade von Kaiserin Maud sprechen, Sire …«, begann er ein wenig unbeholfen.

»Ja? Was ist mir ihr? Steht auf, mein Junge.« Stephen ließ

ihn nicht aus den Augen, hob den Becher an die Lippen, trank und wischte sich mit dem Ärmel über den Mund. »Seid Ihr gekommen, um Euch gleich wieder zu verabschieden, weil Ihr Euch für sie entschieden habt?«

Simon stand auf. Sein Knie schmerzte. »Nein, Sire. Es geht um ihren Sohn. Henry.«

»Ah! Der kleine Satansbraten ist in England, richtig? Habt ihr ihn gesehen?«

Simon schluckte. »Ja, Sire.«

Die Krone rollte wieder auf die Tischkante zu, fiel, wurde aufgefangen. »Und? Wie ist er? Ein Heißsporn, wie alle sagen?«

»Ich denke schon, dass man ihn so bezeichnen könnte. Aber er ist in Nöten. Und ich bin hier, um Euch in seinem Namen um Hilfe zu bitten.«

Der König lauschte mit gerunzelter Stirn, während Simon ihm von Henrys Missgeschick berichtete. »Ich hoffe, Ihr könnt mir vergeben, dass ich mich zu seinem Fürsprecher mache. Es ist nicht zu leugnen, dass er in der Absicht nach England gekommen ist, Euch zu schaden. Aber das kann er nun ja nicht mehr. Er will nur noch nach Hause.«

Stephen lächelte nachsichtig. »Wieso tut Ihr es? Wieso riskiert Ihr Kopf und Kragen für ihn und kommt als sein Fürsprecher zu mir?«

»Es ist schwierig, ihm etwas abzuschlagen«, gestand Simon. »Er verschenkt seine Freundschaft so freigiebig und vorbehaltlos.« Das passiert Menschen wie mir nicht besonders häufig, und darum war ich leichte Beute, hätte er hinzufügen können, aber Stephen sollte nicht glauben, Simon sei auf sein Mitgefühl aus. Denn das war er nicht.

Der König nickte. »Seine Mutter war als Kind genauso. Von all meinen vielen Cousinen war sie mir die Liebste. Und nun seht euch an, was aus der Liebe unserer Jugendtage geworden ist.« Er stupste die Krone wieder an.

»Bitte nicht, Sire«, entfuhr es Simon.

Stephen hielt das Symbol seiner Königswürde fest, ehe es

über die Tischkante kullern konnte. »Ihr fürchtet, es sei ein schlechtes Omen, wenn sie fällt?«

Simon senkte beschämt den Blick und nickte.

»Vermutlich habt Ihr recht. Ich sollte nicht so leichtsinnig mit ihr spielen. Denn ich muss an meine Söhne denken. Wenn sie nicht wären, würde ich dieses schreckliche Ding Maud gern überlassen, das könnt Ihr mir glauben. Wie alt ist ihr Bengel? Dieser Henry?«

»Vierzehn.«

Stephen brummte anerkennend. »Viel Mut für einen Milchbart.«

Henry war so weit von einem Milchbart entfernt, wie Simon sich vorstellen konnte, aber er beschloss, dem König diese Tatsache zu unterschlagen.

»Und Ungestüm«, fuhr der König fort. »Das gefällt mir. Mein Eustache ist genauso. Jedenfalls glaube ich das.« Er verstummte abrupt, und dann winkte er seufzend ab, als sei die ganze Angelegenheit ihm plötzlich lästig. »Sagt dem jungen Plantagenet, er kann nach Hause segeln. Sagt ihm, er soll sich seine Sporen fortan anderswo verdienen, am besten im Heiligen Krieg, da werden Wirrköpfe gebraucht. Aber wenn er sich hier je wieder blicken lässt, sperr ich ihn ein, bis seine Mutter endlich klein beigibt.«

»Danke, Sire.« Erst mit der Erleichterung gestattete Simon sich einzugestehen, wie groß seine Furcht vor dem Ausgang dieser Unterredung gewesen war.

»Ich lass Euch eine Urkunde ausstellen. Braucht er Geld?«

»Ein bisschen, ja.« Er spürte seine Ohren heiß werden.

Stephen schnaubte belustigt. Ohne aufzustehen, streckte er einen seiner langen Arme nach links aus, klappte eine kleine Truhe auf und holte einen Beutel heraus. Den warf er Simon zu.

Simon fing ihn mühelos auf. »Habt Dank, Sire.«

»Gute Reflexe«, bemerkte Stephen und betrachtete ihn eingehend. »Für einen Mann mit Eurem Gebrechen, meine ich.«

Der junge de Clare spürte, wie sein nervöses kleines Lächeln bröckelte, und schlug die Augen nieder. »Danke«, sagte er nochmals.

Stephen seufzte, stand auf und legte ihm die Hand auf die Schulter. »Jetzt habe ich Euch gekränkt. Das tut mir leid, mein Junge. Nichts lag mir ferner. Aber es hat ja keinen Sinn, wenn wir uns etwas vormachen, nicht wahr? Ein Mann wie Ihr kann nicht Soldat werden. Wenn Ihr mir dienen wollt, werdet Mönch. Lernt lesen und schreiben, dann nehm ich Euch in meine Kanzlei.« Er strahlte ihn an – offenbar fand er, das sei ein großmütiges Angebot. »Wie wär's?«

»Ich werde darüber nachdenken, Sire.«

Stephen legte ihm den Arm um die Schultern, drückte ihn kurz an sich und ließ ihn sogleich wieder los. Simon ging auf, dass den König vor ihm gruselte.

»Am besten, Ihr geht zurück in das Kloster, wo Euer Onkel Euch untergebracht hatte, hm? Welches war es gleich wieder? St. Pancras?«

Simon nickte. »Das ist eine großartige Idee.«

All das erzählte er Henry nicht, denn auch wenn der König eine bittere Enttäuschung gewesen war, konnte Simon seine Loyalität ihm gegenüber nicht einfach so abstreifen wie einen unbequemen Stiefel.

»Er ist kriegsmüde, schätze ich«, sagte er, während er sich auf die Kante der Fensterbank hockte und einen Schluck trank. »Aber noch nicht gewillt, sein Ziel aufzugeben, versteh mich nicht falsch. Er warnt dich sehr eindringlich davor, dich hier je wieder blicken zu lassen. Dann werde er dich einsperren, bis deine Mutter klein beigibt.«

Henry schnaubte belustigt in seinen Becher. »Ich werd dran denken …«

Simon ließ ein paar Atemzüge verstreichen, ehe er fragte: »Was ist hier passiert?«

Der junge Franzose fuhr sich verlegen mit dem Zeigefinger über den Nasenflügel. »Sie kreuzten hier auf, kurz nachdem ihr fort wart. Das machte für den Ärmsten alles noch viel komplizierter. Sein Cousin Haimon ist eine Natter, und seine hinreißende Frau auch, wenn man's genau nimmt. Und ein Luder.« Er wollte Entrüstung heucheln, aber der Schalk übermannte ihn förmlich, und er schaffte es nicht, das unbekümmerte Grinsen ganz zu unterdrücken. »Ja, schön, ich sehe, du ahnst es sowieso schon. Verdammt, Simon, sie hat sich mir an den Hals geworfen!«

»Armes verführtes Unschuldslamm.«

»Natürlich bin ich das nicht«, gestand Henry ungeduldig. »Bei den Augen Gottes, Mann, ich bin nicht stolz darauf, in Ordnung? Was soll ich sagen? Es schien in dem Moment eine gute Idee zu sein.«

Simon betrachtete ihn kopfschüttelnd. »Die Ausrede, die so mancher Tor unter dem Galgen vorgebracht hat.«

»Tja. Gut möglich, dass es eines Tages auch meine letzten Worte sein werden«, musste Henry einräumen.

»Und wie hat er's erfahren?«

»Er ...« Henry räusperte sich. »Er kam zufällig vorbei.«

»Oh, bei allen Heiligen, Henry ...«

»Ich weiß«, beeilte Henry sich zerknirscht einzuwerfen. »Ich weiß, was ich angerichtet hab, Mann. Und dann ist er verschwunden, und niemand weiß, wohin, und ich muss morgen das Land verlassen und kann mich nicht mit ihm aussöhnen. Das macht mir schwer zu schaffen. Du weißt nicht zufällig, wo er sein könnte?«

Doch, vermutlich schon, dachte Simon, aber er schüttelte den Kopf.

Henry sah ihm einen Moment in die Augen. Er schien zu ahnen, dass Simon ihm nicht die Wahrheit sagte, aber er protestierte nicht. Vermutlich wusste er, dass er verdient hatte zu schmoren.

»Und wieso wissen es hier alle?«, fragte Simon.

»Die alte Schachtel ist nicht auf den Kopf gefallen. Sie hat Susanna gefragt, ob sie sich vorstellen könne, warum Alan verschwunden ist, und Susanna hat es nicht geschafft, sich rauszureden. Junge, ich sag dir, hier war der Teufel los. Ausgerechnet Haimon übernahm stellvertretend die Rolle des erzürnten

Gemahls. Er hat mir ein Ding verpasst, dass ich dachte, ich steh nie wieder auf, und dann wollte er sich Susanna vornehmen, aber Matilda ging dazwischen. Sie hat andere Methoden, Susanna bezahlen zu lassen – du hast es ja gesehen. Ehrlich, wir hatten hier ein paar richtig vergnügliche Tage.«

»Verdientermaßen«, bemerkte Simon streng.

»Tja.« Henry fuhr sich ratlos über die Stirn. »Da hast du recht. So betrachtet bin ich nicht unglücklich, dass ich morgen aufbreche.«

»Das glaub ich gern.«

»Simon, ich weiß, dass du wütend auf mich bist, aber ich habe mich gefragt …«, begann Henry ungewöhnlich kleinlaut und stockte dann. »Ich hab mich gefragt, ob du vielleicht mit mir kommen willst nach Anjou? Auch wenn ich mich gerade wie ein Trottel und ein Schweinehund benommen habe, bin ich eigentlich doch keins von beiden, und ich habe große Pläne. Einen Kerl wie dich, der mutig genug ist, das zu tun, was du getan hast, findig genug, heil und erfolgreich zurückzukommen, aber nicht so ein Großmaul wie ich, sodass er über die delikaten und vertraulichen Einzelheiten die Klappe halten kann … So einen Kerl könnte ich gut gebrauchen.«

Es war wie Balsam auf Simons Seele. Die Zurückweisung seines Königs hatte ihn härter getroffen, als er für möglich gehalten hätte. Und auch wenn er nicht verstehen konnte, was Henry getan hatte, und in der Tat wütend auf ihn war, änderte das doch nichts an der Freundschaft, die er für ihn hegte. Er glaubte an Henrys große Pläne. Das machte wohl einen Teil des Zaubers aus, den dieser junge Franzose besaß: Nach kürzester Zeit in seiner Gesellschaft überzeugte er jeden davon, dass er Wunder vollbringen konnte.

Doch Simon schüttelte den Kopf. »Ich würde dich gern begleiten«, gestand er. »Aber ich kann diesem Scherbenhaufen, den du angerichtet hast, nicht einfach den Rücken kehren. Wenn Alan nicht hier ist, muss ich mich um unsere Gefährten kümmern. Und ich muss über König Stephen und deine Mutter nachdenken.«

»Vergiss sie, alle beide«, riet Henry. »Sie haben eurem England nichts als Unglück gebracht, aber ich mach es wieder gut, du wirst sehen.«

»Vielleicht. Wie gesagt, ich muss nachdenken. Wenn ich das getan habe und wenn die Dinge sich hier geklärt haben, werde ich dir möglicherweise folgen. Du bist ja nicht schwer zu finden. Immer da, wo die größte Staubwolke aufgewirbelt wird …«

Norwich, Mai 1147

»Es wäre alles einfacher, wir gingen nach Helmsby und Ihr ließet Euch dort von mir behandeln«, hatte Josua ben Isaac gesagt.

Aber Alan hatte das strikt abgelehnt. »Ich habe geschworen, nicht nach Helmsby zurückzukehren, ehe ich mein Gedächtnis wiedergefunden habe. Falls überhaupt.«

»Also schön. Das macht die Dinge komplizierter, aber es wird schon gehen. Wenn Ihr mir Euer Vertrauen schenkt. Ihr müsst tun, was ich sage, selbst wenn Ihr es nicht versteht. Kurz gesagt: Ihr müsst Euch vorbehaltlos in meine Hände begeben.«

»Das tue ich«, hatte er gelobt, und allmählich fing er an, es zu bereuen.

Meistens war er eingesperrt. Es war ein höchst komfortables Gefängnis in einem lichten, geräumigen Gemach, das für gewöhnlich Josuas Kräutervorräte beherbergte und wo es deswegen wundervoll duftete. Es lag am westlichen Ende des Hauses, hatte eine Verbindungstür zum Behandlungsraum, und eine zweite führte in einen winzigen, von einer Mauer geschützten Garten, wo Josua empfindliche Heilpflanzen aus fernen heißen Ländern züchtete, die keinen Frost vertrugen. Die Sonne war wieder zum Vorschein gekommen, und Josua drängte seinen Patienten, so viel Zeit wie möglich im Freien zu verbringen, was der bereitwillig tat.

Aber das Gefühl von Unfreiheit demütigte ihn und machte ihn rastlos.

»Es ist nicht ideal«, räumte Josua am zweiten Tag ein. »Aber Ihr wisst wohl, dass Ihr Euch das nur selbst zuzuschreiben habt und mir keine andere Wahl lasst.«

»Ja. Und ich kann kaum fassen, welche Mühen Ihr für mich auf Euch nehmt. Ich bin Euch wirklich dankbar, Josua.«

»Gut«, erwiderte der mit einem kleinen Lächeln. »Dann macht Euch diese Dankbarkeit zunutze, um Euch in Euer Schicksal, hier eingesperrt zu sein, zu ergeben. Denn je ausgeglichener Ihr seid, desto größer sind unsere Erfolgsaussichten.«

Alan nickte.

»Es macht Euch nichts aus, viel allein zu sein?«, vergewisserte der Arzt sich besorgt.

»Im Gegenteil.«

»Gut.«

»Und wann fangen wir an?«

»Ich denke, in drei Tagen.«

»In *drei* Tagen?« Auf Josuas strafenden Blick hin hob Alan begütigend die Hände. »Schon gut. In drei Tagen. Wir machen alles genau so, wie Ihr sagt. Wir reden nicht über Eure Tochter, und damit Ihr sie in Sicherheit wisst, begebe ich mich unbewaffnet in Eure Gefangenschaft. Ich gestatte Euch, alles mit mir anzustellen, was Euch beliebt, ich gelobe, alles zu schlucken, was Ihr mir gebt, jeden Schmerz zu ertragen, den Ihr mir zufügt, und zwar so lange, wie Ihr es für nötig haltet, ohne je Rache an Euch und den Euren zu nehmen. Und ganz gleich, wie die Sache ausgeht, am Ende stifte ich in Norwich ein Hospital zur Behandlung der Geisteskranken unter Eurer Leitung. Habe ich eine Eurer Bedingungen vergessen?«

Josua erfreute sich unverkennbar an Alans Verdruss. »Ich glaube nicht, nein.«

»Ihr habt also nicht zur Bedingung gemacht, dass ich keine Fragen stelle?«

»Ich fürchte, das habe ich vergessen.«

Alan lächelte grimmig. »Warum erst in drei Tagen?«

»Weil ich ein paar Dinge nachlesen muss, damit ich Euch nicht vergifte oder anderweitig umbringe. Und morgen ist Sabbat – da …«

»… tut Ihr gar nichts, ich weiß.«

»Oh doch. Es ist sogar gestattet, die Sabbatruhe zu brechen, um ein Leben zu retten. Aber in der Regel gehen wir in die Synagoge, wir beten, wir besinnen uns auf den Allmächtigen, und wir widmen uns der Familie. Auch Ihr werdet Euch während dieser drei Tage besinnen, und zwar auf Euch selbst. Ihr müsst Euch von allem befreien, was Euer Herz beschwert. Um das zu erreichen, werdet Ihr jeden Tag ein Bad nehmen.«

»Ein *Bad*?«

»Ganz recht. Und Ihr werdet eine strikte Diät einhalten, die, so fürchte ich, nur aus Grünzeug und Wasser bestehen wird.«

»Ich merke, Ihr trachtet mir in Wahrheit doch nach dem Leben … Wozu die Diät?«

»Um das Gleichgewicht Eurer Körpersäfte wiederherzustellen.«

»Meiner was?«

»Körpersäfte. Aus ihnen sind wir gemacht, mein ungebildeter junger Freund: Blut, Schleim, gelbe Galle und schwarze Galle.«

»Klingt entzückend …«

»Sind sie im Gleichgewicht, sind wir gesund. Wenn nicht, werden wir krank. Jede Krankheit des Geistes – und dazu zählt Euer Gedächtnisverlust – entsteht durch ein Übermaß an schwarzer Galle. *Melancholia* nennen wir diese Störung im Gleichgewicht der Körpersäfte. Die schwarze Galle steigt aus der Milz in den Magen auf, und ihre Dämpfe befallen das Gehirn.«

»Ich glaube nicht, dass ich die Einzelheiten wissen will«, wehrte Alan matt ab, dem ganz übel bei der Vorstellung von diesem schwarzen Zeug in seinem Magen wurde.

»Die Diät vermindert den Zustrom schwarzer Galle und ist

der erste Schritt zu Eurer Genesung. Ansonsten solltet Ihr so viel wie möglich schlafen und ruhen. Werdet Ihr das tun?«

»Natürlich.«

»Und nicht grübeln.«

»Ich werde mich bemühen«, gelobte er feierlich.

Es waren nicht einmal unangenehme Tage. Er litt Hunger, weil die Diät aus weich gekochtem Gemüse und Wasser eher für einen kranken Säugling als für einen ausgewachsenen Mann bemessen schien, aber auf der Isle of Whitholm und vor allem nach ihrer Flucht von dort hatte er schlimmer gehungert. Er schlief, er saß in dem winzigen Garten in der Sonne, lauschte den Bienen und Vögeln und versuchte, an nichts zu denken. Einmal am Tag kam ein fröhlicher junger Jude, der anscheinend in Josuas Diensten stand, und bereitete ihm draußen im sonnigen Garten ein lauwarmes Bad, in dem er meist wieder einschlief. Es waren friedliche, beschauliche, sonnendurchflutete Tage.

Schlimm waren die Nächte. Der Traum von seinem Ritt durch die Wüste, der ihn in Helmsby verschont hatte, kam wieder, und wenn er keuchend und durstig daraus erwachte, konnte er nicht wieder einschlafen. Dann lag er da, starrte in die Dunkelheit und versuchte die Bilder zu verscheuchen, die auf ihn einstürzten: Henry und Susanna, die zertrümmerte Laute, Oswalds Gesicht, während King Edmund ihm schonend beizubringen versuchte, dass »Losian« fortgegangen war und ihn im Stich gelassen hatte … Er bemühte sich, diese Bilder abzuwehren, aber er wusste nicht, wie. Dass Josua ihm untersagt hatte, sich mit diesen Dingen zu befassen, schien sie nur noch aufdringlicher zu machen.

Bis er in der zweiten Nacht ein leises Klopfen an der Tür hörte.

Er richtete sich auf die Ellbogen auf und rief gedämpft: »Nur herein, falls Ihr den Schlüssel habt.«

»Leider nicht.«

Er sprang von seinem Strohlager auf und stürzte zur Tür. »Miriam!«

»Schsch. Wirst du wohl leise sein«, zischte sie eindringlich.

Alan lehnte die Stirn an die rauen Holzbohlen der Tür und kniff die Augen zu. »Miriam«, flüsterte er.

»Moses hat mir erzählt, dass du zurückgekommen bist«, kam die Stimme durch die Tür. Körperlos, aber dennoch durchrieselte ihn ein Glücksgefühl, dessen Heftigkeit ihm beinah Angst machte.

»Ja.«

»Und du hast deinen richtigen Namen herausgefunden. Das ist wunderbar.«

»Ich bin nicht sicher«, gestand er der Tür im Flüsterton. »In den letzten Wochen musste ich oft an die Dinge denken, die du zu mir gesagt hast. Vielleicht wäre es besser für mich und auch für meine Familie gewesen, wenn ich nie nach Helmsby zurückgekehrt wäre, sondern mich selbst erfunden hätte, wie du sagtest. Dann wäre uns allen mancher Kummer erspart geblieben.«

»Warum?«

»Weil ich nicht mehr der bin, der ich war. Und das enttäuscht die Menschen, die mich früher kannten.«

»Ich habe von Alan of Helmsby gehört«, eröffnete Miriam ihm unerwartet.

»Wirklich?« Er war erschrocken. Er stellte fest, dass er sich der Dinge schämte, die sie gehört hatte, obwohl er nicht wusste, was es war. Er schämte sich vor allem, weil er keine Kontrolle über seine Vergangenheit hatte. »Gewiss nicht viel Gutes.«

»Doch«, widersprach sie. »Er hat die Juden von Worcester vor der Plünderung bewahrt. Er ist ein Freund des jüdischen Volkes.«

Er atmete auf. »Endlich habe ich also etwas gefunden, was ich mit diesem Alan of Helmsby gemein habe.«

Er hörte ihr schönes, warmes Lachen, und mit einem Mal musste er die Arme um den Oberkörper schlingen, weil es unerträglich war, dass er Miriam nicht an sich ziehen konnte.

»Wie ist deine Schwägerin?«, fragte er.

»Sie … sie ist sehr klug und gütig. Vor allem zu Moses,

und dafür bin ich dankbar. Er vermisst unsere Mutter so sehr. Esther tut alles, um sie ihm zu ersetzen.«

»Ich nehme an, das heißt, zu ihm ist sie honigsüß und dich lässt sie jeden Tag spüren, dass sie jetzt die Frau im Haus ist und du nur eine unverheiratete dumme Gans?«

Es war eine Weile still auf der anderen Seite der Tür. Dann schalt sie ihn: »Es ist sehr ungehörig, solche Dinge von der Frau meines Bruders zu sagen.« Er sah vor sich, wie sie den Kopf hob – unwissentlich die volle Länge ihres unglaublichen Schwanenhalses zur Geltung brachte – und die Tür mit ihrem königlichen Missfallen traktierte.

»Aber wahr?«, bohrte er unbeirrt weiter.

Auf der anderen Seite war es wieder einen Moment still. Dann sagte sie: »Ich muss jetzt gehen.« Aber es klang nicht verstimmt.

»Kommst du morgen Nacht wieder?«

»Wenn ich kann.« Er glaubte, leises Rascheln von Stoff zu vernehmen und den gedämpften Laut von nackten Füßen auf Holzdielen. Dann trat Stille ein.

In der darauffolgenden Nacht gestand sie ihm, dass er recht gehabt habe, und redete sich alles von der Seele, was sie hatte erdulden müssen, seit ihr Bruder David seine Frau ins Haus gebracht hatte. Vermutlich ging das nur wegen der verschlossenen Tür zwischen ihnen, nahm Alan an. Darum hingen viele Priester bei der Beichte ein Tuch zwischen sich und den Bußfertigen auf: Es war leichter, seine Bekenntnisse einer gesichtslosen Präsenz anzuvertrauen. Miriam weinte nicht, und sie gestattete sich auch nicht, hasserfüllt von ihrer Schwägerin zu sprechen, aber Alan gewann ein lebhaftes Bild von den kleinen Kränkungen und Nadelstichen, die natürlich nie vor Zeugen stattfanden. Von dem Verlust ihrer Stellung, von ihrer Einsamkeit, dem Gefühl, eine Gefangene zu sein.

»All das wird vorbei sein, wenn du heiratest«, zwang er sich zu sagen. »Es ist der einzige Ausweg.«

»Ich weiß.«

»Sprich mit deinem Vater«, riet er.

»Das ist nicht so leicht, wie es sich anhört. Er ist sehr kühl zu mir. Deinetwegen.«

»Das tut mir leid, Miriam …«

»Oh, sei nicht so zerknirscht.«

Er konnte kaum glauben, dass sie ihn neckte. »Du solltest ihm sagen, dass alles meine Schuld war.«

»So war es aber nicht.«

»Was spielt das für eine Rolle? Er ist so schlecht auf mich zu sprechen, dass es keinen Unterschied macht.«

»Für mich macht es einen Unterschied.« Es klang so trotzig, dass er verdutzt den Mund hielt, sodass sie fortfahren konnte: »Mein Vater liebt mich, das weiß ich, aber er versteht mich nicht. Er kann einfach nicht begreifen, dass ich unter einem guten Mann nicht unbedingt das Gleiche verstehe wie er, dass ich die Männer, die er in Betracht zieht, nicht heiraten kann. Nicht nach dem, was mit Gerschom geschehen ist, meinem Verlobten. Für ihn gibt es nur Juden und Nichtjuden. Dass man aber auch als Jude einem Land und seinen Menschen verbunden sein kann, will er nicht zulassen. Er nennt es gefährlich.«

Er verstand längst nicht alles, was sie da sagte, aber in dem letzten Punkt hatte Josua vermutlich recht, wenngleich Alan die Erkenntnis nicht gefiel: Dies war ein christliches Land, und die Christen begegneten den Juden mit zu viel Misstrauen. Darum waren die Juden sicherer, wenn sie unter sich blieben.

»Mein Onkel Ruben ist ganz anders«, eröffnete sie ihm zu seinem Erstaunen. »Er denkt so wie ich. Sie streiten manchmal deswegen.«

Dein Onkel Ruben ist von heute an mein bester Freund, dachte Alan. Mein allerallerbester, wie Oswald sagen würde. »Und wie wär's mit mir?«, murmelte er in den Türspalt. »Würdest du *mich* heiraten?«

Sie schwieg einen Moment. Dann kam ein atemloses: »*Was?*«

»Würdest du mich heiraten?«

»Das fragst du, weil du deine Vergangenheit vergessen hast. Wüsstest du, wer du bist, käme die Vorstellung dir absurd vor.«

»Ich frage, weil ich gern die Antwort wüsste.« Alan presste das Ohr an den Türspalt und lauschte. Er glaubte, ihren Atem zu hören.

»Mein Vater erwähnte, du habest eine Gemahlin«, sagte sie schließlich.

»Oh ja. Ich wette, dass er sie erwähnt hat. Angenommen, es gäbe sie nicht. Angenommen, ich hätte mein Gedächtnis nicht verloren oder fände es wieder und könnte ein normaler Mann sein. Würdest du mich heiraten, obwohl ich kein Jude bin?«

»Oh, Alan.« Er hörte sie lächeln. »Das ist eine müßige, törichte, obendrein eitle Frage.«

»Ja oder nein?«

»Wozu willst du das wissen?«, konterte sie; es klang beinah ein wenig ärgerlich.

»Wenn ich dir das sage, und deine Antwort lautet ›Nein‹, stehe ich da wie ein Narr.«

»Und wenn ich ›Ja‹ sage, du aber nur meine Unerfahrenheit ausnutzen willst, um mich ins Unglück zu stürzen, wie mein Vater unterstellt, dann wäre ich die Närrin.«

»Ich bin vollkommen harmlos, solange eine versperrte Tür zwischen uns ist«, beteuerte er. »Im Übrigen werden wir mit unserer Unterhaltung nicht weiterkommen, wenn nicht einer von uns wagt, dem anderen zu vertrauen, obwohl er ein Ungläubiger ist.«

»Also dann, furchtloser Alan of Helmsby: Warum stellst du mir diese törichte Frage, wo es doch niemals möglich wäre?«

»Weil ich Himmel und Hölle bewegen würde, um es möglich zu machen, wenn du ›Ja‹ sagst.«

Er wartete lange, mit geschlossenen Augen, die Stirn an die Tür gelehnt. »Miriam?«, wisperte er schließlich.

Nichts.

»Miriam?«

Die Stille auf der anderen Seite hatte sich verändert. Es war eine leere Stille. Miriam war fort.

Josua kam spät am nächsten Vormittag. »Ich bedaure, dass ich Euch habe warten lassen. Aber die Sorge um meine Patienten muss weitergehen. Und sie duldet selten Aufschub.« Er war aufgeräumter, beinah übermütiger Stimmung.

Miriam hatte ihm also nichts von Alans unverschämtem Antrag gesagt. Immerhin. Wahrscheinlich hatte sie nur deswegen geschwiegen, weil sie selbst nicht gut vor ihrem Vater dagestanden hätte, wenn sie ihm gestehen musste, dass sie nachts vor der versperrten Tür gehockt und mit dem Ungläubigen gesprochen hatte. Aber so oder so, Alan war dankbar. Es erforderte mehr Mut, als er gedacht hätte, sich in die Hände eines Arztes zu begeben. Er war nicht sicher, ob er es fertiggebracht hätte, wenn der fragliche Arzt im Zorn zu ihm gekommen wäre.

»Also?«, fragte er. »Was geschieht nun?«

»Macht den Oberkörper frei und zieht die Schuhe aus.«

Alan streifte Stiefel und Kleider ab. Letztere faltete er sorgsam und legte sie ans Fußende seines Strohbetts.

Josua reichte ihm einen Becher. »Das müsst Ihr trinken.«

»Will ich wissen, was es ist?«, erkundigte Alan sich.

Josua lachte in sich hinein. »Eher nicht. Ich habe ausführlich über die Zusammenstellung nachgelesen, aber die Gelehrten sind sich leider nicht ganz einig. Darum müssen wir ausprobieren, welche Dosierung die richtige für Euch ist.«

Alan trank einen Schluck und verzog das Gesicht. »Es ist Euer heidnisches Zeug. *Haschīsch.*«

Josua nickte. »Und Mohn, ein paar Pilze und einiges mehr … Die Mischung hat es in sich. Der Sinn ist, Euch so, wie Ihr jetzt seid, ins Vergessen zu führen, und dort suchen wir nach dem Mann, der Ihr wart. Versteht Ihr?«

»Nein. Aber ich bin zufrieden, solange Ihr versteht, wovon Ihr redet.«

»Leert den Becher. Und dann muss ich Euch fesseln, fürchte ich. Denn es kann sein, dass Ihr gefährlicher werdet als Euer Reginald de Warenne.«

Alan wurde mulmig. »Werde ich … in eine Art Rausch fallen?«

»Oh ja. Aber macht Euch keine Sorgen. Ich weiß, der Gedanke, die Kontrolle zu verlieren, erschreckt Euch. Doch ich bin Euer Arzt. Was immer hier passiert, wird diese Wände niemals verlassen, und was immer Ihr sagt oder tut, wird mich nicht schockieren.«

Es sei denn, ich erzähle dir von letzter Nacht, dachte Alan unbehaglich. Jetzt war es indes zu spät, um noch umkehren zu wollen. Der Becher war fast leer. Alan trank den letzten Schluck, setzte sich im Schneidersitz mit dem Rücken zum Stützpfeiler und verschränkte die Hände hinter dem massiven Balken.

Josua umrundete ihn und band seine Handgelenke mit einem stabilen Lederriemen.

»Ich rate zur Sorgfalt«, murmelte Alan.

Josua legte ihm kurz die Hand auf die Schulter, kam wieder zum Vorschein und ging nach nebenan in seinen Behandlungsraum. Er kam mit Pergament, Feder und Tinte zurück.

»Möglich, dass ich mir ein paar Notizen machen muss«, erklärte er.

»Solange Ihr sie später verbrennt …«

»Ihr habt mein Wort. Spürt Ihr irgendetwas?«

»Nein.« Alan runzelte konzentriert die Stirn. »Meine Zähne fühlen sich merkwürdig an.«

Josua nickte. Er schien nicht überrascht. Er ging noch einmal nach nebenan, holte eine Decke, obwohl Alans Bettstatt schon reichlich damit ausgestattet war, eine Schüssel mit Wasser, Tücher, Wein, zwei seiner geheimnisvollen irdenen Krüge mit Arzneien. Dann schloss er die Tür, faltete die Decke zu einem Kissen und setzte sich darauf Alan gegenüber.

Dessen gebundene Hände hatten sichtlich zu zittern begonnen, und Schweiß bildete sich auf seiner nackten Brust.

»Lasst mich wissen, wenn Euch unwohl wird«, bat Josua.

»Es ist alles in Ordnung. Nur Schwindel.« Und er lallte, was ihm selbst dann nicht passierte, wenn er betrunken war. Aber das eigentümliche Gefühl im Mund hatte sich von den Zähnen auf die Zunge ausgeweitet, die ihm dick und schwer vorkam.

Josua beugte sich vor, legte zwei Finger an seinen Hals und

fühlte seinen Puls. Dann zog er ein Lid nach oben und betrachtete Iris und Pupille. Alan stellte fest, dass seine Augen Mühe hatten, den Bewegungen des Arztes zu folgen. Sein Blick war langsam und wurde an den Rändern unscharf.

Josua ließ sich zurück gegen die Wand sinken. »Alan?«

»Ja.«

»Schließ die Augen, mein Sohn.«

Die Lider klappten zu.

»Wie fühlst du dich?«

»Sagenhaft …«

»Ich möchte, dass du so tief einatmest, wie du kannst, die Luft einen Moment anhältst, dann wieder ausatmest. So ist es gut. Noch einmal. Und jetzt noch einmal. Gut so. Und jetzt noch einmal von vorn. Einatmen. Anhalten. Ausatmen … Was siehst du?«

»Miriam.«

»Sie können wir hier im Moment leider nicht gebrauchen, denn sie ist die Gegenwart, nicht die Vergangenheit. Schick sie weg. Aber höflich, wenn ich bitten darf.«

Geh, meine wunderbare Miriam. Aber warte auf mich. Ich komme wieder …

»Was siehst du nun?«

Die Wüste.

»Gut.«

Josua ben Isaac, nicht der maskierte König von Jerusalem, stand auf der sandigen Anhöhe, und er kam zu dem dürstenden Wanderer herab und legte ihm freundschaftlich die Hand auf den Arm. Sanft drehte er ihn um. Gar nicht weit entfernt stand ein Palmenhain.

Was ist das, Palmen?

»Bäume mit hohen, schlanken, sacht gebogenen Stämmen und einer Krone aus dicken Blättern wie übergroße Farnwedel. Sie wachsen in heißen Ländern und bringen wunderbare Früchte hervor, Datteln zum Beispiel.«

Josua führte ihn in den Palmenhain, und eine angenehme, schattige Kühle umfing sie. Nicht weit entfernt hörte man

Wasser rieseln. Ein schmaler, weicher, sandiger Pfad führte abwärts, und sie folgten ihm, immer tiefer zwischen die fremdartigen Bäume, immer weiter hinab, bis sie eine kleine Senke mit einer felsigen Grotte erreichten. Wasser plätscherte sacht in einen klaren See. Am Ufer setzten sie sich auf den sonnenwarmen, hellen Fels und tranken. Das Wasser war süß und wohlschmeckend. Libellen flirrten über der blauen Oberfläche.

»Wie gefällt dir dieser Ort?«

Er ist wunderschön. So warm und still und verborgen.

»Man fühlt sich gut aufgehoben hier, nicht wahr?«

Wie in Abrahams Schoß.

»Dann verweile ein wenig, mein Sohn.«

Und so saß Alan an diesem verwunschenen Ort, ließ die Füße im klaren Wasser baumeln und erging sich in schläfrigem Wohlbehagen, bis sein Cousin Haimon aus dem Schatten der fremdartigen Bäume trat. Es war eine kleine Ausgabe von Haimon, vielleicht zehn Jahre alt, das Gesicht mit den dunklen Augen war blass und schmal, umrahmt von hübschen braunen Locken. Unter dem Arm trug er einen verschrammten Lederball. Er blutete aus einer Platzwunde über der Augenbraue, und Zornestränen liefen ihm über die Wangen.

Tut mir leid, Haimon. Ich hab's nicht mit Absicht getan.

Das hast du wohl! Du tust es immer mit Absicht! Vor Großmutter gibst du vor, du könntest keiner Fliege etwas zuleide tun, aber sobald sie wegschaut, lässt du keine Gelegenheit aus, mir eins auszuwischen.

Das ist nicht wahr …

Es ist wahr. Du kommst dir ja so großartig vor, weil du jünger bist als ich und trotzdem stärker. Und weil Helmsby dir gehört und mir nicht. Du meinst, du stehst so hoch, du kannst dir alles erlauben. Dabei hast du deine Eltern auf dem Gewissen, alle beide. Deine Mutter hast du bei deiner Geburt umgebracht, und dein Vater ist ertrunken, weil er es nicht abwarten konnte, zu ihr zurückzukehren, denn er wusste, dass du bald kommen würdest. Du bist ein Mörder, Alan. Und dafür kommst du in die Hölle … Da, siehst du?

Die versteckte Oase verschwamm wie nasse Tinte auf Pergament, und als das Bild wieder klar wurde, hatte es sich vollkommen verändert. Aus der sonnenbetupften Grotte war eine finstere Höhle geworden. Eine riesenhafte, abscheuliche Kreatur kam aus der gähnenden Öffnung gekrochen, halb Drache, halb Wurm, mit schuppiger Haut und drei grauenvollen Hörnern auf dem Kopf. Sie öffnete ihr gefräßiges Maul, entblößte zwei Reihen Zähne, die wie Schwerter aussahen, die krumm und schief aus den Kiefern ragten, und was sie spie, war kein Feuer, sondern irgendein widerliches schwarzes Zeug.

Galle, wusste er. Das war schwarze Galle.

Er wollte sich abwenden und fliehen, aber es ging nicht, denn er war gefesselt, und ganz gleich, wie er sich aufbäumte und zerrte, er konnte sich nicht befreien.

Dann streckte der Höllenwurm seinen langen Hals aus, und die unbeschreiblich widerwärtige zähe Galle ergoss sich über den Kopf des Gefesselten, als habe jemand einen Eimer über ihm geleert. Er fing an zu würgen, und als die Schwerterzähne niederfuhren, fing er an zu schreien. Aber es half ihm nichts. Der Schlund der Hölle verschlang ihn, und er ertrank in Schwärze.

Als er zu sich kam, fand er sich in dem hölzernen Badezuber draußen im Kräutergärtlein. Seine Glieder zitterten so heftig, dass das Wasser kleine Wellen schlug, und ihm war übel.

Josua ben Isaac hockte an seiner Seite, tauchte einen Schwamm ein, drückte ihn gegen Alans Stirn und ließ ihm das Wasser über Gesicht und Hals rinnen. »Habt Ihr Kopfweh?«

Alan nickte.

»Schlimm?«

»Wie ein Mordskater.«

»Genau das ist es auch. Morgen verändern wir die Dosis. Dann sind die Nachwirkungen vielleicht nicht so heftig.«

Alan schloss die Augen wieder und ergab sich einen Moment dem wohltuenden Wasser, das ihn umschmeichelte und über den hämmernden Kopf rann. »Ich glaube nicht … dass ich das noch mal tun kann.«

»Doch, doch.« Josua tätschelte ihm aufmunternd den Oberarm. »Ihr könnt. Denn es hat funktioniert. Woran erinnert ihr Euch?«

Statt zu antworten, richtete Alan sich auf, lehnte sich an der anderen Seite über den Wannenrand, würgte und spuckte ein bisschen dünne Flüssigkeit aus. »Entschuldigung …«

»Oh, das macht nichts. Es ist auch nicht das erste Mal, mein Junge.«

»Großartig …« Er spülte sich den Mund aus, spuckte zielsicher ins Mohnbeet und sank zurück in das tröstliche Bad. Dann berichtete er Josua, was er gehört und gesehen hatte.

»Also der kleine Haimon hat Euch bezichtigt, ein Vater- und Muttermörder zu sein, hat die Bestie der Hölle entfesselt, und die hat Euch verschlungen. Das ist alles?«

»Reicht das nicht?«

Josua war sichtlich enttäuscht. Aber er gestattete Alan nur einen Lidschlag lang, diese Enttäuschung zu sehen, dann sagte er lächelnd: »Nun, es ist ein guter Anfang. Eine Erinnerung! Und zwar eine echte, nicht wie der Ritt durch die Wüste, die nur geborgt war.«

»Ja, ich nehme an, es ist passiert. Dass Haimon und ich beim Ballspiel gestritten haben und er diese Dinge zu mir gesagt hat. Aber ich erinnere mich nicht daran. Ich weiß es, weil ich es im Rausch gesehen habe. Es ist fast so, als hätte mir jemand die Geschichte erzählt. Aber das ist anders als erinnern, oder?«

»Geduld, mein junger normannischer Heißsporn. Wir brauchen beide mehr Geduld. Es beweist, dass die Behandlung Wirkung zeigt.«

»Kann ich jetzt hier raus und mich anziehen? Ich bin doch kein Fisch …«

»Schsch. Bleibt noch ein Weilchen liegen. Das tut Euch gut. Die Zutaten meines Tranks sind nicht sehr rücksichtsvoll zum Körper eines Menschen, fürchte ich. Ihr müsst Euch Zeit lassen, die Nachwirkungen zu überwinden.«

»Wieso wisst Ihr, was ich gesehen habe?«

»Ich habe Euch gefragt, und Ihr habt es mir erzählt.«

»Und ich habe mehr gesehen als das, was ich jetzt noch weiß?«

Josua nickte.

»Was?«

»Ich bin mir im Moment nicht schlüssig, ob es richtig ist, Euch das zu sagen. Der Höllenwurm scheint mir eine Art Gleichnis zu sein für das, was Ihr wirklich gesehen habt. Und es ist kein Wunder, dass Euer Geist beschlossen hat, es zu vergessen. Bei Eurem eigentlichen Gedächtnisverlust, meine ich, und heute wieder. Es ist eine Bürde, die kein Mensch zu tragen haben sollte.«

»Jetzt spannt Ihr mich auf die Folter, Josua«, protestierte Alan. Und er fürchtete sich. Aber das hatte der Arzt ja vorhergesagt, und die diffuse Furcht, die er verspürte, war nichts im Vergleich zu dem Entsetzen, das der Wurm ihm eingeflößt hatte.

Josua rang noch einen Moment mit sich. Was er sich schließlich zu sagen entschloss, war: »Ihr habt geglaubt, was Haimon damals im Zorn zu Euch gesagt hat. Ihr wart acht Jahre alt, die Anschuldigungen ergaben für Euren kindlichen Verstand einen Sinn, also habt Ihr ihm natürlich geglaubt. Und diese Überzeugung, Eure Eltern auf dem Gewissen zu haben, war Euch unerträglich, darum habt Ihr sie tief in Eurem Innern verborgen, bis Ihr sie fast vergessen hattet. Doch als der Krieg ausbrach, kam sie zurück, in abgewandelter Form. Der kleine Alan, den Ihr immer noch in Euch tragt, glaubte, er sei verantwortlich für den Tod seines Vaters. Und wäre der Prinz nicht ertrunken, wäre es nie zu diesem Krieg gekommen. Daraus ergab sich für den erwachsenen Alan der Schluss, dass er auch für den Krieg die Verantwortung trägt. Und zwar er ganz allein. Ihr habt jedes Opfer dieses Krieges Eurer Seele aufgebürdet, so wie man eine schwere Last auf die Schultern nimmt. Aber es wurden immer mehr. Die Last wurde zu groß. Also hat Eure Seele sie abgestreift, und darum habt Ihr alles vergessen.«

Alan betrachtete ihn kopfschüttelnd. »Bei allem Respekt, Josua, aber das klingt wie …«

»Ja?«

Ein Haufen Kuhscheiße, würde mein Cousin Henry sagen. »Welcher vernünftige Mann könnte glauben, allein die Verantwortung für einen Krieg zu tragen? Kaiserin Maud und Stephen und der König von Schottland haben ihn begonnen. Die Lords, die ihren Treueid an Maud gebrochen haben – zu denen auch Stephen zählte –, haben ihn verschuldet. Nicht ich.« Das Hämmern hinter der Stirn hatte sich verschlimmert, und er hob die Linke aus dem Wasser, um sich einen Moment die Schläfe zu massieren.

»Ich habe nicht gesagt, dass es so ist, sondern dass es das ist, was Alan of Helmsby tief in seinem Herzen glaubt.«

»Welch ein eingebildeter, eitler Schwachkopf, dass er denkt, er könnte solche Macht besitzen.«

»Was immer er sonst sein mag, er ist keinesfalls ein Schwachkopf.« Josua nahm seinen Arm. »Genug gebadet. Ihr müsst Euch hinlegen und schlafen. Morgen kehren wir zurück in den Palmenhain und sehen, welche Geheimnisse wir Alan of Helmsby noch entlocken können.«

Furcht legte sich auf Alans Herz wie die sachte Berührung eines eiskalten Fingers. »Ich kann's kaum erwarten.«

Helmsby, Juni 1147

Guillaume FitzNigel war wie die meisten Männer des niederen Landadels gemischter Abstammung, aber so normannisch sein Name auch klang, war er doch mit Leib und Seele Engländer. Simon hatte ihn auf Anhieb gemocht, und erst mit einigen Tagen Verspätung ging ihm auf, woran das lag: Guillaume erinnerte ihn an Wilbert. Unter Gewissensbissen erkannte der junge Normanne, dass er seit Wochen kaum an seinen armen ermordeten Steward gedacht hatte, der doch aus

Treue zu ihm solche Qualen gelitten hatte. Auch der Schmerz über Edivias Verrat, der ihn anfangs so niedergedrückt hatte, war nur noch ein schwacher Nachhall, genau wie sein Heimweh nach Woodknoll.

»Helmsby ist ein so wunderbarer Ort, und wir haben es hier so gut angetroffen, dass ich anfange, mein gestohlenes Zuhause zu vergessen«, gestand er Guillaume. »Das ist nicht gut.«

»Nein, wahrscheinlich nicht«, stimmte der Steward zu. »Aber es würde dir auch nichts nützen, dich Nacht um Nacht in den Schlaf zu heulen. Es ist vernünftig, die Dinge hinzunehmen, die man nicht ändern kann. Und irgendwann kommt Alan nach Hause, und dann wird er dir helfen, dein Woodknoll zurückzubekommen. Du wirst sehen.«

Sie ritten Seite an Seite zwischen den Feldern entlang, wo Weizen, Roggen und Gerste in üppigem Grün leuchteten. Das Korn sorgte jetzt bis zur Ernte für sich selbst, und das war gut so, denn die Bauern waren mit dem Heu und der Schur mehr als gut beschäftigt.

»Du klingst, als wärst du dir sicher, dass er zurückkommt.«

Guillaume nickte. »Wenn er sich erinnert, kommt er zurück. Er liebt Helmsby. Und war völlig hingerissen von seiner hübschen Burg.«

»Ja.« Simon seufzte neiderfüllt. »Das wäre ich auch. Wohin reiten wir?«

»Nach Metcombe. Noch ein Stück durch den Wald, dann sind wir da.«

Simon richtete den Blick auf den Widerrist seines Pferdes, als der Pfad in den Schatten der Bäume eintauchte.

Das entging Guillaume nicht. »Was ist los, mein Junge? Angst vor Waldgeistern?«

Simon lachte in sich hinein. »Die Waldgeister in East Anglia können nicht halb so durchtrieben sein wie unsere in Lincolnshire. Nein. Ich habe die Fallsucht, Guillaume, und das Glitzern der Sonne zwischen den Blättern ist gefährlich für mich.«

»Ah. Was muss ich tun, wenn du mir vom Gaul fällst und anfängst zu zucken?« Es klang eher unbehaglich als gehässig.

»Warte ein Weilchen. Es vergeht. Und es ist bei Weitem nicht so schlimm, wie es aussieht.«

»Du trägst es mit Fassung, merke ich.«

»Wie du sagtest: Es nützt nichts, sich Nacht um Nacht in den Schlaf zu heulen. Früher hat es mich sehr verbittert«, räumte er ein. »Vor allem, als diese verdammten Mönche mich auf eine Insel voller Narren gesperrt haben. Oder jedenfalls dachte ich das. Aber gerade diese Narren haben mich gelehrt, dass es Schlimmeres gibt als die Fallsucht.«

»Hm. Und jetzt, wo Alan sich verdrückt hat, hast du sie am Hals, deine Narren. Ich beneide dich nicht.«

Simon gab keinen Kommentar ab.

Die meisten seiner Gefährten hatten ein solches Ausmaß an Verständnis für Alans Flucht gezeigt, dass es ihn verblüfft hatte. Nur Oswald nicht. Der arme Oswald war in ein Jammertal der Verlorenheit gesunken. Er fühlte sich verlassen und verraten. Es war ihnen bislang nicht gelungen, ihm begreiflich zu machen, dass »Losian«, der in Oswalds Vorstellung in etwa so allmächtig und weise wie Gott war, hatte fortgehen müssen, weil ihm keine andere Wahl geblieben war. Weil er einmal etwas für sich selbst hatte tun müssen, ohne das Wohl seiner Gefährten über das eigene zu stellen. Nun sprach Oswald so gut wie gar nicht mehr, starrte stumpfsinnig vor sich hin, weinte viel und war nur unter Strafandrohung zu bewegen, zur Arbeit zu gehen. Simon war froh, dass Alan ihn nicht so sah.

Und Regy hatte Alans Verschwinden zum Anlass genommen, sich von seiner abscheulichsten Seite zu zeigen. Er weigerte sich, sich zu bekleiden und den Eimer für seine Notdurft zu benutzen. Er gebärdete sich wie ein Besessener, sobald er ein Publikum hatte, und sagte grauenhafte Dinge zu jedem, der sich in seine Nähe wagte. Die Wachen hatten mit Meuterei gedroht, wenn ihnen weiterhin befohlen wurde, das Turmzimmer zu betreten. So waren es Simon, King Edmund und die Zwillinge, die sich dieses zweifelhafte Vergnügen teilen mussten.

Metcombe war ein hübsches Dorf am Ufer des Ouse, dessen Katen sich um die kleine St.-Guthlac-Kirche schmiegten und bis an den Waldrand drängten. »Es ist über die letzten Generationen ordentlich gewachsen«, erklärte Guillaume. »Vor der Eroberung kamen alle naselang die Dänen und brannten es nieder. Seit das vorbei ist, gedeiht Metcombe.« Er sprach mit Befriedigung. Wie ein Landmann, der ein gut bestelltes Feld betrachtet. Das Wohlergehen der Menschen, die zu Alans Ländereien gehörten, war ihm wie jedem guten Steward eine Herzensangelegenheit.

Und offenbar wussten diese Menschen ihn zu schätzen. Als Guillaume und Simon Seite an Seite die schmale Dorfstraße entlangritten, grüßten die Frauen und Kinder in den Gärten und winkten ihnen zu.

Guillaume ritt bis zur Uferwiese, vorbei an einer großen Mühle und weiter zur Schmiede. Dort saß er ab und band sein Pferd an einen Apfelbaum. Simon folgte seinem Beispiel. In der Werkstatt, die zur Linken nahe am Ufer stand, sang kein Hammer, darum hielt der Steward auf das kleine Wohnhaus zu. »Cuthbert?«, rief er, und ohne eine Antwort abzuwarten, stieß er die Tür auf.

Wie so viele Schmiede war Cuthbert ein Bär von einem Mann, und wie so viele Schmiede betonte er seine unglaublichen Muskeln mit einem etwas zu eng geschneiderten Obergewand. Er saß mit dem Rücken zur Tür am Tisch, doch als er die Stimme hörte, wandte er sich halb um. »Guillaume!« Ein Lächeln tauchte in seinem struppigen Bart auf und zeigte schiefe, aber gesunde Zähne. »Wen bringst du uns da?«

»Simon de Clare, einen von Lord Alans Gefährten.«

Cuthbert nickte dem fremden Normannen zu. »Kommt rein und nehmt Platz.«

Er hielt ein Kind auf dem Schoß, erkannte Simon, als er näher trat: ein kleines Mädchen mit weizenblonden Locken, die so weich wie Entendaunen aussahen, und einem hinreißend schönen Gesicht. Der kleine rote Mund war verschmiert, und auf dem Tisch stand eine Schale Brei. Der Schmied tauchte den hölzernen Löffel ein und fütterte die Kleine – erstaunlich geschickt für einen Mann mit so großen Händen.

»Nehmt euch ein Bier«, lud er seine Gäste ein und gestikulierte entschuldigend mit dem Löffel. »Ich kann gerade nicht.«

Guillaume kannte sich offenbar gut in dieser Küche aus. Er trat an den Herd, nahm drei Becher vom Bord, öffnete auf Anhieb das richtige von mehreren Fässern am Boden und schöpfte mit einer Kelle Bier in die Gefäße. Simon nahm ihm zwei ab, trug sie zum Tisch und setzte sich, während der Steward ihm mit dem letzten Becher folgte.

Der Schmied legte den Löffel in die Schale, hob seinen Becher den Gästen entgegen und trank einen ordentlichen Zug. Dann wischte er sich mit dem Unterarm über den Mund, nahm den Löffel wieder auf und sagte zu seiner Tochter: »Du bist ein Nimmersatt, Blümchen. Gott weiß, wenn es nach dir ginge, brächte ich den ganzen Tag damit zu, dich mit Milch und Brei zu mästen.«

Sie kicherte, schmiegte sich vertrauensvoll in den Keulenarm, der sie hielt, sperrte den Mund auf und richtete den Blick auf Simon.

Dem stockte beinah der Atem. Die Augen des Kindes waren weder blau noch grün, groß und umrahmt von dichten, blonden Wimpern. Es war Alan of Helmsby, der ihn aus diesen Augen anschaute.

»Wie kommst du zurecht?«, fragte Guillaume den Schmied.

Der deutete ein Schulterzucken an. »Ganz gut. Der Knirps ist bei meiner Schwester. Die hat selbst gerade einen bekommen und säugt sie nun beide. Meine Nachbarinnen bekochen und bemuttern mich. Die Kleine nehme ich mit in die Schmiede, damit ich sie im Auge haben kann. Kein guter Platz für so ein kleines Kind, zu gefährlich eigentlich, aber ich will sie nicht weggeben. Ich wäre zu einsam. Na ja. Langsam gewöhnen wir uns dran, stimmt's, Blümchen?«

Er machte gute Miene zu einem sehr bösen Spiel, ahnte Simon und war nicht überrascht, als Guillaume ihm erklärte:

»Cuthbert ist im Januar verwitwet. Seine Frau starb im Kindbett.«

»Das tut mir leid, Cuthbert«, sagte Simon ernst.

Der Schmied nickte, trank einen Schluck und kratzte die Breischale leer. »Lord Alans Gefährte, he?«, fragte er mit einem etwas säuerlichen Lächeln. »Immerhin. Aber wann beehrt er uns selbst? Oder gibt es hier irgendwas, das ihm neuerdings peinlich ist?«

Simon beobachtete ungläubig, wie der bärtige Mann mit dem Finger auf das Kind zeigte. Cuthberts Unverblümtheit erschien ihm außergewöhnlich, selbst für einen Angelsachsen.

Guillaume schüttelte den Kopf. »Er ist schon wieder fort. Er ist …« Er brach unsicher ab.

»Ein bisschen wunderlich geworden, hört man«, beendete der Schmied den Satz für ihn. Ein gewisses Maß an Häme war nicht zu überhören.

Guillaume schien zu überlegen, wie er antworten sollte, und Simon überraschte sich selbst, als er sich sagen hörte: »Er hat das Gedächtnis verloren. Und hier zu sein oder vielmehr in Helmsby, an dem Ort, wohin er gehört, ohne sich an irgendwen oder irgendetwas erinnern zu können, war unerträglich für ihn. Aber er hat die übrigen Gefährten und mich vor dem Verhungern bewahrt und sicher von Nord Yorkshire hierhergeführt. Nein, er ist nicht wunderlich geworden, Cuthbert. Gott hat ihm nur einen ziemlich üblen Streich gespielt, das ist alles.«

Der Schmied betrachtete den jungen Normannen mit neuem Interesse, und nach einer Weile erwiderte er: »Ja, Gottes Streiche können einen Mann in die Knie zwingen.« Dann fragte er den Steward: »Bist du gekommen, um deinen neuen Dolch abzuholen? Er ist noch nicht fertig, fürchte ich. Ich bin mit der Arbeit hoffnungslos im Rückstand.«

Guillaume winkte ab. »Der Dolch hat keine Eile. Wie kommt ihr mit der Schur voran?«

»Langsam. Man kann merken, dass uns über den Winter zwanzig kräftige Männer und Jungen weggestorben sind, ihre Arbeitskraft fehlt überall. Und immer mehr Männer fahren jetzt zum Fischen auf den Fluss, weil sie gelernt haben, dass die Leute in der Stadt ein Vermögen für guten Räucherfisch bezahlen. Ich sag ihnen, sie dürfen die Herden nicht vernachlässigen, denn Wolle ist krisensicher, aber nach diesem grauenvollen Winter sind alle versessen darauf, genug Geld zu verdienen, um endlich einmal etwas beiseitelegen zu können. Wer immer nur von der Hand in den Mund lebt, sieht jeden Winter dem Tod ins Auge. Es ist kein Wunder, dass sie versuchen, ihr Leben und das ihrer Kinder ein bisschen sicherer zu machen.«

»Nein, das ist wahr«, stimmte Guillaume vorbehaltlos zu. »Simon, kannst du Schafe scheren?«

Simon war verblüfft, nickte aber. »Sicher.« Woodknoll war nur ein kleiner Besitz, wo der Gutsherr es sich nicht leisten konnte, zur Falkenjagd zu reiten, während seine Bauern sich die Hände für ihn schmutzig machten. Simon hatte angefangen, auf dem väterlichen Gut zu arbeiten, sobald er laufen konnte.

»Und wärst du gewillt, hier mit anzupacken?«

Simon konnte sich etwas Besseres vorstellen, womit er diesen herrlichen Tag verbringen könnte, aber er verstand, dass Guillaume ihn mit hergenommen hatte, um den Bauern und Fischern von Metcombe klarzumachen, dass man sie in Helmsby nicht vergessen hatte. In gewisser Weise war Simon als Alans Stellvertreter hier. Es war keine Rolle, die er sich ausgesucht hätte, wäre er gefragt worden, aber er fing an, sich daran zu gewöhnen. »Natürlich, Guillaume.«

Der Steward lächelte ihm dankbar zu. »Dann machen wir uns gleich mit an die Arbeit. Aber vorher sag mir noch, Cuthbert, wie geht es dem alten Æthelwold?«

Während er und der Schmied die jüngsten Ereignisse im Dorf besprachen, rutschte das kleine Mädchen vom Knie seines Stiefvaters, kam ohne alle Scheu zu Simon herüber und streckte ihm die schmuddeligen Hände entgegen. Man konnte sehen, dass dieses arme Kind den Großteil seiner Tage in einer Schmiede verbrachte.

Simon war ohne Geschwister aufgewachsen und hatte kaum Erfahrung mit kleinen Kindern. Er hatte im Allgemeinen auch nicht viel für sie übrig, erst recht nicht, wenn ihre Hände voller Ruß und ihre Münder breiverschmiert waren. Aber nach einem kurzen Zögern hob er das Mädchen auf, setzte es auf sein Knie, nahm es behutsam bei den Händen und ließ es reiten, so wie die Frauen in Woodknoll es immer mit ihren Kleinen taten. Und weil er ein bisschen verlegen war, fragte er: »Wie heißt du denn, hm?«

»Agatha«, antwortete sie, und die gemurmelte Unterhaltung der Männer am Tisch brach abrupt ab.

Die plötzliche Stille veranlasste Simon, aufzuschauen, und er sah in zwei Gesichter, deren Ausdruck des Erstaunens etwas Komisches hatte. Dem Schmied war gar die Kinnlade heruntergefallen.

»Was?«, fragte Simon verständnislos.

Guillaume fasste sich als Erster. »Sie … sie hat noch nie ein Wort gesprochen. Wir haben alle geglaubt, sie ist stumm.«

Simon erfuhr die Geschichte, als sie in der Dämmerung nach Helmsby zurückritten.

Sie hatten den lieben langen Tag geschuftet, mit krummem Rücken, ein Schaf zwischen den Knien, bis zu den Schultern in den warmen Vliesen, deren strengen Geruch man tagelang nicht aus der Nase und den Kleidern bekam, wie Simon wusste. Er war müde bis in die Knochen, aber er hatte den Tag genossen. Er war nicht so virtuos und auch nicht so großmäulig wie die besten unter den jungen Scherern von Metcombe gewesen, die sich gegenseitig mit ihrer Kraft und Ausdauer auszustechen versucht hatten, aber seine Tagesausbeute hatte ihn zufriedengestellt.

»Ich weiß nicht, ob dir das irgendetwas bedeutet, aber du hast dir heute ein ganzes Dorf zu Freunden gemacht«, bemerkte Guillaume. »Du hast dich richtig ins Zeug gelegt. Das konnte man merken, und es hat ihnen imponiert.«

»Freunde kann man nie genug haben, scheint mir«, erwiderte Simon lächelnd. »Warum sind die Leute von Metcombe schlecht auf Alan zu sprechen? Ist es wegen des Kindes?«

Guillaume schüttelte den Kopf. »Du weißt also, dass es seins ist?«

»Ich habe die Fallsucht, Guillaume, aber blind bin ich nicht. Sie ist ihm wie aus dem Gesicht geschnitten und hat seine Augen.«

»Ja.« Der Steward seufzte leise. »Ich weiß. Du solltest nicht gar zu schlecht von ihm denken wegen der Sache. Er war nie einer von den Lords, die sich Freiheiten bei den Bauernmädchen herausnehmen. Aber wenn ihm eine schöne Augen gemacht hat – und das passierte nicht so selten –, hat er sie auch nicht gerade mit der Mistgabel abgewehrt, wenn du verstehst, was ich meine.«

»Obwohl er verheiratet war?«, fragte Simon missfällig.

Guillaume hob hilflos die Schultern und nickte. »Susanna hat beide Augen zugedrückt. Ich glaube, es hat ihr sogar irgendwie geschmeichelt, zumindest so lange, wie sie sich fest im Sattel wusste. Eanfled – Agathas Mutter – hat gemerkt, dass sie ein Kind von ihm bekam, kurz nachdem er verschwunden war. Da war's aus mit Susannas Nachsicht. Weil sie selbst kein Kind hatte, nehm ich an. Mit einem Mal sah sie ihre Stellung bedroht. Sie ist zu mir gekommen und hat gesagt, ich hätte eine Woche Zeit, Eanfled aus Helmsby fortzuschaffen, sonst würde sie sie beim Bischof wegen Unzucht anzeigen. Also hab ich das Mädchen nach Metcombe gebracht, und alles wurde gut. Der Schmied und Eanfled fanden bald Gefallen aneinander, und die Sache mit dem Kind nahm er nicht so tragisch. Du hast ja gesehen, wie er an der Kleinen hängt. Kein Vater könnte besser zu seinem Kind sein.«

»Und wieso hat sie nie gesprochen?«

»Tja, Simon de Clare. Das kann ich dir auch nicht sagen. Hat Susanna die kleine Agatha verflucht? Haben die Feen ihr die Sprache gestohlen? Niemand weiß es. Das Verrückte ist nicht, dass sie stumm war, sondern dass sie plötzlich angefangen hat zu sprechen, als du sie auf den Schoß genommen hast.« Und Agatha hatte es nicht bei dem einen Wort belassen. Sie war erst zwei Jahre alt und begriff längst nicht alle Fragen, die die drei

Männer ihr in ihrer Erregung gestellt hatten, aber ihr Verstand schien vollkommen in Ordnung zu sein, und sie hatte »Ja« und »Nein« geantwortet und auf Simons Erkundigung nach ihrem Lieblingstier den Namen »Billa« genannt, bei dem es sich um ein Kälbchen der Müllerfamilie nebenan handelte.

Der Schmied war in Tränen ausgebrochen.

»Die Sache ist mir selbst ein bisschen unheimlich«, gestand Simon. »Aber seit ich auf der Narreninsel war, sind so viele merkwürdige Dinge geschehen, dass ich mich über nichts mehr wundere.«

Sie ritten eine Weile schweigend durch den klaren blauen Sommerabend.

»Also?«, fragte Simon schließlich, als sie aus dem Wald kamen und die ersten Felder von Helmsby erreichten. »Was ist es nun, das die Leute in Metcombe Alan verübeln?«

»Es hat nichts mit ihm persönlich zu tun. Sie sind aus alter Tradition auf jeden Lord Helmsby schlecht zu sprechen. Ein klein bisschen jedenfalls. Einer von Alans Vorfahren hat ihnen ihr Land abgegaunert und sie alle zu Pächtern gemacht. Vorher waren sie Freibauern, die ihr eigenes Land bestellten. Im Gegenzug hat dieser Lord Helmsby sie vor den Dänen beschützt. Die Kränkung vergessen sie natürlich trotzdem niemals.«

»Sie hätten ihr Land aber doch sowieso verloren nach der Eroberung«, wandte Simon ein, denn die Normannen hatten im rückständigen England das andernorts längst übliche Lehenssystem eingeführt: Alles Land gehörte der Krone. Die vergab es stückweise als Lehen an ihre Vasallen. Die Vasallen vergaben wiederum einen Teil ihres Landes als Lehen an kleinere Adlige und Ritter. Die großen Verlierer dieser Landreform waren die Bauern, die für die Scholle, die sie bestellten, Pacht an ihren Grundherrn bezahlen mussten und ihre persönliche Freiheit verloren hatten. »In Wahrheit haben sich doch längst alle daran gewöhnt. Unsere Bauern in Woodknoll trauern den alten Zeiten jedenfalls nicht nach, an die sich ohnehin niemand mehr erinnert. Jetzt herrscht Ordnung im Land, und das wissen sie zu schätzen.«

»*Ordnung?*«, wiederholte Guillaume ungläubig. »Krieg, Hunger und Tyrannei herrschen im Land.«

»Im Moment, ja«, entgegnete Simon ungeduldig. »Aber sie werden vorbeigehen. Das System als solches ist stabil, und du kannst mir nicht weismachen, das wüsstest du nicht.«

»Du hast natürlich recht«, räumte der Steward ein. »Ich sage auch nicht, dass die Bauern von Metcombe die alten Zeiten mitsamt den dänischen Piraten zurückwollen. Aber einen ganz leisen Groll hegen sie eben immer noch gegen die Helmsby. Die meisten Menschen tun das gern, einen leisen Groll hegen und ihn von Generation zu Generation weitergeben, weißt du.«

Das war ein seltsamer Gedanke. Simon hing ihm einen Moment nach und nickte schließlich. »Ich glaube, das stimmt. Nur deswegen wettern die Normannen wohl heute noch manchmal über die Angelsachsen und umgekehrt. In Wirklichkeit haben sie sich längst aneinander gewöhnt, und oft genug haben sie sich so vermischt, dass man gar nicht mehr sagen kann, was ein Mann denn nun eigentlich ist.« Die kleine Agatha fiel ihm wieder ein: die Mutter ein englisches Bauernmädchen, der Vater ein normannischer Edelmann mit englischen Wurzeln. »Was wohl einmal aus ihr wird? Agatha, meine ich. Denkst du, Alan wäre es recht, dass sie unter Bauern aufwächst?«

Guillaume warf ihm einen Seitenblick zu. »Agatha ist ein Punkt auf der langen, langen Liste drängender Fragen, die ich mit ihm erörtern wollte. Ich nehme an, auch das ist einer der Gründe, warum er davongelaufen ist.«

Gut möglich, dachte Simon. »Na ja. Mir scheint, vorerst ist sie gut aufgehoben da, wo sie ist.«

»Bis sie groß genug wird, dass die anderen Kinder sie spüren lassen, was sie von ihrem Vater halten. Ihrem leiblichen Vater, meine ich.«

»Das wird wohl noch ein paar Jahre dauern.«

»Bleibt zu hoffen, dass Alan wiederkommt, bevor sie um sind.«

Als sie zur Burg zurückkamen, richtete Emma ihnen aus, Lady Matilda wünsche sie beide zu sprechen.

Simon und Guillaume tauschten einen Blick. Seit Alan aus Helmsby verschwunden war, war seine Großmutter so fürchterlicher Laune, dass niemand sich freiwillig in ihre Nähe wagte. Doch da die alte Dame nach ihnen geschickt hatte, blieb ihnen natürlich nichts anderes übrig.

»Ich habe die Insel überlebt«, murmelte Simon auf der Treppe vor sich hin. »Vermutlich werde ich auch das hier überstehen.«

»Ja«, brummte Guillaume über die Schulter. »Wagen wir uns mannhaft in die Höhle des Drachen …«

Der fragliche Drache saß vor dem Stickrahmen am offenen Fenster, die Augen leicht verengt, denn es dunkelte jetzt, und Lady Matildas Augen waren nicht mehr die allerbesten.

»Ihr wünschtet uns zu sprechen, Madame?«, fragte Simon höflich.

Ohne sich zu erheben, streckte sie die Hand aus, nahm wortlos einen Brief vom Tisch und hielt ihn Simon hin. Der nahm ihn – sicherheitshalber mit einem kleinen Diener – und reichte ihn Guillaume, aber der schüttelte den Kopf. »Ich kann's auch nicht«, sagte er. »Wir halten uns hier immer einen Mönch für die Bücher.«

Lady Matilda schnaubte diskret, aber unüberhörbar. »Dann her damit.« Simon gab ihr den Brief zurück, und sie las vor: »*Ruben ben Isaac an Lady Matilda of Helmsby, Grüße. Ich nehme an, Ihr vermisst einen Enkel. Er hat uns zu verstehen gegeben, er wünsche nicht, dass irgendwer in Helmsby von seinem Aufenthaltsort erfährt, aber da meine Freundschaft für Euch weit älter ist als die für ihn, war es mir ein Anliegen, Eure Sorge zu zerstreuen: Er befindet sich in diesem Haus und in der Obhut meines Bruders. Ich kann nicht aufrichtig behaupten, dass es ihm wohl ergeht, denn sein Gemüt ist verdüstert, und mein Bruder ist ein gnadenloser Schinder, wenn er einen Kranken zu heilen versucht. Aber der junge Alan ist widerstandsfähig, will mir scheinen. Also seid beruhigt. Und gestattet mir, Euch einen Rat zu erteilen: Schickt nicht nach ihm. Wenn es einen Arzt auf der Welt gibt, der ihm helfen kann, ist es vermutlich mein Bruder, aber es braucht Zeit, wie Josua sich und uns jeden Tag vor Augen führt. Ich bete, dass seine Mühen von Erfolg gekrönt sein mögen, und verbleibe Euer ergebener Freund, der hier einen Ballen persischen Brokat liegen hat, der Euren Augen beinah gerecht wird und den er Euch gern zu Füßen legen würde.* – Frecher Schmeichler«, fügte sie nahtlos an. »Ich bin alt genug, um deine Mutter zu sein …« Sie brummte, aber das winzige Lächeln verriet sie: Rubens Tändelei erheiterte sie.

Simon schüttelte fassungslos den Kopf. »Ihr kennt die Juden von Norwich, Madame?« Er hatte Josua und seine Familie schätzen gelernt und war ihnen dankbar für alles, was sie für die Gefährten getan hatten, aber ein klein bisschen peinlich war ihm die Episode dennoch. Er war zum Beispiel nicht sicher, ob er seinen Freunden daheim in Woodknoll davon erzählt hätte.

»Ein paar«, antwortete Matilda. »Ich habe schon früher in Winchester bei Rubens Vater die Stoffe für meine Garderobe gekauft. Das ist zwar verboten, aber für mich hat er eine Ausnahme gemacht. Rubens Großvater war ein Freund meiner Eltern. Ein Heiler, genau wie Rubens Bruder.« Dann tippte sie auf den Brief und sah Simon scharf an. »Hast du das gewusst?«, fragte sie.

Er versuchte erst gar nicht zu leugnen. »Nicht gewusst, Madame. Aber geahnt, ja.«

»Und du bist nicht auf die Idee gekommen, mir einen Ton zu sagen, damit ich nachts nicht wach liegen und mich zu Tode grämen muss, nein?«

Mit einem Mal wurde Simon wütend. Er war es satt, den Kopf für Alan und dessen Sünden hinzuhalten. »Noch seid Ihr ja ganz munter, scheint mir«, konterte er flegelhaft. »Im Übrigen war es seine Entscheidung, Euch im Dunkeln zu lassen, und ich nehme an, er hatte seine Gründe, die ich nicht kenne, aber respektiere.«

Nun war es an Matilda, verdutzt zu sein. Aber sie sammelte sich sogleich wieder. »Da sieh mal einer an. Du bist doch kein Lämmchen, wie ich zu befürchten anfing, Simon de Clare.«

»Nein. Aber diese Erkenntnis ist für mich auch noch neu«, gestand er.

Matilda lächelte vor sich hin. »Nichts kann einem so die Augen über das eigene Selbst öffnen wie ein paar Schicksalsschläge, nicht wahr«, murmelte sie. Dann blickte sie versonnen auf den bedauernswerten Märtyrer in ihrer Stickerei hinab und kam schließlich zu einer Entscheidung. »Also schön. Wir lassen Alan unbehelligt. Fürs Erste. Und ich schlage vor, dass wir diesen Brief Haimon und Susanna und am besten auch allen anderen verschweigen, auf dass das Geheimnis sich nicht wie ein Schilffeuer in Helmsby verbreite.«

Simon und Guillaume stimmten erleichtert zu. Dann wechselte Letzterer das Thema. »Wir waren in Metcombe. Und Ihr werdet nicht glauben, was passiert ist, Lady Matilda: Das Kind hat gesprochen.«

»Agatha?«, fragte sie.

Guillaume nickte und wies auf Simon. »Er hat sie auf den Schoß genommen, sie nach ihrem Namen gefragt, und sie hat geantwortet. Einfach so.«

Matilda schlug die Hände zusammen, und die blauen Augen leuchteten. »Habe ich nicht immer gesagt, mit dem Kind sei alles in Ordnung?« Aber ihre offenkundige Erleichterung verriet, wie groß ihre Zweifel gewesen waren. »Alan hat auch erst mit zwei angefangen zu sprechen. Den Mund nur dann aufzumachen, wenn man etwas zu sagen hat, ist nicht die schlechteste Gabe, die ein Vater seinem Kind vererben kann.«

»Wie dem auch sei. Ich schlage vor, dass wir auch das Susanna und Haimon verschweigen«, riet Guillaume.

»Das wäre gewiss das Beste«, stimmte die alte Dame zu. »Ich wünschte, Haimon verschwände endlich aus Helmsby. Dann könnten wir die Kleine herholen. Sie würde Alan Freude machen und Mut geben, wenn er heimkommt. Zu seinem treulosen Weib.«

Simon verabscheute, was Henry und Susanna getan hatten, aber allmählich fing er an, die junge Frau zu bedauern. Sie bezahlte teuer für ihr Vergehen. Matilda zwang sie, an den Mahlzeiten in der Halle teilzunehmen, um sie dann öffentlich mit größtmöglicher Verachtung zu behandeln. Auch Haimon ließ keine Gelegenheit aus, bei Tisch Andeutungen und Bemerkungen über ihren Ehebruch fallen zu lassen. Wahrscheinlich tat er das, argwöhnte Simon, damit auch ja niemand in Helmsby vergaß, dass Susanna ihrem Gemahl Hörner aufgesetzt hatte, denn es erfüllte Haimon mit Schadenfreude. Was immer seine Gründe sein mochten – für Susanna war die hohe Tafel zum Pranger geworden.

»Vielleicht wäre es klüger, Ihr ließet sie in ein Kloster gehen, bis er heimkommt und entscheidet, wie es weitergehen soll«, regte Simon zaghaft an. »Ich weiß, dass sie das möchte.«

»Nun, ihre Wünsche sind hier nicht länger von Belang«, beschied Matilda. »Im Übrigen hat sie den Trost eines Klosters gar nicht nötig, denn sie hat sich eurem seltsamen Heiligen anvertraut und verbringt jeden Tag Stunden mit ihm in der Kirche.«

»King Edmund?«, fragte Simon verblüfft. Der Gedanke erleichterte ihn.

Lady Matilda nickte. »Ich hoffe, er ist so keusch, wie er tut.«

Norwich, Juni 1147

Alan hatte ein kleines Loch in der Bruchsteinmauer entdeckt, welche die besonders schutzbedürftigen Kräuterbeete vom restlichen Garten trennte. Er musste nur auf einen Vorsprung in der unteren Steinreihe steigen, um hindurchspähen zu können, und auf diese Art und Weise erhaschte er so manchen Blick auf das jüdische Leben, das wegen des sommerlichen Wetters zu nicht geringem Teil im Garten stattfand.

Manche der Gebräuche hatten ihn anfangs erschreckt. So fanden Ruben, Josua und dessen erwachsener Sohn David sich zum Beispiel jeden Morgen im Garten zum Gebet ein. Ehe sie begannen, legten sie sich gestreifte Tücher um die Schultern. Das ging ja noch. Aber dann holte jeder zwei seltsame kleine Schachteln hervor, von denen sie sich eine mit den herabbaumelnden Lederriemen vor die Stirn banden, die andere um den linken Unterarm. Dann fingen sie an, die Oberkörper vor- und zurückzuwiegen, und beteten. Es sah höchst sonderbar aus. Sie beteten lange und in tiefer Inbrunst, und das weckte jeden Morgen aufs Neue die Sehnsucht nach einer Kirche und dem Trost der heiligen Messe in Alan. Vor allem jedoch hätte er zu gerne gewusst, welchem Zweck die seltsamen Schachteln dienten. Aber natürlich konnte er Josua nicht fragen, ohne die Existenz seines Gucklochs zu verraten. Und das wollte er auf keinen Fall riskieren, denn es verging kein Tag, ohne dass er einen Blick auf Miriam erhaschte. Miriam mit einer Schüssel Erbsen auf der Bank oder bei der verbotenen Gartenarbeit, Miriam einsilbig im höflichen Gespräch mit ihrer Schwägerin oder übermütig mit ihrem kleinen Bruder. Aus der Ferne lernte er sie besser kennen, den Ausdruck auf ihrem Gesicht zu deuten, und die Geste, mit der sie sich das Kopftuch hinters Ohr steckte, wurde ihm vertraut.

Er wusste nicht, wie er die Tage und Nächte in Josuas Kräuterlager ohne diese heimlichen Freuden überstanden hätte, denn sie waren schwer und düster. Jeden Tag außer am Sabbat war Josua mit einem Becher zu ihm gekommen. Jeden Tag hatte er die Zusammensetzung des Tranks verändert. Doch der Besuch in der verwunschenen Oase verlief immer mit dem gleichen unbefriedigenden Ergebnis, und sie waren noch keinen Schritt weitergekommen.

Am zehnten Tag der Behandlung schließlich kam Josua ohne den Becher.

Alan wusste, was das hieß. Er hatte es kommen sehen, aber trotzdem musste er sich stählen, um die Frage zu stellen: »Wir geben auf?«

Wie so oft ließ der Arzt sich ihm gegenüber auf dem Boden nieder. Er sah ihm forschend ins Gesicht, ehe er antwortete. »Wir geben nicht auf. Aber so wie bisher können wir nicht weitermachen.«

»Warum nicht?«, fragte Alan. »Ihr habt gesagt, es braucht Zeit.«

»Ich weiß. Aber ich wage nicht, Euch länger meinen Trank zu geben. Er kann von großem Wert und Nutzen sein, aber seine Natur ist böse. Giftig, könnte man auch sagen. Ihr habt es ja am eigenen Leib gespürt. Und Ihr werdet von Tag zu Tag kränker.«

Alan winkte ungeduldig ab. »Unsinn. Nur Schwindel und Muskelkrämpfe, und nach ein paar Stunden ist alles vorbei. Ich fühle mich großartig und ...«

»Das tut Ihr nicht«, unterbrach Josua streng. »Und weil der Trank böse ist, muss man immer wachsam und argwöhnisch sein, wenn man sich seiner bedient. Er gaukelt Euch vor, kurz vor dem Ziel zu sein, aber in Wahrheit treten wir auf der Stelle.« Er unterbrach sich und atmete tief durch. »Es fällt mir nicht leicht, das einzugestehen, glaubt mir. Aber wenn wir uns von dem Trank verführen lassen, weiterzumachen, dann kann es passieren, dass er Euch befällt wie ein Dämon und Ihr nicht mehr von ihm loskommt. Nur noch in seiner Welt leben wollt. So wie ein Trunkenbold es irgendwann nicht mehr erträgt, wenn sein Geist nicht vom Wein vernebelt ist, versteht Ihr mich?«

Alan hatte ihm mit zunehmendem Schrecken gelauscht. Er nickte unwillig.

»Das darf ich nicht zulassen. Darum müssen wir diese Behandlung abbrechen.«

»Und ... und gibt es nichts anderes, was Ihr versuchen könntet?«

»Doch«, antwortete Josua, und Alan sah, dass dem Arzt unbehaglich zumute war. »Zwei der Gelehrten beschreiben eine Behandlungsmethode gegen die *Melancholia*, die sie mit beachtlichem Erfolg angewendet haben. Manche der Überlebenden waren geheilt.«

»Das klingt vielversprechend«, spöttelte Alan, um seine Nervosität zu verbergen. »Was ist es? Raus damit.«

Josua legte ihm die Hände um den Nacken, als wolle er ihn an sich ziehen. Alan hatte sich daran gewöhnt, dass der Arzt ihn ohne Vorwarnung anfasste; sein Körper hatte gelernt, diesen Händen zu vertrauen, und zuckte nicht zurück. Mit Zeige- und Mittelfingern ertastete Josua die Vertiefungen links und rechts der Nackenwirbel gleich unterhalb des Schädelknochens. »Da«, sagte er. »An diesen Stellen treibt man glühende Stahlstifte ins Fleisch, so tief es geht, auf beiden Seiten gleichzeitig.«

Er ließ ihn los, sank zurück gegen die Wand und sah seinen Patienten an.

Alan dachte eine Weile nach. »Was genau tun diese Stahlstifte, dass sie einen Kranken heilen können?«, fragte er schließlich.

»Sie versetzen ihm einen Schock, der das Gleichgewicht der Körpersäfte schlagartig wiederherstellen kann.«

»Und wie stehen die Chancen?«

»Ich bin nicht sicher«, bekannte Josua. »In einem der Berichte steht, von neun Patienten seien fünf gestorben, drei geheilt worden, bei einem sei der Zustand unverändert geblieben. Aber nicht alle Gelehrten sind und waren immer absolut aufrichtig mit ihren Zahlen, versteht Ihr. Manchmal erweist sich die Versuchung, eine selbst erfundene Heilmethode über Gebühr zu preisen, als zu mächtig. Und ich habe persönlich keine Erfahrung mit dieser Vorgehensweise.«

»Aber Ihr wäret bereit, es zu versuchen?«

Der Arzt antwortete nicht sofort.

Alan zog die Brauen in die Höhe. »Ihr werdet mir doch nicht zimperlich, Josua?«

Der schenkte ihm ein gefährliches Lächeln. »Davon träumt Ihr höchstens, mein Junge.« Dann wurde er wieder ernst. »Nein. Ich bin nicht zimperlich. Ich bin bereit, es zu versuchen, wenn es Euer Wunsch ist, aber erst, wenn Ihr von Eurer Reise zurückkommt.«

»Welche Reise?«, fragte Alan verdutzt.

»Nach Bristol. Ihr müsst den Earl of Gloucester aufsuchen. Er hält den Schlüssel zu Eurem Gedächtnis, ich bin sicher.«

Alan schüttelte mutlos den Kopf. »Ich wünschte, Ihr würdet mir die Dinge berichten, die ich in der Oase gesehen habe und beim Aufwachen wieder vergessen hatte.«

»Nein«, erwiderte Josua kategorisch. Sie führten diese Debatte nicht zum ersten Mal. »Es würde Euch nur verwirren, statt Euch zu helfen.«

Mit Mühe hob Alan den Blick. »Ich habe furchtbare Dinge getan, nicht wahr? Darum wollt Ihr es mir nicht sagen.«

Josua schüttelte den Kopf, untypisch geduldig. »Ihr habt furchtbare Dinge *erlebt*.«

»Aber sagt mir, wieso sollte ich in Bristol wiederfinden, was ich nicht einmal zu Hause in Helmsby zurückerlangen konnte?«

»Weil man immer dort anfangen sollte zu suchen, wo man eine Sache verloren hat, denkt Ihr nicht?«

Bei Dämmerung hatte der fröhliche junge Bursche ihm das Essen gebracht, aber Alan verspürte keinen Appetit. Ganz gleich, was Josua sagte; die Behandlung war gescheitert. Gewiss konnte Alan nach Bristol reiten, um dort nach seinem Gedächtnis zu suchen. Er hätte auch vor den glühenden Stahlstiften nicht zurückgeschreckt, obwohl er sich natürlich davor fürchtete. Er war so weit, dass ihm jedes Mittel recht schien. Aber Tatsache blieb: Die Methode, auf die Josua seine größten Hoffnungen gesetzt hatte, hatte versagt.

Lustlos schob Alan sich einen Löffel in den Mund, kaute und schluckte. Dann schenkte er dem Inhalt der Schale seine ungeteilte Aufmerksamkeit und leerte sie mit Genuss. Kein Zweifel, die Juden verstanden sich auf gutes Essen. Sie hatten Speisegesetze, die unglaublich kompliziert waren und ihm teilweise völlig absurd erschienen, aber er musste zugeben, aus dem Wenigen, was sie essen durften, zauberten Miriam und ihre Schwägerin die schmackhaftesten Gerichte. Heute Abend zum Beispiel hatte er einen Eintopf aus Kohl und Lamm bekommen, gewürzt mit fremden, wohlschmeckenden und, so argwöhnte er, sündhaft teuren Gewürzen, die dem Mahl ein völlig unbekanntes Aroma verliehen, und dazu ein Stück Fladenbrot. Es wurde ohne Milch hergestellt, wusste er, denn Milch und Fleisch zusammen zu verzehren war aus irgendwelchen sonderbaren Gründen verboten, aber er liebte dieses Brot. Und heute war das letzte Mal, dass er es aß.

Nachdem er sein Mahl vertilgt hatte, stieg er auf den Vorsprung in der Mauer und spähte durch sein geheimes Guckloch. Wie erwartet versammelte die Familie sich gerade erst zum Essen. Sie hatten einen langen Tisch mit Bänken auf den Rasen gestellt, und nachdem alle Schalen, Becher und Krüge aufgetragen waren, setzten auch Miriam, ihre Schwägerin Esther und die junge Magd sich an den Tisch. Die Unterhaltung verstummte, als Josua ein Stück Brot ergriff und ein Gebet sprach. Es war zu weit weg, als dass Alan ihn hätte verstehen können, und obendrein war es Hebräisch, aber er hatte herausbekommen, was es hieß: *Gepriesen seiest du, o Herr, Schöpfer der Welt, der du uns Brot aus der Erde spendest.*

Der Hausherr wiederholte den Segen mit dem Wein. Dann begann die Familie zu essen. Alan beobachtete, wie Josua sich mit dem kleinen Moses unterhielt, Ruben mit Miriam und David und Esther verstohlene, verliebte Blicke tauschten. Eine unerwartet heftige Sehnsucht überkam ihn, dazuzugehören. Sie hatten ihre Sorgen und Streitereien wie andere auch, wusste er, aber dies waren gute Menschen. Eine starke Familie. Wenn es ihm nun nicht gelang, Alan of Helmsby zu sein, warum zum Henker konnte er dann kein Jude werden?

Aber sogleich rief er sich zur Ordnung. Es war sinnlos, sich zu bemitleiden und nach Dingen zu sehnen, die nicht sein konnten. Es schadete nur, weil es einen Mann schwach machte. Josua hatte recht: Er musste weiterziehen und sich auf die Suche nach seinem verlorenen Selbst machen. Morgen bei Sonnenaufgang würde er gehen. Und gerade weil er wusste, dass es das letzte Mal war, blieb er auf seinem Lauerposten und beobachtete Josua und die Seinen ohne alle Scham, bis es dunkelte und die Tafel aufgehoben wurde.

Das vertraute Knarren der Tür weckte ihn, und wie immer war Alan sofort hellwach. Aber er schreckte nicht hoch, die Hand am Dolch, noch ehe er die Augen ganz geöffnet hatte, wie er es in der Wildnis und auch in Helmsby getan hatte.

Er schlug lediglich die Lider auf, und sein Blick fiel auf eine Gestalt im Türrahmen. Ein Strahl silbriges Mondlicht, der durchs Fenster des Behandlungsraumes schien, beleuchtete sie von hinten und zeigte sie als Schattenriss.

»Woher hast du den Schlüssel?«, fragte er leise.

Sie schien für einen Moment zu erstarren. »Du bist wach«, wisperte sie. Es klang eine Spur erschrocken.

Langsam, um sie nicht zu verscheuchen, setzte er sich auf. »Komm trotzdem herein«, bat er.

Miriam trat über die Schwelle. Lautlos zog sie die Tür hinter sich zu. »Ich habe meinem Vater den Schlüssel gestohlen«, bekannte sie unbehaglich. »Er hatte ihn ziemlich gut versteckt, aber Moses wusste, wo. Es gibt einfach kein Geheimnis, das vor Moses sicher ist.«

Alan gab keinen Kommentar ab.

Sie trat näher und blieb vor ihm stehen. »Ich wollte dich noch einmal sehen, ehe du fortgehst.«

Er hatte kühl und distanziert sein wollen, denn er fürchtete sich davor, ihr noch einmal ins offene Messer zu laufen. Aber es erwies sich als unmöglich, als sie ihm plötzlich so nahe war. Mit einer blitzschnellen Bewegung ergriff er ihre Hand und drückte sie einen Augenblick an die Stirn. Die Hand war rau, filigran, warm und trocken. Und sie duftete nach Rosmarin – ein Geruch, der ihm ausnahmsweise bekannt war. Statt sie loszulassen, was eigentlich seine Absicht gewesen war, zog er Miriam zu sich herunter, bis sie neben ihm auf dem weichen Strohlager saß. Die Tür zum Kräutergarten stand offen, und auch wenn der volle Mond auf der Vorderseite des Hauses schien, machte er die Nacht doch hell. Jetzt, da sie einander so nahe waren, konnten sie sich erkennen. Miriam betrachtete ihn einen Moment mit unbewegter Miene, dann hob sie die Arme, verschränkte sie in seinem Nacken und presste die Lippen auf seine.

Das war das Letzte, womit Alan gerechnet hatte. Er riss die Augen auf, dann umfasste er Miriam, zog sie enger an sich, bis sie auf seinem Schoß saß, legte den linken Arm um ihren Leib und küsste sie mit Hingabe, während seine rechte Hand verstohlen aufwärtswanderte und ihre Brust fand. Durch die dünnen Tuchlagen von Ober- und Untergewand fühlte er eine apfelrunde, feste Mädchenbrust, die ihn mit solcher Begierde erfüllte, dass er einen Moment lang fürchtete, er könne nicht mehr atmen.

Miriam zog scharf die Luft ein, als sie seine Hand fühlte, doch sie löste sich nicht von ihm, im Gegenteil, ihr Kuss wurde wagemutiger. Ihre Zunge war unerfahren, aber gelehrig. Die kleinen rauen Hände glitten neugierig über Alans Schultern und seine Arme hinab, dann zu seiner nackten Brust.

Er beugte sich über sie, beinah unmerklich und immer nur ein kleines Stückchen, sodass ihr Oberkörper weiter und weiter nach hinten gebogen wurde, und unterdessen raffte seine Hand ihren Rock. Sie machte das ausgesprochen geschickt, diese Hand, geradezu unauffällig, und todsicher nicht zum ersten Mal. Kein Zweifel, seine Hand wusste, wie man einer Jungfrau unter den Rock kroch.

Die Erkenntnis traf ihn unvorbereitet – wie ein tückischer Schlag, den man nicht kommen sehen konnte. Sie änderte nichts an seiner Gier, dem schmerzhaft prallen Glied, dem Gefühl, dass nichts und niemand in der Welt ihn jetzt noch aufhalten konnte. Aber sie brachte ihn aus dem Konzept. Die Hand hielt inne, und die andere, die behutsam die knospende Brust streichelte, kam aus dem Rhythmus.

Miriam spürte die Veränderung augenblicklich. Sie erwachte aus ihrem tranceartigen Zustand, öffnete die Augen und löste die Lippen von seinen. »Was ist denn?«, flüsterte sie.

Alan sah ihr verwirrtes, vertrauensvolles Lächeln. Abrupt ließ er sie los, stieß sie beinah roh von sich, stand so eilig vom Bett auf, dass er über eine Decke stolperte, und brachte ein paar Schritte Abstand zwischen sie. Dann stand er schwer atmend mit dem Rücken zu ihr, eine Hand am Stützbalken, als wünsche er, er wäre wieder daran gefesselt wie so häufig in den vergangenen Tagen. »Vergib mir, Miriam.« Es klang heiser. Die Stimme eines Fremden. Aber genau das war er ja: sich selbst fremd.

»Was soll ich dir vergeben?«, fragte sie verständnislos.

Er hörte das Rascheln von Stroh und hob warnend eine Hand, ohne sich umzuwenden. »Bleib, wo du bist. Nur noch einen Moment, sei so gut.« Denn mir ist nicht zu trauen. Wenn auch nur dein kleiner Finger mich berührt, ist alles zu spät.

Sie befolgte seine Bitte, fragte aber: »Habe ich etwas falsch gemacht? Bist du mir böse?«

Ihre naive Besorgnis rührte ihn, und er biss sich auf die Unterlippe, um nicht zu lachen. »*Du* hast nichts falsch gemacht«, versicherte er mit einem kurzen Blick über die Schulter. Miriam saß auf seinem Strohlager, die Beine untergeschlagen, die Hände im Schoß – vollkommen ungeziert und doch von königlicher Grazie. Er sah lieber wieder weg. »Weißt du, wozu es führt, wenn ein Mann und eine Frau allein im Dunkeln sind und sich küssen so wie wir gerade eben?«, fragte er.

»Natürlich. Aber anständige Männer tun es nur, wenn sie mit der Frau verheiratet sind, hat Gerschom gesagt, darum weiß ich, dass ich von dir nichts zu befürchten habe.«

Standhafter Gerschom, dachte Alan grimmig. Du hast offenbar über weit mehr Selbstbeherrschung verfügt als ich, wer immer du gewesen sein magst … »Was bringt dich auf den Gedanken, ich könnte ein anständiger Mann sein? Bin ich nicht ein Ungläubiger? Ein *Goj*, wie Moses sagt?«

»Das eine schließt das andere nicht aus«, entgegnete sie entschieden. »Ich weiß es, weil du Dinge tust, auf die Gott mit Wohlgefallen blickt – *Goj* oder nicht. Du hast meinen Bruder vor diesen fürchterlichen Gassenjungen gerettet und Geduld mit ihm gehabt, als er geweint hat. Und du beschützt deine Gefährten und sorgst für sie, obwohl sie sicher oft eine große Bürde sind. Das ist eine Art von Anstand, der in der Welt rar geworden ist, sagt mein Vater.«

»Sieh an …« Alan fiel aus allen Wolken. Und er erkannte, dass das Urteil dieses Juden ihm mehr bedeutete, als er für möglich gehalten hätte. Sein Mund war staubtrocken. Immer noch sang das Blut in seinen Ohren. Aber er hatte sich wieder unter Kontrolle. Langsam drehte er sich zu ihr um, lehnte sich an den Stützbalken und verschränkte die Arme. »Erzähl mir von Gerschom«, bat er sie. »Was ist passiert?«

Miriam senkte den Kopf. Die Finger der Rechten zupften einen Strohhalm von der wollenen Decke, auf der sie saß, und sie wickelte ihn um den Zeigefinger der Linken. Es war lange still. Aber Alan wartete geduldig. Er war vollauf damit zufrieden, sie anzusehen, die Rundung ihrer Schulter zu betrachten, den Ansatz des Schlüsselbeins, den der Ausschnitt ihres Kleides freiließ. Hätte sie nackt und mit offenem Haar vor ihm im Stroh gelegen und ihm einladend die Schenkel geöffnet, hätte er kaum verrückter nach ihr sein können. Es stand unverändert schlimm um ihn. Aber jetzt würde er es nicht mehr tun, wusste er. Er bückte sich, hob seinen Bliaut vom Fußende auf und streifte ihn über. Eine unzureichende Brünne gegen Miriams verführerischen Liebreiz, aber besser als nichts. Und immerhin verdeckte das Gewand halbwegs, was sich in seinen Hosen abspielte.

»Er kam aus York«, begann Miriam, ohne den Blick von ihrem Strohhalm abzuwenden. »Unsere Familien kennen sich seit vielen Generationen, und die Ehe wurde vermittelt, als ich acht oder neun war. So ist es bei uns üblich.«

»Bei uns auch.«

Miriam nickte. »Gerschoms Familie handelt mit Edelsteinen, und ihre Hauptniederlassung ist in Konstantinopel. Dort sollten wir nach unserer Hochzeit hinziehen. Aber ich wollte nicht.«

»Konstantinopel …«, murmelte Alan verwundert. »Eine gefährliche Reise, nehme ich an.«

»Das war nicht der Grund, warum ich mich gesträubt habe«, stellte sie klar. »Aber es ist … so furchtbar weit fort. Von England, von Norwich, von meiner Familie und allen Menschen, die mir vertraut sind. Gerschom war ein ehrenwerter und zuverlässiger Mann, aber ich habe mich davor gefürchtet, mit ihm allein in die Fremde zu ziehen. Also … habe ich mich geweigert.«

Und das konntest du einfach so?, fragte er sich erstaunt. Muss eine jüdische Frau denn nicht tun, was ihr Gemahl befiehlt?

Sie antwortete ihm, als hätte er es laut ausgesprochen: »Unser Gesetz sagt, ein Mann muss seiner Frau nach der Hochzeit mindestens ein so gutes Leben bieten, wie sie es zuvor kannte, und er darf sie nicht zwingen, mit ihm an einen Ort zu gehen, der ihr nicht gefällt. Auf dieses Gesetz habe ich mich berufen. Mein Vater war wütend, denn er ist ein weit gereister Mann und konnte meine Furcht vor der Fremde nicht verstehen. Aber ich bin stur geblieben, und mein Onkel Ruben hat mir den Rücken gestärkt, denn er liebt England, genau wie ich. Also schön, hat Vater gesagt, dann heirate Gerschom, lass ihn allein nach Konstantinopel gehen und bleib hier, bis seine Geschäfte erledigt sind und er zurückkommt. Aber das wollte ich auch nicht …« Sie unterbrach sich, und endlich schaute sie auf. »Ich weiß, wie sich das anhört. Du musst mich für eine widerspenstige Kratzbürste halten.« Es klang mutlos.

Alan hob mit einem kleinen Lächeln die Schultern. »Es gibt Schlimmeres, nehme ich an. Warum wolltest du nicht?«

»Viele Männer sterben auf ihren Handelsreisen. Ihr Schiff kentert im Sturm, sie werden von Räubern erschlagen, was weiß ich. Viele kehren nie zurück. Wenn es aber keine Zeugen gibt, die ihren Tod mitangesehen haben, müssen ihre Frauen bis ans Ende ihrer Tage allein bleiben, weil es ja sein könnte, dass der Verschollene doch noch lebt und plötzlich wieder auftaucht. Es ist ein schreckliches Schicksal. Und weil unser Gesetz genau aus diesem Grund auch sagt, dass eine Frau ihrem Mann die Zustimmung zu einer Reise in die Ferne verweigern kann, habe ich abgelehnt. Der arme Gerschom. Er war so geduldig und verständnisvoll. Und er wollte mich immer noch, obwohl ich so … schwierig war. Er blieb viel länger hier als beabsichtigt, und darum war er in Norwich, als im November die Pocken ausbrachen.« Sie verstummte abrupt, konnte nicht weitersprechen, weil sie verbissen um Haltung rang.

Mit zwei Schritten hatte Alan sie erreicht, setzte sich neben sie und ergriff ihre Hände. »Es war nicht deine Schuld, Miriam. Sieh mich an.« Es dauerte eine Weile, aber schließlich wandte sie ihm das Gesicht zu und schaute ihm in die Augen. Die ihren schimmerten verdächtig, aber es gelang ihr, die Tränen zurückzuhalten. »Du hast Gerschom nichts Übles gewünscht, und du hattest keine Macht über die Pocken.« So wenig wie Alan of Helmsby über den Krieg, fuhr es ihm durch den Kopf. »Es ist dumm, vermessen sogar, sich für Dinge verantwortlich zu fühlen, die man nicht kontrollieren kann.«

»Aber wenn ich meinem Vater gehorcht und mit Gerschom nach Konstantinopel gegangen wäre, würde er noch leben«, wandte sie ein.

»Wer weiß. Du hast eben selbst gesagt, wie gefährlich das Reisen ist. Vielleicht war seine Zeit einfach abgelaufen. Und hätten ihn nicht in Norwich die Pocken geholt, dann wäre es auf der Reise passiert und du wärst jetzt eine der unglücklichen Witwen, die niemals Gewissheit erlangen, oder allein und verlassen irgendwo in der Fremde. Ich weiß nicht viel über das, was Juden glauben, aber wenn wir wirklich zu demselben Gott beten, dann musst du doch wissen, dass diese Dinge in seiner Hand liegen, nicht in unserer.«

Sie hatte ihm aufmerksam gelauscht, die Stirn leicht gefurcht. »Das hat mein Vater auch gesagt. Aber es klang, als wolle er nur Ausflüchte für mich finden. Und wie dem auch sein mag, Gott straft mich für meine Halsstarrigkeit. Seit Gerschom gestorben ist, hat keine ehrbare jüdische Familie mehr bei meinem Vater um mich angefragt. Niemand will so ein störrisches Weibsbild wie mich zur Frau oder Schwiegertochter, auch wenn ich nur das Recht geltend gemacht habe, welches das Gesetz mir zusichert. Der einzige Mann, der mich noch heiraten will, ist ein *Goj*, der kein Gedächtnis, dafür aber eine Ehefrau hat.« Sie sagte es mit einem gewissen Maß an Bitterkeit, aber auch, stellte er erstaunt fest, mit einem Funken Humor. »Das wird mein Vater niemals, *niemals* zulassen, und darum werde ich bis ans Ende meiner Tage die gönnerhafte Herablassung meiner Schwägerin ertragen müssen.«

»Mein Angebot steht dennoch«, erwiderte er. »Selbst nachdem du weggelaufen bist, ohne mir eine Antwort zu geben.«

»Ein Vorgeschmack auf das, was dich erwarten würde.« Sie schlug beschämt die Augen nieder. »Ich musste nachdenken, Alan.«

»Und?«

Sie sah ihn wieder an und nickte. »Ja. Ich würde dich heiraten, wenn es nicht unmöglich wäre.«

Er ließ einen zu lang angehaltenen Atem entweichen und schloss für einen Moment die Lider. Etwas Warmes, wunderbar Wohliges durchrieselte ihn. Sie wollte ihn. Nicht Alan of Helmsby, wie er einmal gewesen sein mochte, sondern *ihn*, so wie er war. Zum ersten Mal, seit die Sturmflut gekommen war und die Palisaden eingerissen hatte, die ihn gefangen hielten, war er dankbar für seine Freiheit. Und zuversichtlich. Dafür gab es weiß Gott keinen einzigen vernünftigen Grund, und dennoch war es so.

Vorsichtig, fast schüchtern nahm er Miriams Hände, weil er sich nicht traute. Weil er fürchtete, die gewissenlose Gier, die er mit Mühe im Zaum hielt, könne ihn doch noch ins Straucheln bringen. Ihn verleiten, der Frau, mit der er sein Leben teilen wollte, die Ehre zu stehlen, ohne zu wissen, ob er ihr je eine Zukunft würde bieten können. Ihr womöglich einen Bastard zu machen, so wie Prinz William es mit seiner Mutter getan hatte. Ihren Vater, der so viel für ihn getan und ihm solche Güte erwiesen hatte, schändlich zu verraten. So tief zu sinken wie Henry Plantagenet, dieser verfluchte Hurensohn …

Er küsste Miriam auf die Stirn, hüllte sich für einen Augenblick in ihre Wärme und ihren Duft, und dann ließ er sie los.

»Morgen muss ich fort und tun, was dein Vater mir geraten hat.«

»Glaubst du, es wird etwas nützen?«

»Nein«, gestand er. »Aber er wird mich für einen Feigling halten, wenn ich es nicht tue, und das will ich nicht. Ich weiß nicht, wie lange es dauert, aber ich komme wieder, Miriam. Also warte auf mich.«

»Oh, sei unbesorgt«, gab sie trocken zurück. »Wie ich schon sagte, niemand steht Schlange, um mich zu heiraten.«

»Niemand außer mir.«

»Aber du *bist* verheiratet.«

»Ja, das war eine böse Überraschung«, räumte er ein.

»Manche Edelleute in England halten sich Zweitfrauen, behauptet Esther«, sagte Miriam. Es klang unsicher, als wisse sie nicht, was sie davon halten oder ob sie es auch nur glauben sollte.

Doch es stimmte. Es war eine Sitte aus längst vergangenen heidnischen Tagen, die sich hartnäckig hielt. Alan schüttelte entschieden den Kopf. »Das kommt nicht infrage. Die Kirche verweigert einer solchen Verbindung den Segen.«

»Deine Kirche wird einer Verbindung zwischen dir und mir so oder so den Segen verweigern«, gab sie zu bedenken.

Er fürchtete, sie könnte recht haben. »Das werden wir ja sehen. Eine Ehe ist jedenfalls kein unüberwindliches Hindernis. Man kann sie auflösen. Gibt es das bei euch nicht?«

»Doch. Unter bestimmten Voraussetzungen.«

»Sie sind erfüllt«, erklärte er knapp.

Er konnte nicht sagen, ob sie ahnte, was das bedeutete. Einen Moment sah sie ihn forschend an, ehe sie auf das größte Hindernis zurückkam, das ihrer Verbindung im Wege stand. »Aber mein Vater, Alan …«

Er seufzte. »Ja, ich weiß. Wir müssen uns etwas einfallen lassen. Es kann sicher nicht schaden, um ein Wunder zu beten.«

Alan reiste schnell. Conan war ein ausdauerndes, hervorragend geschultes Pferd, und er selbst anscheinend ein geübter Reiter.

Er hatte keine Erinnerungen an frühere Reisen durch England, und oft musste er nach dem Weg fragen, aber das Wetter hielt, die Straßen waren in erträglichem Zustand, und am Mittag des zweiten Tages erreichte er Luton, wo die Straße nach Oxford abzweigte. Im Gasthaus erzählte der Wirt ihm von zwei zusammengewachsenen Angelsachsen, die hier vor ein paar Wochen mit einem jungen Normannen durchgekommen seien, und Alan verspürte einen freudigen Stich, von seinen Gefährten zu hören. Sie fehlten ihm, stellte er fest. Nicht weil er einsam war, denn das Alleinsein bekümmerte ihn nicht, aber dennoch vermisste er sie. Er betete, dass Gott Simon und die Zwillinge sicher zurück nach Helmsby geleitet haben möge und es ihnen allen dort wohlerging. Dass die Rabauken im Dorf Oswald und Luke nicht zusetzten. King Edmund nicht mit den Fäusten auf Bruder Elias losging. Simon keinen Anfall vor dem versammelten Haushalt in der großen Halle erlitt. Regy niemandem die Kehle durchbiss – kurzum, er betete, dass sie alle einigermaßen zurechtkamen.

Er beschloss, die Nacht in Luton zu verbringen, bat den Wirt, ihm alles über die Zwillinge und ihren normannischen Freund zu erzählen, zahlte für sein Essen und sein Bett mit dem Geld, das Josua ihm zu allem Überfluss geliehen hatte, und hörte am nächsten Morgen in der hübschen Holzkirche zu Luton endlich, endlich wieder einmal die Messe.

Je weiter er nach Südwesten vordrang, umso deutlicher wurden die Spuren des Krieges. Alan fand verwaiste Gehöfte, niedergebrannte Dörfer, unbestellte Felder und Wiesen, wo die Toten der letzten bedeutungslosen Scharmützel unbegraben und vergessen lagen und Scharen von Krähen anzogen. Er bekreuzigte sich, wenn er vorbeiritt, aber er war weder erschrocken noch verwundert. Diese Bilder sah er nicht zum ersten Mal, erkannte er.

Bei Einbruch der Dämmerung holte er in einem Waldstück eine kleine Schar Frauen und Greise ein, die vor ihm zwischen die Bäume flohen. Nur eine junge Frau mit einem Säugling im

Arm war auf der Straße stehen geblieben und sah ihm entgegen. Er ließ Conan in Schritt fallen, als er sie passierte, und sie lächelte ihm zu. Es sollte das geschäftsmäßige, kokette Lächeln einer Hure sein, aber sie hatte noch nicht viel Übung darin, und es wirkte zu eifrig, zu plump.

Alan saß ab, fischte einen Penny aus seinem Beutel und reichte ihn ihr.

Sie nickte, führte ihn ein Stück weg von der Straße, und während er Conan an einen Ast band, legte sie ihr schlafendes Kind ins Gras und streckte sich einen Schritt weiter links auf dem Rücken aus.

Er kniete sich zwischen ihre Beine, schnürte seine Hosen auf und schloss die Augen, ehe er eindrang. Er wusste, sie verkaufte sich, weil sie alles verloren hatte und ihr Kind durchbringen wollte. Und er wusste auch, dass er sich schämen sollte, ihr das Geld nicht einfach zu geben, ohne eine Gegenleistung zu verlangen. Doch er wusste auch dies: Er konnte dieses Mädchen nicht retten. Und er brauchte dringend eine Frau, denn die Erinnerung an Miriams Lippen und das Gefühl ihrer festen Mädchenbrust unter dem seidenglatten Stoff ihres Kleides brachte ihn fast um den Verstand.

Also verschaffte er sich Erleichterung bei dieser Fremden, versuchte, wenigstens nicht grob zu ihr zu sein, und als er fertig war, gab er ihr noch einen Penny. Dieses Mal erreichte das Lächeln auch ihre Augen. Hübsche, haselnussbraune Augen, bemerkte er jetzt. Dann hob sie ihr Kind auf und ging.

Sie hatten kein Wort gesprochen.

Alan führte Conan zurück auf die Straße, saß auf und hörte ein gutes Stück entfernt den gedämpften Jubel der Frauen und Greise. Vermutlich war ihre Gefährtin zu ihnen zurückgekehrt und hatte ihnen das Geld gezeigt: Sie durften fürs Erste weiterleben …

Er wusste, er war nicht mehr weit von Bristol entfernt, als er am übernächsten Vormittag über die Kuppe eines Hügels kam und im Tal vor sich ein Dorf liegen sah. Rauch stieg in den klaren Sommerhimmel auf, und die leichte Brise wehte bitteren Brandgeruch zu ihm herüber.

Alan zügelte sein Pferd, verschränkte die Hände auf dem Sattelknauf und blickte mit verengten Augen auf das Dorf hinab. Mindestens vier der Strohdächer brannten lichterloh. Eine Gestalt – ein junger Mann oder halbwüchsiger Knabe – floh über ein leeres braunes Feld, wurde von einem Reiter verfolgt, eingeholt und niedergemacht. Der Reiter wendete sein Pferd und galoppierte zurück zu den brennenden Katen.

Das Klügste wäre gewesen, zu warten, bis die Reiter getan hatten, wozu sie hergekommen waren, und wieder verschwanden, wusste Alan. Wer konnte ahnen, was sie herführte und wer sie geschickt hatte. *Falls* irgendwer sie geschickt hatte. Waren es Soldaten des Earl of Gloucester, die die Bauern bestraften, weil sie der Kaiserin Maud in irgendeiner Weise den geschuldeten Gehorsam verweigert hatten? Waren es König Stephens Männer, die einen Verräter suchten? Oder einfach nur räuberisches, mordendes Gesindel?

Er wusste es nicht, und im Grunde war es auch gleich. Er hatte vergessen, wie es war, in diesem verworrenen, sinnlosen Krieg zu kämpfen und für das Recht irgendeiner Kaiserin Blut zu vergießen. Das Blut ihrer Feinde, das Blut wehrloser Bauern, die in irgendeiner Weise zwischen die Fronten geraten waren wie zwischen Hammer und Amboss, sein eigenes Blut. All das hatte er getan, wusste er. Aber nichts von dem hatte mehr irgendeine Bedeutung, und es drängte ihn, kehrtzumachen und einen Weg zu suchen, der ihn weit fort von dem Dorf dort unten im Tal führte.

Stattdessen stieß er Conan sacht die Fersen in die Seiten und trabte den Hügel hinab, ohne so recht zu begreifen, wieso er das tat. Weil er ankommen wollte? Weil er sich beweisen wollte, dass er sich vor so einem belanglosen kleinen Blutbad wie dem dort unten nicht fürchtete? Oder weil er dem Krieg, der angeblich sein Lebensinhalt gewesen war, endlich von Angesicht zu Angesicht begegnen wollte?

Hundert Yards vor den ersten Häusern galoppierte er an und

zog sein Schwert. Kaum hatte er das Dorf erreicht, hüllten der Qualm, der Gestank der Angst von Mensch und Tier, Waffenklirren und Schreie ihn ein. Das ganze Dorf stand in Flammen, auch die Kirche war nicht verschont geblieben. Conan scheute, als eine Bö Funken und brennende Strohhalme von ihrem Dach vor seine Hufe wehte, wieherte angstvoll und stieg.

»Hoh«, machte Alan beschwichtigend. Es klang, als sei er die Ruhe selbst, dabei war sein Mund trocken, und sein Herzschlag hatte sich beschleunigt.

Er saß ab, sah sich rasch um und entdeckte niemanden auf dem kleinen Dorfplatz mit dem Brunnen. Er wickelte die Zügel um den Sattelknauf, damit sein Pferd nicht darüber stolperte, band es aber nicht an. »Warte hier, wenn du kannst«, raunte er ihm zu. »Lauf weg, wenn du musst.«

Dann wandte er sich nach links, von wo die Schreie kamen und wo die Feuersbrunst am schlimmsten zu wüten schien. Zwei Männer in halbärmeligen Kettenpanzern kamen aus einer der Katen, der eine hielt in jedem Arm ein Fass, der andere hatte einen Kornsack geschultert. Achtlos gingen sie an Alan vorbei – vermutlich glaubten sie, er sei einer der Ihren –, und er hörte den Größeren sagen: »Ich hoffe, zwei Karren sind genug, um all das Zeug hier abzufahren. Diese verdammten Bauern sind doch alle gleich: Sie jammern dir die Ohren voll, aber ihre Vorratskammern bersten …«

Aus dem nächsten Haus kam eine schreiende Frau gerannt, deren Haar in Flammen stand. Der Ritter mit den Fässern stellte seine Beute hastig ab, lief zu ihr und schlug die Flammen aus. Immer noch schreiend wich sie vor ihm zurück, machte kehrt und floh, aber noch ehe sie hinter der brennenden Kirche verschwand, schnitten zwei Berittene ihr den Weg ab und drängten sie nach rechts, wo sie aus Alans Blickfeld verschwanden.

Er folgte, ohne zu wissen, was er vorhatte. Seine Hände waren feucht, der Qualm brannte ihm in den Augen, und er wusste nicht, ob es der Rauch oder das aufsteigende Grauen war, was ihm das Atmen erschwerte.

Auf der Nordseite des hölzernen Kirchleins war es stiller,

das Prasseln der Brände und der Kampfeslärm drangen nur gedämpft hierher, und niemand war zu entdecken. Suchend, das Schwert locker in der Rechten, schaute Alan sich um. Die plötzliche Stille hatte etwas Trügerisches. Und dann erhob sich ein Schrei. Es war ein lang gezogener, schriller Laut puren Entsetzens. Alan blieb stehen, hob den Kopf und wandte ihn langsam in die Richtung, aus der der beinah unmenschliche Laut kam. Kein Zweifel, es war die Stimme eines Kindes.

Sein Blickfeld trübte sich und nahm eine eigentümlich rötliche Färbung an. Alan vergaß, wo er sich befand, er vergaß seinen Namen und die Tatsache, dass er vergessen hatte, wer er war. Die Stimme des schreienden Kindes hatte jedes bewusste Denken zum völligen Stillstand gebracht, und als er losrannte, nahm er nicht wahr, wie weich seine Knie waren. Er fühlte nicht einmal seine Füße die staubige Erde berühren.

Sie waren hinter einer Lehmhütte am Rand des Friedhofs. Das kleine Mädchen war vielleicht sechs Jahre alt, und die drei Soldaten, die sich seiner bemächtigt hatten, hatten ihm den Kittel vom Leib gerissen. Einer hielt die Kleine von hinten an den Oberarmen gepackt, hatte sie hochgehoben und lachte, der zweite starrte auf den kleinen Leib und nestelte unter seinem Kettenhemd. Das Mädchen wand sich und schrie, aber Alan schrie lauter. Wie ein Dämon fiel er über die Kinderschänder her, hieb dem vorderen, der mit dem Rücken zu ihm stand und sich an seiner Rüstung zu schaffen machte, den Kopf mit einem beidhändigen Streich vom Rumpf. Dem nächsten, der einen Schritt zur Rechten stand, den verklärten Blick starr auf das nackte Kind gerichtet und sein steifes Glied in der Hand hielt, stieß er die Klinge seitlich in die Kehle. Da ließ der dritte sein kleines Opfer achtlos in den Staub fallen, wich einen Schritt zurück und legte die Hand ans Heft. Grauen stand in seinen Augen, denn er wusste, er war zu langsam. Ehe die matte Klinge auch nur zur Hälfte aus der Scheide war, spaltete Alan ihm den unbehelmten Schädel. Knirschend befreite er sein Schwert mit einem Ruck und fuhr herum, um Gott weiß was zu tun. Die Erschlagenen in Stücke zu hacken, vielleicht. Die Klinge wieder und wieder in ihr Fleisch zu stoßen, weil sie einfach nicht tot genug sein konnten. Er war kaum weniger außer sich als das kleine Mädchen, das sich auf der Erde zusammengerollt, den Kopf in den Armen vergraben hatte und heulte und schrie.

Der Anblick des Kindes brachte ihn nicht wirklich zu sich, aber er berührte irgendetwas in ihm. Die Kleine hatte genug gesehen, wusste er. Obwohl er gerade noch rechtzeitig gekommen war, hatte er doch nicht verhindern können, dass sie für ihr Leben gezeichnet sein würde. Vermutlich würde sie vergessen, was geschehen war, aber nichts würde je wieder so sein wie vor dem Tag, da die Soldaten in ihr Dorf gekommen waren. Also ließ Alan die Klinge fallen, statt den grauenvollen Bildern, die sie als dunkle Träume bis ans Ende ihrer Tage verfolgen würden, noch ein paar von verstümmelten Leichen hinzuzufügen. Er fiel vor ihr auf die Knie. Er schrie nicht mehr, aber sein Atem ging stoßweise und keuchend, und der rötliche Schleier vor seinen Augen hatte sich nicht gelichtet. Seine Hände zitterten so schlimm und der Schock hatte seine Finger so taub gemacht, dass er drei Anläufe brauchte, ehe er ihren zerfetzten Kittel aufheben und sie damit bedecken konnte. *Nicht anfassen. Nur nicht anfassen.* Wie ein Irrlicht schwirrte der Gedanke durch seinen Kopf, ohne dass Alan in der Lage gewesen wäre, den Sinn zu erfassen.

Dann hörte er hinter sich eine Stimme: »Und was haben wir hier? Einen wahren Kinderfreund?«

Ehe er sich umwenden konnte, traf ihn ein mörderischer Schlag auf den Hinterkopf, und er war von seinem Entsetzen erlöst.

Das Gehör kam als Erstes zurück, wie immer.

»Ich verstehe nur nicht, was er hier tut.« Es war der Mann, der ihn niedergeschlagen hatte, erkannte Alan.

»Ich schätze, er ist auf dem Weg zu Eurem Vater«, antwortete eine zweite Stimme, älter, gelassener.

»Einfach so?«, ereiferte sich der Erste. »Drei verdammte Jahre lang ist er wie vom Erdboden verschluckt und taucht dann ausgerechnet mitten in den gottverlassenen Grenzmarken wieder auf, um mit einem Haufen verlotterter Marodeure wehrlose Bauern abzuschlachten?«

Du ziehst wie üblich die falschen Schlüsse, William, dachte Alan.

Und dann erstarrte er.

Das, was auf ihn einstürzte, ließ die Sturmflut auf der Isle of Whitholm wie ein Rinnsal erscheinen. Die Bilder und Gerüche, die Namen und Erinnerungen, die Geschichten und die Worte waren wie ein Mahlstrom, und Alan wurde mitgerissen und fortgespült, vollkommen ausgeliefert. Er rollte sich auf die Seite und vergrub den Kopf in den Armen, so wie das kleine Mädchen es getan hatte, und ein eigentümlicher Laut entrang sich seiner Kehle, halb ein schmerzliches Stöhnen, halb ein ungläubiges Lachen. Er fühlte weder Freude noch Schrecken über die Rückkehr zu sich selbst. Sie war zu gewaltig, um überhaupt etwas zu empfinden.

Alan of Helmsby. Ich bin Alan of Helmsby.

Das wusste er ja bereits, aber erst jetzt glaubte er es und verstand, was es bedeutete.

Eine Hand fiel schwer auf seine Schulter. »Alan? Alles in Ordnung?« Die Hand verharrte einen Moment, ehe sie ihn zaghaft rüttelte. »Alan? Verflucht, sag, dass ich dir nicht den Schädel eingeschlagen hab, Cousin.«

»William …«

»Hier bin ich.«

William of Gloucester. Seite an Seite hatten sie den Ritterschlag empfangen, waren gegen die Waliser gezogen und im Winter in den walisischen Bergen fast erfroren. Aus dem belagerten Shrewsbury waren sie entkommen, nur Stunden bevor König Stephen es überrannte und jeden Mann der Garnison aufhängen ließ. Sie hatten in der großen Schlacht bei Lincoln gekämpft und triumphiert, bis eine Streitaxt knirschend durch Alans Kettenhemd gefahren war … Und Williams Vater hatte ihn vom Schlachtfeld getragen: Robert, der mächtige Earl of

Gloucester, der diesen verdammten Krieg hätte verhindern und König werden können, wäre er nur kein Bastard gewesen. Aber das war er, ein Bastard von königlichem Geblüt genau wie Alan, und womöglich war dieses gemeinsame Schicksal der Grund, warum Earl Robert Alan – seinen Neffen – immer mehr geliebt hatte als jeden seiner Söhne.

William hatte sich so bemüht, Alan das nicht übel zu nehmen. Aber ihr Verhältnis war immer kompliziert gewesen. Alan erinnerte sich, dass er seinem Cousin stets mit Nachsicht begegnet war, denn er verstand dessen gelegentliche Anflüge von Bitterkeit. Und mit der erschütternden Klarheit, die die dreijährige Abstinenz von seiner Identität ihm beschert hatte, erkannte Alan, dass seine Nachsicht in Wahrheit gönnerhafte Herablassung gewesen war …

»William«, murmelte er wieder, die Augen immer noch fest geschlossen.

»Was?«, fragte sein Cousin. Es klang halb ungeduldig, halb furchtsam.

Es tut mir leid, wollte er sagen. *Ich bedaure, dass ich dir die Liebe deines Vaters gestohlen habe*. Aber er sprach es nicht aus. Nicht allein, weil es undenkbar war, so etwas zu sagen, sondern weil seine Gedanken längst weitergerast waren, so schnell, dass ihm schwindlig davon wurde. Eine diffuse Übelkeit begleitete diesen Schwindel.

Alan richtete sich ungeschickt auf Hände und Knie auf, kam auf die Füße und torkelte davon, ohne seinen Cousin auch nur einmal anzuschauen.

»Alan!«, rief der ihm nach. »Was ist denn los mit dir? Komm zurück!«

»Lasst ihn lieber«, beschwichtigte die ältere Stimme. »Vermutlich ist ihm schlecht oder so was.«

Aber das war nicht der Grund, warum er floh. Er konnte jetzt nicht sprechen, nicht mit William oder sonst irgendwem. Er hatte keine Zeit. Er musste sich selbst wiederentdecken.

Er gelangte zurück auf den Dorfplatz mit dem Brunnen. Die Kirche und die umliegenden Hütten waren geschwärzte Ruinen, aus denen immer noch Rauch aufstieg, und nirgendwo war ein Mensch zu sehen. Er kam in einen kleinen Garten mit ein paar Obstbäumen und ließ sich in deren Schatten ins duftende Gras sinken. Dann verschränkte er die Arme auf den angezogenen Knien, bettete den hämmernden Kopf darauf und rang darum, die Oberhand über sein zurückgekehrtes Selbst zu gewinnen. Den Alan, der er einst gewesen war, mit dem in Einklang zu bringen, der er heute war. Es erschien ihm so unmöglich, als versuche man, zwei Männer in ein einzelnes Kettenhemd zu zwängen – es ging einfach nicht. Es war einer zu viel. Der Mann, der mit einer Schar Narren und Krüppel in einer verfallenen Inselfestung eingesperrt gewesen und mit ihnen von dort geflohen war, wehrte sich gegen den Fremden, der von ihm Besitz ergriff. Und es war keine allmähliche Unterwanderung, sondern eine totale Invasion.

Einer Panik nahe, suchte er nach der Nahtstelle, die es zwischen den beiden geben musste, und es dauerte nicht lange, bis er fündig wurde. Seine Erinnerungen waren ein aufgewühltes Meer, ein unbeherrschbares Chaos, aber diese eine, die er wollte, stieg plötzlich aus der Flut empor wie eine unverhoffte rettende Insel: Drei Tage hatte er Jagd auf Geoffrey de Mandeville gemacht, den abtrünnigen Earl, der Ely eingenommen und die Kriegswirren genutzt hatte, um seine Schreckensherrschaft über ganz East Anglia zu errichten. Drei Tage lang hatte Alan ihn gesucht und nie gefunden. Am späten Nachmittag des dritten Tages schließlich war er zu einem einsamen Dorf in den Fens gekommen. Torfstecher lebten dort, arme Leute, aber trotzdem hatte Mandeville seine Finstermänner hingeschickt, es zu brandschatzen. Sie hatten die Frauen geschändet und auch die Kinder nicht verschont. Jetzt wusste Alan auch, woher die Schreie rührten, die er immer hörte, wenn die Finsternis über ihn kam. Es war eine Erinnerung an jenen Tag, an jenes Dorf. An das kleine Mädchen, das Mandevilles Männer sich hatten vornehmen wollen. Und anders als heute hatte er es damals nicht verhindern können, wusste er, denn jemand hatte ihn von hinten niedergeschlagen, ehe er die schaurige Szene erreichte.

Und das Nächste, woran er sich klar erinnerte, war der Exorzismus im Kloster St. Pancras.

Wie in aller Welt war er von Norfolk nach Yorkshire gekommen?

Und was hatte es mit dem Kreuzfahrermantel auf sich?

Er wusste es nicht. Aber das spielte im Augenblick auch keine große Rolle. Der Kreis war geschlossen, und das verschaffte ihm ein Mindestmaß an Klarheit.

Er hatte sein Gedächtnis wiedergefunden, weil er das Gleiche noch einmal erlebt hatte wie bei seinem Gedächtnisverlust: das wehrlose, schreiende Mädchen, die Kinderschänder, der Schlag auf den Kopf.

Bei der Erinnerung an den Vorfall von damals spürte er einen Nachhall seines Entsetzens und des hilflosen Zorns, und er erkannte, dass Josua ben Isaacs Theorie nicht so abwegig war, wie Alan bislang geglaubt hatte: Er *hatte* sich verantwortlich gefühlt für das Schicksal des Kindes. Obwohl sein Verstand sehr wohl wusste, dass er keine Macht besaß, um solche Gräueltaten, wie jeder Krieg sie hervorbrachte, zu verhindern, hatte er sich dennoch schuldig gefühlt.

Weil mein Vater ertrunken ist, statt England ein guter, starker König zu werden, der seinen Frieden wahrt?

Wer weiß.

Jedenfalls hatte es ihn genug gequält, um seinen Geist zu verdunkeln. Womöglich hatte auch der Schlag auf den Kopf das erledigt. Oder beides zusammen. So oder so: Josua hatte auch in diesem Punkt recht behalten: *Kehr nach Bristol zurück und suche da, wo du dich verloren hast.* Kehr in den Krieg zurück, hatte er wohl gemeint.

Es hatte schneller und gründlicher funktioniert, als vermutlich selbst Josua für möglich gehalten hätte.

Und Alan musste nun zusehen, wie er damit fertig wurde …

Die Sonne stand wie eine geschmolzene Messingscheibe am westlichen Himmel, als William ihn unter den Obstbäumen fand. »Gott sei Dank«, sagte er mit einem unsicheren Lächeln.

»Ich fürchtete schon, du hättest dich hier zusammengerollt und seiest verreckt, diskret und in aller Stille, wie es deine Art ist.«

Alan kam auf die Füße, ehe sein Vetter vor ihm anhielt. »Dafür hättest du ein bisschen härter zuschlagen müssen«, erwiderte er, fuhr sich mit der Linken über den Hinterkopf und zuckte leicht zusammen. »Na ja. Ordentlich gesessen hat es auf jeden Fall.«

Sie lachten verlegen, sahen sich kurz, beinah verstohlen in die Augen und schlossen sich halbherzig in die Arme.

»Es tut mir wirklich leid«, beteuerte William, der genauso alt war wie Alan, dessen widerspenstiger brauner Schopf ihm jedoch in Verbindung mit seinen großen dunklen Augen, die immer wie vor Staunen geweitet schienen, etwas Jungenhaftes verlieh. »Ich habe dich nicht erkannt. Und ich dachte, du wolltest …« Er räusperte sich und schlug die Augen nieder. »Ich habe die Situation falsch gedeutet.«

Alan nickte. »Ich kann mir schon vorstellen, wonach es aussah.«

»Wie kommst du hierher? Wo warst du? Ich meine …« William brach unsicher ab.

Alan legte ihm für einen Augenblick die Hand auf den Unterarm und wandte sich dann ab. »Das ist eine lange, nicht sehr erbauliche Geschichte«, sagte er, während sie Seite an Seite Richtung Kirchhof zurückschlenderten. »Ich bin auf dem Weg nach Bristol zu deinem Vater.«

Eine Erinnerung sprang ihn an, während er das sagte. Seine letzte Begegnung mit dem Earl of Gloucester, Williams Vater, war nicht einvernehmlich verlaufen. *Wenn du das je wieder tust, wirst du aus meinen Diensten scheiden müssen,* hatte Gloucester ihm gedroht. Mit donnernder Stimme – er hatte ein beachtliches Organ. Gloucester war es also gewesen, der sich in dem Traum hinter der Maske des Königs von Jerusalem verborgen hatte. Noch ein gelöstes Rätsel …

»… nicht sicher, wie das alles weitergehen soll«, drang die Stimme seines Cousins zu ihm vor.

»Entschuldige. Was sagtest du?«

William warf ihm einen verstohlenen Seitenblick zu, der halb befremdet und halb besorgt war.

Solche Blicke erschütterten Alan nicht mehr, denn er hatte sich daran gewöhnt. Trotzdem sagte er: »Tut mir leid, wenn ich mich ein wenig sonderbar benehme. Das ist kein Wunder, weißt du. Ich *bin* sonderbar.«

»Vater hat einen Brief von deiner Großmutter bekommen, der ihn sehr beunruhigt hat«, berichtete William.

Alan unterdrückte ein Seufzen. »Gott allein mag wissen, was sie sich davon versprochen hat. Wie geht es ihm? Sie sagte mir, er sei krank?«

William hob kurz die Schultern. »Du kennst ihn ja. Er verliert nie ein Wort darüber. Und mein Vater ist krank immer noch gefährlicher und lebendiger als König Stephen gesund. Trotzdem. Irgendetwas stimmt nicht mit ihm. Das war es, was ich dir gerade erzählen wollte. Ich mache mir Sorgen. Er verliert an Rückhalt. Die Bischöfe halten es natürlich mit Stephen, und die Lords machen, was sie wollen. Ihnen ist es allmählich gleich, wer die Krone trägt. Ich habe das Gefühl, dass uns alles entgleitet.« Plötzlich breitete sich ein Lächeln auf seinem Gesicht aus. »Es ist so gut, dass du zurück bist, Alan.«

»Ich glaube kaum, dass ich in der Lage sein werde, das Ruder herumzureißen«, warnte der.

»Wieso nicht? Das konntest du doch seit jeher.«

Konnte ich das wirklich?, fragte er sich. Er wusste es nicht genau. Vieles war noch verschwommen. »Ich habe mich verändert, schätze ich.«

»Ja. Das merkt man.« Es war unmöglich zu sagen, was William von dieser Erkenntnis hielt. »Willst du mir nicht verraten, wo du warst? In Gefangenschaft, glauben die meisten.«

»In gewisser Weise.«

»Nun, wie dem auch sei. Jetzt bist du wieder da. Und deine Rückkehr wird den Männern den Glauben an unsere Sache zurückgeben.«

»Wieso denkst du das?«

»Weil es immer *dein* Krieg war. Mehr als der meines Vaters, sogar mehr als Mauds oder Stephens. Niemand hat so unverrückbar daran geglaubt, das Richtige zu tun, wie du. Darum war es immer leicht, dir zu folgen.«

Gott steh mir bei, dachte Alan. *Was hab ich getan?*

Helmsby, Juni 1147

»Warum so finster, mein Augenstern?«, fragte Regy.

Simon stellte die Schale mit dem Essen und den Bierkrug auf den Boden und ging rückwärts zur Tür. »Wie kommst du denn auf so etwas?«, entgegnete er verdrossen.

»Ich merke doch schon seit Tagen, dass du bedrückt bist. Komm schon. Erzähl's Onkel Regy. Erleichtere dein Herz.«

Simon lächelte humorlos. »Welch unwiderstehliches Angebot … Aber vielen Dank, lieber nicht.«

»Beginnst du vielleicht zu befürchten, Alan werde nie wiederkommen und uns alle hier versauern lassen? In dem Falle müsste ich dir zu deiner Klugheit gratulieren und käme zu der beglückenden Erkenntnis, dass ich nicht länger allein bin. Doch nicht der einzige Fuchs unter all den dämlichen Hühnern hier, die mit dem Kopf unter dem Flügel herumlaufen, ohne es auch nur zu merken.«

Simon seufzte verstohlen. »Alan kommt schon zurück. Früher oder später.« Er nickte den Zwillingen zu, die an der Tür gewacht hatten. Godric und Wulfric traten hinaus.

»Und was, wenn nicht?«, fragte Regy in Simons Rücken. »Wie lange willst du hier herumlungern und warten, de Clare?«

Simon blieb noch einmal kurz stehen, wandte sich jedoch nicht um. »Regy, ich habe keine Lust, mich mit dir zu unterhalten. Deine Bosheit langweilt mich, und außerdem riecht es hier schlimmer als im Schweinestall. Im Übrigen …«

Simon verstummte jäh. Er war niemals in der Lage, Worte zu finden, die wirklich beschrieben, was bei einem Anfall mit seinem Körper geschah, aber das Gefühl, von einem Herzschlag zum nächsten giftiges Eis statt Blut in den Adern zu haben, traf es noch am ehesten. Er fiel, und noch ehe er im verdreckten Stroh landete, hatte jeder Muskel seines Körpers sich verkrampft. Ein schmerzhaftes Gleißen, das innen in seinem Kopf zu sein schien, nahm ihm die Sicht, und die Welt entglitt ihm.

Für wie lange, wusste er nicht. Aber als das Eis und das Gleißen verschwanden und er die Augen öffnen konnte, fand er sich in Regys starken Armen, die ihn von hinten umschlangen. Eine Hand lag auf seiner Stirn, eine auf der Brust.

Der Schreck fuhr Simon mit beinah solcher Macht in die Glieder wie der Krampfanfall. Er stieß einen Schrei aus, der gedämpft war, weil irgendetwas in seinem Mund steckte, und begann sich zu winden und zu wehren. Aber viel zu schwach, um irgendetwas auszurichten. Er hörte Regys leises Lachen, und er wusste, er bot wahrhaftig einen lächerlichen Anblick: saft- und kraftlos wie eine Strohpuppe.

»Schsch. Nur die Ruhe, Bübchen«, murmelte Regy. »Ich tu dir nichts. Siehst du?« Er nahm Simon den seltsamen Knebel aus dem Mund, und erst jetzt sah der Junge, dass es der Griff seines eigenen Dolchs war, den Regy ihm zwischen die Zähne geschoben hatte. »Wenn ich gewollt hätte, wärst du längst tot. Aber ich wollte nicht.«

Simon befreite sich aus Regys Armen, denn er verließ sich lieber nicht darauf, dass dieser wunderliche Anflug von Samaritertum länger andauern würde. »Warum nicht?«, erkundigte er sich argwöhnisch.

Regy blieb die Antwort schuldig.

»Vielleicht, weil heute Mittwoch ist?«, schlug Godric vor.

»Was hat das damit zu tun?«, fragte sein Bruder entgeistert.

»Keine Ahnung. Aber der Grund ist so gut wie jeder andere, oder?«

Die Zwillinge knieten bei Simons Füßen im dreckigen Stroh, und sie waren kreidebleich, erkannte er, alle beide. Vermutlich waren sie zurück in die Turmkammer gestürzt, als sie ihn fallen hörten, hatten ihn in Regys Armen und seinen Dolch in Regys Hand gesehen und geglaubt, sie seien zu spät, um seinen Tod zu verhindern.

Er robbte zu ihnen hinüber, bis er außerhalb der Reichweite von Regys Kette in Sicherheit war. »Gib mir mein Messer«, befahl er. Seine Stimme klang schleppend.

Regy hatte den Kopf abgewandt, sodass sein Gesicht hinter einem Vorhang verfilzter schwarzer Haare verborgen war. Ohne aufzuschauen, warf er den Dolch in ihre Richtung. Er landete vor Wulfric im Stroh, der ihn hastig aufhob.

»Sag es mir, Regy. Warum nicht?«, fragte Simon verständnislos.

»Ich habe mir gedacht, es wäre nett, euch einmal zu überraschen«, kam die Stimme hinter dem Haarvorhang hervor, erfüllt von diebischem Vergnügen wie so oft.

Simon nickte, kam mühsam auf die Füße und ging ohne ein weiteres Wort hinaus.

Godric und Wulfric folgten, schlossen die Tür und schoben den Riegel vor. Sie stützten Simon auf dem Weg die schmale Wendeltreppe hinab, denn er konnte sich kaum auf den Beinen halten, geleiteten ihn den Flur entlang und zu seiner Kammer. Wankend gelangte Simon bis zum Bett. Dankbar sank er den Kissen entgegen, schon im Halbschlaf, doch er murmelte noch: »Ich hab mir nicht mal auf die Zunge gebissen …«

Als er aufwachte, saßen Godric und Wulfric im Bodenstroh, die Rücken an die Wand gelehnt, die Beine lang vor sich ausgestreckt.

»Wie viel Zeit ist vergangen?«, fragte Simon.

»Vielleicht zwei Stunden«, antwortete Godric.

Simon nickte und machte eine Bestandsaufnahme. Er hatte sich beim Sturz beide Ellbogen aufgeschlagen, und am Kopf ertastete er eine Beule. Aber das war für dieses Mal alles. Er atmete erleichtert auf, schlug die Decke zurück und schwang langsam die Beine aus dem Bett. »Glück gehabt.«

Die Zwillinge nickten.

»Du hattest Schaum vor dem Mund«, berichtete Godric mit einer Mischung aus Schrecken und Faszination.

»Ich bin nicht sicher, ob ich das wissen will«, murmelte Simon verlegen und stand auf.

»Es sah wild aus«, fuhr Godric grinsend fort. »Ich glaube, es hat sogar Regy erschreckt.«

»Vielleicht ist das der Grund, warum du noch lebst«, mutmaßte Wulfric.

»Tja.« Simon dachte einen Moment nach. »Ich war jedenfalls nicht der erste Fallsüchtige, den er gesehen hat.«

»Wieso glaubst du das?«

»Edivia hat mir immer einen Löffelstil oder Ähnliches zwischen die Zähne geschoben. Das verhindert den Zungenbiss. Er wusste das.«

»Hm.« Wulfric brummte. »Sicher verbirgt sich ein rührendes Geheimnis dahinter. Seine über alles geliebte kleine Schwester oder sonst wer hatte die Fallsucht. Und weil er sich an sie erinnert hat, hat er kurzerhand beschlossen, von seiner Gewohnheit abzuweichen und dich nicht umzubringen, als er die Gelegenheit hatte.«

»Es ist auf jeden Fall bemerkenswert«, erwiderte Simon nachdenklich.

»Mach dir lieber keine Hoffnungen, dass Regy sich gebessert hat«, warnte Wulfric. »Es war eine Laune, nichts weiter.«

»Jesus …« Godric fuhr sich mit der Hand über den Nacken. »Als ich es sah, dachte ich, ich hör das Totenglöckchen für dich läuten.«

Simon nickte. Trotzdem war er alles in allem froh, dass es dort oben bei Regy passiert war, nicht in der Halle oder im Burghof, vor den Augen der alten Dame, des Stewards und seiner Frau. Oder – Gott bewahre – vor Haimon und Susanna …

»Was Alan wohl dazu sagen würde, wenn er es wüsste«, überlegte er halblaut.

Die Zwillinge tauschten einen Blick. Dann antwortete Godric: »Wenn ihn kümmern würde, wie es uns hier ergeht, bräuchte er nur vorbeizuschauen, oder?«

»Godric …«, begann Simon beschwichtigend.

Sein Freund unterbrach ihn. »Du zerbrichst dir ständig den Kopf darüber, was Alan denkt und was Alan will oder nicht will, Simon, aber ist dir schon mal der Gedanke gekommen, dass er vielleicht für immer verschwunden bleiben wird?«

Natürlich war Simon dieser Gedanke gekommen. Aber er gestattete ihm nie, lange zu verweilen, denn er wusste nicht, wie er ihn beherbergen sollte, diesen Gedanken. Simon hatte gelernt, damit zu leben, dass sein Onkel ihn verstoßen hatte. Dass sein König sich schaudernd von ihm abgewandt hatte. Aber wie er damit leben sollte, wenn Alan ihn und die übrigen Gefährten im Stich ließ, das wusste er beim besten Willen nicht. »Er wird zurückkommen«, sagte er. »Wenn er sein Gedächtnis wiederfindet, wird er herkommen, weil dies hier sein Zuhause ist. Wenn nicht, wird er herkommen, weil wir dann alles sind, was er hat. So oder so, es ist treulos, wenn wir einfach den Glauben an ihn verlieren.«

Die Zwillinge schüttelten die Köpfe. »Nur ein Normanne kann so etwas sagen«, befand Wulfric.

»Wieso?«, fragte Simon, die Stirn ärgerlich gerunzelt. »Gelten Treue und Freundschaft so wenig bei den Angelsachsen?«

»Im Gegenteil. Aber wir machen kein solch seltsames Getue darum wie ihr. Alan hat *uns* die Treue gebrochen, als er einfach ohne ein Wort verschwunden ist. Ich will gerne zugeben, dass die Dinge ziemlich schwierig für ihn waren und all das, darum bin ich gewillt, ein Auge zuzudrücken. Aber er ist uns was schuldig. Nicht umgekehrt. Und darum weiß ich nicht, warum wir noch hier sind, statt Henry nach Anjou zu folgen. Du sehnst dich danach, es zu tun, und wir brennen auch drauf. Stattdessen hängen wir hier rum, plagen uns mit Regy ab und warten darauf, dass seine Lordschaft sich an uns erinnert und mit seiner Aufmerksamkeit beehrt. Nein, ehrlich, Mann, du kannst nicht erwarten, dass ich das verstehe.«

Der Vorfall beschäftigte Simon, und nach zwei Tagen hatte er King Edmund aufgesucht und ihm berichtet, dass er praktisch zu Regys Füßen einen Anfall erlitten und Regy ihm geholfen hatte, statt ihn zu töten. Edmund hatte aufmerksam gelauscht, wie es seine Art war. Er hatte keinen Hehl aus seiner Verwunderung über Regys untypisches Verhalten gemacht. »Aber ich fürchte, es wäre zu viel zu hoffen, dass es der Anfang einer Wandlung zum Besseren ist.«

»Das haben die Zwillinge auch gesagt.«

King Edmund nickte. »Du solltest dich in nächster Zeit mehr vor ihm hüten denn je. Womöglich verfolgt er irgendeinen teuflischen Plan und hat es getan, um dich in Sicherheit zu wiegen.« Er sah Simon scharf an. »Komm ja nicht auf die Idee, allein zu ihm zu gehen, mein Sohn.«

»Nein«, versprach Simon. Im Gegensatz zu dir bin ich ja nicht verrückt, fügte er in Gedanken hinzu.

Er verließ die Kirche – wo King Edmund sich trotz des herrlichen Wetters aufhielt und die Silberleuchter mit Asche polierte – und machte sich auf den Rückweg.

Als er in den Burghof kam und den Kuhstall passierte, vernahm er ein unverwechselbares Heulen. Ein pfeifender Schlag fiel, und das Heulen schwoll an.

Simon verspürte einen heißen Druck auf dem Magen und lief auf die Rückseite des niedrigen Stalls. Keine zehn Ellen vom Misthaufen entfernt lag Oswald zusammengekrümmt am Boden, und Alans Cousin Haimon stand vor ihm und drosch mit einer Rute auf ihn ein, die er anscheinend eigens zu dem Zweck von der Weide geschnitten hatte, die hier wuchs. »Ich werd dich lehren, anständige, hart arbeitende Leute zu bestehlen …«, knurrte er, hob den Arm und schlug wieder zu.

Oswald hatte die zu kleinen Hände um den zu großen Kopf gelegt und heulte.

Es waren ungehemmte Laute des Jammers, und Simon sah verständnislos zu Haimon. Was für ein Mensch muss man sein, um so etwas zu tun?, fragte er sich. Doch Alans Cousin schien keinerlei Gewissensbisse zu verspüren. Oswalds Not weckte kein Mitgefühl in ihm, schien im Gegenteil seine Wut eher zu steigern. Angewidert verzog Haimon den Mund und holte wieder aus, aber Simon fiel ihm in den Arm, ehe die Rute niederfahren konnte.

»Lasst ihn zufrieden«, befahl er, und seine Stimme klang viel ruhiger, als ihm zumute war. »Oswald würde niemals etwas stehlen.«

Haimon fuhr zu ihm herum. »Was fällt Euch ein, de Clare?«, schnauzte er. »Kümmert Euch um Eure eigenen Angelegenheiten und verschwindet, sonst seid Ihr als Nächster dran.«

Simon hob das Kinn. »Ach wirklich?«

Haimon zeigte mit dem Finger auf den heulenden jungen Mann im Gras. »Er hat einen Penny gestohlen.«

»Von wem?«, fragte Simon.

»Woher zum Henker soll ich das wissen? Ich komme auf die Burg zurück, und da sitzt dieser Schwachkopf im Gras und streichelt einen Penny – ist das zu fassen? –, und als ich ihn frage, woher er das Geld hat, fängt er an zu krakeelen: ›Von Losian, von Losian.‹« Haimons Imitation von Oswalds Sprechweise war ebenso treffend wie grausam.

»Wenn er es sagt, ist es die Wahrheit«, teilte Simon ihm mit.

Haimon verdrehte die Augen. »Ich glaub's einfach nicht …«

Simon bedachte ihn mit einem verächtlichen Blick, ignorierte ihn dann und hockte sich neben Oswald ins Gras. »Komm schon, Kumpel. Hör auf zu flennen. Alles ist in Ordnung.« Es drängte ihn, Oswald zu rütteln und anzufahren, sich zusammenzunehmen, denn er konnte kaum aushalten, welche Blöße Oswald sich mit seinem unwürdigen Geheul gab. Aber Simon wusste, dass er auf dem Weg nie ans Ziel kommen würde. Er versuchte zu ignorieren, dass Haimon ihn beobachtete, legte seine Hand auf Oswalds und drückte sie behutsam. »Schsch«, machte er leise. »Es ist alles gut. Schsch.«

Es dauerte länger als gewöhnlich, bis Oswald sich fasste. Hässliche rote Striemen zogen sich über seine Handrücken und vermutlich auch über die Schultern. Und wenn Oswald Schmerz fühlte, tat er das der Welt vernehmlich und ausführlich kund.

So war er eben. Aber schließlich zeigte Simons beruhigende Stimme Wirkung. Das Schluchzen ließ nach und verebbte dann ganz, und Oswald gestattete Simon, ihn in eine sitzende Position zu ziehen.

»Nix gemacht«, bekundete er verdrossen. Sein Gesicht war fahl, die Lippen bläulich.

Simon verbarg seinen Schrecken ob dieser warnenden Anzeichen und legte ihm die Hand auf die Schulter. »Nein. Ich weiß. Zeig mir deinen Penny, ja?«

Neue Tränen rannen Oswald über die Wangen. Er stierte zwischen seine Füße ins Gras. »Weggenommen«, flüsterte er erstickt.

Simon richtete sich auf und wandte sich an Haimon. »Gebt ihn ihm zurück, seid so gut«, bat er kühl, aber betont höflich. »Er hat ihn auf der Insel gefunden, wo wir waren. Der Penny ist sein ganzer Stolz. Alan hat ihn für ihn gehütet, aber seit wir hier sind, verwahrt Oswald ihn selbst. Und er holt ihn hervor und schaut ihn an, wenn er niedergeschlagen ist, denn das muntert ihn auf und …« Simon unterbrach sich und winkte ab. Er glaubte nicht, dass Haimon an seinen Ausführungen über Oswalds seltsame Gemütszustände interessiert war oder sie verstehen konnte.

Haimon betrachtete ihn kopfschüttelnd. »Ich soll ihm seinen Penny zurückgeben und ihn dafür belohnen, dass er aufsässig war? Wohl kaum.« Er wollte davonstolzieren, aber Simon verstellte ihm den Weg.

»Ich muss darauf bestehen, Monseigneur«, beharrte er.

Haimon hob den Arm.

Simon drehte den Kopf weg, sodass die Rute ihn nicht ins Gesicht traf, sondern auf Ohr und Hals niedersauste. Er musste die Zähne zusammenbeißen. Es war ein unerwartet scharfer Schmerz. Er sah Haimon wieder an. »War's das? Fühlt Ihr Euch erleichtert?«

»Ich fange an, mich zu fragen, ob du eine Tracht Prügel nicht mindestens so nötig hast wie der Schwachkopf hier«, knurrte Haimon.

Und Simon begriff, dass nicht Zorn über den vermeintlichen Diebstahl der Grund war, warum Haimon sich Oswald vorgenommen hatte, sondern Abscheu. Haimon hasste Oswald und Simon für das, was sie waren.

Simon ließ sich nicht anmerken, wie klein und erniedrigt er sich durch diese Erkenntnis fühlte. Wenigstens Selbstbeherrschung hatte er gelernt, wenn schon nicht Ergebenheit. Er streckte lächelnd die Hand aus. »Der Penny, wenn ich bitten dürfte?«

Haimon schlug nach der Hand, aber Simon hatte keine Mühe, sie rechtzeitig wegzuziehen.

»Simon«, flehte Oswald. »Weggeh'n.«

Es war ein weiser Rat, wusste Simon, aber er konnte jetzt nicht einfach so kapitulieren. »Nicht ohne dein Geld, Oswald«, versprach er grimmig, und es war Haimon, dem er dabei in die Augen sah.

Der verzog amüsiert die etwas zu wulstig geratenen Lippen. »Ich fürchte, Ihr werdet Euch den Penny teuer erkaufen, Söhnchen.«

»Ah ja?«, erklang Wulfrics Stimme in Simons Rücken.

»Ich würde sagen, wer hier was teuer erkauft, ist noch völlig offen«, fügte sein Bruder hinzu.

Von links kamen sie in Sicht, und zu Simons Verwunderung war Luke bei ihnen.

»Ich hab euch gesehen«, raunte der alte Angelsachse ihm nicht ohne Stolz zu. »Da bin ich lieber losgelaufen und hab die Zwillinge geholt.«

»Gut gemacht«, gab Simon ebenso gedämpft zurück und zwinkerte ihm zu, ehe er sich wieder an Haimon wandte. »Und was nun, Monseigneur?«

Die drohend erhobene Hand mit der Weidenrute sank herab. Haimon war sichtlich ins Stocken geraten. Rastlos glitt sein Blick von Simon zu den Zwillingen, zu Luke, zu Oswald und schließlich zurück zu Wulfric und Godric. Und Simon sah, dass es Haimon ebenso erging wie den Torwachen in Westminster: Der unterschwellige, aber geballte Zorn der beiden zusammengewachsenen Männer entnervte ihn. Mit einem Mal schlich sich ein Anflug von Furcht in Haimons Augen.

Er warf die Rute mit einem verächtlichen Laut ins Gras und wandte sich ab. Doch Simon, Luke und die Zwillinge traten in die gleiche Richtung und schnitten ihm den Fluchtweg ab.

»Ich glaube, Ihr habt was vergessen«, knurrte Godric.

Wütend zerrte Haimon an der Schnur des Beutels, den er am Gürtel trug, fischte einen Penny heraus, warf ihn in Oswalds Richtung und stapfte davon, den Kopf gesenkt.

Simon las die kleine Münze aus dem Gras auf. Vermutlich war es nicht dieselbe, die Oswald gefunden hatte, aber sie sah ihr ähnlich genug, dass der Unterschied dem jungen Mann nicht auffallen würde: eine hauchdünne Silberscheibe mit ungleichmäßigem Rand, auf deren Vorderseite ein Blumenornament und die Worte »Stephanus Rex« geprägt waren, auf der Rückseite ein Kreuz, das nicht nur die Frömmigkeit des Königs betonte, sondern gleichzeitig als Sollbruchstelle diente, um einen Penny im Bedarfsfall in Halfpennys und Farthings zu teilen. Simon hielt die Münze mit der Rechten hoch und streckte Oswald die Linke entgegen. »Steh auf, dann kriegst du sie wieder«, schlug er vor.

Immer noch schimmerten Tränen in Oswalds Wimpern, aber er lächelte. Entschlossen ergriff er Simons Hand, ließ sich hochziehen, nahm seinen Schatz in beide Hände und drückte ihn selig an die Brust. »Danke«, murmelte er.

Simon winkte ab. »Wir haben nur zurückgeholt, was dir gehört. Er hatte kein Recht, ihn dir wegzunehmen. Schon gar nicht, dich zu verprügeln.« Er verstummte und wandte sich ab. Er wollte nicht, dass die anderen merkten, wie sehr diese scheußliche kleine Episode ihn erschüttert hatte.

Aber wie so oft kamen die Zwillinge ihm auf die Schliche. »Nimm's nicht so tragisch«, riet Wulfric, während sie alle zusammen zu dem Pfad zurückschlenderten, der sich vorbei an den Wirtschaftsgebäuden von einem Torhaus zum anderen schlängelte. »Es gibt so viele Haimons. Leute, die es einfach eine Zumutung finden, dass sie die Welt mit solchen wie uns teilen müssen. Und wenn sie damit durchkommen, zahlen sie's uns heim. Ich kann nicht glauben, dass dir das neu ist.«

»Nein«, gab Simon verdrossen zurück. »Mein Onkel Pembroke zählt auch dazu, wie sich herausgestellt hat.« Aber irgendwie war es etwas anderes, wenn der gesunde Teil der Menschheit *ihm* seine hässlichste Fratze zeigte, als wenn einem wehrlosen, gutartigen Schwachkopf wie Oswald so grausam mitgespielt wurde.

»Komm schon, Simon, mach kein solches Gesicht. Wenn wir so tun, als wär es nie passiert, hat Oswald es morgen vergessen.«

»Du weißt ganz genau, dass das nicht stimmt.« Für Niederlagen hatte Oswald ein erstaunliches Gedächtnis. Die Einzelheiten des Vorfalls mochten sich innerhalb weniger Tage vernebeln, aber das Bewusstsein, wieder einmal versagt zu haben und angeeckt zu sein, würde ihm lange erhalten bleiben. Und er war vorher schon niedergedrückt gewesen.

»Sag, Oswald, was denkst du, gehen wir zu Gunnild und spielen ein paar Runden Mühle?«, schlug Godric vor.

Oswald schüttelte den Kopf.

»Warum nicht?«, fragte Godric verwundert. Das war ein Angebot, dem Oswald sonst niemals widerstehen konnte.

Der zog es vor, die Antwort schuldig zu bleiben.

Aber Luke kannte sie. »Er ist hier und nicht bei der Arbeit. Gunnild wird ihm die Hölle heißmachen, wenn sie ihn in die Finger bekommt.«

Simon sah betroffen zu Oswald. »Das darfst du nicht machen. Einfach nicht hingehen. Es gehört sich nicht. Willst du, dass Alan … Losian sich für dich schämen muss?«

Oswald schüttelte den gesenkten Kopf.

»Ist der Müller gemein zu dir?«

»Nein.«

Simon blieb stehen. »Sieh mich an, Oswald.«

Oswald schaute folgsam auf. »Egbert immer gut«, beteuerte er.

»Also schön.« Simon war geneigt, ihm zu glauben. »Dann wirst du jetzt hingehen und dich entschuldigen. Und ab morgen gehst du regelmäßig und pünktlich zur Arbeit. Hast du verstanden?«

Oswald sah ihn unglücklich an. »Mitkomm'«, bat er.

Simon konnte sich schon vorstellen, dass Oswald bei dem Gedanken an den zu Recht erzürnten Müller nicht wohl in seiner Haut war. Obendrein war er dank seines Rückfalls in die Ein-Wort-Sätze, den sie Alans plötzlichem Verschwinden zu verdanken hatten, kaum in der Lage, eine Ausrede vorzubringen.

»Luke kann mit dir gehen«, schlug Simon vor. »Der Müller hat ihn sehr ins Herz geschlossen, seit er Lukes Bier probiert hat. Was sagst du, Luke?«

»Einverstanden.« Der alte Mann zwinkerte Oswald zu. »Komm mit, Söhnchen. Das bringen wir im Handumdrehen in Ordnung.«

Godric, Wulfric und Simon sahen ihnen nach.

»Und seid ihr immer noch der Ansicht, wir könnten einfach so aus Helmsby verschwinden und die anderen ihrem Schicksal überlassen?«, fragte Simon die Zwillinge.

»Keine Ahnung«, bekannte Wulfric.

»Eins ist jedenfalls sicher«, fügte sein Bruder hinzu. »Haimon würde uns keine Träne nachweinen.«

»Ein Grund mehr, hierzubleiben«, befand Simon.

»Oder ein Grund mehr, zu gehen. Und zwar mit allen Gefährten. Haimon hat es auf Helmsby abgesehen, falls dir das nicht klar ist. Und weder der Steward noch die alte Dame werden auf Dauer verhindern können, dass er es bekommt, wenn Alan nicht rechtzeitig zurückkehrt. Denn die Bauern haben eine Todesangst vor Haimon und werden im Zweifel tun, was *er* befiehlt, nicht Guillaume. Haimon müsste nur ein paar Halunken anheuern – die es ja heutzutage so zahlreich zu finden gibt –, und er könnte Helmsby im Handstreich nehmen. So wie diese de-Laigle-Brüder es mit deinem Woodknoll getan haben.«

»Du willst sagen, wir sollen vor Haimon davonlaufen?«, fragte Simon entrüstet.

Godric hob gleichmütig die Schultern. »Vielleicht. Solange wir noch können.«

Bristol, Juni 1147

»Alan of Helmsby, Mylord«, meldete die Wache und hielt ihm die Tür auf. Es war eine respektvolle Geste, aber der Wachsoldat gab sich keine Mühe, ein breites Lächeln zu unterdrücken, und seine Augen leuchten, als er Alan ansah.

Mick Butcher aus Mansfield in Devon, vermeldete Alans Gedächtnis. *Ein unverbesserlicher Raufbold und Soldat mit Leib und Seele.*

Doch Alan blieb nicht stehen, um ihn zu begrüßen, sondern ging an ihm vorbei und betrat das Gemach im Obergeschoss des gewaltigen Bergfrieds.

Der Raum war trotz des hellen Sommersonnenscheins draußen dämmrig. Als Alans Augen sich darauf eingestellt hatten, entdeckte er eine hochgewachsene Gestalt, die mit dem Rücken zum kalten Kamin stand – eigentümlich reglos.

Alan wartete, bis die Tür sich geschlossen hatte. Dann trat er näher und verneigte sich. »Mylord.«

Der Earl of Gloucester sah ihn einen Moment schweigend an, machte einen Schritt auf ihn zu und schloss ihn in die Arme. »Willkommen, mein Junge. Zur Abwechslung hat Gott einmal eines meiner Gebete erhört.«

Er ließ ihn los, und sie musterten einander mit der verstohlenen Neugier, mit welcher man einen vertrauten Freund nach langer Trennung anschaut.

Alt, dachte Alan. Er ist ein alter Mann geworden. Die Erkenntnis erschütterte ihn. Und sie machte ihm Angst. »Ich hoffe, Ihr seid wohl, Mylord?«

Gloucester zog die buschigen, ergrauten Brauen in die Höhe.

»So förmlich? Sollte es möglich sein, dass du mir immer noch übel nimmst, was ich zu dir gesagt habe? Nach all der Zeit?«

»Ich bin nicht sicher«, bekannte Alan.

Die Erinnerung war noch unvollständig. Gloucester hatte ihn getadelt, und zwar mit deutlichen Worten und vor Zeugen. Er hatte ihn ordentlich zurechtgestutzt. Und Alan erinnerte sich an seine Wut. Himmelschreiend ungerecht war die öffentliche Rüge ihm erschienen. *Wenn du das je wieder tust, wirst du aus meinen Diensten scheiden müssen …* Aber er wusste nicht mehr, was der Anlass gewesen war. Was genau er verbrochen hatte. Und er war nicht versessen darauf, es zu erfahren. Was er hingegen wusste, war, dass er danach unerlaubt von Gloucesters Hof verschwunden war.

»Werdet Ihr mich einsperren, weil ich desertiert bin?«, erkundigte er sich.

Gloucester lachte leise vor sich hin. Alan erinnerte sich an dieses Lachen; es war ein angenehmer, warmer Laut, aber nicht unbedingt ungefährlich. »Ich habe damit geliebäugelt«, räumte der Earl ein. »Es wäre ein Exempel, das wohl auf immerdar für Disziplin sorgen würde. Aber wie deine Großmutter mir schrieb, warst du lange genug eingesperrt.« Mit einer einladenden Geste wies er auf einen der Sessel am Kamin. »Erzähl mir, was geschehen ist und wo du warst.«

Alan schenkte Cider, der in einem Krug bereitstand, in zwei Becher, reichte seinem Onkel einen davon, trank ihm zu und setzte sich ihm gegenüber. »Nach unserem … wie soll ich es nennen? War es ein Streit? Ein Zerwürfnis?«

»Trotzanfall?«, schlug Gloucester vor, und auch an diese Unschuldsmiene, mit der er kleine oder größere Spitzen austeilte, erinnerte Alan sich nur zu gut.

Er ging mit einem flüchtigen Lächeln darüber hinweg. »Ich bin nach Hause geritten und fand East Anglia in Aufruhr wegen Geoffrey de Mandeville. Also habe ich beschlossen, ihn zur Strecke zu bringen. Um meiner Heimat Frieden und Ordnung zurückzugeben, redete ich mir ein, aber vor allem, um es Euch zu zeigen …«

Der Rest war rasch berichtet.

Gloucester lauschte ihm mit konzentriert gerunzelter Stirn. Als Alan geendet hatte, trank er versonnen einen Schluck, stellte den Pokal dann ab und sagte: »Ich war sicher, du seiest tot. Es war mir immer wie ein Wunder vorgekommen, dass du mit deinem unverantwortlichen Leichtsinn die Mitte der Zwanzig erreicht hattest, aber irgendwann lässt das Glück jeden einmal im Stich. Als ich hörte, dass du auf der Jagd nach Geoffrey de Mandeville verschwunden warst, war ich überzeugt, er habe dich erwischt und getötet. Ich habe dich betrauert, aber was mir den Schlaf geraubt hat, war die Vorstellung, was er womöglich mit dir getan hatte, ehe er dich tötete. Er war schließlich berüchtigt dafür, dass er seine Feinde einen Tag und eine Nacht lang sterben ließ. Jetzt bist du wieder da, keine meiner Befürchtungen hat sich erfüllt, und doch stellt sich heraus: Was du erlebt hast, war schlimmer als alles, was Mandeville dir je hätte antun können.« Er schüttelte den Kopf. »Es tut mir leid, Alan. Ich habe mir tausendmal gewünscht, ich hätte dich nicht gehen lassen, aber nie so inbrünstig wie heute.«

Alan hob abwehrend beide Hände. »Es war nicht Eure Schuld«, entgegnete er entschieden. »Im Übrigen … war es nicht so unerträglich, wie Ihr vielleicht denkt.« Er lächelte schwach. »Es war grauenhaft, mein Gedächtnis verloren zu haben. Eine wandelnde, leere Hülle zu sein. Ich wäre nicht erpicht darauf, die letzten drei Jahre noch einmal zu erleben. Aber sie haben mich viel gelehrt, was ich andernfalls nie gelernt hätte. Es war keine verlorene Zeit, stelle ich allmählich fest.«

Gloucester betrachtete ihn erstaunt. »Auf jeden Fall hat sie dich erwachsen gemacht«, bemerkte er. »Ein Wunder, das zu vollbringen ich mich vergeblich bemüht habe.«

Alan sah ihn an, den Kopf leicht zur Seite geneigt. »Worüber haben wir gestritten?«

»Über einen deiner verrückten Alleingänge. Ein Kundschafter brachte die Nachricht, dass Stephen mit seinem ältesten Sohn Eustache inkognito von Westminster nach Winchester reisen wolle, und du bist mit einer Handvoll Männer losgeritten, um ihnen aufzulauern und sie gefangen zu nehmen. Gegen mein ausdrückliches Verbot.«

Alan verengte die Augen und richtete den Blick aufs Fenster. »Stephen hatte unseren Kundschafter gekauft. Die Nachricht war eine Falle«, murmelte er zögernd, während sich die Erinnerungslücke schloss. »Sie sollte Euch aus Bristol herauslocken. Stattdessen bin *ich* in die Falle getappt. Vier meiner Männer sind gefallen.«

Gloucester nickte. »Und einer hat den Schildarm verloren und starb hier im Lazarett. Ich war zornig über diese Verschwendung und erschrocken darüber, wie knapp du selbst entronnen warst. Du wolltest einfach immer mit dem Kopf durch die Wand. Du dachtest, du wüsstest alles besser. Die Männer haben dich vergöttert, aber allmählich wurdest du für jeden von ihnen zum Risiko. Also habe ich dich zurechtgewiesen.«

»Öffentlich. In der Halle, vor Eurem versammelten Hof.« Bei der Erinnerung an die Schmach fühlte Alan seine Wangen heiß werden.

Gloucester bewies zumindest so viel Anstand, ein wenig verschämt zu sein. »Ich wusste mir keinen anderen Rat mehr. Ich habe nichts unversucht gelassen, dich zur Vernunft zu bringen. Aber du warst wie besessen.«

Besessen. Da war es wieder, dieses Wort. Er sei von Susanna besessen gewesen, hatte seine Großmutter gesagt. Und vom Krieg ebenfalls, wie er hier nicht zum ersten Mal hörte. Der Abt von St. Pancras hatte behauptet, er sei von einem Dämon besessen. Alan glaubte inzwischen nicht mehr, dass das stimmte, aber vielleicht konnte man dem Abt gar keinen Vorwurf aus seinem Fehlurteil machen, wenn der Patient eine so ausgeprägte Neigung hatte, unter den Einfluss von Empfindungen und Ideen zu fallen wie unter einen Bann.

Wieder in Bristol und in der Gegenwart dieses außergewöhnlichen Mannes zu sein löste eine neue Welle von Erinnerungen aus. An die letzten Jahre seiner Kindheit. Den Beginn des Krieges. Es hatte anfangs so rosig für sie ausgesehen. Sie hatten geglaubt, es werde nur ein paar Monate dauern, bis mit der

Kaiserin die rechtmäßige Erbin der Krone den Thron besteigen werde. Aber sie hatten sich getäuscht. Und je länger der Krieg sich hinzog, je sinnloser er wurde, desto größer waren Alans Verbitterung und Ungeduld geworden. Gloucesters Besonnenheit und Weitsicht hatten ihn immer nur zornig gemacht.

»Habe ich …« Alan musste sich räuspern. »Habe ich Euch wirklich einen Feigling genannt?«

Sein Onkel hob mit einem kleinen Lächeln die Schultern. »Du warst sehr überzeugt von der Richtigkeit deines Weges. Ja. Du hast es gesagt.«

Alan schüttelte verständnislos den Kopf. Dieser Mann hatte Vaterstelle an ihm vertreten, ihn mit großer Herzlichkeit nicht nur in seinen Haushalt, sondern in seine Familie aufgenommen. Er hatte ihm alles beigebracht, was Alan über Kampftechnik und Kriegshandwerk wusste. Und er hatte zumindest versucht, ihm beizubringen, was Ehre und Anstand bedeuteten. Er war ein harter, unerbittlicher Lehrmeister gewesen, aber Alan hatte nie Anlass gehabt, an seiner Zuneigung zu zweifeln. Oder an seiner Integrität. Wieso war es ihm dennoch unmöglich gewesen, auf sein Urteil zu vertrauen?

Seufzend ließ er sich in seinen Sessel zurücksinken. »Ich finde es heute schwer zu begreifen, warum ich das gesagt oder gedacht habe. Mein Enthusiasmus für diesen Krieg ist mir abhandengekommen. Die Überzeugung von der Richtigkeit meines Tuns erst recht.«

»Wie ich sagte. Du bist erwachsen geworden. Davon abgesehen habe ich mich manch finstere Stunde lang gefragt, ob du nicht vielleicht recht hattest mit deinem Vorwurf. Ich habe keine befriedigende Antwort gefunden. Aber eins ist gewiss: Ich bin diesen Krieg satt.« Und wie ein Echo von Alans erstem Gedanken fügte er hinzu: »Ich werde alt, Alan.«

Der betrachtete seinen Onkel. Die hohe Stirn war gefurchter als früher, das schwarze Haar ergraut. Aber mehr als alles andere waren es die dunklen Augen, die ihn greisenhaft wirken ließen. Sie hatten ihren Glanz verloren, und ihr Ausdruck sprach von tiefer Erschöpfung. »Dann lasst mich die Bürde fortan tragen«, hörte Alan sich sagen. »Ich schwöre, ich werde es verantwortungsvoller tun als früher.«

»Ich bin sicher, das würdest du«, erwiderte Gloucester. »Dennoch bin ich zögerlich, dein Angebot anzunehmen und zuzulassen, dass du dein Leben verschwendest oder sogar verlierst.«

»Ich merke, Ihr habt den Glauben an unsere Sache verloren«, stellte Alan fest, nüchtern, aber ohne Vorwurf.

»Ich habe den Glauben an meine Schwester verloren, wenn du die Wahrheit wissen willst. Seit fünf Jahren hockt Maud in Devizes, trauert ihrer Vergangenheit als deutsche Kaiserin nach und rührt keinen Finger mehr für England. Sind wir doch mal ehrlich, England war ihr immer völlig gleich. Mein Vater hat einen Fehler gemacht, als er sie gezwungen hat, die Thronfolge zu beanspruchen. Maud wollte diese Krone nie wirklich haben. Manchmal hätte ich nicht übel Lust, mich ins Privatleben zurückzuziehen und England Stephen zu überlassen, wäre er kein solcher Wurm.«

»Die Kaiserin mag kein echtes Interesse an England und seiner Krone haben, aber ich glaube, mit ihrem Sohn verhält es sich anders.«

Gloucester sah auf. »Deine Großmutter schrieb, du habest ihn mit nach Helmsby gebracht. Erzähl mir von ihm. Ich kannte ihn als Knaben. Wie ist er geworden?«

Alan dachte einen Moment nach, bevor er antwortete. Dann entschloss er sich, die Wahrheit zu sagen. »Henry Plantagenet ist … eine Naturgewalt. Er strahlt eine solche Lebendigkeit, eine so kraftvolle Vitalität aus, dass es einem förmlich den Atem verschlägt. Er ist gescheit, sogar gebildet, aber zu rastlos, um je ein Gelehrter zu werden. Gutartig, aber nicht naiv. Ein Raufbold, aber nicht von grausamer Natur. Er hat mehr Mut, als wahrscheinlich gesund für ihn ist, und für einen so jungen Kerl ist er sehr gefährlich mit dem Schwert. Ihn dürstet nach großen Taten. Sollte es möglich sein, dass ein Mann zum König geboren ist, dann, würde ich sagen, trifft es auf ihn zu.«

»Wieso habe ich das Gefühl, es gibt ein Aber?«

Alan deutete ein Achselzucken an. »Kein Mann ist vollkommen, nicht wahr? Es war vermutlich dumm von mir, zu erwarten, dass er alles hält, was er verspricht. Aber ich wäre geneigt gewesen, ihm zu folgen, wenn nötig bis an den Schlund der Hölle. Dabei ist er noch ein Bengel, aber dennoch war es so. Bis zu dem Tag, als ich ihn mit meiner Frau im Heu erwischt habe.«

Der Earl of Gloucester zog scharf die Luft durch die Zähne ein und lehnte den Oberkörper ein wenig zurück, als wolle er sich von dieser Eröffnung körperlich distanzieren. »Mit *Susanna*? Jesus … Ich habe fast Mühe, das zu glauben.« Er war bestürzt. »Und du solltest mir das nicht erzählen, Alan.«

»Warum nicht? Weil es sich nicht gehört? Weil es mich erniedrigt?« Alan winkte desinteressiert ab. »Genau betrachtet hat sie mir einen Gefallen getan. Ich werde beim Bischof eine Petition einreichen, die Ehe für ungültig zu erklären, weil wir zu nah verwandt sind. Mit ihrer Untreue erspart sie mir ein schlechtes Gewissen wegen der Scheidung. Sie hat mich nicht sonderlich gekränkt, denn meine Frau zählt bedauerlicherweise auch zu den Dingen in meinem Leben, die mir nichts mehr bedeuten. Aber mit Henry lag die Sache anders. Ich war grenzenlos enttäuscht von ihm. Und wütend, weil er das Ideal zerstört hat, das ich mir von ihm gemacht hatte. Doch ich habe ihm verdächtig schnell verziehen. Und ich glaube, *das* ist das Gefährliche an ihm: Er ist ein Filou, der glaubt, dass für ihn nicht dieselben Regeln gelten wie für andere, weil er so … außergewöhnlich ist. Und aufgrund seiner Persönlichkeit wird jeder ihm bereitwillig vergeben, wenn er über die Stränge schlägt, weswegen er es jedes Mal tun wird, wenn ihm der Sinn danach steht. Weil er weiß, dass er immer damit durchkommt.«

»Und welche Schlüsse ziehst du aus alldem? Lohnt es sich, um seinetwillen unsere Kräfte noch einmal zu sammeln und ihm den Weg auf den Thron zu ebnen? Oder würden wir einem selbstverliebten Tyrannen die Krone aufs Haupt setzen?«

Alan schüttelte den Kopf. »Er würde uns gewiss oft schockieren, aber er wäre niemals ein Tyrann, denn er hat ein ausgeprägtes Gefühl für Recht und Unrecht, und er ist in der Lage, auf einen Rat zu hören, selbst wenn der ihm unbequem ist.« Er überlegte einen Augenblick. Dann sah er seinem Onkel in die Augen. »Ja. Ich denke, er ist es wert. Wir haben England mit diesem langen Krieg beinah zugrunde gerichtet; es braucht jemanden mit viel Tatkraft, um es wieder zur Blüte zu bringen. Und wenn es eines gibt, das Henry Plantagenet im Übermaß besitzt – außer Selbstbewusstsein, meine ich –, dann ist es Tatkraft.«

Alan blieb einen Monat in Bristol. Er suchte und fand lose Fäden und bemühte sich, sie mit dem, was jetzt sein Leben war, zu verknüpfen.

Als er am ersten Abend die große, prächtige Halle betreten hatte, bereiteten die dort versammelten Lords, Ritter und Knappen ihm einen jubelnden Empfang. Sie trommelten mit den Bechern auf die langen Tische und riefen seinen Namen, standen von den Bänken auf und applaudierten und ließen ihn hochleben. Und Alan stand unter der zweiflügeligen Tür, starr vor Schreck und vollauf damit beschäftigt, nicht die Flucht zu ergreifen.

Dann umringten sie ihn, zogen ihn in ihre Mitte und bestürmten ihn mit Fragen. Alan begrüßte sie, dankbar für jeden Namen, der ihm einfiel, und antwortete höflich, höflich, immer höflich.

Sein altes Leben erschien ihm wie ein Haus, das man nach langer Abwesenheit wieder betritt und das einem verändert vorkommt. Die Möbel bekannt, aber eingestaubt, die Luft abgestanden, die einstmals vertrauten Räume sonderbar fremd und klein. Dieses Haus, merkte er bald, war nicht mehr das seine, und er fing an zu argwöhnen, die Balken könnten morsch sein und das Dach einfach über ihm einstürzen.

Die Männer, die ihn so stürmisch empfangen hatten, merkten bald, wie verändert er war, und voller Verwirrung gingen sie auf Distanz. Nicht wenige waren gekränkt, wusste er, weil sie seine Zurückhaltung für Desinteresse und Hochmut hielten.

Als zähle für ihn auf einmal nicht mehr, was sie alles zusammen erlebt, gewagt, durchlitten und vollbracht hatten.

Und in gewisser Weise hatten sie recht. Alan stellte fest, dass es ihm unmöglich war, an diese Vergangenheit anzuknüpfen. Und er machte eine weitere Feststellung, die ihn erschütterte: Er hatte zahllose Bewunderer in Bristol, aber nicht einen einzigen Freund.

Die drei Ritter aus Helmsby, die er vor langer Zeit hergeführt hatte und die hier Dienst getan hatten, während sie unbeirrbar auf seine zunehmend unwahrscheinliche Rückkehr warteten, kamen der Rolle von Freunden noch am nächsten. Es waren Männer in seinem Alter, die zusammen mit ihm in Helmsby aufgewachsen und ihm bereitwillig in den Krieg gefolgt waren. Sie waren sogar entfernte Cousins: Guillaumes jüngerer Bruder Roger FitzNigel, Athelstan of Blackmore und Ælfric Wolfsson, Nachfahre des legendären Ælfric of Helmsby, von dessen Tod Alan in der Chronik gelesen hatte. Aber selbst zu ihnen bestand eine spürbare Distanz. *Früher hast du niemanden gebraucht,* hatte seine Großmutter gesagt. *Du warst der einzige wirklich unabhängige Mensch, den ich je kannte …* Jetzt lernte er jeden Tag aufs Neue, dass sie recht gehabt hatte, und wenngleich er seine Unabhängigkeit immer noch schätzte, beschlich ihn doch die unangenehme Frage, ob es nicht ein Beweis für innere Leere und Wertlosigkeit war, keine Freunde zu haben und auch keine zu brauchen.

»Alle sind enttäuscht«, sagte Alan ratlos zu seinem Onkel.

»Hm, sogar die Huren«, bemerkte Gloucester mit einem süffisanten Lächeln. »Früher verging kaum eine Nacht, ohne dass du die bunten Zelte im unteren Burghof besucht und die Damen bezaubert hast, weil du jede wie eine Königin behandelt hast. Das ist eine große Gabe, die ein Mann pflegen sollte, sonst wird sie stumpf.«

»Mag sein.« Alan seufzte. Aber nichts zog ihn mehr zu diesen koketten Schönheiten. Die Begegnung mit dem Bauernmädchen im Wald auf dem Weg hierher war ihm eine Lehre gewesen. Sie hatte ihn körperlich erleichtert, doch er hatte sich dumpf und ausgehöhlt gefühlt und obendrein ein schlechtes Gewissen gehabt. Nicht weil er die Notlage des Mädchens ausgenutzt hatte, musste er gestehen, sondern weil es ihm das Gefühl gegeben hatte, Miriam zu betrügen. Es hatte seine Sehnsucht nach ihr nur verschlimmert.

Gloucester studierte sein Gesicht, und es funkelte in den dunklen Augen, sodass sie mit einem Mal wieder jung und lebhaft wirkten. »Liegt es im Bereich des Möglichen, dass der unnahbare Alan of Helmsby bis über beide Ohren verliebt ist?«

Die fraglichen Ohren wurden heiß. »Ich fürchte, so ist es.«

»Ah. Jetzt wird mir einiges klar. Und wer ist die Glückliche?«

»Ein jüdisches Mädchen aus Norwich.«

Der sonst so vornehme Gloucester spuckte seinen Wein im hohen Bogen ins Stroh – nicht indes aus Verachtung, so schien es, sondern vor Verblüffung. »Allmächtiger! Und *ihret*wegen willst du deine Ehe mit Susanna auflösen? Mein lieber Junge … Das ist mehr als ein bisschen wunderlich. Es ist Sünde. Und, nebenbei bemerkt, gesellschaftlicher Selbstmord.«

»Ich weiß. Und es ist mir gleich. Ich muss sie bekommen, und ich würde noch ganz andere Dinge dafür tun. Ich erwarte nicht, dass Ihr das versteht. Ich verstehe es selbst nicht. Ich hätte nie für möglich gehalten, dass ein Gefühl so übermächtig sein kann. Aber noch nie in meinem Leben habe ich etwas so gewollt wie sie. Die Einzigartigkeit dieses Verlangens ist mir erst klar geworden, nachdem ich mein Gedächtnis wiedergefunden habe. Ich habe … noch nie im Leben so etwas empfunden. Und es ist kostbar, sagt, was Ihr wollt.«

Gloucester seufzte und winkte ungeduldig ab. »Ihr Helmsby seid doch weiß Gott alle gleich: dein Urgroßvater, deine Großmutter, deine Mutter. Einer wie der andere haben sie sich das Leben bitter gemacht, weil sie glaubten, ohne den einen Menschen nicht leben zu können.« Er neigte sich ein wenig vor. »Und jetzt du.«

Auf die Idee, dass er eine Art Familientradition fortsetzte, war Alan noch nicht gekommen, und sie war ihm ein Trost. Er kam sich gleich viel weniger verrückt vor. »Ihr seid nicht der Einzige, der so denkt«, bemerkte er. »Ihr Vater hält auch nichts davon. Und ich habe nicht die leiseste Ahnung, was ich tun kann, um ihn umzustimmen. Aber ich werde einen Weg finden. Und die Folgen sind mir völlig gleich.«

»Das glaubst du, weil du noch so jung bist. Aber lass es dir von einem Mann gesagt sein, der weiß, wovon er spricht: Wenn du ein Greis von fünfzig Jahren bist und der Tag näher kommt, da du vor Gott Rechenschaft ablegen musst, kommen die Sünden deiner Jugend zurück, um dir den Schlaf zu rauben. Du warst immer ein frommer Mann, Alan. Ich habe Mühe, zu glauben, dass du nur für eine Frau Gottes Zorn riskieren willst.«

Alan dachte darüber nach. Schließlich antwortete er: »Wieso sollte es Gott erzürnen? Er ist der Gott der Juden ebenso wie der unsere. Sie beten zu ihm und befolgen seine Gebote genau wie wir, nur in anderer Weise. Sie unterscheiden zwischen Recht und Unrecht nach den gleichen Grundsätzen wie wir. Dieses Mädchen und ihre Familie … Es sind gute Menschen, Mylord. Gottesfürchtiger, gütiger und barmherziger als die Mönche, die mich drei Jahre auf einer Insel eingesperrt haben. Unter Bedingungen, die Ihr nicht einmal Euren Jagdhunden zumuten würdet. Mich und andere, die keines Verbrechens schuldig waren, sondern nur das Unglück hatten, keine vollkommenen Exemplare der göttlichen Schöpfung zu sein.« Er bemühte sich, ruhig und sachlich zu sprechen, aber er hörte selbst, dass seine Stimme vor unterdrücktem Zorn bebte.

Gloucester ließ ihn nicht aus den Augen. »Ich wäre der Letzte, der dir widerspricht, wenn du sagst, dass Gottes Vertreter auf Erden nicht immer sind, was sie sein sollten. Dass manche ihre Macht missbrauchen und Gottes Gebote vergessen. Sieh dir nur Stephens Bruder Henry an, den ehrwürdigen Bischof of Winchester. Er ist eine intrigante, machtgierige Natter. Aber keiner von uns kann es sich leisten, der Kirche den Rücken zu kehren, Alan, denn sie beherrscht die Welt.«

Alan hob scheinbar gleichmütig die Schultern. »Ich werde ihr nicht den Rücken kehren, wenn sie mich nicht verstößt.«

»Nun, ich kann nur hoffen, dass du nicht eines Tages einen höheren Preis bezahlen musst, als du dir leisten kannst. Sollte der junge Henry zurück nach England kommen, um sich seinen Anspruch zu erkämpfen, wird er keinen Mann in seiner Nähe haben wollen, der sich den Unmut der Bischöfe zugezogen hat.«

Alan dachte an die Mär von Henrys Dämonenblut, die sein junger Cousin mit so unverhohlenem Stolz erzählte, und er konnte ein Grinsen nicht ganz unterdrücken, als er erwiderte: »Ich könnte mir vorstellen, dass Henrys Respekt vor der heiligen Mutter Kirche und ihren Bischöfen auch ein wenig zu wünschen übrig lässt.«

Helmsby, Juli 1147

Seine drei Cousins, Roger, Athelstan und Ælfric, begleiteten Alan nach Hause, und sie waren gute Gesellschaft, stellte er ohne große Überraschung fest. Das waren sie immer gewesen. Sie taten willig, was er ihnen auftrug, benahmen sich passabel, wenn sie abends an einem Gasthaus haltmachten, und ließen ihn weitgehend in Ruhe, vollauf zufrieden damit, nebeneinanderzureiten, wenn die Breite der Straße es zuließ, und leise unter sich zu reden und zu lachen. So war es immer schon gewesen, entsann sich Alan. Roger, Athelstan und Ælfric bildeten seit ihrer Kindheit in Helmsby ein unzertrennliches Kleeblatt. Sie hatten Alan niemals aus ihrer Gemeinschaft ausgeschlossen, aber sie hatten auch nie versucht, die Bollwerke einzureißen, die er um sich errichtete. Sie brauchten ihn nicht, so wenig wie umgekehrt.

Dennoch schwang ein leiser Vorwurf in Athelstans Stimme, als er sagte: »Es wär besser gewesen, du hättest uns mitgenommen, als du damals aus Bristol verschwunden bist. Dann wäre das alles vielleicht gar nicht passiert.« Sie saßen am letzten Abend ihrer viertägigen Reise am Ufer eines stillen Sees, wo sie ihr Lager aufgeschlagen hatten. Das kleine Feuer war heruntergebrannt, sodass sie nicht geblendet waren und einander gut erkennen konnten.

»Tja, wer weiß. Aber du warst verwundet, oder?«, fragte Alan. Es klang unsicher. Ständig ertappte er sich dabei, dass er seinem wiedergefundenen Gedächtnis nicht so recht traute. »Ein Armbrustbolzen hatte dich am Arm erwischt?«

»Oh, das war nichts«, widersprach Roger wegwerfend. Er hatte keine Stirnglatze wie sein Bruder, der Steward, sondern im Gegenteil einen dichten Lockenschopf, der in einen ebenso üppigen, gelockten Bart überging, sodass sein Gesicht wie von einer Löwenmähne umrahmt war. »Er hätte schon reiten können. Aber du hast nicht erlaubt, dass wir mitkommen. Weil der alte Wolf dir verboten hatte zu gehen.«

Alle Männer in Bristol nannten den Earl of Gloucester so. Alan erhob keine Einwände, weil seine Ritter den despektierlichen Spitznamen mit so offenkundiger Ehrfurcht aussprachen.

»Als es hieß, Geoffrey de Mandeville habe dich geschnappt, haben wir uns Vorwürfe gemacht«, gestand Ælfric. »Wir sind sofort nach Hause geritten und haben uns auf die Suche nach dir und nach ihm gemacht. Doch als wir ihn in Suffolk endlich fanden, war's schon zu spät. Er war tot. Elend an Wundbrand verreckt, hieß es.«

Alan nickte. »Besser so. Gott allein weiß, was er getan hätte, wärt ihr ihm in die Hände gefallen. Und er hätte euch ja nicht sagen können, wo ich bin.«

»Wieso bist du so sicher?«, konterte Roger. »Wieso soll nicht er es gewesen sein, der dich in dieses Kloster am Ende der Welt verschleppt hat?«

»Nicht sein Stil, oder?«, entgegnete Alan.

Seine drei Cousins nickten nachdenklich.

»Sein Stil war es eher, seine Opfer in einen Sarg voll spitzer Steine zu legen«, knurrte Ælfric. »Das haben uns die Bauern von Ely erzählt. Er legte einen von ihnen in diesen Sarg, ließ weitere scharfkantige Steine auf ihn häufen und dann den Deckel schließen. Die Steine zermalmten dem armen Teufel allmählich die Knochen. Die anderen aus dem Dorf mussten zusehen, und als sie es nicht mehr aushielten, die Schreie zu hören, haben sie schließlich verraten, wo sie ihre Pennys versteckt hatten. Mandeville hat den Mann trotzdem nicht aus dem Sarg geholt.«

Alan bekreuzigte sich.

»Jetzt liegt er selbst in einer Kiste und verfault«, bemerkte Roger mit Befriedigung. »Unbegraben. Wegen der Überfälle auf die Klöster in Ely und Peterborough haben sie ihn exkommuniziert, und seine Söhne weigern sich, ihn in ungeweihter Erde zu verscharren. Bleibt zu hoffen, dass sie einen gut belüfteten Raum haben, um ihren alten Herrn aufzubewahren …«

»Aber wenn er es nicht war, der dich nach Yorkshire verschleppt hat, wer dann?«, fragte Athelstan nach einem kurzen Schweigen.

»Ich weiß es nicht«, bekannte Alan.

»Wer war bei dir?«

Alan schüttelte den Kopf. »Diese letzten Tage sind immer noch sehr lückenhaft in meiner Erinnerung. Aber soweit ich weiß, bin ich ohne Begleitung von Helmsby aufgebrochen. «

»Was um Himmels willen hast du dir dabei gedacht?«, schalt Ælfric. »Wolltest du es ganz allein mit Geoffrey de Mandevilles Privatarmee aufnehmen?«

»Ich bin nicht sicher, ob ich überhaupt irgendetwas gedacht habe.«

Athelstan ohrfeigte sich selbst, weil eine der zahlreichen Mücken auf seiner Wange gelandet war. »Lasst uns ein bisschen junges Holz auflegen, sonst sind wir morgen früh ausgesaugt.«

»Lieber zerstochen als erstickt«, widersprach Ælfric.

Alan ließ sich auf die Ellbogen zurücksinken und sah in den Sternenhimmel hinauf. Es war eine klare Nacht, und der Mond war noch nicht aufgegangen. Wie ein juwelenbesetztes Kirchengewölbe erstreckte der Himmel sich über dem flachen Land. East Anglia mochte reichlich mit Sümpfen und Mücken gesegnet sein, aber er war sicher, nirgendwo in England sah man einen so weiten Sternenhimmel wie hier. Und er stellte fest, dass er es kaum erwarten konnte, nach Helmsby zu kommen. Er verspürte etwas, das er vollkommen vergessen hatte: Heimweh. Er schwelgte in dem Gefühl. Nur wenn man wusste, wer man war und wohin man gehörte, konnte man Heimweh empfinden. Welch ein Luxus, dachte er. Welch ein *Geschenk*. Er fand es ein bisschen albern, wie sehr dieses Gefühl ihn beglückte, aber das änderte nichts an dessen Heftigkeit. Seine Sehnsucht nach Helmsby, nach seiner wunderschönen Burg, seinen Wäldern und Weiden und Feldern und seiner atemberaubenden Kirche war so überwältigend, dass sie sein Unbehagen ob des Wiedersehens mit all den Menschen, die ihn dort erwarteten, weit überwog.

Im goldenen Abendlicht des folgenden Tages ritten sie in den Burghof ein. Alan saß vor dem Stall ab, klopfte Conan dankbar den muskulösen Hals und reichte die Zügel einem der Stallknechte. »Hier, Edwy. Eine Bremse hat ihn direkt am Auge erwischt. Sieht schlimm aus. Aber du weißt ja sicher, was zu tun ist.«

Edwy nickte und sah ihn unverwandt an. »Ihr wisst meinen Namen wieder.«

»Was? Oh …« Alan lächelte verlegen und fuhr sich mit der Hand über Kinn und Hals. »Ja. Ich weiß ihn wieder.«

Der alte Stallknecht, der mehr über Pferde wusste als alle übrigen Männer in Helmsby zusammen, nickte zufrieden und führte seinen Schützling aufs Stalltor zu. »Willkommen zu Haus, Mylord«, brummelte er über die Schulter.

»Danke.«

Alan ging mit langen, beinah federnden Schritten auf die Motte zu und schaute sich derweil um. Fast war es, als sehe er Helmsby Castle zum ersten Mal, und mit diesem neuen, frischen Blick erkannte er, wie viele Details seiner Burg der seines Onkels Gloucester nachempfunden waren. Er konnte sich nicht erinnern, sie bei der Planung bewusst zum Vorbild genommen zu haben, aber die Anordnung der Wirtschaftsgebäude, die Anlage der Torhäuser und vor allem der Donjon glichen denen in Bristol.

Er erwiderte den Gruß der Wachen mit so untypischer Leutseligkeit, dass die beiden Männer verdutzte Blicke tauschten, stürmte die Treppe hinauf und betrat seine Halle. Die meisten der Burgbewohner hatten sich schon eingefunden, denn es war Zeit fürs Nachtmahl. Die Mägde füllten Schalen aus dampfenden Kesseln, Brotlaibe wanderten herum. Auf dem Weg an die hohe Tafel nickte Alan den Menschen zu, die ihn teils erfreut und teils mit etwas misstrauischer Zurückhaltung begrüßten, und schließlich verneigte er sich formvollendet vor seiner Großmutter. »Madame.«

»Sieh an.« Es klang frostig, aber immerhin sprach sie wieder mit ihm. Es schien gar, als bereite es ihr Mühe, ihn so strafend anzuschauen, wie sie für angemessen hielt. »Und darf man fragen, wo du gewesen bist?«

»In Norwich. In Bristol. Hier und da.« Aus dem Augenwinkel sah er Susanna, die reglos auf ihrem Platz neben Lady Matilda saß, aber er schaute sie nicht an. Eins nach dem anderen, schärfte er sich ein.

»Ich hoffe, du hast gefunden, was immer du dort gesucht hast«, sagte seine Großmutter.

Er sah ihr in die Augen. »Denk nur, das hab ich tatsächlich.«

Simon, der ein Stück weiter links mit den drei Brüdern aus Ely an der hohen Tafel saß, legte eine Hand vor den Mund und murmelte: »Du hast dich erinnert. Du hast dein Gedächtnis wiedergefunden.«

Alan trat zu ihm und nickte.

Simon ließ die Hand sinken. »Der Herr sei gepriesen.« Er schüttelte mit einem verwunderten und seltsam scheuen Lächeln den Kopf.

»Amen«, murmelte Bruder Cyneheard. Oder vielleicht war es auch Bruder Elias. »Wir haben nie nachgelassen, für Eure Genesung zu beten, Mylord.«

»Das weiß ich zu schätzen, Bruder«, versicherte Alan. Er bemühte sich, jeden Anflug von Hohn aus seiner Stimme zu halten, dachte jedoch: Wenn ihr hofft, dass ich deswegen fortan ein großzügiger Gönner eures Hauses sein werde, dann steht euch eine Enttäuschung bevor. Es wird viel Zeit vergehen, ehe ich mein Wohlwollen wieder einem Kloster schenken kann …

Er vergaß den Mönch, blickte wieder auf seinen jungen Gefährten hinab und erkannte, was es war, das Simon mit einem Mal so zu schaffen machte. »Ich bin kaum zurück, und schon willst du mich so grässlich beleidigen, indem du an mir zweifelst, Simon de Clare?«, fragte er leise.

Der junge Mann senkte beschämt den Blick, sah aber sofort wieder hoch. »Du bist genesen. Und denk ja nicht, ich wäre nicht von Herzen glücklich darüber. Aber …«

Du bist keiner von uns mehr. Alan hörte es beinah, so deutlich stand es Simon ins Gesicht geschrieben.

»Das ändert nichts an den Dingen, die wir gemeinsam erlebt und getan haben«, wandte Alan ein.

»Nein. Natürlich nicht.« Simon rang sich ein Lächeln ab. »Jedenfalls tut es gut, dich zu sehen. Wenn ich das den anderen erzähle … Oswald wird außer Rand und Band sein über deine Heimkehr.«

Alan verstand auch, was Simon ihm nicht sagte. »Danke, dass du hier für mich die Stellung gehalten hast. Das werde ich dir nie vergessen. Und ich mach es wieder gut, du wirst sehen.«

Simon schüttelte den Kopf. »Du schuldest mir nichts.«

»Ich bin anderer Ansicht. Wir reden später darüber.« Ihre Unterhaltung war im Flüsterton vonstattengegangen, aber dennoch war man in der Halle niemals unbeobachtet und selten unbelauscht. »Geh nur und erzähl es den anderen, wenn du willst. Sagen wir, wir treffen uns eine Stunde nach Sonnenuntergang in der Kirche?«

»Abgemacht.«

Alan kehrte an die Mitte der Tafel zurück, wo eilig ein Sessel für ihn aufgestellt worden war, und während Matilda und

Guillaume die drei heimgekehrten Ritter begrüßten, nickte Alan seinem Cousin zu. »Haimon.«

»Alan. Wieder Herr deiner Sinne, ja?« Er war verdächtig blass geworden, und irgendetwas funkelte in seinen verengten Augen.

Die Erkenntnis, dass es seinem Cousin sehr viel lieber gewesen wäre, er wäre auf immerdar an Geist und Seele verkrüppelt geblieben, bestürzte Alan, aber er wollte verdammt sein, wenn er sich das anmerken ließ. Er zwinkerte Haimon zu. »Enttäuscht?« Ohne eine Antwort abzuwarten, wandte er sich an seine Frau, und jeder Übermut war aus seiner Miene verschwunden. »Geh nach oben. Warte dort auf mich.«

Susanna sah ihm einen Moment in die Augen; forschend, herausfordernd, flehend – er wusste den Blick nicht zu deuten. Dann erhob sie sich ohne unwürdige Hast und trat auf die Tür zu, die zur Treppe führte.

»Du tust ihr nur einen Gefallen, wenn du sie fortschickst«, raunte seine Großmutter ihm zu. »Hier vor den Augen der Welt leidet sie mehr.«

Von ihrer unverhohlenen Rachsucht konnte einem mulmig werden. Alan deutete ein Achselzucken an. »Ich bin hungrig, aber ich gedenke nicht, je wieder an einem Tisch mit ihr zu essen. Also muss sie gehen oder ich. Im Übrigen wäre ich dankbar, Großmutter, wenn du dich fortan aus meinen persönlichen Angelegenheiten heraushalten würdest.«

Nichts rührte sich in ihrem Gesicht, aber das Blau ihrer Augen schien für einen Moment heller zu strahlen. »Ich bin beglückt, dass du zu deinem liebenswürdigen Selbst zurückgefunden hast. Ganz der alte Alan.«

Der bin ich nicht, und der werde ich wohl auch nie wieder sein, dachte er. Aber er ging über ihre Spitze hinweg. Er erinnerte sich – genau wie sie offenbar auch –, dass es früher ein häufiges Streitthema zwischen ihnen gewesen war, wie viel Einfluss ihr auf sein Leben zustand. Sie war nicht seine Mutter. Sie war, seit er erwachsen geworden war, auch nicht mehr der Vorstand dieses Haushalts. Aber sie hatte ihn großgezogen, sie hatte jahrzehntelang über Helmsby geherrscht und war darüber hinaus als König Henrys Vertraute eine sehr mächtige und einflussreiche Dame gewesen. Es lag nicht in ihrer Natur, solch eine Position kampflos aufzugeben, und so kam es, dass ihr Enkel ihr jeden Zoll seiner kostbaren Unabhängigkeit hatte abtrotzen müssen. Matilda hatte es immer genossen, mit ihm zu streiten. Alan fragte sich, ob die vergangenen drei Jahre ihn klüger und langmütiger gemacht hatten, sodass er ihr heute nicht mehr so leicht in die Falle gehen würde wie früher. Er nahm an, er würde bald Gelegenheit haben, es herauszufinden.

»Ich bedaure den Vorfall mit der Laute deines Vaters«, offerierte er als Friedensangebot.

»Immerhin«, brummte sie krötig. Dann lenkte sie unerwartet ein. »Bruder Elias sagt, in Ely gibt es einen Mönch, der sie vermutlich reparieren kann.«

»Ich bringe sie hin, wenn ich das nächste Mal nach Norwich reite.«

»Du warst bei Ruben ben Isaac?«

»Eigentlich bei seinem Bruder. Woher in aller Welt weißt du das?«

»Ruben hat mir geschrieben. Er ist ein alter Freund.«

Alan fiel aus allen Wolken. »Wie kann das sein?«

Staunend lauschte er, während seine Großmutter ihm eröffnete, wie alt die Verbindung zwischen seiner eigenen und Miriams Familie schon war. Er war nicht sicher, ob das seine Aussichten, sein ersehntes Ziel zu erreichen, in irgendeiner Weise besserte, aber es machte ihm Hoffnung.

»Und dieser Josua hat dich geheilt?«, fragte Matilda neugierig.

»In gewisser Weise. Zumindest hat er mich auf den richtigen Weg gebracht. Und nun muss ich ein Hospital in Norwich stiften, wo er Menschen wie meine Gefährten und mich behandeln will. Aber ich habe keine Ahnung, wie ich das anstellen soll, ohne Schwierigkeiten mit dem Bischof von Norwich zu bekommen. Er liebt die Juden nicht besonders, habe ich gehört.«

Matilda trank einen Schluck Wein und nickte versonnen. »Mach dir keine Sorgen, Alan. Du wirst einen Weg finden. Du findest doch immer einen Weg, um zu bekommen, was du willst, nicht wahr. Das hast du zweifellos von deinem Vater.«

Er fragte sich unbehaglich, was sie damit sagen wollte. Ob Josuas redseliger Bruder in seinem Brief etwa Andeutungen über Alan und Miriam gemacht hatte. »Ich wünschte, ich hätte deine Zuversicht«, murmelte er.

Sie tätschelte ihm den Arm, und ihre Worte standen in schockierendem Gegensatz zu der großmütterlichen Geste: »Eine Exkommunikation ist nicht das Ende der Welt, weißt du. Früher oder später wird sie rückgängig gemacht. Wenn der Preis stimmt.«

»Es sei denn, man stirbt, ehe man ihn bezahlt hat. Ich bin jedenfalls nicht erpicht darauf, unbeerdigt in einem Sarg in der Gegend herumzustehen wie Geoffrey de Mandeville und auf bessere Zeiten zu hoffen.«

Matilda gluckste. »Nein, das ist wirklich eine ziemliche Peinlichkeit für die Familie.«

Er sah sie pikiert an, und dann brachen sie beide in Gelächter aus.

Gott sei gepriesen, dachte er selig, Alan of Helmsby ist nach Hause gekommen.

»Hier. Ich habe einen Weinschlauch mitgebracht. Ich hoffe, du hast keine Einwände, King Edmund.«

Alan legte den Schlauch auf die steinernen Bodenfliesen seiner Kirche, gleich neben *Aliesa*. Die Zwillinge, ihr Hund, Luke, Simon und King Edmund umringten ihn.

»Keineswegs, mein Sohn. Ich hole den Kelch, und wir trinken auf deine Genesung und Heimkehr.«

»Wie war Norwich?«, fragte Godric neugierig. »Was hat der alte Josua mit dir angestellt, dass du dich erinnert hast?«

»Du siehst ein bisschen dürr und mitgenommen aus«, befand sein Bruder kritisch.

»Mein Bier ist fertig, Alan«, bekundete Luke. »Wie wär's,

wenn ich dir einen Krug davon hole? Das bringt dich im Handumdrehen in Ordnung.«

Alan lächelte und nickte, ohne genau zu wissen, wozu er sein Einverständnis gab, und trat aus ihrer Mitte zu der dicken, mit Zahnornamenten verzierten Säule, in deren Schatten Oswald stand. Den Kopf gesenkt, die Arme demonstrativ vor der Brust verschränkt.

Das sah nicht gut aus.

»Oswald …«

Nichts.

»Ich verstehe, dass du wütend bist, weil ich einfach verschwunden bin, ohne Lebewohl zu sagen. Aber es ging nicht anders, glaub mir. Jetzt bin ich wieder da und …«

»Geh weg«, unterbrach Oswald. Seine Stimme klang ungewohnt tief und heiser.

»Was?«, fragte Alan verdattert.

»Geh weg. Nicht mehr mein Freund.«

Es fühlte sich an wie ein vergifteter Dolch in der Brust. Alan wich unwillkürlich einen Schritt zurück und sah den Jungen betroffen an. »Das kann nicht dein Ernst sein.«

Oswalds Blick sagte mehr als tausend Worte. Es *war* sein Ernst.

Was fällt dir eigentlich ein, du undankbarer Bengel?, lag Alan auf der Zunge. Ich habe dich aus der Isolation geholt und Sprechen gelehrt. Ich habe dafür gesorgt, dass die, die stärker waren als du, dir deinen Anteil am Essen und deine Decke ließen. Du hättest keine Woche überlebt ohne mich. Ist das alles nichts wert?

Nein, lautete die Antwort natürlich. In gewisser Weise zumindest. Oswald war enttäuscht, sein Vertrauen erschüttert. Das war das Einzige, was er im Moment genau wusste. Er litt, und darum wollte er zurückschlagen.

Alan nahm ihn zaghaft bei der Hand.

Oswald riss sich los.

Die anderen standen dabei und schauten zu, die Mienen bekümmert, aber niemand mischte sich ein.

»Oswald, hör mir zu«, bat Alan.

»Geh weg.«

Alan schüttelte den Kopf. »Das kannst du nicht machen. Du darfst mich nicht einfach wegschicken, nur weil ich etwas getan habe, das dir nicht gefällt. So funktioniert das nicht unter Freunden.«

»Stich gelassen!«, schleuderte Oswald ihm entgegen.

Godric konnte nicht länger an sich halten. »Das stimmt doch gar nicht, Oswald. Er hat uns nicht im Stich gelassen. Er wusste, dass wir ein Dach über dem Kopf und genug zu essen hatten und aufeinander aufpassen würden. Und jetzt ist er zurückgekommen. Du bist ganz schön nachtragend, Kumpel. Aber es war nicht seine Schuld, was Haimon getan hat. Das hätte genauso passieren können, wenn er hier gewesen wäre. Solche Dinge kommen vor, weißt du.«

»Da hat er recht«, stimmte sein Bruder zu. »Das Leben ist kein Festtagsschmaus, Oswald.«

»Was hat Haimon getan?«, fragte Alan, und ihm schwante nichts Gutes.

Luke erzählte es ihm – knapp, aber unverkennbar entrüstet.

Alan war nicht überrascht. Schon bevor sein Gedächtnis zurückgekehrt war, hatte er erkannt, was für ein Mensch sein Cousin war. Und er wusste, der Tag würde kommen, da er irgendetwas wegen Haimon würde unternehmen müssen. Aber dieser Tag war nicht heute. Er sah wieder zu Oswald. »Es tut mir leid. Ich hätte dir das gern erspart. Aber Wulfric und Godric haben recht: Solche Dinge passieren, es ist der Preis dafür, dass wir freie Männer und nicht mehr auf der Insel eingesperrt sind. Ich bin fortgegangen, und das nimmst du mir übel. Du denkst, ich hätte dich im Stich gelassen. Aber ich musste gehen. Das ändert indes nicht das Geringste an meiner Freundschaft zu dir. Es liegt ganz bei dir. Wenn du mir nicht vergeben kannst und nicht mehr mein Freund bist, dann werde ich damit leben müssen …«

»Wärst du traurig?«, unterbrach Oswald.

»Natürlich.«

»Ganz traurig? So, dass du weinen musst?«

Sieh an, du hast das Sprechen also doch nicht verlernt, fuhr es Alan durch den Kopf. Es war nur verschüttet, wie mein Gedächtnis. »Ja.« Er war nicht einmal sicher, dass es gelogen war.

Oswald geriet sichtlich ins Wanken. Zum ersten Mal sanken die trotzig verschränkten Arme herab, und er dachte nach.

Alan ließ ihm Zeit.

King Edmund brachte den gefüllten Kelch und gab ihn Alan, der ihn Oswald entgegenstreckte. Der nahm ihn und trank durstig, freilich ohne den Symbolcharakter dieser Handlung zu erkennen.

Als der große Pokal halb geleert war, nahm Alan ihn ihm behutsam aus den rundlichen Händen. »Ich denke, das reicht. Ich möchte lieber nicht hören, was Gunnild zu sagen hat, wenn wir dich betrunken nach Hause bringen.«

Die anderen lachten leise, und Oswald stimmte mit ein, aber mehr versehentlich, und als er es merkte, wurde seine Miene sogleich wieder finster.

Alan erkannte, dass ihm noch nicht vergeben war. Mit einem leisen Seufzen setzte er den Kelch an, trank und reichte ihn weiter an Simon.

Während der Wein herumwanderte, sagte er: »Es wird Zeit, dass wir ein paar Pläne machen.«

»Willst du zurück in den Krieg?«, fragte Luke.

Alan schüttelte den Kopf. »Ich war bei Robert of Gloucester und habe mit ihm und vielen Männern gesprochen. Der Krieg ist zum Stillstand gekommen. Marodierende Banden ziehen durchs Land und drangsalieren die Bauern, die Lords schließen geheime Stillhalteabkommen und sehen einander tatenlos zu, wie sie sich widerrechtlich auf Kosten der Krone bereichern. In diesem Krieg ist keine Ehre mehr. Die Kaiserin hat resigniert und tut gar nichts mehr. Und Stephen …« Mit einem Blick auf Simon fuhr er fort: »Ich hoffe, du vergibst mir ein offenes Wort: Stephen hat weder genügend Rückhalt noch die Kraft, um die Dinge zu ändern.«

»Nein, ich weiß«, stimmte Simon zu. »Ich hab ihn gesehen. Er ist … ausgebrannt, schätze ich.«

»Gloucester denkt, Henry Plantagenet sei unsere einzige Hoffnung, diesen Krieg zu beenden«, fuhr Alan fort. »Er glaubt, viele Lords, die Henrys Mutter nie anerkannt haben, würden ihren Sohn als rechtmäßigen Thronfolger akzeptieren. Und mein Onkel Gloucester wünscht, dass ich nach Anjou gehe, um Henry einen Brief zu überbringen und mit ihm zusammen unser weiteres Vorgehen zu erörtern.«

»Und?«, fragte Wulfric in die gespannte Stille. »Wirst du?«

»Auf keinen Fall.« Alan sprach immer noch in gemäßigtem Ton, aber jeder hörte seine grimmige Entschlossenheit. Er würde keinen Finger für Henry rühren bis zu dem Tag, da er Miriam als Braut nach Helmsby führte. Sollte dieser Tag niemals kommen, würde Henry auf Alans Schwert und auf seine Vasallentreue verzichten müssen. Sollte Gott indessen Henry Plantagenet als den nächsten König von England ausersehen haben und der Auffassung sein, dass dieser Auserwählte Alan of Helmsby brauche, um auf den Thron zu gelangen – nun, in dem Fall wusste Gott ja, was er zu tun hatte. »Aber ich hab mir gedacht, vielleicht willst du gehen«, schlug er Simon vor. »Und ihr vielleicht auch?«, fragte er die Zwillinge.

Ihre strahlenden Gesichter waren Antwort genug. Doch Simon zögerte. »Ich …« Er brach unsicher ab, dann sammelte er seinen Mut und sah Alan direkt an. »Ich hatte gehofft, du würdest mit mir nach Woodknoll reiten und mir helfen, es zurückzubekommen.«

»Jederzeit«, erwiderte Alan. »Vor oder nach deiner Reise auf den Kontinent. Woodknoll läuft nicht weg, und Rollo de Laigle wird keinen besseren Anspruch darauf haben, nur weil er sich ein paar Wochen länger dort halten konnte. Aber die Entscheidung liegt bei dir.«

Simon überlegte einen Moment. Dann sagte er langsam: »Ich sehne mich nach Woodknoll, das geb ich zu. Solange ich es nicht zurück habe, wird ein Teil von mir immer auf der Insel gefangen bleiben. Aber ich will auch zu Henry. Du weißt es nicht, aber er hat Godric und Wulfric und mich schon bei seinem Aufbruch gebeten, mitzukommen. Und obwohl er sich dir gegenüber ehrlos benommen hat, würde ich am liebsten noch heute Abend aufbrechen, um mich ihm anzuschließen.«

»Meinetwegen brauchst du kein schlechtes Gewissen zu haben, wenn du gehst«, sagte Alan. »Was er getan hat, ist eine Sache zwischen ihm und mir. Und es macht mich nicht blind für seine Vorzüge.«

Ein erleichtertes Lächeln huschte über Simons Gesicht, das immer noch blass und schmal war, aber nicht mehr so eigentümlich zart wie bei seiner Ankunft auf der Isle of Whitholm. Unsere abenteuerliche Reise hat ihm gutgetan, dachte Alan flüchtig.

Der junge Normanne rang noch einen Moment mit sich, tauschte einen Blick mit den Zwillingen und nickte dann. »Wir brechen so bald wie möglich auf. Woodknoll muss warten. Es wäre sowieso nicht gut, wenn ich es mir zurückhole und dann gleich wieder verschwinde.«

Alan gab ihm recht. Es war eine kluge Entscheidung, fand er.

»Und jetzt erzähl, wie du dein Gedächtnis wiedergefunden hast«, drängte Godric.

»Ich bin nach Norwich zu Josua ben Isaac zurückgekehrt«, begann Alan. »Moses war übrigens bitter enttäuscht, dass ich dich nicht mitgebracht hatte, Oswald.«

Der trat endlich aus dem Schatten der Säule zu ihnen. Einen Moment sahen sie sich in die Augen, dann nahm Oswald den Becher, den King Edmund ihm geduldig hinhielt, reichte ihn aber weiter an Alan.

Alan beschloss, es als Versöhnungsgeste zu deuten, lächelte ihm zu und trank. Aber er hatte den Verdacht, dass er noch allerhand würde tun müssen, um wieder Oswalds allerallerbester Freund zu werden.

So kam es, dass er auf dem Rückweg mit größerer Milde über Verfehlungen und Vergebung nachdachte, als ihm eigentlich lieb war. Er beeilte sich nicht, folgte dem schmalen Pfad durch das Wäldchen zwischen Dorf und Burg gemächlichen Schrittes, hörte das Rascheln kleiner lichtscheuer Kreaturen im Unterholz und blieb einen Moment stehen, um einer Nachtigall zu lauschen, die in einem Haseldickicht sang.

Es fühlte sich immer noch seltsam ungewohnt an, wieder eine Vergangenheit zu haben, und er betrachtete seine Erinnerungen an Susanna mit einem gewissen Misstrauen. Und mit Distanz. Er wusste, er hatte längst nicht alles richtig gemacht.

Seine Großmutter war von seinem Verlöbnis mit Susanna de Ponthieu nicht begeistert gewesen. Susanna sei ein geistloses, oberflächliches Geschöpf, und nach einem Jahr, ach was, nach einem *Monat* werde sie ihn zu Tränen langweilen, hatte Lady Matilda prophezeit. Alan hatte natürlich nicht auf sie gehört. Seine Großmutter hatte immer Vorbehalte gegen die Ponthieu gehabt, wusste er, hatte diese Abneigung sogar auf ihre eigene Tochter übertragen, als Eloise Haimons Vater geheiratet hatte. Außerdem war er überwältigt gewesen von Susannas Schönheit und ihrer Garderobe; ihre vornehme Arroganz war eine Herausforderung gewesen, die seinen Jägerinstinkt geweckt hatte. Also hatte er sie geheiratet. Es war nicht schwierig gewesen, die nötige Einwilligung der Krone zu bekommen – Gloucester hatte sie im Namen seiner Schwester, der rechtmäßigen Königin, erteilt.

Und dann?

Alan erinnerte sich an ihre Hochzeit, die ein rauschendes Fest gewesen war. Eine strahlende, sehr verliebte Braut in einem veilchenblauen Kleid. Und ein stolzer Bräutigam. Aber was hatte er empfunden außer diesem Besitzerstolz? Er wusste es einfach nicht mehr. Weil er sich nicht erinnerte? Oder weil es nichts zu erinnern gab?

Langsam stieg er die Treppe hinauf zu dem Gemach, das er ein Jahr lang mit seiner Frau geteilt hatte. An diesen Teil entsann er sich nur zu lebhaft. Nicht einmal in der Hochzeitsnacht hatte Susanna jungfräuliche Scheu gezeigt, im Gegenteil. Sie hatte sich kühl und unnahbar gegeben, aber nur um ihm zu schmeicheln, indem sie sich verführen und erobern ließ. Und als sie vertrauter miteinander wurden, war sie einfallsreich und hemmungslos geworden. Er hatte sich eingeredet, er müsse der glücklichste Mann der Welt sein. Und er hatte sich nie gestattet, sich zu fragen, was er denn dann bei Eanfled zu suchen gehabt hatte, der Schwester seines Reeve, der er ein Kind angehängt hatte, wenn Susanna nicht gelogen hatte. Heute, da er die Dinge mit Abstand betrachtete, scheute er sich nicht mehr, diese Frage zu stellen.

Er öffnete die Tür und trat über die Schwelle.

Susanna saß auf dem Fenstersitz. Ihre Haltung war perfekt, aber gänzlich unnatürlich, und er fragte sich, wie lange sie wohl so ausgeharrt hatte, um ihn in dieser Pose zu empfangen: die Schultern zurückgenommen, die Hände unter der vorgereckten Brust gefaltet, die Knie zusammengedrückt, das Kinn angehoben. Sie schaute in die mondhelle Sommernacht hinaus. Das Konzert der Grillen und der Frösche in den Tümpeln auf den Wiesen wirkte unglaublich laut. Doch für ihn waren es tröstliche Laute. So klang Zuhause im Sommer.

Alan schloss die Tür, und Susanna wandte sich um, gab vor, ihn erst jetzt zu bemerken. »Ich fing an zu befürchten, du hättest mich vergessen.«

Immer die Flucht nach vorn. Das hatte ihm seit jeher an ihr gefallen. »Ich bedaure, dass ich dich habe warten lassen«, entgegnete er sarkastisch.

»Nun, man kann wohl sagen, ich bin daran gewöhnt.«

»Diese Unterhaltung haben wir schon einmal geführt, scheint mir. Ich glaube, es hat wenig Sinn, dass wir sie wiederholen. Und wenn du denkst, du könntest mich in die Defensive drängen, musst du tatsächlich so beschränkt sein, wie meine Großmutter immer behauptet hat.«

Susanna schnaubte und wandte den Blick ab. »Sie hat mich seit jeher verabscheut. Und sie hat verhindert, dass du und ich eine echte Chance bekamen.«

Alan trat ein paar Schritte näher und setzte sich auf die Bettkante – immer noch in sicherer Entfernung zu ihr. »Sie hat dich indessen nicht gezwungen, dich wie ein läufiges Luder mit Henry Plantagenet im Heu zu wälzen.«

Susanna fuhr leicht zusammen. Womöglich traf es sie unvorbereitet, dass er die Dinge so unumwunden aussprach, statt wenigstens mit Worten einen Bogen um ihre Schande zu machen, die ja auch die seine war. Stumm sah sie ihn an, ihr Blick eine eigentümliche Mischung aus Verachtung und Flehen.

»Hast du dir insgeheim gewünscht, dass ich euch erwische?«, fragte er bitter. »Um mir die Sache mit Eanfled heimzuzahlen?«

»Wenn ich dir jedes Mal hätte heimzahlen wollen, da du mir untreu warst, müsste ich das Leben einer Soldatenhure führen«, gab sie zurück.

»Nun, es ist nie zu spät für eine neue Berufung«, konterte er. »Und wenn ich mich an unsere gemeinsamen Nächte erinnere, würde ich sagen: Schamlos genug wärst du allemal.«

Sie fuhr auf. »Du *Bastard*!«

Er biss die Zähne zusammen und schluckte herunter, was ihm auf der Zunge lag. Er hatte noch allerhand Gehässigkeiten auf Lager. Es war nicht schwer, einen Menschen zu kränken, mit dem man ein Jahr seines Lebens geteilt hatte, dessen Schwächen und wunde Punkte man daher allesamt kannte. Aber er merkte, dass es ihn erregte, mit ihr zu streiten, und das war ihm zu heikel. Das Letzte, was er wollte, war, sie … zurückzuerobern. Er schlug die Beine übereinander und legte die gefalteten Hände auf sein Knie. »Das bin ich«, räumte er mit einem kleinen Lächeln ein. »Daran zumindest besteht kein Zweifel.«

»Und es ist dir egal geworden. So wie dir egal geworden ist, mit wem du verkehrst. Oder was die Welt von dir denkt.«

»Es ist mir nicht egal«, widersprach er. »Aber ich gebe zu, mein Blick auf die Welt hat sich verändert. Früher habe ich mich meiner Abstammung geschämt, weil mein Vater und meine Mutter mich in Sünde gezeugt haben. Es war mir peinlich, und ich war wütend, weil sie mir diesen … Mühlstein in die Wiege gelegt haben. Heute frage ich mich, was für Menschen sie wohl waren. Was sonst sie mir in die Wiege gelegt haben mögen. Und ich gestehe, ich bewundere sie für ihren Mut, gegen alle Regeln zu verstoßen und die Folgen auf sich zu nehmen.« Er zuckte die Achseln und schloss: »Die Welt hat mir die kalte Schulter gezeigt, als ich ein Namenloser ohne Gedächtnis war. Das führt wohl unweigerlich dazu, dass man seinen Blick auf diese Welt verändert.«

»Du billigst die Lasterhaftigkeit deiner Mutter und deines Vaters, aber du bist nicht gewillt, mir zu vergeben, dass ich einen Fehler gemacht habe? Obwohl ich einsam und verzweifelt war und du mich wie ein Möbelstück behandelt hast?«

»Vielleicht liegt der Unterschied darin, dass meine Mutter niemanden betrogen hat.«

»Dein Vater schon.«

Er hob abwehrend die Hand. »Und er hat teuer dafür bezahlt. Aber du hast schon ganz recht, Susanna: Ich bin weder gewillt noch in der Lage, dir zu vergeben. Ich habe auch nicht das Gefühl, dass du großen Wert darauf legst, unsere Ehe fortzusetzen. Als ich eben hereingekommen bin, hattest du vor, mich ins Bett zu locken, aber kaum haben wir ein paar Worte gewechselt, findest du mich so unerträglich, dass du von deinem Plan Abstand nimmst.«

Sie errötete so heftig, dass er es selbst im schwachen Licht der beiden Kerzen auf dem Tisch sehen konnte, und wandte den Blick wieder zum Fenster.

»Darum ist es wohl besser für uns beide, wenn wir uns trennen«, fügte er hinzu. »Und ich werde mich so schnell wie möglich von dir scheiden lassen.«

Das erschütterte sie. »Eine Scheidung? Aber …« Langsam hob sie die Hände, legte sie aufs Gesicht und starrte ihn an, die Augen groß vor Furcht. »Gott. Du willst mich vor ein kirchliches Gericht schleifen?«

»Die Vorstellung ist nicht ohne Reiz«, räumte er grimmig ein. »Aber Untreue ist kein Scheidungsgrund. Ein kirchliches Gericht könnte dich lediglich zu einer Buße verurteilen und mir die Erfüllung aller ehelichen Pflichten erlassen – übrigens auch die, für deinen Unterhalt aufzukommen oder dir das übliche Witwenerbe zu hinterlassen –, aber verheiratet wären wir immer noch. Darum werde ich eine Aufhebung der Ehe wegen zu naher Verwandtschaft erwirken.«

»Aber wir haben eine Dispens beantragt!«

Er schüttelte den Kopf. »Ich habe es immer wieder aufgeschoben, die Petition auf den Weg zu bringen. Ich brauchte das Geld dringend für Waffen und Pferde.«

Susanna stieß die Luft durch ihre zierliche Nase aus. »Das sieht dir ähnlich.« Dann erwachte ihr Argwohn. »Warum willst du eine Scheidung?«

»Ich gedenke nicht, mit dir darüber zu debattieren. Du hast kein Anrecht mehr darauf, dass ich dir irgendwelche Erklärungen gebe.«

»Du hast mir ebenso Unrecht getan wie ich dir!«, warf sie ihm noch einmal vor, und ihre trotzige Miene hatte beinah etwas Kindliches.

Er nickte. »Wie gesagt: Es ist wohl in unser beider Sinn, wenn wir einen Schlussstrich unter diese traurige Geschichte ziehen. Ich möchte, dass du Helmsby morgen verlässt …«

»*Was?*«

»Du kannst zu deiner Familie zurückkehren oder, wenn das nicht dein Wunsch ist, in ein Kloster deiner Wahl gehen. Überleg es dir. Aber heute ist die letzte Nacht, die du unter meinem Dach verbringst.«

Tränen traten ihr in die Augen, und sie sah ihn flehentlich an. »Wer ist sie? Für wen hast du es so eilig, mich loszuwerden?«

Er stand auf. »Frag lieber nicht. Du würdest es nicht billigen.«

Ihr Blick machte ihm zu schaffen. Diese ganze Situation machte ihm zu schaffen. Dabei hatte Susanna weiß Gott nichts Besseres verdient. Kein Gericht der Welt hätte ihn verurteilt, wenn er sie im Keller seiner Burg eingemauert und verhungern lassen hätte. Ganz gleich, was er mit ihr tat, das Recht war auf seiner Seite. Aber die Wahrheit war: Er verstieß sie, weil sie ihm im Weg stand. Da er sein Gedächtnis wiedergefunden hatte, war die Erkenntnis, wie grausam er sein konnte, keine böse Überraschung – er wusste, er war es früher oft gewesen. Aber jetzt plagte ihn sein Gewissen.

»Wenn du mich fortschickst, sorge ich dafür, dass dein Leben ein Jammertal wird«, sagte sie in seinem Rücken, ihre Stimme mit einem Mal völlig verändert.

Mit der Hand an der Tür wandte Alan sich noch einmal um. »Ah ja? Ich bin gespannt …«

»Glaub mir lieber. Es könnte geschehen, dass deine Auserwählte um dich trauern muss, ehe sie zu dir ins Brautbett steigen kann.«

Alan sah ihr noch einen Moment in die Augen. Er zweifelte nicht, dass sie versuchen würde, ihre Drohung wahr zu machen. Denn was er ihr antat, zerstörte in gewisser Weise ihr Leben. Jeder würde wissen, dass die zu nahe Verwandtschaft nur ein Vorwand war. Eine Scheidung bedeutete Bloßstellung, Spekulationen und Getuschel. Kein Edelmann in England, Frankreich oder der Normandie würde Susanna haben wollen, denn sie besaß kein ausreichendes Vermögen, um einen potenziellen Kandidaten über den Makel hinwegzutrösten. Wenn sie je wieder heiraten konnte, dann nur weit unter ihrem Stand, der ihr doch so kostbar war.

»Das klingt, als wäre es klüger, dir die Kehle durchzuschneiden, statt dich fortzuschicken«, entgegnete er kalt.

Das machte sie sprachlos, und Furcht schlich sich in ihren Blick.

Er verbarg seine Befriedigung. »Ich erwarte, dass du zwei Stunden nach Sonnenaufgang reisefertig bist. Guillaume wird dir eine Eskorte mitgeben. Sag ihm, wohin du willst, ich will es nicht wissen. Leb wohl. Führe deinen Krieg gegen mich, wenn du musst, du machst mir keine Angst. Aber wenn du der Frau, die ich heiraten werde, oder ihrer Familie irgendein Leid zufügst, dann wird es kein Loch geben, wo du dich vor mir verkriechen könntest. Ich werde dich finden, Susanna. Und dann gnade dir Gott.«

Er beobachtete ihren Aufbruch vom Fenster aus. Guillaume war der Einzige, der sie im Hof verabschiedete. Ausgerechnet Guillaume, für den Susanna nie etwas anderes als Hochmut und barsche Befehle übriggehabt hatte. Er hielt ihr sogar den Steigbügel, als sie aufsaß. Ihre Magd und Athelstan und Ælfric, die der Steward zu ihrer Begleitung abgestellt hatte, saßen bereits im Sattel und warteten auf sie. Alle drei vermieden es, sie anzusehen. Die traurige Szene war zu weit entfernt, um Susannas Gesicht deutlich zu erkennen, aber Alan sah, dass sie einen langen Blick zurück auf den Donjon warf – vielleicht sogar hinauf zu diesem Fenster. Als sie sich abwandte, bebten ihre Schultern.

Grimmig schaute er seiner weinenden Frau nach, bis sie im Torhaus verschwunden war. Kein Mitgefühl regte sich in ihm, stellte er fest. Ein vages, unpersönliches Bedauern ob ihres zukünftigen Schicksals war alles, was er zustande brachte. Aber das war nichts, gemessen am Ausmaß seiner Erleichterung. Susanna war ein Fehler gewesen, und jetzt konnte er sich eingestehen, dass er das schon wenige Wochen nach ihrer Hochzeit gewusst hatte, genau wie seine Großmutter vorhergesagt hatte. Es war nicht einmal so sehr ihre Einfalt gewesen, die ihn enttäuscht und schließlich fortgetrieben hatte, sondern vor allem ihre Niedertracht und Überheblichkeit, die sie gegenüber dem Gesinde und jedem anderen an den Tag legte, der ihr gesellschaftlich nicht ebenbürtig war. So wie sie es bei seiner Heimkehr mit Oswald und den übrigen Gefährten getan hatte. Als er damals kurz nach der Hochzeit seinen Fehler erkannt hatte, glaubte er, der einzige Ausweg sei der Krieg und der einzige Trost Frauen wie Eanfled. Denn damals hätte er den Gesichtsverlust, den eine Scheidung bedeutete, niemals in Kauf nehmen können.

Das war heute ganz anders.

Er verließ seine Kammer und hielt sich mit Mühe davon ab, vor sich hin zu pfeifen. Auf der Treppe begegnete er Emma.

»Guten Morgen, Mylord.« Sie strahlte.

»Emma.«

»Eure Gemahlin hat uns verlassen?«

»Hm.«

»Auf unbestimmte Zeit, sagt die Köchin?«

»Die Köchin redet wie so oft dummes Zeug. Nicht auf unbestimmte Zeit, sondern für immer.«

Emma nickte und verfrachtete den schweren Leinenstapel, den sie trug, von einer Hüfte auf die andere. »Niemand in Helmsby wird ihr eine Träne nachweinen«, bekundete sie.

Er nickte knapp. »Das kann ich ohne Mühe glauben, aber es steht dir nicht an, das zu sagen.«

Sie lächelte treuherzig. »Ich bin zuversichtlich, dass Ihr mir dies eine Mal noch vergeben könnt, Mylord.« Dann zwängte sie sich an ihm vorbei und lief leichtfüßig die Treppe hinauf.

Als Alan sicher war, dass sie sich nicht umwenden und ihn erwischen würde, gönnte er sich ein breites Grinsen.

Gleich nach dem Frühstück bat er Matilda, Guillaume und Bruder Elias zu sich und setzte sie von seinen Scheidungsabsichten in Kenntnis.

Seine Großmutter schien nicht überrascht, Guillaume ließ nicht erkennen, was er dachte, und der Bruder war erwartungsgemäß entsetzt.

»Einen Bund vor Gott schließen Mann und Frau für ihr ganzes Leben, Mylord«, hielt er ihm streng vor. »Nicht für die Zeit, da es ihnen genehm ist. Und der Bund ist unverbrüchlich, ganz gleich, was einer der Eheleute sich zuschulden kommen lässt. Oder beide«, fügte er mit einem vielsagenden Blick hinzu.

Alan lauschte ihm höflich. »All das ist mir bekannt, Bruder. Aber Tatsache bleibt, dass meine Gemahlin und ich zu nah verwandt sind, um verheiratet sein zu dürfen. Also werde ich beim Bischof um eine Scheidung ersuchen – mit Eurer Hilfe oder ohne sie. Solltet Ihr mir Eure Hilfe indes verweigern, werde ich mir früher oder später die Frage stellen müssen, wozu ich Euch und Eure beiden Mitbrüder eigentlich in Helmsby durchfüttere, wo Euer Kloster doch längst wieder in sicheren Händen ist und eigentlich kein Grund mehr besteht, warum Ihr Euch hier verkriechen solltet.«

Bruder Elias starrte ihn mit offenem Munde an.

Matilda nutzte seine Sprachlosigkeit, um zu fragen: »Wer ist der Bischof von Norwich? Jemand, den wir kennen?«

Alan schüttelte den Kopf. »William Turba, ein Benediktiner, den der letzte Bischof sich als Nachfolger in seiner Kathedralschule herangezogen hat.« Viel mehr hatte er in Bristol nicht über den Bischof von Norwich erfahren können, aber er wusste dies: William Turba war kein Freund der Juden von Norwich, und sein Fanatismus, mit dem er die Kanonisierung des angeblich von den Juden ermordeten Gerberlehrlings betrieb, sorgte für ständig schwelende Unrast in der Stadt. »Ein getreuer Anhänger König Stephens«, fügte er trocken hinzu.

Lady Matilda winkte beschwichtigend ab. »Er wird dennoch tun, was du willst, wenn du eine großzügige Spende mitschickst.«

»Das glaube ich auch. Er hat eine Kathedrale gebaut und ist daher in Geldnöten.«

»Und es ist wichtig, dass deine Petition den richtigen Wortlaut hat, sonst lassen die kirchlichen Juristen sie erst gar nicht zu.«

Alan nickte zu Bruder Elias hinüber. »Deswegen brauche ich Eure Hilfe. Es stimmt doch, dass Ihr Kirchenrechtler seid, nicht wahr?«

»Schon, aber …«

»Wie lange wird es dauern, was schätzt Ihr?«, fiel Alan ihm ins Wort.

»Nun, das hängt von verschiedenen Faktoren ab, Mylord.«

»Er meint, je großzügiger deine Spende ausfällt, desto eher bekommst du deine Scheidung«, übersetzte seine Großmutter. »Warum hast du es so eilig?«

Alan ging nicht auf die Frage ein, sondern wandte sich an seinen Steward. »Wie viel kann ich aufbringen, Guillaume?«

»Gar nichts«, lautete die kategorische Antwort. »Nach der

schlechten Ernte letztes Jahr brauchen wir hier jeden Penny für …«

»Dieses Jahr werden wir eine gute Ernte bekommen«, unterbrach Alan. »Und ich habe dich nicht gefragt, wie viel Geld du mir zugestehen willst, sondern wie viel ich besitze, Cousin. Nur damit das klar ist.«

Guillaume lachte brummend in sich hinein. »Hallelujah. Alan of Helmsby ist nach Hause gekommen.«

»Also?«

»Ungefähr fünfzig Pfund.«

Alan pfiff leise durch die Zähne. Das war weit mehr, als er gedacht hätte. Fragend sah er zu seiner Großmutter.

»Ich nehme an, die Hälfte sollte ausreichen«, befand Matilda nach kurzer Überlegung. »Was sagt Ihr, Bruder Elias? Und tut nicht so schockiert; ich erinnere mich, als wäre es gestern gewesen, dass Euer Abt Jerome die Scheidung des Earl of Norfolk innerhalb nur eines Monats durchgedrückt hat, weil die zukünftige Countess of Norfolk schon guter Hoffnung war und der König von dem Malheur nichts wissen durfte.«

Bruder Elias richtete sich auf und zupfte nervös an einem losen Faden am Ärmelsaum seiner Kutte. Dann räusperte er sich. »Fünfundzwanzig Pfund wären gewiss eine willkommene Spende, um das Werk des Herrn zu tun, Mylady, aber dreißig wären besser.«

»Also dreißig«, entschied Alan.

»Komm nicht und frag mich um Rat, wenn du die Steuern nicht bezahlen kannst«, knurrte Guillaume.

»Ich zahle keine Steuern an Stephen, und die Kaiserin schuldet mir weit mehr als ich ihr«, gab Alan zurück. »Und wenn wir mehr Geld brauchen, als wir haben, werde ich es bei den Juden in Norwich leihen. Ich habe … gute Beziehungen.«

»Ein unheilvoller Weg«, warnte der umsichtige Steward prompt. »Sie nehmen einen Penny pro Pfund pro Woche an Zinsen.«

»Das klingt gar nicht so unbescheiden.«

»Nein, bis man es nachrechnet. Es sind pro Jahr auf hundert Pfund zweiundzwanzig.«

»Zweiundzwanzig was?«

»Pfund, natürlich.«

Alan stockte beinah der Atem. »Allmächtiger.« Er verbiss sich ein Lachen. »Kein übles Geschäft. Schade, dass die Kirche es uns verbietet …«

Bruder Elias gab ein ersticktes Tönchen von sich, das fast wie das Jaulen eines Welpen klang.

Lady Matilda betrachtete ihren Enkel mit unverhohlenem Vergnügen, dann tätschelte sie dem Mönch tröstend den Arm. »Dort drüben auf dem Pult liegen Pergament und Feder, mein Freund. Seid so gut und macht Euch ans Werk.«

Es kam Alan vor, als wären ihm mit einem Mal Flügel gewachsen. So leicht war ihm ums Herz, dass seine Füße kaum mehr den Boden zu berühren schienen. Und nicht Susannas Abreise war der Grund dafür. *Solange ich Woodknoll nicht zurückhabe, wird ein Teil von mir immer auf der Insel gefangen bleiben,* hatte Simon zu ihm gesagt. Alan beglückwünschte den Jungen zu seiner Selbsterkenntnis, und er konnte Simons Gefühle nur zu gut verstehen. Denn erst jetzt, da er sich selbst wiedergefunden hatte und als Alan of Helmsby heimgekehrt war, fühlte er sich wirklich frei. Und dieses Gefühl von Freiheit war es, das ihn mit dieser ungewohnten, gänzlich neuen Zuversicht und Lebensfreude erfüllte.

Jeder Mann, jede Frau und jedes Kind in Helmsby spürten diese Veränderung, und auch sie fühlten eine Last von ihren Schultern genommen.

Alan schickte Roger, den letzten verbliebenen seiner drei Ritter, und Bruder Elias mit zwei Männern der Wache nach Norwich zum Bischof. »Und ich wäre sehr dankbar, wenn Ihr auf dem Weg diesen Brief für mich abgeben würdet.«

Er reichte Bruder Elias einen gefalteten und versiegelten Pergamentbogen. *Fünf Tage nachdem ich Euer Haus verlassen hatte, habe ich mein Gedächtnis wiedergefunden,* hatte er geschrieben. *Ich glaube, ich weiß jetzt, wofür der Höllenwurm stand, der mir im Palmenhain wieder und wieder begegnet ist. Ihr hattet recht, und ich werde für immer in Eurer Schuld stehen. Ich komme zu Euch, sobald ich kann, um meinen Teil unserer Abmachung zu erfüllen. Seid gepriesen für Eure Heilkunst und Eure Güte. Euer ergebener Freund, Alan of Helmsby.*

»Er ist für einen Heiler namens Josua ben Isaac. Ihr findet ihn …«

Bruder Elias' Hand zuckte zurück, als habe der Brief ihm die Haut versengt. »Kommt nicht infrage!«, rief er erschrocken.

»Wieso?«, fragte Roger. »Was ist mit dem Mann?«

»Er ist ein *Jude.*« Der Mönch sprach das Wort mit Widerwillen aus, als sei es etwas Anstößiges.

Der Ritter hob die Schultern. »Und? Wird er uns verhexen, wenn wir sein Haus betreten?«

»Blödsinn«, knurrte Alan.

»Seid nicht so sicher«, unkte Bruder Elias.

Roger streckte die Hand aus. »Gib ihn mir, Alan. Ich tu's.«

»Danke. Das Judenviertel liegt am Fuß der Burg. Frag nach Josua oder Ruben ben Isaac, jeder dort kennt ihr Haus.«

Roger steckte den Brief in seinen Bliaut. »Wird gemacht, Mylord.« Er bedachte den Mönch mit einem spöttischen Kopfschütteln. »Also dann, Bruder Hasenherz. Lasst uns in zwei Stunden aufbrechen.«

Alan hätte am liebsten all seine Dörfer und Pächter am ersten Tag besucht, aber er wusste, er musste es systematisch angehen, wenn er sich einen Überblick verschaffen wollte. Also verbarrikadierte er sich einen halben Tag lang mit Guillaume, und zum ersten Mal seit seiner Rückkehr hörte er seinem Steward wirklich zu und befasste sich mit den Problemen, die dieser ihm vortrug.

»Ich werde in den nächsten Tagen nach Metcombe reiten und anschließend weiter nach Blackmore«, sagte Alan schließlich. »Ich schätze, es ist in beiden Fällen wichtig, dass ich mich sehen lasse und mir selbst anhöre, was die Leute zu sagen haben.«

Guillaume atmete verstohlen auf. »Das wäre ganz gewiss gut«, stimmte er zu.

Alan rang einen Moment mit sich. Dann sah er seinen Cousin wieder an. »Was erwartet mich in Metcombe? Wie geht es Eanfled und meinem Kind?«

Guillaume erwiderte seinen Blick. »Eanfled ist tot, Alan.«

»Tot.«

Der Steward nickte bekümmert. »Es tut mir leid.«

Es traf Alan härter, als er für möglich gehalten hätte. »Was ist passiert?«

»Sie hat dem Schmied einen Sohn geboren und starb noch in derselben Nacht.«

Alan senkte den Kopf und bekreuzigte sich. »Jesus. Sie kann noch keine zwanzig gewesen sein. Und sie hat ... so gerne gelebt.«

»Tja. Ganz Metcombe trauert um sie. Und Cuthbert ist fast krepiert vor Kummer.«

»Und sie? Hatte sie ihn gern?«

»Oh ja. Du weißt ja, wie er ist. Sei getröstet, Vetter. Sie war glücklich mit ihrem Cuthbert, und er könnte nicht besser zu deiner kleinen Tochter sein, wenn es seine eigene wär. Sie ist ein goldiges Kind. Agatha. Wir haben uns lange um sie gesorgt, weil sie nicht gesprochen hat, aber dein Freund Simon de Clare hat das Wunder vollbracht und ihre Zunge gelöst.« Er erzählte Alan, was genau sich zugetragen hatte. »Großartiger Kerl übrigens, Simon de Clare.«

»Das ist er.« Alan stand auf, und auf dem Weg zur Tür legte er Guillaume einen Moment die Hand auf die stämmige Schulter. »Ich glaube, ich habe bislang versäumt, dir zu danken. Du hast all die Jahre hier ausgehalten und für Helmsby und all meine übrigen Besitzungen gesorgt.«

»Ich hab nur getan, was ein ordentlicher Steward eben tut«, wehrte sein Cousin verlegen ab.

Alan schüttelte den Kopf. »Deine Frau ist guter Hoffnung?«, fragte er.

Guillaume nickte.

»Seit wann seid ihr verheiratet? Und wer ist sie eigentlich? Herrje, entschuldige, ich habe sie bei meiner Rückkehr kaum begrüßt. Ich hoffe, sie übt Nachsicht mit mir. Ich war nicht ich selbst.«

Guillaume winkte beruhigend ab. »Sie versteht das schon. Sie ist Lady Aldgyth of Morton. Ihr Vater war dein Vasall.«

Der Name stellte sich unaufgefordert in Alans Gedächtnis ein. »Dunstan of Morton.«

»Hm. Ihr Bruder fiel bei Lincoln, und letztes Jahr starb ihr Vater. Sie war ganz allein dort, armes Kind.«

»Und du hast sie geheiratet, um sie aus ihrer Einsamkeit zu erlösen? Wie nobel. Ihr ansehnliches Gut hatte gewiss nichts damit zu tun.«

Guillaume war nicht eingeschnappt. Mit einem nachsichtigen Lächeln erwiderte er: »Natürlich wollte ich das Land. Aber ich *war* auch in Sorge um sie. In unruhigen Zeiten wie diesen sollte eine Frau nicht allein auf einem abgelegenen Gut leben. Na ja. Es hat sich für uns beide bewährt. Wir verstehen uns gut. Es war die richtige Entscheidung.«

Alan seufzte verstohlen. »Dann warst du bei deiner Heirat klüger als ich.«

Der Steward hob gleichmütig die Schultern. »Mehr Glück beim nächsten Mal, wie es so schön heißt.«

Alan nickte, ging aber nicht weiter darauf ein. »Wenn dein Kind ein Sohn wird, bekommt er ein Stück Land von mir. Irgendwo in der Nähe von Morton.«

»Alan, du kannst nicht …«, begann Guillaume abzuwehren.

Aber sein Cousin unterbrach ihn. »Das ist das Mindeste, was ich dir schulde. Und es ist *mein* Land. Du scheinst das ständig zu vergessen. Ich kann damit tun, was ich will.«

Guillaume gab nach. »Also schön. Warten wir erst mal ab, ob wir einen Jungen zustande gebracht haben.« Es klang ein wenig unwirsch, aber seine Augen leuchteten vor Freude über Alans Anerkennung und die großzügige Geste.

Zufrieden ging Lord Helmsby zur Tür. »Du weißt nicht zufällig, wo Haimon steckt?«

»Er hat heute früh mit Susanna gesprochen, ehe sie aufbrach. Dann hat er seinen Gaul satteln lassen und ist mit unbekanntem Ziel verschwunden. Vielleicht haben wir ja Glück und er ist in den Sumpf gefallen.«

Alan verzog den Mund zu einem spöttischen Lächeln. »Rechne lieber nicht damit.«

Als die Sonne im Westen stand und der Haushalt sich zum Essen in der Halle versammelte, kam es Alan so vor, als sei dieser Tag schon ein Jahr alt. Doch er war fast zwei Monate fort gewesen, und es gab einen Bewohner von Helmsby Castle, um den er sich seit seiner Heimkehr noch nicht gekümmert, nach dem er sich nicht einmal erkundigt hatte.

»Emma, sei so gut, bring mir einen Krug Wein und eine Schale von was immer die Köchin uns heute Abend vorsetzen will.«

»Lammbraten, Mylord. Zur Feier des Tages, wenn Ihr versteht, was ich meine.«

Er warf ihr einen warnenden Blick zu. »Beeil dich ein bisschen, sei so gut.«

Er blieb an der Treppe stehen, während sie in die Küche hinunterging. Nach kurzer Zeit brachte sie ihm einen Krug und eine kleine Platte mit Braten und Brot, und Alan trug diese Schätze in die Turmkammer hinauf.

»Regy.«

»Mylord.« Regy saß im Schneidersitz an die Wand gelehnt und verneigte sich, bis seine Stirn fast den Boden berührte. »Welch unverhoffte Ehre.«

Er trug ein Paar Beinlinge. Sie waren fleckig und ausgefranst, aber immerhin. Es war stets eine Erleichterung, Regy halbwegs bekleidet vorzufinden, denn es gab Anlass zu der Hoffnung, dass man einen guten Tag erwischt hatte.

»Lass mich nicht warten. Steh auf und zeig mir die Kette«, befahl Alan von der Tür aus.

Artig stand Regy aus dem Stroh auf und machte drei Schritte, bis die Kette sich unter leisem Klirren spannte. »Ist es nicht ein bisschen erbärmlich für den berühmten Alan of Helmsby, sich so vor einem bedauernswerten Narren wie mir zu fürchten?«, rügte er.

»Ich bin nicht sicher. Auf jeden Fall ist ein Narr, wer sich *nicht* vor dir fürchtet.« Alan trat näher, stellte seine Gaben ab und ging wieder ein paar Schritte zurück. »Hier ist es bemerkenswert sauber«, stellte er fest. Es roch auch deutlich besser als bei seinem letzten Besuch.

»Simon und Edmund hatten einen Anflug von Barmherzigkeit und haben beschlossen, die Höhle des Raubtiers zu säubern.«

»Und du hast beschlossen, sie nicht gleich wieder in einen Schweinepferch zu verwandeln. Und du bekleidest dich. *Und* du hast die Chance verstreichen lassen, Simon zu töten, als du konntest, habe ich gehört. Was soll das werden? Willst du uns weismachen, du seiest geläutert? Ich weiß, du hältst dich für weitaus klüger als jeden von uns, aber ich habe Mühe zu glauben, dass du erwartest, wir könnten darauf hereinfallen.«

Regy fuhr sich ein wenig verlegen mit der Hand durch das wirre schwarze Haar. »Ich musste es wenigstens versuchen, oder?« Es klang beinah quengelig. »Wärst du nicht zurückgekommen, *hätten* diese Toren mir früher oder später geglaubt. Simon und Edmund jedenfalls.«

»Du träumst«, widersprach Alan. Insgeheim fürchtete er indes, Regy könnte recht haben. King Edmund war nicht bei Trost, und Simon mochte zwar über die letzten Monate ein gutes Stück erwachsener geworden sein, aber Regys Tücke war er nicht gewachsen. Dafür war er einfach zu gutartig. Und zu arglos. Im Gegensatz zu mir, dachte Alan spöttisch.

Er ließ sich Regy gegenüber an der Wand nieder.

Regy trank einen tiefen Zug aus dem Krug und verschlang eine Bratenscheibe mit wenigen großen Bissen. »Du hast dich also erinnert«, sagte er schließlich und vertilgte ein Stück Brot auf die gleiche Weise.

Alan nickte.

Regy lachte leise vor sich hin. »Du verfluchter Bastard, Alan.

Warum du? Warum solltest du als Einziger von uns erlöst werden? Ausgerechnet du?«

»Ich habe keine Ahnung«, bekannte Alan. »Kann ich dich etwas fragen?«

»Oh, aber gewiss doch, mein Bester.«

»Du hast einmal gesagt, du wollest mich töten.«

»Ich wette, das habe ich öfter als einmal gesagt.«

»Es werde einen ganzen Tag und eine ganze Nacht dauern, hast du prophezeit.«

»Ja.« Regy seufzte tief. »Ich hatte mir so wunderbare Dinge für dich ausgedacht.«

»Wirklich? Oder wolltest du in jemandes Fußstapfen treten? Der Tradition eines Mannes folgen, der dafür berüchtigt war, dass er seine Feinde einen Tag und eine Nacht lang sterben ließ?«

»Ich weiß nicht, von wem du redest.«

»Du hast mir von deinem Onkel Geoff erzählt.«

Regy blinzelte fast unmerklich und wandte den Kopf ab, bis die wirre Haarflut sein Gesicht bedeckte. »Und ich dachte, du hast gesagt, du willst es nicht hören.«

»Er hat dich im Dunkeln eingesperrt, und dann sind er und seine Freunde gekommen und haben sich an dir vergangen. Richtig?«

Regy schwieg.

»Wie alt warst du?«

»Elf.«

»Sieh mich an.«

»Nein.«

»Komm schon.«

»Geh weg, Alan. Ich habe heute wirklich keine Lust, dir mein Herz auszuschütten. Ein andermal vielleicht, Augenstern, aber heute …«

»War sein Name Geoffrey de Mandeville?«

Regy zuckte zusammen und verstummte. Eine Weile rührte er sich nicht, nur sein magerer Brustkorb hob und senkte sich sichtbar, schneller als gewöhnlich. Als er sich endlich entschloss,

Alan wieder anzuschauen, war sein Gesicht wie eine Maske, in die ein liebenswürdiges, unverbindliches Lächeln gemeißelt war. »Wie überaus scharfsinnig Ihr doch seid, Mylord.«

»Wie kam es, dass du ihm in die Hände gefallen bist?«

»Er ist der Bruder meiner Mutter. Sie starb. Mein Vater war schon lange tot. Also nahm mein Onkel Geoff mich auf. Damals war er noch der pflichterfüllte Ritter in König Henrys Diensten, und niemand ahnte, was für ein Ungeheuer er ist. Das kam erst später. Als er sich … offenbart hat.«

»Er ist tot, Reginald«, sagte Alan.

»Tatsächlich?«

»Hm.«

Für ein paar Atemzüge blieb die schauerliche Maske noch intakt. Aber dann bröckelte sie, und für einen Moment erhaschte Alan einen Blick in solch einen Abgrund der Qual, dass er nur mit Mühe ein Schaudern unterdrückte.

Dann zog Regy die Knie an, verschränkte die Arme und bettete den Kopf darauf. »Schon lange?«

»Drei Jahre. Ein Pfeil erwischte ihn, als er Burwell belagerte. Er ist elend an Wundbrand krepiert.«

»Wie nett. Und warum erzählst du mir das alles und belästigst mich mit Fragen über diese alte Geschichte?«

»Weil er mein Verhängnis ebenso war wie deins. Ich bin abhandengekommen, als ich auf der Jagd nach ihm war. Aber ich verstehe nicht, wie und warum genau. Ein Stück in meiner Erinnerung fehlt noch. Ich hatte gehofft … Ich weiß auch nicht.«

»Dass ich dir irgendetwas über ihn verraten kann, das dir hilft, dein Rätsel zu lösen?«

»Vielleicht. Ich glaube, was ich vor allem von dir hören wollte, war, dass du nicht all die Jahre gewusst hast, wer ich bin, und es mir verschwiegen hast, um kalt lächelnd zuzusehen, wie ich mit der Ödnis in meiner Seele ringe.«

Regy hob abrupt den Kopf, und mit einem Mal war er wieder ganz der Alte. Mutwille funkelte in seinen Augen. »Und was tust du, wenn ich es dir nicht verrate?«

Alan zuckte die Achseln. »Gar nichts, schätze ich.«

»Oh, du Jämmerling. Nein. Ich habe nicht gewusst, wer du bist. Nachdem ich die liebevolle und fürsorgliche Gastfreundschaft meines Onkels etwa einen Monat genossen hatte, kam einer seiner Kumpane allein zu mir. Ich hab ihm den Dolch gestohlen und ihm sein bestes Stück damit abgeschnitten. Die Tür stand offen. Ich bin geflohen, habe mich zurück nach Hause durchgeschlagen und den guten Onkel Geoff nie wieder gesehen. Ich hatte immer vor, ihn eines Tages zu besuchen und mich für seine Güte erkenntlich zu zeigen, doch mein kleiner Zusammenstoß mit dem Archidiakon des Erzbischofs von York kam dazwischen. Aber eins schwör ich dir, Alan: Hätte ich gewusst, wer du bist, hätte ich es dir todsicher verschwiegen und kalt lächelnd zugesehen, wie du mit der Ödnis in deiner Seele ringst. Es hätte mir manch einsame, düstere Stunde versüßt, die ich allein dir zu verdanken hatte. Das wollen wir ja nicht vergessen, nicht wahr? *Du* hast mich an die Kette gelegt und aus eurer Mitte verbannt.«

»Nachdem du Robert die Kehle durchgebissen hattest.«

»Ach ja.« Regy lächelte eine Spur verlegen. »Das wäre mir beinah entfallen. Aber ich entsinne mich. Verschwommen zumindest. Trotzdem warst du sehr grausam zu mir, Alan«, hielt er ihm vor, und von der höhnischen Nachsicht in seiner Stimme konnte man eine Gänsehaut bekommen. »Du hast dich mir gegenüber nicht wie ein guter Christenmensch benommen, obwohl du doch so sicher warst, ein heiliger Krieger zu sein.« Er gluckste. »Nun ja. Ich gestehe, ich bin dir dankbar, dass du mir von dem unrühmlichen Ende meines unrühmlichen Onkels erzählt hast. Das ist Balsam für meine verkommene, schwarze Seele. Also vergebe ich dir einen Teil deiner Schuld, mein Bester. Sollte ich je die Gelegenheit bekommen, dich zu töten, werde ich es schnell und wenigstens einigermaßen schmerzlos tun. Der ganze Tag und die ganze Nacht sind dir erlassen.«

Alan stand auf. »Das rührt mich zu Tränen.«

»So geh denn hin in Frieden.«

»Und du fahr zur Hölle.«

Regy lachte in sich hinein, als Alan die Turmkammer verließ.

Adelisa of Helmsby stand auf dem Grabstein. Es war ein grauer, gleichmäßig behauener Granitblock. Alan kniete sich ins hohe Gras, das die Sommerluft mit betörenden Düften erfüllte, und legte die Linke auf den Stein. Rau und sonnenwarm.

»Es tut mir leid, dass ich erst jetzt komme«, murmelte er, und beinah verlegen schaute er sich um.

Hier hatte sich nichts verändert. Der Teil des Gottesackers von St. Wulfstan, der den Helmsbys vorbehalten war, lag auf der Südseite der Kirche. Ælfric war der häufigste Name auf den Grabsteinen, ein paar Dunstans gab es auch, die Frauen hatten Hyld oder Ealswith oder Bertha oder Edith geheißen, und erst die jüngeren Gräber trugen normannische Namen. Wie Richard etwa, Alans Großonkel, dessen Söhne mit dem *White Ship* untergegangen waren. Zwischen Adelisas und Richards Gräbern war eine Lücke. Dort wollte seine Großmutter einmal ruhen, wusste Alan.

Er erinnerte sich, dass er sich als Knabe gelegentlich hierher geschlichen hatte, wenn irgendetwas ihm zu schaffen machte. Nicht um Zwiesprache mit seiner Mutter zu halten – er hatte schon damals keinen Sinn darin gesehen, mit den Toten zu sprechen. Aber es hatte ihn getröstet und seine Einsamkeit gelindert, hier zu sein. Das war eigenartig, war doch Groll immer das vorherrschende Gefühl gewesen, das er seiner Mutter entgegengebracht hatte. Weil sie ihn erst als Bastard in die Welt geschickt und dann obendrein alleingelassen hatte. Und Haimon hatte ihn keinen Tag vergessen lassen, was er war …

Heute konnte er kaum mehr verstehen, warum er so unnachsichtig über sie geurteilt hatte. »Was vermutlich daran liegt, dass ich selbst im Begriff bin, etwas ähnlich Anstößiges zu tun wie du«, flüsterte er. »Womöglich ist es sogar schlimmer. Und siehe da, auf einmal bin ich voller Milde.« Er musste sich selbst belächeln.

Seine Linke strich über die Rundung des Grabsteins, und er ertappte sich bei dem Wunsch, er hätte nur ein einziges Mal die Hand seiner Mutter berühren, ihr ein einziges Mal nah sein können.

Hastig zog er die Hand weg, streckte sich im Gras aus und sah in den wolkenlosen Himmel hinauf. Nimm dich zusammen, rief er sich zur Ordnung. Sie hat dir gefehlt, als du ein Junge warst, aber auch wenn du ständig an diese Zeit denken musst, ist sie doch vorüber. Heute ist nicht damals.

Ein Tag vor über zwanzig Jahren kam ihm in den Sinn, ein herrlicher Sommertag wie dieser, da er auch hier im Gras gehockt hatte und ein Mann mit staubigen Stiefeln und einem kurzen grauen Bart aus der Kirche gekommen war. Als er den Jungen auf dem Friedhof entdeckte, war er lächelnd näher gekommen und hatte sich zu ihm gesetzt. »Alan. Welch eine Freude, dich zu sehen.« Und er hatte den fünf- oder sechsjährigen Knirps unter den Achseln gepackt und auf seinen Schoß gehoben. »Kein Grund, mich so verschreckt anzusehen, ich bin dein Großvater, mein Junge.«

»Verzeihung, aber das kann nicht sein, Mylord«, hatte der kleine Alan entgegnet, artig, aber entschieden. »Mein Großvater ist im Heiligen Krieg gestorben.«

»Ich bin dein anderer Großvater.«

»Ich habe zwei?«

»Natürlich. Überleg doch mal. Du hast einen Vater und eine Mutter, richtig?«

Alan hatte den Kopf geschüttelt.

Der Mann war ihm lächelnd mit einer großen, sehr rauen Hand über den Schopf gefahren. »Aber du hast einen Vater und eine Mutter *gehabt*, nicht wahr? Oder haben dich etwa die Feen gebracht?«

Kichernd hatte er verneint.

»Da siehst du's. Und dein Vater und deine Mutter hatten natürlich auch Vater und Mutter. Also hast du *zwei* Großmütter und Großväter gehabt. Verstehst du?«

Alan hatte ihn nicht aus den Augen gelassen und heftig

genickt. Die Vorstellung, so viele Großeltern zu besitzen, hatte ihn fasziniert. »Warum wohnst du nicht hier, wenn du mein Großvater bist?«

»Das würde ich lieber als alles andere, glaub mir, aber leider ist es nicht möglich. Vermutlich weißt du schon, dass man nicht immer tun kann, was man möchte, oder?«

»Ja.« Darüber wusste Alan eine Menge, denn seine Großmutter war sehr streng mit ihm und verbat ihm jeden Tag mindestens ein Dutzend Dinge, die er wollte. »Du bist der Vater von meinem Vater?«

»Ja.«

Niemand hatte Alan bis zu jenem Tag erzählt, dass der Vater seines Vaters der König von England war, aber dass sein Vater bei einem Schiffsunglück ums Leben gekommen war, wusste der kleine Junge sehr wohl. »Warst du traurig, als das Schiff untergegangen ist?«

Sein Großvater hatte ihm in die Augen gesehen und genickt. »Ich bin heute noch oft traurig deswegen.«

Alan hatte die Arme um seinen Hals geschlungen, um ihn zu trösten, und sein Großvater hatte die Umarmung sacht erwidert und, so argwöhnte Alan heute, ein paar verstohlene Tränen vergossen.

Es war das einzige Mal gewesen, dass sie einander begegnet waren.

Alan schloss die Augen und wehrte sich nicht gegen die Erinnerungen, die ihm in den Sinn kamen, ungeordnet und ohne jede sinnvolle Reihenfolge, wie Erinnerungen es eben taten. Das Zirpen der Grillen und die Wärme machten ihn schläfrig, aber auch dagegen kämpfte er nicht an. In der vergangenen Nacht hatte er tiefer und geruhsamer geschlafen als je zuvor in den letzten drei Jahren, aber er hatte immer noch viel nachzuholen …

»Alan?« Es war King Edmunds Stimme, die ihn aus seinem Lieblingstraum von Miriam und der Bank in ihrem Garten riss. »Es tut mir leid, dich zu stören, mein Sohn.«

Alan ließ die Augen geschlossen in der sinnlosen Hoffnung,

das warme Gefühl des Traums so noch einen Moment länger festhalten zu können. »Das glaub ich aufs Wort.«

»Lukes Schlange ist aufgewacht. Er sitzt mitten auf der Straße und jammert, und die Leute fangen an, ihm finstere Blicke zuzuwerfen. Oswald steht daneben und ist blau im Gesicht. Also, hättest du die Güte, deinen adligen Hintern zu bewegen?«

Alan war auf einen Schlag hellwach, sprang auf die Füße, tauschte einen Blick mit seinem Gefährten und eilte dann vor ihm her um die Kirche herum.

Die Szene trug sich ausgerechnet am Dorfbrunnen zu – dem öffentlichsten Platz, den es in Helmsby gab. Luke saß zusammengekauert und leise weinend im Staub, Oswald kniete unglücklich und ratlos an seiner Seite. Er versuchte Luke zu trösten, so wie der kleine Alan es mit dem alten König getan hatte, aber Luke zuckte zusammen, sobald Oswald die Arme um ihn legen wollte, und heulte lauter. Gekränkt fuhr Oswald zurück. Gunnild und ein paar jüngere Frauen aus dem Dorf standen mit ihren Ledereimern und Krügen ein paar Schritte zur Linken und beäugten das seltsame Paar mit unsicheren, teilweise feindseligen Blicken.

Alan nickte ihnen grüßend zu. »Wenn ihr mir einen Gefallen tun wollt, geht in die Häuser. Es hat nichts zu bedeuten und vergeht gleich wieder, aber er braucht einen Moment Ruhe. Es macht die Dinge nur schlimmer, wenn ihr ihn so anstiert.«

Die Frauen rührten sich nicht.

Alan tauschte einen Blick mit King Edmund, der ohne Hast zu den Bäuerinnen und Mägden trat und sie mit leiser Stimme aufforderte, Alans Bitte zu folgen. Unwillig und langsam zerstreuten sie sich, nicht ohne allenthalben über die Schulter zurückzusehen.

Alan kniete sich hinter Luke. »Oswald, kannst du mir ein Stück Brot aus Gunnilds Haus besorgen? Tust du das für mich?«

»'türlich.« Er lächelte ihm unsicher zu – sein Groll auf Alan war entweder verraucht oder vorübergehend vergessen. Dann wandte Oswald sich ab und lief zu Gunnilds neuer Kate hinüber. In bemerkenswert kurzer Zeit kam er mit einer Scheibe Brot zurück. Sie war dick und ungleichmäßig abgesäbelt, und Alan erkannte voller Schrecken, dass Oswald das selbst gemacht hatte. Es war pures Glück, dass ihnen ein Blutbad erspart geblieben war …

Alan nahm das Brot. »Danke.« Er legte Luke vorsichtig von hinten die Arme um die Brust, zwinkerte Oswald aufmunternd zu, denn der Junge sah so erschrocken und besorgt aus, als habe er Luke noch nie in diesem Zustand gesehen. Dann konzentrierte Alan sich ganz auf seine etwas bizarre Aufgabe. »Schsch. Sei still, Luke. Umso schneller schläft sie wieder ein.«

»Diesmal nicht. Diesmal nicht, Losian.« In seiner Panik hatte er Alans Namen vergessen. »Sie beißt mich. Oh, heilige Mutter Gottes, steh mir bei, *sie beißt mich*!« Es war ein schriller Schrei, und hätte Alan es nicht besser gewusst, hätte er gesagt, dieser Mann spüre den Schmerz eines innerlichen Schlangenbisses.

Alan hatte keine Vorstellung, was er tun sollte, denn das hier war neu. Was er hingegen genau wusste, war dies: Er musste Luke auf der Stelle irgendwohin schaffen, wo nicht die ganze Welt ihn sehen konnte.

Der alte Mann begann, sich in seinen Armen zu sträuben. »Lass mich los«, heulte er. »Geh weg, lass mich zufrieden!«

»Luke, kannst du mich hören?« Alan sprach so ruhig, wie er es fertigbrachte, die Lippen nah an Lukes Ohr, und hielt ihn fester. »Ich werde dich jetzt tragen. Hab keine Angst. Ich bringe dich in die Kirche.«

Luke schüttelte weinend den Kopf.

Alan packte seinen linken Unterarm fest mit der Rechten, ehe er aufstand, damit Luke ihm nicht entwischen konnte. Dann trat er vor ihn, sah einen Moment in die vor Grauen geweiteten Augen und warf sich den alten Mann dann über die Schultern. »Edmund, halt mir die Kirchentür auf.«

Luke verstummte einen Moment, vielleicht vor Verblüffung. Aber es war nur die unheilvolle Stille des Atemschöpfens. Und dann schrie er so laut, dass es Alan in den Ohren gellte, unartikulierte, ungehemmte Laute der Qual und Furcht, die man niemals vergaß, wenn man sie je gehört hatte.

»Ruhig, Luke, es ist alles in Ordnung«, murmelte Alan. Er klang beschwichtigend, dabei hatten seine Nackenhaare sich aufgestellt, und er spürte eine Gänsehaut auf den Armen. Er machte längere Schritte. Aus dem Augenwinkel sah er zwei Bauern mit einem Hütehund, die ihn alle drei wie gebannt anstarrten. Dann endlich hatte er die Kirche erreicht. King Edmund huschte hinter ihm hinein und zog das Portal hastig zu. Auch seine Augen waren geweitet, die Haut um Mund und Nase herum seltsam fahl.

Mach mir jetzt nicht schlapp, Edmund, dachte Alan verzweifelt, ließ Luke zu Boden gleiten und hockte sich wieder hinter ihn.

Luke schrie immer noch. Seine Stimme stieg zum hohen Gewölbe empor und wurde von dort zurückgeworfen, sodass es klang, als höre man die Schreie aller Verdammten in der Hölle.

»Luke.« Alan legte ihm die Hände auf die Schultern. »Luke, um der Liebe Christi Willen, nimm dich zusammen.«

Luke riss sich los und kroch auf Händen und Füßen von ihm weg. »Sie frisst mich auf«, heulte er. »Sie zerfleischt mich!«

Alan stand auf und folgte ihm, ohne zu wissen, was er tun sollte, und plötzlich fuhr Luke zu ihm herum und richtete sich halb auf. Wie ein Unhold sah er aus mit seinen wirren weißen Haaren, dem verzerrten Gesicht und der buckligen Haltung. Und Alan sah in den hervorquellenden, gänzlich irren Augen, was er im Schilde führte. Als Luke sprang und mit beiden Händen nach Alans Dolch griff, wich Alan fast gemächlich zur Seite und stellte dem Tobenden ein Bein. Hart schlug Luke auf die Steinfliesen der Kirche, und der Sturz presste alle Luft aus seinen Lungen, sodass wohltuende Stille eintrat. Wenigstens für den Moment.

Alan hockte sich neben ihn, packte seine Hände, zerrte sie auf den Rücken und drückte ihm fast grausam das Knie in die Nieren. »Jetzt hör mir genau zu, Schlange«, knurrte er. »Du wirst auf der Stelle von ihm ablassen. Sonst schwöre ich bei den Teufeln, die dich geschickt haben: Ich schneid ihm den Bauch auf und hol dich raus und zerhack dich in neun Stücke, die ich eins nach dem anderen ins Feuer werfe. Hast du mich verstanden?«

Luke, seine Schlange oder wer auch immer verstand ihn offenbar tadellos. Der Körper des alten Mannes, der eben noch vor Anspannung vibriert hatte, erschlaffte. Mit einem langen, stöhnenden Laut atmete er tief durch, und dann lag Luke so still, dass Alan einen Moment lang glaubte, er sei tot.

Zögernd und argwöhnisch löste Alan seinen Klammergriff und richtete sich auf.

King Edmund kniete sich neben Luke und legte ihm die Hand auf die Stirn. »Es ist gut«, murmelte er sanft. »Es ist vorüber, Luke.«

Luke rollte sich langsam auf die Seite, vergrub den Kopf in den Armen und weinte leise. »Sie hat mich gebissen.«

»Aber jetzt schläft sie wieder?«, fragte Edmund, seine Nervosität kaum zu überhören.

»Sie schläft«, murmelte Luke erschöpft. »Aber wie lange? Wie lange, Edmund?« Er schluchzte. »Was soll ich denn machen, wenn sie wieder aufwacht?«

Alan saß einen Schritt von ihnen entfernt auf dem Boden, die Hände locker auf den angewinkelten Knien, und betrachtete seine beiden Gefährten mit Sorge. Er hatte schon manches Mal erlebt, dass Luke außer sich vor Furcht war, aber das hier war etwas völlig Neues. Und er wusste, es war etwas, das er nicht handhaben konnte. Luke war ein friedfertiger alter Knabe, aber eben war er gefährlich gewesen, daran konnte es keinen Zweifel geben.

Es dauerte nicht lange, bis er sich in den Schlaf geweint hatte. King Edmund schlüpfte lautlos aus der Kirche und kam wenig später mit einer Decke über dem Arm und Oswald im Schlepptau zurück. Er faltete die Decke zu einem Kissen, hob vorsichtig Lukes Kopf an, wo überall kahle Stellen durch die weißen Büschel schimmerten, und bettete ihn auf das Kissen.

Oswald sah bekümmert auf Luke hinab, setzte sich dann neben Alan, schien einen Moment mit sich zu ringen und ergriff dann seine Linke, ohne ihn anzusehen.

Obgleich es Alan immer peinlich war, wenn Oswald das tat, ließ er ihm die Hand. Vielleicht hatte er ja Glück, und weder Haimon noch der Steward oder irgendeiner seiner Pächter wählte diesen Moment, um die Kirche zu betreten.

»Was ist denn mit Luke?«, fragte Oswald ängstlich.

»Ich weiß es auch nicht«, musste Alan bekennen. »So habe ich ihn noch nie erlebt. Und ich dachte, hier in Helmsby ginge es ihm besser.«

»Zuerst war es auch so«, sagte King Edmund und setzte sich zu ihnen. »Aber seit einigen Tagen ist er nachts unruhig und jammert im Schlaf. Ich habe damit gerechnet, dass seine Schlange bald aufwacht, aber nicht … hiermit.«

Alan sah zu seinem jungen Schützling. »Das mit dem Brot hast du großartig gemacht, Oswald, nur …«

»Hat aber nichts geholfen«, fiel der ihm niedergeschlagen ins Wort.

Alan seufzte. »Nein. Doch das ist nicht deine Schuld.« Es herrschte ein längeres bedrücktes Schweigen. Dann wandte Alan sich an ihren Hirten. »Was soll ich tun, King Edmund? Ich meine … müssen wir ihn einsperren? Wie soll man das fertigbringen, eine so gepeinigte, verängstigte Kreatur einzusperren? Aber was ist, wenn ich es nicht tue und er jemanden verletzt? Sag mir, was ich machen soll.«

Edmunds Miene war tief besorgt. Voller Mitgefühl sah er auf den Schlafenden hinab, dessen alte, eingefallene Wangen immer noch tränenfeucht waren. Die Bartstoppeln, die runzligen, geschlossenen Lider mit den weißen Wimpern ließen Luke mit einem Mal sehr verletzlich und vor allem schutzlos wirken – ein greises Kind.

Mit dem vornehm verhaltenen Poltern, das ihr zu eigen war, öffnete sich die Kirchentür, und die übrigen drei Gefährten kamen herein. Leise traten sie näher, blickten einen Moment auf Luke hinab – fast andächtig, so schien es – und setzten sich dann zu ihnen. Nun bildeten sie einen Kreis um den Schlafenden.

»Der Müller hat's uns erzählt«, berichtete Godric.

»Seine Schwester tratscht im Dorf herum, Luke habe den Teufel im Leib«, flüsterte Wulfric.

»Natürlich«, murmelte Alan. Es klang verächtlich, aber in Wahrheit sorgte er sich, was passieren mochte, wenn die Dorfbewohner sich gegen Luke wandten. Keiner der Gefährten erwähnte Gilham auch nur mit einem Wort, aber sie alle erinnerten sich daran, wie es ihnen in Godrics und Wulfrics Heimatdorf ergangen war, wo die Leute sie beinah gesteinigt hätten, weil sie glaubten, die Zwillinge seien eine teuflische Erscheinung. Die Leute von Gilham waren nicht boshafter oder grausamer als die in Helmsby. Es war immer die Furcht, die die Menschen erbarmungslos machte.

Simon rang sichtlich mit sich. Alan entging nicht, dass er verstohlene Blicke mit den Zwillingen wechselte. Und schließlich war es Wulfric, der das Wort ergriff: »Wir bleiben noch ein paar Tage. Es ist ja nicht so, als warte Henry Plantagenet dringend auf uns. Jetzt ist nicht der richtige Zeitpunkt zu gehen.« Es gelang ihm nicht ganz, seine Enttäuschung zu verbergen. Sie hatten am folgenden Tag aufbrechen wollen.

Alan dachte einen Moment nach und schüttelte dann den Kopf. »Ihr solltet eure Pläne nicht ändern. Je eher ihr aus dem Land seid, desto besser.« Er sah zu Simon. »Als du zu König Stephen gegangen bist, um für Henry zu vermitteln, war mir die Tragweite dessen, was du tatest, nicht wirklich klar. Inzwischen habe ich mich erinnert und weiß wieder, wie … schmutzig dieser Krieg ist. Stephen mag dir in seiner weinseligen Nachsicht mit seinen Feinden, für die er ja dies- und jenseits des Kanals seit jeher belächelt wird, verziehen haben, dass du dich zum Fürsprecher seines Rivalen gemacht hast. Und sehen wir den Dingen ins Auge: Henry *ist* Stephens Rivale, die Kaiserin hat sich selbst aus dem Rennen befördert. Vielleicht kommt der König auch nicht auf den Gedanken, dich dafür büßen zu lassen, weil er einen bedauernswerten Schwachkopf in dir sieht, das mag wohl sein. Aber es gibt andere, die weniger nachsichtig und weniger kurzsichtig sind. Dein Onkel Pembroke, zum Beispiel. Oder sein Sohn, aus dem du in Westminster vor den Augen der Wachen einen Narren gemacht hast. Was, wenn sie auf den Gedanken kommen, du könntest vielleicht nicht so harmlos sein, wie sie immer glaubten?«

»Aber Alan, du kannst nicht erwarten, dass ich einfach davonlaufe, nur weil mein grässlicher Onkel vielleicht schlecht auf mich zu sprechen ist«, protestierte Simon.

»Ich will nicht, dass er im Zorn über Helmsby kommt und meine Bauern abschlachtet. Und ebenso wenig will ich, dass er dich erwischt und Gott weiß was mit dir tut.« Und er wollte, dass Simon die Chance bekam, an Henrys Seite seinen Weg zu machen, aber das behielt er für sich. »Ich kümmere mich um Luke«, versprach er mit mehr Zuversicht, als er empfand. »Ich werde ihn einfach nicht aus den Augen lassen, und sobald ich kann, bringe ich ihn nach Norwich zu Josua ben Isaac. Wenn irgendwer Luke helfen kann, dann er.«

Dover, Juli 1147

Keiner von ihnen hatte je einen so großen Hafen gesehen, und die drei Reisenden blickten sich staunend um, mit leuchtenden Augen. Einmastige Schiffe und Boote lagen dicht an dicht entlang der Kais, wo sich Waren in Fässern, Säcken und Ballen stapelten. Hafenarbeiter, Seeleute, schmuddlige Straßenkinder und Beutelschneider liefen umher wie Ameisen, und vor jeder Hafenschenke fanden sich Huren, die mit ihren Freiern feilschten oder vorlaut um Kundschaft warben.

»Ja, was seid ihr denn für welche? So was hab ich ja noch nie gesehen. Aber kommt nur, ich werd auch mit zweien fertig!« Keck kam das junge Mädchen auf Godric und Wulfric zugeschlendert. Sie trug einen formlosen Kittel, dessen Ausschnitt so weit eingerissen war, dass er einen großzügigen Blick auf ihre vollen Brüste bot. Schuhe besaß sie nicht, aber nicht nur ihre Füße waren schmutzig. Jeder sichtbare Zoll Haut war mit einer gräulichen Dreckschicht bedeckt, und als sie näher kam, zuckten die drei Freunde vor ihrem Geruch zurück.

Hastig legte Simon den Zwillingen von hinten die Hände auf die Schultern und lotste sie um die Hure herum. »Da vorn, das muss es sein«, sagte er. »Ein Segel mit grünen Streifen, hat der Hafenmeister gesagt.«

Es war ein Handelssegler, der englisches Leder nach Dieppe bringen sollte. Ein großer Mann mit feinen Kleidern und einem braun gebrannten Gesicht beaufsichtigte ein Dutzend Arbeiter, die die schweren, zu Ballen verschnürten Häute an Bord trugen. Seine Augen waren zu Schlitzen verengt, und er wirkte grimmig.

Simon fasste sich dennoch ein Herz und trat auf ihn zu. »Verzeiht mir, mein Freund, ist das hier die *St. Anne*?«

Der Mann streifte sie mit einem abschätzigen Blick. Nichts regte sich in seiner Miene, als er die Zwillinge sah. Er nickte.

»In dem Falle hätte ich gern Kapitän Arnod gesprochen.«

»Steht genau vor dir, Söhnchen.«

Simon lächelte höflich. »Ich suche eine Passage für meine Freunde und mich, Monseigneur, und ich bin ganz gewiss nicht Euer Söhnchen.«

»Zwei Pence für Euch, sechs für die Krüppel«, bekundete Arnod.

»Warum sind sie teurer?«, erkundigte sich Simon.

»Weil sie die Mannschaft nervös machen werden, und das bereitet mir Verdruss. Verdruss lasse ich mir immer bezahlen.«

»Für acht Pence bekommen wir einen windgeschützten Platz und ein warmes, genießbares Abendessen.«

Der Kapitän nickte und streckte die Hand aus. Simon unterdrückte ein Seufzen, als er seine Börse aufschnürte und das Geld abzählte. Ihre Barschaft schmolz schneller dahin, als ihm lieb war. Er ließ die Münzen in Arnods schwielige Hand klimpern.

Der brummte zufrieden. »Geht an Bord. Wir segeln, sobald die Ladung komplett und vertäut ist.«

Simon ging zu Godric und Wulfric zurück, die ein paar Schritte entfernt gewartet hatten.

»Schwierigkeiten?«, erkundigte sich Godric.

»Im Gegenteil. Genießbares Abendessen.«

Wulfric brummte. »Wer's glaubt.«

»Wir können an Bord, hat er gesagt.«

Sie gingen zu der zweiten Planke weiter hinten, wo weniger Betrieb herrschte, weil das Beladen hier vermutlich schon abgeschlossen war. Am landseitigen Ende der Planke stand ein Mann von vielleicht Mitte zwanzig in sehr eleganten, aber dunkel gehaltenen Kleidern und blickte voller Skepsis auf das schmutzig graue Wasser zwischen Kaimauer und Bordwand.

»Nur Mut, Monseigneur«, sagte Simon.

Der Mann wandte den Kopf, lächelte eine Spur kläglich und antwortete: »Ich meine, diese Planke ist entschieden zu schmal für einen Mann. Ich weiß genau, dass ich hineinfallen werde. Und seht Euch nur diese widerwärtige Brühe an.« Er schauderte, und auch wenn seine Miene Selbstironie verriet, war das Schaudern doch echt.

»Godric, Wulfric, tut ein gutes Werk an diesem armen Reisenden und zeigt ihm, dass man selbst zu zweit unbeschadet hinüberkommt«, sagte Simon über die Schulter.

Grinsend traten die Zwillinge näher, stellten sich seitlich zur Planke und liefen mit der ihnen eigenen mühelosen Grazie seitwärts hinauf. Leichtfüßig.

Der Fremde in dem edlen Mantel bestaunte sie mit geöffneten Lippen. Dann straffte er die Schultern. »Also gut«, murmelte er vor sich hin. »Ich muss nach Rouen, also muss ich über diese Planke. Es hilft alles nichts …«

Mit grimmiger Entschlossenheit setzte er den ersten Fuß auf den hölzernen Steg, dann den nächsten, den Blick fest auf sein Ziel geheftet.

Simon folgte ihm nach wenigen Schritten und schloss auf leisen Sohlen auf. Und das erwies sich als Glücksfall. Nur noch zwei oder drei Ellen von der rettenden Bordwand entfernt, geriet der Mann ins Wanken, stieß einen halb wütenden, halb furchtsamen Laut aus, rang rudernd um Gleichgewicht und kippte dann nach links weg.

Simon erwischte ihn am Arm und zerrte ihn mit einem Ruck zurück. Er war nicht sicher, ob er sie damit nicht zusammen auf der anderen Seite von der Planke befördert hätte, aber die Zwillinge waren zur Stelle. Wulfric umschlang Simons Taille, und Godric fasste den Fremden ein wenig zaghafter bei der Schulter. »Nur noch zwei Schritte«, sagte er ermutigend.

Trockenen Fußes gelangten sie alle vier an Bord.

Der Fremde tat einen Seufzer der Erleichterung. »Wenigstens dieser gefahrvolle Teil meiner Reise wäre glücklich überstanden. Dank Eurer Hilfe.« Und beinah schlagartig änderte sich sein Gebaren. Die etwas verschreckte Miene wich einem halb neugierigen, halb herausfordernden Blick, der über Schiff, Ladung und Mannschaft schweifte und dem gewiss nicht viel entging. Der Reisende hielt seine feinen Glacéhandschuhe in der Linken und ließ sie abwesend in die Rechte klatschen. »Der heilige Petrus möge uns behüten. Was für ein Seelenverkäufer …« Mit erschütternder Plötzlichkeit kehrte der Blick der scharfen blaugrauen Augen zu Simon zurück. »Ist es möglich, dass wir uns kennen?«

»Ich glaube nicht, Monseigneur.« Simon verneigte sich. »Simon de Clare of Woodknoll.«

»Ah. Dann muss es wohl daran liegen. Ihr de Clare seid wahrhaftig Legion.« Ehe Simon sich nach dem Sinn dieser seltsamen Worte erkundigen konnte, stellte der Mann sich vor: »Becket. Thomas Becket. Of Nirgendwo.« Der etwas zu breite Mund verzog sich zu einem flüchtigen Lächeln. »Und wer sind Eure unzertrennlichen Freunde, die uns vor einem Bad im Hafendreck bewahrt haben?«, fragte er auf Englisch.

»Godric«, sagte Wulfric und wies auf seinen Bruder.

»Und Wulfric«, fügte Godric hinzu und spiegelte die Geste. »Aus Gilham in Yorkshire.«

Becket nickte liebenswürdig, betrachtete mit einem missvergnügten Stirnrunzeln die mäßig sauberen Planken, zögerte kurz und ließ sich dann nieder. »Weit weg von zu Hause«, bemerkte er.

Simon und die Zwillinge folgten seinem Beispiel und setzten sich. Becket beobachtete die perfekt abgestimmten Bewegungen der Zwillinge mit unverhohlener Faszination. »Seid Ihr schon lange unterwegs?«, fragte er.

»Wir sind vor drei Tagen von East Anglia aufgebrochen«, berichtete Simon. »Da Godric und Wulfric nicht reiten können, haben wir praktisch die ganze Strecke auf dem Wasser zurückgelegt: mit einem Flusskahn nach Yarmouth, von dort mit einem Fischerboot nach Dover. In Dieppe wollen wir versuchen, ein Küstenschiff zu finden, das uns bis zur Loiremündung bringt.«

»Wo soll's denn hingehen?« Becket streckte die eleganten Stiefel vor sich aus und lehnte sich bequem gegen einen Stapel der Ladung.

»Wir suchen jemanden und wissen nicht genau, wo wir ihn finden werden«, antwortete Simon vorsichtig.

»Oh. Wie geheimnisvoll.« Die blaugrauen Augen sahen ihn durchdringend an, und ein spöttischer Zug lag um den Mund, der dem Gesicht fast einen Anstrich von Grausamkeit verlieh. Es war ein auffallend gut aussehendes, hellhäutiges Gesicht, umrahmt von Haaren, die so glatt und schwarz waren wie Simons.

»Und wie steht es mit Euch?«, konterte der junge de Clare.

»Nun, ein wenig geheimnisvoll ist meine Mission auch.« Becket klopfte auf die Ledertasche, die halb unter dem Mantel verborgen an seiner Seite hing. »Ich bringe dem Herzog der Normandie ein paar brisante Neuigkeiten.«

Simon und die Zwillinge tauschten einen verwunderten Blick. Mehr aus alter Gewohnheit entgegnete Simon: »Und ich war sicher, König Stephen sei der Herzog der Normandie.«

Die schmalen, geraden Brauen fuhren in die Höhe. »Du meine Güte, wo habt Ihr gesteckt, de Clare? In einem Erdloch? Der Graf von Anjou hat die Normandie erobert und den Herzogstitel schon vor drei Jahren angenommen.«

Simon nickte seufzend. »Ja, ich weiß.«

»Ob er ein Recht dazu hatte, darf man in Zweifel ziehen, selbst wenn er behauptet, nur das Recht seiner über alles geliebten Gemahlin, Kaiserin Maud, auszuüben. Aber wie dem auch sei. Der König von Frankreich hat ihm einen Lehnseid für die Normandie abgenommen. Das nennt man Fakten schaffen.«

»Ja, Monseigneur, auch das ist mir bekannt.«

»Und ich sehe, Ihr wisst nicht so genau, was Ihr davon halten sollt. Ehrlich gesagt, ich beneide Euch Edelleute nicht, die Ihr Euch für eine Seite entscheiden müsst. Wenigstens hin und wieder. Da haben wir Kirchenmänner es leichter.«

»Ihr seht nicht aus wie ein Priester«, befand Godric.

»Das bin ich auch nicht. Und keineswegs sicher, ob ich das je werden will.« Mit einem beinah verliebten Blick betrachtete er seine edlen Stiefel und das kostbare Schwert an der linken Seite. »Ich stehe im Dienst des Erzbischofs von Canterbury, der ein sehr großzügiger Gönner und Förderer meiner nicht unbeträchtlichen Talente ist, aber der Priesterweihe bin ich bislang entronnen.« Er sah in die drei verständnislosen Gesichter, und ihre Mienen schienen ihn zu amüsieren. Dann erklärte er seine eigenartige Position: »Mein Vater war Kaufmann und kam als normannischer Einwanderer nach London. Er brachte es schnell zu ziemlich viel Geld, und bald gehörte ihm halb Cheapside. Aber all die hübschen Häuser gingen in Rauch auf, und über Nacht waren wir bettelarm. Also brauchte ich plötzlich Arbeit. Ich habe eine Zeit lang einem Londoner Bankier die Bücher geführt, aber vor zwei Jahren konnte ich in den Haushalt des Erzbischofs wechseln. Das ist eine weitaus reizvollere Stellung. Und weil ich wieder einmal meine große Klappe aufreißen musste und behauptet habe, ich sei durchaus in der Lage, eine diplomatische Mission zu erfüllen, hat er mich nun zu dem fürchterlichen Geoffrey von Anjou geschickt.« Er klopfte kurz auf seine Ledertasche. »Aber was ist mit Euch? Irgendetwas lässt mich ahnen, dass Eure Geschichte viel interessanter ist als meine.«

Während die Leinen losgemacht wurden und das Schiff ablegte, berichteten Simon und die Zwillinge abwechselnd. Von der Insel, der Flucht von dort und so weiter.

»Alan of Helmsby?«, unterbrach Becket erstaunt, als der Name fiel. »Du meine Güte. Illustre Freunde habt Ihr.«

»Ihr kennt ihn?«, fragte Wulfric.

»Nein. Aber natürlich habe ich von ihm gehört. Mauds schärfstes Schwert. Und er schickt Euch in die Normandie?«

»Nein«, erwiderte Simon und zögerte einen Moment. Dann traf er seine Entscheidung. »Wenn Ihr die Wahrheit wissen wollt, Master Becket: Wir wollen uns auf die Suche nach Henry Plantagenet machen und uns ihm anschließen. Auf unserer Wanderung durch England ist er uns praktisch in die Arme gelaufen.« Der Rest war schnell erzählt. »Mir ist ein wenig unheimlich bei dem, was ich tue«, gestand er zum Schluss, »denn mein Vater hat mich gelehrt, dass Stephen der rechtmäßige König ist und ich treu zu ihm stehen muss. Mein Vater ist tot, und es fühlt sich abscheulich an, gegen seine Wünsche zu verstoßen. Aber ich habe König Stephen gesehen …« Er brach ab. Er brachte es einfach nicht fertig, zu beschreiben, wie er den König vorgefunden hatte.

Aber das erwies sich als unnötig. Becket nickte. »Ja, ich weiß«, sagte er leise, mit einem Mal sehr ernst. »Ihr solltet Euch nicht gar zu sehr grämen, weil Ihr einen anderen Weg eingeschlagen habt als Euer Vater, de Clare. Was England braucht, haben weder König Stephen noch Kaiserin Maud. Das glaubt übrigens auch Erzbischof Theobald.«

Simon sah ihn unsicher an. »Und das ist der Grund für Eure Reise zum Herzog der Normandie?«, fragte er.

»Sagen wir es mal so: Ich glaube kaum, dass der Erzbischof seinem Amtskollegen in Winchester, König Stephens Bruder, von dieser kleinen Mission erzählt hat.«

Es wurde eine unerwartet angenehme Reise. Das Wetter blieb ihnen gewogen, die See war ruhig, und keiner der Passagiere wurde seekrank. Kapitän Arnod hielt Wort, wies ihnen einen geschützten Platz an Deck zu, und kurz vor Sonnenuntergang brachte einer der Matrosen ihnen Schalen mit lauwarmem Eintopf. Er bot keine besondere Gaumenfreude, aber zumindest enthielt er ordentlich Fisch und Mehlklößchen, und sie bekamen sogar einen Krug Ale dazu. Thomas Becket war ein höchst angenehmer Reisegefährte. Er vertrieb ihnen die Abendstunden mit urkomischen Geschichten über die Eigenarten der englischen und normannischen Bischöfe, aber er war kein Schwätzer, und er hörte so gern zu, wie er redete.

Als die *St. Anne* am nächsten Morgen in Dieppe einlief, bedauerten die drei Freunde, dass ihre Wege sich dort trennen sollten.

Wieder beäugte Becket die Laufplanke wie einen tückischen Gegner.

»Für einen sonst recht wackeren Kerl machst du ein ziemliches Gewese um die Planke«, bemerkte Godric unverblümt.

»Da hast du recht«, räumte Becket ein. »Als Knabe bin ich bei der Jagd einmal von einer Brücke in einen sehr kalten und sehr nassen Fluss gestürzt. Seither geh ich nicht gern übers Wasser.«

»Vielleicht solltest du doch Priester werden«, meinte Wulfric. »Es heißt ja, je heiliger man ist, umso leichter fällt es einem.«

Thomas Becket lachte vergnügt. »Ich glaube nicht, dass ich das Zeug zum Heiligen habe.«

Helmsby, Juli 1147

Haimon kam an einem der letzten Julitage mit der Abenddämmerung zurück nach Helmsby und fand Alan mit dem Steward zusammen in der Scheune vor, wo sie Kornsäcke zählten.

»Nanu, Cousin!« Alan rang sich ein Lächeln ab. »Ich fing an zu glauben, du seiest nach Hause geritten.«

»Mein Zuhause ist hier«, gab Haimon zurück. Er sagte es indessen ohne erkennbare Herausforderung, so als stelle er lediglich eine Tatsache fest. »Aber ich war in Fenwick, du hast schon ganz recht.« Er streifte Guillaume mit einem Blick und ruckte rüde das Kinn zum Scheunentor. »Wie wär's, wenn du im Speicherhaus die Erbsen zählen gehst?«

Mit versteinerten Kiefermuskeln wandte Guillaume sich ab. »Es kann bestimmt nicht schaden, nachzusehen, ob du uns welche gestohlen hast. Und ich atme sowieso nicht gern die gleiche Luft wie du.« Wütend stapfte er hinaus.

Alan wartete, bis seine Schritte verklungen waren. Dann sagte er: »Haimon, mir ist daran gelegen, in Frieden mit dir zu leben, aber ich muss dich bitten, meinen Steward nicht wie einen Hörigen zu behandeln. Er ist mein Vetter und mir teuer.«

Haimon zeigte ein spöttisches Lächeln, verschränkte die Arme und lehnte sich an einen hölzernen Pfeiler. »So wie ich?«

Alan fuhr sich mit dem Ärmel über die Stirn. Es war mörderisch heiß in der Scheune. Er trat ans Tor, sah sich suchend im Burghof um und entdeckte einen der jungen Knechte. Er pfiff durch die Zähne.

Der Junge wandte den Kopf.

»Bring mir zwei Krüge Bier, Ine.«

»Ja, Mylord!«

Ine stob Richtung Motte davon. Das Bier wurde wohlweislich in den verschließbaren Vorratsräumen unter der Halle verwahrt.

Alan kehrte in die Scheune zurück, notierte das Zwischenergebnis seiner Zählung auf einem Schiefertäfelchen, damit er später nicht noch einmal von vorn anfangen musste, und dann schenkte er Haimon seine ungeteilte Aufmerksamkeit. »Ob du es glaubst oder nicht, du *bist* mir teuer. Wir haben beide keine Geschwister, und unsere Mütter waren Schwestern. Wir sollten wie Brüder füreinander sein. Stattdessen war immer nur Hader zwischen uns. Aber so muss es nicht bleiben. Du und ich haben es in der Hand, die Dinge zu ändern.«

Das schien Haimon vollkommen unvorbereitet zu treffen, und für einen Lidschlag verriet seine Miene Verunsicherung. Und Bedauern. Aber er fing sich gleich wieder. »Gib mir Helmsby«, verlangte er. »Dann werde ich dich mit brüderlicher Zuneigung Abend für Abend in meine Gebete einschließen.«

Alan antwortete nicht, sondern begann, die schweren Säcke aufzustapeln, um Platz für die nächsten zu machen, die bald kommen würden. Wie er vorausgesagt hatte, segnete Gott Helmsby dieses Jahr zur Abwechslung einmal mit einer reichen Ernte, und jeden Tag kamen die Bauern, um den Teil abzuliefern, der Alan als Pacht zustand.

»Wozu schuftest du hier in der Hitze?«, fragte Haimon. Es klang ebenso verdrossen wie rastlos. »Findest du es nicht ein bisschen lächerlich, die Arbeit deiner Knechte zu tun?«

»Im Moment gibt es mehr Arbeit als Hände, um sie zu tun. Also, wie wär's?«

»Nein, danke.«

»Wie du dich vielleicht erinnerst, habe ich immer gern mit angepackt. Das gehört zu den Dingen, die der Alan von einst und der von heute gleichermaßen schätzen.«

»Du tust es doch nur aus Eitelkeit. Um zu beweisen, was für Bärenkräfte du hast, und damit deine Bauern dich genauso anbeten, wie ihre Frauen und Töchter es tun.«

Alan arbeitete schweigend noch einen Moment weiter. Dann drehte er sich um und lehnte sich mit dem Rücken an seine Kornsäcke.

Ine kam mit dem Bier. Auf der Schwelle zur Scheune zögerte er, brachte den beiden Cousins dann jedem einen Becher und hielt den Blick gesenkt.

»Danke«, sagte Alan. »Du kannst verschwinden. Dein Vater braucht deine Hilfe beim Dreschen.«

Ine nickte scheu und verdrückte sich schleunigst wieder.

»Wenn ich dir die Wahrheit sagen soll, Haimon: Ich lege keinen gesteigerten Wert auf die Zuneigung meiner Bauern. Das wissen sie genau, und deswegen kämen sie auch im Traum nicht darauf, mich zu vergöttern. Aber dich fürchten sie, weil du ein Schinder bist. Darum kann ich dir Helmsby nicht geben. Obwohl es von Rechts wegen an dich hätte fallen sollen, das weiß ich sehr wohl.«

»Nun, das kannst du gefahrlos einräumen, wenn du im gleichen Atemzug verkündest, dass ich leider nicht würdig bin, es zu besitzen, nicht wahr?« Es sollte spöttisch klingen, aber Haimons Bitterkeit schwang in seiner Stimme.

Alan nahm einen tiefen Zug. Das Bier kam geradewegs aus dem Burgkeller und war herrlich kühl. »Wie geht es deiner Mutter?«, fragte er. Ihm fiel ein, dass er Haimon diese Frage schon an dem Tag hatte stellen wollen, als er hier in der Scheune über Henry und Susanna gestolpert war. Inzwischen wusste er wieder, dass seine Tante Eloise ein zurückgezogenes, kränkelndes Witwendasein in Fenwick geführt hatte, als er vor drei Jahren zu seiner unglückseligen Jagd nach Geoffrey de Mandeville aufgebrochen war. »Lebt sie noch?«

Haimon schüttelte kurz den Kopf und trank ebenfalls. »Vorletzten Winter hat sie die Rote Ruhr erwischt«, berichtete er, als er abgesetzt hatte.

Alan nickte wortlos.

»Sie fehlt mir«, räumte Haimon ein. »Das hätte ich ehrlich nie gedacht. Sie ist mir mit ihrem unsäglichen Selbstmitleid immer auf die Nerven gegangen. Ich meine, es hat sie ja niemand gezwungen, dich zum Verhungern bei den Torfstechern abzuliefern und damit all das Unglück über uns zu bringen. Sie hat nie eingesehen, dass sie selbst auch schuld war, und mir jahrein, jahraus die Ohren vollgejammert. Und trotzdem. Jetzt, da sie weg ist, fehlt sie mir.«

Diese gänzlich unerwartete Freimütigkeit machte Alan ein wenig Hoffnung. »Hast du eigentlich inzwischen mal geheiratet?«, fragte er weiter.

»Nein.« Haimon zeigte ein kurzes Lächeln ohne allen Frohsinn. »Ich hoffe immer noch auf eine reiche Erbin, die mir genug einbringt, dass ich mir eine Burg bauen kann, aber solche Dinge sind schwierig geworden durch den Krieg.«

»Ja, ich weiß.«

»Immerhin erspart mir das die Peinlichkeit, mit einem Sack voller Geld zum Bischof zu kriechen und eine Scheidung zu erbetteln«, frotzelte Haimon.

Alan nickte und trank noch einen langen Zug.

»Ich habe mit ihr gesprochen«, setzte Haimon ein wenig zögerlich wieder an. »Mit Susanna.«

»Das dachte ich mir.«

»Willst du wissen, wo sie ist?«

»Nein, aber ich bin überzeugt, du wirst es mir trotzdem sagen.«

»Wie ist es nur möglich, dass du ihr gegenüber so vollkommen gleichgültig geworden bist?«, fragte Haimon verständnislos. »Ich meine, du warst förmlich …«

»Besessen von ihr, ich weiß.« Es klang sehr kühl, und Alan schärfte sich ein, sich zusammenzunehmen und seinem Cousin nicht die Tür vor der Nase zuzuschlagen, die sich gerade einen Spaltbreit zu öffnen schien. »Ich habe mich in vielerlei Hinsicht geändert, Haimon. Und zu diesen Veränderungen gehört auch, dass ich auf keine der Eigenschaften mehr Wert lege, die ich an Susanna einmal so geschätzt habe. Es hat mich wütend gemacht, dass sie mich betrogen hat, aber im Grunde war es mir gleich. Weil ich sie nicht mehr wollte.«

Haimon schnaubte. »Das würde ich an deiner Stelle jetzt auch behaupten …«

Alan hob die Schultern. »Denk, was dir Spaß macht.«

Haimon sah ihn mit einem Mal neugierig an. »Hast du eine andere?«

»Noch nicht. Ich bin auch keineswegs sicher, dass ich sie bekomme.«

»Wer ist sie?«

Alan schüttelte den Kopf. »Niemand, den du kennst. Es ist noch zu früh, um darüber zu sprechen.«

»Oh, komm schon, verrat mir ihren Namen«, bat Haimon.

Alan musste lachen. »Nein.«

Haimon seufzte. Dann wechselte er das Thema. »Es muss sich merkwürdig anfühlen, sein Gedächtnis zu verlieren und dann plötzlich wiederzufinden. Hast du dich auf einen Schlag an *alles* erinnert?«

»Nein. An vieles. Es ist auf mich eingestürzt wie ein Haus,

das in sich zusammenfällt. *Merkwürdig* wird dem Erlebnis nicht ganz gerecht. Es war wohl das … Erschütterndste, was mir je passiert ist. Aber ich habe immer noch Lücken. Ich weiß zum Beispiel nach wie vor nicht, was passiert ist, als ich damals von hier aufgebrochen bin.«

»Nun, wenn du es nicht weißt, weiß es wohl niemand«, bemerkte Haimon leichthin. Es schien ihn nicht sonderlich zu bekümmern. »Du bist allein losgeritten, und dann hat die Erde sich aufgetan und dich verschluckt. So kam es uns jedenfalls vor. Ich habe dich gesucht, weißt du. Wochenlang.«

Alan war gerührt, aber er entgegnete spöttisch: »Warum? Mein Verschwinden kann dir nicht so ungelegen gekommen sein.«

Haimon grinste. »Warum wohl? Großmutter hat mir die Hölle heißgemacht.«

»Natürlich …«

»Aber du warst einfach verschwunden. Im wahrsten Sinne des Wortes spurlos.«

»Nun, wie dem auch sei. Ich werde mich erinnern, oder ich werde mich nicht erinnern. Allmählich komme ich zu dem Schluss, dass es vielleicht nicht so wichtig ist, wie es mir scheint. Ich meine … es ist unglaublich, nach beinah drei Jahren sein Gedächtnis zurückzubekommen, aber es birgt die Gefahr, dass man der Vergangenheit zu viel Bedeutung beimisst. Wo doch die Gegenwart eigentlich viel wichtiger ist. Und die Zukunft.«

»Die Zukunft mit deiner geheimnisvollen Dame.«

»Das hoffe ich zumindest.«

Zum ersten Mal seit ihrer Kindheit tauschten sie ein gänzlich unkompliziertes Lächeln. Dann leerte Haimon seinen Krug, stellte ihn auf den Boden, hob die Hand zu einem nachlässigen Gruß und ging zum Tor. Dort hielt er noch einmal an. »Übrigens«, sagte er über die Schulter. »Susanna hat sich gegen das Kloster entschieden. Sie will in Fenwick bleiben.«

»Susanna ist in Fenwick?«, fragte Alan stirnrunzelnd. Das verstand er nicht.

Sein Cousin erklärte es ihm. »Sobald ihr geschieden seid,

wird sie mein Mündel, nicht wahr? Sie hat ja niemanden mehr außer mir. Und ich habe getan, was so viele Vormunde gern tun, und sie in mein Bett geholt. Oh, keine Bange, Alan, ich musste sie nicht zwingen. Sie kam ganz freiwillig. Du weißt wahrscheinlich, dass ich immer scharf auf sie war, oder? Ich nehme an, deswegen hast du sie geheiratet. Es ist fast ein bisschen so wie früher, weißt du, wenn ich deine abgelegten Kleider auftragen musste, aus denen du herausgewachsen warst. Beinah eine liebe alte Gewohnheit.« Und damit ging er hinaus.

Alan stand stockstill an die Kornsäcke gelehnt und sah ihm nach. Sein Gesicht fühlte sich mit einem Mal seltsam kalt an in der Hitze. Was für ein Narr war er nur, dass er geglaubt hatte, Haimon könne ihm jemals vergeben?

Er vermisste die Zwillinge und vor allem Simon, und er beneidete sie ein wenig um ihr Abenteuer auf dem Kontinent, aber dank der vielen Arbeit hatte er kaum Gelegenheit, darüber nachzugrübeln.

Luke war seit dem Zwischenfall am Dorfbrunnen niedergeschlagen und ungewöhnlich still, aber der Vorfall hatte sich nicht wiederholt. Oswald, der sich mit Veränderungen sonst immer schwertat, hatte das neuerliche Verschwinden ihrer drei Gefährten erstaunlich gut verkraftet. Alan hatte ihm mehr Zeit gewidmet, als er eigentlich erübrigen konnte, und ihm geduldig erklärt, es sei ganz normal, dass Menschen manchmal für eine Weile fortgingen, und dass es nicht gleichbedeutend damit war, seine Freunde im Stich zu lassen oder nichts mehr für sie übrigzuhaben. Oswald fand das schwer zu begreifen, beschloss aber schließlich, es zu glauben, weil »Losian« es sagte, und fand zu seinem eigentlich fröhlichen Naturell zurück. Alan war erleichtert. Nur der Gesundheitszustand des Jungen machte ihm Sorge: Oswald schien die anhaltende Hitze nicht gut zu vertragen, war oft kurzatmig und ermüdete leicht.

In Schwermut verfallen war dieses Mal indes ein anderes Mitglied ihrer Gemeinschaft: Die Zwillinge hatten schweren Herzens eingesehen, dass Grendel sie nicht auf ihre Reise begleiten konnte. Nun lag der große Hütehund meist teilnahmslos in der Halle vor dem kalten Kamin, die Schnauze auf den Vorderpfoten, und stierte kummervoll vor sich hin. Wenn er Schritte hörte, hob er manchmal den Kopf, doch sobald er sah, dass es nicht Wulfric und Godric waren, verlor er das Interesse.

»Grendel«, schalt Alan schließlich. »So kann das nicht weitergehen. Komm auf die Füße.« Er stupste ihn sacht mit der Stiefelspitze an. »Komm, mein Junge. Ich muss nach Metcombe und bin dankbar für jeden, der mich begleitet.«

Seine Großmutter lächelte boshaft in ihre Porridgeschale. »Alan of Helmsby fürchtet sich neuerdings vor seinen Bauern?«

Er griff nach einem Brotlaib und schlug ihn in das Tuch ein, das eine Magd ihm zu dem Zweck gebracht hatte. »Das ist übertrieben. Der einzige Mensch in Metcombe, vor dem ich mich vielleicht ein wenig fürchte, ist meine Tochter.« Er stand auf. »Jetzt komm endlich, Grendel.«

Der Hund hörte offenbar, dass es keinen Sinn hatte, sich weiter schlafend zu stellen, kam steifer auf die Füße, als er eigentlich war, um Alan Gewissensbisse zu verursachen, und trottete von der Estrade.

»Bist du heute Abend zurück?«, fragte Lady Matilda.

Alan schüttelte den Kopf. »Ich werde zwei oder drei Tage unterwegs sein.« Er gedachte, von Metcombe aus weiter nach Blackmore zu reiten, aber da Haimon mit am Tisch saß, sagte er das nicht. Er wollte verhindern, dass sein Cousin einen Boten in das Dorf schickte, auf welches sie beide Anspruch erhoben, und seinen Steward dort veranlasste, die Höhe der Pachteinnahmen zu vertuschen oder Ähnliches.

Vor dem Pferdestall wartete der alte Edwy mit Conan und einer stämmigen Stute mit sandfarbenem Fell und heller Mähne und Schweif. »Marigold«, stellte der Stallknecht vor. »Sie macht fürs Auge vielleicht nicht viel her, aber sie ist genau richtig für Eure Zwecke, Mylord.«

»Danke, Edwy.« Alan kontrollierte, ob Conans Satteltaschen Proviant und Decken enthielten, wie er befohlen hatte, verstaute das frische Brot und saß auf. Dann nahm er Marigold am Zügel, nickte dem alten Knecht zu und ritt aus dem Tor seiner Burg.

Wenig später hielt er vor der Mühle, die am Rand des Dorfes stand. Alan hörte das Knarren von Mahlwerk und Rad. Letzteres wurde von einem schmalen, aber raschen Bach angetrieben, der ein paar Meilen weiter im Wald in den Ouse mündete.

Oswald kam aus dem Haus, als er den Hufschlag hörte. »Losian!« Er strahlte und rieb sich die mehligen Hände am Hosenboden ab. »Bringst du uns Korn zum Mahlen?«

»Viel besser, Oswald. Ich bringe eine Überraschung.«

»Was für eine Überraschung?«

»Du und Grendel und ich machen einen Ausflug. Und du darfst den ganzen Weg reiten. Auf Marigold.« Er zeigte auf das brave Pony.

Oswalds Augen leuchteten auf, und er klatschte ausgelassen in die Hände, aber sogleich kamen ihm Bedenken. »Ich weiß nicht … Ich kann keinen Ausflug machen, glaub ich. Wir haben so viel Arbeit, und Egbert erlaubt sicher nicht …«

Der Müller kam ebenfalls aus der Tür, legte ihm die Hand auf den Arm und sagte lächelnd: »Doch, Oswald. Ich weiß es schon ein paar Tage. Geh mit Gott, Junge. Du warst so fleißig, du hast eine Belohnung verdient.« Als er die Hand sinken ließ, hinterließ er weiße Fingerabdrücke auf dem Ärmel.

Oswald war außer Rand und Band vor Freude. Jubelnd drehte er sich im Kreis. »Wir machen einen Ausflug! Wir machen einen Ausflug! Grendel, hast du gehört, wir machen einen Ausflug …«

Alan saß ab, und zusammen mit dem Müller beobachtete er diesen Ausbruch purer Glückseligkeit. Selbst Grendel ließ sich von Oswalds Übermut anstecken, sprang schwanzwedelnd um ihn herum und bellte.

»Wenn wir alle so wären, wär die Welt ein besserer Ort, Mylord«, bemerkte der Müller gedämpft.

Alan nickte. »Und Gott näher.«

»Ganz gewiss.«

»Komm jetzt, Oswald«, rief Alan. »Sonst ist der halbe Tag vorüber, ehe du deinen Freudentanz beendet hast.«

Lachend kam Oswald angelaufen, außer Atem und mit strahlenden Augen.

»Leg die linke Hand vorn an den Sattel. Nein, Oswald, die *linke* Hand. Die andere hinten an den Sattel. Genau so. Jetzt heb den linken Fuß nach hinten … den *linken* Fuß …« Alan legte die Hände um seine Wade. »Und jetzt Achtung.« Mit einem Schwung beförderte er Oswald auf Marigolds Rücken, die duldsam stehen blieb und sich nicht im Kreis drehte, als habe sie sich plötzlich in den Kopf gesetzt, einmal ihren eigenen Schweif anzusehen, so wie andere Pferde es gern taten, wenn ein unerfahrener Reiter zum ersten Mal aufsaß.

Alan klopfte ihr dankbar den stämmigen Hals, nahm die Zügel, reichte sie Oswald und zeigte ihm, wie er sie halten musste. Dann wollte er Oswalds Füße in die Steigbügel führen, aber das hatte der junge Mann schon allein bewerkstelligt.

Alan saß ebenfalls auf. »Alles bereit?«, fragte er.

»Und wie!«, antwortete Oswald.

»Also dann. Hab Dank, Egbert.«

»Keine Ursache, Mylord.«

Seite an Seite ritten die beiden Freunde durch Helmsby – Oswald mit stolzgeschwellter Brust.

Unweigerlich musste Alan an die letzte Gelegenheit denken, da er Oswald auf ein Pferd gesetzt hatte: ihre Flucht aus Woodknoll, die Angst vor den Verfolgern im Nacken, vor sich die lange Wanderung ins Ungewisse, geprägt von Kälte und vor allem von Hunger.

Oswald schien sich nicht daran zu erinnern, und das war kein Wunder, denn der heutige Ritt hätte sich kaum grundlegender davon unterscheiden können. Sie hatten keine Eile, sie hatten ein Ziel, sie hatten mehr Proviant, als sie wirklich brauchten, und die Sonne strahlte, ließ das Korn auf den Feldern wie mattes Gold leuchten und erfüllte die Sommerluft mit seinem Duft.

Oswald atmete tief durch. »Riecht gut.«

»Ja«, stimmte Alan zu. »Von allen Sommerdüften ist der nach reifem Korn der beste.« Und er bescherte ihm lebhafte Erinnerungen, wie nur Gerüche es konnten: an warme, träge Sommertage, da er und Haimon im hohen Weizen Verstecken gespielt oder Räuberhöhlen gebaut hatten. Guillaumes Vater, der damals der Steward gewesen war, hatte ihnen die Ohren lang gezogen und Prügel angedroht, wann immer er sie im Feld erwischte, weil sie die kostbaren Ähren niederwalzten, aber sie waren immer zurückgeschlichen.

Am Feldrain entlang des Weges blühten Kornblumen, Kamille, Disteln, Glockenblumen und viele andere, deren Namen Alan nicht kannte. Vielleicht würde er eines Tages mit Miriam hier entlangreiten und sich von ihr die Namen der Kräuter und Blumen und ihre heilende oder schädliche Wirkung beibringen lassen. Er dachte an sie und sehnte sich nach ihr, so wie er es eigentlich jeden wachen Moment tat, aber als er mit Oswald zwischen den Feldern einherritt und schließlich in den Wald eintauchte, stellte er fest, dass er ausnahmsweise einmal zufrieden mit seinem Leben war.

Marigold hielt alles, was Edwy versprochen hatte. Sie scheute vor keinem Vogel, der plötzlich aus dem Dickicht brach, und sie trieb keine Späße mit ihrem ungeübten und meist unaufmerksamen Reiter. Oswald geriet allenthalben in Entzücken über die Blumen und Bäume und Schmetterlinge und hätte alle zwanzig Schritte angehalten, hätte Alan das geduldet. Doch als Alan versuchsweise antrabte und dann sogar ein Stück galoppierte, entdeckte Oswald den Rausch der Geschwindigkeit, und von da an ging es ihm nie schnell genug. Sie sprachen über alles, was ihnen in den Sinn kam, sie lachten, sie stritten über die Gangart, und lange vor Mittag – gar nicht mehr weit vom Ziel entfernt – hielten sie an, legten sich ins Farn und aßen und tranken weit mehr von den Köstlichkeiten, die Emma ihnen eingepackt hatte, als nötig gewesen wäre. Alan kam in den Sinn, dass dies wohl die unbeschwertesten Stunden waren, die er erlebt hatte, seit er in St. Pancras aus dem Fieber erwacht war.

Auch in Metcombe war die Ernte in vollem Gange, und die Bauern, ihre Frauen und Kinder waren auf den Feldern. Manche Sense verharrte mitten im Schwung, als Alan und Oswald vorbeiritten, und die Leute erwiderten ihren Gruß höflich, aber unverkennbar reserviert.

In der Mühle am Ufer des Ouse war ebenso viel Betrieb wie in der von Helmsby, und in der nahen Schmiede sang der Hammer.

Alan hielt davor an und saß ab. »Hiergeblieben, Grendel.«

Der große, zottelige Hund war schon schwanzwedelnd auf dem Weg zur Tür, machte aber kehrt und kam zurück.

Alan trat zu Marigold und nahm Oswalds Arm. »Absitzen.«

»Ich kann das allein«, beschied Oswald.

Alan ließ ihn los und trat einen Schritt zurück. »Fang ja nicht an zu heulen, wenn du auf die Nase fällst.«

Aber Oswald glitt ohne Missgeschicke, geradezu elegant, aus dem Sattel und blieb mit einem triumphalen Lächeln vor Alan stehen. Dann folgte er dessen Beispiel, schlang die Zügel über den niedrigen Ast eines Apfelbaums und klopfte Marigold fachmännisch den Hals.

Die Tür zur Schmiede stand weit offen, trotzdem war es drinnen dämmrig und heiß wie in der Hölle.

Oswald schreckte zurück, als ihm die Hitze und die einzigartige Geruchsmischung aus brennender Holzkohle und heißem Eisen entgegenschlug, aber Alan legte ihm die Hand in den Rücken und schob ihn über die Schwelle. »Keine Angst«, murmelte er. Dann lauter: »Gott zum Gruße, Cuthbert.«

Der Schmied, der über den Amboss gebeugt stand, wandte den Kopf. »Mylord!« Es klang verwundert, aber nicht abweisend, schien es Alan. »Augenblick. Lasst mich das eben fertig machen.«

»Natürlich.«

Cuthbert hielt ein Werkstück in einer langstieligen Zange und bearbeitete es mit einem Hammer mittlerer Größe. Magisch angezogen trat Oswald näher, blieb aber zwei Schritte vom Amboss entfernt stehen, sodass er dem Schmied nicht in die Quere kam, und schaute fasziniert zu.

»Das glüht ja!«

Cuthbert blickte kurz auf, erkannte auf einen Blick, was er vor sich hatte, und grinste verschwörerisch: »So muss es sein, mein Junge. Wenn es glüht, ist es weich, und man kann es formen.«

Alan hörte nicht richtig hin, denn er hatte im Halbdunkel neben der Werkbank ein schwaches Leuchten entdeckt, das sich als ein kleiner Blondschopf entpuppte, als er näher trat. Agatha lag auf einer Decke zusammengerollt und schlief trotz des Hammers selig, den Daumen im Mund. Er hockte sich hin – blieb genauso auf Sicherheitsabstand zu seiner Tochter wie Oswald zum Amboss – und betrachtete sie. Sie kam ihm viel kleiner und schutzbedürftiger vor, als er sich ein zweijähriges Kind vorgestellt hatte. Gesicht, Hände und Kittel wiesen Spuren von Ruß und Asche auf, aber selbst sein ungeübtes Auge erkannte, dass die Kleine gesund und wohlgenährt war.

So versunken war er in den Anblick, dass er die plötzliche Stille nicht bewusst wahrgenommen hatte. Darum wäre er um ein Haar zusammengefahren, als er den Schmied neben sich fragen hörte: »Seid Ihr gekommen, um sie mir wegzunehmen?« Es sollte nüchtern klingen, aber ein beinah unmerkliches Beben in der Stimme verriet ihn.

Alan schaute zu Cuthbert auf und kam auf die Füße. »Wir werden sehen«, erwiderte er unverbindlich. »Eigentlich bin ich hier, um festzustellen, wie es um Metcombe steht.«

Der Schmied nickte und sah ihn unverwandt an. *Wird auch Zeit,* sagte dieser Blick. Dann hob der bärenhafte Mann das schlafende Kind mitsamt Decke auf und trug es zur Tür. »Kommt mit hinüber, Mylord. Am Ufer steht eine Bank, und am Wasser ist es schön kühl.«

Alan folgte ihm. »Komm, Oswald. Und fass ja nichts an, hörst du.«

Oswald riss sich schweren Herzens von dem wundervollen Spielplatz los, den eine Schmiede in den Augen eines jeden Knaben war, und trat vor Alan hinaus ins Freie. Der Schmied führte sie zu seinem Wohnhaus und auf dessen Rückseite, die dem Fluss zugewandt war. Grendel, der bei den Pferden geblieben war und sich in den Schatten des Apfelbaums gelegt hatte, um ein Ründchen zu dösen, folgte ihnen neugierig.

Cuthbert legte Agatha ins Ufergras und wies seinen Gästen die Bank an der hölzernen Hauswand. »Bin gleich zurück.« Er verschwand im Haus.

Alan und Oswald nahmen Platz. Grendel trat zu der Decke und beschnupperte das kleine Mädchen mit höflicher Zurückhaltung. Alan wusste, der Hund war herzensgut, aber er hielt den Anblick des zottigen Ungetüms bei dem schlafenden Kind trotzdem nicht lange aus. Er stand wieder auf und kniete sich neben der Decke ins Gras.

»Verschwinde, Grendel. Geh zu Oswald.«

Folgsam trollte sich der Hund, und wieder versenkte Alan sich in die Betrachtung dieses zarten Gesichts, suchte erfolglos nach den Zügen der Mutter darin. Vielleicht war es sein eindringlicher Blick, der Agatha aufweckte. Jedenfalls schlug sie die Augen auf, und als Alan sie sah, verstand er zum ersten Mal wirklich, was die Leute meinten, wenn sie behaupteten, man könne nie sagen, ob ihre Farbe grün oder blau sei. Es war etwas, das kein Spiegel wiedergeben konnte.

Das Wunder der Schöpfung, das diesem filigranen Wesen die gleichen Augen gegeben hatte wie ihm, erschien ihm ebenso gewaltig wie unbegreiflich. Zögernd, beinah schüchtern hob er die Hand und wischte mit einem Finger den Ruß von der kleinen Wange.

Bedächtig nahm Agatha den Daumen aus dem Mund und sah unverwandt zu dem fremden Mann auf. Dann lächelte sie, und seine Brust zog sich zusammen. Er schluckte trocken. »Agatha.«

Sie nickte, setzte sich auf und entdeckte den großen Hund. Ihre Augen leuchteten, sie sprang auf und lief zu Grendel hinüber – ihr Vater vergessen.

Agatha blieb vor Grendel stehen, legte eine Hand auf Oswalds Knie und zeigte auf den Hund. »Heißt er?«

»Grendel«, erklärte Oswald bereitwillig.

»Anfassen?«

Oswald sah unsicher zu Alan. »Ich weiß nicht. Sie ist sehr klein, oder?«

Alan kam zu ihnen zurück und ließ sich neben Oswald auf der Bank nieder. »Doch, Agatha, du kannst ihn streicheln, wenn du willst.«

Ehe der Schmied mit dem Bier zurückkam, hatten Grendel und Agatha Freundschaft geschlossen. Sie streichelte sein Zottelfell, er leckte ihre Hand, ließ sich dann auf die Seite fallen und wälzte sich auf den Rücken, was Agatha so komisch fand, dass ihr glockenhelles Lachen gar kein Ende mehr nehmen wollte.

Alan sah dem ungleichen Paar gebannt zu, bis eine schwielige, rußige Hand mit einem Holzbecher in seinem Blickfeld erschien. »Hier, Mylord.«

»Danke.«

Auch Oswald bekam sein Bier und bedankte sich.

Der Schmied setzte sich zwischen sie, trank und brummte: »Ich hoffe, der Köter ist so harmlos, wie er tut.«

»Jedenfalls ungefährlicher, als ein schlafendes Kind allein am Ufer liegen zu lassen«, konterte Alan. Er wusste so gut wie jeder in Metcombe, dass der Ouse ein tückischer Fluss mit einem trügerischen Ufer war, der schon so manches Kind mit sich fortgerissen hatte.

Cuthbert trank, scheinbar seelenruhig. »Sie war ja nicht allein«, bemerkte er dann. »Wenn ich sie unbeaufsichtigt hier draußen lassen muss, bind ich sie an.« Er wies auf einen stabilen Holzpflock, der in die Erde eingeschlagen und an den ein dünner Strick geknotet war – lang genug, um einem Kind Freiraum zum Spielen zu gewähren, aber bis ans Ufer reichte er nicht.

Die Vorstellung, dass seine Tochter an einen Strick gebunden wurde wie ein Stück Vieh, gefiel Alan nicht, aber er ließ es sich nicht anmerken. Er wusste, alle Eltern, die in Flussnähe wohnten, machten es so mit ihren Kleinen, denn sie hatten viel zu viel Arbeit, um ihre oft zahlreiche Brut jeden Augenblick des Tages wachsam im Auge behalten zu können.

Oswald stellte seinen unberührten Becher auf die Bank, kniete sich neben Agatha ins Gras und zeigte ihr, wo Grendel am liebsten gekrault wurde.

»Der Steward sagt mir, ihr habt über den Winter fast zwanzig Männer verloren?«, begann Alan.

Cuthbert nickte, nahm einen ordentlichen Zug und fuhr sich mit dem Handrücken über die Lippen. »Die meisten hat das Fieber geholt, ein paar sind beim Eisfischen ertrunken.«

»Und nun liegt wie viel Land brach?«

Der Schmied überlegte kurz. »An die vierzig Acre, schätze ich.«

»Guter Gott, Mann, das ist fast eine halbe Hufe.«

»Was Ihr nicht sagt, Mylord ...«

Alan warf ihm einen warnenden Blick zu.

»Nicht alles liegt wirklich brach«, beeilte Cuthbert sich zu erklären. »Die Leute haben ja noch ihr Wintergetreide gesät, eh es sie erwischt hat. Aber jetzt steht das Korn reif auf den Feldern, und keiner bringt es ein.«

Lord Helmsby schüttelte entschieden den Kopf. »Das dürfen wir nicht zulassen. Wer ist der Pfarrer von Metcombe? Immer noch der alte Vater Swein?«

»Den hat auch das Fieber geholt. Wir haben einen neuen, Vater Ralph.«

»Ein Normanne?«, fragte Alan verwundert.

Cuthbert nickte. »Ich möchte wetten, er war Soldat, eh er sich besonnen hat und Priester geworden ist. Manchmal lässt er sich volllaufen, und dann liegt er in seiner Kate und singt. Wir verstehen kein Wort, aber es klingt nicht nach frommen Liedern. Im Großen und Ganzen ist er nicht übel. Latein kann er nicht viel, glaub ich, aber er versteht die Sorgen der Leute und macht ihnen Mut. Er kümmert sich um seine Schäfchen, so gut er kann.«

»Ich rede mit ihm und mit King ... mit Vater Edmund in

Helmsby. Sie müssen uns zwei Sonntage erlauben zu arbeiten, und dann wird Helmsby geschlossen hier anrücken und helfen, das Korn einzubringen. Und das Land muss möglichst schnell neu verpachtet werden. Gibt es denn keine Erben für die Schollen?«

»Doch. Aber sie können es sich nicht leisten, das Erbe anzutreten und Euch den *Heriot* zu zahlen.«

Alan lag eine scharfe Erwiderung auf der Zunge. Es war üblich, dass die Bauern über die Pacht stöhnten, aber über Sonderabgaben wie den Erbanteil, der ihrem Gutsherrn nach dem Gesetz zustand, stöhnten sie noch viel lauter. Nicht einmal zu Unrecht, wusste Alan. Ihr Leben *war* hart. Wenn ein Erbe das beste Stück Vieh aus der Herde oder den entsprechenden Gegenwert in Pennys als Heriot an Alan zahlte, mochte es im nächsten Hungerwinter genau dieser Betrag sein, der seinen Kindern zum Überleben fehlte. So waren die Dinge eben, und Alan wäre nie in den Sinn gekommen, sie zu hinterfragen, denn es war die Ordnung der Welt, die Gott und sein auserwählter König geschaffen hatten. Er musste sich indessen eingestehen, dass es die Sichtweise veränderte, wenn man selbst ein paar Jahre Not und Hunger gelitten hatte.

»Nun, ich kann es mir nicht leisten, auf den Heriot zu verzichten, Cuthbert«, erklärte er. »Aber ich verlange nicht, dass er in voller Höhe gleich nach der Ernte gezahlt wird. Sag den Leuten, ich will vor allem, dass die Felder hier bestellt werden und etwas einbringen. Denn was wir uns alle ganz gewiss nicht leisten können, ist, gutes Ackerland einfach unbestellt zu lassen.«

»Und was genau bedeutet ›nicht in voller Höhe gleich nach der Ernte‹? Die Leute haben keine Reserven, Mylord. Sie müssen wissen, womit sie zu rechnen haben.«

Alan dachte kurz nach. »Ein Drittel zu Michaelis, eins zu Ostern, das letzte nächstes Jahr nach der Ernte zu Michaelis.«

»Das schaffen sie nicht«, widersprach der Schmied prompt. »Selbst ein Drittel pro Jahr wird hart.«

Alan betrachtete ihn mit verschränkten Armen. »Das kannst du dir aus dem Kopf schlagen …«

Sie feilschten noch eine Weile, und Alan stellte verwundert fest, dass die Anspannung des Schmieds im Lauf ihrer Debatte nachließ, obwohl sie sich gegenseitig nichts schenkten und hart verhandelten.

Als sie sich schließlich einig geworden waren, machte Alan einen Rundgang durchs Dorf. Er lernte Vater Ralph kennen und sprach mit ein paar Frauen und alten Leuten, die nicht mit draußen auf den Feldern waren. Die Menschen begegneten ihm gleichermaßen ehrerbietig und kühl. Er wusste, warum – der traditionelle Groll der Bewohner von Metcombe auf ihn und seine Vorfahren war ihm bekannt und so selbstverständlich, dass er kaum einen Gedanken daran verschwendete. Und doch merkten die Bauern, dass Alan of Helmsby ein anderer geworden war. Sie merkten es daran, wie er zuhörte. Wie er den Kleinsten, die mit daheim geblieben waren, dann und wann über die Köpfe strich oder innehielt, um einem Gevatter den Stock anzureichen, der sich umständlich erhob, um ihn zu begrüßen. »Beinah so, als hätte er's mit menschlichen Wesen zu tun«, spöttelte die Schwester des Schmieds später.

Als Alan schließlich zu dessen Haus zurückkam, hatte Oswald die kleine Agatha auf Grendels Rücken gesetzt und hielt sie umsichtig fest, während der etwas verwirrte Hund langsam am Ufer entlangtrottete. Agatha krähte vor Vergnügen.

»Nicht so nah ans Wasser, Oswald«, rief Alan warnend. »Sonst nehmt ihr alle drei ein Bad.«

Oswald korrigierte seinen Kurs – folgsam wie üblich –, und Alan betrachtete die Spielgefährten mit einem Lächeln.

»Und was wird nun aus dem Kind?«, hörte er die Stimme des Schmieds plötzlich neben sich.

Er antwortete nicht sofort. Mit Zuneigung und einer gewissen Wehmut erinnerte er sich an Agathas Mutter, die ihn unter einem reichlich durchsichtigen Vorwand an einem Herbstsonntag zu einer Hütte im Wald gelockt hatte, wo das Winterfutter für sein Wild verwahrt wurde, und ihn dort verführt hatte. Der würzige Geruch von nassem Herbstlaub würde in seiner

Erinnerung immer mit Eanfled verbunden bleiben. Raffiniert war sie ihm erschienen, fast durchtrieben – alles andere als eine brave Bauernmagd. Aber doch gleichzeitig so arglos. So unkompliziert und anspruchslos. Das komplette Gegenteil von seiner höchst komplizierten und anspruchsvollen Gemahlin …

»Irgendjemand hat behauptet, die Kleine sei schwachsinnig«, bemerkte er ausweichend.

»Könnte ich hoffen, dass Ihr sie mir dann ließet, würde ich sagen, es stimmt. Aber wenn ich mir Euren jungen Freund da drüben anschaue, würde es wohl nicht viel nützen. Obendrein ist es Unsinn. Sie hat einfach nur nicht gesprochen. Ich schätze, der Tod ihrer Mutter war daran schuld. Jetzt hat sie es überwunden und holt alles an Geschwätzigkeit nach, was sie bisher versäumt hat.« Er brach abrupt ab.

Alan wandte den Kopf und erwischte den Schmied dabei, wie er sich eine Träne aus dem Augenwinkel wischte. »Ich weiß nicht, was richtig ist«, bekannte Alan. »Wir können schwerlich ignorieren, dass sie mein Kind ist, oder?«

»Warum nicht? Ich wette, sie ist nicht Euer einziger kleiner Bastard zwischen Yare und Ouse …«

»Doch. Das ist sie. Ich war nicht so umtriebig, wie du offenbar annimmst.« Und nicht oft genug zu Hause, fügte er in Gedanken hinzu. »Im Übrigen verbitte ich mir Respektlosigkeiten dieser Art«, fügte er hinzu, nicht wirklich scharf, aber der Schmied war gewarnt.

Er nickte knapp und wandte den Blick ab, doch er entschuldigte sich nicht.

Alan beobachtete seine Tochter und rang mit sich. Es war ein eigentümlich heftiges Gefühl, das ihn drängte, sie mitzunehmen. Er wollte sie in seiner Nähe haben und aufwachsen sehen. Er wollte, dass sie Normannisch lernte und eine Dame wurde, keine derbe Bauersfrau. Dass sie in dem Wohlstand und der Geborgenheit lebte, die er ihr bieten konnte. Aber gleichzeitig zweifelte er, ob er ihr wirklich einen so großen Gefallen damit täte. Und was würde Miriam dazu sagen, falls seine größte Hoffnung sich erfüllte und er sie eines Tages nach Helmsby brachte, wenn sie dort über ein kleines Mädchen mit seinen Augen stolperte? Die Dinge würden schwer genug für Miriam sein, auch ohne Agatha.

»Ich glaube nicht, dass es gut für sie wäre, sie jetzt zu verpflanzen, wo sie gerade den Tod ihrer Mutter überwunden hat, wie du sagst«, entschied er schließlich. »Also lass ich sie dir vorläufig hier. Aber wenn deine nächste Frau nicht gut zu ihr ist oder irgendwer in Metcombe Agatha dafür büßen lässt, dass der Großvater meiner Großmutter euch euer Land abgegaunert hat, dann werde ich es erfahren, Cuthbert.«

»Das zu sagen wäre nicht nötig gewesen, Mylord«, antwortete der Schmied.

Alan sah ihm unverwandt in die Augen. »Nein, ich weiß. Genauso unnötig war es, mich herauszufordern, nicht wahr?« Er ließ ihn stehen und trat zu dem fröhlichen Trio am Ufer. »Oswald, es wird Zeit, wir müssen weiter.«

»Ooh«, machte der junge Mann enttäuscht. »Schade.«

Alan hob Agatha von Grendels Rücken zu sich hoch, küsste ihr die Stirn und stellte sie dann auf die Füße. »Gott beschütze dich, Agatha. Auf bald.«

Sie schenkte ihm ein Lächeln, von dem ihm fast das Herz stehen blieb, und dann lief sie zu Cuthbert hinüber und fasste ihn mit einer Hand am Hosenbein.

Sie schlugen ihr Nachtlager gleich am Wegesrand auf.

Als Oswald Holz sammeln wollte, rief Alan ihn zurück. »Das Gelände hier ist sumpfig«, warnte er. »Ich will nicht, dass du dich weiter als bis zu der Erle dort drüben vom Lager entfernst, verstanden?«

»Ist gut.«

»Wenn du dich nützlich machen willst, nimm den Gäulen die Sättel ab.«

Oswald ignorierte die Bitte auf diese spezielle Art, die Alan verriet, dass sein junger Freund sich überfordert fühlte. »Na schön, ich zeig's dir. Komm her, es ist ganz einfach.«

Alan löste langsam die Schnallen an Conans Sattelgurt, zog

den Sattel zu sich heran und schlang den Gurt darüber. »Hast du's gesehen?«

»Ja.«

»Willst du es bei Marigold versuchen?«

Oswald nickte, und es klappte tadellos.

Alan klopfte ihm anerkennend die Schulter. »Großartig. Jetzt leg den Sattel da vorn an den Baum. Achte immer darauf, dass dein Pferd nicht versehentlich darauftreten kann, denn ein Sattel ist aus Holz und zerbricht schnell. Oder der Gaul verfängt sich mit den Hufen im Gurt und gerät in Panik. Das tun sie leicht, weißt du.«

»So wie ich«, bemerkte Oswald mit einem Ausdruck komischer Zerknirschtheit.

Alan lachte. »Ich mach mich auf die Suche nach Holz.«

»Aber ich darf Feuer machen, oder?«, vergewisserte sich Oswald. Gunnild hatte fertiggebracht, was Alan und King Edmund vergeblich versucht hatten: Oswald hatte gelernt, mit Flint und Stahl einen Funken zu schlagen und ein Feuer in Gang zu bringen. Diese neue, elementare Fähigkeit erfüllte ihn mit unbändigem Stolz, und er wurde es nie müde, sich darin zu üben.

»Natürlich«, versicherte Alan. »Ich mach's mir derweil bequem, trink einen Becher Cider und seh zu, wie du dich abrackerst.«

Oswald lachte selig. »Wohin reiten wir als Nächstes?« Das hatte er ungefähr schon ein halbes Dutzend Mal gefragt.

»Nach Blackmore«, antwortete Alan geduldig.

»Ist es da auch so schön wie in Metcombe?«

»Ich weiß es nicht«, musste er gestehen. »Anders, schätze ich.« Aber in Wahrheit hatte er keine Ahnung, was sie dort erwartete.

Es war schwül, und Donner grollte in der Ferne, als sie am nächsten Vormittag ankamen. Alan fragte sich, ob das der Grund war, warum ihm hier alles so bedrückend und beinah ein wenig gespenstisch vorkam. Und er sah an Oswalds eingezogenem Kopf und Grendels eingeklemmtem Schwanz, dass es seinen Gefährten genauso erging.

»Kaum Leute auf den Feldern«, murmelte Oswald.

»Nein«, stimmte er zu. »Aber hier sind sie mit der Ernte auch schon ein gutes Stück weiter als zu Hause oder in Metcombe.«

Blackmore war nur ein Weiler, ein rundes Dutzend strohgedeckter Katen aus Holz oder lehmverputztem Zweiggeflecht am Rande eines stillen, dunklen Sees. Nicht seiner bescheidenen Größe war es geschuldet, dass Blackmore Begehrlichkeiten sowohl in Helmsby als auch in Fenwick weckte, sondern den reichen Erträgen der fetten, schwarzen Erde, vor allem aber dem Wein, der hier angebaut wurde. Und Josua ben Isaac mochte über englischen Wein spotten, so viel er wollte; was in East Anglia gekeltert wurde, war in ganz England beliebt und brachte in London und York erkleckliche Preise ein.

Hühner liefen im kurzen Gras zwischen den Hütten umher, und ein vielleicht siebenjähriges Mädchen hütete eine Schar Gänse.

Sie sah erschrocken auf, als die Reiter bei ihr anhielten.

»Keine Angst«, sagte Alan. »Wir tun dir nichts.«

Ihr Blick glitt von seinem Gesicht zu dem mächtigen Schwert an seiner Seite, weiter zu Oswald, dann zu Grendel. Der Hund schien ihre Bedenken zu zerstreuen. Ihre Schultern entspannten sich ein wenig, aber ihre Miene blieb ernst, und sie sagte: »Nicht, dass er auf meine Gänse losgeht.«

»Nein. Er weiß, dass sich das nicht gehört.«

Sie nickte und wedelte mit ihrem Stöckchen die Gänse zusammen. Das machte sie sehr geschickt.

»Wo sind denn alle?«, erkundigte sich Alan.

Das Mädchen wies mit der freien Hand zur Mitte des Dörfchens. »Dieses Mal haben sie sich meinen Onkel geholt. Und alle müssen zusehen.«

Ehe Alan sich nach dem Sinn dieser Worte erkundigen konnte, hörte er einen pfeifenden Peitschenhieb. Das Mädchen schreckte zusammen und fing bitterlich an zu weinen. Eine

Gans schlug mit den Flügeln. Ein zweiter Schlag fiel. Oswald saß starr und zusammengesunken im Sattel, und auf seiner Stirn hatte sich ein Schweißfilm gebildet.

»Oswald, sei so gut, bleib hier und sorg dafür, dass Grendel sich keine Späße mit den Gänsen erlaubt.«

Oswald sah ihn aus großen Augen furchtsam an, nickte aber und saß ab.

Als Alan anritt, fiel der nächste Hieb.

Er fand die schaurige Szene auf einer Wiese im Zentrum der Häusergruppe, wo die Kirche gestanden hätte, wäre Blackmore groß genug für eine eigene Kirche gewesen. Vielleicht drei Dutzend Männer, Frauen und Kinder standen in einem Sichelmond um einen Holzpfahl, an den ein Mann gebunden war. Zwei Schritte hinter ihm stand ein Finsterling in einem drittklassigen angerosteten Ringelpanzer und schwang eine Peitsche. Das Geräusch, mit dem der geflochtene Riemen auf dem entblößten Rücken landete, war Übelkeit erregend. Das bärtige Gesicht des Opfers war schmerzverzerrt, aber bis auf ein Keuchen gab der Mann keinen Laut von sich. Conan zuckte zusammen und schnaubte beunruhigt, als der nächste Schlag niedersauste.

Es war der letzte.

Obwohl sein Pferd nicht wollte, ritt Alan auf den Pfahl zu und postierte sich wie ein Bollwerk zwischen dem Gefesselten und seinem Peiniger. Letzterer stolperte verdattert einen Schritt zurück.

Gemächlich saß Alan ab. Die versammelten Dorfbewohner raunten verwundert, und er hörte die Worte »Lord Alan« und »heimgekehrt«.

Der Mann im Kettenhemd schien sie nicht verstanden zu haben. Mit grimmiger Miene betrachtete er Alan und herrschte ihn an: »Wer zum Henker seid Ihr?«

»Alan of Helmsby. Und Euer werter Name, Monseigneur?«

»Der geht Euch einen Scheißdreck an. Ihr habt hier nichts mehr zu sagen und auch nichts verloren, Helmsby. Jetzt geht mir aus dem Weg, ich bin noch lange nicht fertig mit diesem Aufrührer.«

Alan ließ Conans Zügel los und versetzte seinem Pferd einen beiläufigen Klaps. Äußerst dankbar trottete Conan aus der Gefahrenzone, warf Alan noch einen Blick zu und beschloss dann, dass die Lage sicher genug für einen Imbiss sei. Er senkte den Kopf und fing an zu grasen.

»Ich fürchte, hier liegt ein Irrtum vor«, eröffnete Alan dem Finsterling liebenswürdig. »Blackmore gehört zu einem königlichen Lehen, das meinem Urgroßvater vor rund achtzig Jahren verliehen wurde. Und auf meinen Ländereien werden keine Bauern geschunden, denn das mindert ihre Arbeitskraft, und das wiederum schadet den Erträgen, wisst Ihr. Also schlage ich vor, mein namenloser Freund, Ihr rollt Eure Peitsche ein und seht zu, dass Ihr Land gewinnt.«

Ein paar der Mutigeren unter den Bauern lachten und klatschten.

Der Finsterling warf ihnen einen Blick zu, der nichts Gutes für ihre Zukunft verhieß. Dann wandte er sich wieder an Alan. »*Ihr* befindet Euch im Irrtum«, konterte er. »Blackmore gehört von Rechts wegen zu Fenwick und somit zum Besitz von Lord Haimon de Ponthieu. Der mich hergeschickt hat, um hier für ihn nach dem Rechten zu sehen.«

»Und die Bauern zu prügeln?«

Er nickte. »Alles zu tun, was nötig ist, um ihre Aufsässigkeit zu brechen und sie zur Arbeit anzuhalten. Und ich bin nicht allein hier.«

Alan hatte die beiden Gesellen längst entdeckt, die mit verschränkten Armen hinter den Dörflern gestanden hatten – vermutlich um sicherzugehen, dass sie auch ja alle hinschauten – und sich nun langsam nach vorn drängten.

»Hm. Ich glaube, ich werde ein ernstes Wort mit Lord Haimon de Ponthieu reden müssen«, stellte Alan in Aussicht. »Und Ihr werdet jetzt verschwinden.« Der Spott war aus seiner Stimme verschwunden, und seine Miene war mit einem Mal finster. »Pack dich. Lauf zurück zu Haimon, solange du noch kannst. Ich sage es nicht noch einmal.«

Der Mann betrachtete ihn mit einem ungläubigen Grinsen,

trat dann kopfschüttelnd einen Schritt zurück und hob seine Peitsche.

Alan zog das Schwert aus der Scheide, legte die linke Hand hinter der Rechten ans Heft und schwang die Klinge. Es war eine einzige, fließende Bewegung – so schnell, dass kaum jemand ihr mit den Augen folgen konnte. Die verblüfften Zuschauer sahen lediglich ein Blitzen der milchigen Sonne auf Stahl, und im nächsten Moment flog der Kopf des Finstermanns mit einigem Schwung nach links und landete dann im Gras, wo er holpernd weiterrollte, bis er mit einem unangenehmen »Plock« an eine Stallwand stieß und liegen blieb.

Ein paar Menschen schrien auf – nicht nur Frauen –, aber sofort kehrte die Stille zurück.

Die beiden anderen Kerle in den schäbigen Kettenhemden waren sichtlich ins Stocken geraten und starrten entsetzt auf ihren kopflosen Anführer hinab, dessen Leib blutüberströmt im Gras lag – der Arm mit der Peitsche immer noch drohend gehoben.

»Und?«, fragte Alan und sah erst dem einen, dann dem anderen in die Augen. »Möchte einer von Euch weiter mit mir streiten?«

Statt zu antworten, tauschten sie einen Blick, machten dann kehrt, drängten sich rüde durch die Phalanx schreckensstarrer Menschen und verschwanden hinter einer der Katen. Nur Augenblicke später hörte man zwei Pferde davonpreschen.

Der Mann am Pfahl hatte sich umgewandt, soweit seine Fesseln es zuließen, und über die Schulter gesehen, was passiert war. »Bei St. Guthlacs Zähnen …« murmelte er.

Mit der blutverschmierten Klinge schnitt Alan ihn los. »Geht's?«

»Oh, keine Bange, Mylord. Er war ja noch nicht mal warm. Wir sind hier ganz andere Sachen gewohnt.« Er sagte es leichthin, aber ein bitterer Zug lag um seinen Mund, und seine Augen glommen vor Zorn. Mit unbewegter Miene blickte er auf den Leichnam im Gras hinab, dann zu dem Kopf, der mindestens zwanzig Schritte entfernt lag. »Bei St. Guthlacs Zähnen«, sagte er noch einmal. »Wie *macht* man so was?«

»Oh, das ist ganz einfach«, antwortete Alan in dem gleichen unbekümmerten Tonfall. Auch er blickte auf den grässlich verstümmelten Toten in seinem jämmerlichen Kettenhemd hinab. »Man muss nur bereit sein, es zu tun. Alles an Menschlichkeit und Barmherzigkeit verleugnen, das man in sich tragen mag. Dann ist es ein Klacks, Bedwyn.«

»Ihr erinnert Euch an mich?«, fragte der Mann verblüfft.

Erinnern ist derzeit mein liebster Zeitvertreib, hätte Alan antworten können. Aber er nickte lediglich. Bedwyn hatte zu den Männern gezählt, die Alan im Sommer nach ihrem grandiosen Sieg bei Lincoln nach London geführt hatte, um, wie sie geglaubt hatten, die große Handelsmetropole und das nahe gelegene Westminster zu sichern und alles für die Krönung der Kaiserin vorzubereiten. Ihre Hoffnungen hatten sich indessen wieder einmal als eitel erwiesen. Kaiserin Maud war es dank ihres herben Charmes gelungen, London gegen sich aufzubringen, und die Stadtbevölkerung hatte sich kurzerhand mit König Stephens streitbarer Königin zusammengetan, um die Anhänger der Kaiserin von den Toren ihrer Stadt zu verjagen. Es war ein unrühmlicher und gefährlicher Rückzug gewesen und Bedwyn einer der wenigen, die danach noch gewillt waren, in diesem blödsinnigen, völlig undurchschaubaren Krieg weiterzukämpfen.

»Bringt Euch nicht um den Schlaf, Mylord«, spöttelte er nun. »Was Menschlichkeit und Barmherzigkeit angeht – dieser Halunke hier besaß keine von beiden.«

»Nein, das will ich glauben.« Alan lächelte flüchtig. »Hat Lord Haimon noch mehr Männer hier außer diesen dreien?«

Bedwyn schüttelte den Kopf, hob sein Gewand aus dem Gras auf und streifte es über. »Im Moment nicht. Manchmal sind es mehr, aber sie dachten wohl, sie hätten uns kleingekriegt, sodass die drei ausreichen. Stimmte im Grunde auch. Nachdem Lord Haimon hier aufkreuzte und uns befahl, die Pacht zukünftig an ihn zu zahlen, war Euer Steward hier und hat uns erklärt, Haimon habe kein Recht dazu und wir sollten nicht auf ihn hören. Aber das war leichter gesagt als getan, Mylord. Und Euer Steward hat keine Armee hergeschickt, um dafür zu sorgen, dass die Dinge so laufen, wie er will. Lord Haimon schon.«

»Mein Steward trägt keine Schuld«, erwiderte Alan. »Ich hatte jeden aus Helmsby mitgenommen, der ein Schwert halten konnte, und dann bin ich … abhandengekommen.«

Bedwyn betrachtete ihn eingehend. »Ja. Davon haben wir gehört.«

Alan trat mit der Fußspitze gegen den Pfahl und rief zu den übrigen Bauern hinüber: »Grabt ihn aus, hackt ihn klein und macht ein schönes Feuer davon. Legt den Kadaver hier in eine Kiste. Ich nehm ihn mit und bring ihn Haimon de Ponthieu.«

Sie kamen näher, zögerlich zuerst, dann fassten sie Zutrauen. Während einige Männer sich daran begaben, seine Befehle auszuführen, umringten ihn die übrigen Dörfler und dankten ihm für seinen Schutz und seine Fürsorge.

Alan winkte ab. »Es hätte nie so weit kommen dürfen.«

Niemand widersprach ihm.

»Wie lange waren sie hier?«

»Über zwei Jahre«, antwortete Bedwyn. »Sie kamen vorletzten Sommer vor der Weinlese.«

»Jesus … Die Zeit muss euch lang geworden sein. Haben sie jemanden umgebracht? Die Frauen belästigt?«

»Unsere Frauen behaupten, sie hätten sie zufriedengelassen«, sagte ein Mann mit grauem Bart und krummgearbeitetem Rücken. »Aber Ihr wisst ja, wie die Frauen hier im Moor sind, Mylord. Stolz und unbeugsam. Und verschwiegen.«

Alan nickte und schaute den Frauen nach, die sich längst aus dem Kreis entfernt hatten und zu ihren Häusern zurückgingen, um Kinder und Vieh zu versorgen.

»Meinen Vater haben sie totgeprügelt«, berichtete ein schlaksiger Jüngling im Stimmbruch. Sein Blick war auf den Pfahl gerichtet, der jetzt im Gras lag, aber das Grauen in seinen Augen verriet, dass er etwas ganz anderes sah.

»Versehentlich«, schränkte ein anderer Mann ein. »Aber sie waren unbarmherzig, wenn irgendwer ihnen nicht gehorchte. Wir konnten ihnen nicht standhalten, Mylord.«

»Nein, ich weiß. Hört auf, euch zu entschuldigen. Das beschämt mich.« Alan wandte sich an den schlaksigen Jungen. »Bei der kleinen Gänsemagd dort drüben habe ich meinen Gefährten zurückgelassen. Sei so gut und hol ihn her.«

Der Junge nickte willig und ging davon.

»Ist noch ein Fass von meiner Pacht übrig, oder hat Haimon alles abholen lassen?«, fragte Alan Bedwyn.

»Das meiste. Aber ein paar Fässer sind noch hier.«

»Dann lasst uns eines anstechen und überlegen, wie es weitergehen soll.«

»Mylord …« Ein junger Kerl mit Segelohren trat unbehaglich von einem Fuß auf den anderen. »Wir haben den Toten in eine Kiste gelegt, wie Ihr gesagt habt.«

»Gut. Stellt sie auf einen Karren.«

Der Mann nickte. »Es ist nur …«

»Ja?«

»Keiner wagt, den Kopf zu holen, Mylord.«

»Ah«, machte Alan, unterdrückte ein Seufzen und ging zu der Stallwand hinüber. Er schaute nicht so genau hin, als er sich bückte und den Kopf bei den Haaren packte, aber er sah dennoch, dass Augen und Mund weit aufgerissen waren. Kein schöner Anblick.

Schweigend sahen die Männer von Blackmore zu, während Alan den Kopf über die Wiese trug und ohne viel Zartgefühl in die geöffnete Holzkiste fallen ließ. »Macht sie zu«, bat er.

Der Laut, mit dem der Deckel der sargähnlichen Kiste sich schloss, war ein dumpfes Poltern, das Endgültigkeit vermittelte. Ein Aufatmen ging durch die Reihen der schwergeprüften Menschen von Blackmore, und als das Fass angestochen und der goldene Wein in die Becher gefüllt war, ließen sie Alan trotz seiner Proteste als ihren Befreier hochleben und tranken auf die Höllenfahrt des Unterdrückers.

Blackmore hatte ein rauschendes Fest gefeiert. Der Wein, der zu sauer war, um als hochklassig zu gelten, war in Strömen geflossen. Alan hatte ihm nur mit Maßen zugesprochen.

Obwohl er eine Schwäche für Blackmore-Wein hatte – die zu nicht geringem Teil in Heimatverbundenheit begründet lag –, hatte er Zurückhaltung geübt, denn in den Wochen, bevor er ein zweites Mal zu Josua ben Isaac gegangen war, um sich auf die Suche nach seinem Gedächtnis zu machen, hatte er sich Abend für Abend betrunken, und die schmerzhaften Folgen hatten ihn Vorsicht gelehrt.

Oswald war derjenige, der an einem lausigen Kater litt, als sie am nächsten Morgen aufbrachen. Jammernd saß er auf dem Bock des Karrens, den sie von den Bauern geborgt und vor den sie die duldsame Marigold gespannt hatten, und hielt sich den Kopf. »Es tut so weh, Losian.«

»Ich weiß.«

»Und mir ist *so* schlecht.«

»Dann tu uns beiden den Gefallen und versuch, nicht auf deine Kleider oder Schuhe zu spucken.«

»Jetzt bist du auch noch gemein zu mir«, beklagte Oswald.

»Ich habe dich gewarnt«, erinnerte Alan ihn. »Ich habe dir gesagt, du hast genug, aber du musstest ja unbedingt weitertrinken. Jetzt bekommst du die Folgen zu spüren. Da kann man nichts machen.«

Oswald schwieg beleidigt.

Die Gewitter des Vortages hatten die Schwüle vertrieben, und der Morgen war klar und frisch. Anfangs war der weite Himmel über dem Flachland noch grau gewesen, aber als sie zwei Stunden unterwegs waren, zehrte die Sonne die Hochnebeldecke auf und kam wieder zum Vorschein. Trotzdem wurde es nicht heiß. Es war herrliches Reisewetter.

Aber Oswald konnte ihm nichts abgewinnen. »Die Sonne verbrennt mir den Kopf, Losian. Sie kocht mich!«

»Siehst du da vorne? Da fängt der Wald an. Da ist es schattig. Keine halbe Meile mehr.«

»Aber mir ist so schlecht.«

Alan seufzte.

»Und ich hab Angst vor dem toten Mann in der Kiste. Er hat keinen Kopf.«

Alan, der neben ihm einherritt, sah ihn forschend von der Seite an. »Woher weißt du das?«

»Die Leute haben drüber geredet. Getuschelt. Ich sollte es nicht hören, glaub ich.«

Sie mussten verdammt laut getuschelt haben, wenn Oswald sie verstanden hatte, denn der Junge war schwerhörig. Alan nahm an, dass ein paar der jüngeren Burschen aus Blackmore sich einen Spaß daraus gemacht hatten, dem seltsamen zurückgebliebenen Gefährten ihres Gutsherrn ein bisschen Angst einzujagen.

»Und hast du auch gehört, wer ihn getötet hat?«

»Du. Mit dem Schwert. Zack!, und runter mit dem Kopf. Schneller als ein geölter Blitz, haben sie gesagt.«

Alan hätte viel darum gegeben, wenn Oswald das nie erfahren hätte. »Wenn es so war, denkst du nicht, du solltest eher vor mir Angst haben als vor ihm?«

Oswald schüttelte den Kopf, kniff gequält die Augen zu und hielt sofort wieder still. »Ich hab keine Angst vor dir«, antwortete er mit Nachdruck. »Du tötest nur böse Männer.«

Jesus, wie ich wünschte, das wäre wahr … »Nun, unser kopfloser Freund hier war lebendig jedenfalls furchteinflößender als tot, so viel ist sicher. Jetzt ist nichts Gruseliges mehr an ihm. Er ist einfach nur tot, das ist alles.«

»So wie Jeremy?«

»Richtig. Du erinnerst dich an Jeremy?«

»'türlich.«

Alan, der über das Wunder des menschlichen Gedächtnisses vermutlich mehr nachgedacht hatte als über irgendetwas anderes, durchschaute nie so recht, wie Oswalds Erinnerungsvermögen funktionierte. Es hatte große Lücken. Oswald schien nichts mehr von seinen Eltern oder seinem Zuhause zu wissen, und wenn man ihn nach der Zeit vor der Insel befragte, wurde er einsilbig und vage, nannte einen Namen oder einen Ort, aber es war unmöglich, seine Vergangenheit zu ergründen, denn er hatte sie verloren. Doch manchmal erinnerte er sich an die erstaunlichsten Details von Vorfällen, die Monate oder gar Jahre zurücklagen und die alle anderen längst vergessen hatten.

»Und weißt du auch noch, wie der bucklige Zwerg hieß?«

»Wulfstan.«

»Und der alte Knabe, mit dem Wulfstan die Hütte geteilt hat?«

»Griff. Er ist gestorben. Simon hat seine Decke bekommen.«

Alan nickte. »Aber du hattest keine Angst vor Griff, als er gestorben ist, oder?«

Oswald dachte einen Moment nach. »Nein«, stimmte er dann zu.

»Na siehst du. Also brauchst du dich vor dem Kerl in der Kiste genauso wenig zu fürchten.«

Oswald gab ihm recht, lächelte matt und erbrach sich dann ohne jede Vorwarnung auf seinen Kittel.

Alan wandte den Kopf ab und stützte einen Moment die Stirn in die Hand. »Fabelhaft, Oswald. Einfach großartig …«

Oswald fing an zu heulen, und Alan verspürte nicht den leisesten Drang, ihn zu trösten, denn *er* würde die Ehre haben, Oswalds Kleider auswaschen zu dürfen. Und so war er vollauf damit beschäftigt, sich zusammenzureißen und nicht zu sagen: *Warum musst du so ein verdammter Schwachkopf sein?*

Sie erreichten den Saum des Waldes, und nicht lange nachdem sie in seinen wohltuenden Schatten getaucht waren, stießen sie auf einen Bach.

Alan neigte sich zu Marigold hinüber und griff in die Zügel. »Hoh. Es ist ohnehin Zeit für eine Rast. Komm schon, Oswald, absitzen.«

Oswald war den Tränen immer noch gefährlich nah. Er kletterte vom Bock. »Bist du mir böse?«

»Blödsinn.«

»Bist du ja doch.«

Alan sah ihn an, schüttelte den Kopf und nahm ihn bei der Hand. »Nein. Und du musst dich jetzt endlich beruhigen. Komm her. Runter mit dem Kittel.«

Alan warf das ganze Malheur ins Wasser, beschwerte es mit einem Stein, damit es nicht davontrieb, und hoffte, der eilige Bach werde ein Übriges tun. Dann setzte er sich ins Ufergras und klopfte einladend neben sich. »Leg dich einen Moment hin und schließ die Augen. Davon wird dir besser.«

Oswald befolgte den Rat willig und streckte sich auf dem Rücken aus. Alan kramte das Tuch aus der Satteltasche, in welches das längst vertilgte Brot gewickelt gewesen war, tauchte es ins Wasser, wrang es aus und legte es Oswald auf die Stirn.

»Hhm.« Es war ein wohliger Laut. »Tut gut. Danke, Losian.«

»Keine Ursache.«

In beneidenswert kurzer Zeit war Oswald eingeschlafen.

Alan tränkte die Pferde, aß einen Happen, döste selber ein bisschen im duftenden Gras, und schließlich fischte er Oswalds Gewand aus dem Bachbett und hielt es prüfend hoch. Tadellos, stellte er zufrieden fest und begann, es gründlich auszuwringen. Und dann traf ihn etwas wie ein Felsbrocken im Nacken.

Alan fiel vornüber ins Wasser, benommen, aber noch hinreichend Herr seines Verstandes, um den Kopf zur Seite zu drehen, damit er nicht ertrank. Vielleicht hatte es auch nichts mit Verstand zu tun, sondern mit Überlebensinstinkt.

Warum tust du das, Oswald?, dachte er verwirrt, als kräftige Hände ihn an den Schultern packten und aus dem Wasser zogen.

»Ich hab mich kürzlich mal an eine Wäscherin am Fluss angeschlichen und es ihr von hinten besorgt, ohne dass sie je rausgekriegt hat, wer's war«, sagte eine vollkommen fremde Stimme auf Normannisch. »Daran hast du mich gerade erinnert.«

»Was für eine hinreißende Geschichte«, murmelte Alan, den Mund voller Grashalme.

»Du sahst nicht so verlockend aus wie sie, aber du weißt so wenig, wer ich bin, wie die kleine Schlampe es wusste, he?«

Ein Stiefel landete in Alans Magengrube. Und weil er von dem Schlag auf den Kopf noch so erledigt war, versagte der wundersame Schutzmechanismus seiner Bauchmuskeln.

Der Tritt schnürte ihm die Luft ab, Tränen schossen ihm in die Augen, und er rang hustend um Atem. »Nein«, brachte er schließlich zustande. »Aber ich nehme an, du kommst geradewegs aus Blackmore.«

»Wo zum Teufel soll das sein?« Eine Hand krallte sich in Alans Haare und riss seinen Kopf hoch. Er starrte in ein Gesicht, das er noch nie im Leben gesehen hatte, das ihn aber auf unbestimmte Weise an irgendwen erinnerte. Nur vage nahm er zur Kenntnis, dass jemand anderes seine Hände auf den Rücken zerrte und fesselte. Wer immer ihn hier aufgespürt hatte, war nicht allein gekommen.

»Kennen wir uns?«, fragte er mit grotesker Höflichkeit.

»Mein Bruder hatte das Vergnügen deiner Bekanntschaft. Ihr seid euch in Woodknoll begegnet. Vielleicht erinnerst du dich? Du hast ihn bei der Gelegenheit umgebracht.«

Alan erinnerte sich in der Tat. Er nickte. »Du bist … Rollo de Laigle.«

Das Gesicht über ihm verzerrte sich zu einer grinsenden Fratze. »*Enchanté,* du Hurensohn …«

Die Faust, die auf sein Gesicht zuflog, steckte in einem Kettenhandschuh. Im letztmöglichen Moment drehte Alan den Kopf weg, und sie traf seine Schläfe.

Wieder drohte ihm alles zu entgleiten. Er hörte einen Hund bellen. Grendel, natürlich. Dann ging das Bellen in ein Jaulen über und verstummte abrupt. Oswald fing an zu schreien: »Grendel! Losian! Grendel!«, und Alan wurde gepackt – von immer mehr Händen, so kam es ihm vor –, in die Höhe gezerrt, und die Fäuste prasselten wie Steinschlag auf ihn nieder. Rollo de Laigle war kein Anfänger, das hatte Alan schon bei dem ersten Schlag in den Nacken gewusst. Er kassierte eine munter sprudelnde Platzwunde über der Augenbraue, eine Reihe Hammerschläge vor Brust und Bauch und einen bedenklich lockeren Backenzahn, ehe er die altvertraute Stimme seines Onkels Gloucester in seinem Kopf hörte: *Konzentrier dich! Denk nach. Vergiss den Schmerz. Vergiss das Blut. Sie bedeuten gar nichts. Überleben bedeutet alles.*

Auf diese Stimme war immer Verlass gewesen, sogar in den Zeiten, da er vergessen hatte, wem sie gehörte. Sie kam, wenn er sie brauchte, und sie nahm ihm die Furcht. Sie machte ihn ruhig und kalt und gefährlich. Er öffnete die Lider und sah aus dem Augenwinkel zwei Paar behaarter Hände, die seine Arme gepackt hielten. Dann blickte er Rollo de Laigle in die verengten, wasserblauen Augen und sprang, als die Faust zuschlug. Sein linker Fuß brach de Laigle das Handgelenk, mit dem rechten trat er ihn vor die Brust.

De Laigles Kumpane hatten nicht damit gerechnet, sein ganzes Gewicht halten zu müssen, und alle drei gingen sie zu Boden.

Rollo de Laigle war ebenfalls hingeschlagen, rang japsend nach Luft und hielt sich die gebrochene Rechte mit der Linken.

Oswald kniete ein paar Schritte entfernt im Gras, von Kopf bis Fuß blutüberströmt. Aber es war nicht sein Blut, erkannte Alan. Oswald hielt Grendel in den Armen, dessen durchtrennte Kehle wie ein schauerlich grinsender Mund klaffte, und der Junge schrie sein Entsetzen und seinen Schmerz zum Himmel empor.

Alan war der Erste, der wieder auf die Füße kam, aber auch de Laigle sprang sofort wieder hoch. Wie Alan befürchtet hatte, gehörte sein Gegner nicht zu der Sorte, die sich mit einer gebrochenen Hand jammernd vom Feld der Ehre zurückzog. De Laigle zückte die Klinge mit der unverletzten Linken und setzte sie ihm an die Kehle. Alan wich zurück, bis er mit dem Rücken an einen Baumstamm stieß.

De Laigle folgte. »Stopft dem Schwachkopf das Maul«, befahl er seinen Kumpanen.

Einer von ihnen ging mit großen Schritten auf Oswald zu und ohrfeigte ihn. »Halt's Maul«, knurrte er.

Oswald heulte lauter – völlig außer sich und in seiner Panik unfähig, zu verstehen, was der Mann ihm sagte, der ihn unbarmherzig weiterschlug. Alan sah zu und setzte alles daran, ein unbeteiligtes Gesicht zu machen. »Still, Oswald«, befahl er. Es klang schärfer, als der Junge es von ihm gewöhnt war, aber es funktionierte. Das hysterische Geheul verebbte zu einem leisen Weinen – todtraurig und herzerweichend. »Sie haben Grendel totgemacht. Sie … haben Grendel totgemacht, Losian …«

Alan antwortete nicht.

»Wieso nennt er dich so?«, fragte de Laigle irritiert.

»Woher soll ich das wissen?«, gab Alan zurück. »Er ist schwachsinnig, ich schätze, das ist nicht einmal dir entgangen. Die Bauern in Blackmore haben ihn mir mitsamt dem Karren geborgt, weil sie jetzt während der Ernte niemanden sonst entbehren konnten. Also wie soll ich wissen, was in seinem idiotischen Kopf vorgeht?«

Die Miene, mit der Oswald diese scheinbare Enthüllung seiner wahren Gefühle aufnahm, konnte Alan kaum aushalten. Sie war nicht einmal gekränkt. Sie zeigte eine Verlorenheit, die jedes andere Gefühl zu Asche zerfallen ließ. Und das Wissen, dass er vermutlich keine Gelegenheit mehr bekommen würde, Oswald die Dinge zu erklären, legte sich wie ein Bleigewicht auf Alans Herz. Aber er wusste einfach nicht, was er sonst hätte tun sollen. Denn wenn Rollo de Laigle auch nur ahnte, wie er in Wahrheit zu seinem sonderbaren Begleiter stand, dann würden sie Oswald vor seinen Augen in Stücke hacken …

»Wie hast du mich gefunden?«, fragte Alan, um de Laigles Aufmerksamkeit von Oswald abzulenken.

Der Normanne hob die massigen Schultern. »Wie schon! Ich bin dir gefolgt. Es hat ein Weilchen gedauert, dich aufzuspüren, aber jetzt hab ich dich. Und jetzt wird abgerechnet.« Er ließ Alan nicht aus den Augen, und der Druck der Klinge unterhalb des Kehlkopfs ließ niemals nach. »Macht ein Feuer«, befahl er seinen beiden Begleitern.

Feuer klang nicht gut, befand Alan. Er drehte möglichst unauffällig die Hände gegeneinander, aber de Laigles Trolle hatten dazugelernt: Es war keine Lederschnur, mit der sie ihn gefesselt hatten, sondern Bogensehne. Sofort schnitt sie ihm ins Fleisch, und er wusste, sie würde sich nicht dehnen lassen, der Knoten sich nicht lösen. Er war am Ende. Sein weiser Lehrmeister Gloucester hatte recht behalten: *Lass dich niemals fes-*

seln, Alan. Es ist besser zu fallen. Denn bist du einmal gefesselt, dann hast du nicht mehr in der Hand, auf welche Weise du stirbst. Du hast überhaupt nichts mehr in der Hand. Nur noch das: zu sterben wie ein Mann.

Ich werde mich bemühen, Onkel.

Blut rann ihm aus der Platzwunde ins Auge, und nicht nur weil es brannte, hätte er die Lider gern geschlossen. Auch um Oswald auszusperren, das kleine Feuer, das einen Schritt zu seiner Rechten munter zu prasseln begann, das erwartungsvolle Grinsen der Trolle. Und um zu beten und an Miriam zu denken und sie sich vorzustellen, so wie er sie zum ersten Mal gesehen hatte auf dem Platz am Brunnen vor der Synagoge, mit ihrem kleinen Bruder an der Hand. Aber es ging nicht. Er musste de Laigle unverwandt ansehen, damit der ja nichts von seiner Furcht bemerkte.

De Laigle erwiderte seinen Blick mit kühler Gelassenheit, und schließlich sagte er: »Jetzt sucht euch einen glühenden Stecken und stecht dem Schwachkopf ein Auge aus.«

Alan stockte der Atem, und es war, als ziehe seine Kopfhaut sich zusammen. Er sah zu Oswald. Der Junge hielt immer noch den toten Hund in den Armen, wiegte ihn sacht und weinte leise vor sich hin. Er hatte nicht gehört, was ihm bevorstand.

De Laigle gestattete sich ein kleines hasserfülltes Lächeln und folgte für einen Moment Alans Blick.

Der Moment war genug.

Alan riss den Kopf zur Seite. Fast im selben Augenblick stieß die Klinge zu, aber sie ging ins Leere. Alan sprang über das kleine Feuer und rannte zwischen die Bäume.

»Losian!«, rief Oswald angstvoll. »Lass mich nicht allein! Bitte, Losian, bitte …«

Er wandte sich nicht um. Er rannte, den Blick auf die dunkle Erde gerichtet, und gleich hinter sich hörte er die Verfolger, das Knarren ihrer Stiefel, den Fall ihrer Schritte, das Schleifen der Klingen, die die beiden Trolle zogen.

»Losian!«

»Bleib stehen, ich krieg dich ja doch«, keuchte de Laigle.

Vermutlich ja, fuhr es Alan durch den Kopf. Mit den gebundenen Händen hatte er keine Chance, schneller zu laufen als sie. Er fühlte ein warnendes Kribbeln im Nacken. Beinah hatten sie ihn. Er verlängerte seinen Schritt, warf den Oberkörper nach vorn, als er eine Hand spürte, die nach ihm greifen wollte, setzte über einen umgestürzten Baum, und dann sah er endlich das verräterische dunkle Grasbüschel, wonach er den Boden abgesucht hatte. Mit einem Satz glitt er nach rechts und ließ sich fallen.

De Laigle reagierte nicht sofort, und noch ehe er Alans Richtungswechsel so recht zur Kenntnis genommen hatte, gab der Boden unter seinen Füßen mit erschütternder Plötzlichkeit nach. Mit einem gedämpften Schreckenslaut landete der Normanne im Sumpf und war augenblicklich bis zur Hüfte eingesunken.

»Gott verflucht …«, schnauzte er angewidert. »Zieht mich raus!«

Einer seiner Trolle war neben Alan stehen geblieben und hielt ihn mit der Waffe in Schach. Als Alan sich mit einem kleinen Ruck aufsetzte, wich er einen halben Schritt zurück.

Der andere stand am Rand des Schlammlochs und blickte ein wenig ratlos auf seinen eingesunkenen Dienstherrn.

»Hörst du nicht, du Tölpel, hol mich raus«, befahl de Laigle noch einmal.

»Sofort, Monseigneur.« Er nahm hastig seinen Gürtel ab, trat einen Schritt näher an den Rand und warf de Laigle das lose Ende zu.

Wahrhaftig ein Tölpel, dachte Alan mit Befriedigung.

De Laigle packte das rettende Seil mit der unverletzten Hand, zog, und prompt brach der Rand des Sumpflochs unter den Füßen des Tölpels weg. Auch der landete mit einem gedämpften Platschen in der widerlichen schwarzbraunen Suppe.

»Du Schwachkopf!«, schrie Rollo de Laigle. Der erste Anflug von Furcht war in seiner Stimme.

Sein Leidensgenosse schlug in Panik um sich. »Hilfe! Fulk! Hilf mir! Hilf mir!« In Windeseile steckte er bis zu den Schultern im Sumpf. De Laigle versuchte, an den Rand des Lochs zu gelangen, und stützte sich dabei auf den bedauernswerten Tölpel, der schreiend unterging.

Und nicht wieder auftauchte.

»Fulk, hol mich raus!« De Laigles Stimme bebte.

Fulk trat einen Schritt zurück und sah auf Alan hinab. »Wie?«, fragte er hilflos.

Alan hob lächelnd die Schultern. »So jedenfalls nicht.«

»Tu du es.« Es war beinah eine Bitte. »Na los. Fisch ihn raus.«

Alan kam auf die Füße. »Du wirst mich losschneiden müssen.«

»Mach schnell!«, kam es aus dem Schlammloch.

Fulk nickte. »Dreh dich um.«

Folgsam wandte Alan ihm den Rücken zu, wartete, bis er seiner Fesseln ledig war, fuhr mit dem Dolch in der Faust wieder herum und rammte Fulk die Klinge ins Herz. »Ich fürchte, du bist auch ein Tölpel«, gab er dem Sterbenden mit auf den Weg.

Fulk sank beinah lautlos ins Gras.

Alan trat so nah an das Schlammloch, wie man riskieren konnte.

»Helft mir!«, schrie de Laigle, die Augen vor Entsetzen geweitet. »Helft mir, ich flehe Euch an …«

»*Du* flehst mich an?«, gab Alan ungläubig zurück. »Fang lieber an zu beten. Viel Zeit bleibt dir nicht mehr.«

De Laigles Schulter bewegte sich, als versuche er, eine Hand zu heben, aber es ging nicht mehr. Er steckte bis zum Hals im Sumpf.

»Losian …«

Oh, Jesus Christus, warum lässt du das zu?, dachte Alan erschrocken und fuhr herum. Er packte Oswald bei den rundlichen weißen Schultern, zog ihn unsanft an sich, presste das Gesicht des Jungen an seine Schulter und hielt ihm die Ohren zu.

Oswald sträubte sich. »Lass mich! Du bist voller Blut!«

»Schau dich doch mal selbst an.«

»Hol ihn raus, Losian, bitte, bitte …«

»Wir können nichts mehr tun. Es ist zu spät. Sieh nicht hin.«

»Helmsby … Helft mir! Um der Liebe Christi willen, helft …« Das letzte Wort ging in einem schauderhaften Gurgeln unter.

Oswald wehrte sich nicht mehr. Alan hielt ihn fest und hatte selbst ebenfalls das Gesicht abgewandt. Er hörte das Gluckern des Sumpfes, das Aufsteigen der Luftblasen, dieses gruselige, genüssliche Schmatzen. Er musste es nicht sehen. Jeder, der hier aufgewachsen war, wusste, wie es aussah, wenn ein Mensch im Moor ertrank. Und jeder, der hier aufgewachsen war, warnte Fremde vor den verräterischen dunklen Sumpfgrasbüscheln, statt sie hinzulocken. Oder zumindest fast jeder …

Als das Moor still geworden war, ließ er Oswald los und sah in seine Augen. Schock und Verstörtheit hatten sie verdunkelt. Wieder einmal war der Junge blau im Gesicht, und er zitterte.

»Was ich da vorhin gesagt habe, war ein Trick, Oswald.«

»Ich weiß. Zuerst wusst' ich's nicht, aber dann doch.« Er zeigte ein kleines, klägliches Lächeln, das sofort wieder verschwand. »Grendel … Er wollte die Männer beißen, und da hat der eine … Godric und Wulfric werden so traurig sein.«

»Ja, ganz bestimmt.« Alan legte ihm den Arm um die Schultern und führte ihn zurück zum Bachufer. »Komm. Wir müssen ihn begraben. Und dann sollten wir beide ein Bad nehmen, schätze ich. Wenn wir so in Helmsby auftauchen, kriegen wir Ärger mit meiner Großmutter.«

Der Zusammenstoß mit de Laigle hatte sie aufgehalten. Alan hatte Grendel am Ufer des Baches verscharrt, und weil Oswald davor graute, die Vögel könnten sich an Fulks Augen gütlich tun, hatte Alan dessen Leiche zu seinen Gefährten in den Sumpf geworfen. Nicht das schlechteste Grab, fand er. Vor allem für diejenigen, die schon tot waren, wenn sie hineingebettet wurden. Das Moor verwahrte seine Toten sicher. Wenn man versuchte, einen zu bergen, was die Leute hier gelegentlich taten, wenn etwa ein geliebtes Kind ertrunken war, dann gab es sie meist nicht her. Selbst wenn man sofort begann, mit Bootshaken nach ihnen zu fischen. Es verschluckte sie einfach. Dann wieder kam es vor, dass die Torfstecher schwärzlich verschrumpelte, aber völlig unversehrte sterbliche Überreste von Menschen fanden, die vermutlich seit Jahrhunderten vergessen waren. Das Moor war ein ewiges Geheimnis.

Die beiden Freunde hatten sich selbst und ihre Kleidung gesäubert, so gut es möglich war, und waren dann aufgebrochen, denn sie hatten das Bedürfnis, den Ort des Schreckens so schnell wie möglich hinter sich zu lassen. Aber Alan hatte nicht gewagt, an diesem Tag noch weit zu reisen, denn Oswald war krank vor Erschöpfung.

So kam es, dass sie erst am darauffolgenden Vormittag nach Helmsby zurückkehrten. Vor der Kirche hielt Alan an, wartete, bis Oswald vom Wagen geklettert war, und ging dann mit ihm ins dämmrige Innere.

»King Edmund?«

Dieser kam die Treppe von der Krypta herauf, wo die Reliquie des kleinen lokalen Heiligen verwahrt wurde, dem dieses Gotteshaus gewidmet war. Jenseits von Yare und Ouse kannte ihn niemand, doch hier wurde er glühend verehrt, obwohl die normannischen Bischöfe allesamt die fromme Stirn über lokale Heiligenkulte runzelten und Lord Helmsby gelegentlich aufgefordert hatten, dafür Sorge zu tragen, dass in seiner Kirche der »richtige« heilige Wulfstan verehrt werde.

»Ah!« Edmund streckte ihnen lächelnd die Hände entgegen. »Da seid ihr wieder. Willkommen zu Hause.« Und an Oswald gewandt, fügte er besorgt hinzu: »Alles in Ordnung, mein Sohn?«

Der Junge nickte.

»Unser Ausflug verlief nicht so unbeschwert und reibungslos, wie ich gehofft hatte«, erklärte Alan grimmig. »Ich lasse Oswald bei dir, wenn es recht ist. Was er vor allem braucht, ist ein bisschen Frieden.«

»Sicher.«

»Was macht Luke?«

»Ich komme gerade von ihm. Er hockt seit zwei Tagen unten in der Krypta und weigert sich, sie zu verlassen. *Sie* habe ihm das befohlen, sagt er.«

»Es wird schlimmer mit ihm«, bemerkte Alan beklommen.

Edmund nickte. »Aber wenigstens tobt er nicht.«

Fragt sich nur, wie lange das so bleibt, fuhr es Alan durch den Kopf. Trotzdem war er einigermaßen beruhigt, als er die Kirche verließ. Denn in dem Maße, wie es mit Luke bergab ging, schien King Edmunds Verfassung sich zu bessern. Nicht, dass ihm etwa Zweifel daran gekommen wären, dass er ein angelsächsischer Märtyrerkönig war, den die Heiden vor fast dreihundert Jahren abgeschlachtet hatten. Aber er war milder geworden und erregte sich nicht mehr so leicht. Er fiel über niemanden mehr her, der in seiner Hörweite fluchte, sondern beschränkte sich auf einen scharfen Verweis. King Edmund wuchs nicht nur mit seinen neuen Aufgaben, schien es Alan, er gesundete daran.

»Willkommen daheim, Mylord.«

»Danke, Edwy.«

»Alles in Ordnung mit den Gäulen?«

Alan nickte. »Marigold war eine gute Wahl.«

»Wusst ich's doch.« Edwy fing an, die kleine Stute auszuspannen. »Was ist in der Kiste?«, fragte er neugierig.

»Die Kiste ist ein Sarg«, eröffnete Alan ihm und wandte sich ab. »Weißt du zufällig, wo mein Vetter Haimon ist?«

»In der Halle. Er lässt keine Gelegenheit aus, in Eurem Sessel zu sitzen, sobald Ihr den Rücken kehrt.«

»Dann lass die Kiste hinaufbringen. Und zwar jetzt gleich.«

»Wird gemacht, Mylord.«

Alan erklomm die Motte, betrat den Donjon und blieb am Eingang zur Halle unbemerkt stehen.

Ælfric und Athelstan waren ebenso nach Hause gekommen wie Bruder Elias und Roger. Alan brannte darauf, die Neuigkeiten der Letzteren zu erfahren, aber er fasste sich in Geduld und ließ den Blick durch den großen Raum schweifen. Seine drei jungen Ritter hockten mit dem Steward und den dienstfreien Wachen zusammen und tratschten vermutlich. Seine Großmutter hatte sich den Stickrahmen heruntertragen lassen, saß am Fenster und arbeitete. Haimon stand mit den drei Brüdern aus Ely auf der Estrade zusammen, und sie waren in ein offenbar ernstes Gespräch vertieft. Ein halbes Dutzend Kinder tollte mit einer etwa gleich großen Schar Hunde in den Binsen herum.

Alan betrat seine Halle. »Raus mit euch«, befahl er den kleinen Rabauken. »Was tut ihr denn hier drin bei dem herrlichen Wetter? Nehmt die Tölen mit, na los.«

Sie trollten sich, und Alan schlenderte auf die hohe Tafel zu.

Lady Matilda entdeckte ihn als Erste, und sie strahlte. »Da bist du ja wieder.«

Er trat zu ihr, nahm ihre alte, schmale Hand in seine beiden und führte sie kurz an die Lippen. »Da bin ich wieder«, stimmte er lächelnd zu.

»Wie war Metcombe?«

»So frostig wie immer. Aber ich glaube, wir haben eine Lösung gefunden, mit der alle zufrieden sein können, auch wenn niemand das zugeben wird.«

Sie nickte. »Was ist mit dem Kind? Ah, ich sehe schon, du bist rettungslos verloren.«

Das konnte er nicht bestreiten. »Ich würde gerne deinen Rat hören, was aus ihr werden soll.«

»*Du* willst meinen Rat? Fühlst du dich nicht wohl?«

Er biss sich auf die Unterlippe. Dann hörte er Schritte am Eingang der Halle, und seine Miene wurde schlagartig ernst. »Lass uns später darüber reden.«

»Einverstanden.«

Alan trat in die Mitte der Halle und blieb vor der Estrade stehen.

»Haimon.«

Sein Cousin wandte sich um, und höchst interessante Dinge spielten sich auf seinem Gesicht ab: Seine Augen weiteten sich, dann glitt sein Blick suchend zum Eingang, und schließlich wurde er bleich. »Cousin … du bist nach Hause gekommen.«

»Überrascht?«

»Wieso in aller Welt sollte ich überrascht sein?« Er hatte sich schnell wieder gefangen, man musste ihn beinah dafür bewundern.

Vier Knechte kamen mit der Kiste auf den Schultern herein, und auf Alans Zeichen stellten sie ihre Last zu seinen Füßen ab. Sie ächzten ein wenig.

»Ich war in Blackmore«, berichtete Alan seinem Cousin. »Und ich habe dir von dort etwas mitgebracht.« Er wies auf die Kiste.

Zögernd kam Haimon von der Estrade, stellte sich vor ihn und sah ihn fragend an.

»Mach sie auf«, schlug Alan vor. »Ich erinnere mich, du warst immer ein großer Freund von Überraschungen.«

Haimon zuckte die Schultern, legte die Hand an den schweren Deckel und klappte ihn auf.

»Unliebsamen Überraschungen vor allem«, fügte Alan hinzu.

Haimon starrte unbewegt in die Kiste, und er schreckte nicht zurück. Die Männer am Tisch raunten verwundert, und einer der drei Mönche stieß einen schrillen Schrei aus. Lady Matildas Miene zeigte nichts als höfliches Interesse.

Die zwei Tage in der Kiste hatten der Leiche nicht gerade gutgetan. Das Blut war zu einem ekligen Braun getrocknet, der Kopf ans Fußende gerollt, von wo aus die starren Augen aus einem gelblich wächsernen Gesicht zur hohen Decke starrten, und wegen des sommerlichen Wetters roch sie auch nicht mehr besonders gut. Alan war dankbar, dass die Pergamentbespannung von den Fenstern entfernt worden war, sodass sich in seiner Halle immer ein Lüftchen regte.

»Tut mir leid, Cousin. Ich weiß, er war dir treu ergeben und gewiss teuer. Aber es war die einzige Sprache, die er verstand, als ich zu erklären versucht habe, dass Blackmore mir gehört und nicht dir.«

»Ha!« Es war ein Ausruf tiefster Befriedigung, der sich der Kehle des Stewards entrang. »Gut gemacht, Mylord!«

»Du … *Bastard*«, brachte Haimon hinter zusammengebissenen Zähnen hervor.

»Ich weiß, ich weiß.« Alan hob begütigend die Hände. »Und du bist überzeugt, aus dem Grunde stünde dir alles zu, was mir gehört. Wie ich dir neulich schon sagte, habe ich in gewisser Weise Verständnis für deinen Zorn, aber du hast den letzten Rest meiner Nachsicht verspielt.«

»Gut!«, gab Haimon zurück. Ein eigentümlicher, beinah fiebriger Glanz lag in seinen Augen. »Das erleichtert mich. Deine Gönnerhaftigkeit fand ich seit jeher schwerer zu ertragen als deine Überheblichkeit.«

»Könntet ihr die Kiste schließen, ehe ihr weiterstreitet?«, fragte ihre Großmutter.

»Nein«, antwortete Alan grimmig, ohne Haimon aus den Augen zu lassen. »Einen Augenblick noch. Ich will, dass du ihn dir genau ansiehst, Haimon.«

»Wozu? Erwartest du, dass mich mein Gewissen plagt, obwohl du ihn erschlagen hast? Das wäre dir zuzutrauen.«

»Du weißt doch überhaupt nicht, was ein Gewissen ist«, entgegnete Alan verächtlich. »Dieser jämmerliche Tropf hier ist tot, weil du das Recht gebrochen hast. Und er war nicht der einzige Mann, den ich töten musste. Ich breche zu einer zweitägigen Reise über meine Güter auf, und plötzlich wird ein Krieg daraus. Warum?, habe ich mich gefragt. Und die Antwort lautet: weil du es wolltest.«

»Ich habe nicht die leiseste Ahnung, wovon du sprichst.«

»Du warst in Woodknoll.«

»Wo?«

»Du hast Rollo de Laigle meinen Namen gesagt und wo er mich findet.«

»Wer?«

Alan atmete tief durch und ballte die Fäuste. »Nimm dich in Acht, Haimon …«

»Das tu ich immer, wenn du in der Nähe bist, aber du sprichst in Rätseln.«

»Woodknoll ist Simon de Clares Gut. Zwei Brüder namens de Laigle hatten es sich genommen, während er fort war.«

»Und woher in aller Welt sollte ich das wissen?«

»Es war kein Geheimnis. Simon hat Henry davon erzählt. Henry dir, nehme ich an. Arglos. Ohne zu ahnen, was du tun würdest. Als ich Susanna fortgeschickt habe, warst du tagelang verschwunden. Inzwischen ist mir klar, wo du gesteckt hast. Du warst in Woodknoll und hast Rollo de Laigle überredet, dafür zu sorgen, dass ich von meiner kleinen Reise nicht heimkomme.«

»Ich bin überzeugt, das wäre nicht schwierig gewesen«, höhnte Haimon. »Du hast ein solches Talent, dir Feinde zu machen. Aber wie in aller Welt kommst du darauf, du wärst mir eine Reise nach Lincolnshire wert?«

»Sieh an, du weißt, wo es liegt, ja?«, warf Guillaume empört ein. »Das ist doch …«

Alan brachte ihn mit einem Blick zum Schweigen. Er war dankbar für die unerschütterliche Loyalität seines Stewards, aber er wollte ihn im Augenblick nur als Zeugen, denn er hatte einen Plan.

»De Laigle hat behauptet, er sei mir gefolgt«, berichtete er Haimon. »Aber das ist unmöglich. Von Lincolnshire nach Norwich, nach Helmsby, wieder nach Norwich, auf Umwegen nach Bristol und zurück nach Hause? Warum hätte er so lange warten sollen, eh er mich stellt? Und er kannte meinen Namen. Aber als ich in Woodknoll war und seinem Bruder begegnet bin, kannte ich meinen Namen nicht einmal selbst. Nein. Irgendwer hat ihn auf meine Fährte gesetzt.«

»Und wie kommst du darauf, dass ich es war?«, konterte Haimon. Sein Gesicht hatte sich gerötet, und auf seiner Stirn perlte Schweiß.

»Weil du mein Erbe bist. Du und Susanna. Ich nehme an, es

war ihre Idee. Aber nach Woodknoll geritten bist du. Und weil dein Hass auf mich so unstillbar ist, dass die Vorstellung meines Todes allein nicht genug war, hast du de Laigle noch einen kleinen Rat mit auf den Weg gegeben: ›Sollte sich ein Krüppel oder ein Narr in seiner Begleitung befinden, töte ihn zuerst‹, hast du gesagt. ›Tu es langsam und lass ihn zusehen. Er hat eine eigentümliche Schwäche für sie. Aber du kannst es bedenkenlos tun. Sie sind nicht so wie wir. Sie haben keine Seele, sie sind nicht nach Gottes Ebenbild erschaffen. Du tust der Welt einen Gefallen, wenn du einen von ihnen vom Angesicht der Erde tilgst.‹ Und das, Haimon …« Er zwang seine Fäuste, sich zu öffnen, und war nicht verwundert, die blutigen Sicheln zu sehen, die seine Nägel in die Handflächen gebohrt hatten. Er war vollkommen außer sich, verstand kaum, wie es ihm gelang, sich zu beherrschen. »Das war unverzeihlich«, schloss er tonlos.

Haimon musterte ihn voller Verachtung. »Du bist so verrückt wie deine Freunde«, stieß er hervor.

»Du leugnest es?«

»Jedes Wort.«

Alan nickte und wies auf den Toten. »Dann schwöre bei seiner Seele, dass es nicht wahr ist.«

Haimon lachte auf. »Ich werd den Teufel tun …«

Die Wachen und Ritter am Tisch murmelten aufgebracht untereinander. »Du musst es tun«, verlangte Guillaume ärgerlich.

Haimon winkte ab. »Du hast mir gar nichts zu befehlen, du *Bauer*.«

Die aufgebrachten Stimmen wurden lauter.

Die drei Mönche tauschten beunruhigte Blicke, ehe Bruder Elias einen verhaltenen Schritt vortrat. »Leistet den Eid, mein Sohn, sonst wird der Verdacht gegen Euch immer im Raume stehen und Euer Verhältnis zu Eurem Nachbarn und Cousin vergiften.«

Haimon schüttelte den Kopf wie ein trotziger Junge. »Das hier ist kein Gericht. Niemand hier hat das Recht, mir einen Unschuldseid abzunehmen.«

Seine Großmutter erhob sich von ihrem Platz am Stickrahmen. »Schwöre, Haimon«, befahl sie. Das Gemurmel verstummte.

Er schnaubte. »Ich hätte jede Wette abgeschlossen, dass du ihm glaubst und nicht mir. So war es ja seit jeher, nicht wahr?«

Sie stand zu ihrer vollen, beachtlichen Größe aufgerichtet, und seine Bitterkeit perlte von ihr ab. »Ich werde dir glauben, wenn du den Schwur leistest. Was ist so schwierig daran, wenn der Vorwurf haltlos ist?«

»Ich …« Haimons Wut war mit einem Mal verraucht, und bis auf zwei hektische rote Flecken auf den Wangen war sein Gesicht bleich geworden. Gehetzt sah er sich in der Halle um, aber er las nur Argwohn und Schrecken in den Mienen der Versammelten.

Er senkte den Kopf, stand einen Moment still, dann beugte er sich ein wenig vor, hob den Deckel der Kiste an und ließ ihn krachend zufallen. »Ich leiste dir keinen Schwur, Alan. Ich habe es nicht nötig, mich so vor dir zu erniedrigen.«

Alan nickte und wartete, bis Haimon ihn wieder ansah. Dann sagte er: »Verschwinde. Sei klug und lass dich nie wieder in Helmsby blicken. Wir haben das gleiche Blut, und darum will ich dich nicht töten, aber wenn du mir oder den Meinen je wieder Schaden zufügst, werde ich es tun, Haimon.« Er stieß mit der Stiefelspitze an die Kiste. »Vergiss deinen Freund nicht. Und sei gewarnt: Jeder, den du nach Blackmore schickst, wird genauso zu dir zurückkehren.«

Haimon sah ihm noch einen Moment in die Augen, dann wandte er sich ab und durchschritt ohne Eile die Halle. An der Tür wandte er sich noch einmal um. Für einen Moment schien es, als wolle er noch etwas sagen, aber der unverhohlene Abscheu in den Gesichtern verschlug ihm die Sprache. Er schüttelte den Kopf – fassungslos, so schien es – und ging hinaus.

Chinon, August 1147

»Simon! Und Godric und Wulfric! Was für eine herrliche Überraschung!« Henry schloss sie nacheinander in die Arme und lachte selig, so als erlösten sie ihn aus größter Einsamkeit. Dabei wimmelte es in der Halle nur so von Menschen. »Kommt.« Mit einer Geste lud er sie ein, Platz zu nehmen, und er selbst wählte nicht den prunkvollen Sessel in der Mitte der Tafel, sondern setzte sich an das linke Ende. »Hier sind wir einigermaßen unbelauscht und werden nicht beäugt«, erklärte er gedämpft.

»Beäugt« wurden natürlich wie üblich die Zwillinge, hier und da auch mit offenen Mündern angegafft, doch als die Menschen feststellten, dass es sich offenbar um Freunde ihres jungen Herrn handelte, klappten sie die Münder schleunigst zu und wandten den Blick ab.

Simon, Godric und Wulfric setzten sich und griffen dankbar nach den Bechern, die ein Knappe ihnen unaufgefordert brachte. Sie waren staubig von der Reise, hungrig und vor allem durstig.

»Wart ihr lange unterwegs?«, fragte Henry mitfühlend.

»Bis Dieppe haben wir nur drei Tage gebraucht, aber dann haben wir dich zehn Tage lang gesucht«, antwortete Simon. »Wo immer wir hinkamen, warst du gerade fort. Das sei typisch, sagte uns der Prior von St. Serge in Angers. Er äußerte den Verdacht, dass du des Nachts von einer Burg zur nächsten fliegst. Aber nicht mithilfe *himmlischer* Mächte, meinte er wohl.«

Henry gluckste in seinen Cidre. »Er kann mich nicht ausstehen, fürchte ich. Er kam einmal in die Halle meines Vaters in Angers, um für uns zu predigen, und ich bin eingeschlafen und von der Bank gekippt …« Er seufzte in komischer Zerknirschung. »Jetzt ist er beleidigt. Tatsache ist: Ich bin die letzten Wochen kreuz und quer durch Anjou gehetzt, um Truppen für meinen Vater auszuheben. Darum war ich schwer zu finden. Aber nun erzählt. Wie war die Reise?«

Während Simon berichtete, ließ er genau wie die Zwillinge

den Blick durch die Halle schweifen. Sie war ein altes hölzernes Bauwerk, zu klein, verrußt und dämmrig. Alle Tische bis auf die hohe Tafel waren beiseitegeräumt worden. Eine Traube aus Rittern und Soldaten hatte sich um einen fahrenden Händler geschart, der Messer und Pfeilspitzen, Gürtelschnallen und bronzene Spangen feilbot. Ein fein gekleideter Edelmann mit grauen Locken sprach mit einem Mann in der Lederkappe eines Handwerkers, der mit einem spitzen Eisen Linien in den festgestampften Lehmboden zog.

»Das ist unser Kastellan, Hugo de Mazé, mit Meister Georges«, erklärte Henry, der Simons Blick gefolgt war. »Georges ist ein bekannter Burgenbaumeister. Ich will Chinon ausbauen. Helmsby hat mich auf die Idee gebracht. Aber ich will etwas viel Größeres.« Er machte eine weit ausholende Bewegung mit beiden Armen, um ihnen zu veranschaulichen, welch hochfliegende Pläne er hatte. »Die Hügellage über dem Fluss ist unschätzbar«, fügte er nüchterner hinzu. »Ein perfekter Platz für eine Festung. Zum Glück ist mein Vater ausnahmsweise einmal der gleichen Meinung wie ich und gibt mir das Geld. Na ja. Er kann es sich leisten. Die Normandie ist wahrhaftig eine fette Beute.« Er grinste frech.

»Wir haben unterwegs einen Gesandten des Erzbischofs von Canterbury getroffen, der zu deinem Vater unterwegs war«, fiel Simon ein. »Die englische Kirche scheint nicht mehr so unverrückbar auf König Stephens Seite zu stehen wie einst.«

»Hm.« Henry brummte. »Der Erzbischof von Canterbury sollte sich darauf besinnen, dass *ich* der rechtmäßige Erbe der englischen Krone bin. Mir sollte er seinen Gesandten schicken, nicht meinem Vater.«

Simon runzelte überrascht die Stirn. »Das klingt, als misstrautest du deinem Vater.« Er wusste, dass Henry und der kaum weniger temperamentvolle Geoffrey von Anjou gern und häufig stritten, aber er hätte nicht gedacht, dass ihr Verhältnis ernsthaft getrübt war.

Henry stierte einen Moment missmutig vor sich hin, dann schüttelte er den Kopf. »Nein, ich misstraue ihm nicht. Aber er sagt, ich müsse mich gedulden. Und das gehört nicht gerade zu den Ratschlägen, die ich gern höre.«

»Nein, ich weiß«, entgegnete Simon lächelnd und tauchte die Hände in die Wasserschale, die der gleiche Knappe ihm höflich hinhielt.

Der Junge trug seine Schale zu den Zwillingen.

»Und?«, fragte Godric eine Spur nervös. »Was sollen wir damit?«

»Hände waschen«, raunte Simon ihnen zu.

»Ah«, murmelte Wulfric. »Dann gibt's hoffentlich bald Essen?«

Kaltes Wildbret wurde aufgetragen, und Henry verlangte und bekam einen Krug Wein. »Morgen müssen wir auf die Jagd, wenn wir nicht verhungern wollen«, bemerkte er beiläufig. Dann kam er auf ihr ursprüngliches Thema zurück. »Mein Vater hat versprochen, mir die Normandie zu geben, denn nur mit der Normandie im Rücken kann ich ernsthaft hoffen, in England erfolgreich zu sein. Er weiß das, und er hat gesagt, er gibt sie mir. Ich habe keine Bedenken, dass er mich hinhalten oder hintergehen will. Doch König Louis, der zwar ein Schlappschwanz, aber unser Lehnsherr ist, sagt, ich kann die Normandie erst kriegen, wenn ich einundzwanzig oder zum Ritter geschlagen bin.«

»Dann soll er dich eben zum Ritter schlagen«, sagte Simon.

»Er behauptet, ich sei zu jung. Und noch schlimmer: Mein Vater behauptet das auch.«

Simon aß ein Stück Hirschbraten – außen verbrannt und innen zäh – und dachte nach. Dann nickte er. »Na ja. Das gibt sich mit der Zeit.«

Henry streckte den Arm aus und drosch ihm lachend auf die Schulter. »Das ist ein weises Wort. Oh, es ist so *gut*, dass du gekommen bist, Simon de Clare. Deine Besonnenheit ist das wirksamste Mittel gegen mein Ungestüm.«

»Und dein Ungestüm das wirksamste Mittel gegen meine Verzagtheit«, bekannte Simon beschämt.

Henry schüttelte den Kopf. »Du bist nicht verzagt. Nur vorsichtig. Und das ist kein Wunder. Habt ihr aufgegessen? Dann kommt.« Er stand auf. Es war so typisch für ihn, dass er es qualvoll fand, lange still zu sitzen. »Ich zeig euch die Burg und was daraus werden soll, und dann gehen wir auf den Sandplatz und schlagen uns, was meinst du, he?«

Du wirst nicht viel Freude an mir haben, dachte Simon unbehaglich. »Besonders gut bin ich nicht«, gestand er vorsorglich. »Mein Vater hat sich mit meiner Ausbildung keine große Mühe gegeben. Er hat es nicht gesagt, aber er fand wohl, es sei Verschwendung, da ich ja doch nie auf einem Schlachtfeld stehen werde.«

»Warum nicht, in aller Welt?«, fragte Henry verständnislos, während sie die Halle verließen und hinaus in den Sonnenschein traten.

Das Licht blendete sie nach der Dämmerung im Innern, und Simon senkte eilig die Lider. »Weil ich die Fallsucht habe, das weißt du doch.«

»Na und? Es passiert doch gar nicht oft, oder?«

»Nein. Aber gern in ungünstigen Momenten. Was sollen unsere Feinde denken, wenn ich plötzlich umfalle und zucke und Schaum vor dem Mund habe?«

Ein mutwilliges Funkeln trat in Henrys Augen. »Das würde ihnen bestimmt eine Heidenangst machen. Ah, da vorn ist Pierre, mein Waffenmeister. Komm, ich mach euch bekannt. Er wird dir gefallen. Hervorragender Techniker. Er kann dich trainieren, wenn du willst.«

»Aber …«

Henry hob gebieterisch die Hand. »Kein Aber, de Clare. Ich brauche jedes Schwert, auch deins.« Er sah zu den Zwillingen. »Und ihres. Welch eine tödliche Waffe sie sein könnten mit diesen vier schnellen Händen und Füßen …«

»Sie sind Bauern, Henry«, erinnerte Simon ihn.

Der junge Franzose hob gleichmütig die Schultern. »Noch.«

Henry Plantagenet war der älteste Sohn und Erbe des Grafen von Anjou und Herzogs der Normandie, darum war es selbstverständlich, dass er einen eigenen Haushalt hatte. Simon hatte indes damit gerechnet, dass es sich um eine überschaubare Anzahl von Menschen auf irgendeinem stattlichen, aber entlegenen Gutsbesitz handeln würde, die sich aus Dienstboten, Wachen und vor allem Lehrern zusammensetzte und den jungen Edelmann wohlbehütet und in beschaulicher Atmosphäre auf seine zukünftigen Pflichten vorbereitete.

Ich hätte es besser wissen sollen, erkannte Simon. Solch ein Dasein wäre viel zu zahm für Henry Plantagenet. Tatsächlich gab es ein paar Gelehrte an seinem Hof, und wenn er keine Ausflüchte fand, widmete Henry ihnen jeden Tag zwei Stunden seiner Zeit. Er tat es bereitwilliger, seit Simon gekommen war, der sich dem Unterricht regelmäßig anschloss und gierig alles in sich aufsog, was er hörte, wenngleich er nicht lesen konnte. Henry war ihm dankbar, denn er wusste ganz genau, dass ein Herrscher heutzutage Bücherbildung besitzen musste, um in der Welt zu bestehen. Doch den Kern seines Haushalts bildete eine Schar von etwa zwei Dutzend jungen Rittern, zu denen auch einige derer zählten, die mit ihm in England gewesen waren. Allesamt waren sie ihm zutiefst ergeben, und das war kein Wunder, erkannte Simon bald, denn Henry bot ihnen ein Dasein, das hauptsächlich aus ihren beiden Lieblingsbeschäftigungen bestand: Jagen und Kämpfen. Er legte auch keinen großen Wert auf Unterwürfigkeit und Etikette. Sie waren ein verschworener, manchmal ziemlich wilder Haufen. Und als die Ritter feststellten, dass Henry den gruseligen, zusammengewachsenen Engländern freundschaftlich verbunden war, gaben sie ihre Ressentiments auf und erstreckten das Willkommen, das sie Simon bereitet hatten, auch auf Godric und Wulfric. Mit Feuereifer stürzten sie sich auf die Herausforderung, eine Kampftechnik für zwei Schwerter und vier Hände zu entwickeln, und die Zwillinge lernten mit verblüffender Schnelligkeit Französisch.

Ein wenig schockiert war Simon zu Anfang darüber gewesen, wie locker die Sitten an Henrys Hof waren. Er wusste ja bereits, wie es in einem großen, herrschaftlichen Haushalt zuging, aber im Gefolge seines Onkels Pembroke hatte es von Priestern und Mönchen nur so gewimmelt, und genau wie sie hatte Pembrokes Gemahlin auf Anstand und Moral gepocht.

Hier gab es hingegen auffallend wenige Priester und Mönche. Sie unterrichteten Henry und erledigten die notwendigen Verwaltungsarbeiten, hielten sich aber weitgehend von der Halle fern. Diejenigen, die das nicht taten, trieben es genauso bunt wie Henry und seine Ritter. Mit Anstand und Moral war es hier nicht sonderlich weit her: Eine Hurenwirtin stand auf Henrys Lohnliste und bewohnte mit ihren Mädchen eine Gruppe bunter Zelte im Burghof. Und auch viele der jungen Mägde waren nicht abgeneigt, einem Ritter für ein paar Pennys die Langeweile zu vertreiben. Zwei dieser lebenslustigen Geschöpfe waren Marie und Jeanne, Zwillingsschwestern aus dem Dorf, und es dauerte nicht einmal eine Woche, bis Simon sie in der Abenddämmerung mit Wulfric und Godric in einem Speicherhaus verschwinden sah. Er errötete bei dem Gedanken an das, was sich dort abspielen würde. Es erschien ihm anstößig und sündig. Und das wiederum machte ihm zu schaffen, denn Godric und Wulfric waren völlig normale Männer mit normalen Bedürfnissen, die in einer anormalen Lebenssituation gefangen waren. Es war nicht ihre Schuld, dass sie sich mit ihrer jeweiligen Gefährtin nicht zu stiller Zweisamkeit zurückziehen konnten, wie es sich gehörte. Gott hatte sie so gemacht, wie sie waren. Erwartete er allen Ernstes, dass sie zum Dank dafür ein Leben lang Enthaltsamkeit übten?

Ja, hätte King Edmund wahrscheinlich geantwortet.

Aber das erschien Simon himmelschreiend ungerecht.

»Was drückst du dich hier an der Kapelle herum und grübelst?«, fragte Henrys Stimme plötzlich hinter ihm. »Hast du was ausgefressen und wartest auf Vater Daniel, damit er dir die Beichte abnimmt?«

Simon schüttelte den Kopf. »Ich denke, er hätte das Beichten nötiger als ich.«

»Jeder hier hat das Beichten nötiger als du. Es wird schon gemunkelt, ob du vielleicht noch Jungfrau bist.«

Simon spürte sein Gesicht heiß werden und hob trotzig das Kinn. »Ich wüsste wirklich nicht, warum die Frage von allgemeinem Interesse sein sollte, aber die Antwort lautet Nein«, erwiderte er kühl.

Edivia hatte ihn nach der Beerdigung seines Vaters und bis zu seiner Abreise nach Shropshire zu seinem Onkel Nacht um Nacht besucht. Um ihn ebenso zu trösten wie sich selbst, wusste er heute. Und um ihm das Gefühl zu geben, ein Mann zu sein, ehe er in die böse Welt hinaus musste. Die Erinnerung erfüllte ihn mit Dankbarkeit und einer Art von Zärtlichkeit, die an diesem Hof voll rauer Gesellen keinen Platz hatte.

Henry nickte, ohne ihn aus den Augen zu lassen, dann wechselte er das Thema. »Was macht Alan? Wie geht es ihm?«

Simon stieß hörbar die Luft aus. »Und ich fing an zu befürchten, du würdest niemals fragen.«

Henry schlenderte neben ihm her, bis sie an den Brunnen kamen, auf dessen Rand er sich niederließ. »Er ist nicht gerade mein Lieblingsthema«, gestand er. »Anders als du beschäftige ich mich nicht gern mit meinen Unzulänglichkeiten und Fehltritten und mache einen Bogen um Dinge, die mich beschämen.«

»Dann bist du todsicher ein glücklicherer Mann als ich«, entgegnete Simon. »Aber solltest du versehentlich doch einmal an ihn denken, quäl dich nicht gar zu sehr. Es geht ihm viel besser. Er hat sein Gedächtnis wiedererlangt.«

»Gelobt sei Jesus Christus. Und ich schätze, jetzt ist er wie ausgewechselt, was?«

»Nein. Eigentlich finde ich ihn mehr oder minder unverändert. Natürlich ist er nicht mehr so düster, wie er es früher oft war, weil er seine Vergangenheit wiedergefunden hat. Sich selbst wiedergefunden, wie er es nennt. Aber davon abgesehen, ist er derselbe wie der Mann, den ich auf der Insel kennengelernt habe. Er hat seine Frau übrigens fortgeschickt und erwirkt eine Scheidung.«

»Puh«, machte Henry. »Mit ihm ist aber wirklich nicht zu spaßen, he? Arme … wie hieß sie gleich wieder … Sophia?«

Simon hob unverbindlich die Hände. »Ich glaube, es gibt

eine andere, die er will. In gewisser Weise hast du ihm also sogar einen Gefallen getan. Nur erwarte nicht, dass er das jemals eingesteht. Was du getan hast, Henry, war …«

»Ich weiß, ich weiß«, fiel der junge Plantagenet ihm hastig ins Wort, anscheinend wirklich zerknirscht. »Ehrlich, Simon, manchmal verstehe ich selbst nicht, was über mich kommt. Aber wie auch immer. Ich muss tun, was nötig ist, um Alan zu versöhnen, denn mein Onkel Gloucester schreibt, ohne Alan of Helmsby werde ich meine Krone nie bekommen, denn die Truppen meiner Mutter seien kriegsmüde, weil die Kaiserin sich seit Jahren in Devizes verkriecht und er selbst zu alt und krank sei, um das Feuer wieder zu entfachen. Nur Alan of Helmsby könne das. Falls es mir gelänge, ihn aus der wunderlichen Friedfertigkeit zu locken, in der er sich neuerdings übe.«

»Wenn Gloucester es sagt, ist es gewiss so. Was sonst stand in dem Brief?«, fragte Simon neugierig.

»Das ich so bald wie möglich zurück nach England kommen soll, ehe Stephen seinen Streit mit der Kirche beilegt. Und er schreibt, König David von Schottland könne mir den Ritterschlag erteilen, den Louis mir verwehrt – Gloucester wusste auch das, wie's aussieht –, sodass ich die Normandie bekommen und Stephen die Stirn bieten kann. Das ist eine großartige Idee, muss ich sagen. Ich hatte noch gar nicht an den König von Schottland gedacht. Dabei ist er mein Onkel. Es könnte die Antwort auf all meine Probleme sein …«

Simon spürte ein Kribbeln der Erregung im Bauch. »Du meine Güte. Das klingt, als würde es bald ernst.«

Henry zeigte ein kleines verträumtes Lächeln, das ihn auf unbestimmte Weise gefährlich aussehen ließ. »Oh, das ist es längst, Simon. König Stephen hat das noch nicht gemerkt, weil ich bei meinem unüberlegten Besuch in England im Frühling nichts ausgerichtet habe. Aber wenn ich das nächste Mal gehe, werde ich besser vorbereitet sein. Zu einem Zeitpunkt, den *ich* bestimme, nicht Gloucester, auch nicht mein Vater oder Louis von Frankreich, dieser Trottel. *Ich* bestimme mein Schicksal, niemand sonst.«

»Gib acht, Henry«, warnte Simon. »Es ist Blasphemie, was du da redest.«

Mit der ihm eigenen Unrast sprang Henry auf die Füße und klopfte ihm lachend die Schulter. »Wenn wir nach England gehen, wird Gott Gelegenheit haben, mir zu zeigen, was er davon hält. Aber auch er muss sich entscheiden wie alle anderen. Entweder für mich oder gegen mich. Gott macht mir keine Angst.«

Norwich, August 1147

Eine Hitze wie in einer Esse lag über der Stadt, als Alan gegen Mittag ankam, und vermutlich war das der Grund, warum weit und breit kein Mensch zu sehen war im Judenviertel. Der Platz mit dem Brunnen an der Synagoge lag ebenso verwaist wie die Gassen, und oben auf der steilen Motte flirrte Norwich Castle gleißend weiß in der Sonne.

Alan saß vor dem Haus ab, führte Conan durch das offene Tor in den Hof und band ihn dort an einen eisernen Ring. Ein kleiner Handkarren mit grünen Tuchballen stand mitten im Hof. Niemand schien sich dafür zu interessieren, niemand zu befürchten, der erstbeste Langfinger, der am Tor vorbeikam und ihn sah, könne sich die Ware unter den Nagel reißen.

Alan verharrte mit leicht gesenktem Kopf, eine Hand am Zügel, und konzentrierte sich auf das, was seine Sinne ihm mitzuteilen hatten: Er hörte Vögel zwitschern. Er sah Gras, das sonnenversengt, aber nicht zertrampelt war. Die üblen Gerüche der Stadt vermischten sich mit schwachen Sommerdüften nach Heu und Rosen, Hitze und Staub, aber nicht mit Blutgeruch. Er entspannte sich. Diese Stille war beschaulich und schläfrig, nicht unheilschwanger.

Er trat durch die Pforte in den Garten und fand Josua ben Isaac und seine Familie im Schatten eines schlichten Baldachins am Tisch.

Alan verneigte sich. »Vergebt mein Eindringen, aber niemand hat mein Klopfen gehört.«

Ruben lachte vor sich hin und begrüßte ihn mit den seltsamen Worten: »Ah, Ihr kommt gerade recht, Alan of Helmsby, um einen erbaulichen, aber anstrengenden Disput zu beenden.«

Auch Josua schien erfreut, ihn zu sehen. »Alan! Schalom, mein Freund. Seid willkommen. Ich glaube, Ihr kennt meinen Sohn David und seine Esther noch nicht, oder?«

Doch, dachte Alan, denn ich habe sie zwei Wochen lang durch ein Loch in der Mauer ausspioniert, wie euch alle. Aber das sagte er nicht. Er begrüßte David, der ihn mit reservierter Höflichkeit willkommen hieß, und verneigte sich vor Esther, die den Blick sittsam gesenkt hielt, während sie seinen Gruß scheu erwiderte. Er nahm vage zur Kenntnis, dass sich trotz ihres weit fallenden Gewandes die unverkennbare Rundung einer Schwangerschaft darunter abzeichnete. Er begegnete Moses' freudiger Begrüßung mit den passenden Worten und gab die richtigen Antworten auf die Fragen nach Oswald. In Wahrheit nahm er jedoch allein Miriam wahr. Genau wie ihre Schwägerin hielt sie die Lider gesenkt und hieß ihn mit leiser Stimme willkommen. Aber durch den dunklen Vorhang ihrer Wimpern sah er das Leuchten ihrer Augen. Ihr Körper war vollkommen still, die Hände im Schoß gefaltet, doch er wusste, dass sie sich nur mit Mühe davon abhielt, aufzuspringen und ihm um den Hals zu fallen.

So wie er seinerseits Mühe hatte, nicht auf die Knie zu sinken, um Jesus Christus und alle Heiligen zu preisen, weil sie ihm die Gnade erwiesen hatten, ihn als vollständigen Mann zu ihr zurückkehren zu lassen.

»Habt Ihr Euch verletzt, Monseigneur?«, fragte sie höflich, ohne wirklich hochzuschauen. Mit einer winzigen Geste wies sie auf den Blutfleck am linken Ärmel.

»Nur eine kleine … Unachtsamkeit, Madame«, versicherte er und konnte nicht aufhören, sie anzustarren.

Josua weckte ihn mit einem vielsagenden Räuspern aus

seiner Verzückung. »Würdet Ihr mir einen Gefallen tun, Alan?«

Der nahm sich zusammen und wandte sich dem Arzt zu. »Gewiss.«

»Heute ist Sabbat.«

Alan ging ein Licht auf. *Deswegen* die Stille und die leeren Gassen. »Ich bitte um Vergebung, an Eurem heiligen Tag hier so ungebeten einzufallen. Ich habe nicht daran gedacht.«

»Oh, seid unbesorgt. Wie Ruben schon sagte, kommt Ihr gerade recht. Da es nicht mehr lang bis Sonnenuntergang ist, haben wir unseren *Schabbes-goj* schon nach Hause geschickt …«

»Euren was?«

»Ein junger Engländer, der sich ein paar Pennys verdient, indem er am Sabbat die Dinge für uns tut, die wir nicht verrichten dürfen«, erklärte Ruben. »Er ist schon fort, aber wir brauchen einen Hammer, um diese Nüsse hier zu knacken.«

Er wies auf eine Schale auf dem Tisch, die mit Naschwerk, kleinen Küchlein, kandierten Früchten und Nüssen gefüllt war.

»Und?«, fragte Alan verständnislos.

»Tja, seht Ihr, der Hammer ist einer der Gegenstände, die wir am Sabbat nicht berühren dürfen, denn er ist ein Bauwerkzeug«, erklärte Josua. »Wir sind uns sicher, dass das nicht gilt, wenn man ihn benutzt, um Nüsse zu knacken. Aber wir streiten darüber, ob es verboten ist oder nicht, den Hammer zu berühren, um ihn zu diesem Zweck herbeizuholen …«

Alan sah unsicher von einem Bruder zum anderen. »Ihr macht Euch über mich lustig.«

»Im Gegenteil«, versicherte Ruben. »Es gibt nicht viele Dinge, die Juden ernster sind als die Sabbatregeln. Ihr würdet uns wirklich einen Gefallen tun, wisst Ihr. Vor allem Esther ist versessen auf die Nüsse.«

Dann sollte ich sie darben lassen, denn sie war hässlich zu Miriam, dachte Alan flüchtig. Er musste lachen. »Wo finde ich den Hammer?« Die Frage war ein guter Grund, Miriam wieder anzuschauen.

Sie hob ein klein wenig den Kopf und lächelte ihm zu. »Auf der Fensterbank in der Küche.«

»Dann entschuldigt mich einen Moment.« Er wandte sich ab und betrat das Haus durch die Gartentür. Die Küche war wie immer peinlich sauber, und fertig vorbereitete Speisen standen in Schalen und Schüsseln bereit, denn auch das Kochen gehörte zu den verbotenen Tätigkeiten, wie er schon von früheren Besuchen wusste.

Er fand den Hammer und brachte ihn an den Tisch. »Warum ist es verboten?«, fragte er neugierig.

Josua schaute zu seinem Jüngsten. »Willst du antworten, Moses?«

»Alle Arbeit ist am Sabbat untersagt, denn am siebten Tag ruhte der Herr«, führte der kleine Kerl aus und sah Alan dabei mit großer Ernsthaftigkeit an, als wolle er sich vergewissern, dass der ihn auch verstand. »Arbeit ist alles, was mit dem Säen und Ernten zu tun hat, das Anzünden von Feuer und alle Tätigkeiten, die für den Bau des Tempels notwendig waren. Die Gelehrten zählen neununddreißig Verrichtungen, die am Sabbat verboten sind.«

Sein Vater nickte ihm zufrieden zu. »Sehr gut, mein Sohn. Schwierig wird es dadurch, dass wir auch gehalten sind, am Sabbat die Dinge zu tun, die uns mit Freude erfüllen. Meinen Bruder zum Beispiel erfüllt schönes Tuch mit Freude. Darf er also die Ballen draußen vom Karren nehmen, weil es sein Herz erfreuen würde, sie zu berühren, obwohl es eine verbotene Verrichtung ist, am Sabbat seinem Broterwerb nachzugehen?«

»Und?«, fragte Alan fasziniert. »Darf er?«

»Wir wissen es nicht genau, aber wir neigen zu einem Nein. Und darf ich Euch am Sabbat in meine Behandlungsräume führen, um zu erfahren, wie es um Euch bestellt ist, weil die Befriedigung meiner Neugier mein Herz erfreuen würde, obwohl es hieße, meinem Broterwerb nachzugehen?«

Alan hob die Schultern. »Das Nein muss für Euch ebenso gelten wie für Euren Bruder, oder?«

Josua gab keinen Kommentar ab. Er erhob sich gemächlich

und winkte Alan, ihn zu begleiten. »Nun, ich bin zuversichtlich, dass es nicht verboten ist, einen Gast am Sabbat ausführlich nach seinem Befinden zu befragen. Denn auch am Sabbat gelten die Gesetze der Gastfreundschaft.«

»Ihr habt Euch also erinnert. Es war ein Freudentag in diesem Haus, als Euer Brief kam.«

Alan nahm den Weinbecher in beide Hände und stützte die Ellbogen auf den Tisch. Es war derselbe Tisch, auf den Josua vor so langer Zeit das Buch mit den angelsächsischen Gedichten gelegt hatte, die Alan auf den Weg zurück zu sich selbst gebracht hatten. »Ich finde nicht die richtigen Worte, um auszudrücken, wie dankbar ich Euch bin, Josua«, bekannte er. »Würdet Ihr mich einen Narren nennen, wenn ich sagte, Ihr habt meine Seele gerettet?«

Der ältere Mann schüttelte mit einem kleinen Lächeln den Kopf. »Ich wäre geehrt. Doch scheint mir, es wäre zu viel der Ehre. Denn nicht durch meine Behandlung habt Ihr Euch wiedergefunden, sondern erst nachdem Ihr dieses Haus verlassen hattet.«

»Trotzdem war es Euer Verdienst. Denn Ihr hattet mit allem recht, was Ihr gesagt habt. Ihr habt mich auf den richtigen Weg gebracht.«

»Erzählt der Reihe nach, wenn Ihr so gütig sein wollt.«

Also berichtete Alan von seinem Ritt nach Bristol, dem grausigen Zwischenfall in dem Weiler in den Grenzmarken, dem kleinen Mädchen, den Kinderschändern, dem Schlag auf den Kopf, der Erinnerung. »Auf einmal war alles wieder da«, schloss er, immer noch so überwältigt von diesem Wunder, dass er den Kopf schütteln musste. »Es hat mir im wahrsten Sinne des Wortes den Atem verschlagen. Und der Kreis schloss sich. Es war genau, wie Ihr vermutet hattet: Etwas ganz Ähnliches hat sich zugetragen, als ich mein Gedächtnis verlor. Ich habe noch nicht alle Einzelheiten beisammen. Ich weiß nicht, wo genau es war. Irgendein ärmliches Torfstecherdorf in den Fens jedenfalls, und drei von de Mandevilles Strolchen wollten sich an einem Kind vergehen. Und als ich niedergeschlagen wurde und wusste, dass ich es nicht verhindern kann, da … da ist irgendetwas in mir auseinandergebrochen. Zerborsten wie eine Klinge, die unter zu viel Spannung steht. Weil es *meine* Schuld war. Ein kleines Mädchen musste die Hölle auf Erden erleben, und ich war schuld, weil der ganze verdammte Krieg meine Schuld war, weil ich meinen Vater auf dem Gewissen hatte.« Er lachte verlegen vor sich hin. »Es klingt so albern und vermessen, wenn man es ausspricht. Aber dennoch habe ich das geglaubt. Ich …« Er unterbrach sich, trank einen Schluck, sah in Josuas erwartungsvolles Gesicht und zwang sich, weiterzusprechen. »Ich habe die Schreie dieses Kindes gehört während der letzten drei Jahre. In meinen Träumen und wenn die Düsternis kam. Ich habe nie gewusst, was sie bedeuteten, aber das Gefühl von Schuld hat mich jedes Mal … überwältigt. Ich war sicher, ich hätte dieses Kind getötet. Auf irgendeine bestialische Weise, an die ich keine Erinnerung hatte.« Er hatte sich von der Brustwehr stürzen wollen, damit das endlich aufhörte – die Schreie in seinem Kopf und das erdrückende Schuldgefühl, ohne zu wissen, was er getan hatte –, aber die Zwillinge hatten ihn nicht gelassen.

»Ihr habt mir von dem Kind erzählt«, sagte Josua leise. »Wieder und wieder. Jedes Mal, wenn Ihr den Trank genommen hattet.«

Alan sah ihn ungläubig an. »Gott … Ist das wahr? Aber ich hatte *überhaupt* keine Erinnerung daran, wenn der Rausch vorbei war.«

»Nein. Es wurde alles durch den Höllenwurm versinnbildlicht, weil Ihr die Wahrheit im wachen Zustand nicht ertragen konntet.« Er betrachtete Alans verwirrte Miene, hob leicht die Schultern und erklärte: »Die menschliche Seele ist das größte aller Geheimnisse, mein junger Freund.«

»Ja, so viel scheint gewiss.«

Josua seufzte zufrieden. »Der Herr sei gepriesen, dass er Euch ans Ziel Eurer Suche geführt hat. Was ist das für eine Verwundung an Eurem Arm?«

Alan winkte ab. »Nur ein Kratzer. Nicht wert, dass Ihr die Sabbatruhe dafür brecht. Ich war in Woodknoll.«

»Simon de Clares Woodknoll?«, fragte Josua verwundert. »Ich dachte, zwei normannische Raubritter hätten es besetzt.«

»So war es auch. Ich habe beide getötet, den einen vor Monaten, den anderen vor zwei Wochen. Mein geliebter Cousin Haimon hatte ihn mir auf den Hals gehetzt.« In knappen Worten fasste er zusammen, was passiert war. »Eigentlich hatte ich vor, mit Simon zusammen hinzureiten und die restlichen Strolche zu verjagen, denn es hätte dem Jungen gutgetan, und er hat einen Anspruch darauf, sich an diesen Männern zu rächen. Aber Simon und die Zwillinge sind in der Normandie oder in Anjou oder Gott weiß wo sonst, und ich weiß nicht, wann er zurückkommt. Ich fürchtete, wenn ich die Dinge in Woodknoll einfach laufen ließe, käme der nächste Haufen Strolche und nähme sich das Gut. Mitsamt den Menschen dort, die Simon teuer sind. Also bin ich mit einem meiner Ritter hingeritten, und wir haben ein bisschen aufgeräumt.« Die verbliebenen Trolle hatten unerwartet heftigen Widerstand geleistet, und Alan und Roger hatten alle Hände voll zu tun gehabt. Sie hatten keinen am Leben gelassen. Es wäre zu gefährlich für Woodknoll gewesen.

Edivia war mühelos zu der vertrauten Rolle der inoffiziellen Herrin der Halle zurückgekehrt und hatte Alan und seinem Vetter in Simons Namen gedankt – sehr würdevoll, aber ebenso mit aufrichtiger Wärme und Erleichterung. Alan hatte sogleich gespürt, dass diese außergewöhnliche Frau immer noch einen großen Zauber auf ihn ausübte. Darum hatte er Roger als vorläufigen Steward in Woodknoll zurückgelassen und war beim ersten Tageslicht fluchtartig zurück nach Norfolk geritten …

»Ist die Wunde entzündet?«, fragte Josua.

»Nein, nein. Wie so oft sieht das Gewand schlimmer aus als das Fleisch darunter. Aber wenn Eure professionelle Neugier sich nicht zügeln lässt, zeige ich sie Euch. Morgen. Ich will nicht dafür verantwortlich sein, dass Ihr Gottes Missfallen erregt.«

Josua lachte leise. Dann hob er unvermittelt die Hände und

legte sie Alan nebeneinander auf den Kopf, als wolle er ihn segnen. »Also reden wir von guten Dingen«, sagte er. »Von dem wundervollen Hospital, das Ihr mir schenken werdet, zum Beispiel.«

»Das ist einer der Gründe, warum ich gekommen bin. Um Pläne zu machen.«

»Ich habe schon ein geeignetes Haus gefunden«, berichtete Josua voller Eifer. »Ein schönes Anwesen unweit des Südtors. Es hat dem Earl of Chester gehört, aber der hat seine Interessen in Norwich aufgegeben, und es steht zum Verkauf. Das Gelände ist groß genug für einen Garten – wichtig zur Behandlung der *Melancholia,* schreiben die Gelehrten –, und ohne aufwendige Umbauten kann man Platz für Insassen und Wachen schaffen.«

Alan wurde unbehaglich. »Das klingt mehr nach einem Gefängnis als einem Hospital.«

Josua nickte ungerührt. »Ich schwöre Euch, es wird besser sein als die Insel. Es wird Patienten geben, denen ich helfen kann. Aber es wird auch solche wie Reginald de Warenne geben. Ihr versteht genug davon, um zu wissen, dass ein solches Haus immer beides sein muss: ein Ort der Heilung und ein Ort der sicheren Verwahrung.«

»Ja, ich weiß.« Trotzdem machte es ihm zu schaffen. »Es ist nur … Wenn man selber so lange eingesperrt war …«

»Ich verstehe Eure Besorgnis. Doch wir tun mit diesem Haus ein gutes Werk, auf das der Allmächtige mit Wohlgefallen blicken wird, Alan. Denn alle, die dorthin kommen, werden nicht von ihren Familien versteckt, geprügelt, weggesperrt oder umgebracht. Oder von ihren Nachbarn. Oder von ihrem Gutsherrn. Sie werden in Sicherheit sein. An einem Ort des Friedens.«

»Ja. Das klingt gut«, musste Alan einräumen. Lass uns einen Ort daraus machen, wo ich hätte Frieden finden können, wenn ich geblieben wäre, wie ich war. Ein Verlorener.

»Ich nehme an, Ihr werdet mir Reginald de Warenne bringen, wenn es so weit ist?«

Alan hatte damit geliebäugelt, war aber noch zu keiner Entscheidung gekommen. »Im Moment neige ich eher dazu, Euch Luke zu bringen. Er macht mir mehr Sorgen als Regy«, gestand er.

»Wieso?«

Alan berichtete.

Josua lauschte ihm aufmerksam und sagte schließlich: »Ich werde Euch eine Arznei für ihn mitgeben, die Ihr ihm geben müsst, wenn es wieder so schlimm mit ihm wird. Sie wird ihm nicht helfen, aber sie macht ihn ruhiger.«

»Ich wäre dankbar. Die Bauern fangen an, ihn argwöhnisch zu beäugen. Ich will vermeiden, dass es böses Blut in Helmsby gibt.«

Josua sah sehnsüchtig zu dem Wandbord mit den irdenen Töpfen, die er am Sabbat nicht anrühren durfte. »Wann reitet Ihr nach Hause?«, fragte er.

Wenn ich bekommen habe, was ich von dir will, dachte Alan. »Das kann noch ein Weilchen dauern«, antwortete er.

Josua zeigte auf die angrenzende Tür. »Mein Kräuterlager steht Euch zur Verfügung.«

Alan schüttelte lächelnd den Kopf. »Habt Dank, aber ich bin in einem Gasthaus abgestiegen. Es ist bei Weitem nicht so sauber und behaglich wie Euer Kräuterlager, aber die Türen lassen sich leichter öffnen.«

»Ein Gasthaus?«, verwunderte sich Josua. »Nicht im Kloster und nicht auf der Burg?«

»Nein, lieber nicht. Die Burg ist mir zu unsicher. Die Garnison von Norwich war immer klug genug, sich aus dem Krieg zwischen Stephen und der Kaiserin herauszuhalten, aber das heißt nicht, dass sie die Gelegenheit verstreichen lassen würde, mich gefangen zu setzen und an Stephen zu verscherbeln, nicht wahr? Und im Kloster will ich mich im Moment lieber auch nicht blicken lassen. Der Bischof ist nicht gut auf mich zu sprechen.«

Josua zog verwundert die Stirn in Falten. »Warum nicht?«

Alan sah ihm in die Augen. »Ich habe ihn gezwungen, meine Ehe zu scheiden.«

Josua erwiderte den Blick scheinbar ungerührt. »Wie ausgesprochen ungehörig von Euch.«

»Das fand er auch. Trotzdem hat er es getan, denn die Ehe verstieß gegen das Gesetz der Kirche, darum blieb ihm nichts anderes übrig. Ich bin also ein freier Mann. Hier, seht selbst.« Er zog die Urkunde unter dem Bliaut hervor, wo er sie getragen hatte, faltete den Pergamentbogen auseinander und legte ihn auf den Tisch, Schrift und Siegel Josua zugewandt.

Doch der würdigte sie keines Blickes. »Ich wüsste nicht, wieso dieses Schriftstück mich interessieren sollte.«

»Josua …«

»Nein.« Der Arzt hob beide Hände zu einer abwehrenden Geste. Sein Ausdruck war mit einem Mal abweisend und streng.

Alan verspürte den Drang, diese warnenden Anzeichen zu ignorieren, den einmal eingeschlagenen Kurs stur weiterzuverfolgen, notfalls mit dem Kopf durch die Wand. So wie er es früher getan hätte. Unbeirrbar und ohne auf irgendwen zu hören hatte er getan, was er für richtig hielt, jeden Einwand beiseitegefegt, nicht selten mit dem Schwert.

Aber er nahm sich zusammen. Um sich selbst und Josua zu beweisen, dass er ein anderer geworden war. Und weil ein Gefühl ihm sagte, dass es ausgesprochen unhöflich wäre, einen Juden am Sabbat zu einem Streit zu zwingen. Wer konnte wissen, ob nicht auch das Streiten zu den neununddreißig verbotenen Verrichtungen zählte …

Mit einem Seufzen stand Alan auf. »Wann sehen wir uns zusammen das Anwesen für das Hospital an?«

Josua zögerte einen Moment. Dann schlug er vor: »Übermorgen? Eine Stunde vor Sonnenuntergang?«

»Einverstanden.«

Ihr Abschied fiel kühler aus, als Alan lieb war.

Der folgende Tag war ein Sonntag, und der Bischof von Norwich hielt in seiner neuen Kathedrale das Hochamt. Nie zuvor hatte Alan ein so gewaltiges Gotteshaus gesehen, und als er durch das große Westtor ins Innere trat, blieb er stehen und bestaunte dieses Wunderwerk der Baukunst. Er hatte nicht gewusst, dass man so hohe Mauern mit so großen Rundbögen errichten konnte, ohne dass sie umkippten. Oder eine so riesige Decke mit Holzrippen spannen, ohne dass sie herabstürzte. Das helle Sonnenlicht, welches durch die großen Fensteröffnungen auf die farbenprächtigen Wandgemälde fiel, schien so hell und strahlend, als komme es wahrhaftig von Gott selbst, und gewiss war es allein seiner Gnade zu verdanken, dass der verwegene Hochmut der Baumeister nicht in einem Trümmerhaufen und einer Wolke aus Steinstaub geendet hatte.

Nach der Messe kehrten die Handwerker und Kaufleute der aufstrebenden Tuchmacherstadt heim zu ihren Sonntagsvergnügungen, zu Fußballspielen, Bogenschießen oder Ringkämpfen auf den Wiesen am Fluss und einem guten Festtagsschmaus. Alan blieb zurück in der Stille der Kirche und sann darüber nach, wie es möglich war, dass der Krieg zwischen König Stephen und Kaiserin Maud so viele Menschen das Leben kosten oder für immer zeichnen konnte, hier aber so gut wie überhaupt nicht spürbar war. Das erschien ihm ungerecht.

»Wer ist die Frau mit dem Kind auf dem Arm?«

Alan fuhr herum. »Miriam!«

Sie sah ihn an, und das warme Lächeln beschränkte sich auf ihre Augen.

Alan ließ den Blick kurz zu beiden Seiten schweifen, ergriff dann ihre Hand und führte sie in eine kleine Seitenkapelle rechts vor dem Chor, wo sie den Blicken der Mönche oder zufälliger Passanten entzogen waren. Zu spät erkannte er, dass dies ausgerechnet jene Kapelle war, die der Verehrung des angeblich von den Juden ermordeten Gerberlehrlings gewidmet war. Er konnte nur hoffen, dass Miriam es nicht bemerken würde – die Wandgemälde, die das Martyrium des jungen William zeigten, waren noch nicht vollendet und obendrein auch nicht sehr kunstfertig.

Seine Umarmung fiel ein wenig zu stürmisch aus, aber Miriam beklagte sich nicht, sondern hob ihm mit geschlossenen Augen das Gesicht entgegen. Alan presste die Lippen auf ihre und konnte ein leises Stöhnen nicht unterdrücken. Jedes Mal, wenn er sie hielt, fragte er sich, wie er all die Tage ohne sie überstanden hatte. »Miriam …«

Sie strich mit der Hand über seine unrasierte Wange, dann schob sie ihn ein kleines Stück von sich. »Bekomme ich eine Antwort?«

»Worauf?«

»Die Dame mit dem Kind. Auf dem Wandbild dort draußen.«

»Wir nennen sie die Mutter Gottes.«

»Wie kann Gott eine Mutter haben? *Er ist der Erste und der Letzte*, lehrt man uns.«

»Und so ist es ja auch. Aber wir glauben, dass Gott in Jesus Christus Mensch geworden ist. Und sie hat ihn geboren. Ihr Name ist Maria.«

»Das ist Miriam in unserer Sprache.«

Er drückte die Lippen auf den schwarzen Haaransatz, der in der Stirn unter dem Tuch hervorschaute. »Ich weiß. Wie in aller Welt kommst du hierher?«

»Ich wollte einen eurer Gottesdienste sehen. Mein Vater glaubt, ich bringe Moses zur Schule. Moses glaubt, ich helfe Esther mit der Wäsche. Esther glaubt, ich bin bei Onkel Ruben im Kontor. Und so weiter.« Sie sagte es leichthin, aber er erkannte etwas unverkennbar Schelmisches in ihren Augen, um nicht zu sagen, etwas Durchtriebenes.

»Und warum wolltest du einen unserer Gottesdienste sehen?« Ein Glück nur, dass niemand in der Kirche erkannt hatte, was sie war.

»Weil ich hoffte, dich hier zu finden, aber auch, weil ich neugierig war, was ihr dabei macht.«

»Neugier scheint weit verbreitet in deiner Familie.«

»Würdest du sie Wissensdurst nennen, könnte ich dir möglicherweise recht geben.«

Er lachte und zog sie wieder an sich. Er fühlte sich fast trunken vor Seligkeit, ihr hier so unverhofft begegnet zu sein.

»Was geschieht bei euren Gottesdiensten?«, fragte sie beharrlich weiter. »Warum steht Euer Rabbiner mit dem Rücken zu seiner Gemeinde? Was hat es mit dem Brot und dem Wein auf sich?«

»Warum willst du das wissen?«, konterte er.

»Um zu entscheiden, ob dein Glaube dumm und eitel und frevlerisch ist, wie mein Vater sagt.«

Alan spürte Zorn aufsteigen, aber er schärfte sich ein, sich das ja nicht anmerken zu lassen. Er führte Miriam zu einem schmalen Sims in der Mauer, fegte mit der Hand den Staub herunter und lud sie mit einer Geste ein, Platz zu nehmen. Verstohlen ergötzte er sich an der Grazie, mit welcher sie das tat. Dann stellte er einen Stiefel neben ihr auf den Vorsprung und verschränkte die Arme auf dem Oberschenkel. »Ich bin nicht der Richtige, um dir diese Dinge zu erklären, denn ich bin kein Gelehrter, und oft war ich Gott fern in letzter Zeit. Ihr glaubt, Gott habe einen Bund mit dem Volk Israel geschlossen und es auserwählt und ihm einen Erlöser versprochen, richtig?«

»Ja.«

Er nickte knapp. »Wir glauben, dieser Erlöser ist bereits gekommen. Sein Name ist Jesus Christus, und er ist Gottes Sohn.«

»Also habt ihr mehr als einen Gott?« Ihre Miene verriet Befremden und einen Hauch von Überheblichkeit, argwöhnte er.

»Unsinn«, gab er unwirsch zurück. »Sie sind eins, Gott Vater und Sohn.« Er beschloss, den Heiligen Geist und die Dreifaltigkeit, die sein eigenes Begriffsvermögen überstieg, vorerst lieber aus dem Spiel zu lassen. »Wir glauben, Jesus Christus hat einen *neuen* Bund mit den Menschen geschlossen. Er hat alle Sünden und alles Leid der Welt auf sich genommen und ist für uns am Kreuz gestorben. Nach drei Tagen ist er wiederauferstanden. Er hat den Tod besiegt und ist zum Himmel aufgefahren. Wir nennen ihn den Erlöser, denn jeder, der an ihn glaubt und seinem Wort folgt, darf ins Paradies.«

»Und wer nicht an ihn glaubt und seinem Wort nicht folgt, kommt in die Hölle?«

Er sah sie einen Moment ernst an. Schließlich antwortete er: »So hat man mich gelehrt. Aber seit ich euch begegnet bin, habe ich Mühe, es zu glauben. Die Mönche in St. Pancras – Gottes Diener auf Erden – haben mich und meine Freunde eingesperrt und fast verhungern lassen. Dein Vater hat uns in sein Haus aufgenommen und alles für uns getan, was er konnte.« Er schüttelte den Kopf. »Ich glaube nicht, dass es so einfach ist, wie man uns immer weismachen will.«

»Das heißt, wenn wir heiraten, würdest du nicht von mir verlangen, dass ich deinen Glauben annehme?«

»Nein.« Es hätte viele Dinge leichter gemacht, wenn sie sich dazu entschlösse, aber er würde ihr keine Bedingungen stellen. Er nahm ihre Hand, drückte die raue Innenfläche einen Moment an die Lippen und ließ sie dann wieder los. »Ich werde dich so nehmen, wie du bist, und du wirst mich nehmen müssen, wie ich bin. Unser Glaube ist unterschiedlich, aber unser Gott ist derselbe. Eure Gebote sind auch die unseren. Wir …« Er wusste nicht weiter.

»Wir werden die Gegensätze überbrücken, wenn unsere Liebe stark genug ist«, sagte sie nüchtern.

Er nickte, erleichtert, dass sie die Worte fand, die er vergeblich gesucht hatte.

»Einfach wird es nicht«, prophezeite sie.

»Nein, so viel ist sicher.«

»Was wird dir passieren, wenn du eine jüdische Frau nimmst? Wirst du … ein Geächteter unter deinesgleichen sein? Werden deine Freunde sich von dir abwenden? Wirst du mich eines Tages ansehen und mich dafür verfluchen, dass du einen Preis zahlen musstest, der viel zu hoch war?«

»Nein.« Es klang schroff, und er ergriff eilig wieder ihre Hand, um es abzumildern. Dann setzte er sich zu ihr. »Nein, Miriam. Ich schwöre dir, dass das niemals passieren wird. Mir ist gleich, was diejenigen denken, die sich meinesgleichen nennen. Um die Freunde, die sich abwenden werden, ist es nicht schade, will mir scheinen. Es gibt nur einen Mann, an dessen Einwilligung mir gelegen ist, und das ist dein Vater.«

Sie lehnte die Stirn an seine Brust. »Er wird sie niemals geben. Ganz gleich, was du sagst oder tust. Denn wenn ich einen Ungläubigen heirate, werde ich eine Ausgestoßene sein. Meine Familie wird in vorgeschriebener Weise ihre Gewänder zerreißen und mich betrauern, als wäre ich gestorben.«

Alan musste ein Schaudern unterdrücken. »Und wirst nicht du diejenige sein, die eines Tages feststellt, dass dieser Preis zu hoch war?«

Sie hob den Kopf und sah ihm in die Augen. »Nein.«

Nur dieses eine Wort. Keine Erklärungen, keine Beteuerungen. Aber er wusste, auch wenn die Welt um sie herum in Stücke gehen sollte, auf dieses Nein konnte er zählen. Er schloss sie in die Arme und küsste sie wieder, weniger gierig dieses Mal, aber umso inniger.

»Was werden wir tun, wenn er nicht nachgibt?«, fragte sie schließlich.

»Was schon? Wir brennen durch. Vielleicht wäre es nicht dumm, wenn du heimlich schon mal anfängst zu packen. Keine Truhen voll, wenn's geht.«

Sie lächelte. »Wenn du morgen Abend kommst, wird ein kleines Bündel unter der Bank im Garten liegen. Nimm es an dich, wenn du kannst. Es gibt nicht viel, das ich mitnehmen will.«

Eine Stunde früher als verabredet erschien Alan am nächsten Nachmittag in Josuas Haus, bat den fröhlichen jüdischen Diener jedoch, ihn zu Ruben, nicht zu Josua ben Isaac zu führen.

»Er hat bereits einen Besucher, Monseigneur«, erklärte der junge Mann.

»Dann warte ich im Garten.«

Er ging hinaus, setzte sich auf die Bank und angelte möglichst unauffällig mit dem Fuß, bis er Miriams Bündel fand. Dann wartete er ein Weilchen, beugte sich schließlich vor unter dem Vorwand, ein Gänseblümchen aus dem Rasen zu pflücken, und ließ das Bündel unter seinem Gewand verschwinden. Immer noch ohne Hast stand er auf, trug es in den Hof und verstaute es in seiner Satteltasche.

Aus dem nahen Kontor hörte er Stimmen. Die eine war wie das sanfte Brummen einer Hummel – Ruben. Die andere klang schrill und aufgebracht. »Wie könnt Ihr es wagen, solche Forderungen zu stellen! Niemand schreibt dem ehrwürdigen Bischof von Norwich vor, wann und wie er ein Darlehen zurückzuzahlen hat, ganz sicher kein gieriger jüdischer Wucherer!«

Alan spähte zum offenen Fenster, aber er konnte niemanden sehen. Ruben antwortete, immer noch erstaunlich gelassen und leider so leise, dass Alan ihn trotz höchster Konzentration nicht verstehen konnte, aber der jüdische Kaufmann wurde unterbrochen:

»Was heißt hier Vereinbarung! Wir benötigen Klostergebäude und einen Kreuzgang, die der Kathedrale angemessen sind. Alles wird teurer und dauert länger als erwartet, das ist nicht unser Verschulden! Und wenn Ihr glaubt, Ihr könnt die Zinsen noch einmal erhöhen, dann befindet Ihr Euch im Irrtum! Guten Tag, Ruben ben Isaac. Seine Eminenz bekommt das zusätzliche Darlehen auch anderswo.«

Schritte näherten sich der Tür, und Alan tauchte unter Conans Hals hindurch und hockte sich auf der anderen Seite seines Pferdes auf die Erde, um nicht gesehen zu werden. Die hölzerne Pforte des Kontors wurde aufgerissen, und ein Mönch stürmte heraus. Das Gesicht unter der Kapuze war bedenklich scharlachrot, das Habit aus edelstem Tuch umflatterte die Beine, als er aus dem Tor eilte.

Ruben ben Isaac kam an die Tür, als Alan sich gerade wieder aufrichtete. »Ich kann mir nicht helfen, aber ich glaube, er wird Euch so bald nicht in seine Gebete einschließen«, bemerkte Letzterer.

Ruben schien nicht überrascht, ihn zu sehen. Mit einem müden Lächeln antwortete er: »Ich schätze, er ist ohnehin zu beschäftigt und viel zu wichtig, um für das Seelenheil seiner Mitmenschen zu beten.«

»Wer ist er?«

»Der Subprior der Abtei und Spross eines sehr vornehmen französischen Adelsgeschlechts.« Ruben hob die Hände zu einer

Geste, die Ergebenheit ebenso wie Nachsicht ausdrückte. »Josua ist noch bei seinen Kranken, fürchte ich.«

»Ich wollte zu Euch.«

»Dann tretet ein und trinkt einen Becher mit mir. Ich brauche immer eine Stärkung, wenn Vater Anselm mich beehrt hat.«

Alan folgte ihm in sein Kontor, wo das gleiche Durcheinander herrschte wie beim letzten Mal: hier ein paar Gewürzsäcke, dort ein unordentlicher Stapel Tuchballen auf einer Truhe, eine Fidel und eine Laute hingen nicht ganz gerade an der Wand und wirkten angestaubt, auf dem ausladenden Tisch eine kleine Waage, Schriftstücke und Tintenhorn.

Ruben fegte ein paar Pergamentbogen achtlos beiseite, um Platz für die Becher zu schaffen, und schenkte ein. »Auf Euer Wohl, Alan of Helmsby. Möge die Zukunft Euch säumige Zahler ersparen.«

Alan hob ihm den Becher entgegen und trank versonnen einen Schluck. »Ich wusste gar nicht, dass Ihr Geld verleiht.«

Ruben nickte und nahm einen tiefen Zug. »Mein Bruder hat es Euch verschwiegen, damit Ihr nicht schlecht von mir denkt, nehme ich an.«

»Er sagte, Ihr seiet Kaufmann.« Er wies auf die verstreuten Waren. »Und das seid Ihr ja auch.«

»Hm. Ich importiere Gewürze und edle Tuche aus dem Osten und beliefere Gewürz- und Tuchhändler von hier bis York. Aber ein Geschäft eröffnen und meine Waren an zahlungskräftige Edelleute verkaufen darf ich in diesem Land nicht. Darum investiere ich einen Teil meines Profits im Geldverleih. Es ist – neben der Medizin – so ungefähr das einzige Geschäft, das Juden in England betreiben dürfen. Aber denkt nicht, ich wolle mich beklagen. Es ist einträglich und macht vergleichsweise wenig Arbeit. Man muss auch nicht ans Ende der Welt dafür reisen – ein enormer Vorteil für mich, denn ich bin bequem und kein Wanderer. Aber manche Christen finden es eben anstößig. Vor allem die, die ihre Zahlungsziele nicht einhalten können.«

»Nun, wenn selbst der ehrwürdige Bischof sich Geld von Euch leiht, kann es nicht so anstößig sein, wie man uns immer glauben macht.«

Ruben verzog das Gesicht zu einer Grimasse, die halb schmerzlich, halb komisch war. »Er glaubt, Gott drückt ein Auge zu, weil er das Geld für den Kathedralenbau eingesetzt hat.«

Alan hob kurz die Schultern. »Hoffen wir, dass er recht hat.«

Sie sahen sich an und lachten. Es war ein unbeschwerter Moment, und doch lag ein Ausdruck von Wachsamkeit in Rubens Augen.

»Was führt Euch zu mir?«, fragte er schließlich.

Alan schlug die Beine übereinander und betrachtete den älteren Mann mit zur Seite geneigtem Kopf. »Eine Frage«, antwortete er.

»Und zwar?«

»Warum seid Ihr nicht verheiratet?«

Das schien das Letzte zu sein, womit Ruben gerechnet hatte, und beinah verschluckte er sich vor Schreck. »Wieso wollt Ihr das wissen?«

»Das sage ich Euch, wenn Ihr geantwortet habt.«

»Was bringt Euch auf den Gedanken, dass ich nicht verwitwet bin? Das sind schließlich viele Männer in meinem Alter. Mein Bruder etwa.«

Alan schüttelte den Kopf. »Ich wäre bereit, diesen kostbaren Gaul dort draußen darauf zu verwetten, dass Ihr ein eingefleischter Junggeselle seid.«

Unwillkürlich schaute Ruben zum Fenster, obwohl Conan von hier aus gar nicht zu sehen war. Dann atmete er tief durch und sah Alan wieder an. »Ihr habt recht. Auch mit dem Verdacht, der sich hinter Eurer Frage verbirgt. Die Frau, die ich wollte und nicht haben konnte, war die Tochter eines normannischen Weinhändlers aus Winchester. Ein hinreißendes Mädchen …« Sein Lächeln war voller Nostalgie, aber auch voller Traurigkeit.

Er hat sein Leben lang bereut, dass er es nicht gewagt hat,

erkannte Alan. Das machte ihm Mut für den Weg, den er selbst gewählt hatte. »Eure Eltern haben es nicht zugelassen?«, fragte er behutsam.

»So kann man es auch ausdrücken.« Ruben stützte die Ellbogen auf den Tisch und lehnte sich ein wenig vor. »Ihr Vater hat sie totgeschlagen.«

Alan wandte den Kopf ab und bekreuzigte sich stumm.

»Ich denke, es war ein Versehen. Er war … ist ein hochanständiger Mann. Aber sie erwartete ein Kind. Wir hatten beschlossen, zusammen zu ihm zu gehen und es ihm zu sagen, aber aus irgendeinem Grund, den ich nie erfahren werde, hat sie allein mit ihm gesprochen. Und er … muss die Fassung verloren haben. Vor der Hochzeit schwanger, obendrein von einem Juden – es war eine Schande, die er nicht ertragen konnte. Kaufleute leben von ihrem guten Ruf. Und er wäre in seiner Stadt erledigt gewesen.«

Alan sah ihn verständnislos an. »Wie könnt Ihr rechtfertigen, was er getan hat?«

»Weil ich zwanzig Jahre Zeit hatte, darüber nachzudenken. Die Schuld lag bei mir, Alan. Ich habe dieses Mädchen ins Weinlager gelockt und verführt, weil ich wie alle jungen Männer ungeduldig war und nicht warten konnte. Aber ich habe es auch aus Berechnung getan. Ich glaubte, wenn sie schwanger wird, bleibt ihrem Vater gar nichts anderes übrig, als einer Heirat zuzustimmen. Das war ein Irrtum. Sie hat mir ihr Vertrauen geschenkt und mit dem Leben dafür bezahlt.«

»Ihr seid … sehr hart zu Euch selbst.«

»Ich habe nichts anderes verdient«, entgegnete Ruben. Er klang gelassen, aber Alan sah in den dunklen Augen, dass die Wunde auch nach zwanzig Jahren nicht verheilt war. »Ihr Vater verschenkte sein Hab und Gut, ging in ein Kloster und legte ein Schweigegelübde ab. Auch sein Leben habe ich meiner Selbstsucht geopfert.«

»*Er* hat sie erschlagen, Ruben. Nicht Ihr.«

Der jüdische Kaufmann nickte zustimmend und hob gleichzeitig die Schultern.

Es war einen Moment still. Schließlich fragte Alan: »Und wusste Eure Familie von dieser Geschichte?«

»Meine Eltern waren schon tot. Aber Josua wusste es natürlich. Und die jüdische Gemeinde in Winchester wusste es auch. Das war einer der Gründe, warum wir nach Norwich gegangen sind. Dann hat mein Bruder ungefähr zehn Jahre lang versucht, mich zu einer Ehe mit einem anständigen jüdischen Mädchen zu drängen, denn nach unserem Gesetz ist es eine schwere Sünde, nicht zu heiraten. Aber irgendwann hat er es aufgegeben, und jetzt habe ich meine Ruhe.« Er lehnte sich an die Wand und faltete die Hände auf dem fassrunden Bauch. Ein kleines Lächeln lugte aus dem lockigen grauen Bart. Ruben ben Isaac war kein unzufriedener, verbitterter Mann, im Gegenteil.

»Ich beglückwünsche Euch zu Eurer Weisheit, die Euch gelehrt hat, ohne Gram zu sein, obwohl Ihr nicht haben konntet, was Ihr Euch ersehnt habt. Ich könnte das nicht.«

»Und das bringt uns zu meiner Nichte?«

Alan nickte. »Werdet Ihr uns helfen?«

»Das tue ich praktisch ununterbrochen, seit Miriam mich ins Vertrauen gezogen hat. Ich habe so manchen Sturm väterlicher Entrüstung von Euch und auch von ihr abgewendet. Als mein Bruder erfuhr, dass Moses ihr den Schlüssel zum Kräuterlager besorgt hatte …« Er schüttelte den Kopf bei der Erinnerung.

Alan war erschrocken. »Wie hat er das erfahren?«

»Moses hat sich verplappert. Er ist schwatzhaft, so wie alle Männer in unserer Familie. Josua war außer sich, das kann ich Euch sagen. Es sah alles andere als rosig aus für Moses und für Miriam. Aber schließlich hat mein Bruder doch auf mich gehört. In Wahrheit hat es ihn ziemlich beeindruckt, dass Ihr nicht getan habt, wozu Ihr die Gelegenheit hattet. Im Gegensatz zu mir damals, versteht Ihr.«

»Viel hat nicht gefehlt«, gestand Alan, ebenso freimütig wie verlegen.

»Nun, das will ich hoffen, weil ich sonst Eure Mannbarkeit in Zweifel ziehen müsste«, gab Ruben trocken zurück. »Aber das ist nicht entscheidend. Ihr habt großen Anstand bewiesen, sodass meinem Bruder nichts anderes übrig bleibt, als zu glauben, dass Eure Absichten auf Miriam ehrbar sind. Das ist ihm gar nicht recht, glaubt mir.«

»Wird er sie mir geben, Ruben?«

Der ältere Mann betrachtete ihn mit einem rätselhaften, halb wohlwollenden, halb schadenfrohen Lächeln. »Nie und nimmer.«

Wie verabredet besichtigten Alan und der jüdische Arzt das zum Verkauf stehende Anwesen am südlichen Stadtrand, und Josua schien seinen Groll völlig vergessen zu haben. Mit beinah kindlichem Enthusiasmus führte er Alan durch die Anlage und beschrieb ihm, welche Funktion die einzelnen Gebäudeteile erfüllen sollten. Er hatte alles genauestens durchdacht, erkannte Alan – beeindruckt, aber nicht überrascht.

Ihr Rundgang endete im Garten, der ziemlich verwildert und von einem überdachten Säulengang umgeben war, fast wie der Kreuzgang eines Klosters.

»Wir werden ein paar Obstbäume pflanzen und Gemüsebeete anlegen«, sagte Josua. »Die Arbeit mit lebenden, wachsenden Dingen kann eine sehr heilsame Wirkung haben. Für jemanden wie Euren Freund Luke etwa.«

Alan erkannte unter Gewissensbissen, dass er Luke und seinen bedenklichen Zustand vorübergehend aus seinen Gedanken verbannt hatte. »Ich hoffe, dass ich ihn überreden kann, freiwillig herzukommen«, sagte er beklommen. »Ich würde ihn ungern zwingen.«

»Das kann ich verstehen. Aber notfalls müsst Ihr es tun. Was Ihr mir beschrieben habt, klingt nicht gut. Es ist nicht auszuschließen, dass Luke zur Gefahr für sich und andere wird.«

»Nein, ich weiß.« Dann kam ihm eine ganz andere Frage in den Sinn. »Wie wollt Ihr Luke helfen, wenn Ihr doch gar kein Englisch sprecht?«

»Nicht viel«, musste Josua einräumen. »Mein Sohn David hingegen beherrscht es sehr gut. Er wird mit mir hier arbeiten. Es ist sein Wunsch ebenso wie meiner.«

Er schien wahrhaftig an alles gedacht zu haben. Alan war beruhigt. »Was muss ich tun, um dieses Haus zu kaufen?«, fragte er.

»Ruben kennt den normannischen Kaufmann, der als Agent für den Earl of Chester fungiert. Wenn Ihr wünscht, könnt Ihr die ganze Abwicklung meinem Bruder übertragen. Er weiß bestens mit diesen Dingen Bescheid.«

»Einverstanden.«

Josua schlenderte durch den Garten zu einer etwas tiefer liegenden Stelle, wo das Gras grüner war. »Ich frage mich, ob man hier eine Quelle findet, wenn man gräbt«, murmelte er.

»Ganz bestimmt«, gab Alan zurück. »Das hier ist schließlich East Anglia. Da könnt Ihr graben, wo Ihr wollt, wenn Ihr Wasser sucht.«

»Hm. Ein Brunnen wäre nicht schlecht. Ein Springbrunnen.«

»Ein was?«, fragte Alan verständnislos.

»Man führt das Wasser durch ein enges Rohr nach oben. Dort ergießt es sich in eine Schale. Wenn sie überfließt, fällt es in eine größere Schale darunter. Von der zweiten Schale in eine noch größere dritte.« Er beschrieb mit den Händen, wie ein Springbrunnen aussah. »Die Mauren in Spanien sind Meister in dieser Kunst. Sie sind ganz versessen auf Springbrunnen, weil ihre Vorfahren aus der Wüste kamen, nehme ich an.«

»Und was ist der Sinn eines solchen … Springbrunnens?«

Josua betrachtete ihn mit einem Lächeln. »Nur seine Schönheit, mein junger Freund. Nichts sonst. Er plätschert, und das Wasser glitzert in der Sonne. Das wirkt beruhigend, und Schönheit ist wie ein Lichtstreif in der Finsternis der Seele.«

»Oh ja. Ich weiß.« Eine bessere Eröffnung würde sich nicht bieten. »Josua, gebt mir Eure Tochter.«

Das Lächeln verschwand wie weggewischt. »Nein.« Der Arzt wandte sich brüsk ab. »Ihr wollt sie also, damit ihre Schönheit Eure Seele erhellt, ja?«

Er schritt zum Haupttor, aber Alan gedachte nicht, sich abhängen zu lassen, und ging neben ihm einher. »Möglicherweise war es zu Anfang so. Aber dank der Gnade Gottes und Eurer Hilfe ist die Finsternis meiner Seele gewichen.« Von gelegentlichen Kurzbesuchen abgesehen, fügte er in Gedanken hinzu.

»Und zum Dank dafür wollt Ihr mir meine Tochter stehlen, sodass ich nicht mehr das Brot mit ihr brechen kann, nicht mehr mit ihr beten kann, nicht mehr mit ihr sprechen, nicht mehr ihre Hand halten. So als wäre sie gestorben.« Es klang bitter.

»Das liegt allein bei Euch«, gab Alan frostig zurück. »Denn sie wird lebendig sein und nur einen knappen Tagesritt entfernt von hier leben. Aber wenn eine Ehe mit mir Eure Tochter in Euren Augen so erniedrigt und entehrt, dass sie für Euch gestorben ist, dann gibt es nichts, was ich daran ändern könnte.«

»Da sie niemals Eure Frau werden wird, ist diese Debatte glücklicherweise müßig«, entgegnete Josua nicht weniger eisig.

Sie legten den kurzen Weg ins Judenviertel in grimmigem Schweigen zurück, und Alan entgingen die argwöhnischen Blicke nicht, die sie von Christen wie auch von Juden auf der Straße ernteten. Sowohl der Bischof als auch der Rabbiner der jüdischen Gemeinde runzelten die Stirn über freundschaftliche Kontakte zwischen ihren jeweiligen Schäfchen, erinnerte er sich. Und wie sollten die Missverständnisse und das gegenseitige Misstrauen je aus der Welt geschafft werden, wenn sie keine Chance bekamen, einander kennenzulernen?

Vor der Tür, die von der Straße in seine Behandlungsräume führte, blieb Josua stehen. »Ich denke, es ist besser, wenn Ihr jetzt geht«, sagte er unwirsch.

Alan verzog die Mundwinkel zu einem bitteren kleinen Lächeln. »Was ist nur aus der viel gerühmten jüdischen Gastlichkeit geworden …« Er verneigte sich höflich. »Natürlich werde ich gehen, wenn es Euer Wunsch ist, Josua. Ich kann den Weg durchs Hoftor nehmen, um zu Eurem Bruder zu gelangen und den Kauf des Hauses mit ihm zu besprechen, und Ihr braucht mich nicht zu sehen und könnt beschließen, heute nicht mehr an mich zu denken. Es wird indes nichts nützen. Denn ich komme morgen wieder. Und am Tag darauf. So lange, bis Ihr Ja sagt.«

Josua wandte ihm rüde den Rücken zu und steckte den Schlüssel ins Schloss. »Ihr werdet als alter Mann noch an diese Tür klopfen, mit langem weißem Bart und auf einen Krückstock gestützt.«

»Wenn es so sein soll.«

»Kommt schon rein«, knurrte der Arzt über die Schulter.

Erleichtert folgte Alan ihm.

Miriam saß auf der Behandlungsliege, hatte die Knöchel gekreuzt und ließ die Füße baumeln, die Hände im Schoß gefaltet. Sie trug Schuhe, wie Alan sie sonst nur bei Mönchen kannte: Sandalen. Vorn geschlossen, aber dennoch war zwischen den Riemen ein gutes Stück Fuß zu sehen, und obendrein war ein Bändchen aus drei geflochtenen Wollfäden um ihren rechten Knöchel geknotet. Alan war es, als habe er nie zuvor etwas so Verführerisches gesehen, und dieser gänzlich unverhoffte sinnliche Moment verschlug ihm beinah den Atem, so wie bei ihrer allerersten Begegnung am Brunnen vor der Synagoge.

»Ich habe gewusst, dass ihr streiten würdet«, sagte Miriam zur Begrüßung. »Darum bin ich lieber hergekommen.«

»Und du kannst gleich wieder gehen«, eröffnete ihr Vater ihr. »Was ich Alan zu sagen habe, ist nur für seine Ohren bestimmt.«

»Ich werde nicht gehen«, teilte Miriam ihm mit. »Wenn ich seine Frau bin, werden wir ohnehin *ein* Leib sein, so steht es in der Schrift. Ich nehme an, das gilt auch für die Ohren.«

Alan stand mit verschränkten Armen an die Tür gelehnt, und er hätte den Rest seiner Tage damit verbringen können, sie zu betrachten, diese beinah erhabene Ruhe, die allein das Funkeln in den schwarzen Augen Lügen strafte.

»Du wirst aber nicht seine Frau«, gab ihr Vater zurück.

»Warum bist du so strikt dagegen? Du weißt genau, dass kein jüdischer Mann, der dir auch nur annähernd gut genug wäre, mich mehr nehmen wird nach der Sache mit Gerschom.

Aber Alan will mich haben. Und er besitzt alle Eigenschaften, die du an einem Mann schätzt, oder nicht?«

»Sagen wir, einige wenige«, knurrte Josua. »Und die alles entscheidende fehlt ihm.«

»Er ist kein Jude.«

»Ich bin erleichtert zu hören, dass du es nicht vergessen hast.«

»Warum ist das so alles entscheidend? Wo du ihn doch liebst wie einen Sohn? Mehr als du je glaubtest, einen *Goj* lieben zu können?«

Josua starrte sie an, und die Wangen oberhalb des Bartes waren fahl geworden. »Was redest du da?«, fragte er matt.

Miriam sah von ihm zu Alan und wieder zurück. »Du hast es zu Onkel Ruben gesagt. Ich habe euch belauscht. Das war unehrenhaft, ich weiß. Aber es ist auch unehrenhaft, nicht zu dem zu stehen, was man gesagt hat, Vater.«

Josua war zur Abwechslung einmal sprachlos.

Alan löste sich von der Tür, trat zu Miriam, nahm ihre Hand und führte sie an die Lippen. Ihr Vater knurrte wie ein großer wütender Hütehund. Alan und Miriam tauschten ein Lächeln, und er sagte: »Du bist eine kluge Taktikerin, aber du solltest ihn nicht in Verlegenheit bringen, denn das wird ihn nur noch sturer machen.« Und ehe Josua ihm an die Kehle gehen konnte, verneigte er sich vor ihm und fuhr fort: »Falls Ihr das wirklich gesagt habt, sollt Ihr wissen, dass ich nicht mehr so stolz war oder mich so beschenkt gefühlt habe seit dem Tag, als mein Onkel Gloucester mich in seinen Haushalt nahm.«

Josua blinzelte ein paarmal wütend und wandte den Kopf ab. Schließlich forderte er Alan und seine Tochter mit einer Geste auf, sich an den Tisch zu setzen. Er protestierte nicht einmal, als sie zwei eng beieinanderstehende Schemel wählten.

Er nahm auf der anderen Seite des gescheuerten Tisches Platz und ergriff Miriams Hand mit seinen beiden. »Keiner von euch überblickt wirklich, was es bedeuten würde«, sagte er leise, seine Stimme sehr tief. »Du wirst in keine Synagoge mehr gehen können. Niemand wird dich mehr bei einem unserer Feste dulden. Du könntest nie wieder die Sabbatkerzen anzünden. Du wärest eine Ausgestoßene.« Er sah zu Alan. »Und das Gleiche gilt für Euch. Wenn der Bischof davon erfährt, wird er Euch aus Eurer Kirche verstoßen. Wie sagt man gleich wieder …«

»Exkommunizieren«, antwortete Alan.

Josua tippte ihm mit dem Finger an die Brust. »Wie wollt Ihr das ertragen? Ich weiß, dass Ihr ein frommer Mann seid.«

»Es wäre bitter, wenn es dazu kommt, aber ich bin bereit, es auf mich zu nehmen. Es wäre nicht das erste Mal, dass die Heilige Mutter Kirche mir die kalte Schulter zeigt.«

Josua warf verzweifelt die Arme in die Höhe. »Ihr seid bereit, es auf Euch zu nehmen? Ich glaube, Ihr wisst überhaupt nicht, was Ihr da redet. Ihr benehmt Euch wie ein verantwortungsloser junger Dummkopf, Alan, was ist nur in Euch gefahren?«

»Sie«, sagte Alan und nickte mit einem Lächeln zu Miriam.

Josua stöhnte. »Und habt Ihr auch nur einen einzigen Gedanken an die Kinder verschwendet, die ihr bekämet? Ihr wisst, dass diese Kinder Juden wären, oder?«

»Bei allem Respekt, Josua, aber das zu entscheiden liegt bei Miriam und mir.«

»Da seht Ihr, was für ein Narr Ihr seid! Es liegt nicht bei Euch oder Miriam oder mir, sondern bei Gott, der uns unser Gesetz gegeben hat. Und das besagt: Ist die Mutter Jüdin, sind die Kinder Juden. Die Zugehörigkeit zum jüdischen Volk wird von der Mutter vererbt, versteht Ihr?«

Alan war so fasziniert von der Fremdartigkeit dieses Gesetzes, dass er dessen Folgen für sich selbst und Miriam im ersten Moment gar nicht bedenken konnte. »Warum?«, fragte er erstaunt.

»Weil die Vaterschaft zweifelhaft sein kann, die Mutterschaft hingegen nie«, knurrte Josua.

Alan musste lachen. »Ihr Juden seid ein praktisches Volk. Euer angeblich göttliches Gesetz ist doch wahrhaftig aus dem Leben gegriffen.«

»Ihr glaubt, das sei komisch, ja? Aber was ist, wenn …«

Josua wurde unterbrochen, denn die Tür zum Inneren des Hauses wurde aufgerissen, und sein ältester Sohn David stürzte unter einem hebräischen Wortschwall herein.

Alan verstand natürlich kein Wort, aber er wusste, David brachte keine Freudenbotschaft. »Was ist geschehen?«, fragte er Josua. Aus dem Augenwinkel sah er, dass Miriam die Linke vor den Mund gepresst hatte.

Josua stand auf, eigentümlich langsam. »Eine Schar Handwerker und kleiner Kaufleute unter der Führung eines Priesters ist in das Haus unseres Freundes Jesse ben Abraham eingedrungen. Wir wissen nicht, wie es um ihn und die Seinen steht, aber diese Männer sind in sein Kontor eingebrochen und haben es verwüstet. Und jetzt sind sie unterwegs hierher.«

Einen Moment rührte sich niemand, als habe die Schreckensnachricht sich wie ein schweres Leichentuch auf sie alle herabgesenkt. Dann ließ Miriam die Hand vom Mund sinken und legte sie auf Alans Arm. Josua trat zum Wandbord und begann, Krüge beiseitezuschieben.

Alan dachte. Schnell, systematisch und vor allem kühl. In seinem Kopf entstand ein Plan dieses verwinkelten Hauses, als habe er mit einer Feder den Grundriss auf Pergament gezeichnet, und er wusste sofort, wo die Schwachstellen waren und wo er sich postieren musste. So als wäre Josuas Haus eine Burg unter Belagerung.

»Wie viele?«, fragte er David und stand auf. Miriams Hand glitt von seinem Arm.

»Der Nachbarssohn, der die Nachricht brachte, wusste es nicht genau. Drei Dutzend, schätzt er.« Josuas Sohn sprach ruhig, aber der Adamsapfel in seinem mageren Hals glitt auf und ab, während er erfolglos zu schlucken versuchte.

Alan wandte sich an Josua, der inzwischen ein Schwert in einer dunklen, fleckigen Scheide an einem rissigen Gurt hinter seinen Medizinflaschen hervorgekramt hatte. »Was soll das sein?«, fragte Alan ungläubig. »Ein Relikt aus Samsons Krieg gegen die Philister?«

Josuas Miene war grimmig. »Es ist alt, aber bewährt. Ich lasse mir nicht kampflos das Dach über dem Kopf abreißen.«

»Nein, das sollt Ihr auch nicht.« Alan lockerte die eigene Klinge in der Scheide. »Aber erweist *mir* die Ehre, Euer Haus verteidigen zu dürfen, und bringt Eure Familie auf die Burg.«

»Wir werden nicht davonlaufen«, widersprach David wütend. »Ich kann ebenso gut eine Waffe führen wie jeder Normanne, wie jeder Angelsachse erst recht!«

Alan rang um Geduld und rief sich ins Gedächtnis, dass David erst siebzehn Jahre alt war. Verheiratet, bald Vater, aber nicht viel älter als Simon. Er legte ihm die Hände auf die Schultern. »Daran zweifle ich nicht. Aber wie sollen Juden und Christen in Norwich je wieder in Frieden zusammenleben, wenn ihr euch heute Nacht gegenseitig erschlagt, nur weil der Bischof deinem Onkel die Zinsen nicht zahlen will? Du solltest zuerst an deine Frau und dein ungeborenes Kind denken. Wahrer Heldenmut, David, muss leider nur zu oft im Verborgenen blühen.« Er sah wieder zu Josua. »Holt Esther und Moses. Dann eilt euch und geht.«

Josua zögerte noch einen Moment. Dann nickte er und legte sein vorsintflutliches Schwert an. Er hatte die Tür noch nicht erreicht, als sie sich wiederum öffnete. Ruben schob Esther und Moses hindurch. Beide sahen mit weit aufgerissenen Augen von Alan zu Josua.

Alan trat an die Tür zur Straße, zog sie behutsam ein Stück auf und lauschte. Dann steckte er den Kopf hindurch. »Noch ist nichts zu sehen«, berichtete er und kam sich albern vor, weil er flüsterte. Er winkte Josua und die Seinen näher. »Geht. Nehmt so viele Eurer Nachbarn mit, wie Ihr könnt, aber säumt nicht.«

Josua nickte ihm knapp zu, nahm Moses bei der Hand und trat auf die dunkle Straße hinaus.

Alan küsste Miriam auf die Stirn. »Hab keine Furcht. Ich hole euch, sobald es ruhig wird.«

Sie sah ihm in die Augen. »Ich habe keine Furcht.«

Er schob sie durch die Tür. David folgte mit Esther.

Alan sah ihnen nach, bis sie in der Dunkelheit verschwunden waren, dann versperrte er die Tür. »Ich nehme an, Euch kann ich nicht überreden zu gehen?«, fragte er Ruben.

Der schüttelte den Kopf, kaum weniger trotzig als David. Er trug ein sehr viel neueres Schwert an der Seite als Josuas, und trotz seiner Beleibtheit ließ die Waffe ihn gefährlich wirken. »Ich war immer der Raufbold in der Familie«, erklärte er. »Während mein gelehrsamer Bruder die Schriften studiert hat und sich der noblen Kunst des Heilens verschrieb, habe ich mich im Schwertkampf geübt.«

Alan nickte. Er war nicht überrascht. »Lasst uns gehen. Wir haben viel zu tun.«

Vater Anselm de Burgh, der Subprior der Abtei von Norwich, hatte aus seinem Herzen keine Mördergrube gemacht, nachdem er sowohl von Jesse ben Abraham als auch von Ruben ben Isaac einen kostenlosen Zahlungsaufschub für seinen Abt und Bischof verlangt hatte und bei beiden auf wenig Gegenliebe gestoßen war. Und es war kein Zufall, dass er ausgerechnet den Zunftmeister der Gerber aufsuchte und ihm sein Leid klagte, denn seit dem rätselhaften Tod des jungen William vor drei Jahren waren die Gerber besonders schlecht auf die Juden zu sprechen. Es war nicht schwierig gewesen, ihren schwelenden Groll neu anzufachen, und bei Sonnenuntergang zogen dreißig entrüstete Männer mit Fackeln, schartigen Schwertern und angerosteten Streitäxten ins Judenviertel. Jesse ben Abraham und die Seinen hatten sie nicht angetroffen, denn die Familie war zu einer Hochzeit nach York aufgebrochen. So mussten sie sich damit begnügen, sein Kontor zu verwüsten. Doch die Schuldscheine des ehrwürdigen Bischofs fanden sie nicht, und darum war ihre Wut ungestillt, als sie zum Haus der Brüder ben Isaac kamen.

Kaum waren sie in die Gasse eingebogen, geriet der Zug johlender Menschen jedoch ins Stocken, denn ein lieblicher Klang scholl ihnen durch die Nacht entgegen. Er passte so gar nicht zu ihrem Zorn und ihrem Blutdurst, und die wackeren Männer von Norwich hielten inne und tauschten irritierte Blicke.

Ein wenig langsamer und leiser gingen sie weiter. Am Ziel angelangt, bot sich ihnen ein höchst sonderbares Bild: Vor der geschlossenen Toreinfahrt saß ein Mann auf einem Schemel und schlug im Schein einer einzelnen Öllampe die Laute. Das Licht stand auf der Erde und beleuchtete sein Gesicht von unten, sodass es ein wenig gespenstisch wirkte. Er hatte den Kopf über das Instrument gebeugt und schien die wütenden Männer überhaupt nicht wahrzunehmen, so vertieft war er in das beschwingte Erntelied, das er spielte. Leise, scheinbar völlig selbstvergessen summte er die Melodie mit, und als das erste Paar Holzschuhe in sein Blickfeld trat, hob er den Kopf und fragte lächelnd: »Wie gingen doch die Verse gleich wieder?«

Zu den Holzschuhen gehörte ein vierschrötiger Mann in Lederschürze mit spärlichem Haar- und Bartwuchs und einem Escheprügel in der Hand. »Wer bist … seid Ihr?«, fragte er verdattert.

Der Lautespieler brachte die Saiten mit der flachen Hand zum Verstummen. »Hm. Lass mich überlegen. Wer mag ich sein? Ruben ben Isaac vielleicht?«

»Blödsinn«, versetzte der Mann. »Ruben ben Isaac ist viel älter als Ihr und rund wie ein Fass.«

»Tja. Dann bin ich womöglich sein Bruder Josua?«

»Nein«, knurrte ein zweiter Mann in der vordersten Reihe. »Den kenne ich, und er sieht anders aus als du.«

»Wirklich? Und woher kennst du ihn?«

»Er hat …« Der Mann verstummte abrupt.

»Deinem Söhnchen das gebrochene Bein gerichtet oder deinem Weib die Kreuzschmerzen gelindert? Und du bist nun hier, um dich zu bedanken?«

Der Kerl, der eine dänische Streitaxt führte, senkte einen Moment verlegen den Blick, hob ihn aber sofort wieder, und seine Miene war herausfordernd. »Du bist überhaupt kein Jude«, beschied er.

»Wie kannst du so sicher sein?«

»Juden tragen das Haar vor den Ohren lang und komische spitze Hüte«, wusste er.

»Haar kann man stutzen und Hüte abnehmen.«

»Juden haben alle krumme Nasen«, behauptete ein anderer. »Deine ist gerade.«

»Na ja. Ich würde sagen, darüber ließe sich streiten. Sie war zweimal gebrochen, und wenn du genau hinschaust, siehst du es.«

Hier und da gab es verhaltenes Gelächter. Die Stimmung hatte sich ein wenig entspannt. Bis Vater Anselm de Burgh sich nach vorn drängte. »Wer seid Ihr, und was habt Ihr hier zu suchen?«, verlangte er barsch zu wissen.

»Das Gleiche könnte ich Euch fragen.«

»Wir haben dem jüdischen Wucherer etwas mitzuteilen. Unmissverständlich. Wo ist er? Rückt ihn heraus!«

Alan stellte die Laute ab und lehnte sie an seinen Schemel. »Aber Ihr habt heute Nachmittag schon bei ihm vorgesprochen. Nicht besonders höflich übrigens, wenn Ihr meine Offenheit verzeihen wollt. Das Kontor ist nun geschlossen, und Ihr müsst morgen wiederkommen.«

»Woher könnt Ihr wissen, ob ich heute schon hier war und was ich gesagt habe?«

»Ich stand im Hof bei meinem Pferd, und Euer Gebrüll war unmöglich zu überhören.«

Der Mönch machte einen langen Schritt auf ihn zu. »Sieh an. Ihr seid ein Judenfreund, wie? Ihr verkehrt mit diesem gottlosen Pack.«

»So wie Ihr offenbar auch, Vater, nicht wahr?«

Anselm quollen vor Zorn beinah die Augen aus dem Kopf. »Davor bewahre mich der gnädige Herr Jesus Christus! Dieses jüdische Geschmeiß hat einen frommen Sohn dieser Stadt *abgeschlachtet*! Ihn ans Kreuz geschlagen, ihm eine Dornenkrone aufgesetzt und sein Blut gesoffen.«

Das leise Gekicher hier und da verstummte, und die Männer rückten vor wie ein angelsächsischer Schildwall.

Alan stand auf. Er tat es langsam, ohne jedes Drohgebaren. »Ihr befindet Euch im Irrtum, Vater. Kein Jude hat dem Jungen ein Leid zugefügt. Er starb an einer Pilzvergiftung.«

»Behauptet wer?«, verlangte Anselm zu wissen.

»Ich.«

»Und Ihr seid, Monseigneur?«

»Alan of Helmsby.«

Es wirkte. Die Männer blieben stehen und wiederholten den Namen als ehrfürchtiges Raunen. Alan begann zu hoffen, dass sie vielleicht Glück hatten und der hässliche Mob sich auflösen würde, um wieder in die anständigen, gottesfürchtigen und friedfertigen Männer zu zerfallen, die sie vermutlich waren, wenn man jeden einzeln betrachtete. Aber er hatte Vater Anselm unterschätzt.

»Es ist schmerzlich, wenn gerade ein großer Mann wie Ihr den Einflüsterungen der Gottlosen erliegt, Alan of Helmsby«, sagte der, die Stimme plötzlich milde und honigsüß. »Es beweist nur wieder einmal, dass kein Mann, ganz gleich welchen Geblüts oder Standes, auf die Führung der Heiligen Mutter Kirche verzichten kann, ohne die er irrt und strauchelt. Das gilt auch für Euch. Darum heiße ich Euch: Gebt das Tor frei und lasst uns das Werk des Herrn tun, für welches wir hergekommen sind.«

Wieder murmelten die Männer von Norwich, und hier und da sah Alan sie im Licht ihrer Fackeln nicken. Er konnte es ihnen nicht einmal wirklich verdenken: Anselm klang wie die Stimme der Vernunft, und sie waren es gewöhnt, einem Gottesmann zu gehorchen und zu folgen, denn nur die wussten wirklich, was recht war und was unrecht. Wären die Mönche von St. Pancras und die Isle of Whitholm nicht gewesen, dachte Alan, stünde ich heute vielleicht mitten unter ihnen.

Er wandte sich wieder an den Subprior. »Was genau soll dieses Werk des Herrn denn sein, Vater?«

»Das braucht Euch nicht zu kümmern«, gab Anselm zurück und straffte entschlossen die Schultern. »Gebt das Tor frei.«

Ein Stein kam aus der Dunkelheit herangeflogen. Alan blieb Zeit, den Kopf wegzubiegen, und der faustgroße Brocken verfehlte ihn. Er prallte im Dunkel der Einfahrt mit einem dumpfen Laut auf ein Ziel, das weicher war als ein hölzernes Tor, was aber glücklicherweise niemand zu bemerken schien. Die aufgebrachte Meute rückte weiter vor und kam Alan nahe genug, dass er die Hitze der vorderen Fackel spürte. Er wusste, er durfte nicht länger zögern. Mit der Schnelligkeit, die die Menschen in Blackmore und andernorts so in Staunen versetzt hatte, zog er das Schwert, hatte beide Hände am Heft, ehe irgendwer reagieren konnte, und setzte zu einem seitlichen Hieb an, um Vater Anselms Schultern vom Gewicht seines Kopfes zu befreien.

Die Männer schrien auf, als hätten sie alle plötzlich nur noch eine Stimme. Doch dieses Mal zog Alan nicht durch, sondern verharrte mit der Klinge am Hals des Mönchs.

Anselm de Burgh hielt sich kerzengerade, schloss die Augen und betete.

»Ich will Euch nicht töten, Vater …«, bekannte Alan.

»Das kann ich mir vorstellen«, knurrte Anselm. »Wer wünscht sich schon die ewige Verdammnis?«

»… aber wenn Ihr jetzt nicht den Mund haltet, könnte ich schwach werden. Also, betet nur weiter. Aber leise.« Alan sah zu dem Kerl mit der Streitaxt. »Was wollt ihr wirklich hier?«, fragte er.

»Die Schuldscheine holen und verbrennen«, antwortete der Gerber prompt. »Und jedem jüdischen Halsabschneider, der uns aufhalten will, eine Lektion verpassen, die er nie vergisst. Kein gottloser Jude sollte von einem heiligen Bischof Zinsen nehmen dürfen. Der Bischof hat seine Kirche gebaut, um Gott zu preisen. Es ist schändlich.«

Du hast schön auswendig gelernt, was Anselm dir vorgebetet hat, dachte Alan, aber er verbarg seine Verachtung. »Und doch hat der Bischof den Zinsen zugestimmt, als er sich das Geld geborgt hat. Was würdest du zu einem Kunden sagen, der dir den vereinbarten Preis für deine Häute nicht zahlt? Wie würdest du ihn nennen, hm?«

»Einen wortbrüchigen Saubeutel, Mylord, aber …«

Hier und da gab es wieder die ersten Anzeichen von Heiterkeit.

»Ich glaube, so wollen wir den ehrwürdigen Bischof lieber nicht betiteln«, erwiderte Alan. »Auch wenn es vielleicht zutrifft.«

»Aber Wucher ist gottlos, Mylord«, wandte der Vierschrötige mit der Lederschürze ein.

Alan sah zu Vater Anselm. »Ich bin überzeugt, das denkt der ehrwürdige Bischof auch. Doch muss er einen frommen Grund gehabt haben, das Geld für den Kirchenbau zu leihen. Nennt ihn uns, Vater, seid so gut.«

Anselm schwieg, als hätten die Feen ihm die Zunge gestohlen. Erst als Alan den Druck der Klinge ein klein wenig verstärkte, brachte er gepresst hervor: *»Der Zweck heiligt die Mittel.«*

Wie ein böiger Wind verebbte das Raunen der Männer, ehe es wieder anschwoll und ein empörtes Zischen wurde.

Der in der Lederschürze wandte sich an den Geistlichen. »Aber Ihr habt gesagt, der Bischof sei betrogen und hinters Licht geführt worden, der Wucherer hätte sein Geld als Spende ausgegeben!«

Vater Anselm besaß zumindest genug Anstand, um beschämt den Blick zu senken. »Nun, so habe ich es gewiss nicht gesagt, mein Sohn …«

»Das habt Ihr wohl«, ereiferte sich der mit der Streitaxt. »Und Ihr habt gesagt …«

Alan hob die Hand, und die Männer verstummten und sahen ihn abwartend an. *Er* hatte jetzt ihr Gehör, nicht Vater Anselm, erkannte er erleichtert, und ihm war, als höre er King Edmunds Stimme in seinem Kopf: Überlege gut, wie du deine Macht nutzt.

Alan befolgte den Rat und überlegte. Dann trat er einen Schritt zurück und steckte sein Schwert ein. »Geht heim«, bat er Lederschürze und Streitaxt. »Weder Jesse ben Abraham noch Ruben ben Isaac haben den Bischof betrogen, und kein Jude hat euren William getötet. Ich verbürge mich dafür.«

»*Ihr* verbürgt Euch für das gottlose Judenpack?«, fragte der Vierschrötige ungläubig. »Alan of Helmsby?«

Der nickte. »Unter Eid, wenn ihr wünscht.«

Die beiden Anführer verständigten sich mit einem Blick. Dann schüttelte der mit der Streitaxt den Kopf. »Ich glaube, das wird nicht nötig sein, Mylord.« Er klang eher verwirrt als überzeugt.

»Dann geht mit Gott.«

Die Männer in den vorderen Reihen – immer die entschlossensten, die sich nicht scheuten, gesehen zu werden, ganz gleich, was der Mob anrichtete – tauschten jetzt alle unsichere Blicke, sahen Alan an, dann Vater Anselm. Der Subprior bemühte sich ohne großen Erfolg, seine fragwürdige Rolle bei diesem gefährlichen Spiel durch eine besonders würdevolle Miene wettzumachen. Aber die Männer ließen sich nicht noch einmal von ihm hinters Licht führen. Als die Ersten sich abwandten und auf den Heimweg machten, ließen sie ihn grußlos stehen.

Vater Anselm schlich davon, ehe er Gefahr lief, allein mit Alan of Helmsby vor dem jüdischen Haus zurückzubleiben.

Alan wartete im Licht seines Öllämpchens, bis die Schritte verklungen, die Fackeln zu Lichtpunkten geworden und schließlich ganz verschwunden waren. Dann fragte er über die Schulter: »Hat der Stein Euch verletzt?«

Ruben trat aus dem Schatten der Toreinfahrt, die blanke Klinge in der Hand. »Nein. Er traf eine meiner besser gepolsterten Partien.« Er grinste matt, aber sein Gesicht war bleich. Jedenfalls schien es im schwachen Licht so. Er blieb vor Alan stehen und sah ihn an. »Das war knapp.«

Der jüngere Mann winkte ab. »Ich hab's schon knapper erlebt.«

»Das glaub ich aufs Wort. Trotzdem. Ihr habt Euer Leben für uns aufs Spiel gesetzt, und ich habe noch nie erlebt, dass ein *Goj* das tut. Am Ende seid Ihr gar keiner, he? Ihr habt so klug gehandelt und allein mit Eurem Kopf eine Schlacht gewonnen. Man könnte Euch beinah für einen Juden halten, Alan of Helmsby.«

Alan, der den Schlüssel gehütet hatte, sperrte das Tor auf. »Erzählt das Eurem Bruder«, schlug er vor.

Ruben lachte in sich hinein und führte ihn zu seinem Kontor. »Ich weiß nicht, wie's Euch geht, aber ich kann jetzt einen Schluck vertragen. Zwischendurch habe ich gedacht, Anselm de Burgh bekommt seinen Willen und sie gehen mit ihren Knüppeln auf Euch los.«

Dann wären wir jetzt beide tot, wusste Alan. Ruben hatte sich sozusagen als stille Reserve im Schatten verborgen, um Alan zur Seite zu springen, wenn es zum Äußersten kam, aber auch mit dem Tor im Rücken hätten sie so viele Gegner nicht abwehren können. Alan nahm den Weinbecher, den Ruben ihm reichte, und trank durstig. »Nicht alle Gottesmänner sind wie Vater Anselm«, sagte er dann. »Er macht der Kirche keine Ehre, aber sie hat viele gute Männer, die klug und weise und gütig sind.«

»Oh, ich weiß«, versicherte Ruben. »Und entschuldigt Euch nicht, Alan. Das habt Ihr nicht nötig.«

Der jüngere Mann nickte, leerte den Becher und stellte ihn auf den Tisch. »Ich werde gehen und Eure Familie zurückholen. Je eher wir sie beruhigen können, desto besser.«

»Da habt Ihr recht. Aber *ich* gehe. Wie Ihr selber so weise bemerkt habt, ist es gesünder, wenn Ihr Euch auf der Burg nicht blicken lasst. Und vielleicht wäre es gut, wenn Ihr morgen aus Norwich verschwindet, denn bei Sonnenuntergang wird sich auch bis dort oben herumgesprochen haben, dass Alan of Helmsby in der Stadt ist.«

Der winkte ungeduldig ab. »Mag sein. Aber ich werde mir die Chance nicht entgehen lassen, einen Blick auf diese Burg zu werfen, ganz gleich, was Ihr sagt.«

Schließlich machten sie sich zusammen auf den Weg.

Norwich Castle stand wie ein riesiger weißer Würfel auf der Motte – dem einzigen Hügel weit und breit – am östlichen Stadtrand. Sage und schreibe drei Palisadenzäune und Gräben umgaben den steinernen Bergfried, und jedes der drei Torhäuser war gut bewacht. Aber Alan und Ruben wurden anstandslos durchgelassen, und die Wache am letzten Tor führte sie artig die hölzerne Außentreppe des Bergfrieds hinauf in den Vorraum der großen Halle und bat sie, dort zu warten.

Die beiden Ankömmlinge verschmähten die steinerne, mit Kissen gepolsterte Bank entlang der Wand des Warteraums, und es dauerte auch nicht lange, bis die Wache zurückkehrte. »Folgt mir, Monseigneurs«, bat der junge normannische Soldat respektvoll und führte sie durch einen reich verzierten Torbogen in die Halle. Wie in Alans eigener Burg standen auch hier lange Tische zu einem Hufeisen aufgestellt, nur war dieser Raum mindestens dreimal so groß und doppelt so hoch wie seine Halle in Helmsby, die ihm mit einem Mal höchst bescheiden erschien. Fackeln steckten in Halterungen entlang der Wände. Es gab keinen Kamin, aber eine Feuerstelle in der Saalmitte. Der Rauch stieg in die Dunkelheit der immens hohen Decke empor, wo er niemanden störte, und verzog sich dort vermutlich durch irgendwelche Scharten oder die engen Wendeltreppen in den Ecktürmen. Hier und da hockten Ritter und ein paar Damen, Soldaten, Mägde und Knechte an den Tischen und aßen – ein gutes Stück entfernt von den vielleicht zwanzig Juden, die auf der Burg Zuflucht gesucht hatten und an der rechten Tafel saßen.

Josua und die Seinen erhoben sich, als sie die Ankömmlinge entdeckten, aber ehe diese sie erreicht hatten, fiel eine Hand schwer auf Alans Arm und schleuderte ihn herum. »Helmsby!«

Alan fand sich Auge in Auge mit einem untersetzten Mann in dunklen Kleidern, dessen silbergraue Locken schütter wurden. »John de Chesney?«, fragte er ungläubig. »*Ihr* seid der Sheriff von Norfolk?«

Das Lachen des älteren Mannes klang wie das Rumpeln großer Karrenräder. »Überlegt Euch lieber gut, ob Ihr überrascht sein wollt, mein Junge. Ich könnte das als Beleidigung auffassen.«

Alan schüttelte mit einem matten Grinsen den Kopf, und sie umarmten sich kurz. John de Chesney entstammte einem unbedeutenden Rittergeschlecht mit normannischen und angelsächsischen Vorfahren, ganz ähnlich wie Alan selbst, und war ein alter Freund und Kampfgefährte seines Onkels Gloucester.

»Wie geht es dem alten Wolf?«, fragte der Sheriff. »Ich hab ihn seit Jahren nicht gesehen.«

»Nicht gut, fürchte ich«, berichtete Alan gedämpft. »Ich war vor zwei Monaten bei ihm. Er ist krank, aber er sagt mir nicht, was ihm fehlt.«

Der Sheriff schüttelte langsam den Kopf. »Wenn er diese Welt verlässt, kann Kaiserin Maud ihre Truhen packen und aus England verschwinden. Dann ist sie hier erledigt.«

»Ich weiß.« Alan beschloss, Henry Plantagenet und dessen ehrgeizige Ziele lieber nicht zu erwähnen, ehe die Wunschträume des jungen Franzosen zu handfesten Plänen gereift waren.

»Was nur daran liegt, dass Ihr plötzlich verschwunden wart«, behauptete de Chesney. »Wo habt Ihr nur gesteckt all die Zeit? Es hieß, Geoffrey de Mandeville, dieser Teufel, habe Euch erwischt.«

»Wer hat Euch das erzählt?«, fragte Alan neugierig.

Der Sheriff überlegte einen Moment. »Haimon de Ponthieu, glaube ich. Er kam hier vorbei, denn er war auf der Suche nach Euch. Er ist Euer Cousin, stimmt's?«

»So ist es.« Alan sah zu Josua hinüber, der leise mit seinem Bruder sprach. Miriam stand einen halben Schritt hinter ihrem Vater und sah Alan unverwandt an. Er senkte die Stimme. »Gut von Euch, dass Ihr sie hier aufnehmt und eine schützende Hand über sie haltet.«

Der Sheriff folgte seinem Blick und hob dann die massigen Schultern. »Es war der Wunsch meines Königs. Des *alten* Königs, meine ich natürlich, Eures Großvaters, mein Junge. Stephen und Maud sind viel zu sehr mit ihrem Krieg gegeneinander beschäftigt, um sich um die Geschicke ihrer Untertanen zu kümmern – Juden oder Christen. Aber ich sag Euch: Ohne die Juden und ihr Geld wäre Norwich nie so schnell so reich geworden. Sie tun uns gut, und es sind anständige Menschen. Sie haben auch diesen Gerberlehrling damals nicht umgebracht, glaubt mir.«

»*Mich* braucht Ihr nicht zu überzeugen«, entgegnete Alan trocken. »Ich bin Josua ben Isaac und seiner Familie freundschaftlich verbunden.«

Zu den Tugenden eines guten Sheriffs gehörte ein scharfer Blick, und John de Chesney fragte unschuldig: »Vor allem seiner bildschönen Tochter?«

Alan sah ihm in die Augen, und nach einem Moment nickte er knapp.

Der untersetzte Sheriff musste sich ein wenig recken, um ihm auf die Schulter zu dreschen, tat es aber mit Hingabe. »Kommt, mein Sohn. Trinken wir einen Becher auf die Schönheit der Frauen. Und dabei könnt Ihr mir erzählen, was unten in der Stadt passiert ist. Ich wette, Anselm de Burgh, diese Natter im Mönchsgewand, steckt dahinter.«

»Die Wette wäre gewonnen, Monseigneur«, sagte Alan und berichtete.

Der Sheriff führte ihn an die hohe Tafel und zog ihn in den Sessel gleich neben seinem hinab, reichte ihm einen der Becher, die ein Diener brachte, und lauschte derweil konzentriert. Schließlich knurrte er: »Ich werde ein ernstes Wort mit dem Bischof reden müssen. Ich dulde nicht, dass er die anständigen Leute dieser Stadt aufstachelt und zu Bluttaten anstiftet. Es mag keinen richtigen König im Land geben, aber meine Aufgabe ist es, des Königs Frieden in dieser Grafschaft zu wahren, und bei Gott, das werde ich tun.« Er nahm einen kräftigen Zug aus seinem Pokal, um seine Worte zu unterstreichen.

Alan kostete und war freudig überrascht, als er feststellte, dass der Sheriff Wein aus Blackmore trank.

»Ihr wollt dieses Mädchen nicht ernsthaft heiraten, oder?«, fragte de Chesney.

»Doch.«

Der Sheriff seufzte und verdrehte die Augen. »Wenn Ihr das tut und es bekannt wird, rottet sich der nächste Mob zusammen, um alle Juden zu erschlagen. Das ist Euch doch hoffentlich klar.«

»Es besteht keinerlei Grund, warum es hier in der Stadt bekannt werden sollte«, entgegnete Alan. »Im Übrigen werde ich mir um die Juden von Norwich keine Sorgen machen, solange ich weiß, dass Ihr über ihre Sicherheit wacht.« Denn der Sheriff war der erste Mann – jedenfalls der erste Christ –, der von Alans Heiratsplänen nicht schockiert war.

Es war weit nach Mitternacht, als sie ins Judenviertel zurückkehrten. Ein paar Männer trugen Fackeln, und alle sahen sich argwöhnisch um, wenn es in den dunklen Gassen raschelte. Rechtschaffene Leute waren zu so später Stunde für gewöhnlich nicht auf der Straße, und ihnen allen saß der Schreck noch in den Knochen.

Josua trug den schlafenden Moses auf dem Arm. Alan ging mit der Fackel neben ihm einher, betrachtete in ihrem Schein das friedliche Knabengesicht an der Schulter des Vaters und spürte die Schmach der Feindseligkeit und drohenden Gewalt, die diesen Menschen heute Abend hier entgegengeschlagen war, wie einen körperlichen Schmerz.

Josuas Miene war grimmig. Seine Wangenmuskeln wirkten wie versteinert, er sah Alan nicht an und sprach kein Wort.

Mit leisem Gruß verabschiedeten sich die Nachbarn und gingen in ihre Häuser, und schließlich hielt auch der Arzt vor der Tür zu seinen Behandlungsräumen an. Er reichte Miriam ihren kleinen Bruder, zog den Schlüssel unter seinem dunklen Mantel hervor und sperrte auf.

Ungebeten folgte Alan der Familie ins Haus und beleuchtete den Weg den Flur entlang zu der Halle auf der Vorderseite des Gebäudes, die er bislang nie betreten hatte. Auch hier war eine kleine Öffnung in den Türpfosten geschnitten, in der, wie er inzwischen gelernt hatte, eine *Mesusa* – eine Pergamentrolle mit einigen Zeilen aus der Heiligen Schrift – steckte. Während Alan über die Schwelle trat und die Öllampen anzündete, steckten Ruben, Josua und seine Kinder die Finger in das schmale Loch, berührten die Rolle, führten die Finger dann an die Lippen und murmelten ein paar Worte auf Hebräisch.

»Gott schütze mich bei meinem Fortgehen und bei meiner Heimkehr, jetzt und in Ewigkeit«, wiederholte David auf Normannisch und sah Alan herausfordernd an. »Es ist der pure Hohn.«

»Nicht Alan of Helmsby hat indes deine sichere Heimkehr bedroht, sondern dein Leben beschützt«, entgegnete Josua scharf. Dann rieb er sich müde die Augen. »Geh und bring deine Frau in eure Kammer, mein Sohn. Sie muss erschöpft sein. Miriam, sei so gut und bring Moses ins Bett. Dann komm wieder her.«

Die jungen Leute nickten, nahmen die Lampen, die Alan ihnen reichte, und gingen hinaus.

Ruben und Josua setzten sich an den Tisch, und Letzterer lud Alan mit einer ungeduldigen Geste ein, sich ihnen anzuschließen.

Alan zog es jedoch vor, ans Fenster zu treten, den Laden zu öffnen und zu lauschen. Die Nacht war ruhig und lau. Ein Stück die Straße hinunter fauchten zwei Katzen im Kampf um ihr Jagdrevier, und aus dem Garten drang das Zirpen der Grillen an sein Ohr. Das war alles.

Auch in der kleinen Halle war es still. Als Miriam zurückkam, blieb sie einen Augenblick unter der Tür stehen, blickte die drei Männer der Reihe nach an und trat dann zu Alan ans Fenster.

Er legte den Arm um ihre Schulter, aber es war ihr Vater, den er ansah.

Josuas Hände lagen auf den Knien und waren zu Fäusten geballt. »Und nun soll ich einwilligen und Euch meine Tochter geben, weil ich in Eurer Schuld stehe? Habt Ihr Euch das so vorgestellt?«, fragte er schneidend.

»Ganz gleich, was geschieht, ich werde immer derjenige sein, der in Eurer Schuld steht«, widersprach Alan. »Aber nicht einmal Ihr könnt leugnen, dass Gott offenbar beschlossen hat, unsere Geschicke miteinander zu verflechten. Ich hoffe auf Eure Einwilligung, weil Ihr in Eurem Herzen längst erkannt habt, dass uns mehr verbindet als trennt.«

»Wie beglückend, dass Ihr mein Herz so genau kennt …«

Alan blieb mit der ihm eigenen Beharrlichkeit auf seinem einmal eingeschlagenen Kurs. »Ihr sagt, Ihr wollt mir Miriam nicht geben, weil ich kein Jude bin. Daran kann ich nichts ändern. Ich bin kein Jude, obendrein ein Bastard. Aber *ich* werde Eure Tochter nicht ans Ende der Seidenstraße verschleppen oder sie allein zurücklassen und auf Nimmerwiedersehen verschwinden, sodass sie für immer das Leben einer Witwe führen muss. *Ich* kann ihr das Heim und die Sicherheit bieten, die sie sich wünscht und die sie verdient hat, in diesem Land, das ihre Heimat ist. Ich sage nicht, dass es immer leicht sein wird, denn das wird es nicht, für keinen von uns. Juden und Christen werden uns gleichermaßen anfeinden. Aber vielleicht wird es auch ein paar geben, die die Augen öffnen und lernen, einander zu respektieren. Wir haben es in der Hand, Josua, Ihr und ich. Mit unserem Hospital, mit unserer Verbundenheit, mit den Kindern, die Eure Enkel sein werden. Ich werde darauf bestehen, dass sie die Taufe empfangen, aber Miriam soll sie in Eurem Glauben unterweisen, und wenn sie alt genug sind, können sie selbst wählen, ob sie dem alten oder dem neuen Bund angehören wollen. Mir ist das eine so recht wie das andere.« Er unterbrach sich kurz, schloss einen Moment die brennenden Augen und atmete tief durch. Dann fühlte er Miriams Hand im Rücken, und der sanfte Druck gab ihm genug Mut, um fortzufahren: »Ihr wisst genau, dass sie mit Gerschom niemals glücklich geworden wäre, ganz gleich, wie sie sich darum bemüht hätte. Sie ist eben anders als Ihr. Die Frage ist, könnt Ihr ihr das Recht zugestehen, anders zu sein? Und könnt Ihr mir genug vertrauen, um mir zu glauben, wenn ich sage, dass ich Eure Tochter lieben und halten werde, in guten wie in schlechten Tagen, bis dass der Tod uns scheidet?«

Josua hatte unbewegt gelauscht, ohne ihn aus den Augen zu lassen. Er tauschte einen langen Blick mit seiner Tochter, dann sah er wieder zu Alan. Zwei Tränen liefen über seine Wangen, und er nickte.

Helmsby, August 1147

Bei Einbruch der Dämmerung erreichten sie den Wald zwischen Helmsby und Metcombe, und nachdem sie vielleicht eine halbe Stunde unter den Bäumen einhergeritten waren, wo die Schatten sich allmählich verdichteten, verließ Alan den Pfad und bog nach links ab. Miriam folgte ihm auf der stämmigen kleinen Stute, die er am Morgen in Norwich für sie gekauft hatte. Das Tier war lammfromm und ihren bescheidenen Reitkünsten angemessen. Sie habe nicht oft Gelegenheit zum Reiten gehabt, hatte Miriam ihm gestanden, und er hatte ihr versprochen, sie werde noch vor dem Winter vernünftig reiten lernen.

Farn bedeckte den Waldboden und leuchtete in hellem Grün, wo die letzten Sonnenstrahlen einen Weg durch das Blätterdach fanden. Die Reiter schreckten eine Ricke mit ihrem Kitz auf, die lautlos zwischen den Bäumen davonsprangen. Dann gelangten sie zu einer kleinen Lichtung mit einer allein stehenden Eiche, die höher und älter war als die umstehenden Bäume, und keine fünf Schritte entfernt sprudelte eine Quelle in einem flachen Becken aus dicken, runden Kieseln, rann über dessen Rand auf den Wald zu und verlor sich im Farn.

Alan saß ab, band Conan an eine junge Buche und half Miriam aus dem Sattel. »In heidnischen Zeiten war dies ein heiliger Ort«, erklärte er und sah sich einen Moment andächtig um. »Noch heute schwören die Bauern, die Quelle habe magische Heilkräfte, und zu Mittsommer oder zur Sonnenwende kommen sie her, binden Tuchfetzen an die Eiche und flüstern ihr ihre geheimsten Wünsche zu, damit die Feen sie hören.«

Miriam sah zu ihm hoch, den Kopf leicht zur Seite geneigt. »Und? Worum hast du die Feen gebeten?«

»Um einen Vater, als ich ein Junge war.« Er nahm die Decke, die zusammengerollt hinter seinem Sattel gelegen hatte, und breitete sie auf dem Boden aus. »Um Ruhm und Ehre, als ich ein bisschen älter war.«

»Nun, zumindest den zweiten Wunsch haben die Feen dir erfüllt.«

Alan nickte. »Zu schade, dass er so dumm und eitel war.«

Miriam lachte, und Alan verharrte am Boden auf den Knien, spürte den weichen Wollstoff der Decke unter den Händen und ergab sich diesem Augenblick und dem warmen Klang ihres Lachens. Dann streckte er die Hand aus. »Komm her.«

Sie kam, ergriff seine Hand und kniete sich vor ihn auf die Decke, so nah, dass er ihren Atem auf der Wange spürte. Er ergriff auch ihre andere Hand, und dann knieten sie da und schauten sich in die Augen.

»Sind wir hergekommen, um den Segen der Feen zu erbitten?«, fragte Miriam schließlich.

Alan hob lächelnd die Schultern. »Sie sind wohl die Einzigen, deren Segen wir erhoffen können.« Ihr Vater hatte erklärt, eine jüdische Hochzeit sei unmöglich, kein Rabbiner wäre dazu bereit. Ein christlicher Priester hätte sich vermutlich gefunden, den Alan mit gezückter Klinge weit genug einschüchtern konnte, dass er sie traute, aber das wollte er nicht. »Das Gesetz sagt, der Segen der Kirche ist nicht zwingend erforderlich für eine gültige Eheschließung«, erklärte er. »Es reicht, wenn die Brautleute ein Eheversprechen tauschen und … ihren Worten Taten folgen.«

»Und dazu sind wir hier.«

»Dazu sind wir hier«, bestätigte Alan. Er studierte ihr Gesicht, um herauszufinden, ob ihr im letzten Moment Zweifel kamen oder sie sich fürchtete, aber er sah nichts als diese eigentümliche würdevolle Gelassenheit in ihrem Blick. »Es ist unmöglich zu erraten, was du denkst«, beanstandete er.

»Ich weiß«, erwiderte sie mit einem Lächeln, von dem ihm seltsam eng in der Kehle wurde.

»Bist du sicher, dass du das tun willst?«, fragte er.

»Ich bin sicher.«

»Dann frage ich dich, Miriam, Josuas Tochter, willst du meine Frau werden, obwohl ich vor deinem Volk ein Ungläubiger bin?«

»Ich will. Und willst du, Alan de Lisieux of Helmsby, mein Gemahl werden, obwohl ich vor deinem Volk eine Ungläubige bin und dein Bischof im Zorn über dich kommen wird?«

Alan schnaubte leise. »Er soll sich lieber vorsehen. Ja, ich will.« Er hob die Hände, schob das Kopftuch zurück in ihren Nacken und sah das schwarze, gewellte Haar, das immer so verführerisch unter dem dünnen Tuch durchschimmerte, zum ersten Mal unbedeckt. Er vergrub die Finger beider Hände darin und sagte: »So erkläre ich uns im Angesicht Gottes, welcher der deine ebenso wie der meine ist, zu Mann und Weib.«

Miriam nickte. »Amen.«

Alan hielt einen Moment den Atem an und wartete, ob die Erde sich auftun und ihn verschlingen oder Gott einen Blitz auf sie herabschleudern würde, um ihnen sein Missfallen zu bekunden. Doch nichts geschah, und er entspannte sich. Er musste nur ein wenig den Kopf neigen, um ihren Mund zu erreichen, und als ihre Lippen sich öffneten und die kleine, kühle Zunge, an die er sich so gut erinnerte, die seine empfing, stürzte es ihn in einen Rausch purer Glückseligkeit. Denn jetzt war es nicht mehr verboten. Miriam war seine Frau, und nun durfte er sie ohne die brennende Scham küssen, die ihn bei ihrem verbotenen Stelldichein im Kräuterlager gequält hatte. Er durfte sie küssen, und er durfte noch viel mehr.

Ohne die Lippen von ihren zu lösen, begann er die Schleife am Ausschnitt ihres Oberkleides zu öffnen. Das schaffte er spielend mit einer Hand, sodass er die andere auf ihre feste Mädchenbrust legen konnte. Durch den Stoff strich er mit der Daumenkuppe über die Spitze, die sich augenblicklich aufrichtete.

Er lachte leise und gab ihre Lippen endlich frei. Miriam war ein wenig außer Atem, und eine feine Röte hatte ihre Wangen überzogen.

Ihr Kleid war anders geschnitten und geschnürt als die normannischer und angelsächsischer Frauen, aber ein Kleid blieb ein Kleid. Er streifte ihr das weite Obergewand über die Schultern und zerrte ein bisschen ungeduldig an den Ärmeln des Unterkleides. Als beide Gewänder bis auf die Taille herabgerutscht waren, strich er mit den Händen über die milchweiße, glatte Haut ihrer Schultern, beugte den Kopf über ihre Brüste und saugte daran. Ein kleiner Laut der Verblüffung entfuhr Miriam, aber als er den Kopf heben wollte, legte sie die Hände darauf und vergrub die Finger in dem blonden Schopf. Dann ließ sie sich zurücksinken und half ihm, ihr die Kleider ganz auszuziehen. Er streifte ihre Sandalen ab, doch das Bändchen aus geflochtenen Wollfäden an ihrem Fußknöchel ließ er, wo es war.

Schließlich richtete er sich auf die Knie auf, ließ einen Moment die Hände auf den Oberschenkeln ruhen und betrachtete seine Frau eingehend. Sie war ein hinreißender Anblick. Ihr schlanker Mädchenkörper schien im Zwielicht fast zu schimmern. Magisch angezogen glitt sein Blick zum schwarzen Dreieck ihrer Schamhaare, und in genau diesem Moment öffnete sie die Schenkel, beinah so, als wären ihre Leiber schon eins.

Achtlos, mit ungeduldigen Bewegungen entledigte Alan sich seiner Kleider und schob sich auf seine wunderschöne Braut, die die Arme in seinem Nacken verschränkte und dann still und abwartend unter ihm lag. Die Wärme und der Duft ihrer Haut betörten ihn. Aber er beherrschte sich, führte die Hand zwischen ihre Schenkel und rieb behutsam.

Miriam erstarrte und gab einen kleinen Laut des Schreckens von sich. »Was tust du, Alan?«

Mit der anderen Hand strich er ihr das Haar aus der Stirn. »Ich mache dich bereit. Damit ich dir nicht wehtue.«

Ihre dunklen Augen erschienen ihm riesig, aber der Blick war voller Vertrauen. »Ist das … erlaubt?«, fragte sie unsicher.

»Wie fühlt es sich an?«

»Besser als alles, was ich kannte.«

»Dann ist es erlaubt.« Er machte weiter, bis ihre Hüften den Rhythmus seiner Hand zu erwidern begannen. Er küsste sie wieder, lauschte ihrem Atem, und als dieser rau wurde, führte er sein Glied behutsam zwischen ihre Schamlippen und drang in sie ein.

Miriam keuchte und biss ihm auf die Zunge, sodass sie beide schmerzlich das Gesicht verzerrten und beide Blut vergossen, aber der Schmerz war nichts gemessen an der Wonne, die sie einander gleich beim ersten Mal schenkten. Es war, als wären ihre Leiber füreinander gemacht. Alan war fasziniert davon, wie der schmale, fremde Körper unter ihm jede noch so kleine Veränderung von Position und Rhythmus aufnahm und erwiderte. Seine Nervosität verschwand. Er stützte sich auf einen Ellbogen, liebkoste eine der kleinen Brüste und entzückte seine Braut mit sacht schaukelnden Bewegungen, bis ihre Haut zu glühen begann, sie seine Oberarme mit ihren schmalen rauen Händen umklammerte und kam. Da drückte er ihre Schultern auf die Decke hinab, zog sich fast ganz zurück und pflügte wieder hinein, schneller und härter mit jedem Stoß, und noch ehe ihr letzter Schauer verebbt war, ergoss er sich in sie.

Erst als sein Keuchen nachließ, wurde er gewahr, dass ein Chor von Vogelstimmen den Wald erfüllte. Einen Moment lauschte er mit geschlossenen Augen, während seine Lippen über die Schulter seiner Frau strichen. Ihre Haut fühlte sich jetzt wieder kühl an. Welch ein Hort an Wundern der Körper einer Frau doch war …

Die Finger ihrer Linken wanderten seine Wirbelsäule hinab und wieder hinauf, während die rechte Hand sich auf seine unrasierte Wange legte. »Mach die Augen auf«, flüsterte Miriam.

»Schon?«, fragte er wehmütig.

»Ich will sehen, ob sie grün oder blau sind.«

Lächelnd tat er ihr den Gefallen, schlug die Lider auf und hob den Kopf.

Sie sah ihn an und seufzte. »Ich weiß es immer noch nicht.«

Er schob den Arm unter ihren Rücken, drückte sie noch einen Moment an sich und küsste ihre Stirn. »Feenaugen, sagen die Leute hier«, murmelte er. Dann löste er sich und richtete sich auf.

»Vielleicht dulden die Feen uns deswegen an ihrer heiligen Quelle«, mutmaßte Miriam.

»Das sehen wir morgen früh. Wenn einer von uns bei Sonnenaufgang blind oder stumm oder ganz verschwunden ist, werden wir wissen, dass wir sie erzürnt haben.«

Miriam richtete sich auf die Ellbogen auf. »Ist es das, was die Menschen hier glauben?«

Er ergötzte sich an ihrer Natürlichkeit, daran, dass sie keinerlei Bedürfnis zu verspüren schien, sich zu bedecken. »Früher haben es alle geglaubt. Heute nur noch fast alle«, antwortete er.

Sie dachte einen Moment nach. »Ich werde viel zu lernen haben über Helmsby und seine Menschen.«

»Du wirst viel Zeit dazu haben.«

Sie nickte, stand auf, ging zur Quelle und kniete sich dort ins Gras, um zu trinken. »Lass uns heute Nacht nicht davon sprechen«, bat sie dann. »Von Helmsby und deiner Großmutter und all den anderen dort und was sie von deiner jüdischen Frau halten mögen.«

»Nein«, stimmte er zu. »Heute Nacht lassen wir uns von den Feen verzaubern, und die Welt soll uns gestohlen bleiben.«

Der Tag brach verhangen an, und die grauen Wolken verhießen Regen. So aßen Alan und Miriam nur einen Happen von dem koscheren Brot, das in Alans Satteltasche verstaut gewesen war, tranken einen Schluck aus der klaren Quelle und machten sich dann auf den Weg nach Helmsby.

»Was wirst du essen?«, fragte er. Es war eines der vielen praktischen Probleme, um die er sich bislang gedrückt hatte.

»Obst, Gemüse, Fisch und Brot, das ich selber backen werde«, antwortete Miriam. »Oder vielleicht kann ich deiner Köchin beibringen, es zu backen.«

»Tu das«, stimmte er zu. »Ich liebe euer Brot.«

»Koscher zu essen ist nicht ganz einfach, und ich kann kein Fleisch zu mir nehmen, das nicht nach unseren Regeln geschlachtet ist. Schon gar nicht, wenn es mit Milch in Berührung gekommen ist. Aber ich werde nicht verhungern, sei unbesorgt.«

»Es wäre eine Bereicherung meiner Tafel, wenn die Köchin ein paar deiner wundervollen Eintöpfe zu kochen lernt.«

»Aber wir wollen sie nicht gleich zu Beginn damit überfallen. Dein Gesinde wird so schon Grund genug finden, mir ablehnend zu begegnen.«

Wer es wagt, dir ablehnend zu begegnen, wird eine sehr böse Überraschung erleben, dachte Alan grimmig, doch er sagte lediglich: »Wenn wir das nächste Mal nach Norwich reiten, besorgen wir die Kräuter und Gewürze, die bei euch üblich sind, und dann sehen wir weiter.«

Sie lächelte, streckte die Hand aus und drückte kurz die seine. »Einverstanden. Ist es noch weit?«

Er wies nach vorn. »Siehst du dort rechts das helle Schimmern durch die Bäume? Das ist die Kirche von Helmsby.«

Auf dem Dorfplatz und am Brunnen war niemand zu sehen. Das verwunderte ihn nicht, denn es war Werktag, und alles, was ein Paar Hände und Füße hatte, war heute auf den Feldern, um die Stunden zu nutzen, bis der Regen einsetzte. Die Ernte war längst noch nicht eingebracht, und fing es in East Anglia einmal an zu regnen, konnte man nie wissen, wann es wieder aufhörte.

»Das ist eine sehr schöne Kirche, Alan«, bemerkte Miriam. »Größer, als ich angenommen hätte.«

»Der Bau hat meinen Urgroßvater fast ruiniert. Heute lockt sie Pilger an und bringt uns gutes Geld. Wenn du willst, zeige ich sie dir später. Aber zuerst will ich auf die Burg. Es ist nur noch eine halbe Meile.«

Miriam stimmte bereitwillig zu, und sie ritten im Schritt an den Feldern vorbei, durch das kleine Wäldchen zwischen Burg und Dorf und gelangten schließlich an das Torhaus der äußeren Palisade. Alan erwiderte den ehrerbietigen Gruß der Wachen, ignorierte jedoch die neugierigen Blicke, die sie der fremden, seltsam gekleideten Frau zuwarfen, und ritt quer über den Burghof. Auf der anderen Seite saßen sie ab. Ihm entging nicht, dass die Bewegungen seiner Frau ein wenig steif waren, aber die freche Bemerkung über die Beschwernisse des Reitens nach einer so wilden Hochzeitsnacht wie der ihren, die ihm auf der Zunge lag, schluckte er lieber hinunter. Vielleicht hätte sie darüber gelacht. Vielleicht hätte sie ihn aber auch mit einem Blick königlicher Missbilligung gestraft, und den wollte er sich lieber ersparen.

Lady Matilda hatte die Halle nahezu für sich allein. Als sie die Schritte hörte, sah sie von ihrem Stickrahmen auf. »Willkommen daheim, Alan.«

»Danke.« Er schob Miriam vor sich. »Meine Braut, Miriam of Norwich. Miriam, dies ist meine Großmutter, Lady Matilda.«

Letztere steckte die Nadel in den feisten Bauch des dänischen Wüterichs auf ihrem Bilderteppich, stand auf und trat zwei Schritte näher. Ein Strahlen lag in ihren blauen Augen, das Alan nicht so recht zu deuten wusste, und ihre Miene war wie meistens undurchschaubar. Dann lächelte sie und nahm Miriam für einen Moment bei den Händen. »Dann sei auch du willkommen in Helmsby, mein Kind.«

»Danke, Madame.«

»Du hast die gleichen Augen wie dein Onkel Ruben, dieser Filou.«

Alan spürte mehr, als er sah, wie Miriam tief durchatmete. »Ihr wisst also, wer ich bin.«

»Natürlich.«

Es herrschte einen Moment Stille. Dann fragte Alan: »Bist du schockiert?«

Seine Großmutter stieß die Luft durch die Nase aus – ein Laut, der Belustigung ebenso auszudrücken schien wie Herablassung. »Schockiert? Wohl kaum, mein Junge. Nicht nach dem, was deine Mutter getan hat. Und was ich selbst getan habe. Ich stelle fest, ich habe immer geahnt, dass du einen Weg finden würdest, uns beide noch zu übertrumpfen.«

»Sei versichert, das war das Letzte, woran mir gelegen war«, gab er frostig zurück.

Seine Großmutter lächelte, zwinkerte Miriam zu und wies zur Tafel hinüber. »Kommt. Wir wollen auf euer Glück anstoßen.«

Alan beobachtete mit einer Mischung aus Erleichterung und Eifersucht, wie Matilda Miriam beim Arm nahm und mit Beschlag belegte, sie zum Tisch führte und auf den Platz neben sich zog, der eigentlich seiner war. »Erzähl mir, wie er deinen Vater überredet hat«, bat die alte Dame. »Oder seid ihr durchgebrannt?«

Miriam schüttelte den Kopf. »Ich war sicher, das müssten wir. Aber irgendwie hat Alan es geschafft, ihn zu überzeugen.«

»Hm«, brummte Matilda. »Es liegt daran, dass er das Blut angelsächsischer, schottischer *und* normannischer Könige in den Adern hat. Das heißt, ererbte Durchsetzungskraft aus drei Linien.«

Alan stöhnte. »Großmutter, bitte …«

Sie ignorierte ihn. »Man könnte auch sagen: Rücksichtslosigkeit. Er bekommt immer, was er will, heißt es.«

Alan lehnte hinter ihr am kalten Kamin. »Bist du jetzt fertig?«

Sie wandte den Kopf und sah ihn an. »Du kannst mir nicht weismachen, dass du ihr Lebensglück und ihre Sicherheit im Sinn hattest, als du beschlossen hast, sie aus ihrer Welt zu reißen und in deine zu verpflanzen.«

»Doch, stell dir vor, das hatte ich. Und dir steht überhaupt kein Urteil zu. Du weißt nichts von ihr, und im Grunde weißt du auch nichts von mir. Du …«

»Hört auf zu streiten«, fiel Miriam ihm ins Wort, so unerwartet scharf, dass Großmutter und Enkel für einen Augenblick verdattert schwiegen, ehe sie wie aus einem Munde erwiderten: »Wir streiten immer.«

Miriam deutete ein huldvolles Nicken an. »Bitte. Aber nicht meinetwegen.« Sie strich sich das Tuch hinters Ohr und sagte zu Matilda: »Er hat bekommen, was er wollte. Ich habe bekommen, was ich wollte. Und was immer es uns einbringt, wird nichts daran ändern. Ich weiß Eure Sorge zu schätzen, Madame. Aber sie ist verschwendet.«

Matilda legte einen Moment die Rechte auf Miriams Linke und drückte sie. »Also schön. Es ist nur … Du bist furchtbar jung, Miriam. Alan wird nicht immer hier sein können, um dir zur Seite zu stehen, und es wird nicht nur Freundlichkeit sein, der du hier begegnest.«

Alan trat hinter seine Frau und legte ihr die Hände auf die Schultern. »Glaubst du, das wüssten wir nicht? Umso mehr hatte ich gehofft, dass wenigstens du ihr freundlich gesinnt sein würdest.«

Lady Matilda nickte. »Das bin ich, sei versichert.«

Alan hörte, dass sie meinte, was sie sagte. Erleichtert griff er nach dem Zinnkrug auf dem Tisch, schenkte die beiden Becher voll, die dabeistanden, und reichte jeder der Damen einen. »Das ist ja wohl auch das Mindeste«, antwortete er seiner Großmutter. »Denn im Grunde ist es deine Schuld, dass ich sie geheiratet habe. Schließlich warst du diejenige, die mich gelehrt hat, die Juden zu achten.«

»Ich hoffe, du willst mir jetzt nicht vorwerfen, dass du dich beim Fall von Worcester in Schwierigkeiten gebracht hast.«

»Nein.«

Er hasste es, an Worcester zu denken.

Es war zwei Wochen vor seinem neunzehnten Geburtstag gewesen, in den frühen Tagen des Krieges, und der junge Alan of Helmsby hatte gerade begonnen, sich als Kommandant einen Namen zu machen. Aber auf die Dinge, die geschahen, wenn eine Armee entfesselt und eine Stadt zur Plünderung freigegeben wurde, war er nicht vorbereitet gewesen. Es hatte ihn abgestoßen und angewidert und schockiert. Er wusste nicht, warum er ausgerechnet das Haus eines jüdischen Kaufmanns gegen die eigenen Truppen verteidigt und vier von Gloucesters Söldnern erschlagen hatte. Vielleicht war es nur ein Zufall gewesen. Vielleicht hatte sein Gewissen ihm auch zugeraunt, dass diese Fremden nichts mit dem Krieg zwischen König Stephen und Kaiserin Maud zu tun hatten. Jedenfalls hatte sein Onkel Gloucester ihm angedroht, ihn als Mörder und Verräter aufhängen zu lassen, und ihn dann eingesperrt, um ihn Gehorsam zu lehren. Erst als zwei der Juden von Worcester nach Bristol gekommen waren und dem erzürnten Earl berichteten, was sich genau zugetragen hatte, hatten die Wogen sich geglättet. Alan war keineswegs sicher, ob er ohne ihre mutige Fürsprache die Sonne je wiedergesehen hätte.

Das alles hatte er natürlich vergessen, als er auf der Straße in Norwich Josua ben Isaac begegnet war, und doch hatte er vom ersten Augenblick an Sympathie für den jüdischen Arzt empfunden. Von dessen Tochter ganz zu schweigen …

Er wusste nicht, was es zu bedeuten hatte. Ob es überhaupt etwas zu bedeuten hatte. Ob vielleicht alles, was sich zugetragen hatte, vorherbestimmt gewesen war.

»… deine Frau am Sonnabend mit zum Dreschfest ins Dorf nehmen, damit die Leute einen Blick auf sie werfen können und es keine Gerüchte gibt. Alan, du hörst mir nicht zu«, schalt Lady Matilda.

»Doch«, log er. »Aber was meine Bauern denken, ist wirklich meine geringste Sorge. Davon abgesehen, werden die Bauern wie üblich Guillaume folgen, und was er von der Sache halten wird …«

»Von welcher Sache?«, kam die Stimme des Stewards von der Treppe, und im nächsten Moment erschien Guillaume in der Halle. »Willkommen zu Haus, Alan.«

»Danke. Guillaume, das ist meine Frau. Miriam.«

Der Steward machte große Augen, verneigte sich ein wenig linkisch vor der neuen Dame der Halle und bemerkte dann: »Man kann dir wirklich nicht vorwerfen, du hättest bei deiner Wiedervermählung getrödelt, Vetter.«

»So wenig, wie man dir ein Übermaß an Taktgefühl vorwerfen kann«, gab Alan seufzend zurück.

Guillaume strich sich ein wenig verlegen über die Stirnglatze und schenkte der Braut dann ein entwaffnend zerknirschtes Lächeln. »Sagt nicht, Ihr habt nichts von seiner Scheidung gewusst, Mylady.«

»Doch, doch«, beruhigte sie ihn. »Alan ist gar zu besorgt um meine Gefühle.«

»Ich wette, das gibt sich mit der Zeit«, mutmaßte der Steward. »Miriam ist ein sehr hübscher Name. Ist es walisisch?«

Sie schüttelte den Kopf, zögerte einen Augenblick und sagte es dann. »Jüdisch.«

Guillaumes Züge erstarrten, aber er hatte sich sogleich wieder unter Kontrolle. Nur ein fast unmerkliches Verengen der Augen verriet das Ausmaß seines Befremdens.

In die Stille hinein sagte Alan: »Ich wüsste es zu schätzen, wenn du meine Gemahlin willkommen hießest, Guillaume.«

Der Steward biss sichtlich die Zähne zusammen und verneigte sich nochmals vor Miriam, dieses Mal weitaus förmlicher. »Seid willkommen in Helmsby, Mylady. Möget … möget Ihr in dieser Halle immer nur glückliche Stunden verleben.« Es klang hölzern.

Miriam neigte ein wenig den Kopf. »Habt Dank, Monseigneur.«

Guillaume wandte sich wieder an Alan. »Wo ist mein Bruder?«

»In Woodknoll, auf Simon de Clares Gut«, antwortete Alan kühl. »Er ist wohlauf, sei unbesorgt.«

»Gut.« Er räusperte sich nervös.

»Setz dich und trink mit uns einen Becher auf Alans und Miriams Wohl«, lud Lady Matilda ihn ein. »Ich weiß, dass du schockiert bist. Viele werden das sein. Aber mach dir nichts vor, Guillaume, am Ende wird deine Loyalität sich wieder einmal als stärker erweisen denn all deine Bedenken. Sie gehört zu deinen schönsten und ebenso gefährlichsten Eigenschaften. Und sie sitzt so tief in dir, dass du sie erst an dem Tag ablegen wirst, da dein Herz aufhört zu schlagen. Also erweise sie Alan jetzt, da er sie wirklich braucht, und gib wenigstens vor, als würdest du seine Vermählung billigen. Damit würdest du uns allen viel Kummer ersparen, denn die Menschen von Helmsby werden tun, was du tust, denken, was du denkst. Die Richtung, die du *heute* vorgibst, wird entscheidend sein, nicht nächste Woche.«

Guillaume kam der Bitte nach, holte für sich und Alan Becher vom Wandbord, füllte sie und setzte sich neben seinen Vetter. Dann legte er die großen Hände um das Zinngefäß und stierte einen Moment ins Leere. Alan beobachtete ihn aus dem Augenwinkel und sah, wie angespannt die Züge waren. Er wusste genau, was in seinem Steward vorging, denn es war derselbe Dorfpfarrer von Helmsby gewesen, der ihnen beiden die Welt erklärt und ihnen bei der Gelegenheit eingetrichtert hatte, dass die Juden den Erlöser Jesus Christus verleugnet und ans Kreuz geschlagen hatten. *Weil sie blutrünstig und böse sind. Denkt doch nur an den Kindermord von Bethlehem. Wer hat dieses abscheuliche Verbrechen begangen? König Herodes. Ein Jude. Sie sind verschlagen, boshaft und raffgierig, allesamt. Wir Christen sind rechtschaffen, duldsam und gottesfürchtig wie Abel, aber die Juden sind grausam und Gott fern wie Kain, und wie Kain trachten sie danach, uns zu vernichten …*

Alan wusste, es war schwer, diese Dinge nicht zu glauben, wenn man sie so oft gehört hatte. Obendrein von einem Geistlichen, dessen Autorität über jeden Zweifel erhaben schien, weil er ein Vertreter der Kirche war. Und Lady Matilda hatte nicht Guillaume, nicht Haimon, sondern allein Alan beiseitegenommen und ihn die Künste des Lesens, des Schreibens und der Skepsis gelehrt.

»Guillaume«, begann er leise. »Ich weiß, wie groß dein Misstrauen ist. Ich verlange auch nicht, dass du es von heute auf morgen ablegst. Aber es beruht auf Unkenntnis, glaub mir. Nicht alle Juden sind verschlagen und boshaft. Was für ein Unsinn es doch ist, so etwas zu behaupten. Haben nicht genau das die Normannen einst von den Angelsachsen gesagt? Um zu rechtfertigen, dass sie sie unterdrücken?«

»Das kann man wohl kaum vergleichen«, protestierte Guillaume.

»Oh doch.«

»Aber … aber die jüdischen Wucherer treiben mit ihren schamlosen Zinsen anständige, hart arbeitende Männer in den Ruin!«

»Hm, ich erinnere mich, das hast du schon einmal gesagt. Aber die Höhe der Zinsen ist den Schuldnern bekannt, *bevor* sie das Geld nehmen. Wir mögen es eigenartig finden, aber die Zinsen sind letztlich nur der Lohn dafür, dass die Juden das

Geld vorschießen – oft mit hohem Risiko. König Henry hat ihr Geld genommen. Der Earl of Gloucester. Der Bischof von Norwich. Es kann so verwerflich nicht sein, Guillaume.«

Er führte dem Steward vor Augen, dass so viele Juden Geldverleiher waren, weil es einer der wenigen Berufe war, die sie in England und anderen christlichen Ländern überhaupt ausüben durften. Und er berichtete ihm, was Miriams Vater für seine Gefährten, vor allem für ihn selbst getan hatte.

Schließlich hob Guillaume abwehrend die Linke. »Genug, Vetter. Du bringst mich ganz durcheinander.«

Alan nickte knapp. »Das ist gut.«

Der Steward trank lustlos einen Schluck, blickte dann in seinen Becher und kaute auf seiner Unterlippe. »Ich darf gar nicht an die Schwierigkeiten denken, in die du dich und uns alle damit bringst«, knurrte er. Alan gab keinen Kommentar ab, und Guillaume setzte nach: »Meinen Bruder hast du auf Simon de Clares Gut gelassen. Athelstan und Ælfric hast du nach Blackmore geschickt, um es zu beschützen. Aber wer beschützt uns?«

»Ja, ich weiß, wir brauchen mehr Männer. Du suchst sie aus, ich bringe ihnen bei, was sie können müssen.«

Guillaume nickte. Eine Weile brütete er noch vor sich hin. Dann gab er sich einen sichtlichen Ruck, sah zu Alans Braut und hob ihr seinen Becher entgegen. »Ich trinke auf Euer Wohl … Cousine.«

Miriam lächelte nicht, denn sie war viel zu stolz, um Zuneigung zu heischen, doch sie kam dem Steward genauso weit entgegen wie er ihr und erwiderte die Geste. »Und ich auf das Eure, Monseigneur.«

Alan tauschte einen Blick mit seiner Großmutter und las in ihren Augen das, was er selbst dachte: *Es hätte schlimmer kommen können.*

Er führte Miriam durch seine Burg, von der sie sich gebührend beeindruckt zeigte, und als der Regen kurz nach Mittag nachließ, brachte er sie ins Dorf. Sie gingen zu Fuß, und Alan tat, wovon er getträumt hatte, als er mit Oswald nach Metcombe geritten war: Er fragte Miriam nach den Namen und Eigenschaften der vielen Kräuter und Blumen, die am Feldrain und entlang des Weges im Wald wuchsen. So brauchten sie weit über eine Stunde für die halbe Meile, denn oft blieb Miriam stehen, pflückte ein Blatt ab, zerrieb es zwischen den Händen und ließ ihn schnuppern, und sie erzählte ihm die erstaunlichsten Dinge über Heckenrosen, Schafgarbe und Holunder. Sogar die Brennnessel hatte ihren Nutzen, erfuhr er zu seiner Verwunderung, konnte bei Nasenbluten ebenso Abhilfe schaffen wie bei Milchmangel.

Alan brummte. »Nun, meine beste Freundin wird sie trotzdem nicht werden.«

»Wieso?«, fragte sie verwundert. »Sie stillt auch andere Blutungen, weißt du, und wenn ich daran denke, wie viele Narben ich seit gestern Abend an dir entdeckt habe, würde ich sagen, du könntest ihre Freundschaft gut gebrauchen.«

»Ich bekomme aber Nesselfieber davon«, bekannte er ein wenig beschämt. »Darum hat es meinem Cousin Haimon immer besonderes Vergnügen bereitet, mich in die Nesseln zu stoßen oder mir hinten ein Blatt in den Ausschnitt zu stecken, als wir Knaben waren. Ich musste zwei Tage lang das Bett hüten, und Helmsby gehörte ihm allein, genau wie er es immer wollte.«

»Wie abscheulich von ihm«, bemerkte Miriam missbilligend.

»Oh, ich weiß nicht.« Alan winkte ab. »Es war normal. So sind Jungen nun einmal. Und meistens hatte ich es verdient, schätze ich.« Er legte ihr den Arm um die Schultern und führte sie weiter.

Sie sah ihn von der Seite an. »Irgendwann wirst du mir von Haimon erzählen müssen, Alan. Und von Susanna.«

Er biss die Zähne zusammen. Dann nickte er unwillig. »Alles zu seiner Zeit.«

Als sie die Kirche erreichten, schimmerte die Sonne durch die hohe, perlgraue Wolkendecke und ließ den hellen Sandstein leuchten.

Alan gab Miriam Zeit, den reich verzierten Torbogen des

Westportals zu bewundern, und als er es gerade öffnen wollte, kam Oswald über den Dorfplatz gelaufen, in einer Hand einen Kanten Brot, in der anderen ein Stück Käse. »Losian! Du bist wieder da!« Strahlend hielt er vor ihnen an.

Alan legte ihm einen Moment die Hand auf den Arm. »Ich bin wieder da.«

Oswalds Blick fiel auf Miriam. Seine Züge erschlafften mit einem Mal, und er schien abwesend ins Leere zu starren. Miriam sah unsicher zu Alan, aber der vollführte eine beruhigende kleine Geste. Oswald dachte angestrengt nach, das war alles. Und seine Mühen wurden von Erfolg gekrönt. Ruckartig kehrte er in die Gegenwart zurück und rief: »Miriam!«

Sie nickte lächelnd. »Wie geht es dir, Oswald?«, fragte sie in ihrem etwas gebrochenen Englisch.

»Gut, gut, gut. Hast du Moses mitgebracht?«

»Leider nicht.«

Vorwurfsvoll wandte er sich an Alan. »Schon wieder nicht?«, fragte er enttäuscht.

»Das geht nicht so einfach«, hielt Alan ihm vor Augen. »Moses ist noch ein Junge und muss bei seinem Vater bleiben. Und er hat zu Hause Pflichten zu erfüllen genau wie du hier.«

»Aber wieso darf Miriam dann herkommen?«

»Weil sie und ich geheiratet haben.«

Oswalds Augen wurden rund und begannen zu leuchten. »Ist das wahr?«

»So wahr ich hier vor dir stehe.«

»Das ist so *schön*, Losian. Werden wir ein Fest feiern?«

»Das machen wir. Und in ein paar Tagen muss ich nach Norwich zu Miriams Vater zurückkehren, und dann nehme ich dich mit, und du kannst Moses wiedersehen.« Er wollte, dass Josua Oswald noch einmal untersuchte, obwohl er im Grunde wusste, dass selbst ein so guter Arzt gegen ein schwaches Herz nicht viel tun konnte.

Oswald atmete mit geschlossenen Augen tief durch, wie er es immer tat, wenn das Leben plötzlich unerwartet gut zu ihm war.

Zusammen traten sie ins dämmrige Innere des Gotteshauses. Alan und Oswald bekreuzigten sich – Oswald mit seinem Brot, von dem er gleich darauf herzhaft abbiss.

»Was bedeutet diese Geste?«, fragte Miriam, wissbegierig wie immer.

»Ich erkläre es dir später«, raunte Alan ihr zu, nahm ihren Arm und führte sie durch das Hauptschiff zum Altar. »King Edmund?«

Der heilige Mann kam mit einem Reisigbesen in der Hand aus dem linken Seitenschiff. »Alan. Willkommen daheim.« Sein gütiges Lächeln geriet ein wenig ins Wanken, als sein Blick auf Miriam fiel. »Sag, dass es nicht das bedeutet, was ich glaube.«

»Es bedeutet ganz genau das, was du glaubst. Wir haben gestern Abend geheiratet. An einer Feenquelle, stell dir das vor, Edmund. Weil weder meine Kirche noch die ihre uns ihren Segen erteilen würde.«

Edmund seufzte leise und schüttelte den Kopf. »Auch ich kann es nicht tun, mein Sohn. Es ist einfach unmöglich.«

Alan nickte. Viel Hoffnung hatte er ohnehin nicht gehegt, darum hielt seine Enttäuschung sich in Grenzen. »Aber ich bin zuversichtlich, dass du meine Frau mit Freundlichkeit und Güte willkommen heißen wirst, denn wir brauchen deine Unterstützung.«

»Das wird mir nicht schwerfallen«, versicherte Edmund. »Schließlich weiß ich, welch ein guter Mann ihr Vater ist. Mir ist zwar unbegreiflich, wie du eine Ungläubige heiraten konntest, aber ich nehme an, Gott wird es verstehen. Seine Gnade ist ja zum Glück grenzenlos.«

Ihre Unterhaltung war auf Englisch vonstattengegangen, und Miriam hatte kaum etwas verstanden, aber die Gesten und Mienen verrieten ihr, dass der Empfang in diesem fremden Gotteshaus freundlich war. Sie ergriff Edmunds Hand mit ihren beiden und hauchte einen Kuss darauf, denn sie hatte einmal gehört, dass Christen das mit ihren Priestern so machten.

King Edmund fuhr fast unmerklich zusammen. Dann sah er

der schönen jungen Braut einen Moment in die Augen, errötete bis an die Haarwurzeln und grinste wie ein Trottel.

»Was macht Luke?«, fragte Alan.

Edmunds Miene wurde schlagartig bekümmert. »Es ist schlimm. Er will nichts mehr essen. Er sagt, wenn er isst, weckt er sie auf. Er wird dürr und schwach, und sein Gemüt ist verdüstert.«

Alan öffnete den Beutel an seinem Gürtel. »Josua ben Isaac hat mir eine Medizin für ihn mitgegeben. Wir sollen ihm morgens eine Prise davon in einem Becher lauwarmen Wein geben.«

»Gott segne Euren Vater für seine Güte, Mylady«, sagte Edmund voller Erleichterung zu Miriam. »Komm, Oswald. Wir bringen Luke seine Arznei, und Alan kann seiner Frau derweil die Kirche zeigen.«

Die beiden Gefährten gingen hinaus, und Alan spürte, wie seine Anspannung nachließ. Er war keineswegs sicher gewesen, wie Edmund reagieren würde, und er wusste, das Wort ihres sonderbaren Hirten hatte bei den Bauern von Helmsby beinah so viel Gewicht wie das des Stewards.

So kam es, dass niemand wirklich Anstoß an Alans Heirat nahm. Edelleute seien eben etwas wunderlich, befanden die Bauern, das gelte für ihren Lord Alan ja bekanntlich in besonderem Maße, der erst jahrelang spurlos verschwunden und dann ohne Gedächtnis und dafür mit einem Haufen seltsamer Freunde nach Hause gekommen war. Bei ihm musste man immer auf alles gefasst sein, also warum keine jüdische Braut? Die meisten der einfachen Leute hatten ohnehin nur eine nebulöse Vorstellung, was Juden eigentlich waren, und Miriam war ihnen nicht fremder als zuvor Susanna. Nur war sie kein solch hochnäsiges Miststück, merkten die Menschen schnell, und als Alan anlässlich seiner Vermählung all seinen Hörigen und Pächtern ein Viertel der Pacht und Fron erließ, waren sie seiner jungen Frau ausgesprochen wohlgesinnt.

Anstoß nahmen hingegen die drei Mönche aus Ely. Bruder Cyneheard, Bruder John und Bruder Elias verließen Helmsby in heller Entrüstung und taten kund, sie gedächten nicht, auch nur eine Nacht unter einem Dach mit Alans ungläubiger Gemahlin zu verbringen.

Alan und Guillaume waren sich einig, dass ihr Fortgang ein Verlust war, den Helmsby gut verschmerzen könne, doch die drei Mönche begaben sich wiederum nicht zurück in ihr einsames Kloster in den Fens, sondern nach Norwich. Und es dauerte keine Woche, bis ein Bote des Bischofs erschien und Alan eine Urkunde überbrachte.

Lord Helmsby empfing ihn in seiner Halle. »Trinkt einen Becher. Ihr seht ein wenig blass aus.«

Der junge Ritter schüttelte wild den Kopf und hielt den Arm mit dem versiegelten Pergamentbogen steif vor sich ausgestreckt. »Lieber nicht, Mylord.«

Alan erlöste ihn, nahm ihm das Schriftstück aus der Hand und warf es achtlos auf den Tisch. »Meine Exkommunikation, nehme ich an?«

Der Bote blinzelte, verblüfft über Alans scheinbare Gelassenheit, schlug den Blick nieder und nickte unglücklich.

»Und wie hoch ist der Preis, den ich zahlen muss, damit Ihr diese Urkunde wieder mit zurück nach Norwich nehmt und der Bischof die Geschichte vergisst?«

»Davon hat er nichts gesagt, Mylord«, bekannte der junge Bote, und es klang atemlos.

»Herrgott, nehmt Euch zusammen, Mann«, knurrte Alan. »Hat Bischof Turba Euch in Aussicht gestellt, ich werde Euch den Kopf abschlagen, wenn Ihr mir die Nachricht bringt?«

Besagter Kopf ruckte hoch. »Der Subprior, Mylord. Vater Anselm de Burgh. Er hat es gesagt.«

»Verstehe.« Man konnte es Vater Anselm kaum verdenken – sein Kopf hatte bei ihrer nächtlichen Begegnung vor dem Haus der Brüder ben Isaac ziemlich gewackelt. »Nun, dann müsst Ihr mutiger sein, als man Euch im Moment ansehen kann. Seid beruhigt. Ich habe nicht die Absicht, Euch dafür büßen zu lassen, dass der Bischof von Norwich ein paar alte Rechnungen begleichen will.«

Der Bote entspannte sich, ergriff dankbar den Becher, den der Steward ihm geduldig hinhielt, und nahm einen ordentlichen Zug. »Wünscht Ihr, dass ich dem ehrwürdigen Bischof etwas ausrichte?«

Alan schüttelte den Kopf. Er wusste, es hatte keinen Sinn. »Nein, ich habe ihm nichts zu sagen. Geht mit Gott, Junge.«

Der fromme Wunsch, den man so oft aussprach, hallte in seinen Gedanken eigentümlich nach. Der Bote, der erleichtert auf dem Absatz kehrtmachte und den geordneten Rückzug antrat, mochte mit Gott gehen. Aber er – Alan – musste fortan auf göttliches Geleit verzichten. Er durfte keine Kirche mehr betreten. Er konnte weder an der heiligen Kommunion teilnehmen noch zur Beichte gehen und die Absolution empfangen. Er war abgeschnitten von Gott. Vertrieben aus dem sicheren Hafen seiner Kirche musste er fortan dahintreiben wie eine Nussschale auf stürmischer See.

»Es ist … sehr hart«, murmelte Guillaume beklommen, dessen Gedanken in die gleiche Richtung zu gehen schienen.

Alan nickte knapp und hob dann die Schultern, um Gleichmut vorzutäuschen, aber er musste die Zähne zusammenbeißen. Er war immer ein frommer Mann gewesen. Als er herausgefunden hatte, dass er kein Kreuzfahrer war, hatte sich zu seiner Erleichterung auch eine leise Enttäuschung gemischt. Der Gedanke, ein Streiter Christi zu sein, hatte ihm gefallen. Er wusste, kein Krieg war jemals gerecht, aber er war überzeugt, dass es keine bessere Sache gab, für die man kämpfen und sterben konnte. Und nun war er aus der Mitte der Gläubigen verstoßen. Er hatte damit gerechnet, dass es passieren würde. Womit er nicht gerechnet hatte, war der Schmerz, den er empfand.

»Der ehrwürdige Bischof kann sagen, was er will, aber das hast du nicht verdient«, grollte der Steward.

»Der ehrwürdige Bischof will mich nicht allein für meine

Eheschließung bestrafen, Guillaume, sondern handelt ebenso aus politischem Kalkül. Denn er ist König Stephens Mann, und darum kommt es ihm äußerst gelegen, Alan of Helmsby zu schwächen.«

»Wie kommst du darauf?«

»Bischof Turba hat sich machtvolle Rückendeckung geholt.« Alan wies auf das Schreiben. »Es trägt das Siegel des Bischofs von Winchester.«

»König Stephens Bruder?«, fragte Guillaume erschrocken, trat an den Tisch und betrachtete das Siegel aus der Nähe. »Jesus … wenn *er* hinter dieser Sache steckt, dann wird es verdammt schwierig, eine Rücknahme zu erwirken. Henry of Winchester ist der mächtigste Bischof in England.«

»Hm. Gut möglich, dass ich auf die Segnungen der Heiligen Mutter Kirche verzichten muss, bis wir den Krieg gewonnen haben.«

»Und wenn wir den Krieg verlieren?«, fragte Guillaume.

Alan wusste keine Antwort.

Leichtfüßige Schritte auf der Treppe kündigten seine Frau an, und als sie in die Halle trat, wurde ihm besser. Er befand sich doch nicht im freien Fall, stellte er fest. Deutlich spürte er den festen Boden unter seinen Füßen.

Er streckte lächelnd die Hand aus, als Miriam zu ihm trat.

»Emma sagt, ein Bote aus Norwich sei gekommen?«, fragte sie stirnrunzelnd und ergriff seine Hand. »Von Vater?«

»Nein, nein«, versicherte Alan. Er wusste, dass die Trennung von ihrer Familie ihr zu schaffen machte und sie ständig befürchtete, den Ihren könne in Norwich irgendetwas Furchtbares zustoßen. So als rechne sie ständig mit einem göttlichen Vergeltungsschlag. Genau wie er es tat. Wir müssen damit aufhören, erkannte er, und zwar schleunigst. Er wies auf die Urkunde. »Ein kleiner Gruß von Bischof Turba.«

Miriam sah ihn bekümmert an. »Ist es das, was du befürchtet hast? Deine Exkommunikation?«

»Ich mach mich dann mal wieder an die Arbeit«, murmelte Guillaume, stellte den Becher ab und verdrückte sich.

Alan setzte sich in seinen Sessel und zog Miriam in den ihren an seiner Seite herab. »Ja. Vielleicht sollte ich die Gelegenheit ergreifen und Jude werden.«

»Darüber macht man keine Scherze«, wies sie ihn streng zurecht.

»Ich bin gar nicht sicher, ob es einer war.«

Doch Miriam hob abwehrend die freie Linke. »Ich denke nicht, dass man aufhören kann zu glauben, was man sein Leben lang geglaubt hat.«

Er sann darüber nach und musste ihr recht geben. »Nein, vermutlich nicht. Oh, nun schau mich nicht so an, Lady Miriam of Helmsby. Es ist alles andere als eine Überraschung, nicht wahr? Und es ist nicht schlimmer als das, was du erdulden musst.«

»Wie schlimm es ist, werden wir wissen, wenn du den Mut findest, es zu öffnen und zu lesen.«

Er ließ ihre Hand los und bedachte sie mit einem vorwurfsvollen Blick. Wie gut sie ihn kannte. Ihm graute davor, den Inhalt der Urkunde zu lesen, der seine Verbannung aus der Gemeinschaft der Gläubigen zu einer unumstößlichen Realität machen würde. Er räusperte sich nervös und murmelte: »Wenn Guillaumes Vater mich früher gelegentlich im Speicherhaus erwischte, pflegte er zu sagen: ›Wer Honig stiehlt, riskiert Prügel. Das ist die wichtigste Lektion, die man im Leben lernen muss.‹«

»Und hast du sie je wirklich begriffen?«

»Allerdings. Die Kunst besteht darin, zu entscheiden, für welchen Honig das Risiko lohnt.« Er erbrach das Siegel und faltete den steifen Bogen auseinander. »Herrje, das ist Lateinisch. Da muss ich passen.« Er war erleichtert.

Seelenruhig nahm Miriam ihm die Urkunde aus der Hand und überflog die wenigen Zeilen.

»Du kannst Latein?«, fragte Alan fassungslos.

Sie nickte abwesend. »Es ist nicht üblich, jüdische Mädchen in den Schriften zu unterweisen, aber mein Vater hat mir nie verboten, seine Bücher zu benutzen. Ich habe es mir selbst beigebracht. Hier steht: *Kraft der uns verliehenen Vollmachten und in Ausübung unserer Pflichten tun wir hiermit kund, dass Alan de Lisieux, Lord of Helmsby, irregeleitet wurde und dem Bösen verfallen ist. Er hat sich gegen Gott und seine heilige Kirche gewandt und Freveltaten begangen. Darum wird er zum Häretiker erklärt, und zur Strafe für seinen Abfall vom wahren Glauben verkünden wir hierdurch seine Exkommunikation, den unumkehrbaren Ausschluss aus der Gemeinschaft der Heiligen Mutter Kirche und unsere immerwährende Verdammung und alle weiteren Strafen, die das kanonische Recht für Häretiker vorsieht. Amen.*«

»Amen …«, wiederholte Alan bitter.

»So verkündet zu Norwich in der Kirche der Heiligen Dreifaltigkeit am Tage der heiligen Helena Anno Domini eintausendeinhundertundsiebenundvierzig, gezeichnet Henry Bischof von Winchester und William Bischof von Norwich«, beendete Miriam ihre Übersetzung.

Er nickte. »Ich habe große Mühe zu glauben, dass Henry of Winchester sich für diese Lappalie wirklich nach Norwich bemüht hat, aber das spielt keine Rolle. Die Urkunde trägt sein Siegel. Nur das zählt.«

»Was bedeutet ›alle weiteren Strafen, die das kanonische Recht für Häretiker vorsieht‹?«, wollte sie wissen.

»Ich habe keine Ahnung. Das hier ist meine erste Exkommunikation, Madame. Wir fragen Großmutter, ich wette, sie kennt sich bestens aus. Aber jetzt genug davon. Das ist ein politischer Winkelzug, nicht das Ende der Welt.«

Miriam nickte, aber ihre Stirn war gerunzelt, ihr Blick in die Ferne gerichtet. Alan hätte sie gern nach oben in ihre Kammer geführt und auf andere Gedanken gebracht. Sie war eine heißblütige, wenn auch stille Geliebte, und sobald er abends die Kerze ausblies, schenkte sie sich ihm rückhaltlos und ungeziert. Aber wie in allen Dingen zog sie es auch bei der Liebe vor, diskret zu sein, und es war ihr unangenehm, wenn sie sich am helllichten Tage mit unschwer durchschaubaren Absichten zurückzogen. Darum machte er einen anderen Vorschlag:

»Lass uns aus Helmsby verschwinden, was meinst du? Nur für ein paar Tage.«

»Wohin?«

»Nach Norwich.«

»Du willst versuchen, den Bischof umzustimmen?«, fragte sie skeptisch.

Alan schnaubte. »Ebenso gut könnte ich versuchen, die Flut umzustimmen. Nein. Wir besuchen deine Familie. Und wir nehmen Luke und Oswald mit, wie ich es ihnen versprochen habe.«

Ihre Augen leuchteten auf. »Das wäre wunderbar, Alan.«

Er beugte sich lächelnd zu ihr herüber und hauchte ihr einen Kuss auf den Mundwinkel. »Dann ist es abgemacht.«

»Und auf dem Rückweg reiten wir nach Metcombe, und du stellst mir deine Tochter vor?«

Ihm blieb fast das Herz stehen. »Woher weißt du von ihr?«

Miriam zog die Brauen in die Höhe und sah ihn nur an.

Er hob die Hände zum Zeichen der Kapitulation. »Was immer du willst.«

Sie belohnte ihn mit einem Lächeln königlicher Huld.

Devizes, Oktober 1147

Mit dem Herbst war die Nachricht nach Helmsby gekommen, dass der Gesundheitszustand des Earl of Gloucester sich rapide verschlechtert hatte. Alan war an einem nasskalten, stürmischen Tag aufgebrochen, und das Wetter hatte sich während der ganzen Reise nicht gebessert. Trotzdem hatte er weder sich noch sein Pferd geschont. Er wusste, er musste sich beeilen.

Auf schlammigen Straßen gelangte er über Oxford nach Wiltshire und kam am fünften Tag bei Sonnenuntergang in den kleinen Marktflecken Devizes, dessen schäbige Häuschen sich im Schatten der gewaltigen grauen Burg auf der Motte zu ducken schienen. Kein Mensch war auf der Straße zu sehen, und einige der Häuser wirkten dunkel und verlassen. Wegen der strategischen Bedeutung seiner Festung hatte Devizes in den beinah neun Jahren Krieg furchtbar gelitten, war mal von König Stephen, mal von den Truppen der Kaiserin Maud belagert, eingenommen und geplündert worden. Letztere hatten es schließlich behalten, und seit fünf Jahren hatte besagte Kaiserin sich hinter den dicken Mauern verschanzt und sie, so wurde gemunkelt, kein einziges Mal verlassen.

Die Zugbrücke war erwartungsgemäß geschlossen. Alan hielt am Rand des Grabens, nahm den Helm ab und ließ sich einen Moment den Regen auf den Kopf prasseln. Es machte nichts. Er war so oder so bis auf die Knochen durchnässt, und das Wasser erfrischte ihn. Er klopfte Conan den Hals und sagte: »Vierzig Meilen pro Tag. Wir waren gar nicht schlecht, bedenkt man das Wetter.«

»Wer da?«, brüllte eine Stimme aus der Wachkammer des Torhauses.

»Alan of Helmsby«, rief er hinüber.

Das hätte natürlich jeder behaupten können, aber die Zugbrücke begann sich unter vernehmlichem Kettenrasseln zu senken. Noch war es hell genug, um den Wachen zu zeigen, dass der Reiter allein gekommen war. Im Umkreis von zwei Meilen war jeder Baum gefällt worden, um der Gefahr eines Überraschungsangriffs zu begegnen. Die Kaiserin hatte sich in Devizes selbst zur Gefangenen gemacht, aber sie hatte alle Vorkehrungen getroffen, um keine Gefangene ihres verhassten Cousins Stephen zu werden.

Als Alan über die Brücke ins Torhaus ritt, erwarteten ihn zwei gerüstete und bis an die Zähne bewaffnete Wachen, die blanken Klingen in Händen. Einer hielt in der Linken eine Fackel und reckte sie hoch, bis sie das Gesicht des Ankömmlings beleuchtete. »Jesus in der Krippe ... Ihr seid es wirklich.«

Alan nickte und saß ab. »Guy de Belfort. Ich habe Euch seit der Schlacht von Lincoln nicht mehr gesehen, glaube ich.« Er wusste, der vierschrötige Normanne zählte seit jeher zu den treuesten Leibwächtern der Kaiserin, was ihn indes nie gehindert hatte, mit deren Bruder in die Schlacht zu ziehen, wenn sie ihn entbehren konnte.

De Belfort winkte seufzend ab. »Das waren noch Zeiten. Da passierte wenigstens noch was. Ihr wollt zu ihr, nehme ich an?«

»So schnell wie möglich.«

Der Leibwächter steckte sein Schwert ein und trug seinem Gefährten auf: »Lass die Brücke wieder einziehen, Pierre, und jemand soll den Gaul versorgen. Kommt mit mir, Monseigneur. Sie empfängt heutzutage so gut wie niemanden mehr, aber ich schätze, für Euch wird sie eine Ausnahme machen.«

Aus dem Torhaus kamen sie zurück in den prasselnden Regen, und ihre Stiefel spritzten Schlamm auf, als sie durch den Innenhof zum steinernen Bergfried eilten. Belfort führte Alan die Außentreppe hinauf in die Halle. Dort war es still. Vielleicht ein Dutzend Soldaten hockten an den Tischen und aßen das Nachtmahl, aber kein anderweitiges Gefolge.

»Ein kleiner Hof für eine Kaiserin«, bemerkte Alan. Er sagte es spöttisch, um seine Beklommenheit zu verbergen.

Belfort nahm einer vorbeihastenden Magd das Tuch und den dampfenden Becher ab, die sie trug, und reichte Alan beide. »Wir hausen hier seit fünf Jahren. Das halten nicht viele aus. Und Ihr wisst ja, wie sie ist. Es fällt ihr nicht leicht, Ergebenheit in den Menschen zu wecken.«

Alan trank dankbar einen Schluck heißen Wein, trocknete sich mit dem Tuch das Gesicht ab und fuhr sich damit über das blonde Haar. Ohne großen Erfolg; es tröpfelte weiterhin auf seine Schultern. »Was nicht für Euch gilt«, bemerkte er und legte das Tuch auf dem Tisch ab.

»Nein«, stimmte der Normanne zu, und es klang grimmig. Belfort war ein Haudegen vom alten Schlag. Früher hatte Alan sich gern über Männer wie ihn lustig gemacht, die sich, ohne zu zögern, von einer Klippe gestürzt hätten, um der Kaiserin oder deren Bruder ihre Treue zu beweisen. Heute ertappte er sich dabei, dass er Belfort für seine Loyalität schätzte und um die Schlichtheit seiner Seele beneidete.

»Wartet hier einen Moment und esst etwas, Monseigneur«, schlug der Leibwächter vor. »Ihr seht nicht so aus, als hättet Ihr unterwegs gerastet.«

»Ich würde lieber rasiert als gefüttert zu ihr gehen«, bekannte Alan, denn es galt als ausgesprochen schlechtes Benehmen, anders als in untadeliger Erscheinung vor ein Mitglied der königlichen Familie zu treten.

De Belfort lächelte flüchtig. »Auch das lässt sich einrichten.« Er pfiff durch die Zähne und winkte einen Pagen heran.

Alan hätte Zeit für ein ausgiebiges Bad und ein mehrgängiges Festmahl gehabt, und seine Kleider waren fast trocken, bis es der Kaiserin endlich gefiel, nach ihm zu schicken. Inzwischen war es Nacht geworden, und er hatte allein mit Belfort in der Halle gesessen und gewartet, als ein weiterer Ritter erschien und sich formvollendet verneigte. »Seid so gut und folgt mir, Mylord.«

Er führte Alan eine Wendeltreppe hinauf zu den Privatgemächern der Kaiserin, klopfte an, öffnete und hieß ihn mit einer Geste eintreten.

Alan nahm den spärlich beleuchteten Raum mit den teppichverhangenen Wänden nur aus dem Augenwinkel wahr, denn sein Blick war auf die dunkel gekleidete schlanke Frauengestalt gerichtet, die reglos wie eine Statue auf halbem Weg zwischen Tisch und Bett stand. Zwei Schritte vor ihr blieb er stehen und kniete nieder. »*Majesté.*«

»Welch unerwartete Freude. Unser berühmtester Ritter hat nur fünf Jahre gebraucht, um den Weg hierher zu Uns zu finden.« Sie hatte eine irreführend warme Stimme, die niemals schrill klang, niemals zornig.

Er blickte unverwandt auf ihre golddurchwirkten Seidenschühchen. Jedes Mal, wenn er sie sah, verwunderte es ihn, dass eine so große Frau so kleine Füße haben konnte. »Ich bin überzeugt, Ihr habt inzwischen gehört, wo ich war.« Denn sie erfuhr immer alles. »Also warum sparen wir uns die Beteuerungen nicht? Ihr wüsstet ja doch, dass jedes Wort gelogen wäre.«

Diese war ihre dritte Begegnung. Da Alan immer an vorderster Front in ihrem Krieg gekämpft hatte, sie aus dem Hintergrund die Fäden zog, hatte sich nicht häufig die Gelegenheit ergeben, und weder er noch sie hatte sie gesucht.

Maud vollführte eine winzige Geste, die sich auf Zeige- und Mittelfinger der Linken beschränkte. »Erhebe dich, liebster Bastardneffe. Wir wissen, wie du es hasst, vor Uns zu knien.«

Er kam der Aufforderung sofort nach und widersprach ihr nicht. Endlich sahen sie sich in die Augen. Die ihren waren nussbraun und groß, umgeben von einem dichten Kranz dezent gefärbter Wimpern. Maud war eine höchst elegante Frau und viel zu würdevoll, um das Alter ihrer pergamentweißen Haut mit Schminke zu übertünchen. Es waren bewegte und oft schwere fünfundvierzig Jahre gewesen, die das Leben ihr beschert hatte, und die Kaiserin trug sie wie alles andere: mit Stolz.

»Und was mag der Anlass für diesen Besuch sein? Wir nehmen an, Gloucester schickt dich?«

Alan war erschrocken. »Ihr habt es noch nicht gehört?«

»Was sollen Wir gehört haben? Untersteh dich, Uns auf die Folter zu spannen.«

»Er liegt im Sterben.« Er sagte es leise, damit wenigstens seine Stimme behutsam war, wenn schon nicht seine Worte, und er senkte den Blick, denn er wollte nicht, dass sie sich belauert fühlte, während er ihr einen so hässlichen Schock versetzte. »Ich bin hier, um Euch zu ihm zu bringen. Falls es Euer Wunsch ist. Es wird ein höllischer Ritt durch grässliches Wetter, aber es sind nur dreißig Meilen bis nach Bristol. Wenn Ihr mir ein frisches Pferd borgt und wir sofort aufbrechen, kommen wir noch im Schutz der Dunkelheit an.«

Es war so lange still, dass ihm unbehaglich wurde, und schließlich murmelte er: »Ich warte draußen, bis Ihr Euch entschieden habt, Madame.«

»Nein, bleib nur«, bat sie unerwartet und streckte die Hand nach ihm aus. Es war eine zögerliche Geste – ganz und gar untypisch. »Mein Bruder Gloucester … liegt im Sterben«, wiederholte sie leise. Ungläubig. »Ich wusste, dass er krank ist. Aber ich hätte niemals gedacht, dass er geht, bevor unser Werk getan ist.«

»Ich bin sicher, es ist nicht sein Wunsch. Aber ich habe viele Männer sterben sehen, die noch große Pläne hatten. Es passiert.«

Zuerst glaubte er, sie werde nicht antworten. Es war gewiss nur der Schrecken, der sie für einen Augenblick bewogen hatte, die Maske zu senken. Für gewöhnlich wäre sie im Traum nicht darauf gekommen, ein persönliches Wort an ihn zu richten. Denn er war ein Nichts in ihren Augen, ein Bastard, allenfalls ein nützliches Werkzeug, aber nicht mehr wert als der Staub unter ihrem Seidenschuh. Sie war eine vom Papst gekrönte Kaisern. Vermutlich war sie der einzige Mensch auf der Welt, für den die englische Krone nicht wirklich gut genug war …

»Oh ja. Das weiß ich nur zu gut«, antwortete sie unerwartet. »Bei meinem ersten Gemahl war es genauso. Aber Gloucester kam mir immer stärker vor als gewöhnliche Sterbliche.«

Alan nickte. »Wir haben uns getäuscht, Madame.«

Abrupt sah sie ihn wieder an, und eher versehentlich erwiderte er ihren Blick.

»Du trauerst«, bemerkte sie überrascht.

Er biss die Zähne zusammen.

»Natürlich«, ging ihr auf. »Er war für dich das, was einem Vater am nächsten kommt, nicht wahr?«

»Könntet Ihr gütigst damit aufhören?«, knurrte er. »Oder ist Euch so daran gelegen, mich heulen zu sehen?«

»Lieber du als ich«, konterte sie. »Wenn du die Fassung verlierst, werde ich meine behalten, und *daran* wäre mir in der Tat sehr gelegen.«

Seine Augen brannten, und mit einem Mal spürte er Erschöpfung wie einen schweren, nassen Wollmantel auf den Schultern. »Wollt Ihr zu ihm?«

Die Kaiserin nickte, ohne ihn aus den Augen zu lassen. »Warum tust du das?«

»Was?«

»Kommst hierher und bietest mir dein Geleit an? Unaufgefordert. Ich kann mich nicht entsinnen, je ein freundliches Wort zu dir gesagt oder dir für all das gedankt zu haben, was du für meine Sache getan hast. Also, warum?«

»Ich tu's für ihn«, erklärte er kurz angebunden.

Sie verzog höhnisch die Mundwinkel. »Du weißt genau, dass ich der letzte Mensch bin, den er sich an sein Sterbebett wünscht, denn ich habe immer zwischen ihm und der Krone gestanden, nach der er sich insgeheim sehnte. Also, sag mir die Wahrheit.«

»Hätte ich gewusst, dass Ihr mich diesem Verhör unterzieht, wäre ich gewiss nicht gekommen«, antwortete er bissig. »Was spielt es für eine Rolle?«

Sie sah ihn unverwandt an, so als hätten sie alle Zeit der Welt.

Alan verdrehte ungeduldig die Augen. »Na schön«, grollte er dann. »Es erschien mir richtig, das ist alles. Ihr *solltet* an seiner Seite sein, denn Ihr seid seine Schwester. Und ich dachte, vielleicht sollte ich derjenige sein, der Euch zu ihm bringt, weil es an der Zeit ist, dass ich einmal wirklich etwas für *Euch* tue. Alles, was ich in Eurem Krieg vollbracht habe – was immer es wert sein mag –, habe ich aus Zorn über den Tod meines Vaters getan. Für ihn oder womöglich für mich, nie für Euch, meine rechtmäßige Königin. Und ich dachte, dies hier sei möglicherweise meine letzte Gelegenheit, das nachzuholen.«

Mit einem Mal war die Kaiserin diejenige, die um Haltung rang. Ohne Hast ging sie zum Tisch, wandte Alan den kerzengeraden Rücken zu und trank einen kleinen Schluck Wein. Es dauerte einen Moment, bis sie den Pokal zurückstellte. Dann sah sie Alan wieder an. »Weißt du, ich kannte in meinem Leben nur einen Menschen, der in der Lage gewesen wäre, etwas so Törichtes zu sagen und zu tun, und das war dein Vater. Du bist ihm so ähnlich, Alan.«

Er lächelte. Er wusste, er könnte hundert Jahre warten und würde doch niemals ihr Eingeständnis hören, dass sie ihn immer gehasst hatte, weil sie ihn für den Tod seines Vaters – ihres über alles geliebten kleinen Bruders – verantwortlich machte. Aber er stellte fest, dass er ihr das nicht mehr übel nahm, nachdem er erkannt hatte, dass er selbst in dieselbe Falle getappt war. »Madame, ist es das Wetter, das Ihr scheut?«, fragte er. »Denn wenn wir nicht bald losreiten, wird es Tag, eh wir ankommen, und wir werden Stephens Schlächtern in die Hände fallen.«

»Worauf wartest du dann? Hol mir den Mantel, du Flegel.«

Sie gelangten unbehelligt nach Bristol, als die nachtschwarzen Wolken sich im Osten gerade dunkelgrau verfärbten.

Eine gedämpfte Betriebsamkeit herrschte auf der Burg, Menschen eilten geschäftig bald hierhin, bald dorthin, aber sie sprachen mit leisen Stimmen, und man hörte niemanden lachen. Bristol Castle war bereits ein Trauerhaus.

Alan hatte die Kaiserin sicher an der Tür zu Gloucesters Privatgemächern abgeliefert, saß allein in dem kalten, unwirtlichen Vorraum und wartete, als Gloucesters Sohn William die Treppe heraufkam.

»Alan! Die Wache sagte mir, dass du gekommen bist.«

Alan nickte ihm zu. »Wie steht es?«

Sein Cousin schüttelte seufzend den Kopf. »Es wird nicht mehr lange dauern, sagt der Arzt.«

Alan lehnte sich mit den Schultern an die kalte Mauer und schaute zu ihm hoch. »Dann wird es auch nicht mehr lange dauern, bis du Earl of Gloucester wirst.«

Der schlaksige William mit den wilden Locken und den großen, staunenden Augen wirkte wie ein verlorenes Lamm in einem Platzregen. »Daran darf ich gar nicht denken«, gestand er.

»Du wirst es schon gut machen«, sagte Alan beschwichtigend.

William sank neben ihm auf die Bank. »Aber was werden wir nur tun, Alan? Was *können* wir tun, wenn mein Vater nicht mehr da ist?«

»Kein Mensch ist unersetzlich. Aber auf jeden Fall werden wir uns zusammensetzen und überlegen müssen, wo wir stehen. Was genau wir eigentlich wollen. Die Kaiserin wird uns ihre Wünsche mitteilen, da bin ich sicher, und dann müssen wir entscheiden, wie wir weiter vorgehen wollen.«

»Wenn ich dir die Wahrheit sagen soll, Alan: Mir wär's das Liebste, wir würden Frieden mit Stephen schließen. Sind wir doch mal ehrlich, er ist im Grunde kein so übler Kerl. Und er hat die Nase vorn. Ich bin diesen Krieg *satt.*«

»Wer ist das nicht«, stimmte Alan zu, aber gleichzeitig dachte er beklommen: Du bist ein Feigling, William. Das warst du immer schon. Deine Gründe, warum du diesem Krieg ein Ende machen willst, sind die falschen. Er ist dir unbequem, und du fürchtest dich, Risiken einzugehen. Dein Vater war der Pfeiler, auf dem die Macht der Kaiserin ruhte. Du bist ein Strohhalm. »Wir dürfen jetzt nicht aufgeben, William. Der Verlust deines Vaters ist ein schwerer Schlag für unsere Sache, daran kann es keinen Zweifel geben, aber wir müssen durchhalten, bis der junge Henry Plantagenet alt genug ist, um herzukommen und seinen Anspruch durchzusetzen.«

»Aber wieso?«, fragte William verständnislos. »Was kümmert uns sein Anspruch? Er ist Franzose. Was geht England ihn überhaupt an?«

»Wieso?«, wiederholte Alan fassungslos. »Weil er unser Cousin ist. Und weil das Lebenswerk deines Vaters verschwendet wäre, wenn wir es nicht tun.«

William seufzte tief und nickte unwillig. »Du hast natürlich recht. Nur gut, dass du wieder da bist.« Er lächelte ihn kläglich an. »Ich werde deine Hilfe brauchen, schätze ich.«

Dann lass uns hoffen, dass du sie auch annimmst, wenn es hart auf hart kommt, dachte Alan.

Es war schon Abend, als er endlich zu seinem Onkel gerufen wurde.

Die kostbaren Brokatvorhänge des Bettes waren zurückgeschoben. Drei Kerzen standen auf der Truhe daneben und flackerten in der Zugluft. Robert of Gloucester lag mit geschlossenen Augen auf dem Rücken. In den drei Monaten, die seit Alans Besuch vergangen waren, war er bis auf die Knochen abgemagert, und der Kopf wirkte eigentümlich klein, das dicke Kissen geradezu lächerlich riesig im Vergleich.

Die Lider öffneten sich, als Gloucester den leisen Schritt hörte. »Alan.«

»Mylord.«

Die knochige alte Hand, die auf der Decke lag, schob sich in Alans Richtung. Er setzte sich auf die Bettkante und umschloss sie mit seinen beiden.

»Heute Nacht besteige ich endlich das *White Ship*, mein Junge.«

»Möge es Euch an glückliche Ufer tragen.«

»Es war eigentlich meins, wusstest du das?«

Alan schüttelte den Kopf. Er konnte seiner Stimme nicht trauen.

Gloucester schloss einen Moment die Augen. »Der König hatte es mir geschenkt. Und ich war … so stolz. Aber dann hat er es vergessen, und als William … als dein Vater ihn fragte, ob er es für die Heimreise haben könne, hat der König eingewilligt. Und wieder einmal … hatte der Thronfolger gewonnen und der Bastard das Nachsehen. Ich war so zornig deswegen. Es waren bittere Worte, die ich meinem Bruder mit auf seine letzte Reise gegeben habe …«

»Quält Euch nicht damit, Mylord. Ihr wart jung. Eure Enttäuschung nur verständlich. Ihr konntet nicht wissen, was passieren würde.«

»Nein. Aber die Tatsache bleibt: Eigentlich hätte *ich* ertrinken sollen. Nicht er.«

»Das lag in Gottes Hand. Er hat beschlossen, *ihn* zu sich zu rufen und *Euch* hierzulassen.«

Gloucester lächelte matt. »Das war es … was ich von dir hören wollte. Denn es gilt für dich ebenso wie für mich. Es war … weder deine Schuld noch meine, sondern Gottes Plan. Vergiss das nicht.«

Alan schluckte mühsam. »Nein.«

»Ich wünschte nur, ich hätte noch erlebt, dass es ein Ende nimmt«, vertraute Gloucester ihm flüsternd an. »Dass dieses verfluchte Schiff endlich aufhört, unschuldige Menschen in den Tod zu reißen. Denn es sinkt … immer noch.«

Alan nickte.

»Ich hätte es … so gern wiedergutgemacht.«

»Ihr habt getan, was Ihr konntet.«

»Den Rest wirst du tun müssen.«

»Ihr habt mein Wort.«

Gloucester atmete tief aus. »Dann … kann ich also beruhigt an Bord gehen.« Er ließ seine Hand los.

Alan stand auf, beugte sich über den Sterbenden und küsste ihm die Stirn. »Geht mit Gott, Mylord.«

Robert of Gloucester starb am Abend des einunddreißigsten Oktober, in der Nacht vor Allerheiligen. Es sei eine gefährliche Nacht für jede Seele, die gerade erst ihre sterbliche Hülle verlassen habe, bekundete Gloucesters Sohn Roger, der Priester war, denn in dieser Nacht wanderten die Geister der Toten. Darum ordnete er an, den Verstorbenen umgehend in die Kapelle zu tragen. »Mutter ist bereits dort«, fügte er hinzu.

William nickte. »Dann sollten wir gehen und ihm die Totenwache halten. Kommst du, Alan?«

Er schüttelte den Kopf. »Ich kann nicht.«

»Was? Wieso nicht?«, fragte William entgeistert.

Alan zögerte einen Moment zu lange und gab Roger damit Gelegenheit, das Wort zu ergreifen. »Weil er exkommuniziert ist«, erklärte der junge Geistliche verächtlich.

William zog erschrocken die Luft ein und wich einen halben Schritt zurück. »Was? Oh mein Gott, Alan … Ist das wahr?«

Alan fühlte sich dumpf vor Trauer. Er wollte seine Ruhe, und mehr als alles andere sehnte er sich nach der tröstlichen Stille einer Kirche. Es machte ihm zu schaffen, dass sie ihm versagt bleiben musste, und so war dies hier das Letzte, was ihm gefehlt hatte. Er musste sich räuspern. »Es ist wahr.«

»Aber wieso?«, fragte William. »Was hast du getan?«

»Ich habe eine jüdische Frau geheiratet.«

»Oh ...« Es war ein unsicherer Laut. William schien unschlüssig, was er davon halten sollte, aber seine Miene verriet, dass er das Vergehen nicht so furchtbar schwer fand.

»Und das ist nicht alles«, stellte Roger klar. »Er hat sich mit jüdischen Wucherern verschworen und den Subprior von Norwich mit der Waffe bedroht. Das wollen wir nicht vergessen, nicht wahr, Cousin? Oder willst du es leugnen?«

Alan sah ihn an, und er konnte kaum glauben, welche Feindseligkeit in den dunklen Augen stand. Roger war ein paar Jahre jünger als er und William, war ein Knirps gewesen, als Alan in den Haushalt seines Onkels gekommen war, und hatte eine große Vorliebe dafür gehabt, auf Alans Knie zu reiten ...

»Stehe ich hier vor Gericht, Roger?«, fragte er kühl.

»Fürs Erste nicht. Aber ich bin sicher, der Earl of Gloucester hätte gern eine Antwort.«

Alan stieß verächtlich die Luft aus. »Gott, dein Vater ist noch nicht einmal kalt, und da kommst du daher und ...«

»Er hat trotzdem recht, Alan«, fiel William ihm ins Wort – untypisch schneidend. »Ich hätte gern eine Antwort.«

Alan sah ihn an. Das hielt William nicht lange aus. Als er den Blick niederschlug, sagte Alan leise: »Es gab keine Verschwörung. Aber ich habe den Subprior mit dem Schwert bedroht, das ist richtig.«

William fragte nicht nach den Gründen. Kopfschüttelnd brachte er noch einen weiteren Schritt Abstand zwischen sie und sagte dann: »Ich fürchte, in dem Fall muss ich dich bitten, uns zu verlassen.«

»Du ... du schließt mich von der Beerdigung deines Vaters aus?«

William sah ihn unglücklich an. »Alan, ich ...«

»Ja. Das tut er«, unterbrach Roger entschieden. »Es ist ein heiliger Ritus, bei dem du nichts verloren hast. Es würde das Andenken unseres Vaters besudeln, dich dort zu dulden.«

Zorn und brennende Scham drohten Alan aus der Fassung

zu bringen. Er war es nicht gewohnt, sich so demütigen lassen zu müssen. Er wandte sich zur Tür. »Sagt der Kaiserin, ich steige in der Stadt im Gasthaus ab. Sie soll mir Nachricht schicken, wenn sie zurückwill«, sagte er über die Schulter.

»William wird sie zurück nach Devizes geleiten«, widersprach Roger.

Alan blieb noch einmal stehen. Ohne sich umzuwenden, gab er zurück: »William wird die Flucht ergreifen, sobald er unterwegs einen fremden Reiter sichtet, und sie ihrem Schicksal überlassen. Ich habe sie hergebracht. Ich bringe sie zurück.«

»Du wirst Bristol und meine Grafschaft auf der Stelle verlassen«, entgegnete William wütend. »Oder ich verhafte dich und sperre dich ein.«

Alan sah lächelnd über die Schulter. »Ich fürchte, das wird nicht so einfach, wie du dir vorstellst. In Bristol wird sich kaum jemand finden, der gewillt wäre, Hand an mich zu legen.«

»Sei nicht so sicher«, sagte Roger ungerührt. »Du weißt es vielleicht noch nicht, aber du wirst staunen, wie unpopulär eine Exkommunikation einen Mann machen kann, sogar einen Helden wie dich. Im Handumdrehen, Alan. Darum rate ich dir: Schick deine jüdische Frau fort und krieche auf Knien zum Bischof nach Norwich. Bereue deine Freveltaten und tu Buße. Dann nimmt er dich vielleicht wieder auf.«

Wortlos ging Alan hinaus.

Er hatte Williams Befehl so lange missachtet, wie er brauchte, um die Kaiserin ausfindig zu machen und ihr zu erklären, dass er aus Bristol verbannt sei und warum und sie entweder jetzt gleich oder gar nicht zurück nach Devizes begleiten könne. Unerwartet willigte sie ein. Es sei ohnehin zu gefährlich für sie, der Beisetzung ihres Bruders beizuwohnen, und, erklärte sie unverblümt, sie besitze auch nicht das erforderliche Maß an Mut oder Torheit, um sich dem Schutz ihres jämmerlichen Neffen William anzuvertrauen.

Es war Balsam für Alans gekränkten Stolz.

Die Nacht war kalt und windig, aber trocken, und ein halber

Mond erhellte ihren Weg. Die Kaiserin zeigte sich ungewohnt huldvoll. Offenbar war sie ihm tatsächlich dankbar, dass er ihr ermöglicht hatte, sich von ihrem Bruder zu verabschieden. Sie sprachen indessen nicht viel. Alan hielt Augen und Ohren offen, denn das Mondlicht machte ihren Ritt riskant. Aber nichts rührte sich, kein Mensch begegnete ihnen, und die Geister behelligten sie auch nicht, sodass er Maud bei Tagesanbruch sicher am Torhaus abliefern konnte.

Als sie über die Zugbrücke ritten, drehte sie sich im Sattel um und schaute zurück. »Ein trauriger Anlass, aber ein willkommener Ausflug aus meinem Gefängnis.«

»Ich hoffe, Ihr werdet nicht mehr lange hier ausharren müssen.«

»Hm.« Er klang halb amüsiert, halb verächtlich. »Das hat Gloucester vor fünf Jahren auch gesagt. Aber wenn du die Wahrheit wissen willst: Ich habe das Gefühl, dass meine Tage in England gezählt sind. Ich denke, es wird Zeit, die Fackel meinem Sohn zu übergeben.«

Alan nickte. »Ich bin sicher, er brennt darauf.«

Sie lächelte schmallippig über sein wenig geistreiches Wortspiel. »Ganz gewiss. Er ist genauso ehrgeizig und ungestüm wie sein Vater, dieser fürchterliche Mensch.«

Alan unterdrückte ein Grinsen. Zu seiner Überraschung musste er feststellen, dass die Kaiserin gar kein so übler Kerl war. Er verneigte sich im Sattel. »Lebt wohl, *Majesté*.«

»Oh nein. Du wirst schön hierbleiben. Du hast zwei Nächte nicht geschlafen und kannst schwerlich an einem Kloster haltmachen, nicht wahr?« Sie ritt ins Torhaus, und ohne sich nach ihm umzuschauen, fuhr sie fort: »Ich erwarte dich zur Mittagsstunde in meinen Gemächern, dann machen wir Pläne. Sei ausgeruht und untersteh dich, zu spät zu kommen.«

Seufzend folgte Alan ihr in die Burg. »Man kann merken, dass Ihr eine Enkelin des Eroberers seid, Madame.«

»Woran?«

»Am Ton.«

Sie gab ein kurzes, höhnisches Lachen von sich. »Jedem das

Seine. Du hast seinen Schwertarm geerbt, heißt es. Der hätte mir nichts genützt. So blieben nur der Ton und der Wille zur Macht. *Bonne nuit,* Bastardneffe.«

Helmsby, November 1147

Graupel war am frühen Morgen gefallen, und die kleineren der ungezählten Seen und Tümpel in den Fens hatten eine dünne Eisschicht. Tau und Regen waren auf Wiesen, Schilf und Bäumen gefroren; der verfrühte Wintereinbruch hatte das weite Flachland in eine weiße Zauberwelt verwandelt. Die beinah unirdische Stille der Fens hatte Alan gutgetan, und obwohl er sich so fürchterlich nach Miriam sehnte, dass er Bauchschmerzen davon bekam, hatte er sich nicht beeilt. Er hatte an Robert of Gloucester gedacht, hatte sich erinnert und darüber nachgesonnen, dass ausgerechnet dieser Mann ihm wieder und wieder in seinen Träumen erschienen war, als er sein Gedächtnis verloren hatte, so als wolle er ihn zurückrufen. Er hatte ihn beweint, und er hätte gern für ihn gebetet, aber er wagte nicht, das Wort an Gott zu richten.

Als er nach Helmsby kam, war es vorbei mit der verzauberten Winterstille, denn wie überall wurde auch in Helmsby im November geschlachtet, und die kalte Luft war erfüllt vom Grunzen und Quieken verängstigter Tiere und dem beißenden Gestank ihrer aufgeschlitzten Leiber.

Alan machte an der Kirche halt, um ein Wort mit King Edmund zu wechseln. Er saß ab, hämmerte mit der Faust ans Portal und trat dann einen Schritt zurück.

Wie üblich dauerte es ein Weilchen, bis die Kirchentür geöffnet wurde, aber nicht King Edmund, sondern Simon de Clare stand auf der Schwelle. »Alan!« Er trat ins Freie.

»Simon.«

Sie umarmten sich kurz und brüsk. Das war üblich unter Männern von Stand, aber sie hatten es noch nie getan.

»Er ist wieder da«, rief Simon über die Schulter ins Innere der Kirche, und es dauerte nicht lange, bis Edmund, Oswald und die Zwillinge herauskamen.

»Seit wann seid ihr zurück?«, fragte Alan.

»Vorgestern«, antwortete Godric. »Wir hatten …«

»Ist dein Onkel gestorben?«, fiel Oswald ihm ins Wort.

Alan sah ihn an und legte ihm zum Gruß die Hand auf den Arm. Er hatte Oswald erklärt, warum er fortmusste. Es verstimmte ihn ein wenig, dass er Helmsby nicht verlassen konnte, ohne quasi Oswalds Segen einzuholen, aber so war es eben. »Ja, er ist tot.«

»Doch nicht Gloucester?«, fragte Simon erschrocken.

Alan nickte.

King Edmund, die Zwillinge und Simon bekreuzigten sich, und Letzterer sagte: »Es wird Henry hart treffen, wenn er das hört.«

»Bist du traurig?«, fragte Oswald Alan, wie immer gewillt, Mitgefühl und Trost zu spenden.

»Ja«, gestand Alan freimütig. »Wollen wir hinauf auf die Burg? Kein Grund, dass wir hier am Boden festfrieren, nur weil ich keine Kirche betreten darf.«

Die Gefährten willigten ein, und Alan war dankbar, dass Simon, Godric und Wulfric ihn nicht mit Fragen nach seinem Kirchenverweis bedrängten. Er nahm an, wenn sie schon zwei Tage hier waren, hatten sie ohnehin längst alles erfahren.

Auf dem kurzen Weg zur Burg hinüber erkundigten sich Alan und Simon höflich nach dem Reiseverlauf des anderen und musterten einander verstohlen. Simon war äußerlich beinah unverändert, aber er war selbstbewusster geworden, stellte Alan zufrieden fest. Es hatte nichts mit dem Schwert zu tun, welches der junge Mann jetzt offen und mit größter Selbstverständlichkeit trug, sondern man sah es an seinem Schritt und hörte es an seiner Stimme.

»Schöne Waffe«, bemerkte Alan.

»Henry hat sie mir geschenkt«, erklärte Simon und seufzte. »Er ist wild entschlossen, einen Krieger aus mir zu machen.«

»Und nimmt dich hart ran, was?«

»Fürchterlich. Wenn es nach ihm ginge, würden wir von Sonnenaufgang bis Einbruch der Dunkelheit auf dem Sandplatz verbringen.«

»Es hat dir nicht geschadet, scheint mir. Du wirkst kerngesund.«

Simon hob leicht die Schultern. »Du und ich wissen, dass ich das niemals sein werde, aber du hast schon ganz recht. Ich kann mich nicht erinnern, mich je besser gefühlt zu haben.«

Miriam und Guillaumes Frau saßen zusammen an der hohen Tafel. Aldgyth hielt ihren achtwöchigen Sohn im Arm, und Alans Gemahlin unterhielt den Kleinen mit einer uralten abgeblätterten Kinderrassel, die sie in der Truhe in ihrer Kammer gefunden hatte. Als sie die Gefährten eintreten sah, legte sie das Spielzeug beiseite, stand auf und kam auf sie zu. Sie lief nicht, aber ihr Schritt war leichtfüßig und rasch, und die Augen, die Alan entgegenblickten, leuchteten vor Freude.

Er trat zu ihr und zog sie an sich – ihm war gleich, ob sie es unschicklich fand. Für einen Herzschlag presste er sie zu fest an sich, weil er einfach nicht genug von ihr spüren konnte, aber sofort besann er sich und lockerte seinen Griff, denn in der Nacht vor seinem Aufbruch hatte sie ihm gesagt, dass sie guter Hoffnung sei.

»Willkommen daheim, Alan«, flüsterte sie, die Lippen an seinem Hals. »Du hast mir gefehlt.«

»Gut«, murmelte er befriedigt und strich noch für einen Augenblick mit den Lippen über ihre Schläfe, aber nur zu bald machte sie sich von ihm los. Sie missbilligte Gefühlsbekundungen in der Öffentlichkeit, und eigentlich tat er das auch.

»Oswald, bist du etwa schon wieder ohne Mantel durch die Kälte gelaufen?«, fragte sie kritisch.

Oswald nickte zerknirscht. »'tschuldigung.«

Mit gestrenger Miene wies sie auf die Stirnseite der Halle. »Setz dich vors Feuer, damit du uns nicht wieder krank wirst.« Und zu den übrigen Gefährten sagte sie: »Ihr seid leichtsinnig, einer wie der andere. Wann werdet ihr lernen, darauf zu achten, dass der Junge warm genug gekleidet ist?«

King Edmund schenkte ihr sein gewinnendstes Lächeln. »Du hast ja recht, mein Kind. Gott segne dich für deine Fürsorge. Ich werde besser achtgeben, du hast mein Wort.«

Sie setzten sich nah ans Feuer, denn sie alle waren durchgefroren, und Miriam trug Emma auf, heißen Wein und Brot und etwas von der frischen Wurst aus der Küche zu holen.

»Ja, Mylady.« Emma eilte willig davon. Wie so viele der Mägde und Knechte begegnete sie Miriam mit einer ehrfürchtigen Hingabe, die Alan amüsierte. Es war die stille Würde gepaart mit dieser unbestimmten Traurigkeit, die das Gesinde bewog, Miriam zu Füßen zu liegen. Alan hätte gern darauf verzichtet, wenn es ihm dafür gelungen wäre, die Traurigkeit zu vertreiben. Aber in Wahrheit wusste er, dass sie zu Miriam gehörte wie die schwarzen Augen. Seine Frau war nicht unglücklich; im Gegenteil. Helmsby hatte sie mit offenen Armen aufgenommen, und als sie Alan gestanden hatte, dass sie sich noch niemals irgendwo so wohl, so sicher, so *zu Hause* gefühlt hatte wie hier, hatte er gewusst, dass es die Wahrheit war. Das änderte indessen nichts an ihrem Kummer über alles, was sie hatte aufgeben müssen.

Die Gefährten langten hungrig zu und berichteten sich gegenseitig von ihren Erlebnissen. Wulfric und Godric hatte das kleine Abenteuer auf dem Kontinent ebenso gutgetan wie Simon. Henry hatte auch sie mit Waffen bedacht, und sie berichteten mit weit mehr Enthusiasmus von ihren neu erworbenen Fechtkünsten als Simon. Sie waren bekümmert über den Tod ihres Hundes, der das letzte Bindeglied zu ihrer Kindheit in Gilham und ihrem Vater gewesen war, aber dennoch strahlten beide einen Übermut aus, der selbst für ihre sonnigen Gemüter ungewöhnlich war und den Alan erst begriff, als er wieder und wieder die Namen zweier Zwillingsschwestern aus Chinon hörte. Kein Zweifel, erkannte er, Godric und Wulfric hatte es schwer erwischt.

»Erzähl uns von Luke«, bat Ersterer Alan schließlich. »King

Edmund wusste nichts Genaues, und Oswald wollte nicht darüber reden.«

Alan tauschte einen Blick mit seiner Frau. Dann antwortete er: »Miriam, Oswald, Luke und ich sind Anfang September nach Norwich geritten. Luke … wollte nicht. Aber ich wusste mir keinen anderen Rat, denn sein Zustand wurde immer bedenklicher, und die Leute in Helmsby tuschelten, er hätte den Teufel im Leib. Ich hatte die Hoffnung, wenn Josua ihn sieht, könnte er vielleicht irgendetwas für ihn tun. Also habe ich Luke überredet. Aber unterwegs, mitten in der Einöde in den Fens, erlitt er wieder einen Anfall wie kurz vor eurer Abreise. Er war …« Alan zögerte und blickte zu Oswald, der die Unterlippe zwischen die Zähne genommen hatte, die Hände um den Schemel gekrallt und aussah, als warte er darauf, dass eine Keule auf ihn niedersauste.

Alan folgte einer plötzlichen Eingebung. »Erzähl du's ihnen, Oswald. Hab keine Angst.«

Oswald warf ihm einen gequälten Blick zu, aber Alan nickte ihm nur aufmunternd zu. Er hoffte, der Junge werde das Erlebnis endlich hinter sich lassen können, wenn er es in Worte fasste und somit bannte.

»Seine Schlange ist aufgewacht und hat ihn schrecklich gebissen«, erzählte Oswald leise, den Blick gesenkt. »Er hat geschrien, weil es so weh getan hat, und es hat ihn … ganz verrückt gemacht. Ganz verrückt …« Er brach ab, und alle warteten geduldig. Schließlich fuhr er fort: »Sie hat ihm gesagt, er soll seine Hände um meinen Hals legen und fest zudrücken. Und sie hat ihn schnell gemacht. Oder, Losian? Schnell wie ein geölter Blitz.«

Alan schüttelte langsam den Kopf. »Ich habe dergleichen nie zuvor gesehen, Freunde«, gestand er.

»Luke musste seiner Schlange gehorchen und hat mich gewürgt und geschrien und geschrien. Und dann ist Losian gekommen.«

Alan legte ihm kurz die Hand auf die Schulter. »Gut gemacht«, murmelte er, und beendete die traurige Geschichte. »Seine

Schnelligkeit und seine Kräfte schienen wirklich nicht von dieser Welt zu sein. Ich bin nicht sicher, ob ich es ohne Miriams Hilfe geschafft hätte.« Seine wunderbare Frau hatte die gleiche unerschütterliche Ruhe bewiesen, die Alan an ihrem Vater immer bewundert hatte, obwohl Lukes Raserei wie eine Vision der Hölle gewesen war. »Ich musste … ich musste ihn niederschlagen. Es ging nicht anders. Als er bewusstlos war, haben wir ihm Mohnsaft eingeflößt, um ihn ruhig zu halten. Und so haben wir ihn nach Norwich gebracht, wo Miriams Vater ein Hospital für Menschen wie ihn eröffnet hat. Josua sagt, es gibt kaum Hoffnung, dass es noch einmal besser wird mit unserem Gefährten. Aber er sagt auch, dass sein Leiden vermutlich nicht mehr lange dauern wird.«

Sie schwiegen bekümmert, und schließlich fuhr Simon Oswald seufzend über den zu großen Kopf. »Du weißt, dass er nichts dafürkonnte, oder? Dass es nicht Luke war, der dir an die Kehle gegangen ist?«

Wie treffsicher er Oswalds größten Kummer erkannt hat, dachte Alan erstaunt.

»Ich weiß«, antwortete Oswald niedergeschlagen.

Simon rieb sich kurz die Stirn. »Herrje, was für eine grässliche Geschichte.« Er sah zu Alan. »Ihr zwei habt nicht gerade Glück, wenn ihr auf Reisen geht, was? Da fällt mir ein: Danke, dass du das Gesindel aus Woodknoll verjagt hast.«

»Keine Ursache. Ich weiß, du wolltest es selbst tun, aber nachdem Rollo de Laigle tot war, wäre es zu gefährlich gewesen, es herrenlos zu lassen. Roger fitzNigel, Guillaumes Bruder, hält es für dich, bis du nach Hause kommst.«

»Dann lass uns hoffen, dass er dort keinen grauen Bart bekommt. Ich muss noch vor Weihnachten zurück nach Anjou.«

Alan grinste ihn an. »Unentbehrlich, wie?«

»Eifersüchtig?«, konterte Simon herausfordernd.

Alan schnaubte. Doch er argwöhnte, die ehrliche Antwort lautete Ja. »Ich hab einen Brief für Henry von seiner Mutter. Es wird das Praktischste sein, wenn du ihn mitnimmst.«

Bei Einbruch der Dämmerung versammelte der Haushalt sich zum Nachtmahl in der Halle, obwohl noch Nachmittag war. Im Herbst und Winter waren die Tage kurz, denn wenn es dunkel wurde, gingen die Menschen schlafen. Das sei auch recht so, sagte King Edmund gern, denn im Winter gab es nicht viel Arbeit zu tun, und wenn die Menschen Langeweile hätten, neigten sie zur Sünde.

Wie so oft hatten der Lord und die Lady der Halle als Erste aufgegessen, denn Alan verschlang immer noch alles, was die Köchin ihm vorsetzte, wie ein Hungerleider, und Miriam hatte außer ihrem Fladenbrot und einer Schale Pastinaken nichts von den heutigen Speisen essen können.

»Wir müssen dringend etwas unternehmen in der Sache«, sagte Alan besorgt zu ihr. »Du kannst nicht immer nur Brot und Honig und mageres Hühnchenfleisch zu dir nehmen, jetzt, da du für zwei essen musst.«

»Mein Vater sagt, Geflügel sei gut für Schwangere«, entgegnete sie. »Und nun erzähl mir, was in Bristol passiert ist und du mir bislang verschwiegen hast.«

»Das werde ich. Aber nicht hier und nicht jetzt. Es ist …«

»Gott zum Gruße, Cousin«, unterbrach ihn eine laute Stimme von der Tür.

Seine Großmutter verdrehte die Augen zur rußgeschwärzten Decke. »Jesus, konntest du uns das nicht ersparen?«, brummte sie.

Haimon de Ponthieu kam gemächlich in die große Halle geschlendert, trat vor die hohe Tafel, die Hände auf dem Rücken verschränkt, und wippte auf den Fußballen. An seiner Seite war Susanna. Sie hatte nur Augen für Miriam, und das kleine Lächeln auf ihren Lippen verursachte Alan einen unangenehmen Druck auf dem Magen.

Ohne Eile erhob er sich von seinem Platz. »Ich hatte dir eindringlich geraten, dich hier nicht mehr blicken zu lassen, Haimon. Also sei klug und mach kehrt, und nimm deine Cousine mit. Sie ist hier so wenig erwünscht wie du.«

Haimon rieb sich gelangweilt die Fingernägel am Mantel und schaute dann auf. »Bist du fertig?«

»Haimon, du Narr, wozu soll das führen?«, grollte ihre Großmutter.

Ihr Enkel ignorierte sie, den Blick unverwandt auf Alan gerichtet. »So unversöhnlich, Teuerster? Draußen bricht eine bitterkalte Nacht an, und trotzdem willst du uns vor die Tür setzen?«

»Ihr hättet Eure Reise besser planen sollen«, gab Alan zurück. »Von mir aus könnt ihr in der Kirche im Dorf unterschlüpfen, aber hier bleibt ihr todsicher nicht.«

Haimon schüttelte den Kopf und blickte sich eingehend in der Halle um, als wolle er sie sich einprägen, ehe er sie zum letzten Mal verlassen musste. »Willst du nicht einmal hören, was uns herführt?«, fragte er dann.

»Offen gestanden, nein.«

Susanna konnte nicht länger an sich halten. Sie machte einen Schritt auf die Tafel zu. »*Du* bist derjenige, der Helmsby verlassen wird!«, schleuderte sie ihrem einstigen Gemahl entgegen. »Und du kannst Haimon auf Knien anbetteln, dich die Nacht noch hier im Stall verbringen zu lassen, denn *du* kannst nicht in der Kirche unterschlüpfen, richtig?«

Alan legte seiner Frau leicht die Hand auf die Schulter. Er wusste, dass hier gerade eine Katastrophe über ihn und die Seinen hereinbrach, und er setzte alles daran, eine ausdruckslose Miene zu wahren, während er sich erkundigte: »Was hat das zu bedeuten?«

Langsam, als wolle er den Moment genüsslich in die Länge ziehen, förderte Haimon ein versiegeltes Dokument aus seinem Gewand. »Ich habe hier eine königliche Urkunde, die dich für deine unrechtmäßige Eheschließung mit einer Jüdin ächtet, dir Helmsby und deinen gesamten übrigen Besitz entzieht und stattdessen mir zu Lehen gibt.«

Er streckte Alan das Schriftstück entgegen, der keinerlei Anstalten machte, es zu nehmen. »Eine *königliche* Urkunde?«, fragte er stattdessen. »Von wem?«

Haimon zog amüsiert die Brauen in die Höhe. »Vom König von England, Cousin, wie der Name schon sagt.«

»England hat keinen rechtmäßigen König«, belehrte seine Großmutter ihn.

Er hob unbeeindruckt die breiten Schultern. »Ich hoffe, du vergibst, dass ich anderer Meinung bin.«

Lady Matilda fragte angewidert: »Du hast dich Stephen angeschlossen, diesem Wurm? Wie tief willst du noch sinken, Haimon?«

»Im Gegensatz zu dir und meinem teuren Vetter bin ich in der Lage, den Tatsachen ins Auge zu sehen: Gloucester ist tot, und damit ist die Kaiserin erledigt. Sie haben Stephen nicht vom Thron schütteln können, und nun hat er gewonnen. Und darum«, schloss er an Alan gewandt, »habe ich es für klug befunden, ihm meine Dienste anzubieten. Für eine kleine Gegenleistung.«

Alan schüttelte fassungslos den Kopf. »Ich hätte dir allerhand zugetraut, aber niemals den Verrat an der Sache, für die auch du jahrelang mit aller Entschlossenheit gekämpft hast.«

»Oh, aber nie so *legendär* wie du, nicht wahr?«, höhnte Haimon. »Und auch nicht so fanatisch. Die Kaiserin ist deine Tante, nicht meine. Ehrlich gestanden ist mir völlig gleich, wer König von England ist, und es ist immer lohnender, auf der Seite des Siegers zu stehen.«

»In dem Fall kann ich dir nur wünschen, dass du nicht zu früh umgefallen bist, denn dieser Krieg ist noch lange nicht vorbei.«

»Für mich schon«, konterte Haimon. »Und jetzt sei so gut und tritt beiseite. Ich würde mich gern auf meinen Platz setzen. Sagen wir, du hast eine halbe Stunde, von meiner Burg zu verschwinden. Danach setz ich dich vor die Tür.«

»Du und wie viele deiner Freunde, Haimon?«

»Etwa zweihundert«, antwortete ein weiterer Besucher, der von sechs Hünen in Helmen und Kettenpanzern begleitet durchs Portal der Halle trat. Als er den Lichtkreis der Kerzen auf der hohen Tafel erreichte, hatte Alan keine Mühe, ihn wiederzuerkennen. Die makellose Kutte aus feinster Wolle war ebenso unverwechselbar wie die Arroganz.

»Anselm de Burgh, sieh an.« Er stellte fest, dass seine Kiefermuskeln wie versteinert waren. »Kommt Ihr wieder einmal an der Spitze eines mordgierigen Mobs?«

Der Mönch vollführte eine kleine Geste Richtung Fenster. »Seht selbst.«

Alan tauschte einen Blick mit Simon, der bereitwillig aufstand und an eine der schmalen Fensteröffnungen trat. »Soldaten«, berichtete er über die Schulter. »Der Hof wimmelt davon. Sie haben deine Wachen und die Knappen, die du ausbildest, überwältigt und gefesselt, verhalten sich ansonsten aber ruhig.«

»Sie stehen im Dienst des Bischofs von Norwich, der sie mir freundlicherweise geborgt hat, um mein Recht durchzusetzen«, erklärte Haimon. »Also, Cousin? Wie steht es? Gehst du freiwillig, oder soll ich sie auf deine Bauern hetzen?«

»Ich dachte, es sind jetzt deine Bauern, Haimon«, gab Alan zurück.

Er hatte die Hand am Heft, aber ehe er ziehen und über den Tisch setzen konnte, lag Miriams Linke auf seinem Arm. »Alan.«

Es klang eher scharf als ängstlich. Und natürlich hatte sie recht. Gegen die sechs Hünen und Haimon konnte er nichts ausrichten, und wenn er seinen Cousin angriff, würde er alles nur noch schlimmer machen. Und doch wusste er kaum, wie er sich hindern sollte. Der Gedanke, dass Miriam das Heim, das ihr ein sicherer Hafen geworden war, schon wieder verlieren sollte, drohte ihn völlig kopflos zu machen.

»Hör lieber auf sie«, riet Haimon. »Sonst könnte ich dich für die letzte Nacht hier auch in das Verlies werfen lassen, das du so vorausschauend gebaut hast.«

Lady Matilda kam auf die Füße. »Haimon! Untersteh dich!«

Ehe ihr Enkel etwas erwidern konnte, sagte Susanna: »Ihr habt hier Euren letzten Befehl erteilt, Madame. Haimon ist gewillt, Euch in Helmsby zu dulden, aber unter Vorbehalt.«

»Lieber erfriere ich in den Fens, als auch nur eine Nacht unter *seinem* Dach zu verbringen«, teilte die alte Dame ihr mit.

Susanna breitete kurz die Hände aus, um anzuzeigen, dass ihr das mindestens genauso lieb wäre. Dann wandte sie sich an Alan. »Worauf wartest du?«

Alan nahm seine Frau bei der Hand, umrundete die Tafel und blieb vor Susanna stehen. »Genieße deinen Triumph, solange er währt. Denn ich habe mein Versprechen nicht vergessen.«

Sie presste die Lippen zusammen und zischte dann: »Haimon, es wäre klüger, du würdest ihn töten.«

»Zweifellos«, antwortete der seufzend. »Aber das kann ich nicht, denn er ist mein Cousin. Außerdem finde ich die Vorstellung viel reizvoller, dass er bei Eisregen durch die Wildnis irrt, heimatlos und bettelarm.« Schmunzelnd sah er Alan in die Augen. »Die Vorstellung wird mich manch eisige Winternacht lang wärmen.«

»Ich habe nicht die Absicht, bei Eisregen durch die Fens zu irren«, verkündete Alan grimmig, als er sich wenig später mit seiner Frau und seiner Großmutter in Gunnilds Kate einfand, wo seine Gefährten ihn schon erwarteten. Haimon hatte sich strikt geweigert, ihnen für die Nacht noch Obdach auf der Burg zu gewähren, und beim ersten Tageslicht mussten sie Helmsby verlassen haben.

»Dazu besteht auch keine Notwendigkeit«, sagte Simon in die kurze Stille hinein. »Kommt mit mir nach Woodknoll. Gib mir die Chance, mich endlich einmal für alles erkenntlich zu zeigen, was du für mich getan hast.«

Alan nickte knapp. »Hab Dank, Simon.«

Der junge de Clare hörte an dem kühlen Tonfall, wie schwer es Alan fiel, seine Gastfreundschaft anzunehmen, wie tief es ihn demütigte. Aber ein Mann, der exkommuniziert *und* enteignet war, konnte sich Stolz nur in sehr geringem Maß leisten. Alan musste jetzt vor allem an seine Frau und die alte Dame denken.

Gunnild wies auf die Bank neben dem Herd. »Hier, Lady Matilda. Setzt Euch und trinkt einen Schluck Ale, solange es noch heiß ist.«

Alans Großmutter nickte dankbar und kam der Einladung nach, obwohl sie wie alle Helmsbys heißes Bier verabscheute. Dann sah sie zu ihrem Enkel hoch und bemerkte: »Du nimmst es gelassen, sehe ich.«

Alan stieß hörbar die Luft aus. »Ich glaube, das ist übertrieben.« Er dachte einen Moment nach und fügte dann hinzu: »Es liegt an all dem, was während der vergangenen Monate passiert ist, nehme ich an. Ich habe mich selbst wiedergefunden und wider alle Wahrscheinlichkeit die Frau bekommen, die ich wollte.« Mit einem kleinen, angespannten Lächeln ergriff er Miriams Hand und zog seine Gemahlin näher, bis er den Arm um ihre Schultern legen konnte. »Wie es scheint, haben die Jahre auf der Insel mich gelehrt, dass ich auf alles andere verzichten und dennoch überleben kann.«

»Dann beglückwünsche ich dich zu deiner Weisheit«, warf King Edmund ein.

»Oh ja. Wahrhaftig nur ein weiser Mann konnte in die Lage geraten, in der ich mich befinde.«

Nur die Zwillinge fanden Alans höhnische Bemerkung komisch. Oswald saß im Bodenstroh, hatte den Kopf an Gunilds Knie gelehnt und weinte leise vor sich hin, seit ihm aufgegangen war, dass sie aus Helmsby fortgingen und er seine neue Freundin verlieren würde. Auch Edmunds Blick war voller Unruhe, bemerkte Simon, denn auch für ihren sonderbaren Hirten war Helmsby eine sichere Zufluchtstätte geworden. Die wundervolle Kirche und die seelsorgerische Betreuung der Dörfler, die ihn so ins Herz geschlossen hatten, waren King Edmunds Lebensinhalt geworden und sein Anker. Vermutlich fürchtete er sich vor der ungewissen Zukunft. Wer weiß, fuhr es Simon durch den Kopf, womöglich glaubt er, es werde mit ihm bergab gehen wie mit Luke, wenn er seinen Platz in Helmsby und damit allen Halt verliert.

»Wie kommen wir nach Lincolnshire durch dieses Wetter?«, fragte Godric. »Wir brauchen wenigstens einen Wagen für die Ladys und für Oswald. Erinnert euch, er kann keine weiten Strecken laufen.«

»Wir müssen es zu Fuß bis Metcombe schaffen«, antwortete Alan. »Dort wird der Schmied uns einen Wagen besorgen. Glücklicherweise hat meine Gemahlin mich davon überzeugt, ihm meine Tochter zu lassen, darum ist er mir gewogen.«

»Soweit irgendwer aus Metcombe einem Helmsby je gewogen sein könnte«, schränkte seine Großmutter krötig ein. Sie hatte die alten Hände um den Alebecher gelegt und starrte hinein.

»Ein Helmsby ist er ja jetzt nicht mehr«, rief Wulfric ihr unvorsichtigerweise in Erinnerung.

»Alan ist ein Helmsby bis ins Mark und wird es bleiben, bis er seinen letzten Atemzug tut«, fuhr sie ihn an. »Davon verstehst du nichts, du …«

»Bitte, Großmutter«, unterbrach Alan scharf. »Das alles führt zu nichts.«

Sie hat Angst vor dem Fußmarsch nach Metcombe, erkannte Simon. Und zu Recht. Das kann sie nicht schaffen. »Wir sollten uns schlafen legen«, schlug er seinen Gefährten vor.

King Edmund und die Zwillinge nickten. Sie hatten beschlossen, ihre letzte Nacht in Helmsby in der Kirche zu verbringen. Simon wünschte höflich eine gute Nacht und führte sie hinaus. Über die Schulter erhaschte er einen letzten Blick auf Alan, der seine Frau an sich gezogen hatte, das Kinn auf ihren Scheitel gelegt, und leise sprach.

»Was soll nur aus ihnen werden?«, fragte Godric ungewohnt verzagt.

»Was soll aus uns allen werden?«, entgegnete King Edmund düster und bestätigte damit Simons Verdacht.

»Vielleicht können wir noch verhindern, dass Haimon uns alle davonjagt«, sagte er gedämpft.

Edmund und die Zwillinge blieben stehen und sahen ihn an.

»Aber wie?«, fragte Wulfric.

»Ich halte ja große Stücke auf meine Kampftechnik, aber wir drei gegen zweihundert?«, fügte sein Bruder skeptisch hinzu.

Simon brachte ihn mit einer ungeduldigen Geste zum Schweigen. »Ich glaube, dass Haimon de Ponthieu ein *sehr* finsteres Geheimnis hütet. Wenn wir ihn nun dazu bewegen könnten, es zu enthüllen, würde das die Lage vollkommen ändern.«

»Wieso?«, wollte King Edmund wissen.

»Glaub mir, es ist so«, versicherte Simon.

Die anderen drei schauten ihn an. Simon sah die Fragen und auch die Furcht in ihren Blicken, aber ebenso ihre Bereitwilligkeit, ihm zu folgen. Das war ihr größter, genau genommen ihr einziger Trumpf: dieses Vertrauen zueinander. Das Leben auf der Insel und die Ereignisse nach der Flucht von dort hatten sie gelehrt, dass sie sich blind aufeinander verlassen konnten.

»Was hast du vor?«, fragte Godric schließlich.

Simon erklärte es ihnen.

Niemand nannte ihn verrückt oder einen Narren, denn sie mieden diese Wörter. Dennoch war Wulfrics Skepsis nicht zu überhören, als er sich erkundigte: »Und wer von uns soll das Wunder vollbringen, ihm sein Geheimnis zu entlocken?«

Simon tauschte einen Blick mit King Edmund. Der nickte feierlich. »Ja«, sagte er langsam. »Es ist die einzige Möglichkeit.«

Es war nicht einmal schwierig, in die Burg zu gelangen. Nur das untere Tor war von zwei der bischöflichen Soldaten bewacht, und King Edmund trat in Simons Begleitung zu ihnen und erklärte, er habe eine wichtige Nachricht von Alan de Lisieux, ehemals of Helmsby, für Vater Anselm de Burgh. Eigentlich war es ein wenig spät für Botschaften, aber oben in der Halle wurde noch gefeiert. Der angelsächsische Gottesmann strahlte eine Güte und fromme Demut aus, denen die Wachen nichts entgegenzusetzen hatten, und der junge normannische Edelmann an seiner Seite verlieh ihm Autorität. Die Männer ließen die Gefährten passieren und protestierten auch nicht, als die Zwillinge schattengleich hinter ihnen durchs Tor glitten.

Ein paar Zelte waren im Burghof errichtet worden, um die Soldaten, die nicht im Donjon und den übrigen Gebäuden untergekommen waren, vor dem Regen und dem eiskalten Wind zu schützen.

»Passt auf, wo ihr hintretet«, raunte Simon. »Stolpert nicht über die Zeltschnüre, wir wollen kein Aufsehen erregen.«

Ohne Missgeschicke gelangten sie zur Halle, hielten sich aber im Schatten des Vorraums und spähten hinein. Anselm de Burgh saß mit einem seiner Ritter an der hohen Tafel. Ein Becher stand vor ihm, aber der Subprior wirkte nicht betrunken. An den Seitentischen hockten die Soldaten dicht an dicht, tranken und würfelten, doch es war kein Gelage.

»Keine Spur von Haimon und Susanna«, wisperte Godric.

»Gut«, gab Simon ebenso leise zurück. »Dann lasst uns gehen. King Edmund, du weißt, was du zu tun hast.«

Der heilige Mann nickte und huschte vor ihnen die Treppe hinauf. Nach wenigen Schritten hatten die Schatten der engen Wendeltreppe ihn verschluckt. Simon und die Zwillinge folgten und schlichen im Geschoss über der Halle zu der Kammer, die bis vor wenigen Stunden Alan und seine Gemahlin beherbergt hatte.

Godric presste ein Ohr an einen Spalt zwischen zwei Holzbohlen der Tür. Seine Augen leuchteten auf, und mit einem Grinsen nickte er Simon zu. »Sie sind beschäftigt«, wisperte er.

»Könnte nicht besser sein«, befand sein Bruder.

»Lasst uns trotzdem auf der Hut sein«, warnte Simon.

Sie verständigten sich mit einem Blick, dann zog Simon die Tür auf, und lautlos glitten sie über die Schwelle.

Im Schlafgemach war es dunkel nach dem von Fackeln erhellten Korridor, aber ihre Augen brauchten nicht lange, bis sie Umrisse erkennen konnten. Die Bettvorhänge waren geschlossen, erzitterten aber rhythmisch. Im gleichen Takt hörten die Eindringlinge das heisere Stöhnen einer Frau.

»Das gefällt dir, was«, knurrte Haimon.

Sie stöhnte lauter.

»Ich wette, so hat er's dir nie besorgt. Sag es, Susanna. Sag, dass er es dir nie so besorgt hat …« Es klang kurzatmig.

Unterdrückte Heiterkeit drohte die Zwillinge außer Gefecht zu setzen, doch als Simon mit einem Ruck den Vorhang zurückriss, waren sie zur Stelle.

Godric packte ihr so vortrefflich abgelenktes Opfer bei den Armen und riss den Oberkörper zurück. Wulfric krallte die Faust in seinen Schopf und setzte ihm einen Dolch an die Kehle. Und Simon sagte: »Vergebt die rüde Unterbrechung, Mylord, aber wir hätten da noch eine Frage.«

Wie gestochen fuhr Susanna hoch, und gerade noch rechtzeitig presste Simon ihr die Hand auf den Mund. »Ein Laut und er ist tot, Madame«, zischte er. Er hätte nie gedacht, dass er in der Lage wäre, eine Frau zu bedrohen, eine so wunderschöne Frau obendrein. Der Anblick, den sie bot, hätte obszön sein sollen: die Röcke gerafft, das Kleid aufgeschnürt, Brüste, Geschlecht und die langen Beine entblößt. Aber es war nicht obszön, im Gegenteil. Es war erregender als alles, was Simon je gesehen hatte – und er hatte an Henrys Hof eine Menge gesehen. Aber er blieb kühl und konzentriert und erwiderte ihren flehenden Blick so mitleidlos, dass sie die Augen niederschlagen musste.

Unterdessen hatten die Zwillinge Haimon einen vorbereiteten Knebel in den Mund geschoben und festgezurrt, und nun wehrte Haimon sich heftig und strampelte, während sie ihn an Händen und Füßen fesselten. Schließlich war er sicher verschnürt, und Godric zeigte Großmut, zog ihm die Hosen hoch und band sie zu.

»Jetzt sie«, sagte Simon.

Susanna zuckte zurück, sah ihn wieder an und schüttelte wild den Kopf.

Simon gab ihren Mund frei. »Es muss sein. Wenn ihr Eure Kleider vorher richten wollt, so sputet Euch, Madame.«

Susanna gab zumindest vor, bedingungslos zu kapitulieren. Sie nickte, und Tränen rannen aus ihren großen blauen Augen über die so perfekt geformten Wangen, während sie mit fahrigen Bewegungen ihr Kleid zuschnürte. Als sie einigermaßen züchtig bedeckt war, umklammerte Simon ihren Arm mit einem gewissen Maß an Rohheit, das ihr zeigen sollte, wie ernst ihm seine Drohungen waren, zerrte sie auf die Füße, knebelte sie mit ihrem *Couvre-chef* und fesselte sie an den Bettpfosten.

Die Zwillinge warfen sich Haimon über die Schultern und gingen zur Tür. Haimon gab ein empörtes, aber gedämpftes Grunzen von sich.

Simon spähte auf den Korridor hinaus. »Die Luft ist rein. Kommt.«

Godric und Wulfric trugen ihre Last scheinbar mühelos die enge Treppe zur Turmkammer hinauf. King Edmund erwartete sie dort vor der Tür, und er wirkte kränklich bleich im Licht der Fackel, die er trug.

»Er sagt, er tut es«, brachte er hervor, es klang heiser.

Simon nickte zufrieden. »Geh nur, wenn du willst, King Edmund. Wir schaffen den Rest allein.«

Aber ihr Hirte schüttelte entschieden den Kopf. »Ich habe noch nie erlebt, dass ein so heiliger Zweck mit so teuflischen Mitteln verfolgt wurde. Ich denke, es ist besser für uns alle, ich bleibe in der Nähe und bete.«

»Wie du willst.« Simon öffnete die Tür. Die Zwillinge folgten ihm in die Kammer und ließen Haimon unsanft ins Stroh fallen.

Reginald den Warenne stand mit verschränkten Armen an den Stützpfeiler gelehnt, an welchem seine Kette befestigt war, hatte lässig die Knöchel gekreuzt und blickte auf seinen unfreiwilligen Besucher hinab. »Meine Freunde und ich hätten gern gehört, was Ihr über einen gewissen Kreuzfahrermantel wisst, Monseigneur«, eröffnete er ihm mit kultivierter Stimme und seinem liebenwürdigsten Lächeln. Seine Augen glommen.

Haimon lag gefesselt zu seinen Füßen auf dem Rücken, und als er Regy ins Gesicht sah, erkannte er offenbar, was er vor sich hatte, denn seine Augen quollen hervor, und er bepinkelte sich.

»Versuch, dich zu beherrschen, Regy«, bat Simon. »Es wär zwar nicht besonders schade um ihn, aber tot nützt er uns nichts.«

»Ich weiß, Augenstern. Jetzt verschwinde lieber. Ich kann mir nicht vorstellen, dass das, was ich mir ausgedacht habe, das Richtige für dein zartes Gemüt ist.«

Simon verspürte einen heißen Stich in der Magengegend. Wie kann ich das tun?, fragte er sich auf dem Weg nach draußen. Welch ein Ungeheuer muss ich sein, dass ich so etwas tun kann?

Er hatte die Tür noch nicht ganz geschlossen, als er gedämpft durch den Knebel Haimons ersten Schrei hörte.

Simon, King Edmund, Godric und Wulfric beteten jeweils fünf *Paternoster* und fünf *Ave Maria,* ehe Simon mit den Zwillingen hineinging, um Haimon zu fragen, ob er bereit sei zu reden. Haimon war zäher, als sie ihm je zugetraut hätten. Sie mussten zweimal unverrichteter Dinge wieder gehen. Beim dritten Mal waren die Schreie im Innern der Kammer so erbarmungswürdig, dass sie King Edmund packen und festhalten mussten, damit er nicht einschritt, und als sie das nächste Mal durch die Tür traten, war Regys Gesicht eine blutverschmierte Teufelsfratze. Weit weniger blutüberströmt war Haimon, der sich dennoch zusammengekrümmt und jaulend im Stroh von einer Seite auf die andere wälzte und emsig nickte.

»Du weißt, dass mein Vater uns mit offenen Armen aufnehmen würde, oder?«, flüsterte Miriam.

Alan hörte die Sehnsucht in ihrer Stimme. Natürlich vermisste sie ihre Familie, wusste er, vor allem ihren Vater und den kleinen Moses, die vertrauten religiösen Rituale, die den jüdischen Alltag bestimmten, die Synagoge und den Sabbat. Er zog sie näher, bis sie beinah Nase an Nase lagen. Sie hatten sich vor dem Herd auf Gunnilds Küchenboden gebettet. Eine Decke im Stroh musste als Matratze herhalten, eine zweite hatten sie über sich gebreitet.

Alan legte beide Arme um seine Frau. »Früher oder später würde die jüdische Gemeinde deinem Vater zusetzen, wenn er uns aufnimmt. Das sollten wir uns allen lieber ersparen.«

»Also Woodknoll. Und dann?«

»Dort bleiben wir, bis Großmutter, Oswald und King Edmund sich ein wenig eingewöhnt haben. Das wird für keinen von ihnen leicht. Dann gehen du und ich in die Normandie. Ich habe noch Ländereien in Lisieux. Jedenfalls nehme ich das an. Henrys Vater herrscht über das Land, also wird er sie mir wohl nicht vorenthalten. Wenn wir uns eingerichtet haben, holen wir die anderen nach und … werden Normannen.«

Er sagte es ohne großen Enthusiasmus. Er wusste, er hätte dankbarer sein sollen, dass es noch einen Ort auf der Welt gab, den er sein Eigen nennen konnte, aber er war niemals aus England fort gewesen. Die Normandie war nur das Land, aus dem seine Vorfahren stammten. Sie bedeutete ihm nichts.

»Wir gehen also in die Verbannung?«, vergewisserte Miriam sich.

Er seufzte leise. »So fühlt es sich jedenfalls an.«

Die Glut im Herd war abgedeckt, die Läden geschlossen; es war sehr dunkel. Dennoch sahen sie das Weiße in den Augen des anderen leuchten. Alan ergriff eine der dicken, schwarzen Haarsträhnen seiner Frau und strich sich damit über die Wange. Der vertraute Duft ihres Haars hüllte ihn ein, und er atmete tief durch. Er zögerte, weil nur eine dünne Bretterwand sie von der Kammer trennte, in der Gunnild, Oswald und seine Großmutter schliefen.

Miriam fuhr mit den Lippen über seinen Hals. »Wir werden ganz leise sein«, flüsterte sie.

Er nickte, obwohl sie es vermutlich nicht sehen konnte, schob sein Knie zwischen ihre Beine und mit der Rechten ihre Röcke hoch. Gerade wollte er auf sie gleiten, als es polternd an der Tür klopfte. Erschrocken stoben Alan und Miriam auseinander und zogen die Decke hoch. Schon öffnete der Besucher stürmisch die Tür. Alan erkannte, dass trübes, graues Morgenlicht hereinfiel. Es wurde Tag.

»Simon! Was ist passiert?«

Der Junge machte eine beschwichtigende Geste. »Nichts. Na ja, das ist nicht ganz richtig, aber keine neuen Katastrophen. Komm mit, Alan. Und Ihr auch, Madame.« Er weigerte sich, ihr gegenüber auf Förmlichkeiten zu verzichten, denn ihm lag daran, ihr die Ehre zu erweisen, die ihr als Lady Helmsby zustand. Gerade in ihrer prekären Lage finde er das wichtig, hatte er Alan erklärt.

Der setzte sich auf. »Wohin?«

»Auf die Burg.« Als Alan etwas einwenden wollte, hob er die Hand – untypisch entschieden. »Stell mir keine Fragen. Komm einfach. Ich glaube, du wirst es nicht bereuen.«

Auch auf dem Pfad durch das Wäldchen zwischen Dorf und Burg ließ Simon sich nichts entlocken, und so legten sie die halbe Meile schweigend und eiligen Schrittes zurück.

Die bischöflichen Soldaten hatten beide Tore besetzt, aber seltsamerweise erhoben sie keine Einwände, als Simon die Verbannten in den Hof führte. Helmsby Castle erwachte gerade. Im Kuhstall wurde gemolken, und eine Magd holte die Eier aus dem Hühnerhaus. Ihr Korb war fast leer, denn es war spät im Jahr.

In der Halle bot sich ihnen ein höchst sonderbares Bild: Anselm de Burgh, der ehrwürdige Subprior von Norwich, saß allein an der hohen Tafel, die mit einem Mal wie eine Richterbank wirkte, und blickte mit ausdrucksloser Miene auf Haimon de Ponthieu, der vor ihm stand wie ein armes Sünderlein: das Haar zerzaust, die Kleider in Unordnung, besudelt mit Dreck und – so schien es Alan – Blut.

»Was geht hier vor?«, fragte Alan verwirrt, nahm Miriam bei der Hand und führte sie langsam nach vorn.

Simon ging neben ihm her. »Dein Cousin hat dir etwas zu sagen. Uns allen, um genau zu sein.«

Sie stiegen auf die Estrade, setzten sich aber nicht zu de Burgh an den Tisch.

Alan betrachtete seinen Cousin, und mit einem Mal fühlte es sich an, als trüge er einen heißen Stein im Magen. Haimons Gesicht wirkte krank, unnatürlich bleich im Kontrast zu dem dunklen Bartschatten. Er zitterte und konnte sich kaum auf den Beinen halten. Alan war lange genug im Krieg gewesen, um genau zu wissen, was er hier sah. Sprachlos wandte er sich an Simon.

Der junge Mann war die Ruhe selbst. »Ja, ich weiß, Alan«, sagte er. »Aber es ging nicht anders. Und er hatte es selbst in der Hand, welchen Preis er zahlt. Regy hat erstaunlich lange gebraucht, die Wahrheit aus ihm herauszuholen. Und das ist kein Wunder.« Angewidert zeigte er mit dem Finger auf Haimon. »Was er getan hat, würde niemand gern gestehen. Na los, Monseigneur«, forderte er ihn rüde auf. »Seht Eurem Cousin in die Augen und wiederholt, was Ihr uns letzte Nacht erzählt habt.«

Haimon musste eine Vierteldrehung machen, um Alan ins Gesicht schauen zu können, und geriet dabei ins Wanken. Aber er fing sich wieder. »Ich kam nach Helmsby und hörte von Großmutter, dass du mutterseelenallein aufgebrochen warst, um Geoffrey de Mandeville zu jagen. Sie war ja so stolz auf dich.« Ein bitteres kleines Lächeln flackerte über seine Züge. »Aber ebenso in Sorge, denn du warst schon ein Weilchen fort, und niemand hatte von dir gehört. Also hat sie mir in den Ohren gelegen, dich zu suchen. Und ich ... bin losgeritten und hab es getan. Vier, fünf Tage habe ich mit meinen Leuten die Fens durchkämmt. Und schließlich habe ich dich gefunden.«

Er brach ab.

Oh mein Gott, Haimon, dachte Alan erschüttert. Bitte nicht. Aber sein Entsetzen war ihm nicht anzuhören, als er fragte: »Wo?«

Ein kleiner Blutfleck hatte sich auf Haimons Brust gebildet, ein weiterer auf der Schulter, und sie wuchsen. »In einem Geisterdorf. Alles verbrannt, überall grässlich verstümmelte Leichen. Du knietest in einem Bach – von Kopf bis Fuß durchnässt –, und du hattest ein totes kleines Mädchen in den Armen. Bist du sicher, dass du den Rest hören willst?«, fragte er mit einem Anflug von Hohn.

Alan war sich alles andere als sicher, aber er nickte.

»Du ... du hast sie gewaschen. Und auf sie eingeredet. Du warst ... vollkommen wahnsinnig. Und als ich zu dir kam, wusstest du nicht, wer ich bin. Ich hab dich angesprochen. ›Alan, was ist denn nur passiert, Cousin‹, hab ich zu dir gesagt.

Du hast nicht geantwortet. Du warst … in einer ganz anderen Welt.« Er verstummte.

»Und was geschah weiter?«, fragte Anselm de Burgh. Es klang äußerst streng. Seine Sympathie für Haimon schien sich seit dem gestrigen Abend ein wenig abgekühlt zu haben.

Haimon fuhr sich mit der Zunge über die Lippen. Alan nahm einen Weinbecher vom Tisch und reichte ihn ihm am lang ausgestreckten Arm. Haimon nickte zerstreut, nahm den Becher in beide Hände und trank. Ein wenig rann ihm übers Kinn, denn das Zittern hatte sich verschlimmert. Haimon stand unter Schock, wusste Alan.

»Du warst verwirrt und offenbar zutiefst erschüttert, aber nicht rasend, im Gegenteil. Du hast nicht einmal protestiert, als ich dir das tote Kind weggenommen habe. Nur geflennt wie ein Bengel, sonst nichts. Du warst mir so unheimlich, dass ich dich schließlich angebrüllt hab: ›Nimm dich zusammen, Alan of Helmsby.‹ Und du hast mich angeschaut und gefragt: ›Wer soll das sein?‹. Da war mir klar, dass du vergessen hattest, wer du bist. Und das … war der glücklichste Moment in meinem Leben, Alan.« Er hob beinah resigniert die Schultern. »Du warst praktisch ausgelöscht. Endlich war ich dich los. Und ich wusste sofort, was ich tun musste. Einer von Gloucesters Männern hatte mir von St. Pancras erzählt. Es schien mir der perfekte Ort für dich, verrückt, wie du warst. Ich habe dich an einen Baum gebunden. Es war nicht einmal schwierig, du warst völlig willenlos. Dann bin ich nach Fenwick geritten, es war nicht weit von dort, und habe Großvaters Kreuzfahrermantel geholt.«

»Woher hattest du ihn?«, fragte Alan, auch wenn es keine Rolle spielte.

»Er war ein Erbstück. Und er stand mir zu, Alan, denn meine Mutter war die ältere Schwester deiner Mutter. Er stand mir zu genau wie Helmsby. Aber anders als Helmsby habe ich den Mantel auch bekommen. Als ich am nächsten Tag zurückkam, hatte dein Zustand sich verschlechtert. Du hattest Fieber. Ich war nicht einmal sicher, ob du noch lebend in Yorkshire ankommen würdest. Aber ich habe dir den Mantel umgehängt und dich auf ein Pferd gesetzt, und so … kamen wir nach St. Pancras. Ich habe mich den Mönchen unter falschem Namen vorgestellt und gesagt, ich hätte keine Ahnung, wer du bist.« Wieder zuckte er müde die Schultern. »Und das war alles.«

Es war lange still in der Halle. Alan fiel einfach nichts ein, was er hätte sagen können. *Drei Jahre.* Drei Jahre seines Lebens hatte Haimon ihm gestohlen, hatte ihn ohne Namen und Identität in der Fremde ausgesetzt, ihn dem Exorzismus preisgegeben, der Insel, der Kälte, dem Hunger und der Finsternis. Ihr vor allem. Was konnte man da noch sagen?

Schließlich ergriff Anselm de Burgh das Wort und zeigte zum ersten Mal, seit Alan ihn kannte, einen Funken Anstand. »Es ist unschwer zu erkennen, dass dieses Geständnis Euch unter Zwang abgepresst wurde, mein Sohn. Wenn ich Euch mein Wort gäbe, dass Ihr nichts weiter zu befürchten habt, würdet Ihr es widerrufen?«

Aber Haimon schüttelte den Kopf, und es war Alan, den er ansah, als er sagte: »Ich habe es getan, weil ich einen Anspruch auf Helmsby habe. Es war meine einzige Chance, ihn geltend zu machen. Aber was ich getan habe, hat schwer auf mir gelastet. Ich bin froh, dass es heraus ist. Dass es vorbei ist.«

Vater Anselm war nicht nur Mönch, Priester und Prior, er war vor allem auch Politiker. Und ein kluger Politiker wusste, wann ein Verbündeter nicht mehr zu halten war. Er lehnte sich in seinem Sessel zurück, fast so, als wolle er sich körperlich von Haimon distanzieren, und erklärte kühl: »Das ändert die Situation grundlegend. Ihr werdet gewiss verstehen, dass ich Euch im Lichte dieser Erkenntnisse die Unterstützung des Bischofs und seiner Truppen entziehen muss.« Er stand auf. Mit einem Mal schien er in Eile. »Wir rücken in einer Stunde ab«, teilte er einem seiner Hünen mit. »Sorgt dafür, dass die Truppe bereit ist.« Dann trat er zielstrebig zu Alan. »Die Exkommunikation bleibt bestehen, bis Ihr in Reue und ohne ein ungläubiges Weib in den Schoß der Kirche zurückkehrt. Auch Stephens Enteignungsurkunde kann ich nicht entkräften. Es obliegt indessen Euch allein, ob Ihr sie anerkennen wollt.«

»Denkt nur, Vater, ich will nicht«, teilte Alan ihm frostig mit. »Und nun wäre ich dankbar, wenn Ihr meine Halle verlassen wolltet.«

De Burgh nickte würdevoll und schritt zur Tür, ohne Haimon noch eines Blickes zu würdigen.

Alan wandte sich an Simon, sah ihm einen Moment in die Augen und umarmte ihn dann. »Simon …«

»Nein«, wehrte der junge Mann verlegen ab. »Es ist nicht nötig, dass du es sagst. Ich habe nur getan, was du für mich getan hast.«

Alan ließ ihn los. »Woher wusstest du es?«

Simon nickte zu Haimon hinüber. »Etwas, das er gestern Abend gesagt hat. Er könne dich nicht töten, weil du sein Cousin seiest, und er wolle sich lieber an der Vorstellung erfreuen, wie du in den Fens erfrierst oder so ähnlich. Da wusste ich auf einmal, was er getan hatte.«

Haimons Beine trugen ihn nicht länger, und er fiel hart auf die Knie. Der Weinbecher, den er immer noch in der Linken hielt, rutschte ihm aus den Fingern und rollte ins Stroh. Dann sank Haimon zur Seite und blieb liegen.

Miriam wollte zu ihm treten, aber Alan ergriff ihre Hand, sah sie an und schüttelte kurz den Kopf. Simon beugte sich über die reglose Gestalt am Boden und fühlte das Herz. »Er ist ohnmächtig.«

Alan blickte noch einen Moment auf seinen Vetter hinab. »Dann kann ich nur hoffen, dass er bald wieder zu sich kommt. Meine Frau und ich gehen ins Dorf, um meine Großmutter und Oswald zu holen. Sei so gut, sag Haimon und seiner Cousine, ich sei in einer Stunde zurück. Wenn sie dann noch hier sind, töte ich sie. Alle beide.«

Erwartungsgemäß waren bei ihrer Rückkehr nicht nur die Besatzungstruppen, sondern auch Haimon und Susanna aus Helmsby verschwunden.

Alan, Simon und die Zwillinge sprachen mit den Wachen und den neuen Knappen, die Alan auf Guillaumes Drängen hin in seinen Haushalt geholt hatte und im Waffenhandwerk ausbildete, und sie stellten einen neuen Dienstplan auf. Die Zugbrücke sollte fortan geschlossen bleiben. Alan wollte nie wieder so böse überrascht werden.

Er redete auch mit seiner Großmutter, dem Steward und dem Gesinde. Sie alle waren mit dem Schrecken davongekommen. Die Soldaten des Bischofs hatten sich manierlicher benommen als alle, die Alan je befehligt hatte, musste er einräumen.

Als er es schließlich nicht länger aufschieben konnte, stieg er in die Turmkammer hinauf.

Es dämmerte schon, und er hatte eine Fackel mitgenommen. Bräunlich rot leuchteten die Blutflecken im Stroh, als ihr Licht darauf fiel.

Regy hockte an seinem üblichen Platz an der Wand, die Knie angezogen, das Kinn auf die verschränkten Arme gestützt.

Alan steckte die Fackel in einen Ring an der Wand. »Reginald.«

»Mylord.«

»Wie ich höre, bin ich dir zu Dank verpflichtet. Ich kann nicht sagen, dass die Vorstellung mich sonderlich erfreut.« Er lehnte sich neben der Tür an die Wand und kreuzte die Arme vor der Brust.

Regy winkte ab. »Ich verzichte auf deine Dankbarkeit. Du weißt wahrscheinlich, dass ich seit Robert keinen solchen Spaß mehr hatte. Dein Cousin war ein richtig zäher Bursche. Er hat erst geredet, als ich gesagt hab, ich würde ihm die Eier abbeißen …«

»Erspar mir die Details, sei so gut.«

Regy lachte in sich hinein. Der altbekannte Mutwille funkelte in seinen Augen, und seine Körperhaltung wirkte entspannt.

»Bist du *wirklich* gekommen, um mir deine Dankbarkeit zu beweisen?«, fragte er schließlich.

Alan wollte schlucken und musste feststellen, dass er nicht konnte. »Ja.«

»Dann lass dich nicht aufhalten.«

»Regy … Es muss nicht so enden. Ich könnte dich nach Norwich zu Josua ben Isaac bringen. Du wärst eingesperrt wie hier, sicher, aber sie würden dich in den Garten lassen und …«

»Wie ein Schoßhündchen?«, unterbrach Regy schneidend.

»Du … du kannst auch hierbleiben. Solange du willst. Du musst dich nicht heute entscheiden, verstehst du, ich meine …«

»Oh, bitte, Alan. Das ist erbärmlich. Du bist hergekommen, um dich für die Gefälligkeit erkenntlich zu zeigen, die ich dir erwiesen habe. Aber jetzt willst du dich drücken, *mir* den einzigen Dienst zu erweisen, an dem mir gelegen wäre. Weil du mich mit von der Insel genommen hast. Du bist so stolz auf diesen Beweis deiner angeblichen Barmherzigkeit, dass du dich scheust, die Tat rückgängig und damit sinnlos zu machen.«

Alan schüttelte den Kopf. »Das ist es nicht allein. Aber all die ertrunkenen Gefährten auf der Insel. Dann Luke. Jetzt du. Wir werden immer weniger. Es ist, als hätten diese verfluchten Mönche gewonnen, die uns vom Angesicht der Erde verschwinden lassen wollten, verstehst du das nicht?«

»Nein«, entgegnete Regy verdrossen. »Es gibt kein ›Wir‹. Ich habe nie dazugehört, und seit deiner Genesung gehörst auch du nicht mehr dazu.«

»Du weißt genau, dass das nicht stimmt.«

Regy hob abwehrend die Linke. »Es spielt keine Rolle. Ich muss euch jetzt verlassen. Mein Onkel Geoff ist tot, ich habe nichts mehr zu tun. Wenn du zu feige bist, mach ich es eben selbst, ich finde schon einen Weg …«

»Willst du nicht wenigstens beichten?«, fragte Alan beinah flehend.

Regys Mundwinkel zuckten, und er gluckste. »Ach herrje, das würde *Jahre* dauern, mein Bester.« Schlagartig wurde er wieder ernst. »Wenn du nur für eine einzige Stunde ich sein könntest, sehen, was ich sehe, fühlen, was ich fühle, denken, was ich denke, dann würdest du verstehen, dass die Hölle keinen Schrecken für mich birgt.«

Alan nickte, zog das Schwert und legte die Linke hinter der Rechten ans Heft. »Knie dich hin.«

Bereitwillig richtete Regy sich auf die Knie auf und griff kurz an sein Halseisen. »Ziel anständig.«

»Natürlich.«

Regy schloss die Augen. »Komm nicht auf die Idee, mich in geweihter Erde zu verscharren. Ich fände keine Ruhe. Außerdem bin ich exkommuniziert, genau wie du, auch das haben wir gemeinsam, nur im Gegensatz zu dir piss ich mir deswegen nicht ins …«

Alan schlug zu und trennte eine Haaresbreite oberhalb des Halseisens den Kopf vom Rumpf. Es war eine echte Präzisionsarbeit. Der Kopf schlug mit beträchtlicher Wucht gegen die Mauer, und das Halseisen fiel klirrend ins Stroh.

Alan kehrte dem Anblick abrupt den Rücken, wischte sich mit dem Ärmel über die Augen und knurrte: »Jetzt hältst du *endlich* mal die Klappe, Regy.«

DRITTER TEIL
SIMON

Angers, März 1152

»Das gefällt mir nicht«, murmelte Godric. »Er müsste längst hier sein.«

»Er kommt«, sagte Simon zuversichtlich. »Er hat gar keine andere Wahl. Sei unbesorgt.« Er zog den bodenlangen dunklen Mantel fester um sich und lehnte sich an die verfallene Bruchsteinmauer der Klause. Der Tag war sonnig und frühlingshaft gewesen, aber die sternklare Nacht war eisig.

»Tja, wenn du es sagst, wird es so sein«, bemerkte Wulfric.

»Seid still und sperrt die Ohren auf«, riet Simon. »Damit wir hören, ob er tatsächlich allein ist.«

Die Zwillinge nickten und zogen sich in den Schatten des eingesunkenen Daches zurück. Simon wandte das Gesicht zum Fluss und lauschte. Der Mond war nur eine schmale Sichel im Osten; es war sehr dunkel. Aber das machte ihm keine Sorgen. Er hatte gelernt, seinem Gehör ebenso zu vertrauen wie seinen Instinkten. Der böige, kalte Wind flüsterte in den Zweigen der Bäume. Der Fluss leckte plätschernd am Ufer, und irgendwo ganz in der Nähe war ein verstohlenes Rascheln zu vernehmen, gefolgt von leisem Fiepen: Ratten hatten die Klause erobert, seit der Eremit, der sie erbaut hatte, im vorletzten Winter gestorben war. Die Leute von Angers munkelten, er schlafe unruhig und kehre in dunklen Nächten zu seiner Bruchsteinhütte und dem winzigen Kapellchen zurück, um zu sehen, ob ein Nachfolger eingezogen sei. Darum kam niemand gern hierher.

Auch die Zwillinge waren nicht glücklich über die Wahl des Treffpunkts, wusste Simon. Bei jedem Laut, jedem Tier, das vorbeihuschte, spürte er mehr, als er sah, wie seine beiden Freunde im Schatten sich regten, die Hand ans Heft legten.

Simon hingegen war die Ruhe selbst. Er stand vollkommen reglos, den Kopf leicht gesenkt, und wartete. Er hatte Zeit.

Wieder strich etwas durchs Gras, aber es war größer als eine Ratte. Simon hörte Leder knarren, und im selben Moment trug die Brise vom Fluss den Geruch nach Schweiß und unlängst verzehrten Zwiebeln zu ihm herüber.

Lautlos stieß er sich von der Mauer ab. »Ihr kommt spät, Herbinger.«

Ein zischendes Keuchen verriet ihm den exakten Standort des Ankömmlings. »Verflucht, de Clare … Wollt Ihr mich zu Tode erschrecken?«

»Nicht bevor ich gehört habe, was Ihr mir zu sagen habt«, gab Simon lächelnd zurück.

Er trat noch einen Schritt näher, stand plötzlich keine Handbreit vor dem jungen Mann, der unwillkürlich zurückwich.

»Jesus … ist das gruselig hier. Ein unheimlicherer Ort ist Euch nicht eingefallen, nein?«

»Hier sind wir ungestört«, gab Simon zurück. »Was Euren Interessen ebenso dient wie den meinen.«

»Da habt Ihr verdammt recht. Ich kann nicht glauben, dass ich hier stehe und mit Euch rede. Wenn das jemals herauskommt …«

»Schsch. Seid beruhigt. Ihr tut nichts Unrechtes, und darüber hinaus sind wir allein. Es besteht also kein Grund, warum es herauskommen sollte, es sei denn, Ihr selbst lasst es an Diskretion mangeln.«

»Allein?«, wiederholte der Knappe und lachte humorlos. »Soll ich glauben, Ihr wäret ohne Eure beiden Schatten hier?«

»Ihr könnt glauben, was Euch gefällt«, entgegnete Simon kühl. »Ich habe Verständnis für Eure Bedenken – innerhalb vernünftiger Grenzen –, aber Ihr seid hergekommen. Das heißt, Ihr wollt auf mein Angebot eingehen. Also warum sparen wir uns das müßige Vorgeplänkel nicht einfach? Je eher wir uns wieder trennen, desto sicherer ist Euer Geheimnis.«

Herbinger schluckte und nickte unglücklich. Er war in Simons Alter, aber er wirkte noch jungenhaft mit seinen blonden Kinderlocken und dem spärlichen Bartwuchs. Er war auch kein sehr versierter Fechter und wartete bislang vergebens auf seinen Ritterschlag. Aber sein Dienstherr, Henrys jüngerer Bruder Geoffrey, liebte ihn innig, hatte Simon beobachtet. Und darum hatte er ihn auserkoren.

»Also?«, fragte Simon freundlich.

Herbinger streifte die Handschuhe ab, steckte sie an den Gürtel und rieb sich die Hände. Beinah sah es aus, als ringe er sie. »Ihr müsst ihn verstehen, de Clare, er ist es satt, auf Anjou zu warten und immer mit leeren Hände dazustehen, während sein Bruder Herzog der Normandie *und* Graf von Anjou ist. Henry täte das Gleiche, er ist auch nicht gerade ein Muster an Geduld.«

»Nein, ich weiß.« Simon legte dem Knappen beschwichtigend die Hand auf die Schulter. »Glaubt mir, ich weiß das genau. Und ich kann Geoffreys Beweggründe verstehen. Darüber hinaus ist mir bewusst, dass er seinen Bruder liebt und bewundert und niemals gegen ihn rebellieren würde. Seid Ihr beruhigt?«

Herbinger war alles andere, genau wie Simon beabsichtigt hatte. »Na ja … Ich würde nicht sagen, er rebelliert, aber … Wie gesagt. Er ist des Wartens müde. Er will Land und Macht wie sein Bruder, und wenn der sie ihm nicht gibt, muss er sie eben heiraten.«

Simons Herz schlug mit einem Mal schneller. »Und das bedeutet?«

Der Knappe senkte die Stimme zu einem heiseren Flüstern. »Er will ihr auflauern, bevor sie Poitiers erreicht.«

»Wo genau?«

»Das weiß ich nicht. Er hat es mir gestern Abend gesagt, als ich ihm nach der Jagd aus den Stiefeln half. Er hatte den Entschluss gerade erst gefasst und war ganz aufgeregt. Er hat es mir erzählt, weil es einfach heraus musste und weil er mir traut … Jesus Christus, was tu ich nur.« Herbinger raufte sich die Locken.

Simon klopfte ihm tröstend die Schulter. Er wusste, mehr war dem Mann nicht zu entlocken, doch das spielte keine Rolle. Er hatte, was er wollte. »Ihr erweist ihm einen Dienst, seid versichert. Ihr erweist genau genommen ganz Frankreich einen Dienst, denn wenn Geoffrey das täte, gäbe es Krieg zwischen ihm und seinem Bruder. Das wisst Ihr doch, oder? Sie gönnen einander nicht die Luftbläschen im Cidre. Und sie sind beide jähzornig und streitlustig. Ihr habt das Richtige getan.«

Herbinger, der eben noch mit den Tränen gekämpft hatte, atmete tief durch und nickte. Er war getröstet. Das war Simon immer ein Anliegen. Wenn möglich, entließ er seine Informanten mit dem Gefühl, etwas Nobles getan zu haben. Denn zufriedene Spitzel ließen sich wiederverwenden …

Simon trat einen Schritt zurück. »Habt Dank, Herbinger. Wegen unseres Geheimhaltungsabkommens kann ich Euch Henry nicht offen empfehlen, aber ich sorge dafür, dass Ihr diesen Schritt nicht bereut.«

Herbinger hing an seinen Lippen und wartete auf mehr. Denn der Handel, den sie vereinbart hatten, lautete auf Informationsaustausch. Simon ließ ihn noch einen Moment zappeln. Dann fuhr er fort: »Was die gewisse junge Dame betrifft, deren Vater Euch eine Heirat anbietet …«

»Ja?«, fragte Herbinger eifrig.

»Sie hat vorletzten Winter in einem abgelegenen Kloster in Nordengland einen Bastard zur Welt gebracht. Vermutlich war der Erzbischof von Rouen der Vater. Keine keusche Jungfrau also, als die ihr alter Herr sie feilbietet, aber eine hinreißende junge Dame, deren Fruchtbarkeit außer Zweifel steht. Wir alle haben gerade erlebt, wie wichtig dieser Punkt für das Lebensglück eines Ehepaares sein kann, nicht wahr?«

»Ihr denkt … Ihr meint, ich soll sie *trotzdem* heiraten? Obwohl sie unkeusch ist und ihr Vater mich betrügen wollte?«

»Betrügen ist ein sehr hartes Wort. Er hat nur getan, was jeder Vater täte. Das Geheimnis ist wohlgehütet. Es war nicht leicht, es herauszufinden, auch für mich nicht, obwohl ich bessere Beziehungen in England habe als die meisten hier. Ihr bräuchtet also keinen Skandal zu fürchten. Aber wenn ihr bei dem besorgten Vater anklingen lasst, dass Ihr die Wahrheit kennt, wird er die Mitgift vermutlich erhöhen.«

Herbinger strahlte wie ein beschenktes Kind, bedankte sich überschwänglich und verabschiedete sich – sehr viel fröhlicher als bei seiner Ankunft.

Godric und Wulfric warteten, bis seine Schritte verklungen waren. Dann traten sie aus der Tintenschwärze des Schattens in die Sternennacht. »Puh«, machte Godric leise. »Du spielst mit ihnen wie ein Gaukler auf seiner Flöte. Manchmal bist du richtig unheimlich, Mann.«

Simon seufzte leise. »Fängst du jetzt auch noch an? Reicht es nicht, dass alle anderen das sagen?«

»Ach, hör schon auf«, warf Wulfric mit gutmütigem Spott ein. »Du genießt deinen Ruf.«

Während sie nebeneinander zum Ufer zurückgingen, sann Simon darüber nach, ob das stimmte. Ganz gewiss hatte er die Rolle nicht gesucht, die ihm zugefallen war. Es war einfach passiert: Er war der Mann an Henrys Hof, der alle Geheimnisse kannte. Er wusste, es lag eigentlich nur daran, dass er lieber zuhörte als redete. Und es fiel ihm auch nicht schwer, das Vertrauen der Menschen zu wecken, weil er als eher sanftmütig galt und weil er ein Außenseiter war. Er gehörte zu keiner der Fraktionen, die es an jedem Hof gab. Und weil er diskret war und sein Wort niemals brach, wenn er jemandem Verschwiegenheit zusicherte, ganz gleich, was Henry ihm manchmal versprach oder gar androhte. Simon tat nichts, was nicht auch jeder andere gekonnt hätte. Und doch munkelten die Leute, er habe übernatürliche Kräfte und könne die Gedanken der Menschen erraten. Und er könne Briefe und Urkunden lesen, selbst wenn sie gefaltet oder gerollt und versiegelt waren. Das war natürlich Unsinn, aber weil er Henry beim Studium mit den gelehrten Brüdern jahrelang gegenübergesessen hatte, konnte Simon ein Schriftstück besser auf dem Kopf lesen als richtig herum, und er schrieb von rechts nach links. Als Henrys Vater im vergangenen Sommer aus heiterem Himmel und mit nicht einmal vierzig Jahren gestorben war, hatten die Nachlassverwalter seinen Söhnen eine höchst ungewöhnliche Verfügung verkündet: Der Herzog der Normandie und Graf von Anjou habe befohlen, sein Leib müsse so lange unbegraben bleiben, bis sein ältester Sohn öffentlich schwor, das Testament anzuerkennen und zu befolgen. In Unkenntnis des Inhalts.

Henry war erschüttert gewesen über den Verlust seines Vaters, aber auch fuchsteufelswild über diesen schlauen Winkelzug. »Was in aller Welt soll ich tun?«, hatte er den Kreis seiner engsten Vertrauten gefragt. »Wie kann ich dulden, dass die sterbliche Hülle meines Vaters unbeerdigt bleibt? Aber wie soll ich sein Testament anerkennen, ohne zu wissen, was er meinem raffgierigen und machthungrigen Bruder Geoffrey zugeschrieben hat?«

»Die Burgen von Chinon, Loudun und Mirebeau. Und Anjou und das Maine an dem Tag, da du König von England wirst«, hatte Simon in die ratlose Stille geantwortet.

Die Männer in Henrys Gemach hatten ihn angestarrt, wie Kinder auf dem Jahrmarkt einen Feuerschlucker bestaunten: mit einer Mischung aus Ehrfurcht und Grauen. Auch Henry. »Woher weißt du das?«, hatte der ihn gefragt.

»Was willst du hören?«, hatte Simon achselzuckend erwidert. »Ich weiß es eben. Man könnte vielleicht sagen, ich mache es mir zur Aufgabe, solche Dinge zu wissen.«

Der Bischof von Angers, der Henry mit sichtlicher Befriedigung und Hochnäsigkeit über die Verfügungen seines Vaters in Kenntnis gesetzt hatte, hatte das Testament vor sich auf dem Tisch liegen gehabt, und Simon, der ihm gegenüber an Henrys Seite stand, hatte es gelesen, während Henry und der Bischof stritten.

Henry hatte Simon mit einem ungläubigen Kopfschütteln betrachtet und dann an seine Brust gedrückt. »Du bist einfach unglaublich, de Clare. Aus was für einer abscheulichen Klemme du mich befreist. Sagt den Pfaffen, sie können meinen Vater begraben. Ich akzeptiere sein Testament. Oder zumindest gebe ich das vor. Die Burgen soll Geoffrey von mir aus haben, solange er sich benimmt. Anjou und Maine werde ich niemals hergeben, aber das muss der ehrwürdige Bischof ja nicht erfahren, richtig? Leider bin ich ja immer noch nicht König von England. Simon, lass dich in Gold aufwiegen …«

Wulfric hatte in gewisser Weise recht, musste er nun einräumen, als er an diese Episode zurückdachte. »Ich glaube, es ist nicht der Ruf, den ich genieße, sondern der Einfluss.«

»Na ja, das ist kein Wunder«, räumte Wulfric ein, während er und sein Bruder das kleine Ruderboot ins Wasser schoben und hineinsprangen. »Simon de Clare, das fallsüchtige Bübchen, das von seinem Onkel, seinem König und von der halben Welt herumgeschubst worden ist, ist auf einmal ein einflussreicher Mann. Auge und Ohr und Beichtvater des mächtigsten Mannes in Frankreich. Nicht schlecht.«

Simon sprang leichtfüßig ins Boot und setzte sich auf die kleine Bank im Heck, während die Zwillinge die Riemen aufnahmen. Sie waren alle drei erfahrene Segler und Ruderer geworden, denn wohin es den rastlosen Henry auch trieb, reisten Simon, Godric und Wulfric nach Möglichkeit zu Wasser, weil die Zwillinge nicht reiten konnten. »Nicht schlecht«, stimmte Simon lächelnd zu. »Aber noch lange nicht gut genug, Wulfric.«

In der Halle ging es hoch her. Ritter und Knappen saßen an den langen Tischen und feierten weinselig Abschied, während Diener von hier nach dort hasteten und Truhen packten, denn der Haushalt war im Begriff, nach Lisieux aufzubrechen, wo Henry – seit dem Tod seines Vaters Herzog der Normandie und Graf von Anjou – sich mit einigen seiner Vasallen treffen wollte, um ihr militärisches Vorgehen in England und Frankreich zu beraten. Godric und Wulfric traten zu ihren Frauen, den schönen Zwillingsschwestern aus Chinon, um ihnen einen Becher Cidre abzuschwatzen und vorzugeben, sich nützlich zu machen.

Der junge Herzog selbst hatte sich bereits in seine Gemächer zurückgezogen. Simon nickte den Wachen vor der Tür zu, die ihn passieren ließen, ohne Fragen zu stellen. Sie waren es gewöhnt, dass der junge Engländer ihren Herrn zu jeder Tages- und Nachtzeit aufsuchte.

Simon klopfte, und eine barsche Frauenstimme rief ihn herein.

Einer der Wachsoldaten grinste. »Unsere Kaiserin schläft niemals«, bemerkte er trocken. »Viel Vergnügen, Monseigneur.«

Simon betrat den großzügigen Raum, der tagsüber dank seiner hellen Sandsteinmauern und der zwei Fenster licht und freundlich wirkte. Jetzt bei Nacht waren ein Kohlebecken und drei Fackeln in schmiedeeisernen, mannshohen Ständern die einzigen Lichtquellen, und ihr Flackern schien die Ritter und Damen in den wundervoll gearbeiteten Wandteppichen zum Leben zu erwecken.

Henry saß auf der Kante seines ausladenden Bettes, die Beine vor sich ausgestreckt, die Arme vor der Brust gefaltet. Als er die Tür hörte, sprang er auf – wie üblich dankbar, nicht länger still sitzen zu müssen. »Ah! Da kommt Merlin mit geheimnisvollen Botschaften.«

»Ich wünschte, du würdest aufhören, mich so zu nennen«, entgegnete Simon seufzend.

»Aber warum nur? Es ist ein Kompliment«, entgegnete Henry lachend.

Zwei Wochen lag sein neunzehnter Geburtstag zurück, und Henry war genau das geworden, was er vor fünf Jahren schon versprochen hatte: ein äußerst stattlicher junger Mann von mittlerer Größe, mit dem breiten Kreuz und den großen, kräftigen Händen, die so typisch für seine Familie waren. Eher untypisch war das rote Haar, das er nach französischer Mode kurz geschnitten trug, und einzigartig die Vitalität, die er ausstrahlte – selbst jetzt, am Ende eines langen Tages.

Seine Mutter, die Kaiserin, welche nach dem Tod ihres Bruders Gloucester endgültig aus England zurückgekehrt war und meist im Haushalt ihres Ältesten lebte, war der Ruhepol inmitten der Unrast, die Henry verbreitete. Kerzengerade und wie üblich äußerst elegant saß sie in einem brokatbezogenen Sessel. Wenn Henry Feuer war, so war Kaiserin Maud Erde, hatte Simon schon manches Mal gedacht, und er war froh, dass sie sie hatten. Simon de Clare war einer der wenigen Menschen an diesem Hof, die die Kaiserin nicht fürchteten, sondern er schätzte sie, obwohl sie ihn nie vergessen ließ, dass seine ganze Familie es mit König Stephen hielt.

Er verneigte sich formvollendet vor ihr, und auf Henrys einladenden Wink hin zog er sich einen Schemel heran. »Ich bringe Neuigkeiten«, sagte er.

»Unerfreuliche?«, fragte Henry.

»Nicht unbedingt. Es hängt davon ab, was wir damit tun.«

»Also?«

Simon sah ihm einen Moment in die Augen. »Dein Bruder Geoffrey hat sich kurzfristig entschlossen, in den Hafen der Ehe zu segeln. Mit der frisch geschiedenen Aliénor von Aquitanien. Sie weiß allerdings noch nichts von ihrem bevorstehenden Glück. Er gedenkt, ihr aufzulauern und sie zu entführen.«

Niemand fragte, ob das sicher sei oder woher er es wisse.

»Du meine Güte. Erst Theobald von Blois, jetzt unser Geoffrey. Nie hatte eine Dame mehr eifrige Freier«, bemerkte die Kaiserin stattdessen. »Dabei sollte man doch meinen, dass kein Edelmann der Christenheit sie nach dieser anstößigen Scheidung mehr haben wolle.«

Henry schnalzte. »Du wirst mir doch hoffentlich nicht plötzlich bigott, Mutter? Wen kümmert es, dass die Braut geschieden ist, wenn sie halb Frankreich mit in die Ehe bringt?«

»Du wirst es unterlassen, meine Urteilskraft oder Motive infrage zu stellen«, wies Maud ihren Sohn zurecht, aber man hörte, dass sie es allmählich müde wurde, Respekt von ihm einzufordern. »Ich bin nicht bigott, sondern irritiert.«

Die Auflösung der Ehe von König Louis von Frankreich und seiner Königin, Aliénor von Aquitanien, war ein erdstoßartiger Skandal, der das ganze Land erschütterte, und Simon ahnte, dass sie die Nachbeben noch lange spüren würden. Der offizielle Scheidungsgrund war der übliche, den auch Alan damals bemüht hatte: In den Augen der Kirche seien König Louis und Königin Aliénor zu nah verwandt, hatte der Erzbischof von Sens auf einer Bischofssynode in Beaugency verkündet, also sei die Ehe null und nichtig. Der wahre Grund war wohl, dass Aliénor nur zwei Töchter bekommen hatte, Louis aber dringend einen Sohn und Erben brauchte. Oder vielleicht stimmten auch die Gerüchte, welche besagten, der König und die Königin von Frankreich hätten sich auf ihrem glücklosen Kreuzzug vor einigen Jahren hoffnungslos entzweit, und die verruchte Aliénor habe ein Verhältnis mit ihrem Onkel Raymond, dem Fürsten von Antiochia, gehabt. Aber so recht konnte niemand begreifen, was den frommen Louis besessen hatte, gegen das ausdrückliche Verbot des Papstes zu verstoßen und seine Ehe aufzulösen.

Henry rieb sich über die Oberschenkel. »Auf keinen Fall können wir zulassen, dass Geoffrey sie bekommt. Gott, wie kann er nur? Weiß er denn nicht, dass sie's mit Vater getrieben hat damals in Poitiers, als er dort Seneschall war?«

Seine Mutter stützte die Hände auf die Sessellehnen und lehnte sich leicht vor. »Woher willst du das wissen?«

»Oh, komm schon, *ma mère*. Ich kann kaum glauben, dass dir das neu ist. Er war dir doch nicht einmal treu, als ihr noch zusammengelebt habt.«

»Dein Vater und ich haben niemals *zusammen*gelebt – der Herr sei gepriesen für diese kleine Gnade –, und ich habe auf seine Treue keinerlei Wert gelegt. Aber Aliénor von Aquitanien? Bist du sicher?«

»Nein«, räumte ihr Sohn achselzuckend ein, verschränkte die Arme und begann, vor ihr auf und ab zu gehen. »Aber als ich letzten Sommer in Paris mein Glück bei ihr versuchen wollte, war er auf einmal voller moralischer Entrüstung und hat mir die fürchterlichsten Dinge angedroht, wenn ich es tue.«

»Was vielleicht daran lag, dass sie die Königin von Frankreich war und dein Vater und du eigens nach Paris gereist wart, um einen offenen Krieg mit König Louis zu vermeiden«, warf Simon ein.

»Wer weiß. Oder lag es daran, dass mein Vater befürchtete,

ich könnte mich des Inzests schuldig machen, wenn ich mit derselben Frau schlafe wie er? Oder womöglich war er einfach nur eifersüchtig. Ihr könnt euch nicht vorstellen, wie er sie angesehen hat. Fehlte nur, dass er anfing zu sabbern …«

»Henry«, wies seine Mutter ihn scharf zurecht. »Ich gestatte nicht, dass du so von deinem Vater und der Königin von Frankreich sprichst. Es ist … politisch unklug.«

»Wieso?«

Die Kaiserin wechselte einen Blick mit Simon, und als der nickte, bat sie: »Sagt Ihr es ihm, de Clare.«

Simon wandte sich an Henry. »*Du* musst Aliénor von Aquitanien heiraten. Es ist der einzige Weg, um zu verhindern, dass dein Bruder oder irgendein anderer Glücksritter sie bekommt, der mit der Macht Aquitaniens im Rücken deine Pläne durchkreuzen könnte.«

»Um Himmels willen, Simon …« Henry trat zu einem seiner Wandteppiche und begann, die Fransen miteinander zu verknoten. »Das kann nicht dein Ernst sein. Sie ist mindestens zehn Jahre älter als ich. Sieh dir meine Eltern an, dann weißt du, wozu das führt.«

»Du sollst keine provençalische Liebesromanze nachspielen, sondern deine politische Zukunft sichern«, warf seine Mutter ein.

»Indem ich eine Frau heirate, die, wie du nicht zu Unrecht sagst, eigentlich keinem christlichen Edelmann mehr zuzumuten und deren Fruchtbarkeit zweifelhaft ist? Was für eine rosige Zukunft soll das sein?«

»Sie hat zwei Töchter bekommen«, entgegnete Simon.

»Aber keinen Sohn.«

»Was vermutlich mehr mit Louis' frommer Enthaltsamkeit zu tun hat als mit Aliénors Fruchtbarkeit. Aber das ist im Augenblick zweitrangig. Sollten deine Befürchtungen sich bewahrheiten, kannst du den gleichen Weg beschreiten wie König Louis, denn du bist genauso ihr Cousin vierten Grades wie er. Wichtig ist im Moment nur dies: Mit ihrer Macht und ihrem märchenhaften Reichtum könntest du deine Stellung hier in Frankreich nachhaltig sichern und hättest endlich das nötige Geld, um deinen Anspruch in England geltend zu machen.«

Henry winkte ungeduldig ab. »Louis wird so wütend auf mich sein, wenn ich seine Frau heirate, dass er alles tun wird, um mir Steine in den Weg zu legen. Sie sagen, er vergöttert sie nach wie vor und heult seit der Scheidung jede Nacht sein Kissen nass.« Mit einem unfreiwilligen Grinsen fügte er hinzu: »Ich muss allerdings gestehen, die Vorstellung, Louis von Frankreich wütend zu machen, hat ihre Reize.«

»Er tut schon jetzt alles, um dir Steine in den Weg zu legen, und macht gemeinsame Sache mit Stephens widerwärtigem englischen Kronprinz«, gab die Kaiserin zu bedenken. »An der Front würde sich also nichts ändern. Aber wie de Clare sagt: Du hättest endlich die Macht, ihnen etwas entgegenzusetzen.«

»Henry von England, König von Aliénors Gnaden?«, fragte ihr Sohn zweifelnd. »Also, ich weiß nicht …«

»Es ist allemal besser als ›Henry, der gern König von England geworden wäre‹«, befand Maud.

Einen Moment schwiegen alle, und schließlich sagte Simon: »Ich verstehe deine Bedenken. Aber stell es dir nur einmal für einen Moment vor, Henry: Wenn du die Normandie, Anjou und das Maine mit Aquitanien vereinigst, herrschst du praktisch über Frankreich. Louis wäre von deinen Herrschaftsgebieten förmlich umzingelt. Du willst das Vexin? Bitte, nimm es dir, denn er wird keine Macht haben, dich zu hindern. Und wenn wir in England Erfolg haben und du König wirst, dann bist du ihm vor Gott ebenbürtig, und er kann keine Vasallendienste mehr von dir verlangen. Dein Reich wird sich von der schottischen Grenze bis zu den Pyrenäen erstrecken. Selbst der Papst wird sich zweimal überlegen, ob er dir Vorschriften macht, denn schätzungsweise fünfzig Bischöfe werden dir lehnspflichtig sein. Alles wäre möglich, Henry.« Simon breitete vielsagend die Hände aus. »Alles, was du willst.«

Henry hatte ihm aufmerksam gelauscht. »Alles, was ich will …«, murmelte er versonnen und begann, die Knoten in den Fransen wieder zu lösen. »Wieso wird mir auf einmal so mulmig bei der Vorstellung? Warum finde ich mich an die Stelle in der Bibel erinnert, wo der Teufel Jesus Christus versucht? *Alle diese Macht will ich dir geben und ihre Herrlichkeit, wenn du mich anbetest.* Oder so ähnlich.«

Simon lächelte ihn an. »Wenn dir mulmig wird, dann höchstens, weil du zu viel vom Hirschbraten gegessen hast. Macht hat dir noch nie Angst eingeflößt. Und ich bin kein teuflischer Verführer. Ich zähle lediglich Fakten auf.«

»Woher *weißt* du so was eigentlich immer?«, fragte der junge Herzog anklagend. »Mutter, hättest du aus dem Stegreif gewusst, wie viele Bischöfe es in England und Frankreich zusammengenommen gibt?«

»Nein«, räumte sie ein.

Simon winkte ab. »Du weichst mir aus. Aber du musst dich schnell entscheiden, ehe dein Bruder dir zuvorkommt. Was immer du tust, tu es jetzt.«

Henry dachte etwa so lange nach, wie es dauerte, ein Ave Maria zu beten – gründlich für seine Verhältnisse. Dann fragte er: »Weißt du, wo sie steckt?«

»In Tours.«

»Dann sei so gut, reise nach Tours, suche meine über alles geliebte Cousine Aliénor von Aquitanien auf und fühl ihr auf den Zahn, ob sie eventuell geneigt wäre, Königin von England zu werden. Und wenn du schon mal da bist, lass dir irgendetwas einfallen, damit mein Bruder sie nicht entführen und mir vor der Nase wegschnappen kann.«

Simon stand auf. »Wir brechen morgen früh auf und treffen dich anschließend in Lisieux.«

»Einverstanden.«

Simon verneigte sich zum Abschied vor der Kaiserin.

Sie nickte huldvoll. »Ihr seid ausgesprochen brauchbar für einen de Clare.«

»Ich werde verfügen, dass man das auf meinen Grabstein meißelt, Madame. Gute Nacht.«

Als er die Tür schon fast erreicht hatte, fiel plötzlich eine große Hand auf seine Schulter und wirbelte ihn herum. Ehe

Simon das Gleichgewicht noch wiedererlangt hatte, schloss Henry ihn in die Arme und brach ihm fast die Rippen. »Danke, Simon. Das hätte ich fast vergessen. Danke, dass du das herausgefunden hast und mir wieder einmal aus der Misere hilfst.«

Der junge de Clare zog die Brauen hoch, wie immer amüsiert über Henrys Gefühlausbruch. »Keine Ursache, Euer Gnaden. Du weißt doch, es macht mir Spaß.«

»Dafür sei Gott gedankt.«

Mit einer Fackel, die er von der Wand im Korridor stibitzte, stieg Simon die Treppe hinab, durchquerte die Halle, wo allmählich Ruhe einkehrte, und verließ das Hauptgebäude der Burg. An einer der Holzhütten im Hof fiel noch Licht durch die Ritzen an Tür und Laden.

Simon klopfte.

»Was gibt's denn?«, rief Godric, und im nächsten Moment öffnete sich die Tür. Eine hochschwangere junge Frau stand auf der Schwelle.

Simon nickte ihr zu. »Jeanne.« Sie war Godrics Frau. Normalerweise konnte Simon die beiden Schwestern aus Chinon nicht voneinander unterscheiden, aber wenn eine ein Kind erwartete, hatte er es leicht.

»Tretet ein, Monseigneur«, erwiderte sie höflich, aber ohne Wärme.

»Nein, vielen Dank.« Er sah über ihre Schulter hinweg in den Raum hinein. Auf Burgen herrschte immer Platzmangel, darum waren die Hütten, die Gesinde und Wachen beherbergten, bescheiden. An der Wand links von der Tür stand ein Tisch mit zwei Schemeln und einer schmalen Bank für Godric und Wulfric. In der gegenüberliegenden Ecke das breite Bett, auf dem Simons Freunde saßen, jeder einen Becher in der Hand. Marie, Wulfrics Frau, saß auf der Bettkante, die Hand ihres Mannes lag auf ihrem Oberschenkel. Drei kleine Kinder und ein Hund schliefen auf Strohlagern zu Füßen des Bettes. Einen Herd gab es nicht, denn alle Burgbewohner nahmen ihre Mahlzeiten in der großen Halle ein.

»Morgen früh bei Sonnenaufgang«, teilte Simon seinen Freunden sparsam mit.

Godric und Wulfric tauschten ein Grinsen. »Wohin?«, wollte Ersterer wissen.

»Die Loire hinauf«, antwortete er ausweichend.

Sie fragten nicht weiter. Sie waren es gewöhnt, dass Simon sie kurzfristig mit auf eine seiner geheimnisvollen Missionen nahm und ihnen erst unterwegs sagte, was das Ziel ihrer Reise war. Es gab dem Leben Würze, wie Wulfric gern ausführte. Die Zwillinge waren so abenteuerlustig wie eh und je.

Jeanne und Marie hingegen waren alles andere als glücklich darüber, wie oft Simon ihre Männer mit unbekanntem Ziel verschleppte, und sie gaben sich keine große Mühe, ihre Gefühle zu verbergen.

Vermutlich sollte ich mehr Verständnis für sie haben, befand Simon wohl zum tausendsten Mal, als er sein eigenes Quartier aufsuchte. Aber es war normal, dass Männer in die Ferne zogen und die Frauen zurückblieben und sich sorgten. Meist zogen sie sogar in den Krieg, und dorthin führte Simon seine Freunde nur, wenn es sich nicht umgehen ließ. Eigentlich hätten Jeanne und Marie ihm also dankbar sein müssen. Doch das waren sie nicht, und das hatte zur Folge, dass Simon von ihrem häuslichen Leben ausgeschlossen blieb.

Er mochte sein Quartier in Angers. Es war eine Kammer gleich über der Kapelle in einem der steinernen Nebengebäude der großen Anlage. Das Gemach war winzig, aber das machte ihm nichts aus. Seine Ansprüche waren bescheiden, und er stellte lediglich eine einzige Bedingung: Wo Henrys Hof auch immer weilte, verlangte Simon einen Raum für sich allein. Das war ungewöhnlich, bereitete dem Quartiermeister oft Kopfzerbrechen und trug zu Simons Ruf als Sonderling und Einzelgänger bei, aber er brauchte einen Rückzugsort, wo er unbelauert war und nach einem Anfall ausruhen konnte.

Sein einziger Nachbar war Vater Bertram, Henrys Kaplan und Beichtvater, der ihn niemals störte und ihm bereitwillig seine Bücher lieh, aber auch Vater Bertram blieb auf Distanz.

Simon entzündete die Kerze auf dem Tisch und löschte die Fackel. Dann schenkte er sich einen Becher Wein ein und setzte sich. Es war kalt in der unbeheizten Kammer. Das Bett mit den dunkelgrünen Vorhängen an der gegenüberliegenden Wand verhieß Wärme und Geborgenheit. Aber Simon wusste, er würde so bald keinen Schlaf finden. Wenn er sich jetzt niederlegte, würde er doch nur in die Dunkelheit starren und sich einsam fühlen, und das Heimweh nach England würde ihm zu Leibe rücken mit den Bildern von sonnengelbem Weizen auf den hügeligen Feldern von Lincolnshire, von schattigen Wäldern, von seiner Halle in Woodknoll, der Kirche von Helmsby und dem weiten Himmel über den Fens von East Anglia. In seinem Heimweh-England gab es keinen Krieg, keine niedergebrannten Dörfer oder zertrampelten Äcker, und es regnete auch nie.

Trotzdem war es ein gefährlicher Ort. Und um nicht dorthin verschlagen zu werden, zog er die Kerze näher und schlug das Buch auf, das vor ihm auf dem Tisch lag. Es waren lateinische Gedichte über den Heiligen Krieg. Simon interessierte sich nicht sonderlich für Kreuzzugslyrik, aber ihm war immer daran gelegen, sein Latein zu verbessern. Konzentriert folgten seine Augen den Zeilen von rechts nach links, von unten nach oben.

Tours, März 1152

Aliénor von Aquitanien residierte im Gästehaus der Benediktinerabtei zu Tours, und zwar mit so großem Gefolge, dass ein ahnungsloser Besucher nie auf den Gedanken gekommen wäre, dass sie seit knapp zwei Wochen keine Königin mehr war. Simon, Godric und Wulfric trafen am Vormittag eines nasskalten Märztages dort ein und mussten den Bruder Pförtner, einen Wachoffizier, zwei streitsüchtige Ritter des Kämmerers und einen Drachen in Gestalt einer Hofdame überwinden, ehe sie vorgelassen wurden.

»Die Königin ist bei der Beichte«, beschied der Drache ihnen. »Kommt morgen Nachmittag wieder.«

»*So* lange hat die Ärmste zu beichten, Madame?«, erkundigte Simon sich. »Ich schlage vor, Ihr meldet uns, sobald sie zurück ist. Ihr tätet ihr einen Gefallen, glaubt mir.«

»Das sagen sie alle. Wer schickt Euch?«

»Der Herzog der Normandie.«

Der Drache schnaubte, und Simon wunderte sich beinah, dass keine Rauchwölkchen aus den großen Nasenlöchern stiegen. »Schon wieder ein Heiratskandidat? Kann er sich denn schon allein die Hosen zuschnüren, oder geht er noch mit der Amme pinkeln?«

Nie zuvor hatte Simon eine Dame so etwas sagen hören, aber er verbarg seine Erschütterung ohne große Mühe. Wenn er in den vergangenen fünf Jahren eines gelernt hatte, dann das. Besser spät als nie, hätte Alan of Helmsby wohl gesagt. »Madame, ich versichere Euch ...«

»Was gibt es denn, Comtesse?«, fragte eine tiefe Frauenstimme hinter seiner linken Schulter, und Simon wandte sich um. Auch die Zwillinge drehten die Köpfe, und anders als Simon legten sie keinen großen Wert auf vornehme Zurückhaltung in allen Lebenslagen. »Jesus ...«, stieß Godric hervor, und im selben Moment murmelte sein Bruder: »Heiliger Oswald, steh uns bei.«

Aliénor von Aquitanien zuckte nicht mit der Wimper. Sie war auch nicht erschrocken über die Erscheinung der Zwillinge. Mit einem wohldosierten Lächeln sagte sie zu Simon: »In meiner Heimat sagt man, Menschen wie Eure Eskorte hier bringen Glück.«

»In meiner Heimat sagt man das auch«, hörte Simon sich antworten.

»Seltsam«, gab sie zurück. »Ihr seht irgendwie nicht besonders glücklich aus.«

Simon fiel keine geistreiche Erwiderung ein. Die Gedanken in seinem Kopf schienen seltsam verlangsamt. Er kam sich dümmlich vor und schärfte sich ein, so lange den Mund zu halten, bis er sicher sein konnte, dass er nicht stammeln würde.

Es war nicht nur, dass sie eine außergewöhnlich schöne Frau war. Damit hatte er gerechnet, denn das war allgemein bekannt, und er hatte sie im vergangenen Sommer auch schon einmal aus der Ferne gesehen, als er Henry und dessen Vater zu Verhandlungen nach Paris begleitet hatte. Aliénors hüftlanges Haar, das unter dem *Couvre-chef* hervorwallte, war blond, aber in ihrem Fall war man geneigt, das Wort »gülden« zu wählen. Große blaue Augen, makellose Haut, eine zierliche Nase und ein erdbeerroter Mund, sie alle in so perfekter Harmonie, als hätte Gott bei ihrer Erschaffung im Sinn gehabt, die Engel neidisch zu machen. Aber was Simon die Sprache verschlug und seinen sonst eher regen Verstand in einen Irrgarten verwandelte, war die Kraft ihrer Ausstrahlung. Ein Blick in ihre Augen genügte, um viele Dinge zu verstehen, die ihm rätselhaft erschienen waren. Ein eiserner Wille sprach aus diesen Augen. Etwas ganz und gar Unbeugsames. Und die gefährliche Arroganz, die auf all jene lauerte, die Gott mit den Gaben des Verstandes und der edlen Geburt in höherem Maße gesegnet hatte als die meisten anderen. Nicht einmal Henry Plantagenet würde es leicht haben, diese Frau seinem Willen zu unterwerfen, erkannte Simon, und der Gedanke gefiel ihm.

Er verneigte sich mit der Hand auf der Brust. »Vergebt mir, Madame. Aber ich nehme an, Ihr seid sprachlose Männer gewöhnt.«

Ihr Lachen klang unbeschwert und warm. »Aber nur wenige, die auf so charmante Weise sprachlos sind. Und habt Ihr auch einen Namen?«

»Simon de Clare. Meine Freunde sind Wulfric und Godric of Gilham. Wir wären dankbar für ein paar Minuten Eurer Zeit.«

Aliénor führte sie in ein helles Gemach links der Halle, dicht gefolgt von ihrem Drachen. Obwohl sie hier nur auf der Durchreise weilte, war der Raum mit erlesenen Tapisserien geschmückt. Bücher und lose Pergamentbogen bedeckten den Tisch am Kamin. Der Drache schickte eine jüngere Hofdame nach Wein und Erfrischungen und zog dann ab, nicht ohne Godric und Wulfric finstere Blicke zuzuwerfen.

»Übt Nachsicht«, bat Aliénor. »Sie ist stets um meine Sicherheit besorgt, und Ihr wirkt ein wenig … gefährlich.«

Godric und Wulfric, für gewöhnlich nicht auf den Mund gefallen, erröteten bis in die flachsblonden Haarwurzeln und brachten kein verständliches Wort heraus.

»Das können sie auch durchaus sein«, warf Simon ein, um seine Freunde von dem unverwandten Blick der blauen Augen zu erlösen.

Die einstige Königin von Frankreich nickte. »Darum ist es klug von Euch, keinen Schritt ohne ihre Begleitung zu tun. Böse Zungen behaupten allerdings, dass Ihr es vor allem tut, um Euren schillernden Ruf zu pflegen. Und Eure beiden Freunde verstehen sich darauf, Euch vollständig abzuschirmen, wenn Ihr einen Anfall erleidet, richtig? Jeder *weiß*, dass Ihr die Fallsucht habt, aber niemand hat es je *gesehen*. Sie versperren den Blick auf Euch, wenn es geschieht, und tragen Euch hinaus, ohne dass je irgendwer einen Blick auf Euch erhaschen kann. Und daran ist Euch sehr gelegen.«

Simon nahm den Becher, den sie ihm reichte. »Ihr seid gut informiert, Madame.«

Auch die Zwillinge hatten sich wieder gefangen und ließen durch nichts erkennen, wie schockiert sie darüber waren, dass diese Frau so viel über sie wusste. Wie üblich nahmen sie Aufstellung an der Tür und gaben vor, unsichtbar zu sein.

»Es macht sich bezahlt, gut informiert zu sein«, erwiderte sie. »Das muss ich Euch ja nun wirklich nicht erklären.«

»Nein.«

»Mein Vater hatte auch die Fallsucht«, bemerkte sie beiläufig.

Simon nickte. »Ich weiß.«

Sie vollführte eine Geste, als wolle sie sagen: Da seht Ihr's. »Und? Was wünscht mein Cousin Henry von mir? Ich hoffe, er will mich nicht heiraten. Diese Flut von Freiern langweilt mich zu Tränen.«

Simon deutete ein Schulterzucken an. »Sie sollte Euch indes nicht wundern. Ihr seid die beste Partie der ganzen Christenheit. Um Eure Frage zu beantworten: Henry ist sich nicht sicher, ob er sich in die Schar der Bewerber einreihen will. Sein jüngerer Bruder hingegen ist fest entschlossen, Euch zu erringen, Madame. Mit oder ohne Eure Einwilligung.«

Sie lehnte sich in ihren Sessel zurück und hob kurz die Hände. »Dafür müsste er mich erst einmal kriegen.«

»Das könnte durchaus passieren. Auf welchem Weg wollt Ihr nach Poitiers reisen?«

»Über die Porte des Piles, natürlich.«

»Dann müsst Ihr Chinon, Loudun und Mirebeau passieren. Alle drei gehören Geoffrey. Ihr könntet Euch niemals ungesehen vorbeimogeln.«

»Nun, in dem Fall werde ich einen anderen Weg finden müssen.«

»Dort wird jemand anderes Euch auflauern.«

Aliénor richtete sich wieder auf. »Und das heißt? Ich soll Henry Plantagenet heiraten, diesen feuerköpfigen Bengel, weil er das geringste Übel ist?« Es klang eher amüsiert als zornig. »Seit meinem fünfzehnten Lebensjahr habe ich auf mich selbst achtgeben müssen, weil sonst niemand mehr da war. Ich habe einen Winter ohne nennenswerten Proviant in der Wildnis Kleinasiens überlebt, den Angriff der Türken in den anatolischen Bergen, und auf dem Rückweg aus dem Heiligen Land wurde mein Schiff von einem Sturm abgetrieben, und meine Damen und ich sind zwei Monate lang die afrikanische Küste entlanggeirrt. Wenn Ihr mir Angst machen wollt, dann müsst Ihr Euch schon etwas Besseres einfallen lassen, de Clare.«

»Es war nicht meine Absicht, Euch Angst zu machen«, widersprach Simon ohne besonderen Nachdruck. »Ich habe lediglich Tatsachen angeführt. Und eine Tatsache ist im Übrigen auch dies: Henry Plantagenet mag noch jung sein, aber er ist kein Bengel. Ich bin überzeugt, er könnte etwas sein, das Ihr sehr schätzt, Madame.«

»Und zwar?«

»Eine echte Herausforderung.«

Ihre Mundwinkel verzogen sich für einen Moment nach oben. Doch dann schüttelte sie den Kopf. »Ich habe nicht den Wunsch, wieder zu heiraten. Natürlich hatte es seine Vorzüge, Königin zu sein. Aber meistens hatte ich das Gefühl, mit einem Mönch verheiratet zu sein, nicht mit einem König. Ich habe Louis schon in Antiochia gesagt, dass ich eine Annullierung dieser Ehe will, und es hat viel Zeit und Mühe gekostet, sie zu erreichen. Wieso sollte ich mir gleich den nächsten Gemahl aufhalsen? Aquitanien ist ein schönes Land voller glutäugiger Dichter. Die Menschen dort lieben mich und sind nicht ständig über alles schockiert, was ich tue. Also wozu heiraten?«

Simon betrachtete sie mit hochgezogenen Brauen. »Ich habe Mühe, mir vorzustellen, wie es sein wird: Nach fünfzehn Jahren als Königin in Paris, der aufregendsten Stadt der Welt, ein Rückzug ins beschauliche Bordeaux? Oder gar nach Poitiers? Bis ans Ende Eurer Tage? Nichts gegen die Kunst und die Leidenschaft der aquitanischen Dichter, aber ich fürchte, der Rest Eures Lebens wird Euch sehr lang werden.«

»Tja«, machte Aliénor, und zum ersten Mal wirkte sie ein wenig unsicher. »Da könntet Ihr recht haben. Aber das scheint mir immer noch reizvoller als Henry Plantagenet.«

»Nun, wie gesagt. Sein Enthusiasmus hält sich ebenso in Grenzen wie der Eure.«

»Da habt Ihr's. Er ist ein Flegel.« Sie sagte es spöttisch, aber etwas in ihren Augen verriet ihm, dass sie Zurückweisung weder gewöhnt war noch schätzte.

»Verzeiht meine uncharmante Direktheit, aber was ihn insbesondere besorgt, sind die Gerüchte, die es seinerzeit über Euch und seinen Vater gab.«

»Das scheint seinen Bruder nicht zu kümmern.«

»Weil Geoffrey im Gegensatz zu Henry nie über den morgigen Tag hinausdenkt. Aber wenn ein Körnchen Wahrheit an diesen Gerüchten sein sollte, wäre eine mögliche Ehe zwischen Euch und einem der Brüder in den Augen der Kirche inzestuös.«

»Und ich hätte geschworen, dass gerade Henry Plantagenet sich nicht sonderlich darum schert, wie die Kirche seine Taten beurteilt«, gab sie zurück. »Im Übrigen: Wenn er nicht mit Gerüchten leben kann, soll er lieber eine unserer langweiligen Cousinen heiraten. Es gibt sie in großer Zahl, die Auswahl wäre geradezu unüberschaubar. Über mich gibt es immer Gerüchte.«

Simon nickte. Sie würde sich nicht entlocken lassen, was zwischen ihr und Henrys Vater vorgefallen war, erkannte er. Nun, das war ihr gutes Recht. Gewiss gab es andere Wege, es herauszufinden. Er warf einen unauffälligen Blick auf die junge Hofdame, die den Wein gebracht hatte, nun auf dem Fenstersitz saß und vorgab, in einem Buch zu lesen. Es gab Schlimmeres, was einem Mann im Dienste seines Herzogs und rechtmäßigen Königs passieren konnte, schloss er.

»Also, genug auf den Busch geklopft, de Clare«, befand Aliénor. »Sagt Henry, sein Antrag ehrt mich, aber nein, danke.«

Simon unterdrückte ein Grinsen. Die Szene, die eine solche Nachricht auslösen würde, wollte er sich lieber gar nicht vorstellen. »Wer redet von einem Antrag, Madame?«

»Warum wart Ihr doch gleich wieder hier?«, konterte sie.

»Um Euch sicher nach Poitiers zu geleiten.«

»Und das ist alles? Ihr erwartet, dass ich das glaube? Wollt Ihr mich beleidigen?«

Er schüttelte den Kopf. »Unterwegs werde ich jede Menge Zeit haben, Euch von Henrys Vorzügen zu überzeugen. Sie sind zahlreich, glaubt mir, genau wie seine Schattenseiten. Wenn wir am Ziel unserer Reise sind und ich das Gefühl habe, dass Ihr ihm wohlgesinnt seid, werde ich Euch vielleicht einen Antrag unterbreiten. Aber nur dann.«

Sie ließ ihn nicht aus den Augen. »Das klingt verdächtig nobel. Ich glaube nicht an Angebote ohne Fallstricke. Woher weiß ich, dass Ihr mich nicht auch verschleppen und zu ihm bringen wollt? Ich kann Euch nur davon abraten, wisst Ihr, er würde sein blaues Wunder erleben.«

»Daran zweifle ich nicht. Aber Ihr habt mein Wort, Madame. Keine Fallstricke.«

»Dann also ein Köder. Was soll das sein? Raus damit.«

»Hm, lasst mich nachdenken. Eine Krone vielleicht? Mag es Euch auch erleichtern, Louis los zu sein, bin ich doch sicher, dass Euch die Krone fehlt.«

Aliénor brach in ihr schönes, warmes Lachen aus. »England? Ihr bietet mir die Krone über Mücken und Sümpfe und neblige Wälder, die ihm, nebenbei bemerkt, noch nicht einmal gehört? Wie unwiderstehlich ...«

Aus dem Augenwinkel sah Simon Godrics und Wulfrics finstere Mienen. Sie schätzten es überhaupt nicht, wenn jemand abfällig über England sprach. Simon erging es nicht anders, aber ein kühles Lächeln war alles, was er sich gestattete. »Ich biete Euch, wie gesagt, überhaupt nichts. Ich bin kein sehr begabter Unterhändler ...«

»Diese Lüge solltet Ihr nicht vergessen, wenn Ihr das nächste Mal zur Beichte geht.«

»... sondern verstehe mich besser darauf, Fakten zu sammeln und zu betrachten und zu überlegen, was sie bedeuten könnten. Und die Fakten, die ich hier klar und deutlich vor mir sehe, sind diese, Madame: Wenn Ihr und er jetzt die richtigen Entscheidungen trefft, habt Ihr gute Aussichten, die mächtigste Frau der Welt zu werden.« Er lehnte sich zurück, legte die Fingerspitzen unter dem Kinn zu einem Dach zusammen und sah Aliénor unverwandt an.

Sie hatte den Blick zum Fenster gewandt und dachte nach. »Ein Köder voller Widerhaken«, murmelte sie.

Helmsby, April 1152

»Halte den Trichter gerade, Agatha, sonst verschüttest du die Milch«, warnte Alan. »Schau, wie Oswald es macht. So ist es richtig.«

Er war einen Schritt zur Seite getreten, hatte die Hände in die Seiten gestemmt und sah seiner Tochter und Oswald zu, die jeder ein Kälbchen mit Trichter und Kelle aus einem Milcheimer fütterten. Oswalds Kalb trank munter, aber Agathas fand diese neue Fütterungsmethode offenbar höchst suspekt, denn allenthalben hörte es auf zu trinken und fing an zu jammern.

»Sie will zurück zu ihrer Mutter«, erklärte Agatha und ließ den Trichter sinken. Der Inhalt versickerte im Stroh.

»Was habe ich dir gerade gesagt«, schalt Alan seufzend. »Ich wusste doch, du bist noch zu klein dafür.«

»Bin ich überhaupt nicht«, entrüstete sich die Siebenjährige. »Aber können wir Josy nicht noch ein paar Tage bei ihrer Mutter lassen, Vater? Bitte!«

Alan schüttelte den Kopf, kniete sich neben das Mädchen und nahm ihm den Trichter ab. Sehr viel geschickter fütterte er das Kalb, und auf einmal trank es folgsam und anscheinend mit großem Appetit. »Nächste Woche wird es auch nicht leichter. Aber Kälber müssen entwöhnt werden, genau wie Menschenkinder. Wenn wir es nicht tun, trinken die Kälber uns die ganze Milch weg. Wir hätten keine Butter und keinen Käse. Willst du das?«

Agatha schüttelte unwillig den Kopf.

»Na siehst du.« Alan nahm einen ihrer blonden Zöpfe und zog sacht daran.

»Aber Josy ist so traurig«, warf Oswald ein.

Alan bedachte ihn mit einem finsteren Blick. »Vielen Dank, dass du mir in den Rücken fällst, alter Freund.«

»Ist aber wahr«, gab Oswald ungerührt zurück. »Ich weiß, es muss sein, aber es ist schwer.«

Und für niemanden schwerer als für dich, wusste Alan.

Oswald hatte während der friedlichen Jahre in Helmsby seine Bestimmung gefunden, und seine Bestimmung, hatte sich herausgestellt, waren Rinder. Er liebte sie, und sie vergötterten ihn. Er konnte schneller melken als jeder andere in Helmsby, er konnte wütende Bullen besänftigen, und während der Weidemonate ging er jeden Morgen durchs Dorf, öffnete Stalltüren, holte seine Schützlinge heraus und führte sie zusammen mit Alans Kühen auf die Weide, wo er meist mit ihnen blieb. Abends zum Melken brachte er sie zurück, und sie folgten ihm wie einem Leittier durchs Dorf, wo ein jedes von selbst in den Stall trottete, wohin es gehörte. Oswald blieb auf ein Schwätzchen mit den Bauern stehen, schaute beim Müller vorbei, legte hier und da beim Melken mit Hand an. Die Leute schätzten ihn für seine Fürsorglichkeit und das, was Emma seinen »Küheverstand« nannte, und wenn sie ihn gelegentlich sonderbar fanden, ließen sie es ihn nicht merken. Es war ein geruhsames Leben, das kaum besser auf einen jungen Mann mit einem schwachen Herzen hätte zugeschnitten sein können. Oswald war angekommen.

Alan zog es vor, von weiteren Debatten über Kälberaufzucht Abstand zu nehmen, und konzentrierte sich lieber auf das, was seine großen Soldatenhände taten. Gerade bei Jungtieren musste er immer achtgeben, dass er nicht zu fest zupackte. »Da«, sagte er schließlich und zeigte nicht ohne Stolz auf sein Kalb. »Satt. Siehst du, Agatha? Plötzlich ist Josy ganz zufrieden mit der Welt.«

»Aber könnten wir nicht …«

Ein Räuspern von der Stalltür bewahrte Alan vor einer von Agathas berüchtigten Ideen.

Alle drei wandten die Köpfe, und Alan lächelte, als er seinen Besucher erkannte. »Tom. Sei willkommen.«

»Heißen Dank.«

»Tritt ein. Hier ist nichts, was dich beißen könnte, du hast mein Wort.«

Zögernd trat Thomas Becket über die Schwelle und achtete sorgsam darauf, wohin er die feinen Stiefel setzte. Kalbsleder, bemerkte Alan. Das sagen wir Agatha lieber nicht …

Der Gast schlang sich den langen weinroten Mantel über den Arm, damit das edle Tuch nicht über den Stallboden schleifte. »Dringende Staatsgeschäfte führen mich zu Lord Helmsby«, bekundete er der niedrigen Decke. »Und treffe ich ihn bei der Falkenjagd an oder beim Fechten oder beim Lautespiel? Nein. Er füttert eine kleine Kuh.«

»Kalb«, verbesserte Agatha.

Alan lachte in sich hinein. »Erlaubst du, dass ich das hier eben fertig mache? Du kannst zuschauen und etwas lernen.«

Becket seufzte leise. »Bitte, wenn du darauf bestehst. Mangelt es dir an Knechten, Alan?«

Der schüttelte den Kopf und rutschte auf den Knien zu dem nächsten Kälbchen, das nah der Bretterwand des Pferchs im Stroh döste. »Sie eggen, sie pflanzen Lauch und Zwiebeln und Flachs … Im Frühjahr haben die Tage nie genug Stunden für all die Arbeit. Und mein Steward ist in Blackmore.«

»Und außerdem macht es dir Spaß«, mutmaßte Becket.

»Wenn du es so nennen willst.« Wer so viel Leben vernichtet hat wie ich, tut gut daran, Leben zu hegen und gedeihen zu lassen, dachte Alan. »Aber falls du bis morgen bleiben kannst, reite ich mit dir zur Jagd. Ich habe einen neuen Falken, den musst du dir ansehen.«

Becket schüttelte bedauernd den Kopf. »Ich fürchte, das müssen wir verschieben. Ich will gleich morgen früh weiter, denn ich bin im Begriff, nach Rom zu reisen.«

»Dann sieh dich nur vor, dass du nicht ins Wasser fällst«, spöttelte Alan und fragte nicht, was Becket in die Heilige Stadt führe.

Seit Simon de Clare sie vor drei Jahren miteinander bekannt gemacht hatte, zählte Alan Thomas Becket zu seinen wenigen Freunden. Andere mochten ihn einen eitlen Geck und ehrgeizigen Ränkeschmied nennen, aber Alan schätzte Beckets bissigen Humor, seinen Scharfsinn und ganz besonders seine Toleranz gegenüber Andersgläubigen. Eine seltene Gabe bei Kirchenmännern, wusste er. Was er hingegen nicht schätzte, war, dass Becket ihn stets in die Welt von Politik und Krieg zurücklocken wollte.

Becket verschränkte die Arme auf einem Querbalken und beugte sich vor. »Es ist Eustache de Boulogne, der mich zu dir führt.«

Alan antwortete nicht, legte die Hand unter das Kinn des Kälbchens und füllte den Trichter geschickt aus der hölzernen

Kelle. Aller Frohsinn sickerte aus seinem Herzen wie Sandkörner aus einem Stundenglas.

»Alan …«, drängte Becket leise, aber beharrlich.

Der schaute auf. »Das hier ist weder die Zeit noch der Ort«, entgegnete er mit einem vielsagenden Blick auf seine Tochter.

Becket hob die Hände zu einer Geste der Entschuldigung und wartete mit mühsam bezähmter Ungeduld, bis das Kalb abgefüttert war.

Schließlich stand Alan auf und klopfte sich Strohhalme von den Knien. »Oswald, wärst du so gut, den Rest zu erledigen?«

»Sicher.« Oswald sah nicht auf. Die Gegenwart des eleganten Normannen machte ihn scheu.

»Danke.« Alan streckte die Hand aus. »Komm, Agatha.«

»Ich bleib bei Oswald«, beschied diese.

»Kommt nicht infrage. Du würdest irgendeinen irrsinnigen Plan zur Befreiung meiner Kälber aushecken. Außerdem wartet King Edmund mit dem Leseunterricht auf dich, schon vergessen?«

»Aber …«

»Agatha.«

Sie verzog das Gesicht, stapfte in stummem Protest zu ihrem Vater herüber und ergriff die Hand.

Im vorletzten Herbst hatte Cuthbert der Schmied sich bei der Arbeit an einem seiner Werkzeuge verletzt. Nach zwei Tagen war die Wunde brandig geworden, und eine Woche später war Cuthbert gestorben. Alan hatte seine Tochter aus Metcombe nach Helmsby geholt, und sowohl er selbst wie auch seine Frau taten alles, um ihr ein warmes Nest zu geben. Doch es war nicht immer einfach. Agatha sträubte sich gegen alle Bemühungen, etwas anderes aus ihr zu machen als das Bauernmädchen, das sie war. Sie lernte nur unwillig Normannisch, und manchmal begegnete sie ihrer jüdischen Stiefmutter, ihren beiden kleinen Geschwistern und auch ihrem Vater mit tiefem Misstrauen. Dann wieder gab es Tage, da sie so anhänglich war, dass sie wie eine kleine Klette an ihm oder Miriam hing, und man bekam eine Ahnung davon, wie groß ihre Furcht davor war, wieder verlassen zu werden.

Er führte seine Tochter und seinen Gast aus dem Stallgebäude zum Brunnen im Burghof, schöpfte und goss das Wasser in einen zweiten Eimer, in welchem er sich gründlich Hände und Unterarme wusch. Unaufgefordert folgte Agatha seinem Beispiel und machte Anstalten, den schweren Eimer aufzuheben. Alan hielt sie mit einer Geste zurück, nahm das Gefäß und schüttete den Inhalt in einem schimmernden Bogen auf die Beete des nahen Küchengartens, wo sich die ersten, zartgrünen Halme zeigten.

Dann gingen sie Richtung Motte.

»Kommst du aus Canterbury?«, fragte er seinen Gast.

»Aus Norwich.«

Alan wandte den Kopf. »Tatsächlich?«

»Dein Schwiegervater hat sein Hospital wiedereröffnet.«

So, so, dachte Alan. In diesem Streit zwischen Sheriff und Bischof hat zur Abwechslung einmal der Sheriff obsiegt …

Die Halle von Helmsby Castle war nahezu verwaist; alle Bewohner nutzten das trockene Frühlingswetter für die Arbeit im Freien. Nur Miriam saß nah am Fenster an dem großen Stickrahmen und arbeitete an einem feinen weißen Tuch, in welches sie indes keine Heiligenbilder, sondern ein filigranes Rankenmuster stickte. Zu ihren Füßen spielte der vierjährige Aaron mit einem Holzschiff im Stroh, und auf dem Tisch in ihrer Reichweite lag ein winziger Säugling in einem Weidenkörbchen und schlief.

Becket verneigte sich höflich. »Lady Miriam.«

Sie erhob sich mit einem Lächeln. »Master Becket. Was für eine Überraschung.«

Er zeigte auf den Korb. »Wozu darf ich Euch gratulieren? Sohn oder Tochter?«

»Judith«, stellte Alan vor, trat zu seiner Frau und legte ihr einen Arm um die Taille.

»Sie ist eine Schönheit«, befand Becket.

Aaron war aufgesprungen und hatte sich artig vor ihrem Gast verbeugt. »Sie sieht aus wie eine Trockenpflaume«, widersprach er mit einem abschätzigen Blick auf seine kleine Schwester.

»Das ist nicht sehr charmant, junger Mann«, rügte Becket und hatte sichtlich Mühe, ein Grinsen zu unterdrücken.

»Nicht Charme, sondern Aufrichtigkeit ist Aarons große Tugend«, erklärte Alan und strich dem Jungen über den dunklen Schopf.

Denn sein Sohn sagte nichts als die Wahrheit. Judith war erst eine Woche alt, und ihr Gesicht trug unverändert die Spuren des harten Kampfes, der ihre Geburt gewesen war. Auch die Schwangerschaft war beschwerlich gewesen, genau wie bei Aaron. Doch Miriam hatte sich rasch erholt und ihre Pflichten im Haus wieder aufgenommen. Sie war eine gesunde junge Frau, und die blasse Zerbrechlichkeit, die ihr früher zu eigen gewesen war, war verschwunden. Das Leben auf dem Land lag ihr nicht nur, es bekam ihr auch gut.

»Agatha, lauf und hol die Amme, sei so gut«, bat sie.

Die Kleine verschwand Richtung Treppe, kam wenig später mit der jungen Magd zurück, die die Kinder hütete und Judith stillte, und während sie ihre Schützlinge hinausführte, betrat Miriam die Estrade und schenkte Wein in drei Becher. Alan und Becket schlossen sich ihr an.

Der Gast kostete und tat einen Seufzer des Wohlbehagens. »Dein Keller ist der beste in East Anglia, Alan.«

Alan nahm selbst einen Zug und konzentrierte sich auf den Geschmack des leichten Weißweins. Dann nickte er zufrieden.

»Vom Rhein?«, tippte Becket.

Alan schüttelte mit einem geheimnisvollen kleinen Lächeln den Kopf. »Aus Blackmore.«

»Du willst mir einen Bären aufbinden.«

»Das würde ich nie wagen.«

»Aber dieser Wein schmeckt *hervorragend*!«

»Hm. Mit der Hilfe meines vielseitig gebildeten Schwiegervaters haben wir die Traube veredelt.«

Becket schüttelte den Kopf. »Nicht zu fassen.« Er sah sich in dem leeren Raum um, der an diesem sonnigen Tag lichtdurchflutet war. »Es ist still hier ohne deine Großmutter.«

Eine Fieberepidemie war im Advent über East Anglia hereingebrochen, und der schwarze Geselle mit der Sense hatte eine reiche Ernte gehabt. Lady Matilda war eine der Ersten gewesen, die er geholt hatte, und anlässlich ihrer Beerdigung hatte Alan zum ersten Mal seit seiner Exkommunikation wieder seine Kirche betreten. Weder hatte die Erde gebebt, noch hatte King Edmund ihn hinausgeworfen. Seither ging Alan wieder täglich zur Messe. Gab es anlässlich hoher Feste eine allgemeine Kommunion, konnte er nicht teilnehmen, denn die Sakramente waren ihm verwehrt, aber es war eine große Erleichterung, überhaupt wieder in einem Gotteshaus zu sein. Es kam ihm immer vor wie ein Abschiedsgeschenk seiner Großmutter.

»Ja, sie fehlt uns sehr«, antwortete Miriam ihrem Gast. »Seid Ihr hungrig, Master Becket? Kann ich Euch ein wenig Brot und Käse holen?«

»Nein, vielen Dank. Der Koch des Bischofs von Norwich war so beglückt über das Ende der Fastenzeit, dass er mich heute früh mit Eierkuchen vollgestopft hat.«

»Aber ihr bleibt zum Essen, hoffe ich?«

»Da sag ich nie Nein, wie Ihr wisst, Madame. Wenn nur mehr Christen wüssten, wie köstlich koscheres Essen sein kann, würde das allerhand zur Verständigung zwischen uns und euch beitragen, will mir scheinen. Da fällt mir ein: Die … Schwierigkeiten im Hospital Eures Vaters sind beigelegt. Als er nach der Schließung durch den Bischof seine schweren Fälle zur Burg brachte, um sie dem Sheriff in Verwahrung zu geben, hat der beim Bischof interveniert. Ich glaube, in Zukunft braucht Ihr Euch über diese Sache keine Sorgen mehr zu machen. Der Sheriff hat Bischof Turba eine Urkunde abgeschwatzt, die das Hospital der Jurisdiktion der Krone, nicht der Kirche unterstellt.«

»Gott segne Sheriff Chesney«, murmelte Alan.

»Ein guter Mann«, pflichtete Becket ihm bei. »Ich habe lange mit ihm gesprochen. Er ist sehr besorgt über die Zustände in

East Anglia. Er sagt, man könnte meinen, Geoffrey de Mandeville sei zurückgekehrt.«

Alan runzelte die Stirn. »Und was soll das heißen? Ich habe nichts von Unruhen gehört.«

»Nein, wie auch, da du es vorziehst, dich in Viehställen und Scheunen zu verkriechen.«

Alan hob abwehrend die Linke. »Henry hat sich seit zwei Jahren nicht in England blicken lassen, Tom. Dieser Krieg ist vorbei. Henry hat zu lange gezaudert, und jetzt haben die Lords sich mit Stephen arrangiert. Dieser Krieg war im Grunde an dem Tag vorbei, als Gloucester starb.« Er brach ab und trank einen Schluck, um seinen Zorn ob dieser Tatsache zu verbergen. Er hatte sein halbes Leben an diesen verfluchten Krieg verschwendet, hatte sein Blut vergossen und sein Seelenheil riskiert, und das alles für *nichts*.

Becket schüttelte den Kopf. »Er ist nicht vorbei. Henry hatte viel Ärger in der Normandie. Stephens famoser Kronprinz, Eustache de Boulogne, hat König Louis' Schwester geheiratet, wusstest du das?«

»Natürlich.«

»Und seither haben die beiden Schwäger sich zusammengetan, um Henry die Normandie zu entreißen. Bislang ohne Erfolg, aber er hatte alle Hände voll damit zu tun, sie zu halten. Er würde lieber heute als morgen nach England kommen, glaub mir. Und als er vor zwei Jahren hier war, hat er viel erreicht und bei Lords und Bischöfen großen Eindruck gemacht, das weißt du genau. Viele Lords mögen sich mit Stephen auf dem Thron abgefunden haben, aber was sie glauben, ist, dass Henry der rechtmäßige Nachfolger ist. Es steht indessen wieder einmal alles auf Messers Schneide. König Stephen schläft nämlich nicht, auch wenn er meist den Anschein erweckt. Er hat sich überlegt, seinen Sohn nach französischer Sitte noch zu seinen Lebzeiten zum König von England krönen zu lassen. Wenn das passiert, dann schaffen Stephen und Eustache Fakten, denen wir nur schwerlich etwas entgegensetzen können. Darum dürfen wir das nicht zulassen.«

Alan fuhr sich mit dem Daumennagel übers Kinn und dachte nach. Die Vorstellung, dass dieser Kronprinz vor der Zeit zum König gekrönt wurde, gefiel auch ihm ganz und gar nicht. »Aber wie kommt Stephen nur auf so eine seltsame Idee? In Frankreich mag es üblich sein, aber nicht in England.«

»Genau.« Becket tippte ihm mit dem Finger an die Brust. »Darum hat er eine Delegation zum Papst entsandt, um dessen Erlaubnis einzuholen. Der Papst wiederum hat Erzbischof Theobald in einem Brief gebeten, ihm einen Gesandten zu schicken, der ihm rät, wie er entscheiden soll. Der ihm vor allem darlegt, ob der junge Eustache das Zeug zum König hat. Dieser Gesandte bin ich, wie der Zufall es will.«

»Dann sag dem Papst, die Antwort lautet nein. Stephen mag ein freundlicher, harmloser Einfaltspinsel sein, aber sein Sohn ist alles andere.«

»Ah ja? Und woher weißt du das?«

Alan schwieg einen Moment. Es fiel ihm schwer, über diese Dinge zu reden. Seit er vor fünf Jahren mit Miriam nach Helmsby heimgekehrt war, hatte er seine Frau, seine Kinder und seinen Gutsbetrieb zum Mittelpunkt seines Lebens gemacht. Es war ein geruhsames, gleichförmiges Dasein. Viel zu zahm für den Mann, den sie einst »Mauds schärfstes Schwert« genannt hatten, glaubten manche, aber Alan wusste es besser. Es war ein gutes Leben.

»Alan?«, hakte Becket beharrlich nach.

Er gab sich einen Ruck und sah seinen Gast wieder an. »Also schön, meinetwegen. Eustache muss … ungefähr zwölf gewesen sein, als mein Onkel Gloucester beim Rückzug aus Winchester unseren Feinden in die Hände fiel. Stephen war zu der Zeit unser Gefangener, war also nicht da, um darauf zu achten, dass seine kostbare Geisel pfleglich behandelt wurde. Hinter dem Rücken des Kommandanten hat dieser Bengel den Wachen befohlen, Gloucester in Ketten zu legen, dann hat er sie rausgeschickt und ihm mit einem Fackelstock zwei Rippen gebrochen. Als Gloucester ihn ausgelacht hat, hat Eustache die Fackel angesteckt.« Er warf einen Blick auf seine Frau, ehe er an Becket gewandt fortfuhr: »Den Rest kannst du dir denken. Gloucester hat die Geschichte immer als komische Episode abgetan, aber ich habe die Narben gesehen, als er schließlich gegen Stephen ausgetauscht wurde. Das war kein schiefgegangener Lausbubenstreich, Tom. Das war böse. Und nach allem, was ich höre, ist Eustache mit zunehmendem Alter nicht besser geworden. Also sei so gut und sag seiner Heiligkeit, er soll diesen Kelch an England vorübergehen lassen. Vielleicht kannst du ihn ja davon überzeugen, dass wir zur Abwechslung einmal einen guten König verdient haben.«

Thomas Becket lehnte sich in seinem Sessel zurück und schlug die Beine übereinander. Kopfschüttelnd bemerkte er: »Ich glaube, ich habe dich noch nie so viel auf einmal sagen hören, Alan. Das war höchst aufschlussreich. Was Eustache de Boulogne betrifft, aber auch was deinen angeblichen Rückzug aus der Politik angeht.«

Alan schüttelte ärgerlich den Kopf. »Du sagst es immer so, als wäre es meine Wahl gewesen«, hielt er Becket entgegen. »Das war es nicht. Aber ich bin exkommuniziert und selbst am Hof meines Cousins, des neuen Earls of Gloucester, *Persona non grata*. Das ist bitter, glaub mir, denn ich habe lange in diesem Krieg gekämpft und hätte ihn gern gewonnen, damit ich mir wenigstens vormachen kann, er hätte einen Sinn gehabt. Aber meine Hilfe ist nicht mehr erwünscht. Und es gibt nichts, was ich dagegen tun könnte.«

»Henry will deine Hilfe. Und er braucht sie.«

»Henry ist in der Normandie.«

»Aber seine Feinde sind *hier*. Kratz den Rost von deinem Schwert, Mylord. Es ist Eustache de Boulogne und kein anderer, der in den Fens sein Unwesen treibt.«

Miriam hatte selbst gekocht, wie meistens. Zu Anfang war die Köchin ein wenig grantig darüber gewesen, aber inzwischen hatten sich alle daran gewöhnt, dass die Lady der Halle für sich und ihre Familie eigene Gerichte in eigenen Töpfen zubereitete, und niemand rührte ihre Vorratsfässer an. Was sie brauchte, besorgten sie und Alan bei ihren Besuchen in Norwich. An diesem Abend gab es geschmortes Lamm mit Rauke und dazu Fladenbrot, und nicht nur Thomas Becket schwelgte.

»Werdet Ihr Henry und Simon besuchen, wenn Ihr auf den Kontinent reist?«, fragte Miriam ihn, nachdem er eine dritte Portion unter deutlichen Anzeichen von Ermattung abgelehnt hatte.

»Gut möglich«, antwortete Becket. »Auch Henry muss erfahren, was Stephen vorhat. Ich bin allerdings nicht sicher, wo er sich aufhält. Er wird ja verrückt, wenn er mehr als zwei Nächte im selben Bett schlafen muss. Ah! Apropos verrückt. Da erscheint uns euer Heiliger.«

King Edmund kam gelegentlich abends auf einen Becher Ale auf die Burg hinauf, sprach mit Alan über das Wetter, die Saat oder die Sorgen seiner Schäfchen und spielte mit Agatha oder mit Oswald eine Partie Mühle. Miriam und Alan war er immer willkommen.

»Lass ihn ja zufrieden«, raunte Letzterer seinem Gast zu.

»Mein lieber Alan, ich hege den größten Respekt für Euren King Edmund«, beteuerte der, doch es funkelte verräterisch in seinen Augen.

»Gott segne euch«, grüßte King Edmund, und auf Alans einladende Geste ließ er sich ächzend in einen der Sessel an der hohen Tafel sinken. King Edmund kam in die Jahre.

»Master Becket.« Es klang eine Spur kühl. Eitle Kirchenmänner in edlen Gewändern mussten damit rechnen, King Edmunds Missbilligung auf sich zu ziehen.

»Vater Edmund«, erwiderte Becket aufgeräumt. »Wie kommt Ihr mit Eurem Boethius voran?«

»Die Lektüre ist über die Maßen erbaulich. Aber meine Augen werden nicht besser, mein Sohn, darum ist es mühsam. Habt Ihr inzwischen endlich die Priesterweihe empfangen?«

Becket biss sich schuldbewusst auf die Unterlippe. »Immer noch nicht, fürchte ich. Ich weiß auch nicht. Ich habe nie die Zeit.«

»Was könnte wichtiger sein?«, konterte Edmund streng.

»Die Belange der Welt und die Wünsche des Erzbischofs sind natürlich *nicht* wichtiger«, musste Becket einräumen. »Aber es hat den Anschein, als würden sie all meine Zeit und meine Gedanken in Anspruch nehmen.«

»Vielleicht seid Ihr nicht berufen.«

»Der Gedanke ist mir auch schon gekommen.« Der Schalk war aus seinen Augen verschwunden. »Woran merkt man es, Vater Edmund? Wie kann ein Mann je sicher sein, dass er berufen ist?«

»Es gibt keine Sicherheit«, antwortete Edmund. »Das ist das Vertrackte, auch Berufung befreit nicht von Zweifeln. Aber Ihr spürt es, wenn Gott seinen Finger auf Euer Herz legt. Wenn es passiert, werdet Ihr es wissen.«

Becket nickte, ließ sich zurücksinken und trank versonnen einen Schluck. »Und habt Ihr nie mit Gott gehadert wegen des Opfers, das er Euch abverlangt hat?«

»Oh ja, das habe ich«, räumte King Edmund mit einem schmerzlichen kleinen Lächeln ein.

»Doch Ihr wart niemals versucht, ihm den Rücken zu kehren und davonzulaufen?«

»Gott kann man nicht davonlaufen, Master Becket. Denkt nur daran, was dem armen Jonas passiert ist, als er es versucht hat: drei Tage im Bauch eines Fisches.« Er schüttelte sich.

»Lieber das als gemartert und tot.«

»Lieber gemartert und tot als von Gott verlassen.«

»Tja.« Becket leerte seinen Becher. »Der Unterschied zwischen uns ist, mein Freund: Ihr seid ein Heiliger, und ich bin ein ganz gewöhnlicher Sünder.«

Bist du das wirklich?, fuhr es Alan durch den Kopf, der genau wie Miriam schweigend gelauscht hatte und diskret unter dem Tisch mit den schmalen Fingern seiner Frau spielte. Bela, die junge Magd, die ihnen Rosinen in Mandelmilch und neuen Wein auftrug, war ein so hinreißend schönes Mädchen, dass Alans Puls sich jedes Mal beschleunigte, wenn sie ihm unter die Augen kam. Und er war nicht der Einzige. Jeder Mann in seiner Halle folgte ihr mit mehr oder weniger verstohlenen Blicken. Nur Thomas Becket schien einfach durch sie hindurchzusehen.

»Vielleicht zieht er Männer vor, um seine Sünden zu begehen«, spekulierte Alan eine Stunde später im Schutz der geschlossenen Bettvorhänge.

Miriam schnalzte leise, hob den Kopf von seiner Schulter und bedachte ihn mit einem strafenden Blick. »Alan, wie kannst du nur.«

»Oh, ich weiß, bei euch ist es noch verbotener als bei uns – falls das möglich ist –, aber es kommt dennoch vor.«

»Nur weil Thomas Becket mehr Beherrschung besitzt als Lord Helmsby und dessen Mägde nicht mit lüsternen Blicken verfolgt, unterstellst du ihm, er lasse sich mit Männern ein?«

Alan zog verwundert die Brauen in die Höhe und richtete sich auf einen Ellbogen auf. »Höre ich eine verdeckte Unterstellung?«

»Mag sein.«

»Und wie lange, denkst du, werden wir verheiratet sein, ehe du anfängst, mir unumwunden zu sagen, was du meinst?«

Sie lächelte schwach. »Noch ein Weilchen länger, so scheint es.«

»Miriam ... Ich habe sie nicht angerührt. Gott, ich kann nicht fassen, dass wir diese Unterhaltung führen. Ich habe überhaupt keine andere Frau angerührt, seit wir verheiratet sind. Ich dachte, das wüsstest du.«

Sie sah ihm in die Augen, mit diesem geruhsamen, steten Blick, den niemand so beherrschte wie sie. »Ich war nicht sicher. Du hast es früher getan. Und jeder Mann in deiner Halle scheint es zu tun.«

»Unsinn ...«

»Manchmal, Alan, seid ihr immer noch Fremde für mich. Selbst du. Auch nach fünf Jahren.«

»Ich weiß. Mir geht es ebenso.« Er streckte sich wieder auf dem Rücken aus, boxte sein Kissen zurecht und zog seine Frau mit der anderen Hand näher. »Es hat mich nie gestört. Es gefällt mir, dass du ein ewiges Geheimnis bleibst. Wir kommen ganz gut zurecht, oder?« Schließlich hatte Miriam sich diesem Land und seinen Menschen immer verbunden gefühlt, auch schon bevor sie sich begegnet waren. Und seit sie mit ihm nach Helmsby gekommen war, hatten sie viele praktikable Kompromisse gefunden: Miriam hielt den Sabbat und die hohen jüdischen Feiertage ein, nahm aber ebenso an den Festen zu Weihnachten und Ostern in der Halle teil. Alan aß mit ihr koscher, sagte aber nicht Nein, wenn einer seiner Pächter ihm bei einem Besuch eine Scheibe Schinken anbot. Aaron hatte die Taufe empfangen und war zwei Tage später – zu Alans heimlichem Schrecken – in Norwich beschnitten worden. Wenn die Zeit kam, würden Josua und King Edmund ihn unterweisen, und eines fernen Tages würde Aaron seine Wahl treffen.

»Ja«, antwortete sie. »Wir kommen gut zurecht.«

»Ich glaube, jetzt höre ich Vorbehalte.«

»Nein.«

Alan seufzte. »Miriam …«

»Es ist … Moses' *Bar-mizwa* nächsten Monat. Mein kleiner Bruder wird ein Mann, und ich bin nicht dabei.«

»Dann lass uns hinreiten.«

»Du weißt, wie schwierig es ist. Wie die Leute im Judenviertel mich ansehen. Was sie hinter vorgehaltener Hand tuscheln. Mir macht es nichts, aber für meinen Vater ist es schrecklich.«

»Manchmal glaube ich, ihn quält vor allem die Sorge, das Getuschel und die bösen Blicke kränken dich. So seid ihr beide um des anderen willen bekümmert, und das ist albern. Wir reiten zu Moses *Bar-mizwa,* und bei der Gelegenheit könnte ich den Sheriff aufsuchen und in Erfahrung bringen, was er über Eustache de Boulogne hört. Was meinst du?«

»Vermutlich ist es das, was mir in Wahrheit zu schaffen macht: die Vorstellung, dass du wieder in den Krieg ziehst.«

»Und nicht wiederkomme und du mit deinen halb jüdischen, halb christlichen Kindern allein in einer Welt zurückbleibst, wo du nirgendwo richtig hingehörst.«

Sie regte sich unruhig. »Es klingt abscheulich, wie du es sagst. Selbstsüchtig und …«

»Keineswegs. Es ist eine berechtigte Sorge.«

»Ich glaube, wenn du in den Krieg ziehst und nicht wiederkommst, ist mir egal, was aus mir wird.«

Er drehte den Kopf und küsste sie auf die Schläfe. »Das ist sehr schmeichelhaft. Aber so darfst du nicht denken.«

»Nein. Ich weiß.« Sie strich mit dem großen Zeh über sein Bein. Er liebte es, wenn sie das tat, aber da sie erst vor einer Woche ein Kind bekommen hatte, konnte es heute leider zu nichts führen.

»Dein Vater würde dich und die Kinder aufnehmen, bis Aaron alt genug ist, sein Erbe anzutreten.«

»Das heißt, du wirst gehen?«

Alan legte beide Arme um sie. »Ja.«

Nach Regy hatte er sein Schwert für alle Zeiten aus der Hand legen wollen. Aber Simon – auf einmal so erwachsen geworden – hatte ihm ausgeredet, einen Eid zu schwören. *Du wirst ihn eines Tages brechen,* hatte er gewarnt. *Denn auch wenn der Krieg dich anwidert, willst du ihn immer noch gewinnen. Für deinen Vater, für Gloucester und für Henry.*

Er hatte ja so verdammt recht.

»Ich muss, Miriam. Die Menschen von East Anglia haben genug gelitten. Und wenn irgendwer hier in der Gegend Unheil stiftet, ist mein Cousin Haimon meist nicht fern. Ich kann nicht so tun, als ginge mich das nichts an.«

»Nein. Das verstehe ich.«

»Ich hoffe nur, Henry Plantagenet bemüht sich in absehbarer Zeit her und kümmert sich endlich selbst um seine Krone.«

Poitiers, Mai 1152

Nichts lieber als das hätte Henry getan, zumal die englischen Lords ihm im März eine verzweifelte Botschaft geschickt hatten: Wenn er nicht bald käme, könne es zu spät sein, da die Engländer anfingen zu glauben, er habe sie vergessen.

So rasch wie möglich hatte Henry seine Vasallen in Lisieux versammelt, ihnen seine Pläne unterbreitet und um ihre Unterstützung geworben.

In der Woche vor Pfingsten kam er endlich ins Poitou, die nördlichste von Aliénors vielen Grafschaften. Das hübsche, verschlafene Poitiers war die Hauptstadt, und die dortige Burg, wusste Simon zu berichten, gehörte zu Aliénors liebsten Domizilen.

»Jetzt verstehe ich auch, warum«, bemerkte Henry, blieb mitten im sonnenbeschienenen Innenhof stehen und betrachtete das Sammelsurium aus strohgedeckten Holzgebäuden und steinernen Türmen. Er wies auf den zur Rechten. »Nun schaut euch diese Figuren da oben an der Fassade an. Ich dachte, so etwas gibt es nur an Kirchen. Wunderschön.«

»Das ist der Maubergeonne-Turm«, erklärte Simon. »Aliénors Großvater hat ihn bauen lassen, um ihre Großmutter darin gefangen zu halten.«

»Er hat seine Frau eingesperrt? Was für ein Schuft.«

»Nein, nein, sie war nicht seine Frau, sondern die eines Vasallen. Der alte Guillaume hat sie gesehen, musste sie unbedingt haben, hat sie entführt und hierhergebracht. Ihr Name war Dangerosa. Es heißt, sie verfiel ihm rettungslos, und sie verbrachten ein paar stürmische Jahre miteinander. Irgendwann hat er seinen Sohn gezwungen, ihre Tochter zu heiraten, um die Wogen zu glätten. Das waren Aliénors Eltern.«

Henry grinste beeindruckt. »Fast so eine verrückte Familie wie meine.«

Simon erzählte ihm nicht, dass ein heiliger Eremit den liebestollen Herzog und seine Dangerosa verflucht und prophezeit hatte, all ihre Nachfahren sollten immer nur Unglück mit ihren Kindern haben. Jetzt war kaum der geeignete Zeitpunkt für diesen Teil der Geschichte, fand er.

Simon war nervös. Das war er nicht von sich gewohnt, denn ein kühler Kopf und starke Nerven waren die wichtigsten Eigenschaften für einen Mann in seiner Position. Aber die Rolle, die ihm hier zugefallen war, war ja auch höchst ungewöhnlich. Und er stellte fest, dass er sich sehr viel wohler dabei fühlte, im Schatten zu wirken, Geheimnisse zu ergründen und zu hüten, als vor den Augen der Welt eine höchst brisante Ehe zu stiften.

»Sind wir hier, um die Baukunst zu bewundern, oder wollen wir gehen?«, fragte er.

Henry setzte sich wieder in Bewegung und warf ihm einen Blick zu. »Warum so grantig, Merlin? *Du* musst sie doch nicht heiraten.«

Simon zog es vor, nicht zu antworten, sondern führte Henry stattdessen ins Innere des Turms, eine Marmortreppe hinauf und zu den Privatgemächern der Herzogin.

Die Wache ließ sie passieren, und eine der jungen Hofdamen meldete sie. Nach wenigen Augenblicken kam sie zurück. »Wenn Ihr Euch noch einen Moment gedulden wollt, Monseigneur.«

Henrys Miene wurde finster. »Ich bin ein schwerbeschäftigter Mann, Herzchen.«

Sie ging nicht darauf ein, sondern trat mit einem unverbindlichen Lächeln durch die Tür, die sie leise, aber bestimmt hinter sich schloss.

»Niedlicher Akzent und wundervolle Titten«, befand Henry. »Aber hochnäsig. Schade.«

Simon schüttelte den Kopf. »Sie ist alles andere. Alais de Langon. Ihr Vater ist der Kastellan von Bordeaux. Sie ist erst vor einem Jahr aus dem Süden hierhergekommen und spielt für die Herzogin die Laute.«

»Ah, und du bist entbrannt«, stellte Henry augenzwinkernd fest.

Simon hob mit einem kleinen Lächeln die Schultern. Er war natürlich nichts dergleichen. Allmählich beschlichen ihn Zweifel, ob er eines solchen Gefühls überhaupt fähig war, denn es war noch nie passiert. Aber Alais de Langon war ohne Zweifel ein Gottesgeschenk für einen einsamen Junggesellen wie ihn, und sie hatte ihm viele interessante Dinge über die Herzogin, ihr wundersames Land und seine noch viel wundersameren Bewohner erzählt.

Es verging mindestens eine halbe Stunde, bis sie zurückkam und sie mit sittsam gesenktem Blick hereinbat.

»Ich wollte gerade wieder gehen«, knurrte Henry und trat mit langen Schritten an ihr vorbei über die Schwelle. »Das ist kein guter Anfang, Aliénor. Wenn du glaubst, du kannst ...« Er verstummte abrupt.

»Mon très cher Henri«, grüßte die Herzogin, und ein Lächeln lag in ihrer warmen Stimme. »Entschuldige, dass ich dich warten ließ.«

Sie saß auf einem Möbelstück, wie Simon es nie zuvor gesehen hatte: niedrig wie ein Sessel, lang wie ein Bett, übersät mit sahneweißen Seidenkissen in allen nur denkbaren Größen. Simon fand, es wirkte orientalisch. Und sündig, fügte er mit einem unterdrückten Grinsen hinzu.

Gemeinsam mit Alais war er Henry in Aliénors Gemach gefolgt, um den Anstand zu wahren. Unauffällig setzte er sich zu der jungen Hofdame auf die Fensterbank und beobachtete, wie Henry und Aliénor einander in Augenschein nahmen.

»Ich würde sagen, das Warten hat sich gelohnt«, bekannte der junge Herzog.

Aliénor trug eine Seidenkotte von der gleichen Farbe wie die Kissen, die sie umgaben, ein ärmelloses, goldbesticktes Überkleid aus mitternachtsblauem Tuch und die scharlachroten Amazonenstiefel, für die sie berühmt war. Exakt den gleichen Ton hatte ihre Lippenschminke. Goldreifen in jeder denkbaren Breite und Machart klimperten an beiden Armen. Ein Diadem aus Perlen und Topasen hielt ihr duftiges *Couvre-chef*, an den Ohren baumelten Perlengehänge.

»Es gefällt dir?«, erkundigte sie sich.

Henry legte den Kopf schräg und nickte dann. »Es ist … exotisch. Ich habe noch nie so rote Lippen gesehen. Oder Schuhe. Ich kann mir nicht vorstellen, dass es viele Frauen gibt, die sich das erlauben könnten, ohne auszusehen wie die Konkubine des Kalifen von Bagdad, aber du siehst aus wie eine Königin.«

»Danke.« Sie ließ ihn nicht aus den Augen, ihre Miene eigentümlich ernst, ihre Haltung reglos. »Setz dich zu mir.«

Er kam der Aufforderung nach, bemerkte aber: »Ich fürchte, ich wirke neben dir ein bisschen schäbig in meiner Jagdmontur.« Er wies auf sein erdbraunes Gewand und die abgewetzten Stiefel. Wie üblich war seine Kleidung schlicht und abgetragen, wie üblich peinlich sauber.

»Zumindest ist dein bescheidenes Gewand sehr fachmännisch geflickt«, neckte sie.

»Hm. Das mache ich selbst, weißt du.«

»Ist das wahr?« Sie schien ehrlich verblüfft.

»Ungefähr die einzige Betätigung, bei der ich so etwas wie Geduld aufbringen kann.« Für einen Moment wirkte er beinah verlegen. Dann breitete er kurz die Hände aus. »Jedenfalls habe ich mir gedacht, besser, ich zeige dir, wie ich wirklich bin. Darum der Aufzug.«

Aliénor nickte. »Das Gleiche habe ich auch gedacht. Darum der Aufzug.«

»Ich könnte mich an das gewöhnen, was ich sehe«, gestand er lächelnd.

Simons Nervosität ließ nach. Henrys Lächeln hatte exakt die richtige Dosierung, fand er. Weder schüchtern noch gar zu siegesgewiss.

Aliénors Haltung entspannte sich ein wenig. Sie löste die ineinander verschränkten Finger, die ruhig in ihrem Schoß gelegen hatten, ergriff einen der goldenen Pokale auf dem Tisch und reichte ihn ihrem Gast. »Du hast dich verändert seit unserer letzten Begegnung.«

»Inwiefern?«, fragte er über den Rand des Bechers hinweg und nahm einen ordentlichen Zug.

»Du warst ein kleiner Angeber.«

Er hob unbeeindruckt die Schultern. »Und du ein arrogantes Miststück. Das fördert nie meine schöneren Eigenschaften zutage.«

Sie nahm seine Beleidigung ebenso gelassen wie er ihre. »Es schien der einzige Weg, dich auf Distanz zu halten. Dich ebenso wie deinen Vater. Die Dinge waren kompliziert genug. Es tut mir übrigens leid, dass er gestorben ist.«

»Ah ja? Fehlt er dir?« Mit einem Mal war Henry derjenige, der sie reglos belauerte.

Aliénor ergriff den zweiten Becher. Die Goldreifen klimperten, als sie trank, der Ärmel rutschte ein Stückchen nach oben und gab den Blick auf einen muskulösen, lilienweißen Unterarm frei. »War es sein Tod, der dich erwachsen gemacht hat?«

»Ich glaube nicht, dass ich das bin oder je sein werde. Im Grunde verändere ich mich niemals. Ich bin wie ein Fluss: immer anders und doch immer derselbe.«

»Und rastlos.«

»Oh ja.«

»Was sonst?«

»Ungestüm, stur, jähzornig, manchmal nachtragend. Und du?«

»Genau die gleichen Dinge. Und eine Frau mit Vergangenheit. Du solltest dir gut überlegen, ob du damit leben kannst, denn meine Vergangenheit ist ein Teil von mir. Ich schäme mich nicht dafür, und ich werde dir keine Rechenschaft darüber ablegen.«

Henry dachte einen Moment nach und trank noch einen Schluck. »Solange deine Vergangenheit mir nicht irgendwann um die Ohren fliegt, soll sie mir gleich sein«, antwortete er schließlich. »Aber wenn du mich je betrügst – ganz gleich in welcher Weise –, mach ich dir das Leben zur Hölle.«

Sie senkte die Lider und hatte offenkundig Mühe, ein Lächeln zu unterdrücken. »Und du? Wirst du mir treu sein?«

»Vermutlich nicht.« Ungeniert ließ er den Blick über ihre Erscheinung gleiten, verharrte einen Moment auf ihrem großzügigen Dekolleté, kehrte dann zu ihrem Gesicht zurück. »Obwohl ich keine Frau kenne, die sich mit dir messen könnte.«

Sie hob abwehrend die Hand und wandte den Kopf ab. »Das kannst du dir sparen.« Es klang frostig.

Simon und die junge Alais wechselten einen beunruhigten Blick.

Henry ergriff Aliénors Hand, nahm sie in seine beiden und rückte ein wenig näher an sie heran. »Ich habe gesagt, ich will dir den zeigen, der ich wirklich bin, also werde ich dich auch nicht anlügen. Ich war noch nie verheiratet. Die Erfahrungen der Vergangenheit legen indes den Schluss nahe, dass ich ein treuloser Lump von einem Gemahl sein werde. Aber wenn du mich trotzdem nimmst, werde ich dir die Welt zu Füßen legen. Ich meine das wörtlich, verstehst du. Ich werde England bekommen, und zusammen werden du und ich mächtiger sein als jeder andere Herrscher der Christenheit. Und wir werden Söhne bekommen, denen wir hinterlassen können, was wir erschaffen. Du und ich gemeinsam. Vermutlich wird es Tage geben, da du mich verfluchst, aber ich schwöre bei den Augen Gottes, Aliénor, du wirst dich nie wieder langweilen. Also, was sagst du? Wirst du mich heiraten?«

Sie schaute ihn an, und als sie den Kopf bewegte, fiel ein Sonnenstrahl auf ihren rechten Ohrring und ließ die Perlen aufleuchten. Mit ernster Miene betrachtete die Herzogin von Aquitanien den so viel jüngeren Mann vor sich, ebenso schamlos, wie er es mit ihr getan hatte. Dann verzog der unverschämt rote Mund sich zu einem Lächeln. »Ich werde dich heiraten, Henry. Aber wenn du mich je betrügst – ganz gleich in welcher Weise –, mach ich dir das Leben zur Hölle.«

Er lachte leise, legte die linke Hand an ihren Schwanenhals und liebkoste mit dem Daumen ihre Wange. »Erst musst du mich erwischen.«

Blitzschnell drehte sie den Kopf und nahm seinen Daumen zwischen die Zähne. Offenbar biss sie ordentlich zu, denn Henry zog scharf die Luft ein.

Aliénor ließ von ihm ab und sank scheinbar zufällig ein

wenig tiefer in die Kissen hinab. »Alle Männer, die mich unterschätzt haben, haben diesen Fehler bitter bereut, *mon amour.* Die meisten sind tot. Aber ich lebe noch.«

Henry legte die gemaßregelte Hand um ihren Oberarm, strich behutsam darüber und packte dann fest zu. Er betrachtete seine Braut, und seine Augen leuchteten. »Und was ist dein Geheimnis?«, fragte er.

»Ich war stärker als sie.«

Er lachte leise. »Wonach schmeckt dein Lippenrouge?«

»Probier doch mal.«

Er beugte sich über sie und lag schon halb auf ihr, als er die Lippen auf ihre presste. »Und denkst du, du bist auch stärker als ich?«, murmelte er.

»Ich würde es zu gern herausfinden.«

Simon glitt von der Fensterbank und nahm Alais bei der Hand. Lautlos schlüpften sie durch die Verbindungstür in die behagliche Kammer, die die junge Hofdame mit einigen ihrer Gefährtinnen teilte. Niemand war dort.

»Warum sind wir gegangen? Sie hätten uns ein denkwürdiges Schauspiel gegeben«, neckte sie ihn.

Todsicher, dachte Simon. »Zuschauen reicht mir aber nicht«, entgegnete er. Er war ein wenig atemlos.

Alais schlang die Arme um seinen Hals und presste sich an ihn. »Das trifft sich gut«, murmelte sie.

Simon wusste, jeden Moment mochte eine der anderen Damen oder eine Magd hereinkommen, aber er konnte nicht warten. Während er seine Hosen aufschnürte, dirigierte Alais ihn zum Fenstersitz, drängte ihn darauf nieder, raffte die Röcke und kletterte auf seinen Schoß. Mit einem gehauchten »Na endlich« ließ sie sich auf ihn niedergleiten.

Simon schloss die Augen, legte die Hände um ihr wundervolles, dralles Hinterteil und ließ den Kopf zurück gegen die Mauer sinken. Alles an Alais war drall und rund, und ihre Brüste waren in etwa so, wie er sich das Paradies vorstellte. Doch dieses Mal blieb keine Zeit, sie aus den Kleidern zu schälen. Ihre Bewegungen wurden schneller, und Alais fing an zu stöhnen. Er packte fester zu, spürte ihre kräftigen kleinen Finger, die sich an seinen Schultern festkrallten, ließ sich willig von ihr reiten und lauschte ihrer Stimme. Als sie kam, schrie sie. Für gewöhnlich war ihm der Gedanke unangenehm, dass alle Welt sie hören könnte, aber heute war ihm alles gleich. Er ließ sich von der Bank auf die Knie gleiten, legte Alais ins Bodenstroh, und dann stieß er in sie hinein, schneller und immer schneller, bis sie wieder anfing zu jauchzen, und dann kam er selbst.

Reglos blieben sie noch einen Moment liegen. Simon hatte sich auf die Ellbogen gestützt und vergrub die Nase in ihrem Haar, das immer nach Veilchen duftete. Als ihr Keuchen nachließ, hörten sie unschwer zu deutende Laute aus dem Nachbarraum.

Simon und Alais lachten leise, wie Verschwörer.

»Sie sind noch nicht fertig«, bemerkte sie.

Er lächelte auf sie hinab. »Wir auch nicht.«

»Oh. Gut.« Sie kuschelte sich unter ihm zurecht, verschränkte die Arme in seinem Nacken, und dann sah sie ihn aus großen, dunklen Augen treuherzig an. »Es ist ein Jammer, dass du mich nicht liebst, Simon de Clare. Du wärst ein Mann zum Heiraten.«

»Und ich dachte immer, Liebe sei nur etwas für eure aquitanischen Troubadoure und Heiraten hätte mit Vernunft zu tun.«

Sie ruckte vielsagend den Kopf zur Tür. »Sie beweisen gerade das Gegenteil. Keiner von beiden hat auch nur einen Funken Vernunft im Leib.«

»Stimmt.«

»Vielleicht könnten du und ich …«

Er legte einen Finger auf ihre Lippen und schüttelte den Kopf.

Sie seufzte. »Schade.« Dann nahm sie die Unterlippe zwischen die Zähne. »Würdest du mich heiraten, wenn ich dir verrate, ob sie etwas mit seinem Vater hatte oder nicht?«

Für einen Lidschlag war Simon versucht, darauf einzugehen. Es hatte ihn schier verrückt gemacht, dass es ihm nicht gelungen war, die Wahrheit zu ergründen, hatte gewissermaßen seine Ehre als Jäger von Geheimnissen verletzt. Aber im letzten Moment siegte sein Verstand. Kein Geheimnis war solch ein Opfer wert. Dieses ganz sicher nicht.

Er strich Alais die feuchten schwarzen Locken aus der Stirn und küsste sie auf die Nasenspitze. »Dafür ist es jetzt zu spät, mein Engel. Selbst wenn ich es wüsste, würde es nichts mehr ändern, und darum ist es mir lieber, ich weiß es nicht.«

Sie schnaubte leise. »Ich wette, das ist eine Lüge. Es würde dir solche Macht in die Hände geben, es zu wissen.«

»Und mir vermutlich den Schlaf rauben. Nein, danke.«

»Aber was wäre …«

Er schüttelte den Kopf und fing an, ihr Kleid aufzuschnüren. »Genug geredet, Madame.«

Am Pfingstsonntag, dem achtzehnten Mai im Jahre des Herrn 1152, heirateten der Herzog der Normandie und die Herzogin von Aquitanien in der Kathedrale Saint-Pierre zu Poitiers, und für zwei Menschen, die es so genossen, Aufsehen zu erregen, war es eine bemerkenswert stille Hochzeit. Simon de Clare, Godric und Wulfric und eine Handvoll von Henrys Freunden und Rittern sowie Aliénors Hofdamen und ihr Haushalt in Poitiers waren die Einzigen, die der Trauung und der anschließenden Messe beiwohnten. Weder ihre Schwester noch seine Mutter waren geladen, denn Boten mochten abgefangen werden, und dem Brautpaar war daran gelegen, die Vermählung bis nach der Hochzeit geheim zu halten, weil sie es versäumt hatten, König Louis' Erlaubnis einzuholen, der nicht nur bis vor zwei Monaten Aliénors Gemahl gewesen, sondern auch ihrer beider Lehnsherr und obendrein Aliénors Vormund war. Er würde die Erlaubnis ja doch niemals geben, hatte Henry angeführt, also wozu fragen?

Das anschließende Bankett in der Halle des Maubergeonne-Turms wurde ein rauschendes Fest. Auch wenn die Gesellschaft klein war, so waren die Speisen doch reichlich und exzellent und die Weine erlesen. Nach dem Essen spielten die besten

Musiker zum Tanz auf, die Simon je gehört hatte, und ein junger Troubadour trug ein langes Gedicht vor.

»Es klingt sehr hübsch«, lobte Godric mit unverkennbarer Ungeduld. »Aber leider versteh ich kein Wort.«

»Es ist Okzitanisch«, erklärte Simon mit gedämpfter Stimme.

»Ah.« Selbst Godric wusste, dass die Menschen im südlichen Aquitanien kein Französisch sprachen, sondern ihre eigene Sprache. Sie war der ihrer nördlichen Nachbarn nicht gänzlich unähnlich, hatte aber doch ihren ganz eigenen Klang und Charakter, und die berühmten Troubadoure rümpften die Nase über das Französische.

»Man versteht es besser, wenn man es liest«, fuhr Simon fort.

Wulfric schlürfte genüsslich eine Auster. »Die Leute in Aquitanien sind überhaupt anders, hab ich gehört. Sie lieben nichts mehr, als sich gegenseitig die Köpfe einzuschlagen, wenn sie nicht gerade dichten, sie stehen auf freundschaftlichem Fuß mit den Juden und Mauren in Spanien, und ihre Frauen sind heißblütig und nehmen's nicht so genau mit der Moral.« Er grinste. »Das klingt nach einem wundervollen Land.«

Simon blickte nachdenklich zu der Tafel auf der Estrade hinüber, wo Henry und Aliénor allein saßen und turtelten. Ein schimmernd weißes Damasttuch bedeckte den Tisch, der verschwenderisch mit Gold- und Silbergeschirr eingedeckt war. »Gut möglich, dass wir bald Gelegenheit bekommen, Land und Leute kennenzulernen.«

»Glaubst du wirklich?«, fragte Godric mit leuchtenden Augen.

»Nun, der Grund, warum Henry sie geheiratet hat, war, um mit aquitanischen Truppen, Schiffen und Ausrüstung England zu erobern. Vermutlich ist ihm das im Moment entfallen, aber er wird sich schon noch daran erinnern.«

»Nicht vor morgen früh«, warf Godric anzüglich ein.

»Wir können froh sein, wenn es nicht länger dauert.«

In der Woche seit ihrer Ankunft in Poitiers hatte man weder

Henry noch Aliénor besonders häufig gesehen. Nur wenn man in einen abgelegenen Winkel der Burg kam, musste man damit rechnen, über sie zu stolpern. Und Alais, die schamlos an der Tür zu Aliénors Gemach lauschte, berichtete, das Brautpaar gönne sich auch nächtens kaum ein paar Stunden Schlaf …

»Und werden die Aquitanier ihm die Truppen geben?«, fragte Godric weiter. »Es heißt ja, sie mögen die Franzosen nicht sonderlich.«

»Aber sie beten ihre Herzogin an. Was ihnen über alles geht, ist ihre Unabhängigkeit, und die macht Henry ihnen ja nicht streitig. Er wird mit seiner Gemahlin gemeinsam ihre Vasallen besuchen – man könnte auch sagen, abklappern – und um ihre Unterstützung werben.«

»Wann?«

Simon hob die Schultern. »Besser morgen als übermorgen, bedenkt man, wie es um England steht, aber ich weiß es nicht. Es wird davon abhängen, was König Louis tut, schätze ich.«

»Und? Was, glaubst du, wird er tun, wenn er hiervon erfährt?«

Simon zog mit einer Austernschale versonnen Muster ins Tischtuch. »Er wird bitterlich weinen«, sagte er. »Und dann wird er König Stephen und dessen Kronprinz Eustache – der sein Schwager ist – immerwährende Freundschaft schwören.«

Norwich, Juli 1152

»Großvater!«

»Aaron!« Lachend breitete Josua ben Isaac die Arme aus und fing seinen kleinen Enkel auf, der ungestüm zu ihm hochsprang.

Auch Ruben, David und Moses erhoben sich von der festlich gedeckten Tafel im Garten unter dem Baldachin, um die Ankömmlinge zu begrüßen. Esther hielt ihren kleinen Sohn auf dem Schoß und zeigte ihnen wie üblich die kalte Schulter.

Miriam legte ihrem jüngeren Bruder die Hände auf die Schultern und betrachtete ihn voller Stolz. »*Bar-mizwa*. Nicht zu fassen. Der Herr segne und behüte dich auf all deinen Wegen, Moses.«

»Danke, Miriam.« Der junge Mann senkte ein wenig verlegen den Blick.

»Und hast du deine Sache gut gemacht bei der Lesung in der Synagoge?«

»Das hat er«, versicherte ihr Vater stolz, der immer noch den kleinen Aaron auf dem Arm hielt. Er zwinkerte ihm zu. »Nur noch neun Jahre. Dann bist du an der Reihe.«

Er ließ es sich nicht nehmen, Alan einen herausfordernden Blick zuzuwerfen.

Der hatte sich längst abgewöhnt, Josuas Köder zu schlucken. Das werden wir ja sehen, dachte er, doch was er sagte, war lediglich: »Gibt es irgendetwas zu tun?«

Bar-mizwa – die Zeremonie, die aus einem Knaben einen Mann und ein vollwertiges Mitglied der jüdischen Gemeinde machte – wurde immer am Sabbat gefeiert. Das bedeutete einerseits, dass die Familie Zeit und Muße hatte, das große Ereignis gebührend zu begehen, stellte die Frauen aber vor die Herausforderung, das ganze Festmahl am Tag zuvor zubereiten zu müssen.

»Du könntest für euch eine Bank aus der Küche holen«, schlug sein Schwiegervater vor. »Es ist nicht verboten, aber dein Kreuz ist jünger als meins, mein Sohn.«

Wortlos wandte Alan sich ab. Es rührte ihn, wenn Josua ihn so nannte, aber er wollte verdammt sein, wenn er sich das anmerken ließ. Er schaffte die schlichte Holzbank herbei, auf der er sich mit seiner Frau und seinem Sohn niederließ, und sie lauschten Moses' ausführlichem Bericht von der Feier in der Synagoge.

Als sein Sohn schließlich zum Ende gekommen war, erkundigte Josua sich nach dem Befinden der kleinen Judith, die sie in Helmsby bei der Amme gelassen hatten, und Alan überließ es Miriam, zu antworten. Er erfreute sich an ihrem Anblick, an der

Wärme und Lebhaftigkeit, mit der sie von ihrer kleinen Tochter sprach, und dem Hauch von Genugtuung, der ihrer ungeliebten Schwägerin galt, die seit der Geburt ihres Isaac einfach nicht mehr schwanger wurde. Es tat ihm gut, wieder im Kreis dieser Menschen zu sein, stellte er fest. Aaron und Isaac verzogen sich bald in einen Winkel des Gartens, um dort vermutlich irgendwelchen Unsinn anzustellen, und die Erwachsenen blieben am Tisch, redeten und schmausten, bis die Schatten lang wurden und die kupferfarbene Sonne im Westen vom nahenden Ende des Sabbats kündete.

»Wie steht es in Helmsby?«, fragte Ruben schließlich. »Wir hörten, es gab Unruhen in eurer Gegend?«

Alan nickte. »Eustache des Boulogne – er ist Stephens Kronprinz – hat ein paar Dörfer in den Fens überfallen. Mit Unterstützung meines Cousins Haimon, der sich in Fenwick eine Burg gebaut hat, von wo aus sie operierten. Ich bin mit meinen Männern hingeritten, aber als ich ankam, waren sie auf einmal verschwunden, alle beide.«

Ruben schnaubte belustigt. »Der Name Alan of Helmsby sät eben immer noch Furcht in den Herzen seiner Feinde …«

»Ein hübscher Gedanke, nicht wahr«, entgegnete Alan. »Aber so war es nicht. Sie haben jeden bewaffnet, der zwei Hände und Füße hatte, und sind nach Frankreich gezogen.«

Das hatte Susanna ihm erzählt. Mit stolzgeschwellter Brust hatte sie auf dem Wehrgang über dem Torhaus von Haimons illegal errichteter Burg gestanden und ihre Tiraden auf ihren einstigen Gemahl niedergeschleudert. Alan hatte im eisigen Dauerregen auf der anderen Seite des Grabens auf seinem Pferd gesessen, die eingezogene Brücke angestarrt und Susanna mit zunehmendem Schrecken gelauscht: Louis von Frankreich hatte Eustache de Boulogne mit allen verfügbaren Männern nach Frankreich gerufen, um in die Normandie einzufallen und sie Henry Plantagenet zu entreißen, der sein Land verwirkt habe, da er sich mit seiner unerlaubten Heirat gegen seinen König und gegen Gott aufgelehnt habe.

»Und Eustache ist nicht der Einzige, der sich Louis angeschlossen hat«, berichtete Alan weiter. »Auch Henrys Bruder Geoffrey und der Graf von Blois – die die sagenhafte Aliénor beide selbst gern geheiratet hätten – haben sich auf seine Seite geschlagen.«

Es war einen Moment still. Dann bemerkte Josua: »Das klingt, als stünde es schlecht für den jungen Henry.«

»Ja, das dachte ich auch. Bis Simon de Clare mir vor zwei Tagen Nachricht schickte: Henry war mit rund zweitausend Mann in Barfleur, um sich nach England einzuschiffen, als ihn die Neuigkeiten erreichten. Und er war nicht sonderlich erbaut von dieser neuen Verzögerung.« Er lächelte flüchtig. Er konnte sich seinen hitzköpfigen Cousin lebhaft vorstellen. »Er hat seine Truppen wieder von Bord geführt, ist Louis entgegengezogen und hat ihn aus der Normandie gefegt. Er hat das Vexin verwüstet und schließlich seinem Bruder Geoffrey seine drei Burgen abgenommen. Als die letzte fiel, hat Geoffrey die Nerven verloren und Henry um Vergebung angefleht. Louis ist zurück nach Paris gekrochen, wo er seither mit Fieber darniederliegt, und hat dem Waffenstillstand zugestimmt, zu dem die Bischöfe ihn drängten.« Er breitete kurz die Hände aus. »Henry hat seine Feinde … in den Staub getreten.«

»Und ich sehe, du bist stolz auf den Triumph deines jungen Verwandten. Zu Recht«, befand Josua. »Aber es klingt nicht so, als werde er in absehbarer Zeit herkommen können, oder? Sicher braucht er neue Truppen und so weiter.«

Alan nickte. »Zum Glück hat er ja reich geheiratet.«

Am nächsten Morgen begleitete er Josua und David zum Hospital. Es war ein herrlicher Sommersonntag, und die Glocken der Kathedrale riefen zur Messe. Alan kehrte dem Klang schweren Herzens den Rücken und trat mit seinem Schwager und seinem Schwiegervater durch das gut gesicherte Tor in eine Welt, wo von Sonntagsfrieden nicht viel zu spüren war, denn hier ging es immer lebhaft zu.

Das Hospital war indes kein Ort des Schreckens. Rund dreißig Kranke waren in dem großzügigen steinernen Haupthaus untergebracht. Die Hälfte waren harmlose Schwachköpfe und Verwirrte, die auf Strohlagern in der Halle schliefen, ihre Mahlzeiten dort an einem langen Tisch einnahmen und teilweise sogar bei der Pflege von Haus und Anlage halfen. In der Halle herrschte immer Radau, aber meist ging es friedlich zu, und die Lehrlinge und Gehilfen, die der jüdische Arzt beschäftigte, sorgten für Ordnung, ohne Angst und Schrecken zu verbreiten. Die andere Hälfte der Patienten – eine Handvoll Frauen und die schweren Fälle – bewohnten die beiden oberen Geschosse des Hauses. Nicht wenige von ihnen waren eingesperrt. Manchmal hörte man Schreie und Weinen von dort oben, aber nicht, weil hinter verschlossenen Türen irgendwer in Fesseln lag oder geprügelt wurde.

Alan stand am Eingang zur Halle, eine Hand am Türpfosten, und ließ den Blick über die Bewohner schweifen, die bei einem Frühstück aus dicker Hafergrütze saßen. Manche bewarfen sich auch damit. Dennoch schien Alan der Raum sauberer als sonst, und noch während er rätselte, woran das liegen mochte, sagte eine Stimme hinter ihm auf Französisch: »Vergebt mir, Monseigneur, aber Ihr steht im Weg.«

Er wandte sich um und fand sich Auge in Auge mit einer jungen Frau in einem dunklen Kleid mit Schleier. Sie hatte die Ärmel aufgekrempelt und hielt einen Ledereimer in der Linken.

»Was in aller Welt tut eine Nonne in einem jüdischen Hospital, Schwester?«, fragte er entgeistert.

»Das Werk des Herrn«, gab sie zurück. »Was denn sonst. Darf ich?«

Er machte ihr Platz.

Sie trat an ihm vorbei in die Halle, stellte den Eimer ab und stemmte die Hände in die Seiten. »Cedric, willst du wohl aufhören mit dem Unsinn?«, rief sie. »Glaubst du, der liebe Gott versorgt dich mit Grütze, damit du sie auf den Boden schüttest?«

Es war ein urkomisches Kauderwelsch – halb Englisch, halb Französisch –, aber der Gescholtene verstand sie offenbar sehr gut. »Nein, Schwester Beatrice«, antwortete er kleinlaut, setzte sich hin, senkte den Kopf und versteckte die Hände unter den Oberschenkeln.

Sie fischte ein Tuch aus dem Eimer, wrang es aus und trat an den Tisch. Im Vorbeigehen fuhr sie Cedric über den Schopf. »Iss, mein Junge. Damit du groß und stark wirst und nächsten Sonnabend beim Wettlaufen wieder der Schnellste bist.«

Er zog die Hände hervor, griff nach seinem Löffel und strahlte sie an.

Schwester Beatrice zwinkerte ihm zu und machte sich dann daran, denjenigen, die schon aufgegessen hatten, mit ihrem Tuch die Hände und – soweit nötig – die Gesichter zu waschen.

Alan beobachtete sie mit einem Lächeln.

»Ist sie nicht großartig?«, fragte Josua leise neben ihm. »Ein wahres Gottesgeschenk.«

»Wer ist sie? Und wie kommt sie hierher?«

»Sie kam vor einem Monat mit zwei Schwestern aus einem Kloster in Frankreich. Ein höchst ungewöhnliches Kloster, scheint mir, Männer und Frauen leben dort, aber es wird von einer Frau geführt.«

»Fontevrault?«

»Du hast davon gehört?«

»Simon hat mir davon berichtet. Eine Zufluchtsstätte für adlige Witwen ebenso wie ledige Mütter aus dem Volk. Aber ich wusste nicht, dass die Schwestern in die Welt hinausziehen und gute Werke tun.«

»Offenbar tut dort jeder, was er für richtig hält. Oder sie. Die Schwestern verraten mir nicht, wie sie von unserem Hospital erfahren haben, aber ich habe auch schon an Simon de Clare gedacht. Jedenfalls stört es sie nicht, Seite an Seite mit zwei Juden zu arbeiten. Sie sind geduldig und nachsichtig mit den Kranken, haben keine Angst vor harter Arbeit oder schwierigen Fällen. Sie verbreiten Zuversicht und Frohsinn. Es ist unglaublich.«

Schwester Beatrice kam zurück. »Ich sag's ungern, Monseigneur, aber Ihr steht schon wieder im Weg.«

Lächelnd trat Alan beiseite.

»Er ist der Stifter und Gönner dieses Hauses, Schwester Beatrice«, eröffnete Josua ihr. »Es empfiehlt sich nicht, ihn herumzukommandieren.«

Sie stellte ihren Eimer ab. »Ist das wahr? Ihr seid Alan of Helmsby?«

»Ihr kennt meinen Namen?«

Sie lächelte geheimnisvoll. »Was Ihr hier tut, wird der Herr Euch im Himmel lohnen.«

»Das ist äußerst zweifelhaft, Schwester. Vermutlich sieht er es nicht einmal. Ich bin exkommuniziert.«

Seltsam ungeniert für eine Nonne legte sie ihm die Hand auf den Arm. »Jesus liebt Euch trotzdem, seid versichert, denn er kann in Euer Herz schauen. Wenn Ihr ihm einen wirklichen Gefallen tun wollt, kauft uns ein Dutzend neuer Wolldecken. Unsere werden löchrig und dünn, und der nächste Winter kommt bestimmt.«

»Einverstanden.«

Sie nahm ihren Eimer wieder auf, verabschiedete sich und eilte geschäftig davon.

Alan sah ihr nach, warf noch einen Blick in die Halle, die heute so hell und sauber wirkte, und fühlte Befriedigung. Es fiel ihm keineswegs leicht, das Geld für den Unterhalt dieses Hauses aufzubringen, aber wann immer er herkam, erkannte er aufs Neue, dass er es für keinen besseren Zweck hätte ausgeben können. Zwei der jungen Männer, die sich daranmachten, die Frühstücksschalen einzusammeln, hatten das gleiche Leiden wie Oswald. Sie verrichteten ihre Aufgabe mit Eifer, und als der eine etwas sagte, lachte der andere. Sie waren hier in Sicherheit und lebten ein menschenwürdiges Dasein, genau wie die anderen, von denen dieser und jener stumpfsinnig vor sich hin starren mochte, und dennoch wohnte eine Seele in seinem Innern. Der Abt von St. Pancras leugnete das, aber Alan wusste es besser. So wie Josua es besser wusste, der seine Patienten mit Respekt behandelte und seit der Eröffnung dieses Hauses fünf von ihnen geheilt entlassen hatte.

Alan begleitete ihn ein Stück den überdachten Säulengang

entlang. »Du hast kein Geld für neue Decken?«, fragte er. »Warum hast du nichts gesagt?«

»Um dir und meiner Tochter und meinen Enkeln nicht das Brot vom Tisch zu stehlen. Du bringst genug Opfer, Alan. Ruben kann die Decken bezahlen. Er wird von Jahr zu Jahr reicher.«

»Trotzdem. Dieses Hospital ist meine Obliegenheit. Ich will, dass du mich wissen lässt, wenn es hier an irgendetwas mangelt.«

»In dem unwahrscheinlichen Fall, dass ich einmal ratlos bin, werde ich es tun«, stellte Josua in Aussicht. Dann wies er mit dem Finger zum Springbrunnen hinüber. »Da. Sieh ihn dir an.«

Alan trat aus dem Schatten auf den sonnigen Rasen und ging zum Brunnen hinüber. »Luke.«

Der Angesprochene hob den beinah kahlen Kopf, und als er seinen Besucher erkannte, schenkte er ihm ein zahnloses Lächeln. »Losian! So eine Freude.« Er hatte Alans richtigen Namen vergessen, so wie die meisten Dinge.

Lukes Krankheit hatte sich völlig anders entwickelt, als Josua vorhergesehen hatte. Woran du erkennen kannst, wie ahnungslos wir in Wahrheit sind, hatte er seufzend eingeräumt. Die Trennung von den Gefährten in Helmsby und die Unfreiheit, in der Luke hier lebte, hatten ihm nicht den Rest gegeben, wie sie alle befürchtet hatten. Sein Zustand hatte sich vielmehr von Monat zu Monat gebessert. Die Schlange war immer seltener erwacht, hatte nach und nach ihre Macht über ihn verloren, und inzwischen hatte er auch sie vergessen.

Alan hockte sich vor ihn ins Gras und reichte ihm das Bündel, das er trug. »Hier. Ich habe dir etwas mitgebracht.«

Freudestrahlend wie ein Kind öffnete Luke den Knoten, schlug das Tuch zurück und enthüllte ein halbes weiches Weißbrot, ein Stück von dem besten Käse, den sie in Helmsby herstellten, und einen verschlossenen Krug. Er hob ihn an, entfernte die Wachsversiegelung mit dem Daumennagel und schnupperte. »Oh, Jesus … Bier.«

Alan schmunzelte. »Wohl bekomm's.«

Luke nahm einen tiefen Zug. Sein Hals war mager geworden, der Adamsapfel hingegen riesig. Er glitt mehrmals auf und ab, ehe der alte Mann den Krug absetzte und sich selig lächelnd über die Lippen fuhr. »Wunderbar. Wie geht es den anderen?«

Alan berichtete von Oswald und King Edmund und das wenige, was er von Simon und den Zwillingen wusste. Er erzählte Luke bei jedem Besuch das Gleiche, aber das machte nichts, denn Luke vergaß es sofort wieder.

»Und was ist mit Griff?«

Alan schüttelte den Kopf. »Er ist gestorben, Luke. An der Schwindsucht. Du hast seine Schuhe bekommen, weißt du noch?«

Luke schaute unwillkürlich auf die ausgetretenen Filzpantoffeln an seinen Füßen. »Hm. Viel ist nicht mehr damit los.«

»Es waren nicht diese hier. Aber die Schuhe, die du bekommen hast, sahen noch schlimmer aus. Wir waren furchtbar arm.«

Luke nickte. »Ich weiß noch. Immer ausgehungert, und im Winter haben wir gefroren.«

»Das ist jetzt vorbei.«

»Weil du uns gerettet hast.«

»Oh nein, Luke. Wir alle haben uns gegenseitig gerettet.«

Der alte Mann richtete den Blick auf das Wasser des Brunnens, das funkelnd über den Rand der Schale in das tiefere Becken floss. »Ich glaube, das ist das Schönste, was ich im Leben je gesehen hab.«

Alan nickte.

Luke nahm das Brot in die rechte Hand, den Käse in die linke, biss von beidem ab und kaute genüsslich. Falls man es denn Kauen nennen konnte. Dann gab er ein Brummen des Wohlbehagens von sich. »Sag mir die Wahrheit, Losian. Bin ich tot? Ist das hier das Paradies?«

Alan legte ihm lachend die Hand auf die Schulter. »Ich kann mir kaum vorstellen, dass das Paradies sich hiermit messen kann.« Dann stand er aus dem Gras auf. »Es wird Zeit.«

Luke nickte unbekümmert, vollauf zufrieden mit seinem Proviant und seinem Springbrunnen. »Leb wohl, Losian.«

»Auf bald, Luke.«

Canterbury, September 1152

Zu Godrics grenzenloser Enttäuschung hatte Henry sie nicht mit nach Aquitanien genommen, das er gemeinsam mit seiner Gemahlin bereiste, sondern hatte sie nach England geschickt, um zu erkunden, wie die Dinge dort standen, und um Henrys schwer bedrängten Anhängern zu erklären, was den rechtmäßigen Thronerben davon abhielt, zu kommen und sich seine Krone zu holen.

»Seine größte Sorge ist, die englischen Lords könnten ihn für zögerlich oder gar feige halten«, vertraute Simon seinem Freund Thomas Becket an, der sie im Palast des mächtigen Erzbischofs von Canterbury empfangen hatte.

Becket schnipste ein Stäubchen von seinem edlen, eichenlaubgrünen Gewand. »Das kann ich mir vorstellen. Aber in dem Punkt zumindest darf er beruhigt sein. Die Engländer haben gehört, wie er mit seinem Bruder Geoffrey und Louis von Frankreich umgesprungen ist. Zögerlichkeit oder Feigheit ist wohl das Letzte, was sie ihm vorhalten.«

Simon nickte mit einem stolzen Lächeln. »Er war … unglaublich, Tom. Er ist wie eine Springflut über das Vexin und über Anjou hereingebrochen, nichts und niemand konnte ihm standhalten. Und als er seinen Bruder schließlich gefangen nahm, war's aus mit der Rebellion in Anjou.«

»Was hat er mit ihm gemacht?«, fragte Becket neugierig.

Simon zuckte die Schultern. »Gar nichts. Er hält ihn vorläufig in Montsoreau gefangen, aber nach allen Regeln des Anstands.«

»Geoffrey reitet jeden Tag zur Jagd«, warf Wulfric ein.

»Oder er gibt ein Fest«, wusste sein Bruder zu berichten.

»Henry hat ihm seit jeher misstraut, darum hielt seine Enttäuschung sich in Grenzen«, schloss Simon. »Aber er würde keinem seiner Brüder je ein Haar krümmen. Sie streiten ewig, aber sie lieben sich.«

Becket nickte und bedeutete dem Novizen, der ihnen aufwartete, mit einer Handbewegung, die leeren Becher wieder zu füllen. »Du kannst gehen, Boso«, sagte er dann. »Ich lasse es dich wissen, wenn wir dich brauchen.«

Der Junge huschte hinaus.

»Ich schwöre, er spioniert für den Bischof von Winchester«, knurrte Becket, den Blick auf die geschlossene Tür gerichtet.

»Für König Stephens Bruder?«, fragte Godric entrüstet. »Warum setzt ihr ihn nicht vor die Tür?«

»Der Spion, den du kennst, ist ungefährlicher als der unerkannte, der sich als Nächstes einschleicht«, klärte Becket ihn gleichmütig auf. »Darüber hinaus macht der Bischof von Winchester mir derzeit keine großen Sorgen. Erzbischof Theobald hat seine Wahl für Henry getroffen. Und stellt euch vor, der Heilige Vater hat sich seiner Haltung angeschlossen.« Er lehnte sich leicht vor, und seine Augen leuchteten. »Papst Eugenius hat verboten, dass Stephen seinen Sohn bereits jetzt zum König krönt, wie er es wollte.«

»Ist das wahr?«, fragte Simon erleichtert. »Die Vorstellung hat Henry schlaflose Nächte bereitet.«

Becket nickte, offenbar höchst zufrieden mit sich selbst. »Dann richte ihm aus, den glücklichen Ausgang dieser Entscheidung hat er allein mir zu verdanken. Ich habe mir redlich Mühe gegeben, dem Papst in den grellsten Farben zu beschreiben, was für ein grausamer, gottloser Wüterich Eustache de Boulogne ist. Ich habe maßlos übertrieben, fürchte ich. Aber es hat seinen Zweck erfüllt.«

Simon hob ihm den Becher entgegen. »Gut gemacht, Tom.« Er trank einen kleinen Schluck.

»Und jetzt?«, fragte Becket. »Was habt ihr für Pläne?«

»Oh, nichts Besonderes«, antwortete Wulfric. »Wir wollen nur mal in Wallingford vorbeischauen.«

»*In* der Burg, meint er«, sagte Godric.

Becket schnalzte missbilligend. »Könnt ihr nicht ein einziges Mal ernst sein? Das hier ist schließlich hohe Politik und ...« Er verstummte abrupt, als er die Blicke sah, die die drei Gefährten tauschten. »Es ist wahr?«, fragte er dann, und es klang ungläubig. »Ihr seid ja nicht bei Trost.«

Simon lächelte schmallippig. »Der ehrwürdige Abt von St. Pancras wäre sicher ganz deiner Meinung ...«

Becket fegte das ungeduldig beiseite. »Simon, König Stephen belagert diese Burg mit allem, was er hat.«

»Zu Recht. Denn wer Wallingford hält, kontrolliert das Themsetal, und die Männer der Garnison gehören zu den standhaftesten Anhängern, die Henry in England hat.«

»Richtig.« Becket kippte seinen Schemel nach hinten, bis er mit den Schultern an die Mauer stieß. »Darum hat Stephen auf dem gegenüberliegenden Flussufer eine zweite Burg errichten lassen, um Wallingford in Schach zu halten und dafür zu sorgen, dass keine Maus hinein- oder herauskommt.«

»Ja, ich weiß, es wird nicht leicht. Aber diese Männer *müssen* erfahren, was vorgeht, damit sie nicht den Mut verlieren und auf den Gedanken kommen, Henry hätte sie im Stich gelassen. Wir brauchen Wallingford, Tom.«

»Und wie stellst du dir das vor?«, fragte sein Freund zweifelnd. Mit einer Geste auf die Zwillinge fügte er hinzu: »Ihr seid nicht gerade unauffällig.«

»Ich lasse mir etwas einfallen«, stellte Simon vage in Aussicht.

»Darin ist er unübertroffen«, erklärte Wulfric zuversichtlich.

»Hast du von Alan gehört?«, fragte Simon ihren Gastgeber, um das Thema zu wechseln.

Becket nahm eine Walnuss aus der Schale auf dem Tisch und knackte sie zwischen den Handflächen. »Ich war dort«, antwortete er und berichtete, was er gehört und gesehen hatte. »Es ist bestimmt kein einfaches Leben«, schloss er mit einer kleinen Geste der Ratlosigkeit. »Ich werde nie begreifen, wie er das alles nur für eine Frau auf sich nehmen konnte. Sie leben nicht viel besser als die Garnison von Wallingford: Die Zugbrücke ist immer geschlossen und gut bewacht, weil er ständig fürchten muss, irgendwer könne kommen, um ihn aus Helmsby zu verjagen. Stephens Urkunde, die ihn enteignet, hat sich ja nicht in Staub aufgelöst. Jeder, der ein Auge auf Helmsby geworfen hat, könnte sie hervorzaubern. Allen voran natürlich Haimon de Ponthieu, dieses abscheuliche Unkraut in Menschengestalt. Er hat seine Cousine übrigens geheiratet, stellt euch das vor. *Ersten* Grades. Es ist so inzestuös, dass einem schlecht wird, wenn man nur daran denkt, aber seit Haimon es mit König Stephen hält, hat er natürlich auch den mächtigen Bischof von Winchester zum Freund. Der hat sie getraut.«

»*Was?*«, riefen die drei Freunde wie aus einem Munde.

Becket nickte grimmig. »Ja, wir konnten es hier auch kaum glauben, als wir es hörten. Aber es stimmt. Henry of Winchester hat ihnen persönlich Dispens erteilt und den Bund gesegnet. Also während Haimon mit seiner Cousine in Blutschande Bälger zeugt – sie haben schon drei – und in Saus und Braus in Fenwick lebt und sich in königlicher und kirchlicher Gunst sonnt, fristen Alan und die Seinen ein Dasein in ständiger Ungewissheit und Gefahr. Und in Einsamkeit. Ein exkommunizierter Mann mit einer jüdischen Frau hat nicht viele Freunde.«

»Mir kam er nicht so unglücklich vor, als wir ihn letztes Jahr besucht haben«, wandte Wulfric ein.

Becket schüttelte langsam den Kopf. »Nein, er ist nicht unglücklich, im Gegenteil. Aber er führt nicht das Leben, das ihm bestimmt ist, und das weiß er ganz genau. Er verschwendet seine Talente an die Rinderzucht. Dabei ist *er* derjenige, den wir vor Wallingford brauchen. Nur ruft niemand nach ihm, weil er ein Verfemter ist. Er zeigt es nicht, aber es verbittert ihn.«

»Henry ist völlig egal, was die Kirche von einem Mann hält. Er wird Alan an seine Seite holen, sobald er in England ist«, prophezeite Simon.

Becket nickte langsam. »Hm. Und für kaum einen Mann hängt so viel von Henrys Erfolg ab wie für Alan of Helmsby.«

Simon, Godric und Wulfric reisten mit einem Flusskahn themseaufwärts, und sie sogen den Anblick der lieblichen urenglischen Flusslandschaft gierig in sich auf. Der September war golden, Vieh weidete auf den Wiesen, die Silberweiden am Ufer begannen gerade, sich zu verfärben, und Simon staunte darüber, wie friedvoll das Land wirkte. Es schien, als sei der Krieg hier schon vergessen.

Das flache Gefährt brachte eine Ladung Wollsäcke nach Reading und zwei Benediktiner nach Abingdon. Die Mönche hatten Godric und Wulfric zuerst mit Argwohn betrachtet, tauten aber bald auf, als sie feststellten, dass den Zwillingen mehr daran gelegen war, sie zum Lachen zu bringen, als ihnen die Kehle durchzuschneiden. Simon wartete genau den richtigen Moment ab, und als er merkte, dass die Mönche Zutrauen fassten, lud er sie ein, ihr üppiges Mahl aus Schinken, Brot und Bier zu teilen. Begeistert stimmten sie zu, denn solche Kost war den einfachen Brüdern in den Klöstern nur selten vergönnt. Also schmausten sie mit Wonne, und Simon erfuhr mit seinen beiläufig eingestreuten Fragen, dass sie in Canterbury gewesen waren, um ein Buch in der dortigen Bibliothek zu kopieren. »Die fertige Abschrift bringen wir nun unserem Abt. Er wartet sehnsüchtig darauf. Und auch wenn es unbescheiden ist, muss ich sagen: Unser Werk kann sich sehen lassen. Oder, Bruder Mark?«

»Allerdings«, stimmte der zweite Mönch zu. »Wir haben die Initialen nicht mit Goldfarbe ausmalen können, aber dafür ist unsere Schrift viel gleichmäßiger und besser zu lesen. Dieser ganze Unsinn mit den goldverzierten Anfangsbuchstaben ist Gott sowieso nicht gefällig. Mithin ist unsere Kopie frommer als das Original.«

Simon nickte. »Was für ein Buch ist es?«

»Eine lateinische Geschichte der englischen Heiligen. Abt Hugo sagt, wir müssen ihr Andenken bewahren, weil die angelsächsischen Heiligen im normannischen England allmählich aus der Mode kommen.«

»Anständig für einen normannischen Abt«, befand Wulfric.

Simon hätte zu gern einen Blick auf das Buch geworfen, aber er fragte nicht. Es war viel zu riskant, etwas so Kostbares auf einem wackligen Flusskahn aus seiner schützenden Lederhülle zu holen und womöglich ins Wasser fallen zu lassen. »Das heißt, Ihr seid in Abingdon zu Hause, Bruder Mark?«

Der junge Mönch nickte. »Ich bin sogar da geboren. Stephens Horden haben meine ganze Familie abgeschlachtet. Da war ich fünf, glaub ich. Die Brüder haben mich aufgenommen.«

»Dann wisst Ihr doch sicher, wie es um Wallingford steht?«

»Wozu wollt Ihr das wissen?«, fragte Bruder Cynewulf. »Einem de Clare raubt es doch gewiss nicht den Schlaf, wenn die Garnison in Wallingford Castle von Ratten und Stroh leben muss.«

Simon zog einen Brief aus der eingenähten Tasche in seinem Bliaut und hielt den Mönchen das Siegel hin. »Erkennt Ihr es?«

»Der Herzog der Normandie?«, fragte Bruder Mark aufgeregt. »Henry Plantagenet?«

»Schsch, nicht so laut«, warnte Godric mit einem Blick auf den Schiffer. Dann antwortete er: »Er schickt uns. Auch ein de Clare kann sich besinnen und in den Dienst des Mannes treten, der der rechtmäßige Thronerbe Englands ist.«

Bruder Mark nickte. »Nichts für ungut, Monseigneur«, bat er.

Simon winkte ab. »Also? Was könnt Ihr mir sagen?«

»Es steht schlecht um Wallingford«, berichtete Bruder Cynewulf. Er hatte die Stimme gesenkt und zupfte nervös an der gedrehten Kordel, die ihm als Gürtel diente. »Sehr schlecht. Sie sind bald am Ende, heißt es. Die Belagerung dauert jetzt schon fast ein Jahr. Ich glaube nicht, dass sie noch einen Winter überstehen.«

»Wie ist die Burg befestigt? Palisaden oder Steinmauer?«

»Zwei Palisaden, der Turm ist aus Stein. Warum? Wollt Ihr rein?«, fragte Bruder Mark scherzhaft.

Simon machte eine unbestimmte Handbewegung. »Gibt es einen Weg hinein, von dem Stephens Belagerungstruppen nichts wissen?«

Bruder Mark sah ihn versonnen an. »Könnt Ihr schwimmen?«, fragte er dann.

Simon seufzte.

Wallingford Castle erhob sich gleich am Westufer der Themse und ragte wie ein gewaltiger Findling aus dem flachen Umland auf. Auf der gegenüberliegenden Flussseite stand Crowmarsh, die Burg, die König Stephen als Basis für seine Belagerungstruppen errichtet hatte. Eine Brücke über den Fluss schien die beiden Festungen zu verbinden, doch beide Enden waren von den Belagerern versperrt und schwer bewacht.

»Großartig«, befand Godric. »Wir werden wieder einmal zwischen Hammer und Amboss geraten.«

»Ihr nicht«, gab Simon zurück, ohne den Blick von der belagerten Burg abzuwenden.

»Simon …«, begann Godric ungehalten, aber weiter kam er nicht.

»Schmal, hat Bruder Mark gesagt«, erinnerte Simon ihn. »Fast *zu* schmal für einen ausgewachsenen Mann. Also mit Sicherheit zu schmal für euch. Das musst selbst du einsehen.«

»Aber es gefällt mir nicht«, grollte sein Freund.

»Das verlangt ja auch niemand.« Simon gefiel es auch nicht. Es machte ihm im Gegenteil eine Heidenangst.

Sie hatten sich in einem der vielen verlassenen Gehöfte unweit der Burg eingenistet, um auf den Einbruch der Nacht zu warten, und waren auf das Scheunendach geklettert, um sich einen Überblick zu verschaffen. Die Belagerungstruppen hatten vom Ufer aus einen Ring um die äußere Palisade von Wallingford Castle gezogen. Ungefähr alle hundert Yards stand eine der Belagerungsmaschinen, die speerartige Pfeile und Felsbrocken ins Burginnere oder gegen die Einfriedung schleuderten. Die Palisaden waren hier und da geschwärzt oder gesplittert, aber noch hatten die Belagerer nicht viel ausgerichtet, und für heute schienen sie Feierabend gemacht zu haben. Wachfeuer flammten in der Dämmerung auf. In Abständen von vielleicht zwanzig Schritten bildeten sie fast einen exakten Kreis um die belagerte Festung.

Wallingford Castle stehe auf felsigem Grund, hatte Bruder Mark Simon erklärt. Darum sei es unmöglich gewesen, innerhalb der Palisaden einen Brunnen zu graben. Um der Gefahr zu begegnen, dass der Burgbesatzung im Falle einer Belagerung das Wasser ausging, gab es zwei große Zisternen. Aber Wallingford war im Laufe dieses Krieges schon zweimal belagert worden, beide Male für lange Zeiträume. Brian fitzCount, der Burgherr, hatte darum eine schmale Röhre vom Keller des Speicherhauses zum Fluss gegraben und mit gebrannten Ziegeln auskleiden lassen. So weit flussaufwärts war die Themse sauber, das Wasser zumindest für das Vieh gut genug. Und die Zuleitung gewährleistete, dass die Verteidiger immer genügend Wasser hatten, um Brände zu löschen, wenn die Feinde mit Feuer angriffen, und bei Trockenheit die Palisaden feucht zu halten, damit sie nicht niedergebrannt werden konnten. Die Öffnung dieses Tunnels an der Uferböschung lag natürlich unter Wasser. Wie lang genau er war, wussten die Mönche nicht. Aber es war schon mal jemand hindurchgetaucht. Jedenfalls hatten sie das gehört …

Simon hatte genug gesehen. Vorsichtig ließ er sich mit den Füßen voraus das strohgedeckte Dach hinab bis zur Traufe gleiten, und von dort sprang er. Er landete sicher auf beiden Füßen im Stroh, das sie für ihren Abstieg hier aufgehäuft hatten. Er drehte sich nicht um, um den Zwillingen zuzuschauen, weil ihm immer das Herz stehenzubleiben drohte, wenn er sie klettern sah. Also wartete er einfach, bis sie neben ihm landeten – mindestens so geschickt wie er.

Sie gingen zurück ins Innere der Scheune, packten ihren Proviant zusammen und schnürten ihre Bündel, die klein und leicht waren. Simon, Godric und Wulfric hatten gelernt, sich beim Reisen auf das Nötigste zu beschränken.

»Die Wachfeuer sind viel zu nah beieinander. Wie willst du hindurchkommen?«, fragte Wulfric.

»Überhaupt nicht«, antwortete Simon. »Ich gehe außerhalb

des Belagerungsringes ins Wasser und schwimme.« Und weil er wusste, dass er sie nicht davon abhalten konnte, fügte er hinzu: »Bis zur Öffnung der Wasserleitung könnt ihr mitkommen.«

Seine Freunde nickten. Es war einen Moment still. Dann fragte Godric: »Hast du auch nur einen Gedanken daran verschwendet, wie du wieder rauskommen willst? Ich hoffe, du hast nicht vor, gegen die Strömung und bergan zu schwimmen?«

»Nein.« Aber was er stattdessen beabsichtigte, sagte er nicht, weil er es noch nicht wusste. »Eins nach dem anderen, Godric. Lass mich erst einmal hineinkommen.« Er spähte durch die torlose Öffnung der Scheune ins Freie. »Noch nicht dunkel genug«, murmelte er.

Eine gute Stunde später machten sie sich auf den Weg. Die Septembernacht war windstill und kühl. Kein Wölkchen trübte den Nachthimmel, aber der Mond war noch nicht aufgegangen, sodass die Dunkelheit sie deckte. Die Sterne spendeten ihnen gerade genug Licht, um sich zu orientieren und zu erkennen, wo das Ufergras endete und der Fluss begann. Lautlos ließen sie sich ins Wasser gleiten, das ihnen bis an die Hüften reichte, und wateten näher an die belagerte Burg heran. Vielleicht noch zwanzig Schritte vom Wachfeuer am Ufer entfernt blieben sie stehen, und Simon drückte Wulfric den Pfeil in die Hand, den er getragen hatte. Mit Nadel und Faden, die er nach Henrys Beispiel auf jeder Reise mit sich führte, hatte er den Brief mit dem herzoglichen Siegel an den Pfeilschaft genäht, da er ihn schlecht durchs Wasser in die Burg tragen konnte. Wulfric wusste, was er zu tun hatte. Sie hatten alles genau besprochen. Ob jedoch ein Pfeil, der solch eine Last trug, über die Palisaden fliegen würde, wussten sie nicht.

Wulfric maß die Entfernung mit einem fachmännischen Blick, legte ohne Hast den Pfeil ein und spannte. Gut hörbar schnellte der Pfeil von der Sehne und verschwand in der Nacht.

»Was war das?«, fragte eine Stimme von jenseits des Wachfeuers. »Hast du das gehört, Alfred?«

»Klang wie ein Bogen«, antwortete der zweite Soldat der Nachtwache.

Immer noch ohne ein Wort der Absprache ließen Simon, Godric und Wulfric sich ins Wasser gleiten und tauchten ein Stück. Sie schwammen vielleicht zwanzig Züge weit. Dann stellte Simon die Füße wieder auf den schlammigen Grund des Flusses und richtete sie langsam auf. Die Zwillinge waren nur einen Schritt hinter ihm.

Langsam, um jedes Plätschern zu vermeiden, hob Godric den Arm und wies auf die einzelne Birke am Ufer. Drei Schritte links davon liege die Öffnung zur Wasserleitung, hatte Bruder Mark gesagt. Oder möglicherweise auch drei Schritte rechts davon. Ganz genau erinnerte er sich nicht.

Lautlos watete Simon auf den Baum zu, und als er noch drei Schritte entfernt war, tauchte er wieder unter und tastete. Er fand die Öffnung ohne Mühe, denn er spürte einen deutlichen Sog. Simon streckte den Kopf aus dem Wasser und nickte den Zwillingen zu.

Schweigend standen sie einen Moment dicht beieinander. Hier reichte ihnen das Wasser bis an die Brust, und man musste aufpassen, dass der eilige Fluss einen nicht umriss. In der Dunkelheit sah Simon das Weiße in den Augen seiner Freunde leuchten. Ihre Mienen konnte er nicht erkennen, und dafür war er dankbar. Er legte keinen Wert darauf, seine eigenen Befürchtungen in ihren Gesichtern widergespiegelt zu sehen.

Es war besser geworden mit der Fallsucht, seit er erwachsen war. Die Anfälle kamen seltener. Aber immer noch gern in unpassenden Momenten. Und er wusste, wenn einer ihn dort unten in der Wasserröhre ereilte, dann würde er ertrinken. Warum, *warum* musste er mit diesem grässlichen Leiden geschlagen sein? Warum konnte er nicht sein wie andere Männer?

»Geh nicht«, flehte Godric wispernd.

Wulfric hob die Hand und presste sie seinem Bruder auf den Mund.

Simon nahm den Schwertgürtel ab und reichte ihn Godric. Ohne seine Waffe, die er wie jeder Mann von Stand nicht nur zum Schutz, sondern auch als Symbol seiner Stellung trug, fühlte er sich nackt und unvollständig wie eine Schnecke ohne Haus. Aber er wusste, er durfte nichts mit in den Tunnel nehmen, was ihn behindern könnte.

Er lächelte seinen Freunden mit mehr Zuversicht zu, als er empfand, atmete einige Male tief durch und tauchte dann unter.

Er erkundete die Röhre tastend mit beiden Armen. Zu eng für Schwimmzüge, erkannte er. Damit hatte er gerechnet, aber glücklich machte die Erkenntnis ihn trotzdem nicht. Er tauchte noch einmal auf, mit geschlossenen Augen. Er wollte die Zwillinge jetzt nicht mehr ansehen. Er wollte allein sein mit seiner Aufgabe und seiner Furcht. Wieder pumpte er mehrere Male Luft in seine Lungen, ließ sich zurück unter Wasser gleiten und tauchte mit den Armen voraus in die Röhre.

Seine Finger ertasteten raue Ziegel mit kleinen Lücken, an denen man sich festkrallen und vorwärtsziehen konnte. Er hielt die Augen geschlossen, weil er die Schwärze nicht sehen wollte, und konzentrierte sich allein auf das, was sein Tastsinn ihm mitteilte. Seine kräftigen Finger fanden Halt, gleichzeitig stieß er sich seitlich mit den Füßen von den Wänden ab, und er bewegte sich vorwärts. Gar nicht einmal so langsam, schien es ihm. Immerhin war die Strömung auf seiner Seite.

Nach vielleicht zwanzig Yards machte der Tunnel eine Biegung nach rechts, und einen grauenvollen Moment lang war Simon sicher, sie sei zu eng, um sich hindurchzuzwängen, aber es ging. Er spürte die ersten warnenden Anzeichen von Atemnot und ließ ein paar Luftbläschen aus seinem Mund entweichen.

Die Röhre führte wieder geradeaus und leicht abwärts. Seine Finger suchten und fanden Halt, tasteten erneut. Die nassen Kleider zogen ihn auf den Grund, aber er stieß sich mit den Füßen ab und glitt bäuchlings weiter vorwärts. Die Atemnot wurde schlimmer. Seine Lungen begannen zu schmerzen, und das Bewusstsein, von Wasser umgeben zu sein, über sich Tonnen aus Erde und Fels zu haben und nicht zurückzukönnen, nahm ihn mehr und mehr in Besitz. Er kniff die Augen fester zu und betete das *Paternoster,* um nicht daran zu denken, nicht in Panik zu geraten.

Als es vor seinen geschlossenen Lidern zu flimmern begann, wurde die Panik übermächtig. *Kein Anfall,* flehte er, *oh Jesus Christus voll der Gnaden, alles, nur kein Anfall …* Er öffnete den Mund und schrie. Der entstellte, wässrige Klang seiner Stimme brachte ihn halbwegs wieder zu Verstand, denn er war etwas Lebendiges und Menschliches. Aber keine Luft war in seinen Lungen übrig. Als er Wasser in den Mund strömen fühlte, presste er die Lippen zusammen und stieß sich mit den Füßen weiter vorwärts, suchte mit den Händen nach Halt, zog und schob. Er wusste, seine Zeit war abgelaufen. Entweder er erreichte das Ende des Tunnels innerhalb der nächsten vier, fünf Herzschläge oder überhaupt nicht.

Seine Lungen schrien nach Luft; Kopf und Ohren schmerzten immer schlimmer, als die Röhre sich endlich verbreiterte. Seine linke Hand und Schulter verloren den Kontakt mit den Ziegeln. Er streckte beide Hände aus und zog vorsichtig die Beine an. Es ging. Er hatte Platz über sich, aber ebenso Wasser. Mit den Füßen stieß er sich ab und schoss nach oben. Hart stieß sein Kopf gegen ein Hindernis, aber noch während ein letzter, jämmerlicher Laut der Verzweiflung sich seiner schmerzenden Kehle entrang, spürte er das Hindernis ein wenig nachgeben. Er streckte die Hände über dem Kopf aus und schob mit der Kraft des Überlebenswillens. Doch sie reichte nicht. Was immer es war, das ihm den Weg nach oben versperrte, ließ sich nicht weiter als einen Zoll anheben. In einem letzten Aufbäumen streckte Simon die Beine aus. Noch mit halb angewinkelten Knien fanden seine Füße den Boden. Verblüfft erkannte er, dass das Becken überhaupt nicht tief war, stellte sich hin und stemmte mit Kopf und Händen. Die Falltür aus dicken Holzbohlen, die verhinderte, dass das Flusswasser den Keller flutete, gab nach und öffnete sich einen breiten Spalt.

Simon tauchte bis zu den Schultern aus dem Wasser und rang röchelnd nach Luft. Viermal, fünfmal schöpfte er Atem, ehe er in der Lage war, sich an den Rand des Beckens zu tasten und die Falltür so weit zu öffnen, dass sie krachend zu Boden fiel.

Er keuchte immer noch, als er die Augen aufschlug. Links seines Blickfelds war eine Lichtquelle, und genau vor seinen Augen ein Bein und eine matte Schwertklinge.

»Atme«, riet eine Stimme. »Lass dir Zeit. Hier ist genug Luft, du wirst sehen. Und wenn du so weit bist, verrätst du mir vielleicht, wer du bist und was dich herführt. Aber es hat keine Eile. Ich weiß, wie du dich fühlst, ich bin auf dem gleichen Weg hergekommen.«

Simon legte den Kopf in den Nacken und sah in ein bärtiges, junges, aber ausgemergeltes Gesicht, das ihm sofort Vertrauen einflößte. Er ließ den Kopf wieder sinken, sog unverändert gierig Luft in seine Lungen und befolgte den Rat: Er ließ sich Zeit. Als das Rauschen in den Ohren und der Schmerz in der Kehle ein wenig nachließen, sagte er: »Mein Name wird Euch nicht gefallen. Aber Henry Plantagenet schickt mich. Ich habe Euch seinen Brief über die Palisaden geschickt. Zumindest hoffe ich das.«

Das Schwert verschwand aus seinem Blickfeld, und eine kräftige Hand legte sich um seinen Arm. »Der Brief ist sicher gelandet, und Euer Name stand drin. Ich schlage vor, Ihr kommt ins Trockene, Simon de Clare. Willkommen auf Wallingford Castle. Viel anbieten können wir Euch nicht, fürchte ich, aber wenigstens ein Feuer und eine Decke, damit Ihr Euch nicht den Tod holt.«

Simon kletterte aus dem Becken, warf einen kurzen Blick auf das schwarze Wasser, das über den Rand schwappte, und unterdrückte mit Mühe ein Schaudern. »Das ist nicht so wenig, Monseigneur«, erwiderte er.

Der bärtige Ritter, der vermutlich hier unten Wache hielt, damit kein feindlicher Späher durch die Röhre in die Burg eindringen konnte, lachte in sich hinein. »Nicht wahr? Das ist es, was man da unten in dem verfluchten Tunnel lernt.« Er streckte die Hand aus. »Miles Beaumont.«

Simon schlug ein. »Ist der Earl of Leicester Euer Vater?«, fragte er.

»Woher wisst Ihr das?«, fragte Beaumont verblüfft. »Kennt Ihr ihn?«

»Wir sind uns vor fünf Jahren einmal zufällig in einem Wirtshaus in Luton begegnet.« Simon war immer noch kurzatmig. »Er hat mir die Augen über König Stephen geöffnet. Ihr seht ihm ähnlich.«

Miles nickte und betrachtete ihn einen Moment. Dann ruckte er den Kopf zu einer von Fackeln erhellten Treppe. »Geht nach oben. Die Wache weiß Bescheid und wird Euch ein Handtuch besorgen.«

Einer der beiden Männer, die den Bergfried bewachten, führte Simon in die Halle hinauf und brachte ihm das versprochene Handtuch. »Ein Schluck Wein vielleicht, Mylord?«, fragte er mit versteinerter Miene.

Simon schüttelte den Kopf. »Danke. Ich bin nicht hier, um eure mageren Vorräte zu schmälern.«

Die angespannte Miene des Soldaten hellte sich ein wenig auf, und er wies zum Feuer hinüber. »Wenigstens Holzkohle haben wir noch. Wärmt Euch ein wenig auf, und dann geht nach hinten.« Er zeigte auf die Tür im hinteren Bereich der Halle, wo anscheinend ein abgeteiltes Privatgemach lag. »Der Kommandant erwartet Euch.«

»In Ordnung.«

Simon rubbelte sich die Haare ab, ehe er sie mit den Finger notdürftig kämmte. Dann legte er sich das Handtuch um die Schultern, setzte sich auf die Bank am offenen Feuer und war augenblicklich in willkommene Wärme gehüllt. Er streifte die Stiefel ab und schüttete sie aus. Während er sie wieder anzog, sah er sich in der Halle um. Vielleicht zwanzig Männer saßen an einem langen Tisch, redeten leise und warfen dem Fremden verstohlene, neugierige Blicke zu. Weder Becher noch Schalen standen auf der Tafel. Simon nickte ihnen zu, und sie erwiderten den stummen Gruß. Etwas abseits von den Rittern und Soldaten entdeckte Simon drei Frauen und zwei Kinder. Die Kleinen kauten auf einem Kanten Brot, und eine der Damen, die hochschwanger war, hielt einen Becher in Händen. Sie weinte leise, und ihre Gefährtinnen spendeten ihr Trost. Was für ein Ort der Verzweiflung, dachte Simon beklommen.

Er wartete, bis seine Haare und Kleider aufhörten zu tropfen, dann stand er auf und ging zur hinteren Kammer hinüber. Die Füße in den nassen Stiefeln verursachten bei jedem Schritt leise Schmatzgeräusche, und er wusste, wenn er sich nicht vorsah, würde er sich im Handumdrehen fürchterliche Blasen laufen.

Er klopfte an und wartete einen Moment mit gesenktem Kopf. Dann hörte er einen Riegel zurückfahren, und die Tür wurde geöffnet. Auf der Schwelle stand eine junge Frau in einem schlichten Kleid, dessen triste graubraune Farbe ihr etwas Nonnenhaftes verlieh. Sie trug das dunkle, gewellte Haar unbedeckt und offen, nur zwei der vorderen Strähnen an den Schläfen waren nach hinten geführt und vermutlich mit einem Stück Schnur zurückgebunden, sodass sie ihr nicht ins Gesicht fallen konnten. »Ihr seid de Clare?«, fragte sie ein wenig brüsk und trat beiseite, um ihn einzulassen.

Simon nickte. »Die Wache sagte mir, der Kommandant erwarte mich hier.«

»Ganz recht«, bestätigte sie, schloss die Tür und lud den Besucher mit einer Geste ein, auf einer der Bänke in der Fensternische Platz zu nehmen.

Simon kam der Einladung nach und schaute sich suchend und ein wenig verwirrt in der dämmrigen Kammer um.

Die junge Dame gesellte sich zu ihm, setzte sich ihm gegenüber auf die zweite Bank in der tiefen Mauernische und legte die Hände links und recht von sich auf den kalten Stein. »Wenn es Brian fitzCount ist, den Ihr sucht, dann kommt Ihr zu spät, Monseigneur. Er ist vor zwei Monaten gestorben. Mein Name ist Philippa of Wallingford, ich bin seine Tochter. Und Kommandant dieser Burg.« Sie sagte es nüchtern und eine Spur grimmig.

Ein Öllicht auf der Bank neben ihr spendete genug Helligkeit, dass Simon den dunklen Bernsteinton ihrer großen Augen erkennen konnte. Sie waren von langen, dichten Wimpern umgeben. Er las Kummer, aber ebenso Trotz und Entschlossenheit in diesen Augen, und er fand sich von diesem Ausdruck gefesselt.

Philippa sah ihn ebenso unverwandt an wie er sie. Für eine Dame war es ein geradezu schamloser Blick.

»Ich bedaure den Tod Eures Vaters«, sagte Simon.

Sie nickte. »Er fehlt mir«, gestand sie. »Aber vor allem fehlt er Wallingford. Solange er noch da war, hatten wir Hoffnung. Immerhin hat er es zweimal gegen Stephens Truppen gehalten. Aber jetzt ist alle Hoffnung verloren.«

»Sagt das nicht«, widersprach er. »Henry Plantagenet *wird* kommen und die Belagerung aufheben, Ihr werdet sehen. Und ...«

»Nur wann er zu kommen gedenkt, hat er in seinem Brief zu erwähnen vergessen«, unterbrach sie bitter. Dann stand sie auf. »Es besteht keine Veranlassung, mir schöne Lügen aufzutischen, nur weil ich eine Frau bin, de Clare.«

»Es war keine Lüge. Er wird kommen, so schnell er kann.«

Sie warf einen kurzen Blick durch die schmale Scharte auf den Streifen Finsternis draußen und trat an den Tisch, auf welchem Henrys Brief ausgebreitet lag. »Dies ist die dritte Belagerung von Wallingford, die ich erlebe, Monseigneur. *Darum* haben die Männer mich zum Kommandanten gewählt, nachdem mein Vater gestorben war, weil ich besser als jeder von ihnen weiß, wie man diese Burg verteidigt. Aber wir können nicht mehr viel länger aushalten. Wir sind nur noch fünfunddreißig. Die anderen sind tot oder haben sich nachts von der Brustwehr abgeseilt und sind geflohen. Wer weiß, vielleicht sind sie auch übergelaufen. Unsere Vorräte sind beinah erschöpft. Erschöpft sind auch die Menschen. In spätestens einem Monat wird Wallingford fallen.«

»Euer Vater hätte Euch von hier fortbringen sollen, solange noch Zeit war«, bemerkte er kritisch. »Euch und die übrigen Damen.«

Philippa hob die schmalen Schultern; es war eine müde

Geste. »Wir hatten nicht genügend Zeit, denn die Belagerung begann ohne Vorwarnung. Unsere Späher wurden vermutlich abgefangen. Aber ich wäre so oder so nicht gegangen.«

»Warum nicht?«

»Wallingford ist mein Zuhause. Ich habe nie irgendwo anders gelebt.« Sie schien einen Moment unentschlossen, ob sie mehr sagen sollte. Sie sah ihn forschend an – und obwohl er in seinen feuchten Kleidern fror, fühlte er seine Wangen unter diesem eindringlichen Blick heiß werden. Dann fuhr sie fort: »Mein Vater war ein großer Mann, und der alte König Henry hat ihn sehr geliebt. Aber er war ein Bastard, Monseigneur.« Sie brach ab.

Simon nickte. »Ein Sohn des Grafen der Bretagne. Darum nannten sie ihn ›fitzCount‹.«

»So ist es. Hier in Wallingford halten die Menschen sein Andenken in Ehren und sind stolz darauf, wie teuer er dem alten König war. Draußen in der Welt interessiert das niemanden mehr. Hier schätzen die Menschen auch mich. Da draußen habe ich niemanden. Ich wäre nur die Tochter irgendeines unbedeutenden Bastards. Sie würden mir mit Verachtung und Häme oder – schlimmer noch – Mitleid begegnen. Davor fürchte ich mich. Mehr als vor Stephens Soldaten.«

Simon schlug die Beine übereinander und sah zu ihr auf. Er war beeindruckt von ihrer Geradlinigkeit und Aufrichtigkeit. Vermutlich werden Menschen unter Belagerung so, nahm er an. Wer sein Ende vor Augen hat, der hat keine Zeit mehr, sich etwas vorzumachen. »Häme, Verachtung und Mitleid sind nicht so schlimm, wie Ihr vielleicht glaubt«, hörte er sich sagen. »Vor allem für jene, die sich dem mühevollen Prozess unterzogen haben, sich selbst und ihren eigenen Wert zu erkennen. So wie Ihr, zum Beispiel.«

»Oder Ihr.« Sie stand reglos am Tisch, eine Hand auf dem Brief. »Was wisst Ihr über diese Dinge?«

Er lächelte. »Ich habe die Fallsucht.«

Nie zuvor hatte er das jemandem freiwillig gestanden. Und er hätte nicht für möglich gehalten, dass er je in der Lage sein würde, es so gelassen auszusprechen, gar mit einem Lächeln. Aber bei ihr war es leicht.

Sie erwiderte das Lächeln. »Und doch zählt Ihr zu Henry Plantagenets engsten Vertrauten«, bemerkte sie. »Jedenfalls schreibt er mir das.«

»Ja. Ich glaube, es stimmt. Er hat die seltene Gabe, über ein Gebrechen hinwegzusehen und nur den Menschen zu betrachten. Er ist … ein sehr außergewöhnlicher Mann.« Simon stand vom Fenstersitz auf und trat zu seiner Gastgeberin. »Ihr könnt ihm trauen, Madame. Er wird kommen, ich schwöre es.«

»Wann?«

»Vor dem Frühling.«

»Unsere Vorräte reichen bis Allerheiligen. Bestenfalls. Sagt ihm, wenn er bis dahin nicht gekommen ist, kann er sich den Weg nach Wallingford sparen.«

Wie die Burgbewohner hatte auch Simon sich in der Halle in die Binsen gelegt, eingerollt in eine geborgte Decke. Miles Beaumont hatte ihm einen Platz nah am abgedeckten Feuer gewiesen, und so waren Simons Kleider allmählich getrocknet. Aber er kam nicht zur Ruhe. Die Vorstellung, dass Philippa of Wallingford nur ein paar Schritte entfernt hinter einer Bretterwand allein in ihrem Bett lag, brachte ihn ebenso um den Schlaf wie die verzweifelte Lage, in der sie und die anderen Menschen in dieser Burg sich befanden. Bis Allerheiligen waren es nur noch sechs Wochen. So schnell konnte Henry nicht hier sein, wusste Simon. Sollte er ihr das sagen? Oder war es besser, ihr einen Funken Hoffnung zu lassen und um ein Wunder zu beten? Er hatte keine Ahnung.

Gegen Mitternacht kamen zehn Männer von der Wache, weckten die Kameraden, die sie ablösen sollten, und legten sich auf deren warme Plätze. Bald herrschte wieder Stille in der Halle, aber Simon lag weiterhin mit brennenden Augen in der Dunkelheit, bis der Morgen graute und die Menschen sich erhoben, um einen neuen Tag des Hungers und des Schreckens zu beginnen.

Lady Philippa kam aus ihrer Kammer, setzte sich in der Mitte der Tafel auf die Bank, und als sie das Kreuzzeichen schlug, folgten die anderen ihrem Beispiel. Der Kaplan hatte sich im Juli bei Nacht und Nebel davongemacht, erfuhr Simon später. Darum mussten die Menschen in Wallingford neben allem anderen auch noch auf geistlichen Beistand und den Trost der Sakramente verzichten.

Sie beteten still, ein jeder hielt für sich Zwiesprache mit Gott. Dann erhob sich die schwangere Dame und legte auf den Tisch, was sie auf dem Schoß gehalten hatte: einen Laib Brot. Es war ein großer Laib, aber es saßen mehr als zwei Dutzend Menschen am Tisch – alle, die nicht auf Wache waren.

Die Hüterin des Brotes begann, dünne Scheiben abzuschneiden, und reichte sie herum. Als Simon an der Reihe war, schüttelte er lächelnd den Kopf.

»Esst«, befahl Miles Beaumont, und mit einem Blick auf Philippa fügte er gedämpft hinzu: »Beleidigt sie nicht, Mann.«

Unschlüssig ergriff Simon die Brotscheibe. »Also gut. Danke.«

Es war bröckelig und schmeckte schauderhaft, denn es bestand fast nur aus Kleie – all dem, was beim Mehlsieben übrig blieb. Kleiebrot wurde für gewöhnlich an die Pferde, Kühe und Schweine verfüttert. Aber Pferde, Kühe und Schweine gab es in Wallingford nicht mehr, und die hungrigen Menschen verzehrten das Viehfutter mit mühsam beherrschter Gier. Simon hatte gerade den letzten Bissen heruntergewürgt, als draußen eine misstönende Glocke zu schlagen begann. Alle am Tisch Versammelten standen auf.

»Es geht los«, sagte Beaumont grimmig zu Simon, und noch ehe der Gast sich nach dem Sinn dieser Worte erkundigen konnte, hörte er ein Pfeifen, das immer lauter und lauter wurde, im nächsten Moment vernahm er ein fürchterliches Krachen, und der steinerne Boden unter seinen Füßen erzitterte.

Die Schwangere schrie auf, und eins der Kinder fing an zu weinen.

»Keine Angst«, sagte Philippa. »Schsch, keine Angst. Das

war nur das Obergeschoss, und das haben sie schon vor zwei Monaten zerlegt. Dieser Bergfried ist stark. Er hält stand. Na los, worauf wartet ihr? Jeder auf seinen Posten.«

Simon hatte an Henrys Seite manche Belagerung erlebt, aber auf der Seite der Eingeschlossenen fand er sich nun zum ersten Mal. Eilig verließen die Verteidiger von Wallingford den Bergfried und begaben sich auf ihre Stellungen auf der Brustwehr der äußeren Palisade. Simon stand neben Beaumont und beobachtete, wie König Stephens Soldaten in vielleicht zweihundert Schritt Entfernung die Trebuchet wieder spannten und beluden, die den Felsbrocken auf den Bergfried geschleudert hatte. Diese moderne Belagerungsmaschine war ein Katapult mit einem langen Wurfarm, der vermittels eines schweren Gewichts in die Senkrechte schnellte und sein Geschoss mit gewaltigem Schwung auf sein Ziel schleuderte. Um ihn zu spannen, mussten zwei Männer in ein Laufrad steigen, das einen Mechanismus betrieb, welcher das Gewicht in die Höhe hievte und den Arm zurück in die Waagerechte legte. Das dauerte ein Weilchen, doch unterdessen begann auf der Ostseite der Einfriedung der Beschuss mit brennenden Speeren, die von den kleineren, leichter und schneller zu spannenden Ballisten abgefeuert wurden. Die Kinder, zwei Mägde und ein alter Graubart standen im Schutz des Torhauses bereit, um Brände zu löschen, eine lange Reihe gefüllter Eimer vor sich. Und auf der Brustwehr über dem Torhaus standen ein Dutzend Verteidiger, darunter Philippa of Wallingford und die übrigen Damen, und schossen mit Pfeil und Bogen auf die Angreifer, welche mit einem Rammbock vors Tor gezogen waren. Die Damen hatten kleine, handliche Bögen, und sie schossen hervorragend. Nach einer Stunde lagen an die zwei Dutzend königlicher Soldaten schreiend oder reglos vor dem Tor, und noch war kein Streich des Rammbocks gefallen.

»Sie ziehen sich zurück«, bemerkte Simon verblüfft.

Beaumont nickte. »Und weil sie wütend sind, werden sie

versuchen, die Palisaden in Brand zu setzen. Kommt, de Clare. Wir brauchen Wasser.«

Hastig folgte Simon ihm zur Treppe, die in den Burghof hinabführte. Die Schreie der verwundeten Angreifer am Tor gingen ihm durch Mark und Bein. »Arme Teufel«, murmelte er.

»Sind wir das nicht alle?«, erwiderte Beaumont.

»Wären die Dinge anders gekommen, würde ich jetzt vielleicht da draußen liegen.«

»Hm. Spart Euch Euer Mitgefühl, mein Freund. In spätestens einer Stunde fangen sie an, brennende Pfeile auf die Brustwehr zu schießen. Dann werden wir es sein, die bluten. Und wenn ihnen irgendwann dämmert, wie wenige wir hier drinnen nur noch sind, und sie mit Leitern kommen, dann werden wir alle draufgehen.« Er grinste verwegen, aber seine Augen zeigten nichts als Erschöpfung. »Na ja. Besser als verhungern.«

Die brennenden Pfeile kamen, und der Beschuss der Trebuchet und der Ballisten ließ nicht nach. Es krachte und donnerte, Brände flammten auf und wurden gelöscht, die Luft war erfüllt von Staub und Qualm und Brandgeruch. Aber niemand musste in Wallingford an diesem Tag sein Leben lassen. Einen der jungen Ritter erwischte ein Pfeil in der Schulter, doch die schwangere Lady Katherine holte ihn ohne große Mühe heraus. Sie hatte offenbar Routine in dieser Kunst. Und zwei Stunden vor Sonnenuntergang ließ der Beschuss nach, und die Belagerer zogen sich zurück.

Wie alle anderen blieb auch Simon auf seinem Posten, falls der Rückzug nur ein Täuschungsmanöver war. Doch alles blieb ruhig.

Als die Verteidiger bei Einbruch der Dunkelheit in den Bergfried zurückkehrten, fühlte Simon sich zermürbt. Das war *ein* Tag, dachte er fassungslos. Die Menschen hier erleben das seit einem Jahr. »Wie haltet Ihr das aus?«, fragte er verständnislos, während er Miles Beaumont aus dem Kettenhemd half.

»Keine Ahnung«, gestand der Ritter und erwies Simon den gleichen Dienst. Dann fuhr er achselzuckend fort: »Es ist nicht immer so. An Sonn- und Feiertagen halten sie Frieden. Manchmal verschwindet auch die Hälfte von ihnen für ein paar Tage, und dann sind sie ziemlich harmlos.«

»Könntet Ihr nicht ausbrechen?«

»Und dann?«, konterte Beaumont schneidend. »Dann fiele Wallingford Stephen in die Hände, und alles wäre umsonst gewesen.«

Wenn ihr verhungert seid, ehe Henry kommt, wird Wallingford Stephen genauso in die Hände fallen, fuhr es Simon durch den Kopf, aber das sagte er nicht. Er verstand sehr wohl, dass die Verteidigung dieser Festung für Miles Beaumont, Philippa of Wallingford und alle anderen, die noch hier waren, eine Frage der Ehre war. Was für großartige Menschen, dachte er. Was für eine verfluchte Verschwendung …

Beaumont brachte ihm einen Becher und setzte sich neben ihn an den Tisch in der Halle. »Wasser«, bemerkte er säuerlich.

Simon trank durstig. Es schmeckte erdig und bitter. Kein Flusswasser, schloss er. Dieses hier hatte lange gestanden. Er drehte den Becher zwischen den Händen und dachte nach.

Beaumont beobachtete ihn. »Tja. Jetzt seid Ihr hier gestrandet. Schöne Scheiße, was?«

Simon schüttelte den Kopf. »Ich denke, ich gehe heute Nacht. Werden sie in den frühen Morgenstunden kommen, um ihre Toten vom Tor wegzuholen?«

Beaumont nickte.

»Dann werde ich mich auf der entgegengesetzten Seite abseilen.«

»Gut möglich, dass sie nachts dort patroullieren. Manchmal machen sie das.«

»Ich pass schon auf.«

»Na dann. Viel Glück.« Beaumont wandte den Blick ab. Er hatte insgeheim gehofft, Simon würde bleiben, wusste dieser. »Sagt Henry einen schönen Gruß. Er soll sich beeilen.«

Simon warf einen Blick über die Schulter, um sich zu vergewissern, dass niemand in der Nähe war. Dann sagte er: »Es könnte bis zum Frühjahr dauern, Beaumont.«

Der schnaubte in seinen Becher. »Wir haben schon jetzt nichts mehr zu fressen.«

»Was braucht ihr? Ich meine, was wäre nötig, dass ihr es über den Winter schafft?«

»Wozu wollt Ihr das wissen? Wollt Ihr Stephens Trebuchet borgen und uns Kornsäcke über die Mauer schicken?«

Simon schüttelte den Kopf. »Durch den Tunnel.«

»*Was?*«

»Schsch. Nicht so laut.«

»Was redet Ihr da?« Es war ein heiseres Flüstern.

»Es wäre möglich.«

»Ihr seid ja nicht bei Trost, Mann.«

Simon lächelte flüchtig. »So wird mir gelegentlich versichert. Aber es ginge.«

»Ihr wollt dutzende Male durch die verdammte Röhre tauchen, um uns Vorräte zu bringen? Ihr werdet ersaufen.«

»Einmal reicht.« Einmal war schlimm genug, fand er. Bei dem Gedanken, diesen Schrecken aufs Neue erleben zu müssen, wurde es eng in seiner Kehle, aber das musste Beaumont ja nicht wissen. »Wir nehmen ein langes Seil und knoten die Enden zusammen, sodass wir eine Schlinge bekommen. Damit tauche ich durch die Röhre, und wir befestigen die Schlinge irgendwo im Keller auf einer provisorischen Achse. Draußen im Fluss warten meine Männer. Sie knoten einen Haken an ihr Ende der Schlinge, an den Haken … sagen wir, einen Sack Äpfel. Dann fangen sie an zu ziehen. Der Sack mit den Äpfeln verschwindet in der Röhre und kommt irgendwann bei uns an. Sie ziehen weiter, bis der leere Haken draußen wieder zum Vorschein kommt. Und so weiter.«

Etwas höchst Bemerkenswertes spielte sich auf Beaumonts Gesicht ab. Der Zorn und die mit eisernem Willen zurückgedrängte Verzweiflung wichen einem Ausdruck banger Hoffnung, den er um jeden Preis hinter Spott und Skepsis zu verbergen suchte.

»Stephens Halunken werden Eure Freunde schnappen.«

»So leicht nicht. Sie verstehen es, sich unsichtbar zu machen und lautlos zu sein.«

»Aber wir können nicht von Äpfeln leben. Wir brauchen Fleisch und Brot, wenn wir bei Kräften bleiben sollen. Die werden verderben, wenn sie durchs Wasser müssen.«

»Nicht, wenn wir sie in Ledersäcke einnähen.«

»Was redet Ihr da?«

»Der Eroberer hat einen Damm durch die Fens gebaut. Wusstet Ihr das?«

»Natürlich«, knurrte Beaumont.

»Und? Worauf schwamm der Damm?«

»Auf dem Wasser, schätze ich.«

Simon schüttelte den Kopf. »Es war Sumpf. Der trägt keinen Damm. Nein, sie haben Ledersäcke genäht und mit Luft gefüllt.« Alan hatte ihm das erzählt. »Und die haben lange genug gehalten, um eine Armee über den Sumpf zu führen. Wenn Ledersäcke dicht genug sind, um *Luft* zu halten, warum nicht Mehl? Oder Hülsenfrüchte?«

Beaumont senkte den Blick und dachte eine Weile nach. Dann fragte er: »Selbst wenn es möglich wäre. Wie lange soll es dauern, genügend Säcke mit Lebensmitteln hier hereinzuschaffen?«

»Was spielt das für eine Rolle? Wir machen es nachts von der Wachablösung an zwei Stunden lang. Und wir kommen jede Nacht wieder, bis Ihr hier genug Vorräte habt, um es über den Winter zu schaffen.«

»Mit jeder Nacht wird das Risiko für Euch steigen.«

Simon runzelte die Stirn. »Ich habe ja auch nicht gesagt, es werde ein Kinderspiel. Warum wollt Ihr nicht, dass ich es versuche?«

Beaumont stieß wütend die Luft aus. »Ich will keine Hoffnung schöpfen, die doch nur trügt. Denn das ist schlimmer, als gar nicht zu hoffen.«

Simon nickte. »Es ist gefährlich, und vieles kann schiefgehen. Also sagt niemandem etwas davon und versucht, nicht zu hoffen. Aber lasst es uns probieren. Es ist nicht so verrückt, wie Ihr vielleicht glaubt.«

»Woher wollt Ihr die Vorräte beschaffen, ohne Aufsehen zu erregen und Verdacht zu wecken?«

»Die Mönche in Abingdon werden mir helfen. Auch bei der Herstellung der Ledersäcke.«

»Für Gotteslohn?«, fragte Beaumont zweifelnd.

Simon lächelte. »Das täten sie vielleicht, denn sie haben immer aufseiten der Kaiserin gestanden. Aber wir sind nicht auf ihre Barmherzigkeit angewiesen. Der Herzogin von Aquitanien hat mich mit großzügigen Mitteln ausgestattet, ehe ich herkam. Denn sie möchte gern Königin von England werden.«

Genau wie alle anderen legte er sich schlafen, als es dunkel wurde, denn er wollte erst nach Mitternacht versuchen, sich ungesehen aus Wallingford zu stehlen. Völlig erledigt von der letzten, durchwachten Nacht und diesem albtraumhaften Tag schlummerte er schnell ein, doch wieder war ihm keine lange Nachtruhe vergönnt. Es kam ihm vor, als habe er nur wenige Augenblicke geschlafen, als eine Berührung am Arm ihn aufschreckte.

»Was …?«

»Schsch.« Es war ein tonloses Wispern, aber er erkannte die Stimme.

Eine Hand zog an seinem Ärmel, und der Schatten über ihm richtete sich auf. Simon schlug die Decke zurück, kam schlaftrunken auf die Füße und folgte dem Schatten zur hinteren Kammer.

»Vergebt mir«, bat Philippa of Wallingford und schloss leise die Tür. »Gewiss habt Ihr den Schlaf bitter nötig, so wie wir alle. Aber ich wollte Euch um etwas bitten, ehe Ihr uns verlasst.«

Er winkte ab. »Ich bin kurze Nächte gewöhnt, Madame. Wenn es etwas gibt, das ich für Euch tun kann, scheut Euch nicht, es auszusprechen.«

Ein kleines schüchternes Lächeln huschte über ihr Gesicht, und es bezauberte ihn. Wie viele Frauen es in Kriegszeiten tun mussten, hatte Philippa sich hart und zäh gemacht, um die Dinge vollbringen zu können, die ihr seltsames Schicksal ihr abverlangte. Aber dieses Lächeln verriet, dass sie kein Herz aus Eichenholz in der Brust trug, wie er geargwöhnt hatte, als er am Morgen sah, mit welch ruhiger Hand sie Stephens Soldaten abschoss.

»Es gibt in der Tat etwas, das Ihr für mich tun könnt, Simon de Clare.« Sie unterbrach sich, sah ihm einen Moment direkt in die Augen, schlug den Blick dann nieder.

Simon wartete.

»Ich fürchte nur, Ihr werdet schockiert sein«, fügte sie hinzu.

»So leicht nicht, Madame.«

Sie sah ihn wieder an, nickte knapp und straffte die Schultern. Er konnte sehen, dass sie sich wappnete. »Also schön«, murmelte sie, trat an den Tisch und wandte sich wieder zu Simon um. »Also schön. Ihr werdet uns heute Nacht verlassen. Es ist höchst unwahrscheinlich, dass wir uns je wiedersehen, und das ist gut so.«

Simon spürte einen eigentümlichen Stich. »Wenn Ihr es sagt …«

»Es ist gut, weil der Umstand, dass wir uns nie wiedersehen, diese Sache leichter für mich macht.«

»Ich fürchte, ich kann Euch nicht ganz folgen.«

Philippa presste einen Moment die Lippen zusammen, wie in unterdrückter Ungeduld. »Dann erkläre ich es Euch: Ich werde vor dem Winter sterben, de Clare. Vielleicht werde ich verhungern. Dem könnte ich ins Auge sehen, denn es ist ehrenhaft. Aber falls ich noch lebe, wenn diese Burg fällt … Ihr wisst, was Belagerer mit den Frauen tun, bevor sie sie töten, wenn sie eine Burg endlich einnehmen, nicht wahr?«

Simons Mund war mit einem Mal staubtrocken. Er nickte.

»Sollte Gott der Ansicht sein, dass die übrigen Damen und ich dieses Schicksal als Lohn für unsere Standhaftigkeit verdient haben, kann ich nichts dagegen tun. Aber seit Ihr gestern gekommen seid, frage ich mich, wie es wohl wäre, mit einem Mann zu liegen, der in Freundschaft und mit Achtung in mein Bett kommt, nicht als Feind. Versteht Ihr? Wenn ich mit achtzehn Jahren sterben soll, will ich wenigstens ein einziges Mal …«

Mit zwei Schritten hatte Simon sie erreicht, legte den linken Arm um ihre Taille und den Zeigefinger der Rechten auf ihre Lippen.

Sie sah ihn an, ihre Augen groß und fragend, aber jetzt ohne Furcht.

»Du hast recht«, sagte Simon. »Niemand sollte diese Welt verlassen, ohne das erlebt zu haben.«

»Also wirst du es tun?«, fragte sie.

Simon musste lächeln. »Es wird mir eine Ehre sein, Madame.«

Die Anspannung wich aus ihren Schultern, und als er beide Arme um sie legte und sie küsste, schmiegte sie sich an ihn, vollkommen ungeziert und ohne jeden Vorbehalt. Er fuhr mit der Zunge über ihre Lippen, die zu spröde und rissig für eine Dame waren, und sah den Ausdruck des freudigen Staunens in ihren Augen, ehe sie die Lider schloss und ihm aus nächster Nähe einen Blick auf ihre hinreißenden, dichten Wimpern gönnte, die im Licht der kleinen Öllampe rötlich schimmerten wie Kupfer. Dann schob er die Zunge behutsam in ihren Mund und umspielte die ihre, und Philippa gab ein leises Lachen von sich, einen Laut purer Freude.

Ohne den Kuss zu unterbrechen, begann er, die Schleifen an ihrem zerschlissenen Überkleid aufzuschnüren.

Philippa löste die Lippen von seinen. »Was tust du?«

»Ich ziehe dich aus.«

»Ist das … üblich?«

»Nicht unbedingt. Aber viel schöner.«

Sie schüttelte den Kopf. »Lass es sein. Wenn ein Nachtangriff kommt …«

Es machte ihn wütend, dass Stephens verdammte Belagerung selbst diesen Moment überschattete, aber er erhob keine Einwände. »Du hast recht. Komm.«

Er führte sie zum Bett, bedeutete ihr, sich niederzulegen, und kniete sich neben sie. »Mach die Augen zu.«

Ihre Lider schlossen sich wieder. Simon schob langsam ihre Röcke hoch, und sein Mund zuckte, als er sah, wie dünn ihre Schenkel waren. Mit der flachen Hand strich er über die Außenseite ihres rechten Beins, um sie an die ungewohnte Berührung zu gewöhnen und ihr die Scheu zu nehmen. Die Beine waren nicht enthaart, die kleinen Füße schwielig von den schweren Stiefeln, die sie für gewöhnlich trug.

Simon lebte seit fünf Jahren an einem französischen Hof, dessen Lasterhaftigkeit regelmäßig den Zorn der Bischöfe erweckte – er war verwöhnt. Die Frauen, mit denen er sich dort gelegentlich die Nächte vertrieb, waren wohlgenährt und hatten von früh bis spät nichts anderes zu tun, als sich zu salben, zu parfümieren und Gott weiß was sonst noch zu tun, um sich schön und anziehend zu machen. Wenn sie die Röcke rafften, öffneten sie einem Mann das Tor zu den süßesten Sünden. Ihr Anblick hatte ihn erregt, aber nie berührt. Darum traf ihn das Gefühl von Zärtlichkeit, das ihn hier plötzlich überkam, vollkommen unvorbereitet.

Als seine Hand ihre Hüfte erreichte, spürte er eine Gänsehaut, und er streckte sich neben Philippa auf dem Bett aus und deckte sie beide zu. Sie wandte ihm das Gesicht zu, die Augen immer noch geschlossen, und er küsste sie wieder, als er die Hand behutsam zwischen ihre Beine schob. Sie war feucht, und sie verblüffte ihn mit ihrer Ungeduld. Mit stummer Eindringlichkeit presste sie sich an ihn, schlang ein Bein um seine Hüfte und zog ihn auf sich.

Ihm ging auf, dass sie nicht warten wollte, weil sie fürchtete, irgendetwas könne sie unterbrechen, ehe sie ihn in sich spürte, und ihre einzige Chance auf die Erfahrung körperlicher Liebe könne ihr zwischen den Fingern zerrinnen. So wie ihr ganzes Leben. Und er verstand auch, dass sie kein langes, zartes Vorspiel wollte, denn ihr graute davor, dass es sie schwach machen und den Schutzpanzer durchbrechen könnte, in den sie sich hüllte. Also tat Simon, was sie wollte, holte sein pralles

Glied aus der Hose, führte es zwischen ihre Schamlippen und drang in sie ein, nicht roh, aber auch nicht zögerlich. Er fühlte die Sperre, aber Philippa schien den Schmerz nicht einmal zu spüren. Oder womöglich war er ihr willkommen. Simon legte die linke Hand auf die kleine Brust unter dem rauen Stoff ihres Kleides, strich ihr mit der Rechten das Haar aus der Stirn und regte sich behutsam in ihr. Philippa sah ihm jetzt unverwandt in die Augen, erwiderte seine Bewegungen mit heftigen, ungeduldigen Stößen, kam rasant schnell zum Höhepunkt und biss sich in den Unterarm, damit ihr ja kein Laut entschlüpfte. Ihr stummer Ausbruch und ihr Duft, das triumphale Lächeln in den Mundwinkeln und die muskulösen Schenkel, die sich um seine Hüften schlangen, brachten Simon selbst in Windeseile an die Grenze, und trotz aller guten Vorsätze, sich rechtzeitig zurückzuziehen, ergoss er sich in sie.

Sie lagen still und entspannt, er auf einen Unterarm gestützt, um sie nicht zu erdrücken, aber immer noch auf ihr, weil er es in die Länge ziehen und sie spüren wollte, solange sie ihn ließ.

»Ich fühle dein Herz«, sagte sie plötzlich.

»Das ist weiß Gott kein Wunder. Es hämmert. Genau wie deines.«

»Ich weiß nicht, ob ich je zuvor den Herzschlag eines anderen Menschen gefühlt habe.«

»Das kann ich kaum glauben. Haben deine Mutter und dein Vater dich nicht auf den Schoß genommen und gewiegt, als du klein warst?«

»Ich weiß es nicht mehr.« Sie hob die Linke zu einer unbestimmten Geste und legte sie nach einem kurzen Zögern auf seinen dunklen Schopf. »Es ist egal. Jedenfalls fühlt es sich gut an, dein Herz. So wie alles, was wir getan haben.«

Er nickte und wappnete sich für das, was als Nächstes kommen würde. Er hatte sich nicht getäuscht: »Du musst jetzt gehen, Simon«, sagte sie.

Es kostete ihn Mühe, nicht zu betteln, noch ein paar Augenblicke bleiben zu dürfen. Und er schalt sich einen Schwächling und Jammerlappen. Mit einem Quäntchen Glück würde er dem

Schrecken von Wallingford heute Nacht entkommen. Philippa war diejenige, die hierbleiben und dem nächsten Tag ins Auge blicken musste. Und dem danach und dem danach, bis irgendwann der letzte Tag dieser Belagerung anbrach. Aber nicht sie war diejenige, die ihn anflehte, zu bleiben.

Er seufzte, stemmte sich hoch und setzte sich auf. Während er seine Kleider in Ordnung brachte, wandte er ihr den Rücken zu, um ihr Gelegenheit zu geben, unbeobachtet das Gleiche zu tun.

Plötzlich schlang sie von hinten die Arme um seine Brust, und er spürte ihren Kopf an seiner Schulter. Simon legte die Linke auf ihre verschränkten Hände.

»Wenn ich ein Kind von dir empfangen habe, wird es nie das Licht der Welt erblicken«, sagte sie.

»Sei nicht so sicher.« Seine Stimme klang belegt. Ihre Worte fühlten sich an, als lege sich ein eisiger Finger auf sein Herz. Dann spürte er etwas Feuchtes an seinem Hals, und ihm ging auf, dass es um Philippas Haltung ebenso bedenklich stand wie um seine. Vermutlich würde sie sich dieser Tränen morgen schämen, ahnte er, und wenn er sie nicht daran hinderte, zu sagen »Geh nicht«, dann würde sie ihn morgen dafür hassen. Er nahm ihre Hände in seine beiden und führte sie nacheinander an die Lippen. Dann ließ er sie los und stand auf.

Ihre Augen strahlten verräterisch, aber ihre Miene gab nichts preis. »Leb wohl, Simon.«

»Leb wohl, Philippa.« So sehr drängte es ihn, ihr zu sagen, er werde wiederkommen, dass er die Zähne zusammenbiss. Als könne er die Worte so daran hindern, ihm über die Lippen zu sprudeln. Wie sollte er es fertigbringen, zu gehen, ohne ihr einen Funken Hoffnung zu geben? Aber er hatte es Beaumont *geschworen,* und einen Geheimhaltungseid zu brechen war nicht nur wider seine Natur, es war vor allem gefährlich. Gott hasste Eidbrecher. Aber ohne Gottes Hilfe konnte sein Plan nicht gelingen. Was nützte es, wenn er Philippa Hoffnung gab und dann in dem schaurigen Tunnel ertrank, weil Gott zornig auf ihn war und ihm einen Anfall schickte?

»Vertrau auf Henry«, beschwor er sie stattdessen. »Er wird euch Hilfe schicken, ehe es zu spät ist.«

Sie nickte, aber er sah, dass sie es nicht glaubte. »Geh, Simon«, drängte sie. Es klang eigentümlich nachsichtig. »Nicht mehr lange bis zur Wachablösung.«

Er legte die Hand an den Türriegel und musste feststellen, dass er es einfach nicht tun konnte. Er war außerstande, so zu gehen, sie in dem Glauben zurückzulassen, dass er sie verließ, weil er ein fallsüchtiger kleiner Feigling war, der nicht genug Mut besaß, um zu bleiben und ihr beizustehen. »Philippa, hör zu. Ich werde …«

»Nein«, unterbrach sie scharf. »Ich will es nicht hören. Geh und tu, was immer du tun musst. Sei versichert, ich weiß, du würdest bleiben, wenn du könntest.«

Simon fühlte sich beschenkt, aber nicht getröstet. »Meine angelsächsischen Freunde haben ein Sprichwort: *Die Hoffnung wohnt oft hinter der Tür, an die zu klopfen einem nicht einfällt.*«

»Weise Menschen, die Angelsachsen.«

»Das sind sie«, bestätigte er mit Nachdruck.

Philippa lächelte und hob die Hand, als wolle sie ihn hinausscheuchen. »Mögest du auf deinem Weg Freunde finden, die Führung der Engel und das Geleit der Heiligen.«

Die Nacht war heller, als ihm lieb war, aber der Mond stand schon weit im Westen, darum lag die Ostseite der Einfriedung im Schatten. Simon warf das Seil hinunter und spähte in die Tiefe. »Alles still«, murmelte er.

Beaumont hatte das Seil an einen Balken der Brustwehr geknotet und sich über die Schultern gelegt. »Dann geh. Ich bin so weit.«

Simon nickte. Es gab nichts mehr zu bereden. Sie würden sich wiedersehen, oder sie würden sich nicht wiedersehen. Das lag allein in Gottes Hand, und alle weiteren Worte waren überflüssig.

Geschickt und lautlos erklomm Simon die brusthohen Stämme, packte das Seil mit der Linken, überwand die mörderischen Spitzen der Pfähle und begann sich abzuseilen, die Füße fest gegen die Einfriedung gestemmt. Dreißig, vielleicht vierzig Fuß ging es hinab, wusste er. Er blickte nicht nach unten, er schaute auch nicht zurück, sondern konzentrierte sich nur auf seine Hände und Füße. Hin und wieder hielt er inne und lauschte konzentriert in die Nacht hinaus. Er hörte den Fluss, die Brise in den Bäumen und die Grillen im Gras, aber nichts sonst. Aus den Augenwinkeln sah er die Lichtpunkte der Wachfeuer, die die Belagerer auch in dieser Nacht entzündet hatten, aber sie waren zu weit weg, als dass irgendwer dort ihn hätte hören oder sehen können. Außerdem schliefen vermutlich nicht wenige der Wachen so spät in der Nacht. Ein Jahr Belagerung ermüdete auch die Belagerer …

Ohne Missgeschicke gelangte Simon hinunter und zog zweimal kurz am Seil, um Beaumont zu bedeuten, dass alles gut gegangen war. Der Ritter oben auf der Brustwehr erwiderte das Zeichen und begann dann, das Seil einzuziehen. Simon ließ es los und wandte sich zum Fluss, als er mit einem Mal eine Präsenz genau vor sich spürte. Er erstarrte und presste sich mit dem Rücken an die Stämme der Palisade.

»Mach dir nicht ins Hemd, Mann. Wir sind's.«

Simon stieß langsam die Luft aus. »Godric …« *Was zum Henker tut ihr hier?* und *Habt ihr den Verstand verloren?* sparte er sich für später.

Wulfric packte ihn am Arm, und die Zwillinge zogen ihn ein Stück am Fuß der Burgeinfriedung entlang, dann geradewegs auf eines der Wachfeuer zu. Simon protestierte nicht und stellte keine Fragen, vertraute sich ihnen einfach an wie ungezählte Male in der Vergangenheit. Und auch dieses Mal zu Recht: Godric und Wulfric hatten einen Weg durch den Ring der Wachfeuer gefunden. Eines brannte gleich neben der Trebuchet, um die kostbare Belagerungsmaschine vor nächtlichen Angriffen zu schützen. Das hieß jedoch auch, dass die Flammen das ausladende Holzkonstrukt beleuchteten, nicht die umliegende Wiese, sodass man sich auf der dem Feuer abgewandten Seite wunderbar an der Trebuchet vorbeischleichen konnte.

Erst als sie wieder zu dem verlassenen Bauernhof kamen, brach Simon das Schweigen. »Woher wusstet ihr, wann ich kommen würde?«

»Wir haben uns gefragt, was wir an deiner Stelle täten«, gab Wulfric achselzuckend zurück. »Die Ostseite schien die besten Chancen für einen unbemerkten Abgang zu bieten, die Wachablösung oder wenig später der günstigste Zeitpunkt.«

Simon nickte dankbar. »Gut gemacht. Habt ihr irgendwas zu essen?«

Godric öffnete seinen Beutel und förderte ein Stück altbackenes dunkles Brot zutage. Simon verschlang es mit wenigen Bissen. Verglichen mit Kleiebrot war es eine Gaumenfreude.

»Und was jetzt?«, fragte Wulfric. »Zurück über den Kanal, Henry berichten?«

Simon schüttelte den Kopf. »Wallingford ist beinah ausgehungert. Wir müssen ihnen helfen, sonst fällt die Burg, ehe Henry hier ist.«

»Und wie stellst du dir das vor?«, wollte Godric wissen.

Simon erklärte es ihnen.

Die Zwillinge lauschten aufmerksam, und als er geendet hatte, nickten sie.

»Könnte klappen«, befand Godric.

»Ich hoffe nur, unsere Hilfe kommt nicht zu spät«, warf sein Bruder ein.

»Wieso?«, fragte Simon.

»Gestern sind über fünfzig neue Soldaten zu den königlichen Truppen gestoßen.« Wulfric wies in die Richtung, wo auf der anderen Flussseite die Festung der Belagerungstruppen lag. »Ausgeruht, wohlgenährt, gut bewaffnet und kampfeswütig. König Stephen scheint es satt zu sein, auf den Fall von Wallingford zu warten.«

Simon fluchte leise und dachte einen Moment nach. »Nun, das ändert im Grunde nichts«, sagte er dann. Er sprach überzeugter, als er sich fühlte. »Wenn Stephen den Druck verstärkt, ist es umso wichtiger, dass die Eingeschlossenen bei Kräften bleiben.«

Godric wollte noch etwas einwenden, aber Wulfric hielt ihn mit einer winzigen Geste zurück. Beides blieb Simon nicht verborgen. Doch er war zu müde, um sich weitere Bedenken anzuhören, und darum fragte er nicht, was es war, das Godric so beunruhigte.

Hugo de Bec, der Abt des Klosters zu Abingdon, war ein äußerst frommer und gelehrter Mann, aber alles andere als weltfremd. Simon hatte kaum begonnen, ihm seine Bitte vorzutragen, da schickte Vater Hugo nach dem Bruder Cellarius, da dieser am besten wisse, was eine Burgbesatzung von drei Dutzend Menschen benötige, um über den Winter zu kommen, und wie man es beschaffen könne. Trotz der Hilfsbereitschaft der Mönche und des Geldes, das Simon bezahlen konnte, war es nicht einfach, die nötigen Mengen an Lebensmitteln zu beschaffen, eine ausreichend große Zahl an Ledersäcken herzustellen und all das unbemerkt nach Wallingford zu schaffen. Aber Simon, die Zwillinge, der Cellarius, Bruder Mark und Bruder Cynewulf schufteten von früh bis spät, kauften auf Märkten und bei Bauern im ganzen Umland ein, und jede Nacht fuhren sie mit einem kleinen Kahn nach Wallingford und versteckten ihre Tagesausbeute unter dem Stroh in der Scheune des verlassenen Gehöfts.

Nach einer Woche beschloss Simon, in die belagerte Burg zurückzukehren und mit den nächtlichen Lieferungen der Vorräte zu beginnen.

Als er zum zweiten Mal in den engen, finsteren Tunnel tauchte, war sein Entsetzen nicht geringer als beim Mal zuvor. Gewiss, er wusste jetzt, dass die Aufgabe zu meistern war, dass die Luft reichte – wenn auch nur knapp – und die enge Röhre keine Sackgasse war, an deren Ende der Schwimmer elend ertrinken musste. Doch war es ja nie der Tunnel selbst gewesen, vor dem er sich gefürchtet hatte, sondern wie eh und je nur seine eigene Fallsucht. Sie verschonte ihn indes auch dieses

Mal, und als er keuchend und triefend die Falltür aufstieß und in Miles Beaumonts' bleiches, grinsendes Gesicht sah, dachte er: So, jetzt schick mir einen Anfall, wenn du unbedingt willst. Jetzt ist es gleich …

Aber kein Anfall kam, und Atemnot und Ohrendruck waren schon beinah vergessen, als er Miles' ausgestreckte Hand packte und aus dem Wasser stieg.

»Allmächtiger. Du bist gekommen, Simon.« Miles stemmte die Hände in die Seiten und betrachtete ihn kopfschüttelnd.

Simon setzte sich auf den Boden und löste das Seil, das an seinen Gürtel geknotet gewesen war. »Ich bin gekommen. Und wenn alles gut geht, können wir noch vor Sonnenaufgang mit etwas Besserem als Wasser darauf anstoßen. Los, komm, lass uns keine Zeit vergeuden.«

Der Ritter nickte und wies auf die Konstruktion, die er vorbereitet hatte: Einen Schritt jenseits der Falltür lag ein hölzerner Pfahl waagerecht in zwei stabilen Eisenringen, die in die Deckel zweier wassergefüllter Fässer geschraubt worden waren: die Achse, von der Simon gesprochen hatte.

»Du hast also daran geglaubt, dass ich wiederkomme«, stellte dieser befriedigt fest.

»Ich habe zumindest daran geglaubt, dass du es versuchst. Und dann habe ich festgestellt, dass es unmöglich ist, nicht zu hoffen, selbst wenn der Anlass zur Hoffnung nur ein winziger Funken ist. Ich schätze, so ist die menschliche Natur. Also habe ich das hier gebaut.« Er zog den Holzpfahl aus einem der Ringe, wartete, bis Simon seine Seilschlinge darum gelegt hatte, und steckte ihn wieder in seine Halterung.

Simon packte das Seil mit beiden Händen, atmete tief durch und nickte seinem Gefährten zu. »Alsdann. Lass uns herausfinden, ob es funktioniert.«

Es funktionierte tadellos. Hand über Hand zog Simon an dem Seil, langsam und stetig, damit die Ladung sich nicht verkanten und stecken bleiben konnte, und die ganze Zeit betete er. Nach nur drei *Paternoster* erschien ein lederner Sack in der Falltür.

Miles Beaumont watete durch das inzwischen knöchelhohe Wasser darauf zu, löste den Sack von dem dicken Eisenhaken, den Godric kunstvoll an das Seil geknotet hatte, und hob ihn hoch. »Schwer«, murmelte er vor sich hin. »Gepriesen sei der Herr.« Er schulterte den Sack und brachte ihn zur Treppe. »Was ist da drin?«

Simon hob grinsend die Schultern. »Wein für die Männer, Weißbrot für die Damen, ein Topf Honig für die Kinder. Sag es nicht, ich weiß, das war unvernünftig. Aber ich dachte, nach so viel Düsternis und Not könnte eine kleine, unvernünftige Freude euch allen nur guttun.«

Miles Beaumont stellte den Sack behutsam auf die erste trockene Treppenstufe, kam zu Simon zurück, schloss ihn in die Arme und tat nichts, um seine Tränen zu verbergen.

Es dauerte zwei Stunden, bis die eineinhalb Dutzend Säcke der ersten Ladung im Keller des Vorratshauses angekommen waren. Inzwischen war es voll im Keller geworden, denn Miles hatte zehn Männer geholt, die eine Eimerkette bildeten und das einströmende Wasser herausschafften. Als Simon den Haken zum letzten Mal aus dem Wasser zog, hing nur ein Stofffetzen mit einem eingestickten Kreuz daran.

»Was bedeutet das?«, fragte einer der jungen Ritter – offenbar enttäuscht, dass kein weiterer Sack gekommen war.

Simon legte den Haken mit dem Lumpen auf den Boden und schloss die Falltür. »Es bedeutet: *Alles in Ordnung, und morgen um Mitternacht geht es weiter.*« Er hatte dieses Zeichen mit den Zwillingen vereinbart, damit er gewiss sein konnte, dass sie unentdeckt geblieben waren. »Nur Geduld, Leofgar«, riet er. »Es ist … nicht ganz einfach, achtzehn schwere Säcke im Dunkeln an den Wachfeuern vorbei watend durch den Fluss zu ziehen und an die Tunnelöffnung zu schaffen, ohne gehört oder bemerkt zu werden.«

Leofgar biss sich auf die Unterlippe. »Vergebt mir, Mylord. Ich weiß, die frommen Brüder, Eure Freunde und Ihr riskiert Euer Leben für uns. Ich kann das immer noch nicht fassen.«

Simon schüttelte den Kopf und legte ihm für einen Moment die Hand auf den Arm. »Und Ihr haltet diese Burg für Englands rechtmäßigen König und für unsere Zukunft. Somit stehe ich in Eurer Schuld, nicht umgekehrt.«

Er schulterte den letzten Sack und trug ihn nach oben.

Obwohl es noch drei Stunden bis Sonnenaufgang waren, schlief in der Halle niemand mehr. Es saß auch niemand auf den Bänken. Die Männer und Frauen standen zu zweit oder zu dritt beisammen, bissen von dem weichen Weißbrot ab und ließen Weinbecher herumwandern, und die Kinder hielten in jeder Hand ein dickes Stück in Honig getauchtes Brot, verschlangen es gierig, leckten sich die klebrigen Finger ab und rangelten um die Reste.

»Schluss damit«, rief Philippa die kleinen Rabauken zur Ordnung. »Wir haben uns nicht um das Brot geschlagen, als wir kaum noch welches hatten, also werden wir jetzt nicht damit anfangen, hast du mich verstanden, William?«

Der Gescholtene nickte, aber seine Miene war rebellisch, und er beäugte seinen kleineren Kameraden, der noch ein Stück Honigbrot in der Hand hielt, voller Neid.

Simon trat an den Tisch, tunkte ein weiteres Stück Brot in den Honigtopf und hielt es ihm hin. »Hier, William. Der Winter wird immer noch hart, aber wenigstens heute Nacht soll in Wallingford einmal jeder satt werden.«

Das selige Lächeln auf dem Gesicht des Knaben war ein Anblick, der Simon einen Moment unkomplizierter Freude bescherte. Und das Strahlen in Philippas Bernsteinaugen, als sie zu ihm trat, wäre es beinah wert gewesen, den verdammten Tunnel noch ein drittes Mal zu durchschwimmen.

»Hast du das gemeint, als du sagtest, ich solle auf Henry Plantagenet vertrauen? Er werde uns Hilfe schicken?«, fragte sie, das Kinn auf seine Schulter gestützt. Ein ziemlich spitzes Kinn, stellte Simon grinsend fest, richtete sich auf einen Ellbogen auf, drehte sie um und legte sich auf sie. Heute Nacht hatte sie ihm erlaubt, ihr die Kleider auszuziehen. Sie hatte auch nicht gewartet, bis wieder Stille in der Halle herrschte, ehe sie Simon zu ihrer Kammer geführt hatte. Philippa war zu berauscht vom lang entbehrten Wein, vor allem von der unerwarteten Überlebenschance, um sich heute Nacht um Sitte und Anstand zu scheren.

»Gib Antwort«, verlangte sie und zog ihn sacht an den dunklen, schulterlangen Haaren, während er in sie hineinglitt.

»Nun, das hat er doch, oder nicht?«, gab er zurück, strich ihr mit beiden Händen die Haare zurück und drückte die Lippen auf ihre. Auch er war berauscht – von dem Erfolg seines Plans, vor allem jedoch von dieser Frau. Sie wölbte sich ihm entgegen und nahm ihn gierig in sich auf, aber ihre Lust erschien ihm vollkommen natürlich und eigentümlich rein. Es war das Leben selbst, dem sie hier huldigten, wusste Simon, und das konnte nicht sündig sein.

Auch nachdem sie ihr Verlangen nacheinander gestillt hatten, fanden sie keinen Schlaf. Eng aneinandergeschmiegt lagen sie in ihrem Bett, und als die Nacht vor der schmalen Scharte sich perlgrau verfärbte, fragte Philippa: »Ist es immer so? Mit Mann und Frau, meine ich?«

»Nein. Das hier ist etwas Besonderes.«

»Hätte ich gewusst, dass es so etwas gibt, wäre ich aus Wallingford geflohen, als noch Zeit war, statt mein Leben wegzuwerfen.«

»Sag das nicht. Das hättest du dir nie verziehen, und Reue kann einem das Leben verdammt bitter machen.«

»Sprichst du aus Erfahrung?«

Er antwortete nicht.

Sie drehte sich auf die Seite und schaute ihn an. »Was hast du getan, das du so bitter bereuen musst, dass immer Traurigkeit in deinen Augen ist?«

Er lächelte. »Es ist nichts, was ich getan habe, sondern das, was Gott mir mitgegeben hat. Das mich hindert, ein normaler Mann zu sein, eine wundervolle Frau wie dich heiraten zu können … All diese Dinge. Es ist nicht immer ganz einfach, auf all das zu verzichten. Aber du bist wirklich der letzte Mensch, dem ich etwas über Verzicht vorjammern sollte, nicht wahr.« Er richtete es auf und schwang die Beine über die Bettkante. »Es wird bald Tag.«

Sie legte von hinten die Hände auf seine Schultern. »Du meinst, du kannst nicht heiraten, weil du die Fallsucht hast? Was ist das für ein Unsinn?«

Er machte sich los, stand auf und zog sich an, ohne Philippa noch einmal anzusehen. »Lass uns nicht jetzt darüber sprechen«, bat er.

»Warum nur …« Sie lachte eine Spur verlegen. »Oh, Simon, denk nicht, ich wolle dir einen Antrag machen – du musst mich auch so schon für schamlos genug halten. Aber wie kommst du darauf, dass eine Nebensächlichkeit wie solch ein Gebrechen so große Macht über dein Leben haben könnte?«

Er fuhr zu ihr herum. »Du hast keine Ahnung, wovon du redest!«

»Ich weiß sehr genau, wovon ich rede«, entgegnete sie ebenso scharf. »Miles Beaumont hat die Fallsucht.«

»*Was?*«

»Das wusstest du nicht? Nun, er läuft auch lieber mit nackten Füßen über glühende Kohlen, als darüber zu reden, aber seit einer Kopfverletzung vor zwei Jahren fällt er hin und wieder in Krampfanfälle, hat Schaum vor dem Mund und so weiter.«

»Und ich wette, er käme im Traum nicht darauf, das einer Gemahlin zuzumuten.«

»Lady Katherine ist seine Gemahlin«, gab sie zurück. Mit einem Mal klang sie müde. »Glaubst du wirklich, es stört sie? Meinst du, Frauen sind so hohlköpfig und oberflächlich, dass sie einen großartigen Mann nicht zu schätzen wissen, nur weil er ein albernes kleines Gebrechen hat?«

Simon zog sich den Bliaut über den Kopf und ging zur Tür. »Irgendwer muss die Verteidigung von Wallingford befehligen, Lady Philippa. Soll ich es tun, oder willst du vielleicht doch aufstehen?«

In der zweiten und dritten Nacht schickten die Zwillinge nur Säcke mit Linsen und Mehl herüber, wie Simon mit ihnen besprochen hatte, denn damit hätte man notfalls das Überleben der kleinen Garnison über den Winter gewährleisten können. Simon befestigte die leeren Ledersäcke aus der vorherigen Nacht am Haken und schickte sie zurück, damit seine Freunde sie im Laufe des nächsten Tages mit weiteren Vorräten befüllen und sorgsam wieder zunähen konnten. Bis auf einen Mehlsack war bislang alles trocken in Wallingford angekommen, denn der Cellarius des Klosters hatte die kluge Idee gehabt, je zwei Säcke übereinander zu verwenden, um dem Risiko der Undichtigkeit zu begegnen, und das geschlossene Ende des äußeren Sacks über das zugenähte des inneren zu stülpen.

Das Gelingen seines Plans erfüllte Simon mit Befriedigung, und die Nachtstunden unten im Keller des Speicherhauses waren ihm die liebsten. Meist schweigend arbeitete er Hand in Hand mit Miles Beaumont oder einem der anderen Ritter, und die Männer, die das einströmende Wasser schöpften, ließen ihn zufrieden, nachdem sie gemerkt hatten, dass ihre ewig gleichen Dankesbekundungen ihm auf die Nerven gingen. Wenn sie mit der Arbeit für die Nacht fertig waren, ging er mit den anderen zum Bergfried hinauf und legte sich auf seinen Schlafplatz in der Halle. Philippas Kammer hatte er nicht mehr betreten.

Sie gab vor, das gar nicht zu bemerken. Womöglich war das sogar der Fall, denn die Verstärkung der Belagerungstruppen hatte die täglichen Angriffe in solchem Ausmaß verschärft, dass die Verteidigung ihrer Burg gewiss all ihre Gedanken und Kräfte in Anspruch nahm. Vielleicht besser so, dachte Simon, aber die Erleichterung, die er eigentlich hätte empfinden müssen, wollte sich nicht einstellen. Er musste oft an Alan und Miriam denken in den Nächten, wenn er müde bis in die Knochen und doch schlaflos in der Halle lag und dem Rascheln und Fiepen der Ratten im Stroh lauschte. Er wusste, Alan hatte für seine Ehe einen hohen Preis bezahlt, aber er wusste auch, dass Thomas Becket sich irrte, wenn er sagte, Alan sei verbittert über sein Los. Unzufrieden vielleicht. Wütend, ja, bestimmt.

Aber nicht verbittert. Denn Alan hatte bekommen, was er wollte. In schwachen Stunden hatte Simon ihn dafür manchmal so beneidet, dass er sich selbst kaum mehr ertragen konnte. Doch es war so verflucht schwer, keinen Neid zu empfinden, denn Alan hatte, was Simon niemals besitzen konnte: die Liebe einer Gemahlin und die Freuden eines Familienlebens. Sicher nicht immer ungetrübt, aber das spielte keine Rolle. Es war eine Art von Geborgenheit, die Simon niemals haben konnte. Selbst Godric und Wulfric hatten sie gefunden. Und jetzt auch noch Miles Beaumont. Sie alle brachten fertig, was Simon einfach unmöglich war: Sie hatten genug Achtung vor sich selbst, um zu glauben, ein Zusammenleben mit ihnen sei zumutbar.

In der sechsten Nacht barg er noch einmal drei Säcke mit Linsen, dann die ersten vier mit Dörrfleisch, doch als der Haken zum achten Mal in der Falltür erschien, hing kein Sack daran. Auch kein Tuchfetzen mit einem Kreuz darauf.

»Was ist das?« Miles, der einen Sack Dörrfleisch nach oben getragen hatte, war wieder in den Keller gekommen und trat mit einer Fackel in der Linken näher.

»Ich weiß nicht.« Simon fischte den Haken aus dem Wasser. Ein sehr viel kleinerer Lederbeutel baumelte daran. Er war durchnässt und zusammengewickelt, aber Simon erkannte ihn trotzdem auf den ersten Blick, hatte er ihn in den vergangenen fünf Jahren doch jeden Tag gesehen. »Oh mein Gott …« Mit einem Mal hatte er Mühe zu atmen, und die Härchen in seinem Nacken hatten sich aufgerichtet.

»Simon?« Miles nahm ihm den Beutel aus den kraftlosen Fingern und rollte ihn auseinander. Er schnürte ihn auf, drehte ihn um, und etwas glitt in seine Hand. Mit einem zischenden Fluch zuckte Miles zurück, und der Inhalt des Beutels fiel ins knöcheltiefe Wasser. Simon schloss die Hand darum, ehe er in der trüben Brühe am Kellerboden versinken konnte. Dann kniff er die Lider zu und blieb reglos im Wasser knien.

»Was … ist das?«, fragte Miles, aber seiner Stimme war anzuhören, dass er es genau gesehen hatte.

»Ein Finger«, hörte Simon sich antworten. »Der kleine Finger der linken Hand meines Freundes Godric, um genau zu sein.«

Miles stieß einen angewiderten Laut aus. »Bist du sicher?«

Simon nickte. Der Fingernagel hatte eine unverwechselbare Delle. Und der Beutel gehörte Godric.

Es war eine Weile still. Nur das leise Plätschern des eindringenden Wassers war zu hören. »Und was nun?«, fragte Beaumont schließlich.

Simon stand auf, hob die Falltür an und ließ sie krachend zufallen. Dann sah er dem anderen Ritter ins Gesicht. »Das war's, Miles. Ich muss gehen.«

»Nein, tu das nicht, Mann. Wenn sie deine Gefährten geschnappt haben, sind sie vermutlich schon tot. Wozu willst du dein Leben auch noch wegwerfen?«

Simon hörte gar nicht hin. Er wandte sich zur Treppe. »Ich schätze, mit dem, was wir haben, kommt ihr über den Winter. Also hat unser Plan seinen Zweck erfüllt. Kämpft weiter und vertraut auf Henry Plantagenet, er *wird* kommen.«

Er hastete die Stufen hinauf, und Beaumont lief ihm nach. Oben packte er ihn am Ellbogen. »Simon, um Himmels willen …«

»Du weißt genau, was dieser Finger bedeutet«, entgegnete er scharf, aber gedämpft, damit die Männer mit den Eimern ihn nicht hörten. »Er bedeutet: *Komm heraus. Wir werden so lange damit weitermachen, sie in Stücke zu schneiden, bis du kommst.*«

»Und du meinst, wenn du gehst, hören sie auf?«, fragte Miles bitter.

»Hast du einen Bruder, Miles?«

»Drei.«

»Ganz gleich, wie nah sie dir stehen, sie können dir nicht das bedeuten, was diese beiden Männer für mich sind. Das kannst du nicht verstehen, und ich habe keine Zeit, es dir zu erklären, aber ich kann sie nicht sterben lassen und dann weiterleben. Also sei so gut und lass mich gehen, oder ich muss die Klinge gegen dich ziehen.«

Miles ließ die Hand sinken. »Du trägst doch gar keine«, wandte er hilflos ein.

»Du siehst sie nur nicht.«

»Und willst du dich noch nicht einmal von *ihr* verabschieden?«

Simon schüttelte den Kopf, nahm ein langes Seil von einem der Borde im Speicherhaus und ging zur Tür. »Sie würde mich zurückhalten. Womöglich würde ich auf sie hören. Und das will ich nicht riskieren. Leb wohl, Miles.«

»Warte. Ich komme mit. Ich helfe dir beim Abseilen.«

»Nein. Vermutlich schießen sie heute Nacht auf jeden Schatten auf der Brustwehr. Wenn du etwas Sinnvolles tun willst, weck die anderen und geht in Stellung. Wer kann sagen, was hier vor Sonnenaufgang noch geschieht.«

Und damit verließ er das Speicherhaus, überquerte den unteren Burghof mit langen Schritten und stieg an der Flussseite zum Wehrgang hinauf. Im Mondschein sah er am Ufer acht Männer stehen. Drei trugen Fackeln. Zwei weitere beugten sich über die beiden Gestalten am Boden. Dann wies einer der Fackelträger mit dem Finger auf Simon, der gut sichtbar im Mondlicht über dem Torhaus stand. Während er das Seil anknotete und den Abstieg begann, machten sich vier auf den Weg zu ihm. Wann immer er über die Schulter schaute, sah er sie argwöhnische Blicke zur Brustwehr werfen, weil sie vermutlich eine Falle und Pfeilschüsse aus der Dunkelheit fürchteten, aber dennoch eilten sie näher. Simon rechnete seinerseits jeden Moment mit einem Pfeil im Rücken, doch nichts geschah. Die letzten drei oder vier Yards musste er springen. Er landete nicht ganz sicher, fiel auf die Knie, und bevor er wieder aufstehen konnte, waren sie über ihm, fesselten ihm die Hände auf den Rücken und zerrten ihn dann auf die Füße.

Der Mann neben dem Fackelträger war ein Ritter in einem polierten Kettenhemd. Er nahm den Helm mit dem Nasenschutz ab und entblößte einen Schopf wirrer Locken, die seinen Kopf umstanden wie ein unordentlicher Heiligenschein. Er lächelte liebenswürdig. »So treffen wir uns wieder, Cousin.

Als ich das angelsächsische Ochsengespann sah, wusste ich, du kannst nicht weit sein.«

»Richard.« Simon nickte frostig. Er war weit weniger überrascht, als sein Vetter offenbar erwartet hatte. In dem Moment, als der Finger aus Godrics Beutel gefallen war, hatte Simon gewusst, dass dies hier etwas Persönliches war. »*Du* führst diese Belagerung? Kein Wunder, dass sie schon über ein Jahr dauert …«

Richard de Clare war seit dem Tod seines Vaters vor vier Jahren der Earl of Pembroke und Respektlosigkeiten dieser Art offensichtlich nicht gewöhnt. Für einen Moment drückte seine Miene eine beinah komische Verblüffung aus, dann schlug er Simon die behandschuhte Faust ins Gesicht. Simon wurde zur Seite geschleudert und wäre gestürzt, hätten die Soldaten ihn nicht gehalten.

Er spürte Blut über sein Kinn laufen, wischte es an der Schulter ab, sah seinen Cousin wieder an und nickte. »Alles wie gehabt, nicht wahr?«

Richard hatte sich wieder weit genug gefangen, dass er lächeln konnte. »Ich merke, du hast unsere Begegnung in Westminster auch nicht vergessen. Das erleichtert mich. Deine beiden Ochsen hatten keine Ahnung, wer ich bin.«

Das war durchaus möglich, überlegte Simon. Godric und Wulfric waren Richard nur das eine Mal begegnet, als sie damals auf der Suche nach König Stephen nach Westminster gekommen waren. Das war lange her, und seither hatten sie eine Menge aufregenderer Dinge erlebt. Aber wenn es wirklich stimmte, dass sie seinen Cousin nicht erkannt hatten, was war es dann, wovor Godric ihn hatte warnen wollen in der Nacht, als Simon zum ersten Mal aus der belagerten Burg zurückgekommen war?

»Was hast du mit ihnen getan?«, fragte er, und es kostete ihn Mühe, sich seine Furcht nicht anmerken zu lassen.

»Ich bring dich gleich zu ihnen, dann kannst du zählen, wie viele Fingerchen sie noch haben«, stellte Richard in Aussicht.

»Bei allem, was du tust, solltest du eins nicht vergessen,

Cousin. Henry Plantagenet schätzt meine beiden englischen Freunde sehr.«

»Ja, so was wär ihm glatt zuzutrauen. Der ist ja selber nicht bei Trost …« Richard setzte sich in Bewegung, und die Wachen stießen Simon vorwärts.

»Bei Trost oder nicht; es besteht immerhin die Chance, dass er der nächste König von England wird«, entgegnete er. »Also tu dir selbst den Gefallen, halt einen Moment inne und überlege, wie klug es ist, seinen Freunden die Finger abzuschneiden.«

Scheinbar freundschaftlich legte sein Cousin ihm die Hand in den Nacken und rüttelte ihn ein bisschen. »Verflucht schade, dass du eben noch nicht da warst, um mir so kluge Ratschläge zu geben, Simon. Denn jetzt ist es zu spät.«

Simon rang mit Übelkeit, als sie am Ufer ankamen, aber er sah sofort, dass Richard gelogen hatte. Godric und Wulfric saßen gefesselt im Gras und sahen ihm mit unbewegten Mienen entgegen. Godric hatte die linke Hand mit der rechten umschlossen, und ein stetiges Blutrinnsal tropfte in seinen Schoß, aber zumindest die Rechte war noch vollständig, und Wulfric schien gänzlich unverletzt.

Simon blieb vor ihnen stehen. »Ich habe dir deinen Finger mitgebracht«, sagte er auf Englisch zu Godric.

Der sah auf und grinste ihn an. »Wie umsichtig von dir, Mann. Wenn wir nach Hause kommen, werd ich ihn trocknen und in eine Schachtel legen. Zur Erinnerung an deinen Vetter, diesen Sausack.«

Simon zwinkerte ihm zu, fragte aber gleichzeitig leise: »Schlimm?«

»Ach was«, machte Godric abschätzig. »Mit meinem Bruder zusammen hab ich immer noch neunzehn Finger, wer kann sich damit schon brüsten? Ein bisschen Schwund ist eben immer.«

Und das, wusste Simon, meinte er todernst. Godric und Wulfric seien härter als der Stahl ihrer Klingen, hatte Henry einmal voller Bewunderung behauptet, und das war nicht so weit von der Wahrheit entfernt. Richard würde feststellen, dass es nicht so leicht war, sie kleinzukriegen.

»Schluss mit dem Blödsinn.« Richards Kettenhandschuh landete auf Simons Hinterkopf. »Wohin führt dieser Tunnel im Fluss?«

»Ins Speicherhaus im unteren Burghof«, antwortete Simon bereitwillig.

»Kann man ihn durchschwimmen?«

»Wenn man verrückt genug ist.«

»Und der Ausstieg? Ist er bewacht?«

»Ja. Und seit heute vermutlich verriegelt.«

Richard grunzte missfällig. Er hatte wohl auf einen leichten Weg hinein gehofft. »Was macht Brian fitzCount?«

Nicht viel, dachte Simon. Er liegt in einem Grab hinter der Kapelle im Burghof … »Ich verstehe die Frage nicht.«

Wieder ein Schlag auf den Kopf, fast spielerisch. »Geht es ihm gut? Ist er gesund?«

»Wie rührend du um die Garnison von Wallingford besorgt bist, Cousin. Natürlich geht es ihm gut. Wieso denn nicht?«

»Es gab ein Gerücht, er sei gestorben.«

Simon schnalzte missfällig. »Gerüchte …«

»Wie groß ist die Garnison?«

»Zweiundvierzig Ritter, rund zehn Dutzend Soldaten, ein paar Frauen.« Das sagte er, weil Philippa und ihre Gefährtinnen vermutlich auf der Brustwehr gesehen worden waren, und Simon war ein Meister der Kunst, Lügen in Wahrheiten zu verstecken. Das schien ihm auch dieses Mal geglückt zu sein. Richard zog die Zahlen, die er genannt hatte, nicht in Zweifel.

Stattdessen sah er zu der belagerten Burg im Mondschein hinüber und rieb sich versonnen das linke Ohr. Aber was immer ihm durch den Kopf ging, behielt er für sich, und schließlich befahl er seinen Männern: »Schafft sie hinüber in die Festung und legt sie in Ketten.«

Crowmarsh Castle, das Wallingford gegenüber am anderen Themseufer errichtet worden war, hatte keinen steinernen Turm. Nach alter normannischer Bauart war ein hölzerner

Donjon auf einem angeschütteten Hügel errichtet und mit einem Palisadenzaun und Graben umgeben worden. Der Graben war nicht bewässert, und das Tor hatte nicht einmal ein Fallgitter. Keine sehr trutzige Festung, stellte Simon fest, als er bei Tagesanbruch aus dem Fenster der Kammer schaute, wo man sie eingesperrt hatte, aber die Stärke der Garnison machte ihm Angst. Hier lagen zehnmal so viele Männer wie drüben in Wallingford, schätzte er.

»Junge, Junge, ich hab vielleicht Kohldampf …«, brummte Wulfric.

Als Simon sich umwandte, klirrten die Handketten. »Ich schlage vor, du gewöhnst dich daran.«

Wulfric bedachte ihn mit einem Lächeln und einer obszönen Geste. Sein Bruder nahm den Stumpf seines Fingers aus dem Mund, an dem er gelutscht hatte, und betrachtete die Wunde eingehend. »Hat fast aufgehört zu bluten«, verkündete er zufrieden.

Sie befanden sich in einer kleinen unmöblierten Kammer im Obergeschoss des Donjons. Es gab nicht einmal Bodenstroh. Simon setzte sich auf die nackten Holzdielen, lehnte den Rücken gegen die Wand und schloss die Augen. Er war müde wie selten zuvor in seinem Leben, und er war ratlos. »Wie haben sie euch geschnappt?«, fragte er, ohne die Lider zu öffnen.

»Ich schätze, sie haben uns gesehen«, antwortete Godric seufzend. »Die Nacht war einfach zu hell. Wir haben noch überlegt, ob wir in Deckung bleiben und auf schlechteres Wetter hoffen sollen, aber dann haben wir uns dagegen entschieden.«

»War ein Fehler«, räumte sein Bruder ein. »Wir dachten, die Wachfeuer sind so weit weg, was soll's, das Risiko ist überschaubar. Aber vermutlich haben sie uns von hier aus entdeckt. Es tut mir leid, Simon. Wir haben dich in die Scheiße geritten.«

Simon winkte ab. »Wir haben alle gewusst, dass das hier passieren könnte. Jetzt ist es eben passiert. Euch trifft keine Schuld. Mein Cousin ist ein ziemliches Raubein, keine Frage, aber ich glaube nicht, dass er uns aufhängt. Im Grunde ist er harmlos …«

»Der kleine Earl Richard ist auch nicht das Problem«, unterbrach Wulfric. »Das Schlimmste weißt du ja noch gar nicht.«

»Und zwar?«

Ehe die Zwillinge antworten konnten, erklangen draußen schwere Schritte, ein Riegel rasselte, und die Tür flog auf. Zwei Ritter in Begleitung von vier Wachen traten über die Schwelle. Den langen, dünnen mit der Adlernase hatte Simon noch nie im Leben gesehen, aber er ahnte, um wen es sich handelte. Bei dem Untersetzten musste er nicht raten: Es war Haimon.

»Jetzt weißt du, was ich meinte«, murmelte Wulfric.

Simon kam scheinbar mühelos auf die Füße – ohne die gefesselten Hände zu Hilfe zu nehmen, so wie er es vor so langer Zeit von Alan gelernt hatte. »Sieh an, Haimon de Ponthieu.«

Sein sparsames Lächeln zeigte nichts als verhaltene Überheblichkeit. Niemand hätte ahnen können, dass Furcht seine Beine hinaufkroch und sich wie ein Stück glühender Holzkohle in seinem Magen einnistete. Genugtuung strahlte in Haimons dunklen Augen, und Simon wusste, dass er selbst und die Zwillinge jetzt den Preis für das bezahlen würden, was sie Haimon angetan hatten. Aber mehr als vor Haimons Rache fürchtete Simon sich vor der berechnenden Grausamkeit in den Augen des anderen Mannes.

Er verneigte sich sparsam. »Eustache de Boulogne, nehme ich an? Eine Ehre, Monseigneur.«

»Woher wisst Ihr, wer ich bin?«, fragte der Kronprinz.

»Ich kenne Euren Vater. Ihr seht ihm ähnlich.«

»Ihr erinnert Euch an sein Gesicht, obwohl Ihr Euch auf die Seite seines Feindes geschlagen habt? Wie sonderbar.« Das gut aussehende, kantige Gesicht blieb unbewegt. *Das einzig Vorzeigbare, was Eustache de Boulogne besitzt, sind seine Qualitäten als Soldat,* hatte Kaiserin Maud einmal zu Simon gesagt. Und der Kronprinz hatte tatsächlich die Statur, die Geschmeidigkeit und den scharfen Blick eines erfahrenen Kämpfers. *Über alles andere breitet man besser den Mantel des Stillschweigens,* hatte die Kaiserin noch hinzugefügt. *Eustache ist die boshafteste Kreatur, die mir je unter die Augen gekommen ist.* Nun, der Kaiserin war eine Begegnung mit Reginald de Warenne erspart geblieben, aber Simon schätzte, Eustache müsse wohl die zweitboshafteste Kreatur sein, mit der er persönlich je das Vergnügen gehabt hatte …

»Henry Plantagenet hegt keine Feindschaft für König Stephen«, gab er zurück.

»Nein. Natürlich nicht. Er möchte ihn nur beerben, richtig?« Eustache lächelte träge. »Dummerweise möchte ich das auch.«

»Ich schätze, wer der rechtmäßige Erbe des englischen Throns ist, wird sich auf dem Schlachtfeld entscheiden.«

»Falls Henry Plantagenet sich je wieder herwagt«, warf Haimon ein und tauschte einen vielsagenden Blick mit Eustache. Kein Zweifel, die beiden waren dicke Freunde. Simon war alles andere als überrascht.

König Stephens Sohn wandte sich zu Godric und Wulfric um, die zu seiner Rechten an der Wand lehnten und gelangweilt taten. Er trat einen Schritt näher, verschränkte die Arme und betrachtete sie kopfschüttelnd. »Bei Gott, welch eine Monstrosität.«

»Wenn schon, dann zwei«, verbesserte Godric, was ihm einen warnenden Blick seines Bruders eintrug. Sowohl Wulfric als auch Simon kannten Godrics fatale Neigung, seine Furcht mit Flapsigkeit zu überspielen, was in der Regel alles nur noch schlimmer machte.

»Dieses zweiköpfige Ungeheuer kann sprechen, Haimon«, verwunderte sich der Kronprinz.

»Oh, es kann noch viel mehr«, gab Haimon grimmig zurück.

»Dann bring es nach unten in den Hof und kette es irgendwo an. Die Männer sollen ein bisschen Spaß haben, was meinst du?«

Haimon lachte in sich hinein, gab den Wachen ein Zeichen, und zwei vierschrötige Kerle traten zu den Zwillingen. Einen Moment betrachteten sie sie ein wenig ratlos, dann packten sie jeder einen am äußeren Arm. Godric und Wulfric ließen sich lammfromm zur Tür führen. Sie warfen Simon beide den gleichen Blick zu; es war beinah ein Lächeln: *Wird schon,* sagte dieser Ausdruck. *Mach dir um uns keine Gedanken …*

Haimon trat hinter ihnen hinaus und schloss die Tür. Eustache blickte ihnen einen Moment nach, und Simon überlegte, ob er mit dem Dolch, den er im Stiefel trug, irgendetwas ausrichten konnte. Wenn er schnell genug wäre, könnte er Eustache vielleicht töten. Aber dann blieben immer noch die Handketten und die beiden Wachen, die nahe der Tür standen und ihn nicht aus den Augen ließen. Das Beste, was er erhoffen konnte, war ein rasches Ende für sich selbst, erkannte er, aber es hätte bedeutet, Godric und Wulfric im Stich zu lassen. Also sann er auf eine andere Strategie.

»Was verschlägt Euch nach Wallingford, Monseigneur?«, fragte er.

Eustache schlenderte ein paar Schritte durch den Raum und lehnte sich neben dem Fenster an die Wand. »Was kümmert es Euch?«

Simon hob die Schultern. »Ich bin nur neugierig. Ich dachte, Ihr kämpft an der Seite Eures Schwagers, des Königs von Frankreich, in der Normandie.«

Eustache schnaubte leise. »Ihr wisst ganz genau, dass mein Schwager Louis das Kämpfen eingestellt hat und zurück nach Paris gekrochen ist. Also sind Haimon und ich heimgekehrt und haben Verstärkung nach Wallingford geführt. Es war der Wunsch des Königs.«

»Verstehe. Und Ihr seid ein pflichterfüllter Sohn und tut immer genau das, was der König wünscht, da bin ich sicher.«

Eustache verzog den Mundwinkel. »Ich war Frankreichs überdrüssig und meiner angetrauten Constance erst recht. Sie ist eine ewig händeringende Betschwester, fast so schlimm wie ihr Bruder, der König. Außerdem wünscht mein Vater, dass ich in naher Zukunft gekrönt werde, und dazu muss ich in England sein.«

Simon zog verwundert die Brauen hoch. »Hat noch niemand den Mut gefunden, Euch zu eröffnen, dass Ihr Euch diese vorzeitige Krönung aus dem Kopf schlagen könnt?«

Eustaches Miene wurde finster, und er trat einen Schritt auf Simon zu. »Was redet Ihr da?«

Simon sah ihm in die Augen. »Es ist so, seid versichert. Der Papst hat es verboten.«

Die kalten, stahlblauen Augen hatten sich verengt. »Woher wisst Ihr das?«

»Der Gesandte des Erzbischofs von Canterbury hat es mir erzählt.«

»Wer soll das sein?«

»Thomas Becket.«

Wütend stieß der Kronprinz die Luft aus. »Ich wünschte, ich könnte Euch einen Lügner nennen, aber ich sehe, Ihr sagt die Wahrheit. Dieser verdammte Erzbischof steckt mit Plantagenet unter einer Decke. Und der Papst ebenso.«

Simon nickte, obwohl er keineswegs überzeugt war, dass das stimmte. »Henry Plantagenet ist der mächtigste Mann in Frankreich. Der Papst hat nichts zu gewinnen, wenn er ihn gegen sich aufbringt.«

»Nun, ich schätze, es dauert nicht lange, bis Plantagenet seinerseits den Papst gegen sich aufbringt. Er brüstet sich ja gern damit, er habe Dämonenblut in den Adern.«

»Rechnet lieber nicht darauf, Monseigneur«, riet Simon.

»Aber was ist …« Eustache brach unvermittelt ab, musterte ihn von Kopf bis Fuß und verschränkte dann mit einem leisen Lachen die muskulösen Arme vor der Brust. »Jetzt fällt mir ein, was ich über Euch gehört habe. Ihr seid der, den sie an Plantagenets Hof Merlin nennen. Der Kerl, der alle Geheimnisse kennt und verschlossene Briefe lesen kann. Ich bin tief beeindruckt, Monseigneur.« Er verneigte sich höhnisch. »Aber denkt lieber nicht, Ihr könntet mich mit irgendeiner schlauen List dazu bewegen, zu tun, was Ihr wollt. Macht nicht den Fehler zu glauben, ich sei ein Einfaltspinsel wie mein Vater.«

»Ich verstehe nie so recht, warum so viele Euren Vater für einfältig halten. Das ist er nicht. Nur ein bisschen zu nachgiebig und zu gutmütig für einen König.«

»Was man von mir wirklich nicht behaupten kann.«

»Nein«, räumte Simon ein. Er blickte aus dem Fenster. Unten im Hof stand ein Gerüst, das als Galgen für Deserteure ebenso diente wie als Schandpfahl, wo ungehorsame Soldaten ausgepeitscht wurden oder – je nach Schwere des Vergehens – eine Hand oder ein Ohr verloren. Das Gerüst war breit genug für zwei, erkannte Simon mit sinkendem Herzen, als die Wachen Godric und Wulfric dort mit über dem Kopf gestreckten Armen an den Querbalken fesselten. Haimon gab genaue Anweisungen. Wie bei solchen Gelegenheiten üblich, strömten in Windeseile dienstfreie Soldaten und sonstiges arbeitsscheues Gesindel zusammen und bildeten eine Traube um den Pranger. Haimon sagte irgendetwas, das Simon nicht verstand. Die Versammelten lachten. Es klang abscheulich. Godric und Wulfric tauschten einen kurzen Blick und schauten dann wieder nach vorn, die Mienen so ausdruckslos wie tönerne Totenmasken.

Eustache de Boulogne trat neben Simon und blickte genau wie er nach unten. »Die Männer sind zornig und gelangweilt nach einem Jahr erfolgloser Belagerung. Da kommt so etwas gerade recht. Ich möchte nicht mit den beiden Missgeburten da unten tauschen …«

Haimon hatte sich eine Peitsche bringen lassen, und zwei betrunkene Soldaten rissen Godric und Wulfric die Kittel vom Leib, zeigten johlend mit den Fingern auf die Stelle, wo sie zusammengewachsen waren, und konnten sich vor Lachen kaum auf den Beinen halten.

Simon schloss die Augen. Und mit einem Mal überkam ihn ein solcher Hass auf Haimon und Eustache und alle Gesunden auf der Welt, dass er jedwede Vernunft in den Wind schlug. Er wandte den Kopf und sah Eustache de Boulogne in die Augen. »Wusstet Ihr, dass Eure schöne Constance für Raymond de Toulouse die Röcke rafft, während sie Euch die händeringende Betschwester vorspielt, mein Prinz? Warum auch nicht, wird sie sich gedacht haben. Sie riskiert nichts, denn sie ist ja unfruchtbar. Das ist übrigens kein Geheimnis. Das weiß die ganze Welt außer Euch.«

Ironischerweise war es die Fallsucht, die Simons Augenlicht rettete.

Eustache hatte auf ihn eingedroschen und -getreten, bis die Wachen ihn zaghaft fragten, ob es wirklich in seinem Sinne sei, den Gefangenen zu töten. Da war der Kronprinz wieder halbwegs zu Verstand gekommen, aber er war noch lange nicht fertig mit dem Mann, der es gewagt hatte, ihm die unschöne Wahrheit über seine Gemahlin zu eröffnen. Er ließ sich eine Fackel bringen, um ihn zu blenden und sein Gesicht zu entstellen, doch das gleißende Licht hatte einen Anfall ausgelöst, ehe die Flamme anderweitigen Schaden anrichten konnte. Die Wachen, die Simon an Armen und Schopf gepackt hatten, um ihn stillzuhalten, wichen entsetzt zurück, als er zu krampfen begann, und selbst Eustache verlor die Lust an seinem Vorhaben, als er die verdrehten Augen und den Schaum vor dem Mund seines Opfers sah. Jedenfalls nahm Simon das an, denn als er eine ungewisse Zeit später aufwachte, konnte er noch sehen und hatte keine Brandwunden im Gesicht. Und er war allein.

Blinzelnd lag er auf dem nackten Holzfußboden und machte wie üblich eine Bestandsaufnahme. Alle Knochen taten ihm weh, was vermutlich mehr mit Eustaches Fäusten und Stiefeln zu tun hatte als mit dem Anfall. Seine Zunge hatte er dieses Mal so gründlich erwischt, dass sie selbst jetzt noch blutete. Er hatte eingenässt, aber nicht eingekotet. *Dank sei Gott für seine kleinen Gnaden.*

Langsam setzte er sich auf, stützte die Ellbogen auf die Knie und die Stirn auf die Fäuste und wartete auf den nötigen Antrieb, um aufzustehen und aus dem Fenster zu schauen. Es dauerte lange, denn er wollte es nicht sehen. Aber er musste. Also hangelte er sich schließlich am Fensterrahmen in die Höhe, sandte ein Stoßgebet gen Himmel und blickte dann nach unten. Es dämmerte bereits, und es hatte zu regnen begonnen, aber noch war genug Licht, um Godric und Wulfric zu erkennen. Sie hingen schlaff wie Stoffpuppen in ihren Fesseln. Godric war bewusstlos. Wulfric tat nur so, schien es Simon, aber alle anderen hatte sein Freund offenbar hinters Licht geführt, denn weit und breit war niemand in ihrer Nähe. Anscheinend war den Männern langweilig geworden. Die halbnackten Leiber der Zwillinge waren übel zugerichtet, doch sie hatten schon schlimmer ausgesehen.

Simon hatte sich gerade wieder auf den Boden gesetzt und massierte gedankenverloren seine malträtierte Schulter, als die Tür sich öffnete.

»Simon …«

Er sah auf und ließ die Hand sinken. »Richard.«

Beinah zögernd trat sein Cousin in den Raum. Verstohlen musterte er Simon, sah ihm einen winzigen Moment in die Augen und gleich wieder weg. »Ich … Er will, dass ich dich in die Halle bringe. Der Prinz, meine ich.«

»Wie untypisch zartfühlend, dass er meinen Cousin schickt und nicht Haimon de Ponthieu«, spottete Simon.

Richard räusperte sich. »Haimon wollte kommen. Aber ich habe mich vorgemogelt.«

»Hm. Und was passiert unten in der Halle? Soll ich den Rittern beim Essen die gleiche Kurzweil bieten wie meine Freunde unten im Hof den Soldaten?«

»Ja.« Es klang tonlos.

Simon ließ sich gegen die Wand zurücksinken und wandte den Blick zur Decke. »Richard, fang nicht an zu flennen, ja? Sei so gut.«

Richard schniefte und schüttelte langsam den Kopf hin und her wie ein Ochse, der zu lange in der Sonne gestanden hat. »Wenn ich gewusst hätte, was er tut, hätte ich dich laufen lassen. Wenn ich geahnt hätte, dass Haimon eine alte Rechnung mit dir offen hat … Ich wollte das nicht, Simon, das musst du mir glauben. Du bist doch mein Cousin.«

»Richtig. Die peinliche, fallsüchtige Missgeburt in der Familie, weißt du noch? Der Kerl, der sich mit anderen Missgeburten rumtreibt, denen man bedenkenlos die Finger abhacken kann.« Er stand auf. »Lass uns gehen. Ich bin lieber dort unten, als mir hier deine Trauermiene anzusehen.«

Richard nickte, wandte sich unglücklich zur Tür und warf ihm etwas vor die Füße. »Ich warte draußen.«

Erst als er wieder allein war, bückte Simon sich und hob auf, was sein Cousin ihm gebracht hatte. Es war ein Paar sauberer Beinlinge.

Auf der engen Holztreppe machte Simon sich mit dem Gedanken vertraut, dass er heute Abend sterben würde. Er hatte seinem Zorn nachgegeben und seine Chance vertan, Eustache de Boulogne in ein Gespinst aus Worten zu wickeln, zu verwirren und auf dünnes Eis zu führen, bis diesem gar nichts anderes mehr übrig blieb, als sich Simon anzuvertrauen, um wieder festen Boden unter die Füße zu bekommen. In der Vergangenheit war das gelegentlich gelungen. Heute nicht. Es war eine bittere Niederlage, dass Eustache ihn mit seinen eigenen Waffen geschlagen und seinen wunden Punkt gefunden hatte, während Simon noch nach dem seinen tastete. Und weil das geschehen war, würde er sterben.

Er fürchtete sich. Und der Gedanke quälte ihn, dass er Philippa nie wiedersehen würde, dass er zu feige gewesen war, ihr die Wahrheit zu sagen, und stattdessen zugelassen hatte, dass sie sich im Unfrieden trennten. Aber gleichzeitig empfand er eine eigentümliche Gelassenheit. Das, was für ihn das Schlimmste war, war bereits passiert: Er hatte im Angesicht seines Feindes einen Anfall erlitten und zuckend zu seinen Füßen gelegen. Für Simon war es die grauenvollste aller Demütigungen, und ganz gleich, was sie jetzt taten – schlimmer konnte es nicht werden. Die Erkenntnis gab ihm Trost und vor allem Mut.

Die Halle war klein und schmucklos, und es gab weder Kamin noch Feuerstelle. Fackeln in schmiedeeisernen Ständern waren die Wände entlang aufgereiht, doch sie schienen mehr Qualm und Ruß als Licht zu verbreiten. Es gab nur eine lange Tafel, und sie hatte kein Tischtuch. Eustache und Haimon saßen auf den Ehrenplätzen in der Mitte, und vielleicht zwanzig Ritter hatten sich versammelt. Der Eintopf, den sie aßen, verbreitete einen unangenehmen Geruch nach angebranntem Hammelfleisch. Als die beiden Wachen Simon hereinbrachten, dicht gefolgt von Richard de Clare, verstummten die gedämpften Tischgespräche, und die Männer sahen ihnen entgegen. Simon schaute in ein paar Gesichter, während er vor die Tafel geführt wurde. Die meisten erwiderten seinen Blick mit verhaltener Neugier, manche mit Häme, und er erkannte niemanden.

Sechs Holzbalken stützten die Decke der Halle. Ein bärtiger Goliath stand wartend neben dem, welcher der Tafel am nächsten war, und hielt einen Strick in Händen. Zu seinen Füßen glomm eine Kohlenpfanne, in deren Mitte man einen Becher gestellt hatte. Simon konnte den Inhalt nicht erkennen, aber er hörte das unverwechselbare Blubbern von kochendem Blei.

»Es ist eine schöne, alte französische Sitte, de Clare«, erklärte Eustache mit einem Lächeln. »Viel ausgeklügelter und nicht so geistlos wie die endlosen Verstümmelungen des normannischen Gesetzes. Von den alten Franken können wir noch etwas lernen, so scheint mir: Männern, deren gefährlichste Waffe ihre Zunge war, schütteten sie geschmolzenes Blei in den Schlund, damit die Zunge still hielt. Das hat mir irgendwie immer gefallen.«

»Ich bin nicht verwundert«, hörte Simon sich sagen, und er fragte sich, wie er seine Stimme gefunden hatte, woher er die Luft zum Atmen nahm, denn das Grauen schnürte ihm die Kehle zu.

Haimon hob ihm den Weinbecher entgegen. »Was passiert eigentlich, wenn einer von deinen unzertrennlichen Freunden krepiert?«, fragte er.

»Dann stirbt der andere wenig später.«

»Nun, in dem Fall werdet ihr heute wohl alle drei zur Hölle fahren. Der Linke von den beiden, der mit der großen Klappe …«

»Godric. Sein Name ist Godric of Gilham.«

»Er hat wohl eins zu viel auf den Schädel gekriegt. Er blutet aus den Ohren.«

Simon sagte nichts. Es war also auch Godric und Wulfric bestimmt, an diesem Tag ihrem schlimmsten Albtraum zu begegnen: Der eine sah seinen Bruder sterben, der andere wusste, dass er seinen Zwilling mit in den Tod nahm.

Eustache de Boulogne hatte die Hände im Nacken verschränkt und sich bequem in seinem Sessel zurückgelehnt. »Ich kann mir vorstellen, ihnen wär's lieber, sie könnten gleichzeitig abtreten, he.« Er sah Simon in die Augen. »Das ließe sich einrichten. Ihr müsst nur eine Kleinigkeit dafür tun.«

»Was?«, fragte Simon schroff.

»Ihr müsst runter auf die Knie gehen, hier herüberrutschen, mir die Füße küssen und mich artig bitten. Mit Euren letzten Worten, sozusagen.« Er gluckste. »Dann schicke ich zwei Männer runter, die die armen Missgeburten draußen im Hof von ihrem Elend erlösen, Ihr habt mein Wort.«

Simon zögerte nicht.

Leises Raunen und Hohngelächter erhob sich an der Tafel, als er im Stroh auf die Knie sank. Was ist das nur?, fragte er sich. Was befriedigt die Menschen so daran, einen anderen erniedrigt zu sehen?

Er verharrte einen Moment mit gesenktem Kopf, die gefesselten Hände zwischen den Knien. Dann machte er sich auf den Weg. Die Strecke um die Tafel herum bis zu Eustache maß vielleicht zwanzig Schritte. Aber es dauerte erstaunlich lang, sie auf den Knien zurückzulegen. Simon beeilte sich auch nicht. Geradezu bedächtig schob er erst das eine Knie vor, dann das andere, spürte hier einen Tritt, dort einen Löffel Eintopf landen und hielt den Blick starr auf seine gefesselten, ineinander verschränkten Hände gerichtet.

Haimon und Eustache waren mit ihren Sesseln zurückgerutscht, um ihm Platz zu machen, und genau zwischen ihnen hielt Simon an.

»Also? Worauf wartet Ihr?«, fragte Eustache. Es klang vergnügt, fast nachsichtig.

Simon schärfte sich ein, sich nicht noch einmal durch seinen Hass auf diesen Mann von seinem einmal eingeschlagenen Weg abbringen zu lassen. Er atmete tief, um sich zu sammeln, seine schmerzenden Glieder zu zwingen, ihm zu gehorchen, dann schnellte er hoch und stürzte sich auf Haimon. »Such uns schon mal ein warmes Plätzchen.«

Haimon stieß ein kurzes Schnaufen aus; es klang wie ein Laut der Verblüffung. Dann sank er zurück. Sein Blick starrte an Simons linker Schulter vorbei ins Leere.

Eustache hatte tatsächlich die Reflexe eines Soldaten. Er sprang auf und riss Simon am Arm zurück, sodass alle an der Tafel Versammelten den kurzen Elfenbeingriff sahen, der aus Haimons linker Brust ragte.

Ein paar Atemzüge lang herrschte betretenes Schweigen. Es war so still, dass Simon wieder das Brodeln des Bleibechers hörte.

Eustache hielt ihn immer noch gepackt. Mit unbewegter Miene betrachtete er seinen toten Freund, dann schaute er Simon an und nickte anerkennend. »Ein Messer im Stiefel? Wie … altmodisch.«

Simon antwortete nicht. Aus dem Augenwinkel sah er seinen Cousin Richard, der mit dem Rücken zur Tafel auf einem der äußeren Plätze saß, den Kopf gesenkt.

»Warum er und nicht ich?«, wollte Eustache wissen. »Etwa aus Rache für das zweiköpfige Ungeheuer da unten im Hof?«

Für Godric, für Wulfric, für Oswald, für Alan – für uns alle. Aber Simon stand nicht der Sinn danach, Eustache das zu erklären, und so nannte er nur den zweiten Grund, der die Wahl seines Opfers bestimmt hatte: »Ihr wart zu wachsam. Vermutlich hätte ich Euch nicht erwischt. Er war schon halbwegs betrunken.«

Noch einmal sah Eustache auf Haimon hinab, streckte die freie Hand aus und schloss die Lider. »Es ist ein Jammer um diesen Mann, wisst Ihr«, bemerkte er dann seufzend.

»Nein, Monseigneur. Ich weiß nichts dergleichen.«

»Tja. Wie auch immer.« Eustache hob die Schultern, als sei die Sache nicht von Belang. »Was war jetzt? Sollen die Missgeburten da unten langsam verrecken, oder wollt Ihr mir die Füße küssen?«

»Eh ich Euch die Füße küsse, trinke ich lieber einen Becher Blei.«

»Das könnt Ihr haben.« Er nickte den beiden Rittern zu, die ihm am nächsten saßen, und sie standen auf, packten Simon und zerrten ihn um die Tafel herum zu dem Balken, wo der Goliath immer noch geduldig mit dem Strick in den Händen wartete. Den schlangen sie Simon um die Brust, und während sie ihn an den Balken fesselten, trat er beinah beiläufig das Kohlebecken um, sodass glühende Holzkohle und flüssiges Blei sich ins Stroh ergossen und es entzündeten.

Auf der Stelle brach ein Tumult aus. Ritter und Wachen sprangen unter Ausrufen des Schreckens auf und versuchten, die Flammen auszutreten, Diener und schreiende Mägde rannten hinaus, um Wasser zu holen, und Simon nutzte die Gunst des Augenblicks, um an dem Strick zu zerren, der ihn an den verdammten Balken band, aber vergebens. Dann stand plötzlich Eustache de Boulogne vor ihm. »So langsam habe ich die Nase voll von dir«, knurrte er und setzte ihm das Schwert an die Kehle.

Und über das allgemeine Durcheinander hinweg donnerte mit einem Mal eine Stimme: »Eustache! Was bei allen Heiligen geht hier vor?«

Eustache verdrehte die Augen zur Decke. »Oh verflucht, de Clare …« Mit einem fassungslosen Kopfschütteln und einem heiteren Funkeln in den Augen, als wäre alles nur ein Streich gewesen, trat er einen Schritt zurück und wies mit der Klinge zum Eingang der Halle. »Da kommt mein alter Herr.«

Es dauerte ein Weilchen, bis das Feuer gelöscht war und das allgemeine Getöse und das neuerliche Durcheinander, welches die unverhoffte Ankunft des Königs ausgelöst hatte, sich gelegt hatten. Dann endlich kehrte Ruhe in der Halle ein. Zwei Ritter hoben Haimon aus dem Sessel und legten ihn diskret in einem dunklen Winkel der Halle ins Stroh. Vor dem frei gewordenen Sessel wurden ein Bronzepokal und ein silberner Teller für den König aufgestellt, aber Stephen war offenkundig nicht zum Essen hergekommen. Er betrachtete seinen Sohn mit strenger Miene, dann ruckte er das Kinn in Simons Richtung und sagte:

»Bindet den Mann los und nehmt ihm die Fesseln ab. Und dann erklär mir, was das alles zu bedeuten hat.«

Richard eilte herbei und durchschnitt den Strick. Simon spürte, dass sein Cousin seinen Blick suchte, doch er starrte unversöhnlich zu Boden, bis eine der Wachen kam und die Eisenschellen aufschloss, die seine Hände gefesselt hatten. Dann trat er vor den König und sank auf ein Knie. »Sire.«

»Wer wart Ihr doch gleich wieder …?«, fragte Stephen unsicher.

»Simon de Clare.«

»Ach, richtig. Ich dachte, Ihr wolltet Mönch werden.«

Simon gestattete sich eine kleine Grimasse. Weil er den Kopf gesenkt hielt, konnte der König sie nicht sehen. »Es … sollte wohl nicht sein, Sire.«

»Mönch?«, wiederholte Eustache aufgebracht. »*Mönch?* Er ist Henry Plantagenets Ratgeber und Vertrauter und verflucht gefährlich obendrein!« Er zeigte mit dem Finger in die Ecke, wo Haimon lag. »Seht Euch das an, Sire. Mit gefesselten Händen hat er das getan, keinen Schritt von mir entfernt!«

»Ist das der Grund, warum du nach mir geschickt hast?«, fragte der König.

»Was?« Eustache war verwirrt. »Ich … habe nicht nach Euch geschickt.«

Stephen betrachtete ihn mit einem Kopfschütteln. »Dein Bote kam gestern Morgen vor Tau und Tag. Warst du etwa wieder betrunken, mein Sohn, und erinnerst dich nicht, dass du ihn geschickt hast?«

»Was? Aber ich …« Eustache klappte den Mund zu, verschränkte die Arme und warf Simon einen argwöhnischen Blick zu. »Was für ein Bote?«

»Woher sollte ausgerechnet ich das wissen?«, gab Simon verdrossen zurück. Seine Beine taten weh. Er hatte für heute mehr als genug Zeit auf den Knien verbracht. Er hatte Prügel bezogen, einen Anfall erlitten, um ein Haar sein Augenlicht verloren, einen Mann getötet und, um dem Ganzen die Krone aufzusetzen, beinah einen Becher Blei zum Abendessen bekommen. Er hatte genug. Unaufgefordert stand er auf und verneigte sich vor dem König. »Wenn Ihr erlaubt, würde ich gerne gehen, Sire. Mit meinen Freunden.« Falls sie noch leben, dachte er.

»Welche Freunde?«, fragte Stephen entgeistert, und im selben Moment sagte Eustache: »Du gehst nirgendwohin, de Clare.«

Simon sah den König an. Stephen war grau geworden, seine Schultern ein wenig gebeugt. Im Mai war seine Gemahlin gestorben, die ihm während der langen Jahre des Krieges eine wichtige Stütze und seinem Herzen nahe gewesen war, und man konnte sehen, dass die Trauer an ihm zehrte. Aber er strahlte immer noch Autorität aus. Und die Güte, die ihn gehindert hatte, den verhassten Krieg zu gewinnen. Es war nicht einmal schwierig, sich seiner Gerechtigkeit anzuvertrauen. »Sire, es ist wahr, was Euer Sohn sagt«, begann Simon. »Ich stehe in Henry Plantagenets Diensten und bin in seinem Auftrag in England. Und ich habe Haimon de Ponthieu getötet. Meine beiden Gefährten, die dort unten im Hof am Pranger stehen und vermutlich gerade verbluten, haben sich hingegen nicht gegen Euch und Euren Thron versündigt …«

»Oh, natürlich nicht«, fiel Eustache ihm höhnisch ins Wort. Dann wies er einen anklagenden Finger auf Simon. »Er und die beiden englischen Ochsen dort unten haben der Garnison von Wallingford Vorräte gebracht! Jetzt wird es noch einmal ein Jahr dauern, bis wir sie ausgehungert haben.«

»Vorräte?«, fragte der König ungläubig. »Wie?«

»Durch eine Wasserleitung unter der Einfriedung hindurch. Er hat …«

Sein Vater brach in Gelächter aus. »Dieser Mann hier? Aber mein Junge, das ist völlig ausgeschlossen. Er hat die Fallsucht.«

Simon biss die Zähne zusammen. König Stephens Geringschätzung kränkte ihn heute noch genauso wie damals, aber möglicherweise würde sie ihn und die Zwillinge retten. Also hielt er den Mund.

Eustache nickte zu Simons Cousin hinüber. »Der Earl of Pembroke hat es gesehen, Vater.«

»*Ich?*« Richard sprang wie gestochen von seinem Platz auf. »Ich habe überhaupt nichts gesehen, mein Prinz«, versetzte er. Es klang angewidert. »Nicht das Geringste.«

Der König hob die Hand zu einer gebieterischen Geste, um diesem Unsinn ein Ende zu bereiten. Dann fragte er Simon: »Was wolltet Ihr sagen, mein junger Freund?« Er sprach wie zu einem Kind.

»Ich wollte Euch bitten, mir zu gestatten, meine Freunde von hier fortzubringen. Wenn Ihr wünscht, komme ich anschließend wieder und unterwerfe mich Eurem Urteil. Ihr habt mein Wort.«

Stephen legte ihm mit einem milden Lächeln die Hand auf die Schulter. »Das ist nicht nötig. Geht nur.« Du weißt eben nicht, was du tust, sagte sein mitleidiger Blick.

»Vater …« begann Eustache. Es klang wie das Knurren eines wütenden großen Hundes.

Stephens Miene verfinsterte sich, als er seinen Erstgeborenen wieder ansah. »De Clare und seine Gefährten sind frei zu gehen. Mir will scheinen, du hast es in deinem Siegeseifer wieder einmal an Urteilsvermögen mangeln lassen. Wie kannst du dich nur an einem wie ihm vergreifen?«

Eustache war bleich vor Zorn geworden. »Hört Ihr denn nicht, was ich sage? Er hat Haimon de Ponthieu getötet!«

»Der vollständig bewaffnet war und durchaus in der Lage, sich zu verteidigen. Das ist kein Verbrechen, sondern ein üblicher Weg für Ehrenmänner, ihre Streitigkeiten auszutragen, oder nicht? Was erwartest du, das ich tue, Eustache?«

»Behalte ihn hier und lass mich herausfinden, was er über Henry Plantagenets Pläne und die Garnison von Wallingford weiß.«

Der König betrachtete seinen Kronprinzen mit einem betrübten Kopfschütteln. »Ich wünsche, dich unter vier Augen zu sprechen.« Dann wandte er sich an die versammelten Männer. »Lasst de Clare und seine Freunde gehen, das ist ein Befehl.« Und zu Simon mit diesem unerträglich nachsichtigen Lächeln: »Henry Plantagenet ist kein Umgang für Euch, mein

Junge. Glaubt mir, Ihr wäret wirklich am besten im Kloster aufgehoben.«

Simon nickte mit versteinerten Kiefermuskeln. »Danke, Sire.« Mit einer spöttischen Verbeugung verabschiedete er sich von Eustache.

Der knurrte: »Wir sehen uns wieder. Ich schulde dir noch was.«

Ein Wachsoldat begleitete Simon in den Burghof hinaus und berichtete seinen Kameraden, was der König befohlen hatte. Achselzuckend begleiteten die Männer Simon daraufhin zum Pranger. Ein ungemütlicher Herbstwind hatte sich zu dem Nieselregen gesellt, und es war sehr finster. Doch zwei der Wachen hatten Fackeln, die im Regen zischten und qualmten, und in ihrem Schein erkannte Simon die reglosen Gestalten.

»Godric? Wulfric?«

»Ich glaube, er ist tot«, sagte Wulfric. Seine Stimme klang tief und rau.

»Kannst du stehen?«

»Denk schon.«

Simon machte eine energische Handbewegung. »Schneidet sie los, gebt mir eine der Fackeln, und dann verschwindet.«

Einer der Soldaten zückte seinen Dolch. Wulfric befreite er als Ersten, der langsam die gefühllosen Arme sinken ließ und dann leicht schwankend, aber sicher stand. Godric sackte in sich zusammen, als seine Fesseln gelöst wurden. Simon war zur Stelle. Er fing ihn auf und legte sich seinen Arm um die Schultern. Dann nahm er die Fackel entgegen, wartete, bis die Wachen sich entfernt hatten, und nickte Wulfric zu. »Lass uns gehen.«

»Wohin? Und wozu eigentlich? Ich kann mich kaum rühren. Haimon hat uns das Fell gegerbt, und danach war er noch lange nicht fertig und …«

»Haimon ist tot, Wulfric.«

»Oh. Gut.«

»Jetzt komm.«

Wulfric rührte sich immer noch nicht. Auch er stützte seinen leblosen Bruder, aber er hielt den Kopf gesenkt, wagte scheinbar weder Godric noch Simon anzusehen. »Ich hab Angst«, flüsterte er.

»Ja. Ich auch. Lass uns trotzdem gehen. Du willst nicht hier sterben, oder?«

Wulfric schüttelte den Kopf und machte einen kleinen Schritt vorwärts. Er unterdrückte ein Stöhnen und wankte kurz, aber dann machte er noch einen Schritt.

Weit kommen wir so nicht, dachte Simon mutlos.

Doch das mussten sie auch nicht. Auf der anderen Seite der Zugbrücke wartete eine dunkle Gestalt am Wegrand, von deren Kapuze es stetig tropfte. »Gott. Ich fing an zu glauben, ihr kommt nicht«, murmelte eine vertraute Stimme.

Simon kniff für einen Moment die Augen zu. »Alan …«

Im flackernden Fackelschein sahen sie einander in die Augen. Dann betrachtete Alan die Zwillinge. Godric hatte die Lider geschlossen, und sein Gesicht wirkte wächsern. Er hatte nicht nur aus den Ohren, sondern ebenso aus Mund und Nase geblutet.

Wortlos legte Alan dem anderen Zwilling die Hand auf den Arm.

»Ist er tot?«, fragte Wulfric erstickt.

»Noch nicht. Kommt da lang, ich habe einen Wagen.«

Er übernahm Godric von Simon, der keine Einwände erhob, denn seine Beine trugen ihn selbst kaum noch. Mit erhobener Fackel ging Simon neben ihm her. »Du hast Stephen den Boten geschickt?«

»Ich *war* der Bote.«

»Wie … wer …«

»Becket hat mir erzählt, wohin ihr wolltet. Und ich bekam ein mieses Gefühl.« Sie hatten den Wagen erreicht. »Kannst du klettern, Wulfric? Simon und ich heben Godric hinauf.«

»In Ordnung.«

Es wurde eine schwierige und schmerzhafte Prozedur, aber

schließlich lagen die Zwillinge auf der Ladefläche, und Alan breitete eine Felldecke über sie. Wulfric sah ihn stumm an.

»Wer hat das getan?«, fragte Alan.

»Haimon.«

»Ich hab ihn getötet«, sagte Simon zu Alans Rücken.

Alan fuhr zu ihm herum, und alles, was im schwachen Licht von seinen Feenaugen zu sehen war, war ein Funkeln. Es war unmöglich zu erraten, was er empfand. Schließlich nickte er knapp. »Sitz auf.«

Simon schwang sich auf den Bock. »Wohin fahren wir?«

»Nach Norwich.«

Norwich, Oktober 1152

»Tu es, Josua«, drängte Alan leise. »Es ist doch sinnlos, länger zu warten.«

»Nein.« Wulfric schüttelte wütend den Kopf. »Es würde ihn umbringen.«

Dein Bruder stirbt so oder so, dachte Alan, aber er sagte es nicht. Sie führten diese Debatte nicht zum ersten Mal.

Es war schon ein kleines Wunder, dass Godric noch lebend in Norwich angekommen war, denn sie hatten über eine Woche gebraucht. Mehr als zwanzig Meilen pro Tag waren bei dem schauderhaften Wetter auf schlammigen Straßen mit dem Karren einfach nicht zu schaffen gewesen. Während der ganzen Reise war Godric kein einziges Mal zu sich gekommen, aber sein Herz schlug noch.

Alan und Simon hatten die Zwillinge ins Hospital gebracht, damit Josua nicht wieder in die Verlegenheit geriet, nicht jüdische Patienten unter seinem Dach beherbergen zu müssen. In einer hellen, warmen Kammer im Obergeschoss des Hauptgebäudes lagen Godric und Wulfric seither in einem Bett mit sauberen Laken, und Josua hatte für sie getan, was er konnte. Die Striemen und Wunden waren gut abgeheilt. Aber Godrics Bewusstlosigkeit schien von Tag zu Tag tiefer zu werden. Irgendwann auf der Reise hatte er Fieber bekommen, das sich einen Tag später auch bei seinem Bruder einstellte. Seither stieg und fiel es wie die Flut des Meeres, und beide Zwillinge wurden zusehends schwächer.

»Ich fürchte, dein Bruder hat den Schädel gebrochen, Wulfric«, hatte Josua ihm eröffnet.

»Man kann sich den Schädel brechen? So wie ein Bein?«, hatte Wulfric erstaunt gefragt.

»So ähnlich, ja.«

»Und … kann er nicht wieder heilen? Wie ein gebrochenes Bein?«

Josua hatte zögernd genickt. »Es kommt vor. Aber ich fürchte, Godric ist zu geschwächt.«

»Wie sind seine Chancen?«

»Sehr gering. Wenn … wenn du mir erlauben würdest, euch zu trennen, bestünde wenigstens für dich Hoffnung.«

»Kommt nicht infrage. Nicht, solange er noch atmet.«

»Aber auch du wirst schwächer vom Fieber. Wir können nicht mehr lange warten, verstehst du.«

»Nicht, solange mein Bruder noch atmet.«

Und dabei war es geblieben.

Simon und Alan wachten abwechselnd mit Josuas Söhnen bei den Zwillingen und flößten Godric tropfenweise Wasser ein, damit er nicht verdurstete. Mehr konnten sie nicht tun.

»Wäre ich doch nur einen Tag eher zu Stephen geritten«, murmelte Alan.

Simon betrachtete ihn kopfschüttelnd. »Es ist Unsinn, dass du dir Vorwürfe machst. Es war *unsere* Entscheidung, Wallingford mit neuen Vorräten zu versorgen. Du hattest im Grunde doch gar nichts damit zu tun. Versteh mich nicht falsch, ich bin froh, dass du gekommen bist. Aber eigentlich brauchen wir kein Kindermädchen.«

Sie saßen auf der Bettkante, Simon auf Wulfrics Seite, Alan auf Godrics, und sie sprachen leise, denn Wulfric war eingeschlafen. Er sah kaum besser aus als sein Bruder, bleich, die unrasierten Wangen eingefallen.

»Ich kann kaum fassen, welches Risiko du für uns eingegangen bist«, fuhr Simon fort. »König Stephen hat dich geächtet. Wenn irgendwer an seinem Hof dich erkannt hätte, wäre die Reise in Westminster für dich vorbei gewesen.«

Alan zeigte ein kleines, grimmiges Lächeln und antwortete nicht. Er tauchte den Zipfel eines sauberen Leintuchs in die Wasserschale und benetzte Godric damit die Lippen. Die Knöchel seiner rechten Hand waren abgeschürft. Alan ließ sich kein Wort über seinen gefährlichen Botengang zu König Stephen entlocken, aber reibungslos war er nicht verlaufen, so viel stand fest.

»Du solltest zu Henry zurückkehren«, sagte Alan. »Er muss erfahren, was hier vorgeht.«

»Ja, ich weiß«, gestand Simon. »Aber ich kann nicht gehen, eh ich weiß, was aus Godric und Wulfric wird.«

Alan warf ihm einen Blick zu, der so viel sagte wie: *Wir wissen doch beide, was aus ihnen wird.*

»Sie haben Frauen«, rief Simon ihm mit unterdrückter Heftigkeit in Erinnerung. »Godric hat zwei Söhne, Wulfric eine kleine Tochter. Was soll ich ihnen sagen?«

»Ich weiß es nicht. Ich habe so oft vor den Witwen und Waisen der Männer gestanden, deren Leben dieser Krieg gefordert hatte, aber ich habe die richtigen Worte nie gefunden. Vermutlich gibt es sie einfach nicht.«

»Wäre es doch nur der Krieg gewesen, der sie das Leben gekostet hat. Das wäre wenigstens ehrenhaft.«

»Aber es war Haimon, ich weiß. *Mein* Cousin. Der Rache an ihnen genommen hat, weil sie und du damals die Wahrheit aus ihm herausgeholt habt. Für *mich*. Also erzähl mir nicht, diese Sache ginge mich nichts an.«

Simon schüttelte den Kopf. »Ich sag dir, warum sie jetzt so daliegen, Alan: weil sie zusammengewachsen sind. Missgebildet. Wäre das nicht der Fall, hätte Haimon sie einfach erschlagen oder aufgehängt. Aber so hat er sie an den Pranger gestellt, sie zu einer … Jahrmarktsattraktion gemacht und zu seinen Männer gesagt: Na los, lasst eure üble Laune an ihnen aus. Ihr dürft tun, was ihr wollt, ohne ein schlechtes Gewissen haben zu müssen, denn sie sind nicht wie wir. Sie sind wertlos.«

»Du täuschst dich«, widersprach Alan. »Haimon hätte genau das Gleiche getan, wenn sie nicht zusammengewachsen wären. Weil sie zwei angelsächsische Bauern sind, die es gewagt haben, einen normannischen Edelmann zu demütigen. Es hatte viel mehr mit Stand zu tun als mit Missbildung. Du unterteilst die Welt nur in Kranke und Gesunde, Simon, und immer läufst du Gefahr, dem Unterschied zu viel Bedeutung beizumessen. Darum räumst du der Fallsucht mehr Macht über dein Leben ein, als sie eigentlich besitzen sollte. Dabei sind die Gesunden doch ebenso wenig Herr über ihr Schicksal, haben ebensolche Schwächen und Selbstzweifel. Gerade du, der so viele finstere Geheimnisse kennt, müsstest das doch eigentlich wissen.«

Simon erinnerte sich, dass Philippa etwas ganz Ähnliches zu ihm gesagt hatte. Die Fallsucht sei bedeutungslos, hatte sie behauptet. *Ihr habt beide keine Ahnung, wovon ihr redet*, wollte er einwenden, aber schon in seinem Kopf hörten die Worte sich schwächlich und wehleidig an, also hielt er lieber den Mund. Er legte im Übrigen keinen Wert darauf, sich nach Philippa auch noch mit Alan zu überwerfen.

Der hatte das Tuch wieder eingetaucht und kühlte Godric die Stirn. Ohne aufzuschauen, fragte er: »Wie ist Haimon gestorben?«

»Viel zu schnell und zu leicht. Ich habe mein Messer aus dem Stiefel gezogen und ihm ins Herz gerammt.«

Alan nickte wortlos.

Simon betrachtete ihn eingehend. »Zürnst du mir?«, fragte er dann. »Scheusal oder nicht, er war dein Cousin.«

»Im Gegenteil. Ich bin erleichtert, dass du es getan hast, denn ich habe immer befürchtet, ihn eines Tages selbst töten zu müssen. Seit er mir die Wahrheit über den Kreuzfahrermantel gestanden hat, ist das Band zwischen uns zerschnitten, und ich habe aufgehört, den Cousin meiner Kindheit zu vermissen. Sein Tod … berührt mich nicht.«

»Wieso habe ich dann das Gefühl, dass er dir zu schaffen macht?«, hakte Simon nach. »Ist es … Susanna?« Er sah Alan scharf an, und obwohl der alles daransetzte, nichts preiszugeben, kam Simon ihm auf die Schliche. »Der Gedanke an ihren Kummer erfüllt dich mit Genugtuung«, sagte er langsam. »Und *das* macht dir zu schaffen, weil es kein besonders netter Zug ist.«

Alan wandte ihm den Rücken zu, tauchte das Tuch in die Schale und wrang es aus, als wolle er ihm die Gurgel umdrehen. »Manchmal bist du wirklich unheimlich«, knurrte er. »Kein Wunder, dass sie dich Merlin nennen.«

»Oh, wärmsten Dank. Ich hasse es, wenn sie mich so nennen.«

»Ich weiß.«

»Sag mir lieber, was wir mit Eustache de Boulogne tun. Denn verglichen mit Eustache war Haimon ein Schoßhündchen.«

Alan fuhr fort, Godric die Stirn zu kühlen und Wasser einzuträufeln. »Denkst du, dass König Stephen seinen Sohn kontrollieren kann?«, fragte er nach einer Weile.

»Derzeit ja. Aber ich weiß nicht, wie lange noch. Ungeduld und Rebellion brodeln in Eustache. Er hält sich für tapferer und gescheiter als sein Vater – vermutlich ist er beides – und ist es müde, an der kurzen Leine gehalten zu werden.«

»Das ist gut.«

»Du meinst, Zwietracht zwischen König und Kronprinz schwächt sie und stärkt Henry?«

»Natürlich.«

»Trotzdem ist mir nicht wohl bei dem Gedanken, der Kronprinz könnte sich der Kontrolle durch seinen Vater entziehen. Er ist … fürchterlich, Alan.«

»In den Fens sagen die Leute, er sei schlimmer als Geoffrey de Mandeville.«

»Mich erinnerte er an Regy.«

»Was hatte er mit dir vor?«, fragte Alan nicht zum ersten Mal.

Aber wie jedes Mal zuvor schüttelte Simon den Kopf und schwieg.

»Blei«, murmelte Godric undeutlich, und seine Lider flackerten.

Wulfric riss die Augen auf. »Godric?«

»Gebt ihm … einen Becher Blei zu saufen …«

Simon und Alan wechselten einen fassungslosen Blick. Dann legte Alan dem Erwachten behutsam die Hand auf die Brust. »Still, Godric. Es hat dich ziemlich erwischt, du darfst dich nicht bewegen.«

Godric schlug die Augen auf. Sie waren blutunterlaufen, aber nach einer Weile wurde der Blick klarer. Seine linke Hand tastete, bis er die Rechte seines Bruders fand. Er schaute Alan an, dann Simon. »Ein Becher Blei. Es war Haimons Idee. Ich hab gesagt … ich hab gesagt, das sei allemal besser als ein Kreuzfahrermantel und drei Jahre auf der Insel. Und da hat er …« Er blinzelte. »Er hat …«

»Er hat das Stemmeisen genommen, das in der Nähe lag, und dir mit aller Kraft damit eins über den Schädel gezogen«, half Wulfric ihm auf die Sprünge, richtete sich vorsichtig ein Stück auf und beugte sich über ihn. »Mach dir nichts draus, Bruder, blöder kannst du davon auch nicht mehr werden. Und jetzt tu, was Alan sagt, halt den Mund und lieg still. Du warst zwei verdammte Wochen lang bewusstlos, und ich kann dir gar nicht sagen, wie gründlich ich die Schnauze davon voll hab, hier neben dir zu liegen und drauf zu warten, dass wir krepieren.«

Godric schenkte ihm ein strahlendes Lächeln, schloss die Lider und schlief ein.

Alan ging zur Tür. »Ich hole Josua.«

Simon wartete, bis er mit den Zwillingen allein war, ehe er fragte: »Es war Haimons Idee?«

Wulfric nickte.

»Dann hab ich wohl doch den Richtigen erwischt.«

»Keine Frage. Aber um Eustache wär's auch nicht schade gewesen. Er hat gesagt, er würde es mit dir ausprobieren, und wenn das Ergebnis ihn zufriedenstelle, wolle er den zweiten Becher gleich für Henry Plantagenet warmstellen.«

Simon schnaubte. »Den müsste er erst einmal kriegen.«

»Genau das könnte passieren, wenn Henry nach England kommt. Du hast gesehen, wie viele Männer Eustache allein in Wallingford hatte. König Stephens Rückhalt in England ist stark.«

Simon nickte. »Stärker, als ich gedacht hätte, wenn ich dir die Wahrheit sagen soll. Bleibt zu hoffen, dass die Lords die richtige Entscheidung treffen, wenn sie feststellen, dass sie die Wahl zwischen Eustache und Henry haben.«

Alan war in Norwich geblieben, bis er selbst glauben konnte, was Josua ihm schon seit Tagen gesagt hatte: Godric war auf dem Wege der Besserung und würde genesen. Dann hatte Alan mit Simon, den Zwillingen und Luke ein kleines Abschiedsfest gefeiert und war aufgebrochen.

An einem scheußlichen nasskalten Herbsttag kam er bei Dämmerung nach Helmsby zurück. Er gab Conan in Edwys Obhut, und als er mit eiligen Schritten den Burghof durchquerte, entdeckte er Oswald und King Edmund am Eingang des Viehstalls.

»Losian! Da bist du ja wieder.«

»Oswald, King Edmund. Alles wohlauf in Helmsby?«

Seine beiden Gefährten nickten.

»Was treibt ihr hier draußen in der Kälte?«, fragte Alan.

»Wir wollten gerade zurück in die Halle, aber unser junger Kuhhirte hier hätte keinen Bissen herunterbekommen, bevor er mir zeigen durfte, wie fachmännisch er einem deiner Kälber das Bein verbunden hat.« Edmund betrachtete Oswald mit einem wohlwollenden Lächeln, ehe er Alan fragte: »Und wie ist es dir ergangen?«

»Abwechslungsreich.«

Gemeinsam gingen sie zum oberen Tor, und unterwegs berichtete er ihnen, was sie wissen mussten. »Sie bleiben im Hospital, bis Josua ben Isaac sagt, dass die Zwillinge reisen können«, schloss er. »Dann segeln sie in die Normandie, und mit Gottes Hilfe werden sie bald mit Henry und seiner Armee nach England zurückkehren.«

King Edmund bekreuzigte sich. »Dann fängt der Krieg wieder an.«

»Der Krieg hat niemals aufgehört«, widersprach Alan. »Frag Simon, Godric und Wulfric. Frag die Garnison in Wallingford. Wir hier in Helmsby hatten nur das Glück, in den letzten Jahren nicht viel davon zu bemerken.«

»Was ist mit Simons Gut in Woodknoll?«, fragte Edmund. »Wird dieser Eustache es ihm nicht wegnehmen?«

Alan hob die Schultern. »Eigentlich darf er das nicht, denn es ist ein Lehen des Bischofs von Lincoln, nicht der Krone. Aber ich bin trotzdem hingeritten und habe Roger berichtet, was passiert ist, damit er vorbereitet ist.« Roger fitzNigel, Alans Cousin und einstiger Ritter, hatte Edivia geheiratet und lebte seit Jahren als Steward in Woodknoll.

Die drei Gefährten stiegen den überdachten Gang zum Burgturm hinauf und die Treppe zum Eingang.

Das Nachtmahl in der Halle hatte bereits begonnen. Alan trat zu seiner Frau und dachte wohl zum tausendsten Mal, dass sie wie eine Königin aussah, wie sie da kerzengerade in ihrem Sessel an seiner Tafel saß. Sein Herz machte diesen vertrauten kleinen Satz, den es immer tat, wenn er sie nach einer Trennung wiedersah – ganz gleich wie kurz diese Trennung auch gewesen sein mochte. Er konnte sich immer noch daran berauschen, dass diese Frau die Seine war, und auch wenn es sich nicht immer so anfühlte und er es nicht immer zu schätzen wusste, war ihm doch bewusst, dass er ein glücklicher Mann war. Lächelnd beugte er sich zu ihr herunter, küsste sie wegen der vielen Zeugen nur sittsam auf die Stirn und nahm neben ihr Platz. Edmund und Oswald gesellten sich zu ihnen. Wenn sie mit in der Halle aßen, taten sie es an Alans Tafel, denn er betrachtete sie als Teil seiner Familie.

Während Emma ihnen die Schale zum Händewaschen reichte, Alan von dem koscheren Fisch und Edmund und Oswald den

Kohl mit Speck auftrug, den der restliche Haushalt aß, setzte er auch Miriam über die Ereignisse ins Bild. »Dein Vater hat wieder einmal ein Wunder gewirkt«, schloss er. »Als ich sie sah, hatte ich nicht einen Funken Hoffnung für die Zwillinge.«

King Edmund bekreuzigte sich schon wieder. »Ich werde mir Mühe geben, für Haimons Seele zu beten, aber leichtfallen wird es mir nicht«, gestand er.

»Spar dir die Mühe«, gab Alan zurück. »Was er mit Simon tun wollte, wird Gott ihm nicht vergeben, und da er es nicht gebeichtet hat, eh er diese Welt verließ, nehme ich an, dass er in der Hölle schmort.« Es ließ nicht erkennen, was er bei dieser Vorstellung empfand.

Oswald legte den vollen Löffel zurück in die Schale und klemmte die Hände zwischen die Knie. »Ob er da mit Regy zusammen ist?«, fragte er furchtsam.

Alan musste sich auf die Zunge beißen, um ernst zu bleiben, denn der Gedanke hatte eine köstliche Ironie. »Könnte sein«, antwortete er. »Verdient hätten sie es, sich dort wiederzubegegnen. Alle beide.«

»Iss weiter, Oswald«, forderte Edmund ihren jungen Freund auf. »Wie oft muss ich dir sagen, dass du die Hölle nicht zu fürchten brauchst? Du bist so ein guter Junge.«

»Aber ein Schwachkopf«, konterte Oswald.

»Sagt wer?«, fragte Alan ärgerlich.

Oswald zuckte die runden Schultern. »Is' doch egal. Du weißt doch, dass es stimmt.«

»Es ist ein hässliches Wort«, widersprach Miriam. »Dein Kopf ist gut so, wie er ist, Oswald.«

»Und Jesus liebt dich so, wie du bist«, bekräftigte Edmund. *»Beati pauperes spiritu: quoniam ipsorum est regnum caelorum.«*

»Selig sind die Armen im Geiste, denn ihrer ist das Himmelreich?«, übersetzte Miriam unsicher.

Edmund nickte.

Alan konnte förmlich sehen, was in Miriams Kopf vorging: Im letzten Moment hielt sie sich davon ab, ihre Zustimmung und Bewunderung zum Ausdruck zu bringen, denn sie war nicht erpicht auf einen von King Edmunds missionarischen Vorträgen. Schon wieder musste Alan sich ein Lächeln verbeißen, und er sagte zu Oswald: »Da hast du's. Ganz gleich, was du anstellst, Jesus hält dir einen Platz an seiner Tafel frei.«

Oswald war ebenso verlegen wie erleichtert. »Ich bin nicht sehr traurig, wenn ich Regy und Haimon nicht wiedersehen muss«, gestand er.

Ein guter Grund, die ewige Verdammnis zu meiden, fuhr es Alan durch den Kopf. Doch *ich* werde sie wiedersehen, wenn ich sterbe, bevor meine Verbannung aus der Kirche aufgehoben ist …

»Aber Alan, was wird nun aus Susanna und ihren Kindern?«, fragte Miriam schließlich.

Er hob in vorgetäuschtem Gleichmut die Schultern. »Ich weiß es nicht.«

»Tu nicht so, als ginge es dich nichts an«, wies King Edmund ihn streng zurecht. »Du bist ihr Vormund.«

»Alan ist der Vormund ihrer Kinder?«, fragte Miriam ungläubig.

»Und Susannas ebenso«, antwortete Edmund. »Oder gibt es einen näheren männlichen Verwandten?«

Alan antwortete nicht sofort. Schließlich schüttelte er den Kopf.

»Alan, du musst …«

»Ich werde nicht hinreiten, Edmund«, unterbrach er ihn schroff. »Das kannst du dir aus dem Kopf schlagen. Susanna und ihre Brut werden schon nicht verhungern – Fenwick ist ein einträgliches Lehen, selbst wenn es Haimon nie gut genug war. Sie würde mich nicht einmal über die Zugbrücke lassen. Nein, vielen Dank.«

»Wüsste ich es nicht besser, käme mir der Verdacht, du fürchtest dich ein wenig vor deiner einstigen Gemahlin, mein Sohn.«

Alan aß verdrossen einen Löffel voll. Wovor er sich fürchtete, war, Susanna in ihrem Kummer zu sehen und zu bedauern.

Das war ihm zu heikel, und das hatte sie auch nicht verdient. »Wenn du so in Sorge um sie bist, dann reite du doch hin«, entgegnete er. »Hat sie dir nicht damals ständig ihr steinernes Herz ausgeschüttet, als ich ohne Gedächtnis heimgekommen bin, worüber sie maßlos beleidigt war?«

Edmund betrachtete ihn versonnen. Dann nickte er. »Darauf wäre ich nicht gekommen. Aber ich denke, du hast recht. Genau das sollte ich tun.«

Alan seufzte. »Das war kein ernst gemeinter Vorschlag, Edmund.«

»Nun, dafür war es ein guter Vorschlag«, gab ihr Heiliger ungerührt zurück. »Ich breche morgen früh auf.«

»Sei bloß vorsichtig. In East Anglia wimmelt es von Gesindel.«

»Und wenn schon. Ich habe keine Angst, mein eigenes Land zu durchwandern. Das Gesindel hier kann heutzutage kaum schlimmer sein als die dänischen Schlächter von einst.«

Alan hob hastig den Becher an die Lippen. »Du hast natürlich recht, King Edmund.«

Edmund ging und kehrte mit dem ersten Schnee des Winters zurück. Alan war erleichtert, ihn wohlbehalten zu sehen. Weit weniger erleichtert war er über die Neuigkeiten, die Edmund brachte: Susannas Leben war genau das Jammertal, das sie ihm angedroht hatte, als er sie fortschickte. Haimon hatte Fenwick für den Bau seiner Burg und den Unterhalt seiner Truppen verschuldet und beinah völlig ruiniert. Susanna und ihre Kinder litten Not. Und das mittlere, ein kleines Mädchen, war offenkundig schwachsinnig.

Alan saß in der Halle am Feuer, die Laute auf den Knien, und hatte dem Bericht schweigend gelauscht. »Denkst du … es ist Gottes Strafe für die Blutschande, in der ihre Kinder gezeugt sind?«, fragte er Edmund schließlich.

Der hob die mageren Schultern. »Oder für den Hochmut, mit dem sie Oswald und den anderen damals begegnet ist? Es wäre möglich.«

»Aber wieso straft Gott sie für ihre frevlerische Heirat, obwohl sie eine Dispens hat, und mich nicht, obwohl ich für die gleiche Sünde exkommuniziert bin?«, wollte Alan weiter wissen.

»Das verstehe ich auch nicht«, musste King Edmund einräumen. »Was wirst du jetzt tun, Alan?«

»Gar nichts«, antwortete er unversöhnlich.

»Mein Sohn ...«

»Sie hat Haimon dazu angestiftet, Oswald und mir Rollo de Laigle auf den Hals zu hetzen. Sie ist in diese Halle stolziert und wollte meine Frau, meine Großmutter und uns alle in einer Winternacht davonjagen. Sie ...«

»... hat Anrecht auf deine Hilfe.«

»Sie würde gar keine Hilfe von mir annehmen.«

»Oh doch. Sie würde *jede* Hilfe annehmen. Das muss sie. Willst du sie wirklich dazu verurteilen, dem nächsten Raubritter, der an ihrem Tor vorbeikommt, Einlass in ihre Burg und ihr Bett zu gewähren, damit er sie und ihre Kinder beschützt und ernährt? Du weißt, wie gottlos die Zeiten sind. Es würde früher oder später so kommen. Aber du bist nicht schuldlos an dem Weg, den sie eingeschlagen hat, Alan. Du kannst nicht alles, was du getan hast, damit rechtfertigen, dass das Schicksal und Haimon dir einen bösen Streich gespielt haben und du dein Gedächtnis verloren hattest. Du hast es zurückbekommen. Und du hast auch alles andere bekommen, was du wolltest: Helmsby, deine jüdische Frau, gesunde Kinder. Susanna musste weichen, weil sie dem, was du wolltest, im Wege stand. Wenn du hoffst, dass Gott dir deine Sünden je vergibt und dich zurück in den Schoß seiner Kirche führt, dann ist jetzt der Zeitpunkt, Einsicht zu zeigen und ein gutes Werk an jenen zu tun, denen du Unrecht zugefügt hast.«

Alan hatte ihm sehr unwillig gelauscht. Als er merkte, wie sein Griff sich um den Hals der Laute gekrampft hatte, lockerte er ihn hastig, denn er wollte das kostbare Erbstück nicht ein zweites Mal in seine Einzelteile zerlegen. Dann sah er zu Miriam hinüber, die mit Agatha am Stickrahmen saß und ihr geduldig die ersten Handgriffe mit der Nadel beibrachte. Zu Aaron, der mit Guillaumes Söhnen zusammen am unteren Ende der Halle lautstark um den Besitz einer panisch flatternden Gans rangelte, die sie verbotenerweise und aus unbekannten Gründen aus dem Stall in die Halle verschleppt hatten. Nur wenige Schritte von den kleinen Unholden entfernt saß die Amme mit Emma zusammen am Tisch und wiegte die schlafende Judith. Ja, musste er gestehen, viele seiner Wünsche waren in Erfüllung gegangen. Aber hatte er nicht einen angemessen hohen Preis dafür bezahlt? Tat er das nicht immer noch?

»Woher willst du das so genau wissen, Edmund?«, fragte er. »Mein Herz sagt mir, Gott will, dass ich seinem auserwählten König hier in England helfe, seine Krone zu gewinnen. Wenn ich Glück habe, verzeiht er mir dann. Susanna hat überhaupt nichts damit zu tun.«

Edmund schnaubte verächtlich. »Das hast du dir ja fein zurechtgelegt.«

»Was soll das heißen?«, fragte Alan gereizt.

King Edmund hob streng den Zeigefinger. »Du versuchst nur, all das Blut zu rechtfertigen, das du vergossen hast und immer noch weiter vergießen willst. Also schön.« Er vollführte eine Geste, als wolle er Alan fortscheuchen. »Tu es nur, zieh mit Henry und Simon in den Krieg. Aber mit Blut wirst du Gottes Gnade nicht erlangen.«

»Nein? Ist es nicht genau das, was die Streiter Christi im Heiligen Land tun?«

»Gib acht, Alan. Du versündigst dich. Die Streiter Christi vergießen Blut, um die Geburtsstätte unseres Glaubens zu verteidigen. Den heiligen Boden, wo der gnädige Herr Jesus Christus gewandelt, gestorben und auferstanden ist. Und du? Warum willst du immer noch mehr Blut vergießen?«

»Wie kommst du darauf, dass ich das will?«, entgegnete Alan. »Aber wir können England nicht kampflos Eustache de Boulogne überlassen, Edmund. Und ich habe es Gloucester auf dem Sterbebett versprochen.« *Damit dieses verfluchte Schiff endlich aufhört, unschuldige Menschen in den Tod zu reißen.*

Denn es sinkt immer noch … Bei dieser Erinnerung wurde Alan klar, dass auch Haimon letztlich ein Opfer dieser Schiffskatastrophe geworden war. Und wenn man noch ein bisschen genauer hinschaute, galt das auch für Susanna.

King Edmund breitete resigniert die Hände aus. »Nun, ich bin überzeugt, du wirst tun, was du für richtig hältst.«

Alan lehnte die Laute vorsichtig an den freien Sessel neben sich und stand auf. »Sei versichert. Aber ich werde meinen Steward bitten, einen Karren mit Lebensmitteln und eine Wache nach Fenwick zu schicken.«

Edmund hob verblüfft den Kopf. »Woher der plötzliche Sinneswandel?«, fragte er sichtlich erfreut.

Alan machte von dem Privileg Gebrauch, das ihm als Herrn der Halle zustand: Er blieb die Antwort einfach schuldig.

Malmesbury, Januar 1153

Am Tag der Heiligen Drei Könige war endlich geschehen, woran so mancher in England beinah schon nicht mehr geglaubt hatte: Henry Plantagenet war mit sechsunddreißig Schiffen, einhundertvierzig Rittern und etwa zehnmal so vielen Soldaten an der Küste von Dorset gelandet und marschierte umgehend nach Malmesbury.

»Warum Malmesbury?«, fragte Simon verständnislos. »Warum nicht Wallingford?«

Henry wandte sich im Sattel zu ihm um und grinste. Er schien der Einzige zu sein, dem der eisige Schneeregen, der ihnen waagerecht ins Gesicht geblasen wurde, nichts anhaben konnte. »Oh, keine Bange, Merlin. Wir werden deiner schönen Kastellanin schon zu Hilfe eilen.«

Simon verdrehte die Augen. »Wallingford ist der Schlüssel zu England, Henry. *Darum* geht es hier.«

»Ja, ja. Aber meine Basis in England bilden Bristol und Gloucester. Und solange Stephen Malmesbury hält, welches genau dazwischen liegt, werden meine Meldereiter ständig abgefangen. Hörte ich dich das nicht kürzlich sagen?«

»Das hörtest du mich sagen, ganz recht«, räumte Simon unwillig ein.

»Na siehst du. Also lass uns unsere Basis sichern, und dann widmen wir uns Wallingford. Aus rein strategischen Erwägungen, versteht sich.«

Alle, die mit ihm ritten und ihn hörten, lachten. Sogar Simon stimmte nach einem Moment mit ein. Es war schwierig, sich von Henrys Übermut nicht anstecken zu lassen. Der junge Herzog war so selig darüber, dass er seine lang gehegten Pläne endlich in die Tat umsetzen konnte, dass er beinah fiebrig vor Erregung wirkte. Doch sie machte ihn nicht leichtsinnig und auch nicht ungestümer, als er ohnehin schon war. Er hatte völlig recht, musste Simon einräumen. Bristol und Gloucester zu sichern musste ihre erste Aufgabe sein.

Malmesbury war ein verschlafenes, unbefestigtes Städtchen in den Grenzmarken und fiel ohne jeden Widerstand. Die Burg hingegen, die mitten in der Stadt Wange an Wange mit dem berühmten Benediktinerkloster stand, war trutzig und stark befestigt und ihre Tore fest verschlossen.

»Nun, dann wird die Burg eben belagert«, bekundete Henry und legte die verschlammten Stiefel auf einen Schemel.

Die Kaufmannschaft des Städtchens, die dem Earl of Gloucester und damit auch Henry gewogen war, hatte ihm ein Haus zur Verfügung stellen wollen, aber Henry zog es vor, inmitten seiner Truppe in einem Zelt zu hausen. »Kann mal irgendwer Wein heiß machen? Mir friert noch alles ab ...«

Bereitwillig machten Simon und die Zwillinge sich ans Werk. Während Godric und Wulfric den Weinschlauch besorgten, fand Simon in der Reisetruhe ein paar Becher und einen kleinen gusseisernen Topf, den man an einem Dreifuß über eine Kohlenpfanne hängen konnte.

Bald verbreitete sich der himmlische Duft von heißem Rotwein im Zelt, und Henry schnupperte wohlig, als eine der Wachen eintrat und meldete: »Der Earl of Gloucester, Monseigneur.«

»Großartig!« Henry sprang auf. »Herein mit ihm.«

Simons Kopf fuhr so schnell herum, dass seine Halswirbel unangenehm knackten.

Ein großer, schlaksiger Mann betrat das Zelt, sah Henry mit leuchtenden Augen an und sank vor ihm auf ein Knie nieder. »Mylord.«

Henry hob ihn auf. »Cousin William! Welch eine Freude. Setzt Euch, setzt Euch. Wie viele Männer bringt Ihr?«

»Alle, die ich habe. Zweihundert Ritter, eintausend Fußsoldaten.«

Henry pfiff beeindruckt durch die Zähne. »Seid gepriesen, William! Ihr verdoppelt meine Truppenstärke. Trinkt einen Schluck und sagt mir, wie wir Eurer Meinung nach vorgehen sollten.«

William of Gloucester nahm auf einem der schlichten lederbezogenen Klappschemel Platz. Simon reichte ihm einen dampfenden Becher und traktierte ihn bei der Gelegenheit mit einem finsteren Blick.

»Oh, kennt ihr euch eigentlich?«, fragte der junge Herzog der Normandie. »William, dies ist Simon de Clare. Simon: der Earl of Gloucester.«

Simon nickte. »Ich weiß.« Der Mann, dem wir zu verdanken haben, dass uns hier seit fünf Jahren mehr und mehr die Felle schwimmen gehen, weil er Alan of Helmsby von seinem Hof in Bristol verbannt hat, statt ihm das Oberkommando zu übertragen. Aber Simon wusste, nur Einigkeit konnte sie stark genug machen, um dieses Abenteuer zu einem glücklichen Ende zu bringen, und darum nahm er sich zusammen, verneigte sich knapp und sagte: »Eine Ehre, Mylord.«

Gloucester nickte abwesend und vergaß ihn auf der Stelle wieder, denn er hatte nur Augen für Henry. »Wir sind ja so glücklich, dass Ihr endlich hier seid, Monseigneur …«

»Nennt mich Henry. Ja, ich bin auch froh, das kann ich Euch sagen. Es hat mich schier verrückt gemacht, wie lange es gedauert hat, aber jetzt wird nichts und niemand mich aufhalten. Wenn Malmesbury fällt, dann …« Er unterbrach sich, als die Wache ins Zelt trat. »Was gibt es denn schon wieder, Charles?«

»Ein gewisser Alan of Helmsby, Monseigneur«, meldete der Soldat.

Henry erhob sich und tauschte einen erwartungsvollen Blick mit Simon. Die Zwillinge traten aus dem Schatten im hinteren Teil des Zelts, wo sie gewartet hatten, und Gloucester, der sie zum ersten Mal sah, bestaunte sie mit den weit aufgerissenen Augen, die so typisch für ihn waren und ihm selbst mit Anfang dreißig noch etwas jungenhaft Unschuldiges verliehen.

»Lass ihn eintreten«, sagte Henry. In einer untypischen Anwandlung von Eitelkeit sah er an sich hinab und strich sein schlichtes braunes Gewand glatt.

Der Wachsoldat schlug die Zeltplane zurück, und Alan of Helmsby trat über die Schwelle, machte zwei Schritte in das geräumige Zelt hinein und blieb dann stehen.

Simon war keineswegs sicher, dass er ihn ohne die Ankündigung der Wache auf den ersten Blick erkannt hätte, denn Alan war in voller Rüstung nach Malmesbury gekommen: Über dem wadenlangen grünen Bliaut trug er einen Gambeson – ein Gewand aus dicker, gesteppter Wolle, welches bis an die Knie reichte und den Körper vor dem Druck und der Reibung der Rüstung schützte –, der eine knappe Handbreit unter dem langärmeligen Kettenpanzer hervorschaute. Diese Brünne, die aus Hunderten kleiner Eisenringe gearbeitet war, verfügte über eine Kapuze mit Kinnschutz, den man üblicherweise herabhängen ließ, bis man in den Kampf ritt, der jetzt aber geschlossen war und das untere Drittel des Gesichts bis zu den Lippen verhüllte. Dazu der runde, eng anliegende Helm mit dem Nasenschutz, der selbst das Antlitz eines Cherubs in eine bedrohliche Maske verwandeln konnte. An einem breiten Ledergürtel über dem Kettenpanzer trug Alan sein Schwert, den mandelförmigen Schild auf dem Rücken. Seine Hände steckten in Panzerfäustlingen, die ein fester Bestandteil des Kettenhemdes waren, aber seitliche Schlitze von den Fingern bis zum Handgelenk aufwiesen, sodass man herausschlüpfen und die Hände gebrauchen konnte. Die Rüstung war weder neu noch prächtig, und man konnte sehen, dass sie schon so manche Schlacht erlebt und überdauert hatte. Alles, was von Alan of Helmsby zu sehen war, waren Mund, Wangen und die Feenaugen, und als der Blick sich auf Henry richtete, funkelte etwas darin, das Simon nicht benennen konnte.

»Alan! Du bist gekommen. Wie wunderbar.« Henry trat mit ausgebreiteten Armen auf ihn zu und versuchte, sein Unbehagen hinter einem breiten Lächeln zu verbergen.

Alan nahm die herzliche Umarmung vollkommen reglos hin, und nachdem Henry von ihm abgelassen hatte, nickte er seinen Freunden mit dem Anflug eines Lächelns zu, der sogleich wieder verschwand, als sein Blick auf seinen Cousin Gloucester fiel. »William.«

Dessen Adamsapfel hüpfte sichtlich auf und ab. »Alan.«

Henry klopfte Alan die Schulter, schüttelte die Hand dann mit einer kleinen Grimasse aus, weil es wehtat, auf einen Kettenpanzer zu dreschen, und fragte: »Wie steht es in Helmsby? Deine Familie wohlauf, hoffe ich?«

»Hast du nach mir geschickt, um das zu erfahren?«, entgegnete Alan kühl.

Henry runzelte die Stirn. »Wieso bist du gekommen, wenn du mir immer noch zürnst?«

»Weil du der rechtmäßige Thronerbe bist. Ich bringe dir dreißig bewaffnete Bauern, meine Ritter Athelstan und Ælfric und vier hervorragend ausgebildete und bewaffnete Knappen, die hoffen, sich in deinem Dienst ihren Ritterschlag zu verdienen. Und mein Schwert. Das ist alles.«

Henry betrachtete ihn mit leicht zur Seite geneigtem Kopf, dann nickte er langsam.

»Es ist eine Schande, wie du dich aufführst, Alan«, empörte sich William of Gloucester. »Wofür hältst du dich eigentlich? Ich meine, du bist …«

Weiter kam er nicht. Ohne auch nur hinzuschauen, hatte Alan die behandschuhte Linke ausgestreckt und William an der

Gurgel gepackt. Der lief rot an, krallte beide Hände in Alans Ärmel, um sich zu befreien, und als er feststellen musste, dass ihm das nicht gelang, blickte er hilfesuchend zu Henry.

»Alan, lass ihn los«, bat Simon. »Wir brauchen ihn noch, ob es uns gefällt oder nicht.«

Alan warf ihm einen finsteren Blick zu, ließ aber von Gloucester ab. Keuchend wich der einen Schritt zurück und rieb sich den malträtierten Hals. »Wenn Ihr meinen Rat wollt, Cousin Henry: Schickt ihn zurück in die Sümpfe, die er so liebt, eh er das letzte bisschen Verstand verliert und unter Euren Verbündeten ein Blutbad anrichtet. Auf seine drei Dutzend verlotterter Bauern sind wir nicht angewiesen.«

Henry schaute ihn an. Für einen Moment sah er aus wie ein Junge, der eine bunt bemalte Schachtel öffnet, in der er Naschwerk vermutet und stattdessen Pferdemist vorfindet – enttäuscht und eine Spur angewidert. Aber seine Stimme drückte nichts als Höflichkeit aus: »Seid so gut und entschuldigt uns einen Augenblick, Gloucester. Einer meiner Männer wird Euch zum Offizier der Wache geleiten, der Euch ein Quartier suchen wird. Sagen wir, wir treffen uns in einer Stunde hier wieder und essen zusammen einen Happen?«

Gloucester sah ihn ungläubig an. »Ihr … Ihr schickt mich fort und behaltet ihn hier?«

Henry legte ihm für einen Moment die Hand auf den Arm. »Es kann keine Rede davon sein, dass ich Euch fortschicke, Cousin.«

Sein strahlendes Lächeln schien Gloucester hinreichend zu trösten, der bereitwillig nickte, zum Ausgang ging und dabei einen kleinen Bogen um Alan machte.

Als seine Schritte und die der Wache verklungen waren, brummte Henry: »Was für ein widerwärtiger Arschkriecher. Ich kann es nicht fassen. *Das* ist der Sohn des ruhmreichen Gloucester?«

»Schsch«, machte Simon warnend. »Er mag sein, wie er will, aber ohne ihn ist unsere Sache aussichtslos. Also reiß dich zusammen und schmier ihm ein bisschen Honig um den Bart, solange wir ihn brauchen. Ich wette, dafür ist er sehr empfänglich.«

Alan wandte ein wenig zu hastig den Kopf ab, was Simon verriet, dass sein Freund ein unfreiwilliges Grinsen zu verheimlichen suchte. Aber er hütete sich, Erleichterung zu zeigen. Er wusste, Alan würde alles daransetzen, es Henry so schwer wie möglich zu machen. »Vielleicht ist es das Beste, wir lassen euch auch allein und ihr regelt das unter vier Augen«, schlug er deshalb vor.

»Dazu besteht kein Grund«, versetzte Alan. »Ich bin nur gekommen, um Henry von meiner Ankunft in Kenntnis zu setzen. Mehr habe ich nicht zu sagen.«

»Oh, Alan«, jammerte Henry. »Hör doch auf damit. Du willst mir doch nicht im Ernst weismachen, dass du mir nach all den Jahren immer noch gram bist wegen dieser Sache mit … wie hieß sie doch gleich? Sibylla?«

Alan fuhr zu ihm herum, die Linke streifte den Handschuh von der Rechten, und er schmetterte Henry die Faust mitten ins Gesicht. Es hörte einfach niemals auf, Simon zu faszinieren, wie schnell er sich bewegen konnte.

Polternd ging Henry zu Boden, landete hart auf einem Schemel, der unter seinem Gewicht zu Bruch ging, und seine linke Hand stieß gegen das Kohlebecken, aus dem einige Stückchen Glut schwappten. Simon nahm an, er hatte sich die Hand übel verbrannt, aber er gab keinen Laut von sich, sondern richtete sich auf einen Ellbogen auf und bedachte Alan mit einem mordgierigen Blick. Blut lief ihm aus Mund und Nase. »*Bastard …*«

Alan nickte, betrachtete ihn einen Moment und nahm dann den Helm vom Kopf. Er drückte ihn Godric in die Hand, löste den Schwertgürtel und nahm den Schild vom Rücken, die er Wulfric anvertraute.

Henry war auf die Füße gekommen, hatte den Kopf zwischen die Schultern gezogen und verfolgte seine Bewegungen mit grimmiger Miene. »Ein bisschen schneller, wenn's recht ist.«

»Simon, könntest du …?«, bat Alan, und Simon trat zu ihm und half ihm aus dem Kettenpanzer. Er wollte sich damit zum

Ausgang wenden, aber Alan sagte: »Warte.« Geschickt löste er die Knoten der Kordeln, die den Gambeson verschlossen, streifte das schützende Gewand ab und drückte es ihm ebenfalls in die Hände. Dann drehte er sich zu Henry um und breitete einladend die Arme aus. »Bitte.«

Mit einem Wutschrei stürzte Henry sich auf ihn. Alan wich ihm mit beleidigender Gemächlichkeit aus und stellte ihm ein Bein, sodass der rechtmäßige englische Thronerbe ohne alle Grazie auf dem Bauch landete. Sofort sprang er wieder auf, fuhr herum und schwang die Fäuste. Dieses Mal hatte er mehr Glück: Zumindest streifte er Alans Jochbein mit der Rechten. Dann erwischte ihn dessen Faust genau auf dem Brustbein, und Henry wankte zurück und rang japsend um Atem.

»Lasst uns gehen«, raunte Simon den Zwillingen zu.

Doch Godric und Wulfric verfolgten das Geschehen mit leuchtenden Augen. »Geh nur«, sagte Letzterer grinsend. »Aber ohne uns.«

Simon verdrehte ungeduldig die Augen, sah sich suchend nach einem Platz um, wo er Alans Rüstung und Kleider ablegen konnte, und warf sie schließlich achtlos durch den Zelteingang in den Schneeregen hinaus. Dann verschränkte er die Arme vor der Brust und schaute zu.

Anfangs sah es übel für Henry aus, der einfach immer zu langsam war und ein halbes Dutzend gut platzierter Fausthiebe eingesteckt hatte, ehe er selbst zum ersten Mal richtig zum Zuge kam und Alans linkes Auge erwischte. Die Braue platzte auf, Blut lief ihm ins Auge und trübte seine Sicht, sodass Henry für einige Augenblicke den Vorteil errang. Krachend landete Alan rücklings auf der Reisetruhe, die ein Stück rutschte und einen den hölzernen Zeltpfosten rammte, der aus dem Lot geriet und zerbrach. Ehe Alan sich wieder hochrappeln konnte, krallten Henrys Fäuste sich in sein Gewand und schleuderten ihn nach links, wo der wacklige Tisch zu Bruch ging und das Öllicht herunterpurzelte.

Alan war auf den Füßen, ehe Henry ihn wieder erreichte, ließ ihn auf sein Knie auflaufen, rammte ihm die Linke in die

Rippen und die Rechte unters Kinn, und dann verkeilten sie sich ineinander, gingen zu Boden und rollten umher, wobei sie ihre Fäuste zum Einsatz brachten, wann immer sich die Möglichkeit bot.

»Ähm, Henry, Alan … Das Zelt brennt«, teilte Simon ihnen schließlich mit. »Denkt ihr nicht, es reicht bald?«

Sie schienen ihn überhaupt nicht zu hören. Mit unverminderter Wut prügelten sie aufeinander ein, und sie waren weiß Gott nicht zimperlich. Irgendwann hatte jeder eine Hälfte des zerbrochenen Zeltpfostens in Händen, die sie wie Knüppel einsetzten und die mit einem widerwärtigen satten Klatschen auf dem Körper des Gegners landeten.

Das zu Boden gefallene Öllicht hatte die Zeltwand in Brand gesteckt, die zuerst nur lustlos schwelte, weil sie nass geregnet war, aber allmählich breitete die schwarz verkohlte Fläche sich aus, und dann züngelten Flammen an ihren Rändern, die schnell zum Zeltdach hinaufkletterten.

Als Nächstes flog auch das Kohlebecken quer durchs Zelt, und als ein zweiter Brandherd sich unmittelbar neben der Reisetruhe ausbreitete – die wichtige Schriftstücke enthielt –, winkte Simon die Zwillinge zu sich, und sie trugen die große Truhe ins Freie.

Draußen hatte sich inzwischen eine Menschentraube gebildet, angelockt durch die Geräusche von zuschlagenden Fäusten und berstendem Mobiliar, die die Zeltbahnen natürlich kaum dämpften.

»Alles in Ordnung da drin, Simon?«, fragte Jerome de Jargeau, der junge Marschall des Herzogs.

»Er wird ein neues Zelt brauchen«, gab Simon achselzuckend zurück. »Ansonsten ist alles in Ordnung, schätze ich. Sie haben jede Menge Spaß.«

Wieder hörten sie einen Zeltpfosten splittern, und das brennende Dach sackte bedenklich in sich zusammen.

»Wenn sie beide verkohlen, ist der Spaß zu Ende«, bemerkte Jerome eine Spur nervös.

»Da hat er recht«, befand Godric, und die Zwillinge gingen davon und kehrten in Windeseile mit zwei Eimern Wasser zurück. Sie begleiteten Simon ins Innere des Zeltes. Henry und Alan schlugen sich unverändert erbittert, aber nicht mehr mit demselben Elan wie zu Anfang, schien es Simon. Sie waren eine Spur langsamer geworden.

Er betrachtete sie einen Moment, nahm Godric dann den ersten Eimer ab und schüttete ihn Henry ins Gesicht. Gleichzeitig entleerte Wulfric den zweiten Eimer über Alan, der gerade auf seinen Gegner zuhielt, den Kopf in Rammstellung gesenkt. Genau wie Henry zuckte er unter dem eisigen Guss zurück und hielt einen Moment inne, um sich mit dem Ärmel übers Gesicht zu wischen.

»Würdet ihr euch einmal umschauen?«, herrschte Simon sie an.

Alan und Henry tauschten einen etwas verstohlenen, verwirrten Blick, ehe sie sich aufrichteten und um sich blickten.

»Teufel noch mal …«, keuchte Henry. »Mein Zelt brennt.«

Simon bedachte ihn mit einem Kopfschütteln überstrapazierter Geduld und kehrte mit den Zwillingen zurück ins Freie.

Nur wenige Atemzüge später folgten die beiden Kampfhähne: die Kleider zerrissen, die Gesichter blutüberströmt und geschwollen. Jeder hatte dem anderen einen Arm um die Schultern gelegt, um sich unauffällig auf ihn stützen zu können. Kaum hatten sie sich fünf Schritte vom brennenden Zelt entfernt, als die Wand mit dem Eingang lautlos nach innen kippte. Eine Wolke aus Funken wurde aufgewirbelt und hüllte sie für einen Moment ein.

Henry und Alan hielten an, blickten über die Schulter zurück, sahen sich dann an und begannen zu lachen. Es klang atemlos und ein bisschen gepresst, weil ihnen gewiss alle Knochen wehtaten, aber sie lachten.

Die Zuschauer begannen zu klatschen und stimmten in das Gelächter ein.

Simon stand mit den Zwillingen ein wenig abseits. »Mir war bis heute nicht klar, von welch schlichtem Gemüt sie sind. Alle beide«, grollte er.

»Deine vornehme Missbilligung in allen Ehren, de Clare, aber das hier war das Beste, was sie machen konnten«, gab Godric zurück. »So ähnlich wie ein Gewitter an einem schwülheißen Tag. Anschließend ist die Luft klar und erfrischt. Verstehst du?«

»Nein.«

»Nun, das musst du ja auch nicht«, beschied Wulfric großmütig. »Aber eins ist sicher: Der Earl of Gloucester wird nicht glücklich sein, wenn er sieht, dass Henry und Alan mit einem Mal ein Herz und eine Seele sind.«

»Ich würde sagen, du ziehst voreilige Schlüsse, Wulfric.«

»Wart's ab.«

Wulfric behielt recht. Henry und Alan hatten zu einer tiefgreifenden Verständigung gefunden – die Simon immer ein wenig rätselhaft blieb –, und wenn der junge Thronanwärter einen Rat wollte, dann war es Alan, den er fragte, und nicht Gloucester. Der war über diese unerwartete Entwicklung gekränkt, aber nicht wirklich überrascht, beobachteten Simon und die Zwillinge. Wie einst Haimon hatte auch William of Gloucester schon in der Vergangenheit die Erfahrung gemacht, dass Alan of Helmsby ein Mann war, der andere leicht in den Schatten stellte.

Die Nachricht von Henrys Landung in England verbreitete sich wie ein Lauffeuer, und natürlich dauerte es auch nicht lange, bis sie König Stephen und dessen Sohn Eustache erreichte. Umgehend führten sie eine Armee nach Malmesbury, von deren Größe man weiche Knie bekommen konnte, aber der unablässige Schneeregen hatte den Avon zu einem reißenden Strom anschwellen lassen, sodass die Royalisten ihn nicht überqueren konnten, und das unverändert scheußliche Wetter machte ihnen so zu schaffen, dass sie sich schließlich unverrichteter Dinge und ziemlich schmachvoll nach London zurückziehen mussten.

Henrys Truppen jubelten über diesen kampflosen Sieg, und als König Stephens Abzug die Burgbesatzung von Malmesbury zur Aufgabe bewog, zweifelte kaum noch jemand daran, dass Gott Henrys Sache gewogen war.

Warwick, Juni 1153

Das schien in der Tat der Fall zu sein: Mit Malmesbury war der Südwesten gesichert, und im Laufe des Frühjahrs absolvierte Henry einen nahezu ungehinderten Siegeszug durch die Midlands, der Anfang Juni im Fall der mächtigen Burg von Warwick gipfelte.

»Das ist großartig«, sagte Simon mit Befriedigung. »Dann hindert uns ja nun nichts mehr, nach Wallingford zu ziehen, richtig?«

»Simon, ich weiß, wie sehr dir Wallingford am Herzen liegt …«, begann Henry.

»Es liegt mir am Herzen?«, unterbrach Simon mit ungewohnter Heftigkeit und sprang auf die Füße.

Sie saßen mit Alan, Gloucester und einigen anderen Kommandanten zusammen in der zugigen Halle des Burgturms und berieten, was als Nächstes zu tun sei.

»Was soll das heißen, es liegt mir am Herzen?«, empörte sich Simon. »Du hast gesagt: ›Wir müssen schnellstens nach England segeln, um Wallingford zu Hilfe zu kommen, denn in Wallingford wird sich entscheiden, wer die Krone tragen soll.‹ Das waren deine Worte, Henry. Im Januar. Jetzt ist Sommer.«

Alan war ebenfalls aufgestanden und ans Fenster getreten. Hier vom Burgturm auf der steilen Motte hatte man einen weiten Blick über das Avontal und das flache, liebliche Umland. »Henry hat trotzdem recht, Simon«, sagte er, ohne sich umzuwenden. »Ein paar Burgen hier und da in den Midlands nützen uns nichts. Wir müssen sie *alle* sichern, sonst laufen wir Gefahr, vor Wallingford zwischen Stephens Armee und seinen Lords aus den Midlands in die Falle zu geraten. Das dürfen wir nicht riskieren, gerade weil Wallingford von so großer Bedeutung ist.«

»Ich fürchte, genau so ist es«, sagte eine fremde Stimme von der Tür.

Die Männer an der Tafel wandten die Köpfe, auch Alan drehte sich um. An der Seite des Ankömmlings war eine Wache eingetreten und meldete: »Robert Beaumont, Monseigneur, der Earl of Leicester.«

Henry sprang von seinem Sessel auf, als habe er plötzlich festgestellt, dass das Sitzkissen in Flammen stand. »*Was?*«

Der Earl of Leicester trat langsam auf ihn zu und sank vor ihm auf ein Knie nieder. »Vergebt mir, dass ich erst jetzt zu Euch stoße, Monseigneur. Wie Ihr vielleicht wisst, haben mich ein paar Nachbarschaftsstreitigkeiten bislang gehindert, mich Euch anzuschließen. Aber hier bin ich. Ich bringe Euch fünfhundert Mann und meine Burgen in den Midlands.«

Henry hob ihn auf und schloss ihn in die Arme. Er tat das beinah schon routiniert – so viele englische Lords waren im Laufe der letzten Monate auf diese Weise zu ihm gestoßen. Aber kaum einer mit solcher Macht. »All Eure Burgen in den Midlands?«, fragte der Thronanwärter deshalb ein wenig ungläubig. »Das müssen an die zwanzig sein.«

»Es sind einunddreißig«, eröffnete Alan ihm.

Henry betrachtete den mächtigen Earl of Leicester kopfschüttelnd und legte ihm noch einmal für einen Moment die Hände auf die Schultern. »Bei den Augen Gottes … Das ist nicht zu glauben.«

»Oh, glaubt es ruhig«, gab Leicester ein wenig verlegen zurück. Jeder hier in der Halle wusste, dass er sich in den vergangenen zehn Jahren wie so viele Lords kaum noch um den Krieg geschert, sondern seine Kräfte in die Sicherung und Erweiterung seiner persönlichen Macht gesteckt hatte. »Wie manch anderer Mann in England habe ich nur darauf gewartet, dass jemand kommt, der der Lehenstreue wert ist, die wir ihm schwören. Ihr seid so ein Mann, Monseigneur.«

Henry senkte für einen Moment den Blick. »Habt Dank«, murmelte er.

»Wenn du nicht weißt, wie du deine Dankbarkeit zum Ausdruck bringen sollst, gib seiner Familie ihre Ländereien in der Normandie zurück«, riet Simon und trat an Henrys Seite. »Sie haben sie vor Jahren an deinen Vater verloren und kämpfen seither darum.«

»Einverstanden.«

Der Earl of Leicester betrachtete Simon mit konzentriert gerunzelter Stirn. »Wir kennen uns«, sagte er langsam. »Augenblick. Sagt nichts. Lasst mich sehen, ob es mir trotz meines Greisenalters noch einfällt ... Simon de Clare!«, rief er dann triumphierend. »Ein Wirtshaus in Luton. Der verdammte Bischof von Winchester hatte mir gerade meine Jagdhunde gestohlen. Wie geht es Euren zusammengewachsenen Freunden?« Er streckte die Hand aus.

Lächelnd schlug Simon ein. »Gut, Mylord.«

Sie wechselten ein paar höfliche Worte, und Simon machte Leicester mit Alan und den übrigen Männern bekannt. Dann sagte er: »Letztes Jahr bin ich in Wallingford Eurem Sohn begegnet.«

Leicester nickte, seine Miene grimmig. »Ich muss damit rechnen, dass er inzwischen verhungert ist, schätze ich.«

»Nein, ich glaube nicht«, widersprach Simon, und Leicester lauschte ihm staunend, als Simon mit wenigen Worten berichtete, was er und die Zwillinge getan hatten, um zu verhindern, dass die Garnison von Wallingford über den Winter ausgehungert wurde. »Aber sie sind nur noch so wenige«, schloss er. »Und inzwischen sind sie vermutlich wieder bei Kleiebrot angelangt. Wir dürfen sie nicht im Stich lassen. Sie haben verdient, dass wir ihnen zu Hilfe eilen.«

»Das werden wir auch, Simon«, versprach Alan. »Sobald Tutbury gefallen ist.«

Leicester betrachtete ihn kopfschüttelnd. »Hat Euch schon mal jemand gesagt, dass Ihr Eurem Vater wie aus dem Gesicht geschnitten seid, Helmsby?«

»Gelegentlich.«

»Hm. Und Ihr habt den gleichen unbarmherzig klaren Blick für die Realitäten wie er.« Er klopfte Simon kurz die Schulter. »Helmsby hat leider recht, mein Junge. Tutbury muss fallen, bevor wir nach Wallingford ziehen können. Aber wir sollten uns beeilen.«

Henry trank einen kleinen Schluck und stellte seinen Becher dann entschlossen auf dem Tisch ab. »Also? Worauf warten wir?«

Tutbury fiel, und während der Belagerung schloss sich auch noch der mächtige Earl of Derby Henrys Truppen an. Weder während ihres Siegeszugs durch die Midlands noch auf dem Marsch nach Süden sahen oder hörten sie das Geringste von König Stephen oder Eustache, da der wankelmütige Earl of Norfolk sich offenbar plötzlich auch entschlossen hatte, sich lieber auf Henrys Seite zu schlagen, und den König im Südwesten allenthalben in Scharmützel verwickelte, um Stephen daran zu hindern, dorthin zu eilen, wo es wirklich brannte.

Die Leichtigkeit, mit der ihnen eine Burg und eine Stadt nach der anderen in die Hände fielen, wurde Simon allmählich unheimlich, wenngleich er genau wusste, was die Gründe waren: Henry war ein hervorragender Soldat und Feldherr, und die Bravur, mit der er im vergangenen Jahr den König von Frankreich und seinen jüngeren Bruder Geoffrey auf dem Kontinent besiegt und aus seinem Herrschaftsgebiet gejagt hatte, hatte ihm Ruhm eingetragen. Nicht nur fürchteten ihn die englischen Lords, die noch auf Stephens Seite standen, sondern ebenso wussten sie, dass Henry würdig war, die Krone zu tragen. Dass dies ein Mann war, der England Frieden und Ordnung zurückbringen konnte. Und vor die Wahl gestellt, ihre Zukunft in seine Hände zu legen oder ihr Glück mit Eustache zu versuchen, fiel ihnen die Entscheidung denkbar leicht. Simon beobachtete mit Befriedigung, dass große, mächtige Männer wie der Earl of Leicester zu Henry kamen und ihm binnen kürzester Zeit aus der Hand fraßen. Voller Vorbehalte und Zweifel traten sie vor ihn, denn sie hielten seine Mutter für eine herrschsüchtige Furie und seinen Vater für einen wilden Raubritter, aber Henry musste nur einen Becher Wein mit ihnen leeren, schon waren die Zweifel zerstreut, und selbst jene, die doppelt so alt waren wie der junge Herzog, begegneten ihm mit Ergebenheit ebenso wie Bewunderung.

So gelangten sie an einem schwülheißen Sommerabend im Juli endlich mit beinah dreitausend Mann nach Wallingford.

»Sieht alles noch so aus wie letztes Jahr«, befand Wulfric.

»Hm«, machte sein Bruder. »Nur unsere Scheune ist abgefackelt.«

Das Dorf wirkte vielleicht noch eine Spur ausgestorbener, und tatsächlich war das Gehöft, wo sie sich und ihre Vorratssäcke damals versteckt gehalten hatten, ein Raub der Flammen geworden. Vielleicht ein Blitzschlag, dachte Simon. Oder vielleicht hatte Eustache in seinem Zorn befohlen, es niederzubrennen. Es spielte keine Rolle. Die Menschen, deren Heim und Lebensgrundlage dieser Hof einmal gewesen war, waren längst entschwunden, vor den Kämpfen geflohen, verhungert oder erschlagen – wer konnte es wissen?

Henry saß im Sattel und ließ den Blick über die von Einschlägen und Bränden beschädigte Palisade von Wallingford schweifen, über den Belagerungsring und die Burg auf der anderen Flussseite. Alles lag wie ausgestorben da. Eine Krähe thronte hoch oben auf dem senkrechten Wurfarm der Trebuchet; die kleineren Belagerungsmaschinen waren verschwunden. Innerhalb des Belagerungsrings war das Gras zertrampelt, die Erde schlammig, aber die umliegenden Weiden waren grün und üppig und mit dem Gelb, Rot und Blau von Wiesenblumen betupft. Ein paar Schafe grasten friedlich.

»Was zum Henker hat das zu bedeuten?«, fragte Henry irritiert. »Ich komme zur Entscheidungsschlacht, und weit und breit ist keine Menschenseele zu entdecken?«

»Sei versichert, sie sind hier«, entgegnete Alan. »Aber ihre Späher haben von unserem Anrücken berichtet, darum hat

Richard de Clare sich verschanzt und wartet auf Stephen und Eustache.«

»Die sich wieder einmal Zeit lassen«, höhnte Gloucester.

»Ja. Oder sie sind bereits hier, und der Burghof von Crowmarsh wimmelt von ihren Soldaten, die nur darauf warten, dass wir die Brücke stürmen«, überlegte Alan halblaut.

»Wir wüssten es, wenn Stephen nach Wallingford gezogen wäre«, widersprach Simon.

Alan nickte. »Wahrscheinlich, ja.«

Henry hob unbekümmert die Schultern. »Es gibt wohl nur einen Weg, das herauszufinden. Simon, nimm fünfzig Männer. Packt die Satteltaschen voll mit Brot und so weiter. Dann reitet zu dieser Trebuchet dort drüben und macht sie unschädlich. Anschließend zieht ihr vors Tor und erbittet Einlass, um die Garnison zu verstärken. Richte dem Kommandanten von Wallingford meine aufrichtige Dankbarkeit für seine Treue und Standhaftigkeit aus.« Ein übermütiges Funkeln stand in seinen Augen.

Simon lächelte befreit. »Wird gemacht, Mylord«, antwortete er und wendete sein Pferd.

»Wir warten, bis sie drin sind, dann formieren wir uns und nehmen die Brücke«, hörte er Henry noch sagen, während er schon davongaloppierte.

Satteltaschen voller Brot waren Simon nicht gut genug. Gewiss war die Not der eingeschlossenen Menschen inzwischen wieder groß, und es war schwer abzuschätzen, wie lange Henry und Alan brauchen würden, die Belagerer davonzujagen. Simon wollte um jeden Preis vermeiden, dass er mit seiner Verstärkung nur die Versorgungslage innerhalb der Festung verschlimmerte. Also hieß er die Zwillinge, einen der Trosswagen mit Vorratssäcken und Fässern zu beladen und vor das Tor der belagerten Burg zu fahren, während er selbst und die fünfzig Männer, die der Earl of Leicester ihm geborgt hatte, zur Trebuchet hinüberritten.

»Was machen wir damit?«, fragte ein junger Ritter mit einem großen Feuermal auf der linken Wange. »Sollen wir sie abfackeln?«

Aber Simon schüttelte den Kopf. »Das wäre zu schade. Wer weiß, ob wir sie nicht noch selbst gebrauchen können. Kappt die Seilzüge. Alle. Es dürfte ein paar Tage dauern, sie wieder flottzumachen.«

Vier Soldaten zückten lange Messer, traten auf die große Belagerungsmaschine zu und durchschnitten die dicken Taue, die die Winde des Laufrads mit dem Wurfarm verbanden. Dann führte Simon seine Männer vor das Tor von Wallingford Castle.

Godric und Wulfric waren bereits mit dem Karren dort eingetroffen und stritten mit einem Ritter, der oben auf der Brustwehr des Torhauses stand und sie offenbar nicht einlassen wollte.

»Was für ein mieser Trick«, schimpfte er wütend. »Glaubt ihr, der Hunger hat uns so weich in der Birne gemacht, dass wir uns von einem Karren voller Fässer verführen lassen, Stephens Horden hier reinzulassen? Das hätten wir wirklich leichter haben können …«

Simon musste einen Moment überlegen, wie der Mann hieß. Dann ritt er eine Länge vor. »Leofgar!«, rief er zur Brustwehr hinauf. »Erkennt Ihr mich?«

Blinzelnd starrte der Wächter auf ihn hinab. »Simon de Clare?«, fragte er dann ungläubig. »Wieso seid Ihr nicht tot?«

Simon zeigte mit dem Finger auf die Zwillinge. »Man sagt ihnen nach, sie bringen Glück. Es stimmt. Wir hatten in diesem Fall zwar nur Glück im Unglück, aber immerhin.«

Leofgars Miene blieb unbewegt. Er war zu weit weg, als dass Simon hätte erkennen können, ob sich ein Funke Hoffnung in seinen Blick geschlichen hatte.

»Wirklich?«, fragte der englische Ritter voller Skepsis. »Oder bedient sich Stephen jetzt teuflischer Mächte und schickt uns einen Widergänger? Oder einen Zauberer in Eurer Gestalt?«

Simon seufzte verstohlen. Er konnte den Argwohn des Mannes verstehen, sein Unvermögen, zu glauben, dass nach fast zwei Jahren Belagerung an einem schwülen Juliabend aus heiterem Himmel Verstärkung vors Tor ziehen sollte. Aber sie mussten schnell zu einer Lösung kommen, denn es war keine gute Idee, länger als nötig vor dem Tor einer belagerten Burg zu stehen. Hier konnte jeden Moment die Hölle losbrechen.

»Ich bin es wirklich, Leofgar«, versicherte Simon geduldig. »Wie wär's, wenn Ihr Miles Beaumont oder Lady Philippa herholt?«

»Lady Philippa?«, wiederholte Leofgar und schlug wütend mit der Faust gegen die Palisaden. »Das dürfte schwerlich möglich sein, Mylord.« Und damit verschwand er.

»Was soll das heißen?«, brüllte Simon hinauf. »Leofgar … was ist mit ihr?«

Er bekam keine Antwort. Furcht legte sich auf sein Herz wie der Schatten einer bösen Vorahnung, aber er wusste, er musste jetzt einen kühlen Kopf bewahren. »Formiert euch zu einem Halbkreis«, wies er die Männer an. »Hintere Reihe Gesicht nach außen. Wenn das hier noch länger dauert, müssen wir damit rechnen, dass sie uns aus Crowmarsh dort drüben ein paar Schlächter auf den Hals hetzen, ehe Henry sie angreifen kann. Also haltet die Augen offen.«

Aber die gespenstische Ruhe auf der anderen Seite des Flusses hielt an, und es dauerte nicht lange, bis Leofgar in Begleitung eines anderen Mannes wieder über dem Tor erschien.

»Simon?«

»Miles!« *Was ist mit Philippa?*, wollte er ihn fragen, aber zuerst musste er seine Männer sicher durch dieses Tor bringen. »Henry Plantagenet ist gekommen, wie ich es euch versprochen habe!«, rief er stattdessen. »Dein Vater ist bei ihm. Ich bringe euch Verstärkung. Also würdest du uns bitte reinlassen, verdammt noch mal!«

Kaum hatte er ausgesprochen, hörten sie von der Innenseite des Tors das Schleifen von Eisen auf Holz, als Sperrbalken entfernt und Riegel zurückgezogen wurden. Dann schwangen die beiden eisenbeschlagenen Torflügel auf, und sobald die Öffnung breit genug war, schüttelte Wulfric die Zügel auf und schnalzte ermunternd. Der Karren verschwand im Torhaus.

»Schneller«, drängte Simon und ließ den Blick nervös über

die Wiesen zum Fluss hinuntergleiten. »Jetzt die ersten zehn Mann durchs Tor. Beeilt euch.«

Mit erschreckender Plötzlichkeit ging die Brücke, die die beiden feindlichen Burgen verband und seit Beginn der Belagerung in der Hand der Royalisten war, in Flammen auf. Simon stieß hörbar die Luft durch die Nase aus. »Das wurde auch langsam Zeit, Henry«, murmelte er, schickte die restlichen Männer durchs Tor und folgte als Letzter.

Während Leofgar und ein weiterer Wächter das Tor wieder verriegelten, schloss Miles Beaumont Simon in die Arme. »Ich hatte kaum Hoffnung, dich je wiederzusehen«, gestand er.

Die Wärme und Bewunderung in seinem Blick trieben Simon das Blut in die Wangen. Er kam sich immer wie ein Hochstapler und Betrüger vor, wenn jemand ihm Bewunderung zollte. »Wie steht es um Wallingford?«, fragte er, während er Miles durch den Burghof zur Zugbrücke und die Motte hinauf folgte.

»Ungefähr genauso wie bei deinem ersten Besuch«, antwortete Miles und hob ergeben die Schultern. »Sie haben versucht, den Wasserzustrom vom Fluss zu blockieren und uns auszutrocknen, aber der Fluss war stärker als alles, was sie sich haben einfallen lassen.« Sie betraten die Halle des steinernen Bergfrieds. »Nach ein paar Tagen kam das Wasser jedes Mal zurück. Deine Vorräte haben länger gehalten, als ich gedacht hätte, aber seit zehn Tagen haben wir praktisch nichts mehr zu essen. Hätten wir nicht Nachricht von Henry Plantagenets Landung im Winter bekommen, hätten wir vermutlich aufgegeben.«

»Nachricht? Wie ist das möglich?«

»Einer deiner Freunde aus der Abtei von Abingdon ist zu uns gekommen, Bruder Mark. Er hat es uns erzählt.«

Simon nickte und sah sich in der dämmrigen Halle um: Dieselben Gesichter wie vor einem dreiviertel Jahr, genauso ausgemergelt wie damals. Lady Katherine hob den Kopf, als sie Miles und Simon eintreten sah, und lächelte ihnen entgegen. Sie hielt ein Kleinkind auf dem Arm. Keine der anderen Frauen war zu entdecken. Simon nahm seinen Mut zusammen. »Und … Lady Philippa?«

Miles betrachtete ihn, seine Miene unmöglich zu deuten. »Tja, Mann, was soll ich sagen …«

»Was immer es ist. Aber mach schnell.«

Ehe Miles antworten konnte, drang ein Schrei aus der abgeteilten hinteren Kammer. Sofort wurde er unterdrückt und ging in ein Stöhnen über, aber Simon hatte die Stimme erkannt. Er wirbelte herum und machte einen Schritt Richtung Tür. Miles erwischte ihn am Ellbogen und hielt ihn zurück. »Stör sie nicht.«

»Aber … aber was ist mit ihr?«

Der junge Beaumont lachte in sich hinein. »Das weißt du nicht? Du wirst Vater, du Hornochse.«

»Ich … was?«

»Hm. So hört sich das in der Regel nun mal an. Kein Grund, so bleich zu werden, de Clare. Sie macht das schon.«

Ganz plötzlich gaben Simons Knie nach, und er sackte auf die Bank an der Tafel nieder. »Ein Kind …« So viele unterschiedliche Empfindungen stürzten auf ihn ein, dass er gar nicht wusste, wie er sie handhaben sollte. Ein schlechtes Gewissen, Scham, Furcht, Freude – es fühlte sich an, als wäre sein Herz in einen Mahlstrom geraten.

Miles setzte sich neben ihn. »Besser, du bist auf eine Enttäuschung gefasst. Lady Philippa hat viel zu wenig zu essen bekommen über den Winter. Darum …« Er wechselte einen verstohlenen Blick mit seiner Frau.

Lady Katherine erhob sich und reichte ihrem Mann das kleine Bündel. »Ich werde gehen und ihr sagen, dass Ihr zurück seid, Mylord. Das wird ihr Mut machen.«

Simon nickte dankbar, und Katherine trat zur Hinterkammer.

Liebevoll, mit beinah komisch wirkender Vorsicht hatte Miles Beaumont sein Kind in Empfang genommen und legte es fachmännisch in die linke Armbeuge. »Robert«, stellte er mit unverhohlenem Stolz vor. »Schon acht Monate alt.«

»Gott segne deinen Sohn, Miles«, antwortete Simon und betrachtete das kleine Gesicht, die geschlossenen Lider mit den winzigen Wimpernkränzen mit einem ganz neuen Interesse. *Ich werde Vater,* dachte er ungläubig. *Gott, gib, dass ich Vater werde. Lass das Kind leben. Und lass seine Mutter leben …*

Dann nahm er sich zusammen und stand auf. »Steigen wir auf die Brustwehr und sehen, was auf der Brücke passiert. Womöglich ist heute der Tag, da die Belagerung von Wallingford endet.«

Mit nur zwanzig Mann hatte Henry die Brücke genommen, hatte die feindlichen Wachen am Wallingford-Ufer überrannt, und bei den Kämpfen war ein Feuer ausgebrochen.

Henry scherte sich nicht um die Flammen, sondern rannte mit der blanken Klinge in der Rechten auf das andere, ebenfalls bewachte und befestigte Ende zu, beinah zehn Schritte vor seinen Männern.

Alan sah über die Schulter und war erleichtert, einen seiner Männer gleich hinter sich zu finden. »Bedwyn, sorg dafür, dass das Feuer gelöscht wird. Wir werden die Brücke noch brauchen.«

Er wartete keine Antwort ab, sondern lief, um zu Henry aufzuschließen. Alan wusste, er durfte ihm nicht von der Seite weichen. Er fand es ebenso klug wie ehrenhaft, dass Henry Plantagenet sich an die Spitze seiner Truppen stellte, denn nur so und nicht anders konnte man sich Respekt verdienen und seine Feinde das Fürchten lehren. Aber der Respekt ihrer Feinde würde ihnen nichts nützen, wenn Henry heute auf der Brücke von Wallingford fiel.

Alan holte ihn ein, als die Wachen sich ihm gerade entgegenwarfen. Es waren sechs, aber wegen der Enge auf der Brücke konnten immer nur zwei nebeneinander kämpfen. Auch Henry und Alan standen jetzt Schulter an Schulter, und sie erledigten die Wachen ohne alle Mühe.

»Ich hoffe, das ist nicht alles, was Richard de Clare aufzubieten hat«, knurrte Henry.

»Bestimmt nicht«, gab Alan zurück. »Sei unbesorgt, Cousin. Wir werden genug zu tun bekommen.« Mit der Schwertspitze wies er auf das Tor von Crowmarsh Castle, das sich mit majestätischer Langsamkeit öffnete.

Alan wandte sich um und gab das verabredete Zeichen. Die Männer schlossen zu ihnen auf, neue rückten nach. Eilig strömten sie von der engen Brücke und verteilten sich entlang des Ufers, um Richard de Clare und seine Belagerungsarmee zu empfangen. Aber der Kommandant von Crowmarsh hatte nur einen Ausfalltrupp geschickt. Als diese Männer erkannten, wie hoffnungslos sie unterlegen waren, machten sie kehrt, schlugen mit den Schwertern ans Tor und flehten, wieder eingelassen zu werden. Doch das Tor blieb verschlossen.

Mit grimmigen Mienen schickten Henrys Männer sich an, den Ausfalltrupp einzukreisen und niederzumetzeln, als der junge Herzog der Normandie die Hand hob.

»Ihr könnt euch mir anschließen!«, rief er den Männern aus Crowmarsh zu. »Überlegt es euch. Kehrt dem Mann den Rücken, der euch ins Verderben schicken wollte, oder sterbt für ihn – mir ist es gleich.«

»Sie verstehen kein Wort, Henry«, raunte Alan ihm zu, und er musste sich auf die Lippen beißen, um nicht zu lachen.

»Was?«, fragte Henry unwirsch. »Ach so. Natürlich. Dann sei so gut und sag du es ihnen.«

»Dieser Lord hier ist der Herzog der Normandie«, erklärte Alan den Todgeweihten auf Englisch. »Er ist der rechtmäßige König von England und hergekommen, um sich seine Krone zu holen. Wenn ihr für ihn kämpfen wollt, schont er euch. Aber ihr müsst ihm einen Eid schwören, damit er euch trauen kann. Und wenn ihr diesen Eid brecht, wird er euch in Mäuse verwandeln und einen nach dem anderen an die Bussarde verfüttern. Glaubt mir lieber, denn er hat Dämonenblut in den Adern.«

Die Männer überlegten nicht lange. Weiterleben zu dürfen war schon weit mehr, als sie zu hoffen gewagt hatten. Aber im Austausch für den erbarmungslosen Schinder Richard de Clare einen neuen Dienstherrn zu bekommen, der so tapfer war und obendrein über so exotische Künste verfügte – das war unwiderstehlich. Sie steckten die Waffen ein, und manche fielen auf die Knie.

Henry grinste zufrieden. »Was hast du ihnen gesagt?«, fragte er neugierig.

»Nur die Wahrheit, Cousin«, beteuerte Alan.

»Ja, darauf wette ich. Und was machen wir jetzt?«

Alan sah sich um und dachte einen Moment nach. »Wir sollten auf dieser Seite des Flusses lagern.«

»Damit sie uns die Brücke nicht wieder wegnehmen?«, fragte Henry zweifelnd. »Aber wäre es nicht wichtiger, Wallingford zu schützen?«

Alan nickte. »Das tun wir.« Er wies nach Osten. »Da liegt Westminster. Von dort wird Stephen kommen, und zwar bald.«

»Du hast recht. Wenn er kommt, wollen wir nicht schon wieder am anderen Ufer eines verdammten Flusses liegen. Dieses Mal will ich *endlich* die Entscheidung.«

Die Schatten im Burghof wurden lang, als aus der Hinterkammer das wütende Gebrüll eines Säuglings erscholl. Simon, der vor der Bretterwand auf- und abgegangen war, bis Miles die Befürchtung äußerte, er werde sich die Stiefelsohlen durchlaufen, blieb stehen, senkte den Kopf und bekreuzigte sich.

Es dauerte noch einmal eine halbe Ewigkeit, bis die Tür sich öffnete und Lady Katherine heraustrat. Unter dem linken Arm hielt sie einen Wäscheberg, den Simon lieber nicht genauer betrachten wollte. Die rechte Hand legte die sonst so scheue Lady Katherine für einen Moment auf seinen Ärmel, und sie lächelte. »Alles ist gut, Mylord. Nur ein Mädchen, fürchte ich, aber beide sind wohlauf. Geht nur und seht selbst.«

Das ließ er sich nicht zweimal sagen. Leise schlüpfte er in die Kammer. Eine Magd ging umher und löschte alle Lichter bis auf eines auf dem Tisch. Zwei weitere Frauen standen neben dem Bett und blickten andächtig darauf hinab, doch als sie Simon entdeckten, lächelten sie ihm zu und bedeuteten der Magd, mit ihnen hinauszukommen.

Philippa schlief; das Gesicht auf dem Kissen war ihm zugewandt. Dunkle Schatten lagen unter den Augen, und sie erschien ihm furchtbar schmal, aber der volle Mund lächelte ein wenig. Das Neugeborene lag auf ihrer Brust und schien ebenfalls zu schlafen. Das Gesicht war noch gerötet und ein wenig verknittert, aber die Frauen hatten das Kind gewaschen und in eine Windel gewickelt. Simon konnte sich nicht erinnern, je etwas so Winziges gesehen zu haben. Magisch angezogen trat er noch einen Schritt näher. Das Unglaublichste, fand er, waren die Füße. Nicht größer als ein Birkenblatt, mit so klitzekleinen Zehen, dass ihm einfach kein Vergleich einfiel. Oder doch. Wassertropfen, entschied er. Die Zehen waren so klein wie Wassertropfen.

Philippa regte sich, öffnete die Bernsteinaugen und sah ihn an. »Ich habe so gebetet, dass es ein Junge wird und er so aussieht wie du, damit er mich an dich erinnern kann. Nun ist es ein Mädchen, und es stellt sich heraus, dass ich keine Erinnerung an dich brauche, weil du nicht tot bist.« Sie schüttelte den Kopf, fast ein wenig ungeduldig, schien es. »Immer kommt alles anders, als man gedacht hat.«

Lächelnd ließ er sich auf der Bettkante nieder und ergriff ihre Hand. »Oh ja. Ich weiß. Geht es dir gut?«

Sie nickte, sah auf ihre Tochter hinab und strich ihr sacht mit dem Finger über den Rücken. »Es war ein bitterer Winter. Ich habe … um dich getrauert.«

Simon beugte sich über sie und küsste ihre Stirn. »Das ehrt mich. Ich kann nur hoffen, dass ich es auch verdient habe. Es tut mir leid, dass ich gegangen bin, ohne Lebewohl zu sagen, Philippa.«

»Ich weiß, dass du nichts anderes tun konntest, denn ich hätte dich nicht gehen lassen. Als ich gemerkt habe, dass ich ein Kind bekomme, wurde es besser. Es war ein großer Trost. Obwohl es natürlich alles noch schwieriger gemacht hat. Du darfst sie übrigens anfassen, Simon de Clare. Immerhin ist sie auch deine Tochter.«

Unsicher hob er die Hand und tat es Philippa gleich, berührte behutsam mit einem Finger den weichen Flaum auf dem Kopf des Kindes. »Ich habe Angst, sie zu wecken«, flüsterte er. Aber nachdem er einmal angefangen hatte, konnte er nicht wieder aufhören.

»Katherine sagt, Henry Plantagenet ist gekommen?«, fragte Philippa.

»Mit einer Armee. Ich bringe dir fünfzig Männer und neue Vorräte. Du siehst also, deine Tapferkeit und Unbeugsamkeit haben sich gelohnt.«

Sie ließ den Kopf zurück in die Kissen sinken, und Tränen begannen unter den geschlossenen Lidern hervorzuperlen. »Entschuldige. Das sind einfach zu viele glückliche Wendungen auf einmal.«

Lachend streckte Simon sich neben ihr aus, legte behutsam einen Arm um sie und das Kind und küsste die Tränen weg. »Wie soll sie denn eigentlich heißen, unsere Tochter?«, fragte er.

»Ich weiß nicht«, bekannte Philippa und schniefte unfein. »Für mich stand ›Simon‹ fest.«

»Was hältst du von Maud?«, schlug er vor.

»Nach der Kaiserin?« Philippa überlegte einen Moment. »Warum eigentlich nicht. Ohne sie wäre schließlich nichts von alldem hier passiert.« Sie hob das Kind hoch und fuhr mit den Lippen über die runzlige kleine Wange. »Willkommen in der verrückten Welt, Maud of Wallingford.«

Maud riss die Augen auf, kniff sie gleich wieder zu und fing an zu brüllen.

An diesem Abend gab es in der Halle von Wallingford Castle ein Fest, und Simon, Godric und Wulfric feierten ein frohes Wiedersehen mit Bruder Mark.

»Ich hab's einfach nicht ausgehalten«, bekannte der junge Mönch. »Nachdem ihr erzählt hattet, dass die Menschen hier drin ohne jeden geistlichen Beistand sind, hatte ich keine Ruhe mehr. Schließlich hat Abt Hugo mir erlaubt, herzukommen.«

»Seid Ihr etwa durch den Tunnel getaucht?«, fragte Godric verwundert. Klosterbrüder gehörten in seiner Vorstellung nicht unbedingt zu den verwegensten Männern.

Bruder Mark errötete und schüttelte den Kopf. »Ich kann nicht schwimmen. Ich bin einfach an einem Sonntag mit einem großen Kreuz in Händen vors Tor gezogen und hab gebettelt, sie mögen mich einlassen, ehe die Royalisten mich holen kommen.« Mit einem Schulterzucken fügte er hinzu: »Hat geklappt.«

Das erforderte auch nicht weniger Mut als der Tunnel, dachte Simon. »Gott segne Euch, dass Ihr den Menschen hier Trost gebracht habt, Bruder. Und werdet Ihr morgen früh meine Tochter taufen und ihre Mutter und mich trauen?«

»Ich bin kein Priester, Mylord«, rief der Bruder ihm in Erinnerung. »Ich darf das Kind taufen, weil im Moment niemand zur Hand ist, der geeigneter wäre. Aber mit der Heirat solltet ihr lieber warten. Es kann ja nur noch eine Frage von Tagen sein, bis das Burgtor von Wallingford sich endlich wieder öffnen kann.«

»Ich würde sagen, das hängt davon ab, wann König Stephen kommt«, gab Simon nüchtern zurück. »Wie groß und wie stark seine Armee ist. Wer die Schlacht gewinnt.«

Wulfric schenkte ihm nach. »Du musst mehr trinken, Simon, glaub mir. Auch beim Vaterwerden gibt es nur ein erstes Mal.«

Simon erwiderte sein Grinsen und hob folgsam den Becher, den er mit Miles teilte.

Der bemerkte: »Du hast schon letztes Jahr geweissagt, dass dieser Krieg sich in Wallingford entscheiden wird.«

Simon schnitt eine kleine Grimasse. »Ein erhebendes Gefühl, recht zu behalten. Nur schade, dass ich nicht weiß, *wie* dieser Krieg ausgeht.«

Sobald sie ihn ließen, kehrte er zu Philippa und Maud zurück. Beide schliefen. Er warf einen Blick aus dem schmalen Fenster auf die Wachfeuer am anderen Flussufer, wo Henrys Armee lag. Dann löschte er das Licht und legte sich neben Mutter und Kind aufs Bett. Die Nacht war heiß, und er war dankbar für die Kühle des Lakens.

Philippa regte sich in der Dunkelheit. »Erzähl mir, wieso du noch lebst«, bat sie.

»Morgen«, versprach er.

»Meinetwegen.« Sie legte den Kopf auf seine Schulter. »Simon?«

»Hm?«

»Wird Henry Plantagenet die Schlacht gewinnen?«

»Das weiß Gott allein. Er hat das Zeug. Er ist ein hervorragender Soldat. Aber das ist Eustache de Boulogne auch. Und wer kann sagen, wie viele Männer König Stephen aufbieten wird?«

»Und du sorgst dich, was mit Maud geschieht, wenn Stephen und Eustache siegen und diese Burg doch noch fällt?«

»Sollte das geschehen, wird es für uns alle finster aussehen. Aber du hast schon recht. Plötzlich die Verantwortung für so ein winziges, schutzbedürftiges Würmchen zu haben ... lässt die Dinge in einem ganz anderen Licht erscheinen.«

»Ich weiß. Das geht mir genauso. Aber ich bin trotzdem froh, dass Gott sie uns gerade jetzt geschenkt hat.«

»Ist das wahr? Warum?«

»Weil du mich nun heiraten musst«, murmelte sie schläfrig.

Simon lächelte in die Dunkelheit. Es stimmte, erkannte er. Maud war gerade einmal sechs Stunden alt, aber sie hatte schon ein Wunder gewirkt. Denn die Frage, ob er heiraten durfte oder nicht, stellte sich nicht mehr. Erstaunt, beinah irritiert erkannte er, dass es Umstände gab, die entscheidender waren als die verfluchte Fallsucht. Er wandte den Kopf, um Philippa zu küssen, erwischte in der Finsternis aber nur ihr Augenlid. »Das kommt mir durchaus entgegen«, gestand er.

Die Armee, die König Stephen und sein Kronprinz in Eilmärschen nach Wallingford führten, war nicht so groß, wie manche befürchtet hatten, denn viele Lords, die der König mit ihren Rittern und Soldaten zu den Waffen gerufen hatte, waren nicht gekommen. So brachten es auch die Royalisten auf nicht mehr als dreitausend. Vielleicht ein-, zweihundert Berittene weniger als Henry, dafür mehr Armbrustschützen, berichtete der Späher.

Kaum hatte er geendet, da tauchten in der Ferne die ersten Banner auf.

Henry und die übrigen Kommandanten, die sich vor seinem Zelt eingefunden hatten, um den Bericht des Spähers zu hören, waren schon gerüstet.

»Sattelt mein Pferd, beeilt euch«, wies der junge Herzog seine Knappen an. »Also, Monseigneurs, wie besprochen: Alan, du befehligst die Vorhut. Gloucester, Ihr die linke Flanke, Ihr die rechte, Leicester, ich die Mitte.«

Die drei Männer nickten. Alan trat zu Ælfric und Athelstan, die in der Nähe warteten. »Macht euch bereit«, sagte er leise. »Sie werden in einer Stunde hier sein. Es kann jetzt sehr schnell gehen.«

Die beiden Ritter nickten und wollten davongehen, aber Alan war noch nicht ganz fertig. »Ich nehme an, dass Eustache Stephens Vorhut anführen wird. Es ist nicht nötig, das den Männern zu sagen; ich will nicht, dass sie sich nur vor einem Namen fürchten. Aber macht ihnen klar, dass wir uns keine Fehler erlauben können.«

»Wird gemacht, Mylord«, versprach Ælfric, und sie eilten davon.

Vater Bertram, Henrys Kaplan, trat aus seinem Zelt und kam zu ihnen herüber, um Henry und seinen Kommandanten die Beichte abzunehmen. Um sich selbst und ihnen Peinlichkeiten zu ersparen, kehrte Alan dem Zelt den Rücken und ging ein paar Schritte am Ufer entlang.

Nicht lange, und die schemenhaften Gestalten in der Ferne nahmen klarere Formen an. Eine gewaltige Staubwolke hüllte die marschierende Armee ein, sodass sie wie ein riesenhaftes Ungeheuer aussah, das sich langsam über die Ebene auf den Fluss zuwälzte. Doch als sie näher kam, verflüchtigte sich die beunruhigende Illusion, und Alan erkannte ohne Überraschung, dass die Royalisten bereits in dreiteiliger Schlachtordnung marschierten.

Er machte kehrt. Ihre eigenen Truppen waren dabei, sich zu formieren, aber sie waren zu langsam. »Henry«, rief er gedämpft durch den Zelteingang. »Genug gebetet!«

Henry, Gloucester und Leicester kamen aus dem Zelt, warfen einen Blick nach Osten und setzten die Helme auf. Henry umarmte sie kurz, Alan als Letzten. »Gott sei mit dir, Cousin.« Seine Augen funkelten, aber seine Miene war grimmig. Das war es, was Henry zu einem so gefährlichen Feldherrn machte, wusste Alan: Er liebte die Herausforderung eines Kampfes, genoss es, seine Kräfte und seine Schläue mit der seines Gegners zu messen, aber er ließ sich nicht zum Übermut verleiten. So leichtsinnig er auch in vieler Hinsicht sein mochte, vergaß er doch niemals, dass das Vergießen von Blut eine ernste Angelegenheit war.

»Gott sei mit uns allen, Henry«, antwortete Alan, saß auf und ritt an die Spitze der Vorhut.

Vielleicht noch eine halbe Meile entfernt, hielt König Stephens Armee an. Sie bildete eine geschlossene, gerade Linie, sodass sie beinah wie ein angelsächsischer Schildwall aus alten Liedern aussah, nur dass Stephens Vorhut beritten war. Drei Gestalten lösten sich aus der Formation, ritten einige Längen vor und trafen zusammen. In der linken Flanke bildete sich eine Gasse, ein weiterer Reiter kam hindurch und schloss sich der kleinen Gruppe an.

»Strategische Beratungen?«, spöttelte Ælfric. »Ein bisschen spät, oder?«

Alan gab keinen Kommentar ab. Was immer es war, das Stephen noch mit seinen Kommandanten zu erörtern hatte, es schien eine längere Debatte zu werden.

»Worauf zum Henker warten sie denn?«, fragte Athelstan ärgerlich. Er war nervös.

»Vielleicht darauf, dass die Garnison von Crowmarsh sich ihnen anschließt«, erwiderte Alan. »Simon de Clare schätzt, dreihundert Mann. Darauf zu warten lohnt sich.«

Eine halbe Stunde verging in gespenstischer Stille. Immer noch berieten die Royalisten. Und das Tor von Crowmarsh

Castle blieb geschlossen. Auch auf der Brustwehr regte sich nichts. Man hätte meinen können, die Burg sei verlassen.

»Ich fange an, mich zu fragen, ob der hochehrenwerte Richard de Clare da drinnen gerade beschließt, die Seiten zu wechseln«, sagte Ælfric.

»Es wäre möglich«, räumte Alan ein. Nach allem, was Simon ihm über seinen Cousin erzählt hatte, war der bezüglich seiner Loyalität zu König Stephen und vor allem zu Eustache de Boulogne ziemlich ins Grübeln geraten.

Eine weitere Viertelstunde standen sie in voller Rüstung unter der sengenden Julisonne, als Henry es nicht länger aushielt und an die Spitze der Vorhut galoppiert kam.

»Was ist da drüben los?«, grollte er.

Alan zuckte ratlos die Schultern. »Wir fragen uns gerade, ob Stephen vergeblich auf Richard de Clare und die Besatzung von Crowmarsh wartet.«

»Na und? Er hat auch ohne sie genügend Männer, um wenigstens schon mal anzufangen.«

Alan nickte.

»Jetzt tut sich irgendwas«, murmelte Ælfric.

Einer der Männer löste sich aus der Gruppe, riss sein Pferd rüde herum und galoppierte zurück zur Vorhut, deren Männer hastig auseinanderstoben, um ihn durchzulassen. Ein weiterer Reiter setzte sich in Bewegung und trabte geradewegs auf Henrys Armee zu.

Schweigend sahen sie ihm entgegen, und als er näher kam, sagte Henry verwundert: »Bei den Augen Gottes! Ist das nicht …« Er brach verwirrt ab.

»Thomas Becket«, sagte Alan.

»Was hat der Sekretarius des Erzbischofs von Canterbury bei Stephen zu suchen? Vor ein paar Wochen hat er mir noch beteuert, der Erzbischof träume davon, mir die englische Krone aufzusetzen.«

Alan schwieg und nahm den Helm ab, damit Becket ihn erkennen konnte. Der ritt genau auf sie zu, hob die edel behandschuhte Rechte zum Gruß und hielt an. Vor Henry verneigte er sich: »König Stephen hat mich ersucht, Euch eine Nachricht zu überbringen, Euer Gnaden.«

Auch Henry nahm den Helm ab und betrachtete den eleganten Kirchenmann einen Moment mit undurchschaubarer Miene. »Es muss eine verdammt schlechte Nachricht sein, wenn du so ungewohnt förmlich bist, Tom.«

Der schüttelte den Kopf. Er wirkte bleich und angespannt, aber nicht furchtsam. »Im Gegenteil, Henry. Aber heute könnte der wichtigste Tag in deinem Leben sein, und ich dachte, wir alle täten gut daran, diesem Umstand mit ein bisschen Förmlichkeit Rechnung zu tragen.«

»Alsdann, Monseigneur«, spöttelte Henry. »Was hat mein geliebter Cousin, König Stephen, mir zu sagen?«

»Er bittet Euch zu einer Unterredung.«

»Was denn, jetzt? Ich dachte, wir haben uns hier eingefunden, um eine Schlacht zu schlagen.«

»Jetzt, Euer Gnaden. Auf halbem Weg zwischen seiner Armee und der Euren. Er wird zwei Begleiter mitbringen: den Bischof von Winchester und den Grafen von Flandern.«

»Nicht seinen Kronprinzen?«

»Nein. Er bittet Euch, ebenfalls zwei Begleiter mitzubringen. Als Zeugen.«

Henry dachte nach.

»Bist du sicher, dass es kein Hinterhalt ist, Tom?«, fragte Alan.

Becket schüttelte den Kopf. »Man mag Stephen allerhand nachsagen, aber hinterhältig ist er nicht.«

»Eustache hingegen schon.«

»Eustache ist eben wutentbrannt davongeritten. Ich nehme an, ihr habt es gesehen; er hätte um ein Haar die eigene Vorhut niedergemäht. Seit Tagen führen der Erzbischof und der Bischof von Winchester geheime Verhandlungen. So geheim, dass nicht einmal ich weiß, worum genau. Aber ich denke, die Unterredung, die Stephen wünscht, hängt damit zusammen.«

Henry hatte ihn nicht aus den Augen gelassen. Als Becket

verstummte, nickte er. »Alan, Tom. Erweist mir die Ehre und begleitet mich zu meiner Unterredung mit König Stephen.«

Er ritt an, ohne sich nach ihnen umzuschauen, und war schon angaloppiert, als Becket noch sein Pferd wendete.

Auf der anderen Seite des noch jungfräulichen Schlachtfeldes setzte sich ebenfalls eine Gruppe von drei Reitern in Bewegung. Im leichten Galopp hielten sie auf Henry und seine Eskorte zu. Wachsam blickte Alan ihnen entgegen. Es war das erste Mal, dass er König Stephen von Angesicht sah: einen großen, breitschultrigen Mann mit grauem Haupt- und Barthaar auf einem Schlachtross. Das Bild eines wehrhaften, altersweisen Herrschers, dachte Alan flüchtig, bis man ihm in die Augen schaute. Dort waren weder Kampfeswille noch Weisheit zu lesen. Nur Erschöpfung und Resignation.

Fünf Schritte voneinander entfernt hielten die beiden Gruppen an, und die sechs Reiter deuteten eine Verbeugung an.

Eigentlich wäre es ein Gebot der Höflichkeit gewesen, dem König die Eröffnung zu überlassen, aber Alan wusste, Henry war nicht nach England gekommen, um Stephen Höflichkeit zu erweisen.

»Nun, Monseigneur?«, fragte der junge Herzog der Normandie kühl. »Was habt Ihr mir zu sagen, ehe wir in die Schlacht ziehen und Gott entscheiden lassen, wer über England herrschen soll?«

»Dies, Monseigneur«, entgegnete König Stephen und sah seinem jungen Verwandten in die Augen. Er war ein würdevoller König, das konnte ihm niemand absprechen. »Ihr sollt wissen, dass ich diese Schlacht nicht schlagen will, in der Engländer das Blut von Engländern vergießen würden.«

Alan stockte beinah der Atem. Konnte es möglich sein, dass der Albtraum eines solchen Gemetzels ihnen erspart bleiben sollte?

»Und wozu genau habt Ihr Eure Engländer hergeführt, wenn nicht zu dem Zweck, die meinen zu erschlagen?«, höhnte Henry.

Er ist wütend, erkannte Alan. Er konnte auch verstehen, dass sein junger Cousin das Gefühl hatte, hier werde ein derbes Spiel mit ihm getrieben, aber Henry musste Stephen die Gelegenheit geben, sein Gesicht zu wahren und zu sagen, was immer er zu sagen hatte. Während Alan noch mit sich rang, ob er eingreifen sollte, bat Becket: »Euer Gnaden, ich ersuche Euch inständig – auch im Namen des Erzbischofs, der Euch wohlgesinnt ist, wie Ihr wisst –, hört Euch an, was der König zu sagen hat.«

Henry stieß hörbar die Luft aus und starrte einen Moment auf den Widerrist seines Pferdes. Dann blickte er Stephen wieder an und nickte.

Der König richtete sich auf und verschränkte die Hände auf dem Sattelknauf. »Ich habe meine Armee hierhergeführt, um Euch zu vergegenwärtigen, dass ich aus einer Position der Stärke mit Euch verhandele. Und hättet Ihr tausend Männer weniger, hätte ich auch nicht gezögert, diese Schlacht zu schlagen, wie Prinz Eustache um jeden Preis wollte. Aber Gott hat es so gefügt, dass unsere Truppen gleich stark sind, Cousin Henry. Und mein Bruder«, er ruckte das Kinn fast unmerklich zum Bischof von Winchester hinüber, »versichert mir, dass Gott Euch und mir damit sagen will, es sei genug Blut geflossen.«

»Besinnt Euch, mein Sohn«, bat Henry of Winchester eindringlich. Er sah dem König ähnlich, hatte die gleiche Adlernase und die wachen dunklen Augen. Doch sah man ihm an, dass er das bequeme Leben eines reichen Kirchenfürsten geführt hatte: Er war fett – ein Übel, mit dem viele Männer des normannischen Herrschergeschlechts geschlagen waren. »Besinnt Euch auf das göttliche Gebot: *Du sollst nicht töten*. Legt die Waffen nieder.«

»Und dann?«, fragte Henry verständnislos. »Ihr erwartet, dass ich das Unrecht vergesse, das meiner Mutter zugefügt wurde, und in die Normandie zurückkehre? Weil Ihr mich so nett darum bittet? Das könnt Ihr Euch aus dem Kopf schlagen, Cousin. Ich bin zuversichtlich, dass ich diese Schlacht gewinnen kann. Also, was bietet Ihr mir, um sie abzuwenden?«

»Das, was Ihr so sehnlich begehrt«, antwortete Stephen mit einem Seufzen. »Meine Krone.«

»Tja, Merlin. Da war ich erst einmal sprachlos«, bekannte Henry, ließ sich in den Sessel zurücksinken und breitete die Arme aus wie ein Gekreuzigter, um anzudeuten, wie König Stephens unerwartetes Angebot ihn erschüttert hatte.

»Schade, dass ich nicht dabei war«, bemerkte Simon. »Ein einziges Mal im Leben hätte ich dich gern sprachlos gesehen.«

Henry lachte in sich hinein, und die Augen, die durch die bescheidene Halle schweiften, leuchteten.

In Wallingford Castle gab es schon wieder ein Fest, und zwar eines, wie die altehrwürdige Halle es lange nicht erlebt hatte: Weiße Laken bedeckten die Tafeln, die unter den Platten mit Fleisch und Brot zusammenzubrechen drohten. Unten im Hof wurden ganze Ochsen und Hammel am Spieß über großen Feuern gebraten, und mehrere Weinfässer, die in Henrys Tross mitgeführt wurden, waren hereingeschafft worden. Es war voll und laut in der Halle. Aus dem Augenwinkel sah Simon, dass Miles Beaumont und sein Vater, der Earl of Leicester, sich schon wieder in die Arme gesunken waren. Seit Stunden begingen sie ihr unverhofftes Wiedersehen.

»Und was hast du also gesagt, nachdem du die Sprache wiedergefunden hattest?«, wollte Simon wissen.

»›Warum?‹, habe ich ihn gefragt. ›Warum ausgerechnet jetzt?‹«

Weil Ihr der Richtige seid, hatte der König erwidert, und man konnte ihm anhören, wie schwer ihm dieses Eingeständnis fiel. *Das ist es, was Lords und Bischöfe in England glauben, Monseigneur. Und der Papst glaubt es auch. Ich bin zu alt, um die Augen vor den Realitäten zu verschließen. Gegen so viel Widerstand kann ich den Thronanspruch meines Sohnes nicht durchsetzen.*

»Aber was denn aus Eustache werden solle, hab ich ihn gefragt. Der König schlug vor, dass ich schnellstmöglich nach Winchester kommen solle, um dort mit ihm, seinem bischöflichen Bruder und dem Erzbischof von Canterbury die Einzelheiten auszuhandeln. Aber worauf es hinauslaufen wird, ist wohl dies: Stephen bleibt König von England und setzt mich als

Erben ein. Eustache und sein jüngerer Bruder William werden mit großzügigen Ländereien in England und der Normandie entschädigt, und ich soll Eustache als Erben einsetzen, bis ich einen eigenen Sohn bekomme.« Er zwinkerte Simon verschwörerisch zu. »Ich dachte, das sei vielleicht nicht der beste Moment, um Stephen zu erzählen, dass Aliénor guter Hoffnung ist …«

»Sei versichert, er weiß es«, widersprach Simon. »Aber alle Welt glaubt, deine Frau könne nur Mädchen zur Welt bringen.«

»Das werden wir ja sehen«, brummte Henry, griff nach einem Stück Brot und tunkte den Bratensud auf seinem Teller damit auf. Aber er biss nicht ab, sondern fuhr versonnen fort: »Auf dem Rückweg hat Alan gesagt, er glaube nicht, dass ich auf meine Krone lange warten müsse. Stephen sei des Lebens überdrüssig, meint er.«

Gut möglich, dachte Simon. »Wo ist Alan überhaupt?«

»In der Kapelle.« Henrys Augen funkelten spitzbübisch. »Nachdem wir Stephens sofortigen Abzug und unser baldiges Treffen ausgehandelt hatten, habe ich den Bischof von Winchester zum Zeichen seiner aufrichtigen Freundschaft um eine kleine Gunst gebeten …«

Simons Herzschlag beschleunigte sich. »Oh, Henry. Sag nicht …«

»Doch, doch. Er hat Alans Exkommunikation mit unterzeichnet. Also kann er sie auch wieder aufheben. Das hat er getan, da und dort, auch wenn er ein bisschen verdrossen dabei aussah. Streng genommen muss der Bischof von Norwich noch zustimmen, aber Bischof Henry hat uns angedeutet, dass der Bischof von Norwich nicht in der Position sei, ihm einen Gefallen zu verweigern. Alan muss eine saftige Geldbuße zahlen, die Nacht auf den Knien in der Kapelle verbringen und beichten, dann darf er ab morgen wieder die Messe hören und die Kommunion empfangen.«

Simon betrachtete seinen Herzog und zukünftigen König mit einem warmen Lächeln. »Gott segne dich, dass du in der Lage bist, in solch einem Moment an deine Freunde zu denken.«

Henry hob abwehrend die Hand. »Ohne Alan of Helmsby wäre dieser Moment nie gekommen. Er und Gloucesters Vater haben die Sache meiner Mutter hier in England lebendig gehalten. Und ohne Alans Rat wäre ich mit meinen zwölfhundert Mann gegen Stephen in die Schlacht gezogen, nicht mit den dreitausend, die wir heute haben, und den gesicherten Midlands im Rücken. Es ist vielmehr sein Triumph als meiner. Also war es das Mindeste, was ich für ihn tun konnte. Außerdem …« Er brach ab und stand auf. »Lady Philippa! Mein treuester Vasall. Oder heißt es Vasallin? Bitte, nehmt Platz, Madame. Ihr seht ein wenig erschöpft aus.«

Simon hatte sich ebenfalls erhoben, war zu ihr getreten und hatte den Arm um ihre Schultern gelegt. Willig ließ sie sich zu Henrys Sessel führen. »Habt Dank, Monseigneur. Wenn Ihr gestern ein Kind geboren hättet, wäret Ihr auch erschöpft, glaubt mir.«

Henry lachte. »Darauf wette ich. Und? Wann wird geheiratet? Ich borge Euch gern Vater Bertram dafür. Er macht das sehr würdevoll.«

Simon stellte sich hinter Philippa und legte die Rechte auf die Rückenlehne des Sessels. »Morgen früh«, antwortete er.

Philippa legte ihre Hand auf seine, wandte den Kopf und küsste seinen Daumen. »Je eher, desto besser. Nicht dass du es dir noch anders überlegst, Simon de Clare.«

»Oh, seid unbesorgt, Madame«, sagte Henry beschwichtigend. »Simon ist ein Muster an Beharrlichkeit und Standhaftigkeit, solltet Ihr das noch nicht wissen. Außerdem wird er eine Braut, die Wallingford und alles Land, das Brian fitzCount gehalten hat, in die Ehe einbringt, kaum verschmähen.«

Philippa atmete tief durch. »Ihr lasst mir die Ländereien meines Vaters? Das ist sehr großzügig, Monseigneur.«

Henry verneigte sich artig. »Auch in Eurem Fall gilt: Das ist das Mindeste, was ich Euch schulde. Und Eurem Gemahl genauso.«

Alan hatte überhaupt nichts dagegen gehabt, die Nacht in der Kapelle zu verbringen, denn er hatte Gott eine Menge zu sagen. In beinah sechs Jahren hatte sich allerhand aufgestaut, und er war so selig darüber, wieder in die Gemeinschaft der Kirche aufgenommen zu sein, jedes Gotteshaus betreten zu dürfen und nicht länger von den Sakramenten ausgeschlossen zu sein, dass er damit liebäugelte, für ein paar Tage bei den Mönchen in Abingdon um Aufnahme zu bitten. An ihren Gebeten und Gottesdiensten und ihrer Einkehr teilzuhaben und sich nach der langen Verbannung ganz in Frömmigkeit und Spiritualität zu ergehen. Aber daraus konnte vermutlich nichts werden, wusste er. König Stephens unerwartetes Angebot gab Anlass zur Hoffnung, dass der Krieg nun tatsächlich vorüber war, aber Alan machte sich nichts vor. Gefährliche Wochen lagen vor ihnen. Er zweifelte, dass Eustache de Boulogne die Entscheidung seines Vaters einfach tatenlos hinnehmen würde. Die Verhandlungen in Winchester bargen viele Tücken und mochten scheitern. Und das Wichtigste war jetzt, Henrys Leben zu schützen, denn nicht alle Lords in England, die sich während der langen Kriegsjahre Macht und Reichtümer angeeignet hatten, wollten einen starken, jungen König auf dem Thron, der sie in ihre Schranken wies.

Ein Geräusch von der Tür riss ihn aus seinen Gedanken. Alan blickte auf. »Vater Bertram?«

»Ich bin es.«

»Simon.«

»Ich dachte, ich bete ein bisschen mit dir, wenn du keine Einwände hast.«

Alan machte eine einladende Geste. »Natürlich nicht. Aber ich warne dich. Die Fliesen von Wallingford Chapel sind härter als alle, an die meine Knie sich erinnern.«

Unerschrocken kniete Simon sich einen Schritt von ihm entfernt vor den schmucklosen Altar. »Es dämmert«, bemerkte er und wies nach oben.

Hier brauchte man nicht aus dem Fenster zu schauen, um die Tageszeit in Erfahrung zu bringen, denn der Dachstuhl der

Kapelle war schon letztes Jahr nach einem Angriff der Royalisten ausgebrannt, und Bruder Mark behauptete, es sei nur einem göttlichen Wunder zu verdanken, dass das kleine Gotteshaus nicht in sich zusammenfiel.

»Mein Hochzeitstag«, fügte Simon mit einem ungläubigen Kopfschütteln hinzu. »Ich hätte nie gedacht, dass dieser Tag kommt.«

Alan lächelte ihm zu. »Der Tag, an dem ich wieder die Kommunion empfangen darf. Dass er kommt, habe ich auch kaum noch zu hoffen gewagt.«

»Was ist nur los, Alan? Alles soll sich mit einem Mal zum Guten wenden? Das ist mir unheimlich.«

»Oh, sei unbesorgt. Der nächste Rückschlag wird nicht lange auf sich warten lassen«, beruhigte Alan ihn.

Philippa of Wallingford war eine hinreißend schöne Braut in einem unpassend zerschlissenen, vielfach geflickten Kleid, und als Simon vor der Tür der Kapelle zu ihr trat und ihre Hand nahm, schenkte sie ihm ein Lächeln, von dem man selbst auf zehn Schritt Entfernung weiche Knie bekommen konnte, befand Alan. Er beobachtete Simon mit Befriedigung und einem Stolz, auf den er keinerlei Anrecht hatte, wie er wusste.

»Mordskerl geworden, unser fallsüchtiges Bübchen, he«, raunte Wulfric ihm ins Ohr.

Er nickte, ohne sich umzuwenden. Simon war schon lange das, was Alans Großmutter gern »einen wahren Edelmann« genannt hatte, aber mit seiner Braut an der Hand – die pikanterweise sein Kind im Arm hielt – strahlte er ein neues Selbstvertrauen aus, und zumindest für den Moment war die Melancholie aus seinem Blick verschwunden.

»Ja. Ein Mordskerl«, murmelte Alan.

»Du wirst uns doch nicht rührselig, Losian?«, fragte Godric argwöhnisch.

»Unsinn.« Alan musste sich räuspern. »Ich dachte nur gerade, was für ein langer Weg es war von der Isle of Whitholm bis hierher.«

Vater Bertram war ein hochgebildeter Geistlicher, aber zum Glück kein sehr strenger Moralwächter. Sowohl in Rouen wie auch in Angers hatte er eine Geliebte, die ihm beide zuverlässig Jahr um Jahr einen kleinen Bastard schenkten. So kam es, dass Vater Bertram nach der Trauung an der Kirchentür im Innern des halb zerstörten Gotteshauses die Taufe der kleinen Maud vornahm, ohne mit der Wimper zu zucken. Lady Katherine, Alan und Henry fanden sich als Paten am Taufstein ein.

»Zwei männliche Paten und nur eine Dame?«, fragte Bertram. »Aber es ist ein Mädchen. Da macht man es eigentlich umgekehrt.«

Henry nickte. »Ich stehe hier stellvertretend für meine Gemahlin. Was denkt Ihr, Vater, geht das?«

Der Priester nickte und versteckte sein Grinsen hinter einem Kreuzzeichen. »Mir will scheinen, hier geht heute alles, Monseigneur.«

Wallingford, August 1153

Sie blieben einige Tage in Wallingford, weil Henry den mit Stephen vereinbarten Abriss von Crowmarsh Castle am anderen Themseufer persönlich überwachen wollte. Die Garnison der Burg war mit Stephen abgezogen. Richard de Clare war indes zu Henry gekommen und hatte ihn gebeten, ihn in seinen Dienst zu nehmen. Henry hatte eingewilligt, denn Simons Cousin war der Earl of Pembroke und somit ein mächtiger Mann in Wales und den Grenzmarken. »Aber vergeben kann ich ihm nicht und trauen erst recht nicht«, hatte er Simon und Alan nach der kurzen Unterredung anvertraut. »Ich habe ihn nach Hause geschickt. Da kann er von mir aus versauern.«

Er übertrug die Organisation des Abrisses Simon und den Zwillingen, denen es Befriedigung gab, die Burg dem Erdboden gleichzumachen, wo sie so grauenvolle Stunden hatten erleben müssen. Die Palisaden und jede Menge anderes Bauholz von

Crowmarsh wurden verwendet, um die Befestigungen und Gebäude von Wallingford Castle zu reparieren. Die restlichen Holztrümmer ließen sie liegen, denn sie wussten, die Bauern, die vereinzelt noch in der Gegend lebten, waren immer dankbar für Brennholz, und tatsächlich schrumpfte der Trümmerberg Nacht für Nacht.

In der ersten Augustwoche rüsteten sie sich zum Aufbruch. Alan und der Earl of Leicester hatten Henry eindringlich geraten, in die sicheren Midlands zurückzukehren, bis die Vertragsverhandlungen zwischen dem Erzbischof von Canterbury und dem Bischof von Winchester so weit fortgeschritten waren, dass sie seine Anwesenheit in Winchester erforderten.

Schweren Herzens willigte Henry ein. »Meinetwegen ziehen wir also zurück in die Midlands. Ich habe nur Zweifel, ob man dort ebenso herrlich jagen kann wie hier.«

»Ihr werdet staunen, Monseigneur«, prophezeite Leicester. »Womöglich noch besser. Überall in England lässt sich gut jagen. Reitet von welchem Ort auch immer in jede beliebige Richtung – nach spätestens einer Meile kommt ihr in den Wald. Und ich schwöre Euch: Kein Wald in Frankreich kann sich mit unserem hier messen, was Schönheit und Wildreichtum angeht.«

Henry seufzte glücklich. »Oh, Robert. Ich glaube, ich werde es *lieben*, König von England zu sein.«

Alan und Simon lachten, leerten ihren Becher und standen auf.

»Wo soll's denn hingehen?«, fragte Henry – rastlos wie üblich – und sprang auf. »Ich begleite euch.«

Alan war im Begriff, mit dem Proviantmeister zu besprechen, was sie für den Marsch zurück in die Midlands noch an Vorräten brauchen würden. »Mach dich lieber auf die Suche nach einem Trainingspartner und geh auf den Sandplatz«, riet er. »Oder nimm ein Bad in der Themse. Es gehört sich nicht für den zukünftigen König, sich persönlich um Nebensächlichkeiten wie Proviant zu kümmern.«

Henry schüttelte trotzig den Kopf. »Ich werde ein König

sein, der sich um *alles* persönlich kümmert«, entgegnete er und hob einen belehrenden Zeigefinger. »Je eher sich alle daran gewöhnen, desto besser.«

Sie hatten den Eingang der Halle fast erreicht, als dort ein kleiner Tumult ausbrach. Offenbar versuchte schon wieder irgendwer, der hier nichts verloren hatte, einzudringen und Henry irgendein Anliegen vorzutragen.

»Was gibt es denn?«, fragte Simon und beschleunigte seine Schritte.

Die beiden Wachen verstellten tatsächlich jemandem den Zutritt. Einer der Männer wandte den Kopf. »Hier ist ein abgerissener Priester, der darauf besteht …«

»King Edmund!«, unterbrach Simon verdutzt. »Lasst ihn eintreten«, befahl er den Wachen.

Alan war stehen geblieben. Seine Hände wurden feucht, und sein Herzschlag hatte sich beschleunigt. Er wusste, es konnte nichts Gutes zu bedeuten haben, wenn King Edmund sich auf die Suche nach ihnen gemacht hatte. Schweigend sah er ihm entgegen und fand seine Befürchtung bestätigt, als Edmund über die Schwelle trat und ihm in die Augen sah.

»Gott sei gepriesen, dass ich dich gefunden habe, Alan«, sagte er. Er war ein wenig außer Atem nach seinem Gerangel mit der Wache, und seine Augen waren weit aufgerissen. Er wirkte verstört und angstvoll und tatsächlich ein wenig verrückt.

»Was ist passiert?«, fragte Alan, dessen Mund so trocken war, dass er die Worte kaum herausbekam.

Edmund umklammerte seinen Arm. »Eustache de Boulogne ist in East Anglia eingefallen und …«

»Ist er in Helmsby?«, fragte er, und gleichzeitig flehte er: Bitte, Gott, nicht Miriam und die Kinder. Und bitte nicht Oswald. Er wusste, wie verwerflich es war, zuerst an die Seinen zu denken und dass Gott sie ihm vielleicht genau deswegen genommen hatte, aber er konnte nicht anders.

»Nein«, hörte er Edmund sagen, der immer noch an seinem Arm rüttelte.

Alan befreite sich von seinem Griff, nicht mit einem unwilligen Ruck, aber bestimmt. »Spann uns nicht auf die Folter, King Edmund. Erzähl uns, was passiert ist. Hier, besser, du setzt dich hin.« Er führte ihn zu einer Bank.

Edmund sank ein bisschen zu schnell darauf nieder, weil seine Knie vermutlich weich waren. Alan erging es nicht besser, und er setzte sich zu ihm. Henry und Simon waren ihnen gefolgt, und Simon schenkte Ale in einen Becher und reichte ihn Edmund.

»Danke, mein Sohn«, murmelte der zerstreut, trank aber nicht. »Er kam mit zwei Dutzend übler Gesellen von Südwesten und hat in Suffolk gewütet, Dörfer niedergebrannt und Kirchen geplündert. Und jetzt verwüstet er die Umgebung von Bedericsworth …« Er konnte nicht weitersprechen.

»Bedericsworth?«, wiederholte Simon. »Wo ist das?«

Kaum jemand kannte den alten Namen des kleinen Ortes noch, wusste Alan, denn die meisten nannten ihn heute Bury St. Edmunds, weil im dortigen Kloster die Gebeine des berühmten angelsächsischen Märtyrerkönigs verwahrt wurden.

»Alan.« King Edmund starrte ihn unverwandt an. »Was, wenn er mein Grab plündert? Du musst irgendetwas tun. Und zwar schnell.« Er sprach jetzt gefasster und mit Autorität, aber Alan sah das Entsetzen immer noch in seinen Augen.

Er hatte keine Ahnung, was genau es war, das ihren seltsamen Heiligen an der Vorstellung so erschreckte, jemand könne sein Grab schänden, da es in seiner Vorstellung doch ganz gewiss leer sein musste. Aber die Frage war im Grunde nicht von Bedeutung. »Ich mache mich sofort auf den Weg, King Edmund«, versprach er und stand auf.

Simon hatte leise für Henry übersetzt.

»Ähm, entschuldige, Alan«, begann dieser nun verwirrt. »Aber du kannst jetzt nicht …«

Alan packte ihn unsanft am Arm und zog ihn in einen stillen Winkel. »Wir dürfen Eustache nicht einfach gewähren lassen«, sagte er eindringlich. »Das Kloster von Bury St. Edmunds ist reich, der Abt ein mächtiger Mann. Er wird es sehr zu schätzen wissen, wenn er sieht, dass du ihm Hilfe geschickt hast, um sein Haus zu beschützen.«

»Und das Wohlwollen eines mächtigen Abts können wir gut gebrauchen«, fügte Simon hinzu, der ihnen gefolgt war.

Henry brummte missvergnügt. »Kann nicht jemand anderes sich um Eustache kümmern? Ich will dich an meiner Seite, wenn wir zu den Verhandlungen nach Winchester gehen, Alan.«

»Das ist sehr schmeichelhaft«, erwiderte dieser. »Aber dort sind Simon und Thomas Becket viel wertvoller für dich als ich. Außerdem bin ich bis dahin längst zurück, so Gott will.«

Henry verschränkte die Arme und sah ihn an. »Du wirst dich nicht davon abbringen lassen, ganz gleich, was ich sage, richtig?«

»Richtig.«

»Würde es etwas ändern, wenn ich es verbiete?«

Alan sagte weder Ja noch Nein. Noch trug Henry die Krone nicht und konnte ihm daher rein gar nichts verbieten, aber dennoch wollte Alan lieber mit seinem Segen gehen als ohne. »Es ist meine Heimat, Henry. Die Menschen dort haben genug gelitten unter dem Krieg und unter Geoffrey de Mandeville. Wenn du ihr König sein willst, dann lass mich gehen und sie beschützen. Niemand sonst wird es tun.«

»Warum nicht?«, fragte sein junger Cousin verständnislos. »Gibt es keinen … wie heißen die Grafen gleich wieder in England … Earl, richtig? Gibt es keinen Earl of Norfolk und Earl of Suffolk?«

»Oh ja. Hugh Bigod ist beides. Er hat mehr oder weniger standhaft aufseiten deiner Mutter gekämpft, aber er hält sich lieber am Hof des Erzbischofs von Canterbury auf, als in den Fens und Wäldern und Dörfern seiner Grafschaften nach dem Rechten zu sehen. Und der Sheriff von Norfolk hat nicht genug Macht, Geld und Männer, um der Anarchie in East Anglia irgendetwas entgegenzusetzen. Mehr als in Norwich für Ordnung zu sorgen, kann er nicht tun. Das Land liegt für jeden Halunken offen, der die Hand danach ausstreckt.« Er gab sich keine große Mühe, seine Verbitterung über diese Missstände zu verbergen.

Henry betrachtete ihn einen Moment versonnen und erwiderte dann: »Ich sage dir, das werden wir ändern, wenn ich König bin.«

»Bury St. Edmunds kann nicht so lange warten.«

»Na schön. Dann geh.«

»Aber nicht allein«, sagte Simon kategorisch.

Alan nickte ihnen beiden zu und wollte sich abwenden, ohne zu antworten, aber Simon verstellte ihm den Weg. »Das kann nicht dein Ernst sein.«

»Ich kann keine Armee nach Bury St. Edmunds führen, Simon«, erkläre Alan ungeduldig. »Ihr braucht hier jeden Mann. Und mit Verlaub: Mit Eustache werd ich am besten allein fertig.«

»Oh, gewiss«, höhnte Simon. »So wie damals mit Geoffrey de Mandeville, nicht wahr?«

Alan runzelte ärgerlich die Stirn. »Willst du mir vorwerfen, dass ich ihn nicht gefunden habe?«

»Nein. Ich werfe dir vor, dass du aus deinen Fehlern nichts lernst. Du hast dich allein auf den Weg gemacht, um ihn zu stellen, und das hat dir drei Jahre Seeluft auf der Isle of Whitholm eingebracht. Und doch willst du jetzt wieder allein gehen. Weil deine Unabhängigkeit dir kostbarer ist als alles andere auf der Welt und du dir und deinen Bewunderern beweisen musst, dass du es immer noch kannst, immer noch am besten alles allein vollbringst. Dafür gehst du unverantwortliche Risiken ein und nimmst nicht die geringste Rücksicht auf die Menschen, die zurückbleiben und um dich trauern müssen, solltest du wieder verschwinden. Dieses Mal vermutlich endgültig.«

Alan fühlte ein sengendes Prickeln in den Fingerspitzen, so sehr verlangte ihn danach, die Faust zu ballen und Simon das Maul zu stopfen. So wie der verlorene Mann ohne Gedächtnis es getan hatte an dem eisigen Wintermorgen nach der Sturmnacht auf der Isle of Whitholm, als Simon de Clare ihm zum ersten Mal ein paar unangenehme Wahrheiten gesagt hatte.

Aber heute gelang es Alan, sich zu beherrschen. Er beschränkte sich darauf, Simon einen vernichtenden Blick entgegenzuschleudern, dann ging er wortlos zurück zu King Edmund und setzte sich neben ihn auf die Bank.

Den Kopf gesenkt, die Hände auf die Knie gestützt, dachte er nach. Simons Vorwürfe hatten verdächtige Ähnlichkeit mit dem, den sein Onkel Gloucester ihm einst gemacht hatte. *Wenn du das je wieder tust, wirst du aus meinen Diensten scheiden müssen. Ich habe nichts unversucht gelassen, dich zur Vernunft zu bringen. Aber du bist wie besessen.*

War er das wirklich immer noch? Besessen von der Idee, den Krieg eigenhändig gewinnen zu müssen, weil er seinen jungen Vater mit seiner bevorstehenden Geburt in ein feuchtes Grab gelockt hatte?

Was für ein Irrsinn. Hatte er nicht längst begriffen, dass nichts von dem, was passiert war, seine Schuld war? Wie kam es dann nur, dass er immer wieder in die gleiche Falle zu tappen drohte? Statt endlich das zu tun, was er Robert of Gloucester auf dem Sterbebett versprochen hatte.

Alan wandte den Kopf ein klein wenig und stellte fest, dass King Edmund ihn belauerte.

»Was?«, fragte Alan unwirsch.

»Er hat recht, mein Sohn.«

»Du hast doch gar nicht verstanden, was er gesagt hat.«

»Nicht die Worte, aber den Sinn. Er hat recht, und das weißt du selbst am allerbesten.«

Alan nickte unwillig, stand auf und kehrte zu Simon zurück. »Also schön. Dann sag mir, was ich deiner Meinung nach tun soll. Wenn ich dich mitnehme, werden die Zwillinge nicht zurückbleiben wollen. Aber sie können nicht reiten und werden uns aufhalten. Wie werden sie sich fühlen, wenn wir ihretwegen zu spät kommen?«

Simon schüttelte den Kopf. »Ich kann nicht mitkommen. Ich will Eustache nicht wiedersehen, denn ganz gleich, was er getan hat, er ist König Stephens Sohn, und diese Tatsache bindet mir die Hände, immer noch. Ich habe getan, was du nicht konntest, und Rache an Haimon genommen. Das ist genug. Jetzt tu du das, was ich nicht tun kann. Nimm deine Cousins Athelstan und Ælfric mit und Bedwyn und die übrigen Männer aus Blackmore.«

Alan nickte, und sie umarmten sich kurz.

»Geh mit Gott, Alan«, murmelte Simon.

»Dafür sorge ich schon«, versicherte King Edmund ungeduldig. »Jetzt lasst uns endlich aufbrechen.«

East Anglia, August 1153

Es war alles andere als schwierig, Eustaches Spur in East Anglia zu folgen, denn er hatte eine Schneise der Verwüstung hinterlassen. Alan und seine rund zwei Dutzend Begleiter kamen durch niedergebrannte, ausgeplünderte Dörfer. Sie wirkten verlassen, so als wären alle Bewohner erschlagen oder davongelaufen, aber wenn King Edmund sich an den Dorfbrunnen stellte und mit tragender Stimme rief, er sei der Märtyrerkönig, der einst über dieses Land geherrscht habe, und nun wiedergekehrt, um seine Wunden zu heilen, kamen hinter verbrannten Hecken und aus verkohlten Ruinen Menschen hervor. Langsam und matt, so als stünden sie noch unter Schock. Sie betrachteten Alan und seine Soldaten mit starren, leeren Blicken, aber King Edmund gelang es immer, ihr Vertrauen zu wecken, und flüsternd erzählten sie ihm von den Gräueltaten, die Eustache und die Seinen begangen hatten: Sie mordeten und schändeten und verbrannten die Ernte in den Scheunen und auf den Feldern.

Warum er das tue, wenn er wirklich der Sohn des Königs sei, hatte ein mutiger Dorfpfarrer, der des Normannischen mächtig war, ihn gefragt.

Weil der König die Krone an einen anderen verschenkt habe, und dem wolle er nichts als verbrannte Erde hinterlassen, hatte Eustache geantwortet, ehe er dem Pfarrer den Schädel spaltete.

Alan lauschte den immer gleichen Geschichten, blickte in die immer gleichen leblosen Augen der Menschen, und jede Nacht, wenn er schlaflos in eine Decke eingerollt im Nieselregen am ersterbenden Feuer lag, besuchte ihn seine alte Gefährtin, die Düsternis. Wie oft noch?, fragte er Gott. Wann nimmt das Morden ein Ende? Wann ist es endlich genug?

In jedem der überfallenen Dörfer verteilte er ein wenig von dem Geld, das Henry ihm eigentlich als kleine Aufmerksamkeit für den Abt von Bury St. Edmunds mitgegeben hatte, damit die Menschen wenigstens eine Chance hatten, über den Winter zu kommen. Die Frauen knicksten vor ihm und berührten seinen Mantelsaum. Die Männer hielten ihm den Steigbügel und murmelten seinen Namen voller Ehrfurcht. Und Alan kam es vor, als sei der Höllenwurm zurückgekehrt, um ihn zu verschlingen und in schwarzer Galle zu ertränken.

Doch wenigstens in einer Hinsicht hatte King Edmunds Sorge sich als unbegründet erwiesen: Das Städtchen, welches sich um das reiche Kloster mit »seinem« Grab schmiegte, war noch lebendig und unversehrt.

»Alan of Helmsby?«, fragte der ehrwürdige Abt verwundert. »Das ist in der Tat eine Überraschung, Monseigneur. Setzt Euch ans Feuer. Ihr seht ein wenig begossen aus, wenn Ihr meiner Offenheit vergeben wollt.«

Alan folgte der Einladung gern. »Danke, Vater. Wir sind seit zwei Wochen unterwegs, und es hat unablässig geregnet.«

»Ja, seit St. Swithun«, antwortete Abt Ægelric seufzend. Ein weißer Haarkranz umgab seine Tonsur. Die Hand, die nach dem dampfenden Krug griff, war alt, aber ruhig und sicher. Er füllte zwei Becher und reichte seinem Gast einen davon. Der Duft von heißem Würzwein erfüllte den Raum, und Alan trank behutsam, während er sich verstohlen umsah. Das Haus des Abtes war geräumig und hell, aber bescheiden eingerichtet. Und kein Diener weit und breit, um den Wein einzuschenken. Abt Ægelric nahm es offenbar ziemlich genau mit der Regel des heiligen Benedikt. Er entstammte einem der wenigen angelsächsischen

Adelsgeschlechter, die die normannische Eroberung überdauert hatten, und in seiner Familie war es Tradition, dass ein Sohn aus jeder Generation in dieses Kloster eintrat. Viele von ihnen waren Äbte geworden, und das war kein Wunder, befand Alan.

»Ich bin auf der Suche nach Eustache de Boulogne«, eröffnete er dem Abt.

Der nickte. »Ja, das haben wir gehört.« Er lächelte flüchtig. »In diesem Teil East Anglias geschieht nicht viel, das uns entgeht.«

»Dann wisst Ihr auch, wo er ist?«

Ægelric deutete ein Achselzucken an. »Schon möglich.«

Die Antwort beunruhigte Alan, und er fühlte sich zu niedergedrückt von all dem Elend, dass er gesehen hatte, um sich auf ein Versteckspiel mit dem Abt einzulassen. »Schon möglich?«, wiederholte er scharf. »Unter welchen Umständen, Vater? Wenn ich Euch seinen Aufenthaltsort abkaufe? Tut mir leid. Was ich an Silber bei mir trug, habe ich denen gegeben, die es nötiger hatten als Ihr. Oder fällt Euch wieder ein, wo Eustache sich aufhält, wenn ich Euch schwöre, ihn zu schonen, weil Ihr Euch mit ihm verbündet habt, damit er Euch in Ruhe lässt? Was genau heißt ›schon möglich‹?«

Ægelric schlug die Beine übereinander und betrachtete seinen Gast mit zur Seite geneigtem Kopf. »Ich hätte nicht gedacht, dass seine Taten einen Mann wie Euch so verbittern könnten.«

»Dann wird es vielleicht Zeit, dass Ihr Eure sicheren Mauern einmal verlasst und Euch anschaut, was er getan hat«, gab Alan zurück, und mit einem Mal traf ihn die Müdigkeit wie ein Keulenschlag.

Der ehrwürdige Abt ging nicht darauf ein. »Ich bin nicht Eustaches Freund«, sagte er stattdessen. »Und ganz gleich, was er sagt, es gibt keine Rechtfertigung für das, was er tut. Ich bin nicht sicher, dass Gott ihm das vergeben wird. Ich bin auch nicht sicher, dass er Gottes Vergebung verdient. Er ist eine widerwärtige Kreatur, und das war er als Junge schon.«

Alan nickte. »Ich weiß.«

»Aber wie kann ein Abt der Heiligen Mutter Kirche der

Freund eines Thronanwärters sein, der sich damit brüstet, Dämonenblut in den Adern zu haben? Der Krieg gegen den frommen König von Frankreich geführt und beinah jeden seiner Bischöfe brüskiert hat? Der ohne Dispens eine äußerst fragwürdige Ehe geschlossen hat und mir ausgerechnet einen exkommunizierten Frevler schickt?«

Alan stellte seinen Becher ab. »Er ist besser, als die Aufzählung seiner Verfehlungen ihn erscheinen lässt, glaubt mir. Im Übrigen hat der Bischof von Winchester meine Exkommunikation aufgehoben.«

»Weil Ihr in Reue und Demut in den Schoß der Kirche zurückgekehrt seid? Oder weil es politisch opportun war?«, fragte Ægelric streng.

Alan stand auf. »Habt Dank für Eure Gastfreundschaft, Vater.« Er ging zur Tür, hielt aber noch einmal inne. »Oh, eine Frage noch. Die Gebeine des heiligen Edmund … kann man sie sehen?«

»Wo denkt Ihr hin? Sie liegen in einem steinernen Sarg.«

Alan nickte. »Und habt Ihr in den letzten Jahren je festgestellt, dass der Deckel bewegt worden ist?«

»Was für eine seltsame Frage. Dieser Deckel wandert, Helmsby. Die Unterkante ist nicht perfekt geglättet, das Gleiche gilt für die Oberkante des Sargs. Tausende von Pilgern berühren und küssen diesen Sarg Jahr um Jahr. Es vergeht keine Woche, ohne dass wir morgens in die Kirche kommen und der Deckel ein wenig verrutscht ist. Die Novizen sagen: ›Heute Nacht ist er wieder umgegangen, der rastlose Edmund.‹« Er sprach mit Nachsicht. »Warum wollt Ihr das wissen?«

Alan winkte ab. »Oh … Vermutlich habe ich einmal von dem wandernden Deckel gehört, das ist alles.« Wäre der ehrwürdige Abt ein anderer Mann gewesen, hätte er ihm vielleicht von King Edmund erzählt, aber unter diesen Umständen nahm er lieber Abstand davon. Er legte keinen Wert darauf, dass Abt Ægelric King Edmund geradewegs zurück auf die Isle of Whitholm schickte und Alan womöglich gleich mit. »Lebt wohl, Vater.«

Er stand schon wieder draußen im unablässigen Regen, als er den Abt sagen hörte: »Wenn ich an Eurer Stelle wäre, würde ich in Fenwick suchen.«

Alan schloss die Tür mit einem kleinen Ruck und überquerte den glitschigen Rasen mit gesenktem Kopf. Er vermied es, zur Klosterkirche hinüberzuschauen, als könne er so vor Gott verbergen, dass er mit ihm haderte. Warum, *warum* musste es von den ungezählten Dörfern in East Anglia ausgerechnet das sein, wo er um keinen Preis hinwollte?

Fenwick war nicht verkohlt und verlassen wie die übrigen Weiler, die Eustache heimgesucht hatte, aber die Türen der Katen waren geschlossen, und bis auf ein paar Hühner und Katzen begegnete ihnen niemand im Dorf.

Haimons Burg stand einen Steinwurf entfernt auf einer beachtlichen Motte. Zwei Wachen in angerosteten Kettenhemden und Helmen mit verbogenem Nasenschutz bemannten das Torhaus. Als sie Alan in Begleitung seiner beiden Cousins auf sich zukommen sahen, zogen sie die Klingen.

Alan trat dem Rechten das Schwert aus der Hand und hatte ihm die eigene Waffe an die Kehle gesetzt, ehe der zweite Wächter sich auch nur rühren konnte.

Alan sah Letzterem für einen Lidschlag in die Augen. »Schön ruhig, Junge.« Und an den Ersten gewandt: »Lässt du uns durch, oder möchtest du heute sterben?«

»Wer seid Ihr?«, fragte der Mann erschrocken.

Alan verstärkte den Druck. »Lässt du uns durch, oder möchtest du sterben?«, wiederholte er.

Der Soldat bog mit einem kleinen Ruck den Kopf zur Seite und riss den Dolch aus der Scheide am Gürtel, ehe Alans Klinge knirschend seinen Kettenpanzer durchbohrte. Genau über dem Herzen.

Alan befreite sein Schwert mit einem Ruck aus dem zusammensackenden Leichnam. Der zweite Torhüter, ein blasser Jüngling, der noch keine fünfzehn sein konnte, war entsetzt zurückgewichen und ließ sich anstandslos von Ælfric entwaffnen. »Ich … ich lass Euch durch«, erbot er sich unaufgefordert. »Ich will nicht sterben. Bitte nicht, Mylord …«

»Hör auf zu betteln«, herrschte Alan ihn an. Er hasste es, wenn irgendwer sich vor ihm erniedrigte. Er hasste es, solchen Schrecken zu verbreiten, wie er ihn in den Augen des Jungen las. »Bist du aus Fenwick, oder gehörst du zu Eustache de Boulogne?«

Der Junge sah angstvoll über die Schulter, als er spürte, dass Ælfric und Athelstan ihm die Hände auf den Rücken banden. Dann kehrte sein Blick zu Alan zurück. »Ich …« Er schluckte. »Ich bin ein Knappe des Prinzen.«

»Wirklich? Und hast du die Bauern in den Dörfern von Suffolk leben lassen, als sie dich angefleht haben, dass sie nicht sterben wollen?«

Unter dem kurzen Kettenhemd verfärbte sich das linke Hosenbein des Jungen dunkel, er senkte den Kopf und fing an zu heulen. Er weinte bitterlich. Mehr aus Scham denn vor Angst, schien es Alan. Oder vielleicht wollte er das auch nur glauben.

»Komm schon, Söhnchen, nimm dich zusammen«, murmelte Ælfric beschwichtigend. »Ich glaube nicht, dass er dich umbringt. Aber du musst schön artig sein und ihm sagen, was er wissen will.«

Der Knappe fasste sich ein wenig.

»Wo ist der Prinz?«, fragte Alan.

»Im Donjon oben.« Das bebende Kinn ruckte zum Turm auf der Motte hinüber.

»Wie viele Männer hat er?«

Der Junge streifte seinen toten Kameraden mit einem raschen Blick. »Jetzt noch elf.«

Alan ohrfeigte ihn mit der freien Linken. »Wenn du mich noch einmal anlügst, bist du fällig. Also?«

»Elf, Mylord, ich schwör's beim heiligen Kreuz!«

»Schsch, kein Grund, so laut zu schreien. Zwei Dutzend, habe ich gehört.«

»Einer ist im Moor ersoffen, vier haben die Männer der

Wache hier erwischt, als wir gestern ankamen, der Rest hat sich schon letzte Woche verdrückt und ist zurück nach Wallingford geschlichen, um sich Henry Plantagenet anzuschließen.«

Alan tauschte einen Blick mit seinen Rittern. Beide nickten. Sie glaubten dem Bengel, und er selbst neigte auch dazu. »Wenn du schlau wärest, hättest du das Gleiche getan.«

Der Knappe biss sich auf die Unterlippe. »Mein Vater hat gesagt, er schlägt mich tot, wenn ich das tue.« Wieder deutete er zum Burgturm hinüber. »Mein Vater ist einer seiner Ritter, versteht Ihr.«

Alan nickte wortlos und trat einen halben Schritt zurück. Es war nur eine winzige Bewegung, aber der Junge entspannte sich. Er schien zu spüren, dass sein Leben nicht länger in Gefahr war.

»Was ist mit der Wache, die hier auf der Burg war?«, fragte Alan weiter. Ein halbes Dutzend junger Kerle hatte er hergeschickt, Männer aus Helmsby, Metcombe und Blackmore, die er in den vergangenen Jahren ausgebildet hatte. Sie wären lieber mit ihm in die große Welt hinausgezogen, statt seine einstige Gemahlin und ihre Bälger zu hüten, aber sie hatten es anstandslos getan, weil er es befohlen hatte. Er stählte sich. »Alle tot, nehme ich an?«

Der Jüngling schüttelte unerwartet den Kopf. »Einer. Dann hat Lady Susanna ihnen befohlen, die Waffen niederzulegen. Das haben sie auch getan.«

Alan runzelte die Stirn. »Einfach so? Wie zahm …«

»Der Prinz …« Der Knappe musste schlucken. »Er hat gesagt, wenn sie es nicht tun, tötet er Lady Susannas Sohn. Da haben sie lieber klein beigegeben. Sie sind in einem der Vorratshäuser eingesperrt.«

Alan hatte genug gehört. Er wandte sich um und winkte mit beiden Armen.

Seine kleine Truppe kam hinter dem letzten Haus des Dorfes hervor und lief zu ihm herüber – King Edmund vorneweg.

»Bleib hier«, riet Alan ihm.

»Kommt nicht infrage«, bekam er zur Antwort.

Alan zuckte die Schultern. Er hatte jetzt keine Zeit, weiter mit Edmund zu streiten. Konzentriert nahm er aus dem Schatten des Torhauses die Anlage innerhalb der Palisade in Augenschein, und die Entscheidung, was zu tun war, kam wie immer ganz von selbst. »Athelstan.«

»Mylord?«

»Binde den Bengel wieder los, gib ihm sein Schwert zurück und schlag dich mit ihm im Burghof. Mach so viel Radau, wie du kannst.«

»Ich soll Eustaches Männer anlocken?«

Alan nickte. »Bedwyn, du versteckst dich mit den übrigen Männern hier im Torhaus und wartest, bis die Soldaten des Prinzen in den Hof gelaufen kommen. Dann greift ihr sie an. Verstanden?«

»Ja, Mylord.«

»Ælfric. Nimm ein halbes Dutzend Männer und mach dich auf die Suche nach dem Vorratshaus, wo meine Wachen eingesperrt sind. Befreit und bewaffnet sie. Ihr seid die Reserve. Beobachtet den Kampf im Burghof aus der Deckung und greift ein, wenn du es für richtig hältst.«

»In Ordnung.«

Vom Torhaus beobachtete Alan, wie der lahme Schaukampf zwischen seinem Ritter und dem nur mäßig ausgebildeten Knappen in Windeseile Bewaffnete und Gesinde anlockte, die aus den Wirtschaftsgebäuden und dem Donjon zusammenströmten. Er zählte acht Männer, die er für Ritter des Prinzen hielt, und ehe diese eingreifen und Athelstan erschlagen konnten, schickte Alan Bedwyn und die Männer von Blackmore vor. Sie waren in der Überzahl und fielen mit siegesgewissem Gejohle über die Soldaten des Prinzen her. Die Knechte und Mägde brachten sich schleunigst in Sicherheit, als sie feststellten, dass aus dem Zweikampf eine Schlacht geworden war.

Eustaches Männer waren hart und kampferprobt; jeder von ihnen konnte es mühelos mit zwei von Bedwyns Sorte aufnehmen, die zwar bewaffnet und mutig waren, aber mehr Erfahrung in Wirtshausschlägereien denn im Schwertkampf hatten. Alan sah zwei seiner Bauern schreiend und blutüberströmt zu Boden gehen und fing an, sich zu sorgen. Doch dann kam Ælfric mit den befreiten Männern aus Helmsby. Diese hatten sich auf die Schnelle nur mit Dreschflegeln und Knüppeln bewaffnen können, aber jetzt machte sich bezahlt, wie gründlich Alan sie ausgebildet hatte. Im Nu brachten sie den Kampf unter Kontrolle.

Alan schloss den Kinnschutz seines Kettenhemdes, beförderte den Schild mit einer geschickten Bewegung vom Rücken nach vorn, legte die Linke um den Haltegriff und zog das Schwert wieder. Dann verließ er den Schatten des Torhauses, umrundete das kleine Schlachtfeld im Burghof und lief die Treppe zum Donjon hinauf. Zwei von Eustaches Rittern mussten hier noch irgendwo sein, wusste er, und sie erwarteten ihn gleich am Eingang der Halle mit gezückten Schwertern.

Gleichzeitig griffen sie ihn an, einer von rechts, einer von links. Alan machte einen Satz nach hinten, und seine beiden Gegner prallten hart gegeneinander. Der Linke ging mit einem Wutschrei zu Boden, und Alan nahm sich den Rechten vor. Er hatte leichtes Spiel, denn der Kerl war ein miserabler Techniker. Nach drei unkoordinierten Streichen auf Alans Schild vergaß er seine Deckung, und Alan hieb ihm den Schwertarm ab. Schreiend ging der Mann zu Boden und landete auf dem Rücken. Mit der Linken umklammerte er den Stumpf seines rechten Arms, aus dem ein pulsierender Blutstrahl sprudelte, und starrte mit weit aufgerissenen Augen zu Alan auf. Der ließ den Schild los, legte beide Hände ans Heft und stieß ihm die Klinge mit einem kräftigen Ruck ins Herz.

Der Schrei endete wie abgeschnitten, und in der plötzlichen Stille hörte Alan den Zweiten von hinten kommen. Er glitt nach links, um dessen Schwert zu entgehen, machte einen krummen Rücken und gleichzeitig einen Schritt rückwärts. Der Angreifer traf ihn wie ein Rammbock, und die eigene Wucht beförderte ihn von den Füßen. Er fiel über Alans Schulter, landete hart auf seinem Schild und starb, lange bevor er sich wieder sortieren und aufspringen konnte.

Alan stellte ihm einen Fuß auf die Schulter und befreite die Klinge aus seiner Kehle. Vorwurfsvoll starrten die toten blauen Augen zu ihm empor.

»Ein Jammer«, sagte eine Stimme vom anderen Ende der Halle. Sie klang amüsiert. »Das war mein Cousin Ralph de Mortain.«

»Euer Cousin war zu langsam«, antwortete Alan und wandte sich um. »Da kann man nichts machen.«

Eustache de Boulogne stand hinter der Tafel an der Stirnseite der Halle, aber Alan konnte nicht viel von ihm sehen, denn der Prinz hielt Susanna vor sich wie einen Schild und hatte ihr einen Dolch an die Kehle gesetzt.

Ohne Eile trat Alan näher und vermied es, seiner einstigen Gemahlin in die Augen zu sehen. Er war nicht sicher, was er dort finden würde – Verachtung oder Flehen –, aber er konnte das eine so wenig gebrauchen wie das andere.

»Ich bin auf der Suche nach Eustache de Boulogne«, sagte er.

»Ihr habt ihn gefunden«, antwortete der schmale Kerl mit den Hakennase und den rötlichblonden Locken.

»Das kann nicht sein«, erwiderte Alan kopfschüttelnd. »Eustache de Boulogne ist der beste Soldat in König Stephens Armee. Kein Feigling, der sich hinter Röcken versteckt.«

»Wäre ich nur Soldat, würde ich mich liebend gern mit Euch schlagen, Helmsby, denn ich wollte immer schon wissen, wer von uns beiden denn nun besser ist. Aber ich bin auch Prinz und versuche, mein Erbe zu retten. Was Ihr hier seht, ist nicht Feigheit, sondern Politik.«

Alan verzog angewidert den Mundwinkel. »Nennt es, wie Ihr wollt, das macht es nicht besser. Und im Übrigen ist Euer Erbe verloren, ganz gleich, was Ihr tut. Ihr habt, genau genommen, alles verloren, Monseigneur. Sogar Fenwick.« Unten im Hof war es still geworden, und er hörte Schritte auf der Treppe. »Alles gesichert, Mylord«, rief Ælfric.

»Seht Ihr?«, sagte Alan zu Eustache. »Also, wie wäre es, wenn Ihr die Dame gehen lasst und wir überlegen, wie es nun weitergehen soll.«

Eustaches Linke, die Susannas Oberarm umklammert hielt, glitt zu ihrer Brust, knetete sie einen Moment, legte sich dann wieder um den Arm. Susanna regte sich zum ersten Mal; eine schwache, ruckartige Bewegung, als wäre sie zusammengezuckt, aber sie gab keinen Laut von sich.

Alan konnte es nicht länger aufschieben. Er schaute ihr ins Gesicht. Er sah Angst in ihren Augen, aber ebenso diese spezielle Art von Hochmut, die sie so perfekt beherrschte. Sie hasste ihn immer noch, stellte er erleichtert fest. *Mir ist lieber, er schneidet mir die Kehle durch, als mir von dir helfen zu lassen,* sagte ihr Blick. Alan lächelte ihr zu. Susannas Mut hatte ihm immer imponiert.

»Also, was soll das werden, Monseigneur?«, fragte er Eustache. »Eure Geisel ist wertlos, denn mir ist es gleich, wenn ihr sie tötet. Ein Wort, und zwanzig meiner Männer stürmen diese Halle. Wenn Ihr die Kunst der Politik beherrscht, wie Ihr behauptet, wird es Zeit, Euch Eure Niederlage einzugestehen.«

Eustache lachte leise. »Meine Geisel ist wertlos?«, wiederholte er. »Nun, dann war es ja klug von mir, gleich eine zweite zu nehmen, nicht wahr?« Er stieß Susanna zur Seite, und sie landete hart auf dem strohbedeckten Holzboden.

Alan setzte sich in Bewegung, aber lange bevor er die Tafel erreichte, hatte Eustache sich herabgebeugt und hob etwas vom Boden auf. Als er sich wieder aufrichtete, hielt er ein kleines Mädchen von hinten an den Armen gepackt und stellte es vor sich auf den Tisch.

Alan blieb stehen, als seien seine Füße plötzlich am Boden festgenagelt. Das Kind mochte vier Jahre alt sein, und es war Haimons Ebenbild. Die kleinen Hände und Füße waren zusammengebunden, ein Knebel steckte in seinem Mund. Die dunklen Augen waren weit aufgerissen, starrten Alan direkt an, und ihr Ausdruck schien sämtliche Luft aus seinen Lungen zu pressen. Furcht stand in den Augen und diese staunende Verwirrung, die ihm von Oswald so vertraut war.

Alan ließ das blutverschmierte Schwert ins Stroh fallen.

»Ah«, machte Eustache zufrieden. »Es scheint, meine Lage ist doch nicht so aussichtslos, wie wir beide eben noch dachten.«

»Was wollt Ihr? Freien Abzug?«

Über den Kopf des kleinen Mädchens hinweg sah der Prinz ihn an, die schmalen, rötlichen Brauen wie vor Verblüffung gehoben. »Ich fürchte, freier Abzug wird nicht ganz ausreichen, Alan of Helmsby. Ich will Rache für den Krieg, den Ihr gegen meinen Vater geführt habt und der mich meine Krone gekostet hat.«

»Dann lasst das Kind los und nehmt Euer Schwert in die Hand«, schlug Alan vor.

»Wieso sollte ich das tun? Warum sollte ich Euch diese Ehre erweisen, nachdem Ihr mich und meinen Vater so unaussprechlich gedemütigt habt? Legt die Waffen und die Rüstung ab. Na los.«

Alan rührte sich nicht.

Mit einem einzigen Ruck riss Eustache dem kleinen Mädchen den Kittel vom Leib. Eigentümlich langsam sah es an sich hinab, erkannte voller Schrecken seine Nacktheit, kniff die Augen zu und fing an zu weinen.

»Ich habe mir sagen lassen, das sei der einzige Anblick auf der Welt, der Euch erschüttern könne«, knurrte der Prinz. »Versteht Ihr mich jetzt?«

»Mylord?«, kam Athelstans Stimme von der Tür. »Was zum Henker ist hier …«

Alans Atem ging stoßweise, und sein Blickfeld hatte eine rötliche Tönung angenommen. Es erforderte eine enorme Willensanstrengung, den Blick von dem Kind abzuwenden und auf Eustache zu richten. Ohne sich umzuwenden, sagte er: »Komm her, Athelstan. Hilf mir aus der Rüstung. Alle anderen bleiben draußen.«

»Aber Mylord …«

»Komm schon«, herrschte Alan ihn an.

Sein junger Vetter trat vor ihn, sah von ihm zu Eustache und wieder zurück, und seine Miene wurde grimmig. Dann nahm er den Helm aus Alans Händen entgegen und ließ ihn ins Stroh fallen. Wortlos streckte Alan die Arme nach oben, und Athelstan umfasste den unteren Rand des Ringelpanzers und zog ihn ihm über den Kopf.

Alan zückte den Dolch aus der Scheide am Gürtel und gab ihn ihm. »Jetzt nimm Lady Susanna und geh.«

Sie war aufgestanden und trat einen unsicheren Schritt auf ihn zu. »Alan … was hast du vor?« Es klang untypisch dünn.

Der rote Schleier vor seinen Augen hatte sich nicht gelichtet. Alan war es, als habe dieser seltsame rote Nebel sich auch über seinen Geist gelegt, zähflüssig wie Brei. Der Anblick des Kindes und alles, was er mit sich brachte, lähmte seine Sinne. Selbst seine Zunge kam ihm schwer vor. Ein Kopfschütteln war die einzige Antwort, die er für Susanna hatte.

»Jetzt komm her«, befahl Eustache.

Alan setzte sich in Bewegung.

»Mylord«, protestierte Athelstan.

»Alan, tu das nicht«, bat Susanna heiser.

Langsam wandte er den Kopf und sah sie an. »Willst du deine Tochter behalten und vor dem retten, was er vorhat? Oder ist sie wertlos, Susanna?«

Sie schüttelte den Kopf, sah zu ihrem Kind, dann wieder zu ihm und fing an zu weinen. Beschämt wandte sie sich ab und schlug die Hände vors Gesicht. »Sie ist … mein Ein und Alles«, bekannte sie tonlos.

»Dann geh. Athelstan bringt sie dir zurück.«

»Alan … Ich will nicht, dass du das für mich tust.«

Er hörte kaum hin, sondern ging weiter auf Eustache zu. Beinah zerstreut gab er zurück: »Sei unbesorgt. Ich tu es nicht für dich. Jetzt verschwinde endlich.«

Athelstan nahm sie zaghaft am Arm und brachte sie zur Tür.

Alan war vor dem Prinzen angekommen und sah ihm ins Gesicht.

Eustache lächelte wieder. »Knie dich hin, sei so gut.«

Ich sterbe wie Regy, dachte Alan fassungslos und kniete sich ins Stroh. »Schwöre mir, dass du sie ihrer Mutter zurückgibst. Unversehrt.«

Eustache nickte feierlich, ließ das Kind los und zog sein Schwert. »Ich schwöre bei den Gebeinen des heiligen Königs Edmund«, höhnte er und hob die Waffe mit beiden Händen über die linke Schulter. Dann gab er ein eigentümliches Stöhnen von sich, und als Alan den Kopf hob, sah er die blutverschmierte Spitze eines Jagdmessers aus der Brust des Prinzen ragen.

»Oh nein, du Unhold«, knurrte King Edmund. »Das wirst du nicht tun.«

Alan sah den Blick der grausamen, stahlblauen Augen brechen, und als Edmund den Griff seines Messers losließ, sank der tote Prinz ins Stroh.

Alan kam auf die Füße. Unfähig, auch nur ein Wort herauszubringen, wich er kopfschüttelnd vor dem Heiligen mit den blutigen Händen zurück.

Edmund schien ihn kaum zu bemerken; er wirkte seltsam entrückt. Er hob ein Büschel reines Stroh vom Boden auf und säuberte sich damit sorgsam die Hände, ehe er das weinende kleine Mädchen von seinen Fesseln und dem Knebel befreite und ihm seinen Kittel wieder überstreifte. Dann nahm er es auf den Arm und wiegte es. »Schsch. Alles ist gut, Marie. Hab keine Angst mehr. Komm, lass uns schauen, wo deine liebe Mutter steckt …«

Alan schüttelte immer noch den Kopf, um ihn endlich wieder klar zu bekommen. Sein Blick fiel auf den Prinzen, der auf der Seite gelandet war. Als Alan das Messer erkannte, welches das Herz durchbohrt hatte, lief ihm ein eisiger Schauer über den Rücken. »Woher hast du diese Klinge?«, rief er Edmund nach.

Der hagere Angelsachse wandte sich um. »Es ist das Jagdmesser, das du auf der Insel gefunden hast.«

»Das seh ich selbst. Aber woher hast du es?«

Edmund hob die Schultern – er war die Ruhe selbst. »Es lag immer unbenutzt in deiner Truhe. Ich habe mir erlaubt, es zu borgen.«

»Und wie kommst du hierher? Wie kannst du an diesem Ende

der Halle auftauchen, wenn du nicht durch den Eingang gekommen bist? Hast du ein Wunder gewirkt, King Edmund?«

»*Gott* wirkt Wunder, wie oft muss ich dir das sagen, eh du es lernst? Aber nicht in diesem Fall. Dieser Donjon hat eine Treppe im Eckturm, genau wie deiner. Wozu sollte Gott also ein Wunder wirken, wo ich doch einfach die Tür nehmen konnte?« Er zeigte mit dem Finger auf den schmalen Durchlass in der hinteren Ecke der Halle, den Alan bislang nicht gesehen hatte, weil er im Schatten lag.

Trotzdem, dachte Alan argwöhnisch. Irgendetwas stimmt hier nicht. Er sah auf Eustache hinab und murmelte: »Du hättest lieber auf etwas anderes schwören sollen. Dann stündest du jetzt hier und ich läge da.«

Es hatte aufgehört zu regnen, als der Karren, der den toten Prinzen zu seinem Vater zurückbringen sollte, aus dem Burgtor zockelte. Sechs von Eustaches Rittern und Knappen waren noch übrig. Alan hatte keinen Sinn darin gesehen, sie gefangen zu nehmen oder zu töten, darum bildeten sie die Eskorte.

Alan und Edmund sahen dem traurigen kleinen Zug nach.

»Bitter für den alten König«, bemerkte Alan.

»Oh ja«, stimmte King Edmund zu – vorbehaltlos, aber ohne Reue. »Erinnere ich mich recht, dass er noch einen Sohn hat?«

Alan nickte. »William. Ein sanftmütiges Geschöpf. Es hieß sogar einmal, er wäre gern Mönch geworden, nur hat sein Vater es verboten.« Er zuckte die Schultern. »Jedenfalls ist er kein Krieger wie Eustache. Henry wird ihn großzügig mit Ländereien ausstatten, und William wird sich erleichtert in die Normandie zurückziehen, schätze ich.«

»Also ist der Krieg vorbei?«, fragte Edmund.

Alan legte ihm für einen Moment die Hand auf die Schulter. »Der Krieg ist vorbei.«

»Dann lass uns Gott danken.«

»Das werden wir. Aber lass es uns in der Kirche von Helmsby tun. Ich will so schnell wie möglich aus Fenwick verschwinden.« Und er wollte nach Hause. Er wollte zu seiner Frau, wollte sie am helllichten Tage verführen, sie mit nichts als dem Bändchen am Fußknöchel bekleidet sehen und hinter geschlossenen Bettvorhängen mit ihr feiern, dass er noch lebte.

Edmund kehrte dem Torhaus den Rücken und wandte sich Alan zu. »Ich werde nicht mit nach Helmsby zurückkehren, mein Sohn.«

»Was? Wieso nicht, in aller Welt?«

»Mein Werk ist getan, Alan. Es wird Zeit für mich.«

Alan sah ihn sprachlos an.

»Gottes Plan ist aufgegangen, wie er es immer tut«, fuhr King Edmund fort. »Ich war ein stumpfes Werkzeug und wusste meist nicht, warum ich tat, was ich tat, aber alles hat sich zum Guten gefügt. Ich habe dich von der Insel geführt …«

»Moment«, unterbrach Alan entrüstet. »Ich würde sage, *ich* habe *dich* von der Insel geführt.«

Edmund ließ sich nicht beirren. »… und nach East Anglia gebracht, weil Gott wollte, dass Henry dir und Simon dort begegnet. Nur weil das geschehen ist, wird er der nächste König von England.«

»Ich würde sagen, du überschätzt unsere Rolle ein wenig.«

»Das tue ich keineswegs, und das weißt du. Ein Letztes blieb noch zu tun, um ihm die Krone zu sichern und mein geliebtes East Anglia von der Tyrannei zu erlösen.«

»Eustache«, sagte Alan tonlos. Ein Sonnenstrahl brach durch die graue Wolkendecke, aber dennoch fror ihn an Armen und Rücken, als ihm aufging, dass Edmund es wirklich ernst meinte.

Der nickte und ergriff lächelnd mit der Rechten seine Linke. »Du siehst also, ich sage die Wahrheit. Mein Werk ist getan. Darum muss ich euch nun verlassen.«

Alan befreite seine Hand wütend. »Aber … aber was wird Oswald sagen, wenn du nicht nach Helmsby zurückkehrst?«

»Ich habe mich von Oswald verabschiedet, eh ich nach Wallingford aufbrach. Er war bekümmert, aber er hat es verstanden. Du wirst feststellen, wenn du ihn siehst, dass er dir in der Kunst, sich Gottes Willen zu fügen, weit überlegen ist.«

Alan schüttelte hilflos den Kopf. »Aber wo willst du denn hin?«

Edmund lächelte und blieb die Antwort schuldig.

Alan stieß hörbar die Luft aus und würgte den dicken Brocken herunter, den er plötzlich in der Kehle hatte. »Also ist dies hier unser Abschied.«

»So ist es, mein Sohn. Aber du solltest nicht trauern, weißt du. Ich gehe nur voraus, und am Tisch des Herrn sehen wir uns wieder. Bis es so weit ist, hast du indes noch allerhand zu tun, will mir scheinen. Ich weissage, dass du mein Nachfolger als Hüter von Recht und Ordnung in East Anglia sein wirst. Und du musst dein Leben leben. In Frieden, Alan, auch wenn du dir das vielleicht noch nicht so recht vorstellen kannst. Das Weiße Schiff sinkt nicht mehr.«

Alan schloss ihn kurz in die Arme, dann trat er zurück und nickte ihm zu. »Geh mit Gott, King Edmund.«

Der hob lächelnd die Hand zu einem letzten Gruß und schritt auf seinen rissigen Sandalen Richtung Torhaus. »Ich tu das immer, wie du sehr wohl weißt. Gib du lieber Acht, dass du nicht wieder von seinem Weg abkommst, mein Sohn.«

»Deine Predigten werden mir fehlen!«, rief Alan ihm nach und lachte, damit er nicht anfing zu heulen.

Er verspürte den Drang, Edmund nachzulaufen und ihn zurückzuholen, notfalls mit Gewalt. Weil er um ihn fürchtete. Der Krieg mochte vorüber sein, aber es würde ein Weilchen dauern, bis die Nachricht die Engländer erreichte und bis sie es glauben konnten. Noch herrschten Willkür und die Furcht, die die Menschen gnadenlos machte. Wie sollte ein liebenswerter Wirrkopf wie Edmund in solch einer Welt zurechtkommen? Wo würde er hingehen? Was würde er tun, an wen sich wenden, wenn er feststellte, dass er nur ein gewöhnlicher Sterblicher war, der hungerte und dürstete und fror? Aber Alan wusste, er durfte ihn nicht hindern, seinen Weg selbst zu wählen. King Edmund war nicht Luke, der nur in umsorgter Unfreiheit glücklich war und gefährlich wurde, wenn man ihn zwang, auf eigenen Füßen zu stehen. Edmund war der Hirte ihrer Gemeinschaft gewesen, ihr Anführer in allen Dingen des Glaubens und des Gewissens, und Alan hatte seine Autorität in diesen Fragen nie in Zweifel gezogen. Wenn er ihn jetzt zurückholte und entmündigte, dann nur, weil der Zerfall ihrer Gemeinschaft ihn deprimierte. Er täte es für sich, nicht für Edmund, musste er einräumen, und dann wäre er nicht besser als der Abt von St. Pancras …

»Alan?«

Er wandte den Kopf. Seine beiden Ritter waren aus dem Donjon gekommen, jeder einen Becher in der Hand. Athelstan drückte den seinen Alan in die Finger. »Hier. Blackmore-Wein. Ich wette, es ist deiner.«

Alan nickte ihnen zu und trank. »Hm. Gut.« Er atmete tief durch.

»Und wie geht es nun weiter?«, fragte Ælfric. »Zurück nach Wallingford?«

»Was macht Susanna?«, fragte Alan.

»Oh, Lady Susanna ist schon wieder ganz die Alte«, berichtete Athelstan trocken. »Sie residiert in der Halle und scheucht das Gesinde herum. Nur zu ihren Kindern ist sie liebevoll, das muss man ihr lassen.«

»Immerhin.«

»Sie lässt ausrichten, sie habe nicht den Wunsch, dich zu sehen.«

Alan lächelte flüchtig. »Das trifft sich gut.« Er überlegte einen Moment, dann entschied er: »Athelstan, du bleibst bis auf Weiteres mit den Wachen und den Männern von Blackmore hier. Ich möchte, dass ihr Susanna und ihre Kinder beschützt, bis wieder Ruhe im Land herrscht. Baut ihr eine ordentliche Halle, und dann reißt diese Burg ab.«

»Was?«, fragte Ælfric entsetzt. »Aber es ist eine hervorragende Anlage …«

»Sie wurde ohne Erlaubnis der Krone errichtet, und darum wird sie wieder abgerissen«, erklärte Alan, und sie hörten, dass es keinen Sinn hatte, mit ihm darüber zu streiten. »Es wird höchste Zeit, dass geltendes Recht wieder befolgt wird, und dort, wo ich Einfluss habe, geschieht das ab heute. Susannas Sohn kann den König um die Erlaubnis ersuchen, eine Burg bauen zu dürfen, wenn er erwachsen ist. Bis zu dem Tag steht er unter meiner Vormundschaft. Das gilt auch für seine Mutter. Erinnere sie daran, wenn sie dir Schwierigkeiten machen will, Athelstan. Sei möglichst höflich zu ihr, aber lass dich nicht herumkommandieren. Du bist hier als mein Steward. Klar?«

Athelstan sah aus, als wisse er nicht so recht, wie ihm geschah, aber er nickte. »Hättest du Einwände, wenn ich sie irgendwann heirate?«, fragte er dann. »Falls sie will, meine ich natürlich.«

Alan schüttelte den Kopf. »Ich kann dir nicht reinen Herzens zu diesem Schritt raten, aber tu, was du für richtig hältst.«

Seine beiden Cousins lachten.

»Und was machst du?«, fragte Ælfric.

»Ich reite nach Hause.«

Westminster, Dezember 1154

Wie Alan vorhergesagt hatte, musste Henry nicht lange auf seine Krone warten.

Der Tod des Kronprinzen hatte König Stephen den letzten Lebensmut geraubt, und im Winter war er krank und hinfällig geworden. Der Vertrag, den er mit Henry geschlossen hatte, hatte sein Reich zum ersten Mal seit seiner Krönung so weit befriedet, dass Stephen es gefahrlos bereisen konnte, und alle, die ihn auf seinem langen Weg von Grafschaft zu Grafschaft, von Kloster zu Kloster begleiteten, merkten, dass König Stephen Abschied nahm. Er starb am 25. Oktober im Jahre des Herrn 1154, und am Sonntag vor Weihnachten krönte Erzbischof Theobald Henry Plantagenet und Aliénor von Aquitanien in Westminster Abbey.

»Sie ist eine wunderschöne Königin«, raunte Philippa beim anschließenden Krönungsbankett ihrem Mann zu.

Simon schaute unauffällig zu Aliénor hinüber. »Ja«, stimmte er zu. »Die Krone steht ihr hervorragend. Genau wie Henry.«

»Höre ich einen Hauch von Stolz, mein Gemahl?«

»Sagen wir, Zufriedenheit.« Aber Simons dunkle Augen leuchteten, als er Henry auf seinem prunkvollen Thronsessel auf der Estrade betrachtete. »König von England, Herzog der Normandie und von Aquitanien, Graf von Anjou und Maine. Und das mit einundzwanzig Jahren.«

»Die anderen Herrscher der Christenheit können einem beinah leidtun«, bemerkte sie trocken.

»Genau wie seine Brüder.« Simon schaute zu Geoffrey und William Plantagenet, die mit Henry und Aliénor an der hohen

Tafel saßen und missmutig an ihren Schwanenkeulen kauten. »Wir werden sie im Auge behalten müssen.«

Unauffällig drückte Philippa unter dem Tischtuch seine Hand. »Aber nicht heute, Simon de Clare.«

»Sie hat recht, Simon«, bemerkte Alan, der an Philippas anderer Seite saß. »Zur Feier des Tages könntest du heute ausnahmsweise einmal darauf verzichten, hinter jedem Baum einen Meuchelmörder zu wittern. Davon abgesehen ist Geoffreys und Williams Erbitterung nichts, verglichen mit König Louis'.«

Leises Gelächter erhob sich, und es enthielt einen unüberhörbaren Hauch von Schadenfreude. Im vorletzten August hatte Aliénor Henry einen gesunden Sohn geboren, und der bedauernswerte König von Frankreich, dem sie in fünfzehn Ehejahren nur zwei Töchter geschenkt hatte, schäumte seither vor Wut. Er hatte zur Geburt des kleinen William weder gratuliert noch Geschenke geschickt. Doch Simon war zuversichtlich, dass Louis' Missgunst und Verwünschungen dem Jungen nichts anhaben konnten, denn er war an dem Tag zur Welt gekommen, da Eustache de Boulogne sein Leben verloren hatte. Gott hatte es so gefügt, dass England keinen Tag ohne Kronprinz sein sollte, und viel deutlicher hätte er sich kaum offenbaren können: Das gekrönte Paar dort oben an der hohen Tafel hatte eine Dynastie begründet, und es war dieses Geschlecht und kein anderes, das Englands Zukunft bestimmen sollte.

»Wie lange dauert ein Krönungsbankett?«, fragte Miriam Alan leise.

»Ich weiß es nicht«, gestand er ebenso gedämpft. »Dieses hier ist mein erstes.« Er sah sie scharf an, und sein Blick glitt unwillkürlich zu ihrem deutlich gewölbten Bauch. »Alles in Ordnung?«

Sie nickte. »Sei beruhigt, es gibt keinerlei Anzeichen, dass ich in Westminster Hall an Henrys Krönungstag niederkomme.«

Aber diese Schwangerschaft war ihr schlimmer auf den Magen geschlagen als jede zuvor, wusste Alan, und der Anblick und die Gerüche so vieler Speisen, von denen die wenigsten koscher waren, machte ihr zu schaffen.

Nach einer weiteren Stunde wurde sie indes erlöst. Als es dämmerte, stand der König von der Tafel auf, um das Ende des Festmahls anzukündigen, und schlug zum Abschluss der Feierlichkeiten zwei Dutzend junger Männer zu Rittern, die sich bei der Eroberung der Midlands und der Verteidigung von Wallingford besonders hervorgetan hatten. Die Edelleute, Lords und Ritter in der festlich geschmückten Halle ließen ihren jungen König und seine Königin lautstark hochleben. Wenig später zogen Henry und Aliénor sich zurück.

»Irgendwie ist es nicht zu fassen«, murmelte Godric kopfschüttelnd auf dem Weg nach draußen. »Schon *wieder* ein König auf dem englischen Thron, der kein Wort Englisch kann.«

»Das wird er lernen«, entgegnete sein Bruder zuversichtlich. »Oder spätestens der kleine William. Du weißt doch, wie's mit den Normannen war. Die haben's auch irgendwann begriffen.«

Bevor sie sich am nächsten Morgen auf die Heimreise machten, schickte der König nach Simon und Alan. Verwundert folgten die beiden Freunde der Wache zu den königlichen Gemächern, die in einem schlichten, aber stabilen Holzbau nur einen Steinwurf von der Klosterkirche entfernt lagen.

Henry begrüßte sie mit den Worten: »Wir brauchen in Westminster einen neuen Palast … Oh, steht schon auf. Ich krieg jedes Mal einen Mordsschreck, wenn ihr vor mir kniet.«

Alan und Simon erhoben sich und tauschten ein Grinsen.

»Ein neuer Palast, Sire?«, fragte Alan. »Ich hätte gedacht, was gut genug für Urgroßvater William war, sei gut genug für Euch.«

»Er muss unempfindlich gegen Kälte gewesen sein«, gab Henry verdrossen zurück.

»Was vermutlich daran lag, dass er so fett war«, warf die Königin ein, trat über die Schwelle und schloss die Tür. »Lord Helmsby, Lord Wallingford. Eine Freude, Euch zu sehen.« Ihr war es nicht peinlich, als sie vor ihr auf ein Knie sanken, aber sie forderte sie mit einer routinierten und höchst huldvollen Geste umgehend auf, sich wieder zu erheben.

»Es gibt Dutzende von Dingen, die wir zu besprechen haben«, eröffnete Henry seinen beiden Freunden. »Ich verstehe wirklich nicht, warum ihr vor Weihnachten noch nach East Anglia zurückwollt. Ihr müsst wieder aufbrechen, sobald ihr dort seid, wenn ihr zum Hoffest zurück sein wollt.«

»Wir werden uns sputen«, versprach Simon.

»Na schön.« Henry seufzte. »Dann jetzt nur schnell das Wichtigste. Lord Helmsby, ich wünsche, dass Ihr Sheriff von Norfolk werdet.«

Alan sah ihn ungläubig an und schüttelte den Kopf. »Das kannst du dir … könnt Ihr Euch aus Eurem gekrönten Haupt schlagen.«

»Ich glaube nicht, dass es noch angemessen ist, wenn du so mit mir sprichst, Alan«, bemängelte der junge König ein wenig nervös und fügte an Simon gewandt vorwurfsvoll hinzu: »Du solltest ihn doch vorwarnen.«

Simon seufzte verstohlen. »Ich habe es nicht übers Herz gebracht«, gestand er. »Es war so ein froher Tag …«

Alan warf ihm einen vernichtenden Blick zu. »Vielen Dank, alter Freund, dass du mich hier ins offene Messer laufen lässt.«

»Oh, keine Ursache.«

»Alan«, begann Henry beschwörend. »Ich bitte dich …«

»Spart Euch die Mühe«, fiel Lord Helmsby dem König rüde ins Wort. »Ich habe mein halbes Leben damit verbracht, für die Krone Eurer Mutter Krieg zu führen. Jetzt habt Ihr sie. Werdet glücklich damit und lasst mich zufrieden. Ich habe wirklich genug getan und denke nicht daran, in Eurem Namen irgendwelche Unglücksraben aufzuknüpfen oder ihnen die Hände abzuhacken. Und außerdem …«

»Wir werden das Recht reformieren, Alan. Ich schwöre dir, dieses Land wird bessere Gesetze bekommen, als es sie je hatte. Aber ich brauche Männer, auf die ich mich verlassen kann, die es durchsetzen.«

»John de Chesney wird Euch nicht enttäuschen. Er ist ein guter Sheriff.«

»Aber alt und bequem. Du hast selbst gesagt, dass er Norwich nie verlässt. Das ist nicht gut genug. Die Menschen in East Anglia vertrauen dir und verehren dich. Es gibt keinen Mann, der besser geeignet wäre als du.«

»Aber ich will nicht«, widersprach Alan bockig. »Ich will am Feuer sitzen und die Laute spielen und meine Kinder aufwachsen sehen und …«

»Du wirst dich zu Tode langweilen«, prophezeite Simon.

Alan atmete tief durch. »Das werde ich nicht, glaub mir.« Dann sah er zu Henry und wies mit dem Finger auf Simon. »Wie wär's mit ihm? Da er das Amt des Sheriffs offenbar so erstrebenswert findet …«

»Auf ihn warten andere Aufgaben«, unterbrach Henry ungeduldig.

»Verstehe. Du führst an deinem Hof das offizielle Amt des Geheimnisträgers ein.« Wider Willen musste er grinsen und sagte zu Simon: »Die Intriganten bei Hofe können einem fast leidtun.« Dann wurde er wieder ernst und verneigte sich förmlich vor Henry. »Euer Ansinnen ehrt mich, Sire. Aber ich muss leider ablehnen.«

Henrys Gesicht nahm eine bedenklich purpurne Tönung an, aber ehe er anfangen konnte zu brüllen, sagte die Königin betont verhalten: »Die Entscheidung ist natürlich die Eure, Lord Helmsby. Ihr solltet nur eines bedenken: Als Sheriff von Norfolk läge es in Eurer Hand zu entscheiden, welche Maßnahmen zum Schutz der jüdischen Gemeinde von Norwich getroffen werden. Maßnahmen zu ihrem Schutz ebenso wie Maßnahmen, die die Verständigung mit ihren normannischen und englischen Nachbarn verbessern. Versteht Ihr, was ich meine?«

Betroffen erwiderte er ihren Blick, dann sah er den jungen König an.

Henry seufzte tief und hob die Schultern. »Ich weiß, Alan. Glaub mir, ich kenne keinen Menschen, der ihr an Überredungskunst und schamloser Manipulation das Wasser reichen könnte. Nicht einmal Simon. Wir haben geglaubt, er hätte sie überlistet, mich zu heiraten, aber es war genau umgekehrt. Und ihr könnt euch einfach nicht vorstellen, was ich in den Händen dieser Frau seither an Niederlagen erlitten habe.«

Seine komische Verzweiflung brachte seine Freunde ebenso zum Lachen wie seine Gemahlin, aber Alan warnte: »Denkt nicht, Ihr hättet mich überzeugt. Ich will Bedenkzeit.«

Henry gewährte sie mit seinem huldvollsten Nicken königlicher Gunst. »Also erwarte ich deine Antwort am Dreikönigstag. Aber wenn du ablehnst, enteigne ich dich, leg dich in Ketten und reiß dir das Herz raus, ist das klar?«

Alan verneigte sich nochmals – tief genug, um seine unangemessene Heiterkeit zu verbergen. »Ich werde Eure wüsten Drohungen bei meiner Entscheidung gewissenhaft berücksichtigen, mein König.«

Bury St. Edmunds, Dezember 1154

Eine dünne Schneedecke dämpfte den Hufschlag der Pferde und machte die Nacht hell, und als Alan vor der Klosterpforte absaß, begannen wieder dicke Flocken zu fallen, lautlos und sacht.

»Losian, mir ist kalt«, klagte Oswald. »Und Marigold auch.« Er schälte die Hand aus seinem dicken Mantel und strich seiner geliebten kleinen Stute mitfühlend über die Mähne.

»Schsch«, machte Alan. »Wir müssen leise sein.« Er saß ab und band Conan an einen Eisenring in der Mauer. »Wird nicht lange dauern«, versprach er ihm. Oswald folgte seinem Beispiel.

Alan fischte einen vorbereiteten, in Leder gewickelten Stein aus dem Beutel und warf ihn über das Holztor der Klostermauer. Augenblicklich öffnete sich die schmale Pforte, die in das doppelflügelige Tor eingelassen war, aber niemand zeigte sich.

Alan nahm Oswald beim Arm und zog ihn ins Innere. Als die Tür sich schloss, erkannten sie Simon, Godric und Wulfric. Seit dem Nachmittag hatten sie sich im Kloster versteckt, um ihre Gefährten bei Nacht einlassen zu können.

»Alles in Ordnung?«, fragte Alan gedämpft.

Simon nickte. »Aber wir sollten nicht trödeln. In einer Stunde ist die Mette. Wir müssen verschwunden sein, ehe die Mönche in die Kirche kommen.«

»Dann lasst uns gehen«, sagte Alan.

Er führte die Gefährten über den Innenhof zum Westportal der Klosterkirche. Wie erwartet war es unverschlossen. Leise schlüpften sie hinein.

»Ganz schön finster«, murmelte Godric, und es klang, als sei ihm ein wenig mulmig.

»Wartet hier einen Moment.« Vorsichtig durchschritt Alan das dunkle Kirchenschiff, trat an den Altar und entzündete seine vorbereitete Fackel am ewigen Licht. »Ich hoffe, das ist nicht verboten, Gott, aber wir führen nichts Unrechtes im Schilde.«

Das Licht wies seinen Freunden den Weg, und langsam kamen sie näher. Als sie aufgeschlossen hatten, umrundeten sie zusammen den Altar, und der Fackelschein fiel auf einen länglichen Quader, der zwischen Altarraum und Chorgestühl auf einem steinernen Podest stand und von einem feinen Tuch bedeckt war: Es war ein vortrefflich gearbeiteter Bilderteppich, der das Martyrium des heiligen Edmund zeigte.

Alan wies mit der freien Hand darauf. »Meine Großmutter hat ihn gestickt. Kaum war er fertig, ist sie gestorben.«

»Oh, jetzt reicht's aber, Alan«, grollte Wulfric. »Mir ist so schon grauslig genug.«

Oswald rückte unauffällig ein wenig näher an Alan heran, zeigte aber gleichzeitig auf den an den Baum gefesselten Märtyrer und sagte: »Genau, wie er's uns immer erzählt hat.« Die Übereinstimmung von Bild und Geschichte schien ihn auf eigentümliche Weise zu beruhigen.

»Du hast recht«, befand Simon und wechselte einen Blick mit Alan. »Wollen wir das wirklich tun?«

»Wir sind den ganzen weiten Weg hergekommen. Also werden wir jetzt nicht kneifen. Hier, Oswald, halt die Fackel.«

Behutsam hoben Alan und Simon den kostbaren Teppich an den Ecken hoch, staunten darüber, wie schwer er sich anfühlte, falteten ihn sorgsam zusammen und legten ihn beiseite. Was sie enthüllt hatten, war ein steinerner Sarg, der keine Inschrift trug und bis auf ein eingemeißeltes Zahnmuster am Deckelrand schmucklos war. Genau wie der Abt ihm erzählt hatte, saß der Deckel nicht ganz passgenau und schien ein wenig verrutscht zu sein.

Während Oswald ihnen leuchtete, verständigten Simon, Alan und die Zwillinge sich mit einem Blick. Letztere legten die Hände ans Fußende des Deckels, die anderen beiden ans Kopfende, und unter einigem Ächzen drehten sie den schweren Sargdeckel, bis er quer zum eigentlichen Sarg lag und sie hineinspähen konnten.

Alle brauchten sie einen Moment, bis sie den Mut dazu fanden. Dann nahm Alan Oswald die Fackel wieder aus der Hand und streckte sie über dem Sarg aus. Was sie beleuchtete, war ein sauberes, gelbliches Skelett in einem verfallenen Gewand, das möglicherweise einmal eine Kutte gewesen war. Ein paar wirre, brüchige Haare umgaben den Totenschädel, aber man konnte unmöglich sagen, welche Farbe sie einmal gehabt haben mochten.

Oswald zog erschrocken die Luft ein, fuhr zurück und bekreuzigte sich, aber dann beugte er sich wieder über die Gebeine des Heiligen, unfreiwillig, so schien es, als sei er magisch angezogen. »Wird er sich plötzlich aufsetzen und einen von uns packen?«, flüsterte er.

»Nein«, versicherte Alan. »Er schläft tief und fest, und zwar seit fast dreihundert Jahren.« Es klang ernüchtert.

Er konnte beim besten Willen nicht sagen, was er hier zu finden gehofft oder erwartet hatte. Aber irgendwie hatte er geglaubt, heilige Gebeine müssten anders aussehen als die gewöhnlicher Sterblicher. Nicht so jämmerlich vergänglich.

»Tja«, machte Wulfric, atmete tief durch und trat einen Schritt zurück, wie üblich in perfekter Harmonie mit der Bewegung seines Bruders. »Nun haben wir ihn gesehen und nichts gefunden, was uns klüger macht.«

»Ich schätze, töricht wie wir waren, haben wir nichts anderes verdient«, stimmte Simon zu.

Alan hörte, dass es ihnen genauso erging wie ihm selbst: Sie waren enttäuscht, ohne zu wissen, worüber genau. »Kommt. Lassen wir den armen Edmund in Frieden ruhen.«

Er legte die Hände wieder an den Deckel, als Oswald mit dem Finger auf die Mitte des Skeletts zeigte. »Da, sieh mal, Losian.«

Alan trat wieder zu ihm, und auf der anderen Seite beugten sich Simon und die Zwillinge über den Sarg.

»Er trägt ein altes Jagdmesser am Gürtel«, erkannte Simon verblüfft. »Oder was vom Gürtel übrig ist. Seltsame Beigabe für einen Heiligen, oder? Und außerdem … Alan? Was hast du?«

Alan war plötzlich zurückgewichen. »Seht es euch noch mal genau an«, riet er. Mit einem Mal schlug ihm das Herz bis in die Kehle, und seine Hände waren klamm.

Er leuchtete ihnen wieder, und Simon und die Zwillinge beugten sich noch ein bisschen weiter vor, bis auch sie die Waffe erkannten und erschrocken die Luft einzogen.

»Das ist deins«, sagte Oswald schließlich. »Dein Messer von der Insel, Losian.«

Alan nickte. »Aber wie kommt es hierher?«

Oswald war als Einziger völlig gelassen. »Er hat's aus Helmsby mitgenommen, bevor er weggegangen ist.«

Alan sah ihn an. Sie hatten noch nicht häufig über Edmunds Fortgehen gesprochen, weil das Thema für sie beide schmerzlich war, aber mit einem Mal schien Oswald mit dem Verlust ihres sonderbaren Hirten versöhnt zu sein.

»Was hat er zu dir gesagt, als er aufbrach?«, fragte Alan.

Oswald hob die rundlichen kleinen Hände. »*Ich muss noch was erledigen, und dann geh ich zu Jesus.* Oder so ähnlich.«

Alan wies auf die Gebeine. »Du meinst also, das da ist *unser* King Edmund?«

Oswald sah ihn verständnislos an. »Ja, wer denn sonst? Was ist mit dir, Losian? *Du* hast gesagt, wir reiten zu seinem Grab.«

Alan musste sich räuspern. Er wusste überhaupt nicht mehr, was er denken sollte.

»Es kann nicht sein«, murmelte Simon mit Nachdruck. Er klang beinah wütend. »Alan, das ist *unmöglich*.«

»Ja, ich weiß«, räumte Alan ratlos ein.

»Es könnte Dutzende Erklärungen dafür geben, wie das Messer in den Sarg kommt«, sagte Godric. Aber auch er klang nervös. »Vermutlich war er selbst hier und hat es reingeschmuggelt, weil er genau wusste, dass wir früher oder später herkommen würden. Er hat uns einen Streich gespielt. Sieht ihm ähnlich, oder?«

»Nein«, antworteten die anderen im Chor.

Godric schnalzte mit der Zunge – es hallte eigentümlich in der stillen Kirche. »Mist. Ihr habt recht. Und was nun?«

Niemand antwortete.

Schließlich sagte Simon: »Wir werden hier keine Lösung dieses Rätsels finden. Also lasst uns den Sarg schließen, einen Augenblick beten und dann verschwinden.«

Und das taten sie.

Als sie das Kirchenportal erreichten, hielten sie noch einmal inne und schauten zurück. Bewegte sich dort etwas im Schatten hinter dem Altar? Oder war es nur das Flackern des kleinen Lichts, welches das Auge täuschte?

Simon atmete tief durch, und im Schein der Fackel sah man die große Dampfwolke, die sein Atem in der Winterluft bildete. »Mir ist kalt und mir graut«, brummte er.

»Mir auch«, stimmten die Zwillinge im Chor zu.

Alan legte die Hand an die Tür. »Ruhe in Frieden, King Edmund. Kommt, Freunde. Nichts wie raus hier.«

Oswald schüttelte den Kopf. »Also ehrlich«, sagte er. »Manchmal seid ihr merkwürdig.«

E * N * D * E

Historische Anmerkungen und Dank

Henry II. herrschte fünfunddreißig Jahre lang über England und seine Besitzungen in Frankreich und begründete zusammen mit seiner außergewöhnlichen Frau eine der faszinierendsten Herrscherdynastien des Mittelalters. Der kleine Prinz William wurde nur drei Jahre alt, aber ihm folgten vier weitere Söhne und drei Töchter. Louis von Frankreich war *not amused*.

Henrys Regierungszeit war so stürmisch wie sein Temperament: Mit einer unbedachten Äußerung initiierte er die Ermordung seines Freundes Thomas Becket, der inzwischen Erzbischof von Canterbury geworden war und auf diese Art und Weise tatsächlich ein Märtyrer und Heiliger wurde, womit er wohl nie gerechnet hätte. Der Bischofsmord war ein Ereignis, das die gesamte Christenheit bis in die Grundfesten erschütterte, für Henry ein politischer Super-GAU und eine persönliche Tragödie. Auch mit seinen Söhnen hatte er es nicht gerade leicht. Sie führten ewig Krieg gegen ihn oder untereinander, sobald sie alt genug waren, ein Schwert in der Hand zu halten. Die Ehe mit Aliénor (oder Eleanor, wie sie meist genannt wird) wurde eine Katastrophe. Henry betrog sie ständig, und als sie mit ihren Söhnen gegen ihn paktierte, ließ er sie jahrelang einsperren. Sie überlebte ihn allerdings um fünfzehn Jahre, kehrte nach seinem Tod zurück zu politischer Macht und dürfte sich wohl als Siegerin in diesem langen Ehekrieg betrachtet haben, zumal es ihr Lieblingssohn Richard (später »Löwenherz« genannt) war, der ihren leidenschaftlich gehassten Gemahl fast buchstäblich ins Grab trieb.

Dank seines politischen Talents und seiner legendären Tatkraft wurde Henrys Herrschaft über England eine Blütezeit. Die Wunden, die die *Anarchy* geschlagen hatte, heilten erstaunlich schnell, denn Henry band auch die einstigen Gegner seiner Mutter in die Regierung ein. Nur William of Gloucester und Richard de Clare kamen bei ihm nie auf einen grünen Zweig. Niemand weiß so recht, woran das lag, also habe ich mir hier wieder einmal erlaubt, die Gründe zu erfinden.

Das neue Rechtssystem, das Henry einführte, war bahnbrechend und hat teilweise bis heute Bestand. Es stimmt übrigens, dass er 1147 im Alter von vierzehn Jahren nur mit einer Handvoll Ritter nach England kam, um die Krone seiner Mutter zu erkämpfen, seine Gefährten und sein Geld aber verlor und allein durch East Anglia irrte, bis König Stephen ihm schließlich aus der Klemme half und ihn zurück nach Hause schickte. Die Mär vom Dämonenblut ist ebenso belegt wie Henrys Nähkünste, und »Bei den Augen Gottes« war tatsächlich sein liebster Ausspruch, denn der galt als extrem blasphemisch, und Henry gefiel sich in der Rolle des *Enfant terrible*.

Zwei Legenden sind Ihnen in diesem Roman begegnet, die im kollektiven Bewusstsein des englischen Hochmittelalters eine wichtige Rolle gespielt haben. Die eine ist die des Gerberlehrlings William of Norwich, der 1144 starb – angeblich als Opfer eines von Juden verübten Ritualmords. Natürlich entbehrt dieser Vorwurf jeder Grundlage, aber in der Geschichte des nachbarschaftlichen Zusammenlebens von Christen und Juden ist es immer wieder zu solchen Unterstellungen gekommen. William of Norwich war – jedenfalls nach Lage der Quellen – lediglich der erste von vielen solcher Fälle im europäischen Mittelalter. Das Zusammenleben von Juden und Christen gestaltete sich oft schwierig, da es von Vorurteilen, Misstrauen und vor allem Unkenntnis auf beiden Seiten geprägt war, was sich nie besserte, weil die geistlichen Führer beider Religionen gesellschaftliche Kontakte zwischen Angehörigen der beiden Gemeinschaften missbilligten und teilweise gar verboten. Trotzdem sind auch Fälle von Freundschaften, von zum Judentum übergetretenen Christen und zum Christentum konvertierten Juden und sogar von Mischehen belegt. Letztere zogen den Verstoß aus der Glaubensgemeinschaft, Enteignung und/oder ruinöse Geldstrafen nach sich.

Die zweite Legende ist die des heiligen Edmund. Sie deckt sich etwa mit der Geschichte, die King Edmund im Roman in der Kirche von Gilham erzählt. Die gesicherten Fakten über diesen angelsächsischen König sind hingegen eher dünn. Laut einem knappen Bericht der *Angelsachsenchronik* schlug das dänische Invasionsheer Edmunds Armee im Jahr 869 und tötete den König. Die Legendenbildung und Heiligenverehrung begannen kurz darauf. Nach seinem Tod an unbekannter Stelle begraben, wurden die sterblichen Überreste im Jahr 906 in das Kloster überführt, das später Bury St. Edmunds genannt wurde und welches Dank seines berühmten Heiligen eines der reichsten und mächtigsten Klöster im mittelalterlichen England wurde. Wie der Schrein im 12. Jahrhundert aussah, wissen wir nicht, nur dass er hinter dem Hochaltar stand. Er wurde 1327 erstmals demoliert (von wütenden Bürgern der Stadt übrigens, die Streit mit den Mönchen hatten), und der im gotischen Stil wiedererbaute Schrein wurde bei der Aufhebung des Klosters 1539 zerstört – zusammen mit der Abteikirche.

Der heilige Edmund war während des gesamten Mittelalters so berühmt, dass er Pilger aus ganz Europa anzog, und er war Englands Nationalheiliger, bis der Drachentöter St. Georg ihn im 14. Jahrhundert aus dieser Position verdrängte.

Es ist übrigens wahr, dass Eustache de Boulogne nach der Einigung zwischen seinem Vater und Henry Plantagenet bei Wallingford nach East Anglia zog und die Umgebung von Bury St. Edmunds verwüstete. Die Umstände, unter welchen er dabei ums Leben kam, sind nicht ganz geklärt, aber die Leute in East Anglia sagten damals, der heilige Edmund habe seine Hand im Spiel gehabt …

Geistig und körperlich behinderte Menschen und ihr Platz in der mittelalterlichen Gesellschaft sind nicht ganz einfach zu recherchieren, weil über das Thema nicht viele Quellen existieren. Mary und Eliza, die zusammengewachsenen Zwillingsschwestern aus Biddenden, von denen der Wachsoldat in Westminster Simon erzählt, hat es tatsächlich gegeben. Sie starben 1134 mit Mitte dreißig und beide innerhalb weniger Stunden, weil die überlebende Schwester eine Trennung ablehnte. Noch heute verteilt man in Biddenden zu Ostern kleine Küchlein mit einer Abbildung von Mary und Eliza, um an ihre ungewöhnliche Großzügigkeit zu erinnern.

Psychopathische Serienmörder wie Reginald de Warenne sind keine Erscheinung unserer Zivilisation, wie mancher vielleicht annimmt, sondern gab es immer schon. Ihr berüchtigtster Vertreter im Mittelalter war natürlich Gilles de Rais, jener adlige Kampfgefährte der Jungfrau von Orléans, der nach ihrem Tod tiefer und tiefer in Okkultismus und sexuelle Perversion sank und – nach vorsichtigen Schätzungen – 140 Kinder und Jugendliche beiderlei Geschlechts missbrauchte und ermordete, ehe er 1440 hingerichtet wurde. Eigentlich wollte ich einen Roman über Gilles schreiben. Doch als ich mir die Frage stellte, ob ich wirklich zwei Jahre meines Lebens – so lang brauche ich ungefähr für einen Roman – in seiner Gesellschaft verbringen wollte, lautete die Antwort: Nein, vielleicht lieber doch nicht. Dennoch hat mich das Thema nie losgelassen, nicht zuletzt auch der Aspekt, wie lange und mühelos ein Angehöriger des Adels Kinder aus der bäuerlichen Unterschicht verschwinden lassen konnte, ehe der Justizapparat sich in Bewegung setzte und wenigstens einmal nachfragte.

Das Down-Syndrom, das Sie vermutlich bei Oswald diagnostiziert haben, hielt man lange für ein Phänomen der Neuzeit, weil es erst im 19. Jahrhundert wissenschaftlich beschrieben wurde. Inzwischen sind aber 3000 Jahre alte Ton- und Steinfiguren und spätmittelalterliche Gemälde entdeckt worden, die Menschen mit typischen Merkmalen dieser genetischen Anomalie zeigen.

Epilepsie, die angeboren oder durch eine Verletzung verursacht sein kann, wird schon bei den alten Ägyptern und Babyloniern beschrieben. In der Antike galten Epileptiker als Lieblinge der Götter. Alexander der Große und Julius Caesar litten daran, um nur zwei der berühmtesten Vertreter zu nennen. Im Mittelalter ließ die Beliebtheit der Betroffenen merklich nach. Nicht immer, aber auch nicht selten wurde Epilepsie als göttliche Strafe angesehen oder als Besessenheit diagnostiziert, der man mit Exorzismen beizukommen suchte.

Die Lehrmeinung der mittelalterlichen Wissenschaft zu Ursachen körperlicher und geistiger Behinderungen oder psychischer Störungen war nicht einheitlich, ebenso wenig die Beantwortung der Frage, wie Betroffene zu behandeln seien und welchen Platz in der Gesellschaft sie einnehmen sollten. Der Schönheitswahn, der heutzutage die Umsätze der plastischen Chirurgen ankurbelt, war im Mittelalter unbekannt. Arm- und Beinstümpfe von Kriegsverletzungen, Fehlbildungen, Hauterkrankungen etc. gehörten zum Alltagsbild, und niemand wäre auf die Idee gekommen, sich sonderlich darüber aufzuregen. Doch gab es eben auch eine kirchliche Lehrmeinung, die besagte, dass geistig Behinderte keine Seele haben und Menschen mit körperlichen Fehlbildungen nicht nach Gottes Ebenbild erschaffen seien und man sie deshalb separieren müsse, weil der Gemeinschaft der Christen ein Zusammenleben mit diesen Personengruppen nicht zuzumuten sei. Als die Lepra sich im späteren Mittelalter auf dem Rückzug befand, war die Praxis verbreitet, Behinderte in den nicht mehr benötigten Leprosarien einzusperren. Es gab indes auch zu dieser frühen Zeit schon Gelehrte, die psychische Störungen als medizinisches Phänomen verstanden und zu behandeln versuchten. Da die gesamte medizinische Wissenschaft aber bei Muslimen, Juden und Christen gleichermaßen auf der antiken Lehre von den vier Körpersäften basierte, waren ihre Fortschritte eher bescheiden. Die explosive Mischung aus Hypnose und Drogen, mit der Josua ben Isaac Alan im Roman zu helfen versucht, habe ich erfunden, aber Behandlungsansätze mit Hypnose, Diäten und Bädern sind ebenso belegt wie leider auch die glühenden Stahlstifte.

Lange habe ich nach der geeigneten Form und den richtigen Figuren gesucht, um die Geschichte vom Untergang des *White*

Ship und all dem, was danach geschah, zu erzählen, so wie ich es im Nachwort von *Das zweite Königreich* in Aussicht gestellt habe, und um dieser Epoche gerecht zu werden, die ihren Namen – *The Anarchy* – wahrhaftig zu Recht trägt. Oder besser gesagt: Ich habe lange auf die geeignete Form und die richtigen Figuren *gewartet*. Irgendwann kommen sie nämlich ganz von selbst, hat die Erfahrung mich gelehrt, und so war es auch dieses Mal. Das erste Steinchen zum Mosaik dieses Romans fand ich auf höchst angenehme Art, nämlich im Urlaub auf Kreta, wo ich von der Terrasse einen wundervollen Blick auf die kleine vorgelagerte Insel Spinalonga hatte. In der alten venezianischen Festung auf diesem Inselchen verwahrte die griechische Regierung bis in die 50er-Jahre des 20. Jahrhunderts Leprakranke. Als mein Mann und ich die Insel besuchten, betraten wir die Festung durch ein gewaltiges Tor, und ich bekam ganz weiche Knie. Wie muss es sich angefühlt haben, habe ich mich gefragt, wenn man als Kranker durch dieses Tor kam? Mit der Gewissheit, dass man die Insel nie wieder verlassen würde? Die Erinnerung an dieses Erlebnis hat mich lange begleitet, aber bei den ersten Überlegungen, einen Roman daraus zu machen, stellte ich bald fest, dass Lepra nicht das Thema war, das ich suchte. Dann las ich wenige Monate später im *stern* einen Bericht über siebzehn psychisch kranke und drogenabhängige Männer, die zusammen vor dem Hurrikan Katrina aus einem Obdachlosenasyl in New Orleans geflohen waren und während ihrer langen Odyssee so gut aufeinander achtgegeben hatten, wie sie eben konnten. Diese Geschichte fand ich ebenso faszinierend wie anrührend, und sie wurde zur Initialzündung dieses Romans. Mein herzlicher Dank gilt daher dem Autor Jan Christoph Wiechmann. Ich wünschte, ich könnte so großartige Geschichten in so knapper Form schreiben, aber wie man an diesem Buch hier wieder einmal unschwer erkennen kann, ist es mir einfach nicht gegeben, mich kurzzufassen.

Danken möchte ich auch all den fachkundigen Menschen, die mir bei der Recherche geholfen und meine vielen Fragen beantwortet haben, insbesondere Guido Gerhards, der sich mit Kreuzzügen und der Topographie im Heiligen Land des 12. Jahrhunderts auskennt, Jens Börner, der mir höchst interessante Dinge über Fecht- und Waffentechnik erklärt hat, Dr. Oliver Walter für seine Ausführungen zur dissoziativen Amnesie und deren Wahrscheinlichkeit oder Unwahrscheinlichkeit im 12. Jahrhundert, meiner Schwester Dr. Sabine Rose wieder einmal für die geduldige Beantwortung aller anderen medizinischen Fragen und mindestens so geduldiges Testlesen, meinem Neffen Dennis Rose für seine »Free-Regy«-Kampagne, die mir das tröstliche Gefühl gegeben hat, dass ich nicht die Einzige mit einer befremdlichen Schwäche für diese Romanfigur war, meiner Schwester Regina Hütter für anregende freitägliche Gespräche über Historie und die Wissenschaft ihrer Erforschung, meinem Vater Wolfgang Krane nicht nur fürs Testlesen, sondern auch für das Schreib-Gen, meiner Mutter Hildegard Krane für die Organisation von Du-weißt-schonwas und das Geschichts-Gen, meiner Lektorin Karin Schmidt, meinem Agenten Michael Meller, Detlef Bierstedt und Andreas Fröhlich für ihre Stimmen, und wo ich gerade beim Thema bin, nutze ich die Gelegenheit, an dieser Stelle auch Renate Schönbeck, Carolin Bunk, Claudia Baumhöver, Ariane Skupch, Axel Pleuser, Udo Schenk, Matthias Koeberlin, Max von Pufendorf, Christina Kühnreich und allen anderen für die grandiosen Hörspiele zu danken.

Es hat ja schon Tradition, dass der letzte und wichtigste Platz in dieser Liste guter Geister meinem Mann Michael vorbehalten bleibt, und das ist auch dieses Mal wieder so, denn wie immer gebührt ihm mein größter Dank. Für seine ungebrochene Lust und Akribie als erster Testleser, seine vielfältige Unterstützung meines Schaffens, Begleitung auf all meinen Reisen und tausend andere Dinge. Und für einen Rat, den er mir vor fünfzehn Jahren einmal gegeben hat – wo er doch so ungern Ratschläge erteilt wie Gildor Inglorion aus Finrods Geschlecht –, ohne den ich aber nie einen historischen Roman geschrieben hätte.

R.G., Mai 2007 – November 2008

»In diesen Zeiten wird man unversehens zum Verräter. Oft unfreiwillig und schneller, als man es begreifen kann ...«

Rebecca Gablé
DAS SPIEL DER KÖNIGE
Historischer Roman
Originalausgabe
1200 Seiten
Mit Illustrationen von Jan Balaz
Gebunden mit Schutzumschlag
ISBN 978-3-431-03721-0

Auch als Hörbuch erhältlich:
CD 978-3-7857-3384-4

England 1455: Der Bruderkrieg zwischen Lancaster und York um den englischen Thron macht den achtzehnjährigen Julian unverhofft zum Earl of Waringham. Als mit Edward IV. der erste König des Hauses York die Krone erringt, brechen für Julian schwere Zeiten an. Obwohl er ahnt, dass Edward England ein guter König sein könnte, schließt er sich dem lancastrianischen Widerstand unter der entthronten Königin Marguerite an, denn sie hat ihre ganz eigenen Methoden, sich seiner Vasallentreue zu versichern. Und die Tatsache, dass seine Zwillingsschwester eine gesuchte Verbrecherin ist, macht Julian verwundbar ...

Ehrenwirth
Lübbe Audio

N
WALES
Bristol